I0597702

MÉMOIRES

DE
LA LIGUE.

TOME III.

MÉMOIRES

DE
LA LIGUE,

CONTENANT

LES ÉVENEMENS LES PLUS REMARQUABLES
depuis 1576, jufqu'à la Paix accordée entre le ROI
DE FRANCE & le ROI D'ESPAGNE, en 1598.

NOUVELLE ÉDITION,

*Revue, corrigée, & augmentée de Notes critiques
& hiftoriques.*

TOME TROISIEME.

A AMSTERDAM,

Chez ARKSTÉE & MERKUS.

M. DCC. LVIII.

PREFACE

DE SAMUEL DU LIS [1]

A D. M. D. T. ſon Frere & cher Ami.

QUAND je conſidere l'état de la France décrit en
ce Recueil que je vous adreſſe, cher Frere & Ami,
il me ſouvient du contenu en ce beau Cantique du
Prophete Iſaïe, au vingt-ſixieme Chapitre : » Nous
» avons, dit-il, une Ville forte, où la délivrance ſera
» miſe pour murailles & avant-mur. Ouvrez les por-
» tes, & la Nation juſte, qui garde loïauté, y entrera.
» C'eſt une délibération arrêtée, Seigneur, que tu
» conſerveras la vraie paix ; car on ſe fie en toi. Fiez-
» vous en l'Eternel juſqu'à perpétuité ; car en celui
» qui eſt vraiment l'Eternel eſt le rocher des ſiecles.
» Car il abaiſſera ceux qui habitent en lieux haut éle-

(1) M. Baillet dit dans ſes Auteurs
déguiſés, que Samuel du Lis eſt Simon Goulart, de Senlis, & que c'eſt
lui qui eſt le Collecteur & l'Editeur
de ces Mémoires ſur la Ligue. Ce Simon Goulart, connu par beaucoup
d'autres Ouvrages, étoit né à Senlis
le 20 Octobre 1543. Il fit ſes études
à Geneve, y reçut l'impoſition des
mains pour le Miniſtere le 20 Octobre 1566, & fut fait Miniſtre ordinaire de cette Ville. Il mourut le 3
Février 1628, âgé de 85 ans. C'étoit
un zélé Calviniſte. On peut voir le
Catalogue de ſes Ouvrages dans les
Mémoires du Pere Niceron, t. XXIX
pag. 363 & ſuiv. & dans ſon Oraiſon funebre, prononcée en Latin, par
Théodore Tronchin, & imprimée en
1628, *in-*4° à Geneve, avec quantité
de pieces faites à l'honneur de Goulart. Cette Préface, & celle du Volume ſuivant, qui eſt encore de Goulart, ſous le nom de du Lis, ſe ſent
du Parti que l'Auteur avoit embraſſé
& de l'héréſie qu'il profeſſoit.

» vés ; il mettra bas la Ville de haute retraite ; il la met-
» tra bas jufqu'en terre, & la réduira jufqu'àla pouffiere.
» Le pied marchera deffus ; les pieds des affligés & les
» plantes des chétifs la fouleront. Le fentier eft uni au
» Jufte, tu dreffe fon chemin droit au niveau. Auffi,
» t'avons-nous attendu, ô Eternel, au fentier de tes
» jugemens ! & le defir de notre ame tend vers ton
» nom, & vers ton mémorial. De nuit je t'ai defiré
» de mon ame ; auffi dès le point du jour je te recher-
» cherai de mon efprit qui eft dedans moi. Car felon
» que tes jugemens font en la terre, les Habitans de
» la terre habitable apprennent juftice. Grace eft-elle
» faite au méchant ? il n'en apprendra point juftice pour
» cela, ains fera iniquement en la terre de droiture,
» & ne regardera point à la hauteffe de l'Eternel. Ta
» main eft-elle haut élevée, ô Eternel ! ils ne l'apper-
» çoivent point. Mais ils l'appercevront, & feront
» honteux à caufe de la jaloufie que tu montres en fa-
» veur de ton Peuple ; même le feu dont tu punis tes
» adverfaires les dévorera. Eternel, tu nous drefferas
» la paix ; car auffi tu nous as fait toutes nos affaires.
» Eternel, notre Dieu, d'autres Seigneurs que toi nous
» ont maîtrifés ; mais c'eft par toi feul que nous ramen-
» tevons ton nom. Ils font morts, ils ne vivront plus ;
» ils font trépaffés, ils n'en releveront point, d'autant
» que tu les as vifités & les as exterminés, & as fait pé-
» rir toute mémoire d'eux. O Eternel, tu avois accrû
» la Nation dont tu as été glorifié ! Mais tu les as jet-
» tés au loin par tous les bouts de la terre. Etant en
» détreffe, ils ont eu fouvenance de toi ; ils ont épandu
» leur humble requête, quand ta correction a été fur
» eux. Anfi que celle qui eft enceinte, quand elle ap-
» proche d'enfanter, travaille & crie en fes tranchées,

» ainſi avons-nous été à cauſe de ton courroux, ô
» Eternel ! Nous avons conçu & avons travaillé ;
» nous avons comme enfanté du vent ; nous ne ſau-
» rions aucunement délivrer le Païs , & les Habitans
» de la terre habitable ne tomberoient point par notre
» force. Mais tes morts vivront, voire mon corps mort ;
» ils ſe releveront. Réveillez-vous , & vous éjouiſſez
» avec chant de triomphe , vous Habitans de la pouſ-
» ſiere ; car ta roſée eſt comme la roſée des herbes ,
» & la terre jettera hors les trépaſſés. Va , mon Peu-
» ple, entre en tes cabinets , & ferme ton huis ſur toi ;
» cache-toi pour un bien petit moment, juſqu'à ce que
» l'indignation ſoit paſſée. Car, voici, l'Eternel s'en va
» ſortir de ſon lieu , pour viſiter l'iniquité des Habitans
» de la terre , commiſe contre lui ; alors la terre dé-
» couvrira le ſang qu'elle a reçu , & ne couvrira plus
» ſes maſſacrés ».

J'ai repréſenté tout du long les paroles du Prophete,
pour ſur icelles vous ramentevoir, & à tout autre Lecteur vraiment Catholique & Chrétien, quelques pen-
ſées ſur l'état de la Chrétienté , notamment de ce grand
Roïaume, ſi fort agité depuis quelques années par ſes propres Sujets. L'occaſion s'en préſente en ce troiſieme Recueil, qui comprend un ſommaire des choſes advenues en ſept ou huit mois, principalement en France,
où les merveilles de pluſieurs ſiecles paſſés ſe ſont renouvellées. Ceux qui s'aſſemblerent à Blois, en Décembre 1 588 , ſe perſuadoient avoir poſé des Loix fon-
mentales de leur entrepriſe contre les Egliſes, & pour
l'aſſurance d'une domination injuſte , à laquelle ils aſ-
piroient. Leur diſcours ordinaire étoit que l'Union ou
Cité liguée qu'ils bâtiſſoient, avoit des fondemens pro-
fonds & juſqu'au centre de la terre ; que le faîte en

atteindroit aux nuées, & que de fon étendue elle empliroit le Monde. Mais celui qui jadis confondit l'orgueil de Babel, donnant à travers les entendemens de ces bâtiffeurs, leur cria du Ciel : vous vous êtes affemblés fans moi & contre moi ; ce à quoi vous penfez donner pied ira en fumée ; vos apprêts vous ruineront ; votre Ville n'eft qu'une peinture & qu'une ordure, que je raclerai en ma fureur ; au lieu de l'affurance & des triomphes que vous vous imaginez, je troublerai votre repos, je vous produirai en fpectacle à tout le monde, qui déteftera vos horribles déportemens. L'effet de ces menaces s'enfuivit à l'inftant. Le Duc & le Cardinal de Guife font faccagés & mis en poudre. Leurs Adhérans fe fauvent, qui çà, qui là ; fe ramaffent, confpirent, levent les armes, font du pis qu'ils peuvent, mettent le feu par-tout, aiment mieux fe ruiner avec les autres, que faillir à fe vanger. Et au bout de tout cela font contraints de reconnoître, comme auffi les effets le leur font fentir, que pour néant & à leur confufion ont-ils dreffé tous ces deffeins. Car ils ont prétendu ruiner ceux, qui peuvent dire à bonnes enfeignes, en parlant de l'efpérance qu'ils ont en la protection gracieufe du Tout-puiffant, fur les promeffes duquel leur foi & confolation eft fondée. Nous avons une Ville forte, les complots de la Ligue & la puiffance des Enfers ne peuvent rien à l'encontre. Ceux de Lorraine & leurs fuppôts machinoient ruine. La ruine les a accablés. Ils nous devoient pourfuivre à toute outrance, & en leur confufion nous avons trouvé délivrance. Au contraire, dira quelqu'un, depuis ce coup de Blois, les maux de la France font accrus, & ce qui paravant fembloit remédiable, s'eft rendu incurable. Le jufte jugement de Dieu le porte ainfi, pour les caufes

qui paroiſſent aſſez. Mais en ce qui eſt advenu, l'E-
gliſe de Dieu remarque néanmoins une très excellente
délivrance ; car c'étoit à l'encontre d'elle qu'on avoit
dreſſé tant de conſeils & d'efforts. Et comme lors elle
a ſenti que ſa force étoit invincible, que ſa fortereſſe
étoit imprenable, que les armes forgées contre elle n'é-
toient que de paille ou de boue déliée, elle s'aſſure
de voir le même encore ci-après, & ſon protecteur eſt
puiſſant pour lui faire tenir toujours ce même langage :
Je ſuis forte en celui qui me fortifie. La délivrance
donc qui s'eſt vue depuis quelques années, ſur-tout
depuis cette ruine de la fortereſſe des Conjurés, a été
une muraille épaiſſe & un puiſſant boulevart qui étonne
les ennemis, & les met à recommencer ; toutes leurs
tranchées, approches, mines, ſappes & batteries précédentes aïant été rendues inutiles en un matin. Cette
délivrance eſt le commencement & le ſaint préſage de
quelque délivrance beaucoup plus grande, dont l'E-
gliſe a les Lettres & Sceaux en ſes tréſors ; c'eſt la
totale ruine de l'Antechriſt & de ſa troupe bandée contre le Fils de Dieu ; c'eſt la parfaite glorifica-
tion des élus au Roïaume céleſte. Les délivrances ré-
pétées de jour en autre ſont les avant-coureurs de celle-
là, ce ſont les avant-murs qui témoignent quelle eſt l'aſſurance & la félicité de cette Cité du grand Roi, magnifi-
quement décrite par le Prophete ſous la figure de Jéru-
ſalem, au Pſ. 48, & par le grand Théologien, au vingt-
unieme Chapitre de l'Apocalypſe. C'eſt en cette Cité-
là que le Peuple agréable à Dieu, fidele à ſon Seigneur, ami de droiture & de ſimplicité, trouvera place
pour y repoſer ſûrement, tandis que les violens, perfides & ſouillés languiront dehors en miſeres éternel-
les. Les confuſions qui ſont en la Chrétienté, les re-

proches & calomnies des uns contre les autres, les outrages & fureurs semblent tenir les portes tellement closes, que ceux qui y ont demeure assurée en soient pour jamais déboutés ; & tel se vante d'en porter les clés, qui ne les vit jamais, ou s'il les a vues, les cache ; ou s'il les tient, ne veut ouvrir ni à soi ni aux autres. Mais en ces justices que nous voïons remarquées en ce Volume, le Seigneur de l'Eglise frappant sur ses Ennemis, & se faisant bien faire place, a déclaré qu'il peut, quand il lui plaît, publier l'an de délivrance aux siens, & faire ouverture lorsqu'il y en a moins d'apparence. Aussi est-ce chose arrêtée en son conseil éternel, de rompre la tête à tous ces orgueilleux, qui par embûches & invasions découvertes essaient de brouiller le repos de sa famille. Il lui a acquis une paix assurée en son Fils. Sa vérité dit qu'il conservera ce grand bien ; & il fait la grace à ses domestiques de se confier en ses promesses immuables. La Maison de Guise, sollicitée de sa propre ambition, & poussée par d'autres familles plus puissantes, avec beaucoup de délibérations prises de longue main, avec une infinité de grands moïens selon le monde, s'assuroit de jetter l'Eglise recueillie en France, & les autres, en un million de guerres. Tels étoient les desseins de ces gens-là. Un plus grand a dit : prenez conseil & il sera dissipé ; faites des délibérations, elles s'en iront en fumée ; vos paroles vous ressemblent, ce n'est que vanité j'ai délibéré tout au contraire de vous. C'est votre bu de renverser tout, & je veux conserver la vraie paix à ceux qui m'attendent. Certainement le grand coup qu'il a donné sur leurs têtes, en restraignant leurs fureurs, a bien donné occasion à ceux qui ont vu voler tant de grands éclats, de penser que les mouvé-

mens légers fe font en terre, mais que les délibérations arrêtées fe font au Ciel. Mais où eft cette paix ?
vu que depuis le coup donné à ces remueurs, nous
n'avons vu que guerre. Je vous puis répondre, cher
Ami, que c'eft en cela que j'apperçois beaucoup d'é-
quivoques. Nous redoutons infiniment ces guerres, où
nous ne voyons que fer, que feu, que fang, que pleurs,
douleurs, cris & ruines. Et toutesfois un cœur vraiment grand & bien affis ne s'ébranle point en voyant
rouler des pierres, & des hommes entrant dans le fépulcre. La guerre qu'il redoute, c'eft d'avoir affaire
à Dieu, la main duquel eft inévitable, l'œil tout voyant,
la force invincible & les confeils affurés. La paix que
nous fouhaitons eft appuyée fur les belles moiffons &
riches vendanges, fur des trafics affurés, fur des allées
& venues agréables, & fur des communications qui
apportent de l'honneur, plaifir, du profit à nous & aux
nôtres, durant un long cours d'années au monde. Eh !
pauvres que nous fommes, la paix de Chrift ne
nous eft rien ; ce n'eft cela que nous cherchons. Il va
donc bien pour nous, que parmi tant de tumultes, Dieu
nous recorde quelquefois que c'eft folie à nous de penfer trouver repos en troubles, & Ciel en la Terre ; que
la fiance que nous avons en lui requiert que nous cherchions la vraie paix en combattant nous-mêmes, & en
la victoire que nous aurons par fon efprit fur nos affections, laquelle fera accomplie entierement au jour
de notre mort; que nous defirions profiter de plus en
plus en la connoiffance du fecret de fa vérité, où nous
trouverons la paix malgré toute la rage du monde, &
la vie dedans la mort. C'eft le fruit de la foi qu'il a
donnée aux fiens. Ils le favourent parmi ces aigreurs
de la chair, malgré ces terreurs de Satan, & en dé-

pit des fureurs enragées de tant de méchans qui en-
vient la paix à l'Eglife (1), & ne fe plaifent qu'à faire
la guerre à Dieu, à nature & à eux-mêmes. Mais quand
je vois tant de jugemens qui les ont mis mille &
mille fois à recommencer, qui ont coupé en France
& ailleurs leurs cordeaux noués & renoués, qui ont
exterminé cet amas de méchans confpirateurs, & fait
(fi j'ofe ainfi parler) bien ample fatisfaction à l'Eglife,
du fang des Martyrs, épandus depuis cinquante ans,
notamment en l'an 1572, ayant accravanté (2) les plus
fignalés auteurs de tels forfaits, frappé les Villes meurtrieres à la tête, ayant permis qu'elles fe foient préci-
cipitées ès confufions où elles croupiffent ; je ne puis
finon ramentevoir (3) aux vrais Catholiques & Chrétiens, qu'ils ont très jufte occafion de s'appuyer à jamais fur celui qui fe montre par effet la fortereffe des
fiens, ayant précipité fi foudainement en ignominie
éternelle ceux qui fe glorifioient d'être logés par-deffus tout accident humain, qui difpofoient en leurs
cœurs des iffues de la vie & de la mort de tant de
Peuples, qui, entre leurs flatteurs, s'appelloient les mignons de la fortune, qui fe mocquoient de l'efpérance
des Eglifes affligées, & fe confiant en leurs menées, difoient que leurs deffeins étoient accomplis & que pour
le couronnement de l'œuvre ne reftoit que de fe faire
couronner eux-mêmes. Les malheureux ont rencontré en cette hauteffe imaginaire la tempête de l'Alti-

(1) Dans toute cette Préface, l'Auteur n'entend par l'Eglife que la Religion prétendue Réformée ; & par
celle de l'Antechrift l'Eglife Catholique, Apoftolique & Romaine ; c'eft-
à-dire, que par-tout il fubftitue l'erreur à la vérité.

(2) Accravanté. L'infinitif eft *Ac-*
cravanter, qui veut dire *écrafer*, accabler fous un poids exceffif. Ce mot
eft compofé & dérivé de crever. On
ne s'en fert plus.

(3) Ramentevoir, rappeller le fouvenir, rappeller à l'efprit ce qui s'eft
paffé, faire reffouvenir.

tonant.

tonant (1) qui les a pouldroyés en un tourne-main.
Cette même puiſſance a mis bas tant de Villes de haute
retraite par un moïen nouveau, aïant fait qu'elles ſe
ſont déſolées d'elles-mèmes, la Juſtice divine aïant levé de leurs épaules les courroies dont elles ont été &
ſont fouettées ſur un théatre ſi haut élevé, que tout le
monde oit ſonner les coups; & tous y penſent, fors les
miſérables qui ſont en ſpectacle effroïable, à cauſe de
leur ſtupidité furieuſe. Ils ſe glorifient de leurs chétives
conſpirations, aïant dégradé & tué celui qu'ils ont
adoré ci-devant; c'eſt à leur compte, l'acte le plus
noble qu'on ſauroit exécuter. Le malheureux qui a fait
le coup eſt logé parmi leurs Saints. Quelle eſt cette
hauteſſe-là, qui fait voir les inſenſés plus bas que les
bêtes brutes? Tant y a que cette audace paroît au
milieu de la France, où la main de Dieu, élevée pour
abaiſſer les ſéditieux, eſt ſi peu reconnue, qu'ils appellent leur déplorable état, ſainte Union, & penſent
que leur obſtination déſeſpérée mérite le nom de réſolution aſſurée; que leurs ſuperbes confiances ſoient
plus fermes que le thrône du Tout-puiſſant, & que le
Maître cruel & cauteleux à qui ils ſe ſont voués ſoit
par-deſſus tout accident, pour maintenir leurs tumultes, en dépit de toute Puiſſance divine & humaine.
Tant y a que l'on voit leur orgueil en la pouſſiere,
tant de menées qu'ils avoient faites devant l'Aſſemblée de Blois, qu'ils ont continuées depuis d'une façon ſi étrange & abſurde, qu'elle ſera incroyable
au temps à venir, ſont diſſipées. On les voit à recommencer, & combien qu'ils eſſaient de ſe rejoindre comme ſerpens dépeçés, & que l'or & les promeſſes de

____

(1) C'eſt-à-dire, de celui qui ſe fait entendre du haut du Ciel, *qui to-*
nat ex alto.

Tome III   b

Caftille foient le ciment & la colle, pour ramaffer les membres de ce corps monftrueux, qui cherche à s'attacher un Chef, fi fera leur confpiration abaiffée, leur félonnie donnera du nez en terre, & ira en poudre. Le pied de la Majefté royale marchera deffus ; tant de fideles affligés & iniquement oppreffés, tant de bons Serviteurs du Roi, que ces infolens ont opprimés avec une infinité d'injuftices & violences, verront de plus en plus la fuite des jugemens de Dieu fur ces endurcis, qui ont délibéré de rompre & non pas de ployer. Jufqu'à préfent les confufions fe font multipliées, & les maux de la France ne demandoient pas des remedes moins âpres, puifque la Juftice célefte a ainfi procédé. Mais puifqu'au milieu de fes châtimens, le Seigneur fouverain a accoûtumé de fe fouvenir de fes miféricordes, il eft à efpérer que ceux qui efpérent en fa grace trouveront fous fon adreffe, après tant de précipices, quelques adreffes plus unies, & qu'il trouvera, felon fa fageffe, des expédiens qui apporteront quelques confolations à fes enfans. Quant à la façon & au temps, c'eft à fa bonté d'y pourvoir ; ce nous eft affez de favoir pour certain qu'il veut & peut le faire plus aifément & promptement que nous ne faurions le comprendre ni le defirer. C'eft à nous de l'attendre d'un œil paifible fur ce pas-là ; & combien que notre fens nous veuille ébranler, pour faire que nous empoignions ceci ou cela pour hâter la délivrance ; fi faut-il demeurer cois, voire defirer d'être ainfi, puifque tel eft fon bon plaifir. Et quel contentement nous eft-ce de favoir pour certain que ceux qui entendent l'Eternel en la voie de fes jugemens ne feront fruftrés de leur efpoir ? Nous favions bien, il y a quarante ans & davantage, que Dieu s'étoit mis en chemin pour venir parler à ces têtes audacieuſes, qui marchoient ſi bruſquement contre lui. A meſure que ces ſuperbes faiſoient un pas, nous ſavions que Dieu en faiſoit quatre, qu'il y auroit enfin de la rencontre ; qu'il y auroit des coups rués & des hommes de terre qui retourneroient en poudre. Combien en avons-nous vus tomber par terre ? En ce ſentier de tes jugemens, ô grand Dieu, nous t'avons vu faire merveille ! Les oreilles nous en cornent, nos yeux en ſont comme éblouis, nos cœurs en ſont réjouis, ſur-tout de cette derniere rencontre, où tu t'es montré, en peu de mois, ſi admirable & ſi redoutable, aïant vendangé tant d'eſprits & fait des recherches ſi étranges, mais très juſtes par tous les coins de la France. Les Ennemis d'icelle & des Egliſes penſoient être au bout de cette pénible carriere, où leurs Prédéceſſeurs ſe ſont rompus le col. Ils penſoient bien empoigner à ce coup leur proie ; mais Dieu les a arrêtés au chemin de ſa vengeance, & les gens de bien diſoient, en leurs cœurs, d'un chacun des Chefs de cette mutinerie :

> Il a cherché la malencontre ;
> Fais, donc, Seigneur, qu'il la rencontre.
> La bonne encontre il a haïe ;
> De lui bonne encontre s'enfuie :
> Soit de tout mal entortillé,
> Comme s'il s'en fût habillé.

Leur ſouhait n'a pas été vain ; & Dieu a plus fait que l'on n'eût oſé ſouhaiter. L'on penſoit qu'il ſe contenteroit de quelques menaces, & il a tonné : en lieu de fouet, il a porté l'épée, & a frapé d'eſtoc & de taille.

Rempliſſant tout de corps morts envahis.

Ce n'a pas été une revue faite hâtivement ; mais nous avons vu le ſouverain Juge au milieu de ce Roïaume, ſentencier les principaux d'icelui, dont ſe ſont enſuivis de terribles ſupplices. Et tant plus il y a de défauts du côté des hommes, plus ils y ont apporté de leurs paſſions, plus y voïons-nous la redoutable main qui trouve des bâtons de ſa fureur où il lui plaît, & de tout bois ſait bien faire des fleches, pour frapper ceux qui ſont expoſés en butte à ſon indignation. Il n'eſt pas beſoin, cher Ami, que je vous le nomme plus particulierement, vous les voïez abattus en ce Livre ; & ſi vous voyez quelques jours la ſuite de ces Recueils, ou l'Hiſtoire entiere de notre France, depuis cinquante ans, & depuis cinquante mois, direz-vous pas, que pour bien qualifier cette Hiſtoire, on peut dire que c'eſt le théatre des jugemens de Dieu ? Celle des autres quartiers de l'Europe, ſur-tout des Pays-Bas, mérite même nom, je le confeſſe ; & tant d'excellens perſonnages qui y ont attendu le Seigneur au ſentier de ſes jugemens, ne cacheront pas à la poſtérité, je m'en aſſure, les confuſions tombées ſur la cruelle inſolence des Ennemis de la ſainte liberté & tranquillité de ces Pays-là. A la mienne volonté, que tant de bonnes ames, qui y ſubſiſtent encore & qui ſont très affectionnées à la paix & proſpérité de notre France, & à très juſte raiſon, attendent de pied coi avec nous l'Eternel en la voie de ſes merveilles. Le moïen d'y voir plus que nous ne deſirons, & que tout le deſir de nos ames appréhende cette ſageſſe, puiſſance & bonté indicible qui veille pour ſon Egliſe. Si ce mémorial nous fortifie d'un côté , retient de l'autre nos paſſions en bride , & nous change à bon eſcient, faiſant que ſa vérité ſe loge en nos cœurs, ayant chaſſé la vanité & le menſonge, que nous puiſſions oublier nous-mêmes , pour nous ſouvenir de l'appeller & le preſſer de venir, notre attente ne ſera fruſtratoire : il viendra & ne tardera point. Et ſi lorſque nous étions comme aſſoupis d'étonnement & d'angoiſſe , il n'a pas laiſſé de devancer ces mal aviſés , qui alloient courant par des ſentiers obliques, & les a happés & frappés avant que nous fuſſions bien éveillés ; s'il a redoublé les coups quand nous penſions que c'étoit aſſez qu'il fût apparu un matin , que devons-nous eſpérer , je vous prie , ſi nous avons tant ſoit peu l'œil au guet ? Ainſi donc , que les ténebres de tant de confuſions publiques & particulieres , que les brouées des impoſtures & calomnies ſemées par les ſuppôts de ſédition & félonnie exécrable , que la nuit de l'ignorance & de l'athéiſme, laquelle ſemble ſe renforcer, n'empêche point nôtre ame de contempler à découvert le bras & l'épée du Tout-puiſſant , lequel s'apprête pour faire nouvelles vengeances de ceux qui ne l'aiment ni ne le craignent, ains ſe ſervent du nom de Religion & d'Egliſe, pour abolir toute vraie piété & chaſſer Jeſus-Chriſt hors de l'Europe. Que ſera-ce , ſi de toute nôtre affection & ſans dilayer, nous invoquons ardemment celui qui s'eſt obligé par tant de ſermens, par tant de gages précieux à nous exaucer par effet ? Il faut bien reconnoître ici , que pour avoir trop peu priſé ce beau jour de la grace divine & ce ſoleil de vérité, qui luiſoit ſi clairement, à bon droit les ténebres épaiſſes de diverſes erreurs & malheurs ont enclos & couvert de toutes parts ceux qui ont par trop

abufé du précieux nom qui étoit invoqué fur eux. Que
pour n'avoir aimé ni recherché ce bien, fans quoi
nous n'avons que mal ; ce bien, dis-je, à favoir Dieu
même fe révelant en fa parole, ç'a bien été raifon
que les angoiffes fe multipliaffent fur ceux qui courent après les Dieux étranges ; & que tant de con-
voitifes perverfes, tant de pratiques méchantes que le
temps a découvertes, fuffent punies de cet épouvantable aveuglement & de ce trifte achoppement de la
France ; la plupart des Habitans de laquelle, au lieu
de penfer que les jugemens de Dieu font fur eux, &
d'apprendre à reconnoître quelque petite partie de leur
devoir, frémiffent & murmurent contre le Ciel, procurent par tous moïens que leur propre terre les vomif-
fe, aggravent leurs fautes, & femblent ne defirer
autre chofe que malheur. Telle eft la coutume des enfans d'Adam. Jufqu'à ce que le Saint Efprit leur donne
un bon fens, ils ne peuvent devenir vraiment fages,
ni aux dépens d'autrui, ni aux leurs propres. S'ils font
preffés de mifere, ils fe voutent fous le fardeau, &
tout accablés qu'ils font, ne ceffent jufqu'au dernier
mot de continuer en leur audace venimeufe contre la
patience de Dieu. Le foupir qui échappe de leur bouche, eft un témoignage de felonnie & de fureur défefpérée, qui voudroit bien fe venger une fois & puis
périr. Les autres font enfevelis en une léthargie fpirituelle, fi avant que la mort même ne les peut éveil-
ler ; étant entrés, puis aïant féjourné en ténebres d'i-
gnorance & de mépris de toute vérité au monde, ils
en fortent aveugles, courant après leurs conducteurs
aveugles, fe jettent à tête baiffée en l'abîme de confufion éternelle. Quelques-uns difent en leurs cœurs,
qu'ils favent bien le mal qu'ils font, & le veulent

faire. Ce font ceux qui fe vantent d'avoir capitulé avec la mort, & qui fe glorifient que le torrent des malheurs, qui bruient de toutes parts, venant à couvrir de nouveau les lieux de leurs retraites, ne touchera point à leurs remparts, d'autant qu'ils ont l'impudence & la rebellion pour défenfe : ils fe font cachés fous les damnables pratiques & intelligences qu'ils ont avec l'Ennemi commun, qui, à l'exemple de Satan, Maître des Sorciers, promet monts & merveilles à ces enforcelés, afin de les tyrannifer puis après & les arracher de leurs cavernes, pour les eftreindre & tourmenter ès cachots qu'il leur bâtit en fa penfée. Si n'empêcheront-ils point la main toute puiffante, qu'elle ne faffe marcher les Sergens de fa haute juftice par la terre, toutes & quantesfois qu'il lui plaira. Cette juftice fienne a un trône fi ferme que la cautelle & force humaine éclate en pieces, quand elle s'ingere de heurter à l'encontre ; les machines d'enfer n'y peuvent rien. Au refte, ce qu'elle décerne & fait exécuter eft tel, que combien qu'elle étonne ceux qui y prennent garde, fi leur apprend-elle auffi à confeffer franchement, que le tout eft compaffé & réglé comme il appartient : elle crie à nos oreilles :

> Veuillez, François, ces jugemens comprendre,
> Et vous garder déformais de méprendre.

Elle nous remet devant les yeux les terribles effets de fa puiffance, qui a raclé tant de refuges, & tant de fauteurs de menfonge. Les déluges de fon ire, qui ont noïé les cachettes des confpirateurs, ne font pas encore taris. Leur capitulation avec la mort eft rompue, leur intelligence avec le fépulcre ne tient point,

les ravages des maux les ont ravagés une infinité de
fois, ils en entendent encore le bruit effroïable, qui
les met en nouvelles allarmes ; & quoiqu'ils s'efforcent de chercher un lit pour prendre du repos & s'envelopper de quelque couverture en leur maladie,
c'est en vain, tout cela est trop court, & ne sert que
d'accroissement à leur misere, en laquelle toutesfois
ils perséverent volontiers, se comportans furieusement & contrefaisant les joïeux. Mais c'est un ris Sar-
donien (1), témoin de leur proche, honteuse & pi-
teuse fin. Quel malheur est-ce là ? que de quelque
douceur que Dieu & leur Prince légitime use envers
eux, ils n'en deviennent de rien meilleurs ; qu'ils ne
prennent aucunement garde aux amiables avertissemens
aux modestes déportemens, aux gémissemens de tant
de bons patriotes, qui desirent & procurent une vraie
& sainte réunion ! Tout propos d'amitié & de paisible
conférence leur est extrêmement odieux ; d'obéissance
aux bonnes Loix, de respect aux droits de leur Roi,
de souvenance de l'ancienne fidélité, courtoisie & humanité du François, il ne leur en faut sonner mot.
Leur représenter la sainte Majesté de Dieu, les témoignages exprès de sa parole, qui interdisent aux
Peuples la rébellion, l'anarchie, la sédition, qui recommandent & commandent l'obéissance aux Princes
légitimes ; c'est les vouloir faire hérétiques. Que pour-
roient-ils apprendre, quand leurs propres Docteurs
appellant le mal, bien, & le bien, mal, ont fait les
ténebres lumiere, & la lumiere ténebres ? Vous ver-

---

(1) C'est-à-dire, un ris forcé & amer, qui ne passe pas le nœud de la gorge. *Sardonius risus.* C'est un proverbe fondé sur ce qu'il y a en Sardaigne une herbe venimeuse, qui fait une telle contraction des muscles du visage de ceux qui en ont pris & qu'elle tue, qu'ils semblent rire en mourant, *Diction. de Trévoux.*

rez, cher Ami, dans ce recueil, que la Sorbonne,
qui s'appelle très fainte Faculté de Théologie, a ofé
déterminer, prononcer & publier par écrit imprimé,
que le Peuple de France étoit quitte du ferment de
fidélité & d'obéiffance prêté au feu Roi ; que licitement & en bonne confcience on pouvoit prendre les
armes contre lui ; pource, difent-ils, qu'il a violé la
foi publique. Mais d'autant que cet avis, qui a fait tuer
le Roi, & mis en feu le Royaume, eft examiné & réfuté amplement, il n'eft befoin d'y toucher davantage, ains fuffit de l'avoir allégué pour exemple du
malheur de ces gens, qui, depuis ce temps-là, aïant
fenti comme une continuelle grêle du Ciel fur leurs
épaules, n'ont fait que grincer les dents contre Dieu
& le Roi, attachant à leur manie une obftination indomptable, fans daigner entendre un feul bon propos,
fans vouloir défiller l'œil pour contempler le moindre raïon de la force & fageffe divine, luifante fi clairement entre les débonnaires & vertueux. Tout au rebours de cela, autant de fois que l'Eternel a hauffé le bras
pour les frapper, autant de coups qu'il leur a donnés,
autant avons-nous entendu de blafphêmes de ces miférables, qui font contraints, en maugréant, de confeffer que leur méchante querelle ne trouve appui qu'en
terre ; qu'incontinent que l'or du Perou ceffera d'apparoir, & le vent d'Efpagne défiftera tant foit peu
de fouffler, leurs Rodomonts demeureront courts, &
faudra forger quelques nouveaux défordres ; que re-
niant & rejettant leur Roi très chrétien, en chaque
Ville ils auront une douzaine de tyranneaux, qui do-
mineront fur eux, comme la cicogne fur les grenouil-

les. Ils favent que fi ces mutins, qui font tant les empêchés, viennent à cette extrêmité de chercher Maître, cela éclora tant de calamités, que ce n'eft que jeu
de toutes les tragédies enregiftrées ès Hiftoires, à
comparaifon des malheurs où la France fera réduite.
Ils font confus pour la faveur que Dieu a déploïée
envers le Roi Henri IV, Prince tel, que non feulement fes ferviteurs & amis, mais fes plus grands ennemis, connoiffent qu'il eft au-deffus de l'envie. Ils
fe tenaillent de dépit d'une telle profpérité. Le feu
de leur malveillance contre ce Roi très chrétien, leur
ronge le cœur, & dés-à-préfent leur fait fentir le commencement des flammes d'Enfer. Or, tandis qu'ils fe
confument & qu'ils renaiffent en cet horrible feu des
peines qu'ils ont méritées, c'eft à nous d'apprendre à
leurs dépens; & pendant que les jugemens d'enhaut
courent par toute la France, appliquer nos entendemens à l'amour de piété, de droiture & de pureté de
mœurs. Puifque les pervers refufent le fupport de Dieu,
acceptons-le tant plus affectueufement, que cette bénignité qui nous a fait fpectateurs de fes hauts exploits, foit prifée & révérée de nous, pour contenir
nos pas ès fentiers de fon obéiffance, pour nous faire
contempler en foi & crainte ce qu'elle exécute tous
les jours, & attendre paifiblement tout ce qu'il lui plaira que nous remarquions ci-après. Si vous regardez la
Maifon de Guife, bâtie avec tant de travail par l'efpace de tant d'années aux dépens de la France,
ayant eu, pour matiere & ciment, les os & le fang de
tant de familles honorables, fondre en un inftant à
Blois, être pouffée en ruine par celui qui, fuivant l'e-
xemple de fes Prédéceffeurs, l'avoit fi foigneufement

eftançonnée (1) depuis fon avenement à la Couronne : fi vous confidérez la mort de la Reine - Mere ,
qui après tant d'allées & de venues , tant de confeils
& Dieu fait quels , depuis l'an 1559, tant de pratiques & d'efforts fous le regne de fes trois fils , a vu
tous fes deffeins renverfés , fes efpérances atterrées ,
la porte de fon défefpoir ouverte , fans moïen de la
refermer. Si vous jettez l'œil fur les brigues de la Ligue , fur les courfes aux Pays-Bas , à Rome , en Efpagne : fi vous vous ramentevez les coups de pied &
de poing que les Ligueurs ont reçus de tous côtés ;
fi vous vous repréfentez ce Moine , donnant d'un couteau dedans le ventre du dernier Roi de la race de
Valois (1), que verrez-vous en tout cela , que des
jugemens redoutables & à millions fur la France ? Sor-
tez dehors , prenez garde au naufrage de l'Armée invincible , à la tragédie de Montbelliard , aux efforts
malencontreux des Ducs de Lorraine & de Savoie (2),
vous touchez le bâton de Dieu. Ce qui eft advenu en
divers autres endroits , felon que les defcriptions en
font foi , propofe-t-il autre chofe que très juftes vifi-
tations fur les Habitans de la Terre ? Tels jugemens
font miféricorde à ceux qui les recordent pour devenir amateurs de juftice ; ce font enfeignemens propofés aux gens de bien , qui apprennent à s'humilier fous
la hauteffe de l'Eternel , & à méprifer les menaces de
ces Pygmées , qui , montés fur leurs échaffes , pen-

(1) Appuïée, affermie. Etançonner, au propre , c'eft mettre des étançons , c'eft à-dire, des étais, des appuis, pour foutenir une muraille qu'on fappe , ou qu'on reprend par-deffous œuvre.

(2) Henri III, affaffiné par Jacques Clément , Jacobin , le premier jour d'Août 1589, à Saint Cloud.

(3) Quelques-uns de ces faits font rapportés dans le Volume précédent. Ce qui regarde Montbelliard fera rapporté dans ce Volume.

sent faire autant de peur à Dieu, comme ils donnent de peine à leurs esclaves. J'apperçois une main écrivant sur les parois de leur orgueil la sentence donnée contre tant de forfaits. Cette main, qu'ils ne se soucient de regarder, branlante sur leurs têtes, se fera bien sentir ; elle les écrasera, ainsi qu'elle a fait leurs semblables. D'autre côté, je la contemple dressant les articles de paix & de consolation, pour tous ceux qui ont part à son alliance, qui sont unis avec elle, qui lui recommandent leurs affaires, dont elle veut continuer de prendre charge, les assurant que ce soulas qu'elle continue de leur donner, ce soin qu'elle a de leur salut, n'est qu'un bien petit échantillon de l'heureuse paix qui les attend hors des troubles de la vie présente ; & que toute cette entremise de sa sagesse au monde, est une étincelle de la gloire incompréhensible qui les environnera & rassasiera par-dessus les Cieux. Vous donc, qui depuis trente-trois ans en çà, avez été poursuivis si rudement par des gens, qui prétendoient non-seulement empiéter vos biens & maîtriser vos corps, avec les cruautés contenues en l'Histoire de notre temps, mais aussi qui ont tyrannisé tant qu'ils ont pu vos consciences ; &, dénués de toute Religion, pleins d'athéisme, d'injustice & d'ordure, ont osé (malheureux & perdus qu'ils sont) vous accuser & condamner d'hérésie, ont osé mettre en avant le sacré nom de Dieu, de l'Eglise, de la foi Catholique, du service divin ; ont osé parler d'ordre, de gouvernement, de Rois & de Loix : vous qui souffrez encore en tant de sortes par la malice de tels insensés, souvenez-vous que votre garand ne sommeille point, ains vit, voit & pourvoit à tout, mais spécia-

lement à vous, pour se montrer quand il en sera temps,
afin de soutenir votre espérance. L'un des principaux
fruits d'icelle est, que comme ces vermisseaux de cinq
pieds, qui vous menaçoient ces années passées, sont
morts pour ne plus revivre, sont allés en leur lieu
pour n'en retourner jamais, vous teniez pour chose
arrêtée qu'il en prendra de même au reste de leurs confédérés, si-tôt que Dieu voudra les trousser. Vous direz de ces furieux, qui se haussent dessus les nuées, &
toutesfois roulent les uns après les autres au fond des
abîmes ; ne sont-ce pas ici ces bravaches qui devoient
manger tout le monde, qui ont réduit la France en
désert, détruit les Villes d'icelle, gourmandé grands
& petits, les voilà saccagés, tels qu'une charogne
foulée aux pieds, & en pire état ; leur mémoire fait
peur, l'odeur de leur nom empuantit l'Europe, ils
sont en scandale aux bons, & en abomination devant Dieu, qui est venu les rechercher, qui leur a re-
proché leurs maléfices, & les a attachés au gibet de
sa vengeance. On parle d'eux, mais comme de brigands, étendus, brisés sur une roue, & dont le seul
souvenir engendre vergogne, dépit & frayeur. Ils se
sont autrefois glorifiés de nos désolations, ils ont dit
que leur violence nous feroit perdre la dévotion que
avons au service de notre Seigneur, ils n'ont pas épargné le sang de nos freres, ains l'ont épandu plus
hardiment sur terre, que de l'eau pure. Ils ont volé nos
maisons, violé la pudicité de nos filles, brûlé nos saints
Livres, abattu notre gloire, dérobé notre joie, obs-
curci l'or de la Jérusalem chrétienne, mêlé leur écume
parmi l'argent d'icelle, leur fiel en son miel, leur tort en
son droit. Ce sont eux qui ont ensanglanté nos chambres,

nos forêts, nos champs & nos rivieres, du fang innocent ; lequel, fans crier, crie vengeance, & l'attire du Ciel fur eux. C'eft par tels fléaux de fa jufte
indignation que Dieu nous a battus diverfes fois : c'eft
de cette profane & meurtriere Ligue que le jufte Dominateur nous a fait être la proie. Il nous a équita-
blement expofés au feu, au fer, à la rage & aux outrages indicibles de ces bourreaux, qui n'ont eu jamais
plaifir en leur vie, qu'à nous hacher en pieces, qu'à
faouler leurs yeux de nos miferes, qu'à contenter leurs
oreilles de nos fanglots, & qu'à courir jours & nuits
après ceux que leurs griffes n'avoient pu déchirer. Mais
finalement, les fideles ainfi réduits à toute extrémité,
& n'en pouvant plus, fe font retournés vers la main
qui les frappoit de tels bâtons, &, tout couverts de
plaies, ont demandé miféricorde ; ils fe font écriés
comme une pauvre femme qui eft aux traits de la mort,
ne pouvant, à caufe de fa foibleffe, fe décharger du
fruit qu'elle porte. Tant de recharges, tant de tranchées, d'afflictions furvenantes les unes après les autres, ont fait redoubler leurs complaintes, & pour cela
n'ont fenti relâche ; il falloit que la douleur attirée
de fi longue-main continuât, comme elle continue encore. Que les oppreffeurs profperent, mais jufqu'à ce
que l'heure de leur confufion foit fonnée. Nous en
voïons les commencemens & une magnifique pourfuite ; à mefure que Dieu déchargera la terre de ces
monftres, auffi s'avancera le foulagement de l'Eglife.
L'un ne peut être fans l'autre : le falut des Ifraélites
dépend de la ruine des Egyptiens. David regne après
la mort de Saül. Et les bons refpireront lorfque les
méchans perdront le fouffle. Cependant, quoique tant

de gens de bien, qui perfiſtent miraculeuſement parmi
tant de tempêtes, ſemblent plutôt morts que vivans, ſi
eſt-ce qu'ils vivent & vivront, puiſqu'ils appartiennent au vivant, lequel vivifiera, & (étant l'Eternel)
donnera être à ceux qui ſemblent anéantis. Eveil-
lons-nous, cher Ami, de cet aſſoupiſſement d'afflictions, eſquelles la grande vertu du Seigneur ſe manifeſte en nos infirmités, pour emploïer d'orénavant notre tout à chanter les louanges de notre ſouverain
Pere. Que le complot de ſes ennemis, qui nous tiennent (ce penſent-ils) ſerrés ſous un tombeau, ne
nous ôte la penſée ni la voix. Acceptons cet Eſprit
qui nous eſt offert en la ſainte vérité de ſa parole, la
grace & efficace duquel ſera comme une agréable roſée au printemps de ſa bienveillance, pour nous faire
verdoyer & fructifier comme devant. En attendant
ce qu'il aura déterminé de tous ces orages & rudes hi-
vers de la perſécution des méchans, ſéparons-nous
de penſée principalement, arriere des ſéditieux &
meurtriers ; poſons le cas que ces tracas & voyages
divers, que les fideles ſont contraints de faire, ſoient
comme autant de cabinets où ils demeurent enclos pour
quelques jours, tandis que la foudre & la tempête tombent ſur ceux qui ſont à découvert, & les accravantent.
Ce Tout bon, & Tout-puiſſant, de qui les Incrédules penſent qu'il ait abandonné ſon Peuple, qu'il l'ait
totalement livré à l'épée des Conjurés, ne demeurera
pas toujours dedans ſon tabernacle. Il deſcendra des
Cieux, & viendra faire exactement le procès à ceux
qui le calomnient & dépitent ; & comme il a commencé & pourſuivi depuis tant d'années juſqu'à préſent,
il achevera de verſer ſur les têtes de ſes Adverſaires

le loyer de tant de forfaits, dont ils ont souillé les Cieux & la Terre, notamment la France, qui, comme enivrée de massacres infinis, a vomi depuis l'Assemblée de Blois ce sang-là, en présence de Jesus-Christ & de son Eglise, & prié d'être déchargée de ce fardeau importable de méchans qui l'ont rendue misérable plus que nul autre Païs du monde ; elle qui, jadis a été la Reine des Roïaumes, & le plaisant œil de l'Univers. Telles supplications ne sont pas égarées en l'air, ains sont parvenues aux oreilles de l'Eternel des Armées. Il y a pourvu, & ce Recueil fait foi que ceux sont du tout abrutis, qui pensent que les affaires du monde roulent à l'aventure, qui dressent des calculs platoniques, & des supputations pendues aux étoiles, ou à certaines périodes en la vie des états du monde, pour nous détourner de l'appréhension du juste gouvernement de Dieu, lequel nous est représenté en mille endroits de l'Ecriture Sainte, conservant de sollicitude spéciale ceux qui lui appartiennent, & confondant les réprouvés.

Mais j'entends ici la raison humaine, qui, sans raison, s'éleve contre celui, la gloire duquel gît à cacher ses justes Ordonnances. Elle ne fait que plaindre & pleurer ses maux & ceux d'autrui. Nous ressemblons aux petits enfans, qui pour une égratignure bien légere, & qui n'aura sinon éfleuré la premiere peau, se feront bander la tête, & crieront à gorge déploïée tout un matin, ou aux grands enfans, qui pensent se faire beaucoup d'honneur, si, quand quelque triste nouvelle leur survient ils se mettent au lit, & demeurent-là quelques jours à marteller (1) inutilement leur cerveau malade,

(1) Tourmenter, agiter avec force.

Ainsi

Ainſi penſons-nous qu'en amplifiant ce que nous appellons nos miſeres, & faiſant des diſcours tragiques, ou demeurant entortillés en un long deuil, nous ferons (par maniere de dire) rebourſer (1) le cours du Soleil, & empêcherons que la grande roue de la providence éternelle ne tourne comme il lui plaît. Il y a un autre mal en nous, c'eſt que nous brouillons la conſidération de nos maux particuliers (puisque nous les voulons ainſi appeller) avec celle des maux publics. Peut-être ſuis-je bien ennuyé des longues guerres de la Ligue, & des torts que les rebelles font à mon Roi ; je déplore les ruines de la France, mais je regarde auſſi à quelque champ que j'y ai laiſſé, ou à une piece d'argent qui m'y eſt dûe, & qui me fait beſoin. Là-deſſus, je penſe avoir fait merveilles, ſi à part moi, ou avec le premier qui m'accoſte, je contrefais Hercule, qui ſoulageoit Atlas portant le Ciel ſur ſes épaules. Pauvre que je ſuis, mais d'eſprit plus que d'autre choſe, qui au lieu de penſer voirement aux miſeres publiques, & d'en être ému, ſelon que la doctrine de charité chrétienne & de la communion des Saints le requiert, ne ſuis ému, ſinon de la piqûure de mon petit doigt ; & ſi j'avois ma bourſe ſous l'aiſſelle, & quelque petit état aſſuré, fût-ce aux fauxbourgs de Moſcovie, rirois à l'aventure tout mon ſaoul, ſans me ſoucier de la Ligue, ni de ceux qui s'y oppoſent, ſinon pour en entendre des nouvelles, qui me ſerviroient comme d'un curredent au lever de table. Outre cela, nous contrefaiſons les marris, & nous courrouçons aſſez ſouvent contre ceux qui montreront une autre contenance que nous. Pure ambition.

(1) Rebrouſſer, faire retourner, faire changer.

Tome III,   d

Qui nous commande de regimber contre l'aiguillon ?
Rien ne nous empêche de nous soumettre doucement
à la sagesse du Tout-puissant. Au bout de tout, il se
trouvera bien souvent beaucoup de mauvaise simula-
tion en notre fait ; & notre cœur, si nous le voulons
écouter, nous fera des reproches bien aigres. Mais
pensons-nous, cher Ami, que France, ou Flandre,
ou l'Allemagne soit notre Païs ? Ce seroit enfermer
un grand oiseau dans une trop petite cage. La meilleure partie de nous, notre nous - même, qui est l'ame
immortelle, ne se peut enfermer en si petit étui. Le
monde est grand, mais elle n'y peut être comprise.
Rien ne la peut comprendre fors l'Incompréhensible.
D'où vient donc qu'étant arriere de l'un ou de l'autre,
nous ensuivons ces badauts qui estimoient la Lune d'A-
thenes meilleure que celle d'un autre quartier de la
Grece ; ou (comme les Rois de Perse, qui n'osoient
boire autre eau que de certaine riviere de leur Roïaume) pensons que tout est perdu quand les bleds, vins,
draps, viandes, & autres commodités de nos Païs nous
défaillent. Les anciens Serviteurs de Dieu avoient bien
d'autres pensées. Ils appréhendoient le vrai Païs, &
tendoient courageusement vers la Cité permanente,
au moïen de quoi aussi rien ne leur avenoit en ces petits
quartiers de terre, où ils séjournoient & rouloient au
monde, qui les détournât de ce contentement que leur
apportoit la méditation d'une vie meilleure. Nous, qui
faisons tant les empêchés, regardons ordinairement
d'un œil sec les flammes qui consument Maisons, Villes & Païs, les vagues qui engloutissent tant de hurques, pourvu que nos cabanes demeurent en pied, &
nos nacelles puissent venir à port, parmi les pieces

& les naufrages des autres, dont même quelquesfois
nous pêchons notre part, & du bien d'autrui faisons
notre joie. Je fais qu'il se trouve par-tout des gens de
bien, qui, d'une pensée sincere & humiliée devant Dieu,
prient pour la paix de l'Eglise, & pour le rétablissement de tant de familles désolées; mais je tiens que
toutes consciences bien instruites ne sortent (pour
calamité quelconque publique ni particuliere) hors
des limites de la sainte modération, dont nous avons
les beaux exemples en Abraham, Jacob, Moïse, David, & Apôtres, & anciens Chrétiens. La charité envers notre Patrie ne doit pas procéder de coutume, ni
de considération de notre particulier simplement; mais
de nature bien réglée par les enseignemens de la vérité céleste & de l'amour du bien public. Or, nous
connoiffons en cela que la coutume nous emporte,
& qu'une nature bien réformée ne nous guide pas, en
ce que les uns rient tandis que les autres crient; &
après qu'on aura fait le fâché la moitié d'un jour, l'autre sera emploïée à s'ébaudir, & à pousser à coups de
verre tout chagrin bien loin de nous. Et quelle raison y a-
t-il d'enclorre notre Patrie en un circuit de dix ou
douze lieues ? A ce conte, les bêtes & les oiseaux de
passage auroient grand avantage sur nous. Outre notre
seule & vraie Patrie, qui est le Ciel, quelque part où
nous converfions & marchions en ce monde, nous
avons droit de nous en estimer & nommer Bourgeois;
car avec la commune jouissance de tant de choses nécessairement nécessaires à tous hommes, comme le
Ciel, le Soleil, la Lune, l'Air, le Feu, l'Eau & la
Terre, quelque nourriture & couverture convenable,
nous y est bénignement fournie par notre Créateur &

d ij

 ## *P R E F A C E.*

fouverain Maître, fous la conduite duquel nous vivons ; en quelque part qu'il fiche, pour autant d'heures que bon lui femble, notre petit pavillon, là eft notre Patrie : comportons-nous y honnêtement & en bons Chrétiens jufqu'à la mort, fans nous défefpérer, ni dépiter, s'il nous avient chofe outre notre penfée. Quelqu'un difoit qu'il y avoit plaifir & honneur à mourir pour la Patrie : mais il n'entend pas que ce foit en nous tordant les poings, & donnant de la tête contre les murailles. Louons les pleurs, pourvu qu'ils partent d'un cœur miféricordieux, patient, invincible. Nous eftimions, il y a trente ans, que les miferes qui commencerent lors, & ont continué depuis, ne dureroient pas trente femaines. Quand on parle d'une guerre, les vantards (1) difent qu'il n'y en a pas pour un été, qu'ils diront avec Céfar, en commençant j'ai achevé, je fuis venu, j'ai vu, j'ai vaincu. Mais nous apprenons à nos dépens, (& Dieu veuille qu'ainfi foit) que nos difcours n'ont point de but ; qu'il n'y a rien d'affuré ni de terminé ès deffeins de l'homme ; que la jufte ordonnance de Dieu nous traîne où elle veut, par un tour infenfible & une vis fans fin, tellement que nous voyons un commencement, avancement & abbaiffement aux affaires de notre vie, fans le voir, comme nous voyons lever & coucher le Soleil, qui nous femble ne bouger d'une place. Et que gagnons-nous de reftiver (2), quand même en reculant, voire en nous bandant contre, nous approchons de l'endroit où nous devons être arrêtés ? comme les matelots en tirant de

______

(1) Ceux qui fe vantent.

(2) Reftiver, c'eft répugner, contrevenir, réfifter. Nicot dit : *Qui pourroit reftiver aux deftins ?*

toute leur force les cables attachés aux pieux fur les
Ports, ne tirent pas le rivage à eux, mais en approchent; & foit qu'ils y penfent ou qu'ils n'y penfent pas,
vont donner contre. Gardons-nous donc de combattre
contre Dieu; au contraire, établiffons en nos ames le
trône à fa providence, qui nous faffe voir, que de fa
main partent les profpérités & les adverfités, tant publiques que particulieres. Penfons que c'eft chofe indigne à l'homme de s'élever contre Dieu, au Difciple
de cenfurer fon Maître, au Sujet d'être rebelle à fon
Prince, à l'Enfant de contredire à fon Pee .Faudra-
t-il que toutes autres créatures, qui d'un mouvement
fecret, & du tout merveilleux, fe rangent fi promptement à l'obéiffance de leur grand Capitaine, & exé-
cutent fes commiffions ainfi exactement, nous faffent
haut & bas un grand procès de nos impatiences, murmures, & rébellions ? Sommes-nous fi peu fages, de
cuider que la force d'un bras invincible ne nous puiffe
amener au point ? puifqu'il ne fait rien que fagement
& pour notre bien. Lâches Soldats que nous fommes, al-
lons-nous pleurant après notre Colonel ? Voyons-nous
fous le Ciel autre chofe que vanité & inconftance ? Que
les chapitres du Livre de l'Eccléfiafte de Salomon cha-
pitrent la vanité de notre entendement, qui penfe voir
tout, & ne voit rien, qui refufe de voir ce qui fe fait
voir de toutes parts. Parmi cette vanité du monde,
comme dans une cendre morte, nous voyons étin-
celler & reluire le feu de la vérité divine, qui échauffe,
réjouit, vivifie les cœurs fideles, les éclaire ès ténebres des difficultés humaines, & leur montre parmi
les dangers le droit ufage des caufes fecondes. Cette
vérité nous apprend que les maux, à qui nous avons

donné ce nom, ne font pas maux, à proprement parler; mais que ce font biens, puifque Dieu, qui eft bon
& le fouverain bien, les nous envoie, & pour ce que
la fin d'iceux eft bonne. Je ne parle point des ftéri-
lités, des maladies incurables, des déluges, des ruines caufées par les vents, des tremblemens de terre,
des ravages de la Mer. En tout cela, nous ne faurions
que dire, finon que c'eft la main de Dieu qui nous
menace & frappe. Au regard des guerres, tyrannies,
faccagemens, maffacres, embrafemens de Villes &
Villages, comme les Pays-Bas & notre France font
en ces épreuves depuis plufieurs années, encore que
du côté de Satan & des méchans il n'y ait que confufion, fureur & matiere de condamnation en tout cela,
néanmoins au regard de Dieu & de nous, tant s'en faut
que telles bouralques nous ébranlent, qu'au contraire
nous dirons que Dieu a changé & pourfuivra de changer tèls maux en bien, & tire à cette fin-là tous les
maux commis par les méchans inftrumens, dont fa
juftice fe veut fervir. Je n'entre point ici ès témoignages & exemples de l'Ecriture Sainte, qui fe rencontrent abondamment ès Livres des Théologiens, lefquels ont traité de la Providence de Dieu. Mais eft-ce
chofe mauvaife que Dieu châtie par des mauvais inftrumens, nous autres qui fommes fi mauvais? Lui eft
fi bon, fi fage & fi puiffant qu'il fait que quand les
Diables & les méchans font leur volonté, ils font, fans
y penfer, & malgré eux, la volonté de Dieu, témoin
l'Hiftoire de Jofeph, de Job, de la mort de Jefus-
Chrift, & de toutes les perfécutions de l'Eglife. Eft-
ce un petit gain pour nous, quand les méchans, par
leurs cruelles pourfuites, nous font changer de pen-

fée & amender nos mœurs? Devenir meilleur, eft-ce
mal? Ayons un peu de patience, les fins de tant de
maux feront bonnes, puifque les méchans périront &
les bons fe verront reçus en repos au Ciel. Si les
maux rendoient les gens de bien mauvais, il y auroit
à craindre ; au contraire, ils font fortifiés davantage
en leur prud'hommie, comme les arbres, agités au
haut des montagnes, font plus grands, plus droits,
plus fermes & mieux enracinés que ceux qui font à
couvert des Vallées. L'affliction fert d'épreuve à la
foi, à l'efpérance, à la patience des Chrétiens. Par
les exemples de ceux qui font maintenus fermes parmi tant d'affauts, les autres foibles prennent courage
& réfolution ; & comme les étoiles brillent tant mieux
à travers l'obfcurité d'une nuit épaiffe, ainfi la fplendeur de la piété paroît excellemment emmi les adverfités. Anfi que les chevaux fâcheux font tenus en
raifon par la houffine & par la bride, il nous en prend
de même. Dieu, par la verge d'affliction, nous frappe &
avertit gracieufement, afin que nous évitions les précipices & mauvais difcours de notre vie ; puis il nous
tient de court par tels moïens, & refrene ainfi les rua-
des de notre chair, l'empêchant de nous emporter
au haut & au loin, pour nous jetter finalement en
quelque fondriere de mort éternelle. Notre Dieu
eft un très fage Médecin, qui fait bien comme fes
patiens doivent être traités, & qui ne leur appli-
que le cautere & le feu qu'au befoin, qui ne continue à les purger, ou tenir en diette, que pour
évacuer ces malignes humeurs d'avarice, d'orgueil,
de colere, d'envie, d'amour du monde, de crainte
mauvaife, de vaine joie, & de fauffe efpérance. Si

nos François & Flamands avoient le temps à souhait, pensez, cher Ami, que ce pourroit être de notre état, quand au milieu de tant de maux & de tant de morts, nous pensons si peu aux vrais biens & à la vraie vie.

Nous voudrions voir punir tous les méchans, bientôt, & de quelque grief supplice. Aussi le sont-ils tous & dès-à-présent, plus rudement que nous ne saurions comprendre. Estimons-nous que le Juge du monde oublie à faire justice, quand, comment, & de qui il faut ? Cette justice sommeille-t-elle ? Y a-t-il des intervalles entre la méchanceté du méchant, son emprisonnement, son procès, son supplice ? Mais la méchanceté du méchant est tout cela : qui le pense autrement, s'abuse. J'ai vu des criminels rire & jouer en prison, estriver (1) ou gaudir (2), quand on les menoit au supplice. Ils n'en étoient moins prisonniers, ni moins misérables pourtant. Soit que la stupidité, soit que l'orgueil, soit que la fureur, soit que le désespoir accompagne les vicieux, en quelque lieu qu'ils habitent, de quelque façon qu'ils vivent, les voilà enchaînés de leur mauvaise conscience, qui leur sert de parti, de témoin, de juge, de bourreau & de gibet, où ils meurent cent fois le jour, sans pouvoir mourir, soit qu'ils sentent ou qu'ils ne sentent point leur mort, soit qu'ils la détestent, soit qu'ils l'appellent. Saurions-nous bien imaginer la grandeur & l'horreur de leurs supplices, c'est-à-dire de leurs forfaits ? Le seul vrai mal & supplice des méchans, est qu'ils sont méchans. Mais outre

(1) Rioter ; il signifie aussi contester, contrarier, débattre de paroles.
(2) *Gaudir*, se réjouir : il signifie de plus, se mocquer, se railler : faire bonne chere.

cela,

cela, ils ne font pas quitte des coups fur leurs corps;
au contraire nous voyons en toutes les Hiftoires, comme la puiffance de Dieu foudroie eux & leur race.
Les punitions après cette vie, fur leurs ames premierement, puis fur leurs corps & ames conjointement,
font inévitables, incompréhenfibles, perdurables à
jamais. Si donc on nous objecte, les méchans demeurent impunis : je dirai ; allez en France, en Lorraine, en Savoie, aux Pays-Bas, fur Mer, fur Terre, Dieu vous y répond. On réplique, plufieurs, plus
méchans que leurs devanciers, y fubfiftent : je dupli-
querai donc ; ayez patience, ils le feront ; à chacun
fon tour, difoit un de ces méchans, qui a eu fon tour.
Leurs corps échappent, penfez-vous : nullement ; le
feu brûle déja, où ils doivent être jettés ; ils y font
en leur principale partie, qui eft l'ame ; & quoi qu'ils faffent, tôt ou tard, le fupplice eft prêt pour eux, qui
s'y acheminent au grand pas. Gens mal inftruits fe
plaignent quelquefois d'être preffés plus qu'ils n'ont
mérité, comme fi le jufte Juge frappoit ceux qui n'en
peuvent mais, comme s'il fe trouvoit quelqu'un au
monde qui fût innocent devant Dieu. Ne difons point
ici, ceux-ci font plus coupables, ceux - là moins;
c'eft vouloir fe feoir en la chaire du Juge, & le dégrader. Avouons que nous fommes mauvais cenfeurs
de nos fautes, étant flatteurs de nous-mêmes, & encore plus mal-avifés juges de celles d'autrui, puifque
nous ne voyons ni le deffus, ni le fond du cœur, où
le péché gît. Et que favons-nous, fi le châtiment
du corps, tend point à quelque bien ? Laiffons-en la
connoiffance à celui qui connoit & qui fon de les penfées. Outre ce que deffus, je vous ramentevrai ce mot

que les maux du monde ſont légers, ſi on les peſe de la droite main, & ſi l'on jette l'œil ſur tant de perſonnes, qui ont ſanctifié, par leur louable conſtance, la pauvreté, le banniſſement, la priſon, les tourmens & la mort. Ils ſont légers, ſi l'on en fait comparaiſon avec les maux qu'ont ſoufferts nos ancêtres. Mais ſous ombre que nous ne ſommes jamais ſortis de chez nous, il nous eſt avis que perſonne ne ſait que c'eſt de mal au prix de nous. Sans aller en Judée, ou en Grece, l'Hiſtoire, depuis quatre-vingts ans, nous fournira d'exemples à millions; & le pere de notre ayeul aura peut-être enduré en une ſemaine plus que nous n'aurons ſouffert en quarante ou cinquante ans de notre vie, en laquelle il n'y a rien de nouveau, ſinon à ceux qui n'ont point d'yeux ni d'oreilles. Eſt-ce raiſon, tandis que les autres ahannent (1) ſous le faix, que nous demeurions veautrés à l'ombre? qu'en cette recherche du monde, nous croupiſſions cachés, & que Dieu ne nous tire jamais à compte? que notre maiſon ſeule demeure debout, tandis que toutes les autres trébuchent? Or, puiſque le monde eſt l'amphithéatre auquel la juſte providence de Dieu fait venir en avant ſes gladiateurs, deſcendons au combat, quand il le voudra, & nous y comportons en telle ſorte que, ſoit à vivre, ſoit à mourir, nous ſoyons avoués de ſa grace.

C'eſt, cher Ami, ce qui m'eſt venu au-devant ſur la conſidération de nos miſeres. Vous en pouvez penſer davantage; & cela, comme j'eſpere, vous donnera tant plus d'occaſion, & à tout débonnaire Lec-

_____

(1) Ahan, reſpiration forcée & pénible : ahanner, reſpirer fortement, avec peine.

teur, de recommander l'état du monde & de l'E-
glife à celui qui peut & veut y remédier par les moïens
que fa fagelle connoit être propres. Je le fupplie de
tout mon cœur qu'il le faffe, & bientôt, pour fa
gloire & au falut de fes élus. Acceptez ma fincere
affection, & me retenez en votre bonne fouvenance. Fait ce quinze de Février mil cinq cens quatre-
vingt-treize.

MEMOIRES.

MEMOIRES
DE
LA LIGUE.

AVERTISSEMENT.

Sur la fin du deuxieme Tome de ce Recueil des choses plus mémorables avenues sous la Ligue, il a été dit en un mot que comme les Eglises
étoient en deuil & prieres pout le Roi de Navarre extrêmement malade,
en un inftant le bruit coutut par-tout que le Duc de Guife avoit été tué
au milieu de fes intelligences & entreprifes dedans la Ville de Blois. Nous
avons maintenant en ce troifieme Volume à parler de ce fait, & de ce qui s'en
eft enfuivi, jufqu'à la mort du Roi, propofant, comme a été fait par ci-devant,
quelques Memoires qui puiffent fervir, non-feulement à ceux qui drefferont
l'Hiftoire de notre temps, mais à divers Particuliers qui defirent connoître
ce qui a été fait, dit & écrit par le menu. Or, d'autant que peu avant l'e-
xécution du Duc de Guife, avoit été publié un difcours notable entre tous
autres, touchant ce qui fe paffoit, & qui femble contenir le fommaire de
beaucoup de chofes paffées, voire une prédiction de l'avenir, nous commencerons par icelui.

EXCELLENT ET LIBRE DISCOURS,

Sur l'état préfent de la France (*).

ON dit qu'il y a du plaifir à regarder du bord bouillonner les ondes, & à contempler de deffus la terre, comment l'orage & les vents fe jouent de la Mer. Je le crois, & cela veut dire feulement, qu'il vaut mieux voir le danger de loin que d'y être. Mais fi du haut d'une Côte j'appercevois un Navire où j'euffe mes amis enfermés, en hafard de fe perdre, & fans remede, emporté contre les rocs par les courans & par la tourmente, que j'aurois de regret de me rencontrer à ce fpectacle! Si la France ne m'étoit rien, fachant exactement fon état, comme je le fais, il ne me coûteroit gueres d'en difcourir: quand on m'en apporteroit des nouvelles, elles me feroient indifférentes; je les recevrois fans paffion, bien aife au contraire d'être hors de fes tumultes, d'ouir parler de fes remuemens, avec auffi peu d'émotion & de crainte, comme fi on me contoit ceux qui advinrent à Rome, fous Tibere ou Neron. Je ne le puis étant François, je ne le puis, voïant la feule Barque de mon efpérance, le Vaiffeau où j'ai tout ce que j'ai de plus cher, & qui lui-même m'eft plus cher que moi-même, le voïant courir à fon nau-frage, voïant ma Patrie, ma premiere Mere, que tant de di-verfes maladies réduifent à l'extrêmité, haletant à peine fon dernier foupir. Mais il n'y a ordre; avec les cris une partie de la douleur s'en va, & les paroles que la trifteffe nous arrache du cœur font plus violentes que celles que la joie en tire. Si quelquefois aux afflictions nous foupirons des mots extraordinaires, témoins de notre douleur, on les écoute plus volontiers, que s'ils par-

(*) Michel Hurault, fieur du Fay, petit-fils de M. Hurault de l'Hôpital, Chancelier de France, eft l'Auteur de ce Difcours. Il fert de réponfe aux Lettres du Duc de Guife. On y apperçoit beaucoup d'efprit & de juge-ment; mais un penchant trop marqué pour la Religion prétendue Réformée. On l'a réimprimé dans le Tome troifieme, pag. 74 & fuiv. de la Satyre Ménippée, édit. de 1714, *in-8°.* Voïez le *Perroniana*, au mot *Fay*; & Bayle dans fon Diction. hiftor. & crit. au mot, de l'*Hôpital*. Les Lettres du Duc de Guife auxquelles ceDifcours répond, & dont la premiere fut écrite au Roi le 17 Mai 1588, font auffi dans le même volume de la Satyre Ménippée, pag. 67 & fuivantes. Les autres Lettres n'y font que par extrait: elles avoient été envoïées aux meilleures Villes du Roïaume. On peut voir auffi l'Hif-toire de M. de Thou, liv. 90, fous l'année 1588. La Lettre du Duc de Guife y eft rap-portée, & l'on y parle auffi des autres Let-tres du même.

toient d'un nonchalant efprit alenti par fes continuels contentemens, qui n'enfante rien auffi qui ne foit vulgaire. Ceux-ci
feront de même recommandables, feulement pour la matiere
qu'ils traitent, non pour l'ordre ou la difpofition. Les autres
fervent leur Patrie de leur corps & de leurs moïens. Ils font
bien, puifqu'ils le peuvent ; moi, je plains feulement la mienne,
je lui donne mes feules larmes, n'aïant rien que cela de refte, qui
lui puiffe fervir ; je loue ceux-là qui ne blâment point ; je ferai
comme eux quand je le pourrai, & eux comme moi quand ils
feront réduits à ceci.

Mon Dicée (1) étant oifif en cette Province, où d'autres
occafions m'avoient amené, j'ouis premierement dire que le
Roi avoit été chaffé de Paris par le Duc de Guife. Comme
toutes chofes croiffent par la réputation, ce fut là le premier
bruit. Chacun apporte fes paffions pour commentaires de nouvelles qu'on lui conte. Je ne fais, fi touché de ce vice commun, je glofai incontinent fur ce rapport ; mais il me fouvient
que dès-lors je dis à quelques-uns, qui m'en parlerent, que je
ne croïois pas que la chofe fût avenue fi cruement, eftimant
bien l'un capable de cette peur, mais non l'autre du tout de
cette hardieffe. En même temps, ou un peu après, on m'a apporté ici deux divers ouvrages ; l'un eft une déclaration du Roi,
fur ce qui eft avenu à Paris, le douzieme de Mai, contre lui-
même ; mais cela fi froid, fi timide, que rien plus, comme
d'un homme qui fe plaint & n'ofe nommer celui qui l'a battu ; comme d'un homme qui a peur que fon Ennemi foit encore en colere, & ne fe veuille contenter du mal qu'il lui a
déja fait. Il n'ofe dire qu'il ait été contraint de s'enfuir, ni
qu'on l'ait chaffé, n'ofe appeller cela injure ; à peine déclare-
roit-il qu'il en fera punition ; ne commande plus à fon Peuple,
mais le prie : & au bout du compte, ce qui eft le plus ignominieux, mande que l'on faffe des fupplications aux Eglifes,
afin que cette querelle fe puiffe bientôt appaifer, comme s'il
avoit peur que Monfieur de Guife fût offenfé de ce qu'il ne s'é-
toit pas laiffé prendre dans le Louvre, mais s'en étoit fui. L'autre, tout au rebours, font deux Lettres du Duc de Guife ; l'u-
ne au Roi, l'autre publique ; toutes deux Lettres de Soldat,

---

(1) Dicæe, mot imité du Grec δίκαιος   & qu'il le montre prefque par-tout. Appol-
juftus, jufte, équitable. Il doit s'entendre   lon a été nommé *Dicæe*, à caufe de la
ici de l'efprit de juftice qui animoit l'Auteur   juftice qu'on lui attribuoit.
de ce Difcours, ainfi qu'il fe le perfuadoit,

A ij

1588.
Discours
sur l'état de
la France.

braves, audacieuses, où il se loue galamment de ce qu'il a fait ; dit que ce jour là Dieu lui mit entre les mains le moïen d'un signalé service ; le récite avec peu de paroles & hardies, sans aucune démonstration de crainte, ni de penser avoir failli : & finalement conclut par une résolue menace, que maugré tout le monde, il maintiendra le Parti Catholique, & chassera d'auprès du Roi ceux qui favorisent les Hérétiques, désignant le Duc d'Epernon. Mon Dicée, cela m'a donné envie de vous les envoïer, vous êtes curieux de semblables choses ; & quant & quant l'indignation a tiré de moi ce Discours de l'état de la France, telle qu'elle est aujourd'hui, lequel vous servira pour juger mieux de ces deux écrits : publiez-le, si vous le trouvez bon, en taisant votre nom & le mien, car nous sommes appellés ailleurs ; sinon, gardez-le en votre étude.

La France est divisée en trois partis : le Duc de Guise & ses Parens de ce côté là ; comme les Ducs de Maïenne, d'Aumale, d'Elbeuf, de Mercur (1), freres ou cousins germains, tiennent, à mon jugement, celui qui semble le plus grand ; & c'est celui qu'avec tous leurs Partisans ils nomment la Sainte Ligue. Le Roi tient le second, le plus légitime, mais le plus foible. Le Roi de Navarre & aucuns des Princes du Sang Catholiques, Messieurs de Montmorenci, premier Officier de la Couronne, de Turaine (2), de Chastillon, & plusieurs autres Seigneurs, tant de la Religion que Catholiques ; le troisieme, qui se peut dire le plus juste, & certes encore le plus sûr. J'appelle le premier le plus grand ; soit parcequ'il y a apparence qu'il soit dérivé & comme un membre de la conjuration générale de tous les Princes Catholiques de la Chrétienté, unis & confédérés ensemble sous l'autorité du Pape, pour faire la guerre à ceux qni font profession de la Religion ; soit parceque cette bande est nouvelle, & les nouveautés en France, pour un temps, surpassent tout. De quoi servira d'argument l'apparat qu'avoient aux premiers troubles ceux de la Religion en ce même Roïaume, duquel ils avoient occupé toutes les bonnes Villes, une ou deux seulement exceptées ; & cependant au bout d'un an il ne leur en resta pas une ; soit finalement parcequ'il s'est bâti entre les Catholiques, qui y sont en beaucoup plus grand nombre que ceux de la Religion, lesquels, combien qu'ils ne soient pas tous entierement & en tout &

(1) De Mercœur.
(2) C'est de Turenne.

par tout de la Ligue, s'accordent presque tous néanmoins en ce point, qu'ils veulent la conservation de leur Religion, & en cela font démonstration de favoriser ceux qui en entreprennent la défense; ce qui fait que ce premier parti semble à la vérité le plus grand pour cette heure, encore qu'il ne le soit pas à la vérité, ou qu'il ne puisse gueres durer tel.

J'ai dit que celui du Roi étoit le plus légitime. Nul n'oseroit débattre cela, tandis que suivant ses seuls mouvemens, il a commandé à son Peuple, il a été seul obéi, & le seroit encore, s'il vouloit; mais il faut que ce vouloir là lui prenne de bonne heure: car s'il tarde plus gueres, & qu'il fasse connoître qu'il est permis à tout le monde en son Roïaume, non seulement de lui désobéir, mais de s'attaquer à lui sans danger, jamais il ne recouvrera son autorité; Dieu en a mis les moïens en son seul courage. J'ai dit aussi que son parti étoit le plus foible, il est vrai; il ne semble pas tel, il l'est; plusieurs raisons font cela. Lui premierement qui y commande, s'est gouverné de telle sorte, qu'il fait connoître que de trois Chefs de ces trois Partis, il est celui qui a le plus de foiblesse, qui a le plus de crainte, qui ose le moins entreprendre, & sur qui au contraire on entreprend le plus sûrement & le plus aisément: il s'est, dis-je, tellement conduit, qu'il n'a plus rien qui retienne les esprits de ses Sujets en son obéissance, que l'ancien respect qu'ils portent à leurs Rois, & l'ordre de leur Roïaume mal aisé à changer; moïens à la vérité très puissans en un Etat paisible, mais qu'une guerre civile de quatre ans seulement peut aussi facilement ruiner, comme elle a fait autrefois Rome en moins de temps, & comme elle a fait partout ailleurs où elle s'est trouvée; car elle ne s'engendre que par le mépris & le dédain du Prince, contraires au respect & à la Majesté. Jugez là-dessus ce que pourra faire une de trente, comme la nôtre.

Secondement, il est le Soleil couchant de son Roïaume, & si foible encore en son coucher, qu'en sa présence il voit disputer, & par écrit & par armes, de celui qui se levera après lui: or, depuis qu'un Roi souffre cela, il est perdu. C'étoit un crime capital sous les Césars Romains de deviser ce qui aviendroit après la mort de l'Empereur, tant s'en faut qu'ils osassent nommer quel seroit à leur avis le Successeur. Tibere en sauroit bien que dire; lequel après une foiblesse qui lui vint, étant malade dans le lit en son extrême vieillesse, fut étouffé par Caligula fon héritier , Prince jeune & floriffant, de peur que le Vieillard , étant revenu de Pamoifon, ne le fît mourir, feulement pour avoir été falué Empereur durant qu'on le tenoit pour mort ; tant de foin avoient-ils de conferver leur puiffance entiere jufqu'au tombeau. Les Ottomans ne veulent jamais que leurs propres enfans approchent d'eux, ne pouvant même fouffrir leur efpérance. Et s'il faut trouver un exemple domeftique de nos Rois, on conte que le grand François, Aïeul de celui-ci (1) ; étant caduc & malade en fon Château de Fontainebleau, où il étoit une fois au commencement du mois de Mai de la même année qu'il mourut, la maladie lui accrut tellement qu'on le tint, ou pour mort, ou pour ne devoir plus gueres vivre. Soudain toute la Cour courut trouver le Dauphin Henri, qui pour la même jaloufie de la fucceffion n'ofoit s'approcher de fon pere, il y avoit fix ou fept ans ; de forte qu'à peine demeura-t-il un feul homme de marque autour du Roi, tout le monde étant allé adorer ce nouveau Soleil. Cependant le Roi retourné en convalefcence pour ce coup , & fa maladie étant un peu allégée, voici le jour de l'Afcenfion qui furvient, jour qu'on célebre fort folemnellement en France. Le vieux Prince fe leve , fe pare , fort de fa chambre, le vifage & fes cheveux fardés contre la maladie & la vieilleffe, s'habille des habillemens d'une gaillarde jeuneffe ; & en cet état fe trouve à la proceffion , & lui-même porta le dais fous lequel repofoit le *Corpus Domini* : ajoutant à fon retour de-là , ces mots : *Je leur ferai encore peur une fois avant que mourir*. Il fut vrai, la chance fe tourna ; car auffi-tôt que la nouvelle fut épandue de la fanté du Roi, tous les Courtifans s'en revinrent doucement l'un après l'autre , bien étonnés & bien en peine , & le Dauphin à fon tour demeura auffi feul que fon pere avoit été : cela, c'étoit être Roi ; cela, c'étoit fe faire craindre. Combien y a-t-il encore de Païs au monde, où il fuffit pour mourir d'enquérir quels pourroient prétendre à la Couronne après la mort du Prince, ou le Prince ne defire rien tant que de laiffer cela en doute ? Hélas, il n'en eft pas ainfi de notre Roi ! Sa foibleffe a permis à tout le monde non-feulement de difputer de fa fucceffion en fa préfence ; mais à quelques-uns de le vouloir contraindre en-

---

(1) Le Roi Louis XI fut auffi fort jaloux de fon autorité pendant fes maladies ; mais à la fin il s'en démit en faveur de Charles VIII fon fils , & le nomma Roi de fon vivant. Voïez les Mémoires de Philippe de Commines, édit. de Bruxelles , 1706, tom. I. p. 402 , 406, 411 & 421.

core d'y pourvoir, & de faire fon teftament, comme s'il ne reftoit plus que cela qu'il ne mourût. Sa foibleffe & la liberté qu'il
y a de l'offenfer ont fait qu'un François peut auffi hardiment
dire aujourd'hui ; je ne fuis point du parti du Roi, comme feroit un Efpagnol ; au lieu qu'il y a trente ans, que ç'eût été un
blafphême, un parricide. Sa foibleffe finalement eft fi desho-
norée, que j'ai vu, me trouvant en Païs étranger devant un grand
Prince, Allié de la Couronne Françoife, qu'en parlant de nôtre Etat, un de là, qui en difcouroit, dit ces mots : qu'il ne
falloit conter le Roi que pour un o en chiffre, lequel de foi ne
peut rien, mais ajouté à quelque parti, le fait valoir davantage.
Je l'ai vu, & en rougis de creve-cœur pour la Nation, combien
que les divifions de notre Roïaume, qui nous contraignent à
des remedes extraordinaires, m'euffent conduit là pour un autre effet que pour fon fervice particulier, & que ce langage ne
fût point défavantageux à ce que j'étois venu faire (1).

    Tiercement, il ne fe peut pas affurer même d'aucun de ceux
qu'il eftime de fon Parti. Ceux-là perdent le cœur voïant que
lui-même l'a perdu : ceux-là n'ofent pas s'affermir auprès de
lui, voïant que lui-même branle ; n'ofent s'attacher à bon efcient à ceux qui lui font la guerre, voïant que lui-même l'endure & à peine s'en ofe plaindre. De cette façon, tout fon
Confeil, toutes fes Villes, tous fes Sujets font partiaux. Et
crois certes que de tant qu'il y en a qui approchent de fa perfonne, il n'en voit pas un, excepté un ou deux de fes Créatures, en qui il fe puiffe affurément fier, qui n'ait point de
deffein particulier, autre que le fien, qui n'ait part avec les
uns ou les autres de fes Ennemis. Car, depuis qu'un Roi fait connoître qu'il craint quelqu'un dans fon Roïaume, qu'il y a quelqu'un qui peut être plus grand que lui, il n'a plus de Majefté,
il n'eft plus rien, tout le monde courre à celui-là. Si nous ne pouvons être libres, à tout le moins nous ne voulons avoir qu'un
Maître. Si ce Maître-là a un autre Maître par-deffus lui, incontinent nous laiffons le premier pour courir au dernier : c'eft
le naturel de l'homme.

    Quant au Parti du Roi de Navarre, qu'il ne foit le plus jufte, les
commencemens de ces guerres en font foi. Il fe défend, la défenfe eft jufte & naturelle ; il fe défend encore de telle forte qu'ou-

---

(1) On a conjecturé de ces paroles que ne l'auroit fait paffer fous le nom de M. Hu-
M. du Pleffis-Mornay pourroit bien être le rault du Fay, que pour donner le change :
veritable Auteur de ce Difcours, & qu'on ce n'eft cependant qu'une conjecture.

bliant toutes occasions de se douloir, il a toujours fait conscience de travailler, le Roi (bien qu'au milieu de la guerre) le voïant ailleurs empêché contre ceux de la Ligue, nonobstant qu'il sût pour certain que toutes ces brouilleries qu'ils avoient entr'eux retomberoient toutes sur lui. Et non-seulement cela encore, mais toutes les fois qu'il l'a pu, il lui a offert sa personne & ses moïens pour lui faire recouvrer son autorité contre les autres ; à la charge de se soumettre puis après à telles conditions de paix, qu'il plairoit à Sa Majesté lui donner. Il l'a offert, & depuis ces derniers remuemens encore, bien que mille & mille occasions passées en toute cette guerre lui servent de preuve, qu'il ne se doit fier qu'en Dieu & en son épée. Je l'appelle encore le plus sûr à bonnes raisons : sa personne premierement y aide beaucoup : ses Ennemis à tout le moins lui ont fait ce bien-là de lui apprendre à être Capitaine. Certes il l'est, comparable aux plus grands qui furent jamais ; & si c'est à ses dépens, ç'a été encore plus au leur qu'il a fait son apprentissage. Ses Partisans sont plus fermes, ne regardant qu'à lui seul, retenus par le devoir de la conscience qui les unit ensemble, soit pour la Religion, soit pour se sentir engagés en une juste cause. Son parti plus éprouvé désormais il ne peut craindre d'efforts qu'il n'ait déja essaïés, les Ennemis n'y peuvent plus rien entreprendre de nouveau ; & si les deux autres avoient été aussi vivement attaqués par ce troisieme, comme ce troisieme par les deux autres, ils seroient plus ébranlés que n'est celui-ci. Il a davantage le droit acquis de la naturelle succession du Roïaume, qui ne lui est nullement débattue par aucun Particulier ; & quand bien toute la France seroit d'accord de lui ôter la Couronne, quand elle lui échoiroit, pour cela ne le seroit-elle pas, à qui on la devroit bailler en sa place. Or ce lui est un grand avantage de n'avoir point de certain Antagoniste. Ces espérances indubitables lui acquierent forces Serviteurs, en retiennent beaucoup d'autres, & pendant cela les esprits de plusieurs, qui ne veulent point voir changer l'ancienne forme de leur République, sachant bien que cela ne se peut faire sans violence, sont bien-aises de s'arrêter sur lui ; qui y entrant par la porte ordinaire, n'a que faire de bréche.

   Voilà quel est l'ordre qui se trouve aujourd'hui aux désordres du Roïaume de France. Ce sont là les principales parties qui y sont déja réglées & formées. Outre celles-là, il y en a d'autres qui n'ont point de parti formé, mais qui se tiennent à l'un de ces trois, autant que la commodité de leurs affaires particulieres le porte, qui viennent à la traverſe & qui ont tous des deſſeins à eux ſeuls, s'accordant aux autres, quant aux commencemens, mais non quant à la fin. Ceux-ci ſont la Reine, Mere du Roi, le Roi d'Eſpagne, les Ducs de Lorraine & de Savoie. Quant à eux, pour aider aux diviſions de notre Roïaume, pour dépoſféder le Roi de Navarre & les Princes du Sang, ils ſe trouvent tous bien d'accord ; mais pour le partage, non. Chacun le voudroit tout entier pour ſoi, ou à tout le moins la plus grande partie.

Il y a encore les Princes Catholiques de la Maiſon de Bourbon qui ſont demeurés avec le Roi, qui ſont toujours bien de ſon parti, d'autant que la Religion, qui ſeule en ſépare le Roi de Navarre, ne les en ſépare point ; mais qui néanmoins n'en feront jamais juſques-là qu'ils conſentent que l'on avance ou la Maiſon de Lorraine ou celle de Guiſe devant la leur, & qui en ce cas-là porteront toujours celui du Roi de Navarre, leur aîné, comme le parti de leur Maiſon. Ceux-là tiennent un grand rang en France ; car ſi le Roi de Navarre n'y étoit point, la ſucceſſion de la Couronne tomberoit ſur l'un d'eux. Ce qui eſt encore un fâcheux deſtourbier (1) aux deſſeins du Duc de Guiſe.

Avec toutes ces confuſes & néanmoins diſtinguées diviſions, auxquelles, comme j'ai dit, il ſemble que nos malheurs ont déja donné quelque forme & quelque regle, chacun de tous ces Partiſans a ſon intention & ſes procédures à part.

Le Duc de Guiſe avec ceux qui vraiment de la Ligue ne reconnoiſſent que lui en la France, a pour ſon intention & ſon but principal, de s'emparer de l'Etat, ou du tout, ou en partie ; conſeil héréditaire que le feu Cardinal de Lorraine, ſon Oncle, enta en leur Maiſon. Ce Prince, ſeul auteur de nos querelles, avoit un Pere & un Oncle, deux fort habiles hommes. Comme la diviſion commença premierement du temps du Roi Charles dernier, entre les Catholiques & ceux de la Religion, & qu'ils virent que le feu Prince de Condé, qui en étoit, embraſſa ce dernier parti ; eux qui avoient donné le motif des troubles, ſe jetterent de l'autre, & déja certes le feu Duc de Guiſe s'étoit fait Chef de part de ſon côté, nourriſſant dans ſon ame, par les deſſeins du Cardinal, ſon frere, une ſecrette intention d'uſurper, pour lui ou pour les ſiens, cette Couronne. A quoi, le Roi & ſes freres étant tous petits, il voïoit le chemin lui être ouvert principalement par la guerre civile. Il mou

---

(1) *Deſtourbier*, trouble, empéchement : *Deſtourber*, troubler, empécher.

rut, laissant celui-ci quasi enfant, sous la tutelle de son frere le Cardinal, duquel avec le lait, il suça aussi-tôt les semences de cette ambition domestique, qui furent si bien reçues par ce jeune Aiglat, qu'en peu de temps on connut que ce qui étoit de plus petit en lui, étoit plus gros que les reins de son pere. De vrai, il a beaucoup de parties nées en lui, propres pour un grand dessein; & quant à moi, j'ai toujours pensé la naissance de cet homme-là, fatale & comme un indice certain que Dieu vouloit changer quelque chose en notre Patrie. Lui-seul est toute la Ligue, le reste de sa Maison ne l'égale pas, & tous ensemble ne sauroient fournir à la moindre partie de ce qu'il entreprend; fort dissimulé, fort avisé, fort prudent, & plus que tous les autres de sa faction; tout le monde voit cela par les effets: je l'ai vu par ses Ecrits & de sa propre main, en une affaire de très grande importance où le plus grand des siens après lui, sans lui alloit faire une lourde faute. Or, voilà son intention & son but; voici sa procédure & comment il s'y gouverne. Son mal a été, que venant au monde des affaires, il y avoit encore beaucoup d'enfans de France, & de son âge quasi, qui étoient capables de pouvoir succéder les uns aux autres, d'être mariés & d'avoir des enfans, ce qui lui devoit faire perdre courage; mais pour cela, comme il commença à sentir son cœur, il ne s'étonne point; mais déguisant pour un temps son dessein, il se contente d'ancrer & de s'établir cependant dans le Parti Catholique, suivant les enseignemens de sa Maison. La fortune lui aida. D'ailleurs il a beaucoup de vertu; quelques effets lui succedent. De sorte qu'avec le nom & la mémoire de son Pere, il se trouva incontinent par les guerres civiles (que le Cardinal, son Oncle, rallumoit toujours par quelque moïen) le premier en sa faction Catholique, se rendant principalement agréable aux Villes, qui depuis les massacres étoient demeurées fort séditieuses & turbulentes, & en crainte d'un Prince de la Religion, lesquelles il caressoit par beaucoup de privauté, de douceur, de façons populaires; premieres & plus certaines marques d'un esprit qui aspire à la tyrannie. Le feu Roi Charles mourut sans enfans; celui-ci est marié, mais n'en a point. Plus il voit que la Couronne manque d'Héritiers de droite ligne, & que ceux de la collatérale y sont appellés, plus il s'en approche, & déja donne des témoignages qu'il y demande part. On oit des bruits sourds qu'il étoit de la vraie Tige de Charlemagne(2),

(1) On a rapporté ces prétentions dans le premier volume de ces Mémoires; & on

ceux de Valois , de celle de Capet , lequel avòit ufurpé la Couronne de France , fur ceux de fa maifon. De forte qu'il y avòit
apparence, qu'à peine atteindroit-il la mort du Roi à préfent
régnant & de fon frere , reftés enfans de France , pour débattre
leur fucceffion contre les Collatéraux , mais que même il anti-
ciperoit.

    Or n'avoit-il rien fi ennemi que la paix ; car n'étant ap-
puïé que fur le Parti des Catholiques factieux & fur les Villes féditieufes , il perdoit fon crédit là-dedans , fi on ne re-
veilloit la divifion contre ceux de la Religion. Comme c'eft
une chofe certaine que tout ainfi qu'une guerre civile nourrit
divers partis en un Etat , auffi une longue paix les ruine tous,
hormis celui du Roi : tellement que fon feul remede étoit toujours de brouiller & nous rejetter aux armes civiles , & puis entreprendre felon l'occafion. De fait , dès l'an 1578 il fait
une Ligue comme cette derniere ; toutefois le Roi aïant encore fon autorité entiere , Monfieur fon Frere vivant , qui rete-
noit une grande partie des efprits de France à lui , & par conféquent en ôtoit d'autant à celui-ci , elle fut incontinent étouffée , & en fut-on quitte pour une petite légere guerre contre
les Huguenots , laquelle peu après on appaifa. La France eut
repos deux ou trois ans , pendant lefquels il n'eft pas croïable
combien cet efprit turbulent , ambitieux & courageux par conféquent , pâtit néanmoins de chofes , fe laiffa ravaler & gour-
mander en diverfes fortes , pour ne fe faire point foupçonner
de ce deffein , lequel durant la paix & l'autorité abfolue du
Roi il déguifoit fi habilement , que même il en étoit méprifé
de beaucoup de gens , qui ne connoiffoient pas les dernieres
raifons de cette opiniâtre patience , marque d'un long & profond deffein. Enfin Monfieur , Frere du Roi , qui étoit un grand
empêchement pour lui , vient à mourir (1). Celui-là lui vouloit mal d'ailleurs , d'autant qu'aïant des deffeins fur l'Etat de
Flandres , lui qui dès-lors avoit une particuliere intelligence avec
le Roi d'Efpagne , y faifoit de fort mauvais offices pour ce
regard. De forte que s'il eût vêcu , j'ai oui dire à plufieurs que
le Duc de Guife l'eût eu fur les bras. A tout le moins lui étoit-
il mal aifé d'entreprendre rien en France pendant fa vie. Cet-

en a encore parlé dans fecond. On peut voir   (1) Sur plufieurs des faits énoncés ici ,
de plus fur cela , la Satyre Ménippée p. 115   voïez la Satyre Ménippée , p. 118 & les re-
& les Remarques fur cette Satyre. p. 250 &   marques , pag. 255.
fuiv.

te mort (ou par hafard, ou par deffein) vient bien à propos pour lui. Je dis par deffein, d'autant que le procès & les confeffions de Salcede ont tenu beaucoup de gens en fufpens fur cela. Soudain que Monfieur fut enterré, n'y aïant plus que le Roi debout, il lui femble qu'il s'offre une belle occafion de venir à chef de fon deffein commencé par fes Pere & Oncle depuis 30 ans, & avec tant de peine acheminé par lui. Les uns croient qu'en même temps il avoit des entreprifes contre la vie du Roi, les autres, qu'il s'étoit fondé feulement fur vaines efpérances & fur des pronofticarions qu'on lui avoit envoïées de tous côtés, qui affuroient qu'il devoit mourir bientôt; tant y a qu'il jugea qu'il ne falloit pas que l'Etat fût paifible lors de la mort du Prince, fachant bien qu'en France un Roi ne meurt point, & que foudain un autre prend fa place, qui à fon avénement romproit tous les deffeins que l'on voudroit lors feulement commencer contre lui. Au contraire, qu'il falloit qu'il eût la main armée contre l'Héritier, dès auparavant même la mort du Roi, & armée du nom & de l'autorité du dernier Roi. Suivant donc ces préceptes paternels & fes moïens domeftiques, il commença à troubler derechef le Roïaume l'an 1585; premiérement contre le Roi, d'autant que voïant que par perfuafions il ne l'eût fu amener à la guerre contre le Roi de Navarre, il falloit qu'il l'y contraignît par force; il prend fon prétexte fur ce que le Roi n'a point d'enfans, que la Couronne eft menacée de tomber entre les mains des Hérétiques; ce qui met, & lui, & tous les Catholiques de France en allarme; voïant mêmement que les Chefs de ceux de la Religion, marquant le Roi de Navarre, font favorifés & ont des intelligences fecrettes avec les Principaux & plus approchés du Roi; ce qu'il difoit pour le Duc d'Epernon nouvellement revenu de Guïenne, où il avoit vu le Roi de Navarre. Finalement fe fervant fort à propos de la crainte qu'il donnoit à fon Roi, aïant corrompu tout fon Confeil & tous ceux qui étoient auprès de lui, il fait déclarer la guerre au Roi de Navarre & à ceux de la Religion, & c'eft celle qui dure encore aujourd'hui; au train de laquelle je penfe qu'il ne cherche que l'occafion d'entreprendre; le fait de Paris le montre bien, car il ne lui refte plus rien que cela, ce lui femble. Or les armes étant ainfi ouvertes contre le Roi de Navarre, par l'avis même, confentement & autorité du Roi; encore cela ne lui fuffit-il pas : elles font journalieres; ce Prince eft brave, a beaucoup de vertu, beaucoup de moïens, beaucoup d'amis; contre lui on ne peut, pour le préfent, gueres gagner que des coups. Pour fa perfonne, elle eft en sûreté, fi on ne l'affaffine ou qu'on ne l'empoifonne, ce que Dieu détourne. Pour fes Villes, douze Roïaumes de France ne fuffiroient pas à les prendre toutes : & quand bien après avoir tout perdu, il ne lui refteroit rien, lorfqu'il fera appellé au Roïaume (fi Dieu le veut), que fon épée, c'eft encore affez. Combien de Rois ont été tirés, & de la prifon, & des Monafteres, pour être facrés? Nous en avons vus de notre temps. Charles VII fut couronné, banni dans les Montagnes d'Auvergne (1). Louis XII étoit quafi encore prifonnier en la groffe Tour de Bourges, quand il fut proclamé Roi (2). Il n'eft pas croïable par les apparences humaines que le Roi de Navarre foit jamais fi bas que cela. Et cela encore n'eft pas affez. C'eft un merveilleux point qu'un droit légitime à la Succeffion. Ces confidérations partiffent la cervelle ambitieufe de ce Duc. Il voit que non-feulement il faut qu'il rende la place de la Couronne vuide, mais que lui-même fe faffe capable d'y entrer & de l'ufurper. L'un confifte en la ruine du Roi de Navarre principalement; l'autre en l'accroiffement de fes moïens & de fa créance, laquelle n'augmentera gueres, s'il fe contente de commander aux Armées fous l'autorité du Roi, & de faire lui-même la guerre à ceux de la Religion. Mille chofes outre cela peuvent arriver en une telle entreprife, qui défavoriferoient du tout fes affaires; &, comme j'ai dit, il n'y a pas beaucoup à gagner contre des gens qui fe favent bien défendre. Il fe défioit bien d'ailleurs, qu'aïant en cette guerre embarqué le Roi par force, on ne lui fourniroit pas les moïens, pour ce faire, qu'à regret auffi. Cependant fi lui-même, commandant aux Armées, ne faifoit des effets dignes de tant d'efpérance & de tant de vanteries, qu'il avoit faites au commencement de la Ligue, il fe ruineroit. Ces chofes confidérées, il fe contente d'envoïer fon frere en Guïenne contre le Roi de Navarre, & lui cependant s'attache au Roi même, avec lequel, par voies obliques, premiérement il efpere de profiter plus & d'y perdre moins.

Son frere le Duc de Maïenne étant revenu de Guïenne, où

---

(1) Charles VII fut couronné en 1422 à Poitiers, où il avoit tranféré le Parlement. Henri VI, Fils de Henri V, Roi d'Angleterre, enfant de neuf mois, avoit été proclamé Roi à Paris & à Londres; mais Charles VII lui reprit la Couronne.

(2) Il fut fait Prifonnier en 1488, par Louis II, Sire de la Trimouille. Il fut délivré en 1490, & il monta fur le trône en 1498.

il n'avoit rien fait, qu'accroître la réputation du Roi de Navarre & de Monsieur de Turaine, son Lieutenant Général, à qui il avoit eu principalement à faire ; les voici tous deux ouvertement, avec tout le reste de leurs Parens & de leurs Partisans, qui se prennent au Roi, sans toutefois se départir nullement de leur général prétexte de faire la guerre aux Hérétiques, sur quoi la sainteté de leurs armes étoit fondée, & par lequel ils retenoient toujours le Parti Catholique de leur côté. Or, de s'attaquer du premier coup à lui, encore y a-t-il de la honte ; ils ne peuvent sans apparence. Nul d'eux n'est Prince du Sang, nul n'est si grand Officier de la Couronne, que la réformation du Roi & du Roïaume lui puisse être bienséante. Sans cela leur prétexte général leur est du tout inutile contre lui. Le Roi n'est pas Catholique, il est bigot ; il ne hait pas les Huguenots ; les Huguenots lui sont poison ; il pense pécher, s'il parle à quelqu'un qui soit de ce nombre ; il se confesse le jour même ; il en a plus fait mourir que le Duc de Guise n'en a vus ; il leur a fait plus de mal que le Duc de Guise ne leur en desire, & avec juste occasion ils se plaignirent plus de lui que de nul de la Ligue, les Chefs de laquelle ont toujours traité les particuliers avec beaucoup de faveur & de courtoisie ; louange qui ne leur peut être déniée. Quel remede donc ? Soudain que le Duc de Maïenne est revenu de Guïenne, il publie un écrit contre le Maréchal de Matignon, Lieutenant du Roi en Guïenne, qui par le Roi lui avoit été baillé pour compagnon en sa Charge ; lequel il accuse de trahison & d'intelligence avec les Hérétiques & avec le Roi de Navarre ; ce qu'il dit être cause que l'on n'a pu faire grand'chose en ce voïage ; l'accuse si couvertement, qu'il y mêle le Roi, duquel il se plaint qu'il lui a retranché l'argent, les vivres, les munitions, & en somme, lui a ôté tout le moïen de rien faire, jusqu'à dire que c'étoit le meilleur ami que les Hérétiques pussent avoir.

Là dessus, le Duc de Guise de son côté crie que ce qui retient le Roi & le rend si nonchalant à cette guerre, c'est le Duc d'Epernon, qui favorise le Roi de Navarre, son Ennemi, pour la haine qu'il lui porte ; n'osant frapper le Maître, il frappe le chien ; il dit que c'est celui-là qui est en France tout le support des Hérétiques ; contre lui il anime tout le monde ; audacieusement proteste de ne souffrir qu'il ait nulle part, nulle Ville, nul Gouvernement en France, & encore que les propres Gardes du Roi soient du tout hors de soupçon d'é-

tre Hérétiques, néanmoins parceque ce Seigneur les commandoit, il les fait charger & défaire par deux ou trois fois en
Picardie : & fur ce prétexte il fe faifit, tant en ce Gouvernement là qu'ailleurs, de toutes les Villes qu'il peut. Le Roi veut
pourvoir, veut retenir fes Villes en fon obéiffance ; pour cet
effet, il fe fert des forces qu'il a auprès de foi, qui étoient,
comme j'ai dit, ces Gardes & les Régimens defquels le Duc
d'Epernon eft Colonel. Lors voici la querelle déclarée contre
le Roi même, & les chofes s'en font allées fi avant, que Boulogne eft affiégée par le Duc d'Aumale, Paris faifi par le Duc
de Guife, qui en a chaffé le Roi, tué, pris & dévalifé fes Gardes, comme lui-même s'en glorifie. A fon compte, quiconque
a des Villes, ou des Gouvernemens qu'il ne veut pas tenir à
fa dévotion, celui-là eft Hérétique ; quiconque le veut empêcher d'être Roi, celui-là eft Hérétique. Voilà de nouveaux articles de Foi. On dit que depuis le Duc d'Epernon a remis fes
Gouvernemens entre les mains du Roi, & entre autres celui
de Normandie, duquel Monfieur de Montpenfier a été pourvu. Je ne fais fi cela auffi ne le fera point devenir Hérétique,
chofe un peu étrange toutefois !

Ainfi, pour conclure ce propos, l'intention du Duc de Guife eft de fe faire Roi, s'il peut ; fa procédure & fes moïens,
c'eft la guerre civile & la divifion des François Catholiques
contre ceux de la Religion, par laquelle il fe rend Chef des
premiers, où il a plus de créance, ni que le Roi même, ni
qu'aucun Prince du Sang Catholique ; & à cela il ne faut point
qu'ils fe mécontent. Ce qu'il efpere de fes deffeins, le voici :
de deux chofes l'une, ou il fe fortifiera tellement du vivant
du Roi & mettra fes affaires en tel état, qu'après fa mort il
ruinera le Roi de Navarre, & l'empêchera de venir à l'Etat ;
ou non. S'il ne l'en peut garder, à tout le moins le contrain-
dra-t-il de capituler avec lui ; qu'il fera toujours protecteur du
Parti Catholique, & non fans exemple : s'il le ruine une fois,
& avec lui tous ceux de fa Maifon (cela s'enfuit, de l'un dépend l'autre), ou il poffédera feul le Roïaume, ou il le par-
tagera avec fes Partifans, la meilleure & la plus grande part
demeurant toutefois pour lui. A ce feftin il convie le Roi d'Efpagne, le Pape, les Potentats d'Italie, tous les Princes Catholiques voifins, à qui la grandeur du Roïaume eft auffi préjudiciable, la profpérité du Roi & les efpérances du Roi de
Navarre auffi à craindre, comme la ruine de l'un & de l'autre

leur est utile. Or le pis que je vois en tout ce dessein, est qu'il ne peut nullement compâtir avec la longue vie du Roi. C'est à lui à y prendre garde ; & je crois que s'il eût encore demeuré gueres dans Paris, c'étoit fait. Quoi que ce soit, je crois que c'est ce qui met aujourd'hui l'un de plus en peine, & l'autre en crainte.

Qui se ressouviendra à cette heure que celui qui est Roi en France, est celui même qui gagnoit les batailles à 17 & à 18 ans, qui ne se trouva jamais en nul lieu que victorieux, la vertu & la réputation duquel, dès le commencement de sa jeunesse, lui acquirent des Couronnes étrangeres, & des Couronnes sur les plus belliqueuses Nations du Monde? sera bien étonné, quand on lui dira que la seule foiblesse, la seule défiance de sa force, qui a par l'impression d'autrui saisi cette ame, autrefois si généreuse, est la verge de laquelle Dieu fouette notre Roïaume. Il faut dire de ce Prince, que si son naturel fût tombé en un bon siecle, s'il eût eu des Serviteurs dignes de lui, qui eussent aimé sa grandeur ; si dès son bas âge on ne lui eût point fait prendre les affaires avec peine & les plaisirs avec plaisir, ce qui fait hair l'un & aimer l'autre ; si depuis on n'eût point traversé son état ni son esprit, Dieu lui avoit donné de grandes parties pour faire de grandes choses. Mais la passion de sa Mere, qui desiroit l'avancer pour s'en servir à l'endroit de son autre fils, le mit au travail, lorsqu'il ne devoit avoir que le jeu à la tête ; le fit saouler de l'honneur avant qu'il en eût faim ; le dégoûta de l'ambition, avant qu'il en eût envie. Après cela certes, s'il est loisible de remarquer quelque défaut en lui, il a eu celui-là, d'être un peu sujet à aimer son repos & son aise ; ce qui est volontiers le plus ordinaire vice, non pas des Princes seulement, mais des hommes. Au reste, venant au Roïaume, il le trouva plein de libertés, que les longues guerres civiles apportent, plein de partialités & de désobéissances ; il trouva que tous les grands Seigneurs de son Etat avoient tous chacun un dessein particulier, au lieu qu'ils ne devoient avoir que le général de son service, & à cela lui-même aida bien encore par sa patience, aïant ce mal, que s'il ne trouvoit point de résistance, s'il n'étoit point traversé, s'il étoit en paix, il commandoit fort absolument & avec beacoup de majesté ; mais s'il y trouvoit tant soit peu de difficulté, il préféreroit toujours un remede doux & craintif à un hardi & sévere. A quoi aussi l'esprit d'un de ses principaux Conseillers

d'affaires,

d'affaires, & qui l'a toujours le plus gouverné, a bien aidé à
l'accoutumer. Ç'a été le premier Roi avec qui les Gouverneurs
des Places ont capitulé, ont demandé de l'argent pour en for-
tir ; je ne dis pas feulement de celles que la jaloufie des guerres civiles avoit rendues partiales, mais de celles même qui
avoient toujours demeuré de fon côté. Ç'a été le premier Roi,
lequel on a pu hardiment & fans crainte offenfer ; car quant
à moi, ce qu'un autre nommeroit clémence & douceur en un
Roi, & ce qu'on loueroit particulierement en celui-ci, de ce
qu'il ne s'eft jamais gueres reffenti des injures que plufieurs
lui ont faites, voire même aucuns qu'il avoit en fa puiffance ;
je voudrois nommer cela quelquefois, quand il y a de l'excès,
une efpece de nonchalance, qui apporte du préjudice à la Majefté, & qui, fi elle n'eft pas à blâmer, à tout le moins n'eft-
elle pas à louer à un Prince. Néanmoins il faut confeffer, que
quand ces miférables guerres recommencerent, Dieu lui avoit
mis de bons mouvemens au cœur, & prenoit un chemin de
réformer entierement fon Roïaume & de foulager fon Peuple.
Et quand il n'y auroit que ce mal, que ceux de la Ligue ont
fait en France, d'avoir interrompu fes bonnes intentions, ils
ont chargé un merveilleux faix de malédiction fur leur tête.

Or, pour venir à l'état auquel il fe trouve maintenant & à
fes deffeins, certes il les a très légitimes ; car ils ne tendent
qu'à conferver fa vie & l'autorité que Dieu lui a donnée ; mais
pour les conduire il a pris une très mauvaife procédure, cruelle
à fon Peuple, dure à fon Roïaume, & dangereufe pour lui-même,
comme l'effet le montre affez. Ce grand Prince connoît auffi
bien le but du Duc de Guife comme nul autre : auffi il a raifon, puifque c'eft à lui qu'il s'adreffe principalement ; mais,
mal confeillé, il a fuivi jufqu'ici un bifarre chemin pour y réfifter. De vrai, il eft excufable en quelque forte, n'aïant autour de lui un feul, de qui le confeil ne foit préoccupé, ou
de defir ou de crainte, & n'y aïant quafi pour lui, que lui-
même. Comme donc le Duc de Guife eut pris les armes, fous
le nom de la fainte Ligue, nom déja affez connu en France,
on lui propofa quant & quant une maxime très fauffe, laquelle
néanmoins on lui perfuada pour vraie ; à favoir, qu'il n'y avoit
que deux Partis en fon Roïaume, les Huguenots & les Catholiques ; que s'il ne commandoit à l'un de ceux-là, il demeureroit fans Parti, & comme on dit, entre deux felles à terre :
que le plus foible étoit celui des Huguenots ; qu'il falloit donc

par conséquent qu'il embrassât le Catholique, & en ce faisant, qu'il attirât à soi toute la créance, que déja ceux de Guise y avoient gagnée, ce qui étoit leur ruine & sa conservation. Que pour ce faire, il falloit qu'il se montrât encore plus passionné que personne, & plus cruel contre les Hérétiques, & qu'il leur fît à bon escient la guerre, surpassant tout le monde à leur vouloir mal. Que par ce moïen, ramenant à lui tout le Parti Catholique, & s'en rendant le Chef, il pourroit aisément y ruiner ceux de Guise, qu'il craignoit & haïssoit, & tout d'une main se déferoit aussi par la guerre, des Huguenots & de leurs Chefs, à qui il ne vouloit point de bien.

Voilà le conseil qu'on lui bailla, & qu'au grand malheur de son Roïaume & de lui-même, il a cru jusqu'ici. Dieu veuille qu'il y pense à cette heure. Les effets de cela ont été, qu'au lieu d'être devenu, comme on lui persuadoit, Chef du Parti Catholique, il s'est rendu tant seulement ministre des passions du Duc de Guise : de sorte que soudain que l'autre branloit contre lui, il croïoit, que pour diminuer son crédit & ses moïens, il falloit qu'il fît bien l'empêché contre les Huguenots, & là-dessus à belles Commissions, à beaux Edits, à belles Armées, rigoureux contre des hommes qui le craignent & le respectent, & qui ne lui font point de mal, & gracieux contre ceux qui le gourmandent à sa porte. Ainsi tout aussi-tôt qu'il recevoit quelque frasque par ceux de la Ligue, soudain qu'ils se mutinoient contre lui, qu'ils lui avoient pris quelque Ville, aussi-tôt le Roi de Navarre se pouvoit assurer qu'il s'en prendroit à lui, & qu'il lui enverroit quant & quant une Armée. Pauvre Prince aveuglé, qui pensoit que ces gens-là, qui l'eussent voulu voir mort, ne se fondoient que sur un prétexte, & que cela leur manquant, il tireroit d'eux par imagination ce que par force il n'osoit essaïer. Maudits soïez-vous, qui lui donniez ce malheureux conseil ! Avez-vous point de honte, traîtres conseillers ! Un Roi doit-il souffrir des Partis en son Etat ? Lui en faut-il un autre que le sien ? N'est-ce pas un beau Parti que d'être Roi ? Si vous dites que déja ces deux Partis y étoient sans remede. Hé, Malheureux ! qui les y avoit mis que vous, & qui les y nourrit encore ? La guerre civile n'est-elle pas la Mere de ces Partis ? Otez-la, vous les verrez fuir. Qu'un Roi se tienne dedans sa force, & qu'il dise en Roi, je veux la paix, vous verrez que le plus hardi de tous ses Partisans n'y oseroit contredire. S'il faut faire la guerre, que ce soit donc contre celui qui l'empêchera, &

bientôt celui-là sera vaincu. Or néanmoins, suivant cette maxime, on lui fit accroire qu'il n'y avoit moïen de se garantir, si lui-même n'entreprenoit le prétexte de ceux de la Ligue, & qu'il falloit que, plus animeusement encore qu'eux, il s'attaquât en apparence à ceux de la Religion ; que les Catholiques étoient déja unis avec le Duc de Guise contre les autres ; que l'unique moïen de les désunir, étoit de se mettre en sa place, & fulminer contre les Huguenots. Voilà sa créance & son conseil : cependant avec cette persuasion, la crainte le vient encore saisir là-dessus ; crainte principalement fondée sur la juste défiance de ceux qu'il avoit même à l'entour de lui ; tellement que dès qu'il vit la Ligue armée, les Portes de Paris à peine étoient-elles assez sûres pour lui, lui-même les alloit visiter, & au lieu que de son seul regard il pouvoit envoïer, cent pieds sous terre, tous les auteurs de cette mutinerie, dès qu'il en ouit parler, il s'étonne, il envoie quant & quant sa Mere vers eux, pour les prier de s'appaiser ; de l'excuser si en temps de paix, il n'a pas tenu si grand compte d'eux qu'il devoit ; que désormais il les contentera ; qu'ils demandent seulement, & que tout leur sera accordé. Somme, il s'humilie quasi devant ses Sujets, pour les empêcher de se mutiner contre lui, au lieu de faire démonstration, qu'il avoit le moïen de punir leur rebellion. Il avoit toutefois toujours l'esprit éloigné de la guerre, connoissant prudemment, que c'étoit la diminution de son autorité ; & s'il la craignoit contre la Ligue, il ne la desiroit pas contre ceux de la Religion. Mais à la fin vaincu par sa Mere, qui avoit d'autres vues que lui, & quasi par tous les siens, il s'accorde finalement avec le Duc de Guise, consentant par force à la guerre contre le Roi de Navarre, auquel un mois auparavant il avoit, avec trente Lettres de sa propre main, témoigné le jugement qu'il faisoit des intentions de ceux de la Ligue. Voilà quel a été le conseil du Roi, jusqu'à cette heure. Or, qu'il n'eût bien desiré que le Roi de Navarre eût été assez fort pour contraindre les autres, & lui-même encore, à vouloir la paix, il n'y a point de doute ; mais que de son mouvement il l'eût proposée, il n'eût osé jamais ; & s'il l'eût fait, il eût pensé devoir être quant & quant étouffé par tous les Mutins de la Ligue. Son intention donc est de vivre, de régner & d'être obéi, tant de ceux de la Religion que de ceux de la Ligue. Cela est très juste & raisonnable, & le feroit s'il vouloit ; mais avec ces pernicieuses maximes, puisque lui - même révoque sa

puiſſance en doute ; puiſqu'il n'oſe faire le Roi, il ne faut pas
qu'il trouve étrange ſi les autres entreprennent de le contre-
faire. Dieu veuille qu'à la fin il lui prenne envie d'être à bon
eſcient ce qu'il eſt, le plus grand Maître & le plus grand Seigneur de ſon Roïaume : cela ne ſe peut, s'il n'eſt Roi ; & il
ne le ſera jamais, s'il ne réſout à vouloir le bien & le repos
de ſon Peuple.

Quant au Roi de Navarre, ſa condition & ſon intention
ſont du tout contraires ou différentes des deux dont je viens
de parler. Tout ainſi qu'il s'accorde avec le deſſein du Roi en
ce qui eſt de la conſervation de ſa vie & de ſon autorité, ſur
quoi il ne peut, ni ne voudroit entreprendre ; auſſi eſt-il dif-
férent d'avec lui en ce qui concerne la liberté des Egliſes de
France, pour laquelle il a les armes contre lui-même, en tant
qu'il la leur veut ôter ; mais il eſt entierement contraire & op-
poſite aux entrepriſes du Duc de Guiſe & de la Ligue. Premierement, en ce que l'autre, à qui l'ambition donne les mêmes
eſpérances ſur la Couronne de la France, que le droit & la
nature à celui-ci, ne les peut avancer que par la guerre, que
par la ſubverſion des Loix & changement de l'état du Roïaume.
Car, s'il n'y remuoit rien, s'il laiſſoit toutes choſes en leur train
accoutumé, il n'y a point de droit, il n'y pouvoit être appellé.
Celui-ci au contraire ne les peut attendre que par la paix, que
par maintenir tout en ordre : ſon deſir eſt ordinaire, que par
conſerver les Loix, ſon titre eſt légitime. Et s'il vouloit prendre un autre chemin avec de la violence ou de l'uſurpation,
il trouveroit ſon rival, autant plus fort & plus établi en ce
moïen par-deſſus lui, comme en la vraie ſucceſſion il a de l'a-
vantage. Cependant, outre le droit du Roïaume qui le regarde,
il porte encore ſur les épaules le faix de toutes les Egliſes de la
Chrétienté, il en porte les eſpérances ſur la tête ; ſa perte en apparence humaine eſt leur ruine & leur oppreſſion, ſa grandeur leur
liberté. Et c'eſt ce qui augmente les forces de ſes Ennemis, & qui
unit contre lui tous les Catholiques de l'Europe. Certes, repen-
ſant à cette heure à celui-ci, comme je faiſois tantôt à l'autre,
il me ſemble que ſous ces deux grands hommes, Dieu veut
exercer notre État, l'un aïant encore plus de forces de corps
& d'eſprit pour le conſerver, que l'autre pour le ruiner. Mais
l'autre aïant beaucoup plus de moïens pour le préſent, ſelon
la commodité qu'il a eu de s'être rencontré dans le plus grand
Parti, & d'avoir pû ſe ſervir même de la puiſſance du Roi :

cela me fera faire une petite digreſſion pour les comparer ; &
ils ſont bien tels, qu'ils méritent bien d'être ajoutés aux paral-
leles de Plutarque.

Je me contraints tant que je puis d'en juger ſans paſſion , encore que je duſſe pour ma Religion , mon Parti , & infinies
autres raiſons , affectionner l'un davantage ; toutefois je ne ſais
ſi cette affection-là encore me dérobe point la liberté de mon
jugement ; mais il me ſemble que celui-ci , quoique l'autre ſoit
grand , a beaucoup de parties eſquelles il le ſurpaſſe. Je ne
parle point de leurs deſſeins , je ne révoque point cela en doute ;
je ne juge pas ſeulement de ceux du Duc Guiſe , je les condamne : car je ſuis François ; je parle ſeulement des qualités
que Dieu a miſes en eux , propres à l'un , pour les avoir tels ,
à l'autre , pour s'y oppoſer. Je dirai donc , que celui-ci a toute
ſa vie & dès le commencement de ſa jeuneſſe , combattu contre
la même néceſſité , toutes ſes affaires en ont été pleines , jamais
il n'a rien fait qu'à peine. L'autre , au contraire a eu tout à ſouhait , a toujours eu la commodité pour le premier. *Item*, de
ſes entrepriſes a toujours plus manqué d'ouvrage que d'œuvre, de
forme que de matiere , de volonté que de moïen. Rien n'a
aſſiſté celui-ci , rien n'a réſiſté à l'autre. Cela me fait conclure
premierement , que s'étant par ces deux diverſes voies rencontrés aujourd'hui , tous deux également grands , que l'un doit
avoir plus appris , a plus éprouvé , a plus de courage , plus
de force : l'autre a plus d'ambition , plus d'eſpérance ; cela né
en lui par la grandeur de ſes moïens , & par conſéquent plus
d'entrepriſe, plus d'audace. Que l'un a moins d'apparence, moins
de vanité , moins de luſtre auſſi , & d'éclat en ſes affaires :
l'autre , moins d'aſſurance , moins de ſolidité. Ce qui me fait
penſer , que quand celui-ci ſe trouvera parmi l'abondance , il
s'en ſaura bien mieux ſervir , que l'autre ne ſe défendroit de la
néceſſité , s'il y étoit jamais réduit. Je ne dirai mot des guerres précédentes , où toujours néanmoins le Duc de Guiſe a eu
à ſouhait les dons de fortune ; & celui-ci au contraire a ſouvent eſſaïé ce que peut la miſere , voire l'extrême. Je veux parler de celle-ci , de laquelle je dirai , que ſi j'avois vu ce grand
Entrepreneur , attaqué deux ans durant , par huit Armées Fran-
çoiſes , envoïées au rafraîchiſſement l'une de l'autre , & conduites de rang par les meilleurs Capitaines de France , entre
leſquels je compte ſon frere le Duc de Mayenne , & qu'au partir de là , non-ſeulement il n'eût rien perdu , mais eut encore

pris sept ou huit bonnes Villes, & gagné une grande bataille, sans avoir entre les mains moïen quelconque, pour le fondement de ses effets, que son seul courage, comme j'ai vu advenir au Roi de Navarre, je penserois lors les pouvoir comparer; mais jusques-là il n'y a pas de raison.

On me dira que le Duc de Guise a beaucoup eu plus d'entreprises & de plus grandes, & que tout ce que le Roi de Navarre a pu faire, ç'a été de résister; je l'avoue: il étoit bien aisé à l'un d'entreprendre, tout étant à sa faveur; mal-aisé à l'autre de résister, tout étant contre lui. Comme le labeur, aussi la gloire doit être plus grande. Ils ont néanmoins encore beaucoup d'humeurs & semblables & différentes; mais rien de petit, rien de foible. Tous deux ont beaucoup de courage, il leur en est bon besoin: tous deux sont humains, affables, familiers; tous deux ont le corps adroit, patiens de labeur, agréables; mais ils ont l'esprit fort dissemblable. L'un est très homme de bien, franc, libre, bien souvent impatient, se résolvant néanmoins très bien sur le champ, & sur le péril, si attentif à ce qu'il voit de présent devant lui, & si actif au fer qu'il faut battre, qu'il regarde moins à ce qui est passé, moins à ce qui doit suivre; ne veut gueres concevoir de desseins tirés de loin, content de sa seule espérance, & les remettant tous là. L'autre est divers & corrompu au possible, caché, retenu, fin, patient, voire même jusqu'à en être blâmé, comme j'ai dit, dissimulé, conduisant ses projets de longue haleine; car il faut que lui-même forge ses espérances, voïant de loin, n'entreprenant rien que ce qu'il s'assure d'effectuer; mais je ne sais, peut-être, se trouvant à la pointe du danger, s'il seroit si accoûtumé à s'y résoudre promptement, ne l'aïant si souvent essaïé. Tous deux, quoi que ce soit, sont deux grands hommes & des plus grands que la France porta jamais, & qui eussent fait des plus beaux effets, si un grand Roi s'en fût voulu servir, & que son siecle l'eût pu permettre.

Pour retourner donc à mon propos: comme j'ai dit; quant au Roi de Navarre, il n'a ni ne doit avoir aucuns desseins dans l'Etat, son espérance lui en fournit assez, & d'ailleurs il est assez empêché à rompre ceux de ses Ennemis. Il n'a autre but de ses armes que la paix & le repos du Roïaume; mais une paix à laquelle néanmoins il ne consentira jamais, que les Eglises de France, & par ce dégré, s'il peut, les étrangeres ne soient en liberté. Il n'a que faire de débattre le droit qu'il

a à la Couronne , il n'eſt pas temps ; & puis, ce qui eſt certain
ne ſe doit révoquer en doute ni diſputer, moins de ſe mettre
en peine de la ruine de ceux de Guiſe ou de Lorraine. Il n'af-
fectionne leur mal, ſinon autant qu'eux celui du Roïaume ,
auquel, s'ils vouloient être utiles , il les en reconnoît très capables, comme particuliers. Leur dégré ne va pas juſqu'au ſien,
comme ſe ſervant du nom du Roi. Ce nom-là l'empêche de
penſer au leur. Voilà ſon ſeul deſſein : s'il en a aucun, c'eſt de
ſe défendre , & de telle ſorte, qu'il contraigne ſes Ennemis
de rendre la paix à la France, au Roi ſon autorité, à lui &
aux ſiens leur liberté. Après cela , que ceux de Guiſe s'enri-
chiſſent, s'aggrandiſſent, tant qu'ils voudront, pourvu que ce
ne ſoit point aux dépens de l'un de ces trois, ne lui importe.
La procédure & le chemin qu'il y tient n'eſt pas certaine , elle
dépend de celles qui tiennent les autres contre lui ; s'ils le laiſſent en paix, il y demeure ; s'ils viennent aux armes, il y court;
s'il les poſent, auſſi fait-il ; & c'eſt pourquoi quand tout le
reſte du Roïaume ſeroit accordé , le Roi ſait bien dans ſon
ame qu'il y auroit peu, ou point du tout, de difficulté avec celui-ci , qui n'étant mené que de la raiſon y ſera toujours aiſément ramené.

J'ai parlé des trois Chefs principaux qui tiennent les trois
Partis de France , il faut voir quels ſont ceux qui viennent à
la trace, quel but ils ont, & comment ils y viſent, & quelles
eſpérances ils ont de le toucher. Entre ceux-là, la premiere
eſt la Reine, Mere du Roi (1), laquelle pour ſon honneur & en
apparence, ſe tient dans le parti de ſon Fils, comme elle a
toujours fait, quand elle en avoit pluſieurs, de celui qui étoit
le Roi ; mais qui néanmoins ne hait rien tant que ſa puiſſance
abſolue ; elle s'en eſt mal trouvée, lorſque la France étoit paiſible , elle étoit contrainte de filer ſa quenouille en ſa Maiſon ,
ſon Fils ne lui laiſſoit la charge , ni le maniement d'aucune
choſe. Pour recouvrer ſon autorité, il lui a fallu brouiller les
cartes, ou s'entendre avec ceux qui les brouilloient : autrement elle étoit inutile ; ce que ſon eſprit, certes nullement
capable de petites choſes, ne put jamais ſouffrir : & de cette
grande Princeſſe, de qui la race a commandé ou commande aux
meilleures parties de l'Europe, on peut dire aujourd'hui comme

1588.

DISCOURS
SUR L'ÉTAT DE
LA FRANCE.

---

(1) Catherine de Médicis , Mere de François II, de Charles IX & de Henri III, Fille
unique & Héritiere de Laurent de Médicis ;
Duc d'Urbin, & de Magdelene de la Tour
d'Auvergne , Niece du Pape Clément VII ;
mariée en 1533 , morte en 1589.

d'Agrippine (1), *Virilibus curis muliebria vitia exuiſſe*, ſi cela déja n'étoit un vice de Femme. Ç'a toujours été ſa coutume d'oppoſer en France les uns aux autres pour commander cependant en ces diviſions, les Grands aux Grands, les Princes aux Princes, ſes Enfans même à ſes Enfans. Car elle ſavoit bien notre état être tel, que ſi ce n'eſt par une voie extraordinaire, une Femme n'y a point de crédit (2). Du temps du feu Roi Charles, celui-ci étoit ſon Protecteur, la puiſſance duquel elle accrut tant qu'elle put, afin de s'en ſervir pour ſe rendre néceſſaire à l'autre. Ce Roi s'en apperçut à la fin, mais trop tard. Depuis, celui-ci étant parvenu à la Couronne, en quoi certes elle l'obligea infiniment, lorſqu'il étoit en Pologne, étant bien certain que ſi elle n'y eût pourvu ſagement, les remuemens euſſent été tels en France, que peut-être à ſon retour on lui cût empêché l'entrée: ſon crédit lui dura entier trois ou quatre ans, pendant que ce jeune Roi ne ſongeoit qu'aux plaiſirs de ſon âge & aux délices de ſon nouvel état. Mais depuis, comme il vint à prendre l'affirmatif, & à vouloir gouverner ſeul, elle fut contrainte d'avoir recours à Monſieur ſon dernier Fils, qui pour quelque temps lui tint épaule & la rendit néceſſaire. Étant mort, elle a choiſi d'autres remedes ; car, quoi que ce ſoit, elle a toujours deſiré deux choſes ; l'une, d'obliger celui qui pouvoit venir à la Couronne, afin de le retenir quand il y ſeroit : l'autre, de le faire ſi grand cependant que celui qui ſeroit Maître de l'Etat, fût contraint de ſe ſervir d'elle pour tenir l'autre en bride, emploïant ainſi doucement la puiſſance de tous les deux, l'un contre l'autre, pour gouverner au milieu & être recherchée ; conſeil, qui pour ſon particulier, étoit auſſi plein de prudence, comme ſouvent de trouble & d'incommodité pour le Public.

Or, ſi après la mort de feu Monſieur, elle eût trouvé le Roi de Navarre capable de ſes deſſeins, elle en eût fait ſon bouclier ; mais la Religion, & beaucoup d'autres raiſons, empêchant cela, elle a jetté ſes yeux & ſes vœux ſur la Maiſon de Lorraine & ſur les Enfans de ſa Fille, à quoi encore a beaucoup aidé la haine que dès ſa petite jeuneſſe elle a portée à ce Prince. S'eſtimant donc irréconciliable avec lui, elle le craint par con-

(1) Fille de Germanicus & Mere de Neron, qui fut depuis Empereur.

(2) Voïez dans le cinquieme Tome de ces Mémoires, un Diſcours ſur l'état des affaires de France, dans lequel il y a un chapitre pour montrer que la Domination des Femmes a toujours été nuiſible aux François, & ne leur a apporté que calamités.

ſéquent,

féquent, & eſt réſolue d'empêcher, en tout ce qu'elle pourra, qu'il n'ait part en France ; elle ne le peut ſans renverſer l'ordre du Roïaume. Car, après cette haine, ſuccede, comme j'ai dit, l'amour qu'elle porte aux enfans du Duc de Lorraine, enfans de ſa fille (1), auxquels elle a une ſecrette inclination, ne ceſſant jour & nuit de reprocher au Roi qu'il doit mieux aimer pour Héritiers ſes Neveux, fils de ſa ſœur, qu'un Etranger de ſa Maiſon ; ainſi nomme-t-elle le Roi de Navarre. Les filles d'Eſpagne ſont auſſi enfans de ſa fille (2), à qui de même elle ſeroit bien-aiſe d'en faire part, & non point marrie cependant que l'état de ſon fils ſoit troublé, afin qu'il ait recours à elle, & qu'il l'emploie. Or, de cette façon, elle s'accorde bien avec le Duc de Guiſe pour le traverſer, pour remuer, pour donner des ouvertures à la confuſion, & des moïens de changer l'ordre de la ſucceſſion de notre Roïaume ; mais de deſirer qu'il s'aggrandiſſe, tellement qu'il puiſſe ruiner le Roi même & le dépoſſéder, & lui-même occuper après tout, l'Etat, il n'eſt pas vraiſemblable, je ne crois pas qu'elle le deſire auſſi. Or, ſous ce deſſein de la Reine-Mere, je comprends celui du Marquis du Pont, ſon petit-fils, fils de Monſieur de Lorraine, lequel auſſi n'a ni intelligence, ni eſpérance en cet Etat, ſinon celle, qu'elle, ſa Grand'Mere, lui fait prendre.

Il y a après, le Roi d'Eſpagne (3), qui du commencement de ces Guerres voïant la Reine d'Angleterre nouer une fort étroite alliance avec le Roi, voïant en même temps les Députés du Païs-Bas à Paris lui offrir la Souveraineté de leurs Provinces, s'aviſa de jetter trois ou quatre cens mille écus entre les mains affamées de ceux de la Ligue, afin de troubler le Roïaume de France, s'aſſurant qu'il empêcheroit le Roi par ce moïen d'entendre à la Flandre. Ce qu'il craignoit ſur toutes choſes, comme à la vérité il n'y a qu'un ſeul Roi de France, pourvu qu'il ſoit paiſible, qui puiſſe aiſément ôter ces Provinces à l'Eſpagnol. Voilà ce qui l'embarqua, & par conſéquent précipita un peu les conſeils du Duc de Guiſe. Outre cela il craint extrêmement à cette heure, que le Roi de Navarre ne parvienne à l'Etat de France : c'eſt ſon naturel Ennemi ; il lui dé-

---

(1) Claude, mariée à Charles II, Duc de Lorraine.

(2) Elizabeth, mariée à Philippe II, Roi d'Eſpagne. Elle fut tenue ſur les Fonts de Baptême par les Ambaſſadeurs des Suiſſes.

(3) En 1589 un Ligueur publia un Avis, par lequel il conſeilloit aux François de ſe mettre ſous la protection de Philippe II, Roi d'Eſpagne. Voy. la Réponſe à cet Avis dans le Tome quatrieme de ces Mémoires ; & la Satyre Ménippée, *in-8°*. pag. 160, édit. de 1714.

tient un Roïaume, lequel il ne faut point douter que si les on-gles croissent à l'autre, ne lui soit arraché un jour, en danger encore qu'on ne se contentera pas de cela. Il sait bien qu'étant vieux, ses enfans jeunes, son État divisé & mal assuré, peu de choses après sa mort le troubleront ; à plus forte raison un Roi de Navarre, s'il étoit Roi de France. Ainsi, il est bien-aise de s'accommoder avec ceux de Lorraine, de leur fournir des moïens pour remuer, afin d'être cependant plus libre en ces guerres du Païs-Bas & d'Angleterre, pour empêcher le Roi de France, pour ruiner celui de Navarre; pour puis après, le Roïau-me étant en proie, comme lui est le plus puissant de tous, en ra-vir la plus grande part. Voilà son intention en ce qui concerne notre État. Mais qu'elle aille jusques-là, que chargé de beaucoup d'autres dépenses particulieres, il veuille encore épuiser ses tré-sors, pour faire le Duc de Guise Roi ; lui, dis-je, qui croit que s'il faut changer la façon de succéder, ses filles, niéces du Roi, en doivent avoir la meilleure part, il n'y a point d'appa-rence ; & ce que je dis du Roi d'Espagne servira pour le Duc de Savoie, son Gendre, qui a moins de puissance beaucoup, & n'a desseins que ceux de son Beau-pere : ainsi ce sont-là tous ceux qui font bien ou mal à la France : voilà ses bonnes & ses mauvaises humeurs : voilà les bons ou mauvais vents qui la tourmentent. Et de leurs discordes & passions, aussi diverses comme eux, aussi différentes & contraires comme ils le sont, dépend son bonheur ou son malheur. Puissant Empire, l'hon-neur de l'Europe, à qui la suite de douze cens ans n'a su appor-ter que de l'accroissement, les voisins ennemis, que de la gloire, il étoit bien raisonnable après tant & tant de victoires que tu finisses par tes mains propres, que tu succombasses sous tes propres efforts, le Destin n'aïant point fait au monde de vic-torieux pour toi !

Mais pour laisser un peu ce propos, qui me convie plutôt à pleurer qu'à écrire, puisqu'il advient que la division de la Re-ligion sert de prétexte au changement de notre Roïaume, & par conséquent à sa ruine, si Dieu le permet ainsi, ce mal étant quasi commun à tous les Etats de l'Europe, je m'échapperai un peu pour dire quelque chose des affaires générales de la Chré-tienté, en ce qui concerne ces deux grands Partis, l'un te-nant encore l'obéissance du Pape, l'autre s'en étant distrait. Je ne veux point traiter de ceci en Théologien. Je sais bien que Dieu éprouve ordinairement les siens par les afflictions, comme c'est

ce qui retient les hommes en leur devoir, & ce qui leur fait
avoir incontinent recours à celui duquel ils ne se peuvent gueres
souvenir, quand ils ont le col enflé de prospérité. Je sais bien
que le Fils de Dieu prononce disertement ces mots : *Mon Roïau-*
me n'est point de ce Monde, montrant évidemment aux vrais
Chrétiens, que ce n'est pas ici où il faut qu'ils cherchent leur
aise, & que pour s'y trouver affligés, il ne faut pas pour cela
qu'ils entrent en défiance de leur cause, comme si Dieu les
avoit en détestation & qu'il les voulût ôter de dessus la face de
la Terre. Au lieu, qu'au contraire, ils voient qu'aux Turcs,
aux Païens, aux pauvres aveuglés des superstitions du Pape,
toutes choses néanmoins arrivent à souhait : ils conquierent les
Roïaumes ; les Provinces leur fournissent des veines d'or, qui
ne tarissent point ; leurs armes par-tout prosperent ; leur heur
leur fait trouver des hommes qui, pour leur service, assassinent
un Prince leur Ennemi (1), au milieu de ses Gardes. Enfin, ils
n'ont à peine désiré, que Dieu leur permit de voir la fin de
leur desir ; aïant tout au rebours imposé cette nécessité à ses
vrais Serviteurs, de charger sa croix sur leurs épaules, s'ils le
veulent suivre, de passer par la porte étroite & de nourrir, à son
exemple, toute leur vie en douleur, en affliction, en nécessité.
Suivant ces regles & ces marques, qui ne peuvent s'approprier
qu'à ceux qui font profession de la vraie Religion Réformée, il
suffiroit de conclure, que ceux-là que Dieu afflige ainsi, font
ses vrais enfans, lesquels il veut affliger & non pas perdre ; qu'il
veut châtier, mais non punir ; qu'il traite comme ses fils qui
ont failli contre ce qu'il a commandé, non comme des Valets
qui l'ont dérobé. Et ainsi combien que par toute la Chrétienté
aujourd'hui les plus grands Potentats du Monde, se soient ligués, unis & bandés contre eux, c'est pour néant, Dieu ne lais-
fera jamais perdre ce qui est à lui ; ceux-là font à lui, il les abbais-
fera quelquefois jusqu'à deux doigts de l'eau ; mais lors il allon-
gera son bras de délivrance pour les retirer de goufre, & cela,
outre la vérité indubitable de cette promesse qu'il a faite aux siens;
je le pourrois encore prouver par la suite des choses qui se font
passées en l'Eglise depuis la fondation du Monde ; ou, comme
j'ai dit, mon dessein n'est pas à cette heure d'en disputer en
Théologien, il me suffit de montrer, que non seulement nous
avons ce grand appui supernaturel de la puissance de Dieu pour

____

(1) Guillaume de Nassau, Prince d'Orange, assassiné en 1584. Il fut tué d'un coup de
pistolet. Voïez la Satyre Ménippée, *in-8°.* pag. 162.

nous défendre, bouclier impénétrable, & contre lequel tous les traits du monde rebouchent la pointe en arriere ; mais encore que dans le monde même & dans les moïens humains il nous en a donné, sans comparaison, plus qu'à nos Ennemis ; de sorte que si nous souffrons, s'ils nous affligent, ce n'est que notre faute, & pour ne nous savoir pas aider de la puissance qu'il nous a donnée.

Toute la Chrétienté qui est sous l'obéissance du Pape, est aujourd'hui unie pour exterminer ceux de la Religion. Qui sont ces Mauvais-là ? Jugeons de leur force, & si elle est telle que nous la devons craindre. C'est le Pape, c'est l'Empereur, c'est le Roi d'Espagne, ce sont quelques Potentats d'Italie, c'est en France le Duc de Guise, & ceux de sa Maison, se servant & du Roi & du Roïaume comme ils veulent ; ce sont en Suisse quelques Cantons, en Allemagne quelques Princes. J'ai tout nommé, & avec les plus spécieux noms que j'ai pu ; y voilà des Papes, des Rois, des Empereurs, & force Princes. On dit que tous ces épouvantaux du monde se sont assemblés, avec ce seul dessein, de ruiner ceux qui font profession de la vraie Religion, par toute la Chrétienté ; je le veux ; ainsi soit ; plus d'Ennemis, plus de gloire. Mais épluchons-les de près, nous trouverons que tous ces gens-là ont chacun quelque dessein particulier qu'ils gardent pour eux, & que pour entretenir leur union tous ensemble, ils s'accordent seulement au général. Quels desseins ? Considerons-les expressément. Celui du Pape est clair ; Luther, Zuingle, Calvin lui ont fait perdre les deux parts de son revenu ; le troisieme est en grand branle ; on y travaille. Il voudroit bien recouvrer ce qu'il a perdu, s'il étoit possible, & assurer ce qu'il tient, à l'avenir. Le Roïaume d'Angleterre tout entier, s'est écoulé de ses mains ; si le Roi d'Espagne y pouvoit replanter la Religion Catholique, ce seroit autant de regagné pour lui. La France ne lui a jamais été gueres obéissante, l'Eglise Gallicane a eu toujours ses privileges à part ; toutefois ce n'est rien encore, ce lui semble, au prix de ce que ce seroit, si le Roi de Navarre en est jamais Roi. Il craint qu'il ne passe les Alpes, il est de la race de Bourbon, fatale pour Rome (1), & puis il est déja irrité contre les Papes, pour son Roïaume de Navarre, que déloïalement ils ont adjugé au Roi de Castille. Après il craint qu'un grand Prince, comme celui-là, n'apporte beaucoup de réformation en la Religion, un jour, ce qui ne se peut faire sans la diminution de

____
(1) Le Connétable de Bourbon fut tué au Sac de Rome, en 1527.

l'autorité du Siege ; & ce qu'il pourra aussi aisément néanmoins,
comme Philippe le Bel & plusieurs autres Rois de France, adversaires des usurpations des Papes, l'ont pu. Ainsi c'est son
principal intérêt, que de retrancher l'espérance de ce Prince.
De son côté il fait ce qui est en lui, il tonne, il fulmine, il
anathématise, il le déclare hérétique, rebelle, finalement incapable de la Couronne de France, comme si c'étoit à lui de
la donner ou à l'ôter. Pour l'exécution de cette Bulle, qui à la
vérité ne feroit toute seule grand effet contre les boulevards de
la Rochelle, s'il n'y a autre chose que cela, il arme toute la
Chrétienté, jusqu'au Cardinal de Bourbon, à qui il envoie une
épée bénite, de la race de celle de S. Paul; il promet de l'argent
à ceux de Guise; il le promet, il ne l'envoie pas, n'aïant encore
païé ce que lui coûte le Papat, suivant le style de Rome. Somme,
comme c'est à lui de faire, il fait miracles avec le bâton de
la Croix, & voilà sa tâche & son dessein, d'animer tout le
monde contre les Hérétiques, entre lesquels il comprend la Reine
d'Angleterre & le Roi de Navarre, son principal Ennemi, à son
avis, desquels il espere la ruine par cette Ligue universelle. Autant ou plus a-t-il à se plaindre de la haute & basse Allemagne, comme de la France & de l'Angleterre ; donc il s'assure
qu'après que le Roi d'Espagne & ceux de Guise auront châtié,
c'est-à-dire, usurpé la France & l'Angleterre, en chassant les
Hérétiques, c'est-à-dire, les vrais Princes & légitimes Seigneurs,
après qu'ils auront dompté le Païs-Bas, ils pourront joindre sans
contradiction leurs armes avec celles de l'Empereur, pour contraindre par amitié ou par force les Princes d'Allemagne, Protestans, de rentrer sous son obéissance ; qu'après le joug de cela,
n'y aïant pas grande apparence que les Suisses veulent s'opiniâtrer
contre tant de forces, leurs Cantons étant déja divisés, tous ensemble pourroient facilement assister le Duc de Savoie au recouvrement de Geneve & au sac de cette Ville, qu'ils appellent la source & la fontaine des Hérétiques de la Chrétienté.
C'est-là où il borne la fin de son desir & de l'entreprise de cette
sainte Ligue. Ce que j'ai vu écrit par lui-même, Pape Sixte, en
une Lettre surprise au commencement de ces troubles en France,
envoïée d'Italie en Espagne. Et quant à celui-là, voilà son
prétexte, voilà son intention, fondée sur les haines qu'il porte
généralement aux Hérétiques, mais principalement au Roi de
Navarre, à la Reine d'Angleterre, desquels il a reçu déja, ou
craint recevoir plus de mal.

1588.

DISCOURS
SUR L'ÉTAT DE
LA FRANCE.

Le Roi d'Efpagne a trois fins particulieres pour lui, pour lefquelles il defire cette Ligue générale. La premiere, de venir
à bout de la guerre contre les Païs-Bas, tenus par ceux qu'il
appelle Hérétiques, & contre la Reine d'Angleterre, qui en eft
auffi : la feconde, le defir héréditaire qu'il a de joindre la France
à fes Seigneuries ; ce qu'il penfe à cette heure pouvoir plus facilement faire, pour le droit qui lui en appartient, à caufe de
fa femme, Fille de France, & des Filles de lui & d'elle. Car,
quant à lui, il ne penfe point que la Loi Salique, l'honneur
de nos Rois, foit faite pour lui. Le dernier, la ruine du Roi
de Navarre, lequel, à quelque prix que ce foit, il veut, autant
comme il pourra, éloigner de la Couronne, pour beaucoup de
raifons qu'il a de craindre ce grand Ennemi, que Dieu réferve
à la ruine de fa Maifon un jour. Pour l'utilité de tous ces trois
deffeins, il eft entré & a fort follicité cette Ligue générale,
laquelle lui fortifie fon titre de guerre contre l'Angleterre, d'i-
nimitié contre le Roi de Navarre, lui donne moïen d'entreprendre par fous-main contre l'Etat de France, en favorifant
les affaires du Duc de Guife, fon Partifan, avec lequel fans
cela il ne pouvoit avoir intelligence qui fût profitable ; par fon
moïen il efpere ruiner le Roi de Navarre en France, il efpere
de fe fervir des Havres de Picardie & Normandie, contre l'Angleterre & le Païs-Bas, s'affurant bien puis après, que le Roi
de France mort, fon légitime Succeffeur dépoffédé, le Roïaume
étant en proie, il pourra aifément lors faire la part à ceux de
Lorraine, étant plus fort qu'eux ; & de cette façon on voit qu'il
tourne à fon profit particulier, & à fon intention, le prétexte
général de cette belle Ligue, comme fi elle n'étoit faite que pour
les affaires de fa Maifon.

L'Empereur voudroit bien que tous les autres Princes de la
Chrétienté qui font de la Religion, fuffent ruinés, afin que
le Corps de la Ligue le vînt dégager des Proteftans qu'il a,
fes Voifins ; mais d'autant que la befogne eft encore longue,
& que cependant il ne feroit pas bon pour lui de faire l'empêché, de peur de réveiller ces grands Princes plus puiffans
que lui, il ne fe mêle gueres avant en la mêlée, non plus que
les autres Princes d'Allemagne.

J'ai affez difcouru du deffein du Duc de Guife, qui eft de
fe faire feul Roi en France, s'il eft poffible, ou de la meilleure partie au moins ; deffein qui volontiers ne reçoit point
de compagnon, & auquel on ne travaille gueres pour autrui.

Ce que je remarque feulement pour montrer que pour s'aider des moïens d'Efpagne en France, à l'avancement de fon entreprife, pour aider lui-même en récompenfe à lui regagner les Païs-Bas, pour voir la Reine d'Angleterre, à qui il veut mal de mort, & qu'il fait être le feul fupport de fon Ennemi, ruinée, il aura très bonne intelligence avec le Roi d'Efpagne; mais pour lui céder entierement la Couronne de France, pour la tenir de lui en hommage, s'il la peut ufurper, pour lui en laiffer la plus grande part, je crois que non. Cependant ces prétentions n'aïant fondement que fur la divifion de la Religion, il le faut reconnoître pour un des fignalés pilliers de la Ligue.

Les Princes d'Italie n'ont deffein aucun que leur confervation, étant enfermés d'un côté du Pape, de l'autre des Vénitiens, du Roi d'Efpagne au troifieme, & puis étant divifés, & leurs Etats fi petits, qu'ils n'ont pas grand loifir de penfer à autre chofe qu'à fe maintenir; & pour cette raifon feulement font-ils entrés en la Ligue. Mais ils ne font pas fi bons Catholiques, qu'ils ne craignent plus la grandeur de la Maifon d'Efpagne, que la diminution de leur Religion. Ceux qui ont été en leur Païs favent cela.

Le Duc de Savoie eft auffi compris en cette générale union; tant que fon Beau-pere vivra, il aura les mêmes entreprifes que lui; s'il meurt, comme je dirai tantôt, il en aura d'autres qui ne compâtiront pas du tout à celles de la Ligue. De même le Duc de Lorraine, lorfque chacun voudra recueillir le fruit de fon labeur, & l'intérêt de fa dépenfe, fa conclufion ne s'accordera pas avec les propofitions du Duc de Guife. Les Cantons de Suiffe ne font pas, à mon jugement, entrés en cette Ligue, à caufe de l'alliance qu'ils ont avec notre Roi, & le lien qui les unit en leur Païs. Toutefois je ne doute pas que pour de l'argent, ils ne fourniffent des forces, non pas à la Ligue en général, mais particuliérement au Duc de Guife; encore en ont-ils fait fouvent difficulté.

Expreffément j'ai voulu montrer les deffeins d'un chacun de ces Partifans de la Ligue, pour prouver ce que j'ai dit, que chacun d'eux en avoit de particuliers, difcordans entr'eux, afin de montrer par-là, que quelque bonne intelligence qu'ils aient enfemble, il nous feroit fort aifé de l'avoir meilleure. Tout d'une fuite, je veux rechercher quels font leurs moïens & leurs forces, auxquels encore je m'affure que je trouverai tant de défauts, au prix de ce qui est entre nos mains, que nous aurons honte de nous laisser battre ; je commencerai par les plus foibles. Je tiens l'Empereur & les Princes d'Allemagne Catholiques de ce nombre. Car, combien que sans difficulté, ils aient beaucoup de puissance, néanmoins leurs voisins Protestans ont tant de force, comme chacun sait, qui sont les Rois de Dannemarck, Electeurs Palatins, de Saxe & de Brandebourg, Landgrave de Hesse, & plusieurs autres grands Princes & Seigneurs, que si ceux-là veulent, les autres n'oseroient avoir fait semblant d'entreprendre chose quelconque. J'ai dit des Cantons de Suisse ce qui est de leur force, & comme elle peut servir à cette Ligue générale. Quant aux Princes d'Italie, le Duc de Savoie, comme le plus prochain de nous tous, est aussi le plus à craindre de tous eux. Mais, 1°, hors de chez lui, c'est un petit fait que de sa force ; 2°, il s'arrête plus à des espérances certaines qu'à des incertaines. Son Beau-pere est vieux, à sa mort il espere profiter, & croit qu'il jettera plutôt l'œil sur les Etats de Milan & de Naples, si la succession d'Espagne se partage, comme il y a grande apparence, que les filles ambitieuses au possible, & déja introduites par le Pere même aux maniemens de ses affaires, & quasi en possession de ses Roïaumes, à peine se pourront contenter d'être mariées pour une portion d'argent, & laisser tant de biens à leur petit frere, jeune, maladif, & à ce que l'on dit, hébété; tellement que ce Duc aura là, à mon avis, de la besogne taillée, sans qu'il s'amuse à entreprendre rien de deçà les Monts qui l'enferment. Au partir de là, quand il le voudroit, il peut si peu, & il se trouve en Païs si désavantageux, qu'étant arrêté d'un côté par les Allemands, de l'autre par les Suisses, de l'autre par les François, & partout par les Alpes, les forces qu'il leveroit de son Païs, qui ne sauroient être que fort petites, ne peuvent être conduites en lieu où elles fassent effet, qu'avec grande perte & difficulté. Quant à son argent, pour faire bonne chere en sa maison, il en a assez ; pour faire une grande guerre, non. Les autres Princes d'Italie, comme le Duc de Ferrare, de Mantoue, de Florence, d'Urbin, qui sont quasi les principaux, sont tous ajoutés pour augmenter le cahier, & pour dire, voici force gens ; pour autre chose, non : s'il y avoit guerre en Italie même, entre deux grands Princes, tels qu'étoient Charles d'Espagne & François de France, ils pourroient à la vérité beaucoup favoriser les affaires de celui qu'ils voudroient assister. S'il faut dresser une Armée de Mer

contre

1588.

Discours
sur l'état de
la France.

contre le Turc, chacun d'eux équipera bien une ou deux Galeres, & voilà tout ; mais qu'ils puissent de beaucoup servir en une
grande guerre contre nous, ou en France, ou en Angleterre,
ou en Allemagne, ou en Flandres, non. Et puis, comme j'ai
remarqué, ils ne seront jamais si avant de la Ligue, qu'ils ne
craignent plus la grandeur d'Espagne, que la diminution de
Rome.

Le Duc de Parme, en tant qu'il est Duc de Parme seulement,
peut être mis de ce nombre, en tant qu'il commande aux forces du Roi d'Espagne aux Païs-Bas. Certes il est grand Capitaine ; sans doute il a acquis beaucoup de réputation, de créance,
soit parmi les Armées qu'il commande, soit parmi les Païs où il
fait la guerre ; & créance héréditaire encore, la mémoire du
gouvernement de sa Mere y étant très agréable. Mais, aussi-bien
que le Duc de Savoie, il seroit mal sage, s'il n'avoit des desseins à part, & s'il ne s'arrêtoit plus à des espérances certaines
qu'à des incertaines. Je crois, quant à moi, qu'il ne se résout
pas d'avoir travaillé si long-temps en Flandres pour autrui. Or
il y a un point là-dessus, c'est que tant qu'il y fera la guerre,
comme Lieutenant du Roi d'Espagne, il peut faire beaucoup
de mal ; mais s'il prend une fois le chemin de s'en faire Seigneur lui-même, comme il le pourra aisément, en ce qu'il tient,
après la mort du bon homme, ne le pouvant que par douceur
& par la volonté des Peuples, il n'est plus à craindre, il faut
qu'il se démêle d'avec la Ligue. Quant au Duc de Lorraine,
c'est un grand Seigneur, mais un petit Prince ; ôtez-lui de devant les yeux les espérances qu'on lui a fait prendre en France
pour son fils, ce qui seul l'embarque en la Ligue, il prendra
quant & quant le parti de son repos, sans chercher querelle.
Il est fort sage, & crois que nos remuemens en France ne
viennent point de lui. Toutefois à cette heure, en cette cause
générale contre nous, qu'il ne s'y emploie, il n'y a point de
doute ; mais j'estime qu'il y a ceci de bon en cet endroit, c'est
que empêchant la grandeur du Duc de Guise, son Cousin,
comme de nécessité il est contraint de faire pour l'amour de
son fils, il nous fait plus de bien qu'il ne sauroit autrement
nous faire de mal : or, il l'empêche à cause de la Couronne,
laquelle enfin s'accordant & s'entendant avec la Reine, Mere
du Roi, sa Belle-Mere, il demandera plutôt pour son fils que
pour l'autre. Et je tiens pour maxime très certaine que le Duc
de Guise, notre capital Adversaire, en est déja si avant, qu'il

faut qu'il foit ou Roi ou ruiné ; il n'y a point de milieu pour lui
entre ces deux extrêmes. Marius, Cinna, Pompée, Lepide,
Antoine, font foi de cela; depuis qu'une fois on a afpiré à la tyrannie, *aut Cefar, aut nihil.* Or, quant à lui, j'ai parlé auparavant de fes moïens, ils font certes affez grands en France,
parceque le parti Catholique y eft grand, dans lequel il a beaucoup de créance, & l'affurance qu'il a, que le Roi endurera
toutes fes hardieffes, étant fa principale force. De celui-là je
ne doute point, que comme fon deffein particulier s'adreffe
fur notre État, auffi, que s'il avoit dans fon cabinet les ducats
des Indes, qu'il n'y fît brêche, & après cela bien du mal aux autres ; mais il eft extrêmement pauvre & endetté, feconde marque
d'un homme qui afpire volontiers à nouvelletés. Après cela il a
trop de contredifans à fes intentions, non-feulement de fes Ennemis, comme du Roi de Navarre & des Princes du Sang, mais
de fes amis mêmes, comme des Héritiers d'Efpagne, de Lorraine, de Savoie, & de ceux de fa propre Maifon, qui prétendent autant de droit à l'ufurpation de notre Couronne que
lui, & auxquels, puifqu'il eft contraint de s'en fervir, comme
il eft, il fera contraint auffi de faire part de ce qu'il ravira,
s'il peut rien ravir ; ce qui lui apportera infinies jaloufies, tellement que toute la puiffance de ce Partifan-là ne peut aller,
à mon avis, que jufqu'à la diffipation & démembrement de
notre Roïaume; encore faut-il qu'il y foit aidé. Car, de porter les armes, ou contre les Allemands, ou contre les Anglois,
ce fera à peine, & pour le moins ce ne fera jamais qu'il n'ait
fait entierement fes affaires en France, ce qui eft une longue
befogne. Et fur cela je veux bien remarquer une chofe véritable, de notre Nation, c'eft que notre naturel eft tel, que deffous un Roi déja établi, nous nous diviferons bien, nous ferons
des guerres civiles, des remuemens ; mais s'il n'y en avoit point,
s'il étoit queftion de pourvoir à la Couronne, jamais nous n'en
fouffririons le démembrement ; & fi un Prince ne fe trouve capable de l'empiéter toute, il eft mal-aifé qu'on lui permette
de la divifer, fi ce n'étoit un grand Prince voifin, comme le
Roi d'Efpagne, qui par force & par le voifinage de fes Païs,
confervât le quartier qu'il auroit enlevé; encore lui feroit-il
très difficile. Finalement, je ne veux que deux témoignages pour
montrer que ce n'eft pas fi grande chofe que la puiffance de
cet homme. L'un, de ce qu'au commencement de la Ligue,
lors de fon grand feu, que l'on penfoit que fur fa parole toute

la France prendroit le halecret, jamais il ne se trouva accompagné de 4000 Chevaux François, & 4000 hommes de pied au plus, encore cela se dissipa en un mois, bien qu'il eût prodigalement dépendu tout l'argent qu'il reçut d'Espagne, & le sien, pour les amasser. L'autre, que depuis, étant en la guerre, une petite Armée de Reistres, composée de quatre mille cinq cens Chevaux, & de trois ou quatre mille Lansquenets, avec quelques Suisses, passa en dépit de lui par-dedans son Gouvernement, jusques dedans le cœur de la France, le battit & rebattit au passage autant de fois, comme elle le vit ; combien qu'il eût appellé auprès de lui tous ses amis, tous ses partisans, toutes ses forces ; combien qu'il eût outre cela la plûpart de celles du Roi ; combien qu'il se fût un an devant vanté qu'il combattroit les Allemands jusques sur le bord du Rhin , & qu'il importât extrêmement à sa réputation de le faire. Or, néanmoins c'est sans doute, que si on permettoit à ce Chef de part de croître, & que Dieu ne lui eût point mis de bride autour de lui, c'est le plus grand, le plus capable & le plus dangereux Ennemi que puissent avoir les Etats qui font profession de la Religion.

Restent les deux plus mauvais; savoir, le Pape & le Roi d'Espagne ; le premier, est le plus criard, le plus mutin de tous, & le plus foible néanmoins. C'est l'ordinaire, *acutum reddere qui possit ferrum, exors ipse secandi.* De vrai, il ne sert que d'aiguiser les couteaux ; les Papes une heure auparavant l'être, ne savent pas s'ils le seront. Devant cela, ce sont la plûpart du temps de petits Cardinaux Italiens ; car la jalousie en recule les plus grands, qui durant le Cardinalat n'avoient de dessein que de croquer quelqu'Annate, ou quelque Bénéfice. Ceux qui peuvent remuer du ménage, volontiers ne sont pas appellés-là, l'Italie s'en est mal trouvée. Au reste, nul ne l'est qu'il ne lui coûte bon ; & ils sont tous si bons ménagers, que quand ils meurent, ils ne laissent que le moins qu'ils peuvent au Successeur ; tellement que le nouveau Pape, les trois ou quatre premieres années, a assez à faire, à païer ceux qui lui ont vendu son Siege ; les autres, à vivre : & c'est un extraordinaire quand ils passent huit ou dix ans ; autrement on dit quant & quant, *exiit sermo inter fratres quòd discipulus iste non moritur* ; car ils sont fort vieux quand on les élit; de sorte qu'auparavant qu'ils aient moïen de nuire , ils sont enterrés. Et de celui-là, quand il n'y aura que lui, il ne nous faut craindre que des Bulles &

E ij

du plomb, qui ne font mal qu'à ceux qui en ont peur. L'or du Roi d'Espagne seroit bien plus à craindre, & j'ai gardé le plus grand de tous & le premier mouvant, qui fait mouvoir tous les autres, pour le dernier. Mais aussi de son côté il a beaucoup d'incommodités qui lui lient les mains; & de celui-ci, parceque toute l'Europe est remplie de son nom, il en faut dire quelque chose de plus.

Ce Prince est fils de Charles-Quint, ce grand brouillon du Monde, qui a tant remué de ménages, tant qu'il y a été, qui y fut plus heureux par ses Lieutenans que par lui-même, qui eut pour amis ou pour ennemis à diverses fois tous les Princes de son temps; grand Prince néanmoins, vigilant, guerrier s'il en fut onc, & pénible à la guerre; au reste, plein de courtoisie & d'humanité, & qui étoit certes digne du nom de César, digne de l'Empire. Celui-ci fut nourri dès le berceau aux affaires par son Pere; toutefois il fut beaucoup plus heureux que lui, & son heur consiste en ce que tant que son âge l'a pu animer aux grandes choses, il n'a trouvé aucun qui lui ait fait de la traverse. Son Pere avoit en même saison le grand François de France, le grand Henri en Angleterre, Soliman en Levant, & en Allemagne des Princes qui exerçoient bien son esprit; de sorte que par-tout où il se tournoit, il trouvoit chaussure à son pied : outre cela, il trouva tous les Pays qui lui étoient voisins aussi forts & aussi capables d'entreprendre sur lui, que lui sur eux; voilà ce qui rendit sa fortune diverse. Au contraire, Philippe, aujourd'hui Roi d'Espagne, a été accompagné d'un heur qui ne s'est interrompu; mais il faut plutôt attribuer cela à ce qui s'est rencontré autour de lui qu'à lui-même. La France, de son temps, à été gouvernée par une Femme & par des Enfans, ou tellement travaillée de guerres civiles, qu'elle avoit assez à faire chez elle : l'Angleterre commandée aussi par une Femme, qui suivant le naturel de son sexe, s'est sagement contentée de maintenir ses Sujets en paix, & se garder des entreprises de ses voisins, sans entreprendre sur eux : l'Allemagne, par des Princes pacifiques : le Levant par Selim, un gros yvrogne, qui n'aimoit qu'à boire, & depuis par Amurat, son fils, à demi idiot, qui ne bouge de la Mosquée. Ainsi ne faut-il pas dire que par-tout il a eu de l'heur, mais qu'en nul lieu il n'a trouvé personne qui lui pût faire venir du malheur; & encore avec cela il n'a pas fait grand'chose. La conquête de Portugal & des Indes a été plus facile

qu'heureufe, il n'y avoit point de peine : la conquête de la
Terciere, & la victoire fur les François ne fera point trouvée ſi
étrange, quand on confidérera que c'étoit une juſte Armée
d'Efpagne contre une troupe de Vaiffeaux ramaffés en France.
Quant aux batailles de Gravelines & S. Quentin (1), c'étoient
encore des reſtes des victoires remportées par fon Pere, c'étoient
les Armées qui dès leur jeuneffe avoient couru la fortune du
Vieillard ; il y avoit là peu du fien, fa perfonne même n'y
étoit pas. En Italie, rien n'a branlé, en Bourgogne, au Roïaume de Naples, en Sicile, rien ; au contraire, en Afrique, il
a perdu la Goulette, le feul labeur de Charles, fon Pere, &
tout ce qu'il avoit là. En Flandres, fes victoires n'y ont pas
tant fait qu'il n'y ait encore plus à faire ; & la raifon, parcequ'il y a trouvé de la réfiftance. Il eſt bien aifé à un homme de
gagner, quand perfonne ne joue contre lui. A cette heure, à
cette heure, qu'il a des Ennemis dignes de fes forces, nous verrons ce qu'il fera en Angleterre avec tout fon grand appareil ;
nous verrons s'il gardera encore cette grande renommée de
bonne fortune. Or, cependant l'état où il fe trouve à préfent
eſt tel ; premiérement, il eſt extrêmement vieux & encore plus
caffé ; il n'a que deux filles & un petit garçon ; elles grandes,
ambitieufes déja & fieres au poffible ; l'une Ducheffe de Savoie, l'autre nourrie entre les bras de fon Pere & dans les affaires de fon Etat, qu'elle gouverne feule : fon fils eſt petit
& mal fain, comme j'ai dit (2), & voilà des fources de divifion, car en Efpagne les filles peuvent fuccéder ; outre cela
fon Etat eſt fort divifé ; les Païs-Bas, qui en étoient le meilleur morceau, font bien égarés pour lui : ce qui en eſt du tout
retranché, comme les Provinces-Unies avec la Reine d'Angleterre, il ne voit pas efpérance de le pouvoir jamais recouvrer.
Ce que tient le Prince de Parme fous fon autorité, il ne s'affure gueres qu'il le veuille fidellement laiffer après fa mort à
fes enfans : l'autre eſt un brave Prince, grand Capitaine, aimé
de ceux à qui il commande, eſtimé des autres, comme j'ai dit,
qui a ufé de beaucoup de foi & de modération envers fes Peuples, déja bien édifiés de la façon de laquelle fa Mere les avoit
gouvernés auparavant lui, qui y a acquis beaucoup de créance, & affez pour pouvoir un jour retenir cet appanage au lieu
du Portugal, que le Roi d'Efpagne, à fon avis, lui a ôté, &

_____

(1) Philippe II étoit à la Bataille de Saint-Quentin.
(2) Voïez la Satyre Ménippée, pag. 115.

qui, quoi que ce foit, fe fâchera que fes labeurs foient voués pour une fille ou pour un petit garçon. Le Duché de Milan eft voifin du Duc de Savoie ; celui-là y prendra droit à caufe de fa femme, & fuivant fon contrat de mariage. Le Roïaume de Naples & les Villes d'Italie fuivront la fortune du Duché de Milan. Le Portugal ne lui eft encore gueres affuré ; les Portugais impatiens du commandement des Efpagnols, d'autant plus leurs ennemis qu'ils leur font voifins, comme c'eft l'ordinaire des Peuples. Les Indes, tant Portugaifes qu'Efpagnoles, le feul nerf de cet Etat, feront à celui qui poffédera, ou l'Efpagne, ou le Portugal. Cela étant de cette façon, ce Prince a déformais plus de befoin de penfer à la confervation de fa Maifon & de fes Seigneuries, qui indubitablement s'en vont divifées après fa mort, que non pas de troubler fes voifins. Il eft riche à la vérité, mais il lui faut emploïer une infinie dépenfe, n'aïant quafi Païs où il ne foit contraint de tenir une groffe Garnifon. Or, qu'il foit néceffiteux, il le fait bien paroître à fes Troupes qu'il tient en Flandres, où il demeure aucunefois un an ou dix-huit mois fans leur bailler un fol. Autant comme il eft riche d'argent, auffi eft-il pauvre d'hommes ; il n'en peut recouvrer que d'Allemagne, d'Efpagne, d'Italie ou de Bourgogne ; & voïez fa foibleffe : car quant aux Allemands, fi nous étions tous unis, nous l'empêcherions, ou d'en lever, ou d'en paffer pas un. Quant aux Italiens & Efpagnols, dont il ne peut fournir en grand nombre (car ce ne font pas Païs populeux, comme chacun fait), il faut, pour venir attaquer, ou la France, ou les Païs-Bas, ou l'Allemagne, qui font les endroits où nous fommes, qu'il les conduife, ou par mer, ou par des lieux fi mal-aifés, que fi nous nous entendions tous bien, il en perdroit la moitié devant que de s'en pouvoir fervir. Les Efpagnols ne peuvent venir que par mer ou par les Pyrénées ; les Italiens, que par les Alpes ou par l'Allemagne, chemins, fi nous voulons, qui leur peuvent être du tout fermés. Au refte, il n'y a rien fi miférable que lui en fa propre terre, rien fi aifé à battre : & eft certain qu'on l'eût pu aifément ruiner par le Portugal, fi on l'eût vivement attaqué par-là, depuis que le Roi Dom Antonio en a été déchaffé. Voilà en bref l'état du plus grand de nos Ennemis, qui, à mon avis, bien confidéré, ne doit pas fembler fi puiffant comme on l'eftime ; les effets avec cela & l'exemple le montrent, vu que depuis trente ans qu'il travaille à reconquérir la Flan-

dre, feul endroit où il a tendu toute fa puiſſance, il n'a pas
profité de grand'choſe, & s'il ne faut pas dire que là il ait trouvé une réſiſtance digne de lui ; néanmoins il eſt aſſez clair,
que ſans le mauvais gouvernement de feu Monſieur, & la mort
du feu Prince d'Orange, aſſaſſiné malheureuſement, témoignage de la foibleſſe de cet Ennemi, il étoit quaſi au deſeſ-
poir, & eût perdu tous ces Païs ſans rémiſſion, quelque choſe
qu'il eût pu faire.

Quand on aura ainſi conſidéré l'état de nos Ennemis, piece à
piece, on trouvera, ſuivant le proverbe François, que *Tout
ce qui reluit n'eſt pas or* : mais ſi après on le regarde encore en
gros, cela ſervira bien à en faire le jugement que j'en fais. On
les trouvera tous extrêmement diviſés de lieux & de régions ;
la plus grande part & la plus forte eſt en Eſpagne & Italie ;
il y a entre deux quatre cens lieues de chemin par terre : l'autre en France, mais celle-là eſt ſi peu de choſe, que ſi les
moïens d'Eſpagne & d'Italie ne s'y joignoient pour lui aider,
elle ſeroit bientôt étouffée. On verra que chacun des Partiſans
qui entrent en cette Ligue générale n'apportent que la moindre portion de leurs deſirs au deſſein général, tout le ſurplus
au particulier ; on trouvera que la plûpart d'eux tendent quaſi à une même choſe ; le Roi d'Eſpagne, le Duc de Lorraine, de Savoie, de Guiſe, à la Couronne de France ; en quoi
il ne ſe peut qu'il n'y ait des jalouſies, & que le même qui les
unit ne les ſépare. On verra auſſi qu'ils ont des deſſeins contraires les uns aux autres, comme ceux que j'ai remarqués du
Duc de Parme & de Savoie. Et enfin l'on conſidérera que des
deux derniers, qui ſont comme colomnes de cette Ligue, le
Roi d'Eſpagne & le Pape, l'un eſt extrêmement vieux & ſi malade, que cette année même il s'eſt départi de toutes ſortes
d'affaires, juſques-là que beaucoup de gens tiennent qu'il eſt
privé des ſens par la vieilleſſe. L'autre, qui eſt le Pape, ne
peut faire état de ſes moïens, ſinon autant qu'il vivra : or ne
peut-il gueres vivre, vu ſon âge, laiſſant un Succeſſeur après lui,
qui s'amuſera plutôt à faire ſa Maiſon qu'à ruiner celle d'autrui ; dreſſera plutôt de nouveaux deſſeins, qu'il ne pourſuivra
ceux de ſon Prédéceſſeur. Voilà donc en gros & en menu toutes les forces de nos Ennemis.

Or, ſi à leurs moïens généraux nous oppoſons généralement
les nôtres, ſi nous aſſemblons ceux de la Reine d'Angleterre,
du Roi de Navarre, du Roi de Dannemarck, des Princes d'Al-

lemagne, des Etats des Païs-Bas, des Cantons de Suisse, quelle Puissance trouverons-nous ? Si nous nous servons au contraire d'eux, de la commodité que nous avons de nous joindre sans empêchemens, la France, l'Angleterre, l'Allemagne haute & basse, & la Suisse s'entretouchant quasi, n'aurons-nous plutôt ruiné leurs desseins, qu'ils ne les auront commencés ? Nous, dis-je, que notre Religion peut lier plus étroitement qu'eux, étant meilleure que la leur ; nous qui n'avons nulle entreprise que de nous défendre & de conserver nos droits, ce qui nous unit ; qui n'avons point de dessein particulier qui puisse engendrer de jalousie entre nous, qui, étant contraire, nous puisse diviser ? Il n'y a point de doute : voïons la preuve de cela. Il y a trois ans que le Roi d'Espagne coupe toutes les Forêts d'Italie, pour bâtir des Carraques (1), achete tous les Maures d'Afrique pour faire des Forçats ; met les Indes sens dessus dessous, à force de fouiller, pour trouver toutes les mines de l'or, comme s'il n'en vouloit plus après. Il y a trois ans qu'il ne parle que d'ancres, que de cordages, que de Voiles, qu'il menace l'Ocean, s'il ne reçoit doucement ses Vaisseaux, qu'il commande aux vents de les favoriser, & tout pour dresser une grande & Espagnole, c'est-à-dire, superbe Armée de Mer, l'ombre de laquelle, toute seule, fasse baisser, non pas seulement les mâts des Navires, mais la pointe de tous les clochers d'Angleterre : il est gros depuis ces trois ans d'une Armée ; & à la vérité, comme ces grands ouvrages ne s'enfantent pas tout-à-coup, ni facilement, il met beaucoup de temps & de peine à en accoucher, & volontiers encore les choses sont-elles plus petites à leur naissance, que l'on ne pense. Elle naîtra donc à la fin en Biscaye ; elle sera sevrée au Conquet (2), & se trouvera vis-à-vis d'Angleterre assez forte & assez grande pour recevoir l'Ordre de Chevalerie. Cela ne montre-t-il pas qu'en un seul lieu, qu'en la seule Angleterre nous avons des moïens assez pour résister au plus dangereux de tous nos Ennemis ? Il y a trois ans qu'il l'a menacée, il ne lui a pas encore fait peur ; eh ! quand est-ce qu'il lui pourra faire mal ? Il y en a autant que le Duc de Guise, qui à plaisir se joue, par maniere de dire, des moïens du Roi & du Roïaume de France, secouru de l'argent d'Espagne, des forces du Prince de Parme, & de tous les Etats Catholiques, fait la guerre au Roi de Navarre ; pen-

---

(1) Ce sont des Vaisseaux.
(2) Le Conquet est une Ville de Bretagne, sur la Côte la plus occidentale, en l'Evêché de Saint Pol-de-Leon.

dant

dant ce temps on a levé, pour cet effet, huit Armées par terre, & une neuvieme par Mer. Des neuf, graces à Dieu, les huit s'en font retourné fans rien faire, la neuvieme a été défaite entiérement en une bataille. Or, il ne fe peut dire que ce pauvre Prince ait été cependant affifté d'un feul denier, ni d'un feul homme, l'argent & les moïens que fes amis lui avoient envoïés n'étant pas parvenus jufqu'à lui ; cela n'eft pas une preuve certaine, que ces gens ont plus de mine que d'effet ? Il y a trente ans que les Païs-Bas font attaqués par le même Roi d'Efpagne, avec toutes les forces de fon Païs d'Italie & celles qu'il a pû avoir d'Allemagne : il a toujours été heureux : tous les combats qui s'y font donnés, il les a quafi gagnés. Qu'y a-t-il fait ? Ils font encore aujourd'hui en tels termes, que s'ils fe peuvent une fois bien entendre, l'autre eft à recommencer, & en danger de perdre le labeur, la peine & la dépenfe qu'il a mis en ce Païs-là. Jugez à cette heure fi le Roi de Dannemarck, les Princes d'Allemagne, les Cantons des Suiffes, qui font demeurés jufqu'ici fans qu'on les ait ofé attaquer, avoient porté leurs moïens & leurs forces, pour faire ceffer ces violences du Roi d'Efpagne en Flandres & en Angleterre, & de ceux de Guife en France, combien ils dureroient contre nous en apparence humaine ? Je laiffe encore plus à conclurre fur cela que je n'en dis. Cependant combien que nous aïons plus de forces qu'eux, plus de moïen de nous bien entendre qu'eux, nonobftant cela ils s'entendent mieux que nous, & font plus forts que nous. Donnons ce reproche à notre négligence, non à leur induftrie, à notre lâcheté, non à leur courage. Dieu nous a mis entre les mains, & de quoi vivre en repos & nous défendre de leur tyrannie, & de quoi encore les mettre fous le joug, fi nous le voulions faire. Mais, pour finir ce propos en Théologien, comme je l'ai commencé ainfi, je crois que c'eft le même Dieu, le même Seigneur, qui ne veut pas que nous tenions de nous-mêmes, ni de notre bras, mais du fien feul, notre délivrance.

Il me femble que j'ai l'efprit plus allégé à cette heure, quand après avoir couru toute l'Europe, troublée & affligée prefque par les divifions de la Religion, je reviens à la France, que je penfois feule touchée de ce mal ; ce n'eft point elle-feule que Dieu vifite, ce n'eft point elle-feule qui eft menacée, les autres parties y ont part ; je retourne donc à elle plus courant que je n'étois pas, pour conclurre ce difcours que j'ai commencé

1588.

DISCOURS SUR L'ÉTAT DE LA FRANCE.

pour elle. Enfin, ce masque, ce voile qui avoit sillé les yeux du
Roi le premier, & à son exemple, de tous les François, enfin
il est levé. Quand la Ligue commença il y a trois ans, encore
se trouvoit-il des hommes, ou si effrontés, ou si hébétés, qui
excusoient cette rebellion, la pallioient d'un zele de Religion,
de la crainte qu'après un bon Roi Catholique, il n'en succé-
dât un Huguenot. Cela servit de prétexte aux Traîtres, qui
étoient auprès du Prince, lequel ils connoissoient si dédié & si
passionné à sa Religion, qu'à ce seul mot on lui fermoit la bouche, on lui ôtoit toute réplique, tous moïens de juger ce qu'il
devoit faire sur cela. Mais à cette heure je ne pense pas qu'il y
ait homme en tout le Roïaume, fût-il Jésuite, qui pût excuser l'entreprise du Duc de Guise dans Paris, contre son propre
Roi. Quelle elle a été, je n'en veux autre discours que le sien,
celui même qu'il a publié. Or, qui me demanderoit là-dessus
ce qui aviendra, à mon jugement, de cela, certes il m'empêcheroit bien. J'ai dit ailleurs, qu'il n'y a rien qui soit si dangereux
à un Roi, que la diminution de Sa Majesté ; qu'il n'y a rien
qui la diminue tant que s'il fait connoître qu'il craint quelqu'un en son Roïaume : une espece de crainte, c'est de souffrir
les audaces & ne les point punir. Toutefois encore, quand ce
font des vulgaires audaces, qui ne touchent que les Particuliers, le manteau de douceur & de clémence excuse quelquefois la timidité ; mais si c'est au Prince même à qui elles s'a-
dressent, si elles violent le saint respect que l'on doit à la sacrée personne du Roi ; qui les souffre, n'est plus Roi. Si cette
félonnie, nullement excusable, se pardonne ; si le Roi la passe
sous silence, il faudra dire ; *Sceleris finem putas ? gradus est.* Et
ne faut point douter que dans deux ans il ne se fasse tant
d'audacieuses méchancetés, que celle-ci sera contée pour une
légere jeunesse. Je suis de la Religion Réformée, graces à Dieu
qui m'a daigné faire tel ; moi, dis-je, qui par l'oubli que j'a-
vois conçu de ses bienfaits, m'étois du tout rendu indigne de
ce dernier, non comparable aux autres ; néanmoins si tant est que
le Roi pensant que le Roi de Navarre & nous, l'eussions tellement offensé, que nous eussions eu de si lâches & détestables
entreprises contre sa vie, contre son Etat, qu'il ne nous peut
en faine conscience pardonner, jà n'avienne que sous l'ombre
de cette querelle je lui voulusse conseiller de nous appeller à
soi, d'oublier nos offenses, & de se servir de nous pour le délivrer de la peine, où ces gens le réduisent chaque jour ; mais

non comme François, non comme Chrétien, ains feulement comme homme, je lui ofe bien confeiller : quoi confeiller ? mais prophétifer, que fi cet argument de l'ire de Dieu fur lui ne l'émeut à defirer fon bien, & en fon bien le repos de fon Roïaume, le chemin de la paix, la voie de fe rendre Roi, d'ôter tous les Partis de fon Roïaume, hormis le fien ; & comme il n'y a que lui à qui le Sceptre appartienne, ne fouffrir point qu'il foit rompu en pieces, & qu'indignement chacun en emporte un morceau, lui-même étant la premiere & plus certaine caufe de fon malheur, qu'il s'affure qu'au lieu de l'en délivrer Dieu le lui augmentera au double. Je ne veux pas feulement parler de ceux de la Ligue, je parle encore de nous-mêmes. Ce que les autres font par méchanceté, nous le faifons par néceffité ; & cependant, quant à lui, tout lui eft égal pour fa Couronne, elle eft auffi-bien diffipée & démembrée des uns que des autres, fon Peuple autant foulé par nous que par la Ligue. Et n'étoit que nous nous défendons, & eux ils attaquent, qu'on nous pourfuit, & ils pourfuivent, que nous nous foumettons toujours à lui, & les autres le veulent affujettir à eux ; on pourroit dire que le mal que nous faifons par force à fon Roïaume eft auffi grand que celui qu'ils y font, pour leur plaifir & pour affouvir leur ambition. A ce mal, hélas, il n'y a qu'un feul remede ; qu'il veuille feulement y remédier, il fera Roi paifible, abfolu, obéi, craint, aimé & redouté, pourvu qu'il le veuille. Mais comment ferons-nous des vœux, que Dieu lui en mette le pouvoir dans les mains, fi premiérement il n'en a le vouloir au cœur.

Grand Prince, que ne crois-tu toi-même ? Tu n'as nul fi fidéle Confeillier. Je t'ai oui autrefois blâmer la faute du Roi de Portugal, qui hafarda fon Etat fur une bataille, comme jugeant fagement qu'il n'y a rien fi miférable qu'un Prince deshérité ; hé, où as-tu mis ta prudence ? Tu te hafardes à moins cent fois qu'une bataille. Qui t'a pu perfuader que ces gens, qui n'ont pour defir que ta mort, pour but que ta Couronne, mettront bas les armes conjurées contre toi-feul, pour te voir aigrir & faire fort le mauvais contre ceux de la Religion ? Non, non, il te la faut laiffer, autrement tu n'auras jamais la paix avec eux ; & je crois que fi tu la pouvois quitter fans la vie, tu as des gens affez effrontés près de toi, pour te le confeiller : ils t'ont chaffé hors de Paris, ce que jamais les Anglois, les Efpagnols, les Allemands ne firent à tes Bifayeux : & par

F ij

tes Lettres Patentes tu montres à ton Peuple, qu'au lieu de
t'en reſſentir, il ſemble qu'il te tarde déjà qu'ils ne t'ont pardonné : tu commandes que l'on prie Dieu pour cette reconciliation ; il n'y a donc point autrement de danger de lever
la main contre ſon Roi. Or, crois, puiſqu'ainſi eſt, que
celui qui a entrepris de te faire fuir aujourd'hui, entreprendra
bien de te faire mourir demain. Et cela, grand Roi, n'eſt-
ce pas ſe haſarder, que de montrer à ſes Sujets qu'il eſt ſi facile d'attenter contre toi, quand au lieu de te vouloir venger,
tu prie que l'on appaiſe ceux que tu devois faire punir ? Qui
t'a pu ſi malheureuſement perſuader, que le remede de ton mal
étoit la guerre civile? que par cette voie tu recouvrois ton autorité ſur tes Sujets ? Ah, que tu es trompé. Il n'y a rien ſi
dangereux en un bâtiment que le feu, en un corps que la fievre
continue, en un Etat que la guerre civile. Si tu veux remédier à ces maux, étouffe le feu qui brûle ta maiſon, amortis la
fievre continue du corps de ton Etat, donne-lui la paix ; car c'eſt
le ſeul moïen de garder ton Roïaume.

Tu dis que ſi tu prononce ce mot de paix avec ceux de la
Religion, tu auras quant & quant toutes les armes de la Chrétienté Catholique contre toi, qui te dépouilleront de ton Etat.
Oui, ſi tu le dis comme celui qui fuïoit dernierement de Paris
devant le Duc de Guiſe. Prononce-le comme celui qui gagna
les batailles de Jarnac & de Moncontour (1), & qui tout ſeul
étoit plus effroïable que tout le reſte de ton Armée ; dis-le de
cette façon, & tu trouveras que tout tremblera. Si ſur cette
bonne & ſainte réſolution, tu te veux armer, l'Angleterre, l'Allemagne, la Suiſſe couvriront d'armes & de chevaux toutes tes
Plaines pour ton ſervice. Ils t'envoieront des forces baſtan-
tes (2) pour battre & l'Eſpagne & l'Italie, & ta France encore,
ſi elle y étoit jointe. Penſe premiérement que cela eſt le bien
de ton Roïaume, puis il ſera aiſé de le faire croire à ton Peuple, quand toi-même tu le croiras ; & ſi ton Peuple le croit,
& que tu le vueille, il eſtimera ſes Ennemis & les tiens ceux
qui voudroient le contraire. Mais tu crains la Ligue ; qui veux-
tu donc qui ſoit hardi pour toi? de qui prendra-t-on courage
que du tien ? Donne une paix raiſonnable à tes Sujets. Commence par les tiens, par les Catholiques ; fais-les contenter
de la raiſon, & n'aie peur que les autres ne s'y réduiſent ; ils

(1) En 1569.
(2) C'eſt-à-dire, ſuffiſantes : ce mot vient de l'Italien.

font trop foibles pour réfifter contre toi en une mauvaife caufe. Elle fera telle, s'ils refufent une équitable paix; mais ils ne le feront pas, ils ne l'ont jamais fait : le proverbe eft trop ordinaire en ta Cour, qu'on les contente pour un Prêche. Tu as encore crainte; & de qui, bon Dieu? du Roi d'Efpagne? Montre-lui les tableaux de ton Pere & de ton Aïeul, il tremblera jufqu'au fond de Caftille. Du Pape, n'as-tu pas chez toi des héritiers de Charles de Bourbon? Ce font bayes (1). Comment fe peut-il faire, que toi qui as tant vû, qui as tant manié de chofes, qui as tant d'expériences, puiffe avoir cette appréhenfion fi engravée, & à fi peu d'occafion? Crois deux maximes; l'une, que tes Ennemis ont en toi le meilleur ami qu'ils fauroient avoir; l'autre, que fans cette nuée noire que tu vois autour de la Rochelle, qu'ils craignent cent fois plus que toi, il y a long-temps qu'ils t'euffent enfeveli. Mais ajoute & crois encore cette 3ᵉ, que toutes & quantes fois que tu voudras à bon efcient le bien & repos de ton Etat, il ne tiendra qu'à toi que tu ne fois le Maître, & que tu ne rende & les uns & les autres fi petits, en ce qui concernera ton obéiffance & ton rang, qu'il ne fera pas en leur puiffance de tourner un œuf, fi tu ne le veux permettre.

On te perfuade que le plus fort parti eft celui des Catholiques, & qu'il faut que tu t'affure profondément en celui-là, & t'en rendes le Chef, pour ôter ce titre au Duc de Guife : on te le perfuade, mais on te trompe. Il ne faut pas que les partis te reçoivent, & que tu ailles à eux ; il faut qu'ils viennent à toi, & que tu les reçoive. Être Roi, c'eft ton parti, il ne t'en faut point d'autre : que tous les autres cedent à celui-là. Qu'eft-ce à dire qu'un Roi de France entre en jaloufie d'un Duc de Guife? qu'il foit en peine de lui faire perdre fa créance? Ne connois-tu pas que cette jaloufie te rend égal, & d'égal incontinent inférieur? Il y a bien des dégrés pour monter à une Couronne, il n'y en a point pour en dévaler; c'eft un précipice : fi un Roi defcend tant foit peu, il tombe. On te confeille de faire bien le coleré contre nous, & après l'avoir bien contrefait, tu le deviens à bon efcient. On te trompe encore davantage, &, n'étoit la paffion de ta Religion, tu le jugerois bien. Affure-toi que ce Duc qui devient fi puiffant en ton Roïaume, ne retient la meilleure & plus grande partie de ce qu'il a avec lui, que parceque c'eft à toi-même qu'il s'adreffe. Penfes-tu que ceux qui le fervent n'aient pour but que la ruine des Huguenots?

(1) Bourdes, menfonges, tromperies.

Nenni, nenni. Qu'y a-t-il à gagner contr'eux ? Si je m'étois abandonné à le suivre, quant à moi je pense que ce seroit pour les espérances qu'il auroit d'être Roi un jour. Car qu'il soit estimé pour le zele de sa Religion Cath., pour faire mourir force Huguenots, cela est bon pour émouvoir les Crocheteurs de Paris, & leur faire crier au Huguenot. Ceux qui sont capables de l'aider à remuer un Roïaume, ont d'autres considérations que cela. Or ces considérations ne se font pas perdre par ta contenance, animée contre ceux de la Religion, & tremblante contre la Ligue. Cela, au contraire, c'est leur accroître & les moïens, & les Serviteurs & l'autorité, quand on voit que toi-même montre de les craindre, qui ne les craindra après ? Qui enhardit les hommes, que l'impunité ? Naturellement nous aimons la liberté. Jamais il n'y eut de Roïaume, qui n'essaïât de devenir, s'il pouvoit, Etat populaire. Rien ne se doit si précieusement garder par un Prince, que son respect, sa majesté & sa crainte, laquelle perdue une fois, ne se peut jamais recouvrer, que par les choses qui font craindre ; c'est-à-dire, par la violence & par la cruauté. Grand Roi ! tu recevras ce propos, comme il te plaira. Ce n'est point à moi à limiter tes intentions ; mais si tu le lis avec autant de passion pour ton bien propre, comme je l'écris, tu jugeras que s'il m'échappe quelque mot de violence, voire même contre toi, c'est l'indignation & le creve-cœur qui m'y contraint, voïant le tort & les outrages que l'on te fait. A quoi il semble, par maniere de dire, que tu consentes par ta patience. Ne pense point que j'aie voulu accuser en toi-même ton courage : toute l'Europe me démentiroit ; & si tu en voulois des témoins, il ne faudroit que nous que tu as si souvent battus, pour en dire. Crois certainement que le déplaisir que j'ai de voir que tu souffres, mal conseillé, les audaces que l'on entreprend seulement sur la confiance que l'on a que tu les souffriras, me le tire du cœur & de la plume. Je sais que tout ce qui est autour de toi presque, t'a trahi jusqu'ici, que ce que tu as fait contre toi-même, tu l'as fait en procédant par la voie, par la contraire de laquelle les Princes faillent le plus souvent, par croire conseil. J'y étois présent, quand on te disoit que toutes tes Villes, tous tes Peuples, toutes tes Provinces étoient déja à M. de Guise, tous tes hommes à lui. On te le disoit, & n'y avoit que ceux-mêmes qui te le disoient, qui fussent à lui, & ne te le disoient que pour te vendre & te trahir à lui. Les plus fortes armes de la Ligue contre toi, ont été

en ta Cour, en ton Conſeil, en ton Cabinet. Ainſi il étoit
mal-aiſé que tu ne fuſſes empêché par tant de choſes contraires à tes bonnes intentions. Mais puiſque Dieu excuſe à ce
dernier danger où il t'avoit mis, t'a ôté toute excuſe & toute
occaſion de doute : que cela au moins te donne envie de t'aimer
toi-même plus que tu n'as fait, de vouloir ton bien, ton repos,
ta grandeur à bon eſcient ; & quand tu la deſireras, tu ne peux
que tu ne deſire par conſéquent celle de ton Roïaume.

Je veux finir par toi, flambeau de la guerre, qui as tourné à
la ruine de ton Roi & de ta Patrie, les grandes graces que
Dieu t'avoit données, pour pouvoir dignement ſervir & l'un &
l'autre. Penſes-tu point que tu ſeras puni un jour du parricide que tu commets contre ta propre Mere, de tant de maux,
ou dont tu es cauſe, ou que tu fais toi-même à celle qui t'a fait
tant de biens ; tant de maux, dis-je, auxquels tu pouvois remédier, ou par deſirer moins, ou par plus ſagement deſirer,
ou pour le moins, par borner tes deſirs à la fin ? Non, non, il
ne te faut point d'autre punition, que tes propres deſſeins :
voilà ta gêne. Pauvre homme ! tu as déja preſque quarante ans
ſur la tête, & tu n'oſe encore prendre le nom de Roi : quand
en auras-tu l'effet ? Penſes-tu ſi aiſément venir à bout de ceux
qui peuvent empêcher la fin de tes vaines eſpérances ? Il y a
trente ans que l'on perd temps à leur faire la guerre : je t'en
donne dix de meilleur marché, il t'en reſte vingt. Quel Roi ſeras-
tu au bout de cela, à ſoixante ans ? On t'a oui mocquer du Cardinal de Bourbon, à qui tu avois perſuadé de l'être à cet âge-là.
A peine y viendras-tu plutôt ; & ſi faut-il encore que beaucoup
de choſes te ſuccedent à ſouhait. Tu ruineras le Roi de Navarre (labeur vain de toi & de tes Enfans, je m'en aſſure.)
Songe toi-même à te garder de lui, il a les ongles plus grands
que toi ; mais je le veux, tu le ruineras ; quand cela ſeroit,
comment feras-tu pour régner ? Si après ſa ruine la France eſt
en proie, comme il eſt mal-aiſé autrement, es-tu plus fort
que le Roi d'Eſpagne ? Y as-tu plus de droit que lui ? que le
Duc de Savoie, Fils d'une Fille de France, plus proche que
toi, aïant épouſé une arriere-Fille de France ? que le Fils du
Duc de Lorraine, ton aîné, Fils d'une Fille de France auſſi,
& Neveu du Roi ? Si au contraire l'Etat ſe maintient en ſon
entier, comment ôteras-tu par une voie légitime le droit aux
Princes du Sang Catholique qui reſteront, & qui ſont en aſſez
grand nombre, & aſſez jeunes pour ne point mourir devant

toi, fi tu ne les fais mourir ? Qui plus eft, auparavant tout
cela, qui te peut perfuader que le Roi qui regne, ne t'empêchera point de regner ? Tu ne faurois, tant qu'il vivra. Il faut
que tes premiers coups commencent fur lui (& cela fais-tu bien),
il faut que tu l'ôtes de devant toi ; car il te nuit dix mille fois
plus que le Roi de Navarre ; & fi tu n'as ce premier deffein ,
tu n'as du tout point de jugement en ton deffein ; car tu ne
peux , lui vivant, être Roi, non pas même durer gueres , tenant
le chemin que tu tiens. Mais tu ne veux pas régner ! Eh quoi
donc , Miférable ! fi ce n'eft cela, qui te mene ? fi ce n'eft une
grande & puiffante ambition, qui t'anime, telle que l'avoient
autrefois ou Marius, ou Sylla, ou Cefar ; on te déteftera bien
aux fiecles à venir d'avoir tant fait de mal au monde pour
néant. L'ambition eft la pefte de la Société humaine ; elle a toujours accompagné néanmoins ceux qu'elle poffédoit, du luftre
de tant de belles & grandes actions ; que l'on blâme les ambitieux , mais on les admire. Si tu as l'ame affez généreufe pour
concevoir les efpérances d'un Roïaume, il fe trouvera quelqu'un
à l'avenir qui dira, que tu étois digne de naître Roi , puifque tu as ofé entreprendre de l'être. On ne t'imputera peut-
être point les malheurs & les calamités , dont il te faut né-
ceffairemeut être caufe pour y parvenir ; mais on dira que
de cette façon le deftin a voulu fignaler ta venue, que tu devois être trop grand pour fortir par une porte ordinaire, &
qu'il te falloit des ruines pour te recevoir & pour te faire place ;
Nec aliam venturo fata Neroni invenere viam. Auffi tu feras condamné ; mais beaucoup de ceux qui te condamneront, defire-
ront de te reffembler ; ou au contraire, fi , lâchement méchant,
tu n'as au mal que tu fais autre but que d'empêcher le bien &
le repos de tout le monde , que diront de toi nos Neveux ?
Qui eft-ce d'entr'eux qui ne t'appellera point le fleau de ce fiecle-
ci ? Mais puifque tu ne peux être Roi , tu n'as pas envie de l'être,
il te fuffit feulement de brouiller & divifer notre Etat , afin au
moins que tu en retienne la meilleure partie. Encore plus miférable ; Dieu ne t'avoit-il pas affez donné de vertu pour y mériter
une part honorable , par les mains de ceux à qui juftement le
tout appartiendroit, qui euffent été toujours bien-aife de t'a-
voir près d'eux pour Parent , comme tu l'es , & pour bon &
utile Serviteur, comme tu le pouvois être. N'aimois-tu pas mieux
être tenu à ton Roi de ton bien , en fervant à ta Patrie, qu'à
un Prince Etranger, en la ruinant ? Regarde ce que tu fais :

ton

ton Père & ton Grand-pere ont fait en Italie la part au Roi d'Eſpagne, & tu la lui veux faire en France. *Sicne patriſſas?* Ce n'eſt point encore tout cela. Quoi donc ? Le ſeul zele de la Religion Catholique t'échauffe le cœur ? Je crois que tu le dis en public, non pas en ton Cabinet : encore ai-je peur que, ſi tu ne changes bientôt de langage, tu ne te repentes d'avoir chaſſé ton Roi de Paris. Il n'eſt pas Hérétique, non ; mais il eſt Roi. Quiconque le ſera, ou d'effet ou d'eſpérance, t'eſt ennemi. A la fin tu feras connoître que c'eſt encore pour cela même que tu en veux au Roi de Navarre, & que tu es plus jaloux de ſon eſpérance que de ſa conſcience. Je le crois ; & s'il te vouloit permettre d'être Roi, tu lui permettrois aiſément d'être Huguenot : c'eſt le zèle de la Religion, bon Dieu ! Quoi ? pour l'augmenter. Il y a encore tant de Turcs & de Sarraſins au monde, qui te détiennent le Roïaume de Jeruſalem, héréditaire à ta Maiſon : que ne tournes-tu plutôt là tes deſſeins, que ſur celui de France ? Mais c'eſt pour la défendre : hé, qui l'attaque ? Qui oſe rien demander aux Catholiques ? Je ſuis donc d'avis que tu nous perſuades que les Loups ſe doivent donner garde que les Brebis ne les ſurprennent : que les Lions ſe défient des Cerfs : ce que tu dis eſt cela même. Pour un Homme de la Religion en France, il y a cent Catholiques : ſi le Roi de Navarre, pendant la vie du Roi, prenoit la voie de les perſécuter, il feroit mal traité ; ſi après, il feroit mal reçu. Non, n'allegue point ces excuſes ; on s'en mocque : dis ſeulement que tu veux regner, que tu veux être Roi : voilà la plus vraie & la plus belle couleur de ton enſeigne.

Je conclurai à la fin, & ne te repliquerai que ces deux ou trois mots ſur les Lettres que tu as fait courir. Tu publies premierement, que c'étoit toi ſeul qui avançois le voyage de Guyenne (*id eſt*, contre le Roi de Navarre), auquel tu avois tant d'affection. Mais qu'eſt-il beſoin que tu ſollicites autrui ? Que n'y vas-tu toi-même ? Cherche là ou une victoire, ou une mort honorable, comme le Duc de Joyeuſe. Fais cette offre au Roi, d'y aller en perſonne ; il te prendra au mot : menes-y tous tes Amis, toutes tes forces ; il les augmentera encore des ſiennes : porte là le feu de la guerre, puiſque c'eſt là où tu trouveras tes Ennemis, & tu les y trouveras ſans doute. Pourquoi l'allumes-tu en Picardie ? Y a-t-il auſſi des Hérétiques là ? Que plût-à-Dieu que Calais & Boulogne fuſſent auſſi bien à la dévotion du Roi de Navarre, comme tu les en accuſes ; on te garderoit bien d'aller faire le mutin à Paris ; tu aurois tout loifir de te renfermer à Chaalons, fans penfer qu'à te défendre. Voici que c'eft : Tu voudrois que le Roi te laiffât la tutelle de France entre tes mains, & que lui s'en allât en Guyenne faire la guerre pour ta querelle, ruiner le Roi de Navarre, ton Ennemi, établir tes affaires, afin que, cependant qu'il s'amuferoit là à battre une bicoque, tu lui priffes deçà une bonne Ville, & à la charge encore qu'à fon retour il te feroit place, toutes & quantes fois qu'il te plairoit. Tu as raifon : c'eft très bien avifé, & fagement ; mais il eft encore plus fage que toi de ne le vouloir pas faire. Tu dis que le Duc d'Epernon favorife les Hérétiques : tous ceux qui t'empêchent d'être Roi, font Hérétiques à ton compte, ou les favorifent ; il s'en trouvera donc bien au monde, s'il plaît à Dieu. Tiens pour chofe certaine, que, fi celui-là eût voulu avoir la moindre intelligence avec le Roi de Navarre, s'il lui eût mis entre fes mains la moindre Ville de celles qu'il avoit en fa puiffance, ou l'aider tant foit peu des commodités d'argent qu'il pouvoit avoir, il n'y eût point eu affez de place en France pour te cacher, tu ferois déja perdu, je dis perdu fans remede : rends-lui graces de ta confervation, dont fa fidélité eft caufe, aux dépens de la fienne & de celle de fon Maître. Il eft allé chercher noife, ce dis-tu, en Picardie & en Normandie : quelle part as-tu en ces deux Provinces-là ? De l'une, feu Monfieur le Prince en étoit Gouverneur ; en fon abfence, il y avoit des Lieutenans de Roi ; de l'autre, le Duc de Joyeufe, tout de même ; ni toi, ni nul de tes Parens, n'y avez droit. Mais non, je t'excufe : tu veux regner, tout t'eft loifible.

Tu te plains encore que l'on avoit fait courir de mauvais bruits contre toi & contre ton honneur, lefquels, graces à Dieu, tu as effacés par ce dernier acte. Tu es un merveilleux Rhétoricien : certes il eft vrai, tu t'en es bien purgé. On t'accufoit d'avoir mutiné le Peuple de quelques Villes de ce Roïaume, contre les Gouverneurs que le Roi vouloit y établir ; tu as effacé ce bruit, en mutinant celui de Paris contre le Roi même. On te blâmoit d'avoir, à Chaalons, à Reims, à Soiffons, & par tout où tu mets le pied, faifi fes deniers ; tu t'en es purgé, en prenant ceux de fon épargne dans fa Ville Capitale. On te foupçonnoit d'avoir des entreprifes contre l'Etat, & d'afpirer à la Couronne, &, pour cet effet, de t'être déja emparé de quelques bonnes Villes, tenues par toi ou par tes Partifans, auxquelles le Roi n'eft point obéi ; tu as fait éva-

nouir ce faux bruit, en venant toi-même te rendre le Maître de
Paris, & en chaſſant le Roi, après avoir forcé, tué & déſarmé les Gardes, & fait prendre les armes à la Populace contre
lui. Ainſi tu eſſuies bravement un larcin par un ſacrilége, un
meurtre par un parricide, un péché par un crime : ta ſimplicité eſt trop groſſiere. Tu triomphes de ce que tu as oſé venir
avec huit Gentilshommes dans Paris, marque de ta ſimple innocence : voilà de grandes nouvelles. Sois dans la Rochelle avec
toute ta nouvelle Cour, toute ta ſuite, toutes tes gardes, le Roi
de Navarre y entrera avec quatre ; & ſi, au partir de-là, tu ne
t'enfuis, il te mettra en peine : cela eſt bon à dire en la Baſſe-
Bretagne ; mais ceux qui connoiſſent que tout le Conſeil du
Roi eſt pour toi, que ſa Mere te favoriſe, que tous les Mutins &
tous les Crocheteurs de Paris, & toute la Populace eſt à ta dévotion, diront que ta ſimplicité étoit bien fine, ton innocence
bien ſuſpecte. Comment veux-tu que nous croyons que tu t'es
ſi doucement fié au Roi, vû qu'après la Ligue, quand vous fites
votre belle capitulation à Saint Maur, tu n'y voulus jamais venir que tu ne fuſſes auſſi fort que lui, vû que, durant qu'il a
été en ſon Armée contre les Reiſtres, tu n'y as pas mis le pied,
hormis une fois, l'ayant ſurpris, & ſeulement un quart-d'heure ?
Non, crois-moi, c'eſt ton métier de faire ces coups-là, non de
les excuſer ; tu fais mieux l'un que l'autre : il y paroît bien,
puiſque tu te vantes qu'il a été en ta puiſſance de retenir ton
Roi malgré lui. Ah ! qu'as-tu dit là, Etranger ? Retenir un Roi
de France ? C'eſt tout ce que pourroit faire l'Europe conjurée,
c'eſt l'entrepriſe d'un Empereur, encore bien haſardeuſe. Si
ton Ayeul eût penſé que jamais tu euſſes dû proférer telles paroles, il eût étouffé ton Pere, pour t'empêcher de venir au monde.
En un Etat paiſible, en un Roïaume tranquille, cette ſeule parole t'eût coûté la tête : voilà pourquoi tu le troubles auſſi.

De tout le reſte de ta Lettre publique, les mots en ſont trop
exprès, trop bien couchés pour être contredits : en faiſant le
diſcours de ta belle vaillantiſe, ils montrent ton deſſein mieux
que nul ne ſauroit faire. Je n'en veux prendre que la fin, par
laquelle tu dis que tu t'es ſaiſi de la Baſtille, de l'Arſenal, &
des autres lieux publics, des coffres & finances du Roi, pour
remettre le tout entre les mains de Sa Majeſté pacifique, tel
que, par l'interceſſion du Pape & des Princes de la Chrétienté,
tu eſperes de la rendre ; ſinon, avec les mêmes moyens, tu eſ-
ſaieras de dégager les Catholiques de la perſécution de ceux

qui favorifent les Hérétiques auprès de lui : voilà un brave dilemme. Je crois que tu entends *Pacifique*, non pas paifible ou appaifé, mais en tel état qu'il ne te puiffe faire de guerre, quel tu efpere le rendre par les forces & les moyens d'Efpagne & d'Italie : c'eft l'interceffion que tu veux dire; & finalement, petit & fimple Sujet, tu dénonce la guerre à ton Roi : les autres la fouffrent, celui-ci la commence. Si le feu Empereur en eût autant dit au Roi Henri, fon Pere, toute la Chrétienté eût été en armes, d'un côté ou d'autre, fur cette feule parole. Si Dieu lui touche le cœur auffi, j'efpere que ce fera ta derniere.

LE Roi ayant, en cette journée des Barricades (1), découvert le fond des intentions du Duc de Guife & de fes Adhérans, au lieu de fe fervir des remedes âpres, felon fon naturel defireux de repos, effaya de radoucir les affaires, & ramollir la rigueur de fes Ennemis, qu'il voyoit fe fortifier de jour à autre ; pourtant leur accorda-t-il prefque tout ce qu'ils voulurent, témoin l'Edit d'Union, publié au mois de Juillet, inféré au Tome I de ces Mémoires, pag. 227. Au même, il leur accorda ce qui s'enfuit.

ARTICLES

ACCORDÉS AU NOM DU ROI,

*Entre la Reine, fa Mere, d'une part, & Monfieur le Cardinal de Bourbon, Monfieur le Duc de Guife, tant pour eux que pour les autres Princes, Prélats, Seigneurs Gentilshommes, Villes, Communautés, & autres qui ont fuivi ledit Parti, d'autre part *.*

1588.   LEs Articles accordés & fignés à Nemours, le 7 Juillet 1585, l'Edit du Roi fait fur iceux, & les Déclarations que Sa Majefté

(1) Le 12 Mai 1588. Les Troupes du Roi y furent forcées par les Factieux. Le Roi Henri III quitta Paris, & alla à Chartres, & le Duc de Guife fe rendit Maître de la Capitale, & s'empara de la Baftille & de l'Arfenal, dont Buffi le Clerc, Procureur au Parlement, l'un de la Faction des Seize, fut fait Capitaine.

* M. de Thou, Livre 91 de fon Hiftoire, entre dans le détail des Négociations qui fe terminerent à la conceffion de ces Articles, dont il donne auffi le précis. Ce Traité, dit M. le Préfident Henault, dans fon Abrégé Chronolog. de l'Hift. de France, année 1588, étoit à la honte de la Roïauté ; il enchériffoit encore fur celui de Nemours, & l'objet

a depuis faites fur ledit Edit, feront inviolablement gardés & obfervés, felon leur forme & teneur.

Et pour tout ôter & faire ceffer à jamais les défiances, partialités & divifions entre les Catholiques de ce Royaume, fera fait un Edit perpétuel & irrévocable, par lequel le Roi ordonnera l'entiere & générale réunion d'iceux avec Sa Majefté, dont elle fera & demeurera Chef pour la défenfe & confervation de la Religion Catholique, Apoftolique & Romaine, & de l'autorité de Sadite Majefté.

A ces fins, fera par ledit Edit, promis & juré, tant par Sadite Majefté, que par lefdits Sujets unis, d'employer leurs moyens & perfonnes, jufques à leurs propres vies, pour extirper entiérement les Héréfies de ce Roïaume, & des Terres de l'obéïffance de Sadite Majefté.

Ne recevoir à être Roi, ni prêter obéïffance après le trépas de Sadite Majefté, fans Enfans, à Prince quelconque qui foit Hérétique ou Fauteur d'Héréfie, quelque droit & prétention qu'il y puiffe avoir.

De défendre & conferver la perfonne de Sa Majefté, fon Etat, Couronne & autorité, & des Enfans qu'il plaira à Dieu lui donner, envers tous & contre tous, fans nul excepter.

De protéger, défendre, & conferver tous ceux qui entreront en ladite réunion, & mêmement les Princes, Sieurs, & autres Catholiques ci-devant affociés, de toute violence & oppreffion, dont les Hérétiques, leurs Fauteurs & Adhérans voudroient ufer contre eux.

Se départir de toutes autres unions, pratiques, intelligences, ligues & affociations, tant dedans que dehors le Royaume, contraires & préjudiciables à la préfente union & à la perfonne & autorité de Sa Majefté, & de fon Etat & Couronne, & des Enfans qu'il plaira à Dieu lui donner.

Sa Majefté promettra & jurera l'obfervation dudit Edit, & la fera jurer & obferver par les Princes, Cardinaux, Prélats, & autres du Clergé, Pairs de France, Officiers de la Couronne, Chevaliers du S. Efprit, Confeillers de fon Confeil d'Etat, Gouverneurs & Lieutenans Généraux de fes Provinces, Préfidens & Confeillers des Cours Souveraines, Baillifs, Sénéchaux,

principal étoit d'empêcher que la Couronne ne tombât à un Prince Proteftant. On croit, ajoute ce judicieux Hiftorien, que le Roi fut déterminé à cette paix, par la crainte que lui donnoit la Flotte de Philippe II, Roi d'Efpagne, furnommée l'*Invincible*, qui étoit en Mer, & qui menaçoit également la France & l'Angleterre; mais qui ayant été battue par les Anglois & par la tempête, fut prefque entiérement fubmergée.

& autres fes Officiers , par les Maires & Echevins , Corps &
Communautés des Villes ; defquels fermens , actes & procès-
verbaux feront dreffés & mis ès Regiftres des Greffes de fefdites
Cour , Bailliages & Corps de Villes , pour y avoir recours quand
befoin fera.

Et pour exécuter ledit Edit , & procéder à l'extirpation defdites Héréfies , Sa Majefté dreffera au plutôt deux bonnes & fortes
Armées , pour envoyer contre lefdits Hérétiques ; une en Poitou
& Xaintonge , qui fera conduite & commandée par tel qu'il
plaira à Sadite Majefté avifer ; l'autre en Dauphiné , dont elle
en donnera la charge à Monfieur de Mayenne

Le Concile de Trente fera publié au plutôt , fans préjudice
toutefois des droits & autorités du Roi , & des libertés de l'E-
glife Gallicane , lefquels feront , dans trois mois , plus amplement fpécifiés & éclaircis par aucuns Prélats & Officiers de fa
Cour de Parlement , & autres que Sa Majefté députera à cet
effet.

Sera accordé pour fûreté de l'obfervation des préfens Articles , la garde des Villes délaiffées par ceux de Nemours , encore pour quatre ans , outre & par-deffus les deux qui reftent
à expirer du terme accordé par iceux , & pareillement de la
Ville de Dourlans.

Lefdits Sieurs , Princes , & autres qui auront la garde defdites Villes , promettront fur leur foi , honneur & obligation
de tous leurs biens , tous enfemble , & chacun pour foi , de remettre ès mains de Sadite Majefté , ou de ceux qu'il lui plaira députer , dedans fix ans , fans aucun délai , excufe , retardement ,
ou difficulté quelconque , pour quelque caufe & fous quelque
prétexte que ce foit , les fufdites Villes & Places qui font baillées
en garde pour la fûreté fufdite.

Davantage , Sadite Majefté accordera pour la même fûreté
de l'obligation des préfens Articles , & pour le même temps de
fix ans , que , fi les Capitaines & Gouverneurs des Villes d'Orléans , Bourges & Montreuil , venoient à décéder pendant ledit
temps , Sa Majefté commettra à la garde d'icelles feulement ,
pour le temps qui reftera à expirer defdits fix ans , ceux que lefdits Princes leur nommeront.

Mais , ledit temps paffé , lefdites Villes ne demeureront plus
engagées pour ladite fûreté , ains feront délaiffées & maintenues
en la même forte & condition qu'elles étoient auparavant.

Les Villes & Citadelles de Valence feront remifes entre les

mains du ſieur de Geſſans, pour y commander pour le ſervice de Sa Majeſté, comme il faiſoit auparavant.

Le ſieur de Belloi ſera auſſi réintégré en ſa Charge & Capitainerie de Crottoy (1), pour en jouir comme il faiſoit auparavant.

Sa Majeſté fera ſortir de la Ville de Boulogne, le Bernet (2), & en donnera la Charge à un Gentilhomme du Païs de Picardie, tel qu'il lui plaira choiſir: quoi faiſant leſdirs Sieurs Princes feront retirer des environs de ladite Ville, & du tout ſéparer leurs Gens de guerre qui y ſont.

Et quant aux Villes qui ſe ſont déclarées & déclareront devant la concluſion du préſent accord, unies avec leſdits Sieurs Princes, elles demeureront en la protection & ſauvegarde du Roi, comme les autres Villes, & feront de-là iſſées en l'état qu'elles ſont, ſans qu'il y ſoit rien innové, ni mis aucune garniſon ni ſurcharge, en conſidération des choſes paſſées.

Les Capitaines & Gouverneurs des Places, qui ont été dépoſſédés de leurs Charges, depuis le 12 Mai, ſeront réintégrés en icelles de part & d'autre, & ſeront les Villes déchargées de Gens de guerre, qui y ont été mis en garniſon depuis ledit jour.

Sera procédé à la vente des biens des Hérétiques, & de ceux qui portent les armes avec eux contre Sa Majeſté, par les meilleurs, plus prompts & certains moyens que l'on pourra trouver, afin que l'intention de S. M. ſoit exécutée en ce point, ſelon les Edits & Déclarations ſuſdits, & qu'elle ſoit mieux ſecourue des deniers qui en proviendront, pour faire la guerre aux Hérétiques, qu'elle n'a été ci-devant.

Les Régimens de Gens de pied de S. Paul & de feu Sacremore étant en armes, ſeront païés comme les autres qui ſerviront; & quand ils ſeront en Garniſon dans les Provinces, ſera baillée aſſignation au Tréſorier de l'Extraordinaire des Guerres, dès le commencement de l'année, pour les païer pour quatre mois pour le moins, laquelle ne pourra être divertie.

Les Garniſons de Toul, Verdun & Maſal (3), ainſi qu'elles ſont emploïées ſur l'Etat du Roi, ſeront traitées, tant pour les montres que pour les prêts, tout ainſi & en la même raiſon que ſera celle de Metz.

(1) Place maritime du Boulonnois.
(2) C'eſt le ſieur de Bernay.
(3) C'eſt Marſal.

Quand le Roi se servira des Compagnies de ses Ordonnances, il y emploïera celles dont lesdits Sieurs Princes ont fait instance, pour être traitées & païées comme les autres.

Ceux qui exercent à présent les Charges de Prevôt des Marchands & Echevins de la Ville de Paris, remettront présentement lesdites Charges entre les mains de Sa Majesté; laquelle aïant égard à la remontrance qui lui a été faite du besoin qu'a ladite Ville, qu'ils continuent à servir en icelles, ordonnera qu'ils en soient réintégrés & maintenus, tant jusqu'à la Notre-Dame d'Août prochain, venant, que pour deux ans après.

Et quant à Brigard, qui a été élu en l'Etat & Office de Procureur du Roi, le remettra pareillement entre les mains de Sadite Majesté, laquelle ordonnera qu'il l'exercera jusqu'à la mi-Août 1590, & cependant Perot jouira des gages ordinaires que la Ville a accoutumé de païer, & des pensions qu'il a plu au Roi ci-devant accorder pour ledit Office; & sera remboursé, par celui qui sera élu pour exercer ledit Office, après ledit jour de mi-Août 1590, de la somme de quatre mille écus, au cas qu'il plaise au Roi continuer audit nouvel Elu lesdites pensions; & où Sa Majesté ne voudroit continuer lesdites pensions, sera ledit Perot seulement remboursé de la somme de trois mille écus.

Le Château de la Bastille sera remis entre les mains de Sa Majesté, pour en disposer ainsi qu'il lui plaira.

Sa Majesté fera élection d'un Personnage, à elle agréable & à ladite Ville, pour être pourvû de l'état de Chevalier du Guet.

Les Magistrats, Conseillers, Capitaines, & autres Officiers des Corps des Villes, qui ont été changés ès Villes de ce Roïaume, qui ont suivi le Parti desdits Sieurs Princes, se démettront pareillement entre les mains de sa Majesté desdites Charges, laquelle les y fera réintégrer promptement, pour le bien & tranquillité d'icelles.

Tous Prisonniers faits depuis le 12 de Mai, à l'occasion des présens troubles, seront mis en liberté de part & d'autre, sans païer rançon.

L'Artillerie prise en l'Arsenal, y sera remise, avec les autres munitions qui en ont été enlevées, qui resteront en nature.

Si après la conclusion du présent Accord, aucuns, de quelque qualité & condition qu'ils soient, entreprennent contre les

Villes

Villes & Places de Sadite Majesté, ils seront tenus pour infracteurs de paix, & comme tels poursuivis & châtiés, sans être favorisés & soutenus par lesdits Sieurs Princes, ni par autres, sous quelque prétexte que ce soit.

Pareillement aussi, si aucunes des Villes & Places qui sont baillées pour sûreté, venoient à être prises par quelques-uns, ceux qui les auront prises seront punis & châtiés comme dessus ; & étant lesdites Villes reprises, seront remises entre les mains desdits Sieurs Princes, pour le temps qui leur a été accordé.

Publiés en la Cour de Parlement, & par la Ville & Carrefours de cette Ville de Paris, le 21 de Juillet 1588. (1)

Davantage, pour contenter le Duc de Guise, qui parloit plus haut que de coutume, il lui octroya la Lieutenance, dont furent expédiées Lettres, desquelles la teneur ensuit.

HENRI, par la grace de Dieu, Roi de France & de Pologne, à tous ceux qui ces présentes Lettres verront, Salut. Comme nous avons avisé, pour plusieurs grandes raisons & considérations à ce nous mouvans, de donner pouvoir à notre très cher & très amé Cousin le Duc de Guise, Pair & grand Maître de France, Gouverneur, & notre Lieutenant Général en notre Païs de Champagne & Brie, sur les Armées de notre Roïaume, & à cette fin augmenter & amplifier d'autant celui qui lui est attribué, à cause dudit Etat & Charge de grand Maître de France ; savoir faisons, que Nous, bien & duement informés de la longue expérience de notredit Cousin, au fait de guerre & en la conduite de nos Armées, à icelui pour ces causes & autres, à ce nous mouvans, de l'avis de la Reine notre très honorée Dame & Mere, avons donné & donnons par ces Présentes, outre le pouvoir & fonctions attribués audit Etat & Charge de grand Maître de France, plein pouvoir puissance & autorité de commander dorénavant, de par Nous, en notre absence, en nosdites Armées, faire soigneusement observer nos Ordonnances, tant anciennes que modernes, faites sur le fait de la Gendarmerie & de nos Gens de guerre, faire vivre nosdits Gens de guerre, de quelques Nations qu'ils soient

(1) Cet Edit fut enregistré au Parlement de Rouen, le 19 de Juillet, deux jours avant que de l'être au Parlement de Paris.

Tome III.   H

en bon ordre, justice & police, & pour le soulagement de nos Sujets, sans leur souffrir faire aucunes extorsions, outrages, pilleries, ni moleste aucune à notre Peuple; faire taxer & mettre prix aux vivres qui seront fournis à nosdits Gens de guerre; punir ou faire punir les transgresseurs, délinquans ou mal-faiteurs; commettre & députer de par Nous, en notre absence, un ou plusieurs Commissaires ordinaires, ou autres Personnages, pour faire les montres & revues desdits Gens de guerre; les mener & conduire d'un lieu à autre, selon & ainsi qu'il sera par nous ordonné; ordonner les gages & vacations desdits Commissaires; relever les absens & défaillans èsdites montres & revues d'iceux Gens de guerre, s'il voit bon être; de ce retirer ses Lettres & Mandemens patens, que voulons valoir & servir d'acquit auxdits Officiers & Payeurs de nosdits Gens de guerre, & autres qu'il appartiendra: s'il se trouve Gens de notre ban & arriere-ban, Gens de pied, ou autres, de quelque qualité ou Nation qu'ils soient, passans ou repassans en celui notre Roïaume, qui fassent pilleries, exactions & violences sur notre Peuple, & qui ne vivent selon nos Ordonnances, en faire faire par les Prevôts des Maréchaux, & autres nos Officiers, telle punition & châtiment, que les autres y prennent exemple; & généralement faire, en ladite Charge que nous lui donnons de commander en nos Armées, en notre absence, & en tout le contenu ci-dessus, tout ainsi que nous ferions & faire pourrions, si présens en personne étions; jaçoit qu'il eût chose qui requît Mandement plus spécial qu'il n'est contenu par ces Présentes, & sans tirer à conséquence pour les Successeurs de notre Cousin, le Duc de Guise, audit état de Grand-Maître; d'autant que nous avons entendu, comme encore nous entendons, que les pouvoirs, facultés & prééminences dessusdites, s'étendent seulement en sa personne. Si donnons en Mandement à nos meilleurs & féaux Conseillers, les Gens tenans & qui tiendront nos Cours de Parlement & de nos Comptes, que le contenu en ces Présentes ils fassent lire, publier & enregistrer, retenir, garder & observer, chacun en leur regard, & d'icelui notredit Cousin, le Duc de Guise, duquel nous avons pris & reçu le serment en tel cas requis & accoûtumé, ils fassent obéir & entendre à tous ceux, & ainsi qu'il appartiendra, & à tous nos Lieutenans Généraux, Gouverneurs, Maréchaux de France, Maîtres de notre Artillerie, Capitaines, Chefs & Conducteurs de nos Gens de guerre, Capitaines & Gouverneurs

de nos Villes, Châteaux & Fortereffes, & à tous nos Jufticiers,
Officiers & Sujets, qu'eux & chacun d'eux lui obéiffent, &
entendent & faffent obéir & entendre diligemment, & en ce
que deffus circonftances & dépendances, tout ainfi qu'à notre
propre perfonne : CAR tel eft notre plaifir. Et pourceque de ces
Préfentes l'on pourra avoir affaire en plufieurs & divers lieux,
nous voulons qu'au *Vidimus* d'icelles, duement collationnées par
un de nos Amés & féaux Notaires & Sécretaires, ou fait fous
Scel Roïal, foi foit ajoutée comme au préfent Original. En
témoin de quoi Nous avons figné ces Préfentes de notre main,
& à icelles fait mettre notre fcel (1).

*Donné à Chartres, le quatrieme jour d'Août, l'an de grace
mil cinq cent quatre-vingt-huit, & de notre Regne, le quinzieme.*

Ainfi figné, HENRI.

Et au repli, par la Reine fa Mere préfente,

Signé, DE NEUFVILLE.

1588.

ARTICLES
ACCORDÉS AU
NOM DU ROI.

(1) Cette Déclaration fut enregiftrée au   Voyez l'Hiftoire de M. de Thou, vers la fin
Parlement de Paris, le 26 du même mois   du Livre quatre-vingt-onzieme.
d'Août, à la réquifition de Pierre Verforis.

IL faut laisser un peu la France, pour parler de l'Angleterre. Combien qu'au Tome précédent plusieurs Discours soient insérés, traitans des amas & efforts du Roi d'Espagne contre icelle, par le moyen de sa Flotte, qu'on appelloit l'*Armée invincible* : néanmoins, d'autant que le Discours qui s'ensuit remet devant les yeux, par le menu, l'appareil merveilleux de ce grand Roi, pour faire son espérée conquête, nous l'avons voulu insérer en cet endroit.

BRIEF ET SIMPLE DISCOURS

Des grands appareils de Philippe, Roi d'Espagne, contre la Reine & le Roïaume d'Angleterre ; avec ce qui s'en est ensuivi ès mois d'Août & Septembre 1588.

Recueilli de diverses Lettres écrites de plusieurs endroits assurés, & des Livrets qui en ont été jusques à présent mis en lumiere.

PHILIPPE, Roi d'Espagne, ayant dès long-temps délibéré de se rendre Maître de l'Angleterre, pour l'exécution de son dessein, résolut de dresser une très puissante Armée navale, & de longue main fit en divers Ports bâtir & accommoder ses Vaisseaux, de grandeur merveilleuse, pour la plûpart équipés & fournis au reste de toutes choses nécessaires ; comme il apparut au commencement de l'Eté de la présente année 1588, que toute la Flotte se trouva au Port de Lisbonne, Ville Capitale de Portugal, en l'ordre, équipage & force qui s'ensuit (1).

ARMÉE OU FLOTTE DE PORTUGAL.

Premierement, le Royaume de Portugal fournit dix Gallions, & deux grands Vaisseaux, nommés Zabres.

(1) Cette Flotte formidable, qui rouloit des sommes immenses, & à laquelle l'Espagne travailloit depuis si long-temps, sortit du Port de Lisbonne le 29 de Mai 1588, & mouilla d'abord à la Corogne, Port de la Galice ; elle essuïa depuis une tempête furieuse, qui la dispersa : ensorte qu'il resta à peine 80 Vaisseaux autour de l'Amiral. Cependant ils se rallierent tous ensuite, à l'exception de huit, qui avoient perdu leurs mâts. Voyez l'Histoire de M. de Thou, Liv. 89e. On lit dans l'Histoire d'Angleterre de Rapin-Thoyras, Tom. 7, Liv. 17 de la nouv. édit. de Paris, pag. 451, & suiv., sur quoi le Roi d'Espagne, Philippe II, fondoit ses droits sur l'Angleterre, & ce qu'il tenta pour les faire valoir.

Le premier Gallion, du port de mille tonneaux, nommé S. Martin, principal Vaiffeau de la Flotte (qu'on appelle ordinairement Navire Capitaineffe), avoit trois cens Soldats d'élite, cent dix-fept Serviteurs, c'eft-à-dire, Mariniers, Canonniers & Gens de rame, cinquante pieces d'artillerie, avec tout leur équipage.

II. Le deuxieme, nommé S. Jean, ou l'Amiral général, de mille cinquante tonneaux, deux cens trente Soldats, cent feptante-neuf Serviteurs, cinquante pieces d'artillerie.

III. S. Marc, de fept cens nonante-deux tonneaux, deux cens nonante-deux Soldats, cent dix-fept Serviteurs, quarante pieces.

IV. S. Philippe, de huit cens tonneaux, quatre cens quinze Soldats, cent dix-fept Serviteurs, quarante pieces.

V. S. Louis, de huit cens trente tonneaux, trois cens feptante-fix Soldats, cent feize Serviteurs, quarante pieces.

VI. S. Matthieu, de fept cens cinquante tonneaux, deux cens feptante-fept Soldats, deux cens Serviteurs, quarante pieces.

VII. S. Jacques, de cinq cens vingt tonneaux, trois cens Soldats, cent Serviteurs, trente pieces.

VIII. Le Gallion de Florence, de neuf cens foixante-un tonneaux, quatre cens Soldats, cent Serviteurs, cinquante-deux pieces,

IX. S. Chriftophe, de trois cens cinquante tonneaux, trois cens Soldats, nonante Serviteurs, trente pieces.

X. S. Bernard, de trois cens cinquante-deux tonneaux, deux cens quatre-vingt Soldats, cent Serviteurs, trente pieces.

Quant aux deux Zabres (1), l'une nommée Augufta, du port de cent foixante-fix tonneaux, avoit cinquante-cinq Soldats, cinquante-fept Serviteurs, treize pieces.

L'autre, nommée Julia, de pareil port, avoit cinquante Soldats, feptante-deux Serviteurs, & quatorze pieces.

Somme de cette Flotte de Portugal.

Dix Gallions & deux Zabres.

Trois mille trois cens trente Soldats, ou Hommes de combat.

Mille deux cens trente-trois Serviteurs, c'eft-à-dire, Mariniers, Gens de rame, Canonniers, &c.

---

(1) Efpece de Frégate ; *Zabra*, dit le grand Dictionnaire Efpagnol, *efpecie de* *Fragata pequeña, que fe ufa en los Mares de Vizcaya.* En Latin, *Myoparo, Lembus.*

Trois cens cinquante pieces d'artillerie, avec leur équipage &
fourniture néceſſaires.

Armée, ou Flotte de Biscaye,

Sous la conduite de Jean Martinez de Ricalde , Amiral.

La Navire Capitaineſſe , nommée Sainte Anne , étoit de ſept
cens ſoixante-huit tonneaux , trois cens vingt-trois Soldats , cent
quatorze Serviteurs , trente pieces.

II. L'Amirale , nommée Grangrin , de onze cens ſoixante
tonneaux , trois cens Soldats , cent Serviteurs , & trente - ſix
pieces.

III. S. Jacques , de ſix cens ſoixante-ſix tonneaux , deux cens
cinquante Soldats , cens deux Serviteurs , trente pieces.

IV. La Conception Zebelcu , de quatre cens ſoixante-huit
tonneaux , cent Soldats , ſeptante Serviteurs , vingt pieces.

V. La Conception del Cano , de quatre cens dix-huit tonneaux , cent ſoixante-quatre Soldats , ſeptante Serviteurs , vingt-
quatre pieces.

VI. La Magdelaine , ſurnommée Franciſque d'Ayla , de cinq
cens trente tonneaux , deux cens Soldats , ſeptante Serviteurs ,
vingt-deux pieces.

VII. S. Jean , de trois cens cinquante tonneaux , cent trente
Soldats , quatre-vingt Serviteurs , vingt-quatre pieces.

VIII. Sainte Marie , de cent ſoixante - cinq tonneaux ,
cent huitante Soldats , cent Serviteurs , vingt - quatre pieces.

IX. La Manuelle , de cinq cens vingt tonneaux , cent trente
Soldats , cinquante-quatre Serviteurs , ſeize pieces.

X. Sainte Marie de Monte-major , de ſept cens ſept tonneaux , deux cens deux Soldats , cinquante Serviteurs , trente-
huit pieces.

Plus , quatre Pataches : la premiere , appellée la Maire
Aguirre , de ſeptante tonneaux , trente Soldats , vingt-trois Serviteurs , dix pieces.

II. Iſabelle , de ſeptante-un tonneaux , trente Soldats , vingt-
trois Serviteurs , douze pieces.

III. S. Michel de Suſe , de nonante-ſix tonneaux , trente
Soldats , vingt-ſix Serviteurs , douze pieces.

IV. S. Etienne , de ſeptante-huit tonneaux , trente Soldats ,
vingt-ſix Serviteurs , douze pieces.

Somme de cette Flotte de Biscaye.

Dix Navires , & quatre Pataches.

Deux mille trente-sept Soldats.

Huit cens soixante-trois Serviteurs , c'est-à-dire , Mariniers, Gens de rame , Canonniers , &c.

Deux cens soixante pieces d'artillerie , avec leur équipage & forniture nécessaires.

ARMÉE, OU FLOTTE DE CASTILLE.

Sous la conduite de Diego Flores de Valdes.

Le Capitaine , ou premier Gallion , nommé S. Christophe, étoit de sept cens tonneaux , deux cens cinq Soldats , six-vingts Serviteurs , quarante pieces.

II. S. Jean-Baptiste , de sept cens cinquante tonneaux , deux cens cinquante Soldats , sept-vingts Serviteurs , trente pieces.

III. S. Pierre , de cinq cens trente tonneaux , cent trente Soldats , cent quarante Serviteurs , quarante pieces.

IV. S. Jean , de cinq cens trente tonneaux , cent septante Soldats, six-vingts Serviteurs , trente pieces.

V. S. Jacques le Grand , de cinq cens trente tonneaux , deux cens trente Soldats , cent trente-deux Serviteurs , trente pieces.

VI. S. Philippe & S. Jacques , de cinq cens trente tonneaux, cent cinquante Soldats, cent seize Rameurs , trente pieces.

VII. L'Ascension , de cinq cens trente tonneaux , deux cens vingt Soldats , cent quatorze Serviteurs , trente pieces.

VIII. Sainte Marie del Barrio , de cinq cens trente tonneaux , cent septante Soldats, cent huit Serviteurs , trente pieces.

IX. S. Medele & Celedonius , de cinq cens trente tonneaux , cent septante Soldats , cent dix Serviteurs , trente pieces.

X. Sainte Anne, de deux cens cinquante tonneaux, cent Soldats , quatre-vingts Serviteurs , vingt-quatre pieces.

XI. La Navire, nommée Sainte Marie de Vigonia, de sept cens soixante tonneaux , cent nonante Soldats , cent trente Serviteurs , trente pieces.

XII. La Trinité , de sept cens huitante tonneaux , deux cens Soldats , cent vingt-deux Serviteurs , trente pieces.

XIII. Sainte Catherine , de huit cens soixante-deux tonneaux , deux cens Soldats , huit-vingts Serviteurs , trente pieces.

XIV. S. Jean-Baptiste, de six cens cinquante-deux tonneaux, deux cens Soldats, cent trente Serviteurs, trente pieces.

XV. La Patache, nommée Sainte Marie de Rosario, trente Soldats, soixante-deux Serviteurs, trente pieces.

XVI. S. Antoine de Padua, trente Soldats, quarante-six Rameurs, seize pieces.

Somme de cette Flotte de Castille.

Quatorze Gallions, & deux Pataches.
Deux mille quatre cens cinquante-huit Soldats.
Mille huit cens dix-huit Serviteurs.
Trois cens quatre-vingts pieces d'artillerie, avec leur équipage & fourniture nécessaires.

Armée, ou Flotte d'Andalouzie,
Sous la conduite de Dom Piedro de Valdes.

La Navire Capitainesse, de onze cens cinquante tonneaux, trois cens Soldats, cent dix-huit Serviteurs, cinquante pieces.

II. L'Amirale, ou S. François, de neuf cens quinze tonneaux, deux cens trente Soldats, soixante Serviteurs, trente pieces.

III. Le Gallion S. Jean-Baptiste, de huit cens dix tonneaux, deux cens cinquante Soldats, cent quarante Serviteurs, quarante pieces d'artillerie.

IV. S. Jean de Gargare, de cinq cens soixante-neuf tonneaux, cent septante Soldats, soixante Serviteurs, vingt pieces.

V. La Conception, de huit cens soixante-deux tonneaux, deux cens Soldats, soixante-cinq Serviteurs, vingt-cinq pieces.

VI. La Hurque Sainte Anne, ou la Duchesse, de neuf cens tonneaux, deux cens trente Soldats, huitante Serviteurs, trente pieces d'artillerie.

VII. Sainte Catherine, de sept cens trente tonneaux, deux cens cinquante Soldats, quatre-vingts Serviteurs, trente pieces.

VIII. La Trinité, de six cens cinquante tonneaux, deux cens Soldats, quatre-vingts Serviteurs, vingt pieces.

IX. Sainte Marie de Juncar, de sept cens trente tonneaux, deux cens quarante Soldats, quatre-vingts Serviteurs, vingt-quatre pieces.

X. Saint Barthelemi, de neuf cens septante-six tonneaux,

deux

deux cens cinquante Soldats, quatre-vingts Serviteurs, trente
pieces.

XI. La Patache, par eux nommée le S. Efprit, portoit quarante Soldats, trente-trois Serviteurs, dix pieces.

Somme de cette Flotte d'Andalouzie.

Huit Navires, un Gallion, une Hurque, une Patache.
Deux mille fix cens Soldats.
Neuf cens Serviteurs, &c.
Deux cens foixante pieces d'artillerie, avec leur équipage &
fourniture néceffaires.

ARMÉE, OU FLOTTE DE GUIPUZCOA,
Sous la conduite de Michel d'Oquendo.

La Capitaineffe, nommée Sainte Anne, étoit de douze cens
tonneaux, trois cens Soldats, nonante Serviteurs, cinquante
pieces.

II. L'Amirale, furnommée Notre - Dame de la Rofe, de
neuf cens quarante-cinq tonneaux, deux cens trente Soldats,
foixante-quatre Serviteurs, trente pieces.

III. Saint Sauveur, de neuf cens cinquante-huit tonneaux,
trois cens trente Soldats, huitante Serviteurs, trente pieces.

IV. Saint Etienne, de neuf cens trente-fix tonneaux, deux
cens Soldats, feptante Serviteurs, trente pieces.

V. Sainte Marthe, de cinq cens quarante-huit tonneaux, cent
huitante Soldats, feptante Serviteurs, vingt-cinq pieces.

VI. Sainte Barbe, de cinq cens vingt-cinq tonneaux, cent
foixante Soldats, cinquante Serviteurs, quinze pieces.

VII. La Marie, de deux cens nonante-un tonneaux, fix-vingts
Soldats, quarante Serviteurs, quinze pieces.

VIII. Sainte Croix, de fix cens huitante tonneaux, cent cinquante Soldats, quarante Serviteurs, vingt pieces.

IX. La Hurque, furnommée Donzelle, de cinq cens tonneaux, cent foixante Soldats, quarante Serviteurs, dix - huit
pieces.

X. Une Patache, nommée l'Affomption, de foixante tonneaux, trente Soldats, feize Serviteurs, douze pieces.

XI. La Patache S. Bernave, de Notre-Dame de Guadalupe,
la Pinaffe, nommée la Magdelaine, de pareil port que celle de
l'Affomption, avoient auffi pareil nombre de Soldats, de Serviteurs & de pieces.

Tome III.   I

Somme de cette Flotte de Guipuzcoa.

Huit Navires, une Hurque, trois Pataches, & une Pinasse.
Deux mille nonante-deux Soldats.
Six cens septante Serviteurs, &c.
Deux cens septante-sept pieces d'artillerie, avec leur équipage
& fourniture nécessaires.

ARMÉE, OU FLOTTE DES INDES,

Sous la conduite de Martin de Vertendone.

La Capitainesse, nommée la Regozone, de douze cens no-
nante-quatre tonneaux, trois cens cinquante Soldats, nonante
Serviteurs, trente-cinq pieces.

II. L'Amirale, nommée la Lavia, de sept cens vingt-huit
tonneaux, deux cens dix Soldats, huitante Serviteurs, trente
pieces.

III. La Rata, ou Sainte Marie la couronnée, de huit cens
vingt tonneaux, trois cens quarante Soldats, nonante Serviteurs, quarante pieces.

IV. Saint Jean de Sicile, de huit cens huitante tonneaux,
deux cens nonante Soldats, septante Serviteurs, trente pieces.

V. La Trinité Valencere, de onze cens tonneaux, deux cens
quarante Soldats, nonante Serviteurs, quarante-six pieces.

VI. La Nonciade, de sept cens trois tonneaux, deux cens
Soldats, nonante Serviteurs, trente pieces.

VII. S. Nicolas Prodaneli, de huit cens trente-quatre tonneaux, deux cens huitante Soldats, huitante-quatre Serviteurs,
trente pieces.

VIII. La Juliane, de sept cens huitante tonneaux, trois cens
trente Soldats, huitante Serviteurs, trente-six pieces.

IX. Sainte Marie de Pison, de six cens soixante-six tonneaux,
deux cens cinquante Soldats, huitante Serviteurs, vingt-deux
pieces.

X. La Trinité d'Escala, de neuf cens tonneaux, trois cens
deux Soldats, nonante Serviteurs, vingt-cinq pieces.

Somme de cette Flotte des Indes, ou Navires de Levant.

Dix Navires.
Deux mille huit cens huitante Soldats.
Huit cens sept Serviteurs, &c.
Trois cens dix pieces d'artillerie, &c.

ARMÉE, OU FLOTTE DES NAVIRES, SURNOMMÉES HURQUES,
Sous la conduite de Lopez de Médine.

La Capitainesse, nommée le grand Griffon, de six cens cinquante tonneaux, deux cens cinquante Soldats, soixante Serviteurs, quarante pieces d'artillerie.

II. L'Amirale, nommée S. Sauveur, de six cens cinquante
tonneaux, deux cens trente Soldats, soixante Serviteurs, trente
pieces.

III. Pedro Mareino, de deux cens tonneaux, huitante Soldats, trente Serviteurs, dix pieces.

IV. Le grand Faucon blanc, de cinq cens tonneaux, cent
septante Soldats, quarante Serviteurs, dix-huit pieces.

V. Castillo Negro, de sept cens cinquante tonneaux, deux
cens cinquante Soldats, cinquante Mariniers, vingt-sept pieces.

VI. La Barque de Hambourg, de six cens tonneaux, deux
cens cinquante Soldats, cinquante Serviteurs, vingt-cinq pieces.

VII. La Casse de Pazgrande, le grand S. Pierre, Samson,
& le petit S. Pierre, étoient de même grandeur, & avoient
autant d'hommes & d'équipage que la Barque de Hambourg.

VIII. La Barque de Dantzick, de quatre cens cinquante
tonneaux, deux cens dix Soldats, cinquante Mariniers, vingt-
six pieces.

IX. Le moyen Faucon blanc, de trois cens tonneaux, huitante Soldats, trente Serviteurs, dix-huit pieces.

X. S. André, de quatre cens tonneaux, cent soixante Soldats, quarante Serviteurs, quinze pieces.

XI. La Casse de Pazchica, de trois cens cinquante tonneaux,
cent septante Soldats, quarante Serviteurs, quinze pieces.

XII. Le Corbeau volant, de quatre cens tonneaux, deux
cens dix Soldats, quarante Serviteurs, dix-huit pieces.

XIII. La Pologne blanche, de deux cens cinquante tonneaux,
soixante Soldats, trente Serviteurs, douze pieces.

XIV. L'Avanture & Sainte Barbe en contenoient autant.

XV. Jacques, de six cens tonneaux, soixante Soldats, quarante Serviteurs, dix-neuf pieces.

XVI. Le Char, de quatre cens tonneaux, cinquante Soldats,
trente Serviteurs, neuf pieces.

XVII. S. Gabriel, de deux cens huitante tonneaux, cinquante Soldats, vingt-cinq Mariniers, quinze pieces.

XVIII. Isaïe, autant que la précédente.

I ij

Somme des vingt-deux Hurques.

Trois mille deux cens vingt-un Soldats.
Sept cens huit Serviteurs, &c.
Quatre cens dix pieces d'artillerie, avec leur équipage, &c.

PATACHES ET ZABRES,

Sous la conduite de Dom Antoine de Mendoze.

La Capitaineſſe, appellée Notre-Dame del Pilar, de Sarra-
goſſe, de trois cens tonneaux, vingt Soldats, cinquante-quatre
Serviteurs, douze pieces.

II. La Charité Angloiſe, de cent huitante tonneaux, huitante
Soldats, trente-ſix Serviteurs, douze pieces.

III. S. André l'Ecoſſois, de cent cinquante tonneaux, cin-
quante-un Soldats, trente Serviteurs, douze pieces.

IV. Le Crucifix, de cent cinquante tonneaux, cinquante
Soldats, trente Serviteurs, huit pieces.

V. Dix Pataches, à ſavoir, Notre-Dame du Port, la Conception de Caraſſe, Notre-Dame de Begone, la Conception
de Capitillo, S. Jerôme, Notre-Dame de Grace, la Conception de Franciſque Laſtero, Notre-Dame de Guadalupe, la
Conception du Saint Eſprit, Notre-Dame de la Freſnaie, tenoient & portoient chacune autant que la précédente, ſurnommée le Crucifix.

VI. Huit Zabres, à ſavoir, la Trinité, Notre-Dame de Caſ-
tre, Saint André, la Conception, Sainte Catherine, la Conception de Somarriba, Saint Jean de Caraſſe, l'Aſſomption,
contenoient & portoient chacune autant qu'une des Pataches
précédentes.

Somme des Pataches & Zabres.

Vingt-deux Pataches & Zabres.
Onze cens un Soldats.
Cinq cens ſeptante-quatre Serviteurs, &c.
Cent nonante-trois pieces d'artillerie, avec leur équipage, &c.

QUATRE GALEASSES DE NAPLES,

Sous la conduite de Dom Hugues de Moncade.

La Capitaineſſe, nommée S. Laurent, portoit deux cens ſeptante Soldats, cent trente Mariniers, &c., trois cens Forçats, cinquante pieces.

La Patrone, cent huitante Soldats, cent douze Mariniers, trois cens Forçats, cinquante pieces.

III. La Gironne, cent septante Soldats, six-vingts Mariniers, trois cens Forçats, cinquante pieces.

IV. La Néapolitaine, cent vingt-quatre Soldats, cent huit Mariniers, trois cens Forçats, cinquante pieces.

Somme des quatre Galéasses.

. Huit cens septante Soldats.

. Quatre cens soixante-huit Mariniers, &c.

. Douze cens Forçats.

Deux cens pieces d'artillerie, avec leur équipage.

QUATRE GALERES DE PORTUGAL,

Sous la conduite de Dom Diego de Medrane.

La Capitainesse portoit cent dix Soldats, cent six Serviteurs ou Mariniers, & trois cens six Forçats, cinquante pieces d'artillerie.

Les trois autres, nommées la Princesse, la Diane, la Vazane, contenoient & portoient chacune autant que la Capitainesse ;

Partant y avoit en ces quatre Galeres,

Quatre cens quarante Soldats.

Quatre cens vingt-quatre Mariniers, &c.

Douze cens vingt-quatre Forçats.

Deux cens pieces d'artillerie.

Je trouve que les Vaisseaux susmentionnés, à savoir, Gallions, Galéasses, Galeres, Navires, Hurques, Pataches & Zabres, montent au nombre de cent vingt-huit, non compris vingt autres petits Vaisseaux qu'on nomme Caravelles, chargés de diverses provisions : aucuns disent qu'il y en avoit cent trente, mettant une Hurque & une Patache de plus en la Flotte de Michel d'Oquendo, & de Lopes de Médine ; vingt-un mille Soldats, ou environ, auquel nombre étoient plusieurs Compagnies de Lansquenets, d'Italiens, & d'autres Nations, plusieurs étant appointés pour être de cheval, suivant les apprêts que l'on en avoit fait spécialement ès Vaisseaux préparés par le Duc de

Parme. Le nombre des Mariniers, Serviteurs, Forçats, Canonniers, & autres tels, étoit de dix mille, ou environ. Il y avoit deux mille huit cens quarante pieces, à savoir, doubles canons, canons, coulevrines, moyennes, avec leurs poudres, boulets, & autres munitions pour la Mer & pour la Terre.

Or, pour spécifier les choses encore davantage, sera bon d'ajouter ce qui s'ensuit.

NOMS DES GRANDS SEIGNEURS,

Gentilshommes, Capitaines, Enseignes, Sergens, & autres Personnes de marque & de commandement, embarqués à leurs dépens en cette Guerre, avec Soldats & Serviteurs qui les accompagnoient.

EN LA FLOTTE DE PORTUGAL,

Au principal Gallion, nommé S. Martin.

Le Prince d'Ascoli.
Le Comte de Guelves.
Dom Piedre de Zuniga, Fils du Marquis d'Avilafuente.
Dom Balthasar de Zuniga, Comte de Morterrei, son Frere.
Dom Piedro Henriquez, Frere du Marquis de Villeneuve.
Dom Ladron de Guevare, Frere du Comte d'Ognante.
Dom Piedre de Castro, Fils du Comte de Lemos.
Dom Diego Sarmiente, Fils de Dom Garcie.
Dom Jean Vincentolo, Fils de Corzo.
Diego de Mirande, Portugais.
Jean Fernand, Courrier du Roi.
Gomez Perez de las Marignes.
Diego Perez Morcilio.

Au Gallion S. Jean, surnommé l'Amiral.

Le Marquis de Gaves.
Dom Louis de Vargas, Fils du Sécretaire Vargas.
Le Capitaine Francisque Maldonad.
Piedre de Stol, son Enseigne.
Piedre d'Idiaquez.

Au Gallion S. Marc.

Dom Garsie de Cardenes, Frere du Comte de la Puebla.

Dom Gomez Zapata , Fils du Comte de Varaias.
Dom Alfonse Tellez Giron , Frere du Duc d'Offune.
Dom Louis de Cordoue , Frere du Marquis d'Anjomonte.
Dom Philippe , Fils de Dom Diego de Cordoue.
Dom Michel de Gomara.
Alfonse Ruis.
Alfonse d'Arquillos.

Au Gallion S. Philippes.

Dom Laurent de Mendoze , Fils du Comte d'Orgas.
Le Sergent Major Lopegil de Tejeda.
Diego Hurtado.
Alfonse de Castagnede.
Joachim de Castagnede.

Au Gallion S. Louis.

Dom Louis Portecarrero , Fils du Comte de Madellin.
Dom Piedre Portecarrero , Frere du Marquis de Villeneuve.
Dom Piedre Portecarrero , Fils du Général de la Goulette.
Dom Francisque Manuel.
Diego de Maxia de Prado.

Au Gallion S. Matthieu.

Le Marquis de Pennatel.
Dom Rodriguo de Rivero.
Raphael , Sal Anglois.
Dom Guillaume , bon Anglois.

Au Gallion S. Jacques.

Bernardino de Figuero.
Denis Irlandes.
Piedre de Silves.

Au Gallion de Florence.

Fernand de Nardino.
Vincent Martelli.
Paul Nilio Justinian.

EN LA FLOTTE DE BISCAYE.

En la Capitaineſſe, nommée Sainte Anne.

Dom Cale d'Aſdunque.
Dom Paul de la Pegne.

En l'Amirale, nommée Grangrin.

Dom Diego de Mieres.

En la Navire S. Jacques.

Piedro Viceno.
Torribio de Lubana.

EN LA FLOTTE DE CASTILLE.

Au Gallion, nommé S. Pierre.

Fernand Gomez de Tortalos.

Au Gallion S. Jean.

Dom Diego Enriquez de Virey.
Don Sancho de Luna.

Au Gallion S. Jacques le Grand.

Cruzate, Enſeigne.
Diego Cea.

EN LA FLOTTE D'ANDALOUZIE.

En la Hurque nommée Sainte Anne.

Jean Fernand Herniofe.
Alphonfe Valiante.
Jean Fernand de Bruede.
Criſtoual de Funes.

EN LA FLOTTE DE GUIPUSCOA.

En la Capitaineſſe de Michel d'Oquendo, nommée Sainte Anne.

Dom Garſie de Tolede, Neveu de Dom Garſie, Gouverneur
du Prince Dom Carle.
Dom Rodriguo de Mendoſe, Fils du Marquis d'Agnete.

Dom

Dom Francifque Pacheco.
Dom Francifque Pacheco de Gufman.
Dom Louis de Vergas & Figueroa.
Sebaftien de Caftro.
Dom Piedre de Tolede.
Pero Nugnez Caftelbianco.
Corcuero, Capitaine.
Thomas Alvarez de Caftro.
Piedro Sancho Gallardo.
Dom Francifque de Belaftigni.
Jean Lopez d'Izaguirre.
Dom Sancho Zurite Noguerol.
Jean-Baptifte Pantoja.

En l'Amirale, furnommée Notre-Dame de la Rofe.

Dom Diego Pacheco, Frere du Marquis de Villeva.
Dom Enriquez de Guzman, Frere du Marquis de las Naves.
Jofeph Juften.

En la Navire, furnommée S. Sauveur.

Dom Antoine Lopez de Chaves.
Piedre Mendez de Caftre.
Dom Alvar de Soule.

EN LA FLOTTE DES INDES.

En la Regozone.

Dom Alphonfe de las Roelos.
Le Commandeur Diego Marquez.
Jean Navarro.
Jean de Villaverde, Enfeigne.

En la Navire furnommée la Rata, ou Sainte Marie la Couronnée.

Dom Alphonfe Martinez de Leyva, Colonel de la Cavalerie de Milan.
Dom Francifque Manrique, Frere du Comte de Paredes.
Dom Rodriguo Manrique de Lara.
Dom Piedre de Gufman.
Dom Thomas de Granvelle, Coufin germain du Cardinal.
Dom Gafpar de Sandoval.

Tome III.   K

Dom Jerôme de Magne.
Dom Garcie Frederic Vifconte.
Dom Manuel Paliloguo.
Barthelemi Henriquez de Sylve.
Jean d'Alue.
Jean Clerc.
Pierre Clerc.
Dom Louis Alvarez Oforio.
Dom Louis Ponce de Leon.
Diego Gonfalez d'Agurro.
Gafpard Maldonad.

En la Navire S. Jean de Sicile.

Dom Diego Enriquez, Fils du grand Commandeur d'Alcantara.
Dom Chriftoval de Robles.

En la Trinité Valencere.

Dom Rodriguo Laffa.
Dom Sébaftien Zapata.
Dom Diego Fernandez de Mefe.

En la Nonciade.

Dom Antoine de Tejede.

En la Juliane.

Dom Fernand d'Arande.
Barthelemi d'Arram & Baldivia.

EN LA FLOTTE DES HURQUES.

En la Capitaineffe, nommée le grand Griffon.

Vafque de Lega.

En l'Amirale, nommée S. Sauveur.

Henri Bryner, Colonel Allemand.
Baltazar Brock.
Grégoire Perez de Lara.
Antoine de Vera.
Jean de Corranza.
Alvar de Caftro.
Antoine de la Pegne.
Jean del Portillo.

En la Hurque, nommée Castillo Negro.

Pierre de Irragurie.
Antoine Rodriguez.

En la Patache, surnommée Charité Angloise.

Dom Antoine Martinez Chemo.
Dom Francisque Narvaez.

ÈS GALEASSES DE NAPLES.

En la Capitainesse, nommée S. Laurent.

Dom Gaston de Moncade, Cousin du Comte d'Aitone.
Dom Raimond Ladron de Mendoze.

En la Néapolitaine.

Dom Francisque Rivadeneyra.
Mendoze, Fils du Maréchal de Naves.

ÈS GALERES DE PORTUGAL.

En la Capitainesse.

Dom Francisque de Torres.
Jean de Torres.

Somme totale des susnommés.

Cent vingt-neuf Hommes de marque, embarqués à leurs dépens, avec quatre cens cinquante-six Serviteurs bien équipés.

NOMS DES GRANDS SEIGNEURS,

Gentilshommes, Capitaines, Enseignes, & autres personnes de commandement, appointés & soudoyés par le Roi Philippe.

LE Comte de Paredes.
Dom Diego Maldonad.
Dom Fernand d'Avila.
Dom Jean de Sanduval.
Dom Alphonse Manriq.
Dom Rodriguo de Mendoze.
Dom Manriq Girardin.

Dom Carre Orcanor.
Tristan Vinglide.
Christoval Lombard.
Gomez Freiere d'Andrade.
Patrice Guimerfort.
Diego Odor.
Robert Rifort.
Dom Antonio Manriq.

K ij

Edouard Rifort.
Dom Felix Arias Giron.
Dom Alvar de Souse Bivero.
Dom Diego Fernandez de Leon.
Dom Jean de Cardone.
Dom Jean de Tolede.
Dom Louis Bravo.
Dom Piedre d'Alcegas.
Dom Hieronyme de Vargas.
Dom Jean del Castillo.
Antoine Morene.
Dom Ponce de Leon.
Aymond Eustacio.
Dom Thomas Girardin.
Richard Barey.
Robert Lasco.
Jean Burner.
Jean Galvan.
Dom Piedre Murley.
Maximilian de Vilpix.
Dom Piedre Guirosqui.
Richard Siton.
Guillaume Estac.
Diego de Velasque.
Dom Philippe Ponce de Leon.
Dom Christoval Maldonad.
Dom Gonzale d'Eraso.

Dom Diego Luson.
Dom Diego de la Rocha.
Dom Jerôme de Mon.
Piedre Manse d'Andrade.
Damian Cato.
Louis de Castagnede.
Dom Jean de Portillo.
Dom Joseph de Castille.
Dom Antoine de Cartagene.
Sancho Patermoy.
Dom Juan de Zarate.
Dom Gaspar d'Aredia.
Dom Garsie Giron.
Dom Fernand Gallinate.
Piedre Ruis Torquemade.
Jean de Sea Marin.
Philippe Cortes.
Dom Francisque Zapate.
Dom Piedre de Bazan.
Dom Piedre de Cegarra de las
   Croellas.
Dom Francisque Pacheco.
Dom Francisque d'Alvendago.
Dom Ferdinand de Medine.
Dom Piedre de Tolede.
Gaspard Maldonad.
Dom Alphonse Mendoze.

Capitaines.

Jean Velasque.
Piedre d'Eredia.
Marolin de Juan.
Augustin d'Ojede.
Antoine Serran.
Alphonse de Camp.
Diego de Obrega.
Diego d'Azeto.
Alphonse d'Esquivel.
Francisque de Contreras.
Piedre Rodrigues Hidalgo.
Paul Christer.

Francisque Fernand de Peralte.
Fernand Pedroze.
Jerôme de Quinteville.
Francisque de Cuellar.
Antoine de Castagnede.
Diego de Valle.
Piedre de Veamort.
Jean-Baptiste Marolin.
Francisque Negrete.
Alphonse Gaitan.
Piedre d'Eugino.
Alphonse de Carrion.

Gafpard Hermofille.
Jean Antoine Marin.
Piedre de Pazes.
Antoine de Bonilla.

Etienne de Mercadillo.
Chriftophe de Quira.
Diego Gufman.
Dominique d'Irafaque.

Capitaines-Enfeignes , & leurs Lieutenans , Sergent Major , & autres Membres principaux des Compagnies.

Dom Diego Fernand de Gor-
done.
Dom Piedre de Gufman.
Dom Jean de Herrere.
Dom Sancho de Parades.
Dom Diego de Santillane.
Dom Fernand d'Efcouar Soto-
maior.
Dom Laurent de Figuroe.
Dom Alphonfe de Tolede,
Dom Sancho de Herrere.
Dom Alvar de Buzanos.
Dom Jean d'Iverrete.
Dom Antoine d'Aiala.
Dom Rodriguo de Villacorte,
Dom Jean de Velafque.
Dom Fernand de Gufman.
Dom Piedre de Gufman.
Dom André de Vergara.
Dom George de Portugal.
Dom Alphonfe de Mendoze.
Dom Jean d'Alamede,
Dom Gonzale d'Eraffe.
Dom Louis Bravo.
Dom Diego de Santillane.
Jean de Villaverde.
Francifque Cortes.
Georges Arroyo.
Francifque de Villoa.
Jean Vafque de Sandova,
Gafpard de Carrion.
Fernand Raguel d'Urbine.
Jean Alphonfe Ordognes.
Louis Daza.

Jean Jacques de la Sarte.
Rodriguo de S. Jean.
Lupold de la Quadre,
Francifque de Vege.
Louis de Vege.
Francifque de Leon.
Jean de Medine.
Balthazar Chalderon.
Francifque d'Efpinole.
Dominique Ruis.
Jean de Medrane.
Piedre Rodriguez d'Aiala.
Piedre Ceriele.
Fernand Cagnaneral.
Fernand de Caftagnede.
Alphonfe Gomel.
Diego Gonzales Aguerro.
Fernand de Vera.
Alphonfe de Vargos.
Gafpard de Poreas.
Louis Fernandes.
Diego d'Andrada.
Piedre de la Rea.
André de Pedrofo.
Alphonfe d'Avila.
Antoine de Lara,
Martin Zufazu.
Gonfalo Rodriguez Cerrad.
Francifque de Xaen.
Michel de Quihel.
Jean de Padille.
Jean d'Acede,
Gafpard Ortis.
Martin Garres.

Alphonfe Pizarre.
Fernand Ximenes.
Grégoire Carregne.
Piedre d'Uzede.
Sébaſtien Carvajal.
Sancho d'Ochoa.
Jean Sanchez Navarrette.
Jean de Zuniga.
Gomes Claromonte.
Louis Oſorio.
André de Salamanque.
Martin d'Olivares.
Franciſque Ximenes.
Piedre de Cugne.
Jean de S. Jean.
Piedre d'Eſtrade.
Diego de Rincon.
Diego de Cuellar.
Franciſque de Leon.
Jerôme François.
Thomas de Saiavedre.
Diego de Montoy.
Martin de Rue.
Louis de Rodrigues.
Jean d'Ollacarizqueta.
Piedre Boca de Bazan.
Gaſpard de Mur.
Piedre Martines Chaves.
Franciſque de Peralte.
Diego Lopez de Mediane.

Diego Fernandez Morene.
Michel Panduro.
Jean de Sea Marino.
Gabriel de Roſas.
Jean de Cavallas Guzman.
Jean Vaſque d'Avila.
Antoine Bacan.
Jean de Chiaves Eſquivel.
Martin de Corral.
Jean Gil.
Rodriguo d'Orozeo.
Franciſque Angel.
Henri Michel, Anglois.
Raphael Aſal, Anglois.
Robert Daniel, Cavalier.
Thomas Bitus, Prêtre Irlandois.
Jean de Haro.
Alfonſe de Villaguiran.
Michel de Leon.
Sancho d'Utquize.
Franciſque de Molina Soto.
Franciſque Gorrea de Sylve.
Franciſque de Quignones.
Alfonſe de la Serne.
Alfonſe de Mendoze.
Vincent de Pedro Biene.
Paul Giſler.
Piedre Ruis de Torquemade.
Bernard Pinet.
Sébaſtian de Carvajal.

*Nombre des Seigneurs, Gentilshommes, Capitaines, Enseignes,
Lieutenans, & autres principaux Membres de Compagnies,
ſoudoyés & appointés :*

Deux cens vingt-ſix, avec cent ſoixante-trois Serviteurs.

COMMISSAIRES DIVERS.

Alphonſe de Cepede, Meſtre de Camp, aſſiſté de vingt Gentilshommes, pour pourvoir ſur Mer & ſur Terre aux difficultés
qui ſe préſenteroient.

Deux Ingénieurs.
Un grand Maître de l'Artillerie, avec ses Lieutenans & leurs Officiers, entre lesquels il y avoit un Médecin, un Apoticaire, & un Chirurgien.
Un Prévôt des Maréchaux.
Un Général des Chariots préparés pour la terre.
Un Général de tous les Instrumens de fer, pour l'équipage, entretenement & conduite de l'Armée.
Cinquante-neuf Maîtres Canonniers.
Un Commissaire des Mulets, avec vingt-deux Conducteurs.

Pour l'Hôpital & subvention des Malades.

Dom Martin Alarcon, général Administrateur.
Son Lieutenant.
Cinq Médecins.
Cinq Chirurgiens.
Cinq Coadjuteurs.
Quatre Bandeurs de plaies.
Un Révisiteur.
Un Grand-Maître.
Soixante-deux Serviteurs.

MOINES.

Huit Observantins de Castille.
Vingt Observantins de Portugal.
Vingt-neuf Cordeliers de Castille.
Dix Cordeliers de Portugal.
Neuf Augustins de Castille.
Quatorze Augustins de Portugal.
Six Cordeliers de Portugal, de l'Ordre nommé del Pagna.
Douze Carmes de Castille.
Neuf Carmes de Portugal.
Huit Cordeliers du troisiéme Ordre de S. François en Portugal.
Vingt-deux Jacobins.
Quinze Jésuites de Castille.
Huit Jésuites de Portugal.

Nombre des Moines.

Cent soixante-dix.

Il a été dit ci-devant que le nombre des Soldats embarqués montoit à plus de vingt mille Combattans, selon la particuliere description qui en a été faite : ce nombre étoit distingué en cent trente Régimens, ayant cent septante-deux Enseignes; desquels Régimens & de leurs Capitaines & principaux Membres, sera bon de faire ici la description.

Dom Francisque Bovadille, Prevôt Général.

Le Régiment de Sicile,

Sous la Charge de Dom Diego Pimentel.

Ses Capitaines, &c.

Martin d'Avalos.	George Arias d'Orviete.
Michel Galarros.	Lopez Ochoa de la Vega.
Piedre de Leon.	Francisque Malo.
André de Mexique.	Gonzale de Sanabrie.
Diego Juarez.	Martin de Gallipienso.
Antoine Martin Centeno.	Francisque Marquez.
Dom Francisque Carillo.	Sancho Sanche de la Roque.
Diego Castilla.	Dom Fernand de Vera.
Philippe Somier.	Dom Piedre Pacheco.
Dom Antonio de Herrere.	Gonzale de Buitton.
Francisque Martin Centeno.	Piedre de Pliego.
Dom Gomez de Carvajal.	Dom Antonio Henriquez.

Régiment,

Sous la Charge de Dom Francisque de Tolede.

Ses Capitaines, &c.

Dom Jean Maldonad.	Francisque de Castreion.
Jean Francisque d'Ajala.	Gonzale Garsie de la Carrel.
Dom Francisque de Vivanco.	Jerôme de Guevare.
Gonzale Beltran.	Antoine de Velcarsel.
Dom Alfonse Ladron de Guevara.	Blasque de Xeres.
	Jean Alfonse del Castillo.
Dom Francisque de Boria.	Dom Francisque de Cepede.
Dom Rodrigo Tello de Gusman.	Prado Calderon.
Bernardin Villagomez.	Piedre Ibagnez de Luxan.
Dom Antoine del Castillo.	Dom Piedre de Sandoval.
Piedre Nugnes d'Aviea.	Dom Francisque de Chaves.

Jean

Jean Perez de Loyſa.
Dom Alfonſe de Godoy.
Chriſtophe Ribero.
Jean de Torres de Mendoze.

RÉGIMENT,

Sous la Charge de Dom Alfonſe Luʒon.

Ses Capitaines , &c.

Dom Gonzale de Monroy.
Franciſque Pertines.
Dom Arias de Silve.
Jean de Soto.
Dom Franciſque Preſoa.
Rodrigo Ortis de Zarate.
Dom Piedre Camacho.
Piedre de Jepes.
Jerôme d'Aivar.
Alfonſe Requeline.
Louis Ramjrez.
Fernand d'Olvede.
Dom Garcie Manrique.
Diego Sarmiente.
André de Valenzueta.
Diego de Mirande.
Dom Alfonſe de Guſman.
Etienne Ochoa.
André de Pantoia.
Dom Jean de Saiavedre.
Jean de Mondragon.
Piedre Sanche de Sepulveda.
Fernand de Queſade.
Piedro de Quintave.
Jean Poſſe de Santiſo.

RÉGIMENT D'ISLE.

Ses Généraux , Capitaines , &c.

Patrice Antolmez, Général de Camp.
Vaſquez de Carvajal.
Antoine Maldonad.
Dom Jean de Monſalve.
Louis Macian.
Dom Diego Laynez d'Avila.
Louis de Moline.
Alfonſe Birues Maldonad.
Dom Diego Caſao.
Louis Baruoſe.
Diego Gaſcarro.
Dom Gabriel de Zuazo.
Dom Lopez de Mendoze.
Diego d'Arande Claviſo.
Barthelemi Grave.
Dom Louis de Corde.
Bernardin de Paredes.
André Verdugo.
Alfonſe de Benavides.
Piedre Solan.
Edouart Nuñez.
Piedre Hurtardo de Corcuere.
Piedre de Saint Stevan.
Etienne de Legorrete.
Melchior d'Avendaño.

RÉGIMENT,

Sous la Charge de Dom Augustin Mexia.

Ses Capitaines , &c.

Dom Diego de Lega.
Louis de Leon.
Grégoire de Chinchila.
Piedre de Quero Escavias.
Piedre Carillo.
Dom Diego Lopez d'Aiala.
Piedre de Mendoze.
Dom Jerôme d'Errere.
Alfonse Varrantes Maldonad.
Diego de Nodere.
Christophe Vasque de Peralte.
Dom Diego Pazan.
Piedre Palomino.

Dom Louis de Carvajal.
Antoine de Villa-file.
Jerôme de Valderame.
Garcilase de la Vegue.
Dom Jean de Borone.
Dom Francisque Procel de Peralte.
Francisque d'Almonacid.
Dom Jean d'Ibarre.
Dom Piedre Pome.
Dom Alfonse Braquamont.
Dom Alfonse de Zaïas.
Dom Piedre Manrique.

COMPAGNIES VOLONTAIRES.

Capitaines.

Dom Jean de Lune.
Dom Vasquez de Mendoze.
Dom Antoine de Silve.
Dominique Sanchez Chumazeto.

COMPAGNIE DE DOM JEAN DE GUSMAN,

Composée de Castillans.

Capitaines.

Roderic Alvares de Benavide.
Loup Vasquez.
Dom Baltazar de Salto.

COMPAGNIES DE GENDARMES,

Embarquées ès Gallions & Navires de Castille.

Au Gallion de Notre-Dame de Vigona , sous la Charge de Jean de Garibey.

Au Gallion de S. Jean, sous la Charge de Dominique Martin d'Avendagne.

Au Gallion de S. Jacques, sous la Charge d'Antoine Morene :

Dom Alphonse de Sotomaior.
Piedre Ortiz Galerno.
Antoine de Leybe.
Dom Jérôme Cortes.
Nicolas Ortiz.
Alfonse Tauste.
Diego Gonzales d'Eredie.
Dom Piedre Gonzales de Mendoze.

Jean Fernand de la Pire.
Alfonse de Pedroze.
Dom Louis de Macede.
Dom Francisque Ortiz Velgarejo.
Alfonse de Vargas.
Piedre d'Ircane.
Gonzale Franc d'Ayla.
Dom Piedre Henriquez.

COMPAGNIES DE PORTUGAL,

Sous la Charge de Gaspard de Souse, & d'Antoine Pereire.

Capitaines & Chefs des Compagnies de Souse.

Manuel Cobral de Vega.
Jean Trigueros.
Louis Ferreire.
Manuel Texeire.
Piedre Rodriguez d'Aiala, Sergent Major.

Antoine Perreire avoit la Charge des Compagnies nouvelles, au nombre de quatre, complettes, & tenoit un nombre de vingt-quatre Enseignes ès Compagnies de ces deux.

Divers Officiers.

Dom Lopez Manrique, Commissaire & Visiteur général.
Barnabé de Pedrose, Fourrier de l'Armée.
Alfonse d'Alamede, Trésorier.
Piedre Coco Chalderon, Trésorier.
Jean d'Herte, Trésorier.
Philippe de Porras, Visiteur des Galeres.
Bervade Alvia, Trésorier de la Flotte de Guipuzcoa.
Piedre de Higueldo, Maître des Comptes de la Flotte de Biscaye.
Jean de los Rios.
Ochoa d'Annunciabay.
Augustin de la Guerra.
Diego Infant de l'Aquila.
} Commissaires des Guerres.
Melchior Perez, Visiteur du Régiment de Sicile.

Jean Ungaro, Maître des Comptes de ce même Régiment.

André de Roſeto, Sécretaire du Régiment de Dom Alfonſe Luzon, & des Galéaſſes.

Franciſque Lopez d'Eſpino, Commiſſaire des proviſions des Navires, & du Régiment de Sicile.

Leurs Serviteurs, au nombre de cent, & plus.

Officiers de Juſtice.

Martin Arande, Licentié, Auditeur général.

Le Licentié Meganne, ſon Lieutenant.

Thomas de Monte, Alguazil du Roi.

Son Lieutenant.

Quatre autres Alguazils.

Quatre Sécretaires.

Six Huiſſiers.

Un Géolier.

Gentilshommes, & Domeſtiques du Duc de Médina Sidonia, Général de l'Armée.

Barthelemi Andion de Lara.	Dom Franciſque Sarmiente.
L'Alcalde Alfonſe Cordes.	Dom Piedre de Deza.
Jerôme d'Arzco, Sécretaire.	Dom Alvar de Mendoze.
Antoine Gutierrez.	Dom Alvar de Zurite.
Dom Franciſque de Salazar.	Dom Franciſque Nencyre.
Dom Alfonſe de Corral.	Piedre Dras Ortis.
Dom Alfonſe Farfan.	Thomas d'Eſpinoſe.
Louis de Mirande.	Hippolite de Fuentes.
Dom Jean d'Amaſa.	Antoine Eſtevan.
Le Comte de Patinon.	Quatorze Pages.
Dom Jerôme de Saint Iſidore.	Dix jeunes Gentilshommes, ou Cavaliers.
Dom Alfonſe Quajardo.	
Piedre de Vallejo.	Serviteurs, en grand nombre.

Des dénombremens précédens on peut recueillir que cette Armée étoit compoſée de plus de trente mille Hommes de fait, entre leſquels y en avoit plus de vingt mille Combattans, tous bien armés.

Victuailles pour les Vaiſſeaux.

Onze mille quintaux de Biſcuit.

Quatorze mille cent ſeptante pipes de Vin.

Six mille cinq cens quintaux de Lard.

Trois mille quatre cens trente-trois quintaux de Fromage.

Huit mille quintaux de Poiſſon ſec, de toutes ſortes.

Du Ris, pour fournir trois quintaux à chaque Vaiſſeau, pour ſix mois.

Six mille trois cens vingt fanegues de Feves & de Pois : c'étoit fourniture pour ſix mois, & davantage.

Onze mille trois cens nonante-huit Arrobes, ou meſures d'huile : c'étoit fourniture pour même temps.

Vingt-trois mille huit cens ſeptante Arrobes de Vinaigre, pour même eſpace de temps.

Onze mille huit cens cinquante-une pipes d'eau douce.

Diverſes Proviſions.

Plats, grands & petits.

Gobelets de bois, & autres vaiſſeaux ou meſures.

Des Entonnoirs.

Vaiſſeaux de bois de toutes ſortes, ſervans à l'eau.

Chandeliers, Lanternes, Lampes & Falots.

Plaques de plomb, Peaux de Vache, & autres matieres propres pour boucher les trous qui pourroient être faits, par diverſes occaſions, aux Navires.

Grand nombre de Sacs de peaux de Veau, pour garder la poudre.

Chandelle de cire & de ſuif.

Sacs de treillis & de canevas.

Cercles pour les pipes & tonneaux.

Huit mille Seillots de cuivre.

Cinq mille paires de Souliers communs, que les Eſpagnols appellent *Zapatos.*

Onze mille paires d'autres Souliers cordés deſſus, que les Eſpagnols appellent *Alpargates.*

Attelages exactement fournis pour l'Artillerie, ſoit qu'on la laiſſât ès Vaiſſeaux, ſoit pour la mettre en terre & la charier de lieu en autre; car il y avoit des rouages pour traîner douze groſſes pieces, & pour douze pieces de campagne, avec leurs boulets & poudres.

Cordes pour monter & deſcendre ès Navires, avec clous, linges, goudron, & autres telles proviſions.

Des Chariots & Charrettes propres à porter l'artillerie, des Moulins, des Cables, des Aix.

Plus, des Enſeignes avec les Armoiries du Roi d'Eſpagne, & les Images de Jeſus-Chriſt & de la Vierge Marie.

1588.

PRÉPARAT. DE PHILIPPE.

Outre plus, sept mille Arquebuses & leurs fournimens.

Mille Mousquets.

Dix mille Lances.

Mille Pertuisanes & Halebardes.

Six mille Picques.

Plus, des Pics, Pales, & Instrumens nécessaires pour sept cens Pionniers.

En tel état se trouva cette puissante Armée à Lisbonne le 20 de Mai 1588 (1) où promptement fut publié par impression, sous l'autorité du Roi, & à Madrid aussi, ce que j'ai spécifié ci-dessus : à quoi depuis les Espagnols & Italiens ajouterent beaucoup par Libelles imprimés à Naples, Milan & Venise, comme il advient ordinairement en telles affaires (2). Mais j'ai suivi ce qui en a été publié en Espagne & en Portugal, par ceux qui en pouvoient bien parler, & par ordonnance expresse même du Conseil d'Espagne, comme le Translateur Allemand l'a déclaré depuis. Je ne veux obmettre une particularité notable, c'est qu'à la fin du Discours Allemand, pris de l'Espagnol, & publié à Cologne le 26 d'Août, on a ajouté le Distique qui s'ensuit, contre la Reine d'Angleterre & tous ceux de la Religion.

AD ANGLIAM ET EJUS ASSECLAS.

Tu, quæ Romanas voluisti spernere Leges,
　Hispano disces subdere colla jugo.

C'est-à-dire :

Toi, qui as osé rejetter les Ordonnances du Pape,
　Tu apprendras à ployer le col sous le joug du Roi d'Espagne.

(1) Elle ne sortit du Port de Lisbonne que le 29 Mai, comme on l'a dit ci-dessus.

(2) Les Espagnols, dans le dessein de rehausser leur réputation, & d'inspirer la terreur à leurs Ennemis, publierent une Relation de cette Flotte, en Espagnol, en Latin, en François & en Hollandois. Le Livre Espagnol tomba bien-tôt entre les mains de Burleigh, Grand-Trésorier d'Angleterre, qui l'apostilla ; & le Sieur *Strype*, qui en eut la communication, publia une Relation sur le même sujet, selon laquelle, la Flotte Espagnole étoit en tout composée de 130 Vaisseaux, 57868 Tonneaux, 19295 Soldats, 8450 Matelots, 2088 Esclaves, & 2630 grandes pieces d'Artillerie de bronze de toutes especes ; sans compter 20 *Cara-* velles pour le service de l'Armée, & 10 *Salves*, ou Vaisseaux d'avis, à six rames. Selon M. de Thou, Livre 89, il y avoit en tout, sur la Flotte Espagnole, 8000 hommes d'équipage, & 20000 hommes de débarquement ; mais sans compter la Noblesse & les Volontaires, qui étoient en très grand nombre : car, ajoute-t-il, il y avoit peu de Famille un peu distinguée en Espagne, qui n'eût, à cette expédition, un Fils, un Frere, un Parent. Les grands Gallions, continue cet Historien, tenoient jusqu'à 1300 tonneaux, &c. On peut voir, à l'endroit cité, le reste de cette Description. M. de Thou compte douze cent mille Boulets ; mais Meteren n'en met que cent vingt mille.

L'Auteur de cette menace, soit Espagnol ou Allemand, se fondoit sur l'apparence humaine; & à prendre les choses en ce sens, on ne pouvoit présumer autre chose, sinon qu'un terrible orage alloit fondre sur l'Angleterre : aussi le surnom que l'on donnoit communément à cette Armée, étoit de l'appeller l'*Invincible*, sur-tout quand il étoit question de se représenter les grands appareils du Duc de Parme, & les intelligences que les Espagnols avoient de toutes parts avec infinis Partisans autour de l'Angleterre, étant aux écoutes pour suivre le vent & le bonheur des Espagnols, s'ils fussent venus au-dessus de leurs desseins.

Quant à la Reine d'Angleterre, qui n'ignoroit pas cette entreprise, encore qu'elle eût donné ordre à ses Vaisseaux, aux descentes & aux affaires du Roïaume, si n'étoient point ses moïens en état assez propre pour soutenir le faix entierement, si les Espagnols & le Duc de Parme se fussent joints ensemble, & eussent pris terre sur les Anglois aussi promptement comme ils se l'étoient persuadé; car on estimoit les forces du Duc de Parme aussi grandes que celles de la Flotte; qui plus est, il avoit grand nombre de chevaux, *item*, des harnois pour accommoder les chevaux que l'on prétendoit trouver en Angleterre.

L'Armée partit de Lisbonne le vingt-neuvieme jour de Mai, faisant voile vers le Port de Crongnes en Galice (1), où elle devoit recevoir encore quelques Soldats & des provisions. Durant cette route, elle fut accueillie d'une tourmente qui l'écarta tellement, que quand le Duc de Medina Sidonia, Général de l'Armée, arriva vers ce Port, il n'avoit avec lui que quatre-vingts Vaisseaux, à l'occasion de quoi il séjourna là quelques jours, parceque les autres ne s'y rendirent qu'à la file, & non pas toutes; car des quatre Galeres de Portugal, les trois périrent en la Côte de Bayonne : la quatrieme s'y sauva à toute peine. D'avantage, la tourmente brisa les mâts de huit Navires, & les contraignit de retourner à Lisbonne, où elles demeurerent inutiles pour ce voyage.

Nonobstant ce premier heurt, le Roi commanda au Duc de se remettre à la voile, & poursuivre le plus promptement qu'il seroit possible, tellement que le 21 de Juillet, le vent étant propre, la Flotte démara, & eut la navigation si favorable, que le

______
(1) C'est la Corogne, Port de Galice.

29 du même mois, elle se vit près de la pointe de Cornouaille.
L'Armée Angloise ne l'attendoit plus, à cause de la saison
assez avancée, joint qu'à diverses fois l'on avoit eu nouvelles qu'à
cause de cette premiere tourmente le Duc de Medine ne passe-
roit outre pour cette année. Mais une Pinasse Angloise s'étant
avancée, & tôt après les Sentinelles du Château de Falmouth (1),
aïant découvert tant de Vaisseaux, les nouvelles en furent vîtement portées à l'Amiral d'Angleterre, qui étoit avec ses forces
au Port de Plimouth. Ce rapport, non attendu, étonna du commencement les Anglois, & le corps du Roïaume en fut bien
ému : toutefois l'Amiral (3), le Chevalier Drac (4), Vice-Amiral,
& autres, prenant résolution en cette occurrence, firent soudain tirer hors du Port une partie des Navires, embarquerent les
plus assurés Soldats, & se rangerent pour attendre les Espagnols,
qui, avec vent à souhait, approcherent assez près du Port, en
intention de le saisir : mais trouvant la Place prise, & n'étant
délibérés de combattre, mais seulement de joindre le Duc de
Parme, ils se retirerent, tirant au long du Canal. Alors l'Armée
Angloise sortit toute, & la suivit en queue, l'escarmouchant
souvent, & la retardant fort en son voïage ; car elle marchoit
étroite & ordonnée, sans point s'élargir. Le lendemain il y eut
une escarmouche plus chaude que la précédente. Deux Galeasses de Naples furent fort endommagées, & quelques Navires
Espagnoles, mises en désordre. Un des Galions d'Andalousie eut
le premier mât coupé, & le feu s'étant pris en la munition d'un
autre Vaisseau, le rendit inutile, & fut depuis attrapé des Anglois. Ce Galion, ainsi mutilé, après quelque résistance, se rendit. En icelui étoit Dom Piedre de Valdes, l'un des principaux
de l'Armée Espagnole, lequel fut pris Prisonnier, avec environ
quatre cens cinquante hommes, entre lesquels y avoit deux
Gentilshommes de marque. En ce Galion fut trouvé une partie
des Finances de l'Armée. Valdes & les autres furent promptement envoïés en Angleterre : il fut incontinent présenté & oui
en Conseil, où il s'avoua être l'un des Chefs de l'entreprise. Les
Mémoires pris en ce Galion, & depuis ès autres Vaisseaux, avec
les confessions des Prisonniers de haute, moyenne & basse qualité, font qu'aïant mis pied en Angleterre, ils avoient juré d'exterminer toute la Nation, sans égard de sexe, ni de qualité, ni

(1) Port de Mer, dans le Comté de Cornouaille en Angleterre.
(2) L'Amiral Howard.
(3) C'est François Drack.

d'âge

d'âge : & ne devoient épargner finon les Enfans de fept ans & au-deffous, qui feroient flétris au vifage, & s'en ferviroit-on comme d'Efclaves.

Incontinent que le Peuple Anglois & les Etrangers qui y font réfugiés, eurent nouvelles de l'approche d'une fi puiffante Armée de l'Ennemi, tous recourent à Dieu, & n'y avoit·Paroiffe où, depuis le matin jufqu'au foir, l'on ne continuât les prieres & exhortations. En plufieurs, on y fanctifia les jeûnes folemnels, & par les maifons, hommes & femmes, jeunes & vieux, foupiroient au Tout-puiffant, pour être fupportés de fa grace

D'autre part, le cœur croiffoit aux Gens de guerre Anglois, & les Armées étant arrivées en l'Ifle de Wigie (1), les Vaiffeaux abordoient en la Flotte Angloife de divers endroits. Là, y eut un autre conflict qui dura quelques heures. Les Efpagnols y perdirent un grand Vaiffeau & quelques petits. Alors les Anglois connurent plus ouvertement que les autres jours, que cette puiffante Flotte fuïoit la Bataille & fe tenoit ferrée fur la défenfive, en cette feule intention de fe rendre au lieu déterminé, c'eft-à-dire joindre le Duc de Parme pour emmener fa Flotte, qui ne pouvoit rien feule, afin de fe rendre la defcente d'Angleterre aifée & du tout à leur commandement.

Ils avoient le vent à fouhait, au moïen de quoi nonobftant les retardemens des combats, & quelques calmes, ils arriverent le fixieme d'Août, fuivant le nouveau Calendrier, fur le foir, devant le Port de Calais, du côté de Dunkerque, & mouillerent l'ancre, attendant le fecours du Duc de Parme, fort proche de là. L'Armée Angloife jetta les ancres vers la Côte de Calais près de l'Efpagnole, & ce foir les Vaiffeaux Anglois fe trouverent au nombre de cent quarante Voiles, mais moins forts en beaucoup de fortes, felon les hommes, que les Efpagnols.

Le lendemain les Chefs Anglois aïant réfolu d'attaquer les Efpagnols & les combattre à bon efcient, trouverent bon de préparer quelques Navires avec feux artificiels, & contraindre les Vaiffeaux Ennemis à lever ancres & voiles, par conféquent prendre la marque de leur rendez-vous, & être féparés du Duc de Parme, ou de combattre en fe levant, ce qui ne fe pourroit faire qu'en défordre. Suivant cela furent préparés fix Navires, & fur les deux heures après minuit aidant la marée, elles furent conduites le plus près de l'Armée Efpagnole qu'il fut poffible, & le feu allumé : ce qui donna l'allarme fi chaude aux Efpagnols,

(1) De Vight, ou Wicht, Ifle en la Mer Britannique, proche & au Midi d'Angleterre.

que coupant les cables, ils se retirerent en désordre plus avant. Là, leur Galeasse Capitainesse s'embarrassa parmi les Navires, & tôt après fut emportée d'une courante, sur le sable, & échoua devant le Port de Calais, où elle fut suivie par les Pinasses Angloises, combattue & gagnée. Plusieurs Espagnols y moururent, les uns tués à coups de mousquets & arquebuses, dont le plus remarquable fut leur Général Dom Huges de Moncade, les autres à coups de main, les autres se jetterent en mer, & y périrent. Quelques-uns se sauverent à la nage au Port de Calais. Une partie du Trésor roïal qui y étoit avec autre butin fut emporté par les Soldats. Le Vaisseau demeura là avec l'Artillerie au pouvoir du Sieur de Gourdan, Gouverneur de Calais, qui le querella pour le droit de son havre : & les Anglois ayant autre besogne, n'en contesterent longuement avec lui, mais se contentant de leur exploit & butin, se rejoignirent à leur Flotte, laquelle dès le matin assaillit les Espagnols qui s'étoient reconnus & rejoints. Alors il y eût quelques charges assez roides, & force coups de canon lâchés de part & d'autre. Les Anglois étoient toujours sur le vent, & donnoient toute occasion aux Espagnols de s'élargir & de combattre. Mais ils aimerent mieux quitter la marque de leur Rendez-vous, & s'éloigner de Calais & de Dunkerque, que de s'ouvrir & accepter une bataille générale, en laquelle (comme plusieurs estiment) ils eussent rendu la victoire douteuse, ou fait une glorieuse fin, ou même obtenu l'avantage & repoussé l'Anglois : au lieu que leur délai & refus les sépara du Duc de Parme, (qui se voïant sans convoi & à côté de la Flotte de Hollande & Zelande, craignit, & à bon droit, une bien rude bâtonnade, & connut qu'il n'étoit pas tems de se remuer) davantage leur arracha la victoire des mains , anéantit en un coup tous leurs desseins sur l'Angleterre , les mit en fuite pénible & honteuse, dont s'est ensuivie une fin du tout misérable. Les Anglois au contraire furent adressés en leurs desseins d'un heur notable : en ce qu'au lieu d'assaillir en combat de près un corps de Vaisseaux si forts , si hauts & si bien serrés , ils se contenterent de les escarmoucher & canoner vivement sans faute , ayant percé & grandement intéressé la plûpart d'iceux. Cependant les Prisonniers ont confessé que si les Anglois fussent lors venus aux mains, les Espagnols étoient défaits tout à plat, à cause de l'irrésolution des Chefs. Puis, quand quelque Vaisseau Espagnol se séparoit de la Flotte, incontinent il étoit investi & coupé du reste de l'Armée, tellement que les Anglois en avoient bon marché.

De ce nombre furent deux Galions de Portugal, nommés S. Philippe & S. Matthieu, décrits au commencement de ce Discours : car s'étant séparés des autres, ils furent si rudement canonnés & poursuivis, qu'étant sur le point de couler en fond, ils se rendirent aux Victorieux, qui les emmenerent à Flessinghe (1), leurs Chefs prisonniers, & la plûpart des Soldats tués. En l'un d'iceux y avoit aussi une partie du Trésor roïal, qui fut pillé par les Soldats. Outre ces deux, les Espagnols en perdirent en ces deux jours cinq ou six autres des plus grands : & lors toute la Flotte se laissa pousser dix ou douze grandes lieues plus outre que Dunkerque, aïant été fort étonnée des efforts de l'artillerie Angloise. Quelques Prisonniers ont déclaré que les deux Galions susnommés, avec un Navire Biscain, & un Castillan, étoient coulés en fond au combat, & que les restans en vie s'étoient sauvés dans un Vaisseau de Jean Martinez de Ricalde.

Le jour ensuivant, la Flotte Espagnole s'éloigna encore davantage, car soufflant toûjours le même vent, elle ne fit aucun effort de regagner le chemin qu'elle avoit perdu, & ce jour-là ne se fit rien.

Le dixieme & onzieme Septembre, selon le nouveau style, elle eut le même vent : mais plus gaillard. Alors, au lieu de faire quelque effort, & recouvrer la réputation Espagnole bien fort ébranlée, on vit hausser les voiles ; tellement que les Anglois jugerent alors que leurs Ennemis avoient perdu courage pour ce coup, & ne pensoient qu'à la retraite. Au moïen de quoi ils se mirent à les suivre, & de fort près, craigant qu'ils ne fissent quelque entreprise sur l'Ecosse. Les Espagnols jetterent lors leurs mules & leurs chevaux dans la Mer, pour sauver l'eau douce qui étoit portée dans quelques hurques. Ils n'avoient pas envie de tâter de la salée : toutefois ils en burent tôt après plus que leur saoul.

Mais quand les deux Armées furent parvenues entre l'Angleterre & l'Ecosse, les Espagnols prirent la route du côté de Nord vers Norvege, se commettant aux hasards d'une longue & périlleuse navigation, ayant ès escarmouches précédentes perdu douze Vaisseaux au plus, & de quatre à cinq mille hommes, & la plûpart des Finances de leur Roi pour la solde de cette guerre. Les Anglois, voïant qu'il y avoit plus de péril que de profit à suivre, sur-tout à cause que cette Mer Septentrionale est sujette à se tourmenter & émouvoir d'étrange sorte, se retirerent pour la

(1) Flessingue, Ville & Port des Païs-Bas, en Zélande.

M ij

plûpart, les Ports demeurans garnis & en garde pour pourvoir aux affaires qui se pourroient présenter.

Ce fut sagement avisé : car depuis que la Flotte Espagnole commença à monter au Septentrion vers Ecosse & Irlande, elle fut, par diverses tempêtes (l'une desquelles dura quarante heures) tellement fracassée, que de jour à autre l'on ne vit ès bords de la Mer que pieces de leur dissipation & naufrage. J'en réciterai quelques particularités, confessées par quelques Pilotes échappés & faits Prisonniers, & déclarées par Lettres depuis publiées.

En la Côte d'Irlande, au mois de Septembre, le nombre des Navires pris, mis à fond, ou péris, est de dix-sept grands Vaisseaux, pour la plûpart, & cinq mille trois cens nonante quatre hommes, tant Seigneurs, Gentilshommes, que Soldats & Mariniers, partie pris Prisonniers, la plûpart noïés ou morts misérablement, & quelques-uns tués ès descentes. Grand nombre d'autres Vaisseaux brisés par les tourmentes sont péris, en telle sorte qu'on n'en a vu que les pieces, tout ce qui étoit dedans englouti ès ondes de la Mer.

Pour spécifier encore plus les choses, un Vaisseau de 150 tonneaux étant sur le point de périr en la Baie de Traily, se rendit le 7 de Septembre. Il y avoit dedans vingt-quatre hommes, deux petits garçons, & deux Serviteurs du Duc de Medina Sidonia, Général de la Flotte.

Le dixieme jour du même mois une Frégate fut jettée & rompue sur la Côte de Desmond (1).

Le même jour la Navire, surnommée Notre Dame de Rose, périt en la sonde de Blesqueis, à une lieue & demie de terre, aïant heurté contre les Rochers. Il y avoit lors encore cinq cens hommes dedans. Et ce qui en advint a été raconté par Jean Antoine de Monona, Genevois, Fils du Pilote, lequel se sauva de naufrage advenu, comme s'ensuit. Il dit qu'après qu son Pere fut retenu pour servir à ce grand Vaisseau, le Prince d'Ascoli, Bâtard du Roi d'Espagne, âgé de vingt-huit ans (qui s'étoit embarqué avec le Duc de Medina Sidonia au grand Galion, nommé Saint Martin), lorsque l'Armée Angloise approcha de l'Espagnole près de Calais, voulut prendre terre : mais qu'avant qu'il pût retourner vers ce Galion, le Duc fut contraint faire couper les ancres, & partir, au moïen de quoi ce Prince ne le pouvant atteindre, s'embarqua dans cette autre Navire de la

____

(1) Comté d'Irlande en Mommonie.

Rofe, & avec lui deux grands Seigneurs & fept Gentilshommes
de marque, outre plufieurs autres qui y étoient auparavant:
avec Michel d'Oquendo. Cette Navire fut affaillie, comme les
autres, par les Anglois, & percée en ce combat près de Calais
par quatre fois, de coups de canon, dont l'un fut donné à fleur
d'eau; & quelques-uns tués, autres morts de maladie: néanmoins, de fept cens étoient reftés encore cinq cens hommes, ce
grand Vaiffeau ayant fes cordages, pártie coupés, partie gâtés,
enfin vint en plein midi donner contre des écueïls. Les Gentilshommes penfant fe fauver en l'Efquif, ne le purent délier, à
caufe qu'il recevoit eau, tellement qu'ils périrent. Incontinent
que ce Vaiffeau eut donné contre les écueils, & qu'on fentit le
bris, un des Capitaines tua Francifque de Monona, Pere de
ce Jean Antoine, difant qu'il avoit fait ce bris par trahifon.
On dit que tout ce qui étoit dedans périt, excepté Jean Antoine, qui fe fauva fur un ais, & gagna terre, où il fut arrêté
Prifonnier.

Quelques autres ont dit que le Prince d'Afcoli (1) avoit pris
terre alors que l'Armée étoit ès environs de Calais, & que ne
pouvant regagner le Galion du Général, il ne remonta point
en Mer (2).

Ce même jour du naufrage fus mentionné, le Gouverneur
de Monufter (3) fut averti que fur la Côte de Thomond s'étoient
perdus deux grands Navires, où périrent fept cens hommes, &
en prit-on Prifonniers environ cent cinquante.

Au même tems fur les fables de Ballicrahihi échoua un grand
Vaiffeau de neuf ëens tonneaux, dont les hommes fe rendirent, entre autres treize Gentilshommes. La plûpart tâcherent
à fe retrancher & défendre; mais on ne peut eftimer autre chofe, finon que tôt après une partie aïant été tuée, le refte fe
rendit.

En l'Ifle de Clere en Irrife, un autre grand Vaiffeau périt,
& feptante-huit hommes qui y reftoient furent noïés & tués.

Un autre grand Vaiffeau périt au même tems à Tireanley.
Trois Seigneurs, un Evêque, un Cordelier & foixante-neuf
hommes furent pris. Les autres voulant faire tête, furent tués
& noyés. On écrit qu'un Irlandois, nommé Meleghlen Mac

(1) Dom Juan de Leive, Prince d'Afcoli,
qui paffoit pour être Fils de Philippe II.
(2' Cette retraite lui fut plus avantageufe
qu'elle ne lui fit d'honneur; elle le délivra
du danger que les Efpagnols coururent le
lendemain.
(3) Il faut Mounfter, qui eft la Province
d'Irlande, plus connue fous le nom de
Mommonie.

Cab., en tua quatre-vingts avec sa hache d'armes à l'Irlandoise.

Quelques autres jours après, deux autres grands Navires périrent sur la Côte de Connaught.

Les Prisonniers ont déposé que le Duc de Medina Sidonia, qui avoit gagné le devant, en un Galion fort & bien équipé, suivi d'environ vingt-cinq autres bons Vaisseaux, pouvoit être en Espagne, ou auprès. Il avoit donné le rendez-vous au Port de Crougnes (1): mais les tourmentes & naufrages ont fait qu'il n'a pas été obéi.

Quant à Jean Martinez de Ricalde, Amiral, il étoit en mauvais point au tems de cette derniere tourmente, son Vaisseau percé en plusieurs endroits, son grand mât tant battu de coups de canon, qu'il n'osoit porter pleine voile, les Soldats & Mariniers malades pour la plûpart; tellement que de jour en jour l'on en jettoit cinq ou six hors le Bord. Et y a apparence que c'est de lui dont l'article suivant fait mention.

Le quatorzieme de Septembre le Gouverneur d'Irlande fut averti que le Comte de Tiron ayant entendu que six cens Espagnols étoient descendus en terre vers le Nord d'Irlande, envoya deux Capitaines Anglois avec cent cinquante Soldats, pour savoir que c'étoit. Ils les découvrirent en un lieu nommé Illag, & sur la minuit leur dresserent un escarmouche qui dura deux heures, là où furent tués vingt Espagnols avec le Lieutenant de leur Capitaine, & quelques-uns blessés & Prisonniers. Le jour suivant les Anglois retournerent à l'escarmouche; mais les Espagnols se rendirent, & furent menés à Dongannon au Comte, lequel délibéra les envoyer au Gouverneur, étant estimés hommes de Maison, & l'un pris pour quelque grand Capitaine.

Plusieurs autres Vaisseaux sont échoués en divers endroits; les Soldats qui ont voulu faire résistance, ont été partie tués, partie noyés, & quant aux autres, ils sont demeurés Prisonniers. Brief, de cette Flotte de cent trente Vaisseaux, sans vingt autres petits, à-peine en sera-il pu retourner une trentaine en Espagne. Et a-t-on écrit de divers endroits, que pour la disette de vivres, la puanteur de leur eau douce, & la difficulté du voyage, s'il est échappé trois mille hommes de toute cette Armée, encore sera-ce beaucoup (2).

Les Anglois, délivrés d'un si grand danger, firent feux de

____

(1) La Corogne.

(2) Les Espagnols prétendent que du jour que leur Flotte mouilla à l'Isle de Vight, jusqu'à ce qu'elle fut sortie de la Mer d'Ir-

joie, rendirent folemnelles actions de graces à Dieu ; & d'autre
part ont au-dedans de l'Ifle, pourvu foigneufement à leurs affaires. Le Comte de Leceftre, Milord très affectionné au fervice
de la Reine & de la Patrie, grand Ennemi des Efpagnols, ayant
fait bon devoir pendant ces remuemens, & pourvû fagement
à beaucoup de difficultés qui fe préfentoient, étant tombé malade de fievre, mourut environ quinze jours ou trois-femaines
après cette délivrance. Ainfi l'Angleterre eut ce contrepoids de
deuil à fa joie : mais d'autre part l'Amiral, le Vice-Amiral, &
autres, en Mer ont continué jufques à préfent au bon devoir & fignalé fervice par eux fait, dont toute l'Angleterre leur a fu très
bon gré, & la Reine avec la Cour du Royaume leur en a fait le
bon accueil qu'ils méritent. Quant aux Soldats Anglois, en
tous les combats il n'en eft demeuré que deux cens au plus, fans
avoir perdu aucun Vaiffeau : les autres font demeurés riches de
dépouilles & de grandes fommes de deniers prifes fur les Efpagnols. Au regard des Prifonniers, ils n'ont pas reçu le traitement qu'ils avoient délibéré de faire aux Anglois, mais ont
été affez doucement traités jufques à préfent contre leur attente :
car, felon leur confeffion propre, ils s'étoient embarqués avec
proteftation bien expreffe de faire en Angleterre l'un des plus
fanglans & horribles carnages qui aient jamais été faits au monde.
Ils font du tout confus de ce qui leur eft avenu, avouant haut
& clair que leur arrogante & injufte invafion méritoit le châtiment qu'ils ont reçu. D'autre part, les Anglois, avec tous leurs
Amis & Alliés, reconnoiffent en leur délivrance une fpéciale faveur & préfence manifefte de Dieu tout-puiffant, auquel feul
ils attribuent la gloire d'une victoire fi magnifique, dont la
poftérité aura occafion de s'émerveiller.

lande, ils ne perdirent que 32 Vaiffeaux de
toute efpece, & dix mille hommes, fans
compter mille Prifonniers qui furent conduits
en Angleterre. Les Anglois, au contraire, &
les Hollandois font cette perte beaucoup plus
grande ; ils difent que des quatre Galéaffes
il ne s'en fauva qu'une ; & que de 91 Gallions ou Houlques, il y en eut 58 de perdues : en forte qu'on n'en ramena que 33 en

Efpagne, & que les Ennemis perdirent plus
de 80 Vaiffeaux à cette expédition. M. de
Thou dit qu'il avoit appris de Dom Bernardin de Mendoza, qu'à prendre du jour qu'on
commença à travailler à la Flotte, on avoit
trouvé, de compte fait, qu'avant de fortir
du Port de Lifbonne, elle coûtoit au Roi
plus de 35 millions.

NOus avons à reprendre maintenant le fait des Etats de Blois. Combien qu'au deuxieme Tome, sur la fin, quelques Harangues & Remontrances du Roi, & d'autres aient été inférées, toutefois, d'autant qu'il y en a d'autres omifes, faites à Blois & ailleurs, qui peuvent fervir, & au Lecteur defireux de connoître les chofes paffées, & à la Poftérité, en découvrir de plus en plus les humeurs de la Nation Françoife, & les diverfes penfées de ce temps-là, nous avons ici ajouté celles qui font parvenues à nous.

A MESSIEURS DES ETATS *.

MEssieurs, il eft tombé entre mes mains une Harangue non moins brieve & fuccinte que remplie de bons & faints avertiffemens & des plus belles fleurs d'éloquence. On m'a affuré que Monfieur Binet, Lieutenant général d'Auvergne, l'a faite en l'Affemblée des Etats de fa Province à Riom ; mais elle a été jugée digne d'être vue & lue en ces Etats généraux, & de la Poftérité, & d'être par vous embraffée avec effet, joints les bons avis que vous y apporterez. J'ai été d'opinion que nous ne devons laiffer paffer aucune occafion pour vous inciter à bien faire, Dieu vous en donne la grace. De Paris, ce 30 Octobre 1588.

HARANGUE
POUR LES ETATS.

VOus avez entendu, Meffieurs, par la lecture des Lettres Patentes de Sa Majefté, les plus belles paroles qui puiffent partir

---

* L'ouverture de ces Etats fe fit le 16 d'Octobre 1588, dans la grande Salle du Château de Blois, qui avoit été préparée onze ans auparavant pour ces fortes d'Affemblées. Le Roi étoit affis fur fon Trône, ayant à fa droite la Reine fa Mere, à fa gauche la Reine regnante, & au-deffous d'elles les Cardinaux de Bourbon & de Vendôme, François de Bourbon, Prince de Conti, Charles de Bourbon, Comte de Soiffons, fon Frere, François de Bourbon, Duc de Montpenfier, les Cardinaux de Guife, de Lénoncourt, & de Gondi, Charles de Savoie, Duc de Nemours, Louis de Gonzague, Duc de Nevers, Albert de Gondi, Duc de Rets, & plufieurs autres Seigneurs & Confeillers d'Etat. Voïez l'Hiftoire de M. de Thou, Livre 92, & l'Ouvrage de M. d'Argentré, Evêque de Tulles, intitulé, *Collectio Judiciorum de novis erroribus*, infol. Tome II. pag. 494·498.

de

de la bouche d'un bon Roi , & comme dépofant aucunement fa
roïale grandeur, & retenant feulement fa paternelle bienveillance;
d'une agréable femonce il vous invite à conférer en toute familiarité avec lui, par le moïen de la tenue des Etats de ce Roïaume.

Et pour vous le repréfenter , encore que la coutume fût, en
femblables occafions , de faire quelques difcours de l'excellence ,
utilité & néceffité de cette convocation , & qu'à cela il ait été jà
fatisfait par les Gens du Roi , comme vous avez pu entendre ,
néanmoins j'avois cru ce devoir être moins néceffaire que jamais , vû que d'un côté Sa Majefté avoit déja pris la peine (tant
eft grand fon amour envers fon Peuple) de nous induire , par
la force perfuafive de la feule raifon , avec quelle volonté nous
devons embraffer ces Etats, en nous peignant au vif, lui-même ,
par fes Lettres , fon Portrait roïal , pour nous fervir de Patron
& Tableau , & nous mettant devant les yeux l'utilité néceffaire
qu'il faut non-feulement efpérer , mais attendre affurément d'une
fi fainte Affemblée : en quoi nous avons à remarquer que le
plus grand defir que nous aïons penfé être au cœur du Roi ,
réuffit ores à fon fouhait & au nôtre , puifque c'eft à ce coup
qu'il eft fait Pere , & non d'un feul Fils , mais de tout fon Peuple , auquel il veut pourvoir , comme à fes très chers Enfans ,
de toutes chofes néceffaires, pour entretenir le lien indiffoluble
d'une perpétuelle union.

Et d'autre côté , les malheurs continuels de nos Guerres plus
que civiles , depuis trente ans en-çà , ont de forte ravagé par
toute la France , & tellement altéré fon Etat , qu'il n'y a partie
d'icelui qui n'en foit demeurée malade , & qui partant d'elle-
même , & par le feul effort de fa douleur (fi fa foibleffe ne l'empêche) , ne courre librement au remede , qui ne dépend du tout
de la tenue des Etats , que nous pouvons proprement appeller
la faignée & purgation néceffaire de notre France ; il n'eft donc
befoin de perfuader aux malades de recourir à la guérifon. Pour
vous faire croire à quelle fin les Etats fe doivent defirer , efpérer & entreprendre, puifque Dieu & votre mal enflamment votre
defir , le Roi nourrit votre efpérance avec la fienne , l'entreprife
& l'effet ne dépendent que de vous.

C'eft ce qui me retranchera le cours d'un plus long propos ,
& m'empêchera de chercher plus curieufement le fupport de
l'éloquence , vû même qu'en cette notable & célebre Affemblée il n'y a celui que je ne voie du tout difpofé à ce falutaire
& fingulier remede , joint que je penfe les belles paroles être

Tome III. N

du tout perdues, ou bien peu néceſſaires, là où il n'eſt queſtion que de bien faire, & où tout notre ſouci ſe doit emploïer à mettre à effet ce qui aura été ſagement propenſé, mûrement & courageuſement remontré, & réſolument arrêté en ces Etats; pour tirer le fruit deſquels, nous devons croire y avoir plus de force en notre nature que nous devons diſpoſer, qu'en la néceſſité qui nous preſſe, en nos mœurs, plus qu'ès Loix & Statuts que nous en eſpérons, & en notre volonté, plus qu'en la contrainte qui s'y doit appliquer.

Et pour y parvenir, ce lieu-ci ſacré, auquel nous ſommes aſſemblés, & la conſidération du premier Ordre, qui eſt l'Eccléſiaſtique, qui doit ici le premier reluire comme la lumiere du Monde, nous doit faire penſer que, ſi nos malheurs, accompagnés de nos fautes, crimes & méchancetés, ſont parvenus au période de leur extrême perfection, l'extrême & le plus prompt remede auſſi doit venir de Dieu notre Pere ſouverain, & devons tous tendre à remettre ſus ſon honneur que nous avons foulé de nos pieds, puis corriger nos mœurs dépravées, & nous retirer au ſein de l'Egliſe Catholique, Apoſtolique & Romaine, notre vraie & légitime Mere, aux prieres & ſaints avis qui doivent procéder de la part de Meſſieurs du Clergé. Vous, Meſſieurs, qui tenez le rang de la Nobleſſe, devez joindre les armes pures qui vous ſont miſes ès mains, pour maintenir en religion & en paix ce pauvre Peuple affligé, & pour ſoutenir la juſtice qui ores s'eſt jointe, & eſt à préſent le ſeul ſoutien (quoique bien foïble) de ce pauvre tiers-Etat, accablé ſous le faix de ces miſeres, & qui ne peut apporter pour toutes armes que ſes plaies, pour conſeil, les plaintes & ſoupirs qui lui reſtent, & pour champ de l'honneur que Sa Majeſté & vous remporteront de faire revivre le vrai portrait en lui d'un ſiecle corrompu.

Nous devons donc tous conſidérer que l'effet du mal que nous avons commis s'eſt ſi généralement répandu ſur les quatre Elémens qui compoſent ce Roïaume, ſavoir eſt, le Roi & les trois Etats, que nous pouvons diviſer entierement en la France en deux ſortes de Perſonnes, ou de ceux qui affligent, ou de ceux qui ſont affligés, le nombre deſquels eſt trop plus grand que je ne ſaurois exprimer, & plus imbécille toutefois que l'autre, & qui aïant perdu le dernier remede de toutes choſes, qui eſt eſpérance, n'eſpere rien plus qu'un déſeſpoir, ſi on ne la fait renaître de ces Etats.

Auxquels vous tiendrez pour certaine maxime, que tout ainſi
que ce bas monde ſe nourrit & entretient par la vertu des quatre
Élémens, ainſi les Roïaumes & Républiques ſe ſoutiennent par
la force & puiſſance de deux principaux Élémens, vrais alimens
de la tranquillité publique, c'eſt le bien commander & le bien
obéir ; du juſte commandement ſort toujours la fidele obéiſſance,
& des deux bien liés enſemble une perpétuelle félicité.

Mais nous ſommes tellement accoutumés & endurcis en notre
mal, vraiment & particuliérement rendu propre à notre Nation pour en recevoir la honte des autres, & avons pris telle
habitude, quelque douleur qui nous preſſe, à ne montrer & ne
chercher rien que l'apparence extérieure en toutes choſes, à
faire de grandes Aſſemblées à grands frais, qui ſe réſolvent en
fumée, à dreſſer de belles Loix & Ordonnances, & n'en rien
effectuer, que nous pouvons vraiment appeller la France, Mere
des Loix, mais mauvaiſe Nourrice d'icelles, les étouffant tout
auſſi-tôt qu'elles ſont nées ; qui me fait deſirer que nos Ordonnances ſe peuvent graver en diamants, & non pas ſur la cire,
c'eſt-à-dire, qu'on demeurât long-temps à les dreſſer, mais
qu'après conſtamment & perpétuellement elles fuſſent obſer-
vées ; car la facilité de la cire trop maniable ſe fond aiſément
par les tiedes faveurs des Grands. Nous avons faute de conſtance, ſans laquelle, jointe à notre Religion, qui doivent être
non le ciment, mais la pierre fondamentale de ce Roïaume,
je ſuis contraint de prédire avec aſſurance (& Dieu veuille que
je me trompe) l'entiere perte & perpétuelle déſolation de cet
Etat, ſi à bon eſcient & à cette fois (car autrement & laiſſant écouler une ſi belle occaſion, c'eſt abandonner la France
au haſard & au jouet de la fortune, ou plutôt à ſa fatale &
certaine ruine), ſi à ce coup, dis-je, ces trois Ordres s'uniſ-
ſans avec leur Roi, par un diſcordant accord & mutuel deſſein, premiérement en cette Province, puis en l'Aſſemblée générale, ne conſpirent tous enſemble à l'entiere réformation,
réglement, guériſon, & union de cet Etat, plus confus & mêlé
mille fois que le Chaos, plus malade que la maladie même, &
auquel à grand'peine le ſalut peut être ſalutaire, ſi Dieu n'y
ajoute ſa main toute-puiſſante, lequel je prierai, avec toute cette
Province, vouloir toucher nos cœurs, débander nos yeux, &
ouvrir nos ſens de la lumiere de vérité, & proſpérer l'intention
de cette Aſſemblée.

Pour laquelle voir dreſſée au chemin de bien faire, nous vous

fommerons, Meffieurs, d'y emploïer toutes vos vives forces &
tous les moïens que Dieu vous a donnés à fi bel effet, ban-
niffant de vous toutes particulieres paffions, partialités & en-
vies injuftes, que nous voïons même devant nos yeux, fatales
à cette Province, qui, comme le refte de la France, ne peut
être renverfée & démolie que par les deffeins de fes propres
Architectes & de fes propres Enfans.

Outre, vous choifirez & députerez Perfonnages capables de
chacun Ordre, qui puiffent dignement repréfenter vos plaintes
& remontrances en l'Affemblée générale des Etats, & qui foient
pleins de zele, tant à l'augmentation de la Religion Catholique, Apoftolique & Romaine, qu'à la manutention de l'intégrité de la Juftice, & au foulagement du pauvre Peuple, qui
eft fi bas, fi dénué, & fi proche de fa fin, qu'il ne peut prefque refpirer, & moins encore parler que par le bénéfice de vos
langues.

Par ces moïens, en fi célebre Affemblée, portant la voix &
les vœux de toute la France, & fur fi fermes fondemens, réé-
difiez le Temple, & y faites rentrer l'ancien ordre de l'Eglife
Catholique, au lieu de la confufion que l'Héréfie & les abus y
ont mife; faites-y reluire au plus haut l'honneur de Dieu, au
lieu de l'ambition; rétabliffez la France en fa premiere fplendeur; rendez le Roïaume & l'autorité à fon Roi, & le Roi à
fon Roïaume; rendez-vous vos Villes, vos Maifons, vos biens,
vos familles, vos Enfans, vos Autels; bref, rendez-vous à vous-
mêmes, & rentrez en votre premiere nature, & n'en fortez,
finon pour tranfporter vos efprits au Ciel, pour rendre graces
immortelles à ce grand Dieu, Modérateur des Etats & Roïaumes, pour tant de bienfaits & de bénédictions qu'il vous aura
élargis, & qu'il vous promet à l'avenir conftamment, pour être
confervés par le moïen de votre ferme & inviolable conftance.

REMONTRANCE AU ROI,

PAR LES ETATS DE LA FRANCE.

AU ROI.

SIRE, ce n'eſt moindre félonnie & crime de lèze-Majeſté de diſſimuler envers ſon Prince le bon conſeil, que de l'offenſer en ſa propre perſonne ; pour cette cauſe, j'ai oſé, ſur l'occurrence de vos affaires & des préſens Etats, vous avertir de quelques points que j'eſtime appartenir au bien de Votre Majeſté, laquelle je ſupplie très humblement prendre en bonne part, ſi je lui parle d'une voix libre & franche, ſans déguiſer ni ombrager la vérité.

SIRE, vos affaires ſont aujourd'hui réduites à tel point, qu'il faut, ou que vous parveniez à un honneur ſouverain & gloire immortelle, jointe avec tout le bien de la Chrétienté & rétabliſſement de votre Roïaume en ſa premiere ſplendeur, ou que vous chéiez en extrême danger de voir la ruine totale de cet Etat, avec ignominie perpétuelle : ce qui vous range à telle néceſſité, eſt parceque tous les fléaux de Dieu, toutes les verges & malédictions, qui ont accoutumé de briſer les Roïaumes, battent aujourd'hui le vôtre, & le battent de ſi grande furie, & de ſi long-temps, qu'il ne lui reſte plus maintenant eſprit ni force, pour porter plus long trait ſon mal, ſi ſoudain n'y eſt pourvu à toute force & d'un bras rude & puiſſant, & avec grande ſageſſe.

Vous avez d'un côté l'Héréſie, les Sectateurs de laquelle aïant ſappé depuis trente ans votre Roïaume, tant à force découverte, que par monopoles ſecrets, inſiſtent plus furieuſement que jamais, pour abbatre la paroie qu'ils ont ébranlée, & parfaire la ruine qu'ils ont encommencée ; & afin que vous entendiez que c'eſt à vous qu'ils en veulent, ils l'ont publié haut & clair en leurs Livrets diffamatoires, diſant qu'ils ſont las & ennuïés de la race des Valois : ce ſont les termes deſquels ils uſent. Par ce, il ne faut penſer les réduire par indulgence, bénignité, ou grace quelconque que leur puiſſiez faire ; ils ont donné leur cœur, leur foi & leur volonté aux Chefs de leur

Héréfie, qui les ont tirés (comme ils difent) des prifons, des feux, des gibcts, & d'entre les mains des Bourreaux : or, qu'on ne fe trompe, qui ne voudra, leur conjuration eft très grande & très puiſſante ; Satan n'a rien mis en arriere de ce qui fe peut excogiter en méchanceté & cautelle pour la fortifier.

D'autre côté, le Peuple Catholique eft merveilleufement refroidi en l'amour qu'il portoit jadis, fur toute autre Nation, à fes Princes : ce qui eft advenu pour plufieurs caufes ; mais principalement, parceque ceux qui ont mairié l'Etat, ont introduit & autorifé les plus blafphêmantes héréfies qu'onc furent, & ont contraint les Catholiques, non-feulement à fouffrir tels fcandales, mais encore d'embraffer les Hérétiques mêmes, & ufer familiérement avec eux, contre le commandement de Dieu ; & le comble d'iniquité, qui plus a étrangé du Prince les cœurs de fon Peuple, a été cette indignité, qu'on a fait païer par contrainte aux Catholiques les Armées des Hérétiques, & qu'on a vu être avoué pour le fervice du Roi tous les exécrables forfaits d'iceux Hérétiques, comme d'avoir démoli les Temples, détruit les Autels, occis cruellement les Prêtres, commis un million de facrileges & inhumanités barbares, outre qu'ils ont rançonné une infinité de Catholiques, envahi leurs troupeaux, brûlé leurs maifons, pillé & ravagé tous leurs biens ; & telle vaſtité, ruine & défolation n'a point été de trois mois, ni d'un an, il y a vingt ans qu'elle continue, fans que ceux qui manient l'Etat y aient donné aucun remede.

Dont il eft advenu, que même les plus patiens Catholiques, laffés de fi longue & fi cruelle perfécution, ont perdu peu-à-peu l'efpérance d'être foulagés à l'avenir ; tellement que plufieurs font tombés en ce défefpoir de ne fe foucier déformais ni de Roi ni de Princes, & de fe fouftraire, s'ils peuvent, des charges & obéiffance qu'ils doivent, fe difpofant à tout ce qui en peut advenir, & prenant pour maxime qu'ils ne peuvent pis avoir que ce qu'on leur fait : c'eft le vice des hommes, que les Prophêtes mêmes remarquent, difant : quand l'homme aura faim, il fe courroucera, & maudira fon Roi & fon Dieu.

Pour le regard de la Juftice, qui eft le premier firmament du Roïaume, l'ancre d'un Etat, & le principal lien de l'amour & obéiffance du Peuple envers fon Prince, elle eft non pas à-demi pervertie, mais totalement éteinte & perdue. L'injuftice

de ce Roïaume eſt la racine des autres malheurs qui y ſont entrés ; c'eſt la Mere & la Nourrice qui les y entretiennent ; c'eſt
celle qui le détruira : car l'Ecriture ne ment point, par laquelle il eſt dénoncé, que les Roïaumes, pour injuſtice, ſeront
transférés de Nation en une autre.

Il ſeroit long, SIRE, de vous repréſenter tous nos malheurs
particuliers. J'ajouterai ſommairement que pluſieurs Mers de
maux ſont débordées ſur ce Roïaume, que tout le monde y
eſt corrompu de pluſieurs peſtes mortelles ; que la vertu & l'honnêteté en ſont bannies & chaſſées ; que toute iniquité, toute
ordure de paillardiſe & abomination y ſont parvenues au comble.
Bref, que tout y tombe en ruine : tellement qu'il faut, ou du
tout déſeſperer de cet Etat, ou mettre ordre à tels maux, &
ſoudainement ſans plus attendre. Car la maladie eſt extrême,
& la poſſibilité d'y remédier eſt limitée à fort peu de temps ;
ſavoir, eſt l'iſſue & réſolution que vous donnerez à ces Etats,
deſquels tout votre Peuple attend le ſoulagement de ſon affliction. S'il eſt fruſtré de ſon attente, & ſi vous ne le con-
ſolez à ce coup par quelque réformation ; ſi cette Aſſemblée
eſt rendue illuſoire, & ne produit un fruit certain & très apparent, vous perdrez le reſte de la foi & de l'amour que le
Peuple a encore en vous.

L'enclave de tout ce diſcours, SIRE, & but de la narration,
n'eſt point de vous contriſter, mais de vous déclarer ſans fard,
nuement, rondement & au vrai, la maladie de cet Etat, afin
que vous eſtimiez quelle providence, & combien grande vertu
eſt requiſe pour le relever & préſerver de mort.

Or, SIRE, ſi vous voulez ouvrir vos ſens, & déploïer les
dons que Dieu a mis en vous, & vous en ſervir dextrement,
je ſuis aſſurément élevé en eſpérance très grande que vous le
remettrez en nature, & le ſauverez du péril de ce trop éminent
naufrage. Et vous ſoit le premier éguillon, ce qui étonne aucuns, la difficulté, l'endurciſſement & obſtination du mal qui
eſt enraciné, & qu'il convient vaincre. Ce vous eſt matiere de
gloire d'autant plus grande, & la couronne de votre victoire en
ſera plus triomphante. Et puis Dieu ne montre jamais tant de
néceſſité à une main, qui ne montre auſſitôt avec l'autre quelque prompt & ſalutaire ſecours ; mais c'eſt à ceux qui l'invoquent
en vérité. Partant, SIRE, entreprenez ce chef-d'œuvre excellent ; il vous appartient, il y a de vertu aſſez en vous pour en
venir à bout. La gloire vous en eſt réſervée d'en-haut. La néceſſité vous y contraint, ou de périr.

Si donc vous voulez commencer, le premier moïen qu'il convient tenir, c'est qu'il vous faut adjoindre à Dieu; car comme un pieu, si bien fort il n'est fiché, & n'adhere ferme à quelque chose plus forte, tout ce qui est appuïé sur lui, n'y demeure pas long-temps; mais pour peu qu'il soit ébranlé, lui, & tout le fardeau qu'il porte, s'en va incontinent par terre. Pareillement aussi un Roi, & souverain Seigneur, si fermement il n'adhere & se tient à son Créateur, il ne peut consister long-temps, que lui, & tous ceux qui dépendent de lui, ne soient bien-tôt rués en bas. Adjoignez-vous, dis-je, à Dieu, car votre dextre est trop foible pour subjuguer tant d'Ennemis, si elle n'est soutenue de la vertu infinie de Dieu.

Que si Dieu étoit courroucé particuliérement contre vous, comme il est advenu souvent à d'autres Princes, sache Votre Majesté que le moïen de l'appaiser est tel ; & c'est ici que je desire grandement votre attention. Donnez-vous quelqu'heure de temps en solitude, sans être agité d'homme vivant quel qu'il soit, & entrant un peu en vous-même, faites une revûe de toute votre vie passée, & remuez en votre esprit cette pensée, combien de dons vous avez reçus de Dieu, combien de grandes victoires il vous a données, combien d'honneurs & de grandeurs il a comblé en vous, de combien de périls il vous a tiré; que toutes ces choses vous sont procédées de sa bénéficence gratuite. Considerez si vous l'en avez reconnu Auteur, & si vous lui en avez rendu graces, comme il appartient. Si vous ne l'avez fait, faites-le instamment.

L'ingratitude du bien reçu rend l'homme inhabile à en recevoir jamais d'autre. Considerez en outre, si la conscience ne vous rétorque point d'avoir glissé en quelqu'offense contre cette Majesté Divine; comme il advient au Juste même de faillir & pécher, pleurez-en amerement, aïez-en nommément contrition en votre ame, & proposez pour l'avenir de représenter en tous vos faits l'image vive de Dieu, non-seulement en qualité de Roi, mais aussi en qualité d'homme simple, & emploïez tous les moïens qui sont en l'Eglise de Dieu, pour reconcilier l'homme à Dieu. Voilà le premier progrès qu'il vous faut faire, lequel si vous avez fait, ne craignez plus rien. Chassez de vous toute tristesse. Dieu vous prêtera main-forte & invincible ; il vous baillera la lumiere, direction & conduite, pour mettre à chef vos entreprises, & vous faciliter les impossibilités mêmes, si vous conjoignez à Dieu. Le premier de vos Ennemis qui se

heurtera

heurtera contre vous, y trouvera une telle folidité, que de la
compercuffion, il fera brifé comme un pot de terre, & tellement anéanti, que les traces mêmes en feront effacées. Et
quant à moi, je crois que Dieu leur aura endurci le cœur,
comme jadis à Pharaon, pour recommencer nouvelle guerre,
afin de les exterminer du tout, étant réprouvés.

Le fecond moïen qu'il nous faut tenir, c'eft que ès guerres
que vous entreprendrez, vous aïez en objet perpétuel, de
venger, non les injures à vous faites, mais à l'honneur de Dieu.
Ici, SIRE, je fuis déplaifant de me voir contraint de telle Remontrance, en tels termes; mais il eft expédient pour vous qu'on
vous montre à vous-même, & que vous entendiez parler de vos
faits à vérité découverte. L'Ecriture nous a enfeigné que le Roi
eft comme l'Ange de Dieu, pour ouir le bien & le mal, & ne
fe doit point émouvoir pour bénédiction ou malédiction. Vous
avez failli grandement fuivant votre Prédéceffeur, en ce que
ès guerres par vous démenées, & ès Edits pacificatoires d'icelles, vous avez montré apertement que vous n'êtes point tant
offenfé des injures faites à l'Eglife de Dieu, que des injures
faites à l'Etat. Or, Dieu défendra fon Eglife, & abandonnera votre Etat, & ne penfez point échapper par rufe de confeil humain. La prudence qui eft fondée fur le difcours des caufes
fecondes, qui font les raifons humaines, & non fur la caufe
premiere, qui eft Dieu, fera confufe. Je ne doute point, SIRE,
que Dieu n'ait du tout attaché votre cœur en une droite affection, & bon zele de fervir à fon Eglife : mais vous vous laiffez
imprimer en l'efprit une crainte des Ennemis de Dieu, caufée
par une défiance mauvaife, par laquelle vous êtes induit à faire
des pactions contumelieufes, non de paix, mais de fervitude,
& diffimuler les injures faites à l'honneur de Dieu, pour lefquelles feules venger vous êtes Roi. Vous penfez par delà détourner le changement de l'Etat, & vous y courez de droit fil.
Ce mal vous advient pour donner par trop de crédit à gens qui
font hérétiques, & à certains Difcoureurs politiques, qui ne
fentent que la terre, qui ne méditent que chofes vaines, fur
lefquels l'efprit de Dieu ne repofe point. Arriere de vous tels
gens. Si vous voulez appaifer Dieu, fuivez l'exemple du Roi
David, qui dit que les Commandemens de Dieu, ce font les
gens de fon Confeil; & fur toute chofe cette créance foit fife &
pofée, nette de tout doute, en votre efprit. Que fi Dieu ne
garde le Roïaume, pour néant veille celui qui l'a en garde;

ni la force des Soldats, ni l'affiete inexpugnable des Forteref-
fés, ne pourroit empêcher ce que Dieu auroit décreté contre
vous ; lequel, quand il eft courroucé, enveloppe de tous côtés,
par mille avantures, les confeils humains, tourne en un moment ce qu'étoit deffus deffous ; & devant toutes chofes arrache violentement l'entendement même. Ne voïez-vous pas que
depuis que l'Hérétique n'eft plus puni en France, comme il en
prend à votre Etat. Cette maxime eft toujours vraie, que où
le crime de leze-Majefté divine ne fera puni, là le crime de
leze-Majefté humaine viendra à n'être plus crime. Fichez donc
l'ancre de votre Etat fur Dieu feul ; c'eft lui qui conduit les
Roïaumes & Empires par le milieu de chaque Nation, felon
fon bon plaifir, & les y retient tant qu'il veut ; donnez ordre
de l'avoir propice. Or, il vous favorifera, fi vous défendez fon
Eglife, & fi vous ôtez du milieu l'héréfie qui la perfécute. L'E-
glife de Dieu, c'eft l'Eglife Catholique, en laquelle vous avez
cet honneur que d'être un grand Roi ; & cet honneur eft le plus
grand que vous fauricz avoir en ce monde. La racine de cette
Eglife eft au Ciel ; c'eft elle qui maintient l'état du monde,
fans les prieres de laquelle la machine de cet Univers ne dure-
roit un feul moment de temps, & tout ce monde iroit en confufion.

C'eft elle, où eft la vérité, où eft l'efprit de Dieu, & toute
grace, hors de laquelle il n'y a que perdition, que ténébres,
que mort. Vouez-vous donc à la défendre, elle défendra votre
Etat, car elle a tout crédit envers Dieu. Jadis vos Prédéceffeurs
Rois font allés chaffer & détruire les Hérétiques & Mécréans
jufqu'en Afrique, jufqu'en Afie, jufqu'au bout du monde, &
ont profpéré. Voudrez-vous aujourd'hui fouffrir, au milieu de
votre Roïaume, à votre porte & à vos yeux, la plus peftilente
Héréfie qu'onc ait été ? C'eft l'Héréfie Calvinienne, fentine
de toutes les Héréfies paffées. Vous ne la pouvez fouffrir fans
une grande lâcheté & trahifon horrible contre Dieu ; & fi vous
la fouffrez, Dieu fe fervira d'elle pour exécuter la ruine de votre Etat. Ne fluctuez plus déformais en cette délibération, ré-
folvez plutôt de mourir, que d'endurer que votre Peuple foit
infecté de telle pefte. S'il y a quelqu'un de fes errans qui veuille
rentrer au fein de l'Eglife, toute l'Eglife s'en réjouira, &
les Anges mêmes qui font au Ciel. Mais contre ceux qui font
obftinés en leur impiété, ufez de votre glaive, fortifiez-vous
contre eux d'un pieux & hardi courage ; & prenant avec vous

le secours de la Justice divine, assaillez-les vivement, approchez les machines & engins de leurs murailles; ils sont Ennemis de Dieu, ils ne pourront consister devant vous, sentant & appercevant qu'ils ont affaire à un Roi, qui s'aide du secours de Dieu. Voilà, SIRE, la direction de votre esprit envers Dieu.

Pour le regard de votre Police & déportement civil envers les hommes, deux grosses fautes vous rendent comptable & sujet à l'ire de Dieu, lesquelles ruinent aussi l'Etat. L'une est, que vous donnez les Evêchés & Prélatures ecclésiastiques, à des femmes, à des hommes mariés, à gens de guerre, & même à gens suspects d'Hérésie, voire à des Hérétiques déclarés & convaincus, qui est un grand scandale. Davantage, vous en donnez à quelques Sieurs, à tas & à monceaux, de sorte que tels y a qui en tiennent pour trois ou quatre cens mille livres de rente, pour le respect qu'ils sont Princes ou de grande Maison. C'est une horreur que de ce fait aujourd'hui. Le Peuple est sans conduite de Pasteur ni de Berger. Il n'y a personne qui prenne charge de l'enseigner. Vous voïez que toute l'Eglise Gallicane penche en ruine, que l'Hérésie jette son venin par-tout; & toutefois au lieu d'y pourvoir de remede, & de remplir les Prélatures de Saints Ambroises, de Saints Athanases, de Saints Hilaires, c'est-à-dire, d'Hommes excellens en vertu, comme jadis tels ont été en semblable saison, pour s'opposer aux Hérésies, & redresser les choses confuses & difformes, vous y mettez, tout au contraire, des personnes qui sont pour perdre & détruire, quand bien la discipline seroit en vigueur; & n'y a pas un seul qui vienne par votre promotion, qui ne contracte, en cinq ou six façons, une simonie exécrable, avant qu'il soit paisible de son fait. Ce n'est point chose cachée ni obscure, que même vous vous êtes opposé à la promotion d'un homme excellent en doctrine & bonnes mœurs, pour l'Evêché de Lavaur, où tel Pasteur est grandement nécessaire, & ce, pour en avoir baillé la réserve à un homme marié. Tous les gens de bien en sont scandalisés. On tiendra tout pour déploré, si vous ne réparez telles fautes. L'homme de bien n'est guerdonné de vous pour le respect de sa vertu. Toute votre bénéficence, tous les fruits & émolumens qui procédent de vous, sont engloutis par Etrangers, & par dix ou douze hommes, non pas pour être plus vertueux, mais parcequ'ils sont plus privés de votre Personne. Or, ce désordre est à la cime, & ne peut point monter plus haut. Tous les Evêques d'aujourd'hui, excepté, fort peu

O ij

qui ont encore le Ciel devant les yeux, & quelque crainte de Dieu empreinte au cœur, font venus à tel pervertiſſement & prévarication de leurs Charges, qu'ils réputent même entre eux à deshonneur de prêcher. Nous les voïons tous les jours, non pour épancher pleurs devant Dieu, pour appaiſer ſon courroux qui eſt aggravé ſur nous, mais nous les voïons marcher pompeuſement, en votre Cour & ailleurs, avec un arroi & traînée de Serviteurs les plus débordés & perdus qui ſoient dans la République. Leurs maiſons ne raiſonnent point d'Hymnes & de Cantiques chantés à l'honneur de Dieu; mais d'abois de chiens, de réclamations d'oiſeaux, & de toutes voix de diſſolution. Bref, il n'y a qu'ignorance, que vomiſſement, paillardiſe & ſcandale en eux. L'aſpect ſeul de leur contenance ébranle plus les hommes à ſortir de l'Egliſe, que ne font pas tous les Miniſtres & Prédicans de l'Héréſie; car déſormais le monde n'eſt plus ſi hors de ſens, qu'il ſe laiſſe perſuader que ces ſouflets de ſédition, ces eſprits deſtructeurs, qui foudroïent ainſi les Roïaumes, qui couvrent la terre de cendre & de ſang, & même leur propre Patrie, ſoient deſcendus du Ciel pour nous apporter la paix de l'Evangile.

Premiérement, vous ne devez vous entremettre du fait ſpirituel aucunement. Que ſi vous vouliez entreprendre cette charge, après avoir bien ordonné votre Police civile, il y falloit vaquer ſaintement, comme il appartient de traiter choſes divines. Vous êtes ſoigneux à chercher & recouvrer gens propres, excellens & de bonne conſcience, pour le ſervice particulier de votre Perſonne. Quelle excuſe alleguerez-vous, ſi vous êtes moins diligent à pourvoir de perſonnes idoines pour le ſervice de Dieu? Sire, vous n'appréhendez pas l'importance de cette faute, vous êtes cauſe qu'un million d'ames ſe perdent, & c'eſt un grand crime à ceux qui ſont tenus de vous en avertir, qu'ils ne le font. Si vous n'en faites grande pénitence pour l'abus paſſé, & ceſſez de le commettre plus pour l'avenir, vous ne pouvez éviter damnation éternelle.

L'autre faute, non moins importante, que vous faites, eſt quand vous vendez les Puiſſances de Judicature, & quiconque vous donne ce conſeil, vous trahit. C'eſt la choſe la plus deſtructive de votre Etat, c'eſt un faux profit; car vous n'en recevez un ſeul écu qui ne vous en faſſe perdre cent mille. Il falloit plutôt vendre bagues & joïaux, que de recouvrer deniers par-là. Premiérement, les gens de bien n'achetent point les Dignités;

il n'y a plus que les Méchans de chaque Province qui les achetent de vous. Un homme de bien, quoiqu'il soit riche, n'a-
chetera jamais Etat de cette marchandise infâme. De-là vient la
rapacité des Juges d'aujourd'hui, qui exercent un cruel brigandage. De-là procéde par dégrés, que le plus fort en ce Roïaume, opprime le plus foible impunément. Que personne n'est
plus assuré en sa vie, ni en ses biens. Qu'une licence débordée
à tout mal regne. De-là vient que cette saison est regorgeante de
meurtres, de parricides, d'assassins, même jusqu'à votre Maison. Ne vous trompez point, SIRE, tous les malheurs qui arrivent par votre improvidence, retombent sur votre tête; vous
en êtes comptable, & en recevrez un rigoureux jugement devant Dieu. Or, je vous avertis, SIRE, que pour détourner les
ruines qui sont préparées, ce n'est point assez que ces deux
abus cessent pour l'avenir, si dès-à-présent vous ne faites dégrader un grand nombre; tant des Prélats Ecclésiastiques, que
de vos Magistrats civils, qui sont aujourd'hui établis en vos
Cours Souveraines & Jurisdictions subalternes, vous ne pouvez
sauver l'Etat. Il en faut, dis-je, dégrader & punir de mort un
grand nombre des plus manifestes Prévaricateurs. Cela s'est fait
jadis en votre Roïaume par les Etats, & en succéda bien.

  Au reste, mettez-vous en quête, & interrogez où habitent
gens de bien de toutes parts; remplissez d'eux votre Conseil,
& Dieu y présidera. Dieu est toujours tout-à-l'entour de l'homme juste; il fera plutôt réussir vos entreprises par leurs mains,
lesquelles il bénit, que par la ruse des Sages prophanes, l'œuvre desquels il maudit. Il est bien vrai qu'on ne voit pas les gens
de bien marcher par troupes & grandes bandes; si est-ce que
pour violent que puisse être le torrent des mœurs corrompues,
jamais le monde n'a été & ne sera sans quelque nombre d'hommes excellens en vertu, qui, aïant Dieu pour Gouverneur, &
suivans la droite raison, non-seulement ont été vertueux, mais
encore ont rempli les autres, qui approchoient d'eux, d'un
courage généreux à la vertu. Quels trésors d'esprit & de bons
vouloirs sont encore aujourd'hui en chaque Province de ce
Roïaume? Combien de courages héroïques, remplis de sainte
magnanimité & une hardiesse incroïable, sont en l'Etat de la
Noblesse (non cette blasphématrice Noblesse, mais celle qui aime & craint Dieu) qui n'ont jamais vu votre Cour, mais demeurent en leurs maisons sans être emploïés? Combien de grandes & riches ames sont enfouies & cachées en corps méprisés de

1588.

REMONTR.
AU ROI.

plusieurs personnes louables de tous les Etats ; lesquels s'ils étoient appellés aux Charges, redresseroient en peu de mois toutes les démolitions & ruines de cet Etat : mais ces hommes-là ne sont connus fors que de Dieu & de quelques gens de bien. Or, SIRE, si en votre Cour étoit logé un zele d'amendement & desir de salut, on chercheroit les cavernes & retraites dedans lesquelles ils se retirent, & se jetteroit-on à leurs piés, les priant qu'ils vinssent adoucir cette vie sauvage & barbare en laquelle on dégénere ; & qu'au lieu de guerre civile, de pauvreté, de misérable servitude, & maux infinis, ils nous apportassent une paix sainte, avec une abondance de tous biens. Mais la providence aveuglée de votre Cour, n'est qu'à chercher nouveaux moïens de recouvrer argent. Elle dresse là tous ses vœux, comme à un Ange tutelaire ; elle fait tout son firmament en or & en argent, dont on ne voit auprès d'icelle que d'aciés d'Italie & Inventeurs de nouveaux Impôts. Elle se trompe grandement. Ce n'est le sceptre d'or massif, comme disoit un ancien Sage, c'est-à-dire, ce ne sont les grands trésors qui font prospérer les Princes, mais l'obéissante amitié de leurs Sujets, laquelle provient du bon ordre de la justice, & du bon choix des personnes capables, pour administrer tous Etats.

Prenez garde à une autre chose, SIRE, laquelle vous touche de bien près. Le plus grand fléau de ce Roïaume, après l'Héréfie, a été l'Etranger Italien. Il a butiné, & butine cruellement, toute la France ; vous le favorisez par trop ; il se rit de notre ruine & s'en aggrandit ; il vous a jà fait dépiter une partie de votre Peuple, & fera révolter le reste, si vous ne le chassez bientôt. Il sera chassé par fureur & sédition populaire, avec grandissime danger de tous ceux qui le favorisent. La voix du Peuple crie par-tout contre lui, tellement qu'il est impossible de le plus supporter, & longue patience méprisée, est cause de rigueur sans pitié. Chacun croit que cet Etranger jette la pomme de discorde entre les François, que c'est le Démon qui perpétue la division & la guerre, & qui empêche le repos.

Voilà SIRE, les principaux points que la foi que j'ai à Dieu & à vous, m'oblige de vous remontrer, par lesquels je ne prétends avoir compris un entier rétablissement des choses défordonnées, mais seulement les premiers progrès tendans au rétablissement ; lesquels il vous faut nécessairement faire à ces présens Etats, sans plus retarder, autrement il n'y a moïen d'échapper la ruine certaine. Or, ne faut-il interpréter à une impoffilité, faute de bonne volonté & courage. Si vous avez l'ame renforcée d'une puiffante raifon, remplie d'un vrai efprit zelé & embrafé de l'amour de Dieu, vous rétablirez toutes chofes. Plufieurs autres particularités de grands points & moïens appartenans au falut commun & profpérité de votre Etat, je defirerois vous avoir remontrés ; mais les fufdits deux gros abus corrigés, entraînent par concomitance la correction des chofes plus importantes, dont vous étant une fois adjoint à Dieu, aïant bons Juges & bons Prélats, ne craignez chofe du monde, & toujours en tous vos deffeins, faites ce qui eft en l'honneur de Dieu, & Dieu fera ce qui eft du vôtre.

REMONTRANCE.

Au Roi Henri IIIe du nom, Roi de France & de Pologne ; & aux Etats généraux de France, à Blois ;

Faite par le Sieur de Sindré, l'un des Députés de la Nobleffe de Bourbonnois.

OBEISSANCE DU PRINCE.

RE'TABLISSEMENT DU MAGISTRAT.

AU ROI, ET A MESSIEURS DES TROIS ETATS.

SIRE, il n'y a celui de nous qui ne reconnoiffe au doigt & à l'œil les afflictions de la France, par guerres plus que civiles & inteftines, fans allégement & repos certain ; ce que les Grecs & Romains ont plus faintement obfervé par ieurs guerres civiles, impofant enfin filence à leurs maffacres & profcriptions ; que fi nous voulons être jugés de nos maux, comme il y a apparence, nous trouverons nos propres mains baignées au fang de nos plus proches, avoir été les feuls outils d'ambition, fédition, & fauffe Religion ; que fi nous tournons vifage à nos Rois devanciers, impuberes, nous trouverons nos Etats licenciés à tout mal, fans fidélité & piété. Les monftres horribles de féditions changent tout ordre & police aux Républiques, fans connoiffance de bienfait, & fi dirai le malheur de ces guerres avoir été l'ingratitude des Grands, projettées contre leur Prince, à toute infidélité, attendant le gage de leurs défaftres. Les Hiftoires font remplies qu'en tous Turbateurs de repos public , on n'y peut attendre que mort précipitée , ou mutation d'Empire. J'ai mis en jeu, SIRE , ce Difcours , parceque ce malheureux Age nous a produit , & produit femblables ftratagêmes , fans vous en faire plus ample mention. Qui eft celui de nous , Meffieurs des Etats , fut-il Scythe ou Barbare , qui voulût s'endormir de fes moïens , pour être à l'aide & au fecours de notre Roi , qui voulût prendre les armes contre le Corps dudit Etat ? Qui croira nos Rois , appellés Très-Chrétiens , iffus de la famille des Valois , même notre Roi aujourd'hui regnant , avoir fléchi le genouil devant Baal , ou bien voués à d'autre Religion que la leur ? Confefferons-nous être licite de prendre les armes contre fes Rois, pour quelque caufe jufte & légitime que ce foit ? 1. *Rois* , 10. Le Seigneur Dieu nous a donné des Rois par fa divine préfcience , pour le foulagement & falut des Républiques , par la voix & requête de fon Peuple Ifraélitique , demandant un Roi , & contre fa volonté toutefois , pour les effets périlleux qui en pouvoient furgir. Saül , David & Salomon , ont été oints & facrés Rois par puiffance divine , à tous autres pour commander. Cette puiffance Roïale , SIRE , a été fi étroitement gardée fur fon Peuple , encore captif , *Baruc* , 2. qu'il a donné l'autorité Roïale à Nabuchodonofor , Empereur Affyrien , Salmanafar , Idolâtres & Gentils fes Ennemis , Dieu a commandé , par Baruc le Prophéte , à fon Peuple , élu captif , de courber le dos , fléchir le genouil , avec têtes découvertes , à Nabuchodonofor ; à cette fin , dit-il , que foïez affis fur la terre que j'ai donnée à vos Peres ; que fi vous ne rendez le devoir au Roi de Babylone , je mettrai en cendre vos Villes de Juda & Jerufalem , en vous levant toutes joies & allegreffes. *Jer.* 29. Je te donnerai (dit Dieu) par la bouche de Jéremie (parlant à fon Peuple) le Roi de Babylone, Nabuchodonofor, pour te commander au lieu d'Achab & Sedechias , ni moins prendre les armes pour la tyrannie ; car il eft certain que Samuel propofant tous les effets de la tyrannie au Peuple élu ; le droit du Roi , Meffieurs , dit-il , qui vous commandera , fera qu'il vous levera vos enfans , les fera de fes Gardes , les rendra Laboureurs de fes vignes , & rendra vos filles en fa puiffance , ufurpant vos terres & vignes , impofant des décimes fur vos terres , mettra à fon ufage vos Valets & Chambrieres , & quand vous voudrez lever , vous ne pourrez. L'état des Rois , SIRE , eft facré , leur puiffance liée avec celle de Dieu ; ceux qui portent les armes contre lui , portent les armes contre

Dieu,

Dieu, & ne prennent la voie de falut, mais de damnation.
Penfez-y, Meffieurs les Hérétiques, qui voulez faire la loi à
vos Rois, par main armée. Prenez avis, vous Potentas Etrangers, que telles tempêtes ne vous attendent, & ne fe peut
nommer un feul Séditieux, que le feul jugement de Dieu ne
lui foit proche. Les Princes & Rois ne font point pour impofer crainte aux Bons, mais aux Méchans. Pour réfolution &
voix plus certaines, Meffieurs des Etats, rendez-vous fous le
joug des Princes & Seigneurs, non-feulement pour la colere
qui pourroit dominer, mais pour le devoir de confcience : s'ils
vous impofent des tailles, s'ils vous chargent de fubventions &
tributs, penfez qu'ils font Miniftres feulement pour faire exercer juftice ; & pour le faire, rendez à un chacun le tribut ; à
qui le tribut, le tribut ; à qui le devoir, le devoir ; & ne penfons être égaux à eux. Pour le chef du Magiftrat, je vous
prie, Meffieurs, de bien exactement contempler la note de la
défobéiffance de notre premier Pere Adam, par laquelle non-
feulement la porte a été ouverte à la mort, contre l'humanité,
mais auffi tout ordre de nature mis au bas & fubverti : car,
tout ainfi qu'il n'a voulu obéir au précepte feul, auffi fut-il condamné par la divine Juftice. Le Philofophe Démocrire, difpu-
tant contre les Socratiftes, difoit (à ce que récite Laertius)
que, pour bien régir les Peuples, eût été bon & néceffaire de
n'avoir introduit ni mis en avant ces mots de Seigneuries &
Sujets, attendu que le vouloir des uns eft de commander avec
toute tyrannie, & les autres ne veulent obéir : ce qui totalement répugne à tout ordre de nature, fi Seigneurie n'étoit
au monde : ce que, premiérement par preuve des Elémens,
fe peut juger, lefquels fe voyant participer enfemble pour compofer & faire être un corps myftique, il eft néceffaire qu'un
Elément commande plus que l'autre, comme l'Elément de la
terre, auquel l'eau, l'air & le feu commandent, prefque les
attirant tous à lui. Je vous mettrai auffi l'exemple du corps &
de l'ame, par laquelle le corps obéit comme Sujet, & l'ame
comme Maîtreffe, vû que le corps ne voit, ni ne connoît,
mais l'ame dans le corps eft immortelle, invifible, hors de la
connoiffance de toutes Créatures. Par ces juftes remontrances,
puifque les commandemens nous font ouverts fur nous par nos
Princes & Rois, prenons-les, acceptons-les avec toute piété,
par douceur, & croïons que les Rois nous font donnés pour
fupporter & être aides benins, vertueux & traitables, au con-

1588.

REMONTR.
AU ROI HENRI
III.

traire châtier les Malins & Méchans ; & souvent arrive que les
Peuples qui ne veulent souffrir le joug gracieux de leurs Princes
benins, ont porté les faix des Tyrans avec cruautés & massacres ;
& certainement je trouve, par les Loix divines & humaines,
être juste que ceux qui mettent à mépris les Sceptres pitoïables,
expérimentent les verges & fléaux des Tyrans cruels & inhumains. S'élevent les Séditieux & Rebelles tant qu'ils voudront,
que le fer lime le fer, que le Sujet n'accepte la servitude due,
néanmoins les Rois qui acquierent justement les Roïaumes,
viennent à la Roïauté avec toute sûreté : que si les peines,
travaux & fatigues des Rois étoient pésés aux cerveaux des Sujets, ils trouveroient, par fin de compte leurs actions, & si
dirai, passions excéder leurs soulas & plaisirs, & qu'ils soient
grands & puissans, aussi plus intolérables, sans comparaison
d'esprit du Prince chargé d'affaires, que le corps ni les pieds
chargés de pesens fardeaux de fer ; & faut croire que ceux qui
ont charge de République, ne peuvent recevoir une heure de
bon temps, parcequ'à un Prisonnier esclave on lui met les fers
aux pieds, avec compas & mesure ; mais le faix & fardeau d'un
Prince est sans repos : un Esclave n'a qu'à un seul à répondre,
mais le Roi à tous : les félicités d'un Prince ne sont bastantes
pour éteindre la moindre affliction de son esprit. Le sage Solon,
Prince Grec (1), souloit dire que si les hommes pouvoient
porter toutes leurs miseres, comme corps charnels, pour en
faire échange avec les félicités futures, ce seroit le fardeau si
grand, que chacun éliroit plutôt s'en retourner en arriere avec
son fardeau, que de se remettre à telle foule, pour retourner
en sa premiere félicité : ce qui n'est en la puissance des Princes de s'en ôter, ayant pris toute la charge & faix de Républiques. Qui a suscité plusieurs Séditieux Hérétiques, sinon l'i-
gnorance du grand faix des affaires des Princes, qui tombent sur
leurs têtes, ne se remettant devant les yeux la peine que les
Princes ont à se gouverner prudemment, & faire digne récompense aux Justes de leur valeur & bienfait, aux Méchans clorre
le chemin de leurs vices ; & de combien est peine d'exercer
bonne justice & agréable à un chacun, maintenir ses Domestiques, & satisfaire à tous avec contentement ? Lesquels travaux & fatigues mis en jeu, font être le Prince sans repos &
séjour ; car, si le Sujet balançoit à son esprit l'être & office

____

(1) Solon étoit un des sept Sages de la Grece ; il fut appellé au Gouvernement de sa
Patrie, qui étoit Athènes.

du Magiſtrat, il trouveroit, tout compte fait, mieux lui valoir le repos en particulier, que privé en public. Appellera-t-on félicité, un Prince qui eſt en perpétuelle guerre en ſon eſprit ? Appellera-t-on ſûreté, un Prince qui ne peut ſeul faire un pas ſans être gardé ? Voilà donc, Meſſieurs, les Princes non-ſeulement ſe tirant à eux le joug de leurs Sujets, mais ouvrant la porte à toutes ſortes de paſſions. Sur ces conditions miſérables des Princes, ſouloit dire Ariſtote, que les plaiſirs des Princes doivent être pris, non comme s'ils venoient, mais comme s'ils s'en alloient : d'eux la raiſon eſt, qu'en s'en allant il leur donne plaiſir, avec une excellence & beauté artificielle ; mais au départir ne laiſſent que triſteſſes entremêlées d'un long repentir. Ne refuſons donc aide & ſecours à notre Roi, las & affoibli de guerres civiles ; c'eſt lui qui a triomphé des Rebelles, qui a expoſé ſa propre vie & moïens pour le repos & ſalut de ſon Etat, qui a ſupporté les colomnes de ſa Couronne agitée d'orages & tempêtes, qui s'eſt rendu toujours protecteur de l'Etat Eccléſiaſtique, impoſant ſilence, & croyons que c'eſt celui qui a impoſé ſilence aux cruautés & maſſacres. Reprens cœur, ô Nobleſſe Gauloiſe, à cette grande victoire d'Auneau, modernement exécutée par la dextre invincible de ce bon Dieu ; que cet Ezechias, notre bon Roi, a rompu & briſé l'Armée de Sennacherib, Roi des Aſſyriens, par le glaive de l'Ange & puiſſance divine ; ne prête l'oreille à l'impudence des Séditieux, reprens cœur contre la calomnie des Méchans, qui ſe veulent mettre aux champs, pour te dépoſſéder de ce que tu as toujours eu de plus cher, qui eſt ta liberté, & penſe qu'en toute mutation d'Empire, l'eſprit des hommes va au change avec le mécontentement des bienmeurans, & reconnoîs que toi, qui eſt le fort & rocher des Sceptres des Rois, ne lâche priſe à ton devoir. Les illuſtres Hommes, ès anciens ſiécles, ſe ſont expoſés à toutes voix, pour la défenſe de leurs Rois & Empires, ont acquis un nom de Vertueux, par leurs actions invincibles & immortelles, & la protection de leurs Patries ; ſe ſont donnés la mort, ont triomphé de la vertu & magnanimité ; & faut de néceſſité conclurre, que qui porte les armes contre l'Etat d'un Prince, ſe rend égal à lui : choſe qui répugne toutes les Polices divines & humaines. Les Rois nous ſont donnés pour commander, & nous pour obéir, attendu que le continuel travail de l'eſprit d'un Prince, c'eſt le repos des Sujets ; & faut croire, quoi qu'il tarde, que les Sceptres des Rois, c'eſt

P ij

1588.

REMONTR.
AU ROI HENRI
III.

la contre-vengeance des Séditieux & Méchans, & le soulas des
Bons ; l'excellence d'un Prince s'accroît & augmente pour commander, la sapience des bons & benins Sujets se manifeste
pour obéir. Que pour couper la gorge à toutes séditions, SIRE,
vous supplie de mettre devant les yeux la remontrance de ce
grand Capitaine Camille, Romain, qu'il prononça au Sénat
Romain, venant de la guerre contre les Volsques, à ce que
récite Sabelique (1) de la fondation de Rome, que le vrai
moïen d'un Prince pour se faire être & sa Monarchie avec
sa Postérité, c'est quand il garde la justice à tous, qu'il conservera les Princes oppressés, châtiera les Méchans, suivant le
conseil des Sages, ne prêtera l'oreille aux Vieillards avaricieux,
fera donner l'instruction aux Jeunes ; qui est la même réponse
du Philosophe Thebain, aux Philosophes Athéniens, que le vrai
& commun bien des Princes aux loïaux Sujets, ou bien le
corps mystic qui doit être mutuel & conforme, c'est que le
Prince se réjouisse d'avoir de bons Sujets, les Sujets, d'avoir
un bon & sage Prince, attendu que le joug du Magistrat est
doux & gracieux aux bons & fideles Sujets, supportant la police & ordre commandés par les Princes, avec toute sainte fidélité, qui est le propre office d'un Sujet avec le Roi gracieux &
humain. J'observe & garde, dit l'Ecclésiaste, la bouche d'un Roi
sage, & gracieux,& prudent, observant les saintes institutions de
ce bon Dieu, en te donnant bien garde, ô Sujet, de te détourner
de son obéissance, en prenant assurance de tout ce qu'il fait avec
bonne & heureuse fin, attendu que son parler est un commandement, nul ne lui osant contredire. Voilà donc, Messieurs des
Etats, le chemin tout tracé aux Princes, pour fermer la porte
à toutes tyrannies ; voilà les armes levées à toutes séditions &
rebellions. Si les Sujets Hérétiques de la France ne sont saouls
du sang de leurs Compatriotes, à tout le moins qu'ils lâchent
la main sur l'Oint de Dieu ; qu'ils tournent leurs yeux pitoïables à la piété & douceur de nos prédécesseurs Rois ; qu'ils reconnoissent leur Roi regnant, Henri III, agité & affligé de
toutes furieuses tempêtes & orages, que la plus grande contagion se peut surgir à un Roïaume, que le Sujet contre le
Sujet, d'une contraire Religion, par laquelle toute ambition
est entrée dans les Sceptres des Rois. Je déplore notre lamentable condition, SIRE, en cette France, & qu'il faille que
soïons reconnus des Etrangers, divisés & séparés d'une con-

(1) Sabellicus.

fédération & fidélité ancienne : voilà l'état de la France, remarqué de douze cens ans, en proie, rompue & cantonnée :
voilà les victoires triomphantes des Gaulois, mortes & éteintes,
si de vos bons avis & des Etats, ne venez au-devant de la furieuse tempête, par sainte conférence, si on ne rompt le coup
à toute ambition & calomnie, qui est le nourrisson de la mutation des Roïaumes & Empires, avec la tyrannie, bête horrible contre les Sujets ; car le vrai exercice des Princes de ce
temps, est d'être loués avec menterie, plutôt que d'être loués
avec vérité. Les sages Grecs, SIRE, ont cru le rétablissement
des Monarchies, Empires & Roïaumes, & de toutes Républiques, être la seule réunion des Etats, qu'avec leur Prince, par un
commun lien de sainte obéissance, que cet Etat vous apporte.
SIRE, nous n'avons jamais remis en doute l'ouverture de ces
Etats, avec l'Edit de réunion, être la loi fondamentale de votre
Etat, & qu'une seule Religion en votre Roïaume, Catholique,
Apostolique & Romaine, que vos pauvres Sujets languissans,
depuis vingt-cinq ans, par guerres civiles, à une paix heureuse
& assurée ; les bons Rois Judaïques & Israélitiques nous ont
laissé un chemin tracé, chassant toute espece d'idolâtrie de
leurs Roïaumes ; car, depuis que les Israélitiques ont embrassé
la Religion des Gentils, que le saint Sanctuaire de Dieu a été
pollu par le feu étranger, que les Philistins, Gébuséans, Am-
monites, & autres Peuples circonvoisins, ont donné les Loix
au Peuple Judaïque, ce bon Dieu leur a envoyé ses verges par
ses Ennemis mêmes, Salmanazar, Nabuchodonosor, & autres
Rois Gentils, par quatre cens trente ans ; & ce que j'ai reconnu de plus admirable en ce grand Empire Romain, ç'a été
qu'ils ne se font voués à d'autre Religion qu'à la leur, pour détourner toute sédition, nourrice de tous maux. Lycurgus, Solon,
& autres Législateurs des Grecs, n'ont jamais publié qu'une Religion en leur Temple, pour toujours s'assurer d'un repos public en leurs négociations. Ces justes Remontrances, SIRE,
vous doivent servir de triomphe en votre Couronne, qui rappellez tous fideles Sujets non à la fausse Religion des Gentils,
mais à cette divine & immortelle Religion de ce bon Dieu,
qui sera celle qui chassera les ténebres de votre Etat, de si
long-temps ébloui, qui donnera clarté à vos Etats contre
les Hérétiques, par leurs divisions de Religion. On n'a jamais
assuré un Etat, SIRE, que par bonnes Loix ; on n'a jamais
donné crainte à la rebellion, que par Police divine & humaine ;

1588.

REMONTR.
AU ROI HENRI
III.

& faut croire que les Religions n'ont jamais infecté les Empires & Roïaumes, que sous pernicieux sujets, même d'ambition, qui est la fortune de ce temps, vraie sappe de toute mutation d'Empire. Nous eussions été à la veille, SIRE, sans que, par votre divine prévoïance, êtes venu au-devant, par une réformation préparée par vos Etats : au reste, nous recevons un grand soulagement, que, par votre Harangue, nous avez embrassés comme un bon Pere, nous faisant la découverte de toutes vos afflictions & pertes, nous présentant toutes vos bonnes volontés & affections, par une certaine harmonie qui doit être entre un bon Roi & ses Sujets ; vos protestations, vos adjurations solemnelles nous rendent assurés d'un âge doré, d'un Roi même florissant en toutes bonnes disciplines ; & pour faire tête aux incursions des Hérétiques, tous vos Sujets s'assurent d'un perpétuel repos par vos Edits sacrés : ne renvoïez, SIRE, vos Etats & un si saint œuvre, sans quelque bon fruit ; vos pauvres Sujets de vos Provinces attendent la manne du Ciel que leur ferez pleuvoir, par le soulagement des tailles & subventions que vous donnerez : vos Rois devanciers n'ont jamais lâché prise à la mémoire de leurs pauvres Sujets ; ils ont combattu pour la Foi, jusques en ce temps ; vous avez prêté la main à vos Etats, en temps d'heureuse victoire contre les Hérétiques. Les sages Jurisconsultes qui vous assistent, SIRE, vous assurent d'une clarté dans l'esprit de vos pauvres Sujets, de si long-temps divisés, & que, par votre saint Edit d'union, Messieurs des Etats ont jugé être l'entier rétablissement de cet Etat. Votre confession générale, SIRE, en cette Assemblée universelle de toute la France, vous rendra certain de la bonne volonté de vos Sujets, comme Pere & Parent de la Patrie : nos Rois, depuis douze cens ans, ont pris cette assurance de contenir leurs Sujets en leur obéissance, par Loix de Roïaume, comme un lien indissoluble ; que pourra - t - on espérer de vous, qui nous rendez certains de vos intentions par bonnes volontés ? Si Brutus, premier Consul Romain, n'a épargné ses propres mains contre ses Enfans, ç'a été pour la défense de sa Patrie seulement : si les Decies, Peres & Fils, se sont voués à la mort, ç'a été pour le salut de la République. Thémistocles, & autres grands Capitaines Grecs, se sont offerts à la mort, pour leurs Compatriotes ; mais la dextre invincible de notre Roi, non-seulement a combattu pour la défense de son Sceptre & Patrie, mais pour la Religion de son Dieu. Les Sceptres des Rois François se sont toujours conservés par la piété & religion des Sujets, se sont établis par Police divine & humaine, avec leurs Rois. Ce sera donc vous, SIRE, puisque vous nous adjurez de nous assembler, à mettre fin à une si bonne œuvre, qui recevrez le premier le rétablissement de votre Etat, qui donnerez l'ordre à toute sainte réformation, puisque de long temps vous étiez desireux de votre ame, d'être entiérement éclairci des afflictions & pertes de votre Roïaume, du mauvais ménage de vos Finances, de la réformation de l'ordre de l'Eglise, de votre Noblesse & tiers-Etat : voici le temps acceptable à tous vos Sujets, voici le salut de la France, voici la conservation des Edits & Ordonnances des Rois. Puisque, de vos bons avis & de vos Etats, voulez, de votre autorité Roïale, toutes choses être remises en mieux, comme on espere, vous embrasserez, s'il vous plaît, tout le repos & soulas de vos pauvres Sujets, sanctifierez par vos œuvres & faits tout votre Etat d'immortalité, vous rendant redoutable à vos Ennemis circonvoisins; triompherez de vos Sujets rebelles, leverez tout soupçon & doute à vos Princes du Sang : rien ne se commettra de sinistre par votre Noblesse. Bref, ô heureux, je dis trois fois heureux, ceux qui vivent sous votre Regne & Empire. Confessons donc, Messieurs des Etats, d'avoir un Roi qui nous tient la main pour nous relever de toutes afflictions & pertes; confessons être celui qui, par ses derniers ans, a reconnu en son ame la désolation, foule & ruine de son pauvre Peuple, qui a supporté les ravages & cruautés de ses Rebelles en son esprit, qui a pillé & ravagé par ses Domestiques, a tourné visage à la fortune, invoquant ce bon Dieu de lui assister; qui, pour éteindre une si violente habitude contre son malheur, résistant aux maux qu'il n'avoit faits, s'est exposé à toute voie & passion. Nos Rois, depuis Clotaire Ier du Nom, se sont armés Freres contre Freres, Peres contre Enfans, & de cruelles batailles, que par le seul remede des Etats, se sont pacifiés & réunis. Puisque votre principal soin & plaisir est de restaurer cette belle Monarchie, faut que ce soit l'épée de Gédéon, & jugerez les remedes particuliers être convenables en ce temps. Les Armées des Philistins ne sont encore si proches, qu'il faille rendre les choses déplorées & désespérées : ce Prophéte Hélisée vous rendra vos Ennemis aveuglés en cette Ville de Samarie. Nous confesserons, Messieurs des Etats, c'est que l'affection de notre Roi n'a pu entrer par résolution, pour la conservation de ses Sujets, qu'en

1588.

RÉMONTR.
AU RoiHenri
III.

ce temps ci, par laquelle il se peut voir l'entier rétabliſſement de ſon Etat : ce ſeront donc les bonnes Loix de ce Roïaume, qui ſe réſoudront en la tenue de ſes Etats, que notre Roi tiendra en ſa main la bonne affection de ſes Sujets ; que les Princes embraſſeront l'entiere conſervation de l'Etat, par une ſeule réformation, qui eſt celle qui a toujours levé la liberté avec ambition de la Cour des Princes, qui a remis les Rois en beau chemin, qui a rompu le coup à toutes ſuperfluités & dons immenſes des Rois : les libéralités & trop grandes largeſſes des Rois les ramenent à une totale ruine de leur deſſein, attendu que la trop grande libéralité les fait entrer à la tyrannie, par indignes effets qui tombent ſur la tête de leurs miſérables Sujets : ce qui, par infinis exemples du paſſé, ſe peut montrer. Par les ſaintes réſolutions de notre bon Roi, nous reconnoîtrons les bons offices de la Reine Mere, très illuſtre Princeſſe, tant en ſon particulier, que de nous tous, comme Mere & naturelle de ſon Roi, & de nous comme adoptifs, n'a épargné ſes diligences & moïens, pour ſoutenir le grand faix des affaires de cet Etat ; ç'a été celle, laquelle, comme Debora, a reſtitué l'Iſrael de la main de Jabin, Roi des Chananéens, auſſi à celle-ci conſervé ce qui étoit épars, par la main des Hérétiques, ce qui a été mort par les maſſacres & proſcriptions, laquelle, comme prudente, a donné repos aux maux de la France, avec ſuſpenſion d'armes, attendant la majorité des Rois, Meſſieurs ſes Enfans, qui a porté avec eux les afflictions du Peuple. Le Roi, Meſſieurs des Etats, vous conjure à la reſtauration de ſon Sceptre, à la réformation, vous ouvrant les bras à toute piété & douceur, veut prendre vos ſaints avis de ce que croirez être pour le ſalut de cette Monarchie. Puiſque, par vos ſaintes Remontrances, SIRE, vous nous faites l'office d'un bon Roi envers ſes Sujets, être votre deſſein de reſtaurer cette Monarchie, par bonnes Loix & Ordonnances, par l'Aſſemblée de vos Etats ; nous ne pouvons eſpérer qu'un perpétuel rétabliſſement à cet Etat. Louons Dieu, Meſſieurs des Etats, d'avoir un Roi défenſeur contre l'Héréſie, qui reconnoîtra de combien il peſe en ſon ame la perte & l'affliction de ſes Princes, ſes patrimoines volés, la liberté de conſcience courant les champs par vingt-ſix ans en la France, qui a donné la mort à cent mille Ames ; bref, qui a rompu ce qui étoit conſervé par l'Etat & Ordre, par l'eſpace de douze cens ans, en cette Monarchie, qui a été compoſée par ces trois Ages de Rois religieux, valeureux, magnanimes,

gnanimes, doux & pitoïables, qui font les fermes Colomnes
de l'Etat; & ce qui a plus interrompu les bons deſſeins de notre
bon Roi, ç'a été la diviſion des Catholiques, dedans laquelle
on ne peut rien juger que tout finiſtre, & ne s'y pourra rien
eſpérer de bon, ſi les remedes des Etats n'y viennent au-devant
par un Edit d'Union, Loi fondamentale de ce Roïaume, & la
Religion Catholique, Apoſtolique & Romaine, la mutation des
Empires & Roïaumes, qui s'eſt formée par la diviſion des Princes & Sujets, la diviſion aux Républiques, ne ramenent autre
fruit entre les Concitoïens, que toutes croix & paſſions. Prenez
allégreſſe, Meſſieurs des Etats, à la réformation de cette Couronne, laquelle veut qu'en vos Cahiers dreſſiez articles contre
les Blaſphémateurs du nom de Dieu, qui damnent la vénalité
d'Offices de Judicature, Proviſions de Bénéfices à gens incapables; par-là on reconnoîtra l'office de notre bon Roi, avec la
bénévolence de ſes Sujets, & le ſoulas des Bons, qui prendront
aſſurance des bonnes & ſaintes actions de notre Roi, même ſe
réformant le premier, caſſant toutes réſerves d'Offices & Bénéfices, Survivances; donnant réglement aux évocations, enteri-
nement des graces, & entiérement garder l'obſeivation des
Ordonnances anciennes; auſſi pour conformer l'Edit d'Union,
nous commande de lui ouvrir moïens pour la ſolde de ſes Armées, dreſſées contre les Hérétiques, par laquelle il chaſſe toutes
ligues, aſſociations, pratiques, menées, intelligences, levées
d'hommes & d'argent, de recettes, tant dedans que dehors le
Roïaume, à peine de crime de lèze-Majeſté : cette police bien
adminiſtrée, donne commencement à Meſſieurs des Etats de
prendre garde à leurs Charges, bien peſer les articles de leurs
Cahiers, pour ne rendre inutile une bonne & ſainte réformation. Sur ces ſaintes conſidérations, Meſſieurs des Etats, il
faut mettre la main à l'œuvre, en toute ſainte conſcience, reprendre cœur ſur les occurrences de la France, ne ſe laiſſer
aller à toutes affections, ne s'ébranler à toutes actions qui pourroient ſe préſenter. Nous avons un Roi doux, ſage & très prudent, qui nous embraſſe, qui nous careſſe de toutes ſes volontés, qui ne recherche que de donner ſanté & guériſon aux
Membres de la France, endollus par vos bons avis, qui, pour
extirper toute Héréſie, a confirmé par ſerment ſolemnel l'Edit
d'Union, qui ſe pourra proclamer la foudre & flambeau contre l'Hérétique; aſſurez-le, fortifiez-le de vos moïens & diligences, faites revivre ces ſiécles dorés, rendant l'obéiſſance dûe;

faites que vos Edits & Ordonnances autorifés du Roi, demeurent facrés, inviolables & immortels ; que ce pauvre Peuple accablé & languiffant, amaffe les fruits de vos labeurs ; que l'ignorance, nourrice des rebellions, n'entre dedans vos Palais & Conclaves, & croïez que cette Affemblée eft convoquée divinement, que ce bon Dieu ramaffera vos faintes réfolutions, & fi vous tous, par une réunion & cahier général, mettiez fin aux maux de la France ; honorez votre Roi, rempliffez par vos faints Ordres l'entier rétabliffement de l'Etat, rappellez les dévoïés. Dieu ne veut la mort du Pécheur, mais qu'il fe convertiffe & vive ; nous fommes Pécheurs à toutes heures & minutes ; mais, comme Pénitens, nous convertiffant, fommes relevés. Les Hiftoires divines & humaines font remplies de la converfion des Gentils & Hérétiques. Si l'on nous dit qu'ils font allés fouvent au change à notre Religion, je répondrai, que Dieu a pardonné dix fois fept fois, & plus ; & fi toutefois qui fe remettra au fein de l'Eglife, il n'en aura fouvenance, & n'entend parler de ceux qui perfiftent en leur erreur, étant appellés ; car il faut fe convertir & ne pécher plus. Ne laiffez donc échapper une fi belle occafion, qui eft de tendre au falut de vos Compatriotes, qui s'attendent que vous apporterez le foulagement de leurs malheurs. C'eft à vous, Sire, que je tourne vifage avec toute humilité, & fupplie très humblement Votre Majefté de fuivre vos faints avis, qui eft de reconnoître vos pauvres Sujets, très obéiffans, las & affoiblis par guerres civiles, vivans de votre efpérance & de vos Etats : fuppliant ce bon Dieu que puiffiez vivre les ans Neftoriens, qu'ils foient en vous, & vous en lui, par un entier rétabliffement de votre Etat, & foulagement de vos pauvres Sujets.

Ainfi foit-il.

HARANGUE
DU PREVOST DES. MARCHANDS *

SIRE, aïant plu à Votre Majefté ouvrir fon cœur , & fes faintes intentions à fon Peuple, & l'affûrer de fa charité, vraiement
paternelle, vos très humbles , très obéiffans & très fideles Sujets du tiers-Etat, louent premiérement Dieu, qui a jetté fes
yeux de miféricorde fur nous , en l'extrémité de nos afflictions,
& après rendent infinies graces à Votre Majefté, laquelle, reconn-
noiffant fa puiffance ornée d'en-haut, pour régir cette très chrétienne Monarchie, par toute douceur, a daigné s'encliner à nos
très humbles Requêtes, ouir nos griefs & doléances, & montrer
un fingulier defir de remettre fon Peuple en vigueur; auquel, certes, il ne refte que la parole, encore bien foible & bien débile.
SIRE, la bonté & clémence qui eft née avec cette majefté, que
Dieu fait reluire en votre face, nous promet ce que nous avons
requis, & fouhaité avec tant de larmes & de continuelles prieres,
que Votre Majefté, fuivant les vœux qu'il lui a plu d'en faire, &
l'exemple de fes Ancêtres , lefquels elle égale, voire furpaffe en
toute piété, rétablira notre fainte Religion en fon entier , par
l'extirpation de toutes erreurs & héréfies ; réglera & remettra
tous les Ordres altérés, par l'injure du temps , en leur premiere
forme , & donnera foulagement à fon pauvre Peuple , fans lequel nous pouvons dire avec vérité , que nous fommes menacés
d'une entiere défolation, & ruine de tout l'Etat. En quoi, SIRE,
nous proteftons de ne manquer nullement de notre très humble,
très fidele & très dévotieux fervice, & de n'y épargner nos
propres vies, jufques au dernier foupir; ne les pouvant mieux
emploïer que pour l'honneur de celui , lequel a répandu fon
fang pour nous , & duquel nous n'attendons moins , qu'ou
la damnation éternelle (fi nous connivons en l'avancement de
fa gloire, par les confidérations de quelque prudence humaine),
ou l'immortelle béatitude , fi conftamment nous perféverons à
embraffer fa caufe en la foi & créance qu'il nous a laiffées; fur
laquelle, SIRE, eft fondée la perdurable fermeté de votre
très chrétienne Couronne , & fans laquelle elle ne peut , en
façon quelconque, fubfifter.

* Charles de la Chapelle-Marteau, Maître des Comptes ; il venoit d'être fait Prevôt
des Marchands par les Parifiens,

Q ij

REMONTRANCES TRÈS HUMBLES

DE MESSIRE RENE',

*Comte de Sanſay , Vicomte Héréditaire & Parageur * de Poitou , &c. , étant député de la Nobleſſe dudit Païs aux Etats Géné- raux de la Monarchie Françoiſe. 1588.*

AU ROI.

SIRE, le ſaint & très auguſte lieu que Votre Majeſté tient légitimement en ce monde , votre piété & bonté excédente tous les Princes de ce temps , & vos héroïques & très chrétiennes entrepriſes au rétabliſſement de l'Etat très Chrétien François , avec le devoir de très humble Vaſſal & Serviteur , qui eſt en moi appellé en la convocation générale de la Nobleſſe Fran- çoiſe , me donnent aſſurance d'être oui & entendu au fait qui ſe préſente , où il eſt queſtion de l'honnéur de Dieu , union de ſon Egliſe , ſervice de Votre Majeſté , ſalut , hon- neur , bien , repos , & réputation de la Monarchie Françoiſe; à quoi chacun doit apporter ce qu'il connoît en ſa loïauté & conſcience , pouvoir avancer vos ſaintes intentions. C'eſt pour- quoi , à mon avis , Votre Majeſté (d'ailleurs bien conſeillée) a voulu , à l'exemple des victorieux Rois , vos Prédéceſſeurs , prendre l'avis des trois Etats & Ordres de ce Roïaume , à ce que , par le conſeil des Gens Chrétiens , François , & de lon- gue & générale expérience , intéreſſés & affectionnés en la mê- me cauſe , les ſaintes intentions de Votre Majeſté ſoient con- duites à leur fin. A quoi voulant de ma part très humblement & fidélement ſatisfaire en la décharge de ma conſcience , & pour continuation dès mon enfance , & témoignage de mon ſervice , je remontrerai très humblement à Votre Majeſté très Chré- tienne & invincible , que nous avons deux Partis à nous con- traires , l'Héréſie , & l'Hérétique rebelle.

SIRE , quant à l'Héréſie , c'eſt à Meſſieurs nos Prélats & Eccléſiaſtiques à conſidérer que cette bête monſtrueuſe d'Héréſie a toujours par ci-devant fourni tant d'Hérétiques rebelles , que

* Parageur , eſt celui qui tient Fief en parage avec un autre.

depuis ving-fept ans, plus de morts & de vaincus par nos
Guerres inteftines, moins de jouiffance des victoires, & toujours pertes des grands Capitaines & fideles Chrétiens François,
fans avancement de la piété Chrétienne. Pour ce, à mon avis,
que la fource de l'Héréfie n'étoit tarie & purifiée, qui toujours
produit Hérétiques; de forte, qu'à nos dépens (comme François naturels, qui par les exemples & expériences fe font trop
tard plus fages) avons connu, que pour remédier à ce grand
& pefant trouble, il falloit que, par une fainte & févère réformation nos Prélats fiffent leur paix avec Dieu, pour eux conf-
titués par Jefus-Chrift entre Dieu & nous, moïenner le bien
du Peuple; & par la fainteté de leurs vies, continences, abfti-
nences, charités, doctrines, & faintes converfations, ferment
la porte aux fcandales, provenans des abus, nourriffons de l'Héréfie; & par-là rendre leurs Charges fi onéreufes en toute piété
Chrétienne, que les Mondains attirés par la pompe, délices,
& autres chofes du tout, par le devoir éloignés de la difcipline Eccléfiaftique, défiftent de plus entrer en leurs Chaires
& Cloîtres.

C'eft, SIRE, ce que nous efpérons de nos Peres fpirituels,
auxquels je dirois volontiers qu'ils ont trop tardé, tant pour
le falut du Peuple, que pour le bien de l'État, étant certain
que tel défordre, fans fe vouloir réformer, a ruiné les Eglifes
& Roïaume de Levant, & l'Empire de Conftantinople, & fait
chemin à l'Empereur des Turcs jufques aux portes d'Allemagne. A cette caufe, les Turcs, en leurs Mofquées, prirent
tous les tours pour les abus & héréfies des Chrétiens, parceque,
par cette divifion, ils ont fait leurs Conquêtes, & les prolon-
gent au grand reproche de ceux qui, retenus par la chair &
par le monde (ores inftrumens foibles contre hommes vraiment hommes), font actes indignes du prix de notre rédemption.

Je ne parle ici de la Théologie, parceque c'eft chofe excédente ma vocation; & feulement en paffant, je dirai, qu'ores
que nos adverfaires nous préfentent leurs Catéchifmes & Formulaires de Foi, auffi diffemblables & confus, comme il y a
entr'eux de Chefs de part, comme fi à eux femblables nous
vouluffions commencer à croire, & comme s'il étoit permis aux
Enfans impugner les Décrets des Peres fans fin, & par confufion contr'évangelifer; ainfi que fi Dieu n'étoit toujours en fa
fapience à lui-même femblable, & comme s'il étoit permis de

1588.

Rfmontr.
du Comte
de Sansay.

soumettre la parole de Dieu, l'Eglife, & Dieu lui-même, aux Dietes, Etats & Délibérations des Princes. Néanmoins nous fommes contraints de dire que peu de réfiftance fpirituelle ils ont trouvé aux Païs qui en font affligés, & que l'abus n'a ceffé, quelque mal que nous ait apporté l'Héréfie, & que l'Hérétique s'eft établi aux lieux où moins les Prélats ont réfidé en leur devoir, qui ne fe travaillent beaucoup d'empêcher le Loup d'entrer en leur Bergerie; plus foigneux du temporel que du fpirituel, & des biens & honneurs, que de la Charge de laquelle je ne veux parler, que très humblement, & avec très dévote révérence, comme provenante de la fucceffive autorité Apoftolique.

C'eft donc, SIRE, aux Prélats à remédier à l'Héréfie, la déraciner par la fainte & févère réformation des abus & fcandales, pour, ceffant la caufe, faire ceffer l'effet, qui font moïens inexpugnables & plus forts que nos armes, & tels que le grand Empereur & Roi Charlemagne, votre Prédéceffeur, a pratiqués pour ranger fous fes pieds les Hérétiques de fon temps; autrement ç'a toujours été, eft, & fera une entreprife fans fin, que par la ruine de l'Etat & l'établiffement des Hérétiques, ainfi qu'eft advenu en Hongrie; auquel Païs ne voulant entendre à la réformation & union, & s'arrêtant à contefter par grandes divifions, à difputer du Pere, du Fils & du Saint-Efprit, & de la vraie Eglife, ils fe font trouvés fans Eglife, & miférablement poffédés par les Turcs.

A cette réformation, j'infifte plus que je n'avois délibéré, parcequ'outre que nos Peres par tous les fiecles ont pratiqué que de l'abus venoit le fcandale, & du fcandale le fujet de la tentation d'introduire novalité en l'Eglife, qui eft Héréfie, & que ceffant la caufe, doit ceffer l'effet, nous devons tous croire que, comme la grande licence & défordre des Peres gliffe infenfiblement aux Enfans, & en toute la Famille, ainfi, tous les Etats fort éloignés de leur devoir, recevront réformation en tous leurs Ordres par la fanctification de nos Prélats.

Ne refte plus (l'immondicité étant ôtée du Sanctuaire, & par-là le chemin coupé au Séminaire de la fauffe Doctrine), que de rompre & défaire les Hérétiques rebelles qui tiennent les Villes de Votre Majefté, fuivant la réfolution de l'Edit de l'Union, & le Commandement fait à votre Nobleffe. A quoi, SIRE, toute votre Nobleffe fe prépare, avec réfolution d'y expofer valeureufement vie & biens fous votre autorité, de la-

quelle ils ne se veulent jamais départir, & laquelle, avec justice, a toujours précédé la force & les armes, lorsque les
Rois, vos Prédécesseurs, ont voulu châtier leurs Vassaux &
Sujets rebelles; ainsi que le Roi Philippe Auguste, ennuïé des
insolences des Anglois, qui possédoient de son temps Normandie, Aquitaine, Poitou, Anjou, Touraine & le Maine,
& indigné du parricide & meurtre commis à Chinon par
Jean Sans-Terre, Roi d'Angleterre, contre Artus Fils de
Geoffroy, son Frere aîné, qui devoit succéder à Richard Cœur-
de-Lion, Roi, Duc, & Comte desdits Païs (1), procéda premiérement par Justice, & depuis en exécution d'Arrêt de la
Cour des Pairs; tellement que par la force, jointe à la Justice,
il conquit partie desdits Païs, qui du depuis ont été du Domaine de la Couronne. Autant en fit Charles VII, quand il a
valeureusement & heureusement mis fin aux Guerres des Anglois, & iceux fait passer la Mer, fors la Ville de Calais. Cette
même maniere de procéder par la Justice & par la force conjointement, fut suivie contre les Hérétiques Albigeois & Vaul-
dois rebelles, parceque la Justice présupose une autorité &
poursuite légitime de Souverain contre son Sujet, autrement
ce seroit se recevoir pair-à-pair, & lui déférer le droit des armes, qui est de grande conséquence, & lui donner qualité
de Potentat souverain; outre que la voie de Justice est digne
de Votre Majesté, Roi des François, & la voie de la suprême
violence odieuse & ouverture pernicieuse, si les Loix sont
moins redoutées & fortes que les Armes, sans lesquelles la
Justice demeureroit un masque & anéantissement d'autorité.

C'est pourquoi, SIRE, Votre Majesté porte deux Sceptres
utiles en cette saison, l'un qui est la Verge de Justice, de laquelle la Monarchie est maintenue par les Loix en sa splendeur,
& la Hierarchie Militaire fieffée en sa grandeur & réputation;
& l'autre Sceptre est la Main de Justice, aïant les doigts re-
pliés en la maniere que nos Prélats, Peres spirituels, donnent
au Peuple les bénédictions de Dieu, par lequel Votre Majesté doit tenir main-forte au Service de Dieu, vraie catholique & apostolique Foi, reçue en l'Eglise Romaine & aux

(1) Dès le commencement du treizieme siécle, Jean, dit *Sans-Terre*, Frere de Richard, Roi d'Angleterre, succéda à ce dernier, au préjudice de son Neveu Artus, Fils de Geoffroi de Bretagne son Frere aîné. Artus prit les armes, & fut secouru par Philippe Auguste, Roi de France; mais Jean *Sans-Terre* le défit dans le Poitou, & le fit mourir.

Traditions & Difciplines Eccléfiaftiques, pour , fervant à Dieu,
être fervi des Hommes.

A cela, S I R E, & à tous les Commandemens de Votre Majefté, votre Nobleffe Françoife a toujours offert fon très humble fervice, qui ne fera petit, quand Votre Majefté fe fervira
du moïen que vos Prédéceffeurs ont tenu, pour non-feulement arrondir cette belle piece de Terre, votre Domaine,
mais pour éternifer leur nom, & de leurs fideles Vaffaux en
Afie, Afrique, & au refte de l'Europe, y faifant couronner
& recevoir de leurs Vaffaux, Empereurs de Conftantinople, &
Rois en Jérufalem, Sicile, Naples, Arménie & Cypre.

Ce moïen eft la force inexpugnable & incomparable de
votre Nobleffe, réglée héréditairement, & rangée par Régimens de Grands Ducs & Comtes, & par Compagnies, fous les
Bannieres héréditaires de plus de fix cens Barons, qui font,
pourvu qu'il n'y ait privilége, exemption ni fraude, plus de
cinquante mille Chevaux ; chofe que je fais pour en avoir été
Capitaine Général au ban & arriere-ban, depuis l'an mil cinq
cent foixante & fept, qui font forces fieffées dues à Votre
Majefté, fuffifantes pour vous mener couronner en Conftantinople.

S I R E, entre les dons de graces fpéciaux, par vous reçus
de Dieu, par tant de Couronnes & Victoires, Votre Majefté
a fucceffivement trois hauts & excellens titres ; le premier,
d'être Roi très Chrétien de tous les très Chrétiens, qui pré-
fuppofe inftruction perpétuelle de ne conniver, ni avec l'abus,
ni avec l'héréfie ; le fecond, de Roi des François, qui eft un
droit de Monarchie immenfe de tous les Francs & François
de l'Univers, & non de France, bornée & limitée fimplement par abfurdité au préjudice de la poffeffion des Monarques
vos Prédéceffeurs ; lefquels titres héréditaires, avec la poffeffion, préfuppofent la légitime Seigneurie du premier Fils de
l'Eglife très Chrétienne de Dieu ; laquelle Seigneurie confifte
principalement en la liberté fpirituelle de tous les Peuples,
fous la Difcipline Eccléfiaftique, comme le mit en avant &
le foutint Charlemagne, votre Prédéceffeur, contre Aygolaud
Roi des Goths ; le troifieme, eft de Roi héréditaire des Gaules & Gaulois, Païs & Peuples prétendans privativement à
tous autres. Le nom des échappés du périlleux Déluge, par
droit Seigneurial & bénédiction paternelle, provenante de
Gomer, Fils aîné de Japhet, pour faire concurrence de bénédictions

dictions & fucceffions, légitimes de la Monarchie Occidentale, & le tout uni au Sceptre François, & héréditairement
transferée à Votre Majesté, avec plus de pouvoir que tous les
Princes vos voifins.

Nous favons, SIRE, que bien fouvent les Rois font affligés
pour les péchés du Peuple, comme auffi les Peuples pour les
péchés des Princes ; mais à tout événement celui qui peut remédier à un mal, & ne le fait, il est coupable devant Dieu
& les Hommes, comme celui qui fait le forfait. Votre Majesté a eu tant de belles victoires & grandes & bonnes fortunes, que nous ne croirons jamais que Dieu nous veuille tout-
à-coup abandonner, même en ce fanit œuvre, auquel il est
purement question de fon honneur, & du falut de fon Peuple ; & s'il y a eu de l'intermiffion entre vos heureufes précédentes entreprifes, nous croïons que cela vient de nos péchés,
& que Dieu aïant éprouvé votre patience & perfévérance, il
redoublera fes graces aux exécutions que nous efpérons de Votre
Majesté, accumulant victoires fur victoires, & rangeant fous
vos pieds fes Ennemis & les vôtres. Telles victoires, SIRE,
fe pourfuivent & s'acquierent par Princes & Seigneurs, tels
que vous faurez bien choifir, non avaricieux ni enveloppés
en chofes baffes, gens affectionnés à votre fervice & au bien
de l'Etat ; juftes & valeureux, non vaincus de la délice du travail & difpenfe, qui est peu de chofe, eu égard au bien qui
provient des victoires, qui ne furent jamais trop cheres.

SIRE, Votre Majesté voit ici toute fa Monarchie repré-
fentée par fes Députés, tous crians miféricorde à Dieu, &
fecours à Votre Majesté, & tous unis au bien de votre fervice.
A favoir ; l'Eglife, à prier & réformer les abus, comme nous
croïons, & en fe réformant nous réformer, & encore à fubvenir
aux néceffités de l'Etat ; la Noblefse, à expofer vie & bien fidellement, valeureufement, & libéralement à votre fervice ; le
Peuple & tiers-Etat, ores accablé de pauvreté & mifere, à
plutôt manger la terre, que faillir en fes fervitudes & en fon
devoir.

Ne refte, SIRE, que prendre le confeil de deux bons &
Saints Peres de l'Eglife, & votre réfolution ; l'un, Pape
Zacharie, lequel écrivant aux Eglifes & Princes François de
fon temps, difoit, qu'il n'étoit poffible d'obtenir victoire où
les Eccléfiaftiques étoient diffolus & corrompus ; l'autre, du
Saint Pape Grégoire, qui écrivoit à Théodoric, votre Prédé-

1588.

REMONTR.
DU COMTE DE
SANSAY.

ceſſeur, & à la Reine Brunechilde, de tenir main-forte à la réformation de l'Etat Eccléſiaſtique, diſant, que la corruption
des mœurs des Gens d'Egliſe eſt cauſe de la ruine du Peuple;
& outre, à pourſuivre vos ſaintes intentions contre les Hérétiques rebelles, qui, plus réduits par la réformation, que vaincus par les armes, reprendront en toute ſoumiſſion le lieu de
leurs Peres.

Commandez donc, SIRE, comme notre Maître, gou-
vernez-nous comme Roi débonnaire que vous êtes, aimez-
nous comme Pere, gardez-nous comme notre Chef, & ſoïez
très Chrétien, Souverain général des très Chrétiens; & faites
que, comme nous cherchons avec nos armes, ce qui eſt corrompu en la Terre pour venir au Ciel, ainſi Meſſieurs les
Prélats cherchent ce qui eſt au Ciel, pour donner à Votre
Majeſté victoire durable en la Terre.

De cela, SIRE, adviendra que Dieu ſera ſouverainement
adoré, ſon Egliſe ouie, la Majeſté Roïale fidelement ſervie,
vos Sujets conſervés & délivrés de toute oppreſſion, l'Etat François retenu en réputation; & votre roïale & très auguſte Perſonne, après les Couronnes de la Monarchie Françoiſe, &
des Roïaumes des Gaules & de Pologne, couronnée pour derniere & quatrieme Couronne, au Ciel, & d'éternelle mémoire,
en la Terre.

A Blois, le 23 Novembre 1588.

REMERCIEMENT

Fait au nom de la Nobleſſe de France, par le Baron de Senecey *.

SIRE, la Nobleſſe de votre Roïaume m'a chargé de remercier très humblement Votre Majeſté, de l'heur & honneur
qu'elle reçoit d'être par vos Commandemens convoquée &
aſſemblée ſous le nom des Etats-Généraux en votre préſence,
pour entendre vos ſaintes & ſalutaires intentions, deſquelles
nous nous aſſurons les effets être auſſi prompts & autant certains, qu'il eſt naturel à Votre Majeſté d'être Roi très véritable, reconnoiſſant à elle-ſeule appartenir de les rendre tels.

Nous eſpérons auſſi de vos promeſſes ſacrées, le rétabliſſement de l'honneur de Dieu, Religion Catholique, Apoſtolique & Romaine, & des autres choſes utiles à votre Etat, &
néceſſaires à votre pauvre Peuple.

Où de notre part, SIRE, nous proteſtons tous d'y apporter la fidélité, zele, affection & généroſité, qui toujours a
été naturelle aux Gentilshommes François en l'endroit de leurs
Rois & Princes ſouverains.

Et en cette même dévotion, SIRE, nous offrons à Votre
Majeſté, le très humble & très fidele ſervice de nos armes,
vies, & perſonnes, pour icelle faire obéir, honorer, redouter,
reſpecter, & reconnoître par tous, ainſi que les droits divins &
humains l'ordonnent, & pour remettre & rétablir votre Roïaume, purgé d'Héréſie, ſource des diviſions, en ſa premiere dignité
& ſplendeur.

A quoi nous expoſerons franchement, librement, & géné-
reuſement, ſous votre autorité, juſques à la derniere goute de
notre ſang.

DE BAUFFREMONT,

SENECEY.

* Claude de Beauffremont, Seigneur & Baron de Senecey, Chevalier de l'Ordre du
Roi.

R ij

AU même temps fut publiée une Remontrance, adreſſée au Roi, au nom de ſes Sujets faiſans profeſſion de la Religion Réformée, dont la teneur enſuit.

R E M O N T R A N C E

ET REQUESTE TRÈS HUMBLE,

Adreſſée au Roi, en l'Aſſemblée des Etats, par les François exilés pour la Religion, ſes très humbles & très obéiſſans Sujets

A U R O I.

SIRE, nous ne doutons point que pluſieurs de ceux qui ſont mal affectionnés envers nous, ne s'efforcent de vous faire prendre en mauvaiſe part cette remontrance & très humble ſupplication, laquelle nous préſentons à Votre Majeſté; car là haine qu'ils nous portent, ne peut ſouffrir que cherchions aucun remede à nos maux. Mais notre intention n'étant pas de nous arrêter beaucoup au jugement que font de nos actions ceux qui, comme les Araignées, ne tirent jamais que mauvais ſuc de toute bonne choſe, il nous ſuffit que, premiérement nous puiſſions être approuvés devant Dieu, en cheminant en bonne conſcience; puis auſſi que faiſions connoître à Votre Majeſté, & à tous ceux qui ſuivent la raiſon, & non les turbulentes paſſions, combien ſont juſtes & équitables les cauſes qui nous meuvent à ce faire. Premiérement donc, l'autorité que Dieu vous a donnée, & ſur eux & ſur nous, puis la miſere en laquelle nous nous trouvons; & en troiſieme lieu, le devoir de nous envers Votre Majeſté, & la débonnaireté que nous, vos très humbles & obéiſſans Sujets, attendons d'icelle, ſont les fondemens de la hardieſſe que nous prenons de nous adreſſer à Votredite Majeſté, & de l'eſpérance qu'avons de recevoir d'icelle quelque ſoulagement en notre juſte plainte; & ce qui nous y convie encore plus expreſſément en cette ſaiſon, eſt la proclamation qu'avez fait faire des Etats du Roïaume, préſuppofant tous ceux aux oreilles defquels elle eft parvenue, que le but d'une fi notable Affemblée doit être de remédier aux maux qui avancent tous les jours la ruine de la France & de tous vrais François. Que fi votre débonnaireté, SIRE, a toujours donné libre accès aux Oppreffés, pour vous faire leurs plaintes, étant de tous vos Sujets les plus oppreffés, nous ne pouvons entrer en aucun doute que ne receviez bénignement notre très humble plainte, & que ne pourvoïez volontiers à icelle : étant donc, ainfi que depuis un bien long efpace de temps, nous fommes, à caufe de notre Religion, dégradés de nos honneurs, dépouillés de nos biens, & privés de l'habitation de notre Patrie, voire perfécutés à toute outrance, au continuel danger de notre vie, fans qu'on ait contre nous autre fujet ni prétexte que la profeffion de notredite Religion, ce n'eft point fans grande raifon que nous prenons occafion de nous plaindre fur la mifere de notre condition ; car, premiérement, notre confcience, non deftituée de fcience, nous rend affez bon témoignage, que notre Religion eft felon Dieu ; avec ce que favons que, par la confeffion & effufion du fang de plufieurs Martyrs, comme auffi par difputes & conférences folemnelles, elle a maintenu & déclaré manifeftement les véritables & affurés fondemens qu'elle a en la parole de Dieu, contenue en fes faintes & canoniques Ecritures. Secondement, nous avons un très grand déplaifir de voir qu'aujourd'hui la vérité célefte eft ainfi oppreffée en nos perfonnes, au lieu qu'elle devoit être chérie & embraffée de tout le monde, puifqu'elle s'y eft fait, par tant d'évidentes marques, fi manifeftement connoître. Et en troifieme lieu, il y a ceci qui redouble notre mifere, & par conféquent notre ennui, de voir, qu'encore qu'il ait plu à Dieu d'adoucir les premieres perfécutions, après avoir fait connoître au feu Roi Charles, votre Frere & Prédéceffeur, à vous, qui lors le fecondiez, à Monfeigneur, votre Frere, à la Reine, votre Mere, aux Princes de votre Sang, & autres grands Seigneurs, aux plus doctes des Eccléfiaftiques & des Parlemens, & à infinis autres, que notredite Religion n'étoit point telle qu'on l'avoit jufques alors calomniée, mais avoit de bons fondemens ès faintes Ecritures, & étoit conforme à ce que les plus anciens, plus purs, & plus doctes Pafteurs & Docteurs de l'Eglife primitive nous ont laiffé par écrit, touchant la créance & les exercices de piété des Chrétiens de leur temps ; de voir, difonsnous, que, combien qu'il ait plu à Dieu de mettre, par tels

1588.

REMONTR.
DES FRANÇOIS
EXILÉS.

1588.

REMONTR.
DESFRANÇOIS
EXILÉS.

moïens du tout légitimes au cœur de vos Majeftés & de tous ceux qui vous affiftoient, une réfolution volontaire, de nous donner repos & moïen de pouvoir en tranquillité, fous votre protection, fervir à Dieu felon notredite créance, avec certaines conditions que nous aviez limitées : ce néanmoins il ne nous a jamais été poffible de jouir du fruit de votre bénignité en cet endroit, mais avons été perpétuellement inquiétés, troublés & perfécutés par ceux qui, pour plus montrer le peu d'état qu'ils faifoient des Edits & Ordonnances de vos Majeftés, que pour aucun zele de leur Religion, ni haine de la nôtre, n'ont jamais ceffé de nous molefter, jufques à ce qu'ils nous aient du tout ravi la liberté que nous aviez octroïée. Et c'eft, SIRE, ce qui a caufé le commencement des troubles de votre Roïaume ; c'eft auffi ce qui les a rallumés tant & tant de fois depuis, quoique par une finguliere prudence & débonnaireté, vous les euffiez par plufieurs fois éteints, fi que ce feu étant encore embrafé plus qu'onc auparavant, voilà votre pauvre France qui en eft maintenant quafi toute confumée ; car auffi l'efprit de telles perfonnes, qui eft poffédé d'ambition du tout déméfurée, pour vouloir engloutir tous les honneurs, & d'une avarice tellement infatiable, qu'ils veulent attirer à eux toutes les richeffes de ceux que Dieu avoit rendus riches & honorables en votre Roïaume, ne peut vivre content au temps d'une vraie paix, par laquelle ordinairement eft gardé à un chacun ce qui lui appartient, mais feulement dans le trouble, à caufe de la licence qu'il apporte au plus fort d'oppreffer & dépouiller le plus foible. Et de fait, SIRE, fans qu'il faille particularifer toutes les preuves de cette vérité, nous nous contenterons de vous remontrer en termes un peu plus généraux, que ce n'eft proprement que depuis le temps de très louable & heureufe mémoire le Roi Henri, votre Pere, & finguliérement depuis fon décès, qu'ils font montés en cette grandeur, quand fe perfuadans être quelque chofe plus en votre Roïaume, & plus approchans de votre Couronne que les Princes de votre Sang, & que tout devoit paffer felon leur volonté, ils ont ôté, plus licentieufement qu'ils n'euffent fait en une autre faifon, à plufieurs de votre Roïaume, les états qui les rendoient grands près la Majefté Roïale, pour demeurer feuls grands auprès d'icelle, s'étant ainfi revêtus de la grandeur des autres ; & quant à la grandeur des biens, lefquels maintenant poffede leur Maifon, chacun fait quelle elle eft, au prix de ce qu'elle poffédoit

quand ils vinrent en France. Que fi cet accroiſſement leur eſt
advenu par leur vertu & par bons ſervices qu'ils aient faits à
votre Couronne ; au lieu de leur en porter envie , nous prions
Dieu qu'il les béniſſe en la jouiſſance d'iceux ; fi au contraire ,
nous en laiſſons le jugement à Dieu : que fi , en confidérant
que la ſouffrance de vos Prédéceſſeurs , & la vôtre , étoit celle
qui leur avoit donné non-ſeulement le loifir , mais auſſi la commodité de ſe remplir de tant d'honneurs & richeſſes , cela au moins
les eût rendus tant plus reſpectueux envers votre Majeſté , &
fideles envers votre Couronne , encore pourroit-il ſembler qu'ils
n'auroient été du tout indignes de tel avancement ; mais quand
étant ainfi hauſſés , ils n'ont plus voulu ſouffrir , ni plus grand
qu'eux , fût-il le Roi , ni égal à eux , fût-il Prince de votre
Sang , nous nous étonnons grandement que cela ne les a rendus
odieux à tous ; & comment les pouvez plus long-temps endurer , & , qui pis eſt , les laiſſer maintenant abuſer tant de votre
autorité , que de vos forces & finances , pour l'exécution de
leurs tant ambitieuſes , avares , & cruelles entrepriſes : & cependant c'eſt ce que vos yeux , SIRE , peuvent bien appercevoir , puiſqu'il n'y a aucun de votre Roïaume qui ne le voie ;
car , s'il a été queſtion des Princes de votre Sang , leſquels par
tout droit les doivent toujours devancer , on ſait qu'ils ne les
ont pas pu ſouffrir ſeulement s'avancer autant qu'eux , mais que
trop ſouvent ils les ont voulu précéder & faire reculer en arriere ; de ſorte qu'enfin , voïant que ceux de votre Sang n'é-
toient de cœur fi lâche que de vouloir ſouffrir telle indignité ,
ils n'ont ceſſé qu'ils ne les aient éloignés de votre Cour , par
votre ſeul mauvais uſage , afin que plus commodément , & ſans
diſpute , ils puſſent être les premiers , voire tous ſeuls près de
vous , pour plus aiſément s'emparer de ce que fi long-temps ils
épient. Mais le comble de leur orgueil s'eſt montré en ce qu'ils
n'ont pu ſouffrir que votre Majeſté Roïale fût par-deſſus eux ,
comme , outre ce qui eſt du paſſé , ils en donnent encore maintenant tant d'évidentes preuves , qu'il n'y a celui qui ne s'étonne de votre fi grande patience ; car vous les voïez maintenant ,
le maſque levé , & avec armes découvertes , prendre vos Villes ,
même la Capitale , & y établir nouveaux Officiers à leur poſte ,
deſtituant ceux qui y étoient établis par votre autorité ; vous
les voïez faifir vos Fortereſſes & Finances , & même avoir donné
occaſion à Votre Majeſté de s'éloigner & reculer d'eux pour un
temps : ce que cependant ceux qui connoiſſent votre prudence

& magnanimité, savent n'avoir été fait par vous, pour crainte qu'eussiez de leur audace, comme, pour se magnifier, ils l'ont voulu persuader à leurs Partisans, mais seulement pour empêcher que ce trouble ne s'accrût selon leur desir, & attendre, ainsi que tous les bons & vrais François estiment, l'opportunité de leur châtiment. Et croïez, SIRE, que tous les Princes, vos voisins, amis & alliés, qui n'ont point accoutumé de voir tels actes en leurs Cours, craignans pour vous que le long délai ne vous nuise, estiment qu'y devez remédier d'heure, de peur que finalement le feu qu'ils auront allumé, & dans lequel ils jettent aujourd'hui, pour matieres propres à l'entretenir, toutes sortes de divisions, ne devienne du tout inextinguible. Vrai est qu'oïans la proclamation des Etats de votre Roïaume, aussi bien que nous, ils ont eu quelque opinion d'entrée, que telle Assemblée, comme elle a fait autrefois, pourroit servir pour assoupir ces troubles, & remettre tout en son bon ordre par la France; mais, depuis qu'ils sont entrés un peu plus avant en la considération des circonstances du temps présent, ils ont cessé, & nous aussi, d'en attendre le bien qu'on en pouvoit espérer sans icelles : car, au lieu que jadis les Etats s'assembloient pour le bien de toute la France, pour maintenir le Roi en son autorité vraiment Roïale, & ses Sujets en l'obéissance qu'ils lui doivent, puis aussi pour pourvoir aux justes doléances qui y seroient proposées & bien prouvées, & en somme, pour indifféremment & sans exception de personnes, faire ensorte que chacun fût maintenu en son entier, tant pour le regard de sa personne, que de ses honneurs & de ses biens. On ne peut rien espérer de tel de ceux qui seront assemblés en ce temps, mais tous effets contraires à ceux-ci. Et de fait, pour le regard de Votre Majesté, SIRE, ne voïez-vous pas bien, par ce qu'ils ont mis en avant en leurs demandes, touchant la décharge du serment de fidélité & obéissance que vous ont fait vos Sujets, que leur premier but est de faire résoudre auxdits Etats tout ce qu'ils ont de longue main projetté pour leur avancement, & de vous rendre exécuteur, voire contre vous & contre les vôtres, de telles résolutions ? Et que le second & principal but auquel ils tendent, plus qu'à nul autre, est que, au cas que votre courage, vraiment roïal & ami de l'équité, ne veuille souffrir, & moins encore exécuter telles injustices, mais plutôt empêcher qu'elles n'aient lieu de votre temps (ce dont ils se doutent bien), ils puissent en ce cas vous dépouiller de l'autorité qu'avez

sur

fur vos Sujets, & comme par compromis qu'auriez fait avec
eux, vous ôter la Couronne? Que fi vous eftimez, SIRE, qu'il en
doive autrement advenir, d'autant que votre Peuple vous eft trop
bien affectionné, vous avez bien quelque raifon en cet endroit;
mais auffi favez-vous que la bonne affection ne fe peut montrer là où on n'a point affez de liberté : non que nous voulions
dire que ceux qui fe trouveront auxdits Etats, ne foient affez
libres pour parler ; car auffi, fi leur intention eft fuivie, il ne
s'y trouvera que ceux-là qui, non-feulement librement, mais
très volontairement & audacieufement, diront tout ce qui fervira au deffein de ceux-ci, étant, pour la plûpart, leurs Serfs
& leurs Efclaves. Mais nous difons, SIRE, que, fi n'y remé-
diez, il n'eft pas libre maintenant aux bons & loïaux Sujets
qu'avez en toutes vos Provinces, d'élire ceux d'entr'eux qu'ils
voudroient, & de la prud'hommie defquels ils fe refieroient
affez pour ne point craindre que rien fût mis en avant par eux,
ni à votre défavantage, ni au détriment de votre pauvre Peuple : au contraire, les Provinces étant aujourd'hui, pour la
plûpart, gouvernées par eux, il faut qu'on élife, pour aller aux
Etats, ceux qu'ils veulent, & faut qu'on ne leur donne autre
inftruction que celle qu'ils recevront d'eux, ainfi que déja certaines Provinces en ont préparé leur plainte, pour la mettre
en évidence en faifon plus opportune pour eux, que n'eft pas
celle-ci : tellement qu'ainfi faifant, comme déja par leurs menées il a été plufieurs fois pratiqué depuis ces troubles, on n'envoie pas en telles Affemblées pour propofer & délibérer, mais
pour accorder & faire autorifer ce que telles gens ont arrêté pour
parvenir à leur but. Et Dieu veuille, SIRE, que n'en receviez
aucun mal, ni ceux de vos bons Sujets qui font Catholiques
Romains, & que ne foïez contraint de dire auffi vraiment que
nous, que l'Affemblée des Etats, qu'ils vous auront fait convoquer en ce temps, aura été un remede pour votre Roïaume
beaucoup pire que n'étoit pas fa maladie.

Or, quant à nous, qui fommes exilés pour notre Religion,
nous voïons bien, SIRE, qu'ils vous ont déja induit à perdre
toute fouvenance de nous, de forte que ne fommes point appellés en cette convocation des Etats du Roïaume, ni autre
en nôtre nom ; mais, comme fi n'étions plus au monde, & ne
devions tenir aucun rang entre vos Sujets, on nous paffe entiérement fous filence. Si pouvons-nous dire avec toute vérité,
Dieu l'aïant ainfi voulu, que, combien que ne foïons la plus

1588.

REMONTR.
DES FRANÇOIS
EXILÉS.

grande partie de vos Sujets, nous ne sommes pas toutefois si abjets & contemptibles, qu'il ne se trouve parmi nous des Princes de votre très illustre Sang, & des premiers, qu'il ne s'y trouve des Seigneurs, voire des plus signalés, & autres de votre tiers-Etat, voire de vos plus loïaux Officiers, autant remarquables pour les services qu'ils ont faits, & à votre Personne, & à votre Couronne, un chacun d'eux en leur vocation, & selon qu'il a plu, tant à vous qu'à vos Prédécesseurs, de les emploïer, qu'il y en puisse avoir en l'autre partie de vos Sujets. Et pourtant nous ne pouvons que ne nous pleignions à votre Majesté, SIRE, de ce que, par l'astuce de nos Ennemis, nous sommes ainsi pour rien comptés, lorsqu'il est question de l'Assemblée des Etats du Roïaume, laquelle doit pourvoir aux justes plaintes de tous les vrais François. Or, encore si nous étions si bien oubliés, que, comme on ne nous y appelle point, aussi, quand on y sera assemblé, on ne voulût point se souvenir de nous, si ce n'étoit pour méliorer notre condition, par avanture que nous porterions plus doucement une telle oubliance; mais d'être oubliés quand on appelle, afin que nous ne nous y trouvions point, & n'être pas oubliés quand on sera assemblé, mais tenus sur les rangs plus que tous autres, pour être accusés en notre absence, & condamnés sans être ouis, en nos justes défenses. Pardonnez-nous, SIRE, si telle procédure, que nous savons être en l'intention de ceux qui nous tiennent pour les plus fermes ennemis de leurs injustes desseins, nous donne occasion de supplier Votre Majesté en toute humilité, ou de différer telle Assemblée, jusqu'à ce qu'aïez mis ordre pour la faire convoquer avec plus de liberté, même en ce qui concerne l'élection de ceux qui s'y doivent trouver, & l'exécution des Charges que les Provinces leur auront commises; ou qu'il vous plaise recevoir & admettre la présente Remontrance & supplication que faisons très humblement à Votre Majesté, pour n'être ci-après assujettis aux résolutions qui y auroient été prises, tant contre nos personnes, que contre notre Religion, sans aucune droite connoissance de cause, & par ceux qui, étant nos Parties, auroient, contre toute raison & avec une par trop grande impudence, prononcé Sentence des différends qu'ils ont avec nous, & nous avec eux, en qualité de Juges.

Et combien que la cause, pour laquelle nous sommes aujourd'hui rendus misérables, nous fasse porter notre présente misère, non-seulement avec patience, mais aussi avec consolation en nos ames, si est-ce que, comme hommes, nous sentons tellement son amertume, que ne voulons point oublier d'avoir recours à votre bénignité, afin que, entrant en quelque commisération de notre condition, il plaise à Votre Majesté (qui seule, après Dieu, nous peut donner quelque repos & relâche) d'alléger ce fardeau, lequel, par l'artifice dont nos Ennemis usent envers vous, nous est fait de jour en jour de plus en plus insupportable, afin que nous puissions témoigner à notre Postérité, qu'aurons vécu sous un Roi, lequel, combien qu'il eût gens continuellement à ses oreilles, qui, par diverses sortes de calomnies, tâchoient de nous rendre odieux à Sa Majesté, toutefois a été garni de telle prudence & débonnaireté tout ensemble, que reconnoissant bien la différence qu'il y a entre les calomnies & accusations bien fondées, a mieux aimé user envers nous de juste douceur, que d'injuste sévérité. Que si, durant cet exil, il nous est permis, par votre naturelle débonnaireté (comme nous n'en doutons point), de vous faire quelque très humble requête & supplication, en ce qui touche nos consciences & l'exercice de notre Religion, tandis qu'êtes au milieu de cette si solemnelle Assemblée, nous supplions très humblement votre Majesté, SIRE, puisqu'elle tend à remettre toutes choses en son Roïaume en telle tranquillité, que sa mémoire en soit à jamais heureuse & benite de tous, il lui plaise nous restituer la liberté du premier Edit qui a été fait en nôtre décharge, aussi-tôt qu'on nous eut connus être autres, tant au fait de la Religion, qu'au fait de l'Etat, qu'on ne nous avoit auparavant calomniés, lequel, du nom du mois auquel il fut publié, a été appellé l'Edit de Janvier : ce n'est pas cependant que nous le demandions expressément, parcequ'en icelui nous a été donné plus qu'en tous les autres (encore que cela nous le doive bien faire de tant plus volontiers desirer), mais plutôt qu'il a avec soi des circonstances, lesquelles le doivent rendre agréable à Votre Majesté & à tous, aussi-bien qu'à nous, par-dessus tous les autres ; car, tous les autres portant titre d'Edits de pacification, sont marqués à la marque des troubles & de la guerre civile, de laquelle la mémoire, qui devroit être du tout abolie, est par ce moïen entretenue : joint qu'il a semblé à plusieurs qu'ils n'ont point été octroïés par vos Majestés d'une bien franche volonté, mais plutôt arrachés de vos mains par la violence des armes ; mais celui-ci n'a eu autre fondement que la connoissance du fait, laquelle fut lors paisible & amia-

S ij

ble ; quand en pleine Affemblée , telle que l'avons ci-devant exposé , il a plu à .Vos Majeftés de nous affigner lieu , pour, fous votre protection , fervir à Dieu felon notre confcience & créance. Et chacun fe peut bien fouvenir , SIRE , que cet Edit de Janvier avoit tellement contenté lors & les uns & les au- tres , qu'il eût duré jufques à maintenant , fi l'audace turbu- lente des Prédécefleurs de nos Ennemis ne l'eût rompu avec toute violence & cruauté , pour jetter dès-lors les fondemens des troubles qui nous ont travaillés , & toute votre France. Car auffi , pourquoi Votre Majefté eût-elle trouvé à redire en cet Edit ? Pourquoi les Princes , Seigneurs , & autres de votre Con- feil Privé ? Pourquoi les Eccléfiaftiques & Parlemens du Roïau- me ? Puifque , avec Vos Majeftés , eux tous , en la perfonne de leurs Députés , y avoient , après une bien exacte connoif- fance de caufe , tant volontairement confenti. Vrai eft que , à ce que chacun nous fait entendre , les Eccléfiaftiques s'y op- poferont toujours plutôt que tous les autres ; & ce , d'autant qu'ils fe font perfuadés que , étant queftion , au fait de la Re- ligion , tant de leur doctrine , que de l'exercice de leur Char- ge , fi nous maintenons , comme nous faifons , que leur doc- trine n'eft pas pure , & qu'ils ne vaquent pas , comme ils doi- vent , à l'exercice de leur Charge , nous voulons donc tacite- ment conclurre qu'ils font indignes de jouir du revenu qu'ils en tirent , tellement qu'ils ont opinion que ne nous pouvez rien octroïer qu'à leur défavantage. Mais ils devroient avoir déja connu , par toute notre converfation , & par nos comportemens envers eux , que nous fommes plus difpofés à perdre du nôtre , qu'à prendre de l'autrui , & que nous n'avons jamais tendu à les dépouiller de leurs biens ; car , quant à ceux qui exercent les Charges Eccléfiaftiques entre nous , ils favent fe contenter de leur fimple vêtement & nourriture , & fe donnant en exem- ple à leurs Troupeaux , vivent avec toute frugalité : ce qui caufe qu'étant en paix , nous pourvoïons plus aifément à leur entretenement. Et pourtant , fauf ce que Votre Majefté pour- roit ordonner là-deffus , pour , de leur exceffive abondance , re- trancher ce que verrez bon être , tendant à fon dégagement & à la décharge , finon de toutes les impofitions qu'elle eft con- trainte de faire fur fon pauvre Peuple , au moins d'une bonne partie d'icelles , pour notre regard , il ne faut point qu'ils crai- gnent que demandions l'exercice de notre Religion , & la ré- formation de leurs abus , pour approprier leurs biens à notre

ufage ; car même , s'ils vouloient auffi-bien annoncer la pure
doctrine de l'Evangile , que leurs inventions , & nous entretenir auffi fincérement au fervice de Dieu , & fans aucune idolâtrie & fuperftition , comme ils font le contraire , ils nous auroient pour Difciples & Brebies ordinaires en leur Bergerie , &
ferions très aifes de voir par tels moïens toutes perfonnes réunies en une même Religion en notre France.

Et c'eft chofe , S I R E , à laquelle nous fupplions très humblement Votre Majefté de vouloir advifer , appellant plutôt en
confeil votre clémence & douceur naturelle , que la mal - veil-
lance & cruauté de nos Ennemis. Et de fait , comme il n'y a
rien qui foit plus convenable à Votre Majefté , que d'avoir un
foin vraiment roïal & paternel de la réunion de tous vos Sujets,
en la feule vraie Religion Chrétienne , & qu'il n'y a point encore eu aucune faifon , qui , avec tant de circonftances notables , vous ait dû induire à procurer ce bel œuvre ; la néceffité
& la raifon nous contraignent de vous fupplier très humble·
ment vouloir au plutôt , & dès cette Affemblée des Etats de
votre Roïaume , ordonner qu'un Concile National foit affemblé , auquel les Docteurs de l'un & de l'autre Parti , puiffent
avec toute fûreté , en la préfence , tant de Votre Majefté , que
de toute l'Affemblée , débattre doucement de leurs différends,
& en décider & réfoudre faintement , pour réunir en religion
vos Sujets , qui y font maintenant fi fort divifés. Car fi faites
convoquer telle Affemblée avec toutes les circonftances requifes pour la rendre bien légitime & authentique , nous ne
doutons point que Dieu ne la béniffe , & que voïant combien
aura été bonne & fainte l'intention de Votre Majefté , & de tous
vos Sujets , pour , par cette voie pratiquée de tous temps en la
vraie Eglife en mêmes occafions , trouver le moien de fe rendre bien affurés de ce qu'il faut que vrais Chrétiens croient
·& faffent pour agréer au vrai Dieu , il n'en faffe fortir quelque
bon fruit , au contentement , tant de vous , que de tout votre
Peuple.

Et néanmoins , comme celui qui tient les cœurs des Rois en
fa main , pour les encliner à ce que bon lui femble , pourroit
bien , à caufe de nos péchés envers lui , ne nous vouloir pas
encore de tant gratifier en ce temps , que de vous mettre au
cœur de nous octroïer volontiers la fufdite liberté , laiffant encore pour quelque temps près de Votre Majefté gens qui , par
toutes fortes d'artifices , & pour leur profit particulier , vous

empêchent de ce faire. Au moins, en attendant qu'à force d'invoquer son nom, il y fléchisse votre volonté, souffrez, SIRE, que, par cette très humble Requête, nous supplïons très humblement votre clémence & bénigne Majesté, d'ordonner qu'en cet exil nous aïons la libre jouissance de tous nos biens ; vos droits, ainsi qu'en vrais Chrétiens nous croïons & confessons être très raisonnables, étant pris préalablement sur iceux, afin qu'aïant en terre étrange de quoi nous entretenir petitement & honnêtement, un chacun selon son dégré, avec nos familles, on nous puisse reconnoître pour vrais Chrétiens & vrais François, qui en l'une & en l'autre qualité, abhorrons de pourvoir à nos nécessités par aucune sorte de méchanceté. Vous vous pouvez bien souvenir, SIRE, que vous nous l'aviez laissée, lorsqu'avec quelque regret vous nous envoïâtes en cet exil, pour l'espérance qu'on vous avoit donnée, que par ce moïen s'éteindroit le trouble que nos Ennemis avoient ému trop plus apparemment contre vous, que contre nous ; & savez, que près de deux ans entiers, nous nous sommes contenus en ces Païs étranges avec toute patience, n'aïant jamais oublié de reconnoître l'équitable clémence, de laquelle aviez usé en cet endroit envers nous, qui sentions bien qu'en nous laissant cette libre & entiere jouissance de nos biens, vous aviez voulu empêcher que la nécessité ne nous contraignît à faire choses indignes de Chrétiens & François. Votre Majesté aussi, SIRE, est bien mémorative, que plusieurs personnes honorables des Etrangers, entre lesquels nous habitons, considérans notre modeste & patiente conversation, & sachans bien quelle étoit la cause de notre exil, mus de compassion envers nous, & aïant égard à ce qu'ils savoient être désigné par nos Ennemis, tant contre votre Couronne, que contre votre Personne, se transportèrent de leur bon gré vers votre Majesté, pour la supplier, en qualité de bons voisins, amis, & alliés, de nous vouloir rappeller & remettre en repos ; & que cependant ils ne purent rien obtenir, tant étoit pour lors grande en votre Cour l'autorité & puissance de nosdits Ennemis. Vous avez aussi été assez bien averti, que, outre ce que lesdits Etrangers ont de commun avec nous en la Religion, il n'y a eu circonstance aucune de notre misere qui les ait plus émus à nous secourir de leurs forces, contre ceux qui nous ont fait exiler par vos Edits, que quand ils ont considéré tant de Familles Françoises de toutes qualités & conditions, voir même de celle

des Nobles, lefquelles pouvoient tenir rang en France entre les
plus illuftres, & de celles, qui, au Tiers-Etat, étoient des plus
honorables, être quafi réduites à une mendicité honteufe, par
la fufdite faifie de nos biens, laquelle fut ordonnée depuis qu'ha-
bitions entr'eux, & fans que nous en euffions donné occafion. Et ainfi vous avez pu clairement appercevoir, Sire,
que cette notre patience n'a été rompue, que par l'extrême néceffité, procédante de ladite faifie, nos Femmes & Enfans fe
lamentans alors alentour de nous, pour fe voir en telle extrémité en terre étrange, par le feul trop grand crédit qu'avoient
nos Ennemis envers vous. L'expérience auffi vous a montré
que, par le Traité fait l'an paffé à Marfigny-les-Nonains, en
reftituant l'entiere jouiffance des biens à tous ceux de vos Sujets qui aimeroient mieux vivre en Païs étrange, avec la liberté de leur confcience, que dans la France, fans icelle, &
contre icelle; incontinent les armes furent mifes bas, & chacun reprit, comme il put, le chemin du lieu de fon exil. Et
toutes ces confidérations, Sire, vous ont pu faire connoître,
qu'il n'y a rien qui ait plus de force, pour retenir les Hommes,
que quand on ne les réduit point à la derniere extrémité. Et
de fait, fi lors n'euffiez, malgré vos Ennemis, déclaré, que
vouliez qu'on laiffât derechef la jouiffance entiere de leurs biens,
à tous ceux de vos Sujets, qui, pour leur Religion, choifiroient
le volontaire exil, il ne faut point douter, que ceux des nôtres
qui étoient lors juftement armés pour tous les Exilés, contre
leurs Ennemis communs, lefquels avoient arraché de vous, par
leur importunité, les précédens Edits tant rigoureux, n'euffent
été beaucoup plus contens d'éprouver par un dernier effort,
quelle en eût été l'iffue, voire à peine d'y perdre la vie, en
fang chaud, que de s'en revenir en leur exil, pour, avec toute
miférable langueur, voir mourir devant leurs yeux, & entre
leurs bras, leurs Femmes & Enfans, & les fuivre tôt-après par
extrême difette. Qu'il plaife donc à Votre Majefté, Sire,
en attendant que Dieu vous émeuve à nous favorifer davantage
(fi dès maintenant n'en avez la volonté), nous octroïer la
main-levée entiere de nos biens; afin que, parmi les autres incroïables incommodités que nous apporte cet exil, nous ne cef-
fions, comme avons fait jufques ici, voire encore avec meilleur courage, & plus ardente affection, de prier Dieu de cœur
& de bouche, & tant en public qu'en privé, pour votre vraie
profpérité.

Mais parcequ'il ne nous eſt libre de parler en préſence, & déclarer nos doléances de bouche, que cet Ecrit, SIRE, ſoit, s'il plaît à Votre Majeſté, enregiſtré par votre Mandement exprès, & le contenu en icelui accordé par votre bénignité, comme choſe très juſte & raiſonnable, afin que rien ne ſoit fait en cette Aſſemblée à notre préjudice. Et cependant, comme nous deſirons que l'équité de cette notre très humble Remonſtrance & Requête ſoit avérée d'autres que de nous - mêmes, avec la prudente conſidération des raiſons & circonſtances ci-deſſus propoſées, nous nous aſſûrons, SIRE, que, eu égard à la condition miſérable de notre exil, Votre Majeſté ne trouvera que bon, ſi d'abondant nous nous adreſſons aux Princes & Républiques, qui, tant pour la bonne affection qu'ils ont envers votre Perſonne & Couronne, & généralement envers toute la Nation Françoiſe, comme en étant bons Voiſins & Amis, deſirent le repos du Roïaume, l'accroiſſement d'heur & grandeur de Votre Majeſté & le bien de vos Sujets ; afin qu'il leur plaiſe avoir compaſſion de nous pour chercher tous moïens légitimes de nous remettre ſous votre favorable protection, & procurer que les Ennemis de votre Etat & de notre bien, ne pourſuivent en leurs intentions. SIRE, nous prions Dieu qu'il établiſſe Votre Majeſté en toute heureuſe proſpérité, élevant votre Trône ſur piété & droiture, à la confuſion de ſes Ennemis & des vôtres.

TANDIS que tout le monde étoit ainſi bandé à Blois contre le Roi de Navarre, & que l'Union, confirmée par Edit irrévocable, propoſée pour la Loi fondamentale de l'Etat, ſembloit devoir demeurer ferme pour jamais, le Juge du Monde amenoit à perfection des deſſeins merveilleux, & dreſſoit à la Maiſon de Guiſe, au Roi & à toute la France, un échaffaut de Tragédies, dont la Poſtérité s'étonnera : en moins de rien donc tout cet air d'Etats ſe brouilla, ſurvinrent des éclairs, & finalement des éclats de foudre & de tempête, dont le Duc de Guiſe & ſon Frere le Cardinal furent acravantés. Nous avons maintenant à conſidérer comme cela advint.

LE Roi entre infinis avertiſſemens (1) qu'il reçut de divers endroits, du mauvais tour que le Duc de Guiſe vouloit jouer,

(1) Ce Diſcours eſt d'Etienne Durand, de Dijon ; du moins le Pere Jacob le lui attribue dans ſes Ecrivains de Châlons. Mais l'Auteur de la Bibliotheque des Ecrivains de Bourgogne, qui parle de pluſieurs Auteurs de ce nom, ne nomme pas Etienne Durand, & n'attribue point ce Diſcours à aucun de ceux dont il fait mention. On l'a réimprimé dans la Satyre Ménippée, T. 3, *in-*8°, édit. de 1714, pag. 143, & ſuiv. V. l'Hiſt. de M. de Thou, Liv. 93e.

tant

tant à fa Perſonne qu'à ſon Etat, Monſieur de Mayenne (qui étoit à Lyon, dont Mandelot, Gouverneur, étoit mort peu de jours auparavant (1), & aſſez ſoudainement, pour aller marquer logis aux autres, qui le ſuivirent bien-tôt après), lui manda par Alfonſe Corſe (2), qu'il ſe donnât diligemment garde du Duc de Guiſe, lequel, pour certain, avoit un mauvais deſſein contre lui; ne ſavoit pas quand en ſeroit l'exécution, bien ſavoit-il que ce ſeroit bien-tôt. Monſieur d'Aumale ſemblablement l'en avertit par Madame d'Aumale (3), laquelle, pour cet effet, vint à Blois. Tels avertiſſemens venus de cette part, joints avec tant d'autres donnés d'ailleurs, & conférés avec pluſieurs Lettres écrites par ledit ſieur de Guiſe, les hardis langages tenus par lui & les ſiens, & devant le Roi même; & le tout rapporté, tant au commencement de ces derniers troubles de l'an 1585, qu'à la ſurpriſe de Paris, émurent Sa Majeſté, & lui firent prendre réſolution de prévenir une telle conjuration, pour en faire, non ſi exemplaire châtiment, & ſi à loiſir que la gravité du forfait le méritoit, mais que le temps, l'occaſion, & la néceſſité lui permettroient.

Il aviſa donc de prévenir, pourvoïant à toutes choſes. On portoit tous les ſoirs les clefs du Château au Duc de Guiſe, comme au grand Maître; mais néanmoins ledit ſieur de Guiſe, le ſoir précédent ſa mort, n'y pourvut pas ſi dextrement, que les clefs ne tombaſſent en d'autres mains que les ſiennes, ou de ceux de ſon Parti.

Peu de jours avant la mort du Duc de Guiſe, s'éleverent à deux diverſes fois des allarmes & terreurs paniques dans le Château, qui mettoient tout le monde en armes & ſur ſes gardes. A la premiere fois, en fut cauſe la querelle qui s'enſuivit entre les Pages & Laquais tenans le parti des Bourbons, & les autres qui tenoient le parti de la Ligue; l'émeute fut telle, que le Duc de Guiſe prenant l'allarme, ſe renferma en ſa chambre, & barra la porte d'icelle avec des coffres, & autres choſes qui lui vinrent en main pour ce faire. La ſeconde allarme, fut donnée par un Soldat bleſſé, qui ſe jetta en la chambre du Duc de Guiſe, en laquelle il fut pourſuivi par aucuns des Gar-

---

(1) Mandelot étoit mort le 24 de Novembre 1588.

(2) M. de Thou dit que ce fut Alfonſe d'Ornano, dit le Colonel d'Ornano, un des plus zélés Serviteurs du Roi. C'eſt le même qu'Alfonſe Corſe, parceque d'Ornano étoit Général des Corſes.

(3) Sœur du Duc d'Elbeuf, qui avoit épouſé le Duc d'Aumale.

des du Roi, qui y montèrent l'épée à la main ; ce qui mit encore une fois le Duc de Guise, & toute la Cour, en allarme.

Il y avoit en ce même temps de grandes simultés & séminaires de querelles (outre l'ulcère qui pouvoit être, pour le Regne & pour l'Etat) entre le Duc de Guise & quelques notables Seigneurs de la Cour, à cause de l'Amour (1). Car, comme le Duc de Guise (en ce labyrinthe d'affaires) étoit amoureux & très passionné d'une Dame de la Cour, aussi étoient les Seigneurs dessusdits, chacun pour son égard ; soit qu'ils le fissent de gaieté de cœur, & pour chercher occasion, ou autrement : tant y a que les passions amoureuses, de part & d'autre, n'avoient le voile si épais, qu'elles ne fussent comme à découvert reconnues.

Le jour de devant la mort dudit Sieur de Guise, comme il se fut mis à table pour dîner, il trouva sous sa serviette un petit Billet (2), dans lequel étoit écrit : *Qu'il se donnât garde, qu'on lui joueroit un mauvais tour.* En ce même Billet le Duc de Guise (comme par réponse en mocquerie) écrivit de sa main : *On n'oseroit,* & le jetta sous la table. Le soir de devant cette exécution, après la résolution prise en commun, & entr'autres avec ledit Sieur de Guise, Monsieur le Cardinal de Guise, & l'Archevêque de Lyon (3) qui étoient le pivot sur lequel tournoient toutes les brigues & menées de corruption qui se faisoient aux Etats), de tenir conseil le jour suivant de grand matin ; le Roi étant retiré, fit diverses dépêches, & pourvut aux sûretés, qu'il jugea nécessaires, pour empêcher & prévenir le dessein du Duc de Guise, qui étoit sur le moment de son exécution. Il écrivit à Monsieur de Nevers au Camp, qui étoit devant Ganache, à Lyon, & autres divers lieux où il jugea les Dépêches nécessaires, selon l'occurrence du temps & des affaires, pour toujours s'assurer. Et pour ce qui concernoit sa conservation à Blois, tant au Château qu'en la Ville, il en ordonna aussi, selon sa prudence, à ce que ceux, du Parti de la Ligue ne pussent rien avancer en leur dessein, ni remuer par force au préjudice de sa Majesté.

(1) Il y avoit entre les Ducs de Guise & de Mayenne, une dispute au sujet d'une Femme, dit M. de Thou ; & cette dispute étoit si vive, qu'ils s'étoient appellés en duel, & trouvés au rendez-vous ; mais, prêts à en venir aux mains, le Duc de Mayenne, soit par respect, soit par repentir, avoit rendu les armes à son Frere, & tous deux s'étoient séparés sans se battre.

(2) M. de Thou rapporte ce même fait du Billet ; mais en doutant de la vérité : *On croit,* dit-il, &c.

(3) C'étoit Pierre d'Espinac, né en 1540, mort en 1599. Il étoit d'une Famille noble ; mais ses mœurs ne répondirent point ni à sa naissance, ni à sa profession. M. de Thou, & après lui le nouveau *Gallia Christiana,* le peignent sous de très vilaines couleurs.

Monfieur le Grand-Prieur (1) fit, dès ce foir, partie pour jouer à la Paume avec le Prince de Jainville (2), auquel il donna affurance que le lendemain il l'iroit prendre de bon matin pour cet effet. Le bruit auffi courut que Sa Majefté vouloit le jour fuivant aller en voïage au Temple, que vulgairement on appelle Notre-Dame-de-Clery, entre Blois & Orléans.

Le vingt-troifieme jour de Décembre venu, Meffieurs de Guife, Cardinal de Guife, Archevêque de Lyon, Monfieur le Maréchal d'Aumont (3), & autres, viennent pour tenir le Confeil en une chambre prochaine de celle du Roi, n'y aïant qu'une petite allée entre deux : le Roi étoit en fon cabinet, prochain de fa chambre, avec quelques Seigneurs & Gentils-hommes.

Il en manda quelques-uns des quarante-cinq jufques au nombre de fept ou huit, auxquels il tint quelque langage fur les affaires qui lui importoient, & fur les affûrés avis qu'il avoit de ce qu'on entreprenoit contre fa Perfonne & fon Etat.

Peu après le Duc de Guife étant en la Chambre du Confeil, avant qu'il fût commencé, fut appellé. Il avoit vu, à fa premiere arrivée, les Gardes plus foigneufement difpofés que de coutume, tellement que (comme fouvent il advient que fur le moment de nos grandes aventures, l'efprit d'un chacun lui eft, ou pour Prophête de l'événement, ou pour titre préfage de malencontre), tout ainfi que s'il eût fait préjugé du deffein d'autrui, par le reffouvenir de celui qu'il avoit en tête, & du coup qu'il reçut, par celui qu'il avoit projetté, il entra en émotion d'extraordinaire défiance, & fi avant, que blêmiffant à cet appel, le cœur lui froidit, & comme s'il eût fenti quelque défaillance, envoïa au Sieur de S. Prié, Valet-de-Chambre du Roi, lui demander quelques raifins, qui lui furent apportés.

Premier que partir de la Chambre du Confeil, il envoïa un Page en la fienne demander un mouchoir blanc : fon Sécretaire lia en l'une des cornes de ce mouchoir, un Mémoire, portant avertiffement audit Sieur, qu'il fortît hâtivement, autrement il étoit mort : le mouchoir fut apporté, mais non baillé, car il fut ôté (avec le Mémoire) au Page lorfqu'il remonta. Le Duc de Guife voulant aller en la Chambre du Roi, & entrant de la Chambre du Confeil en l'allée qui y conduit,

1584.

REMONTR.
DES FRANÇOIS
EXILÉS.

(1) Le Duc d'Angoulême, Grand-Prieur de France.
(2) C'eft le Prince de Joinville, Fils du Duc de Guife.
(3) Jean d'Aumont, VIe du nom, Comte de Châteauroux.

redoubla sa défiance, & voulut retourner, ce qu'il ne fit pas toutefois.

On lui avoit de longue main imprimé en l'opinion que le Sieur de Longnac (1), avoit entrepris de le tuer, tellement qu'il le haïssoit, & s'en défioit grandement; s'avançant vers la Chambre du Roi, il y apperçut ledit sieur de Longnac qui étoit assis sur un coffre de Bahu, les bras croisés; & estimant (volontiers) qu'il étoit là pour l'attaquer (car il montroit d'être touché de violente appréhension & défiance), encore que ledit Longnac ne bougeât, le Duc de Guise néanmoins lui voulut impétueusement courir sus, & mettant la main sur son épée la tira à demi. Il avoit, comme souvent, son manteau en écharpe, & sous le manteau son épée, laquelle, à cette occasion il ne put si hâtivement mettre hors du fourreau, qu'aucuns qui étoient là (lui voïant entreprendre un tel effort à la porte de la Chambre du Roi), ne le prévinssent, & mourut là.

Cela ne se passa sans quelque rumeur, qui s'entendit de la Chambre du Conseil, occasion que Monsieur le Cardinal de Guise, aïant augmenté sa défiance, & pris l'épouvente, voulut hâtivement sortir, comme pour se sauver, mais il rencontra quelqu'un qui avoit commandement aux Gardes Ecossoises, qui l'arrêta prisonnier. Il trouva cet arrêt fort étrange, & voulut faire quelqu'espece de résistance; mais voïant la rumeur & le péril, il cessa son effort. L'Archevêque de Lyon, à cet allarme, sortit furieusement, & voulant en savoir davantage, & comme il disoit, secourir le Duc de Guise, fut arrêté par quelques-uns des Gardes; tellement qu'ils demeurerent, Monsieur le Cardinal & lui, prisonniers. Monsieur le Grand-Prieur étoit de bon matin allé réveiller le Prince de Jainville, pour jouer la partie dont ils étoient convenus le soir, & l'aïant trouvé au lit, après qu'il se fût hâtivement habillé, soit qu'il vît que Monsieur le Grand-Prieur fût incontinent suivi de quelques Gardes, ou autrement, entra en défiance, & peu après voulut enfiler une porte de sa Chambre, & faire quelqu'effort pour sortir, mettant l'épée en la main contre quelques-uns des Gardes qui l'en voulurent empêcher, ce que voïant lesdits Gardes, ils le prirent. Monsieur le Grand-Prieur voïant, par ces nouveaux accidens, la partie rompue, se retira. A la même heure, Pélicart, Sécretaire du Duc de Guise, fut pris avec tous ses Papiers, par lesquels aucun des plus secrets

____

(1) M. de Monpesat, Sieur de Longnac.

conseils du Duc de Guise furent découverts à Sa Majesté, &
les noms des principaux de la Ligue, soit des Princes & Nobles, soit du Clergé & des Villes. Monsieur le Cardinal de
Bourbon, qui étoit au lit, fut prié, par un Capitaine des Gardes, de se lever, & on s'assûra aussi de sa personne. Monsieur
le Marquis d'Elbœuf semblablement, & plusieurs autres du Parti
du Duc de Guise, furent pris & mis en lieu assûré.

Un Gentilhomme fut dépêché en l'Armée de Poitou vers
Monsieur de Nevers, avec mandement qu'il s'assûrât de Monsieur de la Chastre, Gouverneur du Berri, duquel on étoit en
grande défiance, pour l'étroite amitié & familiarité qu'il avoit
avec le Duc de Guise; mais ledit sieur de la Chastre, premier
que le Gentilhomme arrivât, avoit eu, de la part des siens,
même avertissement de tout ce qui s'étoit passé à Blois, & de
ce qui le concernoit en son particulier; occasion qu'à l'instant
de cette nouvelle, il alla trouver Monsieur de Nevers, & lui
dit, qu'il avoit été averti de la mort du Duc de Guise, que le
Roi aïant fait faire cette exécution, cela lui faisoit croire que
le Duc de Guise eût entrepris quelque chose contre Sa Majesté,
qu'il avoit toujours été Serviteur dudit Sieur de Guise, pour son
particulier, mais s'il avoit entrepris contre le Roi, il n'en avoit
jamais rien su. Et pourceque l'amitié que lui portoit ledit Sieur
de Guise, le pourroit avoir rendu suspect à Sa Majesté, il se
mettoit volontairement ès-mains dudit Sieur de Nevers, pour
justifier ses actions. Du depuis arriva un Gentilhomme de la
part du Roi, à Monsieur de Nevers, qui informa Sa Majesté de ce que dessus. Et peu à près Monsieur de la Chastre
alla lui-même trouver le Roi. Sa Majesté lui tint quelques propos de ce qui s'étoit jà de longue main passé pour le particulier dudit Sieur de la Chastre, qu'il vouloit oublier; & sur
l'assûrance que lui donna ledit Sieur de la Chastre de lui demeurer Serviteur fidele, lui commanda d'assûrer pour son service les Villes de son Gouvernement, & se disposer pour aller
à Orléans contre ceux de la Ligue, ce que ledit Sieur de la
Chastre promit de faire.

Peu après la mort du Duc de Guise (1), le Roi alla trouver la
Reine, sa Mere, & lui-même lui déclara ce qui s'étoit passé le
matin; de quoi elle fut de prime-face émue; toutefois mémo-

(1) Le Duc de Guise fut massacré le 23 24. Voïez le récit de ces deux événemens
Décembre 1588, & le Cardinal de Guise, dans l'Hist. de M. de Thou, Livre 93e.
son Frere, eut le même sort le lendemain

rative des juftes occafions que le Duc de Guife avoit à tant de fois données au Roi d'en rechercher la punition, elle defira que ce fût bien fait, & fut d'avis que le Légat du Pape en fût averti : ce qui fut fait ; car peu après Sa Majefté lui manda, par le Cardinal Gondy, que l'attentat fait contre fa propre perfonne & tout fon État, par le feu Sieur de Guife, l'avoit contraint de faire faire cette exécution ; qu'il avoit en cela fuivi le Confeil du Pape, fon Maître, lequel lui avoit mandé d'ainfi faire, fi par autre moïen il ne pouvoit empêcher les mauvais defleins dudit Sieur de Guife. Le Légat fut à cette nouvelle étrangement étonné ; car il avoit fort affuré toute l'Italie de tous contraires événemens à ceux qu'il voïoit : ce même jour, le Légat fut prié d'intercéder envers Sa Majefté pour la vie de Monfieur le Cardinal de Guife : ce qu'il promit de faire.

Les hommes ne peuvent remettre d'un moment le temps de leur fin ; plufieurs ont eftimé que la confervation de la vie de M. le Cardinal de Guife n'eût été de difficile octroi ; mais, comme un courage élevé, & qui penfe être prochain de quelque grande & extraordinairement favorable profperité, ne peut aifément patienter, fe voïant ou ravalé, ou emporté au loin de fon efpoir, ainfi ce Perfonnage tombé fi foudain de fi haut, & volontiers ému de fes pertes domeftiques, ne fe peut contenir, que par paroles bouillonnantes il ne menaçât encore de plus que ne contenoit le deffein de fon Frere, duquel il étoit l'une des premieres colomnes : ce qui l'enveloppa en la même punition, étant jugé coupable de même crime ; tellement qu'il mourut peu après en ce même lieu où il avoit été conftitué Prifonnier.

Le Roi fortit au même temps pour aller à la Meffe au Temple, appellé Saint Sauveur, en la baffe-cour du Château. Là le Légat du Pape fe promena, & parla longuement avec Sa Majefté, fe riant par fois à la vue d'un grand nombre de Peuple qui les obfervoit, d'entre lequel plufieurs voïant la tant gaie contenance du Légat (1), eftimerent qu'il n'avoit pas beaucoup de deuil au cœur de ce qui s'étoit paffé, encore que fes familiarités avec la Maifon de Guife euffent pu occafionner aucuns d'attendre de lui le contraire. Peu de jours après mourut la Reine (2) Mere du Roi, laquelle étoit, dès le commencement

(1) C'étoit le Cardinal Morofini.

(2) Catherine de Médicis mourut le 5 Janvier 1589 ; elle étoit née le 13 Avril 1519 : ainfi elle étoit dans la 70e année de fon âge.

Voïez le Journal d'Henri III, par Claude de l'Etoille, édition de 1719, *in-8°*. T. I, pag. 261 & fuiv.

des Etats, tombée malade : elle avoit vécu un long âge ; mais en icelui vu naître de grands maux, & calamiteufes mutations au Roïaume de France.

Toutes les portes de la Ville de Blois avoient, dès la nuit de la mort du Duc de Guife, été foigneufement gardées, & n'avoient été ouvertes que fur les onze heures, ou midi (au moins enforte qu'on y paffât librement) : ce nonobftant le bruit qui vole par-tout, avoit paffé jufques aux Fauxbourgs par-deffus les murailles, tellement que plufieurs des Partifans du Duc de Guife & de la Ligue (foit qu'ils en fuffent duement avertis, ou que, par la preffe de la confcience, ils en euffent opinion ou crainte) eurent fi chaudement l'allarme, que jamais ceux de la Religion ne partirent de S. Germain-des-Prés à la Saint Bartohlomé de l'an 1572 fi hâtivement & fans bottes, que firent la plûpart de ceux-ci : de façon que ceux qui le foir précédent, prenoient au point d'honneur pour le combat, fi on les appelloit Roïaux ou Politiques, renioient, plus qu'un meurtre, qu'ils euffent jamais été Guifars, ou de la Ligue. Telle eft l'inconftance des entreprifes humaines ; telle eft la vanité de l'homme ; tels & tant épouvantables font les Jugemens du Ciel, contre l'infidélité & aveuglement incrédule des Enfans d'Adam corrompus. Sur le foir, tout fut à Blois auffi tranquille qu'il étoit auparavant, hormis le deuil caché de plufieurs, lefquels n'avoient prémédité une fi fubite tempête fur la Maifon de Guife.

Le Roi aïant fait diverfes dépêches par toutes les Provinces, fit entendre aux Etats que c'étoit fon intention qu'ils fuffent continués, avec réfolution de fuivre en toutes chofes leurs rai-fonnables confeils. Le Sieur de Briffac y fit une Harangue plei-ne de congratulation & exhortation à Sa Majefté, de pourfui-vre à faire la guerre à ceux de la Religion, qu'il appelloit Hé-rétiques, avec beaucoup d'autres invectives, fans leur laiffer ef-pérance de miféricorde : cette Harangue fut fuivie de quelques autres tendantes à même but, lefquelles furent auffi-tôt impri-mées & divulguées.

DE LA PRISE DE NIORT.

AU même temps que les affaires se passoient ainsi à Blois, la Ville de Niort, en Poitou, fut prise par ceux de la Religion, de la façon qui s'ensuit. Le Sieur de S. Gelais (1) avoit de longue-main curieusement recherché les moïens d'entreprendre sur cette Place, tant pour servir à ceux dont il suivoit le parti, aïant toujours été les Principaux des Habitans de la Ligue, & fort dédiés à la Maison de Guise, que pour les occasions de mécontentement & doléances que les susdits Principaux de la Ville, ligués & fort ennemis de ceux de la Religion, lui donnoient, lui faisant, & ès maisons qu'il a auprès, tous les déplaisirs & incommodités qu'ils pouvoient.

Le Roi de Navarre étant arrivé en Poitou, prit connoissance, tant par ledit Sieur de S. Gelais, qu'autres, de cette entreprise ; les exécutions en furent plusieurs fois retardées : finalement, ledit Sieur Roi aïant mûrement pesé toutes circonstances, & reconnu la facilité ou difficulté des moïens, mit clôture à ce conseil, par la résolution qu'il fit d'en tenter promptement l'exécution ; & pour ce faire, partant de la Rochelle, s'en alla à S. Jean d'Angeli, sous autres prétextes. Peu après, environ le 24 de Décembre 1588, le Sieur de S. Gelais partit de la Rochelle, accompagné du sieur de Ranques (2), avec huit ou dix chevaux de son train seulement, & s'achemina à S. Jean, où il arriva sur les huit ou neuf heures du soir ; ce fut le samedi. Le lundi suivant, vingt-sixieme, environ la porte ouvrante, arriva un Courrier, venant, comme il disoit, de Blois, courant à deux chevaux, lequel assuroit être volontairement parti dudit Blois, pour apporter au Roi de Navarre la nouvelle de la mort du Duc de Guise.

Cette nouvelle ne retarda pas la résolution de l'entreprise : tellement que ledit Sieur Roi aïant ordonné les gens de guerre qui aideroient cette exécution, & de ceux qui les conduiroient, à savoir, les Sieurs de Parabiere (3), Harambure (4), Preau (5),

---

(1) Louis de Saint-Gelais, qui étoit un des principaux Chefs des Protestans ; comme il avoit ses Terres proche de Niort, il avoit été aussi un des plus exposés aux attaques des Catholiques.

(2) Antoine de Ranques.
(3) Jean Baudeau de Parabere.
(4) D'Arambure.
(5) Hector du Preau.

&

& quelques autres, Monſieur de S. Gelais, ledit Sieur de Ranques, & dix ou douze chevaux ſeulement, partirent de S. Jean;
& tirant vers Villeneuve, à une lieue de S. Jean, rencontrerent environ quarante Arquebuſiers à cheval, du Régiment des
Gardes dudit Sieur Roi, leſquels étoient conduits par le Sieur
Deſliſtres : avec cette Troupe, leſdits Sieurs de S. Gelais &
de Ranques allerent ſur le chemin lequel va hors à la main
gauche, au bout de la Forêt. De-là, étant encore aſſez de jour,
le Sieur de Ranques, accompagné de cinq ou ſix Gentilshommes, & dix ou douze Arquebuſiers, ſe ſépara d'avec le Sieur
de S. Gelais, & prit le chemin de Fors (1). Il étoit fort avancé ſur ce chemin, lorſqu'il rencontra dix ou douze Chevaux
ennemis qu'on eſtimoit être Albanois; ſans marchander, il les
chargea; en fut tué un, le reſte ſe ſauva en la Forêt de Chi-
zay (2) : cependant ledit Sieur de S. Gelais, avec le reſte de
la Troupe, s'achemina juſques à un Carrefour, près le Bourg
de Sainte Plaſine (3), où ſe rencontrerent auſſi leſdits Sieurs de
Parabiere, Harambure, Preau, & autres, avec ce qui les ſuivoit, juſques au nombre d'environ trois cens cinquante hommes, avec ſix Mulets portant les pétards, échelles, & autres
choſes néceſſaires; on fit là alte quelque temps, en attendant
le reſte de la Troupe : le tout rallié pouvoit faire de trois à
quatre cens Arquebuſiers, & ſoixante ou quatre-vingts Gendarmes.

Cette Troupe s'achemina, au plus grand ſilence que faire ſe
pouvoit, vers Niort, du côté de la porte de S. Gelais. Le ſieur
de Ranques s'étant ſéparé, comme il a été dit, alloit pour découvrir ſur le grand chemin qui mene de Fors à la porte S.
Jean dudit Niort, afin d'empêcher qu'aucun ne pût tendre ou
entrer par ce côté en la Ville, pour donner avertiſſement de
ce qui ſe paſſoit en la Campagne. Or étoient-ils demeurés derriere toute la Troupe (à la bonne heure pour les Entreprenans)
deux des Serviteurs dudit Sieur de S. Gelais, qui étoient à pied.
Ils acconſuivirent, ſur le chemin de la Contrée à Niort, un
Païſan envoié audit Niort, par le Sieur de la Ferriere, Guidon
de la Compagnie du Sieur de Malicorne (4), qui pour-lors
étoit en ſa Maiſon à Contie. Ce Païſan portoit Lettres dudit
Sieur de la Ferriere au Gouverneur & au Lieutenant Général
dudit Niort (homme ligué, turbulent, & ſous le plaiſir duquel

___

(1) Seigneurie près de Niort, en Poitou.
(2) Ville du Haut-Poitou, ſur Boutone.
(3) C'eſt Sainte Placine.
(4) Jean de Chourſes, Sieur de Malicorne.

branloient tous les Habitans) portantes avertiſſemens, que jà
par deux diverſes fois il les avoit avertis de ſe donner de garde,
parceque, quoiqu'on dît que les Huguenots alloient à Congnac,
c'étoit feinte ; qu'ils avoient rebrouſſé chemin, & alloient à eux
pour certain ; qu'il craignoit que ſes Gens n'euſſent été pris,
vû qu'il n'en avoit depuis oui nouvelles : occaſion qu'il leur
envoïoit pour le troiſieme ce Païſan, pour leur donner le même avertiſſement, & qu'ils ſe donnaſſent ſoigneuſement garde.
Les Serviteurs du Sieur de S. Gelais demandent au Païſan où
il va, répondant, à Niort ; & nous auſſi, dirent-ils ; mais nous
craignons qu'il ſoit bien tard pour y arriver (car c'étoit ſur le
Soleil couchant). N'aïez peur de cela, dit le Païſan, quand
il ſeroit minuit j'y entrerois, car je porte des Lettres à M. de
Malicorne : oïant cela ces Serviteurs, & aïant découvert que
le Païſan avoit ſes Lettres dans une boule d'argille cuite, qu'il
portoit en ſa main, le forcerent, & lui ôtant ſes Lettres, l'emmenerent avec eux, Trouvant le Sieur de Ranques au rendez-
vous du Moulin à vent, lui baillerent les Lettres, avec le
Païſan : icelles lues, à l'arrivée des Sieurs de S. Gelais & Pá-
rabiere avec les Troupes, il les leur communiqua.

Cette nouveauté étoit aſſez ſuffiſante pour mettre les Entreprenans en défiance : mais on a beau veiller pour la garde de
la Cité, ſi Dieu la veut ſurprendre ; il n'y a point de ſûreté
ou de prévoiance à l'encontre de ſon effort. L'inſolence des
Habitans de Niort envers le Roi de Navarre, & contre ceux de
la Religion, étoit venue à ſon comble, tellement que, nonobſtant le doute où on étoit que ceux de dedans fuſſent avertis,
à la grande inſtance d'aucuns, on réſolut de paſſer outre. Or
avoient les Troupes jà mis pied à terre à une grande demi-lieue
de-là, en une Vallée près Vouillay (1) ; & là avoient les Troupes laiſſé leurs chevaux attachés, avec quelques Goujats & Valets, pour les garder : on y penſoit auſſi décharger les échelles & pétards ; mais la diſtance de-là à la muraille de la Ville
étant encore longue, on fit marcher les Mulets à-travers champs,
juſques à une Perriere proche de la Ville, & diſtante de la
muraille d'un trait d'arc, Là furent déchargées les échelles, &
diſtribuées à ceux qui s'en devoient ſervir : là même furent
préparés les pétards, par les Sieurs de Villeſavé & Gentil, qui,
induſtrieux à cette faction, les devoient faire jouer ; les pétards
furent portés à un jet de pierre près la muraille, les échelles

____

(1) Vouillé, Bourg du Poitou, près Poitiers.

auffi, & le tout dans le grand chemin qui mene de Chifay à la porte S. Gelais : ce remuement fe paffa (chofe étrange) fans que ceux de la Ville branlaffent aucunement.

La Lune n'étoit encore couchée, & ne fe coucha de trois à quatre groffes heures après, qui augmenta fort la crainte des Entreprenans, qu'ils ne fuffent découverts. Il fallut patienter, nonobftant le grand froid, & attendre en filence le coucher de la Lune, au raïs de laquelle plufieurs, couchés fur la terre gelée, dormirent plus fouefvement (laffés de la retraite) que s'ils euffent été en leurs lits.

Cependant les Sieurs de Ranques, Valieres, (1) Gentil, &c., furent reconnoître le foffé, le lieu où on devoit planter les échelles, & les portes où fe devoient appliquer les pétards; aïant reconnu le tout, & vû que rien ne bougeoit en la Ville, leur rapport fait, on fit acheminer les pétards, & dévaller les échelles dans le foffé fec, par un affez facile fentier. La Faction de l'efcalade étoit conduite à la premiere échelle par les Sieurs de Ranques, de Jonquieres, Valieres, & autres, guidés par un Soldat nommé Renaudiere : à la feconde échelle étoient les Sieurs de Preau, d'Arambure & Defliftre, fuivis des hommes qu'ils avoient de leurs Compagnies. Les Sieurs de S. Gelais & Parabiere s'acheminerent à la porte de S. Gelais, avec ceux qui devoient faire jouer les pétards. L'efcalade fut dreffée à la muraille de la Ville, diftante de la fufdite porte environ trente ou quarante pieds. Ceux qui portoient les échelles ne furent pas plutôt dans le foffé, que la Sentinelle, qui étoit fur la muraille (loin du lieu de l'efcalade environ quarante pas) ne demandât fort furieufement, qui va là ? Les Affaillans, nonobftant, tinrent ferme dans le foffé, fans rien répondre. Celui qui commandoit au Corps de garde de la Ville (lequel étoit pofé fur le Portail de la même porte de S. Gelais, où on planta les pétards), fortit, & demanda à la Sentinelle, qui eft là ? que veux-tu ? La Sentinelle lui répondit, j'entendois quelque bruit, mais ce n'eft rien. Il furvint alors une fort grande obfcurité (comme volontiers il advient après le coucher de la Lune) qui favorifa beaucoup les Affaillans, pour les dérober des yeux de cette Sentinelle : car, fans qu'elle l'apperçût, les échelles furent plantées fûrement (comme il fera dit); au même inftant fut appliqué un pétard contre la porte du Ravelin, qui couvre la porte de S. Gelais.

(1) Vilpion de Valiéres.

V ij

Il avoit été résolu entre les Assaillans, qu'on entreroit le plus qu'on pourroit par l'escalade, & que les pétards ne joueroient qu'à l'extrémité : occasion qu'on commença la surprise par l'escalade. Les échelles donc emboîtées les unes dans les autres (car elles étoient de telle artifice) furent appliquées à la muraille, haute de trente-six à quarante pieds, distantes l'une de l'autre de trois ou quatre pas. Les Sieurs de Jonquiere & Sousfoubre s'étant rendus sur la muraille, suivis de vingt-cinq ou trente, plus prochains de la Sentinelle, la jetterent par les murailles ; & comme on montoit à la file, les dessusdits, avec les Sieurs de Preau, Desliftre, & autres, environ cinquante, donnerent dans le Corps-de-garde, où ils étoient sept ou huit hommes, pauvres gens de labeur, (car les Riches de la Ville dormoient à leur lit, &, comme aucuns rapportent, plusieurs d'iceux avoient passé la meilleure partie de la nuit à danser & jouer) auxquels ne fut fait aucun mal, moïennant le silence qu'ils firent. Un Soldat fort hâtif (fût de l'appréhension du péril où ce petit nombre déja monté étoit, en une si grande Ville, ou autrement) cria, au pétard, au pétard : cette voix servit aux Pétardiers (puisqu'il se faut accommoder de ce nouveau nom) de signal, qui firent jouer celui qu'ils avoient planté à la porte du Ravelin : le bruit en donna l'allarme aux Habitans : l'effet fut l'ouverture de la porte. A l'instant l'autre joua contre le pont de la Ville, fait en bascule : l'effet n'en fut pas si grand que du premier, car il creva ; il rompit néanmoins deux madriers du pont, & ouvrit en deux la porte de la Ville : l'ouverture du pont étoit fort étroite, & n'y pouvoit qu'à difficulté passer un homme, encore fallut-il descendre par échelles dans le fossé, & puis, avec les mêmes échelles, remonter à l'ouverture du pont : deux hommes armés eussent été plus que suffisans pour résister à cette entrée. Passerent par cette ouverture le Sieur de Parabiere, & plusieurs Gentilshommes armés, & Soldats qui le suivoient ; M. de S. Gelais semblablement, avec le reste des Gentilshommes & Troupes. Ceux qui étoient montés par l'escalade, se coulerent, serrés (quoiqu'en petit nombre) le long de la rue, tirant vers la Halle. Entre iceux, parut fort le sieur d'Harambure, suivi de dix ou douze de ses Chevaux-légers, & fort peu d'Arquebusiers, qui, avec lui, donnerent jusques près de la Halle, où plusieurs des Habitans, sortans à l'allarme, firent quelque résistance : là fut blessé ledit Sieur d'Harambure. Ce fut à cet instant même que survint le

Sieur de Parabiere, avec sa suite ; tous firent mettre du feu aux fenêtres & par les rues, par plusieurs des Habitans, lesquels, aïant ouï crier, vive Navarre, & reconnoissant que c'étoit une surprise, prirent l'effroi, & obéirent, sans oser refuser ce qu'on leur commandoit. Les autres poursuivans, qui étoient montés par l'escalade, trouverent résistance en un canton, par-delà l'Aumonniere : car un de la Ville, nommé Princé (1), Receveur des Tailles, s'étant levé de matin pour écrire quelques Lettres à ses Enfans, Ecoliers à Poïtiers, à l'allarme étoit sorti, armé d'une rondache, l'épée en la main ; mais il s'oublia de mettre au col la banderolle de la rondache, qui lui tourna à préjudice ; car, s'étant rallié avec le Lieutenant de la Ville, & quelques Habitans, auxquels se joignirent aucuns de la suite & des Gardes du Gouverneur, donna courageusement, avec sa suite, droit aux Assaillans, qui toujours s'avançoient, & les repousserent aucunement ; mais le bras de Princé, lassé du fardeau de la rondache, il la quitta, soit qu'il fût jà blessé, ou autrement ; tant y a que, celui-ci par terre, le reste branla. Le Lieutenant y fut blessé, &, comme désespéré de sa vie, se mit ès mains de quelques Gentilshommes, avec promesses de grande rançon : tellement qu'il fut lors caché, sans qu'on pût jamais savoir où il étoit, qu'après sa mort. Le reste du Peuple, qui s'étoit mis en armes, se rallia en la rue de la Maison de la Ville ; ils y tirerent quelques arquebusades, mais sans grand effet, car ils perdirent aussi-tôt cœur, comme c'est chose ordinaire en si promptes surprises ; & principalement desquelles on néglige les avertissemens, ainsi que le Lieutenant de Niort avoit fiérement fait, peu d'heures avant cette surprise : aucuns se jetterent par-dessus les murailles, & s'en tua quelques-uns ; autres dévalerent avec des cordes, plusieurs se retirerent au Château ; les autres se cacherent : tellement que les Assaillans, en moins de trois quarts d'heure, entrerent, vainquirent, & demeurerent Maîtres de la Place, sans perte plus grande que de cinq ou six hommes : il en fut tué, de ceux de la Ville, environ vingt-cinq ou trente, & encore la plûpart d'iceux venant indiscretement au lieu où se donna l'allarme, avec torches & fallots, qui servoient d'adresse à la visée des Assaillans.

Le jour commençant à reluire, les Soldats s'écarterent çà &

(1) Philippe de Villiers Princé, qui fut joint par Jacques Laurent, Lieutenant Général de la Ville : Princé fut tué, & le Lieutenant Général fut blessé dangereusement.

là, pour le pillage, lequel se fit par les maisons; mais tellement qu'il n'y eut ni meurtre, ni violement, soit de femme
ou de fille; il fut impossible aux Chefs de le réprimer entiérement. Si se peut-il dire que cela se passa autant modérément,
que la circonstance de l'action, du lieu, & des personnes à qui
on avoit affaire, le pouvoit permettre : car c'étoit une Ville
liguée, quasi pleine de ceux qui étoient encore souillés du sang
de ceux de la Religion, qu'ils avoient en toute maniere cruellement traités, & qui étoient riches de la dépouille de leurs
biens, qui avoient mérité la juste indignation du Roi de Navarre, envers lequel ils ne s'étoient moins témérairement qu'or-
gueilleusement comportés. Bref, c'étoit une Ville surprise par
ceux-mêmes, ès affections desquels elle avoit allumé le brandon
de vengeance, s'ils en eussent voulu user, & surprise de nuit.
Les plus riches Habitans, & plus qualifiés Ennemis de la Religion, en furent quittes pour racheter & leur vie & leur bien,
de quelque somme d'argent, petite, au regard de la perte du
total : tel avoit en sa maison pour dix ou quinze mille livres
de marchandise, qui en fut quitte pour deux ou trois cens
écus. Les Chefs dépêcherent incontinent à Saint Jean, vers
le Roi de Navarre, pour lui faire entendre la nouvelle de cette
exécution.

Sur les neuf heures du matin, ledit Sieur de Malicorne, qui
étoit au Château, fut sommé de se rendre (& la Place aussi)
à la discrétion dudit Sieur Roi de Navarre : il n'y avoit moïen
qu'il pût résister; car toute l'artillerie étoit en la Ville : ôtages
furent donnés de part & d'autre. Les Sieurs Despave & la Rous-
siere sortirent pour le Sieur de Malicorne, ensemble le sieur du
Pont de Corlé; deux Soldats des Gardes du Roi de Navarre
entrerent au Château, pour empêcher qu'il n'y survînt du désordre. Le Jeudi, second jour de la prise, le Roi de Navarre
y arriva avec quelque Cavalerie; il reçut, à son arrivée, fort
humainement le sieur de Malicorne, auquel il permit d'emporter
du Château tout ce qui étoit sien; &, outre cela, donna main-
levée à la Dame de Malicorne, de l'Abbaïe S. Lignare (1). Le
Vendredi, s'étant ledit Sieur de Malicorne retiré, le Lieutenant fut trouvé mort en une pauvre maison, près la porte S.
Gelais, où il étoit décédé des blessures qu'il avoit reçues en
l'ardeur du conflit. Son corps fut transporté sous une potence
qui étoit plantée devant le Château : le Roi de Navarre toute-

____
(1) On leur donna même une escorte pour les conduire jusqu'à Parthenai.

fois l'octroïa facilement à quelques-uns de ses Parens , qui lui
demanderent pour la sépulture , encore qu'il eût mérité , voire
après sa mort , quelque notable flétrissure : car il avoit vécu
fort séditieusement , juré la Ligue des premiers , s'étoit fort
cruellement souillé du sang de plusieurs Innocens , pour ce seul
titre qu'ils étoient de la Religion ; & de n'agueres avoit commis un acte non moins odieux & cruel , que criminel , aïant
fait traîner par les rues de la Ville , contre tout droit , le grand
Prévôt de France (1) , que le sort des armes avoit abattu , en
combattant près des murailles de Niort , peu avant la prise ,
comme il a été dit ci-dessus.

Fut pris un nommé Jamart , des plus riches de la Ville , qui
étoit sur le moment d'être mis à rançon & délivré , comme les
autres Habitans , lorsqu'il fut accusé & déféré par aucuns même de la Religion Romaine & de la Ville , comme étant homme
de très mauvaise vie , & qui avoit commis beaucoup de choses punissables , selon les Loix ; fut convaincu d'être des principaux remuans à sédition pour la Ligue , & qui avoit indignement & outrageusement détracté des principaux Princes du
Sang ; son procès lui fut fait pour ses malversations , & fut l'u-
nique qui , à cette prise , fut pendu. Ce que je te remarque
exprès , Ami Lecteur , ensemble tout ce qui a été dit ci-dessus du
pillage , afin qu'en lisant ici la pure & simple vérité , qui t'est of-
ferte sans fard ni passion , tu aies en horreur les mensonges ridicules , & calomnies détestables , qui ont été , au propos de
cette prise , imprimés & divulgués peu après la prise , par
un Ecrit intitulé : *Les Cruautés exécrables commises par les
Hérétiques , contre les Catholiques de la Ville de Niort , en
Poitou :* par lequel Ecrit , entre autres Fables , est conté
que jamais ceux de la Religion ne l'eussent prise sans l'aide
des Politiques qui étoient dedans ; il est au contraire très vrai ,
que jamais un seul Politique , ni autre Révolté de la Religion , ne s'en mêla , ni devant , ni après la prise. *Item* , qu'on
y tua de sang froid les Officiers de Justice ; qu'on pendit les
Maire & Echevins ; qu'on en pendit quelques - uns , qui aimerent mieux mourir que de renier leur Foi & Religion ; qu'on
pendit les Prêtres ; qu'on en ouvrit un tout vif par le ventre ,
en la présence des autres , pour leur faire renier Dieu , &
qu'on lui arracha les parties nobles : qu'ils demeurerent cons-

(1) Jean Valette , Grand-Prévôt du Roi de Navarre , qui avoit été tué dans un
combat.

tans comme rochers, nonobstant tous travaux, & endurerent
martyre ; qu'on tua plusieurs Innocens par la Ville, en si grand
nombre, que les rues regorgeoient de sang & de corps morts ;
&, pour le comble, que les Hérétiques, plus endurcis (comme dit la Fable) que les Diables, prirent une Femme qui les
reprenoit de leur cruauté, la voulurent forcer de renier la Messe ;
ce que refusant, lui emplirent, par la nature, le ventre de
poudre à canon, & y aïant mis le feu, la firent crever ; bref,
qu'on en a nouvellement martyrisé (dit le Menteur) de deux
à trois cens qui sont maintenant au Ciel. Le Diable , Pére de
mensonge , auroit horreur de telles impostures ; & les plus idiots
rougiroient de telles sotises & artifices si grossiers, pour rendre
odieux ceux de la Religion. Le contraire de telles menteries
& faussetés, est assez redargué par le vrai discours contenu en
ce Recueil , qui contentera (à mon avis contre tels Menson-
gers) tout esprit non passionné, doué de quelque jugement,
& amateur de vérité, quand seulement on ne voudra regarder
qu'à ce qui est vraisemblable. Les Prêtres, & autres de la Religion Romaine, qui sont libres à Niort, & y demeurent en
paix , en pourroient rendre témoignage, qui sera toujours confirmé par toutes les autres Places, lesquelles, & auparavant &
depuis, se sont soumises, de gré ou de force, au Roi de Navarre , duquel la singuliere humanité est assez reconnue, pour
lever l'opinion, voire à ses plus grands Ennemis, qu'il voulût
en aucun de son Parti, souffrir avec impunité si horribles bar-
baries & insolentes cruautés. Cette seule maxime (que jamais
ceux de la Religion n'ont pressé par violence la créance d'aucun) découvre assez le venin de cette calomnie ; laquelle fait
autrement grand tort au Parti , soit de la Religion Romaine
en général, soit de la Ligue en Particulier, car elles laissent
(par l'échantillon de si horribles impostures, recouvert de tant
de beaux langages de dévotion , foi, religion , martyre , &
semblables) l'esprit d'un chacun fort disposé à faire mauvais jugement de toute la piece , étant certain que, qui s'accoutume à
mentir ainsi à son escient en choses moindres , se parjure facilement en chose de plus grande importance. La circonstance du temps, auquel sortit en lumiere ce Libelle de mensonge, est aussi à remarquer ; car ce fut lors qu'après la mort du
Duc de Guise ; tous ceux de cette Maison & de la Ligue, sou-
levoient toutes les principales Villes de France contre le Roi
& les Princes du Sang. Telles trompettes de fausseté aidoient
fort

fort à ce deſſein, pour rendre le Roi de Navarre odieux & tous ceux de ſon Parti, tâchant d'émouvoir le Peuple par tels menſonges, pour le rendre indomptable & endurci contre l'obéiſſance : comme ſi avoir affaire avec ceux de la Religion, étoit rencontrer des Tigres enragés ; mais l'expérience a par-tout témoigné, & témoigne encore le contraire.

Pour reprendre & finir le Diſcours de la priſe de Niort, on trouva en cette Ville - là cinq beaux canons de batterie, portant demi-pied & un doigt d'ouverture ; deux fort longues coulevrines, que le ſuſdit Lieutenant avoit fait fondre, pour (comme il diſoit par dériſion) en ſaluer le Roi de Navarre, quand il approcheroit les murailles de Niort ; il y fut auſſi trouvé trois autres moïennes coulevrines. Les canons étoient portés & équipés tout à neuf par Ouvriers appellés exprès de Paris pour ce faire, & étoient, en tel équipage, prêts pour être menés en l'Armée de M. de Nevers, & pour le ſiége de Fontenay. Cette Ville étoit pleine de richeſſes, & pluſieurs des Riches étoient abondans des dépouilles de ceux de la Religion de tout le Païs à l'environ : il y avoit quantité de bleds, ſuffiſante pour entretenir deux ans une Armée de vingt mille hommes : il y fut auſſi trouvé plus de vingt milliers de poudre, ſans une merveilleuſe quantité qu'avoient les Particuliers. Ceci eſt remarqué pour faire ſouvenir à tous, que celui qui pille, ſera pillé, celui qui déſole, ſera déſolé. *Item*, de ce qui eſt dit, tes munitions feront comme figues mûres, tombantes d'elles-mêmes en la bouche de celui qui en voudra manger. Le Roi de Navarre donna le Gouvernement de cette Place & du Païs, à Monſieur de S. Gelais. Monſieur de Parabiere fut ordonné pour demeurer au Château.

LA nouvelle de la mort du Duc de Guiſe étant parvenue à M. de Mayenne, étant au Lyonnois, il s'ôta du chemin, & prenant la route de Bourgogne & Champagne, s'aſſura, en ces Provinces-là, de toutes les Places qu'il put, diſpoſant toutes choſes à la guerre contre le Roi. Ceux de Paris, entre toutes les autres Villes de France, & comme la Capitale, qui avoit le plus eſpéré du Duc de Guiſe, s'en émurent auſſi davantage : c'eſt le Diſcours d'un gros Volume. Ils ſe montrerent merveilleuſement âpres contre le Roi, comme il ſe pourra voir, tant par les écrits qu'ils divulguerent contre Sa Majeſté, que par

les Déclarations & Edits, que Sadite Majesté réciproquement
(justement toutefois) fit contre eux, qui seront ci-après ajoutés.
Ils emprisonnerent plusieurs des Serviteurs du Roi ; tellement
que depuis, être Roïal, entre eux, est un grand crime capital ;
& , parceque ceux de la Religion infailliblement sont Roïaux,
ils ont tellement joint ces deux en un, qu'être Roïal, est,
d'un dégré, être plus qu'Hérétique. Ceux de Toulouse les suivirent, comme aussi ceux d'Amiens, d'Abbeville, de Rouen,
d'Orléans, & autres.

SIEGE

DE LA CITADELLE D'ORLÉANS,

Par le Maréchal de Haumont, pour le Roi.

LA Citadelle d'Orléans, au milieu de telles révoltes des Villes, sembloit être assurée pour le Roi. Et de fait, le Sieur d'Antragues (1) , qui avoit, peu auparavant, quitté le Parti de la
Ligue, y avoit fait ce qu'il avoit pu ; mais les Habitans (de
longue-main assurés pour la Ligue) confirmés par les Sieurs de
Mayenne , d'Aumale, & autres de ce Parti, exhortés & stimu-
lés par ceux de Paris, leurs proches Voisins, assurés aussi par
la conduite du Chevalier Breton, & autres Capitaines, qui se
promettoient, & aux Habitans, prompt secours des Sieurs de
Mayenne & d'Aumale, les armes levées, se révoltent ouvertement, sous la confiance de la richesse de leur Ville, & forteresse de leurs murailles.

On dit vulgairement de cette Place, que c'est la Citadelle
de France, tant pour sa commode situation sur la Riviere de
Loire, que pour sa force. Ces raisons (entre les autres) inci-
terent le Roi à tâcher, par voie gracieuse & tranquille, de les
ramener à leur devoir ; mais la raison servant peu, envers un
Peuple transporté de passion, & débauché par les amateurs
de changement, de l'obéissance de son Roi, il fut contraint
de tenter la force, par le moïen de la Citadelle. Il y envoïa
le Sieur de Haumont, Maréchal de France (2), avec forces,

(1) De Balsac d'Entragues.
(2) Le même d'Aumont, dont on a parlé ci-dessus.

tant de pied que de cheval, les Gardes du Roi, & les Suiſſes.

Les Habitans, de leur part, ſe voulant libérer de la Citadelle, l'aſſiegent par le dedans; ſe retranchent, ſe couvrent de
cavaliers & plateformes; minent par-deſſous terre, pour faire
ſauter cette Fortereſſe (qui n'eſt gueres plus qu'un Portail);
font ſorties, & même ſur les Suiſſes, avec quelque faveur; fou-
droient & raſent, a coups de canon, le dedans de cette Citadelle. Ceux du Roi, au contraire, font du pis qu'ils peuvent.
Il en eſt beaucoup tué de part & d'autre. Le Sieur d'Antragues promet néanmoins au Roi, de garder un mois ce qui reſtoit dehors (encore que ce ne fuſſent quaſi que maſures & ruines);
pendant lequel temps, il pourroit révoquer l'Armée à laquelle
commandoit le Duc de Nevers, au Bas-Poitou. Les Habitans
firent deux mines, leſquelles furent éventées par ceux de la
Citadelle.

Il partit de Paris deux ou trois mille hommes, fort bien armés, mais jeunes Soldats, & mal aguerris, pour venir au ſecours de la Ville d'Orléans; mais ils furent défaits par le Sieur
de Montigni, & autres Gentilshommes, qui les chargerent,
entre Etampes & Orléans. Il en fut beaucoup tué; preſque tous
furent déſarmés.

Le Duc de Mayenne aïant donné ordre au rafraîchiſſement
de ceux d'Orléans, & aſſuré leur être, qui ſembloit être fort
panchant, ils redoublerent leur courage, & firent tant, que,
par mines, coups de canon, & autres efforts, ceux du Roi furent contraints·de quitter les maſures qui leur reſtoient, de ce
que jadis on appelloit la Citadelle. Par ce moïen, Orléans demeura en ſa dureté, & à la dévotion de la Ligue.

Le Roi, durant ces combats, fit, le 30 de Décembre, publier à Blois un commandement fait très expreſſément à tous
les Partiſans de la Maiſon de Guiſe, de ſe retirer en leurs maiſons, avec pardon de leurs fautes, pourvû qu'ils demeuraſſent
entiers & fideles au Roi. Le Sieur Cotteblanche, Prévôt des
Marchands, & le Préſident de Neuilly, partirent auſſi de Blois,
pour aller à Paris, & tâcher de ramener le Peuple à ſon devoir; mais en vain. Les Sieurs de Villequier & Dabin, qui y
allerent ſemblablement, n'y firent rien, non plus que les autres, tant le Peuple étoit animé par les ordinaires clameurs &
lamentations des Dames de Nemours, de Guiſe, & autres de
cette Maiſon; mais encore plus par les ſermons & clameurs
ordinaires des Prêcheurs, faiſant expreſſes défenſes au Peuple,

X ij

sur peines & spirituelles & corporelles (car enfin cela fut tenu
pour crime) de plus prier Dieu pour le Roi , & se dire son
Peuple. La Postérité croira difficilement les insolences de ce
Peuple mal conduit , & les excès qu'ils firent au Louvre, Maison Roïale , aux Meubles , Tableaux , & autres choses qui
étoient en titre de propriété au Roi. Il fut mis garnison de
Soldats ès maisons de ceux qu'on reconnoissoit avoir au cœur
son service & obéissance ; & en prit bien à plusieurs de se sauver,
car ils eussent encouru beaucoup de danger. Il fut mandé à la
Cour en ce même temps, que les Habitans de Paris, avec ceux
d'Orléans , & autres Villes de leur Parti, de Champagne, Picardie , & autres Provinces du Roïaume , avoient envoïé vers
le Roi d'Espagne , pour le supplier de donner en mariage sa
Fille , au Fils du Duc de Lorraine , qu'ils desiroient reconnoître
pour le Roi.

Le débordement vint si avant , que , tout droit divin renversé , & le respect de toutes Loix , & autorité souveraine effacé
de la mémoire, ceux de la Maison de Guise, des Villes de
Paris , & autres susdites , écrivirent certaines Lettres d'Union,
& publierent une Déclaration, intitulée, *Des Princes Catholiques , unis avec les trois Etats* , imprimée (avec permission)
chez Nicolas Nivelle, rue S. Jacques. La Lettre d'Union y fut
aussi imprimée & divulguée par-tout, avec le Portrait du feu
Duc de Guise en la seconde page, & les Armes de Lorraine
en la derniere ; de laquelle Lettre , le titre & la teneur étoient
en la forme qui ensuit, & avec une double Croix en la premiere page.

LETTRES D'UNION,

POUR ÊTRE ENVOÏÉES PAR TOUTE LA CHRÉTIENTÉ ;

*Touchant le meurtre & affaffinat commis envers les Perfonnes de M. le Duc de Guife, & M. le Cardinal de Guife, fon Frere, & autres Princes & Seigneurs Catholiques, lefquels ont évité la cruauté commife en la Ville de Blois. 1589 *.*

A TOUS VRAIS FIDELES CHRÉTIENS ET CATHOLIQUES.

MESSIEURS,

Nous fommes avertis que, depuis les maffacres & autres malheurs arrivés en la Ville de Blois, le mois dernier paffé, plufieurs mal affectionnés à la Religion, & ne s'en fervant que comme de mafque, pour tromper les Catholiques, vont de Villes en autres, femant de faux bruits, & déguifant la vérité de cette Hiftoire tragique, pour prévenir le jugement de quelques-uns, & divertir par crainte l'affection des autres, qu'ils voient appréhender, par tels événemens, la tyrannie des Hérétiques. De fait, l'on en a trouvé en cette Ville quelques Difcours, par lefquels ils veulent perfuader que le feu Duc de Guife avoit quelque finiftre entreprife fur le Roi ; & que, pour le préve-nir, lui, tous fes Parens, Amis & Serviteurs, avoient été mis à mort : de forte que, n'en reftant plus de la race de ceux qui toujours plus vertueufement fe font oppofés aux efforts des Hérétiques, il ne falloit plus rien attendre de ce côté-là, &, par ce moïen ne plus efpérer l'exécution d'un Edit fi faint que celui d'Union ; par le moïen duquel (& non autre) indubita-blement fe trouvoit l'extirpation de l'Héréfie.

Or, encore qu'à tels difcours il n'y ait aucune apparence, comme finalement tous Meffieurs les Députés le rapporteront en leurs Provinces, fi avons-nous trouvé expédient de vous fup-plier (comme nous faifons), Meffieurs, que telles illufions ne nous divertiffent de l'obfervation d'une foi fi folemnellement

---

* Cette Lettre eft du mois de Janvier 1589.

promife entre nous pour la confervation de notre Religion. Confidérez, s'il vous plaît, que, pour battre notre Forterefl, on abat les défenfes ; & que puis après il fera aifé de venir à l'affaut, fans réfiftance, fi nous ne nous évertuons unanimement, & par mutuel fecours, à notre légitime confervation. Dieu a permis que Meffeigneurs les Ducs de Mércœur, de Maïenne & d'Aumale aient évité les confpirations faites contre eux. Monfeigneur le Duc de Mayenne s'avance, avec l'Armée qu'il avoit mife fus à telle fin. Et eft befoin que chacun, vrai Catholique, aimant Dieu fur toutes chofes (comme il nous le commande), fe dépouille de toute autre confidération humaine, pour entendre à la défenfe de notre Mere Sainte Eglife, contre laquelle l'on voit aujourd'hui tourner les armes qui avoient été levées pour elle.

C'eft un maigre prétexte, pour colorer lefdits affaffinats, de dire que mondit Seigneur de Guife avoit une entreprife : fes comportemens ont affez découvert fes intentions ; & ne lui impute-t-on que les mêmes calomnies qu'ont inventé contre cette Maifon les Hérétiques, depuis vingt-fept ans ; & n'eft, entre gens de piété, recevable ce qu'aucuns mettent en avant, pour excufer lefdits Affaffins, que le Roi fe fentoit indigné d'avoir été forcé dans l'Edit d'Union : car ç'eût été être forcé de bien faire, étant cet Edit, par les trois Ordres des Etats, reconnu d'une voix très utile, voire néceffaire, & l'exécution d'icelui requife.

Icelui, en l'Affemblée générale, jura folemnellement, même fur le Saint Sacrement du précieux Corps de Jefus-Chrift, & non-feulement une fois, mais plufieurs : c'eft chofe horrible feulement à penfer, que les Chrétiens vouluffent rendre une telle foi violable, & blafphême exécrable, que la fainte Communion doive fervir de mafque à l'entreprife de telles cruautés, & que les corps, ainfi inhumainement meurtris, duffent être écartelés & brûlés, pour les priver de fépulture.

Les fignalés fervices de ces Princes ne méritoient pas tels traitemens. On ne peut, entre autres, déguifer ceux de mondit Seigneur de Guife, en l'année quatre-vingt-fept, contre une Armée fi grande & puiffante d'Etrangers. Il ne fe peut trouver (fi ce n'eft entre les Barbares) perfonne qui approuve l'affaffinat de mondit Seigneur le Cardinal de Guife, vingt-fept heures après fa détention, de fang froid, & fans lui permettre feulement le Sacrement de Pénitence, fans refpect de l'Ordre de Prêtrife, & de la Dignité d'Archevêque & premier

Pair de France. De quoi fera colorée la détention du premier
Prince du Sang , Monſeigneur le Cardinal de Bourbon ? de
Meſſeigneurs les Ducs de Nemours & Delbœuf, & du Prince
de Jainville (1) ; & auſſi peu celle de pluſieurs Seigneurs , &
autres notables Perſonnages , qui, en l'Aſſemblée des Etats, où
ils ont été convoqués fous la foi publique, travaillant pour le
ſervice de Dieu & du public, contre tout droit divin & humain,
& contre la franchiſe naturelle de telles Aſſemblées, ont été
pris par le Grand Prévôt , accompagné du Bourreau. Chacun
ſait bien qu'il étoit expédient d'aſſembler leſdits Etats, & que
ce remede étoit extrême en l'extrêmité de notre mal. Chacun ſait
plus ; c'eſt que, comme les Huguenots ſe ſont conſervés par
leur union , il ne s'eſt trouvé moïen de conſerver les Catholiques, que par la leur, qui n'a point été pour ſe diſtraire de
l'obéiſſance que Dieu leur commande à tous leurs Supérieurs.
Et de fait, cette union n'apporte altération au ſervice de l'E-
gliſe, aux droits du Roi, ni à l'obſervation indifféremment de
toutes Loix divines & humaines , en ce Roïaume. De toutes
parts, d'icelui l'on a , par cette union, commencé à eſpérer
plus d'aſſurance pour la Religion Catholique, &, de la réſolution des Etats, plus de réglement aux affaires du Public : &
toutefois ces Porte-nouvelles nous feroient volontiers croire
que de-là viendroient nos malheurs ; & qu'au contraire de notre
déſunion dépend entiérement notre ſalut. Ils nous veulent perſuader que tous les Chefs Catholiques ſont tués à même temps,
& qu'il n'y a plus d'attente pour nous d'aucun ſupport ; mais
Dieu n'a pas permis que les entrepriſes ſoient toutes venues à chef.
Ne vous découragez pas, Meſſieurs ; la juſtice de notre cauſe
nous doit augmenter la valeur & l'affection de nous défendre.
Puiſqu'il nous eſt permis de nous targuer contre la foudre du
Ciel , pourquoi ne nous ſera-t-il pas licite de nous parer contre les violences qui nous ſont préparées ? Nous ſommes ſur
la défenſive , & eſt la conſervation de ſoi-même naturelle à
toutes créatures. Si, envers les Princes, envers les Prélats, &
à l'endroit des trois Ordres des Etats , la Foi publique & la
Religion ſont violées, croïez que le reſpect de votre particulier ne vous peut donner plus d'aſſurance. Uniſſons-nous donc,
Meſſieurs , plus que jamais, & nous gardons de ſurpriſes &
de garniſons ; &, nous aidant l'un à l'autre, conſervons notre
Foi & notre Religion ; &, puiſqu'il y va de l'honneur de Dieu,

____

(1) Il faut d'Elbœuf, & de Joinville.

que toutes ces considérations illusoires ne nous détournent de
bien faire : car aussi-bien pouvez-vous croire, que les termes
qu'on vous propose, par l'industrie de ceux qui reviennent de
la Cour, ne tendent qu'à vous surprendre & ranger sous la rigueur de leur félonnie. Dieu nous y veuille bien tous résoudre, encourager & assister.

OBSERVATIONS
Sur certains Points
Contenus en la Lettre susdite.

QUANT à ce qui est dit pour la défense du Duc de Guise,
les Déclarations du Roi, sur ce faites & publiées, en montrent
assez la vérité, laquelle justifie amplement ceux de la Religion,
qu'ils appellent Hérétiques, & montre, par les effets, que les
Écrits divulgués, touchant les desseins de la Maison de Guise,
depuis beaucoup d'années (qu'ils réduisent à 27 ans), ne sont
pas calomnies.

Sur ce qu'ils disent que le Roi n'a pas été forcé aux États
de faire son Edit de réunion, les Déclarations que Sa Majesté
a faites, montrent au doigt, que les Etats avoient été corrompus par les brigues & menées de la Maison de Guise & leurs
Partisans ligués ; & par ce moïen, concluant à la guerre perpétuelle, ils se servoient du prétexte de la Religion, pour toujours avoir l'autorité sur les armes, & peu-à-peu, par ce moïen,
ravir au Roi la sienne : joint ce que Sa Majesté a disertement
déclaré, que ledit Sieur de Guise, & ceux de son Parti, ne
le vouloient pas seulement forcer, par corruption des voix &
cahiers à la guerre, mais (qui est le principal sujet de la justice & punition exercée à Blois) vouloient ouvertement attenter contre sa propre vie & Couronne. Ils disent que cette union
n'apporte point d'altération à l'Eglise ni aux droits du Roi.
Quant à l'Eglise (par lequel mot ils entendent volontiers le
Clergé), le temps leur fera connoître le contraire ; & qu'entreprendre la guerre, de gaieté de cœur, contre leur Souverain
(qui, dévotionné à leur Religion, les vouloit cherement conserver) pour avoir fait justice de ceux qui, contre tout droit,

attentoient

attentoient à fa vie & Etat, ne peut que tirer après foi une ruine autant lamentable pour eux, qu'elle leur eft inévitable.

Quant aux droits du Roi, les Révoltes des Villes, Ligues & Affociations contre Sa Majefté, Levations d'Armes, Libelles diffamatoires, Everfion des ordres de Juftice & Police, Monopoles, & Intelligences avec les anciens Ennemis de la Couronne, Réfolutions de la Sorbonne & du Clergé (prifes avec abus fous le manteau de Théologie) de ne plus reconnoître le Roi pour Roi en France, & mille autres énormités femblables, témoignent affez le ſ rd & l'hypocrifie des Auteurs de ces Lettres d'Union, & l'envie qu'ils ont de réferver au Roi fes droits.

Et fur ce qu'ils exhortent un chacun de conferver avec eux leur Foi & Religion, il appert affez qu'on ne cherche pas leur Foi ni leur Religion, en ce qu'ils entreprennent contre leur Roi, qui en eft, qui la conferve & qui maintient en icelle le plus grand nombre de fes Sujets qui ne font de cette Conjuration : ne pouvant, au refte, avoir ni Foi ni Religion, ceux qui contre toute Foi & Religion, conjurent, & contre Dieu, & contre la puiffance ordonnée de par lui.

La feule remife du quart des Tailles portée par la Déclaration qui enfuit, faite (fauffement fous le nom des trois Etats) par quelques Particuliers paffionnés & brûlans d'appétit de vengeance, fans vocation légitime, fans le Souverain, fans le fuffrage de tout le refte des Etats & Provinces de France, montre affez leur attentat & les convainc fuffifamment du crime de léze-Majefté ; étant notoire que telle licence eft prife par ces Particuliers, ulcérés d'ailleurs, pour applaudir au Peuple, & le chatouillant, fous l'ombre de quelque foulagement, ravir fon cœur, pour le diftraire & débaucher plus aifément de l'obéiffance de fon Roi, le précipitant par telle perverfité au danger des défefpérés, qui eft, pour fauver un feftu, perdre & la vie & le bien, outre l'indignation divine qu'ils ne peuvent faillir d'encourir.

Avertiffement.

NONOBSTANT les étranges & trop odieufes indignités que tous ceux de la Ligue avoient jufqu'ici faites au Roi, abufans de fa patience, Sa Majefté ne laiffa pourtant de tâcher à ramener par douceur ces cœurs effarouchés & aveuglés de paffion, les conviant à leur devoir par une nouvelle Déclaration, qui fut en ce même temps par lui expédiée & envoyée par toutes les Villes de cette Conjuration, avec amples promeffes d'oubliance du paffé, & de pardon volontaire qu'il leur faifoit de tous leurs crimes paffés, defirant de voir refpirer fon Peuple, après tant de maux, fi longues & fi cruelles guerres.

DECLARATION DU ROI,

Portant oubliance & affoupiffement des contraventions qui ont été faites par aucuns de fes Sujets Catholiques.

Enfemble l'obfervation de fes Edits d'Union entre fefdits Sujets Catholiques, pour l'extirpation de l'Héréfie **.

DE PAR LE ROI.

NOTRE amé & féal, ne voulant laiffer en doute aucuns de nos Sujets Catholiques de notre intention, à l'entretenement de notre Edit du mois de Juillet dernier, concernant l'Union de tous nofdits Sujets Catholiques, pour l'extirpation de l'Héréfie, ni de la clémence dont nous voulons ufer à l'endroit de ceux qui auroient participé aux contraventions qui y auroient été faites, dont auroit été fait le châtiment fur aucuns des Chefs & Auteurs, Nous avons, fur ce, fait expédier nos Lettres Patentes en forme de Déclaration, pour icelles être publiées en nos Cours de Parlement. Et néanmoins, pour rendre iceux nos Sujets plus promptement éclaircis de notre volonté & réfolution en cet endroit, Nous avons avifé vous envoïer auffi le double collationné de nofdites Lettres, que vous trou-

---

(*) Henri III gagna bien peu de chofe par ces Déclarations; les Ligueurs regardoient cette démarche comme un aveu de la foibleffe de ce Prince; & les Lettres qu'il écrivit au Duc de Mayenne n'eurent pas un meilleur fuccès.

verez avec la Préfente, comme nous faifons à tous autres aïant
femblable Charge que vous, & vous mandons en faire faire
la publication en votre Reffort, fans attendre celle qui fera
faite par autorité de nofdites Cours de Parlement, à ce que
tant plutôt chacun fe difpofe de fe conformer à ce qui eft porté
par icelles : fi n'y faites faute. Car tel eft notre plaifir.

Donné à Blois, le deuxieme jour de Janvier 1589.

HENRI.

Et plus bas, REVOL.

Et au dos eft écrit : *A notre amé & féal, le Sénéchal de
Poitou, ou fon Lieutenant à Poitiers.*

HENRI, par la grace de Dieu, Roi de France & de Pologne ; à tous ceux qui ces préfentes Lettres verront, falut : nous
avons de tout temps, & fpécialement depuis notre Edit du
mois de Juillet dernier, effaïé par tous moïens à nous poffibles,
d'unir tous nos bons Sujets Catholiques, en concorde & bonne
intelligence fous notre autorité ; pour d'icelle union & de la
force qui nous en proviendroit, tirer le fruit auquel nous avons
toujours afpiré & tendu, de purger celui notre Roïaume, des
Héréfies, & y rétablir entierement notre fainte Foi & Religion Catholique, Apoftolique & Romaine. Prévoïant bien que
de la divifion de nofdits Sujets Catholiques, ne pourroit naître
autre chofe qu'une défolation de ladite Religion & ruine de
notre Etat. Et encore que depuis quelque temps, fe feroient
trouvés aucuns près de nous, qui s'efforçoient tout manifeftement
en notre préfence, & ailleurs par leurs Adhérans, de rallumer
& fomenter ladite divifion, faire trouver nos déportemens mauvais à un chacun, & déprimer entierement notre autorité ; Nous
aurions néanmoins avec très grande patience & calamité, to-
léré les effets de la mauvaife volonté qu'ils témoignoient en
cet endroit ; effaïant par toutes les faveurs & bons traitemens
que nous pouvions, de fléchir leurs cœurs, & les attirer à ce
qui étoit de la raifon, du bien & repos de notredit Etat, &
de la confervation de notredite Religion Catholique.

Ce nonobftant, n'étant démus de leurs pernicieux deffeins,
par les effets fufdits de notre bonté & fainte intention, ni par
autre confidération, Nous aurions découvert qu'ils feroient venus jufques-là, que d'avoir de nouveau entrepris contre nous

1589.

Déclarat.
du Roi.

& notre autorité. Pour à quoi obvier, nous aurions été contraints, à notre très grand regret, prévenir les sinistres entreprises. Mais pour le singulier amour & bienveillance qui est né avec nous , & que nous avons toujours continué & voulons continuer à l'endroit de nosdits Sujets Catholiques, avec pareil soin de leur repos, salut & conservation de leurs vies, qu'un Pere peut avoir de ses Enfans , Nous aurions en cela usé de tant de douceur & modération, que d'avoir restraint & arrêté la peine sur les seuls Chefs & Auteurs du mal ; aïant épargné leurs Adhérans & Serviteurs, & iceux bénignement recueillis parmi les nôtres, sous la promesse qu'ils nous ont faite de nous être loïaux & fideles à l'avenir. Et combien que tant par nos actions passées, que par ce dernier déportement, nous aïons donné si clair & évident témoignage de notre sainte intention, douceur & clémence, que nul n'en doive douter ; toutefois pour davantage en éclaircir un chacun, Nous, A CES CAUSES, avons dit, déclaré & protesté, disons, déclarons & protestons par ces Présentes, que ce qui est advenu n'a été que pour les contraventions faites à notredit Edit du mois de Juillet, depuis icelui, & en exécution de ce qui y est contenu : voulons & entendons le garder, faire garder, observer & entretenir de point en point en Loi fondamentale, comme nous l'avons établi & juré en l'Assemblée de nos Etats, selon sa forme & teneur. Et néanmoins pour assurer tous autres qui auroient été participans desdites contraventions de n'en être recherchés, & les maintenir en l'union de nos autres Sujets Catholiques, sous notre obéissance , Nous avons éteint, assoupi & aboli, éteignons, assoupissons & abolissons de notre pleine puissance, grace spéciale & autorité roïale, tout ce en quoi ils auroient décliné, pour ce regard, du devoir de la fidélité qu'ils nous doivent & du serment par eux prêté, pour l'observation de notredit Edit, sans qu'ils en puissent ores, ni à l'avenir être aucunement poursuivis ni molestés , en quelque sorte & maniere que ce soit : ce que nous défendons à tous Juges & Officiers. Et sur ce , avons imposé & imposons silence perpétuel à notre Procureur Général & à tous autres ; à la charge que ci-après ils se départiront entierement de toutes Ligues, Associations, Pratiques, Menées & Intelligences, avec quelques personnes que ce soit, dedans ou dehors notredit Roïaume. Et n'en feront aucunes, & n'y entreront , participeront ou adhereront directement ou indirectement , en quelque maniere que ce soit.

Ce que d'abondant, nous défendons très expreſſément à tous nos Sujets, de quelque qualité ou condition qu'ils ſoient ; & ſi aucuns y contreviennent ci-après, enjoignons très expreſſé-ment à noſdits Juges & Officiers procéder contre eux, ainſi qu'il eſt porté par notredit Edit.

Si donnons en mandement à nos amés & féaux, les Gens te-nant nos Cours de Parlement, Baillifs & Sénéchaux, ou leurs Lieutenans, & à tous nos autres Juſticiers & Officiers qu'il ap-partiendra, que ceſdites Préſentes ils faſſent lire, publier & en-regiſtrer, & le contenu d'icelles garder & faire garder, obſer-ver & entretenir, ſelon leur forme & teneür, ſans y contreve-nir, ni ſouffrir être contrevenu en aucune maniere. Car tel eſt notre plaiſir. En témoin de quoi nous avons fait mettre notre Scel à ceſdites Préſentes. Donné à Blois, le dernier jour de Décembre, l'an de grace, 1588. *Et de notre regne le quin-zieme,* HENRI. *Et ſur le replis, par le Roi,* REVOL. Et ſcellé du grand Sceau ſur double queue de cire jaune.

IL eſt dit, ce réquérant le Procureur du Roi, que la Décla-ration de Sa Majeſté, ſur l'obſervation de ſes Edits d'Union de ſes Sujets Catholiques, enſemble les Lettres cloſes de Sa Majeſté à nous adreſſantes, *ſignées* HENRI. *Et plus bas* Revol, préſen-tement lues, ſeront regiſtrées au Greffe de la Cour de céans, pour y avoir recours ſi & quand beſoin ſera, & publiées à ſon de trompe & cri public par les Cantons & Carrefours de cette Ville de Poitiers, à ce qu'aucun n'en puiſſe prétendre cauſe d'i-gnorance ; laquelle Déclaration à cette fin, ſera avec ladite Let-tre, envoïée ès anciens Reſſorts & Enclaves de la Cour de céans, aux frais & diligence du Greffier de ladite Cour, pour être ſemblablement lue, publiée & regiſtrée ; leſquels Juges & Officiers ſeront tenus en certifier ledit Procureur du Roi dedans quinzaine. Donné & fait en la Cour ordinaire de la Sénéchauſ-ſée de Poitou, à Poitiers, par nous, Pierre Rat, Ecuïer-Con-ſeiller du Roi & Lieutenant général en Poitou & Siege Préſi-dial à Poitiers, le ſeptieme jour de Janvier, l'an 1589. Le même jour cette Déclaration fut publiée dedans Poitiers.

EN ce temps, Catherine de Médicis, Reine-Mere, qui depuis le décès du Roi Henri II, son mari, avoit par l'espace de trente ans, gouverné la France, sous les regnes de François II, Charles IX & Henri III, ses Enfans, tomba malade bientôt après l'exécution des Ducs & Cardinal de Guise. Aïant trainé quelque peu de jours, elle mourut au commencement de l'année 1589, sans que personne s'empêchât ni se souciât d'elle, ni en sa maladie, ni en sa mort, non plus que de la personne la plus contemptible du Roïaume. Après sa mort (de laquelle fut parlé diversement, les uns tenans qu'elle avoit hâté sa fin par un extrême regret & dépit de voir tous ses desseins renversés, & ceux qu'elle haïssoit infiniment prêts à s'avancer contre son espérance ; les autres ajoutant que par moïens extraordinaires on lui avoit fait doubler le pas) on ne parla non plus d'elle que d'une chevre morte. Et si quelqu'un s'en souvint, ce fut plutôt pour en détester la mémoire que pour en publier les louanges. Et même, disoit-on que tout-à-point avoit-elle suivi les autres, vû que si elle fût demeurée en pied, c'étoit une Femme qui pouvoit par ses intelligences remuer du ménage à bon escient. En l'an 1573 on lui avoit dressé un assez ample discours de sa vie(1); mais ce petit échantillon, qui a été publié & semé par-tout, pourra être étendu en une piece entiere par ceux qui le pourront & voudront faire : comme c'est une œuvre qui vaut la peine & dont la postérité ne doit être frustrée, non plus que des autres Histoires tragiques de notre temps, je n'ai point inséré ici les épitaphes divers qu'on lui fit, parceque presque tous sont piquans : & il n'est pas besoin de lacérer le nom de celle qui vivante & mourante, s'est misérablement déchirée elle-même devant les yeux de Dieu & de la Chrétienté.

(1) L'Ecrit dont on veut parler est intitulé : » Discours merveilleux de la vie, actions & déportemens de la Reine Catherine de Médicis, Mere de François II, Charles IX & Henri III, Rois de France. Déclarant tous les moïens qu'elle a tenus pour usurper le Gouvernement du Roïaume de France & ruiner l'Etat d'icelui ». Cet Ecrit, violent & satyrique, fut composé en 1573 ou 1574, peu avant la mort du Roi Charles IX Il fut imprimé en 1575 *in-8°* & depuis plusieurs fois, & on l'a réimprimé encore dans le Tome premier du Journal d'Henri III, édit. de 1720, *in-8°*. On l'attribue communément au fameux *Henri-Etienne*. Gui Patin veut cependant que cet Ecrit soit de Théodore de Beze ; & d'autres le donnent à Jean de Serres.

S'Ensuit la Déclaration des Princes qui s'appellent Catholiques. Ce titre est beau de prime face, mais si on passe outre, il se trouvera qu'il n'y a pas un seul Prince du Sang, que ce sont pour tout, les Ducs de Mayenne & d'Aumale avec leurs Partisans. Le même lustre est ès titres des trois Etats de France ; mais qui ont été tenus à Paris, au milieu d'une rébellion & tumulte odieux, en une maison particuliere au regard de toute la France, sans se pouvoir prévaloir avec raison du titre d'Etats de France, non plus que jadis Catilina du titre de Protecteur de l'Empire ou République Romaine.

Le Peuple (autrement peu clairvoïant en tels déguisemens, quand la passion le domine) peut aisément appercevoir, combien pernicieusement on le pipe, vû que sous le prétexte de la décharge d'un quart des Tailles, pour l'endormir, on le plonge plus que jamais au gouffre des Guerres civiles, on on le fait l'âne qui porte les armes & le bagage pour faire la guerre à son Roi ; on l'expose avec les femmes, les enfans & les biens, à la foule & proie des Armées des Reistres, Suisses & François, que le Roi infailliblement aura à son secours, contre la Ligue ; & (qui est le comble du mal) tel aura païé les trois quarts des Tailles du Roi à ses Ennemis ligués, qui en sera ou puni comme Criminel, perdant son bien par juste confiscation, ou, à tout le moins, pour un quart de soulagement qui l'aura affectionné à la Ligue, sera d'ailleurs contraint (pour survenir aux frais de la guerre) fournir de crue dix fois autant qu'il en païoit à une seule fois.

Telles & semblables considérations (qui peuvent monter en la pensée des plus grossiers) doivent distraire le bon Peuple François de toute intelligence, pratique & communication avec les Ligués & Conjurés contre leur Roi & son Etat ; le ramener & joindre plus étroit que jamais à l'obéïssance de son Souverain, à la reconnoissance des vrais Princes de son Sang, amateurs (comme naturels François) du soulagement & repos public, doivent émouvoir un chacun à desirer & prier pour la Paix, dépouiller toute passion & boucher ses oreilles aux enmiellées persuasions de ces Sirenes, qui les cuident endormir pour les précipiter en ruine déplorable.

DECLARATION
DES PRINCES CATHOLIQUES UNIS,

Avec les trois Etats de France, pour la rémiffion & décharge d'un quart des Tailles & Crues.

LE s Princes Catholiques, Villes & Communautés, unis avec les trois Etats du Roïaume, pour la confervation de la Religion & libertés du Peuple, font favoir à tous, qu'aïant fait réduire les Tailles en l'état qu'elles étoient en l'année mil cinq cent foixante-feize, fous efpérance que ce foulagement adouciroit l'aigreur de la pauvreté des Contribuables, le meutre inhumain des feu, d'heureufe mémoire, les Cardinal & Duc de Guife, Freres, Princes, Pairs de France, & premiers Officiers de la Couronne, eft furvenu; après lequel, l'obftacle de la tyrannie étant levé, ils font avertis, qu'au préjudice de ladite réduction, on veut impofer en cette préfente année, commencée au premier jour de ce mois, fur lefdits Contribuables autant ou à-peu-près qu'en l'année derniere; & qu'à cet effet les Commiffions ont été envoïées aux Tréforiers Généraux des Finances, Elus, & Contrôleurs fur le fait des Aides & Tailles de chacune Election, pour en faire l'impofition & département, Ce que lefdits Princes reconnoiffant être très injufte & infupportable au pauvre Peuple, encore que d'ailleurs ils voient le péril de la Religion & de leurs perfonnes, qu'ils font contraints de repouffer par les armes, ont néanmoins, par l'avis & délibération du Confeil général, plufieurs fois affemblé en l'Hôtel commun de la Ville de Paris, où la plus grande & faine partie des plus notables & fignalés Perfonnages de tout le Corps de ladite Ville ont été ouis, défendu & défendent très expreffément auxdits Tréforiers, Elus, & tous autres Officiers de quelque qualité qu'ils foient, d'exécuter lefdites Commiffions, finon pour les trois quarts de la Taille & Crues y jointes, & du Taillon entiérement; duquel quart, comprife en icelui la décharge contenue par les Lettres pour ce envoïées auxdits Tréforiers & Elus, ils ont, pour plufieurs grandes & raifonnables confidérations, & en attendant qu'il plaife à Dieu affurer le Roïaume contre l'héréfie, tyrannie & oppreffion, déchargé & déchar-
gent

gent tous les Contribuables aux Tailles de ce Roïaume : mandent & ordonnent auxdits Tréforiers généraux, & Elus, de les en décharger en leurs Départemens & Commiffions, fans les contraindre à plus païer que les trois autres quarts de ladite Taille & Crue, & le Taillon entiérement, ès quatre quartiers & termes accoutumés de cette dite préfente année, ès mains des Receveurs des Tailles & de Taillon de leurs Elections, réfidens aux Villes de l'Union Catholique ; &, en leur abfence, ès mains des Commis qui feront à ce faire députés, & non autres, fur peine de païer deux fois. Ont permis & permettent auxdits Contribuables, qui, ainfi que dit eft, auront païé leur Taille & Taillon ès mains defdits Receveurs ou Commis èfdites Villes de l'Union Catholique, que où aucuns Sergens les iront contraindre pour plus grande fomme, ou pour porter leurs deniers ailleurs qu'èfdites Villes de l'Union, & ès mains defdits Receveurs & Commis, de fe faifir defdits Sergens, & iceux amener prifonniers ès prifons plus prochaines defdites Villes, pour leur être leur procès fait & parfait, comme à Exacteurs & Concuffionnaires publics. Défendant pareillement à tous Receveurs du Domaine, Adjudicataires des Bois, Grainiers, Marchands, Adjudicataires des Greniers à Sel, Receveurs des Aides, Fermiers defdites Aides, Receveurs des Décimes, & tous autres Receveurs, Fermiers ou Comptables, quels qu'ils foient, fur lefquels les rentes de la Ville de Paris, & les gages des Officiers y réfidans, font affignés, de fournir les deniers de leurs Recettes ou Fermes, à autres qu'aux Officiers qui ont accoutumé de les recevoir, pour l'acquit defdites rentes & gages ; & le refte ès mains des Receveurs généraux de ladite Union ès Villes d'icelle : & ce, fur peine de la vie. Et, afin que nul n'en prétende caufe d'ignorance, il a été ordonné ces Préfentes être publiées à fon de Trompe, & affichées par-tout. Donné à Paris, le 19 de Janvier 1589. *Signé*, CHARLES DE LORRAINE. *Et au-deſſous*, HUISSELIN. *Et plus bas, parcommandement de Meſſieurs de la Ville*, HEVERARD.

Quant à ce qui eft touché en cette Déclaration du Confeil général, le Lecteur fe fouviendra que ceux de Paris, aïant fecoué tout joug de Monarchie, établirent en leur Ville, non pas un Ordre, ou une Ariftocratie, mais une vraie Anarchie & piteufe confufion ; établiffant un Confeil (entre autres chofes) compofé de Perfonnes de diverfes qualités, jufques au nombre de quarante-huit ou cinquante, tous hommes choifis à l'élite pour cette faction, qui décidoient & ordonnoient des affaires, comme faisoit auparavant le Roi, ou ceux qui étoient établis en son nom & sous son autorité.

Avertissement.

LEs plus signalés & fideles Officiers de la Cour de Parlement de Paris s'étant, au milieu de ces étranges tumultes, ou absentés de la Ville, ou cachés, ou (comme firent aucuns) aïant cédé à cette conspiration de la Maison de Guise, & fureur populaire, par la crainte du péril, il fallut aussi abuser du nom & autorité de ce Sénat (jadis tant vénérable & renommé) pour la confirmation d'un serment d'Union, duquel la fin manifestement vise à poursuivre le Roi par toutes voies (sans avoir aucun respect de sa dignité ou autre considération) pour l'exécution par lui faite à Bois le 23 & 24 Décembre 1588, laquelle ils appellent massacre ; comme il se peut mieux voir par l'extrait intitulé des Registres du Parlement, duquel la teneur ensuit.

EXTRAIT

DES REGISTRES DU PARLEMENT.

CEJOURD'HUI, toutes les Chambres assemblées, en la présence des Princes, Pairs de France, Prélats, Maîtres des Requêtes, Procureurs & Avocats généraux, Greffiers & Notaires de la Cour de Parlement, en nombre de trois cens vingt-six, a été levée la présente Déclaration, en forme de serment, pour l'entretenement de l'Union qui fut hier arrêtée, laquelle tous lesdits Seigneurs ont jurée sur le Tableau, & signée aucuns de leur sang.

DECLARATION.

NOUS, soussignés, Princes, Présidens, Pairs de France, Prélats, Maîtres des Requêtes, Conseillers, Avocats & Procureurs généraux, Greffiers, & Notaires de la Cour de Parlement, jurons & promettons à Dieu, sa glorieuse Mere, Anges, Saints & Saintes du Paradis, vivre & mourir en la Religion Catholique, Apostolique & Romaine ; emploïer nos vies & biens pour la conservation d'icelle, sans en rien épargner, jusques à la derniere goute de notre sang, espérant que Dieu, seul ſcrutateur de nos cœurs & volontés , nous aſſiſtera en une ſi ſainte entrepriſe & réſolution , en laquelle nous proteſtons n'a-voir autre but que le maintien & exaltation de ſon ſaint Nom , défenſe & protection de ſon Egliſe , à l'encontre de ceux qui , ouvertement & par moïens occultes , s'efforcent de l'anéan-tir , & maintenir l'Héréſie en ce Roïaume.

Jurons auſſi d'entendre , de tout notre pouvoir & puiſſance , à la garde & conſervation de cette Ville de Paris , établiſſe-ment d'un repos aſſuré en icelle , & auſſi des autres Villes & Communautés unies , à la décharge & ſoulagement du pauvre Peuple.

Jurons pareillement , & promettons de défendre & conſer-ver envers & contre tous , ſans aucun excepter , & ſans aucun reſpect d'aucune dignité ou qualité de perſonnes , les Princes , Seigneurs , Prélats , Gentilshommes , Habitans de cette Ville , & autres qui ſont unis & s'uniront ci-après pour un ſi bon & ſaint ſujet ; maintenir les priviléges & libertés des trois Or-dres des Etats de ce Roïaume , & ne permettre qu'il ſoit fait aucun tort à leurs perſonnes & biens ; & réſiſter , de toutes nos puiſſances , contre l'effort & intention de ceux qui ont violé la Foi publique , rompu l'Edit d'Union , franchiſes & libertés des Etats de ce Roïaume , par le maſſacre & empriſonnement commis en la Ville de Blois , le 23 & 24 de Décembre der-nier , & en pourſuivre la juſtice par toutes voies , tant contre les Auteurs , Coupables & Adhérans , que ceux qui les aſſiſte-ront & favoriſeront ci-après ; & généralement promettons ne nous abandonner jamais les uns les autres , & n'entendre à au-cuns Traités , ſinon du commun conſentement de tous les Prin-ces , Prélats , Villes & Communautés unies. En témoin de qui nous avons ſigné de notre propre main la préſente Déclaration. Fait en Parlement , le 30 de Janvier 1589. Signé par les Avo-cats & Procureurs , le dernier jour dudit mois.

CEux de la Ville de Reims , en Champagne , firent auſſi en même temps imprimer un Libelle , duquel le titre portoit: *Les regrets lamentables de Meſſieurs les Habitans de la Ville de Reims , ſur la mort de feu Monſieur le Cardinal de Guiſe , Pair de France , Archevêque de Reims.* Ce Libelle étoit plein d'in-vectives , & fort indignes & outrageux propos contre le Roi , témoignant aſſez , par ſon inſolent langage , l'accord & ſym-

Z z ij

bole des Auteurs d'icelui, avec ceux qui faisoient le même, tant de Paris, que des autres Villes, qui s'étoient soulevées contre Sa Majesté : chose néanmoins lamentable en ce Peuple, qui, ignorant la Loi de Dieu, ignore la défense expresse qu'il fait, de ne médire du Prince de son Peuple. Mais, puisque ceux du Clergé composoient ces Libelles, il ne faut trouver étrange si le Peuple qui croïoit, disoit *Amen*.

Or, ceci surpassa encore toute indignité, que ceux qui jouoient ces Tragédies à Paris, pour toujours pallier & colorer leurs passions insensées, voulurent être (après le coup) comme autorisés de l'apparence du droit divin ; & tout ainsi que s'ils eussent voulu consulter la bouche de Dieu, s'adressèrent à toute la Faculté de Théologie de Paris (les plus enluminés & âpres Ennemis qu'eût point le Roi, en toutes telles émotions) pour avoir leurs résolutions en ce de quoi ils feignoient être en doute, & qu'ils avoient néanmoins déja quasi en tous effets exécuté : à savoir s'il n'étoit pas licite au Peuple François de se révolter de l'obéissance de son Roi, qu'ils appellent fort dédaigneusement & simplement, Henri III (car ainsi fait le Cheval engraissé, ruant contre son Nourrissier.) Mais, afin que le Lecteur ne pense que ce soient Fables, nous avons ici inféré mot à mot les questions & propositions susdites, ensemble les réponses & résolutions, comme elles furent en pleine Sorbonne, réduites par écrit en Latin, & adressées à ceux qu'ils tenoient pour Magistrats à Paris, ensemble à tout le Peuple. Nous y avons ajouté la Version Françoise de mot à mot, pour le soulagemeut de ceux qui n'entendent la Langue (1).

---

(1) Il faut voir sur cela l'Ouvrage de M. d'Argentré, Evêque de Tulles, intitulé : *Collectio judicior. de novis erroribus*, in-fol., t. 2. p. 482 & suiv. On y prouve que cetteConclusion qu'on attribue auCorps de la Faculté deThéologie de Paris, n'a jamais été son ouvrage, mais seulement celui de quelques Factieux qui ont voulu s'autoriser de son nom. Aussi la même Faculté fit-elle d'un consentement unanime le premier Février 1717,une *Conclusion, par laquelle elle déclare nuls & supposés les décrets séditieux, publiés vers la fin du regne d'Henri III, & au commencement de celui d'Henri IV.* Cette Conclusion, rapportée aussi par M. d'Argentré, *ibid.* pag. 484, & suiv. jusqu'à 494, finit par cette assertion, » que laditeFaculté ne recon-

» noît point, & n'a jamais reconnu pour
» ses Décrets ceux qui ont été publiés sous
» son nom pendant les regnes d'Henri III
» & d'Henri IV, au préjudice de la Majesté
» sacrée de nos Rois, de leur autorité souveraine, de leur sûreté perpétuelle, & de
» la paix & du salut de l'Etat. Qu'elle n'a
» jamais embrassé, & qu'elle n'embrassera
» jamais l'erreur exprimée dans ces Décrets
» & opposée à sa doctrine ; qu'elle regarde
» au contraire cette erreur comme très pernicieuse & qu'elle s'opposera toujours, &
» très fortement, comme elle a fait jusqu'ici, à ceux qui voudroient la soutenir
» ou renouveller, de quelque maniere que
» ce fût.

ANNO Domini millesimo quingentesimo octuagesimo nono, die septima mensis Januarii, sanctissima Facultas Theologiæ Parisiensis congregata fuit apud Collegium SORBONÆ, post publicam supplicationem omnium Ordinum dictæ Facultatis, & Missam de sancto Spiritu ibidem celebratam, Postulantibus Clarissimis DD. Præfecto, Ædilibus, Consulibus & Catholicis Civibus almæ Urbis Parisiensis tam vivâ voce quàm publico instrumento & tabellis per eorumdem actuarium obsignatis, & publico Urbis sigillo munitis, deliberatura super sequentibus articulis, qui deprompti sunt ex libello supplici prædictorum Civium.

An Populus Regni Galliæ possit liberari & solvi à Sacramento fidelitatis & obedientiæ, Henrico tertio præstito.

An tutâ conscienciâ possit idem Populus armare, uniri, & pecunias colligere & contribuere ad defensionem & conservationem Religionis Catholicæ & Romanæ in hoc regno, adversus nefaria consilia & conatus prædicti Regis, & quorumlibet aliorum illi adhærentium, & contra publicæ fidei violationem ab eo Blesis factam in præjudicium prædictæ Religionis Catholicæ & Edicti sanctæ unionis, & natura-

L'AN mil cinq cent quatre-vingt-neuf, le septieme jour du mois de Janvier, la très sainte Faculté de Théologie de Paris a été assemblée au College de SORBONNE, après la supplication publique de tous les Ordres de ladite Faculté & la célébration de la Messe du saint Esprit, faite là même (le requérant ainsi Illustrissimes Seigneurs Messieurs les Prevôts des Marchands, Echevins, Consuls & Catholiques Citoïens de l'alme Ville de Paris, tant de vive voix que par instrument & actes publics signés de leur Greffier, & munis du sceau public de la Ville) pour délibérer sur les articles suivans, lesquels ont été extraits de la Requête desdits Citoïens.

Si le Peuple du Roïaume de France peut être délivré & délié du Sacrement de fidélité & obéïssance, prêté à Henri III.

Si, en assurée conscience, le même Peuple peut pas être armé, uni, lever argent & contribuer à la Religion Catholique, Apostolique & Romaine en ce Roïaume, contre les conseils pleins de toute méchanceté, & efforts dudit Roi, & autres quels qu'ils soient ses Adhérans, & contre le violement de la Foi publique par lui fait à Blois, au préjudice de ladite Religion Catholique, & de l'Edit de la

lis libertatis convocationis trium Ordinum hujus Regni.

Super quibus articulis, auditâ omnium, & singulorum Magistrorum (qui ad septuaginta convenerunt) maturâ, accuratâ & liberâ deliberatione, auditis multis & variis rationibus, quæ magna ex parte, tùm ex scripturis sacris, cùm Canonicis Sanctionibus, Decretis Pontificum in medium disertissimis verbis proditæ sunt : Conclusum est à Domino Decano ejusdem Facultatis, nemïne refragante, & hoc per modum consilii ad liberandas conscientias prædicti Populi.

Primùm, quòd Populus hujus Regni solutus est, & liberatus à sacramento fidelitatis & obedientiæ prædicto Henrico Regi præstito. Deinde, quod idem Populus, licitè & tutá conscïentiâ armari, uniri & pecunias colligere, contribuere potest, ad defensionem & conservationem Religionis Catholicæ, Apostolicæ & Romanæ, adversùs nefaria consilia, & conatus prædicti Regis, & quorumlibet illi adhærentium. Ex quo fidem publicam violavit, in præjudicium Religionis Catholicæ, & Edicti sanctæ Unionis, & naturalis libertatis convocationis trium Ordinum hujus Regni.

sainte Union & de la liberté naturelle de la convocation des trois Etats de ce Roïaume.

Sur lesquels articles la mure, soigneuse & libre délibération de tous les Maîtres (qui se sont assemblés jusqu'au nombre de soixante-dix) aïant été ouie, entendues aussi plusieurs & diverses raisons, lesquelles pour la plus grande part, ont été produites & mises en avant par paroles très-disertes, non-seulement des Ecritures Sacrées, mais aussi des Sanctions Canoniques & Décrets des Papes : a été conclu par M. le Doïen de la même Faculté, personne ne contredisant, & ce par mode de conseil pour délivrer les consciences dudit Peuple.

Premiérement, que le Peuple de ce Roïaume est délié & délivré du Sacrement de fidélité & obéissance prêté au susdit Roi Henri. En après, que le même Peuple peut licitement & en assurée conscience être armé & uni, recueillir deniers, & contribuer pour la défense & conservation de l'Eglise Apostolique & Romaine, contre les conseils pleins de toute méchanceté & efforts dudit Roi & de ses Adhérans, quels qu'ils soient, depuis qu'il a violé la Foi publique, au préjudice de la Religion Catholique, de l'Edit de la sainte Union, & naturelle liberté de la convocation des trois Etats de ce Roïaume.

Quam Conclusionem insuper visum est eidem Parisiensi Facultati transmittendam esse ad sanctissimum Dominum nostrum Papam, ut eadem sanctæ sedis Apostolicæ autoritate probare & confirmare : & Ecclesiæ Gallicanæ gravissimè laboranti, opem & auxilium præstare dignetur.

Laquelle Conclusion il a d'abondant semblé bon à la même Faculté de Paris devoir être envoïée au Pape, notre très saint Seigneur, afin que par l'autorité du saint Siege Apostolique, il daigne approuver & confirmer les mêmes choses, & donner secours & aide à l'Eglise Gallicane, qui travaille très grievement.

Le Lecteur peut, par ce que dessus, reconnoître quelle est la conscience de nos Maîtres de la Faculté de Théologie, &, par le crime de l'un, juger de tous. Qu'il considere seulement ici en passant, quelle confiance il y a au conseil que donnent ces gens ici, qui sont, ou extrêmement méchans, ou pernicieusement ignorans, en affirmant qu'on peut faire en bonne & assurée conscience, ce que la parole de Dieu universellement, & toutes bonnes Loix, exemples, & saintes constitutions réprouvent, condamnent & appellent crime, révolte, scélérat, perfidie, trahison, rébellion contre Dieu, piacule, & abominable méchanceté.

Que le Lecteur remarque aussi ces façons de parler en verbes passifs, *Si le Peuple peut pas être armé, être uni :* car, quand ils ne disent pas, *si le Peuple se peut armer, &c.* c'est un argument notoire que le Peuple est plus induit & poussé par les Chefs, Auteurs & Conseillers de cette conjuration contre le Roi, que de son propre mouvement : tellement que, si le Peuple est coupable de se laisser armer & mener à telles factions (qu'ils appellent Union) contre son devoir, beaucoup davantage le font ceux qui l'arment & séduisent, lui faisant accroire qu'une perfidie, & déloïale conjuration contre son souverain Roi & Seigneur, est une sainte Union : c'est ainsi que les Aveugles, conduits par des Aveugles, tombent en une même fosse.

Il est aussi nécessaire que le Lecteur prenne diligemment garde à ce que nos Maîtres disent, qu'ils font cette Conclusion, fondés sur plusieurs raisons, produites de l'Ecriture sacrée. De quels passages ? Au moins s'ils en eussent allégué un seul, pour contenter les consciences qu'ils ont navrées. C'est trop vilainement abuser de l'Ecriture Sainte, voire blasphêmer contre Dieu, de

vouloir faire ſa Parole ſacrée le fondement & l'oracle d'une
ſi horrible méchanceté, que celle dont ils donnent conſeil, licence & abſolution aſſurée ; voire le blâme eſt redoublé en ce
qu'ils veulent fauſſement faire croire, que la Parole de Dieu
ordonne & approuve le ſcélérat, qu'elle défend au contraire
très expreſſément & ſur grandes menaces. Docteurs décevans
& menſongers ! Que ſi, à l'encontre du Roi, qui leur eſt
donné de Dieu, & qui les a tant honorés, élevés & favoriſés,
ils oſent bien profaner la ſacrée Parole de Dieu, la mettant
impudemment (comme guide) à la tête de leurs immodérés
bouillons, s'étonnera-t-on, je vous prie, ſi, pour rendre odieux
ceux de la Religion, & en leurs Prédications, & par leurs
Libelles, ils mettent en avant l'ombre de la Parole de Dieu,
qu'ils alleguent auſſi fidélement, pour maintenir leurs abus &
points controverſés en la Religion, comme fidélement ils per-
ſuadent, ſous le faux viſage de cette même parole, au pauvre
Peuple, & de Paris en particulier, & de France en général
(qu'ils ſéduiſent), de ſe révolter contre leur Roi ; de ſe ſouffrir armer & joindre aux Rebelles & Conjurés contre lui ; de
contribuer & fournir deniers ; de lui faire la guerre, & le pourſuivre ; de le chaſſer ; de l'exterminer, s'ils peuvent. Rois,
Princes, & Peuples, ouvrez vos yeux, & connoiſſez finalement
quels Guides vous menent ; quels Docteurs vous enſeignent ;
quels Paſteurs nourriſſent vos ames, & de quelle parole ; quels
Conſeillers vous radreſſent ; & quelle Faculté de Théologie
(que cuidez être le port de votre ſalut) vous avez tant véné-
rée, crue & admirée, prenant pour infaillible loi de vérité, ce
qn'ils vous ont toujours voulu corner, pour vous faire (comme
ils font maintenant à tout le Peuple de Paris & de France)
croire, que le noir eſt le blanc, menſonge eſt vérité, Enfer
eſt Paradis, la vraie & pure Religion eſt abominable Héréſie,
& que ce qui eſt Héréſie déteſtable, eſt la ſeule vraie & Chrétienne Religion. Tiendrez-vous, je vous prie, pour Docteurs
Chrétiens, ceux qui, contre la doctrine expreſſe & les notables exemples du Fils de Dieu Jeſus-Chriſt, notre Sauveur, défendent (comme pluſieurs d'eux font en leurs Sermons au Peuple) de prier, je ne dis pas pour leurs Ennemis en général, mais
pour le Roi ſouverain & légitime que Dieu leur a donné, qui
ne leur fit jamais que bien, ſans les forcer, ni en leurs corps,
ni en leurs ames, mais lequel néanmoins ils tiennent leur Ennemi, parcequ'il a fait juſtice ? Et bien qu'il leur eût fait au-

tant

autant de maux, & en leurs perſonnes & biens, & en leurs cérémonies, que fit jamais Nabuchodonoſor, Roi de Babylonne,
au Peuple Judaïque, eſt-ce prêcher la vérité de Dieu, que perſuader au Peuple le contraire de ce que Dieu commandoit par
ſon Prophete aux Juifs, de prier l'Eternel, tant pour la Perſonne du Roi, que pour la proſpérité de la Ville, qui les détenoit captifs, & triomphoit de leurs dépouilles & de celles
du Temple de Dieu ? *Cherchez la paix de la Ville*, dit-il, *en
laquelle je vous ai fait tranſporter, & requérez l'Eternel pour elle.
Item*, priant pour la vie de Nabuchodonoſor, Roi de Babylone,
& de Baltaſar, ſon Fils ; & S. Paul, commandant expreſſément de faire prieres pour tous Rois, pour certains, veut qu'on
prie auſſi, voire pour Neron.

Quant aux Sanctions Canoniques & Décrets des Papes (qu'ils
appellent leurs très Saints Seigneurs), s'ils en ont allégué quelques-uns (encore que tout ce qu'ils en pourroient alléguer,
ſoit ſujet à l'examen de la Parole de Dieu) ce ne ſeroit toutefois de merveilles, puiſque leurs Papes & Seigneurs ſe ſont,
contre tout droit, donné licence de ravir les Roïaumes aux
légitimes Poſſeſſeurs, & les donner à qui il leur a plû ; de mettre
le pied ſur le col des Empereurs, profanant ces ſacrées paroles
du Pſeaume 91, qui ſont à autre propos : *Tu marcheras ſur le
Lion & ſur l'Aſpic, & fouleras le Lionceau & le Dragon* : &
(ce qui ſurpaſſe toute impudence & méchanceté) ont bien oſé
s'aſſeoir au Temple de Dieu, ſe comportant comme s'ils étoient
Dieux, ainſi que S. Paul l'a prédit.

Reſte encore au Lecteur d'obſerver ce point, qu'ils appellent
le Roi violateur de ſa foi à Blois ; en quoi ils montrent vouloir
ſeulement entendre l'exécution qu'il y fit faire du Duc de Guiſe.

Entre mille raiſons (s'il n'y a autre choſe) qui les peuvent
convaincre d'être impudens calomniateurs & outrageux diffa-
mateurs du Roi, je leur demande ſeulement réponſe à celle-ci.
Si, quand le Roi jura ſon Edit d'Union à Blois, en l'Aſſemblée qu'ils appellent Etats, où aſſiſtoient auſſi Meſſieurs de Guiſe,
le Cardinal ſon Frere, & les autres de cette Maiſon avec leurs
Adhérans, ſi, dis-je, il jura au Duc de Guiſe, ou à aucun de
ſon Parti, qu'encore que Sa Majeſté fût, durant leſdits Etats,
dûment certiorée & avertie, voire même par les plus proches
du Duc de Guiſe, qui le pouvoient (à mon avis) bien ſavoir,
que ledit Sieur de Guiſe, & tous ſes Adhérans, entrepriſſent
contre ſa propre vie, contre ſa Couronne & tout ſon Etat,

Tome III.   A a

sous prétexte de la Religion, ce nonobstant, il ne feroit aucun semblant de le savoir, les souffriroit faire sans remuer, se laisseroit tuer ou emmener à Paris, pour là avoir encore pis; bref, qu'il n'y remédieroit point; qu'il ne feroit point, par punition juste, mourir ni le Duc de Guise, ni Monsieur le Cardinal; & ne feroit emprisonner aucun qui fût de leur Faction? Si le Roi leur jura cela, la chose disputable : si au contraire, c'est, par Messieurs nos Maîtres, malicieusement & faussement appeller une justice & punition (autant qualifiée, que la hâtiveté des Conjurateurs, à l'exécution de leur dessein sur le Roi, le permettoit), violement de foi publique, conseil & effort plein de toute méchanceté.

Et, selon telles calomnies, Sa Majesté fera, s'il lui plaît, jugement de ce qu'elle doit croire de toutes les calomnies que tels Docteurs lui ont, depuis tant d'années, voulu imprimer (avec autant d'équité que ce que dessus) de ceux de la Religion.

Mais, d'autant qu'il y a, en cette résolution prise & donnée par la Faculté de Théologie de Paris au Peuple de France, contre leur Roi naturel & Souverain, plusieurs points de conséquence, & dignes d'être un peu d'avantage examinés, il a semblé n'être hors de propos d'insérer en ce Recueil, un Sommaire Examen qui en a été fait par un Homme de bien, bon François, & des moins passionnés : duquel Examen la teneur ensuit.

EXAMEN

DE LA RE'SOLUTION

*Prife & donnée par Meffieurs de Faculté de Théologie de Paris,
aux Prévôts des Marchands, Echevins & Confuls de ladite Ville,
contre le Roi leur Souverain naturel & légitime Prince & Seigneur, fur ce qui eft advenu à Blois le 23 Décembre 1588 (*).*

ON dit communément de ceux qui demandent confeil d'une
chofe qu'ils ont réfolu en eux-mêmes de faire, foit qu'on leur
confeille, ou qu'on ne leur confeille pas, qu'ils reffemblent à
ceux qui fe veulent marier ; parceque volontiers tels demandent
avis, après qu'ils ont donné parole. Mais Meffieurs de Paris ont
bien paffé plus outre : car, non-feulement ils ont demandé confeil d'une chofe qu'ils avoient conclu de faire, mais que déja ils
avoient faite. N'eft-ce pas fe libérer du ferment de fidélité
& d'obéiffance, qu'ils avoient prêté au Roi, quand, par les
menées du feu Duc de Guife, par la mort duquel, ils ont pris
l'allarme fi chaude, &, fous fa conduite, pris les armes contre
Sa Majefté ? Quand ils ont & bleffé & tué de fes Gardes ? Quand
ils l'ont affiégé dedans fon Château du Louvre, fi vivement &
d'une telle furie, qu'ils l'ont contrainte de leur quitter la Place ?
Quand, pour la dépiter davantage, ils ont dégradé aucuns de
fes bons Officiers, & comme le Prévôt des Marchands, d'aucuns autres fignalés & Gens de marque, de leurs honneurs &
dignités, & en ont mis d'autres en leur place ? Ce néanmoins,
ils en demandent confeil, comme il appert par un Ecrit dreffé
en forme de Requête, que Meffieurs les Prévôt des Marchands,
Echevins, Confuls, & autres de la Ville de Paris, établis par
eux, ont préfenté aux Docteurs de la Sorbonne, pour avifer deux
points, à favoir :

Si les François peuvent être déchargés du ferment de fidélité
& obéiffance prêté à Henri III ?

(*) Cet Examen eft d'un Proteftant : il
contient des reflexions vraies, judicieufes;
mais toutes fes obfervations ne font pas de
même goût ; & l'on fent dans beaucoup,
l'efprit d'héréfie & de haine contre l'Eglife
Catholique, qui a animé l'Auteur Anonyme.

A a ij

Item, si en bonne conscience ils se peuvent armer, s'unir amasser & contribuer argent, pour la défense & conservation de la Religion Romaine en ce Roïaume, à l'encontre des conseils & entreprises dudit Sieur Roi, lesquels conseils ils appellent méchans ?

C'est la Ville de Paris qui demande ce beau conseil ; la Ville, dis-je, qui tout ce qu'elle a de beau & de recommandable, elle l'a reçu de la libéralité des Rois, Prédécesseurs de notre Roi, qui y ont ordinairement choisi leur principale demeure, l'ont enrichie & ornée de très beaux privileges, y ont établi ce beau & renommé Parlement & cette tant célebre Université, qui ont été autant de mines à cette ingrate Ville, pour en tirer de grands & riches trésors ; & pour récompense ils veulent jetter leur Roi hors de son Siege & lui arracher son Sceptre des mains. Mais ce n'est pas une chose nouvelle, & non auparavant usitée à ce Peuple : les Chroniques de France nous fournissent assez d'exemples de la rebellion de leurs Prédécesseurs, à l'encontre des Rois, Princes & principaux Officiers de cette Couronne, & comment ils ont voulu inciter les autres Villes (comme font aujourd'hui ceux-ci) à faire le semblable. Entre autres, nous lisons de Philippe le Bel, qu'il fut contraint de se sauver de vîtesse en la maison des Templiers, qu'on appelle le Temple, pour éviter la rage & furie de ce Peuple felon, qui en dérision dudit Roi fit beaucoup de choses indignes & vilaines, jusqu'à jetter la viande qu'on lui portoit, en la boue & la fouler aux pieds. Pendant que le Roi Jean étoit Prisonnier en Angleterre, il y eût une telle émotion en cette Ville-là, accompagnée de meurtres & assassinats, que le Duc de Normandie, Fils aîné dudit Roi, & qui avoit le Gouvernement du Roïaume, fut contraint de prendre un chaperon (1) moitié rouge & verd, que lui donna Étienne Marcel, Prévôt des Marchands, pour se garantir de l'insolence dudit Peuple.

Du regne de Charles VI, il y eut beaucoup de mutineries & émotions en icelle. Premierement, il y eut celle des Maillotins, ainsi nommés à cause des maillets de plomb que ces Mutins trouverent en la Maison-de-Ville. Qui fut cause que le Roi fit ôter toutes les chaines qu'on tendoit au travers des rues, & les fit porter au Bois de Vincennes, abolit l'état du Prévôt des Marchands & Echevins, fit exécuter plusieurs des princi-

---

(1) Coëfure de tête qui avoit un bourlet sur le haut, & une queuë pendante sur les épaules.

paux mutins, & à pluſieurs par l'interceſſion des Ducs de Berry & de Bourgogne, & de pluſieurs Dames & Demoiſelles qui ſe jetterent à genoux devant lui toutes décheveles, la peine criminelle fut convertie en civile, car ils en furent quittes pour la moitié de leur vaillant, qui fut donné aux gens de guerre. Et le reſte du Peuple auſſi ſe jetta à genoux devant le Roi, qui avoit fait dreſſer un Siege au haut des dégrés du Palais, lui criant miſéricorde.

Voilà le ſalaire que reçurent pour lors ces Mutins, leſquels néanmoins ne demeurerent gueres à ſe rebeller, ſous la conduite d'un nommé Caboche, écorcheur de la grande Boucherie de Paris, dont puis après ils furent nommés Cabochés (1). Mais depuis ſe montra bien la rage de ce monſtre à pluſieurs têtes enclin naturellement à ſédition & cruauté. Car l'an 1418, étant ſurvenu diſſenſion entre M. le Dauphin & le Duc de Bourgogne, ces Mutins donnerent entrée à Meſſire Jean de Villiers, ſieur de l'Iſle-Adam, qui tenoit dudit Duc & s'aſſemblerent en grand nombre avec lui, prenant la Croix blanche de ſaint André, pillerent toutes les maiſons de ceux qui tenoient le parti du Roi, en tuerent pluſieurs, & mêmement le Comte d'Armagnac, Connétable de France, lequel ils dépouillerent tout nud, & le mirent ſur la pierre de marbre, & parcequ'il portoit en ſes armoiries une bande, ils lui leverent une courroie de ſa peau, depuis l'épaule juſqu'au genouil & la lui mirent en écharpe, firent jetter pluſieurs des Priſonniers par la main du Bourreau & des Portefaix de Paris, des fenêtres & murailles des Priſons en bas, de ſorte qu'il en fut tué & noïé en cette furie bien trois mille, & l'appréhenſion de ce Peuple étoit ſi grande, que pour un écu, un ennemi faiſoit tuer ſon ennemi quand il diſoit, qu'il tenoit le parti du Roi & du Comte d'Armagnac. Ce ne fut pas tout, le Roi, la Reine & Madame Catherine furent pris priſonniers, Monſieur le Dauphin avec ceux de ſa maiſon ſe ſauva dans la Baſtille & le lendemain ſe retira à Melun.

Qui eſt-ce, qui liſant ces hiſtoires tragiques, ne dira, que les Rebelles d'aujourd'hui ont appris leur leçon de ceux-ci & ſuivent pas à pas leurs traces, ſans s'en détourner tant peu que

---

(1) *Cabochiens*. Le Comte de Saint-Paul, nommé Gouverneur de Paris, dans le deſſein de chaſſer de cette Ville tous ceux qui ne ſeroient pas pour le Duc de Bourgogne, s'appliqua à gagner la Populace ; il choiſit pluſieurs Bouchers qu'il fit Chefs d'un Corps de cinq cens hommes des plus déterminés, qu'on appella *Cabochiens*, du nom de *Caboche*, un de ces Chefs, & qui exercerent toutes ſortes de violences.

ce soit, & principalement en ce qui advint trois ou quatre mois après? C'est qu'à la sollicitation du Duc de Bourgogne (comme ceux-ci ont fait & font encore aujourd'hui à la sollicitation des Partisans du feu Duc de Guise, à savoir du Duc de Mayenne & autres de la Ligue)ils firent encore mourir beaucoup de notables personnages dont ils avoient rempli les prisons, d'une faim très cruelle. Et puis craignant de tomber entre les mains de Monsieur le Dauphin, ces méchans solliciterent le Comte de Charolois de s'allier avec les Anglois. Ce qu'il fit, & livra entre les mains des Anglois, par le conseil de ces mutins, non-seulement la Ville de Paris, mais aussi le Roi, la Reine & Madame Catherine, Sœur de M, le Dauphin. Voilà pourquoi c'est à bon droit qu'on appelle cette Ville, la bonne Ville de Paris, & comme mere nourriciere (comme veulent signifier par ce mot *Alma*, Messieurs de Sorbonne) mais c'est en sens tout contraire ; à savoir meurtiere & massacreuse, sinon qu'on veuille dire nourriciere des plus méchans de tout le monde & de tous les vices. Ainsi un chacun peut voir quels ont été & sont aujourd'hui les Parisiens, qui en récompense de tant de biens qu'ils ont eus des Rois de France, tâchent à exterminer le Roi & en demandent conseil. Mais ils demandent de telle façon, comme si étant Juges compétens, ils avoient fait son procès, l'avoient convaincu par bonnes preuves de perfidie, trahisons, déloïautés & autres crimes qu'ils lui mettent sus, d'autant qu'il avoue que c'est par son commandement que ce feu Duc de Guise a été mis à mort.

Ils devoient prouver par bons & suffisans témoignages, que de cette mort s'ensuit un violement de Foi, au préjudice de la Religion Romaine & de l'Edit de sa sainte Union, mais principalement de la naturelle liberté de la convocation des trois Etats. Et au préalable ils devoient faire apparoir qu'eux qui sont criminels de leze-Majesté, pour avoir attenté contre la personne du Roi & ses bons Officiers, sont Juges idoines pour le dégrader, d'autant qu'il a fait punir celui, sous la conduite duquel cette soulevation s'étoit faite à Paris. Voilà, ils veulent devancer, parce que le premier coup en vaut deux, & d'autant que c'est à eux qu'il faut faire le procès, comme coupables de ce crime, ils le veulent faire à celui qui a l'autorité de les châtier. C'est le monde renversé : ils demandent donc conseil, comment il faut punir le Roi, comme s'il étoit pleinement convaincu des crimes qu'ils lui mettent sus, étant Juges & Parties. Car ce qu'ils demandent, s'ils ne sont pas absous du serment de

fidélité , & s'ils ne lui peuvent pas faire la guerre, tend entierement à cela. Et les effets aussi qui s'en sont ensuivis le montrent assez. Et à qui demandent-ils ce conseil ? A Messieurs les
Sorbonistes, de l'avis desquels ils sont déja tous informés, comme ceux qui ont été les soufflets & attise-feux de tant de miseres & calamités qui depuis soixante ans en çà ont continué en
la pauvre France. De ceux qui n'ont fait autre chose que prêcher séditions & rébellions, qui ont nourri ce Peuple en cette
plus que brutale cruauté, laquelle par plusieurs fois, ils ont
exercée contre les gens de bien & fideles serviteurs de Dieu &
du Roi. Si les murailles des Temples de Paris & de plusieurs
autres endroits de la France savoient parler, elles en rendroient
suffisant témoignage ; mais quoique ce soit, Dieu l'a vu & oui,
& en fera juste vengeance ; de ceux, dis-je, qui font métier
& marchandise de prêcher, & mettre par écrit une infinité
d'impostures & calomnies, contre ceux qui desirent servir à Dieu
purement & selon sa parole, & rendre à leurs Supérieurs l'obéissance qui leur est due, comme par ci-devant ils ont fait accroire au simple Peuple & en ont écrit des livres, que ceux
de la Religion Réformée vouloient introduire une Anarchie au
monde, c'est-à-dire une confusion, à ce que tous fussent Maîtres comme rats en paille, dépouiller les Rois & Princes de leurs
dignités, mépriser toute justice; s'assembloient de nuit pour paillar-
der & commettre autres vilainies execrables, desquels ces Messieurs
font maîtres Ouvriers, lesquelles leur Saint Pere le Pape tolere
& entretient en ses Terres, pour en tirer du profit, & tout cela
pour rendre la doctrine de notre Seigneur Jesus-Christ odieuse
& exécrable à tout le monde ; & de fraîche mémoire, pour montrer qu'ils n'ont pas oublié leur métier, mais qu'ils le veulent faire
valoir plus que jamais ; ils ont fait imprimer à Paris un livre
de la surprise de Niort, plein de si grandes impostures, méchancetés & puantes calomnies, que quand le Diable même
auroit voulu mettre la main à la plume, il n'auroit su plus in-
pudemment mentir.

Cependant ont fait imprimer telles impostures, afin que par
ce détéstable récit, ils induisent de plus en plus ceux lesquels
déja de longtemps, ils ont nourris en toute cruauté & inhumanité, à bourreler par les tourmens les plus exquis & cruels qu'ils
pourront excogiter, les pauvres Fideles & Chrétiens. Mais Dieu,
qui a bien su retenir l'ardeur du feu, à ce qu'il ne consumât
Sidrach, Misach & Abdenago, la rage des Lions, qu'ils ne dé-

voraſſent Daniel ; & a bien ſu convertir ce mal à la ruine de leurs Ennemis : comme il eſt autant puiſſant & juſte qu'il fut jamais, auſſi ſaura-t-il bien quand il lui plaira & quand il en ſera temps, faire le ſemblable à l'endroit de ces calomniateurs. Cela nous doit être un bon préſage, quand nous voïons nos Ennemis être ſi méchans, & ſi débordés en toutes ſortes de vices, qu'ils aiment mieux maintenir leur Religion par calomnies, impoſtures & fauſſetés, que non pas par la vérité, comme auſſi ne le ſauroient-ils faire. Mais quand je viens à conſidérer tout ce beau patelinage, il me fait ſouvenir d'une gentille rencontre du feu Curé de ſaint Euſtache, auquel un bon Compagnon aïant fait accroire qu'on avoit exécuté en la cour du Palais quatre hommes, ſans leur avoir donné un Confeſſeur, & s'en étant plaint on lui dit que c'étoient des hommes de paille, il répondit tout promptement & ſans ſonger, que donc il leur falloit un Confeſſeur de foin : ainſi ces beaux Juges de paille ont choiſi des Conſeillers de foin. Mais (pour parler plus ſérieuſement) Dieu a envoïé à ces miſérables, qui n'ont point voulu recevoir l'amour de vérité pour être ſauvés, efficace d'erreur, afin qu'ils croient au menſonge pour ces Docteurs menſongers, deſquels ce Peuple ſe ſert pour conſeillers. Mais voïons leur procédure : ils s'aſſemblent en leur College ; ils font une Proceſſion génerale & chantent la Meſſe, qu'ils appellent du ſaint Eſprit, & puis mettent la matiere ſur le bureau. Or, cela a une fort belle apparence & grand luſtre entre les ignorans & ſimples, aiſés à être abuſés. La méchante & cruelle Jezabel, meurtriere des Saints Prophêtes de Dieu, fautrice & nourriciere de ceux de Baal, procéda de la façon, quand elle voulut faire mourir le pauvre Nabot : elle commande qu'on s'aſſemble, qu'on célebre le jeûne (qui étoit une façon uſitée entre le Peuple Judaïque, quand il étoit queſtion de prier Dieu ardemment, pour affaires de grande conſéquence) mais cela lui eſt tombé en ruine & condamnation. Quant à ceux-ci, ils faillent doublement ; car ils ſe préſentent à faire leurs prieres, aïant les mains ſanglantes de tant de meurtres & maſſacres qui jà avoient été commis, & du ſang des Martyrs, que de fraîche mémoire, ils ont fait cruellement épandre ; telles prieres donc ſont en abomination à Dieu. L'autre faute eſt qu'au lieu d'invoquer un ſeul Dieu, ils ont recours aux créatures ; en vain donc s'approchent-ils de Dieu ; & ne faut nullement douter, que telles façons de faire ne ſoient autant de charbons de l'ire & indignation de Dieu, qu'ils amaſſent ſur leur tête.

Ont-ils

Ont-ils fait tout cela ? de peur de perdre temps, ils se mettent
en besogne, & sans ouir partie, ni sans faire enquête, ils repon-
dent de mot à mot, selon le Réquisitoire de ces Messieurs, sans
y rien changer, ajouter, ni diminuer : voilà une étrange façon
de procéder, & qui montre bien que cet Esprit, duquel ils ont
chanté la Messe, n'est pas cette troisieme Personne de la Trinité, qui procede de toute éternité du Pere & du Fils, mais celui qui fut Esprit mensonger dans la bouche des quatre cens faux
Prophêtes, pour décevoir Achab. Car, voilà une iniquité toute
manifeste, de condamner un homme sans l'avoir oui ; & encore
plus de condamner son Roi, son souverain Seigneur, lequel
Dieu a établi. Nicodeme, voïant que les principaux Sacrificateurs
& Pharisiens (Peres de ces bons Docteurs en ce qui concerne
leur ambitieuse tyrannie) vouloient condamner Jesus-Christ pour
le faire mourir, leur dit, notre Loi juge-t-elle un homme devant
que de l'avoir oui & connu ce qu'il a fait. Et non-seulement la
Loi de Dieu nous enseigne cela, mais la nature même nous y
conduit. Un ancien disoit, que puisque de nature nous avons deux
oreilles, si nous avons prêté l'une à un accusateur, nous devons
réserver l'autre pour l'accusé, devant que de le condamner. Fes-
tus, Gouverneur de Judée, qui étoit Païen, répond aux Accusateurs de Saint Paul, que les Romains n'avoient point la coutume de livrer un homme à la mort, devant que celui qui étoit
accusé eût ses accusateurs présens, & eût lieu pour se défendre
du crime. Julien l'Apostat, comme récite Ammianus (1), livre
dix-huitieme, au commencement, ne traite pas de la façon,
que font ces Messieurs, un Numerius accusé de larcin (2) ; car
il le voulut ouir paisiblement, en ses défenses : ce que voïant
Delphidius, sa partie adverse, qui n'avoit que repliquer auxdites
défenses, s'écria, disant, très florissant Cesar, qui est-ce qui
pourra jamais être coupable, s'il suffit de nier ? Mais, dit Julien,
qui est-ce qui pourra être innocent, s'il suffit d'accuser ? Voilà ces
pauvres Païens qui leur font leur leçon, & sans doute se leveront
au jour du Jugement à l'encontre d'eux. M. Chassanée (3) récite

(1) C'est-à-dire, Ammien-Marcellin, célebre Historien.

(2) Numerius qui avoit gouverné la Gau-
le Narbonnoise, étoit accusé de l'avoir pillée. Comme il le nioit, & déconcertoit par-
là ses Accusateurs, Delphidius, de Bourdeaux, célebre Avocat, s'écria : *Cesar, qui
sera coupable, s'il suffit de nier ses crimes ?*

Et s'il suffit d'être accusé, qui sera innocent,
répondit Julien ?

(3) Barthelemi de Chasseneuz Sgr. de Prelay,
célebre Jurisconsulte, qui vivoit vers le milieu du seizieme siecle. Son Livre intitulé :
Catalogus gloriæ Mundi, parut pour la premiere fois en 1528 à Lyon *in fol.* La prétendue citation des rats n'est qu'un conte, qui

en un livre qu'il a intitulé *Catalogus gloriæ Mundi*, que l'Official d'Authun ne voulut prononcer sentence d'excommunication contre les rats du Bailliage de l'Auſſois en Bourgogne, quelqu'inſtance qu'en fiſſent les Habitans dudit Bailliage, qu'au préalable ils n'euſſent été cités à trois briefs jours & ouis en leurs défenſes. Mais s'ils ne veulent croire à tout cela, nous les renverrons au Diable même, lequel, s'ils en veulent croire Bartole (1), n'a pas traité ſi iniquement le genre humain, comme ces beaux Juges & Conſeillers font le Roi. Car au livre qu'il intitule: *Traité de la queſtion agitée devant Notre Seigneur Jeſus-Chriſt entre la Vierge Marie, Avocat du Genre humain, d'une part, & le Diable contre le Genre humain, d'autre*, là il introduit le Diable ſe préſentant devant Jeſus-Chriſt avec une bonne procuration & mandement ſpécial de ſes Compagnons, demandant que le Genre humain ſoit appellé en Jugement, afin que lui préſent, il débatte ſa cauſe; car, dit-il, le Droit commence de cette part, & allegue les Inſtitutes & Décrétales (deſquelles ces gentils Conſeillers font plus d'état que de la Parole de Dieu), & que ledit Genre humain ſoit aſſigné à trois briefs jours. Voilà comment le Diable ne veut pas agir contre le Genre humain en ſon abſence & ſans qu'il ſoit dûment aſſigné. Et le jour de l'aſſignation étant venu, combien que ledit Genre humain n'eût comparu, ni aucun Procureur pour lui, encore, dit-il, qu'il ne faut qu'aucun croie qu'il veuille procéder contre icelui, ſinon à la façon du plaidoïer, ou juridiquement. Voilà donc comment, ſelon Bartole, le Diable procede plus droitement que ne font ces Meſſieurs. J'ai bien voulu alleguer ce plaiſant procès de Bartole, parce que c'eſt le Maître qu'il faut à telles gens, puiſqu'ils rejettent le Docteur de vérité, Notre Seigneur Jeſus-Chriſt.

Cependant, afin qu'on ne penſe pas qu'ils aient procédé légerement & à la volée, ils diſent que cette matiere a été délibérée murement, ſoigneuſement & en toute liberté, & que les raiſons de tous les Docteurs qui étoient juſqu'au nombre de ſoixante-dix & d'un chacun d'eux, priſes des ſaintes Ecritures, Sanctions Canoniques & Décrets des Papes, & miſes en avant en paroles diſertes, ont été ouies.

C'eſt, à la vérité, une choſe louable & belle, quand les Hom-

---

ne ſe trouve point dans l'Ouvrage de Chaſſeneuz que l'on cite. Feu M. Papillon, Chanoine de Dijon, l'a réfuté dans ſa Bibliotheque des Auteurs de Bourgogne, article, *Chaſſeneuz*.

(1) Bartole, fameux Juriſconſulte, qui vivoit dans le quatorzieme ſiecle. Le Livre qu'on cite ici n'eſt qu'un Livre de pure imagination, fait tout au plus pour amuſer le Peuple groſſier.

mes se proposent les Saintes Ecritures pour guides en toutes
leurs délibérations ; car ce sont elles qui nous sont comme lumiere à nos pieds, qui nous doivent servir de conseil, qui seules nous peuvent rendre sages. Mais ces Messieurs n'ont pas cette
opinion, il s'en faut beaucoup, & font beaucoup plus d'état
de leur parole non-écrite, qu'ils appellent Tradition, que non
pas des saintes Ecritures. Et aussi ne pouvons-nous pas bien penser quels témoignages desdites Ecritures ils auront pu mettre en
avant, pour se libérer ainsi de l'obéissance qu'ils doivent à
leur Roi ; &, qui pis est, lui faire la guerre : sinon qu'ils aient
allégué ce que dit S. Paul, étant sous l'Empire de Neron, ” que
” toute personne soit sujette aux Puissances supérieures ” ; ou ce
que dit Jesus-Christ, étant sous l'Empire de Tybere, ” Rendez à
” Dieu ce qui appartient à Dieu, & à César ce qui appartient à
” César ” ; ou bien ce qu'ont dit S. Pierre & S. Jude, ” qu'il
” y auroit entre les Chrétiens, des faux Docteurs qui introdui-
” roient Sectes de perdition, & qui n'auroient point horreur de
” blâmer les puissances supérieures ” ; ou ce que Dieu avoit en-
seigné à son Peuple, par son Serviteur Moyse : ” Tu ne mé-
” diras point des Juges, & ne maudiras point le Prince de ton
” Peuple ”. Et d'autant que les exemples, pris desdites saintes
Ecritures, éclaircissent beaucoup les enseignemens qui nous sont
donnés en icelles, ils auront, peut-être, mis en avant l'exemple de Saül, Roi tyran & reprouvé, lequel, combien qu'il ait
persécuté David contre sa propre conscience, sachant que Dieu
l'avoit oint pour Roi, par les mains de Samuel, & qu'il étoit
déja comme Successeur présomptif & désigné de la possession
propre & future du Roïaume, & tâché, par plusieurs fois, tantôt en trahison, tantôt à guerre ouverte, faire mourir ce très
bon & très fidele Serviteur, & vaillant Capitaine, & qu'en
haine de lui il ait fait mourir le souverain Sacrificateur Achi-
melech, & tous les Sacrificateurs qui étoient à Niobé, avec leurs
Femmes & Enfans tant grands que petits, & tout le Bestial :
ce néanmoins, icelui David, ni Abiathar, Fils dudit Achi-
melech, ni plusieurs autres Gens de bien, ne sont point venus
à Samuel, ni à Gad, ni aux Assemblées des Prophetes, pour
savoir s'ils doivent secouer le joug insupportable de ce Tyran
transporté de son bon sens. Abiathar n'a point vêtu l'Ephod,
pour interroger la bouche du Seigneur. David l'aïant par deux
fois entre ses mains, ne l'a point voulu outrager en façon que
ce soit ; mais a empêché ceux qui le vouloient faire. Et, pour

B b ij

montrer que le Roi a mal fait de faire mourir le Duc de Guife,
ils auront volontiers pu alléguer le commandement que fit David à fon Fils Salomon, touchant Joab, & comment Salomon
fit promptement exécuter Adonia & ledit Joab, fans autre forme
de procès, leurs fautes étant affez avérées, & qu'il y pouvoit
avoir du danger en la demeure; ils auront fait comparaifon dudit Joab avec le Duc de Guife. Joab étoit un preux, fage &
vaillant Capitaine, Neveu de David, Fils de fa Sœur, qui lui
avoit fait de très bons fervices, l'avoit accompagné en fon exil
& plus grandes afflictions, étoit monté le premier en la Fortereffe de Jérufalem, &, par ce moïen, avoit obtenu d'être Chef
de la Gendarmerie; avoit plufieurs fois vaillamment combattu
contre les Ennemis du Peuple de Dieu; avoit fuivi David quand
il s'enfuïoit de devant Abfalon, conduit fes Troupes contre
ledit Abfalon, & fait plufieurs autres beaux exploits; mais
avoit tué en trahifon deux vaillans Capitaines que David vouloit prendre à fon fervice : qui fait que David fe plaint que les
Enfans de Tfervia font trop roides pour lui; & finalement, que
de fon vivant, & fans fon commandement, il avoit entrepris
de faire Adonias Roi : c'eft pourquoi il commanda à fon Fils
Salomon de n'envoïer point fa vieilleffe paifiblement au fé-
pulchre.

Le Duc de Guife étoit allié du Roi, non fi proche que Joab
étoit à David. Il a eu la réputation d'être fage & vaillant Capitaine; mais qui n'a jamais fait aucun fignalé fervice, ni au
Roi, ni au Roïaume; mais a toujours tendu à la ruine de l'un
& de l'autre, entretenant ce pauvre Roïaume en continuelles
guerres & diffenfions civiles, au grand détriment du pauvre
Peuple, pourchaffant le profit & avancement de la grandeur
des anciens & jurés Ennemis de ce Roïaume; & à l'oppofite
empêchant, en tout ce qu'il pouvoit, l'avancement & grandeur
de notre Roi, a fait mourir, par trahifon, ou autrement, beaucoup de vaillans Capitaines, & fideles Serviteurs de cette Couronne; a voulu difpofer de l'Etat de ce Roïaume, du vivant
du Roi; rétablir en fa Perfonne la grandeur & autorité ufur-
pée par les anciens Maires du Palais; à ce que le Roi ne portât
que le nom, & lui eût toute la puiffance & autorité de commander abfolument, & à baguette. Ces chofes font fi manifef-
tes, qu'il n'y a celui qui, confidérant tout ce qui s'eft paffé en
cette derniere Guerre, depuis l'an 1585, & les déportemens particuliers dudit Duc de Guife, ne dife qu'il eft ainfi, s'il n'eft

par trop paſſionné & hors de ſon bon ſens. Voilà donc les raiſons que ces Meſſieurs auront pu alléguer des ſaintes Ecritures,
pour condamner le Roi, juſtifier le Duc de Guiſe, & par conſéquent ſecouer le joug de l'obéiſſance qu'ils doivent à Sa Majeſté par l'exprès commandement de Dieu : car, d'en alléguer
d'autres, pour maintenir leur beau conſeil, nous n'en pouvons
trouver en toute l'Ecriture ſainte. S'ils ſe veulent ſervir de l'exemple de ceux de Lobna, qui ſe révolterent de l'obéiſſance du Roi
Joram, parcequ'il avoit corrompu le ſervice de Dieu. Nous em-
ploierons premiérement, pour leur faire réponſe, ce qu'ils ont
fait mettre par écrit aux Apoſtats de Launoy & Penetier, faiſant accroire à ceux de la Religion, qu'ils ſe vouloient ſervir
de cet exemple : à ſavoir, que c'eſt un fait particulier, qui ne
doit être tiré à conſequence ; & partant, qu'il faut qu'eux en-
durent la Loi qu'ils ont voulu donner aux autres, ſinon qu'ils
faſſent apparoir de leur privilége, & qu'il leur ſoit permis de
faire de l'Ecriture ſainte un nez de cire, comme effrontément
ils parlent. Secondement, qu'il n'y appert point que le Roi ait
quitté la Religion, de laquelle il a toujours fait profeſſion, mais
s'en montre toujours plus grand zélateur que pas un d'eux. S'ils
diſent que c'eſt par hypocriſie & ſimulation, & que ſous-main
il favoriſe ceux de la Religion, leſquels, d'une autorité Ma-
giſtrale, ils appellent Hérétiques. Nous répondons que, s'il le
fait, c'eſt ſi ſécrettement que perſonne n'en voit rien ; mais,
tout au contraire : tellement que ces Meſſieurs ſe montrent par
trop outrecuidés & arrogans, de vouloir ainſi juger de la conſcience du Roi, tout au contraire des effets qui ſe manifeſtent
tous les jours. Mais, que ne prononcent-ils donc telles Sentences contre leurs Papes, la puiſſance & autorité deſquels n'eſt
point de Dieu ? Car ce n'eſt point ſous-main ni en cachette
qu'ils favoriſent aux Ennemis jurés de la Religion Chrétienne,
mais tout ouvertement : comme nous liſons d'Alexis, Innocent III, & Alexandre VI, entre autres, qu'ils ont eu accoin-
tance avec les Turcs, & leur ont favoriſé contre les Chrétiens ;
mais tous, ſans exception, ont favoriſé & favoriſent aux Juifs,
les ſouffrent demeurer ès Terres de leur domination, moïennant certain tribut : cependant ce ſont les premiers & principaux Ennemis de Notre-Seigneur Jeſus-Chriſt, & qui
plus apertement blaſphêment ſon ſaint Nom, ſe mocquent &
de bouche & par écrit, de tout ce que nous croïons de ſa divinité, de ſon office, vertu & efficace de ſa mort & paſſion.

Quant à la perfidie, de laquelle ils veulent charger le Roi, pour
avoir fait mourir le Duc de Guise, en veulent-ils une plus
grande que celle de laquelle ils userent contre Jean Hus au
Concile de Constance (1), quelque prétexte qu'ils puissent mettre en avant? comme celui-ci, qu'il ne faut point tenir la foi
aux Hérétiques. Nous en pourrions mettre en avant beaucoup
d'autres, desquels ils ont usé, non point contre les Coupables
(comme étoit le Duc de Guise) mais contre des Innocens, s'il
étoit de besoin. Ce sont donc ceux-là que ces Messieurs devoient
condamner, & contre lesquels ils devoient prononcer, que ceux
qui leur ont fait hommage, devoient se retirer de leur obéissance,
vu ce que dessus.

Or ils pourront alléguer que ceux de la Religion ont bien
pris les armes contre le Roi; & partant, que nous ne devons
pas trouver mauvais s'ils font le semblable : mais il y a bien
grande différence. Ceux de la Religion n'ont jamais désavoué
que le Roi fût Roi, ni pensé à se détourner de son obéissance;
encore moins l'ont-ils jamais voulu faire; ils ont prié Dieu pour
lui; ont desiré de lui rendre ce qui lui appartient. Ce qu'ils ont
pris les armes, ç'a été pour se garantir de la violence des Infracteurs des Edits qui ont été solemnellement faits pour le libre exercice de la Religion, & pacification des troubles de ce
Roïaume, suscités par ceux de Guise, abusant de l'autorité du
Roi, pour se faire planche à la souveraine domination & tyrannie, comme finalement le Roi lui-même l'a bien apperçu; &,
durant ces Guerres, lesdits de la Religion n'ont pas usé de tels
langages & façons de faire contre Sa Majesté, comme ceux-
ci, qui ont usé de sommations, comme s'ils eussent parlé à leur
Inférieur ou Compagnon; ils n'ont pas voulu ôter d'auprès de
sa Personne ceux qu'il a pour agréables, disposer des Gouverneurs de Villes & Provinces de ce Roïaume. Qu'on voise
voir à la Rochelle, ou autres Places que tiennent ceux de la
Religion, s'ils ont abattu les Armoiries du Roi? & si, pour
quelque oppression qu'on leur ait faite, ils ont tendu la main
au Roi d'Espagne, ou autre, le desirant pour leur Roi? & s'ils
ont fait infinies autres choses qu'ont fait ceux de la Ligue, comme il appert par leur rebelle résolution prise à Nancy? mais
sont venus par humbles requêtes & supplications, ne demandant autre chose que le libre exercice de leur Religion, & être

(1) On a déja montré ailleurs qu'on impute au Concile de Constance une perfidie dont il
ne fut jamais coupable.

ouis paifiblement , pour faire apparoir de la vérité d'icelle par
la Parole de Dieu , contenue ès Livres du vieux & nouveau Teftament : de forte que , tout incontinent qu'il a plu à Sa Majefté leur donner quelque liberté de fervir à Dieu , encore que
ce fût avec des conditions bien dures , & qui , prefque toujours , ont été mal exécutées , fi eft-ce qu'ils les ont reçues en
toute humilité , fe font comportés de telle forte , qu'on n'eût
fu les accufer d'aucune rebellion , païant au Roi ce qu'il leur
commandoit , & aux Seigneurs , voire aux Eccléfiaftiques , ce
qu'on avoit auparavant accoutumé de leur païer pour les Dîmes
& autres devoirs. Mais ceux-ci , du beau premier coup , pour
avoir fait mourir un ou deux Hommes coupables de lèze-Majef-
té , l'ont rejetté , anathématifé , juré & protefté de le pourfuivre en toutes fortes , & par toutes voies , jufques à ce qu'ils
l'aient entiérement exterminé , avec tous fes fideles Sujets &
Serviteurs , dont ils en tiennent un grand nombre prifonniers ,
pour ne vouloir adhérer à leur maudite rebellion ; ne veulent
nullement l'avouer pour leur Roi , quelques fommations & promeffes qu'il ait fu faire ; mais , après l'avoir déja condamné , ils
lui veulent faire fon procès (ainfi qu'on dit que faifoit anciennement le Prévôt de la Vofte) , & comme s'il étoit un fimple
Vaffal de cette Couronne : ainfi qu'il appert par les belles proteftations que ceux qui , fauffement , & par tyrannique ufurpation , fe difent Princes en France , & plufieurs autres Séditieux
Fauteurs de la tyrannie , ont jurées fur le Tableau , & fignées ,
voire aucuns de leur fang : c'eft grande merveille , qu'à l'exemple de ceux qui , avec Catilina , confpirerent la ruine de Rome , ils n'en ont bu ; car il eft certain que , fi ceux-là fuffent
venus au-deffus de leurs entreprifes , ils n'euffent pas exécuté
de plus grandes cruautés , que ceux-ci ont jà commencé de faire ,
& feroient , fi Dieu n'arrêtoit le cours de leur félonnie , comme il fera , felon fa grande bonté ; & l'en devons grandement
fupplier.

Quant aux Sanctions Canoniques & Décrets des Papes , lefquels ces beaux Confeillers ont allégués , ils ont là rencontré
un beau champ pour maintenir leur perfidie. Mais , qui ne voit
que les Papes , qui fe difent Succeffeurs de S. Pierre , n'aient
fait (comme vrais Antechrifts) tout au rebours de ce que dit
Jefus-Chrift à S. Pierre & à fes Compagnons ? ,, Les Rois de la
,, Terre feigneurient fur iceux, mais vous non pas ainfi ,,. Et Saint
Pierre auffi enfeigne : ,, craignez Dieu , honorez le Roi , foïez

1589.

EXAMEN DE
LA RÉSOLUT,
DE LA FACULT.
DE THÉOLOG.

» Sujets, foit au Roi, comme le premier, foit aux Gouverneurs
» envoïés par lui » ; & qu'ils n'ont tenu aucun compte des faintes
Remontrances que fait S. Bernard au Pape Eugene, fon Difciple, en un Livre intitulé, *De la Confidération*, mais s'en font
moqués. Pour la fin, fuivant ces beaux Canons, ils font d'avis
de fupplier le Pape de confirmer cet inique Confeil : en quoi
ils faillent doublement, quelques beaux Harangueurs qu'ils foient;
premierement, en ce que traîtreufement, encontre toute raifon, prérogatives & libertés de ce Roïaume, faintement & vertueufement gardées par les Prédéceffeurs Rois & Etats de la
France, ils donnent une autorité aux Papes, qu'ils n'ont jamais pu gagner, quelques excommunications qu'ils aient fu fou-
droïer ; comme il appert par nos Chroniques : comme auffi
l'Auteur du Livre intitulé, *Moïens d'abus, & Nullités du Refcrit au Pape, contre le Roi de Navarre & feu M. le Prince de
Condé*, déduit ce point, entre autres, très doctement & bien
au long au Chapitre 23, & ailleurs.

En fecond lieu, ils faillent en ce qu'ils n'ont pas attendu
le refcrit du Pape, pour fe révolter de l'obéiffance du Roi ;
mais, & devant la mort du feu Duc de Guife, & depuis, dès
qu'ils en ont été avertis, ils ont fecoué ce joug, & fe font manifeftement déclarés fes Ennemis.

Or, comme nous devons reconnoître en tout ceci un très
jufte jugement de Dieu fur ce Roïaume, & fur tous les Etats
d'icelui, à caufe que non-feulement on a fermé l'oreille au Fils
de Dieu, qui a crié haut & clair, & nous a fi doucement conviés à venir à lui, & encore, outre cela, on a perfecuté à feu
& à fang ceux qui l'ont reconnu pour leur Sauveur, comme
s'ils euffent été les plus méchans & les plus pernicieux du Monde, & euffent voulu troubler le Ciel & la Terre : auffi ne de-
vons-noús nullement douter, qu'enfin, comme il eft jufte Juge,
il ne puniffe très rigoureufement ces méchans Ennemis de toute
vertu & de tout bon ordre : de façon que tous ceux qui en
ouiront parler, les oreilles leur en corneront, comme il fut dit
à Samuel.

Dieu nous faffe la grace de perfévérer en fa crainte au milieu de ces confufions, & touche, par fon S. Efprit, le cœur
du Roi, afin qu'il faffe hommage à Notre-Seigneur Jefus-Chrift,
le Roi des Rois, tel qu'il lui appartient, & puiffe difcerner fes
bons & fideles Sujets, des Traîtres & fes Ennemis, pour fe
montrer Roi débonnaire envers eux, comme ils defirent lui rendre

dre après Dieu l'honneur qui lui appartient, Ainſi ſoit-il.

LE Roi, voïant que plus il s'efforçoit par la douceur de ramener ce Peuple débauché à ſon devoir, plus au contraire, il
forcenoit à l'encontre de Sa Majeſté, attribuant l'affeâion qu'il
avoit de les traiter doucement, à puſillanimité, & crainte qu'il
eut, ou de les avoir pour Ennemis, ou de les perdre pour Sujets,
uſa de ſon autorité, faiſant diverſes Declarations de ſon intention, tant contre les Ducs de Mayenne & Chevalier d'Aumale,
Chefs de la rebellion, que contre les Villes de Paris, Amiens,
Orléans, Abbeville, & autres leurs adherantes. Leſquelles Declarations nous avons ici ajoutées, afin qu'en icelles, le Leâeur
déplore le ſort & la variété des choſes humaines, & voie comment Dieu amene toutes choſes à leur période, ravalant les
cœurs trop hautains & ſuperbes, & manifeſtant les ambitieux
courages & conſeils des hommes, qu'ils cuident être bien cachés & déguiſés, autant à Dieu (tant ſont-ils abrutis), qu'aux
hommes, que la belle apparence peut aiſément tromper.

Ce qui eſt dit, tant pour le regard d'aucunes des principales
Villes de ce Roïaume, qui par telles Declarations recoivent
un terrible coup du ciel, pour commencement de peine de leur
antique cruauté contre les Innocens, qu'ils ont avec impunité,
brûlés & meurtris, que pour auſſi ſatisfaire au Leâeur, qui pourroit demander, pourquoi le Roi fulmine ainſi contre les Ducs
de Mayenne & d'Aumale, vu qu'il a été dit ci-deſſus, qu'en
tous les plus certains avertiſſemens que Sa Majeſté avoit reçus
de l'attentat que vouloit faire contre icelle le Duc de Guiſe,
on met nommément ceux deſdits ſieurs de Mayenne & d'Aumale. Or, le Leâeur trouvera la ſolution de cette queſtion en
la Déclaration que le Roi fait lui-même contr'eux.

Il n'y a point de foi en ceux qui aſpirent à même regne, dit
un Poëte. Il n'y a ſociété, tant jurée ſoit-elle, qui leur ſoit
ſainte. Du vivant du Duc de Guiſe, leſdits de Mayenne & d'Aumale, auſſi-bien que lui, affeâoient le Roïaume ; mais d'autant que le Duc de Guiſe (qui étoit l'aîné, & pour beaucoup
de raiſons, plus favoriſé des Partiſans que les autres) y étoit
porté comme ſur les épaules de tous ſes Partiſans, & que par
ce moïen il attachoit à ſon Fils, déja grand & à ſa Poſtérité,
la domination, ces deux ici (quoiqu'ils aimaſſent bien ledit
de Guiſe & ſa race) s'aimoient encore mieux eux-mêmes &
la leur, inſtruits par les regles de Sorbonne : *Que la charité*

Tome III.   C c *commence par soi-même.* Cette seule (& non l'amour du Roi , ou du salut du Roïaume) étoit la raison pourquoi ils donnoient avis à Sa Majesté des desseins du Duc de Guise , pour les traverser en ce qui étoit de son particulier dessein , tant qu'ils pourroient , afin que par quelqu'évenement que ce fût , ils en pussent avoir leur part , ou pour le moins ne fussent bourrelés de l'envie qu'ils eussent pu concevoir contre le Duc de Guise & les siens , s'ils eussent eu le tout , & eux peu , ou rien du tout , comme l'ambition , ainsi que le sépulchre , ne dit jamais c'est assez.

De voir Guise mort , ce que ceux-ci craignoient lui tomber entre les mains ou des siens seuls , les regarde & semble leur tendre les bras. La Sédition veut avoir un Chef , & se le dût-elle former d'un tronc de bois. Rien n'est plus agréable que ce qui a long-temps été attendu ; & ne perd nul que l'autre ne gagne. La Ligue se voulant encore remuer contre le Roi , trouve commodes pour ses Chefs ces deux ici , lesquels voïant leur saison venue , prennent l'occasion , & retraçans les anciens fondemens des Ducs de Guise , Pere & Fils , derniers morts , bâtissent dessus du foin volontiers & du chaume ; car il ne faut pas penser qu'en matiere de domination il y ait plus d'union & charité du Duc de Maïenne envers Aumale , son Cousin , qu'il y avoit entre le Duc de Guise & le Duc de Maïenne son Frere , qui étoient (comme chacun sait) tellement d'accord pour leur dessein général , qu'ils exerçoient néanmoins l'un à l'encontre de l'autre de grandes simultés , auxquelles le vulgaire ne prenoit pas autrement garde , mais qui toutefois étoient bien remarquées , par ceux qui étoient curieux de telles observations.

S'il y a quelqu'affection de vengeance pour la proximité du sang , Dieu le sait mieux que les hommes : tant y a que voilà ce que Sa Majesté témoigne en croire , avec ce que les effets en disent hautement ; car ces Messieurs sont comme subrogés en la place du Duc de Guise & du Cardinal , son Frere , & par le même précipice veulent monter comme au trône de Jupiter.

L A Déclaration faite par Sa Majefté contr'eux eft conçue & imprimée
en la maniere qui s'enfuit.

DECLARATION DU ROI,

*Sur l'attentat, felonnie & rébellion du Duc de Mayenne , Duc
& Chevalier d'Aumale & ceux qui les affifteront.*

H E N R I , par la grace de Dieu, Roi de France & de Pologne , à tous préfens & à venir , falut. Comme il n'y ait commandement de Dieu , Religion , ni Loi reçue entre les hommes , qui puiffent excufer le Sujet de prendre les armes , fans
l'Ordonnance ou permiffion du Souverain , auquel il a plu à fa
divine bonté donner toute autorité fur lui , & à lui réferver le
glaive de puiffance pour en ufer , à la confervation des bons ,
punition & châtiment des mauvais , que fera-t-il du Sujet qui
prend les armes contre fon propre Roi très Chrétien , légitime
& naturel ? Et fi ce crime eft abominable devant Dieu & les hommes , & doit être la honte & la confufion de ceux qui le commettent , il n'y a plus de nom entre les Chrétiens , affez exécrable pour les François , fi par la déloïauté , attentat & felonnie , ils ne font plus les enfans de leurs pures , ces anciens
François , lefquels par tant de vertus , au péril de leurs vies ,
ont acquis & été remarqués entre toutes Nations du Monde ,
pour être les plus fideles & les plus loïaux à leurs Rois ? Et fi à
ce crime tant exécrable on peut ajouter quelqu'accroiffement
pour les obligations , bienfaits & gratifications particulieres ,
reçues par le Sujet qui s'arme contre fon Bienfaicteur & fon Roi
légitime & naturel , le Duc de Mayenne , le Duc & Chevalier
d'Aumale font dignes de ce nom , qui n'eft point encore en ufage : & comme leur rébellion & déloïauté eft fans mefure & fans
exemple , auffi fe doivent-ils appeller les plus infideles & les
plus déloïaux de ce monde , & laiffer à leur Poftérité cette
marque d'ingratitude & rébellion pour fervir de luftre à la loïauté de ceux qui feront demeurés fermes en leur fidélité & en la
jufte & légitime obéiffance , que Dieu leur commande porter

& rendre à leur Roi. Or, toutefois jusques-là étoit arrivée nôtre clémence & bonté, que voulant oublier toutes choses passées, & les justes occasions qu'ils nous avoient données de les châtier & traiter selon les mérites de leur déloïauté, recherchant en nous-mêmes leur propre salut & la guérison de leurs plaies par les nôtres, même la conservation de leurs vies & de leur honneur au dépens de notre autorité, Nous avons depuis quelques jours envoïé devers eux, par plusieurs & diverses fois, aucuns de nos bons & fideles Serviteurs & Sujets, avec nos Lettres bien expresses, & depuis encore par de nos Héraults d'Armes, leur faire entendre notre bonne & sainte intention, & que nous étions encore prêts, non-seulement d'oublier les choses passées, mais de les recevoir en nos bonnes graces, & les chérir & embrasser comme nos bons & loïaux Sujets, en faisant leur devoir & les soumissions que justement ils nous doivent. Néanmoins, tout ainsi qu'une ame ambitieuse & déloïale est du tout incompatible avec l'assistance de son Dieu, & par son infidélité n'est plus susceptible de la raison qui la pouvoit contenir ou ramener à son devoir ; comme aussi la chenille qui se nourrit de la même liqueur dont les mouches produisent le miel & la cire, & toutesfois la convertit en venin ; ainsi notre bonté & clémence, mises en l'estomac de telles personnes abandonnées de Dieu & de son Esprit, ont été converties en corruption & non point en la substance qu'ils en devoient tirer ; car au lieu de s'humilier comme ils devoient, & reconnoître leur faute, ils en sont devenus plus orgueilleux & se sont précipités opiniâtrement eux-mêmes en la ruine de leurs ames, de leurs vies, de leur honneur & réputation & de leurs facultés domestiques, se saisissant de nos Villes & Châteaux, entreprenant par leur déloïauté & rébellion, contre notre autorité, nos Magistrats & contre nos bons & loïaux Serviteurs & Sujets, même contre les Prélats, Evêques & autres gens d'Eglise, jusqu'à les emprisonner, piller leurs biens, les rançonner, & par tourmens leur faire résigner leurs Bénéfices à gens de leur Parti, sans autre considération de leur mérite ou qualité, seulement il suffit qu'ils aient part à leur méchanceté, & par toutes autres voies démesurées, d'hostilité, de rébellion & felonnie, le tout sous couleur & prétexte de piété & de Religion, comme ils pouvoient seulement approcher de la nôtre & de celle de tant de gens de bien & d'honneur, qu'ils persécutent comme criminels, seulement parcequ'ils sont fideles Serviteurs & Sujets de leur

Roi, & qu'ils ne se veulent pas damner, ni avoir part en leur
détestable rébellion. Aïant à la bouche ce qui est le plus éloigné
de leur cœur, faisant voile & manteau de l'honneur de Dieu,
pour résister à son expresse parole, & détruire par leur ambition, felonnie & déloïauté la Religion Catholique, Apostolique & Romaine, ainsi que déja par plusieurs fois ils ont fait, en
prenant nos Villes & les armes pour nous divertir & empêcher
lorsque nous étions le plus préparé & résolu d'aller en personne
faire la guerre aux Hérétiques : aussi seroient-ils bien marris
qu'il n'y en eût plus en France, parceque leur ambitieux dessein n'auroit plus couverture. Et encore que par la grace de Dieu
nous ne soïons tenu de rendre compte de nos actions qu'à sa
divine bonté seule ; toutesfois, afin que la simplicité d'aucuns
de nos Sujets ne soit point abusée de leur fausse imposture, &
n'estiment faussement que le feu Duc de Guise a été châtié
parcequ'il étoit Protecteur & Défenseur de la Religion Catholique, Apostolique & Romaine, ou pour l'affection qu'il
avoit au soulagement du Peuple ; & à cette occasion que lesdits Duc de Mayenne, Duc & Chevalier d'Aumale & leurs
Associés ont une grande & légitime occasion de s'unir ensemble, tant pour leur conservation particuliere & de la Religion,
que pour la vengeance de celui qui est mort pour eux (comme
ils en font courir le bruit pour animer & séduire nos Sujets , &
nourrir leur ambitieuse rébellion), Nous voulons bien faire entendre, que méchamment ils ont voulu faire couvrir leur déloïauté
de l'honneur de Dieu, accroissement de la Religion & affection au Public ; car sans nous amuser aux particularités de la
vie desdits feu Duc Guise & de son Frere, dont la mémoire
est encore trop fraîche en ce Roïaume, principalement entre
ceux qui les connoissent le mieux, pour ne perdre temps à l'écrire,
il nous suffira seulement de dire, que peu de jours auparavant
sa mort, icelui Duc de Mayenne entr'autres choses, nous
manda par un Chevalier d'honneur, qu'il nous envoïa exprès,
que ce n'étoit pas assez à son Frere de porter des patenôtres
au col, mais qu'il falloit avoir une ame & une conscience ;
que nous prissions bien garde à nous, qu'il falloit que lui-même
Duc de Mayenne ou ledit Chevalier vinssent pour nous avertir,
& que le terme étoit si brief, & que s'il ne se hâtoit il étoit
bien à craindre qu'il n'arriveroit pas assez à temps. Pareillement
les Mémoires, les Lettres ne sont pas perdues, des pratiques
& recherches d'amitié faites avec le Roi de Navarre & les

Hérétiques, tant dehors que dedans ce Roïaume, à quelque condition que ce fût, pourvu qu'on lui promît amitié & assistance à son établissement. On sait assez quelles pensions il tiroit des Etrangers, par quelles promesses, & à quelle fin. Les alliances qu'il a cherchées de ceux qu'il condamnoit le plus devant les hommes, comme Fauteurs d'hérésies, ne sont inconnues qu'à ceux qui ne les veulent pas savoir. Ce sont les actes signalés qu'il avoit tirés de la Vie des Apôtres & des Commandemens de Dieu pour conserver la Religion Catholique, Apostolique & Romaine, & le soulagement du Peuple; au contraire l'on sait bien où étoient emploïées nos Armées, quelle étoit notre intention d'y aller en personne à ce Printemps, & qu'il n'a pas tenu à nous que ledit Duc de Mayenne n'ait fait la guerre aux Hérétiques, aussi-bien que notre très cher & féal Cousin le Duc de Nevers, qui fût encore à continuer notre entreprise, si nos forces n'eussent été diverties par la déloïauté desdits Duc de Mayenne, Duc & Chevalier d'Aumale, comme déja icelui Duc d'Aumale fit le semblable en l'année derniere, par la surprise de nos Villes en Picardie; & se peut dire par les œuvres de leurs mains, que les Huguenots n'ont jamais trouvé tant de faveur, ni ce pauvre Roïaume tant de misere & d'oppression, qu'en l'ame & en la vie du feu Duc de Guise, Duc de Mayenne, Duc & Chevalier d'Aumale. Quant au soulagement du Peuple, soit considéré l'état à présent de ce Roïaume, les pertes & ruines qu'il a reçues depuis l'année 1585 que lesdits feu Duc de Guise & les susdits de Mayenne & d'Aumale, prirent contre nous & notre autorité, & soit fait jugement de la ruine prochaine de cedit Roïaume, par les choses avenües depuis ce temps-là, pour en faire comparaison avec les années précédentes 83 & 84, & le Reglement que nous avions donné & commencé d'établir en celui-ci notredit Roïaume, à l'honneur de Dieu & au soulagement de notre Peuple, & accordé son soulagement & les Charges de la Guerre ensemble, avec les œuvres dudit feu Duc de Guise & & des dessus nommés, lesquels depuis ce temps-là n'ont jamais posé les armes, tantôt sous un prétexte, tantôt sous un autre. Soit entendue aussi la contenance dudit feu Duc de Guise & de ceux qui l'assistoient, lorsque nous accordâmes aux Députés de nos Etats, contre son espérance, la décharge & réduction des Tailles à celles de l'année 1576, pourvu qu'ils donnassent les moïens de remplacer le fonds & satisfaire à l'entretenement de la Dignité roïale & de l'Etat, & de faire la guerre que tous avoient demandée & jurée si solemnellement, dont eux-mêmes auroient l'administration des deniers par nos Ordonnances, comme ils le nous promettoient ; car, lors d'un côté il nous dissuadoit de le faire, & ne ravaller point tant notre autorité, mais que nous nous en devions faire croire ; & de l'autre il pressoit ses Partisans de faire telles instantes poursuites, non point pour envie qu'il en eût, mais pour nous rendre ou nécessiteux ou odieux à nos Sujets, avec résolution, si nous le refusions, de rompre les Etats, sur une occasion si plausible au Peuple, & de rapporter l'honneur & le gré de ce qu'il vouloit moins faire, rejettant sur nous l'envie de ce que nous avions en extrême volonté, & que nous fîmes pour la grande affection que nous portons au soulagement de nos Sujets, autant qu'il nous est possible, & que la conservation de notre Etat le nous permet, contre son avis & conseil, & toutes les remontrances qu'il nous fit, & fit faire au contraire, & pour le regard de ses comportemens envers nous, après lui avoir remis & pardonné toutes ses fautes premieres. Jusques-là étoient arrivée sa téméraire arrogance, que les opinions n'étoient plus libres en notre Conseil, tant il s'en faisoit croire ; l'exécution des Arrêts & Jugement donnés en nos Cours Souveraines contre les plus criminels & scélérats de ce Roïaume, étoit retardée pour ne les pouvoir appréhender, & cependant ils étoient en sûreté à sa suite & en sa chambre, & leur faisoit bailler logis à notre Cour, ils étoient les plus gens de bien & les plus zélés Catholiques de ce Roïaume, puisqu'ils étoient de son Parti ; & au contraire le plus homme de bien & le meilleur Catholique étoit Hérétique, ou pour le moins politique, s'il ne vouloit jurer & avoir part en sa trahison. Aussi faisoit-il bien tout ce qu'il pouvoit pour se faire connoître à un chacun, & étoit l'un de ses artifices, qu'il pouvoit tout ce qu'il vouloit ; que nous nous étions jettés entre ses bras ; jusques à le faire semer par nos Provinces, & avoir bravé des Députés de nos Etats Généraux, qui ne vouloient pas dépendre de lui, & changer leurs Cahiers à sa volonté, encore qu'il n'y eût que trop de tels choisis & nommés par sa violence : témoin que tous les jours, à heures réglées, il se tenoit un Conseil en sa Chambre, des choses proposées, & de ce qui se devoit conclurre aux Etats, par brigues, menées ou violence, selon ce qu'il en auroit été résolu par ledit Duc de Guise & ses Partisans,

à la vue de tout le monde, & en faisoit gloire. Il n'y avoit plus de sûreté qu'en sa protection, & étoit crime de lèze-Majesté, d'être notre fidele Serviteur, donnant pour marque d'injure, il est Roïal, & pour titre d'honneur, il est Guisart. Il vouloit injustement commander à celui que Dieu avoit constitué sur lui en toute autorité & souveraine puissance ; & vouloit, pour les propres bienfaits, les honneurs, & l'autorité que son Roi lui avoit donnés, lui ôter sa Couronne & la vie, pour le moins aussi-tôt qu'il auroit un peu mieux établi son autorité qu'elle ne l'étoit encore, si tant il nous eût laissé de longue vie : car il est tout certain & bien vérifié, qu'il avoit déja tellement pourvu à son dessein, qu'il se tenoit pour Maître de notre Château & de notre personne ; il en avoit illicitement les clefs, jusques à celles de nos Salles : les armes, propres à l'exécution de son dessein, & inutiles à autres exploits de guerre, ont été trouvées, encore que les siens aient fait tout leur effort de les détourner pour en faire perdre la connoissance, & ses Hommes étoient tout à l'entour de nous. Les Compagnies de nos Ordonnances que nous avions ordonnées pour la sureté de nous & de nosdits Etats, avoient été par lui licenciées, jusques à avoir exempté, par ses Lettres signées de lui, & scellées du sceau de ses armes, les Habitans de Romorantin, de recevoir une partie de celle du Sieur de Souvray, que nous avons ordonnée, & les avoir pris en sa protection & sauvegarde contre nos Lettres Patentes, sur le département que nous avions fait avec lui-même, défendant très expressément au Commissaire général des Vivres de notre Roïaume, de leur demander aucuns vivres pour icelle Compagnie ni autre ; &, pour faire plus ouvertement connoître qu'il ne vouloit plus dépendre que de lui-même, telle fut son outre-cuidance, en la présence & au Cabinet de la feue Reine notre très honorée Dame & bonne Mere, & de plusieurs Princes & Seigneurs, qui lors y étoient présens, que quand ce vint à proposer les crimes de lèze-Majesté pour les faire renouveller & jurer en pleine Assemblée de nosdits Etats, il nous répondit impudemment qu'il n'en feroit rien & qu'il ne les jureroit point, que s'il y failloit, nous le fissions châtier. Et toutesfois contre tout cela & infinis autres particuliers avis, qui nous étoient donnés tous les jours de ses comportemens & menées par nos bons, fideles & loïaux Sujets & Serviteurs, nous passions toutes ces choses doucement, nous faisant croire que notre grande patience & nos bienfaits, (en quoi nous n'é-

pargnions

pargnions une feule gratification, qui fut en notre puiffance
pour eux ou pour les leurs) romproient la dureté de leur cœur,
& les rameneroient à la jufte obéiffance qu'ils nous doivent ; puifque la fierté des Lions & des animaux plus fauvages eft domptée par bienfaits. Mais comme l'ambition de régner eft infatiable & fans fin, & que celui qui offenfe ne pardonne jamais,
l'infolence croiffoit tous les jours ; & par homme exprès, que
dépêcha ledit Duc d'Aumale, nous fûmes avertis qu'il s'étoit
trouvé de préfence & non de volonté (ce difoit-il) en un Confeil tenu à Paris, auquel il avoit été réfolu, que le Duc de
Guife fe faifiroit de notre perfonne, & nous meneroit à Paris :
& toutesfois nous ne voulûmes, pour nos premieres confidérations, avoir tel égard à cet avis que nous devions. Mais voïant
celui que depuis nous envoïa ledit Duc de Mayenne, & que le
terme en étoit fi brief, qu'il n'y avoit plus de falut pour nous,
qu'en la prévention de la vie de ceux qui nous la vouloient ôter
& ufurper notre Etat & Couronne, nous fûmes contraints d'en
ufer & faire en leurs perfonnes, non ce qu'ils méritoient par
leur déloïale felonnie, mais felon la faifon ce que nous devions & que nous ne voulions pas faire. C'eft la récompenfe
qu'ils avoient préparée à nos gratifications & bienfaits, & qui
eft aujourd'hui fuivie par ceux, qui durant leur vie faifoient
femblant de condamner leurs confeils ; & eux-mêmes nous en
donnoient avis, pour réferver, à ce que nous reconnoiffons
maintenant par leurs œuvres, à eux & à leur profit particulier, le fruit de ce deffein ambitieux d'Empire, emploïant cet
ancien Proverbe, que fi le droit eft violable, il doit être violé
pour régner ; & faut croire par leurs actions, ou n'avoir point
de jugement, que comme tous enfemble s'accordent maintenant à nous ôter la vie & la Couronne que Dieu nous a donnée, ils diffiperoient bientôt ou débattroient entr'eux à qui auroit celle qu'injuftement ils veulent ufurper, s'ils avoient moïen
de l'envahir ; aïant déja entrepris par autorité, de difpofer &
ordonner par Lettres patentes des Gouverneurs de nos Provinces, & de la levée & diftribution de nos Finances. Mais
parceque la patience doit être bornée & réglée de certaines limites, outre lefquelles elle ne peut être louable en un Prince,
qui doit la confervation de fon honneur, de fon autorité &
de fa vie à fon Etat & à foi-même :

Nous, à ces caufes & autres bonnes & juftes confidérations
à ce nous mouvans, avons, par l'avis des Princes de notre

Sang, Cardinaux, Prélats, Seigneurs & autres de notre Conseil, déclaré & déclarons par ces Présentes, signées de notre
propre main, lesdits Duc de Mayenne, Duc & Chevalier d'Aumale, déchus de tous les Etats, Offices, Honneurs, Pouvoirs,
Gouvernemens, Charges, Dignités, Privileges & Prérogatives
qu'ils ont par ci-devant eus de nous & des Rois, nos Prédécesseurs;
& lesquels nous avons révoqués & révoquons dès à présent, & les
avons déclarés infideles, rébelles, atteints & convaincus des crimes
de rébellion, felonnie & de leze-Majesté au premier chef. Voulons que comme tels, il soit procédé contr'eux & tous ceux
qui les assisteront de vivres, conseil, confort, aide, force ou
moïen, & contre leur Postérité, par toutes les voies & rigueurs
des Ordonnances faites sur lesdits crimes. Sauf, si dans le premier jour du mois de Mars prochain, pour toutes préfixions
& délais, ils reconnoissent leur faute, & se remettent en l'o-
béissance que justement ils nous doivent par le commandement &
l'expresse Parole de Dieu, contre laquelle ils ne se peuvent dire
Chrétiens. Afin que satisfaisant à nous-mêmes, nous n'aïons
oublié une seule bonté, clémence & douceur, qui les ait pu
retirer de leur faute, & ramener à leur devoir. Enjoignant au
premier de nos Huissiers, Sergens ou autres Officiers, que cesdites Présentes ils leur signifient, soit en personne & ensemblement, ou en particulier. Et où il n'y auroit sûreté de ce
faire, voulons & nous plaît, que la signification qui en sera
faite aux portes & murailles de leurs Domiciles, ou des Villes & Fauxbourgs, auxquels ils se trouveront, par le premier
de nos Trompettes; & où il n'en pourroit approcher sûrement
pour cet effet, au plus prochain Bourg ou Village, vaille, &
soit de telle force & valeur, que si elle étoit faite à leurs personnes. Mandons en outre & adjurons tous nos fideles & loïaux
Sujets, de quelque qualité & condition qu'ils soient, par la
loïauté que justement ils nous doivent, & que Dieu & leur
honneur leur commande, & par les cendres & la mémoire de
leurs Peres, lesquels par tant d'années & avec tant de peines,
de sueurs & de travaux, leur ont acquis ce précieux trésor &
nom immortel de très fideles à leur Roi, qu'en cette affaire de
telle importance, qui est la conservation ou la ruine, non-seu-
ment de notre autorité, mais de la Religion chrétienne, de
l'Etat & d'eux-mêmes, ils aient à courir sus auxdits Infideles
& Rébelles, & à nous assister de leurs forces & moïens, & se
rendre auprès de nous, au premier mandement qu'ils en au-

ront, pour châtier ceux qui voudront perfévérer en leur rébellion, & remettre notre autorité, enfemble notre Etat en leur
premiere fplendeur & dignité, à l'honneur de Dieu, confervation de notre Réligion Catholique, Apoftolique & Romaine,
& foulagement de nos Sujets, à quoi nous fommes réfolus d'emploïer tous nos moïens & notre propre vie. Et afin qu'aucun
n'en puiffe prétendre caufe d'ignorance ; Nous avons ordonné
& ordonnons que cefdites Préfentes feront lues & publiées par
toutes nos Cours Souveraines & Sieges roïaux : car tel eft notre plaifir. En témoin de quoi, nous avons fait mettre & appofer à icelles notre fcel, afin que ce foit chofe ferme & ftable
à toujours. *Donné à Blois, au mois de Février l'an de grace*
1589. Et de notre regne le quinzieme : Signé, HENRI. Et
plus bas par le Roi, RUZÉ. Et feellé du grand fcel de cire
verte, fur lacs de foie rouge & verte.

Avertiffement.

TOUT d'une même fuite, Sa Majefté fit une Déláration fur la Rébellion des Villes qui étoient du Parti defdits fieurs de Mayenne & d'Aü-
male, en la maniere qui s'enfuit.

DECLARATION DU ROI,

Sur l'attentat, felonnie & rébellion des Villes de Paris, Orléans,
Amiens & Abbeville, & autres leurs Adhérans.

HENRI, par la grace de Dieu, Roi de France & de Pologne : à tous préfens & à venir, falut. Dieu qui de rien a
créé l'homme à fa femblance par fa divine bonté, & toutes
chofes pour lui fervir ; ce même Dieu a conftitué les Rois avec
toute autorité & fouveraine puiffance fur les Peuples qu'il leur
a donnés pour régir & gouverner, par ce bel ordre, que ceux-ci
obéiroient à ce qui leur feroit commandé, & le Prince leur
commanderoit fa volonté, comme à fes Sujets ; de forte qu'il
ne fe peut nier, que qui défobéit à fon Prince légitime & naturel, ne réfifte à l'expreffe parole de Dieu, & qui ne fait fes
Commandemens & fe dit fon Fils, il eft menteur. Or, entre

les Rois inftitués de Dieu, nous fommes, par fa grace, nommé Très Chrétien, & le premier de tous les Rois Chrétiens ; & les François ont été remarqués, par deffus toutes les Nations du Monde, pour les plus fideles & les plus loïaux Serviteurs & Sujets à leurs Rois, cette Dignité roïale que Dieu par fa grace nous a donnée, avec le glaive de puiffance pour la confervation des bons & le châtiment des mauvais : nous avons ajouté toutes les gratifications & bienfaits, tous les octrois, conceffions & honneur, defquels nous avons pu décorer, enrichir & aggrandir nos Villes de Paris, Orléans, Amiens & Abbeville, & ne leur avons jamais dénié chofe que nous aïons pu faire à leur foulagement & accroiffement, pour les contenir & émouvoir toujours davantage à l'obéiffance, que juftement ils nous doivent ; mais comme le cheval, engraiffé par le foin & dépenfe que fon maître a emploïés à le faire bien panfer, donne un coup de pied à fon bienfaicteur, pour cette feule raifon qu'il eft trop gras & qu'il l'a trop bien traité, & ne veut plus que fon Maître monte fur lui ; ainfi lefdites Villes de Paris, Orléans, Amiens & Abbeville, pour avoir été de nous gratifiées par-deffus toutes les autres Villes de celui notre Roïaume, & leur avoir laiffé trop de liberté, ont par mépris des Commandemens de Dieu & par trop grande ingratitude pris les armes & fe font élévées contre nous, leur Roi légitime & naturel, voulant par leur déloïauté, nous ôter la vie & l'autorité, en récompenfe de nos libéralités, & pour les avoir élevées plus qu'elles ne l'avoient mérité. Et toutesfois, parceque la fimplicité d'aucuns peut avoir été féduite par fauffes impoftures & fous prétexte de piété ou de Religion ; confidérant auffi l'innocence des autres, qui habitent en icelles Villes, fans avoir eu part en fi damnable confeil, afin de ne perdre point les Bons par l'iniquité des Méchans : toutes ces confidérations jointes à notre clémence naturelle, nous avoient fait oublier, non-feulement les chofes paffées, mais rechercher nous-mêmes ceux qui nous avoient fi grievement offenfés, pour les recevoir en nos bonnes graces & les chérir & embraffer comme nos bons & loïaux Sujets, en reconnoiffant leurs fautes, & faifant les foumiffions que juftement ils nous doivent ; mais au lieu de fe reconnoître & s'humilier, comme gens abandonnés de Dieu, par le mépris & défobéiffance faite à fon exprès Commandement, & par la felonnie & attentat qu'ils ont commis contre leur Roi légitime & naturel, ils ont vomi leur rage contre notre autorité, con-

tre les Evêques, Prélats, Magiftrats, Nobleffe & toutes fortes de gens, fans aucune diftinction ni confidération de qualité ou de crime, feulement parcequ'obéiffant à l'expreffe Parole de Dieu, ils étoient fideles à leur Prince, & ne vouloient
pas, comme eux, être rebelles & infideles à Dieu & à leur Roi,
jufqu'à avoir fait mourir & par violence démis des Curés de
leurs Charges, pour avoir feulement exhorté le Peuple à prier
Dieu pour leur Roi. Et comme lefdites Villes font extrêmes en
leur déloïauté, felonnie & rébellion ; auffi n'ont-elles jufqu'à
cette heure oublié ni pardonné à une feule efpece de barbare
cruauté, jufqu'au facrilege. Et feront encore pis, s'il n'y eft
pourvu par châtimens dignes de leur felonnie & déteftable rebellion.

Nous à ces caufes & autres, & juftes confidérations à ce nous
mouvans, avons par l'avis des Princes de notre Sang, Cardinaux,
Prélats, Seigneurs & autres de notre Confeil, déclaré & déclarons par ces Préfentes, fignées de notre propre main, lefdites Villes de Paris, Orléans, Amiens, & Abbevile & toutes les autres, fi aucunes y en a qui les affiftent, déchues de tous
les Etats, Offices, Honneurs, Pouvoirs, Gouvernemens, Charges, Dignités, Privileges, Prérogatives, Dons, Octrois &
Conceffions quelconques, qu'elles ont par ci-devant eus de nous
& des Rois nos Prédéceffeurs, & lefquels nous avons révoqués & révoquons dès-à-préfent. Et les avons déclarées & déclarons rebelles, atteintes & convaincues des crimes d'attentat,
felonnie & de leze-Majefté au premier chef. Voulons que comme telles, il foit procédé contr'elles, & tous ceux qui y habitent & les affifteront de vivres, confeil, confort, aide, force
ou moïens & contre leur Poftérité, par toutes les voies & rigueurs des Ordonnances, faites fur lefdits crimes ; fauf fi dans
le quatorzieme jour du mois de Mars prochain, ils reconnoiffent leur faute, & fe remettent en l'obéiffance que juftement
ils nous doivent par le Commandement & l'expreffe Parole
de Dieu, contre laquelle ils ne fe peuvent dire Chrétiens. Enjoignant fur les mêmes peines aux Officiers de nos Cours de
Parlement, Chambre des Comptes, Généraux des Aydes, Chancellerie, Bureaux des finances, Chambre des Monnoies, Sieges
Préfidiaux, Bailliages, Sénéchauffées, Prévôtés, Elections &
autres Corps & Compagnies, tant de Judicature que de Finances, Huiffiers, Notaires & Sergens, & généralement à tous
nos autres Officiers qui font efdites Villes, d'en fortir incon-

tinent, après que ces Préfentes feront venues à leur connoiffance, par quelque voie & maniere que ce foit, pour fe rendre auprès de nous, ou autres lieux qui leur feront par nous ordonnés, & illec rendre la juftice à nos Sujets, & faire les autres fonctions de leurs Charges, l'exercice defquelles nous leur avons interdit & défendu, interdifons & défendons auxdites Villes, enfemble toute Cour, Jurifdiction & connoiffance ; déclarant, dès-à-préfent, nul & de nul effet & valeur tout ce qui fera par eux fait, geré & attenté contre, & au préjudice de cefdites Préfentes. Par lefquelles nous mandons au premier de nos Huiffiers, Sergens ou autres Officiers, que cefdites Préfentes ils leur fignifient, foit en Corps ou en particulier : & où il n'y auroit fûr accès, voulons & nous plaît, que la fignification ou affiches qui en feront faites aux portes, murailles & fauxbourgs defdites Villes, par le premier de nos Trompettes, & où il n'en pourroit approcher pour cet effet, au plus prochain Bourg ou Village, vaille & foit de telle force & vertu, comme fi elle étoit faite à leurs propres Corps, Compagnies & Perfonnes. Faifant inhibitions & défenfes à tous nos Sujets, de pourfuivre efdites Villes par-devant icelles Cours, Sieges & Officiers, aucune expédition, foit de juftice ou autrement, à peine auffi de nullité, & d'être déclarés fauteurs & adhérans defdits rebelles, féditieux & déloïaux. Mandons en outre & adjurons tous nos bons fideles & loïaux Sujets, de quelque qualité & condition qu'ils foient, par la fidélité que juftement ils nous doivent, & que Dieu & leur honneur leur commande, & par les cendres & la mémoire de leurs Peres, lefquels par tant d'années & avec tant de peines, de fueurs & de travaux, leur ont acquis ce précieux tréfor & nom immortel, de très fideles à leur Roi : qu'en cette affaire de telle importance, qui eft la confervation ou la ruine, non-feulement de notre autorité, mais de la Religion Chrétienne, de l'Etat & d'eux-mêmes, ils aient à courir fus auxdits traîtres & & rebelles, & à nous affifter de leurs forces & moïens, & de fe rendre auprès de nous au premier mandement qu'ils en auront, pour châtier ceux qui voudront perfévérer en leur trahifon, & remettre notre autorité, enfemble notre Etat, en leur fplendeur & dignité, à l'honneur de Dieu, confervation de notre Religion Catholique, Apoftolique & Romaine, & foulagement de nos Sujets. A quoi nous nous fommes réfolus d'emploïer tous nos moïens & notre propre vie. Et afin qu'aucun n'en puiffe prétendre caufe d'ignorance, nous avons ordonné & or-

donnons, que cefdites Préfentes feront lues & publiées par toutes nos Cours fouveraines & Sieges roïaux, qui font du reffort
dudit Parlement : car tel eft notre plaifir ; en témoin de quoi
nous avons à icelles fait mettre & appofer notre fcel, afin que
ce foit chofe ferme & ftable à toujours. Donné à Blois, au
mois de Février, l'an de grace 1589 : & de notre regne le quinzieme. *Ainfi figné*, HENRI. *Et plus bas par le Roi*, RUZE'.
Et à côté, *Vifa*. Et fcellé du grand fceau de cire verte, fur lacs
de foie rouge & verte. Collationé à l'original par moi Confeiller, Notaire & Secretaire du Roi, LE BEAUCLERC.

Avertiffement.

SA Majefté aïant fait les Déclarations fufdites, & voïant que tous, au
lieu de s'humilier & ufer de fa clémence & du terme qu'il leur donnoit
pour fe repentir & reconnoître, tout au contraire plus opiniâtres que jamais
faifoient de grands préparatifs d'armes, tant dedans que dehors le Roïaume, faififfoient fes deniers, opprimoient par horribles concuffions & brigandages plufieurs Provinces, & (comme s'ils n'euffent voulu laiffer que
larmes & cendres ès lieux qu'ils ne pouvoient garder) faifoient leur derniere main deffus les plus fideles de fes Sujets, qui ne leur vouloient
adherer (fans gueres plus épargner les autres qui les avoient tant fouhaités)
réfolut de mettre auffi de fa part une Armée fus, pour brider leur audace
& s'oppofer à leurs cruelles entreprifes. Et pour ce faire, expédia Lettres
Patentes pour la convocation & affemblée de fa Nobleffe & Gendarmerie,
que Sa Majefté eftimoit lui être plus fidele ; le tout comme il appert par
lefdites Lettres, defquelles la teneur enfuit, comme elles furent lues, publiées & imprimées, tant à Poitiers, par Aymé Mefnier, Imprimeur ordinaire, qu'autres Villes & Provinces du Roïaume.

LETTRES PATENTES
DU ROI,

A Monsieur le Sénéchal de Poitou, ou son Lieutenant.

DE PAR LE ROI.

NOTRE Amé & féal, nous avons fait expédier nos Lettres de déclaration, sur les rébellions que font les Duc de Mayenne, Duc & Chevalier d'Aumale, de Paris, Orléans, Amiens, Abbeville & autres, & ceux qui les assisteront, pour icelles être publiées en nos Cours de Parlement. Et pour rendre nos Sujets promptement éclaircis de notre volonté, nous avons avisé vous envoïer le double collationné de nosdites Lettres, avec celles qui sont pour la convocation de notre Ban & arriere-Ban, que vous trouverez avec la Présente. Et vous mandons en faire faire la publication en votre Ressort, sans attendre celle qui sera faite par autorité de nosdites Cours, à ce que plutôt chacun se dispose de se conformer à ce qui est contenu en icelles : si n'y faites faute. Car tel est notre plaisir. Donné à Blois le vingt-deuxieme de Février 1589. *Ainsi signé*, HENRI. *Et au-dessous*, REVOL. Et au dos est écrit : *A notre amé & féal le Sénéchal de Poitou, ou son Lieutenant à Poitiers.*

DE PAR LE ROI,

NOTRE amé & féal, ce n'est de maintenant que vous avez fait connoître la sincere dévotion que vous avez à notre service, aïant en vos actions passées donné si évident témoignage de cela, nous avons entiere confiance que rien ne peut vous en ébranler, & avons eu très agréable d'entendre par votre Lettre du 15 la bonne disposition en laquelle étoit notre Ville de Poitiers, de persévérer en la fidélité par laquelle elle s'est toujours rendue recommandable, & encore en ce temps acquis une singuliere bienveillance de notre part. Et d'autant que les Rebelles & Factieux qui se sont de nouveau élevés, s'aident du prétexte de la Religion Catholique, & de tous autres artifices qu'ils peuvent inventer pour séduire les Villes, il est très nécessaire

que

que les plus avifés & qui y tiennent les premiers lieux, veillent à rendre capables les autres des mauvaifes intentions defdits Rebelles, lefquels au lieu de donner avancement à la Reli-
ligion Catholique, détruifent les moïens de la reftaurer & conferver, entretenant & continuant (comme ils font) la guerre
entre les Catholiques ; de forte que leur rébellion & mauvaife
volonté fe rend toute manifefte par leurs actions, defquelles, à
cette occafion, il eft befoin éclaircir le Peuple, afin qu'il ne foit
circonvenu (1), & tenir la main, fur-tout que les Prédicateurs
au lieu de la parole de Dieu, ne prêchent & excitent la rébellion, comme plufieurs fe licencient de faire. Nous nous
promettons en cela & toutes autres chofes de votre part, ce
bon & fidele devoir que peut rendre un notre loïal Serviteur &
Officier, comme vous êtes, Vous affurant que vos fervices nous
feront en recommandation & fouvenance, comme ils méritent.
Donné à Blois, le vingt-quatrieme jour de Fevrier l'an 1589.
Signé, HENRI. *Et au-deffous*, Revol. Et au dos eft écrit :
*A notre amé & féal, le Lieutenant de notre Sénéchal de Poi-
tou.*

LETTRES PATENTES

DU ROI,

Sur le mandement de fa Gendarmerie,

NOTRE amé & féal, chacun a pu ci-devant entendre le
bel ordre & difpofition que nous avions donnés en l'année
1585 aux affaires de notre Roïaume, l'abrogation & abolition
de la vénalité des Offices de Judicature, & autres introduits
depuis long temps par la néceffité du temps, & pour fournir aux
dépenfes de la guerre; reftraindre & remettre au plutôt qu'il
nous feroit poffible le nombre effréné, pareil à celui qui étoit
du regne d'heureufe mémoire du Roi Saint Louis : abolir tous
fubfides, contributions de Tailles & toutes autres impofitions ;
donner Loi à nos gens de guerre, pour les faire contenir & vivre felon l'ancienne difcipline militaire ; extirper l'Héréfie, qui
s'en alloit éteinte en celui notre Roïaume, & ramener notre

---

(1) *Circonvenir*, tromper, féduire, faire illufion, furprendre. Ce n'eft gueres qu'un
terme du Palais.

Peuple & Sujets à la crainte de Dieu, réverence & vénération
de la sainte Foi Catholique, Apostolique & Romaine ; finalement gagner ce point, tant par nous desiré, que d'échanger
à nosdits Sujets les miseres des guerres civiles, en la jouissance
des biens & félicités d'une tranquillité publique. Mais le feu
Duc de Guise, ses Freres & Adhérans, voïant bien dès-lors
que nous voulions référer tout notre soin à la direction du bien,
salut & utilité de tous nos Sujets Catholiques, & que s'ils laissoient prendre pied à si saints & solides fondemens, impossible seroit de les ébranler à l'avenir, & venir à bout de leur
malheureux dessein, ils auroient dès-lors, & depuis encore suscité de nouveaux troubles, sous prétexte de la Religion & du
soulagement de nos Sujets, en paroles, & à la ruine de l'un & de
l'autre en effet, & par les propres œuvres de leurs mains. Pour
à quoi remédier, nous leur aurions accordé dès-lors tout ce qu'ils
nous auroient demandé & satisfait à leur ambitieuse déloïauté,
aux dépens de notre autorité, pour ne ruiner point nos pauvres Sujets, aïant dès nos premieres années assez reconnu &
expérimenté, à notre très grand regret, combien les guerres
civiles ont comblé notre Roïaume de calamités, apporté d'inventions de subsides nouveaux pour satisfaire aux frais de ladite
guerre, ont été l'enrichissement des voleurs, & l'appauvrisse-
ment & ruine de notre Noblesse & des plus gens de bien. Mais
parceque l'ambition de regner est insatiable, & n'est réglée ni
contenue sous aucunes Loix de piété ni raison, le Duc de
Mayenne qui souloit du vivant de feu son Frere condamner ses
actions & nous donner avis lui-même de prendre garde à nous,
à armes découvertes, marche à son profit particulier, dans les
mêmes pas de feu son frere, prend les mêmes prétextes, &
tend à un même but, qui est de nous ôter la vie, la Couronne
& l'Etat, pour la mettre en sa Maison, s'il lui est possible, par
toutes les voies qu'il pourra, dignes de sa felonnie & déloïauté;
aïant abandonné l'Armée du commandement de laquelle nous
l'avions honoré, & retiré les forces que nous lui avions baillées pour faire la guerre aux Hérétiques, pour en prendre nos
Villes Catholiques & faire la guerre à son Roi. C'est pourquoi
nous sommes résolus, tant pour la conservation de notre vie,
de notre Etat & Couronne, que de notre Noblesse, que ledit
Duc de Mayenne & ceux qui l'assistent veulent du tout ruiner,
s'il ne peut arriver à son malheureux & méchant dessein, de
mettre sus & assembler le plus diligemment qu'il nous sera pos-

fible une bonne & forte Armée, & de marcher en perfonne
en icelle, laquelle defirant compofer d'un bon nombre de Compagnies de nos Ordonnances, qui a toujours été la principale
force de notre Roïaume, nous vous mandons & enjoignons
par ces Préfentes, qu'incontinent icelles reçues, vous aïez à
faire publier à fon de trompe & cri public par tous les lieux &
endroits de votre Reffort & Jurifdiction accoutumés à ce faire,
que tous Capitaines, Membres, Hommes d'Armes & Archers
des Compagnies ci-après nommées, aient incontinent à monter à cheval, pourvus d'armes, & en équipages requis par nofdites Ordonnances, pour fe rendre auprès de nous dans le douzieme jour du mois de Mars prochain; c'eft à favoir les Compagnies fous la charge de nos très chers & amés Coufins:

1589.
Lettres
Patentes du
Roi.

Monfieur le Prince de Conti.
M. le Comte de Soiffons.
M. le Duc de Montpenfier.
M. le Prince de Dombes.
M. de Nevers,
M. le Duc de Rethelois.
M. le Duc de Retz.
M. d'Aumont.
M. d'Anville,
M. de Toré.
M. de Roftain.
M. de la Ferté-Imbaut.
M. de la Rochepot.
M. de la Chaftre.
M. de Coaquin.
M. de Breante (1).
M. de Brillon.
M. de Sanffac.
M. d'Antragues.
M. de la Guifche.
M. de Maintenon (2).
M. de Souvray.
M. de Pompadour,
M. d'O.

M. d'Elbene.
M. de Guenaduc.
M. de Rochefort la Croifette.
M. le Comte de Vertus.
M. de Montbafon.
M. le Comte de Creance (3).
M. le Duc de Piné.
M. de la Cofte de Nezieres.
M. de Sourdis.
M. d'Abin.
M. de Randam.
M. de Chevrieres.
M. d'Ampierre (4).
M. le Marquis de Curton.
M. de Racan.
M. de Raigni,
M. le Marquis de Marmontier.
M. le Comte de Thorigné.
M. de Fargis (5).
M le Baron du Pont.
M. de Crifei.
M. de Rothelin.
M. de la Rochepluviaut.
M. le Comte de Chenille (6).

(1) C'eft de Bréauté.
(2) Louis d'Angennes de Maintenon.
(3) René de Bouillé, Comte de Créance.

(4) C'eft de Dampierre.
(5) D'Angennes du Fargis.
(6) C'eft de Chenillé.

M. le Baron de Biron.
M. le Marquis d'Allegre.
M. de Humieres.
M. de Millaut d'Allegre.
M. de Barraut.
M. de Valençay.
M. de Mont-Soreau.
M. le Comte d'Abijoux (1).
M. de Cornuſſon.
M. de Deneze.
M. de Noailles.
M. de Chazeron.
M. de Palaiſeau.
M. le Baron de Chattes.
M. d'Achon.
M. d'Aſſerat.
M. de Beuvron.
M. de l'Archant le jeune (2).
M. de Motigni (3).
M. de Montagnac.
M. de Charluz.
M. de Bellenave.
M. de la Frette 4).
M. de Thois.
M. de Chaulemis.
M. de Mortmar (5).
M. le Baron d'Anevale.

M. de Mirinville (6).
M. le Comte de Choiſy.
M. de Sancerre.
M. de Leſiches.
M. de la Baſtie du Palais.
M. de Cani.
M. de la Chaſtre, fils.
M. le Comte de Ludde.
M. le Vicomte de Mirepois.
M. de Cipiere.
M. le Comte de Saint Triviers.
M. de Givry.
M. d'Alincourt.
M. de Bacqueville.
M. de Firmacon (7).
M. de Belin.
M. le Vicomte de Leſigny (8).
M. d'Ambliſe.
M. de Bellegarde.
M. de Monteſpeau (9).
M. de Pui-Guillart.
M. de Nouailles (10).
M. le Vicomte d'Aubichy.
M. de Saint-Phalle (11).
M. de Saint Heran.
M. de Montluc.
M. d'Ambres.

Pour nous aſſiſter & ſervir comme nos bons, fideles & loïaux Sujets, contre la rébellion & déloïauté de ceux qui contre toute raiſon, leur devoir & le commandement de Dieu très exprès, ſe ſont élevés & ont pris les armes contre nous, les réduire par la force à la juſte obéiſſance qu'ils nous doivent, & qu'il a plu à Dieu nous donner ſur eux, nous conſtituant leur Roi ſouverain, naturel & légitime, & châtier leur téméraire felonnie & déloïauté. A quoi nous ſommes réſolus d'emploïer tous nos

---

(1) C'eſt d'Amboiſe d'Aubijoux.
(2) De Grimoville de l'Archant.
(3) De la Grange d'Arquien de Montigni.
(4) Claude de Gruel de la Frette.
(5) Il faut de Mortemar.
(6) Jean de Dreux de Morinville.

(7) C'eſt Fimarcon.
(8) De Lezigni.
(9) De Monteſpan.
(10) De Noailles.
(11) George de Vaudray de Saint-Falle.

moïens & même notre propre vie, puiſque la douceur & la clémence que nous avons juſqu'à cette heure emploïées, par tous les moïens que nous en avons pu rechercher ; leur honneur, leur devoir & la mémoire des bienfaits qu'ils ont tant de fois reçus de nous, n'ont pu adoucir la rage de leur conſpiration & damnable rébellion. Nous aſſurant en la bonté divine, que comme il lui a plu nous donner toute autorité ſur eux & le glaive de puiſſance, pour la ſûreté des bons & châtiment des méchans, il lui plaira auſſi nous la conſerver, à la confuſion & honte de ceux qui veulent injuſtement entreprendre contre leur Roi, arrachant à eux-mêmes & à leur Poſtérité ce glorieux & ancien titre des François, remarqués pour très fideles & déloïaux Sujets à leur Prince naturel, entre toutes les Nations du Monde, pour remplir les Hiſtoires de leur felonnie & déteſtable déloïauté. Si n'y faites faute : car tel eſt notre plaiſir. Donné à Blois, le ſixieme de Février 1589. *Signé*, HENRI. *Et au-deſſous* RUZE'.

1589.

LETTRES
PATENTES DU
ROI.

IL eſt ordonné, ce réquérant le Procureur du Roi, que les Déclarations de Sa Majeſté judiciairement & préſentement lues, enſemble les Lettres cloſes pour la convocation de ſon Ban & Arriere-ban & des Compagnies de ſa Gendarmerie, ſeront regiſtrées au Greffe de la Cour de céans, pour y avoir recours ſi & quand beſoin ſera. Et outre icelles Lettres publiées à ſon de trompe & cri public par les cantons & carrefours de cette Ville de Poitiers, lieux & endroits accoutumés à faire telles publications ; & le tout tant deſdites Lettres que Déclarations envoïées ès anciens Reſſorts de la Sénéchauſſée de Poitou, & anciens Enclaves d'icelle, aux frais & diligences du Greffier de la Cour de céans, pour y être ſemblablement lues & publiées par les Juges & Officiers des Sieges, dont ils ſeront tenus certifier le Procureur du Roi dedans quinzaine. Et pour envoïer leſdites Déclarations & en apporter décharge audit Greffier, y ſeront tenus les Meſſagers de la Province, chacun en leur regard, autrement en leur refus, & à faute de ce faire, y ſeront contraints par ſaiſie de leurs biens, & autres voies dues & raiſonnables. Donné & fait en la Cour ordinaire de la Sénéchauſſée de Poitou, tenue à Poitiers par nous, PIERRE RAT, Ecuïer, Conſeiller du Roi, ſon Lieutenant général en Poitou & Siege Préſidial dudit Poitiers, Seigneur de Salvet, le troiſieme jour de Mai 1589. Le contenu ci-deſſus a été lu & publié à ſon

de trompe & cri public par les cantons & carrefours de cette
Ville de Poitiers, par moi Iſaac Saboureux, Sergent roïal en Poitou, aïant avec moi Pierre Pereau, Huche & Trompette de cette
dite Ville, les jour & an ſuſdits. *Ainſi ſigné*, I. SABOUREUX.

DE PAR LE ROI.

Notre amé & féal, chacun a pu voir & connoître avec
quelle patience nous avons ſupporté les inſolences, attentats
& déloïautés des Duc de Mayenne, Duc & Chevalier d'Aumale & autres nos Sujets, leſquels après une infinité d'artifices,
dont ils ont ſecrétement uſé pour émouvoir notre Peuple à ſédition, ont enfin découvert par un manifeſte port d'armes ce
qu'ils ont durant une longue ſuite d'années, couvé malheureu-
ſément en leurs ames remplies de toute perfidie & déloïauté,
ſans que les douceurs, bontés & clémences, deſquelles
nous nous ſommes voulu aider, comme de choſe qui nous eſt
naturelle, les aient pu ramener à leur devoir ; mais au contraire
pouſſés de leur ambitieuſe infidélité & endurcis en leur felonnie, continuent à faire encore pis que jamais, voulant ſous
un faux prétexte de l'honneur de Dieu, réſiſter à ſon expreſſe
Parole, & ſous le voile de Religion, ruiner la Religion Catholique, Apoſtolique & Romaine, & pour le vrai but de leur attentat, ambitieuſe déloïauté & rébellion, ôter la vie & Couronne à leur Roi légitime & naturel, avec toutes eſpeces de
cruautés contre nos bons & fideles Serviteurs & Sujets, ſans
diſtinction des qualités d'Evêques, Prêtres, Magiſtrats, Gentilshommes, & autres quelconques, non pour autre crime que
de leur loïauté, & pour ne vouloir pas être comme eux, rebelles & infideles à leur Roi.

Pour à quoi remédier, nous ſommes réſolus de mettre dans
peu de jours une bonne & forte Armée en Campagne, & avec
la grace de Dieu nous y trouver en perſonne, pour la conſervation de ſon honneur, de notre Religion Catholique, Apoſtolique & Romaine, de notre vie, de notre Etat & Couronne,
& de notre Nobleſſe, qui ſouloit être la terreur de toutes les
Nations Etrangeres, ſans rien épargner qui puiſſe ſervir à
nous faire reconnoître tel qu'il a plu à ſa divine bonté nous
faire naître. Ce que nous euſſions fait il y a déja long-temps,
n'eût été que nous avons toujours eu devant les yeux un ennui
& regret incroïable, de voir travailler & moleſter notre pauvre

Peuple, avec espérance de les vaincre par notre patience &
douceur ; mais puisque leur attentat & damnable conspiration est si clairement découverte, & qu'il ne s'agit plus de ce
qui est en la bouche de ces déloïaux & rebelles, mais de l'effet
& du fruit de leur attentat & conspiration, qui est d'ôter la vie
& la Couronne à leur Roi naturel & légitime, pour la mettre
en la Maison de Guise, ou ruiner du tout notre Noblesse &
rendre l'Etat populaire, s'ils ne peuvent exécuter leur damnable dessein, comme les Députés de ladite Noblesse à nos Etats,
dernierement tenus en cette Ville, en ont vu jetter les fondemens.
Nous, à ces causes, & que le masque est maintenant levé de
faux prétextes de Religion, témoin la prise & les rançonnemens des Evêques, la démission des Curés, pour avoir exhorté
le Peuple à prier Dieu pour leur Roi, sans ceux qu'ils ont fait
mourir par voies barbares, pour même occasion, mais que ce
font les rebelles & déloïaux de la Maison de Guise, qui osent
déloïaument attenter contre la Couronne & la vie de leur Roi
naturel & légitime, par toutes voies méchantes & indignes de
Chrétiens : voulons, vous mandons & très expressément enjoignons par ces Présentes signées de notre propre main, qu'incontinent icelles reçues, & sans aucun délai, vous faites crier,
publier & signifier à son de trompe & cri public, par tous
les lieux & endroits de votre Ressort & Jurisdiction accoutumés à faire cris & proclamations, que tous Nobles, tant de
notre Maison, de nos Ordonnances, Vassaux ou sujets à notre
ban & arriere-ban ; & autres quels qu'ils soient, sans nul excepter
de ceux qui peuvent porter armes, aient incontinent après la
publication de cesdites Présentes, à monter à cheval, pour
nous venir trouver en notre Armée, avec chevaux & armes,
en telle diligence, que le temporiser ou la longueur ne puisse
laisser un regret à eux-mêmes, ou soupçon de mauvaise volonté, ou l'attentat de nos Ennemis prévenir leur loïauté, pour
nous assister en une si bonne, juste & sainte cause. Les adju-
rant par l'expresse Parole de Dieu, par leur devoir, leur propre
conservation, & par le sang de leurs Peres, tant de fois épandu
pour montrer leur fidélité & acquérir entre toutes les Nations
du Monde, ce beau titre, de très fideles à leur Roi légitime
& naturel, qu'ils aient par leur grande loïauté à se rendre semblables à leursdits Peres & laisser à leur Postérité, pour héritage ce même trésor, duquel ils ont été les héritiers, & ne
changer point la justice & légitime obéissance qu'ils nous doi-

1589.

LETTRES
PATENTES UD
ROI.

vent, pour obéir à un déloïal & rebelle de la Maiſon de Guiſe. Enſemble de courir ſus à tous ceux qui s'éleveront ou auront pris les armes contre nous, ſans nul excepter ; de ſorte que les rebelles ſoient punis & châtiés de leur felonnie & crime de leze-Majeſté, & que les bons ſoient honorés ſelon les mérites de leurt loïauté. Nous donnant avis, de ceux de votre Reſſort & Juriſ-diction, qui auront tant oublié l'honneur, que de n'avoir pas obéi à celui notre commandement, pour en ordonner puis après, comme nous verrons être plus raiſonnable : ſi n'y faites faute, Car tel eſt notre plaiſir. Donné à Blois, l'onzieme jour de Février 1589. *Signé*, HENRI. *Et plus bas*, RUZE'.

Avertiſſement.

PEU après, ſuivit un autre Edit du Roi, par lequel Sa Majeſté tranſ-porte en ſa Ville de Tours ſur Loire, l'exercice de la Juſtice, qui ſe ſou-loit rendre en ſa Cour de Parlement de Paris, enjoignant à ceux de la-dite Cour, de ſe rendre incontinent en ladite Ville de Tours, pour y exer-cer leurs Charges de Judicature. Il fait un même tranſport de ſa Chambre des Comptes en même lieu ; & prive de tous Offices, Dignités, Charges & Pri-vileges, tant ladite Ville, que les autres ſuſdites. Comme le tout appert par cet Edit imprimé à Poitiers, par Aymé Meſnier, comme s'enſuit.

EDIT DU ROI,

Par lequel ſa Cour de Parlement, qui ſouloit ſeoir à Paris, eſt transférée à Tours, & auſſi ſa Chambre des Comptes (*).

HENRI, par la grace de Dieu, Roi de France & de Po-logne, à tous préſens & avenir, ſalut. Comme pour le grand bien & commodité de l'adminiſtration & exercice de notre Juſtice Souveraine, & pour le ſoulagement de nos bons & loïaux Sujets, Nous aïons par notre Edit du préſent mois, pour les raiſons amplement déduites en icelui, révoqué notre Cour de Parlement, Chambre des Comptes, Généraux des Aydes, Chancellerie, Bureaux de nos Finances, Chambre de Monnoies, Sieges Préſidiaux, Bailliages, Sénéchauſſées, Pré-

____

(*) Voïez l'Hiſtoire de M. de Thou, livre 95, année 1589, vers le commen-cement.

vôtés,

vôtés, Elections & autres Corps & Compagnies, tant de Judicature que de Finance, Huissiers, Notaires & Sergens, & généralement tous nos autres Officiers & Justiciers, qui souloient exercer leurs Charges ès Villes de Paris, Orléans, Amiens, Abbeville & toutes les autres qui les assistent, lesquelles nous, par leur felonnie & rebellion, avons déclarées déchues de tous Etats, Offices, Honneurs, Pouvoirs, Gouvernemens, Charges, Dignités, Privileges, Prérogatives, Dons, Octrois & Concessions quelconques, qu'ils ont par ci-devant eues de nous & des Rois nos Prédécesseurs : il est besoin maintenant pour l'établissement de notre Cour de Parlement & Chambre de nos Comptes, les remuer & transferer en quelque lieu propre pour cet effet, & où nos Officiers puissent en toute sûreté, liberté & à la décharge de leurs consciences, rendre la justice à nos Sujets, & faire les autres fonctions de leurs Charges. Ne pouvant faire meilleure élection que de notre Ville de Tours, tant parcequ'elle est fort commode & propre pour cet effet, que pour la fidélité & affection que les Habitans d'icelle ont toujours montrée avoir au bien de nos affaires & service ; & comme l'infidélité & rébellion des unes, & leur privation honteuse de nos bienfaits & honneurs, doit être l'accroissement & servir de lustre à la fidélité des autres, lesquelles au milieu de tant de trahisons découvertes en cetui notre Roïaume, sont demeurées fermes en la loïauté, que justement elles doivent à leur Roi légitime naturel ; notredite Ville de Tours, par sa très grande fidélité, s'est rendue digne de nos bonnes graces, & de telle recommandation à la Postérité, qu'elle a justement mérité d'être décorée des principales marques d'honneur : Nous, à ces causes, par l'avis des Gens de notre Conseil, & par Edit perpétuel irrévocable, avons transféré & transférons par ces Présentes, signées de notre propre main, notredit Parlement & Cour des Pairs, & tout ce qui en dépend, qui souloit être en ladite Ville de Paris, en notre Ville de Tours, pour y seoir & exercer dorénavant la Justice en toutes leurs Charges, tout ainsi & en la même autorité, Ressort & Souveraineté, qu'il se souloit faire en ladite Ville de Paris ; ordonnant, & très expressément enjoignant à tous nos Officiers de notre Cour de Parlement de Paris, de quelque qualité qu'ils soient, de se rendre en icélle notre Ville de Tours, dans le quinzieme jour du mois d'Avril prochain, sur peine de perte de leurs gages & privation de leurs états, hormis ceux qui sont détenus en pri-

1589.

Lettres
Patentes du
Roi.

Tome III. F f

1589.

Lettres
Patentes du
Roi.

fon, pour s'être montrés fideles à leur Roi légitime & naturel. Enjoignons auffi en outre, aux Greffiers Civils & Criminels & des Préfentations, de faire portér en ladite Ville de Tours, dedans le même temps, tous les Regiftres néceffaires, avec les Procédures Civiles & Criminelles, Procès & Productions des Parties, pour y être procédé à l'inftruction & jugemens des Procès, avec inhibitions & défenfes très expreffes à tous Huiffiers & Sergens, de donner aucunes affignations aux Parties, pour comparoir au Parlement dudit Paris, ni ailleurs de fon Reffort, qu'en notredite Ville de Tours, fur peine de faux, nullité de leurs exploits, privation de leurs états, & de tous dépens, dommages & intérêts des Parties, & à icelles de comparoir audit Paris ni ailleurs, que par devant notredit Parlement & Cour des Pairs féant en ladite Ville de Tours, fur femblables peines, & d'être déclarés rébelles & criminels de leze-Majefté. Et pour gratifier encore davantage notredite Ville de Tours, felon fon mérite, nous avons voulu & ordonné, voulons & ordonnons & nous plaît, que notre Chambre des Comptes, qui fouloit être audit Paris, foit auffi transférée & établie en notredite Ville de Tours, pour les mêmes confidérations. Mandons aux Préfidens, Maîtres, Auditeurs de nos Comptes & autres nos Officiers d'icelles, qu'ils aient à fe rendre audit Tours, fur les peines ci-deffus, pour y exercer leurs Charges, comme ils avoient accoutumé audit Paris. Enjoignons aux Gardes des Livres d'y faire porter tous les Etats, Comptes & Regiftres dont ils ont la charge. Avec expreffes inhibitions & défenfes à tous nos Officiers comptables, qui fouloient aller en notredite Chambre des Comptes de Paris, d'aller pour la reddition de leurs Comptes, ailleurs qu'à Tours, où nous l'avons transférée & établie. Si donnons en mandement à notre très cher & feal Confeiller, le fieur de Monthelon, Garde des Sceaux de France, à nos amés & féaux les Gens de nos Cours de Parlement & à tous nos autres Jufticiers & Officiers qu'il appartiendra, que de nos préfens Edits, Déclaration, Tranflation & Etabliffement, enfemble tout le contenu ci-deffus ils entretiennent; gardent & obfervent, & faffent de point en point entretenir, garder & obferver, lire, publier & enregiftrer, ceffant & faifant ceffer tous troubles & empêchemens au contraire: car tel eft notre plaifir. Et afin que ce foit chofe ferme & à toujours ftable, nous avons fait mettre notre Scel à cefdites Préfentes. Donné à Blois, au mois de Février, l'an de grace, 1589. *Et de notre regne le quinzieme.* **Signé**, HENRI. *Et fur le replis, par le Roi*, Ruzé. Et fcellé du grand Scel de cire verte, en laqs de foie rouge & verte.

L U E S, publiées & enregiſtrées, le Roi féant en ſon lit de Juſtice, oui, & ce réquérant, ſon Procureur Général à Tours. En Parlement le vingt-troiſieme jour de Mars 1589. *Signé*, MAIGNEN. Collationné à l'original, par moi fouſſigné, Notaire & Secretaire de la Cour de Parlement. M A I G N E N (1).

I L eſt ordonné, ce réquérant le Procureur du Roi, que l'Edit de Sa Majeſté portant la Tranſlation & Etabliſſement de ſa Cour de Parlement, qui fouloit être à Paris, à Tours, ſera regiſtré au Greffe de la Cour de céans, pour y avoir recours ſi & quand befoin fera, publié à ſon de trompe & cri public par les Cantons & Carrefours de cette Ville de Poitiers, à ce qu'aucun n'en puiſſe prétendre caufe d'ignorance. Lequel Edit, aux frais & diligences du Greffier de ladite Cour, ſera envoïé ès anciens Reſſorts & Enclaves de la Cour de céans, pour y être femblablement lû, publié & enregiſtré : enjoint & enjoignons auxdits Juges & Officiers defdits lieux, d'en certifier ledit Procureur dedans quinzaine. Donné & fait en la Cour ordinaire de la Sénéchauſſée de Poitou, à Poitiers, par nous, P I E R R E R A T, Ecuïer-Confeiller du Roi, ſon Lieutenant général en Poitou & Siege Préſidial audit Poitiers, le vingt-huitieme jour de Mars 1589. Le contenu ci-deſſus a été lû & publié à ſon de trompe & cri public par les cantons & carrefours de cette Ville de Poitiers par moi P I E R R E D E L A C O U R, Sergent Roïal ordinaire en Poitou, aïant avec moi, Pierre Parreau, Huche & Trompette de cettedite Ville. *Ainſi figné* P I E R R E D E L A C O U R.

A V E R T I S S E M E N T.

P E N D A N T que les affaires fe paſſent ainſi du côté du Roi, le Roi de Navarre, du ſien, voulant toujours faire preuve de ſa fidélité envers le Roi, & traverfer les deſſeins de la Ligue, empêchant qu'ils ne puſſent rien empiéter ès lieux qu'il avoit moïen d'aſſurer, tant pour le fervice du Roi, que pour le foulagement

---

(1) M. de Thou dit que cet Edit de Tranſ-lation du Parlement à Tours, fut publié dans un lieu préparé exprès pour cette cé-rémonie à l'Abbaïe de faint Julien, le Roi féant en ſon Lit de Juſtice.

de la Religion, après la prise de Niort, reçut les Habitans de Saint
Maixent, qui se rangerent à lui, ceux de Millezays (1), Voisins
de Niort, qui aussi, se soumirent à lui. Et fut établi Gouverneur de cette Isle & Place le sieur d'Aubigni (2).

Peu après, ledit Sieur Roi, avec partie de ses Troupes se mit
en Campagne & tira vers la riviere Loire. Ceux de la Ville de
Loudun, l'Isle Bouchard, Mirebeau, Chastelerault, Vivonne
& autres Places & Châteaux de cette Contrée, lui vinrent offrir l'ouverture de leurs portes & leur service. Il les reçut tous
fort humainement & sans innover aucune chose, y laissa vivre
en toute liberté ceux de la Religion Romaine, avec leurs exercices ordinaires. Seulement voulut-il que ceux de la Religion
Réformée, avec l'exercice d'icelle, y fussent rétablis, commandant aux uns & aux autres de vivre en paix & bonne concorde.

En ce même temps, plusieurs Villes & Places en divers endroits du Roïaume (qui auparavant sembloient être à la dévotion de la Ligue) furent assurées pour le service du Roi,
tant en Bougogne, qu'autres Provinces. Entr'autres, la Ville &
Château de Sancerre, en la Province de Berri, fut saisie pour
le Roi. La Ville avoit été, aux précédens troubles, entiérement démantelée par le sieur de la Chastre, Gouverneur de
Berri, lequel avoit mis un Capitaine dans le Château, pour le
garder & tenir en bride les Habitans, qui étoient tous de la
Religion ; mais depuis la mort du Duc de Guise, le sieur de
Requien, de la Maison de Montigni, Capitaine des Gardes
du Roi, se saisit, tant du Château que de la Ville, laquelle
(quoiqu'entiérement démantelée, étant néanmoins située en
lieu élevé & fort de nature, il entreprit de fortifier, à l'aide
de ceux de la Religion, qui de tous les environs y aborderent,
tellement, que s'y étant ledit sieur de Requien, rendu fort
(comme il est homme de valeur aux armes) s'emploïa avec
lesdits de la Religion à faire la guerre, pour le service du Roi,
contre ceux de la Ligue.

Le Roi de Navarre étant à Chastellerault, prit l'occasion de
se saisir du Château & la Ville d'Argenton en Berri, par le
moïen qui s'ensuit. Ces Places appartiennent à M. de Montpensier, elles étoient toutesfois affectées à la Dame de Montpensier douairiere, Sœur du Duc de Guise, pour les clauses

---

(1) De Maillezais.

(2) Le Roi de Navarre confia Maillezais à Théodore Aggrippa d'Aubigné & Saint-
Maixent à Louis de Harlay-Montglas.

portées par son Contrat de mariage, aïant eu cet honneur d'a-
voir épousé feu M. de Montpensier, pere de celui qui vit à présent. Au commencement de ces dernieres guerres de la Ligue,
le Château d'Argenton, fort & muni, avoit été assuré pour le
Parti de ceux de la Ligue. La Ville étoit demeurée assez libre
comme n'étant beaucoup forte, & commandée du Château.
La mort du Duc de Guise intervenue, les Gardes du Château
étant redoublées délibérerent de s'assurer aussi de la Ville, &
entendant la prise de Chastellerault (qui n'en est éloignée) par
le Roi de Navarre, craignant ce qui leur est depuis advenu ,
demandent du secours au Duc de Mayenne, qui y dépêcha
quelques Capitaines, qui avec leurs Compagnies partirent pour
cet effet d'Orléans. Ceux de la Ville, ne voulant être de la Ligue ; mais demeurer fideles au Roi, avertissent Sa Majesté de ce
qui se passe, & lui demandent secours, tant contre ceux
du Château, qu'autres qui s'y acheminoient pour se saisir de
la Ville aussi. L'expédition n'en pouvoit être si brieve : cependant ceux de la Ville & du Château disputoient, se maintenant chacun d'eux sur l'espérance de son prochain secours. Le
Roi de Navarre, averti de ceci, & que le secours que ceux de
la Ligue envoïoient à ceux du Château étoient prochain, s'avança
avec quelques Troupes à cheval, pour les mettre d'accord,
usant de sa diligence accoûtumée, qui lui succéda si heureusement, qu'il prévint quasi d'un moment, ceux qui étoient sortis d'Orléans, aïant fait avancer aucuns de ses Gardes, qui
entrerent inopinément dans la Ville, au grand étonnement de
la Garnison du Château, laquelle, voïant les Troupes du Roi
de Navarre, s'étonna, & peu après, se rendit. Sur l'arrivée
des Troupes du Roi de Navarre, il y eut de la mêlée, où il
en fut tué quelques-uns de part & d'autre, peu des Gardes du
Roi de Navarre, mais beaucoup davantage de ceux de la Garnison. Le Roi de Navarre aïant pris possession de cette Place,
y constitua pour Gouverneur le sieur de Beaupré (1) & y réta-
blit l'exercice de la Religion Réformée, avec liberté & sûreté
pour ceux de la Religion Romaine, ainsi qu'aux autres lieux.
Retourné à Chastellerault, Sa Majesté fit une Déclaration assez
ample sur les choses avenues en France, depuis le 23 Décembre 1588. Et l'addressa en forme de Lettre, aux trois Etats du
Roïaume, comme il appert par la copie qui s'ensuit.

____

(1) Gaspard Foucault de Beaupré.

1589.

LETTRES
PATENTES DU
ROI.

LETTRE DU ROI DE NAVARRE

AUX TROIS ETATS DE CE ROYAUME,

*Contenant la Déclaration dudit Seigneur, sur les choses avenues en France depuis le vingt-troisieme jour de Décembre 1588 *.*

MESSIEURS,

Quand il me souvient que depuis quatre ans j'ai été l'argument des Tragédies de France, le discours de nos Voisins, le sujet des armes civiles; & sous ces armes, d'un monde de miseres. Quand je considere que sur un avenir, aussi éloigné de la pensée des François, comme de mon desir, on a fait sentir à ce Roïaume la présence d'infinies calamités; que sur la vaine & imaginaire crainte de ma succession à cet Etat, on en a désigné & bâti l'usurpation : quand de ces yeux que Dieu m'a principalement donnés, pour les avoir toujours ouverts au bien de ma Patrie, toujours tendre à ses maux, je suis contraint de la voir en feu, ses principaux pilliers déja brûlés, ses meilleures Villes en cendres ; & qu'encore au lieu d'apporter de l'eau, étouffer ses flammes, d'aider à sauver ce qui reste d'entier, (comme je desire & voudrois l'avoir fait, & n'être plus) on me force, malgré moi, de brûler moi-même & de rendre ma défense presqu'aussi fâcheuse, que les violences de tous ceux qui m'attaquent; ou je serois de tous les insensibles, le plus insensible qui fût jamais ; ou bien il faut, pour la considération du Public, que mon ame reçoive mille fois le jour des peines, des afflictions, des gênes, que nulles peines, nulles afflictions, nulles gênes ne sauroient égaler, principalement quand je sais, que de tous ces malheurs, les Méchans me font le prétexte, les ignorans la cause, & que moi-même encore qui m'en puis justifier, m'en dis moi-même l'occasion. Mais en mon particu-

---

(*) M. de Thou a donné la substance de ce Manifeste dans son Histoire, Liv. 95. Il dit qu'il est très bien tourné , & que par la déclaration authentique qu'il y fait de ses intentions, il préparoit de loin sa réconciliation avec le Roi, dont quelques-uns de ses amis lui avoient déja donné avis qu'il étoit question à la Cour. Cette Lettre ou Manifeste (car c'en est un) a d'abord été imprimée à Paris, en 1589, *in-8°* & publiée la même année en Allemand, dans la même forme.

lier (puifque je devois naître fous un tel fiecle) quand je me repréfente ce que Dieu a fait pour moi au commencement, au milieu, au progrès de ces derniers troubles ; combien il a rendu de témoignages de la juftice de ma caufe & de mon innocence, non-feulement en France, mais jufqu'aux Nations étrangeres, non dans les efprits de mes amis, mais dans la bouche encore de ceux qui ne l'étoient pas ; non dans l'opinion du Vulgaire feulement, mais (& Dieu le fait) dans l'ame & la confcience de mon Roi ; & combien par plufieurs effets, il a fait paroître qu'il avoit foin de moi, m'aïant miraculeufement défendu, fauvé, affuré contre des forces, auxquelles il n'y avoit nulle apparence que je puffe faire tête ; certes fi j'étois autre que je ne fuis, j'aurois autant de raifon de me plaire au particulier de ma condition, comme le fouvenir de la publique m'eft défagréable. Meffieurs, je ne le puis : Jamais mon Païs n'ira après moi ; fon utilité précédera toujours la mienne ; & toujours on verra mon mal, mes dommages, mes afflictions courir devant celles de ma Patrie. Mais pour le moins je ne me puis celer ce contentement que j'ai, d'avoir à toutes les occafions qui fe font préfentées, fait connoître & par mes actions & par mes paroles & par mes Ecrits, combien j'avois de regret aux miferes, auxquelles nous nous allions embarquer, fi les exemples du paffé ne nous rendoient plus fages pour l'avenir. Vous le favez, & je crois qu'il n'y a perfonne fi paffionnée aujourd'hui, qui me puiffe dénier ce témoignage. Ce qui me confole tant, que certainement, j'eftime qu'outre la juftice de ma caufe, rien n'a tant fléchi le courroux de Dieu contre moi, rien ne l'a tant ému à me défendre que cela.

Or, s'il lui eût plu tellement toucher le cœur du Roi mon Seigneur, & les vôtres, qu'en l'Affemblée que quelques-uns de vos Députés ont faite à Blois près Sa Majefté, j'euffe été appellé, comme certes il me femble qu'il fe devoit, & qu'il m'eût été permis librement de propofer ce que j'euffe penfé être de l'utilité de cet Etat, j'euffe fait voir que j'en avois, nonfeulement le defir au cœur, les paroles à la bouche, mais encore les effets aux mains, que je n'ai point des ouvertures à deffein, des propofitions conditionnées, de beaux mots, auxquels je ne voudrois pas pourtant m'obliger, au contraire, de bonnes réfolutions, de l'affection à la grandeur du Roi & du Roïaume, autant qu'il fe peut, voire aux dépens de la mienne : & que quand tout le monde y fera difpofé, il ne faudra ni traiter ni capituler avec moi, ma confcience m'affurant, que rien ne m'a jamais rendu difficile, finon fa confidération & celle de mon honneur. Puifque cela ne s'eft point fait (ce que peut-être, la France comptera pour une de fes fautes, n'y aïant point de fi bon Médecin que celui qui aime le Malade) je veux donc au moins vous faire entendre à ce dernier coup, & ce que je penfe être de mon devoir & ce que j'eftime né-ceffaire au fervice de Dieu, du Roi, mon Souverain, & au bien de ce Roïaume, afin que tous Sujets de cette Couronne en foient inftruits, & que tous, pour ma décharge, fachent mon intention, & par mon intention mon innocence.

Je vous préfenterai premiérement mon état, non pour me glorifier, toutes & quantesfois que je le ferai Dieu m'abaif-fera, non pour vous dire que je parle à cheval & bien à mon aife, le même Dieu fait en quoi gît mon contentement, en quoi je me fie, en quoi je mets mon principal appui ; mais pour vous repréfenter deux chofes : l'une, la condition de ces mifé-rables guerres, l'avantage que l'on a eu contre moi, de com-bien on y a profité ; afin, au moins, que vous jugiez fans paf-fion, que Dieu ne m'a point confervé contre tant de forces, fans miracle ; que ce miracle ne feroit point, fi l'innocence, le bon droit & la juftice n'étoient de mon côté. L'autre, pour vous faire juges, fi ce que je dis maintenant, je le dis de peur, fi j'ai occafion de flatter mes paroles, pour la crainte d'un plus rude châtiment que ceux que j'ai reçus, fi c'eft l'appréhenfion de ma ruine qui me fait ploïer, ou au contraire, fi c'eft le vrai fentiment des miferes de mon Païs, l'amour de la paix, la gran-deur de la France, qui me pouffent à ce langage.

Je ferois le Soldat, fi je vous difois par ordre quelles Armées depuis quatre ans font venues à moi. Vous penferiez que je vous vouluffe conter toutes mes vaillances. Non, ce n'eft pas mon intention. Que plût à Dieu que je n'euffe jamais été Ca-pitaine, puifque mon apprentiffage fe devoit faire à tels dé-pens. J'aurois bien plutôt fait de vous demander, quels Chefs la France a encore de refte, après ceux qui font venus contre moi. J'ai vû en quatre ans dix Armées, dix Lieutenans de Roi, aïant derriere eux les forces & l'appui du premie Roïaume de la Chrétienté. Vous eftimez que ce me foit gloire. Tant s'en faut. Je vous dirai, pour vous faire perdre cette opinion, que de ces dix Armées, je n'ai eu affaire en effet qu'à une, que j'ai combattue & défaite. Et en celle-là, Dieu s'eft voulu particulierement

culierement fervir de mon moïen, pour fa ruine. Mais en toutes les autres, je n'y ai eu quafi point de peine ; elles fe font prefque fondues, devant que de me voir ; & auffi-tôt en ai-je entendu la diffipation, que la venue. L'Ange, la verge de Dieu, leur a ôté le moïen de me nuire. Ce n'eft point à moi à qui la gloire de cela appartient ; je n'y ai prefque rien apporté du mien.

Mais en effet, quel eft leur effet ? Sachez-le de vos Députés, qui font des Provinces où ceux de la Religion ont quelque lieu de retraite. Confidérez l'état auquel ils étoient, auparavant la guerre, & celui où ils font à cette heure. Et quant & quant, vous jugerez de quoi a fervi, depuis quatre ans, la perte de la vie d'un million d'hommes, la dépenfe d'une miniere d'or, la ruine du Peuple de France, que l'on a confentie à meilleur marché & plus aifément que s'il eût été queftion de la défaite des Ottomans, ou de joindre à notre Couronne toutes celles de la Chrétienté.

Il eft impoffible que vous demeuriez immobiles après cela, & que vous ne remarquiez que, c'eft un ouvrage & un effet extraordinaire. Là-deffus je vous dirai, que tout ainfi que cela doit arrêter vos yeux & vos mains, pour connoître que fi vous débattez contre Dieu, vous débattez en vain ; de même je dois lever les miennes au Ciel, pour me garder de m'enfler de ces profpérités, & de m'en attribuer la caufe. Etant très certain, que fi je faifois autrement, Dieu tourneroit fa vue ailleurs, & donneroit en deux mois plus d'avantage à mes Ennemis fur moi, qu'en quatre ans je n'ai eu de faveurs de lui.

J'efpere que je ne le ferai point, par fa grace ; & pour cet effet, je veux que ces Ecrits pour moi, crient partout le monde, qu'aujourd'hui je fuis auffi près de demander au Roi, mon Seigneur, la paix, le repos de fon Roïaume, & le mien, que j'ai fait jamais. J'avois au commencement de ces armes le refpect de ma confcience & de mon honneur, que j'ai toujours fupplié très humblement Sa Majefté de laiffer entiers. Les Guerres n'ont rien diminué de cela ; mais elles n'ont rien ajouté auffi fur quoi je puiffe me rendre difficile. Je l'en fupplie donc très humblement. Et quant à vous, Meffieurs, je penfe que fi vous l'aimez, fi vous aimez fon Etat, fi vous en connoiffez les maux & les remedes, vous devez avoir commandé à vos Députés, qui étoient à cette Affemblée, de commencer & finir leurs conclufions par-là. Je vous en prie & vous en fémonds auffi.

Je fais bien qu'en leurs cahiers, vous leur avez pu commander d'inférer cette générale maxime, qu'il ne faut qu'une Religion en un Roïaume, & que le fondement d'un Etat est la piété, qui ne peut être, par-tout où Dieu est diversement servi. Je l'avoüe, il est ainsi; & à mon très grand regret, je vois force gens qui se plaignent de cela, peu qui y veulent remédier: or, je me suis toujours offert à la raison, & m'y offre encore. Que l'on prenne les voies accoutumées en telles choses; s'il y en a d'extraordinaires, que l'on en cherche: & moi & tous ceux de la Religion, nous rangerons toujours à ce que décernera un Concile libre. C'est le vrai chemin; c'est celui seul, que de tout temps on a pratiqué. Sous celui-là nous passerons condamnation. Mais de croire qu'à coups d'épée cela se puisse obtenir de nous, j'estime devant Dieu, que c'est une chose impossible. Et de fait, l'évenement le montre bien.

Il ne faut pas que je sois long sur ce propos, car c'est une matiere déja disputée. On m'a souvent sommé de changer de Religion. Mais, comment? la dague à la gorge. Quand je n'eusse point eu de respect à ma conscience, celui de mon honneur m'en eût empêché, par maniere de dire. Qui ouit jamais parler, que l'on voulût tuer un Turc, un Païen naturel, le tuer, dis-je, pour sa Religion, devant que d'essaïer de le convertir? Encore estimai-je que le plus grand de mes Ennemis ne me pense pas plus éloigné de la crainte & de la connoissance de Dieu, qu'un Turc. Et cependant, on est plus sévere contre moi, que l'on ne feroit contre ce Barbare.

Que diroient de moi les plus affectionnés à la Religion Catholique, si après avoir vécu jusqu'à trente ans d'une sorte, ils me voïoient subitement changer ma Religion, sous l'espérance d'un Roïaume? Que diroient ceux qui m'ont vû & éprouvé courageux, si, honteusement je quittois, par la peur, la façon de laquelle j'ai servi Dieu dès le jour de ma naissance? Voilà des raisons qui touchent l'honneur du Monde. Mais au fond, quelle conscience? Avoir été nourri, instruit & élevé en une Profession de Foi; & sans ouir & sans parler, tout d'un coup se jetter de l'autre côté? Non, Messieurs, ce ne sera jamais le Roi de Navarre, y eût-il trente Couronnes à gagner, tant s'en faut qu'il lui en prenne envie, pour l'espérance d'une seule. Instruisez-moi, je ne suis point opiniâtre. Prenez le chemin d'instruire, vous y profiterez infiniment. Car si vous me montrez une autre vérité que celle que je crois, je m'y rendrai, & ferai plus, car je

penfe que je ne laifferai nul de mon Parti, qui ne s'y rende
avec moi. Vous ferez un beau gain à Dieu, une belle conquête
de confcience en la mienne feule ; mais de nous conter des
paroles, & fans raifon nous perfuader qu'à la feule vue des
armes, nous devons être perfuadés ; jugez, Meffieurs, s'il eft
raifonnable.

Or, laiffons cela. Si vous defirez mon falut fimplement, je
vous remercie. Si vous ne fouhaitez ma converfion que pour la
crainte que vous avez qu'un jour je vous contraigne, vous avez
tort. Mes actions répondent à cela. La façon de laquelle je vis,
& avec mes Amis, & avec mes Ennemis, en ma Maifon & à
la Guerre, donnent affez de preuves de mon humeur. Les Villes où je fuis, & qui depuis peu fe font rendues à moi, en
feront foi. Il n'eft pas vrai-femblable, qu'une poignée de gens
de ma Religion puiffe contraindre un nombre infini de Catholiques, à une chofe, à laquelle ce nombre infini n'a pu réduire cette poignée. Et fi j'ai, avec fi peu de forces débattu
& foutenu fi long-temps cette querelle, que pourroient donc
faire ceux, qui avec tant & tant de moïens, s'oppoferoient,
puiffans, contre ma contrainte pleine de foibleffe ? Il n'y auroit
point de prudence à cette procédure.

Il n'eft pas queftion de cela à cette heure. Je ne fuis point
en état de vous faire ni bien ni mal pour encore, Dieu merci ;
je ne ferai, s'il lui plaît, jamais en cette épreuve, ni vous
en cette peine. Nous avons tous un Roi qui me laiffera bien
de l'appréhenfion, quand il mourra de vieilleffe. Ne nous
tourmentons point tant de l'avenir bien éloigné, que nous
oublyions le préfent, qui nous touche.

Dieu a fait voir au jour, le fond des deffeins de tous ceux
qui pouvoient remuer en cet Etat. Il a découvert auffi les
miens. Nul de vous, nul de la France les ignore. N'eft-ce pas
une mifere, qu'il n'y ait fi petit ni fi grand en ce Roïaume, qui
ne voie le mal, qui ne crie contre les armes, qui ne les nomme
la fievre continue & mortelle de cet Etat ? Et néanmoins, jufqu'ici, nul n'a ouvert la bouche, pour y trouver le remede :
Qu'en toute cette Affemblée de Blois, nul n'ait ofé prononcer
ce facré mot de paix ; ce mot, dans l'effet duquel confifte le bien
de ce Roïaume ? Croïez, Meffieurs, que cette admirable & fatale ftupidité eft un des plus grands préfages que Dieu nous
ait donnés, du déclin de ce Roïaume. Notre Etat eft extrêmement malade ; chacun le voit. Par tous es fignes, on juge que

la cauſe du mal eſt la guerre civile ; maladie preſque incurable, de laquelle nul Etat n'échappa jamais ; ou, s'il en eſt relevé, ſi cette apoplexie ne l'a emporté du tout, elle s'eſt au moins terminée en paralyſie, en la perte entiere de la moitié du corps.

Quel remede ? Nul autre que la paix ; la paix qui remet l'ordre au cœur de ce Roïaume, qui par l'ordre lui rend ſa force naturelle, qui, par l'ordre, chaſſe les déſobéiſſances & malignes humeurs, purge les corrompues & les remplit de bon ſang, de bonnes intentions, de bonnes volontés, qui en ſomme, le font vivre. C'eſt la paix, c'eſt la paix, qu'il faut demander à Dieu, pour ſon ſeul remede, pour ſa ſeule guériſon. Qui en cherche d'autre, au lieu de le guérir, le veut empoiſonner.

Je vous conjure donc tous par cet Ecrit, autant Catholiques, Serviteurs du Roi mon Seigneur, comme ceux qui ne le ſont pas. Je vous appelle comme François. Je vous ſomme, que vous aïez pitié de cet Etat, de vous-même, qui, le ſappant par le pied, ne vous ſauverez jamais, que la ruine ne vous accable ; de moi, encore que me contraigniez par force à voir, à ſouffrir, à faire des choſes, que ſans les armes, je mourrois mille fois plutôt que de voir, ſouffrir & de faire : je vous conjure de dépouiller à ce coup les miſerables paſſions de guerres & de violences, qui diſſipent & démembrent ce bel Etat, & qui nous diſtraient, les uns par force, les autres trop volontairement, de l'obéiſſance de notre Roi, qui nous enſanglantent du ſang les uns des autres, & qui nous ont déja tant de fois fait la riſée des Etrangers ; & à la fin nous feront leur conquête : de quitter, dis-je, toutes nos aigreurs, pour reprendre les haleines de paix & d'union, les volontés d'obéiſſance & d'ordre, les eſprits de concorde, par laquelle les moindres Etats deviennent puiſſans Empires, & par laquelle le nôtre a longuement fleuri, le premier Roïaume de ceux de la Chrétienté.

Bien que j'aie mille & mille occaſions de me plaindre, en mon particulier, de ceux de la Maiſon de Guiſe, d'eux, dis-je, mes parens, & parens ſi proches, que hors du nom que je porte, je n'en ai point de plus ; bien qu'en général, la France en ait encore plus de ſujet que moi, Dieu ſait néanmoins, le déplaiſir que j'ai de les avoir vûs entrer en ce chemin, dont le cœur m'a toujours jugé, que jamais ils n'en ſortiroient à leur honneur. Dieu me ſoit témoin, ſi les connoiſſant utiles au ſervice du Roi, & je puis dire encore, au mien (puiſque j'ai cet honneur de lui appartenir de ſi près, & que mon rang pré-

cede le leur) je n'euſſe été, & ne ſerois très aiſe qu'ils emploïaſ-
ſent beaucoup de parties, que Dieu & la Nature leur ont données,
pour bien ſervir ceux à qui ils devoient ſervice ; au lieu que
les mauvais conſeils les ont pouſſés au contraire. Tout autre
monde, hormis moi, ſe riroit de leur malheur, ſeroit bien aiſe
de voir l'indignation, les déclarations, les armes, du Roi,
mon Seigneur, tournées contre eux. Moi certes, je ne le puis
faire, & ne le fais pas, ſinon autant que des deux maux, je
ſuis contraint de prendre le moindre. Je parlerai donc librement, à moi premierement, & puis à eux, afin que nous ſoïons
ſans excuſe.

Ne nous enorgueilliſſons ni les uns ni les autres. Quant à
moi, encore que j'aie reçu plus de faveur de Dieu en cette
guerre qu'en toutes les paſſées, & qu'au lieu que les deux autres
Partis (quel malheur, qu'il les faille ainſi nommer !) ſe ſont affoiblis, le mien en apparence, s'eſt fortifié ; je ſais bien néanmoins, que toutes les fois que je ſortirai de mon devoir, il ne
me bénira plus : & j'en ſortirai, quand ſans raiſon & de gaieté
de cœur je m'attaquerai à mon Roi, & troublerai le repos de
ſon Roïaume.

De même eux, qui depuis ces quatre dernieres années, ont
mieux aimé les armes que la paix, qui, les premiers, ont remué en cet Etat, & ont fait ce troiſieme Parti, ſi indigne de
la Foi de France, & je dirai encore, de celle de leurs Aïeuls,
puiſque Dieu, par ſes jugemens, leur montre qu'il n'a pas eu
agréable ce qu'ils ont fait, puiſqu'il touche l'eſprit de notre
Roi, pour les recevoir à ſa douceur accoutumée, comme lui-
même le déclare ; qu'ils ſe contentent. Nous avons tous aſſez
fait & ſouffert de mal. Nous avons été quatre ans ivres, inſenſés & furieux. N'eſt-ce pas aſſez ? Dieu ne nous a-t-il pas
aſſez frappés les uns & les autres, pour nous faire revenir de
notre aſſoupiſſement, pour nous rendre ſages à la fin, & pour
appaiſer nos furies ?

Or, ſi après cela, il eſt loiſible que, comme très humble &
très fidele Sujet du Roi, mon Seigneur, je diſe quelque bon
avis à ceux qui le conſeillent : qui a jamais oui parler qu'un
Etat puiſſe durer, quand il y a deux Partis dedans, qui ont
les armes à la main ? Que ſera-ce de celui-ci, où il y en a trois ?
Comment lui peut-on perſuader de faire une guerre civile, &
contre deux, tout à un coup ? Il n'y a point d'exemple, point
d'Hiſtoire, point de raiſon, qui lui promette une bonne iſſue

de cela. Il faut qu'il fasse la Paix, & la Paix générale avec tous ses Sujets, tant d'un côté que d'autre, tant d'une que d'autre Religion. Ou qu'il rallie au moins avec lui ceux qui le moins s'écarteront de son obéissance. Et à ce propos, qu'un chacun juge de mon intention. Voilà comme je rends le mal pour le bien, comme j'entends l'animer contre ses Sujets, qui ont été de cette belle Ligue. Et vous savez tous, Messieurs, néanmoins, que quand je le voudrois faire, & en sa nécessité lui porter mon service, (comme je le ferai, s'il me le commande) en apparence humaine, je traverserai beaucoup leurs desseins, & leur taillerai bien de la besogne.

J'appelle à cette heure tous les autres de cet Etat, qui sont restés spectateurs de nos folies. J'appelle notre Noblesse, notre Clergé, nos Villes, notre Peuple : c'est à eux que je parle. Qu'ils considerent où nous allons entrer, ce que deviendra la France, quelle sera la face de notre Etat, si ce mal continue, que fera la Noblesse, si notre Gouvernement se change, comme il fera indubitablement, & vous le voïez déja ; si les Villes par la crainte des Partisans, sont contraintes de se renfermer dans leurs portes, de ne souffrir personne leur commander, & de se cantonner à la Suisse. Il n'y en a nulle de cette volonté, je m'en assure. Mais il est à craindre que la guerre les y force à la longue, & à mon grand regret j'en vois déja naître les commencemens, qui avec eux, portent un miel, une douce apparence, à laquelle le meilleur & le plus loïal Bourgeois du Monde se laisse aisément emporter.

Que deviendront les Villes, quand sous une apparence vaine de liberté, elles auront renversé l'ancien ordre de ce bel Etat, quand elles auront toute la Noblesse ennemie, le plat Païs, envieux & desireux, quant & quant, de les saccager, s'imaginant dans leurs coffres, dans leurs boutiques, des richesses sans compte ?

Que feront leurs principaux Habitans, qui tiennent tous les Offices de la Monarchie, ou aux Finances, ou à la Justice, ou à la Police, ou aux Armes, & comptent chacun entre leur fortune domestique, la valeur de leur état ? Cela est perdu, si la Monarchie se perd. Qui leur donnera le libre exercice de la Marchandise ? Qui leur garantira leurs Possessions aux Champs ? Qui tiendra l'autorité de leur justice ? Quels en seront les dégrés ? Qui commandera leurs Armées ? Somme, quel sera leur ordre ? Pauvres abusés ! Cette fureur durera pour un temps,

tout ainſi, comme l'on dit, que la fievre pour un temps nourrit le malade. Mais de penſer que ſur des fondemens de colere
& de vengeance, on puiſſe établir une intelligence aſſurée &
une forme d'Etat durable, cela ne ſe peut, n'aïant jamais été
ni vû ni lû, qu'un Etat ſe ſoit changé, ſans la ruine des Villes, qui en ſont toujours les principaux appuis.

Et toi, Peuple, quand ta Nobleſſe & tes Villes ſeront divi-
ſées, quel repos, auras-tu ? Peuple, le grenier du Roïaume,
le champ fertile de cet Etat ; de qui le travail nourrit les Princes, la ſueur les abreuve, les métiers les entretiennent, l'induſtrie leur donne les délices à rechange ; à qui auras-tu recours, quand la Nobleſſe te foulera ; quand les Villes te feront contribuer ? Au Roi, qui ne commandera ni aux uns ni
aux autres ? aux Officiers de ſa Juſtice ? où ſeront-ils ? A ſes
Lieûtenans ? quelle puiſſance ? Au Maire d'une Ville ? quel
droit aura-t-il ſur la Nobleſſe ? Au Chef de la Nobleſſe ? quel
ordre parmi eux ? Pitié, confuſion, déſordre, miſeres par-tout.
Et voilà le fruit de la guerre.

Ce n'eſt pas par oubli, que je ne dis mot de ceux du Clergé,
mais je ne veux parler d'eux, craignant qu'ils ne m'avouent,
m'eſtimant plus leur Ennemi que je ne ſuis. A la vérité, j'ai
plus d'occaſion de me plaindre de leur Ordre, que de tous les
deux autres de la France ; mais n'importe, il y a des gens de
bien parmi eux. Quant à leur profeſſion & leur Religion, en
quelque choſe je leur ſuis contraire ; en nulle, leur Ennemi ;
en d'autres nous ſommes d'accord, ne fût-ce qu'en ce qui touche la conſervation des Privileges de l'Egliſe de France, contre les uſurpations des Papes. Quoi que ce ſoit, ſi j'avois avec
eux toutes les priſes du monde, je les mettrois ſous le pied à cette
heure, emporté par une plus forte conſidération, qui eſt celle
du ſervice de mon Roi & du bien de cet Etat. Cependant,
qu'eſperent-ils de faire ? La guerre épuiſe leurs décimes, au
Païs où ils ont plus de crédit, aux lieux où j'ai puiſſance, je
leur retiens quaſi tout, & à cela je ne puis remédier. Mais à
la longue la diſſenſion s'étant miſe entierement, que peuvent-
ils devenir ? Qu'ils regardent quel chemin prennent nos Villes,
nos Peuples, notre Nobleſſe, & qu'ils conſiderent, eux qui ont
ou doivent avoir la piété en recommandation, s'il y a rien
qui y ſoit ſi contraire que les vices & débordemens ; s'il y a
rien qui déborde tant les hommes que la licence de la guerre
civile. Qu'ils jugent encore, ſi eux, qui ne ſont enrichis &

1589.

LETTRE DU
ROI DE NAV.

augmentés que par la paix, par l'ordre, par l'obéiffance à nos
Rois, par la dévotion, n'iront pas déformais en diminuant, par
la guerre, les confufions, l'impiété, la mutine défobéiffance.

Après avoir parlé à tout le monde en particulier, je dis encore ceci en général : foit que Dieu béniffe les deffeins de notre Roi, & qu'il vienne à bout de tous les mutins de fon Roïaume, il eft miférable, s'il faut qu'il les faffe tous punir comme ils
le méritent. Quoi! punir une grande partie de fes Villes, une grande partie de fes Sujets? Ce feroit trop. C'eft un malheur & une rage
que Dieu a envoïée en ce Roïaume, pour nous punir de nos
fautes. Il le faut oublier ; il le faut pardonner, & ne favoir
non plus mauvais à nos Peuples, à nos Villes, qu'à un furieux,
quand il frappe, qu'à un infenfé, quand il fe promene tout nu.
Soit au contraire, fi ceux de la Ligue fe fortifient tellement,
qu'ils lui réfiftent, comme certes il y a apparence (& j'ai peur
que fa patience foit leur principale force, Dieu voulant peut-
être exercer fur nous des jugemens que nous ne favons pas)
que fera-ce de nous & de lui ? Que dirons-nous des François ?
Quelle honte que nous aïons chaffé nos Rois ? Tache qui ne
fouilla jamais la robbe de nos peres, & le feul avantage que
nous avons fur tous les Vaffaux de la Chrétienté ?

Cependant, n'eft-ce pas un grand malheur pour moi que je
fois contraint de demeurer oifif ? On m'a mis les armes en main
par force. Contre qui les emploierai-je à cette heure ? Contre
mon Roi ? Dieu lui a touché le cœur. Faifant pour lui, il a fait
pour moi contre ceux de la Ligue. Pourquoi les mettrai-je au
défefpoir ? Pourquoi, moi qui prêche la paix en France, ai-
grirai-je le Roi contre eux, & ôterai-je par l'appréhenfion de
mes forces, à lui l'envie, à eux l'efpérance de reconciliation ? & voïez ma peine ; car fi je demeure oifif, il eft à craindre qu'ils faffent encore quelqu'accord, & à mes dépens, comme j'ai vu deux ou trois fois avenir : ou qu'ils affoibliffent tellement le Roi, & fe rendent fi forts, que moi après fa ruine, n'aurai gueres de force, ni de volonté pour empêcher la
mienne.

Meffieurs, je parle ainfi à vous, que je fais, à mon très grand
regret, n'être tous compofés d'une humeur. Les Déclarations
du Roi, mon Seigneur, & principalement fes dernieres, publient
affez qu'il y en avoit entre vos Députés, & quafi la plus grande
partie, à la dévotion d'autre que de lui. Si vous avez tant foit
peu de jugement, vous conclurrez avec moi, que je fuis en grand
hafard.

hafard. Auffi eft le Roi ; auffi eft le troifieme Parti ; auffi êtes-vous, & en gros, & en détail. Nous fommes dans une mai-fon qui va fondre, dans un bateau qui fe perd, & n'y a nul remede que la paix : qu'on s'en imagine, qu'on en cherche tant d'autres que l'on voudra.

Pour conclufion donc, plus affectionné (je le puis dire), & plus intereffé en ceci que vous tous, je la demande au nom de tous, au Roi mon Seigneur : je la demande pour moi, pour tous les Françuis, pour la France. Qui la fera autrement, elle n'eft pas bien faite. Je protefte de me rendre encore plus trai-table que je ne fus jamais. Si on penfe que j'ai été difficile, je veux fervir d'exemple à tous, par l'obéiffance que je montre à mon Roi.

Mais après avoir tant & tant de fois protefté & déclaré ce qui eft de mon devoir & de notre profit commun, je déclare donc à la fin ; premiérement, à ceux qui font du Parti du Roi, mon Seigneur, que s'ils ne lui confeillent de fe fervir de moi & des moïens que Dieu m'a donnés, s'ils ne s'accordent à cette fainte délibération, non de faire la guerre à ceux de Lorraine, non à Paris, à Orléans ou à Touloufe, mais à ceux qui em-pêcheront la paix & l'obéiffance dûe à cette Couronne, qu'ils feront feuls coupables des malheurs qui arriveront au Roi & au Roïaume, & moi au contraire, déchargé de ce blâme, & ac-quitté de la foi que j'ai à mon Prince, duquel, j'ai (autant que j'ai pû) empêché & empêcherai le mal, veuillent-ils ou non.

Et quant à ceux qui retiennent encore le nom & le parti de la Ligue, je les conjure, comme François, je leur comman-derois volontiers encore, comme à ceux, qui ont cet honneur de m'appartenir & de qui les Peres euffent reçu ce comman-dement, à beaucoup de faveur, je m'en affure ; fi ce n'eft de cette façon, je le ferai au moins après le Roi, comme le pre-mier Prince & le premier Magiftrat de France. Qu'ils penfent à eux, qu'ils fe contentent de leur perte, comme je fais des miennes, qu'ils donnent leurs paffions, leurs querelles, leurs vengeances & leurs ambitions, au bien de la France, leur mere, au fervice de leur Roi, à leur repos & au nôtre. S'ils font au-trement, j'efpere que Dieu n'abandonnera point tant le Roi, qu'il n'acheve en lui fon ouvrage, & qu'il ne lui donne en-vie d'appeller fes ferviteurs près de lui, & moi le premier, qui ne veux autre titre, & qui y allant pour cet effet, aurai affez de force & de bon droit pour l'affifter & lui aider à ôter du monde leur mémoire, & de la France, leur Parti.

Finalement, après avoir fait ce qui est de mon devoir en cette si solemnelle protestation que je fais, si je reconnois les uns ou les autres, ou si endormis, ou si mal affectionnés, que nul ne s'en émeuve ; j'appellerai Dieu, témoin de mes actions passées, à mon aide, pour celles de l'avenir : & vrai Serviteur de mon Roi, vrai François, digne de l'honneur que j'ai, d'être premier Prince de ce Roïaume, quand tout le Monde en auroit conjuré la ruine, je proteste devant Dieu & les Hommes, qu'au hazard de dix mille vies, j'essaierai tout seul de l'empêcher.

J'appelle avec moi, tous ceux qui auront ce saint desir, de quelque qualité & condition qu'ils puissent être. Esperant que si Dieu bénit mon dessein, autant comme je montre de hardiesse à l'entreprise, autant aurai-je de fidélité, après en avoir vu la fin ; rendant à mon Roi mon obéïssance, à mon Païs mon devoir, & à moi-même mon repos & mon contentement dans la liberté de tous les gens de bien.

Et cependant, jusqu'à ce qu'il ait plû à Dieu donner le loisir au Roi, mon Seigneur, de pourvoir aux affaires de son Etat, y remettant la paix, qui y est si nécessaire, je déclare, comme celui qui ai cet honneur de tenir le premier lieu sous son obéïssance, que si en son absence, je ne le puis si bien servir, que je l'établisse par-tout son Roïaume, je le ferai au moins, en partie, ès lieux où j'aurai plus de pouvoir de faire connoître son autorité. Et pour cet effet, je prends en ma protection & sauve-garde, tous ceux de quelque qualité, Religion & condition qu'ils soient, tant de la Noblesse, des Villes, que du Peuple, qui se voudront unir avec moi en cette bonne résolution. Sans permettre qu'à leurs personnes & biens il soit touché en maniere quelconque, en autre sorte, qu'en temps de pleine paix, & que par les Loix du Roïaume on a accoutumé d'y toucher, procurant, en tout ce qui me sera possible, le soulagement du pauvre Peuple oppressé.

Et bien que, plus que nul autre, j'aie regret de voir les différends de la Religion, & que plus que nul autre, j'en souhaite les remedes, néanmoins, reconnoissant bien que c'est de Dieu seul & non des armes & de la violence, qu'il les faut attendre ; je proteste devant lui, & à cette protestation j'engage ma foi & mon honneur que, par sa grace, j'ai jusqu'ici conservés entiers, que tout ainsi que je n'ai pu souffrir que l'on m'ait contraint en ma confcience ; auffi ne fouffrirai-je, ni ne permettrai-je jamais, que les Catholiques foient contraints en la leur, ni en leur exercice libre de leur Religion. Déclarant en outre, qu'aux Villes, qui, avec moi, s'uniront en cette volonté, qui fe mettront fous l'obéiffance du Roi, mon Seigneur, & la mienne, je ne permettrai qu'il foit innové aucune chofe, ni en la Police, ni en l'Eglife, finon entant que cela concernera la liberté d'un chacun. Prenant derechef, tant les perfonnes que les biens des Catholiques & même des Eccléfiaftiques, fous ma protection & fauve-garde ; aïant de long-temps appris, que le vrai & unique moïen de réunir les Peuples au fervice de Dieu & d'établir la piété en un Etat, c'eft la douceur, la paix & les bons exemples, non la guerre, ni les defordres, par lefquels les vices & les méchancetés naiffent au monde. Fait à Châtellerault, le 4 Mars 1589. *Ainfi figné*, HENRI. *Et plus bas*, DELOMENIE.

DE LA RE'DUCTION D'ANGERS

AU SERVICE DU ROI.

AUCUNS des Principaux de la Ville d'Angers avoient toutoujours diffimulé l'affection qu'ils portoient au Parti de la Ligue, tant pour avoir le Roi à Tours, qui les éclairoit de près, que pour n'avoir les moïens à propos pour l'exécution de leur deffein. Ils n'oublierent rien d'artifices, avec le Comte de Briffac, Chef de leur entreprife, pour s'accommoder du Château (Place des plus fortes & importantes qui foient en France) pourquoi plus diligemment faire, promettoient au fieur de Picheri (1), Gouverneur du Château, cent mille écus & quatre mille hommes de pied entretenus. Ledit fieur de Picheri fit un fignalé fervice à Sa Majefté ; car il ne voulut entendre aux offres fufdites, tellement que Sadite Majefté aïant eu avis de l'effort que ledit fieur de Briffac, avec les Habitans & autres de

---

(1) Pierre Donadieu de Picheri. Le Duc de Joyeufe lui avoit donné le Gouvernem̄ent dont il eft ici parlé ; mais il étoit d'ailleurs extrèmement attaché au Roi Le Comte de Briffac lui avoit promis cent mille écus d'or & l'entretien de quatre mille hommes, pour l'engager à abandonner le Parti du Roi, & à embraffer l'Union ; mais il rejetta généreufement ces offres, & répondit avec fermeté, que fa fidélité & fon honneur lui étoient plus chers, que tout ce qu'on pouvoit lui offrir.

la Ligue faifoient en toute maniere , contre le Château, fur
le foffé duquel ils s'étoient jà barricadés , y envoïa le Maréchal de Haumont (2) avec le Régiment de Picardie, & partie
des Gardes de Sa Majefté : auxquels ledit fieur de Picheri fit
ouverture du grand Pont du Château, par lequel, entrés, encore que le Comte de Briffac eût beaucououp plus d'hommes
que le Maréchal d'Aumont, ce fut néanmoins à ceux de la
Ligue de fe retirer hâtivement. Plufieurs y furent tués, le Comte
de Briffac, Chef de l'entreprife, fe fauva avec fort peu d'hommes de fa fuite. Il y fut pris pour cent mille écus de prifonniers de la Ligue au profit du Roi.

PRISE DE NANTES,

Prife & Réduction de Rennes , Foucheres , & autres Places de
Bretagne.

EN ce même temps, ceux de la Ville de Nantes fe déclarerent
ouvertement de la Ligue, par l'entremife des Dames de Martigues & de la femme du Duc de Mercœur (2), Gouverneur
de Bretagne (3) , pour lors abfent de Nantes. Elles eurent
avertiffement, que plufieurs des principaux de la Ville, tant
des Officiers de la Juftice, Chambre des Comptes, qu'autres
bons François & fideles au Roi, voïant les pratiques & menées
qui fe faifoieut en leur Ville , à la faveur de la Ligue , diffua-
doient leurs Concitoïens de prêter l'oreille, les exhortans, au
contraire , à demeurer fideles à leur Roi. Pour rompre le bon
propos de ceux-ci & les châtier de leur trop grande fidélité au
Roi, ces Dames envoient promptement appeller certains Capitaines de la Ville , remarqués de fédition & animofité , & fort
affectionnés à la Ligue. Elles leur expofent leurs paffions avec
beaucoup d'amplification, pour les mieux difpofer à l'exécution de
leur confeil, commencent par plufieurs invectives & odieux propos
contre le Roi : la fomme de leur difcours étoit, que le Roi
avoit fait mourir plufieurs Prêtres & Moines, qui avoient été

---

(1) C'eft d'Aumont.

(2) Marie de Luxembourg, Héritiere de la
Maifon de Penthievre.

(3) Le Roi avoit ôté ce Gouvernement au
Duc de Montpenfier & au Prince de Dombes,
pour le donner au Duc de Mercœur, Frere
de la Reine , contre l'avis de toute la Cour,
& malgré les oppofitions de M. de Cheverni,
Chef du Confeil, parceque le Duc avoit des
prétentions fur cetteProvince, du chef de fa
Femme.

pris à Angers, pris les Calices & reliques, s'étant entierement
rendu Hérétique ; & tombans de ce propos sur ceux de la Ville,
qu'elles vouloient faire prendre prisonniers, difoient qu'ils étoient
de la faction du Roi, vouloient introduire le Roi de Navarre
dans leur Ville avec ses Troupes, en résolution d'expofer tout
au fac, leur ôter leur vie, Religion & biens, il ne falloit tarder : ces raisons étoient suffifantes pour se faifir de leurs perfonnes, & affûrer à l'aide du commun Peuple la Ville pour la Ligue.

Ce conseil fut diligemment exécuté. Les armes prifes, toutes les rues font auffi-tôt barricadées. Le Chef général pour
cette exécution fut le Capitaine Gaffion, Gafcon, nourri en la
Maifon de Martigues, & de la Ligue, commandant pour lors
par l'ordre de fémeftre, dans le Château, fans que le fieur de
Cambou (1), bon François & qui n'étoit en fon femeftre, y eût
pour lors aucune autorité.

La premiere exécution de cette élévation, fut la prife d'environ quatre-vingts des plus notables & plus riches Familles de
la Ville, entre lefquels furent les fieurs Miron, l'un des Généraux de Bretagne, le fieur Bourin, grand Jurifconfulte, le fieur
de Rogues, Doïen des Medecins, & plufieurs autres, fervans
de beaucoup au public, & entiers Serviteurs de Sa Majefté,
lefquels furent mis en étroite prifon au Château : leurs maifons & biens entierement faccagés : la Ville affûrée pour la Ligue : les Champs à l'environ ne furent pas exempts de cet orage;
car coureurs font envoïés ès lieux les plus fufpects : plufieurs
Gentilshommes font pris prifonniers, fans refpect d'âge ni de
condition ou Religion. Ceux, en furent quittes à bon compte,
qui échapperent pour leur bien.

Peu auparavant le Duc de Mercœur, defireux de la faveur
des Villes & du Peuple, pour mieux s'affûrer du Duché de Bretagne, avoit pris le titre de Protecteur de l'Eglife Romaine en
cette Province, par la menée & fuffrages des Evêques & autres Eccléfiaftiques, qui donnoient Formulaires à leurs Jéfuites
& Prêcheurs, pour émouvoir & amener le Peuple à cette dévotion.

La Ville de Rennes, fiege du Parlement (laquelle s'eft toujours affez modeftement comportée) pouvoit de beaucoup avancer le deffein du Duc de Mercœur, fi elle étoit à fa dévotion.
Il la fallut tenter : pour ce faire, l'Evêque dudit Rennes, nom-

(1) François Miron, un des Tréforiers généraux de Bretagne.

mé Emar Hennequin (1), fils d'un Bourgeois de Paris, ne laiſſe
une ſeule pierre, qu'il ne remue à cette fin ; mais ſa créance
y étant encore en bas âge, il prit pour aide l'Evêque de Dol (2),
de la Maiſon d'Epinay, aſſiſté d'un certain François Bouteiller,
ſon obligé, & de quelques-uns de la Ville, auxquels aucuns du
Parlement & du Préſidial, ſourdement donnoient cœur. Tous
enſemble émurent le Peuple & les armes levées, ſaiſirent les
Places & barricaderent les rues, ſous cette fauſſe impreſſion,
que le ſieur de la Hunaudaye (3), Lieutenant général pour le
Roi au Païs, le ſieur de Monbarot (4), Gouverneur de la Ville, &
le ſieur d'Aſſerac (5), qui les accompagnoit, vouloient opprimer
la liberté, & introduire Garniſon en la Ville, pour la ſaccager.

Le Duc de Mercœur (qui pour lors étoit encore à Nantes)
averti de ce que deſſus, rallie ce qu'il peut d'hommes, & ſous
la feinte d'aller aux Etats à Vannes, s'achemine à Redon, mais
de-là tourne court, & va à Rennes, où il fut reçu avec beaucoup d'allegreſſe de tous ceux de la Ligue. Il mit Garniſon
dans la Tour au Foulon, dans les Tours de la Porte Saint
George & de la Porte Blanche. Ce fut alors auxdits ſieurs de la
Hunaudaye, Mombarot, & d'Aſſerac à ſe tenir ſerrés en leurs
logis, n'étant recherchés de moins que de leurs vies. Montbarot s'étoit retiré en la Tour de la Porte Mordeleſe : le Duc de
Mercœur le fit ſommer de la lui mettre entre les mains ; ce qu'il
fit refus de faire, diſant y être établi par Sa Majeſté & pour
ſon ſervice. Ce refus fait, le canon y eſt mené, & pluſieurs
maiſons percées, pour le mettre en batterie, il n'y avoit apparence de ſoutenir une batterie, encore moins d'eſpoir de ſecours, ce que voïant le ſieur de Montbarot, il capitula, & ſe
rendit avec conditions honorables, tant pour ſes compagnons
que pour lui. Par ce moïen le Duc de Mercœur demeura Maître
de la Place, & de laquelle il changea tout l'état & Police, y mettant hommes à ſa dévotion : fit prêcher un Jeſuite fort ſédi-
tieuſement & indignement contre le Roi ; expédia un Capi-
taïne Eſpagnol, nommé Jean, avec ſa Compagnie, pour courir par le plat Païs. Il y fit de grands excès, pillant & rava-
geant tout, indifféremment ; prit pluſieurs Maiſons de Gentilshommes qu'il pilla, pluſieurs priſonniers qu'il traita cruel-

(1) Aymar Hennequin. Il étoit Membre
du Conſeil de l'Union ; & le Parti l'avoit
envoïé à Rennes pour faire ſoulever les Habitans.

(2) Charles d'Epinai, qui étoit d'une des
premieres Maiſons de la Province.

(3) René de Tournemine de la Hunaudaye.

(4) René de Marec de Monbarot.

(5) Jean de Rieux, Marquis d'Aſſerac.

lement & en exigea de groſſes rançons , ſans épargner pluſieurs Nobles & autres de la Religion Romaine , pour cette
ſeule raiſon , qu'ils étoient Serviteurs du Roi.

Ledit ſieur de Mercœur aïant levé le plus qu'il put d'hommes
de guerre , s'achemina à Fougeres (1) , Ville qu'il avoit de longue main pratiquée , pour avoir eu les principaux Habitans à
ſa dévotion. Ils le reçurent fort librement. Aïant la Ville , il
capitula avec le Capitaine du Château , qui lui vendit la Place,
& tous les meubles qui étoient dedans , appartenans au Marquis de la Roche , ſon Maître , pour la ſomme de quinze cens
écus qu'il toucha.

Au même temps le ſieur du Bordage (2) & quelques autres
Gentilshommes de la Religion , accompagnés de peu d'hommes , ſe jetterent dans la Ville de Vitré : ce qu'aïant entendu
ledit Duc de Mercœur qui étoit à Fougeres , y envoïa un Gentilhomme Breton , nommé Tallouet (3) , avec quelques Compagnies de gens de guerre , & les communes auxquelles il avoit
fait prendre les armes , juſqu'au nombre de cinq ou ſix mille
hommes. Ils aſſiegerent Vitré l'eſpace de cinq ſemaines ; la Place
fut fort vaillamment défendue par leſdits Gentilshommes & le
peu d'hommes qu'ils avoient. Durant ce Siege , ceux de la
Ville de Rennes aïant reçu Lettres de Sa Majeſté , rentrerent
(à l'aide de quelques gens de bien , fideles au Roi) en leur
bon ſens , & ſe remirent en l'obéïſſance de Sa Majeſté , avec
laquelle ils traiterent , pour l'impunité de ce qui s'étoit paſſé.
Ils prirent priſonniers le ſieur de la Charrouinere (4) (que le
Duc de Mercœur , qui étoit à Fougeres , y avoit laiſſé pour
Gouverneur) & le Capitaine Jean (5) , Eſpagnol , avec pluſieurs
autres. Si le Duc de Mercœur y eût été , ils ſe fuſſent facilement aſſurés de lui. En même temps , le ſieur de Mollac (6)
ſe mit pour le ſervice du Roi , dans le Château de Joſſelin (7) ;
mais le ſieur de Saint-Laurens (8) avec nombre d'hommes ,
aïant entrepris de ſurprendre la Ville & y aſſaſſiner ledit ſieur de

(1) Place Frontiere de la Normandie.

(2) René de Monboucher , ſieur du Bordage , qui faiſoit profeſſion de la Religion
Proteſtante. Il ſe chargea de la Défenſe de
Vitré , à la priere d'Anne d'Allègre , Mere
du jeune Comte de Laval , parceque Vitré
étoit une Place appartenante à la Maiſon
de Laval , ſituée ſur la Frontiere du Maine,
& fameuſe par ſes richeſſes & par ſa ſituation
avantageuſe.

(3) Jean Taloüet , Gentilhomme de Bre-

tagne , renommé pour ſa bravoure.

(4) M. de Thou (Liv. 94) le nomme de
Charronniere.

(5) Ou Joannès , ſelon M. de Thou , Livre 94.

(6) Sebaſtien de Roſmadec , Baron de
Mollac.

(7) Ce Château appartenoit à la Maiſon
de Rohan.

(8) Jean d'Avaugour , ſieur de Saint-
Laurent.

Mollac, faisant élection du Vendredi de devant Pâque (1),
qu'ils appellent Saint (jour de dévotion & moins suspect), pendant que ceux de dedans seroient occupés à leurs cérémonies,
il surprit la Ville, mais non le sieur de Mollac, lequel toutesfois
ils assiegerent au Château.

Pendant que ces choses se passoient ainsi en Bretagne, le Roi
qui étoit à Tours, priva de son Gouvernement le Duc de Mercœur. Ceux de la Ligue prirent au même temps Molin, qui
fut assez bien débatu par le sieur de Rostin (2); mais aïant été
assailli, lorsque plusieurs de la Garnison étoient absens, faute
d'hommes, il fut emporté. Ceux qui étoient de la Ligue dans
la Ville de Bourdeaux se manifesterent quasi au même temps,
comme à jour nommé, contre le Roi, ainsi qu'il se peut voir
par une Lettre écrite dudit Bourdeaux, de laquelle la substance
s'ensuit.

IL y a en cette Ville huit cens Lansquenets, qui y ont été mis
pour tenir en bride les Ligueurs qui avoient conspiré une maudite entreprise, tant contre M. le Maréchal de Matignon, que
contre la Ville & les bons Habitans, qui ne seroient de leur
Parti : & même se sont mis en devoir de l'exécuter la veille
de Pâque dernier, s'étant saisis d'une Porte & mis en campagne d'un autre côté de la Ville ; mais Dieu leur a ôté le cœur,
& a été notre garde, par la présence de M. le Maréchal ; car
après que les Ligueurs eurent fait résistance aux Magistrats de
la Ville & les eurent repoussés, ledit sieur Maréchal marchant
à pied par toute la Ville, avec assez bonne compagnie, leur a
tellement ôté le courage, qu'à son arrivée, ils ont pris la fuite,
sans jamais avoir rendu aucun combat. Il en est demeuré quatre ou cinq d'entre les Ligueurs, morts sur la Place, beaucoup
ont été arrêtés prisonniers, plusieurs s'en sont fuis. Les uns sont
sortis par la porte qu'ils avoient surprise, qui est Saint Julian (3),
les autres ont sauté les murailles. On a trouvé beaucoup de cordes pendues aux murailles, aux endroits par lesquels ils se sont
dévalés, & s'en est la meilleure partie retirée en Brouage. Il
y en a eu deux exécutés, un Capitaine de la Ville & un des Gardes de M. le Maréchal, lesquels ont déclaré toute l'entreprise,
qui étoit de daguer (4) M. le Maréchal, se saisir de la Ville &

---

tuer

tuer tous ceux qui n'euſſent été de leur Parti. Ils en ont ac-
cuſé beaucoup, & des grands Chefs (1). Il y en a un bon nombre en cette Ville, leſquels ſont à cette heure pour nous, qui
euſſent été contre. On tient que le grand préparatif de Vaiſſeaux, qui ſe fit pour lors en Brouage, où furent arrêtés pluſieurs Terreneufviers, étoit pour favoriſer cette entrepriſe.

BIEN peu après toutes ces émotions, quelque propos de treve
entre le Roi & le Roi de Navarre & ceux de la Religion, ſe
mirent en avant ; durant leſquels le Duc de Mayenne fit avancer ſon Armée juſqu'à Vendôme, où il entra, y aïant été introduit par ceux qui tenoient ſon Parti. Tout le grand Conſeil du Roi y fut pris priſonnier par ceux de la Ligue, ſans qu'il
s'en pût ſauver qu'un ſeul. Le Roi ſe voulant ſervir des forces
du Roi de Navarre contre ceux de la Ligue, lui offrit le Pont
de Sé ſur Loire (2), pour ſûreté de ſon paſſage ; & ce pendant que les particularités s'en négocioient, le Roi de Navarre
prit le Château de Briſſac (étant, le Seigneur d'icelui, de la
Ligue) par compoſition.

Il y eut ſur la reddition du Pont de Sé quelques difficultés,
faites par le Capitaine (3) qui y commandoit, à cauſe de quoi
Sa Majeſté donna audit ſieur Roi de Navarre, au lieu du Pont
de Sé, la Ville de Saumur, laquelle fut reçue pour ledit ſieur
Roi de Navarre, par le ſieur du Pleſſis Marli (4), auquel ledit
Roi en a donné le Gouvernement. Il s'y tranſporta lui-même
peu après, au grand contentement & applaudiſſement de tous
les bons Habitans & Nobleſſe circonvoiſine, affectionnée au
Roi & au bien du Roïaume. Sûreté & liberté, même en la
Religion, fut par ledit ſieur Roi de Navarre donnée à tous les
Habitans de ladite Ville indifféremment, comme il avoit fait
ès autres lieux.

Ledit ſieur Roi de Navarre fit peu après paſſer toutes ſes
Troupes delà Loire, par deſſus les Ponts de Saumur, pour join-

(1) M. de Thou ajoute que M. de Matignon ne voulut pas en ſavoir davantage,
pour ne pas déſhonorer le Clergé ; qu'il ſe
contenta, pour prévenir de ſemblables confpirations, de chaſſer de cette Ville, les Je-
ſuites, qui étoient, dit-il, les auteurs de
celle-ci ; & que ces Peres furent obligés d'aller chercher un aſyle à Agen & à Périgueux,
qui ſe révolterent ſur ces entrefaites. C'eſt
par-là que M. de Thou finit le quatre-vingt-

quatorzieme Livre de ſon Hiſtoire.
(2) Le Pont de Cé, Bourg ſitué à deux
milles d'Angers,
(3) Alexandre de Coſſeins : M. de Thou
livre 95, dit que c'étoit un homme fort
avare.
(4) C'eſt le célebre Philippe du Pleſſis-
Mornay, que M. de Thou nomme un des
plus éloquens & un des plus habiles Négo-
ciateurs de ſon temps.

dre les forces qui l'attendoient, des quartiers de Normandie, le Maine, l'Anjou, Beauſſe & autres lieux, en intention de voir de bien près l'Armée de la Ligue, où commandoit ledit Duc de Maïenne. Et au même inſtant fit publier une Déclaration, de laquelle nous avons inféré la teneur de mot à mot, en attendant, qu'étant beaucoup de particularités de ſinguliere remarque, qui ſe paſſent maintenant (avec pluſieurs autres, leſquelles n'ont pu ſi-tôt prendre place, ſelon leur ordre, en ce recueil) éclaircies, nous te puiſſions, ami Lecteur (s'il plaît à Dieu) préſenter en un corps d'hiſtoire la plus notable part de tout ce qui s'eſt paſſé en cette France & lieux circonvoiſins, depuis la levée des armes & rupture de la Paix, faite par ceux de la Ligue, en l'an 1585.

DECLARATION

DU ROI DE NAVARRE,

Au paſſage de la Riviere de Loire, pour le ſervice de Sa Majeſté.

Fait à Saumur, le 21 d'Avril 1589 (*).

HENRI, par la grace de Dieu, Roi de Navarre, à tous préſens & à venir, ſalut. Comme il ait plû à Dieu nous faire naître premier Prince du Sang & premier Pair de France ; que la nature enſeigne à défendre ſon Roi ; la Loi & le devoir obligent à maintenir l'état de ce Roïaume, & qu'il ſoit tout évident par les effets connus à un chacun, que les pertubateurs (quelque prétexte qu'ils prennent) n'ont autre but que la vie & la Couronne de Sa Majeſté, autre deſſein que la diſſipation & uſurpation de cet Etat, dont ne ſe peut enſuivre que la confuſion de toutes choſes divines & humaines, l'anéantiſſement de tout ordre, police & juſtice, la ruine entiere d'un chacun en particulier & de tous les bons Sujets de ce Roïaume en général, telle que tous la prévoient & la déplorent en leurs cœurs, & déja plu-

---

(*) Cette Déclaration a été dreſſée par Philippe du Pleſſis-Mornay ; elle eſt imprimée dans le Tome premier de ſes Mémoires, pag. 901. M. de Thou regarde cet Ecrit comme un nouveau Manifeſte du Roi de Navarre ; & il en donne le précis dans ſon Hiſtoire, Liv. 95 ; mais il le date du 18 Avril, au lieu du 21. Il ajoute que le ſtyle n'en eſt pas moins fleuri ni élégant que celui du premier.

ſieurs la ſentent en effet, en leurs biens, vies, honneurs &
libertés. Pour ce, eſt-il, que nous, appellés de Dieu, de la
nature & de la Loi, à une œuvre ſi néceſſaire, nous ſommes réſolus d'emploïer nos vies, moïens & pouvoirs au rétabliſſement
de l'autorité du Roi notre Souverain Seigneur, reſtauration de
ce Roïaume, conſervation & délivrance (entant qu'en nous ſera)
de tous les bons Sujets d'icelui, contre ceux qui, ſi ouvertement,
ont attenté à la perſonne de Sa Majeſté, oſé entreprendre l'u-
ſurpation de ſon Roïaume, & mis ſur le bord d'une ruine preſ-
qu'inévitable, tant de pauvre Peuple, que Dieu, par ſa grace,
avoit uni & conſervé par tant de ſiecles, ſous les ſacrées & inviolables Loix de cet Etat.

Déclarons que nous n'avons & ne voulons tenir pour Ennemis, que ceux, qui par leurs effets ſe ſont proclamés & déclarés ouvertement Ennemis de ce Roïaume, qui ont en tant
qu'en eux eſt, éteint & effacé le nom du Roi, du Souverain
Magiſtrat à nous donné de Dieu, paravant ſacré à notre Nation; dégradé ſes Parlemens & Cours Souveraines, juſqu'à en
avoir cruellement tué des principaux perſonnages, ſur la dignité
& vie deſquels, ſoit pour leur état, ou ſoit pour leur mérite,
les brigands & barbares, & tous ennemis du genre humain,
n'euſſent pas entrepris, rompu & briſé les ſceaux de ce Roïaume, ſacrés inſtrumens de la juſtice Souveraine, comme violans
& profanans entant qu'en eux ſeroit la juſtice même, & en ſomme confondu tellement toutes choſes, qu'il ne reſte en tous les
lieux où leur puiſſance a lieu, que ſac, ſang, fureur & inſolence, déſolation de Peuples, charognes ès Villes, deuil & lamentation en toutes les familles, combuſtion & horreur univerſelle en toutes ſortes. A ceux-là, nous oppoſons nos juſtes
armes; à ceux-là, nous déclarons la guerre avec toute rigueur,
& contre eux, nous convions & adjurons tous bons François,
fideles Serviteurs du Roi, amateurs de leur Patrie & zélateurs
des bonnes Loix, de nous aſſiſter & de leurs vœux & de leurs
armes & moïens, réſolus & aſſurés que Dieu nous bénira &
nous fera la grace, ſous l'autorité du Roi, de les châtier ſelon
leur démérite, & ne ſouffrira plus longuement tant de maux
impunis, maux commis ſous faux ſemblant de bien, ſacrileges
& impiétés, ſous les noms ſacrés de piété & de juſtice.

Nonobſtant, parceque nous n'ignorons point, que pluſieurs
ne puiſſent avoir été enveloppés en ces énormités, les uns emportés de la fureur, les autres vaincus de juſte crainte, & la

plûpart fubornés par artifices, plutôt que pouffés par leur malice propre, ne pouvant auffi penfer, que la France fe foit tant abâtardie & démentie, de renoncer de guet-à-pan & de fang froid à fa fidélité & loïauté envers fon Prince naturel, c'eft-à-dire, à l'héritage & patrimoine de fes Peres. Nous, pour le defir que nous avons de démêler, en tant que nous pourrons, les innocens d'avec les coupables, & d'ufer avec toute difcrétion du jufte glaive que Dieu nous a mis en main, pour le fervice du Roi, notre fouverain Seigneur, & confervation de fes Sujets ; dénonçons à toutes Provinces, Villes, Communautés, Gens d'Eglife, de la Nobleffe & de la Juftice, Capitaines de gens de guerre, Citoïens, Bourgeois & toutes autres perfonnes, de quelque degré, qualité ou condition qu'ils foient, qu'ils aient à fe retirer promptement de la communication & fociété defdits ennemis, pertubateurs de cet Etat, pour fe réunir fous l'obéiffance de Sa Majefté, & lui donner affurance de leur fidélité & fervice. En ce cas, en étant auffi par eux dûement certiorés, les conferverons foigneufement, felon l'autorité que nous tenons de lui & defirons emploïer fous fes commandemens. Sinon, & qu'ils fe rendiffent, ou obftinés, ou nonchalans ; proteftons de tout le mal qu'ils auront à fouffrir, par la rigueur des armes, comme dignes de participer au jufte châtiment de ceux à l'injuftice & violence defquels ils auront apporté, foit confentement, foit connivence. Entendons conféquemment conferver & maintenir tous les bons Sujets & Serviteurs du Roi notre fouverain Seigneur, ceux auffi qui fe réuniront à lui, comme deffus, en leurs biens, vies, honneurs, libertés, Religion & confcience, fans exception ni acception quelconque ; par exprès ceux du Clergé, defquels nous voulons d'autant plus prendre de foin, que plus ils font expofés communément aux excès de la guerre, pourvu auffi que de leur part ils fe reffouviennent d'aimer la paix & fe contenir modeftement en leurs limites, au lieu que quelques-uns d'eux, au grand blâme de leur vocation, fe font rendus inftrumens de tels defordres.

Défendons très expreffement à tous nos gens de guerre & autres, qui nous adherent en cette notre pourfuite, de rien attenter, ni entreprendre fur lefdits bons Sujets & Serviteurs du Roi & autres à lui reconciliés, comme deffus, de quelque qualité ou condition qu'ils foient, nommement fur lefdits du Clergé ni fur les lieux deftinés aux ufages de leurs fervices eccléfiaftiques, auxquels ne voulons qu'ils foient aucunement troublé ;

le tout fur peine aux infracteurs de la préfente, d'être punis
& châtiés felon l'exigence des cas & la rigueur de nos Ordonnances militaires. Comme auffi nous commandons très étroitement à nos Lieutenans géneraux, Gouverneurs, Officiers de
notre Armée, Chefs, Capitaines & toutes perfonnes de commandement, d'y tenir foigneufement la main, chacun en fon
endroit, fur peine auxdits Chefs & Capitaines (par la négligence ou connivence defquels il en feroit méfavenu) d'en répondre en leurs propres noms & perfonnes. Admoneftant néanmoins lefdits bons Sujets & Serviteurs du Roi notre fouverain
Seigneur, de tous dégrés & qualités, & à lui reconciliés comme deffus, pour aider à la diftinction des bons & des mauvais,
& pour prévenir les inconvéniens trop plus aifés à empêcher
qu'à réparer, de fe retirer de bonne heure à nous & à nofditsLieu-
tenans, Gouverneurs & Officiers, pour être munis de paffeports
fauve-gardes & depêches neceffaires. Entendant toutefois que
les fauve-gardes du Roi, notre fouverain Seigneur, données
depuis la date des Préfentes, foient inviolablement gardées &
obfervées, fur peine aux infracteurs d'être rigoureufement punis.

Prions ici tous les Ordres & Etats de ce Roïaume, de fe repréfenter devant les yeux, quel empirement s'eft enfuivi & enfuivra par conféquent de plus en plus en chacun d'eux, par la
continuation de ces confufions : ceux du Clergé, de confidérer la piété étouffée dans les armes, le nom de Dieu en blafphême, & la Religion en mépris, s'accoutumant un chacun de
fe jouer du facré nom de Foi, lorfqu'il voit que les plus grands
le prennent pour prétexte des plus exécrables infidélités qui
puiffent être : ceux de la Nobleffe, de remarquer quelle chûte
a pris leur ordre en peu de temps, quand les armes (marques
ou de la Nobleffe héréditaire, ou loïers de vertu) font comme traînées dedans la fange, mifes ès mains d'une Populace,
qui de liberté paffera en licence, de licence à l'abandon de toute
infolence, fans plus refpecter, comme jà on le voit, ni mérites, ni qualités : ceux de la Juftice, quel brigandage eft entré
par la porte du bien public, quand en la Chambre des Pairs
de ce Roïaume, où les plus grands laiffent leur épée par révérence de Juftice, entre un Procureur armé, accompagné de vingt
Marauts, porte l'épée à la gorge au Parlement de France, l'em-
mene en triomphe, en Robbes rouges à la Baftille ; quand un
Premier Préfident eft affommé, traîné & pendu à Touloufe, zélateur de fa Religion, s'il en fut oncques, & le plus for-

1589.

DÉCLAR. DU
ROI DE NAV.

mel ennemi de la contraire (1), par le monopole d'un Evêque,
& avec quelle apparence d'héréfie ? Monftres de fureur, de cruauté, de barbarie, qui pourtant ne peuvent vivre longuement
fi ce n'eft peut-être par une mémoire honteufe à ce fiecle & à
la Nation qui les a portés & les fupporte, déteftable, en quelque
lieu qu'elle parvienne, à la Poftérité : ceux du Tiers-Etat, qui
tout au moins devoient tirer profit de ces dommages, avifent
s'ils font foulagés des tailles & fubfides, s'ils font déchargés de
la gendarmerie, fi leurs boutiques ès Villes, ou leurs Métairies ès
Champs, s'en portent mieux, fi les finances font ménagées mieux
que devant, au contraire fi les mangeries ne redoublent pas, fi l'herbe ne croît pas devant leurs portes, fi pour une main qui fouilloit
aux finances, il n'y en a pas trois, fi ce n'eft qu'on appelle ménage, le
fac des bonnes maifons donné aux crocheteurs, les rançonnemens
auffi des gens de bien qui gémiffent fous ces defordres, chofe qui
ne peut durer que peu de jours, & au bout defquels, la Populace
acharnée au fac de ceux qu'ils nomment Politiques, comme loups
à un carnage, le butin venant à défaillir, fe jettera cruellement
& indifféremment fur tous les apparens. Se fouviennent les
Villes qui ont pris leur faction, en quel état elles étoient auparavant, & en quel aujourd'hui ; le commerce, qui l'ira chercher au creux d'une forêt ? la juftice, dans les cachots de la Baftille ; les études, où la barbarie occupe tout ; & fi font-ce les
moïens qui les ont fait venir à la fplendeur, à la fréquence & à
la richeffe, les moïens qui feuls les y peuvent entretenir. Aujour-
d'hui c'eft héréfie que d'être politique, mais la police qui les avoit
mis en fleur eft en mépris ; demain ce fera un crime irrémiffible d'être riche. Si au refte elles ont garnifon, leur liberté périt, & la friandife de ce mot les a fait perdre ; fi elles n'ont
point de garnifon, les voilà donc en proie, accablées de gardes, & mal gardées, en danger à tout moment d'une furprife,
& voilà une liberté imaginaire pour prifon. Les Champs n'en
auront meilleur marché, fi ce mal dure. Un Roi ne peut pas fouf-

(1) Jean-Etienne Duranti. Ce Magiftrat étoit également confidéré parmi la Bour-geoifie, & dans le Corps à la tête duquel il fe voïoit. C'étoit un homme d'une rare pro-bité, & favant. On peut voir fur cet éve-nement, le commencement du Livre 95 de l'Hiftoire de M. de Thou, & les Hiftoriens du Languedoc. L'Evêque dont on parle ici, après avoir nommé M. Duranti, étoit Ur-bain de faint Gelais, Evêque de Commin-ges. Nouvellement échappé du danger qu'il avoit couru à Blois, & ne cherchant qu'une occafion de fe venger, il vint à Touloufe ranimer la fureur du Peuple, qui n'étoit dé-ja que trop difpofé à fe mutiner. On a une vie curieufe & intéreffante de Jean-Etienne Duranti, dans les *Mémoires fur divers gen-res de Littérature & d'Hiftoire*, &c. (par le fieur Martel, Touloufain) à Paris chez la Veuve le Febvre, 1722, in-12.

frir d'être dégradé par ſes Sujets ; il faudra ranger rigueur contre rigueur & force contre force ; les licences, les excès & les
débordemens de ces pertubateurs en attireront d'autres : contre
l'uſurpation d'un Etranger, faudra que Sa Majeſté ſoit ſecourue des Etrangers, contre les menées & factions de l'Eſpagnol,
des Allemands & Suiſſes : nos champs en deviendront forêts, &
nos guerets en friche, mal commun au Laboureur & au Bourgeois, commun & au Gentilhomme & au Clergé, mal qui nous
redoublera les voleries aux Champs & les rages ès Villes, & lors,
malheur aux auteurs & fauteurs de ces miſeres ; le Peuple convertira cette fureur contre eux, rachetera de leur ſang ſon abolition, ſon repos & ſa vie, & verront à leurs dépens que c'eſt
d'arracher le Sceptre au Souverain, le glaive au Magiſtrat, pour
armer & autoriſer la licence d'un Peuple.

Voilà qu'ils penſent avoir arraché le Roi de ſon Trône ; ils en
ont laiſſé la place vuide. Demandons-leur, en conſcience, pour
qui y aſſeoir ; le Duc de Mayenne ? Qui ſera le Prince, en Chrétienté, qui ne s'y oppoſera ? qui ne ſe connoiſſe intéreſſé en cet
exemple ? De notre Nobleſſe, combien de maiſons ſe trouve-
t-il qui ne voudroient obéir à celle de Lorraine, moins au Cadet des Cadets ? Maiſons honorées de l'alliance de nos Rois &
des Princes voiſins, qui ont cet article par deſſus, d'être nés
François & d'avoir perſévéré en leur naiſſance. Ces gens, quel
contre-cœur leur feroit-ce de ploïer le col ſous un ſi foible
joug, de voir leurs vies & leurs honneurs à la diſcrétion de ces
nouveaux venus, que nature leur a fait égaux, de qui la Loi
du Roïaume a meſuré l'épée à même pied, que Dieu même
n'a de rien avantagés ſur eux, qu'autant qu'il les a abandonnés à
leur préſomption. Combien de Princes de la Maiſon de Bourbon ont-ils à percer, premier qu'en venir là ? Princes armés de
droit, de courage & de créance contre cette imaginaire chimere
d'uſurpation, pour le ſang deſquels cette Nobleſſe expoſera le
ſien ; Nobleſſe, qui en ſemblables mutations, ſe voit toujours
enterrée avec la Monarchie ; Nobleſſe, de qui l'honneur & le
dégré eſt attaché à celui de nos Rois, qui ne peut pas eſpérer
en ſomme de tenir le rang ſur le commun que Dieu lui a donné, quand elle verra ſon Souverain, celui de qui elle tient l'épée,
précipité du ſien. Que chacun ſe taiſe, qu'on leur laiſſe faire à
leur loiſir tout ce qu'il leur plaira. S'ils veulent fonder leur uſurpation ſur les prétentions de Charlemagne, comment s'accor-
deront-ils avec le Duc de Lorraine & ſes enfans ? Comment ?

ores que ceux-là veulent acquiefcer avec la branche de Vaudemont ? Et s'ils penfent la Couronne dûe aux mérites, aux labeurs & aux vertus ; c'eft-à-dire aux monopoles du feu Duc de
Guife, comment donc en frufteront-ils fon Héritier ? & qui
doute que tous les Cadets de la Maifon n'en prétendent leur
part, c'eft-à-dire, qu'ils ne fe réfolvent à déchirer l'Etat & à en
partir les pieces ? François, imaginez-vous ici quel fera votre
Etat ; ces changemens d'un extreme en l'autre, ne fe font jamais fans un renverfement très violent, le renverfement de la
Maifon, où nous fommes logés, ne fe peut pas faire qu'il ne
nous accable. Notre corps ne s'en va point en vers & en ferpens,
que la mort ne précede ; ces ferpens ne peuvent naître, ne peuvent fortir du corps de cet Etat, qu'il ne foit réfolu, dépéri &
pourri, que nous tous qui ne vivons qu'en lui, n'en fouffrions
la ruine. Il eft bien aifé de defirer une Couronne, aifé à un Peuple ému & paffionné contre fon Prince, de penfer au changement d'Etat. Entre un defir ambitieux & l'accompliffement, entre vos promptes coleres & votre vengeance fi lointaine, combien
de journées & de batailles? combien de fang, de fac & de miferes?
Les fiecles ne fuffiront pas à décider cette querelle, le Fils y
prendra la place de fon Pere, & le Frere du Frere ; vous aurez perpétué une confufion à la Poftérité, qui en maudira vos
frénéfies & votre mémoire.

Et combien vous feroit-il plus à propos d'abreger tant de calamités par une paix ; une paix, qui du cahos ténébreux, où
vous vous êtes mis, vous remît en lumiere, qui vous rendît à
vous-mêmes, à votre nature & à votre fens, qui vous délivrât
de ces inquiétudes où vous êtes, de ce labyrinthe où vous êtes
entrés, que vous jugez bien ne pouvoir franchir, & dont cependant vous ne voïez le bout ; une paix qui remît chacun en
ce qu'il aime, rendît au bon homme fa charrue, à l'artifan fa boutique, au Marchand fon trafic, aux Champs la fûreté, aux Villes la police, à tous indifféremment une bonne juftice ; une
paix qui vous rendît l'amour paternel du Roi, à lui, l'obéiffance & fidélité que lui devez ; une paix, en fomme, qui rendît à cet Etat l'ame & le corps : le corps qui s'en va, tiré par
fes ambitions en mille pieces : l'ame, je veux dire ce bel ordre
qui l'a confervé, qui du haut jufqu'au bas dégré s'en va tout en
confufion.

Ces chofes confidérées, chacun venant à profonder, foit le
mal que lui-même fe fait, foit celui qu'il aura à fouffrir, en
ces

ces confuſions, nous nous aſſurons que ceux qui juſqu'ici ont perſiſté en leur devoir envers Sa Majeſté, doubleront l'affection & le courage à le ſervir de bien en mieux contre ſes Ennemis, que ceux qui ſous bonne foi ſe ſont laiſſés aller à leurs pratiques ne voudront être inſtrumens de leur propre ruine, en ſappant le pied de cet Etat deſſus leur tête, mais déſiſteront plutôt d'un ſi mauvais parti, recourant à la clémence de Sa Majeſté, qui tient à toute heure la porte ouverte à ceux qui la recherchent.

Quant à ceux qui s'opiniâtreront, ennemis du Roi, de ce Roiaume & de leur propre bien, comme ils acquerront très juſtement l'ire de Dieu & la haine des hommes, auſſi n'ont-ils à attendre qu'un jugement redoutable de là-haut, condigne à leurs mérites, que Dieu veuille ſur les obſtinés accélérer par ſa miſéricorde, pour l'abbregement de tant de maux & de miſeres, le bien, repos & ſoulagement de tant de pauvre Peuple.

Pour notre regard, nous proteſtons que l'ambition ne nous met point aux armes, aſſez avons montré que nous la mépriſons, aſſez avons-nous auſſi d'honneur d'être ce que nous ſommes, & l'honneur de cet Etat ne peut périr que nous n'en dépériſſions. Auſſi peu (& Dieu nous eſt témoin) nous mene la vengeance; nul n'a plus reçu de tort & d'injures que nous, nul juſqu'ici n'en a moins pourſuivis, & nul ne ſera plus libéral de les donner aux Ennemis, s'ils veulent s'amender, en tout cas de la tranquillité, à la Paix, à la France. Ce qui nous afflige, que ne pouvons voir ni prévoir ſans larmes, c'eſt que cet Etat ſoit réduit à ce point, que ſon mal, ſi envieilli, ſi obſtiné, ne ſe puiſſe guérir ſans maux.

De ces maux nous proteſtons contre la plaie & ceux qui l'ont faite; qui a fait la plaie eſt coupable du feu, du cautere, des inciſions, & des douleurs, que néceſſairement ils font. Suffit, & chacun auſſi le pourra voir, qu'en ce peu que nous pourrons, nous y apporterons le ſoin du bon Chirurgien qui aime le malade; les Ennemis certes qui aiment la maladie, y apporteront, outre le fer, la haine & la fraude, ne pouvant être contens qu'en leur ambition ſur cet Etat, ne pouvant la contenter auſſi que par ſa mort finale, mort que nous racheterons au prix de notre vie & de tous nos moïens. Mais plutôt, comme nous eſpérons en la grace de Dieu, gardien des Rois & des Roïaumes, reverrons dans peu de temps, pour fruit de nos labeurs, le Roi en l'autorité qui lui eſt née & dûe, le Roïaume en la vigueur & en la dignité que jadis il avoit, au contentemer

<table>
<tr><td>Tome III.</td><td>K k</td></tr>
</table>

de tous les bons François, confolation de tant de pauvre Peuple, creve-cœur de ceux qui en convoitent la ruine.

Si prions, Meffieurs, tenant les Cours de Parlement, Gouverneurs & Lieutenans généraux des Provinces, Chambre des Comptes, Cours des Aydes, Tréforiers généraux de France, Prévôts, Baillifs, Sénéchaux, Juges, Maires, Echevins, Jurats, Confuls, Capitouls, Corps & Communautés des Villes, & tous autres Jufticiers & Officiers, Sujets du Roi, mon Seigneur, nous affifter, favorifer & entendre, pour le bien de fes affaires & fervice. Car tel eft notre defir. *Donné à Saumur, le dix-huitieme jour d'Avril, 1589. Ainfi figné,* HENRI. *Par le Roi de Navarre, premier Prince du Sang & premier Pair de France,* De Viçose.

Avertiſſement.

Nonobstant toutes les perfuafions & douceurs dont Sa Majefté avoit ufé envers ceux de la Ligue, pour les amener à leur devoir, ils n'ont pourtant toujours laiffé depuis d'aller de mal en pis, faifant chofes énormes, tant contre l'autorité de Sa Majefté, qu'au grand préjudice de fes bons Sujets, occafion que Sadite Majefté auroit redoublé fes Déclarations & Edits, tant contre les Chefs, que contre les Villes & autres qui leur adherent, comme il fe pourra voir par la fuite defdits Edits & Déclarations, publiées en même-temps, comme s'enfuit.

LETTRES PATENTES

DU ROI,

Par lefquelles Sa Majefté a transféré la Juftice & Jurifdiction des grands Maîtres, Enquêteurs & généraux Réformateurs, qui fouloit tenir au Palais à Paris, au Siege de la Table de Marbre, en fa Cour de Parlement, de n'agueres établie à Tours

Henri, par la grace de Dieu, Roi de France & de Pologne : à tous ceux qui ces préfentes Lettres verront, falut. Dès le mois de Février dernier, pour ne s'être pas les Habitans de notre Ville de Paris, voulu réduire en notre obéiſſance, de laquelle ils s'étoient auparavant diſtraits, & nous rendre le devoir de bons & fideles Sujets, ainſi que nous les en aurions fait ſémondre & admoneſter, pour le deſir que nous avions d'oublier tout ce qui s'étoit paſſé, mais au contraire, aïant continué & perſévéré en leur rebellion, attirant en ſociété de leurs pernicieux deſſeins tous ceux de nos Sujets qu'ils auroient pû par toutes ſortes de perſuaſions & artifices, nous aurions par notre Edit, déclaré notredite Ville de Paris & autres rebelles, déchues de tous états, Offices, Honneurs, Privileges, Octrois & Conceſſions quelconques, à eux, par nous & nos prédéceſſeurs Rois, concédées, & le tout révoqué, ſi dedans le temps y contenu, ils ne ſe reconnoiſſoient & remettoient en notre obéiſſance. A quoi n'aïant ſatisfait, Nous aurions par autre Edit dudit mois de Février, publié le vingt troiſieme jour de Mars, auſſi dernier, transféré notre Cour de Parlement & tout ce qui en dépend, qui ſouloit être en ladite Ville de Paris, en notredite Ville de Tours, pour y être tenu & notre Juſtice adminiſtrée à nos Sujets, en la même autorité, Reſſort & Souveraineté qu'il ſe ſouloit faire en ladite Ville de Paris. Et d'autant que le ſiege de nos grands Maîtres Enquêteurs & généraux Réformateurs de nos Eaux & Forêts, dépend de notredite Cour de Parlement, Juges naturels de notre Domaine, dont leſdites font partie, & ont été de tout temps jugées pour biens immuables de cette Couronne; étant à cette occaſion beſoin & néceſſaire faire approcher ledit Siege près notredite Cour & adminiſtrer la Juriſdiction deſdites Eaux & Forêts audit Tours pour le reſſort des appellations des Maîtres particuliers audit Siege, & pour les réformations de noſdites Eaux & Forêts & obſervation des Edits & Ordonnances ſur ce faites:

Savoir faiſons, que nous, de l'avis de notre Conſeil, avons dit, déclaré & ordonné, & par ces préſentes diſons, déclarons & ordonnons, voulons & nous plaît, que la Juſtice & Juriſdiction de noſdits grands Maîtres, Enquêteurs, & généraux Réformateurs, qui ſe ſouloit tenir en notre Palais audit Paris, au Siege de la Table de Marbre, ſoit dorénavant & à l'avenir tenue & exercée, & ledit Siege établi en notredite Ville de Tours pour y être jugées & décidées toutes les appellations des jugemens & condamnations deſdits Maîtres particuliers & autres qui ſouloient reſſortir audit Paris, pour y faire les Réformations qui ont accoutumé d'être faites par noſdits grands Maî-

1589.
LETTRES
PATENTES DU
ROI.

tres ou leurs Lieutenans, icelles inftruire, juger & terminer, fuivant nos Edits & Ordonnances. Et tout ainfi & avec le pouvoir, & Jurifdiction qui fouloit être fait audit Siege de la Table de Marbre, audit Palais à Paris : & lequel Siege, nous avons en conféquence de notredit Edit du mois de Février, transféré, & transferons en notredite Ville de Tours, par cefdites Préfentes, en laquelle nous voulons que tous nos Officiers dudit Siege aient à fe rendre & trouver incontinent, après la publication de cefdites Préfentes, pour y exercer leurs Charges & Offices, & nous rendre le fervice qu'ils nous y doivent, fur les mêmes peines portées par notre Édit.

Si donnons en mandement à nos amés & féaux les gens tenans notre Cour de Parlement, établi à Tours, que nos préfentes Déclarations, Tranflation & contenu ci-deffus, ils faffent lire, publier & enregiftrer, entretenir, garder & obferver de point en point. Ceffant & faifant ceffer tous troubles & empêchemens au contraire : car tel eft notre plaifir. En témoin de quoi nous avons fait mettre notre Scel à cefdites Préfentes. *Donné à Tours, ce dix-huitieme jour d'Avril, l'an de grace 1589. Et de notre regne le quinzieme. Ainfi figné,* HENRI. *Et fur le repli, par le Roi,* POTIER.

Lues, publiées & enregiftrées, oui & ce réquerant le Procureur général du Roi. *À Tours, en Parlement, le vingt-quatrieme jour d'Avril 1589. Signé,* MAIGNEN.

LETTRES PATENTES
DU ROI,

Par lesquelles Sa Majesté a transféré la Recette générale & Bureau des Tréforiers généraux d'Auvergne, établis à Riom, en la Ville de Clermont (*).

HENRI, par la grace de Dieu, Roi de France & de Pologne : à tous ceux qui ces préfentes Lettres verront, falut. Aïant été avertis que les Habitans de la Ville de Riom en notre Païs d'Auvergne, fans confidérer l'Etat auquel il a plû à Dieu nous appeller, le devoir, refpeét & obéiffance qu'ils nous doivent, & la fidélité de laquelle leurs Peres ont ufé envers nos prédéceffeurs Rois, pour marque de laquelle ils ont décoré ladite Ville de plufieurs Jurifdiétions, Autorités, Prérogatives & autres Dignités roïales, lefquelles nous leur avons non-feulement continuées, mais de beaucoup augmentées depuis notre Avenement à cette Couronne ; pour délaiffer à leurs Succeffeurs un affuré témoignage de leur perfidie & déloïauté, ont au préjudice de notre autorité & fervice, pris le parti de ceux qui s'efforcent d'envahir la vie, l'Etat & l'autorité de leur Roi légitime & naturel, & defquels la félonie & mauvaife intention eft telle, qu'il ne fe trouve des parolcs affez expreffes pour la pouvoir exprimer, fe rendant en cela, lefdits Habitans femblables à eux, & par ce moïen, indignes de tant de biens & d'honneurs qui leur ont été oétroïés. Ce, ne pouvant nos amés & féaux Confeillers, les Préfidens & Tréforiers généraux de France qui y font établis, à l'occafion de ladite rebellion tenir le Bureau, & faire la fonétion de leurs Charges en ladite Ville, y tenir notre recette générale, faire appörter nos deniers, ne la juftice y être dorénavant rendue à nos Sujets qui ont accou-

(1) Voici ce qui donna lieu à ces Lettres-Patentes. Jean de la Rochefoucault, Comte de Randan, Gouverneur d'Auvergne, à la follicitation deFrançois de laRochefoucault, Evêque de Clermont, fon Frere, aïant fait révolter la Province d'Auvergne en faveur de la Ligue, & établi fa Place d'Armes à Riom, la Ville de Clermont tint ferme pour l'obéiffance, chaffa quelques-uns des Chanoinesqu'elle foupçonnoit de favorifer le parti, & donna par-là l'exemple à toute la Province. Ce fut pour punir Riom & récompenfer Clermont que le Roi donna ces Lettres-Patentes. Voïez l'Hiftoire de M. de Thou, Liv. 95, vers le commencement.

tumé d'y reſſortir, s'en étant, la plûpart des Officiers d'icelle
privés en ſe rendant de cette faction, pour y exercer avec le
reſte du Peuple, toute iniquité, Nous avons délibéré de transférer notredite Recette générale & faire adminiſtrer ladite juſtice en celle de nos Villes dudit Païs, qui s'en eſt rendue la
la plus digne & ſe trouvera plus commode à cet effet.

À cette cauſe ſachant la fidélité, loïauté, zele & affection
que les Habitans de notre Ville de Clermont ont de tout temps
porté à nos Prédéceſſeurs Rois, & celle qu'ils font paroître avoir
au bien de nos affaires & ſervice, même que ladite Ville eſt
la principale Capitale dudit Païs, ſiſe au milieu d'icelui, accompagnée de toutes les commodités qui ſont requiſes & néceſſaires, & plus propre pour tenir leſdites Juriſdictions, au
ſoulagement de nos Sujets, que nulle des autres. Pour ces cauſes & autres conſidérations à ce nous mouvans, avons de notre
pleine puiſſance & autorité roïale, transféré & transférons par ces
Préſentes, ſignées de notre main, notredite Recette générale &
Bureau deſdits Tréſoriers généraux de notredit Païs d'Auvergne
établi audit Riom, en ladite Ville de Clermont, en laquelle
voulons, entendons & nous plaît, que leſdits Préſidens & Tréſoriers généraux faſſent dorénavant toutes les vérifications des
Lettres Patentes qui leur ſeront adreſſées, les états de nos Finances, & toutes autres fonctions de leurs Charges : que les
Receveurs particuliers des Elections dudit Païs y apportent les
deniers de leurs recettes, & que généralement toutes autres
choſes quelconques dépendantes de ladite Recette générale, y
ſoient faites & gerées en la même forme & maniere qu'avoit
accoutumé être fait audit Riom. Et outre ce, afin que la juſtice puiſſe être rendue à nos Sujets dudit Païs, avons attribué
& attribuons au Sénéchal établi en ladite Ville de Clermont
ou ſon Lieutenant, & gens y tenant le Siege Préſidial, toute
Cour, Juriſdiction & connoiſſance, juſqu'à ce que ladite de
Riom ſe ſoit remiſe à ſon devoir, de toutes & chacunes les
cauſes & matieres, tant civiles que criminelles, deſquelles le
Sénéchal d'Auvergne ou ſon Lieutenant audit Riom & gens
tenant le Siege Préſidial, avoient accoutumé de connoître pour
être dorénavant jugées & décidées par icelui Sénéchal de Clermont ou ſon Lieutenant, & gens dudit Siege Préſidial, en la
même forme & maniere que faiſoit ledit Sénéchal & gens
dudit Siege Préſidial de Riom : auxquels nous avons interdit
& défendu, interdiſons & défendons d'en plus connoître en

quelque forte & maniere que ce foit, caffant, révoquant & an-
nullant dès-à-préfent comme pour lors, toutes & chacunes les
procédures qui pourroient être faites au préjudice des Préfentes, fans que les parties s'en puiffent aider ou fervir, ni qu'aucuns de nos Sujets qui avoient accoutumé d'y reffortir fe puiffent adreffer ni pourvoir ailleurs, que par-devant notre Sénéchal & gens tenant ledit Siege Préfidial audit Clermont, à la
charge toutesfois que les Officiers de ladite Sénéchauffée &
Siege préfidial dudit Riom, qui feront duement apparoir par-
devant le Gouverneur & Lieutenant général que nous envoïons
préfentement audit Païs, qu'ils ne font defdits rebelles, mais
très affectionnés à notre fervice, exerceront & feront la fonc-
tion de leurs Charges audit Clermont, comme ils avoient accoutumé faire audit Riom ès caufes & matieres feulement qui y
reffortiffoient.

Si donnons en mandement à nos amés & féaux, les gens
tenans notre Cour de Parlement & Chambre des Comptes établis à Tours & Cours des Aydes à Montferrand, Sénéchal dudit Clermont ou fon Lieutenant & gens y tenant le Siege Préfidial, que ces Préfentes, ils vérifient & faffent enregiftrer & le
contenu en icelles, garder, obferver & entretenir, fans fouffrir ni permettre qu'il y foit contrevenu en aucune maniere.
Car tel eft notre plaifir : en témoin de quoi, nous avons fait
mettre & appofer notre Scel à cefdites Préfentes. *Donné à
Tours, le dix-feptieme jour d'Avril, l'an de grace 1589. Et
de notre regne le quinzieme, Signé,* HENRI. *Et fur le repli,
par le Roi,* POTIER. *Et à côté,* Vifa. Lues, publiées & enregiftrées, oui & ce réquérant le Procureur général du Roi.
*A Tours, en Parlement, le vingt-quatrieme jour d'Avril 1589.
Signé* MAIGNEN.

EDIT DU ROI,

Par lequel Sa Majesté déclare tous les biens, meubles & im-
meubles du Duc de Mayenne, Duc & Chevalier d'Aumale,
& de ceux qui, volontairement, habitent ès Villes de Paris,
Rouen, Toulouse, Orléans, Chartres, Amiens, Abbeville,
Lyon & le Mans, & tous autres qui tiennent leur Parti, ac-
quis confisqués, & les deniers provenans de la vente d'iceux,
être employés aux frais de la guerre.

HENRI, par la grace de Dieu, Roi de France & de Pologne : à tous préfens & avenir, falut. Nous avions toujours
efpéré que la rage infenfée de nos Sujets, élevés en armes à l'encontre de nous, cefferoit, comme toutes chofes fi violentes &
exécrables ne doivent être de durée, & que reconnoiffant leurs
fautes, ils nous rendroient l'honneur & l'obéiffance qui nous
eft naturellement dûe, & que Dieu par fon expreffe parole
leur a commandé nous porter, n'aïant oublié aucune forte de
bonté, douceur & clémence, pour les y convier & les rendre
capables de la raifon ; & pour mieux les induire à ce faire & plus doucement embraffer leur devoir & ce qui eft leur
bien & profit particulier, nous avons voulu par nos Lettres Patentes, en forme d'Edit, données à Blois au mois de Février dernier, leur accorder terme jufqu'au quinzieme de ce préfent
mois, pour dedans icelui, pour toutes préfixions & délais, terminer leurs folies, & fe remettre en l'obéiffance que juftement
ils nous doivent. Mais tant s'en faut que ce délai ait porté aucun avancement à l'effet de notre bonne & fainte intention ;
qu'au contraire, perfévérant en leur obftination, abufant de
notre bonté, & endurcis en leur malice, ils ont conjuré la ruine de
notre perfonne & de notre Etat, fous beaux prétextes & belles paroles de la vouloir conferver. Exerçans tous actes d'hoftilité & d'inhumanité execrable, contre nos bons & loïaux Sujets & Serviteurs, jufqu'à les faire mourir violemment & de
mort ignominieufe, plus digne de leur trahifon, que de l'innocence de ceux qu'ils ont martyrifés, pour leur prud'hommie &
grande loïauté. Et ceux même que par tant d'années ils auroient
chéris & refpectés pour leur vertu, rendus en vingt-quatre heures,

rés, coupables de mort, pour ne vouloir point avoir de part en leur méchanceté. Pour à quoi remédier & châtier ces barbares comportemens & tyranniques oppreſſions, nous ſommes réſolus de mettre ſus en brief une bonne forte Armée, avec laquelle nous eſpérons que Dieu, Protecteur des Rois légitimes, nous fera la grace de conſerver l'autorité qu'il a plû à ſa divine bonté nous donner, & châtier la felonnie & rebellion de telles gens abandonnés de Dieu, & ſans honneur, par leur perfidie & déloïauté, & le mépris & la réſiſtance qu'ils font à ſon expreſſe parole. Mais parcequ'ils ne méritent pas ſeulement être châtiés par les armes, & qu'il faut rendre à la Poſtérité le témoignage de leur trahiſon, à la différence des gens de bien qui ſe ſont contenus en leur fidélité & l'obéiſſance que juſtement ils doivent à leur Roi légitime & naturel, Nous à ces cauſes, après avoir mis cette affaire en délibération & ſur icelle pris l'avis des Princes de notre Sang, Cardinaux, Prélats, Seigneurs & autres de notre Conſeil, nous avons, conformément & en continuant les Déclarations ſuſdites par nous ci-devant faites, dit & déclaré, diſons & déclarons par ces Préſentes ſignées de notre propre main, les Duc de Mayenne, Duc & Chevalier d'Aumale, & ceux qui volontairement habitent ès Villes de Paris, Rouen, Toulouſe, Orléans, Chartres, Amiens, Abbeville, Lyon, le Mans, & tous autres, de quelque qualité ou condition qu'ils ſoient, tenant leur Parti, qui leur aident & leur aſſiſtent de leurs biens, moïens & facultés, atteints & convaincus de crime de felonnie & de leze-Majeſté. Voulons, ordonnons & nous plaît, que tous & chacuns leurs biens féodaux, tenus & mouvant immédiatement de notre Couronne, ſoient réunis & incorporés à icelle, & tous leurs autres biens tant meubles, qu'immeubles, féodaux ou roturiers, dettes actives, noms, raiſons & actions, ſoient ſaiſis & mis en notre main, comme à nous acquis & confiſqués, au régime & gouvernement deſquels feront établis bons & ſuffiſans Commiſſaires, reſſéans & ſolvables, qui feront contrains en prendre la charge, nonobſtant toutes exemptions & privileges, pour être les meubles vendus & les immeubles pareillement, les ſolemnités gardées, baillés à ferme au plus offrant & dernier encheriſſeur, & les deniers qui en proviendront emploïés aux frais de la guerre. Et parceque telles ventes pourroient être retardées par oppoſitions ſuſcitées, & colluſoirement propoſées par aucuns leurs Alliés, ou autres mal affectionnés au bien de nos

1589.
EDIT DU
ROI.

1589.
EDIT DU
ROI.

affaires, nous voulons que la vente desdits meubles se fasse nonobstant oppositions ou appellations quelconques, & les deniers, qui en proviendront être présentement mis ès mains de nos Officiers à ce commis, pourvu qu'il y ait immeubles, reservans auxdits Opposans à se pourvoir sur les immeubles selon les voies du droit. Lesquelles oppositions à cette fin les propriétaires, créanciers & autres prétendant droit, seront tenus former aux Greffes de nos Bailliages & Sénéchauſſées dedans quinzaine pour tous délais, après la saisie faite, si les Oppoſans sont demeurans dans le Reſſort du Bailliage ou Sénéchauſſée, & par même moïen apporteront leurs titres & enſeignemens, cédules, obligations & autres pieces juſtificatives de leurſdites oppositions, sur icelles faire droit par nos Baillifs, Sénéchaux, ou leurs Lieutenans, auxquels nous enjoignons y procéder ſommairement, sans aucune longueur ni connivence, sur peine de privation de leurs états, & faire regiſtre à part desdites expéditions en leurs Greffes, & aux Subſtituts de nos Procureurs généraux de tenir la main à l'exécution de cette notre Déclaration, & certifier nos Cours de Parlement, de quinzaine en quinzaine, du devoir qu'ils y auront fait. Voulons, tous ceux qui doivent auxdits Rebelles ou à leurs fauteurs quelque choſe que ce ſoit, ſoit par promeſſes, obligations, conſtitutions de rente ou autrement, être tenus de le venir déclarer à nos Juges, & bailler l'état de leurs dettes, incontinent après la publication de ces Préſentes, avec inhibitions & défenſes très expreſſes de leur en païer aucune choſe; pour quelqu'occaſion & prétexte que ce ſoit, sur peine, non-ſeulement du quadruple; mais auſſi d'être tenus, cenſés & réputés fauteurs & adhérans de leurs méchancetés, & comme tels encourir le crime de leze-Majeſté; leur enjoignant sur les mêmes peines, que s'ils peuvent découvrir en quelque lieu que ce ſoit quelques deniers, obligations, cédules, brevets, marchandiſes, dettes & papiers appartenant auxdits Rebelles, ils aient à nous en avertir & le plus promptement qu'il leur ſera poſſible, afin que nous donnions ordre à les faire recouvrer. Mandons à cette fin aux Subſtituts de nos Procureurs généraux d'y avoir l'œil, & tenir la main aux ſaiſies & arrêts qui ſe pourront faire pour l'exécution de ces Préſentes, ou faire les diligences & pourſuites avec ceux qui en auront baillé l'avertiſſement, sur peine de répondre en leur propre & privé nom de la connivence dont ſeroit uſé en cet endroit. Avons en outre déclaré & déclarons leſdits Rebelles, ignobles, roturiers, vilains, infâmes, inteſtables, indignes & incapables de tenir aucuns états, offices & dignités en notre Roïaume, ceux qu'ils poſſedent vacquans & impétrables, & voulons que comme tels, ils ſoient mis en nos Parties caſuelles, pour en être pourvus d'autres, ſuffiſans & capables qui les ſachent exercer, & l'argent qui en viendra, emploïé aux affaires de la guerre. Voulons auſſi, ordonnons & nous plaît que de tous les deniers qui proviendront de la vente d'iceux meubles & immeubles, enſemble des fruits & revenus d'iceux, ſoient dreſſés bons & amples procès-verbaux, par les Commiſſaires à ce commis, qui les mettront ès mains des Receveurs de notre Domaine, chacun en l'étendue de la généralité en laquelle ſe trouveront leſdits meubles, & ſeront ſitués les immeubles; ſur leſquels procès-verbaux, les Tréſoriers généraux dreſſeront leurs états auxdits Receveurs, pour être leſdits deniers par eux reçus, mis ès mains des Receveurs généraux de nos Finances, comme les autres deniers de leur Charge, & après emploïés en l'acquit des dépenſes que nous ſommes contraints ſupporter pour l'entretenement des gens de guerre que nous avons mis ſus pour la conſervation de notre État & Couronne, & nous faire rendre l'obéiſſance qui nous eſt dûe par nos Sujets, à quoi nous avons affecté & affectons leſdits deniers, ſans qu'ils puiſſent être divertis ailleurs pour quelqu'occaſion que ce ſoit. Voulons en outre que noſdits Officiers vacquent en diligence, & toutes autres affaires ceſſantes & poſtpoſées, à faire & parfaire les procès criminels & extraordinaires auxdits Rebelles, leurs fauteurs & adhérans, & qu'ils procedent aux Jugemens & Arrêts contr'eux, ſelon la rigueur de nos Edits & Ordonnances.

Si donnons en mandement à nos amés & féaux Conſeillers, les gens tenans nos Cours de Parlement, Grand-Conſeil, Baillifs, Sénéchaux, Prévôts, Juges ou leurs Lieutenans, & à tous nos autres Juſticiers & Officiers, & à chacun d'eux, ſi comme à lui appartiendra, que nos préſentes Déclarations, vouloir & intention, ils faſſent publier, vérifier & enregiſtrer en noſdites Cours, Sieges particuliers, à ce que chacun en ait bonne connoiſſance, entretenir, garder & obſerver, ſans qu'il y ſoit contrevenu en quelque ſorte ou maniere que ce ſoit : mandons à nos Procureurs généraux & leurs Subſtituts d'y tenir la main de leur part, & nous avertir de quinze jours en quinze jours du devoir & diligence, dont il aura été uſé à l'exécution de cette

1589.
E d i t d u
R o i.

notre volonté. Car tel eft notre Plaifir , & afin que ce foit chofe ferme & à toujours ftable, nous avons fait mettre notre Scel à ces Préfentes. *Donné à Tours, l'an de grace 1589. Et de notre regne, le quinzieme. Ainfi figné,* HENRI. *Et fur le repli, par le Roi,* RUZE'. *Et fcellé en cire verte, du grand Sceau fur lacs de foie rouge & verte. Et à côté Vifa. Et fur ledit repli eft écrit :* Lues, publiées & enregiftrées, oui & ce requérant le Procureur général du Roi, & ordonné que copies en feront envoïées par les Bailliages, Sénéchauffées & Sieges de ce Reffort, pour y être auffi lues, publiées & enregiftrées, les plaids tenans, & enjoint aux Subftituts dudit Procureur général d'en faire les diligences & certifier la Cour dedans un mois. *A Tours en Parlement , le vingt-feptieme jour d'Avril 1589. Signé,* MAIGNEN.

Avertiffement.

POURCEQU'ÉS précédentes Lettres du Roi il a été parlé des Habitans de Lyon, comme des autres Ligués ; il faut voir comment ils fe comporterent en ce temps-là. Avant que le Duc de Mayenne (qui y étoit du temps que fes Freres furent dépêchés à Blois) en fortit pour aller en Bourgogne, il y affura fes affaires. Eux aïant entendu la réfolution de Paris & des autres Villes firent la Déclaration qui s'enfuit.

DECLARATION

Des Consuls, Echevins, Manans & Habitans de la Ville de Lyon, sur l'occasion de la prise des armes par eux faite, le vingt-quatre de Fevrier 1589 (*).

Parceque par le malheur de ce temps, la malice des hommes, la multitude de ños péchés & la corruption des mœurs de ce siecle, notre pauvre France est divisée en tant de factions & partialités, qu'au lieu de cette France très chrétienne, que Saint Jérôme, de son temps réputoit très heureuse, parcequ'elle seule entre tous les Roïaumes chrétiens étoit exempte de monstres, c'est-à-dire de sectes & divisions, elle peut à bon droit pour le jourd'hui tout à rebours être dite une vraie Tour de Babel & de confusion, & acomparée aux Indes, lesquelles (comme témoigne Pline) produisent journellement quelque nouveau monstre, par le moïen des grandes divisions dont elle est pleine, & telles que quasi autant qu'il y a de têtes, ce sont autant de factions & partialités, qui est un signe bien évident que Dieu n'habite point parmi nous ; car il n'est point (dit l'Ecriture) le Dieu de division, mais le Dieu de paix & d'union. C'est la cause pour laquelle les Consuls, Echevins, Manans & Habitans de tous les ordres & états de cette Ville de Lyon, bien assurés que leurs mal-veuillans & ceux qui tiennent Parti contraire au leur, envieux de leur bien & de leur repos, les voudront calomnier & interpréter sinistrement la sainte & catholique résolution qu'ils ont prise & exécutée ces jours passés, pour s'assurer de la Ville, s'opposer aux menées & entreprises secrettes que l'on faisoit contr'eux, tant dehors que dedans icelle & se

(*) M. de Thou dit que cette Déclaration a été dressée par Claude de Rubys, qui a été Avocat & Procureur général de Lyon durant trente années, & dont il fut deux fois Echevin. Il fut d'abord zélé Ligueur, & publia plusieurs Libelles contre Henri IV. Dans la suite, les troubles étant passés, il donna une Histoire de Lyon, où il avoue qu'il étoit dans une erreur monstrueuse, quand il avoit cru que les Sujets pouvoient prendre les armes contre leurs Princes légitimes ; il rend graces à Dieu dans cette Histoire, d'avoir été détrompé sur ce sujet, & soutient que le Pape ne peut délier les Sujets du serment de fidélité qu'ils ont fait à leur Roi. Le Pere de Colonia, Jésuite, parle de Claude de Rubys dans son *Histoire Littéraire de Lyon in-4°.*, Tome 2. vers la fin. Cette Déclaration montre un zele plus fanatique que raisonnable ; ce qui fait dire à M. de Thou, Liv. 94, sur la fin, que Rubys, qui en étoit l'Auteur, étoit un homme né pour son propre malheur & pour celui de la Ville de Lyon.

délivrer de tous ceux qui leur pouvoient apporter ombrage, ils se
sont résolus faire publier leur présente déclaration, & manifester à chacun les justes occasions qui les ont mûs à ce faire, aux
fins de faire voir à chacun qu'ils n'ont, en ce faisant, rien fait
ou rien entrepris que pour l'honneur de Dieu, la conservation
de la Religion Catholique, Apostolique & Romaine, & pour le
repos & sûreté commune de la Ville & du Païs.

C'est chose certaine & assez claire à tous ceux qui ont connoissance de notre Histoire Françoise, qu'il n'y a eu une seule
des bonnes Villes de ce Roïaume, qui ait été plus religieuse de
rendre aux très chrétiens Rois de France, le devoir d'obéissance
que tous bons & fideles Sujets doivent à leurs Rois & Princes
naturels, que notre Ville de Lyon. Mais parceque ce devoir d'o-
béissance faisant partie de cette vertu de Justice, que les Philosophes ont dit être la reine & celle qui comprend en soi toutes les autres vertus, ils ont estimé que ce n'étoit entierement
satisfaire à leur devoir, soit envers Dieu ou envers les hommes
d'être vûs obéissans; mais d'autant que l'obéissance & toutes les
autres vertus morales sont (comme disent les Philosophes) situées
entre deux extrêmités, à savoir le trop & le peu; ensorte que le
peu & le trop sont les moïens par lesquels les vertus sont corrompues, & dégenerent en vice, & qu'elles se conservent par la seule
médiocrité, ainsi que nous disons, pour exemple, que celui qui
fuit & craint tout, est tenu pour un timide & couart; & par
contre, celui qui, sans discrétion, s'expose à tout hasard, pour
fol & téméraire; & celui seul, tenu pour magnanime, qui suit
la médiocrité entre ces deux extrémités vicieuses, nous avons
aussi estimé que la vertu d'obéissance pouvoit aussi-bien être cor-
rompue par le trop, que par le peu, & que pour la conserver,
il falloit, comme en toutes autres vertus, garder la médiocrité:
& de fait, qui est celui si aveuglé & hors de sens, qui ne confesse que nous faillîmes grandement en ce devoir d'obéissance
par le trop, quand, en l'an 1562, obéissant aux Mandemens
du Roi, qui nous mandoit d'obéir au sieur de Saulx qu'il nous
avoit donné pour Gouverneur, nous nous laissâmes surprendre
par les Hérétiques, qui nous pillerent puis, & ravagerent par l'espace de vingt-deux mois; n'eût-il pas mieux valu, que voïant
comme nous voïons tout clair que le sieur de Saulx s'entendoit
avec les Hérétiques, favorisoit leur Parti & faisoit tout ce qu'il
pouvoit pour les rendre les Maîtres, comme il fit à la parfin,
nous nous fussions en cela rendus désobéissans au Roi, met-

1589.

Déclarat. des Consuls, Echev., &c.

tant ledit fieur de Saulx par le poing dehors, & nous rendant les plus forts dans la Ville, comme il étoit en notre pouvoir, nous n'euffions pas été pillés comme nous fûmes, les Temples n'euffent pas été faccagés, les faints Sacremens pollus & prophanés, & le Roi eût été déchargé de la peine & exceffive dépenfe en laquelle il fut conftitué pour foudoïer cette groffe Armée qu'il fit conduire par-deçà, par feu d'heureufe mémoire Monfeigneur le Duc de Nemours, que Dieu abfolve. N'euffions-nous pas fait même faute, fi nous euffions obéi au Roi, lorfqu'il voulut remettre la Citadelle de cette Ville entre les mains d'Epernon & la Valette, facteurs du Roi de Navarre & ennemis jurés des trois Etats de ce Roïaume; fi nous euffions obéi à tel commandement, en quel piteux état ferions-nous pour le jourd'hui? certes au même, que font les pauvres Habitans d'Angoulême; Boulogne, Charmes, Valence, Romans & autres, lefquels font fous une miférable fervitude expofés à la miféricorde de ces Tyrans.

Puis donc que ce n'eft moindre mal d'être par trop obéiffant que trop peu, & qu'il faut en cela, comme en toutes les autres vertus, garder la médiocrité, nous croïons que nul homme de bien ne trouvera mauvais, fi en la préfente occafion, nous avons ufé de cette confidération pour ne plus retomber ès maux paffés, & fi nous nous fommes réfolus comme doivent faire dorénavant, tous bons François, vrais Serviteurs de l'Etat & la Couronne de France, avant qu'obéir aux commandemens qui nous feront faits, de faire cette diftinction, de favoir & fonder, s'ils viennent du bon ou du mauvais confeil de France; s'ils viennent du bon, nous y obéirons, s'ils viennent du mauvais, nous nous y oppoferons de tous nos pouvoirs & moïens; car, puifque felon l'opinion très véritable des Philofophes, il y a correfpondance entre l'autorité qu'a l'efprit fur le corps, & celle qu'ont les Rois fur leurs Sujets. *Animus*, dit Ariftote *in corpus regium exercet imperium*; c'eft-à-dire, que l'efprit a femblable commandement & pouvoir fur le corps, que les Rois fur leurs Sujets, l'efprit étant pour commander & le corps pour obéir: tout ainfi que le corps n'eft pas tenu obéir à toutes les infpirations qu'il reçoit de l'efprit, mais doit au préalable confidérer fi elles procedent du bon ou du mauvais efprit, fuivant ce qui en eft dit en l'Evangile, *Probate fpiritus an ex Deo fint*; auffi tous ceux qui en la vertu d'obéiffance, veulent garder la médiocrité, ne doivent indifféremment obéir à tous mandemens qui leur font faits fous le nom & autorité du Roi, mais doivent, devant qu'y obéir, considérer s'ils viennent du bon ou mauvais conseil. Et pour y parvenir, étant chose toute certaine, que les Rois nous ont été donnés de Dieu, principalement pour deux causes, & à deux fins; la premiere a été pour conserver & maintenir l'honneur de Dieu & la Religion qui a été reçue d'un commun consentement, de tous les ordres & états de France, & qui nous a été délaissée de main en main par nos Ancêtres, & par la manutention de laquelle ces grands & très chrétiens Rois de France, de la race des Capets, Louis le jeune, Philippe-Auguste & saint Louis, ont tant travaillé & tant de fois exposés leurs propres vies contre les hérétiques Albigeois : l'autre raison pour laquelle les Rois nous ont été donnés, a été, pour conserver l'Etat & nous garantir d'oppression & injure : & à cette fin & pour leur en donner le moïen, nous leur païons les Tailles & les autres droits qu'ils levent sur nous. Et ce sont les deux choses principales que nos Rois ont de coutume de jurer, & promettent, lorsqu'ils sont sacrés & couronnés. Toutesfois & quantes donc que les Mandemens du Roi & ses actes & déportemens tendront à la protection & défense de la Religion Catholique, manutention de l'Etat & notre conservation particuliere, nous sommes tenus y obéir, & voire y emploïer & vies & biens, comme à chose qui vient de son bon conseil. Mais, quand au contraire, & ses Ordonnances & ses déportemens tendront à la dissipation de la Religion, de l'Etat & de ses Sujets, nous ne sommes tenus y obéir, mais nous y opposer, comme à chose qui vient de son mauvais & pernicieux conseil. Car en ce faisant nous le conserverons lui-même & avec lui la Religion & l'Etat. C'est pourquoi, lorsque le Roi par l'inspiration de Dieu & l'avis de son bon conseil, fit un beau & saint Edit d'Union, réunissant ensemble tous ses bons & fideles Sujets Catholiques, pour la conservation de notre Religion Catholique, Apostolique & Romaine, ruine & extermination des Hérétiques & leurs fauteurs & adhérans, il fut reçu par nous & par tous ses bons Sujets & zelés Catholiques, avec démonstration de tant de joie & contentement, qu'il n'y avoit ni petit ni grand qui ne l'eût volontiers signé de son sang, avec ferme résolution d'emploïer vies & biens pour l'observation d'icelui, comme aussi tous les Etats assemblés à Blois, le jurerent solemnellement & le Roi avec eux : nous accorda aussi la convocation des Etats généraux avec un si singulier contentement parceque nous espérions au moïen d'icelle voir l'Hérésie abbatue,

la

la Religion Catholique en toute sûreté, & l'état de la France repurgé de ce mauvais conseil, lequel jusqu'alors avoit été cause de la défunion des Catholiques entr'eux & de la foule & oppreffion de l'Etat, telle qu'elle n'avoit été vue pareille depuis l'établiffement de la Monarchie de France, pour guerre qu'aient eue nos Rois, foit dedans & dehors le Roïaume. Mais aïant vu que ce beau & faint Edit d'Union, fi folemnellement juré & promis par le Roi, premierement à part, puis en l'Affemblée générale de tous les ordres & états de la France, & établi pour l'une des Loix fondamentales de ce Roïaume, avoit fervi d'une amorce & d'un moïen au méchant & pernicieux confeil du Roi, pour attraper les Princes & Prélats Catholiques, & ceux qui avoient tant de fois expofé leurs perfonnes pour la confervation de l'Etat & de la Couronne de France, & fans lefquels la Religion Catholique étoit, long-temps a, défefpérée en ce Roïaume, même depuis que le Roi (qui regne de préfent) eft venu à la Couronne, lequel n'a fait aucune démonftration de s'emploïer à repouffer les ennemis de la Religion, & fortifier le Parti Catholique, finon entant qu'il a été pouffé, & même forcé par ces Princes, que fon mauvais confeil a fait meurtrir & maffacrer. Aïant vu en outre que le Roi, quelque promeffe & ferment qu'il eût fait par fon Edit d'Union, d'abandonner, non-feulement les Hérétiques, mais même leurs fauteurs & adhérans, tels que font Epernon & la Vallette, & ceux de leur Parti ; toutesfois il a retenu près de foi, & le plus près de fa perfonne, ceux qui étoient leurs factures & créatures, leur donnant les principales Charges de fon Confeil, même l'état de fon principal Secretaire d'Etat à celui qui fortoit d'être Superintendant de la Maifon d'Epernon, & lequel il faut croire lui avoir été envoïé par ledit d'Epernon exprès pour tenir ce rang & place près de lui ; qu'il avoit auffi retenu près de fa perfonne les quarante-cinq bourreaux que ledit d'Epernon lui avoit laiffés, pour être miniftres des paffions cruelles & tyranniques de fon mauvais confeil ; que les premiers Gentilshommes de fa Chambre, Maître de fa Garderobbe, Capitaines de fes Gardes, bref tous les principaux Officiers de fa Maifon étoient tous facteurs defdits d'Epernon & la Vallette, ennemis jurés de l'Etat & de la Couronne de France. L'emprifonnement des Princes, Seigneurs & Députés des trois Etats, venus par devers lui, fous la foi publique, chofe que les plus barbares Nations de la Terre déteftent & abhorrent de violer

Tome III. Mm

1589.

DÉCLARAT.
DES CONSULS,
ECHEV., &c.

la foi promife aux Ambaffadeurs, & à ceux qui fous la foi publique vont par-devers les Princes pour négocier & traiter d'affaires avec eux, lefquels vivent en toute fûreté, même entre les Scythes & Barbares, non que vers un Roi de France, qui veut être tenu, & fait démonftration extérieure, d'être fi religieux & catholique. Quand nous avons en outre vu, que contre la foi promife & jurée par ce faint Edit d'Union, de faire la guerre aux Hérétiques & leurs Adhérans, fans efpérance de jamais faire paix ou accord avec eux, les forces deftinées pour faire la guerre au Roi de Navarre, Hérétique relaps & les Hérétiques de Poitou, enfemble celles qui étoient deftinées pour le Dauphiné, rappellées & emploïées pour faire la guerre à ceux d'Orléans & aux Catholiques : & au contraire les pauvres Catholiques de Niort & autres Villes de Poitou, abandonnés à la rage des Hérétiques qui les perfécutent à feu & à fang ; quand nous avons vu que le Roi s'armoit même des Troupes des Hérétiques tirés de Guienne, Poitou, Languedoc & Dauphiné, & des forces d'Epernon & la Vallette, qu'il avoit voulu faire croire qu'il tenoit pour Ennemis, comme les tiennent les trois Etats de la France ; quand nous avons vu Sanfy paffer par cette Ville & s'en aller en habit déguifé, traiter avec ceux de Geneve & autres Hérétiques. Qu'avons-nous pu de moins, que de juger que l'on en vouloit à Dieu, à nous, & à tous ceux qui comme nous embraffent la Religion Catholique, Apoftolique & Romaine, avec réfolution de plutôt perdre vies & biens, que courir la fortune que courent les pauvres Catholiques d'Angleterre, pour trop s'être fiés aux promeffes & parjures de leur Reine Zezabel? qu'avons-nous, dis-je, pu de moins, que de nous oppofer à fi malheureux deffeins, & nous joindre, à ces fins, avec ces généreux Princes, Seigneurs, Villes & Communautés, unis enfemble par zele de Religion pour l'entretenement de ce beau & faint Edit d'Union, fi folemnellement juré par le Roi, les Princes, Cours Souveraines & fubalternes, & par les Etats généraux de ce Roïaume, comme chofe qui tend à la défenfe de notre fainte foi & Religion Catholique, & à tirer le Roi de la puiffance de ce mauvais Confeil, aux fins qu'étant en pleine liberté parmi fes bons & fideles Serviteurs & Sujets Catholiques & réunis avec eux, la Religion Catholique foit en toute fûreté & la juftice faite, de tous ceux qui ont été les auteurs, fauteurs & exécuteurs d'un fi méchant & pernicieux Confeil : que fi nous faifions autrement, ferions-nous pas pires que Juifs?

lesquels, comme récite Joseph en ses antiquités Judaïques, lorsque ce méchant Petronius, envoïé par l'Empereur Caligula, voulut violer leur Religion, mettant l'image & portrait de ce monstre d'Empereur, dans leur Temple, contre la défense portée par leur Loi de n'y admettre sculpture ou image, lui dirent ces mots, ,, comme tu te dis être si sage, ô Petronius, que tu ,, ne veux désobéir aux commandemens que tu as de l'Empereur; ,, aussi nous de notre part, nous ne voulons violer les comman- ,, demens de Dieu, & ne nous laisserons conduire jusques-là, que ,, de violer notre Religion, soit sous espérance du bienfait, ou ,, pour crainte de mort ou tourment ; mais sommes résolus de ,, nous opposer à tous ceux qui voudront entreprendre contre no- ,, tre Religion ; & plutôt mourir que souffrir qu'elle soit violée : ,, nous assurant que Dieu nous assistera en une si sainte résolution. Aurions-nous moins de zele à notre Religion que les Juifs, qui ne maintiennent que l'ombre, là où nous maintenons la vérité ? Nous savons bien que les Politiques & Machiavelistes, lesquels ne cherchent que pêcher (comme l'on dit) en eau trouble, & faire leurs affaires, ne se souciant de la Religion, sinon entant qu'elle leur sert de moïen d'avoir croïance parmi les Catholiques, & ne visant qu'à se faire grands & tirer des récom- penses, états, offices ou bénéfices du Roi, sous prétexte qu'ils se disent roïaux & bons Serviteurs du Roi, adhérans à son mau- vais conseil, au péril de la Religion & de l'Etat, nous diront qu'il n'est loisible au Sujet de s'opposer à son Prince, voire fût-il Hérétique ou Idolâtre, & se serviront à ces fins, avec Sa- tan lorsqu'il se transfigure en Ange de lumiere, du prétexte de l'Ecriture, & de ce que Dieu commanda aux Juifs de rendre à César, encore qu'il fût Païen & Idolâtre, le devoir & obéis- sance qu'ils lui devoient, quand il leur dit : *Reddite quæ sunt Cæsaris, Cæsari*, rendez ce qui est à César à César ; mais ils ne considerent pas qu'il ajoute quant & quant, *Et quæ sunt Dei, Deo* ; montrant en tant qu'il conjoint les deux commande- mens ensemble par cette conjonctive & qu'il faut faire tous les deux ensemblement, à savoir, obéir au Roi, pourvu que cela ne porte point de préjudice à la Religion & au service de Dieu. Et de fait, nous lisons dans Joseph, que les Juifs, sous Ti- bere, sous lequel vivoit Jesus-Christ, vivoient en toute liberté de conscience, & étoient conservés en leurs Loix & en leur Religion ; & même il récite que Tibere fit un Edit en leur fa- veur, portant par exprès ces termes : ,, Nous voulons que les

» Juifs en toutes les Terres de notre obéiſſance, vivent en tou-
» te liberté de conſcience, & puiſſent ſans trouble ou empêche-
» chement faire les cérémonies, & obſerver & garder les Loix qui
» leur ont été délaiſſées par leurs ancêtres. Puis donc qu'ils n'é-
toient point troublés en leurs Loix, Cérémonies & Religion
qui leur étoit conſervée avec toute liberté, ne ſe faut ébahir
ſi Jeſus-Chriſt leur commandoit d'obéir à un Empereur qui leur
étoit ſi favorable. Mais par contre il diſpenſa ſon Peuple de
l'obéiſſance & du ſerment qu'ils avoient juré à Saül, qu'il leur
avoit donné pour Roi, parcequ'il forligna de la Religion &
viola les vœux & promeſſes qu'il avoit faites à Dieu. Il commanda à Jehu de tuer le Roi Achab, & fit manger la Reine Zezabel, ſa Mere, par les chiens, par ce auſſi qu'ils avoient violé les Loix & la Religion. Enſorte que pour réſolution, nous
ne ſommes tenus d'obéir au Roi, quand ſes commandemens
tendent à violer la Religion & l'Etat.

Or, ſi nous avons été mus par tant de ſaintes & grandes
conſidérations à nous joindre avec les Princes, Seigneurs &
Villes-Catholiques, pour la conſervation, tuition & défenſe de
notre Religion Catholique, Apoſtolique & Romaine, & pour
tirer le Roi de ce mauvais Conſeil, qui le force d'abandonner
la Religion, favoriſer les Hérétiques, & le force auſſi de rompre l'union & fauſſer la foi promiſe aux Etats & les ſermens ſolemnels par lui prêtés & tant de fois réitérés ſur le ſaint & ſacré Sacrement de l'Autel, nous aſſurant que Dieu favoriſera
cette cauſe, aïant le zele de notre Religion, pour tout but,
& notre adverſaire le parjure, & la foi violée pour ſa guide;
nous n'avons eu en notre particulier moindre occaſion de prendre les armes & nous garantir des entrepriſes malheureuſes,
que faiſoient ſur nous les Hérétiques, aſſiſtés des Politiques &
Machiaveliſtes de notre Ville, & d'où nous avions certains
avis de toutes parts & mêmes de la Cour, outre les démonſ-
trations aſſez claires, qu'ils nous en faiſoient par leurs actions
& déportemens. Car en premier lieu, ſi-tôt que feu Monſeigneur de Mandelot fut décédé (du vivant duquel ils n'euſſent
oſé faire tant peu ſoit-il de démonſtration de leur mauvaiſe volonté) ils commencerent par le moïen d'aucuns de nos Concitoïens qui avoient commandement dans la Ville & qui étoient
de leur Parti, de faire des Corps-de-gardes ſecrets en des maiſons privées, eſquels ils admettoient les Hérétiques, leur mettant par ce moïen les armes entre les mains, ſous le nom des

honnêtes hommes. Ils trouverent moïen d'envoïer les Héréti-
tiques pour notables à la garde des portes, pour favorifer l'entrée de ceux qu'ils deffeignoient faire venir pour affifter à leurs
deffeins. Et depuis, fachant que le vrai recours des Catholiques, en leurs afflictions, eft d'implorer avant toutes chofes,
l'aide de Dieu par jeûnes, prieres & autres dévotions, fi-tôt
qu'ils furent avertis des maffacres de Blois & de l'emprifonnement de Monfeigneur notre révérendiffime Archevêque & Monfeigneur le Duc de Nemours, notre Gouverneur (outre la ré-
jouiffance qu'ils montroient extérieurement qu'ils en avoient pour
nous fruftrer de l'aide & affiftance que leur confcience leur re-
mordoit que nous aurions de Dieu) ils trouverent moïen d'empêcher nos dévotions accoutumées en femblables occafions,
qui eft de mettre le faint Sacrement par les Eglifes, où le Peuple va en dévotion, en proceffion & à part, fous prétexte qu'ils
difoient que le Roi en prendroit jaloufie & diroit que nous faifions prieres pour les ames de ces pauvres Princes maffacrés.
Ils firent clorre la bouche aux Prédicateurs, empêchant qu'ils ne
difent la vérité, & les vouloient forcer de foutenir ces maffacres avoir été bien & légitimement faits ; ce que n'aïant pu obtenir defdits Prédicateurs, lefquels, comme gens de bien &
véritables, ne voulant foutenir un acte fi méchant & déteftable, ils les menaçoient & difoient qu'ils étoient de la Ligue.
Ils procurerent qu'Alphonfe Corfe, qui étoit l'un de ceux qui
étoient au Cabinet du Roi, lorfque l'on maffacroit le magnanime & très Catholique Duc de Guife, vînt en cette Ville,
fous prétexte de la Charge qu'il avoit en Dauphiné, y louât
Maifons, fît achapts d'armes & de matelats, pour coucher ceux
qu'il entendoit y faire venir fecrétement, pour favorifer l'entreprife de fe faifir de la Ville, qu'ils braffoient enfemblement :
ils le font promener au long des murailles & vifiter les fortifications de la Ville, & voïant que les Echevins, les Capitaines
Penons & le Peuple en prenoient ombrage, ils les appelloient
féditieux & mutins, & difoient qu'ils les falloit prendre. Mais
voïant puis ce deffein découvert & le Peuple fur fes gardes,
ils font retirer ledit Alphonfe, pour exécuter un autre nouveau
deffein. Et à ces fins, ils trouverent moïen de faire lever les
rondes aux Capitaines Penons, & les faire faire par gens factieux qui tenoient leur Parti, & par les honnêtes hommes (ainfi
appelloient-ils les Hérétiques & leurs fauteurs) & feulement
pro forma ; & pour déguifer l'affaire, ils recevoient parmi eux

1589.

Déclarat.
des Consuls
Echev. ,

quelque petit nombre de Catholiques zélés. Ils trouverent auſſi moïen d'envoïer les Capitaines Penons en garde d'un bout de la Ville en l'autre, comme eſt de dire le Penon de ſaint George à la porte du Pont du Rhône, celui de Veyſe à la porte S. Sébaſtien, & ainſi des autres, aux fins que le quartier qu'ils gardoient fût mal gardé, & leur garde plus foible, d'autant qu'ils eſtimoient que venant allarme, la plupatt d'iceux (qui étoient en garde) euſſent abandonné leur garde pour aller garder leur maiſon, joint que le Peuple étoit par ce moïen, laſſé, allant & venant de la garde à ſa Maiſon, & de ſa Maiſon à la garde pour prendre leur repas. Ils coloroient cela de la crainte du Duc de Savoie, & néanmoins ils ne remuoient point les Suiſſes, ni les Arquebuſiers de la Ville qui étoient en garde, parcequ'ils étoient à leur dévotion. Ils faiſoient aller, la nuit, par la Ville, ſous prétexte d'aller en garde ou de faire ronde, pluſieurs Soldats de fortune, gens de ſac & de corde, qui étoient de leur Parti. Tous les factieux & tous ceux qui autrefois avoient porté les armes, étoient pratiqués & ſollicités d'être de leur Parti; & la plupart avoient ordinairement le mot, & ſi les Penons ou autres gens de bien s'en plaignoient, quant & quant on crioit contr'eux, & les appelloit-on ſéditieux & rebelles. Et parceque les deux cens Arquebuſiers qui ſouloient être le plus prompt ſecours de la Ville, avoient été gagnés par eux, & au lieu qu'ils ne doivent être que deux cens, il y en avoit plus de cinq cens enrôlés, tellement que cette Compagnie étant ſuſpecte à la Ville & aux Catholiques, l'on avoit ordonné qu'ils ſeroient réduits à leur ancien nombre; ce néanmoins, il ne fut jamais poſſible de faire cette réduction, laquelle on alloit dilayant & remettant de jour à autre, toujours attendant la commodité d'exécuter l'entrepriſe. Cependant ils ne faiſoient compte des Echevins ni du Conſulat, eſtimant que l'entrepriſe étant exécutée, les Echevins ſeroient dépoſſédés de leurs Charges; tellement que s'il ſe préſentoit quelqu'occaſion, ils ne faiſoient aucune démonſtration de vouloir faire eſcorte au Conſulat, comme ils ſouloient autrefois, mais étoient ordinairement quarante ou cinquante à la ſuite de leur Capitaine. Le bruit couroit par-tout que l'on devoit aſſembler le Conſulat & les plus affectionnés des Penons, qu'ils appelloient les ſéditieux, ſous prétexte de traiter d'affaires, & là les maſſacrer & poignarder; l'on faiſoit journellement des Aſſemblées, où l'on convoquoit les Echevins & les Penons, & trouvoit-on moïen d'y faire venir les chefs & les auteurs de la Partie contraire, lefquels bravant tout le monde & tranchant des Princes & des Rois, faifoient des fermens, des proteftations pour nous endormir & nous faire le tour que fit Zoroaftre aux pauvres Babyloniens. Les Régimens de Dauphiné, tous à la dévotion d'Epernon, alloient rodant autour de cette Ville, tantôt fous prétexte de vouloir paffer le Rhône, tantôt d'avoir quelqu'entreprife, attendant qu'on leur livrât la porte du pont du Rhône, comme on leur avoit promis. La venue inopinée du Maréchal de Retz, de laquelle le Roi n'avoit donné aucuns avis, étoit bien figne que c'étoit pour faire chofe que l'on vouloit être plutôt exécutée que fue. Joint que l'on avoit avis de Blois, qu'il avoit charge de fe faifir de la Ville, & puis de l'engager aux Suiffes pour les arrérages que le Roi leur doit, & leur donne vingt des principaux Bourgeois en gage, pour la levée qu'il vouloit faire de nouveau. Survenant au même temps la venue de la Compagnie de la Maréchale de Montmorency, accompagnée de bon nombre de Capitaines Hérétiques, dont aucuns demeurerent en la Ville, après fon départ, & furent tranfmarchés de maifon à autres, pour n'être découverts. Survint auffi le paffage de Ramefort, Chef des forces de la Vallette, lequel encore qu'à fon arrivée, il fit démonftration de vouloir partir foudain, il demeura néanmoins dans la Ville deux jours, pratiquant des hommes, & s'informant en quel état étoit le Parti. L'on voïoit ordinairement des Couriers dépêchés par des Particuliers qui n'avoient charge ni commandement en la Ville, fors qu'ils étoient les principaux chefs & promoteurs de l'entreprife, pour avertir le Roi de ce qui fe paffoit, & en quel état étoit leurs affaires. Mais ce qui de plus près découvrit la trahifon & le mauvais tour que l'on vouloit faire aux pauvres Catholiques, fut que l'on trouva moïen de faire brûler la porte du Rhône, fous couleur d'avoir les clous, pour les remettre en une neuve, & au même inftant l'on trouva moïen d'envoïer le Penon qui devoit aller en garde à ladite porte, en un autre endroit, & mettre à ladite porte, fermée d'une feule grille, que quatre hommes pouvoient aifément lever, un Penon que nos factionnaires tenoient être du tout à leur dévotion. Dequoi s'étant plaints, les Echevins & les Penons, ils furent bravés, & leur dit-on que s'il étoit queftion de fe battre, on fe battroit bien, pour toujours les intimider à leur faire perdre cœur. Qui fut l'occafion que la nuit de cette allarme le Peuple fe doutant

1589.

DÉCLARAT. DES CONSULS, ÉCHEV., &c.

de quelque furprife, fe mit en armes de foi-même & fans être
commandé. Ce que voïant un méchant garnement du Parti de
nos Politiques, il lui échappa de dire, qu'il ne fe falloit effraïer &
que le jour de l'entreprife n'étoit pas encore venu. Et à même
inftant l'on découvrit des Arquebufiers de la Ville, qui s'alloient
jettant dans les maifons des Politiques pour leur faire affiftance
& main forte. L'on a découvert plufieurs fois de ces Soldats
factieux du Parti defdits Politiques, vifitant les cortines des
murailles & les quartiers les plus foibles. Il y avoit en la Ville
& dehors des perfonnes qui difoient tout haut, qu'avant qu'il
fut peu de jours, l'on pendroit tant de ces Echevins & Penons,
mutins, qu'il n'y auroit pas du chanvre à demi pour faire des
cordes ; & même le foir que la Ville fut faifie, celui qui commandoit au Château de Pierre-Size, & qui y avoient été mis
par ceux qui tenoient le Parti des Politiques, eftimant que ladite faifie fut faite à l'avantage defdits Politiques, dit à un Prifonnier qui étoit audit Château, que puifque la chofe étoit
exécutée l'on verroit bien des têtes bas. L'Avocat Mellier (inftrument tel que chacun le connoît) écrivit de Blois à un fien
parent, très homme de bien & zélé Catholique, que l'on avoit
vu au cabinet du Roi une lifte des féditieux de cette Ville, &
qu'il étoit du nombre. L'on voïoit ordinairement du matin,
ou fur le foir, porter quantité d'armes ès maifons defdits Poli-
riques. S'il paffoit quelqu'un par la Ville qui appartint aux Princes Catholiques, incontinent nos Politiques crioient haro, &
falloit qu'il délogeât (comme l'on dit) fans trompette, comme firent Prudent, Secretaite de Monfeigneur le Duc de Mayenne, & le fieur de Dizemeu, Gentilhomme de Monfeigneur le
Duc de Nemours, notre Gouverneur (1). Et au contraire ceux
qui vénoient de la part d'Epernon, la Vallette, Alphonfe Corfe
ou leurs femblables, étoient careffés ou feftoïés. Enfin étant
le temps autant defiré & attendu par lefdits Politiques, que
fut jamais le Meffie par les Juifs, venu, & penfant avoir donné fi bon ordre à leurs affaires, qu'ils ne penfoient plus qu'il leur
fallût autre chofe, que mettre le feu à la mine, Dieu embraf-
fant notre caufe, qui ne tend qu'à l'exaltation de fon faint Nom
& de la Religion Catholique, & prenant pitié des pauvres Catholiques, lefquels on vouloit fi bien traiter, que celui qui
l'eût été plus doucement, étoit deftiné à une rude prifon, les
autres, pour tout gracieux traitement, au gibet & à la corde,

____

(1) Dizemeu quitta depuis le Parti du Duc de Nemours.

fufcita

fufcita un Gentilhomme d'honneur, lequel, le Jeudi 23 Février, nous dépêcha un homme toute la nuit nous donnant avertiffement que les Troupes de Dauphiné, mêlées d'Herétiques
& Efpernoniftes, aïant par plufieurs jours rodé le Païs & fait contenance de vouloir paffer le Rhône, avoient tout-à-coup rebrouffé
chemin & venoient droit au Fauxbourg de la Guilhotiere, lequel avertiffement nous trouvâmes très véritable par homme,
que nous fortîmes exprès hors la Ville. A même inftant arriva
à la porte du pont du Rhône, un des Colonels defdites Troupes de Dauphiné qui vouloit entrer dans la Ville pour être de
partie, & affurer l'entrée à leurs Troupes, mais l'avertiffement
étant jà venu, il demeura dehors, & les Catholiques fe réfolurent de prendre les armes & prévenir devant que d'être prévenus. Ce qui fuccéda fi heureufement, que le jour de faint
Mathias, fur le chemin, nous étant mis en armes en pleine rue,
nous nous faifîmes de la Ville, fans qu'aucun de nos Politiques
fe préfentât pour nous donner empêchement, demeurant fi étonnés que quelqu'ordre qu'ils euffent mis à leurs affaires, quelque intelligence qu'ils euffent dedans & dehors la Ville, il n'y
en eût pas un feul qui ofât montrer vifage, ni faire apparence
de fe remuer. Enforte que le Parti Catholique eft demeuré le
fupérieur, fans qu'il y ait un feul homme offenfé, ni un feul
defordre, inconvénient, ni effufion de fang entre les armes
d'un Peuple qui avoit affez d'occafion d'ufer de vengeance çon-
tre ceux qu'il favoit affez qu'ils avoient intention de lui faire
un mauvais traitement, montrant affez en cela que les vrais
& fermes Catholiques (comme eft le Peuple de Lyon) remettent toujours la vengeance à Dieu : tout ce que l'on a fait,
c'eft de s'affurer de ces Politiques & des Hérétiques qui étoient
en leur protection, & qui avoient fait deffein de ruiner la Ville
& le Païs, & exterminer les pauvres Catholiques zélés, & faciliter le moïen au mauvais Confeil du Roi, réparer la faute
qu'ils avoient faite, lorfqu'ils faillirent de livrer la Citadelle
entre les mains de la Vallette & le paffage, pour l'affurer au
Roi de Navarre, tant eft la force de l'ambition & le defir de
devenir grand *per fas* ou *nefas*, qu'il furmonte le zele de la
Religion. Car il faut confeffer que ceux qui traitoient cette
entreprife ont été autrefois très affectionnés Catholiques, &
même des plus zélés qui fuffent en cette Ville. Mais depuis qu'é-
tant députés pour les affaires de la Ville en Cour, ils fe mêlerent parmi le mauvais Confeil du Roi, avec efpérance d'être

faits grands & promus à des grandes charges, & pour arrhes aïant pris état en la Maison du Roi & récompense d'argent ou de chose qui valoit autant, lesquels étant obligés de disposer de la Ville, selon l'intention du mauvais Conseil du Roi, il ne se faut ébahir si pour parvenir à la grandeur qu'ils s'étoient promise, & effectuer ce dont ils s'étoient obligés, ils se sont aidés de tous les moïens que dessus, pour parvenir à leur dessein. Mais Dieu a voulu qu'ils se contentassent d'avoir pour un coup, fait une plaie de quarante mille écus à la Ville, qui est le prix que nous a coûté la découverte de leurs desseins & mauvaises volontés, & leur a ôté le pouvoir qu'ils s'étoient promis, & d'où ils s'étoient obligés de disposer de cette Ville, comme de cire, & ('pour user des propos dont ils ont usé à la Cour) d'en découdre plus en une heure que leur Parti contraire n'en auroit cousu en un mois ; mais, dis-je, Dieu a travaillé pour nous , *& dispersit superbos & exaltavit humiles.* Car si-tôt que nous eûmes pris résolution de nous délivrer de ces ombrages, & mettre la Ville, notre Religion, nos vies & biens en sûreté , & les délivrer des mains de ces factionnaires conspirateurs, & du danger duquel nous nous voïons proches, si bientôt nous n'y pourvoïons, pour les occasions ci-dessus déduites , leurs desseins se sont évanouïs comme la poussiere au vent & nos Politiques & factionnaires, demeurés saisis, & mis en lieu où l'on est assuré qu'ils ne nous peuvent plus nuire. Puis cette prise des armes, nous avons surpris des Lettres du Secretaire d'un des principaux de nos factionnaires, qu'il écrivoit de Blois, par lesquelles il découvrit clairement leur entreprise & exhortoit son Maître à l'effectuer au plutôt, de peur que la longueur n'y portât empêchement. Mais , par la grace de Dieu, ils ont été prévenus, & la Ville mise en toute sûreté, & toutes défiances levées, avec ferme propos d'entretenir ce qui est porté par les articles ci-après inférés, résolus & arrêtés en l'Assemblée de tous les ordres & états de la Ville, tenant le Conseil en l'Hôtel-de-Ville, le 2 Mars 1589 (1).

---

(1) Quand on a lû ce Manifeste, on a raison de dire , avec M. de Thou, que c'est un Ecrit pitoïable. L'Auteur y répete presque à chaque page le nom du Duc d'Epernon, qui tout éloigné qu'il étoit , servoit aux Mutins comme de fantôme , qu'ils présentoient au Peuple , pour l'épouvanter & irriter sa fureur. Les articles suivans sont encore plus fanatiques. C'est une formule de serment conforme à celle que les Ligueurs avoient dressée à Paris.

ARTICLES

*De l'Union jurée & promise par les Consuls, Echevins, Ma-
nans & Habitans Catholiques, de tous les ordres & états
de la Ville de Lyon.*

PREMIEREMENT, nous promettons à Dieu, sa glorieuse
Mere, Anges, Saints & Saintes de Paradis, de vivre & mourir en
la Religion Catholique, Apostolique & Romaine, & y emploïer
nos vies & biens, sans y rien épargner, jusqu'à la derniere
goutte de notre sang, espérant que Dieu qui est seul scrutateur
de nos cœurs, nous assistera en une si sainte résolution, en laquelle nous protestons n'avoir autre but que la manutention
& exaltation de son saint Nom & protection de son Eglise à
l'encontre de ceux, qui ouvertement, ou par moïens occultes,
s'efforcent de l'anéantir, & maintenir l'hérésie & la tyrannie.

Jurons aussi d'entendre de tout notre pouvoir & puissance à
la conservation de cette Ville de Lyon, établissement d'un bon
& assuré repos en icelle, & des autres Villes & Communautés de
ce Gouvernement, à la décharge du pauvre Peuple.

Conserver les Marchands des Nations étranges & autres fré-
quentans les Foires de cette Ville, en leurs privileges, & tenir la
main à ce qu'ils puissent négocier en toute sûreté, & ne souffrir
qu'il leur soit fait aucun mal ni déplaisir.

Jurons pareillement de nous maintenir en bonne intelligence avec les Princes, Prélats, Seigneurs, Gentilshommes, Habitans, tant de cette Ville que de la Ville de Paris, Capitale
de ce Roïaume, que des autres Villes qui sont unies ou s'uniront par ci-après pour un si bon & si saint sujet, & ne permettre qu'il soit fait ou attenté par de-çà aucune chose qui leur
puisse tourner à déplaisir ou porter préjudice à l'union. Mais
nous opposer de tous nos pouvoirs & moïens à ceux qui le voudroient entreprendre.

Ne recevoir commandement de qui que ce soit, sans nul
excepter, soit par écrit ou de vive voix, qui porte préjudice à
ladite Union.

Nous voulons entretenir de point en point l'Edit d'Union
publié ès Cours de Parlement de ce Roïaume, juré solemnelle-

ment par le Roi en l'Assemblée générale des Etats & depuis par lesdits Etats, établi pour Loi fondamentale du Roïaume & n'assister de nos personnes, ni moïens, ceux qui l'ont violé, & faussé la foi promise auxdits Etats.

Promettons aussi & jurons obéir à Monseigneur le Duc de Genevois & de Nemours (1), notre Gouverneur en chef, & représentant la personne du Roi en ce Païs, & à tout ce que par lui nous sera commandé, quand Dieu lui fera la grace d'être arrivé par de-çà.

Promettons & jurons aussi ne nous abandonner jamais les uns les autres, & n'entendre à aucun Traité, sinon d'un commun consentement de tous lesdits Princes, Prélats, Villes & Communautés unies.

Prions tous les Seigneurs, Gentilshommes, Villes & Communautés de ce Gouvernement s'unir avec nous en cette si sainte résolution, leur promettant de notre part toute assistance de nos moïens en ce qu'ils en auront besoin.

Arrêté au Consulat tenu en l'Hôtel commun de cette Ville, le Jeudi deuxieme jour de Mars 1589.

Extrait des Registres de l'Hôtel commun de la Ville de Lyon.

A été ordonné au Conseil tenu en l'Hôtel commun de Ville, que les articles qui ont été dressés de l'Union, seront imprimés & publiés, ensemble la forme du serment que doivent faire tous les Habitans de la Ville de Lyon ; & par ce, est enjoint à Jean Pillehotte, Imprimeur de ladite Ville de les imprimer. *Fait au Conseil tenu en l'Hôtel-de-Ville, le Jeudi deuxieme jour de Mars 1589. Par ordonnance dudit Conseil*, SONTHONAS.

(1) Ils nommoient le Duc de Nemours, Duc de Genevois.

Avertissement.

Tandis que les affaires se disposoient à tumultes & combats de la part du Duc de Mayenne & des Villes liguées avec lui : le Roi tâchoit de tenir en arrêt ceux de la Religion qui ne demandoient que de vivre en paix sous son obéissance, en la liberté des Edits faits avant ce dernier desordre. Or d'autant que le Roi de Navarre étoit celui à qui lesdits de la Religion se rapportoient, comme à celui qui courageusement & heureusement en avoit pris sous une spéciale faveur de Dieu, la protection qu'il a continuée constamment, ils lui en laissoient aussi la conduite. A quoi aïant l'œil il avoit commis les affaires du Dauphiné au sieur de Lesdiguieres, Gentilhomme grandement renommé pour sa prudence & valeur très heureuse au fait de la guerre contre les Ligueurs & contre le Duc de Savoie en Dauphiné, en Provence & en Piémont, ainsi que l'Histoire de notre temps le montrera. Ledit sieur de Lesdiguieres traita donc en ce temps avec le Colonel Alfonse ce qui s'ensuit.

TRAITÉ

DE LA TREVE DE DAUPHINÈ,

Accordée par Alphonse d'Ornano, Chevalier des deux Ordres du Roi, Conseiller en son Conseil privé & d'Etat, Capitaine de cent Hommes d'Armes, & Général en l'Armée du Dauphiné, & le sieur de Lesdiguieres commandant sous l'autorité du Roi de Navarre, audit Païs, en l'année 1589.

Alphonse d'Ornano, Chevalier des deux Ordres du Roi, Conseiller en son Conseil privé & d'Etat, Capitaine de cent Hommes d'Armes de ses ordonnances, & Général de l'Armée en Dauphiné, traitant à la réquisition des Etats, par autorité de la Cour, & sous le bon plaisir du Roi ; & le sieur de Lesdiguieres commandant sous l'autorité du Roi de Navarre audit Païs, assisté des Gentilshommes de son Parti, traitant sous le bon plaisir dudit sieur Roi de Navarre, considérant les miseres & calamités que cette Province a souffertes pour les troubles & oppressions de la guerre, & desirant par une treve remédier à ces desordres & confusions, en attendant qu'il plaise à Dieu & au

Roi nous donner un repos plus affuré, avec l'entier foulagement du Peuple, ont arrêté & réfolu de ce que s'enfuit.

Premierement, le rétabliffement de l'exercice de la Religion Catholique, Apoftolique & Romaine, & reftitution des Eglifes ès lieux tenus par le fieur de Lefdiguieres & ceux de fon Parti, eft remis à la premiere conférence, laquelle fe fera dans le premier jour du mois de Juillet prochain ; dans lequel délai ledit fieur de Lefdiguieres fe charge de rapporter fur ce, l'intention dudit Roi de Navarre, qui fera fupplié de confentir audit rétabliffement, & confirmer icelui. Et cependant les chofes, pour ce regard, demeureront en l'état où elles font.

Les Eccléfiaftiques rentreront en la jouiffance de leurs biens, maifons, revenus & de leurs bénéfices & fruits d'iceux, fauf pour le regard des meubles & ce qui a été pris par voie d'hoftilité durant la guerre : fauf auffi la fomme de dix-huit mille écus réfervés par ledit fieur de Lefdiguieres, pour chacune année durant la préfente treve, fur les dixmes que le Roi a accoutumé prendre ès lieux à préfent, levées par ceux de ladite Religion, felon le rôle qui en fera dreffé, pour icelle convertir & emploïer par ledit fieur de Lefdiguieres, & fur mandemens aux œuvres concernans la piété, & autres pour le foulagement du Peuple.

Le Receveur du Roi fera rétabli en la poffeffion & jouiffance de tous les droits dominaux de Sa Majefté; fans toutefois que ceux qui en auront joui durant les guerres, en puiffent être recherchés durant cette treve.

Tous les Habitans dudit Païs, tant de la Nobleffe que du Tiers-Etat, de quelque Parti qu'ils foient, rentreront effectuellement enfemble, jouiffans de tous & un chacun leurs biens, meubles, immeubles & droits, noms, actions, avec la réfervation des meubles ci-deffus fpécifiés. Et pourront fe retirer & refider dans leurs maifons; & ceux qui par les Edits ont abfenté le Roïaume, depuis le premier de Mars 1585, & ceux qui durant la préfente guerre, fe font retirés en cette Province contre la teneur d'iceux, n'en pourront être recherchés durant ladite trev.

Qu'en attendant qu'il plaife à Dieu nous donner une paix générale en ce Roïaume, tous actes d'hoftilité, prifes de Villes, Châteaux & Prifonniers, courfes & autres exploits de guerre, cefferont tant d'un Parti que d'autre pour le temps & terme de vingt-un mois, à commencer depuis le premier d'Avril

année préfente , jufqu'au dernier de Décembre 1590, ledit
jour compris.

La liberté de confcience & de la culture fera rétablie par tous
les endroits de cette Province. Et pourront tous Marchands ,
Laboureurs & autres , de quelque qualité & condition qu'ils
foient, aller , venir , féjourner & faire leur trafic & labourage
librement & fans contredit en toutes les Villes & lieux de ce
Païs , fans qu'il leur foit befoin d'avoir autre paffe-port ni fauve-
garde que le bénéfice de la treve.

La perception des fruits , rentes & revenus des bénéfices &
autres, de quelque qualité & condition qu'ils foient, dont les
biens ont été faifis durant la guerre , fous l'autorité du Roi
de Navarre , commencera dès la date de la préfente treve.

Les Fermiers établis par les Eccléfiaftiques & autres , enfemble les Fermiers & Séqueftres commis par le fieur de Lefdiguieres auxdits biens , ne pourront être recherchés durant la
préfente treve , des prix de leurs fermes & perceptions defdits
fruits , dixmes , rentes & revenus. Et ne fera loifible de rien
demander defdits fruits païés ou qui reftent à païer des années
précédentes. Mais en feront lefdits Fermiers, féqueftres & particuliers débiteurs , déchargés , en faifant apparoir refpectivement par eux des cenfes , bails à ferme , & autres provenans
dudit fieur de Lefdiguieres , avec quittance defdits paiemens.

Pour l'entretenement des gens de guerre , tant d'un Parti
que d'autre , fera levé à raifon de feu fur tous & un chacun
les taillables , la fomme de trente-fix mille écus par mois durant la préfente treve. De laquelle fomme ledit fieur de Lefdiguieres en prendra dix-huit mille écus pour chacun mois, à
commencer au mois d'Avril , fur les lieux d'où il fera convenu ,
defquels le rôle fera remis entre les mains d'un Receveur qui
par lui fera commis , qui en paffera décharge au profit du Procureur du Païs. Et fera la recepte & dépenfe d'icelle fomme felon les états & mandemens dudit fieur de Lefdiguieres ; & en
rendra compte par-devant les Commiffaires qui par lui feront
établis.

En cas que par ci-après , les défiances fuffent levées , ou que
pour autre confidération on pût procéder à quelque retranchement de gens de guerre , fe tiendra une conférence au premier
de Juillet prochain , pour avifer aux moïens de diminuer ladite
fomme de trente-fix mille écus au foulagement du Peuple.

Outre & par-deffus laquelle , feront emploïés au même entretenement, à commencer au premier d'Avril, les deniers, qui proviendront des péages établis en cette Province, avant & durant les présens troubles par les deux Partis, desquels deniers la moitié sera délivrée mois par mois audit sieur de Lesdiguieres ou au Receveur, qui par lui sera ordonné pour en faire les paiemens selon son ordonnance.

Lesdits péages seront baillés en recepte ou à ferme, ou à meilleur ménage que faire se pourra sous l'autorité du Roi, & y seront emploïés les Receveurs, Fermiers, Contrôleurs agréés par les deux parties.

La levée de cinquante écus par feu, imposée par ledit sieur de Lesdiguieres, pour l'entretenement des gens de guerre, depuis le premier Janvier jusqu'à la fin de Mars, année présente, continuera jusqu'au parfait de la somme de cinquante-quatre mille écus en tout, distraits tous paiemens légitimes, moïennant laquelle somme de cinquante-quatre mille écus, revenant à dix-huit mille écus pour chacun desdits mois, ledit sieur de Lesdiguieres a quitté le surplus des arrérages. Et se fera ladite levée sur les feux des lieux par eux tenus à présent, & à proportion d'iceux & non sur autres, même sur ce qui est de la Vallée de Graisivodan ni de-là de Lizere.

Tous les contribuables de cette Province seront quittes & déchargés de tous arrérages des contributions prétendues par ledit sieur de Lesdiguieres, depuis le commencement de ces troubles jusqu'à la fin de Décembre dernier, & desquels il n'a été fait parti, ou n'ont été remis en assignation, en païant audit sieur, ou aux Receveurs par lui commis, sa moitié d'iceux arrérages dans les Fêtes de Noel, dont ils s'obligeront, à la charge qu'ils paieront ladite moitié, selon le nombre des feux, pour lesquels ils se trouveront compris au rôle & dénonbrement des foages, & selon les sommes qui ont été généralement imposées par ledit sieur de Lesdiguieres, sauf toutesfois ceux auxquels, par convention particuliere, a été fait diminution ou rabais, soit du nombre de leurs feux ou desdites sommes ordinaires, lesquels ils paieront selon leursdites conventions & restats dressés sur icelle dans le même délai, ou bien seront reçus à païer la moitié desdits arrérages comme les autres, à leur choix, suivant leur ancien foage, & les contributions accoutumées ; sauf audit sieur de Lesdiguieres de leur faire plus grand rabais, si bon lui semble.

Outre ce que dessus, sera délivré par ceux du Parti Catholique

lique au sieur de Lesdiguieres, la somme de quinze mille écus
dans les Fêtes de Noel prochain, non compris aucuns deniers
qui pourroient avoir été exigés par forme de rançon, prise de
bestiaux, ou autrement ; distrait néanmoins de ladite somme
de quinze mille écus ce que le sieur de Cusy en voudra rabat-
tre sur la part le concernant.

A été aussi convenu que toutes obligations passées pour contributions par aucuns de la Vallée de Graisivodan, du Vien-
nois, ou du Bailliage de Saint Marcelin, du côté de la Lizere,
sont cassées, révoquées, & déclarées nulles & de nul effet. Sauf
toutefois l'obligation passée pour la rançon de Barbier.

Pour le regard des contributions dont a été fait parti avec
les sieurs de Pouët & de Vachieres, ont été nommés par l'Assemblée des Etats, les sieurs de la Baulme & du Rosset, pour
en convenir avec lesdits sieurs, & sera observé d'une part &
d'autre ce qui sera résolu par eux.

Seront aussi nommés deux Gentilshommes par lesdits Etats,
& deux autres par ledit sieur de Lesdiguieres, pour traiter avec
les Capitaines du Roi de Navarre, sur le fait des assignations
à eux données, pour le paiement des gens de guerre, & en
conférer à l'amiable avec eux, pour en obtenir rabais, si faire
se peut. A quoi ledit sieur de Lesdiguieres a promis s'emploïer,
n'aïant voulu accorder ledit rabais, soit de la moitié, sus spéci-
fiée ou autre, sans leur consentement.

Les mandemens donnés par ledit sieur de Lesdiguieres sur
toutes sortes d'arrérages, pour récompense de blessures, chevaux tués & autres pertes, seront payés & acquittés sans aucun rabais, selon leur forme & teneur. Et néanmoins pour vérifier partie desdits mandemens, sera exhibé le registre d'iceux,
fait depuis sept ou huit mois en çà.

Les arriérages prétendus par le sieur de Lesdiguieres, sur les
Habitans d'Aleizan, Etoille, Montellier, dont il n'a été fait
parti avec lesdits sieurs de Pouët & de Vachieres, demeureront en l'état où ils sont durant la treve ; déclarant néanmoins
ledit sieur de Lesdiguieres, n'avoir tiré en contribution ni parti,
les lieux & Ville de Grenoble, Vienne, Romans, la Ville,
Château, Habitans & Fauxbourgs de Briançon, ni aussi ceux
de Lescarton, Doulx, depuis le Mont Genevre en là, ni la
Ville de la Valence, le Bourg d'icelle non compris.

Tous arriérages d'emprunts imposés de l'autorité du Roi de
Navarre demeureront sursis, & n'en pourra rien être demandé.

Tous Manans & Habitans, tant d'une Religion que d'autre, des Bailliages d'Embrunois, Gapensois, Baronnies, Vallée de Quiras & de Praialla, Bailliage de Graisivodan, depuis Pontault & le Monestier de Clermont, en sus, du Dioys, depuis Pontais inclus & au-dessus, seront quittes & déchargés durant la présente treve de tous arriérages encourus pendant la guerre & prétendus par les Catholiques sur les contributions, tailles & autres deniers roïaux, magasins & étappes par eux imposées; & quant aux autres lieux de cette Province, leur sera fait semblable rabais de la moitié par les Catholiques, & sous les qualités & conditions ci-dessus pour les arriérages dûs au sieur de Lesdiguieres.

Les Fermiers des péages dépendant du Domaine du Roi, soit par eau ou par terre, qui ont païé ci-devant à ceux de la Religion, ne pourront être recherchés ni inquiétés par autre durant la treve pour le paiement du passé, en quelque façon & maniere que ce soit.

Les Habitans du Buy paieront audit sieur de Lesdiguieres la moitié des arriérages des contributions sur eux imposées, depuis le commencement des présens troubles, qui n'ont été donnés en assignation. Quant à celles qui ont été assignées & dont il a été fait parti, le sieur de Montbrun en quittera la moitié de la part qui le concerne; & pour le regard des arriérages dûs au sieur de Gouvernet & de Saint-Saulveur, lesdits Habitans s'en adresseront à eux, pour en obtenir rabais à l'amiable, si faire se peut.

Sera baillée audit sieur de Lesdiguieres, la somme de huit cens trente-trois écus un sol pour chacun mois, durant la présente treve, revenant à dix mille écus par an, pour les fortifications par lui commencées, & à la charge qu'il n'en fera aucunes nouvelles, & que ladite somme ne sera levée sur le Peuple, & sera baillée à M. le Colonel semblable somme, si bon lui semble, pour même effet.

La fortification de Livron sera aussi continuée, à la charge qu'il n'y sera emploïé que les trois mille écus fournis par les Habitans, sans que le Païs en soit chargé, & qu'il ne se fera dorénavant aucune fortification de terrein.

Ne pourra être pris aucun instrument ou bétail de labourage pour les contributions & autres deniers publics, tant du passé que de l'avenir.

Toutes impositions & levées de deniers cesseront durant la

treve, fors & excepté ce qui a été convenu ci-deffus, & les
deniers que le Roi a accoutumé de demander en temps de paix,
outre ce qui fera accordé ci-après par le confentement des deux
parties pour le bénéfice commun du Païs ; & fe feront lefdites
levées felon l'ordre obfervé & gardé par le paiement.

Ceux de Gap, Tallard & Meuillon, feront compris en la
treve générale ; & demeurera par ce moïen, la queftion particuliere faite avec eux, par ledit fieur de Lefdiguieres, éteinte
& affoupie, fauf pour le paiement des dix mille écus, accordés par lefdits de Gap & de Tallard, qui feront païés à la forme
de l'article, & à la charge que lefdits de Gap & de Tallard ne
pourront dorénavant lever les trois écus par feu, porté par ledit traité, pour l'entretenement de leurs Garnifons ; mais fera
païée ladite Garnifon fur lefdits dix-huit mille écus reçus par
les Catholiques, & là où ladite treve générale viendra à fe rompre, demeurera fa particuliere en fon entier, felon la forme &
teneur.

Eft accordé répit durant la treve à toutes les Communautés,
pour toutes les dettes particulieres, créées par icelle, en païant
intérêts, qui ne pourra être plus grand que du denier douze.

Le Fort de Bofanfi fera rafé & démoli, en païant par les Catholiques au fieur de Lefdiguieres huit mille écus, pour rembour-
fement des frais & conftruction d'icelui, païables dans quatre
mois, dont il fera donné bonne & fuffifante caution, & commencera ladite démolition dès le jour que la caution fera donnée, & fera parachevée dans huit jours après.

Seront auffi rafés & démolis les Forts de Flandaine & de
Jolivet, la Tour de Saint-Nazere & le Château de Savaffe ; &
fera la Ville de Savaffe démantelée ; & commenceront lefdites
démolitions dans huit jours au plus tard, & feront parachevées
dans autres huit jours.

Le Roc de Saou demeurera en l'état qu'il eft, fous la promeffe faite par les Catholiques, qu'il ne fera jamais la guerre
contre ledit fieur Roi de Navarre, & ceux de fon Parti en cette
Province, même advenant rupture en la préfente treve, à peine
de deux mille écus, dont fera donnée bonne caution, comme
auffi ledit fieur de Lefdiguieres donnera caution de femblable
fomme, de n'entreprendre rien fur ledit Roc de Saou durant la
treve ni après.

Sera fait pourfuite par le Païs envers le Roi, des paiemens
des arriérages dûs auxdits fieurs de Lefdiguieres & Gouvernet pour

les Garnisons de Serres & Nyon, durant la derniere paix selon les mémoires qui par eux seront fournis.

Ceux du Parti du Roi de Navarre, qui ont été ci-devant pourvus des Offices de Président & Conseillers en la Cour du Parlement ou Chambre tripartie, & leurs héritiers, seront païés de leurs gages & menues distributions, dès la date de leurs Lettres, jusqu'au jour qu'ils se sont retirés de l'exercice de leur Charge, sur les deniers du Roi, soit du Domaine, Tailles ou autres qui supposeront ou leveront deçà Lizere.

Ne se fera aucune course ni acte d'hostilité par ceux de ce Païs, tant d'un Parti que d'autre, sur les Habitans de la Comté de Grignan & Principauté d'Orange, à la charge qu'ils promettront à réciproque, dont ledit sieur de Lesdiguieres se fait fort.

Tous Seigneurs Hauts-Justiciers, ensemble les Consuls & Châtelains des lieux, au nom de leurs Communautés, prendront en leur protection & sauve-garde ceux du contraire Parti qui se retireront, & répondront civilement en cas de connivence ou négligence, des excès qui seront commis en leurs personnes & biens, sauf leur recours contre qui appartiendra.

Sera autorisée la présente treve par la Cour de Parlement & jurée par les Consuls desdites Villes & Gouverneurs d'icelles, ensemble par les principaux Seigneurs & Gentilshommes, tant d'un Parti que d'autre, dont le rôle a été dressé & sera homologué en plein Etat.

Toutes les contraventions à la suspension ci-devant faite, depuis le huitieme de ce mois, jusqu'au vingtieme, seront réparées de part & d'autre, comme aussi ce que se trouvera réparable depuis le vingtieme jusqu'au premier d'Avril prochain venant.

Sera fait poursuite envers ceux de Provence, Vivarais & Languedoc, Terres du Pape, Lyonnois & autres lieux circonvoisins, tant d'un Parti que d'autre, de ne faire aucunes courses ni acte d'hostilité en cette Province, d'où seront rapportées respectivement les déclarations dans le mois.

Le présent Traité tiendra sous le bon plaisir du Roi & du Roi de Navarre, à la charge que dans trois mois les Catholiques rapporteront sur ce, l'intention de Sa Majesté, & ledit sieur de Lesdiguieres celle du Roi de Navarre. Et cependant la treve aura lieu : & là où Sa Majesté ou le Roi de Navarre feront difficulté d'approuver le présent Traité, on nommera derechef des Députés aux mêmes fins, pour en rapporter les déclarations dans autres trois mois, & cependant le préfent Traité tiendra : & feront tenus ceux des deux Partis s'avertir l'un l'autre refpectivement, un mois auparavant que de venir à rupture ou contrevenir aux articles ci-deffus accordés, pour l'exécution defquels feront fournis paffeports néceffaires.

Ne fera ledit fieur de Lefdiguieres ou ceux de fon Parti tenu à l'obfervation defdits articles, en cas que le Roi de Navarre ou ceux de fon Parti en ce Païs feroient attaqués par une Armée du Roi. Auquel cas néanmoins les deux Partis infifteront envers le Roi & le Roi de Navarre, de laiffer jouir ledit Païs du bénéfice de la treve. Et où la voudront rompre, feront les uns & les autres tenus s'avertir un mois auparavant.

Sera établi un Prévôt au fait de la Juftice par les Etats dudit Païs à la maniere accoutumée. Et pourra ledit fieur de Lefdiguieres nommer de fa part un Lieutenant dudit Prévôt, & chacun defdits Prévôt & Lieutenant pourront nommer la moitié des Affeffeurs qui affifteront aux jugemens. Et fera dreffé un reglement par l'avis & confentement des deux Partis pour l'exercice de leurs Charges.

Seront nommées de part & d'autre trois perfonnes de qualité, pour vuider fommairement les différends qui pourront furvenir fur l'exécution du préfent Traité.

Demeureront au furplus les chofes en l'état qu'elles font à préfent, tant d'un côté que d'autre ; fauf où il y feroit dérogé par le préfent Traité.

Et en cas qu'aux Provinces voifines ne fe fît treve, fera loifible auxdits fieurs Alphonfe & de Lefdiguieres de fecourir, chacun ceux de fon Parti, hors la Province du Dauphiné, Comté de Grignan, & Principauté d'Orange.

Fait, lû & publié au Faux-bourg Saint Jacques, dans la maifon de M. Hugues Thomaffet, Confeiller du Roi, Receveur des Etats du Dauphiné, le vingt-huitieme jour du mois de Mars 1589. *Signé*, ALPHONSE D'ORNANO. LESDIGUIERES.

LA Cour en laquelle étoient le fieur Alphonfe d'Ornano, Lieutenant général pour Sa Majefté en l'Armée du Dauphiné, & les Gens des Comptes, octroie actes au Procureur du Païs & Avocat général du Roi, de leurs déclarations, requifitions, acceptations & proteftations pour leur fervir & valoir refpectivement ce que de raifon. Et faifant droit fur les requifitions

dudit Procureur du Païs, tendant à la publication & homologation des accords & conventions, dont préſentement il auroit requis être faite lecture, aïant égard au conſentement dudit Avocat général, a icelles conventions homologué, & ordonné que pluſieurs *vidimus* en ſeront faits & envoïés par tous Sieges roïaux, Préſidiaux & autres accoûtumés de ce Reſſort, pour en faire ſemblable lecture & publication, à ce qu'aucun n'en prétende cauſe d'ignorance, & ſeront enregiſtrées tant au Greffe de céans qu'en la Chambre des Comptes. *Fait à Grenoble, en Parlement, le 29 de Mars 1589.*
Extrait des Regiſtres du Parlement, BASSET.

NONOBSTANT tous les Edits de confiſcation & Déclarations faites par Sa Majeſté, tant contre les Ducs de Maïenne, d'Aumale & autres de la Ligue, que contre les Villes de Paris, Rouen, Orléans, Lyon, Reims, Abbeville, Chartres & autres révoltées, le Duc de Maïenne & ſes Confédérés ne laiſſerent pas de mettre ſus une puiſſante Armée, en laquelle commandoit en chef ledit Duc de Maïenne, qui s'achemina, avec telles forces au Païs de Vendômois, en réſolution de ſurprendre le Roi à Tours, où il étoit aſſez mal accompagné, pour faire réſiſtance à telles forces, encore que la plupart de l'Armée de la Ligue fuſſent fort jeunes Soldats. Et ce qui rendoit ſi aſſuré le Duc de Maïenne étoit l'intelligence qu'il avoit avec aucun de la ſuite du Roi & de la Ville même, deſquels il avoit de grandes promeſſes ſur les moïens de faciliter ſon entrepriſe,

DIVERS EVENEMENS

Arrivés depuis le vingt-huitieme Avril, que le Roi de Navarre, partit de Saumur, jufqu'au premier jour de Mai.

LE Roi de Navarre aïant reçu avertiffement que le Duc de Maïenne étoit logé à Vendôme, Montoire & autres lieux du côté de Tours, fe délibéra d'effaïer d'enlever quelques-uns de fes logis; pour cet effet partit ledit jour fur les quatre heures du matin, avec quatre cens chevaux, & mille Arquebufiers à cheval, & alla repaître à Chaux en Anjou, à dix grandes lieues d'où il étoit parti.

Au départir de là, aïant cheminé trois lieues, reçut nouvelles que le Duc de Maïenne, aïant paffé avec fes forces à Châteaurenaut, étoit allé affieger le Comte de Brienne, qui étoit logé à Saint-Ouen, près Amboife, appartenant au Tréforier Molan (1). Il fut encore là même averti que Sa Majefté, par trois divers Couriers dépêchés à Saumur & autres divers endroits, l'envoïoit quérir pour aller à lui, ce qu'entendant ledit fieur Roi de Navarre tourna bride, & vint loger à Maillé, fur la riviere de Loire, à deux lieues de Tours, après avoir demeuré vingt-quatre heures à cheval.

S'acheminant vers Maillé, il en donna avis à Sa Majefté, laquelle eut très agréable fon arrivée audit lieu, car on craignoit fort que l'Ennemi aïant pris Saint-Ouen, qu'il battoit de deux coulevrines, fe vînt loger aux Fauxbourgs de Tours, & même plufieurs croient que fans la venue dudit fieur Roi de Navarre, le Roi étoit en danger d'être livré au Duc de Maïenne, par les Ligués qui font tant à fa Cour, qu'en ladite Ville.

Le Dimanche matin dernier dudit mois, ledit fieur Roi de Navarre jugeant qu'il étoit néceffaire qu'il vît le Roi, pour prendre une certaine réfolution de fes affaires, y étant même convié par Sa Majefté, bien averti de la diverfité des opinions de ceux de fon Confeil, lui manda par le fieur de Mignoville, qu'il alloit faire mettre fes Troupes en bataille au Pont de la Motte, à un quart de lieue de ladite Ville, & que s'il plaifoit

(1) Pierre Molan, Tréforier de l'Epargne, M. de Thou en parle fort mal dans fon Hiftoire, liv. 95.

à Sa Majesté de venir jusqu'aux Faux-bourgs, il lui baiseroit les mains & recevroit ses commandemens, pour les mettre soudain en exécution selon la nécessité de ses affaires.

Auquel lieu ayant attendu ledit sieur Roi de Navarre avec toutes ses troupes, environ deux heures, M. le Maréchal d'Aumont le vint trouver de la part de sa Majesté, pour le prier de vouloir passer & aller au Plessis-lés-Tours, où sa Majesté & toute la Cour l'attendoit, ce qu'il se resolut de faire tout incontinent, laissant tout soupçon, & méprisant plusieurs avertissemens qu'on lui avoit donnés pour différer cette entrevue, s'appercevant aussi qu'il n'y avoit aucune apparence de danger, passa la riviere au dessous des fauxbourgs saint-Saphorin-des-Ponts, & alla trouver sa Majesté, accompagnée de M. le Maréchal d'Aumont, & une bonne partie de sa Noblesse & de ses Gardes, laissant le reste de ses forces l'attendre audit passage.

Il trouva le Roi, qui l'attendoit en l'allée du parc du Plessis. Il y avoit si grande presse, tant de ceux de la Cour, que de la Ville qui y étoient accourus, que leurs Majestés demeurerent l'espace de demi quart d'heure à quatre pas l'un de l'autre, se tendans les bras sans se pouvoir toucher, tant la foule étoit grande.

Leurs embrassemens & salutations furent réitérées plusieurs fois d'une part & d'autre, avec une mutuelle demonstration d'une grande joie & contentemens. L'allégresse & applaudissement de toute la Cour, & de tout le peuple, fut incroïable : criant tous, par l'espace de demi heure, *Vive le Roi* : voix qui n'auroit encore été ouie à Tours, ni en autre lieu que fut le Roi, plus de quatre mois auparavant. Autre acclamation suivit cette premiere : *Vivent les Rois. Vive le Roi, & le Roi de Navarre.* Le lieu (quoique spacieux) n'étoit suffisant pour si grande multitude, tellement que les arbres étoient chargés d'hommes, benissant cette entrevue & heureuse reconciliation.

Partans de-là, leurs Majestés entrerent au Conseil, où elles demeurerent l'espace de deux heures : au sortir du Conseil allerent ensemble à cheval, avec toute la Cour jusques auprès Sainte-Anne, qui est à moitié chemin du fauxbourg de la Riche, les rues si pleines du peuple, qu'il étoit impossible de passer, avec acclamation de voix d'allégresse, pour l'espérance que tous concevoient que leurs Majestés, ainsi réunies, viendroient à bout de leurs ennemis, retabliroient l'Etat de la France, & termineroient les miseres qui y ont si long-temps duré.

Ledit

Ledit fieur Roi de Navarre repaffa la riviere au même lieu, &
logea audit fauxbourg de Saint-Saphorin, au devant du pont.

Le lendemain, premier jour de Mai, il entra fur les fix heures dedans la Ville, pour aller donner le bon jour au Roi. Toute
cette matinée fut employée au Confeil & déliberation d'affaires, jufques fur les dix heures, que le Roi alla à la Meffe, &
fut accompagné dudit fieur Roi de Navarre jufqu'à la porte du
Temple : de-là s'en alla vifiter Mefdames les Princeffes de
Condé & de Conti, attendant le retour de Sa Majefté en fon
logis. Et depuis ledit fieur Roi de Navarre, tant qu'il fût-là,
vifita plufieurs fois Sadite Majefté, prenant enfemble pour le
bien commun du Roïaume, plufieurs réfolutions, comme il
fera dit en fon lieu.

En cette même entrevue, ledit fieur Roi de Navarre obtint
de Sa Majefté pour ceux de Sedan, dix mille écus pour furvenir à leurs affaires, & une depêche très expreffe à M. de Lorraine, de fe departir de la guerre qu'il leur fait, avec déclaration
qu'ils font fous fa protection.

Durant cette entrevue, le Duc de Mayenne commençoit à
battre le château de Chateaurenaut; mais ayant entendu que ledit fieur Roi de Navarre devoit, ce même jour, baifer les mains
de Sa Majefté, délogea fur la même heure de leur entrevue, &
levant le fiége fans battre aux champs, fe retira à Vendôme.

Le même jour, la tréve génerale qui avoit déja été accordée
entre leurs Majeftés, fut publiée par la Ville de Tours, après avoir
été homologuée en la Cour de Parlement, deux jours auparavant,
comme auffi fut le fecond Edit, fait contre ceux de la Ligue, &
leurs adhérents.

S'enfuit la teneur de ladite tréve, ainfi qu'elle eft contenue, & a été publiée, par feparée déclaration, faite de part &
d'autre,

DECLARATION
DU ROI,

Sur la Treve accordée par Sa Majesté au Roi de Navarre, con-
tenant les causes & preignantes raisons, qui l'ont
mu à ce faire.

Henri, par la grace de Dieu, Roi de France & de Pologne,
A nos Amez & Féaux, les Gens tenans nos Cours de Parlement, Gouverneurs & nos Licutenans Géneraux en nos Provinces, Baillifs, Sénéchaux, Prévôts, ou leurs Lieutenans, &
autres nos Officiers & Sujets qu'il appartiendra, Salut. Si la
verité des choses se juge par ce qui apparoît aux hommes, comme il se doit faire, puisqu'ils n'en peuvent avoir autre preuve
certaine, & qu'à Dieu seul appartient de pénétrer l'intérieur &
affection des cœurs humains, la sincérité de notre zele, & dévotion à la sainte Foi & Religion Catholique, Apostolique &
Romaine, se défend assez d'elle-même contre toutes calomnies
& impostures, par les preuves que nous en avons rendues dès notre premiere jeunesse, & toujours continuées, tant en notre vie
& profession ordinaire, qu'à poursuivre par tous moïens, même
par les armes, sans y épargner notre propre vie, l'avancement
de la gloire de Dieu, & établissement de ladite Religion Catholique, Apostolique & Romaine, ès lieux & endroits de celui
notre Roïaume, où elle a été changée & altérée par l'introduction d'une nouvelle opinion, à notre très grand regret & déplaisir. En quoi le principal empêchement que nous avons eu,
n'a tant procedé de la force & industrie de ceux qui suivent &
défendent ladite nouvelle opinion, comme d'autres, lesquels se
couvrant d'un faux prétexte de zele à ladite Religion Catholique, ont de longue main essaïé de seduire la plûpart de nos
Sujets Catholiques par fausses impressions, & pratiqué une ligue &
association secrette entr'eux, de laquelle ils étoient les Chefs, sous
couleur de vouloir assurer, après nous, si Dieu nous appelloit
de ce monde sans nous donner des enfans, la conservation
d'icelle Religion Catholique contre ceux de la nouvelle opinion, qui pourroient prétendre de nous succeder à cette Cou-

ronne. Mais leur but & deſſein tendant à l'uſurpation & partage d'icelle entr'eux, après s'être formé un parti entre noſdits
Sujets Catholiques, & appuïés d'intelligence avec Etrangers
qui peuvent deſirer l'affoibliſſement de ce Royaume, pour accroître leur autorité & grandeur, ils auroient déploïé contre
notre perſonne & authorité, le ſecret de leurs damnables deſſeins. Premierement par détractions & médiſances de nos actions, pour les rendre odieuſes à notre Peuple, & tirer à eux les
affections d'icelui, ſous l'eſpérance plauſible qu'ils auroient
jointe au prétexte de la Religion, de lui donner ſoulagement
des charges que l'injure du temps lui auroit apportées, dont
néanmoins leurs déportemens ès lieux où ils auroient commandement, étoient témoins peu favorables de leur promeſſe pour
ce regard ; puis impatiens de plus longue attente, auroient pris
& levé les armes ouvertement contre nous, deſquelles le fruit
ſeroit principalement tourné à leur profit particulier, pour les
avantages & conditions qu'ils auroient tirés de nous, l'effet d'icelles n'ayant au ſurplus été que ruine & deſtruction de nos
Sujets, & avancement des ennemis de la Religion Catholique,
contre leſquels les entrepriſes que leſdits faiſoient continuellement ſur nous & notre authorité, nous ont empêché de faire
l'effort qu'il eût été requis pour reprimer leurs progrès. Et ſi les
premiers eſſais de leursdites armes ont été pernicieux à cet Etat,
la ſuite en eſt encore plus dommageable & dangereuſe, ayant
par leurs artifices, de nouveau rempli la France d'un trouble &
guerre civile univerſelle, ſéditions, mépris de Magiſtrats, ſang,
pillages, rançonnemens, ſaccagemens de biens, tant ſacrés
que profanes, forcemens de femmes & filles, & autres infinies
eſpeces d'inhumanités & déſordres, tels qu'il ne s'en eſt jamais
vu ni oui de ſemblables, le tout au très grand préjudice, non-
ſeulement de notre Authorité & Perſonne Royale, contre laquelle ils ſe font ouvertement déclarés, n'aïant eu honte de
faire publier qu'ils recherchoient notre propre vie : mais auſſi de
cette floriſſante Couronne, en géneral, qu'ils deſſeignent partager & demembrer entr'eux, y aſſociant leſdits Etrangers, au
grand deshonneur & opprobre du nom François, & ſpécialement de la Nobleſſe, tant renommée & eſtimée anciennement
par tout le monde pour ſa vertu, proueſſe, & ſingulier amour
& fidélité envers ſes Rois. Et qui pis eſt, au grand détriment
de ladite Religion Catholique, Apoſtolique & Romaine. Car
outre que la guerre civile corrompt les bonnes mœurs, & dé

1589.

DÉCLAR. DU
ROI.

tourne les cœurs, non moins de la pieté & révérence de l'honneur de Dieu, que de toute charité humaine., cette divifion eſt
le vrai moïen à ceux de l'opinion contraire d'élargir & accroître leurs conquêtes. A quoi néanmoins voulant obvier de notre
pouvoir, & tâcher de redreſſer toutes choſes au bon train, auquel par la grace de Dieu nous les avions acheminées, & dont
nous avions été divertis par les préſens troubles, nous aurions
encore depuis le commencement d'iceux, recherché tous moïens
à nous poſſibles, pour, par douceur, ramener tous nos Sujets
Catholiques à une bonne & ferme réunion ſous notre obéiſſance, & par le moïen d'icelle, exécuter ce que à leur inſtante
priere, nous leur aurions promis en l'aſſemblée de nos Etats.
Mais, tant s'en faut que par cette voie la dureté de leurs cœurs
ait pu être amollie & fléchie à quelque compaſſion de tant de
maux dont ils ſont cauſe, non contens des déſordres paſſés,
même d'avoir ſoulevé contre nous la plûpart de nos Villes, tué,
empriſonné, ou dépoſé nos Officiers, rançonné les plus aiſés
de notre Roïaume, de quelque ordre, état, qualité, ſexe, condition & âge qu'ils puiſſent être, même les Perſonnes Eccléſiaſtiques, rompu nos ſceaux, effacé nos armoiries, déchiré &
ignominieuſement traité nos effigies, établi des Conſeils & Officiers à leur fantaiſie, ravi nos finances, & exercé contre nous &
nos bons Sujets, tous actes de mépris, dériſion, hoſtilité & inhumanité, qu'ajoutant injure ſur injure, ils s'apprêtent à venir
aſſaillir notre propre Perſonne avec artillerie tirée de nos Ar-
cenaux, & armée compoſée tant de nos Sujets rebelles, que
d'Etrangers, en partie de Religion contraire à la Catholique,
Apoſtolique & Romaine, de laquelle néanmoins ils ſe diſent
ſeuls Protecteurs; pour, avec nous, opprimer tous nos bons
Sujets & Serviteurs Catholiques, au lieu de s'adreſſer à ceux de
l'opinion contraire qu'ils laiſſent en paix & liberté de s'étendre
à leur plaiſir, comme ils n'en ont perdu l'occaſion. Ayant le
Roi de Navarre, pendant que nous étions à nous préparer &
fournir de forces pour nous garantir des mauvaiſes intentions
deſdits Rebelles, pris & ſaiſi nos Villes de Niort, ſaint-Mexant,
Mellezais (1), Chaſtelleraut, Loudun, l'Iſle de Bouchard,
Monterubelai (2), Argenton, & le Blanc en Berri, & avancé
ſes forces près de cette Ville, où nous nous étions acheminés
ſur le premier avis de ſeſdits exploits, pour donner tout l'ordre

____

(1) C'eſt Maillezais.
(2) C'eſt Montreuil-Bellay, Ville d'Anjou, près du Poitou.

que nous pourrions à empêcher qu'il ne les pourſuivît plus avant.
Ce qu'enfin connoiſſant ne pouvoir faire par les armes, en même-temps que nous ſommes en néceſſité de les employer pour
la conſervation & défenſe de notre propre Perſonne, & de noſdits bons Serviteurs & Sujets, contre la rage & violence deſdits
Rebelles, après les avoir reconnus inflexibles à aucunes conditions de reconciliation, ſur les ouvertures que leur en avions
fait faire, & conſiderant qu'ores qu'il n'eût voulu comme eux,
s'attacher à notre vie, noſdits bons Sujets pouvoient néanmoins
être grandement moleſtés de ſes armes, ſi nous ne lui ôtions
l'occaſion de les employer, ſelon que l'état préſent des affaires
de ce Roïaume lui en donnoient la commodité ; d'autre part
étant preſſés & interpellés par les clameurs & requêtes de nos
Provinces, travaillées de ceux de ſon parti, d'y remedier, &
plûtôt par une ſurſéance d'hoſtilité qu'autrement, ſans laquelle,
leur défaillant la force de ſe défendre, & le moïen d'entretenir
les Gens de guerre, toute eſpérance de pouvoir plus ſubſtanter
leurs vies & de leurs familles, leur étoit ôtée, & qu'aucunes
d'icelles, contraintes par la violence du mal, avoient jà accordée d'elles-mêmes : Toutes les ſuſdites raiſons ayant été par
nous miſes en déliberation avec les Princes de notre Sang, Officiers de notre Couronne, & autres Seigneurs & Perſonnages
de notre Conſeil étant près de Nous : N'aurions trouvé autre
moïen, entre ces extrêmités, que de prendre & donner à noſdits
Sujets quelque relâche de guerre de la part dudit Roi de Navarre. Et pour cet effet, lui avons accordé pour lui & pour tous
ceux de ſon parti, tréve & ſurſéance d'armes & de toute hoſtilité, ſuivant l'inſtance qu'il nous en a faite, reconnoiſſant ſon
devoir envers nous, ému de compaſſion de la miſere où ce
Roïaume eſt de preſent reduit, qui incite tous ceux qui retiennent le ſentiment de bons François, d'aider à éteindre le feu de
diviſion qui le conſume & menace de ſa derniere ruine, dont
toutesfois nous eſperons que Dieu par ſa bonté le voudra encore préſerver pour ſa gloire, contre les machinations & efforts
de ceux qui en deſirent & pourchaſſent la diſſipation pour leur
ambition particuliere. Laquelle tréve & ſurſéance d'armes,
nous entendons être générale par tout notre Roïaume, durant
un an entier, à commencer du troiſieme jour de ce mois, &
finir à ſemblable jour, l'un & l'autre inclus, pour tous nos bons
& fideles Sujets qui reconnoiſſent notre authorité, en nous rendant l'obéiſſance qu'ils nous doivent, enſemble pour l'Etat

d'Avignon & Comté de Veniſſe (1), appartenant à notre très ſaint
Pere le Pape, que nous avons voulu y être compris, & les Sujets
d'icelui en jouir, comme étant ſous notre protection, à la charge & condition, outre ce, promiſe par ledit Roi de Navarre, ſoi
faiſant fort pour tous ceux de ſon parti, qu'il ne pourra, durant ladite treve, emploïer ſes forces & armées en quelque part
que ce ſoit, dedans ou dehors ce Roïaume, ſans notre commandement ou conſentement. Qu'il n'entreprendra ou ſouffrira
être entrepris ni attenté aucune choſe ès lieux & endroits du
païs où notre authorité eſt reconnue ; & en quelque part que ce
ſoit qu'il paſſera ou ſéjournera, hors les lieux qui étoient déja
par lui tenus juſqu'au jour ſuſdit, il ne changera ni permettra
changer ou alterer aucune choſe au fait de la Religion Catholique, Apoſtolique, & Romaine, ne qu'il ſoit fait aucun mal
ni déplaiſir à nos Sujets Catholiques, tant Eccléſiaſtiques qu'autres, qui nous ſont fideles & bons ſerviteurs, ſoit en leurs perſonnes, biens ou autrement, en quelque ſorte que ce ſoit, Que
ſi durant cette guerre, lui ou les ſiens prennent quelques Villes,
Châteaux ou autres places, par force, ſurpriſe, intelligence, ou
y entrent en quelque façon que ce ſoit, il les remettra & laiſ-
ſera incontinent en notre libre diſpoſition, ſuivant la promeſſe
qu'il nous a faite. Qu'en conſéquence de ce que deſſus, ledit
Roi de Navarre & ceux de ſon parti auront main-levée de leurs
biens, pour en jouir tant que ladite tréve durera : comme auſſi
reciproquement ils laiſſeront jouir les Catholiques, tant Eccléſiaſtiques qu'autres nos bons Serviteurs, de leurs biens & revenus ès lieux par eux tenus. Si voulons & vous mandons que
vous aïez, chacun de vous, en ce que peut lui toucher, à obſerver & faire obſerver ladite treve & ſurſéance d'armes, &
tout le contenu ci-deſſus, de point en point, ſelon ſa forme &
teneur, ſans y contrevenir ni ſouffrir être contrevenu en aucune
maniere ; & ces Préſentes faire lire, publier & enregiſtrer par-
tout & ainſi que beſoin ſera, à ce que nul n'en prétende cauſe
d'ignorance ; par leſquelles nous proteſtons, qu'outre ce qui
touche la défenſe de notre perſonne & Etat contre la violence
deſdits rebelles, nous avons été mûs à faire & accorder ladite treve, par le bénéfice qui en redonde à notre Religion Catholique, Apoſtolique & Romaine, & au ſoulagement de nos

_____

(1) C'eſt le Comté Venaiſſin. Cette clau- empêcher qu'il ne trouvât à redire à la Treve
ſe avoit été ajoutée à la ſollicitation du Roi, qui venoit d'être conclue,
afin d'adoucir par-là l'eſprit du Pape, &

bons Sujets, étant par icelle arrêté le progrès que ledit Roi de Navarre & ceux de son Parti pouvoient faire, sans cet expédient, au grand détriment de notredite Religion, foule & oppreffion de nofdits bons Sujets, pendant que nos forces occupées à l'effet fufdit ne lui euffent pu être oppofées. Proteftons en outre contre lefdits rebelles de l'infraction par eux faite de l'union de tous nos Sujets Catholiques, jurée & confirmée avec nous, par les Députés des Etats généraux, en la derniere affemblée d'iceux, & les interpellons de s'y rejoindre fous notre autorité, pour la confervation & avancement de notredite Religion Catholique, Apoftolique & Romaine; & qu'eux feuls font coupables devant Dieu, de tout le mal qui peut advenir de ladite divifion, au préjudice de fon honneur & de fa fainte Eglife, dont la guerre, qu'ils nous font, eft la feule caufe, demeurant de notre part très réfolus, de ne nous vouloir départir d'un feul point de ce qui appartient à la confervation & exaltation de ladite Religion, Catholique, Apoftolique & Romaine, & de perfévérer en cette fainte volonté, moïennant la grace de Dieu; que nous implorons continuellement à notre aide, pour cet effet, jufqu'au dernier foupir de notre vie. Et pour ce qu'en plufieurs & divers endroits l'on pourra avoir affaire des Préfentes, nous voulons qu'au *vidimus* d'icelles duement fait & collationné par l'un nos amés & féaux Notaires & Secretaires, foi foit ajoutée comme au préfent original : car tel eft notre plaifir. *Donné à Tours, le vingt-fixieme jour du mois d'Avril, l'an de grace 1589. Et de notre regne, le quinzieme. Signé, HENRI. Et plus bas, par le Roi,* REVOL. *Et fcellé fur fimple queue du grand Sceau de cire jaune.*

    Lues, publiées & enregiftrées, oui & ce requérant le Procureur général du Roi, & en feront envoiées copies par les Bailliages & Sénéchauffées, pour y être auffi lues les plaids tenans, & enjoint aux Subftituts dudit Procureur général d'y tenir la main & en certifier la Cour dedans un mois. *Fait en Parlement, à Tours, ce 26 Avril 1589. Signé,* MAIGNEN.

DECLARATION

DU ROI DE NAVARRE,

Sur le Traité de ladite treve, faite entre le Roi & ledit sieur Roi de Navarre.

HENRI, par la grace de Dieu, Roi de Navarre, premier Prince du Sang, premier Pair & Protecteur des Eglises réformées de France, &c. A tous Gouverneurs de Provinces, Capitaines des Villes, Places & Châteaux, Chefs & Conducteurs de gens de guerre, Maires, Consuls & Jurats des Villes, Justiciers & Officiers, tant du Roi, notre souverain Seigneur, que autres, qu'il appartiendra, & qui sont sous notre autorité & protection, salut. Comme il soit notoire à un chacun que nous n'avons pris ni retenu les armes en cette misérable guerre, qu'autant que la nécessité nous y auroit contraints ; aussi avons-nous assez témoigné par nos actions, l'extrême regret que nous avions de nous y voir enveloppés & obligés, par la malice des Ennemis de ce Roïaume ; le desir au contraire, que nous aurions de pouvoir servir Sa Majesté encontr'eux, pour le rétablissement de son autorité, repos & tranquillité de ses bons sujets; le malheur cependant auroit été tel, que notre bonne intention auroit été déguisée par plusieurs artifices ; la mauvaise volonté desdits ennemis couverte de prétextes spécieux & favorables, si avant, que ce Roïaume auroit été réduit jusques sur le bord d'une ruine inévitable, si la prudence du Roi notredit souverain Seigneur, combattue toutesfois & traversée d'infinis obstacles, n'eût su démêler notre innocence de leurs calomnies, n'eût vu aussi leur malignité invétérée, au travers de leurs couleurs & palliations. Et est évident que cette guerre commencée sous ombre de Religion s'est trouvée tout à-coup pure guerre d'Etat ; que ceux de la Ligue ne sont point allés chercher ni attaquer ceux de la Religion, dont nous faisons profession, ains ont abusé des armes & de l'autorité qui leur avoit été baillée à cette fin, pour occuper les Villes de ce Roïaume, plus éloignées & moins suspectes de ladite Religion : aussi peu ont-ils emploïé leurs Prêcheurs à la conversion de ceux qu'ils préten-

doient

doient Hérétiques ; au contraire s'en font fervis par toutes les
Villes, à la fubverfion de ce Roïaume, comme de boutefeux
pour embrafer l'Etat, fuborner les Sujets contre leur Prince,
les débaucher de l'obéiffance de leurs Magiftrats, les difpofer
à féditions & changemens, à confondre fans aucun refpect
toutes chofes divines & humaines, dont feroit avenue au grand
regret de tous les gens de bien une révolte non croïable en
cette Nation, contre le Roi notre fouverain Seigneur, &
en conféquence d'icelle une telle confufion en plufieurs Villes
& Provinces, que l'ombre prétendue de piété & de juftice en
auroit du tout anéanti & effacé le corps, la crainte de Dieu,
& la révérence de fa vraie image, du Magiftrat légitime &
fouverain inftitué de lui. En ces extrémités donc, reconnoiffant notre devoir envers le Roi, notredit fouverain Seigneur,
& déplorant au fond de notre ame la calamité de cet État &
de ce Peuple, nous nous ferions retirés devers Sa Majefté, lui
aurions préfenté à fes pieds nos vies & moïens pour l'affifter
contre fes Ennemis, au rétabliffement de fon autorité & de
fes bons Sujets. Proteftant, comme ores nous faifons, de n'a-
voir autre intention que fon fervice ; & comme auffi chacun
peut juger évidemment, que fi autre elle eût été, nous avions
l'occafion tout à propos de nous aider des miferes publiques,
laquelle nous auroit fait cet honneur, de reconnoître & accepter benignement notre bonne volonté. Et pour nous donner meilleur moïen de la fervir, fe feroit réfolue à une treve
ou furféance d'armes & de toutes hoftilités, de laquelle nous
efpérons, avec l'aide de Dieu, une bonne paix à l'avenir. Pour
ce eft-il, que nous vous faifons favoir à tous & chacun de vous,
qui reconnoiffez notre autorité & protection, & qui avez fuivi
& fuivez le parti que nous foutenons, chacun en droit foi, que
nous avons traité, arrêté & conclu avec le Roi notre fouverain Seigneur, une treve & furféance d'armes générale partout
ce Roïaume, pour un an entier, à commencer du troifieme
du préfent mois d'Avril & finir à femblable jour, l'un & l'autre inclus. En laquelle auffi nous entendons être compris l'E-
tat & Comté de Veniffe, & les Sujets d'icelui, comme étant
fous la protection du Roi, notredit fouverain Seigneur. Défendons conféquemment à toutes perfonnes, de quelque état &
qualité qu'elles foient, de rien attenter ni entreprendre contre
les lieux où l'autorité de Sa Majefté eft reconnue, ni pareillement contre ledit Etat & Comté de Veniffe. En quelconques.

lieux où nous entrerons, passerons, ou séjournerons, enjoignons très expressément qu'il ne soit rien entrepris contre ses bons & loïaux Sujets, même contre les Ecclésiastiques, ni innover ou interrompre au fait de la Religion Catholique & Romaine : comme aussi, par la grace de Dieu, nous entrant, soit par force, surprise ou autrement dedans aucune Place, ou Ville occupée par les Ennemis ; entendons qu'il n'y soit rien altéré au fait de son service ni de ladite Religion Catholique & Romaine, & le tout selon que plus amplement a été par nous traité avec le Roi, notredit souverain Seigneur. Et comme il a plû à Sa Majesté, en conséquence de ce que dessus, octroïer & accorder une main levée générale de leurs biens à tous ceux de la Religion, dont nous faisons profession, & autres de ce Parti, pour en jouir tant que la présente treve durera ; aussi est notre intention réciproquement, que tous ses bons Sujets tant Ecclésiastiques, que autres, jouissent de leurs biens & revenus pendant icelle, ès lieux qui sont par nous tenus, dont outre la présente, nous leur ferons expédier toutes Lettres nécessaires.

Si vous mandons & à chacun de vous en droit soi, si comme à lui appartiendra, que ces Présentes vous fassiez lire, publier & enregistrer, garder & observer de point en point, selon leur forme & teneur, cessant & faisant cesser tous troubles & empêchemens au contraire. En témoin de quoi nous avons à cesdites Présentes signées de notre main fait mettre & apposer le scel de nos armes. *Donné à Saumur, ce vingt-quatrieme jour d'Avril, l'an de grace 1589. Ainsi signé,* HENRI. *Et plus bas,* BERZIAU. *Et scellé sur simple queue de cire rouge, du grand Scel dudit Seigneur.*

Avertissement.

LA réunion des deux Rois ne plût gueres aux Ligueurs, qui virent bien le temps être venu d'implorer de toutes parts l'aide de leurs Partifans. Pour cette caufe ils drefferent Mémoires, Lettres & Avertiffemens dedans & dehors le Roïaume, de tout ce qui leur fembla propre pour s'affurer en leurs périlleux deffeins. Leurs pratiques avec le Roi d'Efpagne & le Duc de Parme fe verront ailleurs. Ils envoïerent en Italie vers le Pape & les Cardinaux certaines Lettres & Mémoires, & craignant que leurs Députés fuffent furpris en chemin, envoïerent les inftructions par divers Meffagers & chemins. Mais ils ne furent fi bien pourvoir à tout, que l'on n'apportât un de leurs pacquets, dans lequel furent trouvées les Lettres & Mémoires qui s'enfuivent, dont copie eft parvenue à nous, collationnée à tous les Originaux par du Jay, Confeiller & Secretaire d'Etat du Roi de Navarre, comme il attefte par écrit figné de fa main, & appofé au pied de chaque copie, à Illiers en Beauffe, le fixieme de Juin 1589. Confiderons maintenant lefdites Lettres & Mémoires qui découvrent l'efprit de la Ligue fort particulierement, fans qu'il foit befoin pour le préfent de bâtir un grand commentaire là-deffus. Car ils parlent ouvertement, leur intention étant de pouffer outre en cette révolte, prétendans y être favorifés & foutenus de ceux qui ne demandent pas la paix du Roïaume de France, mais la défunion & rupture d'icelui.

COPIE DE LA LETTRE

ECRITE AU PAPE (*).

TRès Saint Pere,

Etant près de faire partir l'Evêque de Senlis (1) & les autres nos Députés, nous avons reçu avis que Votre Sainteté auroit agréable que nous lui adreffions nos plaintes & très humbles remontrances, par le Commandeur de Diou (2), Abbé d'Orbays,

---

(*) Sixte V. Cette Lettre eft auffi dans la Satyre Ménippée, *in* 8°. Tom. 3. pag. 152.

(1) Guillaume Rofe, ardent Ligueur. Voïez ce qu'on dit de ce Prélat dans les Remarques fur la Satyre Ménippée, p. 178.

(2) Le Chevalier *Jacques* de Diou. *Nicolas* de Pilles, Abbé d'Orbais. *Lazare* Coqueley, Confeiller au Parlement de Paris. Celui-ci étoit un Magiftrat d'un grand fens & de beaucoup d'efprit. Trop de zele pour la liberté publique, à laquelle, dit M. de Thou, L. 94., il s'étoit imaginé que le Roi mal conduit, & fes Miniftres donnoient de jour en jour de nouvelles atteintes, lui avoit fait croire, qu'en fecouant le joug, on pourroit fe fervir de l'autorité des Etats pour mettre un frein au defpotifme. Mais enfuite aiant reconnu que fa crédulité l'avoit trompé, il fut auffi prompt à réparer fa faute, & auffi zélé à ramener les autres par

Q q ij

Conseiller Coquelei, & Doïen Frifon, defquels il lui a plû prendre créance. Et d'autant que nous n'avons autre volonté que de nous conformer à ses commandemens, & recevoir la Loi & regle de fon faint plaifir : nous envoïons nos mémoires, pouvoirs & inftructions à nos fufdits agens, pour les repréfenter à Votre Sainteté, aux pieds de laquelle nous nous profternons, pour après Dieu, en efpérer notre falut & la confervation de notre fainte Religion en ce Roïaume. Nous lui dirons, en un mot, qu'elle peut être informée de la parfaite intelligence & conjonction qui eft entre notre jadis Roi & le Navarrois, & combien leurs deffeins & entreprifes font tout ouvertement dreffés à la ruine de l'Eglife & des pauvres Catholiques. C'eft de Votre Sainteté que nous en attendons les remedes ; laquelle confiderera, s'il lui plaît, que notre perte n'eft point de fi petite importance, qu'elle n'attire celle de nos Voifins & un général trouble en toute la Chrétienté : remettant le furplus à nofdits agens.

Très faint Pere, après avoir baifé très humblement vos pieds facrés, nous prions Dieu donner à Votre Sainteté, en très parfaite fanté, très longue & très heureufe vie. *De Paris, ce 25 Mai 1589.*

De Votre Sainteté, les très humbles, très dévots & très obéiffans Serviteurs, les gens tenant le Confeil général de l'Union des Catholiques établi à Paris, attendant l'Affemblée des Etats du Roïaume. *Signé* SENAULT. Et fur le deffus de la Lettre, eft écrit : *A notre très Saint Pere,* cacheté du cachet à trois fleurs de lys, en placard de papier, fur cire rouge.

COPIE D'UNE LETTRE E'CRITE AUX CARDINAUX (1).

MESSIEURS,

Il n'y a rien qui nous ait tant confolés en notre extrême affliction & deuil public, que le choix qu'il a plû à notre Saint

fon exemple, qu'il avoit montré d'ardeur auparavant pour les intérêts du Parti. L'Abbé d'Orbais étoit tout dévoué à la Maifon de Lorraine : accufé de faux à la Cour de Rome, le Cardinal de Lorraine l'appuïa de fon crédit, & il dût à fa protection de n'avoir pas fuccombé dans cette affaire. D'autres nomment de Piles, *Jean* & non *Nicolas.*

Pour Frifon, il fe nommoit *Pierre,* & étoit Doïen de l'Eglife de Reims. Il fut auffi Abbé de la Val-Roi (*Beata Maria Vallis-Regis*) au Diocèfe de Reims. Marlot en parle dans fa Métropole de Reims, *in-fol.* t. 1. pag. 493.

(1) Cette Lettre eft auffi dans la Satyre Ménippée, aux Preuves, T. 3, pag. 153.

Pere faire de vous, qui êtes reconnus des plus prudens, des plus integres & des plus zélés & religieux de ce grand sacré College. Vous saurez par vos très exquis jugemens, trop mieux considérer la gravité des excès qui vous sont représentés, la violence & perfidie de l'auteur d'iceux, l'injure faite à la Religion Catholique, à la foi publique, à la dignité des Princes, & à vous-mêmes, qui avez été offensés & meurtris en la personne de l'un de vos confreres. Votre intégrité fermera la bouche à tous ceux qui se promettent de circonvenir vos consciences & ébranler vos constances par leurs déguisemens & artifices accoutumés. Votre zele & piété vous fera oublier toutes les considérations & respect de notre ennemi, pour du tout vous résoudre à l'établissement de l'honneur de Dieu & à la sûreté des Catholiques, desquels le salut ou la ruine est aujourd'hui entre vos mains. La Nation de ce monde, qui a plus honoré les Rois, est la nôtre, & qui plus a rendu l'obéissance : & vous dirons que jaçoit que la domination derniere nous ait été très dure, intolérable pour les oppressions & charges indues, si l'avons-nous endurée avec beaucoup de patience, jusqu'à ces funestes & tragiques assassinats, par lesquels l'on a voulu précipiter la désolation de l'Eglise & des Catholiques, & avancer l'introduction des hérésies. L'espérance des Assassins étoit, selon que depuis ils s'en sont vantés, de dissiper les ouailles par le massacre de leurs Chefs & Protecteurs, d'anéantir le Sacerdoce par l'effusion du sang des Prêtres, d'établir le Roi de Navarre & les hérétiques en ce Roïaume, en lui levant tous obstacles & empêchemens extérieurs. Jugez, Messieurs, s'il vous plaît, sur les effets, à quoi tend celui qui n'a jamais rien tant aimé que les Ennemis de notre sainte Religion, rien tant haï que ceux qui la maintiennent, & lequel tout ouvertement traite avec les Princes & Peuples héréfiarques ; jettez vos yeux clairvoïans sur la suite de ses déportemens, sur le progrès de sa vie, sur ses dissimulations ; & lors nous nous tenons très assurés que vos avis & conseils inclineront à nos droites intentions, lesquelles ne mirent qu'à la gloire de Dieu, au bien & repos de cet Etat & la sûreté des Catholiques. Nous en remettons les preuves sur ce que nous en avons fait paroître, selon que vous en en serez plus amplement éclaircis & informés par nos Députés qui sont auprès de vous, personnages de probité & de prud'hommie. Vous baisant en cet endroit très humblement les mains, & prions Dieu vous donner,

Meſſieurs, en très parfaite ſanté, très bonne, très longue &
heureuſe vie. *De Paris, ce 25 de Mai 1589. Et au-deſſous*,
les Gens tenant le Conſeil général de l'Union des Catholiques
établi à Paris, attendant l'Aſſemblée des Etas du Roïaume,
vos bien humbles & affectionnés ſerviteurs, Senault. Et à la
ſubſcription : *A Meſſieurs, Meſſieurs les Cardinaux du ſaint &
ſacré College de Rome.*

COPIE D'UNE LETTRE
Ecrite au Cardinal de Montalto (*).

Monsieur,

La perſécution que nous endurons nous eſt de tant plus aiſée à ſupporter que Dieu nous y oblige pour la manutention de
ſon Egliſe, laquelle les Hérétiques s'efforcent de renverſer, & qu'il
lui a plû ſuſciter notre ſaint Pere, l'un des plus pies & zélés
qui furent jamais aſſis en la Chaire de ſaint Pierre, & vous, pour
moïenner & intercéder envers Sa Sainteté, dont nous conce-
vons une certaine eſpérance de trouver auprès d'elle la conſolation & remede qui eſt néceſſaire à nos maux, & ſalutaire à
ce très chrétien Roïaume. Nous ne vous repréſentons point
la cruauté des actes qui ont été commis à Blois, ès perſonnes
de nos Princes Catholiques, tant recommandables pour leur
piété & mérite ; cette tragédie vous étant aſſez connue & divulguée par tout le monde, qui en crie vengeance au Ciel &
en la Terre ; mais bien vous dirons-nous qu'elle a produit deux
grands effets ; l'un de faire paroître ouvertement l'intelligence
des deux Henris, jadis Rois de France & de Navarre, & leurs
intentions de dépouiller l'Egliſe & y introduire les héréſies ;
& l'autre, que le ſang de ces deux Princes innocens a été comme une ſemence de Chrétiens, aïant relevé le courage des Catholiques, & engendré en eux un tel zele & ardeur avec une
ſi ferme réſolution, que plutôt ils ſacrifieront leurs vies à Dieu
& à ſon Egliſe, que de ſouffrir jamais que l'héréſie prenne pied
en France, & que les deux Henris y aient autorité & commandement. Nous ne voulons perdre à l'appétit de deux Princes
héréſiarques, le ſacré dépôt de la foi de nos majeurs, ni nous

____

(*) Alexandre de Montalte. Il étoit de la Famille des Peretti. Il n'avoit alors que dix-
neuf ans ; mais il étoit petit Neveu du Pape.

soumettre à la cruauté & barbarie de ceux qui n'ont ni foi ni
Religion, ni aucune révérence aux choses sacrées & au saint
Siege Apostolique. Nous sommes jaloux de l'honneur de notre
Dieu, de la gloire ancienne de la France, de la sûreté de nos
vies & de nos fortunes. Et aïant été régis & gouvernés par des
Rois droituriers & très chrétiens, nous ne pouvons plus souffrir, ni l'impiété, ni la tyrannie, étant nés François, & non
Esclaves Catholiques ni Calvinistes. Nous nous assurons, Monsieur, que Sa Sainteté, aux pieds de laquelle nous nous pros-
ternons, nous confortera nos chrétiennes intentions de ses paternelles bénédictions & des moïens qu'elle a réservés pour le
soutenement de la cause de Dieu. Considérant que notre salut est la conservation universelle, & notre ruine attire celle
de nos Voisins. Nous implorons votre faveur & assistance,
pour laquelle nous demeurons obligés à jamais de vous rendre
service. Vous baisant très humblement les mains, & priant
Dieu vous donner, Monsieur, en parfaite santé, très longue
& très heureuse vie. *De Paris, ce 25 Mai 1589.*

Les Gens tenant le Conseil général de l'Union des Catholiques, établi à Paris, attendant l'Assemblée des Etats du Roïaume, Vos bien humbles & affectionnés serviteurs, *ainsi signé*
SENAULT. Et à la suscription : *A Monsieur, Monsieur le Cardinal de Montalto.*

C O P I E   D E   L A   L E T T R E
Ecrite au Cardinal de Saint Severin (1).

Monsieur,

Vous avez entre les mains, en partie, la décision & jugement de la cause des Catholiques de la France, qu'il n'est besoin vous recommander, nous y montrant toute l'affection que
la justice & nécessité le requierent. Nous adressons nos Députés
vers notre Saint Pere, pour lui en représenter nos très humbles
requêtes, & lui ouvrir le secret de nos intentions, lesquelles
nous espérons Sa Sainteté prendra de bonne part, comme de
très fideles & dévotieux & très obéissans serviteurs du saint

_____

(1) Il n'y avoit point alors de Cardinal de ce nom ; ainsi il faut , ou que la Lettre soit
fausse, ou que l'adresse ait été mal mise , ce qui paroît plus vraisemblable.

Siege Apostolique. Nos Députés sont personnes de telle foi &
qualité, que leur témoignage ne peut être que très bien reçu,
& ont telle connoissance de nos affaires, que Sa Sainteté n'en
peut être d'ailleurs mieux informée. Il vous plaira, Monsieur,
les favoriser de votre audience, & croire ce qu'ils vous diront
de notre part, qui vous baisons très humblement les mains.
Priant Dieu vous donner, Monsieur, en parfaite santé, très
bonne, très longue & très heureuse vie. *De Paris, ce 23 de
Mai 1589.*

    Et au-dessous est ecrit : Les Gens tenant le Conseil général de
l'Union des Catholiques, établi, attendant l'Assemblée des Etats
du Roïaume, Vos bien humbles & affectionnés serviteurs,
SENAULT. Et au-dessus est inscrit : *A Monsieur, Monsieur le
Cardinal de Saint Severin.*

COPIE DU POUVOIR DES DE'PUTE'S.

CHARLES DE LORRAINE, Duc de Mayenne, Pair &
Lieutenant général de l'Etat roïal & Couronne de France, &
le Conseil général de l'Union des Catholiques, établi à Paris,
attendant l'Assemblée des Etats du Roïaume, Savoir faisons,
que pour l'entiere confiance que nous avons de la prud'hommie,
prudence, longue expérience aux affaires & autres louables &
recommandables vertus des sieurs de Diou, Chevalier & Commandeur de l'Ordre Saint Jean de Jerusalem (1), M. Lazarre
Coquelei, Conseiller en la Cour de Parlement de Paris, Jean
de Piles, Abbé d'Orbais, & Pierre Frison, Doïen de l'Eglise
de Reims ; nous les avons commis, ordonnés & députés, com-
mettons, ordonnons & députons, pour se présenter aux pieds
de notre saint Pere le Pape, & lui remontrer les grieves plaintes
& justes doléances des Catholiques de la France, pour les cruels
& barbares assassinats commis contre tout droit & avec infraction de la foi publique & violemens des Sacremens ès personnes de Messieurs les Cardinal & Duc de Guise ; le général consentement de la France de pourvoir à la Religion Catholique vio-
lentée & oppressée par la perfidie & menée de l'auteur des massacres. Requérir à Sa Sainteté la prononciation de l'excommu-
niement, & une contribution de deniers & de forces pour le

<hr>

(1) Voïez la Satyre Ménippée, pag. 58, & les Remarques sur cette Satyre, pag.
154 & 155.

soutenement

foutenement de la guerre, pardon & libéralité ; & en tout cas par prêt, avec pouvoir de fournir de toutes sûretés & hypotheques. Promouvoir la miffion en France d'un Légat non fufpect, & qui n'ait autre affection que l'honneur de Dieu & confervation de la Religion. Et outre, qu'il plaife à Sa Sainteté d'entendre à une fainte Ligue offenfive & défenfive ; & à cette fin, mander & affembler les Ambaffadeurs de tous les Princes, pour traiter des moïens au plutôt & généralement de procurer, gérer, traiter & négocier tout ce qu'ils jugeront propre & néceffaire pour la manutention de notre fainte Religion, de l'Etat & Couronne de France, sûreté & repos des Catholiques. De quoi nous leur avons donné tout pouvoir, autorité & puiffance : en témoin de quoi nous avons fait mettre à ces Préfentes le Scel du Roïaume. *Donné à Paris, le vingt-quatrieme jour de Mai, l'an de grace 1589. Ainfi figné, fur le repli,* par Monfeigneur & le Confeil général, SENAULT. Et fcellé du grand Sceau à double queue, en parchemin pendant de cire jaune.

MEMOIRES ET INSTRUCTIONS,

A Meffieurs le Commandeur de Diou, Coquelei, Confeiller en la Cour de Parlement de Paris, de Pilles, Abbé d'Orbais, & Frifon, Doyen de l'Eglife de Reims, députés à notre faint Pere, de la part de Monfeigneur le Duc de Mayenne, Lieutenant général de l'Etat royal & Couronne de France, & par le Confeil général de l'Union des Catholiques, établi à Paris (1).

L ESDITS Seigneurs baiferont au nom que deffus les pieds facrés de Sa Sainteté. Et après avoir préfenté leurs Lettres feront entendre l'occafion de leur députation, qui eft principalement de lui rendre compte, comme au Chef de l'Eglife & Pere commun des Catholiques, des chofes qui fe paffent en France, lui lever toute opinion qu'aux mouvemens que Dieu a fufcités, il y ait autre but ou intention, que de maintenir la

(*) Ces Mémoires, qui avoient été dreffés par Guillaume Rofe, Evêque de Senlis, furent donnés à ces Députés, comme il eft dit ci-après.

Religion Catholique, Apoſtolique & Romaine.

II. Entreront en propos des maſſacres & empriſonnemens qui ont été exécutés à Blois contre les Princes Catholiques très fideles & très utiles ſerviteurs de la Religion & de l'Etat, proches parens de celui qui en a été l'auteur, auquel ils ont conſervé la Couronne par pluſieurs fois, exagereront la gravité du délit, par les circonſtances qui l'ont accompagné; du temps, qui étoit l'avant-veille & veille de Noel, jours de pénitence; du lieu, à ſavoir, la Chambre roïale, qui doit être un ſûr accès & refuge; la façon que les meurtres ont été commis par pluſieurs aſſaſſins nourris & deſtinés de longue main, en trahiſon, avec dagues forgées tout exprès; & depuis les corps brûlés, après avoir été étendus deux jours ſur la place pour en faire trophée; la promeſſe qui avoit été faite au défunt; l'aſſurance donnée à M. le Legat, confirmée par ſermens ſolemnels qui ont été enfraints & violés, comme auſſi la foi publique, & la franchiſe & liberté des Etats généraux.

III. Juſtifieront l'innocence & ſincérité de feu Monſeigneur de Guiſe, par le diſcours de ſes actions, mêmement depuis l'année 1585; que par néceſſité extrême il fut pouſſé par les Catholiques à prendre les armes pour la manutention de la Religion, aïant, celui qui a été notre Roi, tout ouvertement fait pratique avec le Roi de Navarre; & s'étant joint à lui avec une entiere correſpondance & confiance, par le moïen & intervention du ſieur d'Epernon, lequel il lui dépêcha à cette fin, incontinent après la mort de feu M. ſon Frere.

IV. Feront entendre les déportemens dudit feu ſieur de Guiſe & de Meſſieurs ſes Freres, en la priſe des armes; & comme jaçoit que M. le Cardinal de Bourbon & eux euſſent les forces ſi grandes, & les Villes & Peuples tellement à leur dévotion, que tous ſe jettoient entre leurs bras, néanmoins, ſi-tôt qu'on leur fit offre de l'Edit, par lequel on promettoit d'extirper les Héréſies, ils poſerent les armes, eſtimant qu'on leur tiendroit parole, & que ſans feintiſe ni aucun déguiſement, les armes s'emploïeroient contre le Roi de Navarre & les autres Hérétiques de ce Roïaume.

V. Au contraire, tous les conſeils & deſſeins de l'Ennemi n'ont tendu qu'à diſſiper les deniers du Clergé, deſtinés à cet uſage, épuiſer les bourſes des Catholiques pour les affoiblir, ravager leurs terres & poſſeſſions, afin de les contraindre à une pacification honteuſe & préjudiciable, & par un contraire Edit

établir l'Héréſie & la domination du Roi de Navarre : & peut-
on aſſurer Sa Sainteté que toutes les faveurs lui ont été dépar-
ties & à ceux de ſa faction, & les Catholiques diſgraciés & re-
butés à la Cour, de ſorte que l'on a reconnu que le but étoit
de leur faire ſentir qu'il n'y avoit autre moïen d'avoir des bienfaits & acquérir les bonnes graces, que de convier au fait de
la Religion & de laiſſer gliſſer les héréſies.

VI. Cette grande levée de Reiſtres & Suiſſes a fait encore plus
paroître à découvert les mauvaiſes volontés, n'aïant été cette
Armée attirée qu'en faveur & bénéfice du Roi de Navarre &
des Hérétiques, leſquels on vouloit aſſurer avec force, & introduire leurs prêches par une pacification qui ſeroit faite entre
Paris & Orléans, ſelon qu'il a été vérifié par les capitulations
qui ont été ſurpriſes, & qu'indubitablement il fut arrivé ſans
une ſpéciale grace de Dieu, & l'incomparable valeur du feu
Duc de Guiſe & de Monſeigneur le Duc de Mayenne, ſon
Frere, leſquels avec une poignée de gens & de leurs moïens,
ſans être aucunement ſoûtenus ni ſecourus, ont diſſipé & réduit à néant ce puiſſant & épouvantable exercite, qui étoit de
plus de trente-cinq mille hommes de combat.

VII. Entreront puis après ſur le fait des barricades de Paris
& des pernicieux conſeils qui avoient été pris, de faire mourir
une infinité de pauvres Catholiques innocens, pour apporter un
étonnement général à toute la France ; la douceur, prudence
& continence dudit feu ſieur Duc de Guiſe, lequel aïant entre
ſes mains & la perſonne & l'Etat, encore qu'il dût avoir un
juſte reſſentiment de ce qu'on avoit voulu exécuter contre lui,
néanmoins fut ſi tempérant, qu'un ſeul de ſes Ennemis ne reçut aucune injure. Cette intégrité & innocence a rendu preuve
de ce qu'il avoit en l'ame, & n'y a aucuns de ſes malveuillans qui
n'en ſoit demeuré ſi ſatisfait, qu'ils ne peuvent rien calomnier,
même aïant vû que tôt après, il ſeroit venu trouver celui qu'il
appelloit ſon bon Maître, & ſe ſoumettre du tout à ſes volontés, eſpérant de le conduire à embraſſer à bon eſcient, &
ſans plus de feintiſe ou connivence, la défenſe de l'honneur
de Dieu & de ſon Egliſe, & par l'aſſemblée des Etats généraux procurer la reſtauration de la ſplendeur & dignité de ce
Roïaume.

VIII. Il eſt notoire, comme il s'eſt comporté en cette action,
avec quel reſpect & révérence, & le ſoin & deſir qu'il a montrés
de faire ramener les choſes dépravées à leur premiere forme,

d'aſſurer pour jamais la Religion Catholique, & de faire recevoir l'Edit d'Union pour Loi fondamentale de l'Etat, aïant ſi à cœur de promouvoir l'entiere réformation, qu'encore qu'il eût avis de toutes parts qu'on vouloit attenter à ſa vie, néanmoins il aimoit mieux en prendre le péril, que de donner prétexte à une rupture d'Etats en ſe retirant, ce que ledit ſieur Légat ne peut nier à Sa Sainteté, ni auſſi peu les ſûretés qu'il a données audit feu ſieur de Guiſe, ſur la foi & parole de celui qui l'a fait maſſacrer, & de la part de la Reine, ſa Mere, en quoi ſe peuvent remarquer ſa lâcheté & perfidie, & l'offenſe qui eſt faite à Dieu par le violement des ſermens, & à Sa Sainteté même, par l'infraction de la parole & promeſſe qui a été ſouvent réitérée à ſon Légat, lequel lui en aura porté témoignage par ſes dépêches.

IX. Combien il eſt exécrable & étrange que des Princes ſi Catholiques & généreux, qui en tant d'extrémités, de périls & haſards, ont ſauvé la Couronne, eux & leurs Prédéceſſeurs aïant été ſi cruellement traités, & qu'en même temps & même lieu les Comtes de Soiſſons & le Marquis de Conti, enfans de pere hérétique, & l'un d'eux de fraîche mémoire aïant été chef de l'Armée des Reiſtres, & l'autre peu auparavant combattu avec le Roi de Navarre contre les Catholiques, & fait tuer de ſang froid le Duc de Joyeuſe (1), triomphoient à la Cour, y étoient chéris & favoriſés, comme ils ſont encore de préſent.

X. Cette diverſité & différence de traitement découvre l'intérieur du cœur de celui qui étoit n'agueres Roi, lequel maſſacrant les Princes Catholiques & chériſſant les Chefs Hérétiques, ne peut mieux manifeſter quelle eſt ſon intention & le dedans de ſon ame, du tout contraire aux apparences qu'il a montrées pour décevoir la ſimplicité du Peuple.

XI. Et pour récepter (2) de plus loin à Sa Sainteté, quelle a été l'hypocriſie & diſſimulation de ce Prince, lequel ſous la couverture de piété, a été en toutes ſes actions & déportemens loup raviſſant & furieux ennemi des Catholiques & ſecret fauteur des héréſies, ne cherchant que la ruine de l'Egliſe pour en prodiguer les biens & dépouilles; leſdits Seigneurs lui ſauroient bien repréſenter en particulier ce qui a été reconnu de lui,

______

(1) Il eſt vrai que le Duc de Joyeuſe fut tué après la Bataille; mais ce fut par un ſimple Cavalier, ſur une diſpute arrivée entre pluſieurs autres Cavaliers qui prétendoient chacun l'avoir pour leur priſonnier. C'eſt ce qu'on lit dans *De Serres* ſur l'an 1587.

(2) Faire connoître. On lit en effet dans un autre Exemplaire, pour *répéter* & non pas pour *récepter*.

son impiété, sa vie lubrique & abominable, ses jadis secrettes, & aujourd'hui ouvertes pratiques & intelligences avec le Roi de Navarre ; la Reine d'Angleterre & autres Hérétiques, la confédération qu'il a faite avec les Suisses Protestans, la protection qu'il a prise de la Ville de Geneve, l'empêchement qu'il a donné par protestation par écrit de prendre les armes contre le Duc de Savoie, s'il tâchoit de s'en emparer, l'avertissement qu'il a envoïé à ceux de Strasbourg, par lequel l'entreprise fut faillie, laquelle sans cela étoit très assurée ; que s'il a été contraint de faire la guerre aux Hérétiques, sous main les a portés & favorisés, faisant manquer les deniers de l'Armée & les divertissant ailleurs, retirant les forces peu à peu, menant les affaires en longueur, donnant des mains levées des biens saisis des Hérétiques, faisant rendre des Places au Roi de Navarre, comme l'année passée Fontenai-le-Comte, & cette-ci Niort, Châtellerault, Argenton, & de toutes les Villes, Ponts & Passages de la riviere de Loire, excepté Orléans, qu'il n'a pu prendre.

XII. Depuis, tout ouvertement il s'est fait paroître tel qu'il est, joignant ses forces avec celles des Hérétiques, desquels il se sert indifféremment, & s'étant vu avec Châtillon, Fils de l'Amiral Coligni, & fait Traité avec les Béarnois & la Reine d'Angleterre, avec laquelle il a une étroite amitié & intelligence, l'appellant par toutes ses dépêches, sa bonne Sœur.

XIII. Déduiront de Province en Province la jonction toute ouverte de ce jadis Roi avec les Hérétiques ; à savoir en Dauphiné, la treve faite entre les Politiques & eux par lui avancée, pour se servir des forces desdits Hérétiques en Bourgogne ; que le sieur de Tavannes l'aîné a son principal amas de Huguenots de Nivernois & Bourgogne, & de ceux qui étoient refugiés à Montbeliard, & qu'aïant pris l'Abbaïe de Flavigni, le Gouvernement en est donné à un Chef hérétique, & le prêche s'y fait publiquement par un Ministre. En Champagne, le sieur de Tinteville est joint avec ceux de Jamets & de Sedan ; Sautour avec Esternai, & avec tous les Hérétiques de la Province. Le Comte de Soissons a fait ses troupes des Huguenots de la Beausse & du Perche, & est joint avec Danjau, Capitaine Hérétique des principaux Chefs & Favoris du jadis Roi de Navarre. En Normandie, M. de Montpensier est assisté la plûpart de Gentilshommes & Soldats de cette Faction. En Touraine & Anjou, les troupes desdits Henris logent en même lieu, se voient & fréquentent ensemble, & n'y a plus de différence ni de distinction des unes aux autres.

XIV. Brief, l'on peut juger par le cours & suite des actions de sa vie, qu'en apparence & des levres seulement il a fait profession de Catholique ; mais que du cœur il en a été très éloigné & les effets très différens. A quoi on peut ajouter pour preuve & témoignage très certain, son irrévérence en l'Eglise, aïant toujours la tête couverte, & faisant peu de compte d'assister aux prédications ; & toutefois il y a été si artificieux, que pour couvrir cette mauvaise volonté, il a fait semblant d'aimer les Religieux, comme les Jesuites, les Capucins, les Feuillans, & a bâti de petites Chapelles & Cellules, qui ont servi plus souvent de retraite de lubricité & conspiration, que de dévotion.

XV. Le sieur Evêque de Senlis pourra remarquer à Sa Sainteté les particularités qu'il peut témoigner sur ce sujet, dont il a eu connoissance, lesquelles aujourd'hui sont publiques & en la bouche de tout le Peuple, qui après une longue patience ne pouvant plus endurer telles impiétés, a été ému & excité de l'esprit de Dieu de penser à la conservation de son saint service, que l'on prétend anéantir & abolir par telles simulations & hypocrisies.

XVI. Le général consentement de la France, jointe & unie incontinent après les massacres, les pénitences & processions publiques, feront foi à Sa Sainteté qu'il n'y a rien de projetté de la prudence humaine ; ains que c'est un mouvement divin, qui tout-à-coup a échauffé les cœurs des Catholiques, & leur a fait sentir qu'il étoit temps de se lier pour empêcher leur ruine & celle de nôtre sainte Religion ; & que non-seulement les bonnes Villes & la plupart de la noblesse sont entrées en cette résolution, mais aussi les Parlemens & Cours Souveraines de la France, qui sont composés des plus sages & plus fermes à l'obéissance, & plus nourris & expérimentés aux affaires.

XVII. Représenteront lesdits Seigneurs Députés, l'état des forces qui sont conduites par M. le Duc de Mayenne, lequel a été choisi pour Chef, comme le Prince qui a le plus de créance parmi les gens de guerre, plus d'autorité, de pratique au fait des armes, & qui par sa vaillance & vertu a surmonté toute envie: rendant raison à Sa Sainteté du pouvoir qui lui a été donné, attendant la convocation des Etats généraux qui est indicte au mois de Juillet prochain ; étant nécessaire que jusqu'à la résolution d'iceux, les armes & l'Etat soient maniés par un seul Chef, pour obvier à la diversité des commandemens, qui ne peut qu'apporter confusion & desordre, & afin de maintenir la forme de cette Monarchie Françoise, & le naturel de la Nation qui abhorre les Gouvernemens Populaires, ou Aristocratiques, & desire sur-tout (après le rétablissement de la gloire de Dieu) que la Couronne soit conservée en son entier ; à quoi on estime que Sa Sainteté n'a moins de desir & intérêt.

XVIII. C'est à ce qu'aujourd'hui les bons François & les Catholiques zélés travaillent, & le sujet & occasion des armes qu'ils ont été contraints par nécessité de prendre sous les enseignes & autorité de Sa Sainteté, à laquelle aïant recours comme au souverain Pasteur & Pere commun, mettant toute leur confiance après Dieu en elle, qui est leur ancre sacrée parmi ces grands orages & tempêtes, se prosternent à ses pieds en toute humilité, & la supplient très humblement de vouloir embrasser la protection de la France qui a cet honneur d'être la premiere Fille de l'Eglise, & de ne s'être jamais démentie de l'obéissance du saint Siege Apostolique.

XIX. Mettra, s'il lui plaît, Sa Sainteté en considération, combien il importe que la Religion Catholique ne souffre aucune altération ni changement en ce Roïaume, qui est le premier de tous les autres ; & lequel par sa fermeté & constance peut affermir la piété de ses Voisins, tout ainsi qu'il ébranleroit les autres Principautés & Provinces Chrétiennes, s'il étoit asservi sous le joug & domination des Hérétiques.

XX. Jugera Sa Sainteté, par ce que dessus, le peril que la France court aujourd'hui & courra par ci-après par les menées du jadis Roi de Navarre, de recevoir ce changement duquel nous sommes menacés, & auquel il est besoin de pourvoir au plutôt, & que cette providence se doit espérer & attendre de Sa Sainteté, en laquelle gît & repose le salut de ce Peuple qui se jette à ses pieds sacrés, & avec les vœux, larmes & très instantes prieres implorent la bonté & protection de Sa Sainteté, de laquelle il veut dépendre comme de son Chef, & en espérer sa restauration. Suppliant très humblement de ne le point rejetter & abandonner, pour affligé qu'il soit & oppressé par les armes & tyrannies de celui qui lui a commandé, & auquel il a rendu devoir, respect, fidélité & obéissance jusqu'au dernier point de l'extrémité, & aïant été forcé de s'en distraire pour obéir à Dieu, & ne point faire naufrage de sa Religion & de la foi & créance des Majeurs. Etant tous les gens de bien résolus de n'épargner ni leurs moïens ni leurs vies pour se maintenir en l'obéissance de l'Eglise, de Sa Sainteté, & du saint Siege

Apoſtolique, & plutôt ſe précipiter à mille périls, que de ſe jamais remettre ſous le gouvernement d'un Tyran perfide, qui a maſſacré proditoirement les Princes Catholiques leurs protecteurs, & entre iceux un Cardinal, par l'aſſaſſinat duquel il eſt notoirement & de fait excommunié, exclus de l'Egliſe & hors de la congrégation des fideles, indigne & incapable de toute domination, différé & interdit, ſelon qu'il a été ordonné par les ſaints Décrets & Canons (1) ; & mêmement par la conſtitution du Pape Boniface huitieme, & ſuivant ce qui a été repréſenté à Sa Sainteté par les Docteurs de la ſacrée Sorbonne, conformément à l'expreſſe parole de Dieu & aux ſaintes Ecritures.

XXI. Or, d'autant que ceci ne ſe peut terminer, ni la Religion Catholique ſe rétablir que par la voie des armes, & que la guerre que les Catholiques ſont contraints de ſoutenir eſt accompagnée d'une infinie dépenſe, laquelle ils ne peuvent ſupporter de leurs moïens ſeuls, & que de l'heureux ſuccès d'icelle dépend le ſalut de la France & de toutes les régions circonvoiſines, ſera Sa Sainteté très humblement ſuppliée d'y apporter les tréſors ſpirituels & temporels de l'Egliſe, & prononcer ſon jugement & ſaint Décret contre ce cruel Tyran, ce qui eſt requis au plutôt : interdire ſon audience au Cardinal de Joyeuſe, en qualité de Protecteur, de chaſſer le Marquis de Piſain (2) & faire faire le procès à l'Evêque du Mans (3), chargé de propoſitions hérétiques, & adhérant à ſes Freres les Rambouillets, principaux conſeillers & auteurs des maſſacres, de vouloir envoïer un Jubilé par toute la Chrétienté, pour implorer la clémence & miſéricorde de Dieu ; accorder une croiſade générale, pour convier tous les Catholiques de contribuer en cette ſainte cauſe & la ſecourir de leurs forces & moïens ; écrire à tous les Princes, & leur enjoindre de ſon autorité paternelle de nous vouloir aſſiſter ; excommuniant tous ceux qui

---

(1) On publia en cette année 1589 un Libelle horrible intitulé (*de l'Excommunication encourue par Henri de Valois, pour l'aſſaſſinat de MM. de Guiſe.*

(2) Le Marquis de Piſani.

(3) Claude d'Angennes. Ce Prélat fut chargé par le Roi Henri III de repréſenter au Pape les juſtes raiſons que ce Prince avoit eues, à ce qu'il croïoit, de faire mourir le Duc & le Cardinal de Guiſe, de ſolliciter ſa reconciliation avec le ſaint Siege, &

d'engager Sa Sainteté à emploïer ſon autorité, pour faire rentrer les factieux dans le devoir, dont ils ne s'étoient écartés que ſous le prétexte du danger que couroit la Religion. Perſonne, dit M. de Thou, L, 94, n'étoit plus capable de cet Emploi que ce Prélat, par ſa piété, ſa profonde érudition & ſon habileté dans les affaires. M. de Thou parle de ſon Voïage à Rome & de ce qu'il y fit, dans le Liv. 94 de ſon Hiſt. & il y rapporte le précis de ſon Diſcours au Pape.

directement

directement ou indirectement prêteront quelque aide ou confort
aux Ennemis.

XXII. Et pour le regard du secours temporel, le bon plaisir de Sa Sainteté sera d'ouvrir ses trésors, qui ne peuvent être emploïés à meilleur usage, ni en une plus nécessaire & plus importante occasion, & faire don d'une notable somme de deniers pour le soutenement de la guerre (1) ; & outre, d'un nombre de Cavalerie & Infanterie qui soit entretenue à ses dépens, jusqu'à l'entiere extirpation des Héréfies ; & où Sa Sainteté feroit quelque difficulté, principalement de faire don desdits deniers, sera suppliée de vouloir à tout le moins, prêter jusqu'à douze cens mille écus, dont lui seront données sûreté & cautions, tant du Clergé que des bonnes & capitales Villes de la France, d'en faire remboursement dans certain temps, & jusqu'à ce, païer la rente au denier sept, selon qu'elle est usitée & permise aux Terres de l'obéissance de l'Eglise, en Avignon & au Comtat.

XXIII. Et pour encore de plus en plus obliger les Catholiques, ils desireroient qu'il lui plût envoïer un Légat en l'Armée, pour féliciter une si sainte entreprise, & faire reconnoître à toute la Chrétienté, qu'elle est conduite sous les commandemens & bannieres de Sa Sainteté, qu'elle en est le Chef, qu'à elle en appartient la gloire & le mérite, comme aussi tous les Catholiques protestent de lui déférer tout, de combattre sous son nom & ses enseignes ; & rapporter leurs conseils & exploits au très humble service de Sa Sainteté, leur entiere obéissance & révérence à ses bénédictions paternelles, & au respect du saint Siege Apostolique.

XXIV. Lui donneront lesdits Seigneurs Députés toute assurance de la publication du Concile de Trente, sans aucune restriction, selon qu'ils l'ont procuré & requis aux Etats de Blois, & espéroient lors d'un commun consentement, sans les traverses & empêchemens, que ce Tyran y apportoit par l'intervention de ses Officiers, sous prétexte des libertés de l'Eglise Gallicane, voulant entretenir des confusions & desordres en l'Eglise & la dissipation des bénéfices.

XXV. Prendront avis de Sa Sainteté, de ce qu'ils auront à traiter avec les Princes d'Italie & autres, & de quelle forme & façon ils se comporteront ; déclarant avoir cela en charge & exprès mandement de se conformer en tout & par-tout à ses sain-

(1) Le Pape n'avoit pas dessein d'emploïer chasser le Roi du Roïaume de Naples. Voïez son argent à cette guerre ; il le destinoit pour le *Thuana*, au mot Sixte V.

tes volontés, de ne parler que par elle & par ses saints Oracles, & n'interposer aucun médiateur auprès d'Elle. Voulant mondit seigneur Duc de Mayenne & le Conseil général de l'Union avoir toutes leurs obligations à elle seule.

XXVI. Et d'autant qu'en ce temps, la cause de la Religion est en dispute par toute la Chrétienté, & que les Ennemis d'icelle sont bandés & conjurés à sa ruine, aïant une parfaite intelligence & comme association entr'eux, & qu'il n'y a aucun moïen d'y pourvoir, sinon que tous les Princes, Potentats & Peuples Catholiques soient joints & unis ensemble, conferent & symbolisent leurs moïens & forces ; sera Sa Sainteté suppliée & très humblement remontrée d'y prendre une bonne résolution & expédient, qui sembleroit être, qu'il lui plût d'exhorter tous les Princes Catholiques d'envoïer près d'elle leurs Ambassadeurs & Députés, pour aviser à résoudre & conclure une sainte Ligue offensive & défensive, pour la manutention de la sainte Religion Catholique, Apostolique & Romaine, sous les commandemens de Sa Sainteté, au Pontificat de laquelle Dieu a réservé la restauration de son Eglise & de l'Etat universel de la Chrétienté.

XXVII. Feront plainte des emprisonnemens & détentions des prisonniers, la qualité desquels il plaira à Sa Sainteté considérer, l'un étant Prince du Sang des plus anciens du College, les autres Princes très innocens ; l'Archevêque de Lyon, Primat des Gaules, & le President de Neuilli & Prevôt des Marchands, Députés & Présidens des Etats, en la personne desquels la foi & sûreté publique est enfreinte & violée (1).

XXVIII. Requerront que nos Agens soient désormais autorisés de Sa Sainteté, puissent résider près d'icelle, & être librement envoïés vers les Princes Catholiques, & avoir correspondance avec eux sur le bien général de la Religion Catholique, Apostolique & Romaine.

XXIX. Supplieront très humblement Sa Sainteté de leur prescrire comme ils auront à se gouverner ès vacances des bénéfices, & en l'Assemblée des Etats généraux prochains, & en tout ce qui concernera cette sainte cause, laquelle étant la cause de Dieu & non la leur particuliere, doit être conduite par son Vicaire en terre, Chef, Pasteur & Pere universel.

XXX. Tout ce que dessus sera géré, négocié, manié par les-

---

(1) Ceux dont on loue ici la fidélité, n'étoient gueres connus cependant que par leurs trahisons.

dits Seigneurs Députés, Commandeur de Diou, Coquelei, Conseiller, Abbé d'Orbais, & Doïen Frison, & tous ensemble confereront & communiqueront des affaires pour les traicter pied à pied, selon la disposition des volontés de Sa Sainteté & par l'avis de ceux auxquels il lui plaira que l'on l'adresse. *Fait à Paris le 25 de Mai 1589. Ainsi signé, SFNAULT. Et plus bas est écrit:* ce sont les instructions dressées par le sieur Evêque de Senlis (1), desquelles vous prendrez ce que vous connoîtrez être à propos pour votre négociation. *Aussi ainsi signé, SE-NAULT.*

COPIE DE LA LETTRE
Ecrite à Messieurs de Lyon.

MESSIEURS,

Il n'est jà besoin de vous représenter l'équité de cette cause, & moins encore la nécessité de la guerre à laquelle nous avons été poussés & contraints par un certain mouvement de Dieu, justement irrité & courroucé de la perfidie & cruauté de celui lequel à la face des Etats a fait assassiner en sa présence deux Princes nos protecteurs, les fermes colomnes de la Religion & de l'Etat, & emprisonner trois autres & aucuns des princi-paux Députés desdits Etats, contre tout droit, humanité & justice. Vous en êtes informés, & résolus avec nous d'empêcher le cours & torrent de cette rage, laquelle se fut débordée sur nos têtes & nous eut dès-lors enveloppés au même naufrage, si elle n'eût été arrêtée par les digues de notre sainte Union, le seul port, après Dieu, de notre salut. Les assassinats n'ont été commis à autre fin, que pour, avec plus de facilité & sans aucun entredit, anéantir la foi de nos Majeurs, & introduire les hérésies, continuer les oppressions & tyrannies, tollir la fran-chise & honnête liberté des Peuples, & nous réduire à une ex-trême captivité. C'est donc à nous que l'on a attenté, en nous ravissant par une voie si barbare nos Chefs, Princes très inno-cens, lesquels & leurs Prédécesseurs ont conservé cette Cou-ronne par tant de fois, & de fraîche mémoire icelle garentie de cette épouvantable Armée de Reistres, Suisses & Lansque-nets, auxquels on avoit assigné en partage & butin, non-seu-

(1) Guillaume Rose.

lement nos maisons particulieres , mais les Villes & Provinces
entieres. Etant François & Catholiques , il nous touche de maintenir notre Religion & l'Etat , contre qui que ce soit. Et y sommes obligés par le droit de notre naissance , par les vœux & sermens que nous avons faits à Dieu , & par l'amour & bienveillance que nous devons à notre Patrie , à nos femmes & à nos
enfans ; & encore y sommes nous tenus par un respect d'honneur
pour ne point laisser cette marque de nous à la Postérité , qu'aïons
abandonné la France en un temps si déplorable , & icelle laissée
en proie à un Prince prodigue , parjure , cruel & assassin , lequel
se veut ensevelir en ses ruines. Or, Dieu nous aïant donné le
courage de nous y opposer , comme généreux François , & avec
tant d'heureux commencemens fait connoître combien lui sont
agréables nos entreprises , il faut espérer qu'il parachevera l'œuvre & ne souffrira que ce Roïaume soit précipité par les pernicieux desseins de l'Ennemi à une totale désolation , que tant de
gens de bien qui l'honorent , non des levres , mais du fond du
cœur soient exterminés , & la foi ancienne chassée de son plus
sacré siege & seul refuge : il faut aussi que de notre part nous
y coopérions de tous moïens & de nos forces , mettant en considération , que c'est pour Dieu & pour nous-mêmes que nous
combattons , que de notre ferme résolution dépend nôtre
salut , & que nous n'avons que deux sentiers , l'un nous y conduisant , & l'autre à la mort & à une très dure & perpétuelle
servitude. Il n'y a rien entre les deux , & est une infaillible nécessité , ou de vaincre , ou de perir. Les deux Henris sont joints
aujourd'hui à Tours , & là , & en autres Villes qu'ils tiennent,
le prêche & exercice d'hérésie se fait publiquement. Les pauvres Catholiques sont persécutés par rançons , emprisonnemens
& peines de mort ; & déja nous voïons le modele tout formé
d'un même changement que celui d'Angleterre. Avisez donc,
Messieurs , à vous resoudre , comme nous nous assurons que ferez , aïant assez de preuves de l'ardeur de votre zele & de la
fermeté de vos constances ; & pensez avec nous à tous les moïens
de notre conservation universelle , y apportant vos conseils,
vos facultés , vos vies , lesquelles ne tenant que précairement de
Dieu , nous ne pouvons rien donner qu'il ne nous rende au cen-
tuple, & avec profit & usure; ce que nous élargirons à la défense de
son saint nom , il le multipliera par milliers & par infinies graces & bénédictions sur nos familles. Et au reste , jugeons que
quand nous serions si ingrats & impudens , que de songer à

l'épargne, & par faute de fecours nous vinffions à fuccomber, nous aurions fait réferve & amas pour nos Ennemis propres. Cette Ville, comme la Capitale, vous a montré l'exemple, aïant prodigué jufqu'ici fes tréfors pour le foutenement des armes ; & étant difpofée d'y coucher de fon refte, fe promet que comme nous fommes tous unis en une même caufe, que nous avons jurée par fermens folemnels, tous auffi concourrons en mêmes volontés ; & qu'aux pieds de Jefus-Chrift, nous dépofiterons nos biens & nos fortunes pour être difpenfées & converties à la manutention de fon Eglife & du faint Siege Apoftolique. C'eft de quoi, Meffieurs, nous vous prions & conjurons de vouloir envoïer de votre Province, un ou trois Députés choifis & nommés par les trois Ordres, pour affifter au Confeil général, & y conférer vos voix & fages avis, afin que ce qui concerne tous les Catholiques de ce Roïaume, foit délibéré & converti par tous; vous priant nous donner avis du fecours & contributions qu'y pourrez faire pour une fois, pour l'entretenement de l'Armée,& de vous y efforcer. Nous remettons le furplus à vos prudences, pour, après nous être recommandés bien affectueufement à vos bonnes graces, prier Dieu, Meffieurs, qu'il vous donne en fanté, bonne & heureufe vie. *A Paris, ce 25 de Mai 1589.*

Il nous femble, Meffieurs, qu'à la proportion de Paris, qui offre cent mille écus, outre la dépenfe ordinaire, que vous pourrez porter & égaler fur vous & les autres Bourgades de votre Province la fomme de vingt mille écus, vous priant bien fort de nous en donner avis au plutôt, afin que M. de Maïenne en étant averti, en puiffe faire état.

Les gens tenant le Confeil général de l'Union des Catholiques établi à Paris, attendant l'Affemblée des Etats du Roïaume, vos meilleurs amis. *Ainfi figné,* SENAULT. *Et infcrite : A Meffieurs, Meffieurs de la Ville de Lyon :* & cachetée de cire rouge.

Avertissement.

PENDANT que le Roi avisoit à distribuer ses forces pour châtier ses Sujets rebelles, qui dedans & dehors entreprenoient contre lui, comme il a été vu ci-dessus, l'on écrivoit dedans & dehors le Roïaume, des rémontrances & traités, dont nous présentons quelques-unes dignes de considération, pour plus ample intelligence des choses, & pour donner contentement à la Postérité.

SAINT ET CHARITABLE CONSEIL

A Messieurs les Prevôts des Marchands, Echevins, Citoïens & Bourgeois de la Ville de Paris, pour se départir de leur Ligue & se réunir au Roi leur souverain Prince, contre l'avis & conseil qui leur a été donné par les Docteurs de la Sorbonne (*).

TRAITE' NE'CESSAIRE

Pour toutes autres Villes & Places, faisant ou étant sur le point de faire profession de la Ligue, & non-seulement utile pour la France, mais pour tous autres Etats, qui veulent s'élever contre leur souverain Magistrat.

MESSIEURS,

Si la disposition du temps m'eût permis de me trouver au milieu de vos Assemblées, qui êtes à ce que j'entends aujourd'hui accablés d'une infinité de miseres, je me fusse aussi-tôt évertué, comme Voisin de votre Ville, d'y apporter, selon la capacité de mon esprit, quelque remede. Toutesfois pour m'être les commodités ôtées, je suppléerai, s'il vous plaît, par ce mien écrit, ce que j'eusse eu desir vous communiquer de vive voix: si ce n'est au contentement total de vos souhaits, ce sera au moins d'une partie d'iceux, & pour induire après moi quel-

---

(1) Cet Ecrit est d'un Roïaliste. Il se lit aussi dans le Tome troisieme de la Satyre Ménippée.

qu'autre mieux difant, à vous faire ouverture des moïens pour vous réunir à votre Roi & Prince fouverain. Dieu cependant eft témoin de mon zele & du bien que je vous fouhaite, pour être en vos maux compris celui quafi de toute la France.

Vous vous êtes, à ce que j'entends, ligués contre Sa Majefté, avez contracté confédération contre le Roi & fon Confeil, non feulement avec quelques François, mais auffi quelques Etrangers; vous lui avez tué fes Gardes, changé fes Officiers ordinaires, & en établi de nouveaux; touché à fes finances; voire même, vous avez fouffert en vos fermons fon honneur être proftitué par quelques médifans. Que refte-t-il davantage depuis ce qui eft advenu à Blois? Vous en parlez comme s'il étoit un Holopherne, le menaçant d'une Judith; comme s'il étoit un Antiochus, lui oppofant quelques Machabées (car ainfi vous les appellez en vos Ecrits.) Vous parlez d'établir fur vous un Vice-Roi: brief, vous en parlez comme s'il étoit déja au tombeau, & datez vos Edits du regne de Chrift. Vous n'épargnez rien qui foit ou du vôtre ou de l'autrui, pour contribuer à lui faire la guerre.

Helas! Meffieurs, où courez-vous? Votre vie n'eft-elle point affez brieve, fans la hâter? Toutes ces chofes ne vous font-elles point criminéux de leze-Majefté humaine & divine? Vous faites fchifme avec le Chef que Dieu vous a donné, & auquel il vous a conjoints jufqu'à ces miferes très étroitement, auquel vous avez juré foi & loïauté.

Permettez, Meffieurs, que je vous rende l'honneur & le refpect que je vous dois, & que je vous dife par même moïen, ce que Dieu, vérité, & ma confcience me commandent de vous dire pour la confervation de votre Ville en général & celle de vous tous en particulier. Je ne fuis ni Devin ni Prophete, pour vous prédire les chofes à venir par une particuliere révélation ou connoiffance des Aftres; mais feulement je me fonde fur le fens naturel qu'il plaît à Dieu me départir, affifté de la lecture des bons livres, auxquels je me fuis adonné, comme auffi de la converfation de quelques grands, notables & fages perfonnages, dont je tire une certaine prévoïance des maux qui vous adviendront au moïen de votre émotion populaire. Mon fouhait fera accompli, fi, à l'exemple du fage Menenius Agrippa (1), je peux par vives raifons vous ramener de cette Ligue, à l'obéiffance entiere de votre Roi.

____
(1) C'eft que ce fut Menenius qui par la comparaifon de la révolte des Parties du corps

Je vous dirai donc au plus brief ce que je pense vous être utile
& néceffaire, pour vous réfoudre à une fi grande & importante
affaire, auquel vous jouez de votre liberté, de votre honneur
& de vos vies.

Je trouve, Meffieurs, ces deux points véritables, qu'en vous
bandant ainfi contre votre Prince naturel, vous entreprenez une
Ligue, premierement illicite & prohibée de tout droit ; fecondement impoffible à vous & à ceux qui vous adherent, laquelle
vous ne pouvez continuer fans votre ruine totale. C'eft pourquoi
en tout ce difcours je perfifterai proprement fur ces deux points,
fans néanmoins confondre l'un avec l'autre.

Pour ne vous tenir en fufpens, Meffieurs, prenez pour un
premier avis un propos affez ufité en notre vulgaire : *Que les
plus courtes folies font les meilleures.* Car d'eftimer qu'il vous
foit honorable & facile de vous liguer contre votre Prince, &
perfifter en cette revolte, c'eft ni plus ni moins que fi vous, malades, defiriez non feulement vous conferver en cette habitude, mais davantage être & devenir phrénétiques, furieux &
infenfés. La fageffe & le confeil des Républiques vient d'en-
haut, & de-là defcend fur un fouverain Magiftrat, qui les départit puis après fur le Peuple, comme les nerfs fe repartiffent
par-tout le corps, aïant leur principe au chef de l'homme. Maintenant vous vous êtes éclipfé le dégré auquel étoit votre Prince,
& l'aïant laiffé, vous attendez prendre votre confeil d'autre
que du fien, & de celui qui eft auprès de Sa Majefté ; c'eft-
à-dire vous entendez confondre l'ordre que de tout temps a établi & gardé en ce monde le fouverain & premier Pere de Nature,
contre lequel, par ce moïen, vous vous bandez, lui dénonçant
la guerre, & vous eftimant plus fages que lui.

Je fais bien que vous n'êtes les premiers qui êtes entrés en
telle danfe ; mais hélas, ceux auxquels telles chofes font avenues, ont été de notre âge, ou furieux Anabaptiftes (1), ou
très malheureux en leur révolte. Cette confolation eft foible,
d'avoir un compagnon & affocié en fon malheur, fi l'on a de
quelque autre part le moïen de n'entrer en telle peine, au lieu
de s'en tirer fain & fauf ; & quand l'on y eft entré, il ne faut

---

contre l'eftomach, appaifa la premiere fédition de Rome. Voïez *Florus*, L. 1, ch. 23.
Cette comparaifon a été mife en vers par
plufieurs de nos Fabuliftes Latins & François
& avant eux elle avoit été emploïée par
Efope.

(1) Hérétiques ainfi appellés, parcequ'ils
ne vouloient pas qu'on baptifât les enfans ;
& parcequ'ils renouvelloient le baptême donné par ceux qui n'étoient pas de leur Secte.
Ils donnoient encore dans d'autres erreurs ;
& tomberent dans le Fanatifme.

pas

pas tenir pour droit & jufte ce qui fe fait par exemple, mais ce
qui eft de foi-même tel.

Tant que je peux étendre mes yeux fur les hiftoires, ou plutôt fur les Villes qui fe font ainfi bandées contre leur Prince
naturel, je les vois enfin contraintes de fe foumettre à fa merci, de fe repréfenter à fes pieds en un habit trifte, plein de
calamités & compaffion, leurs privileges ou ôtés ou affoiblis,
& qui pis eft, avec les principaux complices de leur fédition,
quelques gens de bien quelquefois emportés par le torrent & la rigueur d'une juftice, leur Ville démantelée, ou bien rafée du tout,
& le Peuple tranfporté de Païs en autre, comme ferf &
efclave.

Vous n'êtes, me direz-vous, tels que les autres. Votre Ville
eft la plus grande, la plus peuplée & la plus riche de l'Europe,
vous n'avez faute ni de vivres, ni d'argent, ni de Soldats, ni
de Capitaines, voire même de courage. Vous avez encore efpérance de trouver du fecours ailleurs ; & comme une gangrene,
enfin embrafer en votre Ligue le refte de la France.

Quand il feroit ainfi, Meffieurs, & qu'il vous fût poffible,
vous eft-il pourtant licite ? Qui eft celui contre lequel vous
vous bandez ? N'eft-ce pas le Prince que Dieu vous a donné
pour Roi, auquel, fuivant fes commandemens, vous devez obéiffance, encore qu'il fe méprît en quelque chofe ; j'ajoûterai
même, encore qu'il fût d'autre Religion que de la vôtre. Car
qu'apprenez-vous en l'exemple de Jefus-Chrift, de fes faints
Apôtres & de la primitive Eglife ? finon que les Chrétiens ont
obéi à leurs Princes, quoique Païens & infideles : combien plus
le devez-vous faire, quand il ne s'eft féparé de vous ?

Voulez-vous un Roi de Maifon illuftre ? Feuilletez, je vous
prie, vos Annales & celles des Etrangers, & montrez moi qu'une
Famille ait regné plus de onze cens ans fur un Peuple, comme
a fait celle de France ; car il y a autant, depuis Merovée jufqu'à lui, & je tiens avec les plus approuvés Auteurs, que Sa
Majefté defcend en droite ligne de Mérovée, depuis lequel
cette Famille a tenu en Efpagne, la Navarre & Catalogne,
toute l'Italie, & particulierement Milan, Naples, Sicile, Gen-
nes & Rome ; en Allemagne, ce que tient aujourd'hui l'Empire
d'Occident ; quoi davantage ? la Hongrie, la Pologne & autres Roïaumes en dépendans, & pour ne laiffer rien en l'Europe & Afie, l'Empire de Conftantinople & fes appartenances, les Roïaumes de Jerufalem & de Cypre & autres. D'où

eſtimez-vous que l'illuſtre Maiſon d'Angleterre ſoit deſcendue, ſinon de la même Maiſon, prenant pour Chef d'icelle, en ligne maſculine, Geoffroi Plantegeneſt (1), Comte d'Anjou? voire même la Maiſon d'Autriche en eſt deſcendue, encore que par un bâtard (2). Pour n'obmettre aucune partie du monde, cette Maiſon ne s'eſt-elle point fait renommer en Afrique, en ſaint Louis & autres? voire même les Indiens Orientaux, arrivant vers eux, premierement les Portugais, ne les appellerent-ils pas Franques? Et qui y avoit porté le nom des François, ſinon ceux, qui de cette Maiſon avoient commandé en Jeruſalem en une guerre ſainte? ou qui y avoient vaillamment combattu, ſous le bon plaiſir & permiſſion de nos Rois leurs ſouverains Seigneurs? Car vous m'accorderez auſſi que de notre âge, cette Famille a eu part ès Iſles Occidentales. Ce que j'ai bien voulu vous faire entendre pour ne laiſſer perſuader à ceux qui veulent poſtpoſer cette-ci à une autre.

Demandez-vous la piété en cette race? Voïez Clovis, Charles (3) & Louis neuvieme, que vous avez ſanctifiés? conſidérez les bienfaits & grands revenus que le ſiege de Rome tient de cette Maiſon. Faites compte des dépens qu'ils ont faits en une guerre ſainte, & qu'ils portent le nom & titres de très Chrétiens. Jettez vos yeux ſur tant de magnifiques & ſuperbes Temples, tant d'Hôpitaux & Colleges dont ils ſont fondamenteurs & Patrons.

Doutez-vous de leur Juſtice? Liſez ſeulement vos Ordonnances, & vous trouverez qu'il n'y a Peuple ſur la terre qui ait jamais eu de ſi belles & ſaintes Loix que les vôtres. Voïez quant à l'exécution d'icelles, la ſplendeur de vos Parlemens, & ſingulierement de celui de votre Ville de Paris.

Doutez-vous de leur libéralité? Et de qui tenez-vous tant de beaux privileges, ſinon de cette illuſtre Maiſon?

Toutes ces conſidérations, Meſſieurs, ne vous devroient-elles pas inciter d'aimer les enfans, en memoire des Peres? voire

---

(1) Il faut Plantagenet. Selon Speed, en ſon Hiſtoire de la grande Bretagne; c'eſt le nom de la Famille roïale d'Angleterre, qui commence à Geoffroi, dit Plantagenet, Comte d'Anjou, Pere de Henri II, Roi d'Angleterre, & dont la branche maſculine finit à Edouard Plantagenet, Comte de Warwick, que le Roi Henri VII fit décapiter, ſous prétexte qu'il avoit été d'une conſpiration avec Perkin-Warbek.

(2) Pluſieurs Auteurs ont fait deſcendre la Maiſon d'Autriche de Théodebert ſecond, Fils naturel de Childebert ſecond, Roi d'Auſtraſie; mais cette opinion a été renverſée par le ſavant Théodore Godefroi, dans le Traité qu'il a donné au Public ſous ce titre : *De la vraie Origine de la Maiſon d'Autriche, contre ceux qui la font deſcendre des Rois de France.*

(3) L'Auteur veut parler de Charlemagne.

même celui qui, en grace de bien dire, en magnanimité de courage, en grandeur de conseil & de sagesse, & en libéralité & bienfaits envers vous, ne cede en rien à pas un de ses plus Illustres Majeurs.

Les Peuples qui se sont bandés autrefois contre leur Prince avoient quelque prétexte de leur émotion ; car de gaieté de cœur, il ne se trouvera qu'ils soient venus à être révoltés. Ils les accusoient donc, ou qu'ils avoient, avec Achab, pris leur possession sans païer ; ou qu'ils avoient, avec Tarquin, ravi & enlevé leurs Femmes, Filles & Enfans pour en abuser ; ou qu'avec Tibere, Caligula, Neron & tels autres d'un naturel malin, soupçonneux, défiant & sanguinaire, ils se plaisoient à faire mourir leurs Sujets sans raison, ou pour quelques fautes telles quelles & légeres.

Qui est celui de vous, Messieurs, à qui le Roi, duquel vous vous plaignez, ait fait un tel outrage ? A-t-il eu la maison d'un sien Sujet, pour y bâtir, ou pour la donner à autrui, qu'il ne l'ait païée au quadruple, & que le Sujet n'ait fait passer au Roi son envie, en la lui vendant cinq fois plus qu'à un autre ?

Il a quelquefois été spectateur de vos nôces, mais ça été en tel honneur que la modestie y entroit & sortoit avec Sa Majesté (1).

A-t-il fait mourir pas un de ses Sujets sans justice ? Ou s'est-il plû à inventer nouveaux supplices pour faire mourir ceux qui l'avoient mérité ? Combien a-t-il été enclin à donner des graces ? Ne pouvoit-il pas, sortant à la derniere fois de votre Ville, mettre une bonne partie d'icelle en ruine & en poudre ?

Il vous a fait, dites-vous, des emprunts mal à propos ; il vous a chargés de nouveaux subsides, & a inventé de nouveaux états pour avoir de l'argent.

Laissez, Messieurs, tenir ce langage à d'autres ; car s'il y a Ville de son obéissance qu'il ait aimée & qu'il ait épargnée, c'est la vôtre. Est-ce pas, je vous prie, un argument & indice qu'il vous a mangés d'exactions & subsides, quand pour vos

---

(1) Ce fait se lit ainsi dans le Journal du regne de Henri III, année 1577. » Le Mardi 10 Décembre (1577). *Claude* Marcel » n'agueres Orfévre du Pont-au-Change, » lors Conseiller du Roi, & l'un des Surintendans de ses Finances, maria l'une de » ses Filles au Seigneur de *Vicourt*. La nôce » se fit en l'Hôtel de Guise, où dînerent le » Roi, les trois Reines, M. le Duc & M. » de Guise. Après souper le Roi y fut, lui » trentieme masqué en homme, avec trente tant Princesses que Dames de la Cour, » masquées toutes en Femmes & toutes vé» tues de drap & toile d'argent, & autres » soies blanches, enrichis de perles & pier» reries en grand nombre & de grand prix, » &c.

guerres il a vendu & engagé la meilleure partie de son Patrimoine, & le vôtre vous est demeuré sauf & entier ? Quand vous
avez acquis sur lui le dixieme de son revenu, & que vous en
avez eu les assignations bien païées en votre Hôtel-de-Ville,
quoi plus, que vous étiez encore près d'en acquérir autant,
s'il en eût voulu vendre, ou qu'il vous eût donné assurance ?
Jamais votre Ville a-t-elle été plus riche qu'elle est ? vous savez
quels sont aujourd'hui les médiocres mariages de vos Filles, &
à combien se monte leur dot. Je trouve aux Memoires &
Annales des Comtes de Flandres, des Filles dotées de dix mille
livres comptant & cinq cens livres de rentes. Qui est, je ne
dirai le President, mais l'Avocat, commençant d'entrer en
vogue & en crédit, en votre Ville, qui se contentât d'un tel
mariage ? Vous savez quelles dépenses vous faites en bâtimens,
& de combien ils surpassent les anciens Palais, voire même
des Princes & des Rois. Vos peres se contentoient d'aller à
pied la plupart du temps ; là où celui-là n'est estimé aujour-
d'hui en votre Ville, qui n'entretient un ou deux carosses. Sont-
ce pas là de suffisantes preuves pour convaincre le Roi qu'il
vous a surchargés ? Je passerai plus avant ; faites un état de tous
les emprunts qui vous ont été faits de dix à vingt ans, pour
survenir aux nécessités du Roi, ils ne monteront pas tous ensemble tant, que ce que volontairement vous avez fraïé depuis un
demi an pour lui faire la guerre.

Et quant aux Offices qu'il a vendus, s'il y a du mal, qui en
est cause, sinon vous, qui lui en avez fait ouverture, ou bien
l'ouverture aïant été faite par autrui, qui lui avez bâti & couché par écrits ses Edits, & avez enchéri tels nouveaux états
autant ou plus qu'ils ne valoient, qui les avez achetés pour vous
& les vôtres, jusqu'à en obtenir des survivances, tant ces inventions vous ont plû, & y avez trouvé de l'honneur & du
profit ?

Vous ajoutez qu'il a élevé des Mignons aux plus grands Etats
du Roïaume, qu'il leur a mis les Places d'importance en main,
& davantage, qu'ils en étoient indignes.

Posons qu'il soit ainsi : est-ce cause digne de vous faire prendre les armes contre votre Roi ? Qui est le moindre Prince en
l'Europe qui n'ait un ami & familier qu'il avance, suivant &
se laissant transporter à un particulier & juste instinct de nature, par lequel nous en aimons les uns plutôt que les autres ?
Et néanmoins où trouverez-vous pour cela de notre âge, que les

Sujets foient bandés contre leur Seigneur ? Vous me confefferez que Sa Majefté a bien autant de pouvoir en fon Roïaume, qu'un pere de famille a en fa maifon. Qui eft celui d'entre vous qui quelquefois ne montre plus grande privauté & amitié à l'un de fes enfans qu'à l'autre, voire même l'on verra qu'un honnête & fage pere de famille fiera plutôt fa bourfe & maifon à un fien facteur, qu'à fon propre enfant. Pour cela avez-vous vu que les enfans fe foient élevés contre leurs Peres ? leur avez-vous donné audience en votre Cour quand ils fe font plaints de telles chofes ? S'il s'en préfentoit parmi vos troubles un qui fît ou attentât quelque chofe de femblable , ne l'auriez-vous pas en exécration ! Si vous penfez que cela vous foit permis en vos maifons , pourquoi non à un Roi ès Païs de fon obéiffance ? Et ce d'autant plus que les fouverains Magiftrats font doués d'en-haut d'une grace plus fpéciale que les Particuliers, tant pource que Dieu les a choifis d'entre tout un Peuple , comme vafes d'honneur , qu'auffi il n'y a moment du jour auquel ils ne foient occupés aux affaires, & qu'ils ne voient & entendent la vraie pratique & expérience de vertu, qui les rend même dès leur jeune âge, fages, avifés & auguftes plus que nuls autres. Jettez l'œil fur quelques Etrangers, vous trouverez qu'ils en ont élevés, fans aucun refpect ni de famille ni de condition , voire même jufqu'à fe laiffer conduire & mener par des bouffons.

Davantage, qui eft celui de vos Rois que vous tenez les plus chers & recommandables, qui n'ait eu de fon regne quelque favori ? Je ne vous renverrai aux anciennes Hiftoires, de peur que vous n'eftimiez que la façon d'aujourd'hui doive être changée de celle du paffé. Le grand Roi François, fur-nommé de vous, Pere du Peuple & des bonnes Lettres, Aïeul de votre Prince ; n'a-t-il pas eu fes mignons & fes favoris ? N'a-ce pas été lui qui a commencé d'avancer la Maifon de Montmorenci , & de Guife ? Henri II, fon fils, Prince d'augufte mémoire , n'a-t-il pas parachevé la grandeur de ces deux Maifons, y ajoutant celle de faint-André & de la Ducheffe de Valentinois , dont eft defcendu le Duc d'Aumale, qui eft aujourd'hui parmi vous ?

Charles neuvieme n'a-t-il pas fait d'un petit Clergeot des vivres, un Duc & Maréchal de Retz(1), le Frere duquel eft pour

---

(1) Albert de Gondi , Duc de Retz , Marquis de Belle-Ifle , Pair & Maréchal de France, étoit Frere aîné de Pierre de Gondi , Evêque de Langres , puis de Paris , Pré-

1589.

CONSEIL
AUX ECHEV.,
CITOÏENS,&c.

le préfent Evêque de votre Ville, Cardinal de Rome, riche de cent mille livres de rente, tant en biens eccléfiaftiques, qu'en fonds de terre & intérêts.

Et toutesfois quelle Ligue avez-vous jamais fait contre ces grands Princes, pour avoir élevés leurs favoris ? Vous favez, Meffieurs, que le jeu ordinaire de la Cour eft de tirer l'échelle à ceux qui fuivent après, & auffi-tôt que l'on eft élevé ès honneurs & dégrés d'icelle : eft-il raifonnable, je vous prie, qu'une maifon pleine de biens, meubles, immeubles, alliances & crédits, par le feul bienfait de nos Rois, foit pire que la fangfue ? ce petit animal, quelque goulu de fang qu'il foit, laiffe la peau auffi-tôt qu'il fe fent rempli ; ceux-ci veulent, outre le fang, tirer la vie & l'ame de vos Princes. Ils ont pris fujet fur l'avancement de quelques favoris du Roi. Penfez que c'eft une chofe plaifante, quand les Juifs en reviennent là, que de vouloir réformer les ufures, & qu'un vieux Courtifan avancé par la feule libéralité de nos Princes, veut aujourd'hui retrancher à fon plaifir les bienfaits de fon Roi, & empêcher qu'il n'avance ceux qui valent mieux que lui. Mais enfin de cette querelle, dequoi vous plaignez-vous ? Si tout l'or & tout l'argent qu'ont eu tels favoris de leur Prince, eft retourné dedans vos bourfes, aïant été fi fimples de ne mettre en coffre les libéralités de leur Roi, & qu'ils les aient dépenfées en votre Ville, ditesmoi, n'êtes-vous pas en effet les mignons, telles libéralités n'aïant pu fubfifter en leur épargne un feul moment, & auffitôt vous étant tranfmife, qu'eft l'eau par un conduit ? Vous voulez donner à Sa Majefté des mignons, favoris & confeillers qu'il vous plaît ; voudriez-vous qu'en vos maifons il vous en baillât à fon affection & non à la vôtre ? Voulez-vous qu'il foit votre inférieur, & que de Roi & Maître il devienne votre Vaffal ? Voulez vous au contraire de Sujets & Vaffaux, mettre fa Couronne fur vos têtes & fon Sceptre en vos mains ? Je pafferai plus outre ; car il me femble qu'un Prince fans favori & fpécial confeiller, eft plutôt un Prince imaginaire & en peinture qu'en vérité. Quel état pouvez vous faire d'un Prince qui ne fait aimer fermement ? Comment faura-t-il châtier les vices, s'il ne fait bien aimer la vertu & haïr ce qui lui eft contraire ? De

---

lat de grand mérite, qu'on ne put jamais engager dans les complots de la Ligue, & qui fut nommé Cardinal en 1587 par le Pape Sixte V. Ils étoient Fils d'Antoine de Gondi II du nom & de Marie-Catherine de Pier- revive, laquelle fut Gouvernante des Enfans de France: Voïez l'Hiftoire généalogique de la Maifon de Gondi, imprimée à Paris en 1705.

1589.
Conseil
aux Echev.,
Citoïens &c.

combien est-il important à un Etat de montrer en un seul on en
peu de personnes, qu'un Roi est constitué de Dieu pour remplir
de biens, voire en un moment, ceux qui s'adonneront à la vertu ? Otez les récompenses, n'ôtez-vous pas le chemin à ceux
qui sont conduits au bien pour l'amour & l'envie qu'ils ont de
bien faire ; comme ôtant la Justice, vous incitez un chacun à
piller & s'entretuer ? Voire mais direz-vous, il a élevé ceux qui
ne le méritoient ; s'il est ainsi, Messieurs, mettez vous en sa
place & faites les Rois ; ce n'est point à vous à lui faire telle repli-
que ; mais plutôt c'est à lui de vous la faire : avoir choisi & établi si long-temps sa demeure en votre Ville, y avoir dépensé son
revenu & ses finances, pour vous enrichir, y avoir vécu, par
maniere de dire, comme votre concitoïen & combourgeois, cela
meritoit-il pas bien d'assaillir ses Gardes & de vous liguer contre
lui ? n'est-ce pas à lui de se plaindre, & dire qu'il a élevé une
Ville qui ne le méritoit ; que pour vous avoir trop aimés, il
en a eu une indigne reconnoissance ? Vous avez été jusqu'ici
estimé la plus fidelle à vos Rois, & maintenant que dira-t-on
de vous, entendant cette Ligue ? S'il vous est loisible de vous
bander contre votre Prince naturel, que peuvent espérer ceux
que vous mettez en leur Place ? Il ne faut donc plus que vous
parliez du démérite des mignons, si premierement vous ne vous
purgez du vôtre ; car il ne se trouvera qu'ils se soient ligués contre leur bienfaiteur, comme vous avez fait. Que s'il faut encore venir aux mérites, il se trouvera que la Maison de Nogaret (1) a fait service signalé à la France & à nos Rois, avant
que ceux qui sont cause & chef de votre Ligue (2). Et puis, est-
ce à vous ni à moi à peser les mérites de ceux qui plaisent à
un Roi ? Combien y a-t-il d'affaires d'importance en un Roïaume, où un favori est nécessaire, dont néanmoins nous n'avons
& ne devons avoir la connoissance, ains nous en rapporter à
ceux qui les élisent ; c'est-à-dire à ceux que Dieu a constitués
Princes sur nous ? Soïons à nos Eglises pour prier Dieu ; à nos
cours & boutiques, pour faire en sa crainte nos vacations, sans
trop curieusement vouloir devenir chef & tête, où nous ne sommes que les pieds & les bras. Laissons faire le Magistrat sa charge
puisque Dieu nous l'a établi pour cet effet ; car de vouloir con-
trôler ainsi un Prince & le faire condescendre à vos volontés, ·

(1) Tels que Pierre & Jean de Nogaret, Seigneurs de la Valette.
(2) Jean-Louis de Nogaret & de la Vallette, Duc d'Epernon, &c.

c'eſt à mon avis renverſer tout ordre bien établi , & enfin la diſſipation de l'Etat, voire du monde.

Venons à une autre complainte que vous faites, que le Roi n'a pas favoriſé votre Ligue, ainſi que vous le demandiez.

Qu'entendez-vous, je vous prie, par ce mot de Ligue : le moïen de chaſſer par armes les héréſies que vous appellez ? Jeſus-Chriſt, les Apôtres & ceux de la primitive Egliſe, de laquelle vous vous dites imitateurs, ont-ils jamais tenu tels propos ? Vous êtes la plupart clercs, & ne parlez que des armes. Votre grandeur vient de la paix, & ne faites que prêcher la guerre ; en quel Païs la voulez-vous faire, ſur la Guienne, le Languedoc & Poitou ? Ils enclinent tóus à la paix ; ils ſont tous maîtres ſur leur fumier, comme vous ſur le vôtre ; pareil ſur pareil n'a puiſſance ni commandement : vous voulez qu'ils ſoient les ânes & qu'ils vous portent vous & vos Armées ſur le dos ; que leurs Païs, leurs Villes, leurs Villages, leurs perſonnes, femmes, enfans & domeſtiques ſoient le tablier, ſur lequel vous voulez jouer votre guerre ? s'ils perſuadoient aujourd'hui Sa Majeſté de vous faire la guerre, ne diriez-vous pas qu'ils ſont de mauvais compatriotes ? Etes-vous Princes ſur toute la France, pour dire qu'ainſi vous plaît, & tel eſt votre plaiſir ? Si les Ecritures, les ſaints Conciles & les anciens Peres peuvent avoir quelqu'autorité ſur vous, où trouverez-vous qu'ils vous permettent de forcer un Roi, de lui ôter ſon honneur, & ſa Majeſté, d'embraſer la France pendant que l'on empiete ſes limites ? Où eſt l'amour de votre Patrie ? Êtes-vous nés ſeulement pour vous ou bien pour toute la France, qui eſt le corps univerſel duquel vous êtes membres, voire des plus ſignalés ? Voïez le Dauphiné, partage des aînés de France, n'a-t-il pas connu par expérience que la paix lui eſt plus néceſſaire que la Ligue, s'acheminant peu à peu par le moïen d'une treve, à une ſainte & ferme paix, pendant que vous vous ruinez en la guerre ? Voïez le Pape, qui deſiſte de la Ligue, & aime mieux être & ſe rendre tributaire de ceux de la Religion, que de perdre la Ville d'Avignon.

Mais poſez que Sa Majeſté ait eu occaſion de commencer la Ligue, voïant qu'elle a été ſi mal menée par ceux qui en ont été conducteurs, & avec une telle perte de grands Capitaines, de tant de bons hommes, avec la ruine de tant de Villes, avec une telle dépenſe & diminution du bien du Clergé ;

voire

voire même qu'icelle Ligue donne occasion d'entreprendre sur les limites du Roïaume, ne devriez-vous pas être les premiers à lui persuader la paix, pour donner ordre à ne laisser rien diminuer de la Couronne? Pendant que ceux d'un navire sont en conflit les uns contre les autres, il ne faut qu'un pertuis ouvert pour faire entrer autant d'eau dedans icelui, qu'il en faut pour appesantir le Navire, & submerger les uns & les autres. Si ces choses continuent comme elles ont commencé, vous étiez ci-devant le cœur de la France, & vous deviendrez ci-après les pieds & talons.

Vous direz que vous avez juré la Ligue, que vous craignez d'être déclarés & tenus parjures? Où trouverez-vous, je vous prie, qu'un jurement fait avec peu, ou sans raison, à la chaude, par une émotion populaire, à la ruine de tout un Etat, doive être tenu pour serment? Entendez-vous avoir juré contre votre Patrie, contre votre Roi, votre Ville & vous-même? Qu'est-ce, que si, sous le mot de Ligue faite, l'on vous veut asservir, ôter vos libertés, privileges & vos biens; Ligue contre un Roi & Prince naturel, qu'est-ce, sinon une rebellion?

Ceux qui vous le persuadent, surpassent-ils la Maison de France à vous aimer, ou bien ont-ils les moïens de vous bien faire, tels que Sa Majesté? Leur Maison a-t-elle attestation de vous avoir gouvernés par le passé, comme la Maison de France? N'est-ce pas le propre du Tyran, de gagner les Villes en renard, pour les maîtriser par après en lion? Et puis, Messieurs, êtes-vous seuls sages & zélés en ce fait? Pour un Parlement que vous êtes, qui faites état de la Ligue, selon votre demande, il y en a cinq ou six qui ne la veulent de telle sorte, voire même la plus grande part de votre Parlement n'en est pas & n'entend y continuer, comme vous voulez y persister; ferez-vous seuls & particuliers en votre opinion?

Entrons plus avant en vos doléances: il vous a ôté les deux Freres (1): pourquoi, Messieurs, les regrettez-vous, si vous les estimez heureux, ou s'ils entreprenoient sur la personne de votre Prince, & contre l'état du Roïaume? Remerciez plutôt Dieu, qui a tellement préservé votre Prince & Etat, que de vous lamenter pour chose qui ne se peut & doit aujourd'hui recouvrer par vos larmes? Quoi, s'ils eussent été vers vous & que le Roi vous eût envoïé leurs charges, accusations & informations, les eussiez-vous préférés à la juste doléance de Sa Majesté?

____
(1) Messieurs de Guise.

Votre Justice, qui a été ci-devant tellement en estime, eût-elle préféré le Particulier au Public & le Sujet au Prince ? Quoique vos premiers mouvemens eussent été tels, si est-ce qu'enfin vous eussiez fait ce que Dieu vous commande ; oui, mais l'un des deux étoit Archevêque de Reims & Cardinal de Rome ; Justice, Messieurs, a les yeux bandés, & n'a acception de personne : plus il étoit Cardinal, mieux il devoit être instruit à l'obéissance de son Prince. Les peines, comme vous savez, tant s'en faut qu'elles se diminuent pour l'état & équité, qu'elles sont quelquefois plus rigoureuses, sur-tout quand il est question du crime de leze-Majesté. Vous n'ignorez que Laurent de Medicis, s'étant rendu Maître sur les Conjurés de Pazzi, fit pendre & étrangler aux fenêtres du Palais François Salviati, Archevêque de Pise (1), qui étoit un des premiers de cette conjuration, voire même qui conduisoit cette trahison, (ce qui est à noter en ce temps, de l'autorité & consentement de Sixte IV) Et combien que le Pape excommunia Laurent de Medicis, si fut-il contraint enfin de l'absoudre, pour n'avoir les moïens de continuer & effectuer ses excommunications.

Plus je pense à ce qui est advenu, plus je vois, Messieurs, que le Ciel même vous l'avoit prédit. Vous pouvez vous souvenir, qu'avant cette Ligue, le Roi songea que les Lions & bêtes furieuses, qu'il faisoit nourrir en son Château du Louvre, le dévoreroient : cette vision le pressa de si près, qu'il les fit incontinent tuer ; & entre icelles un Lion, le plus furieux de la troupe (2). Qu'est-il maintenant advenu, sinon ce qui nous a été prédit par ce songe long-temps auparavant ?

Que si vous méprisez telles considérations, qui toutesfois n'ont été méprisées, l'Ecriture, Joseph & Daniel, ces deux grands personnages, dis-je, aïant fait profession de les interprêter ; dites, je vous prie, n'est-il pas permis de droit, en crime de leze-Majesté, prévenir celui qui en est coupable ? de tuer & punir, & puis faire à loisir le procès aux Conjurés &

---

(1) François Salviati, Archevêque de Pise en 1477, étoit un Prélat d'une grande autorité. Pendant la sédition qui s'éleva vers ce temps-là à Florence, il fut arrêté Prisonnier dans cette Ville, & pendu publiquement, revêtu de ses habits pontificaux, aux fenêtres de la Maison-de-Ville, avec son Frere & son Cousin, tous deux nommés Jacques Salviati. Voïez Enguerrand de Mons-

trelet dans sa Chronique ; les Mémoires de Philippe de Comines, in-8°., édit. de 1706 tom. I. p. 393 ; & les Lettres de Rabelais, édit. de 1710, aux Remarques, pag. 99. & suivantes.

(2) Voïez le Journal de Henri III, édit. de 1720, pag. 55. Le fait dont on parle ici y est rapporté au 21 Janvier 1583.

d'en avertir le Prince? Caton (1) en la harangue qu'il eût contre Catilina, diftingue le crime de leze-Majefté d'avec les autres crimes : » Il faut, dit-il, plutôt prévenir le traître de fa » Patrie, que de confulter, l'aïant pris, de quelle mort on le » fera mourir. Ès autres crimes, l'ordinaire eft de faire le procès quand le crime eft accompli : il n'en eft pas ainfi au crime de leze-Majefté ; car le crime eft tel, fi l'on ne donne ordre qu'il n'avienne, que les jugemens ordinaires feront de nul effet, après que ce crime fera commis.

Si le droit & exemples des Anciens ne vous fuffifent, prenez garde, Meffieurs, au déportement de Sixte, Pape de Rome à préfent, & combien de mille hommes bannis il a fait mourir à l'entrée de fon regne, pour affurer fes Etats, quelque petit capellan qu'il fût auparavant.

Prenez encore garde au Roi d'Efpagne à préfent, qu'il n'a pardonné, en crime d'Etat, à ceux mêmes qui lui avoient gagné & obtenu des victoires fur vous ; & que tels & fi fignalés fervices ne l'ont empêché de leur faire trancher publiquement les têtes ; ajoutez encore qu'il n'a pardonné à fon propre & unique Fils Dom Carles (2), qui vouloit s'emparer des Païs-Bas, & qui ne pouvoit fouffrir que Sa Majefté avançât un fien favori, nommé Rui-Hommes (3).

Au moins fi toutes ces chofes ne gagnent rien fur vous, faites état de tant d'honorables & fages Parlemens de la France, qui ne laiffent de fuivre leur Roi pour quelque chofe qui foit avenue.

Suivez le prudent & fage confeil de Sa Majefté, de laquelle vous ne devez eftimer chofe en une telle occurrence, puifque le tout eft advenu de fon mandement & prefque en fa préfence.

Qu'a-t-il près de foi, Meffieurs, finon l'illuftre & très fidelle Maifon de Bourbon, tant d'autres grands Princes & Seigneurs ? Tant de grandes Villes, étant du reffort de votre Parlement, le fuivent ; & vous demeurez la derniere, ou plutôt vous tirez en arriere. Eft-ce pas une chofe indigne, que vous ofiez préfé-

(1) C'eft Caton le Préteur, dit d'Utique, qui s'étoit joint à Ciceron, pour faire punir Catilina ; mais la Harangue dont on parle ; n'eft point de Caton ; elle eft de Ciceron.

(2) Dom Carlos.

(3) Rui-Gomés de Silva, Prince d'Eboli, Gouverneur de Dom Carlos & favori du Roi. Voïez Dom Carlos, Nouvelle Hiftorique, par l'Abbé de faint Réal, dans fes œuvres. Le Roi d'Efpagne, dont on parle ici, étoit Philippe II. Dom Carlos étoit Fils de ce Prince & de Marie de Portugal. Il mourut empoifonné, le 24 Juillet 1568.

rer l'opinion de quelques gens méchaniques, non lettrés, non versés aux affaires, à l'avis, conseil, prudence & sagesse de Sa Majesté, & de tant de gens de bien qui suivent son Parti, & qu'au lieu d'iceux ils veulent s'insinuer au maniement des affaires d'Etats ? N'avez-vous jamais ouï parler du monde renversé ? Clotaire fit tuer assez lâchement Gautier d'Ivetot (1) ; pour cela les Sujets de Clotaire se rébellerent-ils contre lui ? prirent-ils le parti de Gautier contre leur Roi ?

Cela peut-être ne vous satisfait encore, pour la crainte que vous avez d'être châtiés d'une telle entreprise, même le cœur vous croît, quand on vous fait une liste d'un secours étranger, & qu'un mal vous fait entrer en un autre.

Je commencerai à ce dernier point, par lequel l'on vous repaît des forces étrangeres, & puis je toucherai de celui qui concerne la crainte & peur que vous avez. Je dis donc, que de continuer en cette révolte, il vous est du tout impossible, qui est un des deux chefs que je vous ai proposés au commencement de ce discours.

Pour vous éclaircir de cette difficulté, je veux dire en premier lieu, Messieurs, à bon escient & voïant le train de vos entreprises, que quant au dedans de la France, vous pouvez faire bonne chere de ce que vous y avez pour le présent ; car d'en avoir davantage, je n'estime pas qu'un seul se mette de votre parti, quand vous serez venus en l'état & calamité que je vous déduirai ci-après.

Pour le premier ; quant au secours étranger, estimez-vous qu'un Roi d'Espagne vous aide contre son beau-Frere ? Ne savez-vous pas qu'en vos communs devis, voulant exprimer un secours lointain, tardif & de petit effet, vous dîtes secours d'Espagne ? Par quel côté entrera-t-il en France pour vous secourir, quand, Dieu merci, toutes les limites sont en bonnes & sûres

---

(1) Ivetot est une petite Contrée de la Normandie au Païs de Caux, près de Caudebec : on dit que le Seigneur de ce Païs-là eut autrefois le titre de Roi avec une autorité souveraine. Robert Gaguin est le premier qui ait parlé, à la fin du quinzieme siecle, de cette Souveraineté prétendue. Il rapporte que *Gaultier*, Seigneur d'Yvetot, Chambrier du Roi Clotaire I, aïant perdu les bonnes graces du Roi son Maître, se retira de la Cour, passa dans les climats étrangers, y fit pendant dix ans la guerre aux Ennemis de la Foi, revint ensuite en France, se flattant que la colere du Roi étoit passée, arriva à Soissons, où étoit le Roi, un jour de Vendredi-saint, de l'an 536, alla trouver Clotaire à l'Eglise ; se jetra à ses genoux, lui demanda grace; & que Clotaire l'aïant reconnu lui passa son épée au travers du corps. Mais cet évenement paroît absolument fabuleux ; & il est très bien démontré tel par M. l'Abbé de Vertot, dans sa *Dissertation sur l'origine du Roïaume d'Yvetot*, imprimée dans les Mémoires de l'Académie des belles-Lettres, tom. 4. p. 728 & suivantes.

mains & de vrais & naturels François ; voire même, je n'excepterai pas la Picardie, quelqu'accident qui y foit furvenu, tant j'eftime cette Nation peu Bourguignone, comme ils parlent ; c'eft à-dire peu Efpagnole, aïant, ce Peuple, trop engravé en leurs cœurs la croix blanche, comme, au contraire, en haine la croix rouge ? Mettez cuire là-deffus, & vous verrez quelle en fera l'iffue ; car j'eftime cette Nation des plus françoifes qui foient au Roïaume. Mais eftimez-vous que l'Efpagnol veuille donner fecours à un Peuple rebelle contre un Roi de France, qui lui a été fi religieux, fidele ami & beau-Frere, que de refufer les Païs-Bas qui fe donnoient volontairement à lui ? Et davantage, penfez-vous qu'il veuille fe faire plus d'ennemis qu'il n'a, & fe mettre plus avant en guerre, en aïant plus qu'il n'en fauroit démêler en cent ans ? Ne faut-il pas qu'il fonge à recouvrer fon honneur, que cette héroïque Reine d'Angleterre lui a ôté, foit par mer, foit par terre, foit en ce quartier du monde, foit aux Indes ? Ne vient-il pas avis aux Ordinaires de la defcente du Turc en Sicile, & de celles des Maures en Efpagne, & de Dom Antonio de Portugal ? Quoi ! n'at-il pas encore occafion de fe fouvenir de l'honnête réception que reçut feu fon Pere Charles V, auquel le feu Roi François ouvrit fon Païs, en 1540, lui allant châtier les Rebelles de Gand ? Vous vous trompez, Meffieurs, les grands Princes font bien jaloux les uns des autres, mais ils font auffi fages & avifés de même ; ils n'entreprennent rien fur leurs Voifins, finon à leur aife & commodité : vous avez oui ci-devant les incommodités & guerres que le Roi d'Efpagne a pour le préfent fur les bras ; que fera-ce quand un grand Roi de France entrera en cette telle lice, & qu'avec foi il amenera fes Alliés de Suiffe, d'Italie, d'Angleterre & d'Ecoffe ? Tant de grands Seigneurs d'Allemage demandent à ce coup, de faire paroître à Sa Majefté de combien ils l'aiment & l'honorent. Penfez vous que le Roi de Navarre ne veuille être des premiers pour rendre le fervice qu'il a toujours porté à fon Prince, Chef, Pere & luftre de fa famille ? N'apprenez, je vous prie, de combien font grandes les forces du Roi de France, & fachez que plus vous allez chercher votre fecours de de-là les Pyrénées & les Alpes, moins vous l'aurez à votre néceffité, & que ce pendant qu'il fera contenance de fe mettre en chemin, vous ferez contraint de rendre les abbois.

Vous efpérez auffi fecours du Pape de Rome. Quoi ! qu'il en-

1589.

Conseil aux Echev. ; citoïens, &c

voie des forces, ou de l'argent à des Sujets, pour se rebeller contre leur Prince ? Quel exemple est-ce pour ses Sujets & ses Voisins. Mais n'est-il pas vrai-semblable qu'aïant lui & ses Prédécesseurs reçu par le passé tant de bienfaits, de revenus du Païs, de Villes & Seigneuries des Rois & Maisons de France, qu'il y veuille plutôt épouser sa querelle contre vous, que contre son premier & très cher Fils ? Pensez-vous que quand les mérites du passé ne seroient considérables, qu'il veuille perdre la commodité présente des Annates (1) & autres profits qu'il peut recevoir des grands Païs, qui sont encore en l'obéissance du Roi, & ne conserver son revenu, paix & aise, plutôt que d'entrer en nouveaux frais, pour faire le séditieux & mutin parmi vos révoltes, qui bientôt lassés de votre sédition, pourrez vous reconcilier à votre Prince, & promettez, voire même sans qu'on vous le demande, & les premiers de toute la France, argent & secours pour lui faire la guerre ? Car certes le furieux est de soi plein de commisération ; mais celui, qui sain d'entendement l'entretient en sa fureur & en sa rage, celui-là est digne d'être seul exemplairement châtié, comme un empoisonneur, sorcier & magicien : il est digne que le malade étant revenu en convalescence, lui donne le premier coup, pour avoir été si méchamment entretenu par lui en fureur & phrénésie.

Ce sera peut-être, le Duc de Lorraine auquel vous irez, comme le plus intéressé en ce fait, & le plus proche de vous ?

Il est de soi (2), & de son conseil, si sage & si avisé, qu'il aimera beaucoup mieux retirer son argent du jeu, que d'entrer en la perte toute manifeste & évidente de ses Etats. Et puis qu'est-ce que d'un Duc de Lorraine ? Il n'a pas sû se rendre maître de l'Etat de Sedan, comment le seroit-il de la France ? Davantage, pensez-vous qu'il soit jamais entré en cette Ligue, sinon à la suscitation de ceux qui ne sont plus en vie & qui lui promettoient monts & merveilles, y entrant ? Aïant perdu ses garants, estimez-vous qu'il soit si osé d'entrer en France ; sur-tout voïant le Pilote d'icelle en mer, être au gouvernail du Navire, en veille & sollicitude pour les siens ?

---

(1) Annate est un droit que l'on paie au Pape sur tous les Bénéfices consistoriaux, & lorsqu'il donne les Bulles ou d'une Abbaïe ou d'un Evêché. C'est le revenu d'une année qui a été taxé selon l'évaluation du revenu du bénéfice, faite au temps du Concordat. Ce droit est appellé *Annale*, dans une Charte de Robert, Abbé de Saint Victor de Paris, & *Annualia*, au pluriel dans le Nécrologe de la même Abbaïe *Diction. de Trevoux*, au mot ANNATE.

(2) Voïez la Satyre Ménippée, édit. in-8° pag. 81 & 121.

Voudra-t-il se jetter dedans une Ville séditieuse, pleine de factions, incertaine de tenir & continuer cette Ligue, & qui peut-être enfin lui ôtera la vie, s'il est trop long à vous délivrer ? Aimera-t-il pas beaucoup mieux garder ses petits Etats qui lui sont acquis de longue main, sous la protection & amitié du Roi son beau-Frere, son Voisin & Bienfaiteur, que de les mettre en hasard à l'appétit de quelques séditieux ? Comment pourra-t-il défendre sa Lorraine, & vous aider dedans Paris ? lui absent de ses terres, ne voudra-t-il pas venir vers vous, avec des forces pour se prévaloir contre vos mutations en un besoin ? Pendant qu'il aura dénué ses Païs, la Lorraine ne sera-t-elle pas curée du moindre Gentilhomme & Cadet que le Roi y enverra ? Que sera-ce, s'il y fait descendre une forte & puissante Armée d'Allemands, vu même que c'est le passage ordinaire de cette Nation en France ? On lui persuadoit que le Roi ne se soucioit plus de ses Etats ; maintenant voïant la prudence, les forces & le courage du Roi, n'est-ce point persuader aussi-tôt de venir en propre personne vers Sa Majesté, confesser qu'il a été séduit, lui congratuler du passé, lui offrir sa personne, biens, païs & enfans à l'avenir ?

Vous tirez aussi quelqu'espérance de Savoie (1), s'étant son Altesse investie du Marquisat de Saluces & de quelques Villes du Dauphiné.

N'est-il pas vrai-semblable, que vous ne lui étant parens ni voisins & dont il ne peut tirer aucun secours en sa nécessité au réciproque, il n'aime mieux persister en l'amitié d'un si grand Roi, qui lui est parent, bon voisin & dont il peut tirer une infinité de biens en ses affaires, au contraire beaucoup d'incommodités & dommages, s'il lui étoit ennemi ?

Il se parle aussi entre vous du Duc de Parme ; combien est-il empêché à résister aux Anglois, & à garder ses Places ? Le fera-t-il sans commandement du Roi d'Espagne ? Vous avez entendu par ci-devant de combien il est ami au Roi son beau-Frere. Ignorez-vous que le Duc de Parme prétende sur le Roïaume de Portugal (2) qu'il dit lui appartenir, & que sentant lui être détenu par Sa Majesté Catholique, il lui tiendra par droit de représailles les Païs-Bas ? Pensez au moins, que quelque mine & beau semblant que l'on fasse que l'Espagnol est entré en cette

(1) Voïez la Satyre Ménippée, édit. *in-8°* tom. 1. pag. 66

(2) Le Duc de Parme avoit épousé Marie de Portugal, petite-Fille du Roi Emmanuel ; il en étoit veuf alors, & il en avoit des enfans qui prétendoient au Roïaume de Portugal.

1589.

Conseil
aux Echev.,
citoïens &c.

défiance, & que pour le déposséder du gouvernement, il n'obmet ruse quelconque, sachant le droit, le courage, la vertu, l'heur & les occasions que le Duc de Parme a en ce temps de se faire maître & propriétaire desdits Païs: le moïen de lui faire quitter le Païs est de lui soustraire ses forces; l'estimez-vous si niais qu'il le fasse? Posons qu'il n'y eût droit aucun de s'emparer & faire maître du Païs-Bas. La commodité seule de s'en emparer, ne le fait-elle pas assez entrer en goût de ne s'en dessaisir, & s'en rendre maître? Vous savez comment les Roïaumes d'Alexandre le grand furent partagés après sa mort. S'il faut que quelqu'un commence sur l'Espagne, le commencement ne peut advenir de plus sûre part, que du Duc de Parme, qui en est aujourd'hui saisi. Quoi que ce soit, l'estimez-vous plus puissant & plus heureux que Charles-le-Quint, qui n'osa, quelques forces qu'il eût, entrer plus avant dedans la France, que Château-Thierri, sachant bien que ce n'étoit pas tout d'y entrer, mais qu'il falloit avoir les moïens aussi d'en sortir? Posons que vous l'aïez reçu en votre Ville; pensez-vous être mieux & plus doucement traités par cet Etranger, que vous n'avez été par votre Prince naturel? Combien pensez-vous qu'il vous faut donner de Batailles, & les gagner? Combien prendre de Places & de Villes, avant que vous soïez venus au bout de ce que prétendez? S'il vient à mourir, en épousant votre querelle, ne serez-vous pas retombés au commencement de tous vos maux? Posons qu'il ne meure si tôt & qu'il soit votre conducteur; ne voudra-t-il pas être comme de raison, assuré de votre Bastille, du Louvre, du Palais, Châtelet & autres lieux plus forts de votre Ville, pour s'en prévaloir en un besoin à la façon d'Italie & d'Espagne, contre un Peuple si muable que le vôtre? Qui lui paiera ses Garnisons, sinon vous? Où prendrez-vous les deniers, vos biens non-seulement confisqués, mais tout commerce cessant? Ne sait-il pas bien que vos Pères ont autrefois admis en leur Ville les Anglois, mais qu'enfin illes ont chassés? Je vous confesserai librement, que c'est bien le plus remarquable Seigneur duquel vous vous soïez avisés; mais j'ose bien dire aussi qu'il est si prudent & si sage, que s'il entre en jeu, ce sera à votre perte, & non à la sienne. Vous vous révoltez en sa présence contre votre Prince naturel: Quelle leçon, je vous prie, lui chantez vous à l'avenir, & que peut-il espérer de vous, sinon d'être chassé, avec autant d'injures que vous lui aurez montré d'honneur en l'appellant à votre secours?

Restent

Reftent quelques-uns de la Maifon de Guife qui ont évité ce naufrage, qui font encore fur les pieds & en vie.

Vous vous trompez, Meffieurs ; car fi vous commencez au Duc de Maïenne, vous faurez qu'il n'a jamais été volontaire en cette Ligue. Tant s'en faut, que par la prudence & fageffe dont il eft doué, il a prédit à fes freres ce qui leur eft adve-nu (1), dont peut-être Sa Majefté en aïant été bien avertie, n'a rien exécuté fur lui : plus il eft, & vous l'eftimez fage ; ne voïez-vous pas qu'il prévoit vos actions être découfues ? qu'un Peuple mutiné ne peut pas durer long-temps en telle humeur ? Qu'à la moindre occurence il change d'affection & ne tâche qu'à trouver les moïens enfin de retourner à fes négoces ordinaires ? qui voudra peindre l'inconftance, peut-il la dé-peindre plus au naturel, qu'en repréfentant une multitude vafte & une troupe populaire, telle que la vôtre, fur-tout, quand à vos affemblées, les plus vils & méchaniques ont emporté le deffus ? S'il en refte quelques-uns de maifon, de vertu & de moïens entre vous, ne fe voient-ils pas expofés à la merci de cette Po-pulace ; quand leur argent leur défaudra, ne vivront-ils pas en vos maifons comme fur le bon homme ? Où font les paies, les finances & hommes que l'on vous amenera, étant fes for-ces occupées à la garde des Places de fon Gouvernement ?

Vous en avez affez, dites-vous, de vous-même? Vous n'avez be-foin que d'un tel Chef. Et davantage, vous efpérez vous fervir des Citadelles de Dijon, de Châlons, & comme il le dit, de la Ville d'Orléans, Troies & autres. Je laiffe Champagne & Bour-gogne pour le préfent. Mais quoi ! fi vous n'avez du fecours à vos portes, dequoi vous fervira-t-il ; ces Citadelles & leurs Peu-ples font-ils en votre Ville, pour vous en prévaloir ? Vous avez des finances ? Le Roi n'en a-t-il pas plus que vous ? La feule Nor-mandie lui en donne huit ou neuf fois plus de revenu, que toute votre Ville & Election. Que fera-ce quand il adjoindra les Finances de toute la France ? Mais quoi ! ceux qui le fui-vent ne voient-ils pas que leur argent étant défailli, il faut pren-dre en vos bourfes, & vous donner des Soldats en vos mai-fons pour les nourrir ? Qu'eft-ce enfin ? Ceux que vous penfez être vos libérateurs, font ceux qui vous pilleront jufqu'aux os. S'il voit que vous vous défiez de lui, il ne faudra de vous pré-venir, & de vous livrer à la merci de Sa Majefté, ne fachant

____

(1) On prétend que le Duc de Mayenne fit avertir le Roi des mauvais deffeins de fes Freres, & qu'il l'excita à les prévenir.

Tome III. X x

mieux pourvoir à ſes affaires, que par cet honnête ſervice. Si
ſon naturel ne le pouſſe à cela, ce ſeront quelques Conſeillers
qui ſeront auprès de lui, qui n'auront autre reſſource que de
vous trahir & ſe mettre par ce moïen en ſûreté & à leur aiſe. S'il
entre en cette défiance, auſſi-tôt s'aſſurera-t-il de vos Fortereſſes, craignant que vous ne preniez parti & quartier au milieu
de votre Ville contre lui ; que vous ne lui dreſſiez des barricades, ainſi que vous avez fait à Sa Majeſté, ou bien que vous
ne faſſiez ce que firent ceux de Cologne à Théodobert (1) pour
ſe reconcilier à leur Roi ; car qu'y a-t-il choſe plus faiſable que
ceci ? Si ſon naturel ou ſes conſeillers, ou la crainte qu'il aura
de votre mutabilité ne l'induiſent à ſe défaire de vous ; penſez-vous pas que la néceſſité & le péril évident, auquel je vois
ſa femme & ſes enfans, s'il mouroit devant eux, ne le perſuade
pas de ſe montrer ſage en ſa vie, & de ſe reconcilier à ſon
Roi, pendant qu'il en a les moïens ? Pourroit-il être dans votre Ville & vous avec lui, ſans cette continuelle défiance ? Tant
y a que, vous & lui, êtes hommes & ſujets à mutation. Etant
entrés en cette jalouſie & crainte mutuelle, celui-là ſera eſtimé le plus habile, qui aura le premier prévenu ſon Adverſaire.
Nul n'a les moïens de ſe rendre maître de votre Ville, ſi commodes, que lui ; nul auſſi ne le peut ſurprendre ſi commodément
que vous : combien vous ſera-t-il plus honorable, tant à lui
qu'à vous, d'entendre à une bonne & ferme paix ?

N'en eſpérez pas mieux des deux d'Aumales ; car ne devant
qu'à deux, c'eſt à ſavoir à Dieu & au Monde (2), il ne leur faut
que votre Ville pour ſe remplumer, ſoit qu'ils vous pillent, ſoit
qu'ils vous livrent. Car quant au Duc de Nemous, j'eſtime qu'il
eſt ſi prudent & vrai François, qu'il conformera toujours ſa volonté à célle du Roi & au bien de la France. Conſidérez auſſi
qu'il aime uniquement ſa Mere, qui eſt en péril évident, s'il
ſe met de votre Parti (3). Quoi que ce ſoit, penſez que comme les premiers mouvemens & des uns & des autres, n'aïant été
en leur puiſſance, les rendront aucunement excuſables, qu'i-
ceux auſſi étant refroidis, il vous faudra par même moïen changer,

(1) C'eſt Théodebert.

(2) Charles de Lorraine, Duc d'Aumale,
accepta le Gouvernement de Paris, qui lui
fut donné par la Faction des ſeize ; & dans
cette Place, *il ſe rempluma*, dit l'Auteur du
Dialogue du Maheuſtre & du Manant. Mais
il n'en païa pas plus ſes dettes. Joſeph Sca-
liger, dans le *Scaligerana* au mot *Aumale*,
dit : « M. d'Aumale auroit bien ſa grace,
» s'il vouloit ; mais il aime mieux être où
» il eſt ; car il a bonne penſion, & il doit
» plus en France qu'il n'a vaillant ». Voïez
les Remarques ſur la Satyre Menippée, in-8°
pag. 37 & 38.

(3) Voïez les Remarques ſur la Satyre Ménippée, pag. 176.

& peut-être, trop tard, vos entreprises. Si tout ce que j'ai dit
jusqu'ici, Messieurs, n'est encore advenu, il me semble du moins
être fort vrai-semblable : & puis avisez, si Sa Majesté met ordre aux affaires de son Duché de Bourgogne, ainsi que je vous
le déduirois plus amplement, s'il m'étoit expédient de vous le
dire ; comment faudra-t-il distraire vos forces ? Je viens maintenant aux argumens nécessaires & qui sont à présent en la main
du Roi & de ceux qui lui assistent, sans que vous les lui puis-
siez ôter. C'est pourquoi, si les premiers remedes mentionnés
ci-dessus, ne servent à vous guérir & vous reconcilier au Roi,
par une honnêteté naturelle qui amene les bons au chemin de
vertu ; vous devez, Messieurs, à ce coup faire votre profit de
ceux que je vous déduirai, pour crainte des maux & des malheurs qui vous en peuvent advenir, à la ruine totale de vous
& de votre Ville. Je sais bien que ces moïens vous sembleront
rudes & que plusieurs les trouveront étranges ; c'est pourquoi,
Messieurs, je vous en avertis aussi, & que je prie Dieu de détourner cette tempête de dessus vous, pour vous y donner une
sainte résolution. Pour renouer un membre dénoué, il n'y a si
excellent Chirurgien qui l'entreprenne, sans que le malade crie :
quelle est la maladie, telle est la médecine ; si est-ce que quelque
ameres qu'elles soient, il vaut mieux les prendre, que de se
laisser emporter ; mais tant y a, que le but de l'un & de l'autre est de guérir & remettre en santé, & non de donner la mort
au malade. Au moins, ai-je pensé que ce que je dirai ci-après,
se semant en plusieurs lieux, vous ne devez être les derniers pour
l'entendre, attendu l'intérêt notable que vous y avez, si par le
silence vous ne voulez vous perdre comme anciennement fit la
Ville d'Amiclas (1).

Vous n'êtes ignorans, Messieurs, de l'étendue du Païs que
tient encore Sa Majesté par toute la France. S'il voit que vous
persistiez en votre contumace, & que les premieres raisons de
ce discours n'aient rien servi à vous détourner de cette révolte,
considérez pour une bonne fois & tenez hardiment vos Assemblées de Ville, voire plusieurs jours entiers, pour aviser ce que
je vous dirai.

Messieurs, plus vous êtes grand, plus vous êtes envié ; & en-

---

(1) Amyclas étoit une Ville sur les Côtes
d'Italie, entre Gaëte & Terracine. Comme
on y débitoit souvent de mauvaises nouvelles, sur la venue de quelques Ennemis, on
fit défenses d'en parler ; ce qui donna lieu à
la faire suprendre : de-là s'est formé ce Proverbe : *loqui volo, nam scio Amiclas tacen-
do periisse* (je veux parler ; car je sais que
c'est en se taisant qu'Amiclas a trouvé sa
perte). Voïez le *Lexicon* d'Hoffman.

vie ne se repaît d'autre viande que du bien d'autrui. Je vous laisse
en cette persuasion, que vous soïez la premiere Ville de la France, mais en ce faisant aussi, vous me confesserez que vous êtes
& devez être les plus enviés de la France ; que plus votre corps
est grand & vaste, plus la chûte, venant d'en-haut, est aussi
grande. Pour quelque grands que vous soïez, que deviendrez-
vous si le Roi use enfin de sa Justice, aïant expérimenté que vous
n'avez tenu compte de sa clémence & débonnaireté ? Etant en
branle de quelque reconciliation avec lui, vous pourriez être
encore peut-être respectés, & auriez quelque crédit parmi vos
compatriotes ; mais que deviendrez-vous, si par un Edit solem-
nel vous êtes déclarés rebelles & criminels de leze-Majesté ? comme il semble par nécessité que vous y contraindrez le Roi, tant
pour conserver sa personne, que pour conserver les Villes & fideles Serviteurs qui le suivent, lesquels autrement il mettroit à
l'abandon de vos séditions populaires, craignant qu'à votre
exemple autres ne fassent comme vous ; car par ce moïen, ce
sera arrêter tout en un coup ce grand flux de révolte, que vous
lui préparez ; tel vous supportoit & suivoit auparavant, qui,
quand ce foudre sera jetté sur vous, ne vous laissera pas seulement, mais vous sera ennemi juré : car vous étiez estimés auparavant François, & ne le serez plus. Faut-il que je passe encore plus outre, à vous déduire les miseres que je prévois ? La
grandeur de vous, Messieurs, est au revenu de votre Hôtel-de-
Ville, en la multitude de votre Peuple, causée par votre Parlement, Université, & la Cour du Roi, quand il y est. Je vous
veux montrer, comme par un seul Edit, & de sa seule voix, sans
mener à vos portes grande Armée ou beaucoup de canons, il
peut mettre en désolation toute votre Ville. Pour le premier,
s'il confisque les rentes de l'Hôtel-de-Ville, sur lequel j'entends
qu'il y a quatre millions de livres, pour chacun an, en intérêt
seulement, quels pleurs & lamentations aurez-vous dedans vos
rues ? Où en serez-vous ; aïant perdu par un seul Edit cet énor-
me & grand revenu ? Combien serez-vous déchus de vos grandes richesses ? Plus votre sédition dure, ne voïez-vous pas que
vous perdrez autant d'arrierages ? Et enfin vous, étant forclos
de toute reconciliation, perdrez le capital & son principal de
tant de rentes. Que sera-ce, si le Roi, la part où il aura élu
une certaine résidence, en revend la sixieme partie ? Quels trésors amassera-t-il en un instant ? Quelle Armée fera-t-il contre
vous aïant ces deniers ? Car de dire que ce qui vous reste du

révénu de votre Ville & élection, puisse suffire au paiement de vos rentes, tant s'en faut, ce n'est pas pour soudoïer un tiers d'an les Soldats, qu'il faudra que vous entreteniez à la garde ordinaire de votre Ville.

S'il fait contenance de révoquer votre Parlement, ne voïez-vous pas cinq ou six grandes & puissantes Villes, qui aussi-tôt courtiseront votre Prince & lui enverront leurs Députés pour en demander la confiscation, voire qui l'acheteront en gros à prix d'argent, pour le répartir par après entr'elles en détail? Il n'y a chose, Messieurs, quelque grande qu'elle soit qui ne soit vénale. Jugurtha voïant Rome, s'écria: ô Ville, dit-il, exposée en vente, si elle trouvoit des acheteurs! Combien de fois votre Ville florissante & superbe, vous obéissant à vos Princes, Lyon, Poitiers & Angers ont-ils demandé un Parlement, offrant deniers au Roi pour cet effet? Que feront-elles, si elles vous voient abbatus & Ennemis de votre Prince? Comment à vue d'œil croîtront-elles en Peuple, en richesse & en courage, quand elles se verront en tel appui revêtues de vos trophées & dépouilles? Combien seront-elles fidelles à Sa Majesté, qu'elles reconnoîtront ci-après leur Pere & Fondateur? Pour un Ennemi que vous vous représentez, en voilà cinq qui vous feront la guerre. Vous espériez secours & faveur d'elles, là où, pour défendre leurs nouveaux privileges, elles entreront en guerre contre vous. Vous aurez été, pour un temps, grands, & elles auront aussi comme toutes choses leur tour & leur saison; elles vous feront la guerre à toute outrance, conservant leur Jurisdiction, limites & privileges, pendant que le Roi sera sans coup férir, vengé du tort que vous lui faites. Pour vous spécifier plus avant ces Villes, doutez-vous que Lyon, riche & opulente & marchande comme elle est, aïant les deniers en main, de tant de Nations qui y font leur résidence, ne demande du moins tout le Lyonnois, Forêts, Beaujolois & l'Auvergne? que Troye ne demande la Champagne, la Brie & les terres adjacentes, jusqu'à votre fleuve de Seine? que Amiens ou Abbeville, quoique vous les estimiez tenir votre Parti, ne demandent toute la Picardie, le Vermandois & partie de l'Isle de France, jusqu'à votre Ville, y comprenant quelques autres Païs enclavés? Qu'est-ce, si ceux d'Orléans, ennuïés de telle guerre, veulent pour leur bien, se reconcilier à leur Prince & demandent le reste de votre Parlement? N'aurez-vous pas tout en un coup perdu votre Jurisdiction & le secours que vous es-

périez de ces Villes? Et puis vous savez que quelque haine
que portent les Princes d'Italie à leurs bannis, ils pardonnent
toujours à celui qui leur rapporte la tête d'un autre banni. N'estimez-vous pas aussi que Sa Majesté remette la faute & crime
à ceux d'Orléans, s'ils prennent son parti contre vous & qu'ils
l'aident à se venger de votre sédition ? Il oubliera toujours
l'injure qu'ils lui auront faite, quand ils le suivront pour prendre sa vengeance de votre Ville. Combien plutôt le feront-ils,
quand ils se verront enrichis & revêtus de vos dépouilles? Du
moins Sa Majesté sera satisfaite d'une injure, si elle ne l'est de deux?
Voulez-vous être ceux dont il se venge ? Vous avez beau qualifier ceux d'Orléans traîtres & parjures ; car outre qu'ils se ré-
jouiront de vos dépouilles, ils vous paieront enfin d'une nécessité, & vous diront qu'il leur fait bien mal d'être départis
de votre Ligue, mais qu'ils ne pouvoient plus tenir autrement.
C'est la monnoie dont vous serez païés ; & puis quand cela
sera fait, allez, Messieurs, empiéter leurs limites ; envoïez vos
Huissiers exploiter en leurs terres ; attendez qu'il vous vienne
des appellations de ces quartiers-là ; vous aurez cependant le
loisir d'être grands en peinture & en songe. Mais voïez-vous
encore, quelles finances & deniers pensez-vous que le Roi re-
cueille de la vendition des Offices & états nécessaires en ce Parlement ? Si vous offrez cinq ou six cens écus, par mois, de solde
à ceux qui vous servent, le Roi n'aura-t-il pas moïen de l'en-
vier sur vous, & de l'emporter.

Je vous spécifierai encore par le menu les inconvéniens qui
vous peuvent advenir, le Roi usant de sa simple autorité.

Le Roi ne se contentera pas de vous ôter cette grande Jurisdiction, mais il vous ôtera par ce même moïen votre Université. Il choisira encore en la plus commode de ces quatres Villes
que j'ai dit, celle qu'il verra être plus propice à son dessein,
la mieux située & la mieux bâtie, pour y établir encore sa résidence & la constituer Capitale du Roïaume. Que sera-ce, si ne
se contentant de la grandeur de cette Ville, aïant appellé des
Architectes & Maçons de toutes parts, qu'il leur désigne un nouveau contour de murailles, une infinité de Palais & édifices,
qu'il rappelle les Princes, ses Sujets & son Peuple pour y bâtir?
Que Sa Majesté suivie des uns & des autres, particulierement
des Ecclésiastiques, Gentilshommes, Gens de Justice, des Finances, Marchands, Artisans ; les uns bâtiront des Palais, les
autres des Temples, Hôpitaux & Colleges, les autres des Mai-

1589.

CONSEIL
AUX ÉCHEV.,
CITOÏENS &c.

sons & Boutiques. Vous me direz que Paris ne fût bâti tout
en jour ; mais qu'a-t-il fallu de temps pour édifier & peupler
quant & quant plusieurs Villes, par maniere de dire en la vôtre ?
C'est à savoir les fauxbourg saint Germain, saint Michel, saint
Jacques, saint Marceau & saint Victor ? Et d'autre part, le quartier de saint Paul & de la Couture? Combien y a-t-il en votre Ville de personnes vivantes, qui ont vû bâtir de fond en comble
tout ce que je dis ? Que sera-ce, si en cette nouvelle Ville bâtie, il y fait venir toutes ses Finances ? Représentez-vous le
Peuple, qui de gaieté de cœur viendra voir ce nouveau Paris,
sans celui qui est dès à cette heure en cette Ville-là, & sans aussi
celui, qui de nécessité y viendra, soit pour la Cour du Roi &
de son Parlement, des Finances & Université que Sa Majesté y
aura établie, Si telle chose advenoit, dont Dieu nous préserve,
que deviendra votre crédit & autorité, sur laquelle vous vous ap-
puïez tant ; vous ne pouvant plus trancher des gros & parler en
Maîtres ? Murez hardiment vos portes & les bouches de votre
Fleuve ; car aussi-tôt que cet Edit sera publié, il ne sera pas Fils,
par maniere de dire, de bonne Mere, qui ne vous laisse, pour
aller demeurer en cette Ville-là, plutôt vos Habitans se jetteront
pardessus vos murailles. Vos Artisans qui ne vivent qu'au jour la
journée, peut-être ne vous abandonneront, pendant que vous
aurez de l'argent & du bled pour vous nourrir ; mais quand ils
verront que tout commerce cessant, ils n'auront ni l'un ni l'autre
de vous, aimeront-ils pas beaucoup mieux aller gagner en paix &
aise leur vie, pour eux, leurs femmes & leurs enfans, en cette
nouvellement bâtie, que de mourir de faim avec vous ? Voilà en
général la misere qui vous adviendra ; mais voïez encore plus
particulierement ce que s'ensuit.

Comment tiendrez-vous vos Présidens, Conseillers, Avocats, Greffiers, Procureurs, Commissaires, Huissiers, Sollici-
teurs & autres Praticiens, leur revenu quotidien du Palais &
Châtelet leur venant à défaillir ? Ceux qui auront épargné, &
mis quelque chose à reserve, l'ayant mangé ? (Car vous tenez
pour assuré qu'enfin une bourse est épuisée, en laquelle on
prend toujours, sans y rien mettre :) où en prendront-ils, pour
entretenir leur famille ? Toutes ces personnes, Messieurs, ne
sont telles qu'elles puissent vivre de leur rente sans rien faire.
Un seul homme de Justice, (votre ville étant ainsi dépeuplée)
ne pourra-t-il pas expédier en un jour ce que cinquante auparavant ne pouvoient en deux ? Quel spectacle, si ce grand bâ-

timent du Palais, du Châtelet & autres font déferts? Si les rues
& ponts les plus proches demeurent vuides & fans habitans;
A qui vendront ceux de ces quartiers-là leurs denrées & mar-
chandifes, finon à ceux qui vont & reviennent par ces lieux
en plaidant? Quelles caufes viendront en votre Parlement, fi
l'on vous ôte les appellations de tant de Provinces? Quand
vous ne verrez plus en cette grande fale le Peuple qui y étoit,
ne perdrez-vous pas, en ce faifant, le cœur de votre Ville:
quand le Palais, le Châtelet, les Ponts, & votre Cité eft déferte? Ceux qui ont des maifons en ce quartier, foit en pro-
prieté ou de louage, n'ont-ils pas gagné ci-devant leur vie à
recevoir ceux qui venoient en votre Cour pour y plaider? Outre
ce que Sa Majefté fera, comme l'on dit, d'une pierre deux
coups. Car pour le premier, il châtiera votre rebellion, en la
forme que deffus. Secondement il entretiendra tous les bons &
loïaux Sujets qui le fuivent, fans qu'ils confument & dépendent plus avant leur bien, en faifant fervice à Sa Majefté,
d'autant qu'ès fufdits Parlemens, que j'ai fpécifiés, il y emploïera tous les Officiers qu'il verra près de fa perfonne, de
forte qu'ils ne chommeront de befogne. Il leur fera païer très
affurement les gages, leur fera dreffer les rentes qu'ils avoient
fur votre Hôtel-de-Ville, comme géneralement tous ceux qui
vous laifferont, pour l'aller trouver, de quelque condition &
qualité qu'ils foient, pourvû qu'ils lui jurent ferment de fidelité. Et lors imaginez quel Peuple & richeffe viendront fondre
en ce nouveau Paris.

Que deviendra l'Univerfité? A qui vos Recteurs, Profef-
feurs, Docteurs, Principaux & Regens feront-ils leçon, fi votre Univerfité & vos priviléges vous font ôtés? A qui eft-ce que
les Imprimeurs, Libraires, & telles gens vendront d'orénavant
leurs livres, s'il n'y a point d'écoliers: Quand le Roi, comme
j'ai dit, aura tranfporté en une autre Ville votre Univerfité,
& tous fes priviléges, les augmentant de jour à autre; Qu'il ira
chercher parmi la France, voir parmi l'Europe, les plus habiles
efprits & doctes perfonnages de ce temps? Que fera-ce, je
vous prie, de cette nouvelle Athenes, s'il y invite les Eccléfiaftiques les mieux rentés, d'y bâtir & fonder de nouveaux Col-
léges? Que fera-ce fi pour oppofer Autel, comme l'on dit, à
Autel, il y fonde une nouvelle Sorbonne, pour tenir tête, &
ruiner la votre.

Laiffant cette partie, je viens à la Ville & à vos rues les plus
grandes

grandes & marchandes, fur-tout au quartier qui vivoit de la préfence du Roi & de fa Cour : dequoi paieront-ils leurs louages qu'ils louoient en gros, penfans les relouer par le menu aux gens de Cour ? Combien de crédits leur ont-ils faits ? où prendront-ils leurs dettes ? Ce grand & peuplé quartier n'eft-il pas fuffifant, laffé de fes miferes, de prendre les armes à bon efcient, & de venir à bout du refte de la Ville : ou bien de fe barricader contre ceux qui lui feront adverfaires, donnant entrée à Sa Majefté.

Que deviendront auffi vos fauxbourgs d'une part & d'autre, ne trouvant plus perfonne dans la Ville qui achete leur pain, herbages & denrées ? Vous n'êtes ignorans, Meffieurs, des complaintes & regrets du Prophete Jérémie, que l'on vous chante deux ou trois jours avant Pâque, qui eft le temps duquel vous approchez : » Comment, dit-il, fied feulette la Ville » tant peuplée ; celle qui étoit grande entre les gens, eft faite » comme veuve. La Princeffe entre les Provinces eft affujettie » à tribut : elle a pleuré de nuit, fes larmes font fur fes jues: » car elle n'a nul de fes amis qui la confole, & tous fes pro- » chains l'ont méprifée, & lui ont été faits ennemis : Toutes » fes portes font défolées, fes Sacrificateurs foupirent, fes » Vierges font déconfortées, & il y a amertume en elle. « Pourquoi, Meffieurs, penfez-vous que l'on vous chante ces lamentations, fi non pour vous donner à entendre, que ce qui eft advenu à Jerufalem, vous peut advenir auffi. Je pafferai plus outre : votre Ville ainfi dépeuplée de toutes parts : Comment pourrez-vous garder un fi grand circuit de murailles ? Ne ferezvous pas contraints, pour conferver un quartier, de gâter l'autre ? Ne démolirez-vous pas de vos propres mains une partie des murailles extérieures, & les Temples qui font en cet efpace, pour vous refferrer & fortifier ès lieux plus affurés de la Ville ? Ceci advenant, où fera lors votre Paris ? Car ayant perdu votre grand peuple & richeffes, & amoindri vos murailles, vous n'êtes plus Paris, ains reduits au rang des plus petites Villes de France. Quand je confidere ces chofes, je fuis contraint de vous remettre devant les yeux plufieurs prédictions, (que quelques-uns de vous appellent prophéties) qui ont couru parmi votre Ville un longtemps. La fubftance defquelles étoit telle : *Il adviendra en ces jours-là que l'on dira Paris a été ici.* Je ne m'arrête fur tels bruits populaires : mais tant y a que, étant joints à ce que je vous ai dit ci-deffus, vous connoiſſez ce que Sa Majeſté peut faire, ſans dégainer l'épée, par un ſimple Édit. S'il ajoute là-deſſus une défenſe de vous porter des vivres, où en ſerez-vous ? Et dequoi nourrirez-vous le peuple qui vous reſtera ? Plus vous ſerez en nombre, ne ſavez-vous pas que la famine, les maladies & les ſéditions vous envieilliront ? ou il faudra mourir de faim, ou jetter hors de votre Ville vos femmes & partie de vos enfans. Vous me direz qu'à la pointe de vos épées vous en irez chercher au loin. Si les vivres ſont reduits dans les Villes de l'obéiſſance du Roi, que ferez-vous avec vos épées ? Vous irez avec le canon & à main forte ? N'avez-vous pas aſſez expérimenté, allant ſecourir Orléans, qu'il vous ſied mieux à manier vos aulnes, vos éguilles & vos ciſeaux en vos boutiques, que ces inſtrumens à feu, que la plûpart de vous ne ſauroient délacher ? Vous êtes braves & bien rangés parmi vos rues ; mais c'eſt quand vous avez les moïens le même jour de venir coucher en vos maiſons. Car ce ſera toute autre choſe, s'il vous faut être toute une nuit en ſentinelle en pleine campagne, ou bien vous coucher à l'abri de quelque haie. Que ferez-vous ſi Sa Majeſté fait deſcendre à vos murailles une puiſſante armée ? il ne faut que cela pour vous achever de peindre. Où prendrez-vous des vivres, quand cette armée aura tout mangé à l'entour de vous ? Et avec quelles forces pourrez-vous ſortir de votre Ville, ſinon qu'elles ſoient ou petites, ou élangouries de faim, pour être battus & défaits d'une ſorte ou d'autre ? Combien penſez-vous qu'une, deux ou trois armées conſommeront de bien en la France, voire ſur vos villages ? Car, Dieu merci, vous avez dequoi perdre, comme vous ſavez trop mieux. Ceux qui verront que vous êtes cauſe d'une telle deſcente, ne ſeront-ils par les premiers à vous courir ſus, puiſque vous aurez auſſi été cauſe de leurs maux & ruine ?

Or, à celle fin que vous n'eſtimiez que ce que je vous ai dit ci-devant, que le Roi peut vous préjudicier infiniment, & quaſi vous ruiner, en tranſportant ſon Siége autre part, l'aïant retiré de votre Ville, ne ſoit faiſable, & que je vous aie compté quelque fable : Je vous prie de lire au grand Livre d'expérience, & vous rememorer que de la ruine de Rome vint la grandeur de Conſtantinople, Ville très renommée encore pour le jourd'hui, pour être le Siége & Capitale du grand Turc. Voyez comme la choſe advint : Conſtantin, ſurnommé le Grand, commençant à ne tenir compte des cérémonies païen-

nes, & fe ranger au Chriftianifme en un jour de fefte, auquel
les Romains faifoient une Proceffion & montre en armes au
Capitole, il lui échappa quelques mots, taxant la fuperftition
des Gentils : lefquels étant courus par le Peuple, les Romains
commencerent à médire de Conftantin, en telle licence & débordement que pouvoit lors s'attribuer une fi grande & fleurif-
fante Ville que Rome. Que fit Conftantin ; Sans aller contre
Rome à armes ouvertes, le lieu de Bifance lui plut tellement,
qu'il lui prit envie d'y bâtir une nouvelle Rome. Ce qu'il mit
auffitôt en effet, lui impofant fon propre nom, & la nommant
Conftantinople, comme qui diroit la Ville de Conftantin. Il
l'amplifia auffitôt de circuit de murailles, d'une multitude
d'édifices & offices, de Peuple & de priviléges : en forte que
Rome demeura déferte, & de déferte qu'elle fut, vint auffitôt
à la puiffance des Goths & nations barbares, qui s'en rendirent maîtres, & en brûlant la plus grande partie, & y cõmet-
tant toutes les injures, outrages & cruautés que l'on fauroit
penfer. Vous voyez, Meffieurs, par cet exemple, que la grandeur des Villes capitales dépend de la volonté & du bon plaifir
des Princes, & que, quand il leur vient à gré, elles font véritablement floriffantes. Comme au contraire, elles viennent défertes quand ils changent d'affection : & que, quand bien il
choifiroit un défert pour réfidence, fi eft-ce qu'enfin ce défert
eft changé en Ville. La part où étoient les Empereurs, là étoit
Rome, eftimez auffi que le lieu où fera votre Prince, & la plus
grande Cour de Parlement & Univerfité de fon Roïaume, &
fes Finances ordinaires ; là fera auffi le Paris de la France. Ne
prenez, je vous prie, exemple à l'ouverte rebellion de quelques autres Villes de la France : la plus grande defquelles n'é-
tant qu'un ou deux de vos fauxbourgs, ne peut pas beaucoup
fe hafarder quand elle n'a pas beaucoup à perdre : vous au contraire, perdant votre Ville, vous êtes caufe de la ruine de la plus
floriffante Ville de l'Europe. Votre Peuple a été ci-devant eftimé doux, débonnaire & paifible ; le naturel du Guefpin, je
prends Orléans pour exemple, eft d'être hagard, noifeux & mutin, ainfi que montre affez le Proverbe ; qui me fait douter,
Meffieurs, que ce Peuple-là vous jouera enfin un tour digne de
fon naturel, penfant obtenir du Roi quelque refte de vos dépouilles. Plus vous êtes fages & avifés, plus eft-il raifonnable qu'ils
portent la marotte de cette folie, non vous qui avez été tenus
par ci-devant les plus avifés de la France : eftimez-vous avoir

Y y ij

1589.

CONSEIL
AUX ECHEV.
CITOÏENS&c.

commis envers Sa Majesté un péché irrémiffible? Vous vous trompez, Meffieurs, ignorans l'amour qu'il vous porte; car je ne fais
doute que quand vous lui aurez repréfenté les clefs de votre Ville & lui aurez demandé pardon, il ne le vous octroie, & plutôt
& plus ample que vous ne lui aurez demandé. Vous craignez
d'être déshonorés en vous humiliant devant lui? Fût-ce déshon-
neur, je vous prie, à Théodofe, Empereur, de s'humilier devant un fimple Evêque de Milan, faint Ambroife? Henri IV,
Empereur alla bien jufqu'en Italie, voire à beau pied, pour demander pardon à Grégoire VII, Evêque de Rome? Ce qui vous
eft advenu, eft advenu auffi à d'autres Villes, foit en France,
foit ailleurs. Voire même cela eft advenu autrefois à votre propre Ville, qui n'a perdu pourtant fon honneur ni fa réputation,
pour quelque juftice que l'on ait faite des féditieux. Vous ne pouvez être déshonorés, en faifant ce qui eft honnête. L'habit du vrai
pénitent n'eft déshonorable ni envers Dieu ni envers les hommes.
Que fait-on, fi, fans prendre aucune juftice du tort qu'on lui a fait,
il veut pardonner au refte des féditieux, pour la fidélité & loïauté
qu'il aura trouvées en quelques gens de bien & d'honneur d'icelle?
Cela n'eft-il point fuffifant? Y a-t-il Prince du Sang, perfonne
Eccléfiaftique, ou Parlement du Roïaume, qui ne prie pour cette
multitude innocente, fi vous les en querez? voire même les favoris de votre Prince, les mignons, dis-je, que vous appellez,
ceux contre lefquels vous vous êtes armés, feront les premiers à
folliciter votre réunion, fans attendre peut-être que les en priez,
pourvu qu'ils vous voient vous foumettre à la volonté du Roi.
Qu'eft-ce fi vous voïant en cet état, à l'exemple de quelque
grand Philofophe, il dit, qu'il vous châtieroit, s'il ne fe fentoit
encore courroucé & en colere? N'eft-ce pas affez au Lion généreux de voir fon Adverfaire humilié? Ne s'eft-il pas trouvé des
Princes ou Chefs d'Armée qui, au lieu de faire trancher les
têtes, ou couper les oreilles, felon les Loix du Païs, à ceux qui
quelques fois l'avoient mérité, fe font contentés de leur faire
abbattre feulement les thiares, ou accoûtrement de tête, leur
couper les filets pendants de leurs bonnets, ou bien quelque
arbriffeau qui par cas fortuit fe trouvoit au lieu du fupplice?
Souvenez-vous de combien il vous a aimés par le paffé, & qu'il
a laiffé un grand Roïaume de Pologne, pour s'habituer parmi
vous. Son intention étoit de mettre la paix parmi fes Sujets &
lui avez au contraire perfuadé la guerre. Il entendroit peut-être
aujourd'hui à une guerre étrangere; voudrez-vous bien lui en

1589.
Conseil
aux Echev.,
Citoïens,&c.

perſuader une civile, pour vous remettre ès troubles du paſſé ? La France eſt-elle pas aſſez pillée, ſans qu’elle le ſoit encore ? Voudriez-vous bien que cette guerre ſe fît à vos portes ? Si vous êtes vrais & naturels François (comme je ſais que vous l’êtes) ne demandez point qu’elle ſe faſſe ni en Poitou, ni en Dauphiné, ni en Guienne, ni en Languedoc, puiſque c’eſt le Païs de vos confreres, & Sujets d’un même Prince, qu’ils ſont naturels François comme vous. Faites-vous faire un vrai récit de l’état de leur Païs ; entrez en leurs places ; revêtez-vous de leur pauvreté ; gémiſſez avec eux, & procurez qu’on leur donne haleine. Vous n’êtes ſeuls en la France qui deſirent ou doivent avoir leurs maiſons bien bâties, ſoit ès Villes, ſoit ès Champs. Les Peuples veulent être participans de vos plaiſirs & avoir un repos comme vous le deſirez. Cherchez d’honorer Dieu ſur toutes choſes, d’aimer & reſpecter, après lui, votre Prince & ſouverain Magiſtrat, prenant à l’avenir ce qui eſt bon & raiſonnable, de lui & de ſon conſeil, qui vous aime uniquement ; & n’allez chercher avis de quelques mutins & Etrangers qui vous haïſſent. Penſez à bon eſcient de prier Dieu les uns pour les autres ; cherchez, dis-je, de bien vivre & de vous aimer comme freres, de ne ſouffrir un pauvre mendier entre vous ; tant s’en faut qu’il vous en faille augmenter le nombre par une guerre civile. Attendez que ce grand Dieu, par quelque moïen occulte & inconnu en ce monde nous rallie, pour nous faire jouir de ſa félicité, à laquelle & les uns & les autres eſperent & tendent. Cette ſainte Ligue vous ſera honorable & beaucoup plus utile que celle, laquelle on vous a perſuadé ci devant. Que ce ſoit à ce coup que vous aïez pitié de votre Ville & de vos vies; que vos enfans, vos veuves, vos orphelins, vos Vieillards, vos pauvres & vos malades vous émouvent à pitié, voire même vos Temples, les tombeaux de vos peres & votre Religion ; que ceux, auxquels il reſte quelque ſouvenir de leur Patrie, prennent courage & ſe fortifient les uns les autres, pour faire entendre aux mal-conſeillés que cette tragédie dure trop long-temps ; qu’il faut rendre enfin l’honneur, le ſervice & obéiſſance à ſon Roi & très ſage conſeil, pour vacquer heureuſement à la conſervation du Roïaume, & à la défenſe de vos limites que l’on empiete. Il n’y a Prince à l’entour de votre Païs, qui ne croiſſe à vue d’œil, ou qui pour le moins ne s’efforce de croître. Sera-t-il dit, Meſſieurs, que vous prendrez plaiſir à décroître, & laiſſer perdre ce que vos majeurs vous ont acquis au péril de leur vie ? Quand

Sa Majesté vous verra en cette résolution, je ne fais doute qu'il ne fasse encore plus, que la Parabole de l'Enfant prodigue ne nous enseigne

Mais que faut-il davantage, pour l'émouvoir à douceur, que de voir un si grand Peuple conduit, ou plutôt séduit par ceux qui montrent en cet acte être plutôt séducteurs que docteurs ? Ne peut-il pas dire de sa très chere & bien aimée Ville ; mon Peuple, ceux qui te conduisent te séduisent. C'est à vous, Messieurs de Sorbonne que j'adresse maintenant ma parole & qui êtes seuls cause de tous ces maux ; qui avez en vos Chaires & Assemblées médit de votre Roi (1) ; qui avez déloïaument déclaré le Peuple absous du serment de fidélité qu'il avoit juré à son Prince ; & qui avez par votre conseil donné occasion aux mutinés de violer le saint & vrai domicile de justice, votre Palais ; vous dis-je, qui avez mis le glaive en la main de quelques brigands, pour déshonorer ce grand lustre du monde ; qui avez souffert & autorisé, qu'ils aient mis en prison, non-seulement le premier Chef de Justice de votre Ville, mais une Cour entiere ; acte le plus barbare & prophane qui ait été presque commis de notre âge. Quoique cette vérité vous soit dure & difficile à goûter, si est-il expédient qu'un chacun sache comment vous vous y êtes comportés ; joint que par ce moïen, vous pourrez d'autant mieux penser aux remedes propres & convenables de cette révolte. L'avarice, l'ambition & le ventre, (vices desquels certains Anciens de votre Faculté se sont plaints de leurs temps) vous ont fait abbaïer des bénéfices. Pour parvenir à iceux, il a fallu monter en chaire, & en icelle faire contenance de dire vérité. Pour tenir cette contenance, il n'a point fallu épargner les Grands, sur-tout les gens tenant la justice ordinaire, les Cours de Parlemens, non pas même le Roi & son Conséil ; & êtes, par ce moïen, de simples Ministres Ecclésiastiques, devenus Conseillers d'Etat, maniant à plein bras les

(1) Les Ligueurs gageoient les Prédicateurs pour déclamer contre le Roi. Les plus fameux d'entr'eux étoient Guillaume Rose, Evêque de Senlis, Jean Gincestre, Jean Hamilton, le petit Pere Bernard (Persin de Mongaillard, de l'Ordre desFeuillans institué nouvellement, Christophe Aubry, Pierre Christin, Guillaume Lucain, Mauclerc, le Pere Jacques Commelet, Jésuite, Jean Guarin, Jacques Cueilly, Pigenat, le fameux Gilbert Genebrard, Professeur roïal de la Langue Hébraïque, & nommé pendant ces troubles par le Pape Grégoire XIII à l'Archevêché d'Aix, & le Pere François Feuardent, Cordelier. Ils prônoient la Ligue dans leurs discours ; ils la vantoient dans leurs Ecrits ; ils prêchoient au Peuple qu'il n'étoit pas en la puissance de Dieu que le Roi se convertît ; que le Pape ne le pouvoit absoudre, &c. Voïez sur cela l'Histoire de M. de Thou, Liv. 95 & les Remarques sur la Satyre Ménippée, édit. *in-8°*. pag 117.

1589.

Conseil
aux Echev.,
Citoïens,&c.

affaires du Roïaume. Le fimple Peuple tel que celui de Paris, débonnaire autant qu'il fe peut dire, a eftimé que vous lui difiez vérité. Vous lui avez continué cette leçon publique un long-temps, & l'avez invité par vos injures ordinaires, de la répéter tout à l'aife, en fon particulier & en fa maifon ; de cette licence accoutumée de médire & ouir parler mal de fon Prince eft venu aufli-tôt le mépris d'icelui ; l'on eft venu aux murmures & menées fecretes, d'icelles à la miférable révolte que nous voïons aujourd'hui. Voilà comment, pour vous entretenir cette foupe graffe, vous avez hafardé la primogéniture de ce pauvre Peuple, le plus doux, le plus benin, le plus obéiffant de la terre, quand il trouve des conducteurs qui le menent à fon devoir.

Je laifferai cette complainte, pour examiner de plus près, s'il eft ainfi que votre fentence & avis porte, & que le faint Efprit & les faintes Ecritures vous aient confeillé de déclarer le Peuple abfous du ferment de fidélité qu'il doit à fon Prince. Comment, Meffieurs, pourrez-vous nous perfuader que le faint Efprit vous ait pouffé à cette rebellion ? J'entends qu'au commencement de cette grande révolte, c'eft-à-dire, après ce qui eft advenu à Blois, l'on a propofé à votre Peuple (comme fi ç'eût été fon Roi) deux effigies vraiement fignalées ; l'une de notre Sauveur Jefus-Chrift, tout défiguré, & tel que les Peintres & Statuaires le repréfentent au plus fort de fes paffions; l'autre, du faint Efprit defcendant en forme de Colombe. Meffieurs, où avez-vous eu lors les yeux ; lors, dis-je, c'eft-à-dire au temps de votre confultation, & après la Meffe du faint Efprit, que vous dites avoir célébrée pour cet effet ? Vous falloit-il d'autres Avocats & Orateurs que ces deux peintures ? Devez-vous vous addreffer à autres oracles qu'à icelles ? Qu'y a-t-il, je vous prie, plus endurant que Jefus-Chrift, ni plus fimple que la Colombe ? Jefus-Chrift y a perdu la vie, portant honneur à fon Prince, tel qu'il étoit ordonné par la Loi ; encore qu'il eût moïen de s'en exempter & qu'il eût en main plus de légions d'Anges que Tibere n'avoit d'hommes ? Je laifferai ces peintures & argumens anagogiques, ou allégoriques, pour venir au fens littéral, & conférer avec vous de plus près en Théologien. Si par ci-devant il m'a fallu (parlant à votre Peuple) lui dédier ce qui concernoit fon état, dites, Meffieurs, de quelle écriture avez-vous pris votre confeil & avis ? Commençons aux premieres & venons à celles qui les fuivent.

Est-ce sur Moïse, que vous prenez cet exemple ? Quelle conformité, je vous prie, y a-t-il de lui à vous ? Pharaon idolâtre persécutoit les enfans de l'Eglise de Dieu. Sa Majesté n'est-elle pas de même Religion que la vôtre ? Moïse avoit commandement exprès de Dieu de faire ce qu'il faisoit ; vous au contraire, faites ce qui vous est défendu par sa parole, ainsi que je vous ferai voir & toucher au doigt peu après. Moïse se départit d'Egypte, & vous ne bougez de la France. Moïse avant que de partir & condamner Pharaon, l'alla trouver & lui fit entendre sa charge : vous au contraire, avez condamné Sa Majesté, sans l'avoir oui en ses raisons, ni lui ni autre pour lui. Quoi donc sur les dix lignées ? Vous n'êtes pareils, au regard de la France (à la proportion) qu'étoient les dix Lignées au reste de Juda & de Benjamin ; vous n'êtes la trentieme partie du Roïaume, dont les trente font le tout : posez encore que vous soïez égaux. Tant y a Messieurs, que votre famille devoit bien penser, que de la Lignée & Tribu de Juda (qui tint pour le légitime Roi & ses Successeurs) seroit descendu notre Messie, & non des dix Lignées révoltées : voïez encore de plus près l'issue des Lignées séditieuses ; quelle confusion y a-t-il eu en Israel ? Combien de meurtres ? Quelle idolâtrie ? Quelle fin eut la Capitale de Samarie ? Voïez davantage s'il y a rien de commun entre votre Roi & Roboam, sous le regne duquel se fit une telle révolte ; & quand bien vous le tiendriez tel, ne devez-vous pas être encore plus modérés que le Peuple des Juifs le naturel duquel étoit d'ordinaire enclin aux murmures & séditions ? Je viens aux Machabées ; car ce sont, à mon avis, ceux-ci qui vous plaisent le plus ; qu'y a-t-il de pareil & semblable entre vous & Matathias, entre le Roi votre souverain & naturel Seigneur & l'étranger Antiochus ? Antiochus avoit pollué le saint Temple de Jerusalem ; il y avoit mis une Idole, voire même, en injure & opprobre de la Loi, il avoit sacrifié sur l'Autel du Sanctuaire un pourceau ; il avoit fait rompre & brûler les saints Livres de Moïse, & en avoit, sous grandes peines, défendu au Peuple la lecture ; il commandoit aux Juifs de ne plus circoncir leurs enfans ; de sacrifier aux Idoles & leur porter de l'encens. Le Roi a-t-il jamais fait de pareils Edits sur vous & les vôtres, ou plutôt n'a-t-il pas augmenté vos cérémonies, amenant au milieu de votre Ville certains ordres approuvés de vous, que vous & les vôtres n'aviez jamais vus ?

Je viens au nouveau Testament ; vous avez ci-devant entendu

1589.

CONSEIL
AUX ECHEV.,
CITOÏENS,&c.

tendu par la peinture de Jefus-Chrift & icelui crucifié (lequel j'ai été contraint de repréfenter à votre Faculté, qui fe qualifie la premiere des Gaules, comme faint Paul le repréfenta aux Galates infenfés) que vous deviez totalement vous difpofer à la paix, ne rien émouvoir contre Sa Majefté, exhorter le Peuple de lui jurer obéiffance, maudire & tenir pour execrables ceux qui euffent fait du contraire, mourir fur cette querelle, fur-tout quand Jefus-Chrift ne vous a point appellés pour vous mêler des affaires politiques du monde, ains des chofes céleftes.

Je viens aux Apôtres; quelque troupe qu'ils aient amaffée, par la prédication de l'Evangile; quelques Princes tyrans qu'ils aient eus; quelque perfécution qu'ils aient foufferte en leur Religion, leurs biens, leur vie propre & celle de leurs enfans, leur ont-ils jamais perfuadé de fe tenir abfous du ferment de fidélité qu'ils devoient à l'Empereur? Saint Paul, quoique condamné & perfécuté, n'a-t-il point appellé à Céfar, quoique Céfar fût Gentil, païen & infidele? Nommez un feul des Apôtres, qui doivent être exemple à votre Faculté de Théologie, qui ait jamais tenu cette opinion, & je vous le quitte. Auffi eftimai-je qu'il y a encore parmi vous maints bons Ifraélites & qui dedans leurs cœurs gémiffent amerement, voïant telles procédures, ou plutôt fureurs extraordinaires; par les prieres & vie defquels (j'entends parler des perfonnes faintes & religieufes qui font parmi vous) j'efpere qu'enfin, & bien-tôt les plus féditieux d'entre vous feront amenés à pénitence, pour rendre le fervice & l'obéiffance dûe à Sa Majefté, fuivant ce qui eft commandé en tant d'exprès paffages de l'Ecriture.

Voïons maintenant la primitive Eglife; c'eft ici où vous devez, Meffieurs, jetter les yeux, pour être inftruits en votre ignorance & doute. Vous la trouverez en l'obéiffance des Empereurs y être plongée jufqu'au col & au fommet de la tête; ne lui dreffer aucune révolte, encore qu'elle endurât mille indignités & cruautés de fa part : vous la trouverez païant le tribut à Céfar, dater fes regiftres du regne de fes Empereurs; vous la trouverez prier Dieu journellement pour le falut & profpérité de fon fouverain Prince : voire même vous y trouverez une légion entr'autres, celle qui, pour fa vaillantife, étoit furnommée la Foudroïante, avoir impétré du Ciel (par les dévotes & faintes prieres qu'elle fit au Seigneur) de la pluie & de l'eau, pour le rafraîchiffement de toute l'Armée en général,

Tome III.   Z z

quoiqu'infidelle & païenne, & qu'ils fuffent conduits par un
Empereur infidele.

Prenez exemple là-deffus, Meffieurs, vous qui voulez paroître
ne trancher d'autre glaive, que de l'Eglife primitive, vous,
dis-je, qui n'avez aujourd'hui chofe au monde qui vous foit
plus à cœur, que de ruiner votre Roi & tous ceux qui le fuivent.
Je pafferai encore plus outre ; Jovian, quelque grand zélateur
de la Religion chrétienne qu'il fût, s'eft-il pour cela eftimé abfous du ferment qu'il devoit à fon Prince Julian ? Quoique Julian fût le plus caut & rufé Ennemi, qu'aient jamais expérimenté les Chrétiens, ne l'a-t-il point fuivi en fes guerres ? Et
Julian mort, comme l'Armée le voulût déclarer Empereur, ne
s'en excufa-t-il pas, difant qu'il étoit Chrétien ? Et revenant en Tarfe, fit-il pas même orner la fépulture de Julian ?
Tant un Sujet Chrétien doit porter honneur à fon Prince, que
même il le doit reconnoître & lui porter honneur, fût-il Païen
& infidele, non feulement en fa vie, mais après fa mort. Voïons
encore cet exemple ; Valentinian, Prince très Chrétien & des
plus grands Capitaines de fon temps, avoit bien le moïen
de faire Ligue contre Julian l'Empereur, fon fouverain Prince,
& néanmoins il ne fe ligua jamais contre lui. Sa religion ne
le pouffa jamais fi avant, que de lui faire prendre parti contre
fon Maître ; feulement nous lifons qu'accompagnant Julian au
Temple des Païens, comme celui qui étoit ordonné à jetter
de l'eau-bénite fur tous ceux qui entroient, lui en eût auffi
jetté, il ne peut fe tenir, quoiqu'en la préfence de Julian,
de s'en courroucer, jufqu'à donner un foufflet à celui qui lui
avoit jetté cette eau-bénite, lui difant qu'il ne l'avoit point
purifié, mais fouillé. Mais qu'eft cela au prix de ce que vous
faites ? Y a-t-il en cet exemple chofe, fur laquelle vous puiffiez
avoir fondé votre révolte.

Je viens à un autre plus mémorable & plus fignalé ; les Thef-
faloniciens avoient tué Boterie, Prevôt & Lieutenant de Théodofe, en Illyrie ; l'Empereur trouva moïen de fe venger de
telle injure, en telle forte qu'aïant trouvé fa commodité, il en
fit maffacrer en une dépourvue, jufqu'au nombre de quinze
mille. Pour cela faint Ambroife a-t-il incité Milan de lui fermer
les portes ? Déclara-t-il l'Empire en interregne ? Perfuada-t-il
aux Milanois d'entrer en ligue contre Théodofe ? Lui & fon
Clergé déclarerent-ils le Peuple abfous du ferment de fidélité
qu'ils devoient à l'Empereur ? Il y a grande apparence que ce faint

Ambroise avoit pour le moins autant de sens, de piété & zele à sa Religion que vous ; je dis vous, Messieurs de Sorbonne : tant s'en faut qu'il suscitât le Peuple contre son Prince, que les portes de la Ville & du Temple lui furent ouvertes, & que quoique pénitent, il le reçut en l'Eglise ; mais encore afin que ne fassiez les Sophistes sur cet exemple, il y a toute différence de vous à saint Ambroise, & de Théodose à Sa Majesté. Théodose s'étoit irrité de ce qu'on lui avoit tué son Lieutenant. Sa Majesté étoit informée qu'au jour suivant on lui vouloit ôter la vie. Théodose passa mesure, faisant tuer pêle-mêle les bons avec les séditieux : il fut excessif au nombre, en ce que le nombre des massacrés se trouva être de quinze mille personnes ; au contraire Sa Majesté s'est contentée des deux principaux Chefs, qui émouvoient le Peuple à sédition, sans que le reste ait été compris en cette justice. Il a tendu les bras à ceux qui se sont retournés vers lui ; il les tient pour ses vrais & naturels Sujets, & ne met différence d'entr'eux aux autres, depuis leur reconciliation. Et quant à vous & saint Ambroise, il y a grande différence, Messieurs, de refuser une simple entrée du Temple à un Empereur, & lui refuser les portes de sa Ville ; saint Ambroise peut bien avoir entrepris l'un, sans se mêler de l'autre : tant y a qu'après une remontrance & censure ecclésiastique, l'Empereur fut admis au Temple. C'est pourquoi votre Ville lui doit être non seulement ouverte à votre persuasion, mais davantage tous les plus saints lieux d'icelle, comme étant celui qui par une prudence admirable, au hasard & péril de sa vie & de ses Etats par cette justice signalée, vous a garentis d'un tel naufrage, pour vous rendre un des plus heureux Peuples de l'Europe, si vous ne l'empêchez par votre sédition.

Les choses étant telles que je les ai déduites, cessez à cette heure de colorer votre résolution & avis, du lustre & splendeur des saintes Ecritures ; puisqu'il ne se trouve ni autorité ni exemple en toute l'Histoire du vieux & nouveau Testament, ni ès Patriarches que vous appellez, ni en la Loi, ni ès Prophetes, ni en Jesus-Christ, ni ès Apôtres, ni même en la primitive Eglise qui vous puisse induire, ou persuader un tel schime. Si peut-être vous n'avez voulu prendre avis & conseil en la personne de Cham, maudit de l'Ecriture, qui découvrit la vergogne & turpitude de son pere ; encore que, Dieu merci, il n'y en ait point à Sa Majesté, si vous ne vous êtes moulés sur la Faculté & College des Scribes & Pharisiens, qui ont mis à mort celui qui leur avoit été envoïé pour Roi & souverai Prince, s'ils l'eussent pu connoître.

Mais de quoi suis-je en peine, pour trouver exemple en l'Ecriture, sur lequel vous eussiez formé vos actions; vos injures & maudissons, ne ressemblent-elles pas à celle de Semei ? Ne me croïez pas d'abordée, mais pesez diligemment avec moi ce que vous dites du Roi, & ce que Semei dit de David; vous l'appellez tyran, parjure, meurtrier & infracteur de la liberté des Etats, vous permettez que chacun le maudisse ; or voici quel fut Semei. » Le Roi David étant contraint d'abandonner sa » capitale Ville de Jerusalem, au moïen de la révolte de son » Fils Absalon, s'en vint jusqu'à Bahuri, & voici, de-là sor- » toit un homme de la famille de la maison de Saül, nommé » Semei, Fils de Gerra; celui-ci sortoit hors, & maudissoit & » jettoit pierres contre David & contre les serviteurs du Roi. » David & tout le Peuple & tous les forts hommes étoient à » dextre & à senestre de lui ; & Semei disoit ainsi quand il » maudissoit David : Sors, sors hors, meurtrier & homme per- » vers ; le Seigneur t'a rendu tout le sang de la Maison de » Saül, au lieu duquel tu as regné, & le Seigneur a baillé le » Roïaume entre les mains de ton Fils Absalon, & voici, » tu es chû en ton mal, pour tant que tu es un meurtrier. » Ne voïez-vous pas, Messieurs, votre vie dépeinte en ce Semei ? Mais oïez-vous aussi la réponse des fideles & loïaux serviteurs du Roi. » Lors Abisas, dit au Roi, Pourquoi, ce chien mort » maudit-il notre Sire le Roi ; Que je passe, je te prie & que » je lui ôte la vie ». Que dit ce bon Roi là-dessus ? Qu'ai-je » affaire avec vous, Fils de Sarvia, qu'il maudisse ainsi ; car le » Seigneur lui a dit, qu'il maudisse David, & qui lui dira, pour- » quoi as-tu fait ainsi ? Et David dit à Abisai, voici mon Fils qui » est sorti de mon ventre, cherche d'avoir mon ame, combien » plus maintenant le Fils de Gemini? laissez-le, qu'il me maudisse » car le Seigneur lui a dit : » Par avanture le Seigneur regardera » mon affliction ; & le Seigneur me rendra bien pour la malé- » diction de cetui-ci ». Quelle, pensez-vous que fut l'issue du Roi, & de ceux qui le persécutoient ainsi ? Vous estimeriez que David se seroit aussi-tôt allé rendre en quelque Désert ? Tant s'en faut, qu'aïant levé ses forces, il recommanda son ost & ses affaires à trois sages Princes & Capitaines, Joab, Abisai, Ethai, lesquels exploiterent si vaillamment, que le Roi demeura victorieux : voire même Joab entr'autres contraignit le

Roi par ſes remontrances, de ſe réjouir d’une ſi heureuſe iſſue. Mais que penſez-vous qu’il advint de Semei ? voïons la fin de cette hiſtoire ; Abſalon défait, Semei ſe vint jetter à genoux devant le Roi, & dit au Roi, mon Seigneur ne penſe point à mon iniquité, & n’ai point mémoire de l’iniquité que ton Serviteur te fit le jour que notre Sire le Roi ſortit de Jeruſalem, que le Roi ne le prenne point à cœur ; ton Serviteur connoît qu’il a pêché, & pource aujourd’hui ſuis-je venu tout le premier de la Famille de Joſeph, pour deſcendre au-devant du Roi notre Sire. Abiſai, fils de Sarvia, répondit & dit, Semei ne mourra-t-il point, vu qu’il a maudit l’Oint du Seigneur ? Et David dit, qu’ai-je à faire avec vous, fils de Sarvia ; car vous m’êtes aujourd’hui adverſaire ? Mourroit-il aujourd’hui quelqu’un en Iſraël ? Ne connois-je pas bien qu’aujourd’hui je ſuis fait Roi en Iſrael ? Et le Roi dit à Semei, tu ne mourras point : ainſi le Roi lui jura. Voïez, Meſſieurs, je vous prie cette hiſtoire, & comment en vos injures & maudiſſons vous imitez Semei ; le Peuple qui vous adhere reſſemble à Abſalon. Il ne reſte en ce ſaint exemple autre choſe, ſinon que Sa Majeſté, pour la défenſe de ſa cauſe, imite David, que ſes Princes ; Seigneurs, Gentilshommes, Villes & Communautés qui le ſuivent, tâchent d’imiter ou plutôt ſurpaſſer Joab, Abiſai & Ethai ; que vous auſſi, veniez à la repentance de Semei, & vous humilier devant votre Roi ; que Sa Majeſté voïant ſon honneur lui être réintégré, ſe contente de cette victoire, & qu’il vous remette avec ſerment ſolemnel & volontaire, les injures que vous lui avez faites. C’eſt, Meſſieurs, ce que j’attends de vous, pour le bien, non ſeulement de votre Ville, ains de toute la France, & le vôtre en particulier ; car vous étant convertis, le reſte de la France, qui s’eſt élevée, ſe mettra en ſon devoir ordinaire, & vous expérimenterez auſſi la grace & bonté du Roi. Que ſi cet exemple ne vous ſatisfait encore, voïez celui de Godolias ; étant établi par le Roi de Babylone, comme Maire & Gouverneur des reſtes de Juda, & là-deſſus convié par quelques-uns de ſa Nation de ſe révolter, leur donna ſur le champ ce ſaint & ſage conſeil : ›› Ne craignez point, dit-il, ›› d’être Sujets des Caldéens, demeurez en la terre & ſervez ›› au Roi, & ce ſera votre bien ››. Que ſi le zele vous menoit encore plus avant, ne devez-vous pas plutôt, à l’exemple de Joiada, grand Sacrificateur, ſuivi des autres Levites, prendre les armes mêmes de vos Temples, pour la défenſe de votre

Prince naturel, que de prendre le parti de l'étrangere Athalia, & de favoriser les rebelles ? Si vous vouliez vous mêler encore des armes, ne devez-vous pas plutôt, avec Moïse, serviteur du Seigneur, tuer ces Egyptiens, qui entreprenoient, non seulement sur vos Freres, mais sur la propre personne & vie de votre Pere & Sa Majesté ? Tuer avec le zele de Phinées, petit-fils d'Aaron, ceux qui vouloient commettre une telle turpitude en votre Etat ? Avec Elie, mettre à mort ces Baalistes ? Voïez Daniel, quelqu'intelligence qu'il eût du songe de Nabuchodonosor, tant s'en faut qu'il en souhaitât l'avenement, qu'il dit : » ô mon Seigneur, le songe advienne à ceux qui t'ont en haine, » & son interprétation à tes Ennemis ». Considérez, je vous prie, si votre conseil est semblable à celui qu'il donna là-dessus à son Roi : » ô Roi, que mon conseil te plaise, rachete tes » péchés par justice & tes iniquités pour faire miséricorde aux » pauvres, s'il y a repit de ta paix ». Le même, quoiqu'il eût été jetté dans la fosse aux Lions, du commandement de Darius, ne souhaita-t-il pas au Roi vie éternelle, aussi-tôt qu'il en fût retiré ? Quoi que ce soit, ne devez-vous pas plutôt (voulant vous mêler d'une guerre sainte) prendre le couteau avec saint Pierre, pour en défendre le Christ & Oint que le Seigneur vous a donné, que de jouer le personnage de Judas, pour livrer votre Maître en la main des Juifs ?

Examinons un peu quel a été l'état & déportement de votre Faculté par le passé, pour en retirer, s'il est possible, quelque instruction en une affaire de telle importance qu'est celle, sur laquelle nous délibérons à présent. Feuilletez vos regîtres & annales, & vous trouverez qu'environ l'an 1408, votre Faculté (1) a publiquement défendu l'homicide perpetré en la personne du Duc d'Orléans, par les menées du Duc de Bourgogne ; vous trouverez qu'elle maintint le Duc d'Orléans avoir été bien tué, & que là-dessus elle y emploïa le verd & le sec, c'est-à-dire tout autant de raisons qu'elle en pût trouver. Si votre Faculté fut lors si ingénieuse, que de pallier & défendre une mort si injuste, en faveur d'un Duc de Bourgogne, pourquoi maintenant

---

(1) Ce fut Jean Petit, que les uns font Cordelier, d'autres, Prêtre séculier & Docteur de Sorbonne, qui plaida en faveur du meurtre commis en la personne du Duc d'Orléans. Son plaidoïer est dans Monstrelet, Liv. 1. Chap. 39. Le célebre Jean Gerson soutint la cause contraire & la défendit avec vigueur. Voïez sur cela les Œuvres de cet illustre Chancelier de l'Université de Paris, & sur-tout le *Gersoniana*, dans l'édition des Ouvrages de Gerson par M. Dupin. La doctrine de Jean Petit a été examinée dans le Concile de Constance & condamnée. Voïez aussi le Recueil des Censures de la Faculté de Théologie de Paris, *in-4°.* contre les Auteurs qui ont osé écrire contre l'autorité des Rois & l'indépendance de leur Couronne.

trouvera-t-elle étrange que le Roi ait fait juftice des Chefs de la fédition ? Pour le moins, avant que le condamner, vous deviez entendre tout au long les caufes & raifons qui l'ont ému à ce faire, & à icelles très juftes vous joindre en vos difputes, fermons & écrits ; je paſſerai encore plus outre. Quoique les enfans du Duc d'Orléans homicidé, eurent leur revanche peu après fur la perfonne de l'homicide, & ce du confentement du Roi, votre Faculté s'eft-elle pour cela départie ni du Roi ni de fa poftérité ? Je fais bien que la mort du Duc Jean de Bourgogne apporta de grands troubles, même en votre Ville. Mais ajoutez, Meffieurs, que le Duc Philippe, fils unique, héritier du Duc Jean, avoit lors en fon patrimoine autant de Païs qu'un Roi de France ; & que par le moïen de fes naturels Sujets il pouvoit long-temps faire tête à fon Roi, là où ceux, qui font aujourd'hui vos Chefs, n'euffent été lors que fimples Chambellans & Ecuïers en la Cour d'un Duc de Bourgogne. Ajoutez encore, Meffieurs, que votre Ville ne fut pas mieux avifée, ni plus fage d'époufer lors le parti du Duc de Bourgogne, qui pour prendre d'autant mieux fa vengeance, vous livra peu après entre les mains d'une fi courtoife & douce Nation que l'Angloife : ajoutez davantage, les maffacres & autres pauvretés qui advinrent en votre Ville pour lors ; mais ajoutez encore que vous & le même Duc de Bourgogne, étant revenus en votre bon fens, vous chaffâtes d'un commun confentement & communes armes les Anglois de votre Ville, quelques Citadelles & Garnifons qu'ils y euffent (1). Et qu'en memoire de ce beau & fignalé maffacre vous en célébrez par chacun an la mémoire, au plus grand & élevé de vos Temples. Comme qui diroit que vous, & les reftes de la maifon de Guife, euffent aujourd'hui dépofé Paris entre les mains d'un Efpagnol, ou d'un Duc de Parme, & que vous vinffiez vous & eux au bout de deux ou trois années, laffés de cette guerre civile & de leur tyrannie, gênés en vos confciences de vous rébeller contre votre Roi ; que vous vinffiez, dis-je, faire un maffacre fur les Efpagnols, leur rompre la tête, fans en nul excepter, pour merite & folde de leur bon & fidele fecours & agréable fervice. Faites écrire en lettres d'or cette Hiftoire, Meffieurs, quand vous vous adrefferez à un Etranger pour lui demander fecours à vos néceffités ; & chargez vos Ambaffadeurs qu'ils lui faffent entendre, que vous lui mettez en main vos Citadelles pour la re-

(1) Ce fut en 1436. Voïez l'Hiftoire de Charles VII par Godefroy, pag. 394.

traite ; sera-t-il pas bien assuré là-dedans ? Si vos Peres en ont bien chassé les Anglois, pour se reconcilier à leur Roi ; & si depuis quelque mois vous avez fait quasi le semblable, Sa Majesté étant en son Château du Louvre ; n'est-ce pas un exemple plein d'une grande persuasion, pour leur faire quitter aussi-tôt leur Païs, où ils n'ont déja que trop d'affaires, sous l'espoir qu'ils auront de vous, de remporter à la fin du jeu une si belle & honorable récompense ? Car j'estimerois montrer (s'il se trouve expédient) par argumens nécessaires, que tout Etranger qui vous donnera secours & aide en cette votre révolte, il doit attendre sa propre ruine & confusion, & la perte de ses Etats, voire même non d'autres que de vous.

Apprenez, Messieurs, par ces exemples, de combien il vous est plus sûr & honorable de tenir le parti de votre Prince, que de faire les fous & acariastres au milieu d'une populace. Apprenez, Messieurs avec deux excellens personnages de votre Faculté, Jean Gerson & Henri de Gotken, défendre la Pucelle de Vaulcouleurs (1), c'est-à-dire ceux qui suivent le parti de leur Prince naturel, qu'avec un Evêque de Beauvais (2) & un Inquisiteur de la Foi (qui étoient commis à lui faire son procès) lui ôter la vie à l'appétit de ceux qui tiennent aujourd'hui un parti, pire que n'étoit lors celui d'Angleterre & de Bourgogne. Ne regardez pas purement & nuement à ce qui est advenu, mais à la cause : admirez plutôt la patience de ce grand Fabius cunctateur, c'est-à-dire de votre Roi, qui a mieux aimé leur laisser faire tout ce qu'ils vouloient pour quelques années que de les châtier pour une premiere, seconde & troisieme faute : si a-t-il fallu enfin, Messieurs, que cette longue patience soit tournée en une juste fureur. Ils faisoient des Ligues en dedans & dehors le Roïaume, sans le sû de Sa Majesté. Ils prenoient pension & argent de l'étranger, lui faisant entendre les secrets de la Courone. Ils s'emparoient des Places & Villes les plus fortes du Roïaume ; chacun délaissoit le Roi pour les suivre. Ils vouloient que Sa Majesté leur rendît compte de tout

(1) C'est-à-dire Jeanne d'Arc, dite la Pucelle d'Orleans. Jean Gerson, qu'on nomme ici, est très connu. Pour Henri de *Gotken*, c'étoit Henri de Gorckeim. Il étoit de Gorcum en Hollande. On a de lui *De puellâ militari in Franciâ propositionum libelli duo*; ouvrage fait aussi-tôt que la Pucelle eut paru. Son Traité ne contient que six pages ou douze propositions : les six premieres en faveur de la Pucelle, & les six dernieres contre elle. Ce petit Traité fut fait avant la prise de Jeanne d'Arc. On le trouve dans le Recueil de Goldast, intitulé : *Sybilla Francica, &c.* 1606 *in-4°.* Voïez l'Histoire de la Pucelle d'Orleans, par l'Abbé Lenglet, tom. 1, seconde part. pag. 186.

(2) Pierre Cauchon étoit alors Evêque de Beauvais.

ce qu'il avoit géré & adminiftré depuis fon avenement à la
Couronne ; ils avoient femé des livres injurieux & diffamatoires, & par iceux, rendu odieux même le nom du Roi ; outre
ce, qu'ils avoient difputé leur droit fur la Couronne de France,
comme fi le Roi & fes Prédéceffeurs euffent tenu & occupé
le Roïaume fur la Famille de Lorraine d'à prefent : quoi plus ?
Ils étoient, à leur dire, dès le lendemain à cheval, c'eft-à-
dire ils tuoient le Roi, s'il ne les eût prévenus. Je vois bien,
Meffieurs, à ce coup, par le grand épanchement de larmes que
vous avez fait à caufe de leur mort, par tant de cérémonies que
vous avez folemnifées en memoire de ces défunts, par les injures que vous faites au Roi, en entretenant les reftes & naufrages de cette fédition ; que s'ils euffent tué Sa Majefté, vous euffiez pris vos robbes de joie, fonné toutes les cloches de votre
Ville, vous en euffiez chanté le *Te Deum laudamus*, fait les feux
de joie, délâché toutes les artilleries de votre arcenal, & tenu
table ouverte à tous venans, pour teftifier d'autant plus votre
allegreffe (1). Et puis, Meffieurs, perfuadez à ceux qui vivent
& qui viendront après nous, qui verront & entendront telles
chofes ; que votre confeil, celui, dis-je, que vous avez donné
à ce pauvre Peuple, vous a été fuggéré du faint Efprit, que vous
l'avez tiré des faintes Ecritures, que vous vous êtes formés fur
les anciens Peres, fur les Prophetes, fur Jefus-Chrift & les Apôtres, ou bien fur la primitive Eglife, voire même fur votre Faculté de deux cens ans ou environ : encore ne m'eft-ce pas affez ;
car quand je vous confidere vous & toute votre Faculté ; qu'êtes-
vous, Meffieurs, pour excommunier votre Prince, & le déclarer privé de fa Roïauté ? Où eft votre Jurifdiction ? Qui vous
a donné cette juftice ? Faites-nous apparoir de vos privileges,
& montrez nous qu'il vous foit loifible de vous mêler, comme
fouverains, des affaires du Roïaume ? Vous, Meffieurs, qui
êtes la plupart pédans & ignorans des affaires de telle importance, pouvez-vous vous adreffer au Pape en cette affaire, fans
commettre un crime de leze-Majefté ? Où trouverez-vous en
l'Ecriture, que la puiffance d'un Évêque de Rome s'étende fur
les Rois, & qu'il y ait une puiffance, que faint Pierre n'a jamais
eue ni exercée ? Souvenez-vous que votre Faculté a toujours
époufé le parti du Roi contre un Pape, & que fes Députés en
ont emporté le chaperon verd au milieu de votre Ville, hon-

___

(1) Cela arriva effectivement après la mort du Roi Henri III. Voïez la Satyre Menippée, in-8º p. 138.

nis & injuriés de tout le Peuple, jusqu'à leur jetter de la boue (1).

Vos Canons ne vous permettent condamner un Evêque, sinon sur le témoignage & déposition de septante-deux témoins, ou, comme nous voïons en quelques autres exemples, par septante-cinq, ou bien par le jugement de huit Evêques ; & néanmoins je vois par votre conseil, qu'il n'y a eu en votre assemblée que septante Docteurs de votre Faculté ; je n'y vois nul Evêque ni Prélat : je vous prie, la personne d'un Roi est-elle moindre que celle d'un Evêque ? N'est-ce pas lui, qui en votre Roïaume, est constitué de Dieu, gardien & conservateur de la premiere & seconde table, & auquel vos Evêques & Prélats, quelques grands qu'ils soient, jurent serment de fidélité ?

Examinons encore plus amplement la forme de votre conseil & avis ; car le vôtre, Messieurs, ne ressemble en rien à celui que tiennent les gens de justice : un conseil d'Avocat ne porte son exécution avec soi ; l'Avocat renvoie sa partie devant le Juge, pour plaider & demander son droit : le vôtre commence par l'exécution. Vous déclarez les Sujets du Roïaume de France quittes & absous du serment de fidélité & obéïssance, qu'ils peuvent avoir prêté au Roi Henri III ; vous déclarez qu'ils peuvent licitement & en bonne conscience s'armer & liguer, & faire levées pour prévenir & empêcher les pernicieux conseils & efforts du Roi, car ainsi vous les appellez ; par ce, dites-vous, qu'il a notoirement rompu & violé sa foi, au préjudice de votre Religion & des Edits de la sainte Union jurée ; qu'il a enfreint la liberté, de tout temps inviolablement observée en l'assemblée des trois Etats. Vous savez, Messieurs, que par vos Canons, il vous est défendu d'injurier votre Prince. Qu'est-ce injure, sinon ce que vous referez en votre conseil ? Où est cette notoriété de laquelle vous vous armez ? Avez-vous jamais entendu ses raisons ? Si vous avez Jurisdiction, ne deviez-vous pas premierement envoïer vers Sa Majesté, pour savoir les circonstances de cette affaire, du moins le faire appeller, pour tenir quelque forme de procédure ? Que si vous persistez sur cette notoriété, vous n'êtes plus conseil, Messieurs, mais parties ; & lors chacun pourra estimer, combien peu vaut ce vo-

---

(1) Ce fut en 1408 que le Pape ou anti-Pape Benoît XIII s'étant avisé d'envoïer au Roi Charles VI une Bulle des plus insolentes, elle fut déchirée ; ceux qui l'avoient apportée furent mis au Pilori, habillés d'habits ridicules. Voïez Monstrelet, Liv. 1. ch. 43, l'Histoire de Charles VI par Godefroy, & l'abregé de Mezerai sur l'année 1408.

tre conseil & avis ; puisque vous donnez conseil comme demi-
Juges, & cependant dites qu'il est notoire, comme témoins.
Et d'autant que le fait vous touche, vous jouez en un instant
& une même cause trois personnages assez incompatibles, de
parties, témoins & juges.

1589.
CONSEIL
AUX ECHEV.,
CITOÏENS,&c.

Il me semble encore, Messieurs, que vous deviez avoir pour
suspecte cette votre assemblée, faite à l'instance d'un Peuple
mutiné, en une Ville où vous étiez enclos & enfermés de toutes parts, par ceux qui aïant les armes au poing, demandoient
l'avis & conseil contre leur Prince absent. Vous deviez au moins
pour en mieux juger, demander d'être relégués en quelque Ville libre, non passionnée ni mutinée, comme étoit la Ville de
Paris, lors de votre congrégation ; qui vous est, Messieurs une
juste cause & occasion de retracter votre avis & conseil, en ce
que tout notoirement vous pouvez alléguer la force & violence,
non d'un seul homme privé, mais de tout un Peuple.

Combien vous eût-il été mieux séant de vous abstenir de ce
conseil, que de l'avoir baillé en la forme qu'il se publie ? Car
ce n'est autre chose enfin, que d'avoir mis le glaive en la main
d'un furieux ; dont, Messieurs, vous serez responsables devant
Dieu & les hommes, s'il en advient du mal.

Jesus-Christ ne se voulut mêler de juger du crime d'adultere,
encore que ce fût contre une personne privée ; & néanmoins
vous osez décider par votre conseil & avis, les affaires les plus
importantes du Roïaume ; c'est à savoir de la capacité ou inca-
pacité de votre Prince, du devoir du Peuple envers son Roi,
des Edits de l'union & liberté des Etats. Or, je vous ai ci-
devant dit, Messieurs, que votre vocation étoit de vaquer aux
choses purement spirituelles, & celles-ci sont totalement mondaines & de ce siecle.

J'estime que vous reconnoîtrez avoir été appellés pour vaquer
aux saints mysteres de la Religion chrétienne. J'estime que
vous confesserez aussi que Jesus-Christ parlant de ses Ministres,
a ouvertement déclaré que les Rois de la terre leur commanderoient, & non les Ministres aux Rois. Non seulement dire
que le Peuple est absous du serment, & qu'il peut s'armer contre son Prince, mais être & se trouver de ce nombre, est-ce
pas vouloir commander aux Rois de la terre, violer la parole
de Dieu, ôter l'autorité à Jesus-Christ & à ses saintes Ecritures ? En quelle conscience pensez-vous que ceux qui font état
du christianisme peuvent lire & entendre votre conseil & avis,

s'il est si expressément contraire à ce qui est contenu aux livres de notre Religion?

Voïez encore le crime que vous commettez, quand vous déclarez que, pour plus grande confirmation, l'on se doit adresser au Pape, pour ratifier d'autant plus votre conseil. Qu'est-ce du Pape de Rome, sinon un simple Evêque d'Italie, si vous mesurez son autorité par la parole de Dieu? Posons qu'il vous soit Evêque universel; se doit-il mêler des affaires du monde, & se mettre par-dessus nos Rois? Quelle puissance a-t-il sur Sa Majesté? Voïez les Annales, & vous trouverez qu'un Pape voulant entreprendre sur l'autorité d'un Philippe Auguste & de son fils, appellés par les Anglois, contre le Roi Jean sans Terre; que quelque Ambassade que le Pape pût envoïer pour excommunier vos Princes, le Clergé de l'Eglise Gallicane assemblé à Melun, résolut que l'on n'obéiroit au commandement du Pape. Le même fut répondu par l'Angleterre, que le Pape n'avoit que voir ni demander sur leur Roïaume, que leur regne n'étoit & ne seroit jamais du patrimoine de saint Pierre. Je n'insisterai à vous répéter les exemples, qui vous ont été allégués ci-devant par quelques grands personnages, mais vous connoissez par celui-ci, qu'un Roi de France & son conseil est par-dessus le Pape, & non le Pape sur lui. Car pour dire ce qui en est, le Roïaume du Pape est un Roïaume de Breviaire & non du monde ou de l'épée.

Mais que gagnez vous par vos écrits d'irriter Sa Majesté; ne savez-vous pas que l'an 1534, votre Faculté prit le parti d'Henri VIII d'Angleterre contre le Pape? Je sais bien que quelques-uns vous imputerent lors d'avoir été gagnés, tant par l'autorité & faveur de votre Prince le Roi François, qui desiroit s'allier de l'Anglois contre son ennemi Charles-le-Quint, que par une quantité d'Anglois qui vous furent envoïés d'Angleterre. Mais tant y a que, quelqu'excommunication qu'eût fulminée le Pape contre le Roi d'Angleterre, vous donnâtes avis pour l'Anglois. S'il est ainsi, qu'avez-vous à faire de chercher la confirmation du Pape, si vos conseils sont par-dessus lui, ainsi que j'ai fait apparoir en cet exemple? Pensez derechef, Messieurs, que de rechercher de si près les Princes, c'est leur donner aussi occasion de faire du pis qu'ils pourront. Souvenez-vous que le même Henri VIII d'Angleterre (dont je viens de parler) se voïant indignement traité du Pape, commença de s'informer plus amplement de l'autorité des Evêques de Rome; & que de cette

enquête il vint finalement aux points de la Religion, laquelle
il introduisit tôt après de telle sorte, qu'elle est demeurée du depuis ferme en Angleterre jusqu'à aujourd'hui. Voilà comment
peut-être, votre conseil & avis apportera une plus grande mutation que vous ne pensez, sur laquelle je ne veux plus amplement insister, laissant ce point au secret incompréhensible de
la Majesté divine.

1588.

Conseil
aux Echev,
Citoïens,&c.

Mais je vois bien, Messieurs, qu'entre tant de Rois, qui se
sont trouvés aux Histoires, le nom de Henri est fatal au Pape,
non-seulement en celui dont je vous viens de parler ; mais
encore de Henri II d'Angleterre, celui qui fit tuer Thomas,
Evêque de Cantorberi. Outre ces deux Henris d'Angleterre,
deux Henris de Navarre ont expérimenté telles excommunications ; ajoutez-y Henri IV, Empereur, pour le cinquieme ;
& si l'on vous croit, Henri III, votre Roi à présent regnant
sera de ce nombre. Mais comme Dieu a préservé ces premiers,
aussi tous bons & naturels François esperent que Dieu préservera
Sa Majesté, tant contre votre conseil mutin & séditieux, que
contre tous les efforts & attentats du Pape, duquel Sa Majesté a mille moïens de se revancher, tant pour la confiscation
des annates, que tire par chacun an, de la France, l'Evêque
de Rome, que par la révocation de toutes les Villes & patrimoine de saint Pierre, que l'Evêque de Rome tient de la
seule libéralité & bienfaits des Rois de France, qu'il pourra revoquer comme sur un ingrat, & les approprier à sa Couronne,
ou bien les donner au premier Prince ou Seigneur d'Italie qui
les occupera, à réservation de foi & hommage ; & ne doutez
que Sa Majesté n'ait moïen de se bien maintenir contre tous
vos efforts, tant pour ce qu'il tient encore la plus grande part
de son Roïaume, que pour les bons & fideles amis qui lui restent hors d'icelui. Souvenez-vous de ce que Robert d'Anjou
Roi de Naples, répondit aux menaces du Pape Jean XXII :
Voici ce qu'en a écrit le Docteur Balde ; *Imperator, inquit,
potest se defendere cum exercitu suo adversus Papam. Unde cum
Papa Joannes XXII minaretur Regi Roberto, de faciendo mi-
rabilia, Rex Robertus respondit, vos facietis & nos faciemus,
& me juvabo hæc ille.* Cela n'est-il point assez suffisant pour
retenir le Pape & l'empêcher de passer plus outre, craignant
qu'un Roi de France ne le ruine ? Que doit craindre un Roi
de France, si un Roi de Naples fait tellement tête à un Pape ?
Ne sait-il pas que le nom de Bourbon est reformidable à Rome ?

Et qu'un Roi, Philippe Auguste, environ l'an 1303, par Sarra Coloni & Guillaume de Nogaret (Capitaine natif de Languedoc, ou comme quelques-uns tiennent, Docteur ès Loix) fit saisir au collet le Pape Boniface (1), en la Ville d'Anagnie, auquel fut fait une telle fête, qu'il en prit une frénésie, de laquelle il mourut à Rome trente-cinq jours après? Qui fit dire à nos François, qu'il étoit mort au Papat comme un chien, y étant entré comme un Renard, & y aïant regné comme un Lion. Si telles choses se sont passées, du temps que toute l'Europe adoroit le Pape, & par ceux qui étoient de même Religion, que sera-ce aujourd'hui, le Roïaume du Pape étant tellement diminué?

Par tant, Messieurs, votre devoir est d'accompagner votre Prince là où il ira, & fût-ce à Rome, pour châtier la témérité de ce Capellan (2). Quel remede là-dessus, direz-vous? Rien plus facile au monde, Messieurs; assemblez-vous derechef, & ce, au plutôt qu'il sera possible en votre College ou Ecole de Sorbonne. Comme par votre même Assemblée vous avez donné conseil pour diminuer l'autorité de votre Prince, aussi par votre même Assemblée, il faut que vous le remettiez au-dessus; que les plus anciens & plus chrétiens de vous montrent en ceci la leçon aux plus jeunes; & si les plus vieux font les plus lents en cette affaire, que les plus jeunes entament la parole. Il n'y a que l'ouverture difficile; que l'on demande cette difficulté être derechef mise en délibération, & que chacun de vous pese les raisons que je vous ai déduites, outre une infinité d'autres qui vous feront suggerées par quelques saintes & religieuses personnes de votre Compagnie. Pesez, je vous supplie le conseil de Godolias, dont j'ai fait mention ci dessus. Trouvez-vous quelque difficulté sur cet avis? Faites publier vos raisons, & icelles publiées, examinez ce que vous y sera répondu. Au contraire, aurez-vous résolu en votre Faculté de suivre votre Christ avec saint Pierre, & non de le laisser avec Judas? Faites entendre aussi-tôt au Peuple votre résolution,

---

(1) Cela n'arriva pas du temps de Philippe Auguste, qui étoit mort long-temps auparavant, mais du temps de Philippe le Bel. Voïez l'Hist. Ecclesiast. de M Fleuri t. 19 L. 90. n. 32 & suiv. Sarra Coloni, c'est Sciarra Colonne. Le Pape Boniface étoit Boniface VIII. Voïez l'Histoire des différends de Philippe le Bel avec ce Pape, par M.
Baillet.

(2) *Capellan*, pauvre Prêtre qui cherche l'occasion de desservir quelqueChapelle; d'aller dire la Messe pour quelqu'un dans plusieurs Provinces. Ce mot se prend en général pour Chapelain, pour un Ecclésiastique honoré du Sacerdoce.

Y a-t-il quelque rebelle ? perſiſtez en vos ſaintes remontrances, & aïez un front d'airain contre ces malheureux. Vous trouve-tez, je m'aſſure, le Peuple auſſi-tôt diſpoſé à vos ſaintes re-montrances. Faites que tout le Clergé, à l'exemple de Joada & tous vos Serviteurs mettent la main à l'œuvre. Informez auſſi-tôt Sa Majeſté de votre réſolution, faites qu'il s'empare de quelques portes & quartiers de votre Ville, que l'on ſe forti-fie de barricades ; criez devant le Peuple ſeulement, *Vive le Roi & ſon conſeil*; & vous verrez auſſi-tôt, comme par un éclat de tonnerre, diſſiper tout le nuage des ſéditieux, les uns ga-gnans la fuite, les autres ſe précipiter du haut d'une Tour, plutôt que de tomber ès mains de la juſtice. Seulement, fai-tes que de tous les étrangers qui ſont venus à votre ſecours, il n'en échappe pas un, & que Sa Majeſté, étant ſatisfaite du ſupplice d'iceux, elle ait occaſion d'autant plus de pardonner aux vrais & naturels Bourgeois de votre Ville. Allez au-de-vant de lui, lui demander pardon ; conjurez-le au nom de Dieu & de ſes Anges ; & que votre obéïſſance & loïauté ob-tiennent la grace pour tout le reſte du Peuple : dites-lui qu'il ſe ſouvienne de ſes Prédéceſſeurs, les plus ſaints qu'il ait eus ; qu'il ait pitié de ſa Capitale, celle qu'il a qualifiée ci-devant en ſes Edits du titre de bien-aimée ; qu'il vienne en triomphe, prendre poſſeſſion de celle qu'il penſoit avoir perdue & qui eſt maintenant retrouvée ; qu'il n'y ait autre que vous, Meſſieurs de Sorbonne, qui ſoient paranymphes (1) de cette épouſe ; que s'il demande que l'on lui abbatte quelque pan de vos mu-railles, pour être ſatisfait à ſon honneur (duquel dépend le vôtre) abbattez-les plutôt autant que vous en aurez ; car auſſi bien les Villes ne conſiſtent pas en pierres, ains en hommes. Sparte étoit la premiere Ville de Grece, & n'avoit aucunes murailles ; & davantage les vôtres ne ſont ni bien ſituées, ni capables de tenir votre grand Peuple. Comme auſſi il ſemble qu'il n'entendra à choſe du monde plus volontiers qu'à la gran-deur de votre Ville, à l'augmentation de vos libertés, privile-ges & franchiſes. Dieu vous défend de vous aller coucher ſur votre courroux, y voulez-vous perſiſter toute l'année ? Il vous eſt commandé de vous reconcilier à ceux qui vous en recher-chent ; pourquoi donc n'oublieriez-vous point le paſſé ? Don-nez ceci à tant de gens de bien qui vous le demandent, non au Roi qui l'a démérité, mais à tant d'honnêtes Citoïens &

(1) Approbateurs.

1589.

CONSEIL
AUX ECHEV.,
CITOÏENS &c.

Bourgeois vos confreres, qui font néceffaires à l'adminiftration & gouvernement devotre Ville. Penfez, Meffieurs, enfin de compte qu'il eft impoffible qu'en une fédition votre Peuple puiffe faire vie qui dure. Voïez celle des Anabaptiftes de Munftre (1) en Allemagne, qui eft furvenue de notre temps; voïez celle des Maillotins & encore celles des Cabochets & Ecorcheurs de votre Ville, conduits par Simonet Caboche, Ecorcheur de Vaches (2), le Seigneur de Jaqueville & Maître Jean de Troies, Médecin. Penfez que c'eft une belle chofe & plaifante, de voir votre Faculté, votre Cour de Parlement, bref toute votre Ville gouvernée par perfonnes qui ne valent gueres mieux, que ceux-là valurent de leur temps. Penfez plutôt, Meffieurs à faire vie qui dure; car d'eftimer pouvoir forcer votre Roi, vous vous trompez, pour être plus fort & appuïé que vous n'êtes : nombrez les Villes de votre Parti & les fiennes; la Nobleffe qui fe range de jour à autre à fon Parti; le fecours étranger qui lui peut venir de Suiffe, Allemagne, Ecoffe & Angleterre, voire même d'Italie. Voïez que les feuls Grifons alliés lui préfenterent vingt-deux mille hommes. Sachez auffi l'amitié que porte l'Etat de Venife à Sa Majefté, quelle réception il a faite au Roi à fon retour de Pologne; quelles démonftrations d'amitié ils fe font faites les uns aux autres; que de la confervation du Roi de France, dépend auffi leur autorité en Italie, contre les attentats d'Efpagne? Quels tréfors penfez-vous qu'ait cette République, combien volontairement elle les déploiera en la maintenue du Roi, avec lequel elle fait qu'elle fubfifte? que fera-ce s'il plaît au Roi d'emploïer en cette affaire ceux de la Religion, qui ne cherchent & n'ont cherché jamais autre chofe en ce monde, que de faire paroître à leur Roi, combien ils lui étoient fideles? Quel opprobre vous fera-ce, que ceux-ci vous devancent? Quelque procés que ceux de votre Ville firent à Charles feptiéme, lors Dauphin de France; & qu'après avoir gardé les formes requifes telles quelles en juftice & l'avoir adjourné en une table de marbre, & comme contumax l'avoir déclaré indigne de fuc-

---

(1) Munfter.

(2) L'Auteur veut parler de la fédition des Bouchers, Tripiers & autres gens de cette forte, qui fe fouleverent contre leur Roi Charles VI, en 1412 & qui furent nommés *Cabochiens* à caufe du nommé *Caboche* Ecorcheur de Bêtes, l'un de leurs Chefs. Voïez l'Hiftoire du Roi Charles VI par Godefroi, *in-fol.* pag. 249. *Maillotin* eft le nom d'une autre Faction, qui parut fous le même regne de Charles VI & dont les principaux Chefs furent punis en 1383, lorfque ce Prince rentra dans Paris, qui s'étoit mutiné pendant fon abfence.

céder

céder à la Couronne ; si est-ce que Charles aïant appellé de cet Arrêt à la pointe de son épée, sa cause se trouva tellement juste, & fut si loïalement suivi des François, sur-tout de la Noblesse, que finalement il chassa ses Ennemis hors de la France. Les vôtres mêmes, ennuïés des guerres civiles & de la tyrannie de ceux que vous aviez appellés à votre secours, furent des premiers à recevoir votre Prince au dedans de votre Ville, montrant assez par cet exemple : " Qu'il n'y a si grande " injure entre Roi & Sujets, qui ne se remette & pardonne réci- " proquement d'une part & d'autre à la longue. Comme aussi il n'est rien plus facile à un cœur généreux que de recevoir en grace celui qui s'humilie devant lui. Le seul temps même à la longue adoucit les affaires en telle sorte que ce qui se trouvoit impossible du commencement, se trouve enfin très aisé & facile. N'est-ce point celui que vous avez vu sacrer en la Ville de Reims ? N'est-ce pas de lui & de sa famille que vous tenez vos bénéfices, dignités & privileges ? En quelle conscience pouvez-vous approuver le deuil de l'enfant contre le pere, quand l'issue ne peut être triste, de quelle part que tourne la victoire ? En quelle estime d'honneur serez-vous, Messieurs de Sorbonne, si vous réintégrez le mariage du Peuple avec son Roi ? C'est assez, Messieurs ; les injures doivent être mortelles ; votre Peuple n'est le premier qui ait failli. Vous ne serez aussi les premiers, qui sans exemple aient été reçus en grace de leur Seigneur. Voïez de cet âge, ce qui est advenu ès grandes Villes de Gand & d'Anvers : les injures qu'ils ont faites à un Charles-le-Quint, lesquelles ont été néanmoins oubliées, après quelque châtiment des plus séditieux. Voïez encore les injures qu'ils ont faites depuis au Roi Philippe d'Espagne, lesquelles aussi ont été assoupies & reconciliées par l'entremise & dextérité d'un très sage Gouverneur du Païs, Pourquoi, si ces deux grandes Villes ont été rejointes à leur Prince, après tant de torts & injures faites & reçues d'une part & d'autre, désespérez-vous de votre réunion avec Sa Majesté, vous qui ne cédez en conseil à icelles, non plus que Sa Majesté en bonté, à celle du Roi Catholique ? Dieu par sa grace veuille hâter cette journée, en laquelle on puisse vous voir ralliés à votre Roi, en laquelle, dis-je, il commande à ceux qui ont charge des choses sacrées, de rentrer en leurs Temples, & prier Dieu pour la prospérité de toute la France, vaquer aux jeûnes, oraisons & bonnes œuvres, pour appaiser l'ire de Dieu, qui est tellement courroucé sur votre Couronne;

& que par une sainte paix & concorde, les vôtres jouïssans de leurs grands biens & revenus, auront moïen de faire leurs aumônes à tant d'Hôpitaux, à tant de pauvres mendians, orphelins & veuves qui sont parmi vous. Que d'une même voix il fera rentrer ce grand & illustre Parlement en son siege, pour administrer en justice & vérité ce petit monde qui est enclos dedans vos murailles. Que le même commandera au Marchand de retourner à ses négoces, à l'Artisan de rentrer à sa boutique, & au Laboureur de se remettre au labourage. Quelle joie sera-ce de voir ce grand troupeau dispersé çà & là pour le présent, réduit en paix & aise en une telle bergerie que la vôtre, en laquelle vous verrez tantôt votre pasteur suivi & accompagné de toute sa Cour, tantôt de ses Gouverneurs ordinaires, que l'on verra le pere comme retournant d'un long exil se jetter au col de sa très chere compagne, embrassé de ses enfans, & honoré de sa famille ? Vous qui faites état des choses célestes, doutez-vous que les Anges s'en réjouissent au Ciel, pendant que vos Politiques vous certifieront que les Ennemis de votre Couronne en trembleront de fraïeur, lesquels fondés sur votre guerre civile, prennent occasion d'empiéter vos limites ? Que sera-ce, Messieurs de Paris (c'est à vous en général que maintenant je m'adresse) quand au milieu de vos plus beaux Temples, ce nouveau Salomon rendra publiquement graces à Dieu de cette ferme alliance avec son Peuple, qu'il ne songera autre chose qu'à augmenter vos murs, votre Cour & justice, votre Université & vos privileges, remplir votre Ville d'Habitans, vos maisons de biens & richesses ; qu'il vous fera païer vos revenus en l'Hôtel-de-Ville, à jour nommé, tant de ce qui écherra que du passé ? Voilà, Messieurs, les moïens desquels en ma petitesse je me suis avisé pour l'honneur & le bien que je porte à votre Ville, ma très chere & bien-aimée Patrie. Vous connoîtrez par ce mien humble Ecrit, de quel esprit j'ai été poussé pour vous faire cette remontrance. ; puisque mon but final est de vous voir en plus grande paix que vous ne fûtes oncques, de vous voir reconciliés avec Sa Majesté, au contentement de toute la France ; car autrement, en vos maux je sens aussi ma ruine & ma perte : c'est pourquoi, comme membre de ce votre grand corps, je tâche d'apporter quelque pierre au bâtiment d'icelle, tant s'en faut que je la veuille démolir, comme vous faites par vos révoltes : je tâche de vous donner quelque conseil qui vous préserve d'un si périlleux orage & naufrage. Je prie Dieu, Mesfieurs, de tout mon cœur, qu'il vous faſſe la grace de bien peſer cet avis, & que ce bon Dieu, par ſa miſéricorde, excite parmi vous un, voire pluſieurs, qui traitent mieux cet argument que je n'ai fait ; car je reconnois enfin que j'y apporte plus de volonté & zele que d'effet ; qui me fait eſpérer que quelqu'autre parachevra ce ſaint œuvre que j'ai commencé. Vous ſerez cependant perſuadés, que tant que j'aurai vie, par la bonté & miſéricorde de Dieu, je demeurerai, votre très humble ſerviteur, honorant votre Ville, comme le Païs de ma naiſſance, comme l'œil, la gloire & l'honneur, non de la France, mais de toute l'Europe.

CONSEIL SALUTAIRE

D'UN BON FRANÇOIS AUX PARISIENS.

Contenant les impoſtures & monopoles des faux Predicateurs, avec un diſcours véritable des actes plus mémorables de la Ligue, depuis la journée des Barricades, juſqu'à la fin de Mai 1589 (*).

C'E s t à vous, Catholiques de Paris, Catholiques rebellés, Catholiques zélés, Catholiques qui marchez ſous la banniere de Lorraine & d'Eſpagne, auxquels ce paquet s'adreſſe, de la part, non du Catholique Ligueur, Lorrain ou Eſpagnol, ains d'un Catholique François & attaché inſéparablement au mât du Navire de ſaint Pierre, c'eſt-à-dire de l'Egliſe univerſelle, Apoſtolique & Romaine ; encore qu'il n'eſpere pas beaucoup profiter en votre endurciſſement, voïant votre Nef pariſienne toute fracaſſée, abandonnée aux flots & à l'orage des ondes, & d'une multitude populaire ſans expérience, ſans modération & ſans conduite, voïant vos voiles & vos cordages déja rompus, & conſiderant que pour la décharge de votre Navire & pour obvier à un naufrage éminent, au lieu qu'en tel accident on a de coutume de décharger un vaiſſeau des choſes les plus viles, pour en rendre la perte & le dommage plus aiſé à ſupporter ; vous au contraire, comme aïant perdu tout jugement & diſcours de raiſon, avez mis hors ce qui étoit le plus

(*) Cet Ecrit ſe lit auſſi dans la Satyre Ménippée, édition *in-*8° aux Preuves, page 244 & ſuiv.

1589.

Conseil
d'un Franç.
aux Pari-
siens.

précieux, vous avez rejettez votre Pilote, votre Patron, votre Protecteur & avec lui tout ce qu'à un besoin & dernier refuge vous pouvoit apporter quelque secours ; & généralement tous ceux qui avoient rang, office & quelqu'autorité en l'administration de ce navire roïal ; & en leur lieu vous êtes abandonnés à la merci des vagues, vous avez afranchi vos esclaves pour leur obéir, vous avez appellé des Patrons étrangers, qui sans doute après qu'ils se feront accommodés de tout le plus beau & précieux gain de votre navigation, & au lieu de vous mettre au Havre de salut qu'ils vous ont promis, juré & protesté avec des sermens maudits & exécrables, vous laisseront à l'impétuosité des vents & de la tempête, ou possible feront réduits à tel point, qu'ils vous feront, & eux quant & quant, choquer bientôt à l'écueil de votre derniere ruine, & enfin briseront en million de pieces cette grande Nef, laquelle par tant de siecles a été si heureusement conduite sous le gouvernail des plus grands & excellens Pilotes du monde.

Pauvres misérables, de quel esprit êtes-vous poussés ? De quelle espece de fureur êtes-vous agités ? Dites-moi, je vous prie, si vous voyiez un malade en une grande hémorragie, ou en l'ardeur d'une fievre continue, chasser ses Médecins, Apoticaires & Chirurgiens, & en leur lieu appeller des Bouchers, Taverniers & Crocheteurs, pour commettre sa personne & sa vie entre leurs mains, quel jugement en feriez-vous ? Diriez-vous pas que ce malade est prochain de sa fin, & qu'il n'en faut plus rien espérer de bon ?

Ou bien, si vous aviez vos femmes, vos filles, votre or & votre argent, & tout ce que vous avez de plus cher au monde, entre les mains d'un homme de bien, puissant & valeureux & qui même eût intérêt en votre conservation, voudriez-vous le rejetter, & au lieu de lui appeller un Pirate, un meurtrier manifeste, un Etranger, & vous jetter entre ses bras ; & celui qui le feroit, ne diriez-vous pas qu'il le faudroit envoïer aux Anticyres (1), & lui bailler de l'hellébore pour purger son cerveau ? Sans doute.

J'ajouterai encore ce mot, si vous connoissiez un ou plusieurs serviteurs qui eussent reçu beaucoup de biens, d'honneurs, toutes espéces de faveurs & d'avancemens de leur Seigneur & Maître, & qu'au partir de là ces mignons lui eussent dressé des

______

(1) Anticyre : Isle où il croît de l'Hellebore ; ce qui a fait dire aux Anciens *Naviget Anticyras* ; qu'il aille à Anticyre ; comme un voïage nécessaire pour guérir de la folie.

partis, en s'attachant premierement à ſes maiſons, s'appro-
priant ſon revenu, chaſſant ſes fermiers, lui débauchant ſa
famille, ſes amis & ſes ſerviteurs, & les induiſant à conſpirer con-
trelui, ruinant, rançonnant & meurtriſſant ceux qu'ils n'auroient
ſu attirer à leur parti, pillant les deniers des recettes de leur
Maître, & d'iceux achettant armes & chevaux pour lui faire la
guerre, & finalement le contraignant de quitter ſa maiſon, &
faiſant tous leurs efforts de lui faire perdre le cœur & la vie, reſte
& gage précieux auquel Dieu ne leur auroit permis de toucher;
prendriez-vous ces gens-là pour vos Chefs, pour vos Dieux tu-
télaires, pour vos conſervateurs? les auriez-vous pàs en horreur
comme ingrats, perfides & traîtres abominables?

Vous me répondrez que telles ſortes de gens ſont plus à fuir
& déteſter que la peſte, que loups enragés, & qu'il n'y a rien
au monde digne de ſi grande indignation. Vous avez raiſon &
jugez bien ſainement en cette façon; mais conſiderez, je vous
prie, ſi vous n'êtes pas tombés en ce labyrinthe même par précipitation & par mégarde.

Vous étiez travaillés d'une fievre peſtilente de rebellion, maladie contagieuſe & populaire. En la plus grande ardeur de votre mal, à qui avez-vous eu recours? à des Médecins qui étoient
beaucoup plus malades que vous, à des frénétiques & inſenſés,
& le mal deſquels avoit déja tellement gagné les parties nobles, qu'il s'étoit rendu le maître des facultés naturelles, de
maniere qu'il étoit plus grand que les remedes, & par ainſi du
tout incapable de guériſon.

Vous avez une ébullition de ſang merveilleuſe, qui engendre
en vous des ſymptômes & accidens étranges & inſupportables.
Au lieu de vous adreſſer à un Chirurgien qui vous puiſſe gail-
lardement & ſelon les préceptes de l'art, ouvrir la céphalique
ou la mediane, vous coupera ſans doute, ſi vous n'y prenez
garde, toutes les deux jugulaires enſemble, comme veines les
plus apparentes, & deſquelles tant ſeulement il a la pratique &
l'expérience.

Vous étiez en repos vous & vos familles, & viviez à l'abri
de la paix, en ſûreté & tranquillité d'eſprit. Vous aviez pour
guide & conducteur celui que Dieu & nature vous ont établi
pour Souverain. Vous êtes ſon Peuple naturel, c'eſt votre Prince
légitime. Quand vous avez fait devoir d'enfans, il a fait office
de Pere. Vous l'avez irrité; au lieu de vous punir, il a tâché
de vous appaiſer. Vous l'avez cruellement offenſé; il vous a

ouvert le chemin à recevoir pardon. Vous avez emploïé toutes vos forces contre lui, il a fait confcienee d'emploïer les
fiennes contre vous. Votre feule impuiffance vous a fervi d'obftacle à fa ruine, qu'avez conjurée ; la feule volonté l'a empêché
de vous exterminer.

Il ne peut oublier que Dieu l'a affis au Thrône roïal, pour
vous gouverner comme fes enfans & vous commander comme
à des François, & cette feule confidération lui a retenu les
mains, & a empêché la jufte vengeance que méritent vos fé-
lonies.

Si un petit vaffal défavoue fon Seigneur de fief, & qu'il s'a-
dreffe à un autre pour le tenir de lui en foi & hommage, ou
qu'il lui faffe quelqu'injure de fait ou de paroles, à lui ou aux
fiens, il confifque fon bien par le droit des Lombards & par la
coutume générale de ce Roïaume, & pour le regard de l'injure, elle eft punie exemplairement, felon l'atrocité du forfait.
O miferables, que fera-ce de vous, fi on vous fait juftice !
A quels termes ferez-vous réduits ! Vous ne vous êtes pas contentés de défavouer votre Prince naturel, votre Seigneur fouverain, ains, au mépris de lui, vous vous êtes adreffés à fon
Ennemi capital, lui avez fait un hommage lige, lui avez donné
un titre éminent & magnifique, titre indubitablement funefte
& lugubre pour lui ; (Dieu veuille qu'il ne le foit auffi pour vous) ;
& pour lui donner toute affurance de votre perfide fidélité, &
vous engager davantage fous fa domination tyrannique, vous
avez foulé aux pieds le nom de votre Roi ; vous avez violé
fon image ; vous avez taché fa renommée avec tant de fortes
de menfonges & outrages, que fes Ennemis mêmes ont en horreur vos diaboliques inventions.

N'y a-t-il point d'autre moïen d'exalter le nom de votre Monarque imaginaire, qu'en obfcurciffant celui de votre naturel ?
C'eft un mauvais préfage pour vous & pour lui, qu'aïez pour
guide un aftre qui ne vous éclaire que de nuit ; car au retour
du flambeau journalier, c'eft-à-dire de votre vrai foleil, il faudra qu'il fe cache fous terre, & vous abandonne aux précipices, fur la cime defquels il vous laiffera tous prêts à trébucher
miférablement.

Je ne me puis fouvenir qu'avec un extrême dépit des infâmes
& vilaines paroles que j'ai oui prononcer à vos Prédicateurs (1),

____

(1) Voïez la Satyre Ménippée, édit in-8°. pag. 47, 72, 105, 132 & en d'autres
endroits.

au lieu établi pour annoncer la parole de Dieu, prêcher l'Evangile, affurer le repos de confcience, édifier les Chrétiens & les tenir en obéiffance de Loix & du fouverain Magiftrat, & au contraire, aujourd'hui deftiné pour vomir des blafphêmes contre l'honneur de Dieu & de fon Eglife, pour animer le populaire au feu & au fang, pour opprimer les gens de bien, anéantir la juftice, élever aux dignités & offices les plus féditieux, les brigands & facrileges, mettre le glaive de juftice entre les mains des furieux & affaffinateurs, armer aux champs & à la Ville, le fils contre le pere, le frere contre le frere, bref les citoïens les uns contre les autres, & finalement tout le Peuple contre le Roi & fes Magiftrats.

On dit bien vrai qu'il n'y a point d'embûches plus difficiles à éviter que celles qui nous font dreffées fous les déguifemens de devoir & fidélité, & fous la couverture d'une feinte amitié, & n'y a gens plus à craindre que ceux qui fous efpece de vertu cachent l'énormité de toutes fortes de vices. La licence débordée fe veut cacher fous le manteau de liberté, la cruauté d'un homme fanguinaire prend le titre de hardieffe & magnanimité, la fuperftition emprunte le nom de dévotion ; la chaire fert aujourd'hui de dégré pour fe venger de fes Ennemis, pour, fous couleur de Religion, donner lieu à fes paffions, & avec toute impunité, dire & crier, en un lieu faint, ce qu'en plein bordeau ou taverne, on ne diroit pas fans être aigrement punis.

On accufe de barbarie, ce Timon, Athenien (1) pour être une feule fois en fa vie monté en chaire, & donné avis que s'il y avoit quelqu'un qui fe voulût pendre à fon figuier, il fe dépéchât, parcequ'il étoit près de le couper. Le Peuple détefta cette harangue, comme venant d'un efprit barbare & ennemi du genre humain. Combien plus devons-nous détefter ces fanguinaires Prédicateurs qui nous tiennent tous les jours le couteau fur la gorge, qui font mourir les Catholiques, les uns en prifon, les autres à la torture, font jetter les uns dans l'eau, font précipiter les autres, font prendre la fuite à ceux qu'il leur plaît, ont rendu depuis un an cent mille familles défertes & ruinées, & feront caufes, avant que le feu qu'ils ont allumé foit éteint, de la mort de cinq cens mille perfonnes.

(1) C'eft Timon furnommé *Mifanthrope*, c'eft-à-dire, *haïffant les hommes*. Il vivoit du temps de la guerre du Peloponèfe, vers la quatre-vingt-dixeme Olympiade & l'an 410 avant Jefus-Chrift.

J'ai vu ce Carême dernier les plus grands Ligueurs de Paris détester les abominables injures que le démoniaque Gincestre (1) dégorgeoit en ses sermons contre le Roi. Je n'en répéterai rien, pour être termes dont la seule souvenance a je ne sais quoi de pollu & crimineux, & ne peuvent demeurer en la mémoire d'un bon François ; joint que je sais que toutes ces injures sorties de cette cloaque & vaisseau d'infection, sont autant de traits qui donnent contre un corps solide, & rejaillissent contre leur auteur : & tout ainsi comme le feu jetté dans l'eau s'éteint & refroidit tôt après, aussi la ferveur d'un crime faussement imposé à une nature chaste & religieuse, se tourne en fumée, s'exhale & s'évanouit à l'instant.

La profession fort ancienne & signalée de ceux qui sont adoptés à l'héritage de notre Dieu, a été de faire prieres & oraisons publiques pour la prospérité de l'Empire Romain, pour le salut de César, pour les Rois & Puissances séculieres, & ont été souventesfois de l'ordonnance de l'Eglise, introduites les processions générales, avec les chants de dévotion & hymnes retentissant au Ciel & vers ce Dieu tout puissant, duquel le Clergé est comme le truchement ; desquelles prieres ecclésiastiques, nous fait foi, Tertulian en son Apologetique contre les Gentils & un très ancien Philosophe (2) en son Apologie pour les Chrétiens, à l'Empereur Aurel Antonin, en ces mots : » Nous prions, dit-il, journellement pour votre Majesté, afin » qu'il plaise à Dieu que l'enfant, comme il est très raisonna- » ble, reçoive par les mains de son pere les Roïaumes & Sei- » gneuries d'icelui.

Que diroit ce bon personnage, s'il oïoit aujourd'hui nos Prêcheurs, qui nous défendent sur peine d'excommunication, de prier Dieu pour notre Roi & pour les Princes de son Sang ?

---

(1) On a parlé plus haut de plusieurs de ces Fanatiques Prédicateurs Jean *Guincestre*, ainsi qu'il signoit, se trouve aussi dénommé *Vincestre* & *Lincestre*. N'étant encore que Bachelier en Thélogie, mais déja Prédicateur & des plus séditieux, il fut un des premiers Ligueurs de Paris. Dans la suite des troubles, il usurpa la Cure de saint Gervais, qui lui demeura, parcequ'il jugea que son intérêt demandoit qu'il se soumît. Il signa en cette qualité au bas de l'acte du serment de fidélité prêté au Roi Henri IV par tous les Membres de l'Université le 22 d'Avril 1594. *L'Antichoppin* le traite fort mal, de même que l'Auteur du *Dialogue du Maheustre & du Manant*. M. de Thou n'en parle pas mieux.

(2) *Athénagore*, Philosophe Athénien, l'an 166 de Jesus-Christ. *Meliton* Evêque de Sardes, *Théophile*, Evêque d'Antioche, *Apollinaire*, Evêque d'Hiéropolis, présenterent aussi vers ce temps-là des Apologies pour les Chrétiens ; mais il y a apparence que l'Auteur veut parler de celle de *Tatien*, Disciple de saint Justin, sous Marc-Aurele, ou peut-être de celle même de saint Justin, Maître de Tatien, comme il paroit par la suite.

s'il voïoit ces acariâtres, qui ne prêchent autre chose que la vengeance, & font couler le sang tout du long de ce Roïaume, ont tellement charmé les Catholiques, & leur ont si bien bandé les yeux, qu'ils pensent faire sacrifice fort agréable à Dieu, s'ils peuvent apporter la dépouille, voire la tête de leur pere, frere, gendre ou voisin, s'il n'a conjuré la ruine de l'Etat avec eux; en tant plus d'homicides, violemens & larcins où ils se feront mêlés, de tant plus s'estiment-ils avancés au parti & dignes de récompenses?

Voilà le moïen de faire des Salcedes, des Gerards (1), autres sortes de monstres dont les Rois & Messieurs les Princes du Sang ont & auront déformais plus à se garder, que des forces & armées de leurs Ennemis. Nous n'avons pas faute de mauvais Jesuites en France, pour enforceler toujours quelque esprit extravagant & mélancolique, & lui faire entreprendre un monstrueux assassinat ou malheureux empoisonnement, sous une fausse imagination d'une béatitude que ces Apostats promettent à ces misérables, qui engagent à l'appétit d'autrui leurs corps à un million de tourmens & leurs ames à tous les Diables.

Ceux d'Orléans savent bien à quel point ils firent résoudre & de quelle façon ils gênerent les consciences de deux misérables à ces Pâques dernieres, desquels Sa Majesté a eu si bon avis, comme il n'est pas possible que parmi une si grande Ville il ne lui soit resté quelqu'homme d'honneur, craignant Dieu & affectionné à la France. Je vous laisse à penser de quels coups l'on aura ci-après à se garder, puisqu'il faut se tenir couvert de ce côté-là. Ce sont les Sangliers qui ont rompu la haie de la vigne du Seigneur, ont tout renversé dessus dessous, ce qu'avec tant de soin & de vigilance avoit été il y a si long-temps, & par tant de bons ouvriers, cultivé.

En quelle école avez-vous appris, vénérable Ginceſtre, qu'il faille émouvoir le Peuple à répandre le sang, à se rebeller & conspirer contre son Prince & les Officiers de sa Couronne? Si vous eussiez été parmi les Païens, il y a long-temps que vous eussiez épousé le gibet. Cette peine est si vulgaire, en droit duquel vous faites semblant d'avoir oui parler; que je m'étonne que le col ne vous demange, quand vous songez aux moindres de vos forfaits. Regardez la Loi 38, ¶ auctore ff. de pœnis, vous trouverez justement la punition, qu'à mon avis, vous ne

____

(1) On a parlé ailleurs de Salcéde. Gerard fut celui qui tua le Prince d'Orange en l'année 1584. Voiez le Journal de Henri III & la Satyre Ménippée, in-8°. pag. 58 & 118.

pouvez éviter, quand vous n'auriez fait autre cas que d'émouvoir la moindre des féditions que vous avez faites dans Paris.

Et en la doctrine chrétienne, ne favez-vous pas qu'il nous
eft commandé de porter honneur, obéiffance & refpect aux
puiffances terriennes ? Ne lifez-vous pas que les premiers Chrétiens prioient inceffamment Dieu pour les Empereurs & pour
les Rois, & leur rendoient plus d'obéiffance & de devoir que
ne faifoient les Païens même ; de maniere que Pline II, Gouverneur en Afrique, aïant reçu commandement de l'Empereur
Trajan de faire mourir tous les Chrétiens qui fe trouvoient dans
la Province, lui fit réponfe qu'il ne trouvoit point d'occafion
légitime pour mettre à mort tant de gens, lefquels ne faifoient
autre mal, finon qu'au milieu des fupplices & tourmens ils in-
voquoient un certain Dieu qu'ils appelloient Chrift, mais au
demeurant qu'il n'y en avoit point de plus pacifiques & plus
prompts qu'eux aux commandemens de l'Empereur, à lui rendre obéiffance & païer le tribut, & qu'il ne leur pouvoit en
faine confcience ufer de rigueur & de févérité. Si ce fage Romain eût été illuminé de la clarté de l'Evangile, & inftruit en notre Religion chrétienne, il n'eût pas fait comme vous, il fe
fût bien donné de garde de faire courir fus aux Catholiques,
vu qu'en fon paganifme même il les foutenoit, & intercédoit
pour eux.

Platon vous a-t-il pas appris que les Rois font les enfans
des Dieux, & que le Prince n'eft autre chofe que la Loi & l'i-
mage de Dieu vivant ? Et en notre Philofophie chrétienne il
eft indubitable, que qui réfifte au Prince fe bande contre la
puiffance de Dieu, & fera jugé & condamné.

Le cœur & l'autorité des Rois eft en la main de Dieu pour
l'incliner & tourner où il lui plaît. Au moïen dequoi il faut pré-
fuppofer pour certain fondement, que le Roi regne par la volonté
de Dieu, vu qu'il eft écrit en Job, que Dieu l'établit & l'éleve : &
la fapience divine va prêchant, » par moi les Rois dominent,
» & ceux qui font les ordonnances rendent par moi juftice. De-
forte qu'entre tous bons & vertueux Citoïens, l'amour, la révérence, l'honneur & la grandeur du Roi doivent être au
premier rang de recommandation ; & qui refifte au Prince
doit être abominable envers les bons, comme s'il avoit entrepris contre fon propre pere.

Puifqu'ils font peres, c'eft parricide d'attenter quelque chofe contre leur Etat, Perfonne ou Majefté ; c'eft felonnie de

médire de leurs conseils, & généralement leur refuser l'honneur & sujétion qui leur est dûe : que si l'obéissance & l'honneur des peres à un chacun en particulier sont tant recommandés, le Pere de la Patrie, qui est le Roi, laquelle contient en soi toutes les charités du monde, nous doit être en trop plus grande révérence.

Regardez donc en quel abîme votre ambition & votre passion vous ont faits glisser, & de combien de maux vous êtes cause en ce pauvre Etat, & principalement en la Ville de Paris, laquelle, pour faire courir le bruit de votre nom fatal & de mauvais augure, comme de ce maraut qui ne put jamais faire parler de lui, qu'en brûlant le magnifique Temple de Diane, est en un extrême peril par le moïen de vos séditieuses prédications, ou plutôt conspirations contre votre pauvre Patrie. Qui ouit jamais parler d'une telle ambition ?

N'est-ce pas un grand creve-cœur aux gens de bien de voir ces nouveaux législateurs changer & altérer à leur plaisir toute la police de la plus grande Ville du monde, mettre les armes entre les mains de la populace, déposer les gens d'honneur & de qualité de leur charge, faire emprisonner de leur autorité les Sénateurs des plus grands Parlemens de l'Europe (1) & en leur lieu élargir les brigands & séditieux & leur bailler les principales charges, bref avoir pour suspects tous ceux qu'ils jugent ne pouvoir approuver leurs sanglantes entreprises ?

Et ne sont pas même les femmes d'honneur & de qualité exemptes de leurs machinations, ains ne leur pouvant faire autre mal, les nomment haut & clair en leurs prédications, pour les scandaliser & les mettre en proie à ce Peuple, qui a toujours l'œil ouvert pour faire quelque butin ; les unes, parcequ'elles ne trouvent pas bon que l'on prêche si scandaleusement, & qu'au lieu de la parole de Dieu qu'on avoit accoutumé d'ouir, on n'y parle maintenant que de sang, de pillage & de vengeance ; les autres, pour avoir été une seule fois au sermon d'un plus homme de bien & plus théologien qu'eux, & quelques-unes pour n'avoir assez fourni à leur appétit pour la cause. Les Demoiselles Barthelemi & Feudeau (2), entr'autres, dont il ne me souvient, coururent grande fortune

---

(1) Voïez le Journal de Henri III & la Satyre ménippée, in-8° pag. 194 & 105.

(2) On croit que ce fut la femme de celui qui fut pendu pour la mort du Président Barnabé Brisson, Magistrat si distingué par sa science. Voïez la Satyre Ménippée, pag. 346.

ce Carême dernier, à cette occasion, aïant toutes deux été nommées en un sermon où je me trouvai, & furent sauvées par leurs amis, qui emploïerent tout leur crédit envers M. le Prédicateur, qui se fit tenir à quatre avant que de leur pardonner, c'est-à-dire, avant que vouloir empêcher que l'on ne les outrageât & que l'on ne pillât leurs maisons (1).

Et d'autant que le jour même plusieurs de la Paroisse allerent par-devers ce rodomont pour s'insinuer en ses bonnes graces, il s'est vanté beaucoup de fois depuis, qu'il avoit sauvé quelques Politiques, & que s'ils ne se fussent reconnus, c'est-à-dire, s'ils n'eussent fait l'hommage à son Altesse, ils n'eussent pas eu meilleur marché que les autres qu'il avoit fait mettre ès cachots, ou de la Bastille ou de la Conciergerie. Quelle vanterie de faquin ? J'aimerois autant ouïr un brigand, qui me reprochât que je ne tiens que les biens & la vie de lui, parcequ'il ne me les auroit ôtés. Mais tout cela ne sont que péchés veniels, à comparaison de la générale conjuration qu'ils ont faite contre notre Roi, contre lequel, & tous ceux de son sang, ils ont fait armer, quoi que ce soit, & élever la plus grande partie de la France, ont fait rebeller ses meilleures Villes, ont fait abbattre les armes de France, & en leur lieu y ont fait ériger celles de Lorraine, ont rompu le Sceau roïal, ont établi sur eux un Lieutenant-Général de leur prétendu Etat, au grand opprobre du nom François, nom qui a été redoutable à toute la Tere, & maintenant sera abominable à un chacun, à cause de leur rebellion.

O, Seigneur Dieu, jusqu'à quand endureras-tu ces Sangliers dans ta Vigne, ces Prêcheurs d'impiété, ces Monstres d'ingratitude assis en la Chaire de Vérité ! Bien est véritable ce que dit Euripide que,

> Lorsque discorde regne en une Cité
> Le plus méchant a lieu d'autorité.

Mais si ces trompettes de Satan eussent eu affaire à Alexandre Severe, il leur eût bien appris que ce n'est pas aux pieds à commander, ains à la tête.

Ils ont abusé de la simplicité & ignorance du Peuple & l'ont précipité en l'abîme de rebellion, auquel, sans doute, ils l'abandonneront. Car ce n'est pas leur dessein d'encourir aucun

---

(1) Le reproche que l'on fait ici à Guincestre est peut-être à cause qu'il sauva deux autres Dames au mois de Juin suivant. Voïez le Journal de Henri III sous cette année.

danger, & le plus zélé d'entr'eux ne voudroit pas avoir mal au bout du doigt pour tout le Peuple de Paris.

Ce font des Maîtres ès Arts crotés, qui mouroient de faim la plûpart, il y a quatre ou cinq ans, qui ne vous prêchent pas la parole Dieu, parcequ'ils ne l'entendent pas. Ils braient comme des ânes bâtés, parcequ'ils ne fauroient parler en hommes lettrés. Ils vous fufcitent à rebellion, parceque leur ruine feroit votre réunion. Cependant ils fe mettent en hazard de gagner, les uns une bonne Cure, comme Pigenath (1) a déja fait, & ne s'en contente pas ; les autres un Prieuré, une Abbaïe, un Evêché, felon que plus ou moins ils auront fait de fervice aux Ligueurs & ufurpâteurs de cette Couronne. En attendant, ils ont penfion de la Ligue pour crier, injurier & tempefter. Pericart le fait bien, qui avoit tous les ans, du vivant de fon Maitre, pour neuf vingt mille écus de penfions à diftribuer aux Gouverneurs, Capitaines des Villes & Places de fon Roïaume, aux agens & à Meffieurs les Prêcheurs de la Ligue. L'état & regiftre qui a été trouvé parmi fes papiers en fait foi, & lui ne le déniera pas.

Outre plus, ils participent aux butins des meilleures maifons qu'ils ont fait piller dedans & dehors la Ville, & la friandife de ce butin leur a fait dire en pleine chaire, que tous ceux qui retenoient quelques meubles, or ou argent, appartenant aux Serviteurs du Roi, ou qui en quelque façon que ce fût en auroient connoiffance, ils euffent à le dénoncer, fur peine d'être excommuniés.

Et néanmoins fi-tôt que la France changera de vifage, & reprendra tant foit peu fon beau teint, vous verrez ces renards fe dérober de vous, faire un trou en la nuit, fe mocquer de

---

(1) Il y avoit deux Freres de ce nom, natifs d'Autun en Bourgogne, tous les deux Ligueurs défefpérés. Celui dont on parle ici, étoit Jefuite, il fe nommoit Odon de Pigenat ; il devint Provincial par le décès du Pere Mathieu. C'étoit le Confeil ordinaire des *Seize*, lorfqu'il s'agiffoit de frapper quelque grand coup à l'avantage du Roi d'Efpagne. Les Jefuites difoient qu'au contraire, il ne fe trouvoit au Confeil des *Seize* que pour tâcher de modérer leur fureur, fuivant en cela les ordres de M. de Mayenne & les confeils du Préfident Briffon. Pigenat mourut, à ce qu'on affure, enragé, à Bourges en Berri, où on le gardoit lié & garotté.

Pafquier, qui rapporte ce fait, ajoute : » Qu'avant que ce Jefuite fut tombé dans » la phrénéfie, & lorfqu'il étoit aucunement » fage, il brûloit de feu & de colere ». Ce font les termes de Pafquier au chap. 20 du Liv. 3 de fon *Catechifme des Jefuites*. François Pigenat, fon Frere, qui avoit étudié chez les Jefuites, fut du Confeil des *Quarante* ; & comme en qualité de Docteur de Sorbonne, il avoit figné le Décret de la dégradation de Henri III ; on lui donna la Cure de faint Nicolas-des-Champs, qu'on avoit ôtée à fon Devancier, qui étoit Roïalifte. Pigenat brigua encore d'autres bénéfices.

votre facilité & vous laiſſer au piege auquel ils vous auront mis, à l'exemple des feux volans, qui conduiſent les paſſans ſur le bord d'un Lac, riviere ou Etang, & les y aïant fait gliſſer s'évanouiſſent incontinent.

Ç'a été un malheur fatal en ce Roïaume, qu'il n'y a jamais eu de grandes diviſions que l'on ne ſe ſoit ſervi du miniſtere des faux Prédicateurs. Ce furent eux, qui du temps de Henri, Roi d'Angleterre furent par lui achetés à beaux deniers comptans, pour faire, comme il advint depuis, deſcendre les Anglois en France, & y allumerent un feu qui ne put être éteint que par la mort de plus de cent mille François; & lors mêmement (je vous ſupplie remarquer ce point) que tous les Princes Chrétiens ſe croiſoient pour le voïage de la Terre ſainte, pour y établir & planter notre vraie Religion, & y abolir du tout le Paganiſme.

Perſonne ne doute que le Roi Louis onzieme ne fût Prince très Catholique, & fils obéiſſant de l'Egliſe Romaine; néanmoins il fut contraint de chaſſer & bannir de ſon Roïaume Frere Antoine Fradin, Cordelier, non point pour avoir parlé en démoniacle, & vomi une Iliade d'injures & vilainies contre Sa Majeſté, comme font les nôtres, ains pour avoir paſſé les bornes de ſa vocation & avoir diſputé de l'état de ſa Couronne en ſa Chaire au lieu de prêcher l'Evangile (1).

Le Pape Pie V, duquel on honore aujourd'hui tant la mémoire par toute la Chrétienté, fut averti que les Prêcheurs en leurs ſermons ſe mêloient de parler de l'Etat, au lieu de leur Evangile; il s'en fit amener juſqu'au nombre de vingt-deux, & avec connoiſſance de cauſe les envoïa tous aux Galeres; je vous laiſſe à penſer qu'eſt-ce qu'il eut fait s'ils ſe fuſſent avancés à publier contre Sa Sainteté la moindre des injures que nous avons ouies de la bouche des nôtres?

Ce ſaint Pere prévoïoit bien l'inconvénient qui pouvoit arriver de ces ſcandaleuſes prédications, ſi on n'y remédioit dès le commencement; car il leur eſt aiſé, ſous prétexte de leur profeſſion & ſous le voile de Religion, de ſéduire le Peuple ignorant, lui donner des impreſſions & mouvemens à leur fantaiſie, parceque perſonne ne leur contredit; joint que le Peuple qui ne voit pas plus loin que ſon nez, ne ſe peut perſuader que ces hypocrites le vouluſſent abuſer, & que la chaire

---

(1) Cela arriva en 1479. Voïez la Chronique de Louis XI à la ſuite des Mémoires de Philippe de Commines, édition de 1706, Tome 2, pag. 245.

qui eſt dédiée pour y annoncer la vérité , puiſſe recevoir le menſonge.

Vous diriez que ceux-ci ont appris la doctrine des autres, qui prêchoient du temps de la querelle de Bourgogne contre le Duc d'Orleans, deſquels nos Hiſtoriens diſent merveilles, & comme ils partialiſoient le Peuple ſelon leurs affections & ſelon les gages, entretenemens & faveurs qu'ils reçoivent de l'un ou de l'autre Parti, qui ſe ſervoient de ces trompettes pour paſſionner les auditeurs & les attirer à diverſes factions.

Auſſi à la vérité toutes ces ſortes de Prédicateurs (j'excepte toujours les bons & ceux qui ont l'honneur & la crainte de Dieu, deſquels nous n'avons pas faute, graces à Dieu) au lieu de faire comme on dit de Xenocrates, qui touchoit tellement le cœur de ſes auditeurs, que pluſieurs, après l'avoir oui, de diſſolus & débauchés, devenoient tempérans & modeſtes, font tout au contraire; car des prêches & ſermons de ces furieux, aucuns n'en retournent meilleurs, ains de paiſibles, obéiſſans au Princes & flexibles qu'ils étoient, ils s'allument tellement de cette factieuſe fureur, qu'ils deviennent prompts, obſtinés & réſolus à toute ſorte de déſobéiſſance & diſſolution.

Nous ne pouvons pas dire à l'iſſue de ces Prédicateurs ce que diſoient ceux qui venoient de ſouper du logis de Platon, leſquels (à ce que dit Timothée) étoient tellement raſſaſiés, à raiſon des beaux & agréables diſcours dont ils avoient repu leurs eſprits, que pluſieurs jours après, ils ſe ſentoient du feſtin. Car tout au contraire, ceux qui ſortent de ces ſermons en ont ſi long-temps l'odeur & le reſſentiment, qu'ils ſont toujours prêts à mener les mains contre tous ceux qu'on leur aura mis en bute.

C'eſt ce qui a fait naître les barricades, & tant de tyrannies provignées de cette ſouche-là, laquelle a répandu ſes rameaux quaſi par toute la France, & dont la mémoire ſera d'auſſi mauvaiſe odeur à nos Succeſſeurs, qu'elle a été & ſera mal encontreuſe à ceux qui vivent maintenant.

Hélas! que j'ai d'horreur, quand je conſidere les maux infinis dont ces boutefeux ont été & feront cauſes, quand j'imagine les déſolations qui nous talonnent, quand je conſidere la juſte fureur d'un Roi irrité contre ſes Sujets & notamment contre vous, Meſſieurs les Pariſiens, qui êtes les principaux auteurs de cette tragédie, laquelle ſe joue aujourd'hui ſur le théâtre de la France. Vous vous êtes laiſſés emporter & ravir aux paſ-

fions d'autrui ? vous avez épousé les querelles des Grands contre votre Roi ; vous avez fait comme l'enfant qui dégaine l'é-
pée & entreprend la querelle d'un serviteur contre son pere, mais
je crains que ne receviez aussi le loïer de vos démérites.

Platon dit qu'il n'y a rien plus à craindre à un enfant que la
malédiction de son pere ; mais je crois qu'il n'y a rien plus formidable à un Peuple que l'indignation de son Souverain, offensé par ses Sujets, & mêmement par ceux qu'il a chéris & aimés par-dessus les autres.

C'est un grand creve-cœur à un pere quand il est outragé par
celui de ses enfans qu'il a affectionné, avancé & agrandi plus
que tous ses freres ; c'est une affliction merveilleuse à un Maître quand il se voit assailli par celui de ses Serviteurs auquel
il a fait plus de bien qu'à tous ses compagnons. Vous êtes de
ceux-là ; car les Rois de France, la lignée desquels a reçu tant
de bénédiction du Ciel, vous ont toujours, entre tous leurs
Sujets, comblés de toutes les sortes de biens & faveurs que l'on
peut desirer pour vivre heureusement, ont donné à votre Ville
tous les titres d'honneur & gratifications qu'ils ont pu imaginer,
pour l'embellissement, décoration & accroissement d'icelle, si
bien qu'il n'y avoit qu'un Paris au monde, Paris sans pair,
Paris le petit œil de l'Univers.

Cela est si oculaire, si notoire & si évident que personne ne
le révoque en doute. Bien est vrai que depuis cinq ou six cens
ans principalement, & sous la lignée de nos Rois, dont le
nôtre très chrétien est descendu, elle a pris son plus grand accroissement, & semble qu'à l'envie l'un de l'autre ils se soient
plû à l'augmenter, l'embellir & l'enrichir, tant pour y avoir
établi leur demeure ordinaire, cause principale de sa richesse &
grandeur, que pour lui avoir donné des marques d'excellence,
privileges & prérogatives inestimables. Et d'autant qu'il seroit
hors de propos de me dilater en cet argument, je dirai seulement en passant, que Philippe-Auguste le conquérant en 1190,
enrichit grandement votre Ville (1), en la faisant paver, fermer, clorre de murailles & fossés, en y créant les Echevins &
lui donnant les enseignes & armoiries qu'elle porte encore aujourd'hui, à savoir un Navire d'argent en champ de gueules,
semé de fleurs de lys d'or ; donnant par ces signes à entendre

_____

(1) Voïez sur ce que l'on dit ici de ce que   in-fol. Tom. 1, Liv. 5. Dissertat sur l'ori-
fit Philippe-Auguste pour la Ville de Paris,   gine de l'Hôtel-de-Ville, &c. par M. le Roi
l'Histoire de cette Ville par les Bénédictins,   & les Antiquités de Paris, par Sauval.

qu'il

qu'il vouloit que Paris fût la Dame de toutes les autres Villes de ce Roïaume, dont le Roi eſt le ſeul Gouverneur & Patron, qu'elle eſt la Nef d'abondance & affluence de toüs biens. Et tout ainſi que par le Navire eſt repréſenté une République adminiſtrée ſous l'autorité des Loix, ainſi les autres Villes ſe reglent ſelon le gouvernement & police de Paris.

Auſſi à la vérité c'eſt ce qui vous rend maintenant ſi refractaires: vous êtes gras & refaits & ne pouvez durer en votre peau. Il n'y a rien ſi proche de la proſpérité que l'inſolence, de la ſatieté que la pétulance, du bon traitement que la déſobéiſſance, de la bénéficence que l'ingratitude. Si on vous eut tenu la bride haute, vous euſſiez toujours été en cervelle, & n'euſſiez pas regimbé contre votre Maître; mais on vous l'a lâchée, & vous vous êtes licenciés & couru à vau-de-route, ſans être retenus ni d'amour ni de crainte envers votre bienfaiteur. Auſſi vous en aviendra-t-il comme au cheval échappé, lequel après avoir tant regimbé & ſecoué ſon Maître, qu'enfin il l'a mis par terre, lui-même ſe mettant à l'abandon, & courant çà & là ſans conduite ni demie, finalement donne de la tête contre un roc, ou tombe du haut d'un précipice, & meurt miſérablement.

Entre tous les vices, il n'y en a point de plus déteſtable que l'ingratitude: il eſt odieux à Dieu & aux hommes. Vous êtes merveilleuſemet entachés de ce vice; vous êtes ingrats envers Dieu & ſon Egliſe, envers votre Roi, votre Patrie, vos enfans & même envers vous. Si vous voulez deſcendre en vousmêmes, vous le reconnoîtrez aſſez; mais parceque les paſſions dont vous êtes prévenus vous pervertiſſent le jugement, il vous y faut mener par la main.

Vous aviez un Patron en cette Nef roïale qui vous conduiſoit en toute ſûreté, vous mettoit à l'abri des vents & de l'orage, vous faiſoit par ſes Officiers adminiſtrer juſtice en droit & équité, ſe communiquoit, s'avoiſinoit & domeſtiquoit avec vous, vous chériſſoit infiniment. Qu'avez-vous fait de lui & de ſes Officiers? Vous les avez chaſſés. Qu'avez-vous pris au lieu? Des Pirates & Bandoliers. Ce Patron, que vous avoit-il fait pour le traiter ſi indignement? Vous êtes empêchés de le dire. Pourquoi vous eſt-il odieux? Vous ne ſavez, mais tous ſes Serviteurs le ſavent bien; c'eſt parcequ'il eſt trop humain, trop patient & trop facile à pardonner.

Il m'eſt avis que je vois ce Populaire d'Athenes, qui avoit

Tome III. D d d

conspiré contre le grand Aristides (1), & ne savoit pourquoi, & comme le jour de l'Ostracisme (2) ce grand personnage s'en alloit emmi la place, il y eut un païsan si grossier qu'il ne savoit ni lire ni écrire, lequel s'adressa à lui, parcequ'il le rencontra le premier, & lui bailla sa coquille, le priant de vouloir écrire dessus le nom d'Aristides. De quoi cet homme d'honneur s'ébaïssant, lui demanda si Aristides lui avoit fait quelque déplaisir ; nenni, répondit-il, mais il me fâche de l'ouïr ainsi partout appeller le Juste. Aristides aïant oui ces paroles ne lui répondit rien, ains écrivit lui-même son nom dessus sa coquille & la lui rebailla. Mais au partir de la Ville il leva ses deux mains vers le Ciel & fit une priere du tout contraire à celle d'Achilles en Homere, priant aux Dieux que jamais il n'avînt de telles affaires aux Athéniens, qu'ils fussent contraints d'avoir souvenance d'Aristides.

Hélas ! combien y en a-t-il aujourd'hui qui sont semblables à ce Païsan, qui suivent le parti de la Ligue & ne savent pourquoi ? Ils ne la connoissent pas, & toutesfois ils veulent mourir pour sa défense, parceque leur Prêcheur leur a dit qu'il en falloit user de cette façon pour être sauvé. Et néanmoins votre Prince souverain, à l'exemple d'Aristides, après toutes les indignités qu'il a reçues de vous, encore il a eu soin de votre conservation, vous avoit pardonné, vous avoit reçus en ses bonnes graces, avoit par une bonté & facilité vraiment roïale, mis sous le pied tant d'outrages & entreprises faites contre Sa Majesté ; mais vous êtes retournés comme le chien à votre vomissement, & votre derniere faute & rechûte est cent fois plus dangereuse que la premiere.

Vous dites que les relaps sont indignes d'aucune grace & miséricorde, & qu'ils sont déchus de tous biens, honneurs, grades, titres & dignités, eux & leur postérité, encore même que l'Eglise leur eût pardonné, laquelle, dites-vous, remet la coulpe & non l'infamie. Si cela est comme vous le prêchez, écrivez & publiez par-tout, vous êtes par votre bouche même jugés & condamnés ; car combien de fois êtes-vous retombés en

---

(1) Aristide, fils de Lysimaque, qui eut beaucoup de part au gouvernement de sa Patrie, & qui fut surnommé *le Juste* : il vivoit du temps de Thémistocle, avec qui il eut de fréquentes contestations. Voïez les Historiens Grecs, & Cornelius Nepos dans la Vie d'Aristide.

(2) L'Ostracisme étoit une Loi, suivant laquelle on pouvoit bannir un Citoïen pour dix ans, quand il y en avoit au moins six mille qui demandoient qu'on en fît usage ; elle ne déshonoroit point celui contre qui on l'emploïoit.

1589.
Conseil d'un François aux Parisiens.

même faute, felonnie & rebellion contre votre Roi? Vous vous étonnerez de ce trait qui rejaillit contre vous, d'autant, dites-vous que ce mot s'entend feulement des Hérétiques. Mais quelle plus grande héréfie voulez-vous que d'ufer d'imprécations & malédictions tous les jours en pleine chaire contre fon Roi & les puiffances féculieres, pour lefquelles les Catholiques, depuis la primitive Eglife jufqu'à aujourd'hui, ont toujours fait prieres générales & particulieres, & nous eft commandé de faire de même? Et vous, au contraire, dénoncez en pleine chaire pour excommuniés tous ceux qui prient Dieu pour notre Roi très Chrétien, & pour les Princes du Sang, Catholiques.

Juftin en l'apologie qu'il a faite pour les Chrétiens, raconte qu'étant ces pauvres gens en toute extrêmité de perfécution, ne fe banderent jamais par faction ni fédition contre les Edits de leur Prince, mais feulement par obéiffance ou patience, par prieres & méditations faintes, par très humbles fupplications à leur Prince, lui difant, comme récite faint Ambroife à Valentin : » ô Augufte, nous venons pour prier, non pour com-» battre contre votre Ordonnance ». Entre les Loix & prohibitions de Moïfe au Peuple d'Ifrael, celle-là fe trouve des premieres : » Tu ne détracteras point des Juges & ne maudi-» ras point le Prince de ton Peuple ». Ne dis mal du Roi en ta penfée même, dit Salomon, comme s'il vouloit dire, encore que tu le faffe le plus fecretement que tu pourras. Pourtant Dieu parlant à Samuel, auquel le Peuple avoit demandé un autre Prince ; » c'eft à moi, dit-il, à qui ils ont fait injure «. Pourquoi cela? C'eft parceque le Roi & Prince naturel eft l'élu du Seigneur, c'eft fon Oint, c'eft fon image vive. L'Apôtre admonefte l'Eglife de prier Dieu pour le Roi, afin que vous puiffiez, dit le texte, vivre en repos & tranquillité, montrant que la paix de la Cité provient du bonheur & difpofition du Prince, lequel eft comme l'efprit vital & l'ame de l'Empire. Car fans lui tant de milliers de perfonnes qui lui font foumifes, ne feroient que proie & perdition.

Ne font donc pas maudits & damnables vos Prédicateurs (j'excepte les bons comme j'ai toujours dit) qui vous enfeignent une doctrine contraire à celle qui a été & fera à jamais reçue en l'Eglife Catholique, de l'union de laquelle ils nous veulent divifer, quand ils nous annoncent une parole nouvelle, & nous défendent de prier Dieu pour notre Roi, le deteftent publiquement pour en faire un à leur pofte & rejetter l'élu &

l'Oint de notre Dieu, auquel par ce moïen ils ont fait injure, comme lui-même témoigne en la Sapience? Quelle plus méchante héréfie voulez vous que celle-là, qui bande & fépare les Catholiques les uns d'avec les autres, & enfin n'a d'autre but que la ruine de cet Etat?

Sont-ils pas relaps (permettez-moi d'ufer de leurs termes) voire double relaps? Doivent-ils pas être pourfuivis comme criminels de leze-Majefté divine & humaine, comme hérétiques abominables qu'ils font, puifqu'ils prêchent contre l'expreffe parole de Dieu & contre ce que nous tenons, comme de main en main, des faints Peres nos Prédécefseurs, & contre ce qui a été approuvé de tout temps en l'Eglife Catholique, Apoftolique & Romaine? Regardez, je vous prie, fous quels Chefs vous marchez aujourd'hui? Regardez en quelles impiétés & quelles erreurs vous ont pouffés ces féducteurs, venaux, mercenaires & penfionnaires de Péricart?

Voire mais (diront vos Prédicateurs) le Roi eft excommunié parcequ'il a fait mourir ces deux grandsPrinces de laLigue & leur a rompu fa promeffe qu'il leur avoit jurée fi folemnellement en Corps d'Etat. Ah, les gens de bien que voici! Dites-moi, je vous prie, pourquoi voulez vous exiger d'un autre ce que vous abhorrez tant? Pourquoi femonnez-vous autrui de fa promeffe, vous qui n'en tenez jamais une feule, fi ce n'eft pour tromper ou ruiner quèlqu'un? Pourquoi prêchez-vous continence & fobriété, vous qui tenez banque ouverte de paillardife & d'ivrognerie? J'aimerois autant voir un Epicure qui me haranguât la tempérance; un Catilina, l'obéiffance au Magiftrat; un Cefar, l'humanité; un Neron, la piété & juftice; un Domitian, l'humilité & miféricorde; un Julian, la dévotion & Religion, & un Carthaginois, l'obfervation du ferment & de la foi.

Davantage, eft-ce à vous à demander raifon des actions de votre Roi? Eft-il votre Jufticiable? Vous me faites fouvenir de ces Tribuns Romains, qui fous l'autorité du Peuple, accuferent un jour Cl. Nero & L. Salinator pour raifon, difoient-ils, de la trop grande févérité dont ils avoient ufé en leur cenfure. Le Sénat ne voulut oncques recevoir cette accufation, n'étant, difoit-il, raifonnable de contraindre ceux qui en vertu de leurs charges faifoient rendre compte aux autres, à le rendre eux-mêmes de leur adminiftration. Vous êtes tenus de rendre compte de vos actions au Roi, & lui non-feulement des siennes, mais aussi des vôtres au Dieu vivant, auquel seul & non à autre il en est responsable.

Ce néanmoins il est très certain qu'avec une patience presqu'incroïable, & laquelle mettoit tous ses Serviteurs en désespoir, il a été forcé à la parfin pour sauver son Etat, sa personne & tous les François, de prévenir les deux freres par une plus honorable mort que leurs rebellions & felonnies ne méritoient, pour conserver & consoler une infinité de gens de bien qui sont demeurés en leur devoir, & donner terreur aux Grands de ce Roïaume, qui sous ces formulaires ont trop abusé de leur autorité, & font encore aujourd'hui les petits Potentats ès Provinces, Villes, Châteaux & Places qui leur ont été commises, tiennent le Peuple en rebellion contre le Roi & ne veulent tenir que de l'épée. » Oté-moi de devant la face, dit le Sei- » gneur Dieu, tous ces Princes & Gouverneurs qui divisent & » font rebeller mon Peuple, & les fais pendre à l'opposite du » Soleil pour appaiser ma fureur.

Mais (dites-vous) pour le moins leur falloit-il faire leur procès. En vérité cela étoit desirable : mais je vous prie, dépouillons toute passion ; Qui eût été l'accusateur ? Qui eût informé & décrété ? Qui eût exécuté le décret de prise de corps ? Qui eût administré témoins ? Qui les eût recollés & confrontés ? Qui eût instruit ces procès criminels ? Enfin qui eût exécuté les jugemens de mort qui fussent intervenus, sans un million de crimes, desquels ils eussent pu être convaincus, si les Loix eussent été en leur autorité, & si les amis & serviteurs qu'ils avoient fait venir de toutes parts, & esquels ils s'assuroient, n'eussent empêché le cours de la justice ? Quand vous m'aurez pertinemment répondu à cela, je passerai condamnation, & cependant je ne m'arrêterai sur ce point, sinon pour vous assurer que la bénignité de notre Roi avoit tellement avancé leurs affaires, que s'il eût encore attendu deux fois vingt-quatre heures, c'étoit fait de lui & de son Etat.

C'étoit leur intention de s'assurer de sa personne, en quelque façon que ce fût, c'étoient vos conseils, c'étoit l'exécution des Memoires de l'Avocat David (1), c'étoient les avis

---

(1) David, Avocat au Parlement de Paris, s'étoit ruiné de réputation au Palais, perdant chaque jour les causes qu'il entreprenoit de défendre, & étant personnellement condamné à l'amende. Comme il avoit d'ailleurs souffert quelques pertes de biens de la part des Huguenots, voïant que le dernier Edit de pacification le mettoit hors d'état d'en poursuivre la restitution, il entreprit, pour se venger, ou par désespoir, de se vouer à la Ligue, qui travailloit dès ce temps-là aux moïens d'ôter

qui venoient de toutes parts des Villes rebelles. Les instructions
de la conjuration ne sont pas perdues, & ceux qui en peuvent
déposer à la vérité sont pleins de vie, qui en temps plus calme n'en diront que trop à la confusion de plusieurs.

Je ne voudrois point d'autres témoins ni de meilleures preuves que de celui qui vous commande maintenant, s'il n'é-
toit enivré de cette même ambition, en laquelle il a succédé à
son frere, au préjudice toutefois de son neveu, qui est plus
habile à succéder aux droits paternels que lui. Tout le droit du
pere gisoit en espérance; il l'a transmise à son fils, qui n'a garde
de la quitter à son oncle, si ce n'est par force.

A la mienne volonté que votre Général fut aussi homme de
bien & soigneux du repos public que fut Scipion l'Africain,
lequel étant devant Numance, qu'il tenoit assiégée, & aïant reçu
nouvelles que Tib. Gracque, son beau-frere avoit été tué à Rome
pour raison d'une sédition populaire, de laquelle il avoit été l'auteur, dit qu'il avoit bien mérité la mort, & prononça tout
haut ces vers d'Homere :

> Que désormais autant en puisse prendre
> A qui voudra telle chose entreprendre.

Cela lui augmenta bien sa réputation envers le Sénat & les
gens d'honneur, mais il diminua son crédit envers le Peuple,
qui étoit encore en furie, à cause de cette mort. Toutesfois
ce grand personnage, encore qu'il aimât uniquement & re-
gretât son frere, avoit plus de consideration au bien public
qu'au sien particulier, de maniere que le Peuple se mutinant un
jour contre lui, pour cette même occasion, il cria tout haut,
Taceant quibus Italia Noverca est. La vertu de cet homme fut
si grande que le Peuple s'appaisa tout à l'instant à cette parole.

S'il eût été aussi ambitieux & avare que votre Lieutenant,
il eût remué le Ciel & la Terre, aïant le Peuple à sa dévotion
& eût pu faire dès-lors ce que César fit depuis ; mais il aimoit
mieux le repos de sa Patrie que son avancement propre, &

---

la Couronne à ses légitimes Possesseurs,
pour la transférer dans la Maison de Lorraine. Dans ce dessein, il partit en 1576,
avec des Memoires, sur lesquels on délibéra en secret dans un Conseil tenu en cette
Ville, en présence du Cardinal de Pellevé
& de l'Evêque de Paris, que le Roi n'avoit
pas envoïés à Rome pour ce sujet. Les choses aïant été mises en bon train, David
laissa au Cardinal de Pellevé le soin de les
achever, & reprit la route de France ; mais
étant mort en chemin, ses Mémoires tomberent entre les mains des Huguenots, qui
les rendirent publics. Voïez sur cela les Remarques sur la Satyre Ménippée, *in-8°* p.
154 & l'Hist. de M. de Thou l. 94.

eſtimoit la cauſe publique être ſon intérêt particulier, de ſorte que rapportant toutes ſes intentions à ce but-là, il eût plutôt enduré toutes les injures du monde, que de rien entrepren-dre contre ſa Patrie. Vous, au contraire, voulez que tout le monde ſoit ruiné pour la mort de deux perſonnes ſeulement, & en faites votre propre cauſe. Et néanmoins s'ils euſſent ef-fectué leurs damnables deſſeins qu'ils avoient contre votre Roi, vous les euſſiez favoriſés, ſoutenus de tous vos moïens, & les fuſſiez venu recevoir juſqu'à Blois, pour les mener victorieux en votre Ville. Dieu a eu pitié de nous, & nous a préſervés de vos machinations. Il nous a délivrés de ces Tyrans, & main-tenant vous nous en ſuſcitez d'autres. Dieu nous a garantis de Scylle, vous nous remettez en Charybde. Croïcz, croïez qu'il vous confondra tous enſemble, & que vous mourrez miſéra-blement en cette querelle, tout ainſi que vos Prédéceſſeurs, lorſqu'ils ſe ſont rebellés comme vous faites.

Nous avons la raiſon de notre côté : vous n'avez que de la paſſion du vôtre. Nous combattons pour l'amour naturelle que nous avons au Roi : vous pour un ſerment barbare que vous avez fait aux Lorrains & Eſpagnols. Nous avons la promeſſe de Dieu qui bénira notre obéïſſance : vous avez à mépris ſon comman-dement qui condamne votre rebellion. Votre trahiſon eſt no-toire, la perfidie & rupture de foi que nous alléguez eſt du tout fauſſe, ſi vous n'appellez rompre la foi, parer aux coups, re-tirer le couteau de deſſus ſa gorge, détourner le dard que l'on voit venir, & le renvoïer ſur celui qui l'a jetté, bref, faire donner dans les filets celui-là même qui les avoit tendus pour autrui.

Et pour le regard de votre excommunication prétendue, elle ne ſert que d'une production nouvelle pour faire & parfaire votre procès ; car quelle forme y avez-vous gardée ? Quelle ſo-lemnité y a été obſervée ? Si c'étoit contre une perſonne pri-vée, un petit appel comme d'abus en feroit la raiſon ; on y feroit très bien fondé, & en vertu d'icelui, la ſentence d'ex-communication feroit nulle. Mais d'avoir tiré ce glaive ſpiri-tuel contre votre Roi, qui n'a point de ſupérieur en ſon Roïau-me, vous ne l'avez ſu faire ſans encourir manifeſtement le cri-me de leze-Majeſté divine & humaine.

La Prêtreſſe d'Athenes fût bien plus cérémonieuſe que vous en ſon Paganiſme, laquelle étant pourſuivie, en vertu de l'Ar-rêt du Sénat, de fulminer & excommunier Alcibiades comme

ennemi public, méchant & déteſtable ; elle répondit très ſagement qu'elle ne le pouvoit faire, & qu'elle étoit ordonnée
pour faire des prieres & ſupplications aux Dieux, & non pas
des exécrations.

C'eſt pourquoi le Moine Sigebert en ſa Chronique de l'an
1088, appelle hérétiques ceux qui ſe rebellent contre leur Roi,
quel qu'il ſoit, & qui font ſi peu de conſcience de publier leurs
cenſures : » Et juſqu'à ce temps, dit-il, cette héréſie n'avoit
» point encore apparu au monde, que les Prêtres de celui qui
» dit au Roi, il fait apoſtatiſer & régner l'hypocriſie, à cauſe
» des péchés du Peuple, faſſent aujourd'hui accroire au Peuple
» qu'il n'eſt point tenu d'obéir à un mauvais Roi, & qu'il eſt
» diſpenſé du ſerment de fidélité ».

Vous voïez que Dieu nous commande d'obéir à un mauvais Roi : & vous nous défendez d'obéir à un bon ; un Roi
très chrétien & plus catholique que vous, qui prévariquez &
prêchez contre votre propre profeſſion, & contre la doctrine ſi
long-temps a, reçue dans l'Egliſe ; par conſéquent vrais hérétiques s'il en fut jamais ; & au partir de là vous excommuniez
le Roi & nous défendez ſur peine d'excommunications (dont
vous faites trop bon marché) de lui obéir. Nous n'en ferons
rien, traîtres que vous êtes, & vous fermerons la bouche en un
mot, comme fit Scipion l'Afriquain à cette populace mutinée :
Taceant quibus Francia noverca eſt. Taiſez-vous Marauts, qui
tenez la France pour votre Marâtre ; quant à nous, nous la reconnoîtrons toujours pour notre Mere.

M. l'Archevêque de Tours, homme d'honneur (1), Catholique, s'il en fut onc, & l'un des plus anciens Prélats de ce
Roïaume, fit bien au contraire de vous, par le mandement qu'il
envoïa aux Pâques dernieres à tous les Curés de ſon Diocèſe,
par lequel il leur commande de faire prieres publiques & particulieres pour le Roi, en leurs prônes & prédications, ſelon
la forme & l'uſage venu à nous depuis les Apôtres, ſans in-
terruption aucune. Outre plus, il leur ordonne d'avertir chacun en ſon endroit leurs paroiſſiens, qui ſe ſeroient départis
de l'obéiſſance & ſervice qu'ils doivent au Roi, d'y rentrer ſoudainement, ſans ſe laiſſer, dit-il, ſéduire aux vaines perſuaſions de ceux qui ſous ombre de quelque prétexte les vou-

---

(1) C'étoit Simon de Maillé de Brézé dont   Marthe & traduits en François par Guillau-
on peut voir l'éloge dans ceux des hommes   me Colletet, L. 4.
illuſtres, écrits en Latin, par Scévole de S^{te}

droient inciter au contraire ; que s'il y en a de ſi obſtinés en
leur rebellion ; qu'ils ne veulent ſe reconnoître, il défend ſur
peine d'excommunication, de leur donner l'abſolution, ni les
recevoir à la ſainte Communion, déclarant les Curés & autres
aïant charges d'armes, qui autrement le feront, excommuniés
& en conſéquence de ce, ſuſpendus de leur charge : & tous
les prétextes que vous y pourrez apporter, ne ſeront qu'autant
d'argumens & témoignages pour vous confondre devant la Majeſté de Dieu, qui vous fera rendre compte des ames que vous
avez perdues, les repaiſſant d'une fauſſe & erronnée doctrine,
pour parvenir à vos damnables intentions, ſaouler vos ambitions & avarices, & renverſer du tout cette Monarchie.

Je reviens à vous, Meſſieurs de Paris, que je ne puis oublier :
& à la mienne volonté que l'affection que j'ai de vous ſecourir eût autant de force & de vertu que les artifices de vos Chefs
& les impoſtures de vos Prêcheurs ont trouvé de lieu & facilité en vous, pour vous ſéduire & abuſer ! Je me ſuis étonné
mille fois de votre rebellion, vu que vous en aviez moins de
ſujet que Ville de ce Roïaume. Je me ſuis encore plus étonné
de voir armer tant de gens de bien, pour ſauver quarante ou
cinquante brigands, qui ont mérité cent fois la corde. Je m'é-
tonne infiniment de vous voir continuer en cette opiniâtreté :
mais, ſur-tout je m'étonne de vous voir courir ſi gaiement à
votre ruine infaillible. Il nous eſt commandé d'aimer notre prochain ; nous n'avons rien ſi prochain que nous-mêmes. Nature
nous apprend à nous conſerver, Dieu nous le commande. Vous
voïez un précipice que vous pouvez éviter ; vous vous y jettez
à corps perdu. Vous voïez un gouffre devant vous ; vous prenez votre courſe pour vous y élancer la tête la premiere. Si
c'étoit un ſaint deſir qui vous mut de profiter à votre Patrie,
comme des Fabies, Décies & autres, qui ſe font librement
expoſés à la mort pour ſauver leur Païs, il y auroit quelque
excuſe : mais mourant en votre rebellion, vous préjudiciez premierement au public, à raiſon du mauvais exemple, & ne profite votre mort que comme celle d'un brigand ou d'un parricide ; & pour le particulier, vous perdez la vie, les biens, vos
femmes & vos enfans. Voilà une étrange obſtination. Si l'a-
mour de vous-mêmes, de votre Patrie ou de vos enfans ne
vous retient, la pudeur & la vergogne vous devroient pour le
moins retenir. Si la punition & la mort ne vous font rien,
que la honte & l'infamie, qui vous ſurvivront, vous touchent.

Vraiement vos enfans vous auront beaucoup d'obligations, quand, au lieu des grands biens que vous avez recueillis des successions de vos Prédécesseurs, & desquels vous les fraudez malheureusement, vous leur laisserez pour tout héritage, la marque de rebellion, caractere indélébile au front d'un Parisien.

Il semble proprement, à voir vos déportemens, que soïez épris de cette obstination & fureur esquelles tomberent les filles des Milesiens, lesquelles, un temps fut, entrerent en une étrange rêverie, sans qu'il y eût aucune cause apparente, sinon que l'on jugeoit que ce dût être quelque empoisonnement d'air, qui leur causoit ce dévoiement & aliénation d'entendement: Car il leur prenoit à toutes une soudaine envie de mourir, & un furieux appetit de s'aller pendre, & y en eut plusieurs qui se pendirent & étranglerent secrétement, & n'y avoit ni remontrances, ni larmes de pere & de mere, ni consolations d'amis qui y servissent de rien ; car pour se faire mourir elles trouvoient toujours moïen d'afiner & tromper toutes les ruses & inventions de ceux qui faisoient le guet sur elles ; de maniere qu'on estimoit que ce fût quelque punition divine, à laquelle nulle prévoïance humaine put trouver remede, jusqu'à ce que par l'avis de l'un des Citoïens, homme sage & avisé, il se fit au Conseil un Edit, que s'il advenoit qu'il s'en pendît plus aucune, elle seroit portée toute nue, à la vue de tout le monde, au travers de la grande Place. Cet Edit fait & ratifié par le Conseil, ne reprima pas seulement, pour un peu, mais arrêta du tout, la fureur de ces filles, qui avoient envie de mourir.

Voïez, je vous prie, que ce que la douleur & la mort, qui sont les deux plus terribles accidens que les hommes peuvent souffrir, n'avoient su impétrer, l'honneur l'emporta de hautre luitte, & le gagna du premier coup. Aussi n'y a-t-il rien, à la vérité, qui touche plus au vif les natures généreuses & les cœurs magnanimes, que le point d'honneur, pour la conservation duquel si elles avoient mille vies, toutes y seroient emploïées l'une après l'autre, plutôt que d'en rien quitter, comme si c'étoit une tache & marque visible qui demeurât imprimée dans l'ame après la mort, & qui rendît la mémoire du défunt de mauvaise odeur à la Postérité. Aussi toutes autres choses peuvent être promptement acquises par les grands personnages, dit Tacite, mais la chose du monde à

laquelle ils doivent le plus inceſſamment travailler, c'eſt à laiſ-
fer une belle & ſainte mémoire d'eux. Car quiconque fait peu
de cas de ſa renommée, en fait encore moins de la vertu. C'eſt
pourquoi nous liſons ſi ſouvent en l'Hiſtoire Romaine que ces
graves & ſaints perſonnages étant condamnés à la mort, ou
par les Tyrans, ou par fauſſes accuſations, avoient tant de ſoin,
même parmi le ſupplice, de ne rien faire de diſſemblable aux
autres actes de leur vie, & vouloient mourir avec pareille conſtance qu'ils avoient vécu.

O Seigneur Dieu, que l'on eût fait de bons Chrétiens, de
bons Catholiques, de ces gens-là! Ils euſſent plutôt enduré
tous les tourmens du monde, que de conſpirer contre leur Roi
& leur Patrie, comme vous faites. Vous, dis-je, qui vous perdez de gaieté de cœur, qui perdez l'honneur, & ce qui eſt
le pis de tout, perdez votre ame, qui s'en va au Prince de
rebellion, avec celle de votre Chef, ſi Dieu ne vous deſille bien-
tôt les yeux, & ſi vous n'expiez par toutes les ſatisfactions que
pourrez excogiter, les crimes & les méchancetés exécrables,
deſquelles vous êtes entachés depuis vos félonnies & rebellions.

J'ai horreur, quand je me repréſente l'extrémité en laquelle
je vois vos affaires réduites, & l'iſſue lamentable de votre déſobéiſſance: & néanmoins, d'autant que je ne puis oublier la
nourriture que j'ai pris en votre Ville, & que vous pouvez
encore, à mon jugement, prévenir votre malheur, par un bon
conſeil & avis que prendrez, je ne veux vous abandonner en
cette néceſſité, m'étant réſolu de vous faire ce dernier office,
lequel vous recevrez comme de celui qui n'a rien plus cher
que de vous voir rétablis en repos, & remis aux honneurs dont
vous êtes déchus, par les mauvais conſeils & inductions de
ceux qui profitent autant en vos diviſions que vous y perdez,
qui ſont ſortis du bourbier pour vous y plonger, qui ne peuvent être en crédit, qu'ils ne vous faſſent perdre le vôtre, &
pour dire en un mot, qui ne peuvent conſerver leur vie, que
mettant la vôtre au haſard.

Je ſais bien que pluſieurs d'entre vous, choiſirez plutôt
tout autre parti que de retourner à votre devoir, preſſés de
votre conſcience, qui vous repréſente à tous momens les outrages, les vilainies, les pilleries, les trahiſons, ſacrileges,
violemens & blaſphêmes contre l'honneur de Dieu & de ſon
Egliſe, les fauſſes accuſations, calomnies & injures vomies

contre la Majesté de votre Roi , les emprisonnemens & assassinats de ses Serviteurs, les conspirations & menées qu'avez faites pour y attirer une infinité de gens de bien & d'honneur, qui n'y sont entrés que pour sauver leurs biens ou leurs vies, leurs parens & leurs amis. Aussi veux-je bien que vous sachiez que c'est à eux, & non pas à vous, pestes des bonnes Villes, à qui ce discours s'adresse. Je sais bien que votre maladie est incurable, & partant suivrai-je le conseil d'Hyppocrate, qui défend de médicamenter les maladies déplorées. Il ne vous faut point d'autre Médecin que Maître Jean Roseau (1). Mais pour leur regard, il y a encore des remedes, pourvu qu'ils se rendent faciles & traitables, & que seulement ils desirent leur santé. Car tout ainsi que les Médecins, aussi-tôt qu'ils ont trouvé la cause du mal, ils pensent déja être parvenus à la guérison ; aussi aïant découvert l'origine & le motif de votre rebellion, il est très aisé de vous appliquer les remedes.

Or, premierement, il faut noter qu'en votre Ville, & à l'exemple d'elle en tout ce Roïaume, il y a deux sortes de rebelles ; les premiers sont les Chefs de part, les séditieux Prédicateurs, séducteurs du Peuple & imposteurs, qui ont fait plus de mal & causé plus de désolation à cet Etat que tout le reste. Ceux qui ont fait des monopoles, des menées, associations & conspirations secretes contre le Roi & ses Magistrats, ont eu des pratiques & intelligences aux Villes liguées dedans & dehors le Roïaume, ont incité le menu Peuple à sédition, ont porté le rôle des Conjurés, ont recueilli les deniers pour la cause, sont du conseil d'icelle, ont enlevé l'argent des Receptes roïales, & généralement tous ceux qui ont porté les armes contre la Majesté du Roi.

En ce même rang, & toutesfois un dégré plus bas, sont ceux qui véritablement n'ont pas été les auteurs ni inventeurs de la Ligue ; mais comme ils en ont eu le vent, ils y ont demandé place, rang & séance, ils y ont trouvé goût, ils y sont demeurés avec beaucoup d'opiniâtreté, & quelques-uns de ceux-ci ont pis fait que les premiers ; car pendant qu'ils ne s'étoient encore enrôlés sous la banniere de ces Conjurés, ils ont communiqué, familiarisé & reconnu les humeurs de ceux qui s'opposoient

---

(1) C'étoit le Bourreau ou l'Exécuteur de la Haute-Justice à Paris, pendant les fureurs de la Ligue. Ce fut lui qui ne craignit pas de pendre le Présidant Brisson & les Conseillers Larcher & Tardif, pour raison de quoi, lui-même fut pendu en Greve par Arrêt du 27 Août de l'an 1594. Pasquier en parle, de même que le Scaligerana. On peut voir aussi les Remarques sur la Satyre Ménippée, page 350, 351.

vertueufement à ce Parti, les ont depuis accufés & leur ont fait des défaveurs infinies, & ont été avancés plus ou moins à la Ligue, à mefure & proportion du fervice qu'ils y ont fait, au préjudice & dommage des Serviteurs du Roi. Tous ceux-ci demandent un changement d'Etat, font Lorrains & Efpagnols en leur cœur, & y font embaraffés fi avant, qu'il faut néceffairement qu'ils meurent, ou qu'ils demeurent les maîtres, ou qu'ils vivent hors ce Roïaume. Bien eft vrai qu'il y en a peu ou point qui recherchent ce dernier remede, car ils font réfolus de vaincre ou de mourir ; de maniere qu'ils remuent le Ciel & la Terre, pour y embarquer tous ceux qu'ils pourront, & par tous les artifices à eux poffibles ; mais malheur à ceux qui fuivront ces défefpérés.

Au fecond lieu fe trouvera le plus grand & déteftable nombre, compofé de gens la plupart fimples, dévots, timides, & quelques-uns fuperftitieux, & ceux-ci font entrés pour divers refpeéts & plufieurs confidérations ; les uns pour fauver leurs biens, leurs vies & leurs familles, comme il fe trouve peu de gens affez forts pour renoncer à toutes ces commodités-là ; les autres par le moïen des fcandaleufes prédications, qui leur ont été fi fouvent faites, font prévenus d'une fauffe opinion que la Ligue a été introduite pour la reftauration de la Religion Catholique ; que le Roi & fes Serviteurs font Huguenots, & mille autres piperies & impoftures qu'ils ont bâties là-deffus ; & même, en conféquence de cette impreffion, defirent, avec les autres, un changement d'Etat & élever un Lorrain au Trône roïal.

Or, c'eft à ceux-ci, qui pêchent en partie par ignorance, & qui ne font pas des plus méchans, auxquels il faut lever le mafque & montrer l'impoffibilité & l'impiété de leurs deffeins, & le peu de fondement de leur fauffe opinion.

Je ne penfe pas qu'il y ait ajourd'hui homme fi groffier qui doute plus de l'intention des Chefs de la Ligue. Le temps, Pere de vérité, leur a fait voir jufqu'au fond de leurs cœurs, que toutes ces feintifes, tous ces tournoiemens & couleurs empruntées, tantôt du bien du public, & puis de la Religion, ont été finalement fi éventées, fi publiques & notoires, qu'il n'y a plus perfonne, fi le fens commun ne lui manque tout à fait, qui faffe confcience de blâmer fa crédulité, d'accufer fa facilité, de s'être laiffé fi légerement tranfporter en des opinions fi extravagantes & fi contraires à fon devoir, pour

adhérer à l'appétit de ces renards, qui fous leurs belles promeffes les ont fait trébucher dans le piege qu'ils leur avoient fi
long-temps auparavant préparé.

De preuve, je n'en veux point de plus grande que celle que je
tirerai de votre Ville, Meffieurs de Paris, & principalement depuis le jour des barricades. Votre fait étoit tellement quelle-
ment couvert devant ce temps-là, & n'y avoit que les moins
ignorans qui pénétraffent à vos prétentions & pernicieufes entreprifes ; parceque vous ne vouliez pas lever le mafque. Vous
parliez toujours fous un faux vifage, & encore que nous vous
connuffions très bien, vous nous laiffiez néanmoins un fcru-
pule qui faifoit que vous trouviez même parmi les gens de bien
& de ceux qui n'ont jamais porté vos livrées, des Avocats,
& des amis, qui difoient qu'il y avoit quelqu'apparence en votre fait, qu'il ne vous falloit pas fi-tôt condamner, & que l'on
fe pourroit bien abufer

Voilà à quoi profite un mafque & un déguifement pour un
temps ; mais parceque rien de feint, de fardé, ou diffimulé ne
peut durer perpétuellement, joint que toutes entreprifes, quelques couvertes qu'elles foient, néanmoins fe manifeftent à la
fin ; autrement elles ne parviendroient jamais à leur point. Et
tout ainfi qu'une mine ne fert de rien, fi on ne la fait jouer,
auffi ne ferviroient de rien toutes les pratiques & conjurations
de la Ligue, fi on ne les eût conduites à leur but & à leur dernier période.

Ce but principal fe fit paroître la journée des Barricades,
journée haut louée & magnifiée par vous, comme fi vous euffiez gagné quelque grande & triomphante victoire, fous l'ombre que l'on ne vous traita pas comme votre rébellion méritoit. La bonté du Roi vous a tous fauvés & non la vaillance
du Duc de Guife, qui (Dieu merci) ne fut point en peine
de mettre la main à l'épée contre fes comperes, contre fes bons
amis, qui fe montrerent tans fiens & affectionnés ce jour-là,
qu'il ne lui refta à faire que ce qu'il n'ofa entreprendre.

Il fe fit promener en triomphe comme en une Ville gagnée ;
affifté de vos forces, contraignit fon Souverain & le vôtre à
lui quitter la Place. Encore s'eft-il vanté depuis, & de bouche,
& par écrit, qu'il étoit bien en fa puiffance de le retenir, c'eft-
à-dire de l'arrêter prifonnier, ou lui faire pis.

Ces hautes braveries redondent merveilleufement à votre
deshonneur ; car lui même fe vante d'être arrivé à Paris lui

huitiéme, & néanmoins il se glorifie d'avoir empêché le sac de
votre Ville, & d'avoir pu arrêter le Roi, parmi cinq ou six mille
hommes, qui étoient encore pour le moins à la dévotion de
Sa Majesté.

Il est donc aisé de voir qu'il faisoit état de vos forces comme des siennes, comme aussi lui fîtes-vous bien paroître ce jour-
là, quand par toute votre Ville, ce nouveau Conquérant étoit
accompagné de vos applaudissemens & acclamations, lesquelles n'appartiennent qu'à un Roi & Prince souverain.

C'étoit lors à qui plus feroit de démonstrations & donneroit
certain témoignage de sa rebellion.

Est-il possible que vous soïez enfans de ceux qui ont autrefois si librement exposé leurs vies pour sauver celle de leur Roi,
qui se sont mis en danger pour l'en retirer, qui ont chassé
ses Ennemis pour le mettre entre les bras de ses Serviteurs &
amis ?

Nous lisons qu'au commencement du regne de Louïs VIII (1),
Pere de saint Louïs, les Princes de son Roïaume s'éleverent à
l'encontre de lui, & lui troublerent fort son Etat ; & comme
un jour entre les autres, ils eussent conspiré de le prendre &
mis à cet effet une forte embuscade entre Mont-le-heri & Paris,
les Parisiens aïant eu l'avis de cette Conjuration, se mirent en
armes aussi-tôt, avec une ardeur merveilleuse de bien faire & avec
une résolution de mourir tous ou sauver leur Prince ; & sortant en cette allegresse hors la Ville & en bon équipage, allerent à Mont-le-heri mettre le Roi hors du danger de ses Ennemis, lequel fut conduit sûrement par cette gaillarde Armée dans
la Ville de Paris, & sur les chemins fut faite une haie de gens
d'armes, au milieu de laquelle le Roi passa avec tant de gra-
tulations & offres de services de ses bons Citoïens, qu'il ne fut
jour de sa vie qu'il ne les aimât de tout son cœur.

Ces Parisiens-là étoient François & Fils de François, & eussent enduré mille morts avant que de souffrir, comme vous avez
fait, les armoiries de France être foulées aux pieds, brisées &
cassées ignominieusement par toute la Ville, & en leur lieu mettre celles de Lorraine, avec toutes sortes de gratifications
qu'avez pu excogiter, pour montrer que vous étiez bons Lorrains.

(1) Ce Prince regna très peu de temps Il
parvint à la Couronne le 25 Juillet 1223 :
âgé de trente-six ans, & mourut au Château de Montpensier en Auvergne l'an 1226
âgé de trente-neuf ans. On soupçonna le
Comte de Champagne de l'avoir empoisonné.
Son regne, quoique de peu de durée, ne fut
pas en effet tranquille.

Vos Prédéceſſeurs ont été retirer leur Roi du milieu de ſes Ennemis en divers endroits de ce Roïaume, pour l'amener triomphamment dans leur Ville. Vous vous êtes armés pour en chaſſer le vôtre. Ceux-là expoſoient leurs vies pour le ſauver. Vous ſauvez non les vôtres, qui n'ont jamais été en danger, mais celles de quelques brigands, ſéditieux & meurtriers qui ſont parmi vous, pour haſarder la ſienne. Ceux-là répandoient leur ſang pour leur Roi : vous prodiguez le vôtre pour favoriſer un Uſurpateur.

Ce Peuple reſſemble proprement à la poule, laquelle aïant trouvé les œufs d'un ſerpent, les échauffe, les couve & conſerve tout ainſi que les ſiens propres, & pour toute récompenſe, la premiere choſe qu'ils font ſi-tôt qu'ils ſont éclos, c'eſt de faire mourir celle qui les a ſi ſoigneuſement élevés, & enfin qui eſt cauſe de leur vie.

Penſez-vous recevoir meilleur traitement d'un Uſurpateur que d'un Prince légitime, d'un Tyran que d'un Roi, d'un parâtre que d'un pere naturel, d'un Étranger, que d'un François ? Vous vous trompez ſi vous le croïez ; il y a trop de différence. Un Prince légitime, principalement un François, tient ſes Sujets auſſi chers comme ſes enfans, a une affection paternelle envers eux, de maniere qu'il ſe tient offenſé en eux comme un pere en ſes enfans, qu'un mari en ſa femme, qu'un maître en ſes ſerviteurs; & l'injure qui leur eſt faite, il la venge & la répute faite à ſoi-même.

Un Uſurpateur, au contraire, n'a autre but & intention que de s'établir, & maintenir ſa domination tyrannique ; & pour parvenir à ſes fins, il lui eſt néceſſaire d'uſer de cruautés, exactions & oppreſſions infinies, & généralement il faut qu'il ôte tous les empêchemens qui ſervent d'obſtacle à ſa tyrannie, & s'il ne ſe peut conſerver autrement, il ne fait difficulté quelconque d'abandonner ſes nouveaux Sujets à la boucherie, les mettre en proie & les expoſer à l'incurſion du premier venu. Que ſi le Parti contraire eſt encore ſi fort qu'il ne le puiſſe détruire par ſes propres forces, il fera venir à ſon ſecours un Eſpagnol, un Italien, voire un Turc & Mahométan, pour le faire participant de ſa conquête & partager avec lui, aimant trop mieux avoir une partie de ce corps politique, qu'il marchande il y a ſi long-temps, que le conſerver ſain & entier à ſa mere, à l'exemple de la paillarde, qui aimoit mieux avoir la moitié de l'enfant de ſa Voiſine, que de le voir reſter à la vraie mere en ſon entier. Davantage

Davantage penfez-vous qu'un Ufurpateur fe puiffe jamais fier ni prendre affurance de vous, qui vous êtes fait connoître ouvertement, avez exprimé vos paffions, avez déclaré vos conceptions, & vous êtes proprement confeffés au Renard ?

Vous me faites fouvenir du Lion d'Efope, qui attiroit par fes flatteries & carreffes feintes, & même par l'entremife du Renard, les plus fimples animaux, & les moins rufés ; mais tout auffi-tôt qu'il les pouvoit tenir, pas un n'échappoit de fes griffes. C'eft un cruel animal que votre Lion : il y en a qui s'en font mal trouvés, qui vous devroient faire fages, fi vous n'étiez charmés & enforcelés par ces privautés & communications trop familieres, qui vous feront bien cher vendues quelque matin, de façon ou d'autre, fi vous n'y remediez bien-tôt.

C'eft l'ordinaire des Grands d'aimer les trahifons & de haïr mortellement les traîtres. Eux-mêmes fufcitent coutumierement les rebellions pour arriver à leurs deffeins, mais y étant parvenus, ils ne favorifent jamais les rebelles ; ils ne s'y fient point : & ont raifon ; car ils favent bien qu'ils fe rendront toujours flexibles aux paffions du premier qui voudra marchander & négocier avec eux ; qu'ils ont les confciences venales & mercenaires, & les cœurs difpofés à perpétuelles nouveautés & changemens. Ce font efprits mobiles & inconftans, ennemis du repos & de la paix, auxquels l'état préfent déplaît toujours, & courent inceffamment au change. De Lorraine ils iront en Efpagne, d'Efpagne en Portugal, & de Portugal où ils pourront.

Ce font ceux qui le jour des Barricades, comme telles fortes de gens n'ont ni raifon ni médiocrité en leurs déportemens, crierent tout haut en l'Hôtel de Guife, qu'il ne falloit plus tant lanterner, voilà leurs propres termes, & qu'il falloit mener Monfieur à Reims. Auffi à la vérité depuis ce jour-là continua-t-il de faire tous actes de Souverain, & ne lui reftoit plus que le confentement & ratification de fon Maître, pour auquel parvenir il n'a ceffé de travailler jufqu'au dernier foupir de fa vie ; & vous, Meffieurs, ne l'avez point abandonné en ce haut & brave deffein. Vous l'avez affifté vivant, de vos confeils, moïens, vœux & prieres.

Et après fa mort, comme fi vous euffiez perdu tous vos parens & amis, tous vos biens & toute votre efpérance, vous avez blafphêmé contre le Ciel ; & comme gens forcenés, avez pris Dieu à partie, comme s'il eut été garant de vos paffions &

<table>
<tr><td>_Tome III._</td><td>F ff</td></tr>
</table>

qu'il se fût obligé par promesse d'élever votre prétendu Protecteur, & lui mettre à votre appétit la Couronne sur la tête.

J'ai oui vos Prédicateurs faire en pleine chaire des comparaisons fort étranges sur ce sujet, lesquelles pour n'être pas chrétiennes je ne les reciterai point. On ne s'en souviendra que trop, à leur confusion.

Je dirai seulement qu'à l'occasion de cette mort vous avez porté un deuil plus grand qu'il ne fut jamais porté pour Roi de France, j'entens pour l'extérieur : car vous avez commandé que chacun portât l'habillement noir ; de maniere que pour éviter vos sanglantes mains, il falloit extérieurement porter le deuil de votre mésaventure, par ceux même qui avoient toute occasion de se réjouir de leur délivrance.

Il ne restoit plus qu'à la façon païenne, déifier vos Princes. Et entant que votre Religion l'a pu permettre vous l'avez fait, comme ainsi soit que les ames ébranlées une fois à quelque superstition, n'ont plus de borne ni de mesure. Vous avez introduit un scandale en l'Eglise ; vous avez fait vaciller la foi des Catholiques, en mettant au nombre des Martyrs deux Princes (1), le malheur desquels servira d'exemple à ceux qui viendront après nous d'un orgueil abbattu & foudroïé. Que diroit le Cardinal Bessario (2) de ces nouveaux Saints, s'il vivoit aujourd'hui ? Je m'assure qu'il ne conseilleroit jamais que l'on leur portât des chandelles.

Je ne veux pas du tout condamner la mémoire du feu Duc de Guise, que je sais en ma conscience avoir eu d'aussi belles & rares parties que Prince de son temps ; & s'il se fut contenté des bonnes graces de son Maître & de la fortune grande en laquelle Dieu l'avoit fait naître, il eut fait autant de bien en

(1) un Jacobin nommé le Hongre, qui avoit alors quelque réputation pour ses prédications, fit un sermon funebre à François Duc de Guise, dans l'Eglise de Notre-Dame de Paris, le 20 Mars 1562 ; le traita de *Martyr*, & dit hardiment que rien ne l'empêchoit de donner à son Heros le titre de *Saint*, que sa déférence pour le saint Siege, qui n'avoit pas encore eu le temps de le canoniser. Vers le même temps, le Cardinal de Lorraine, Frere du Duc, duquel on vient de parler, le traita aussi de *Saint Martyr*, dans un Discours qu'il fit à Versailles, & dans une Lettre de consolation qu'il écrivit sur la mort de ce Prince à leur commune Mere, & qu'il fit imprimer. On n'en dit pas moins du Duc son Fils, qui fut tué à Blois, le 23 de Décembre 1588. Dom Persin de Mongaillard, dit le petit Pere Bernard, Feuillant, le traita de *Saint* & de *glorieux Martyr*, dans un sermon qu'il fit le 7 de Janvier suivant 1589. Le sermon du Pere le Hongre a été imprimé à Paris en 1563. Voïez sur tout cela l'Histoire Ecclésiast. de Beze L. 6. sur l'an 1562 ; le Journal de Henri III, mois de Décembre 1588, & les Remarques sur la Satyre Ménippée, pag. 202 & 203. On lit aussi dans le *Scaligerana*, qu'à Toulouse, le Peuple dressa des Statues au Duc de Guise & qu'il les regardoit avec la plus profonde vénération

(2) Bessario, c'est Bessarion, Cardinal très savant.

ſon Roïaume, comme il lui a cauſé tant de maux & de malheurs par ſon ambition déréglée & cupidité de régner, laquelle
ſi-tôt qu'elle lui a monté au cerveau, elle lui a tellement of-
fuſqué la raiſon & lui a ſi fort perverti ſes belles conceptions,
qu'il ne s'eſt jamais pu remettre en ſon bon ſens, ni prévoir
l'iſſue, laquelle ni lui ni tous ceux qui le ſuivront à la trace
ne pourront jamais éviter; encore que j'aie oui prêcher à l'un
de vos Prédicateurs que pour une Couronne terreſtre & cadu-
que, il en avoit acquis une céleſte & perpétuelle, & que par
ſa mort néanmoins il avoit ouvert le paſſage aux ſiens pour
prendre poſſeſſion de celle qu'avec tant de raiſon & de juſtice
il avoit pourſuivie.

Ce Moine vénérable avoit pénétré au fond de vos cœurs; il
étoit entré en vos cabinets, & ſavoit beaucoup de vos nouvelles. Il connoiſſoit bien que vous n'étiez pas gens pour vous rendre ſi-tôt, & que ce que vous n'aviez pu exécuter en la perſonne du pere, vous le pratiqueriez envers le fils & les ſiens.
A quoi vous n'avez pas failli; témoins les titres hauts & magnifiques que vous avez donnés au Duc de Mayenne, & la chaire
roïale que lui avez préparée, en laquelle il a fait vœu de ne s'aſſeoir qu'il n'ait combattu le Roi & tous les bons François,
& qu'il ne ſe ſoit rendu victorieux & paiſible en tout ſon prétendu Roïaume.

Ah, pauvre Monarque, tu es en danger d'être long-temps
debout, ſi tu ne trouves un autre ſiege. Tes deux Freres ſont demeurés emmi chemin, au plus beau de leur eſpérance, & même au plus grand endormiſſement des ſerviteurs du Roi. Tu n'as
pas encore bien commencé, & néanmoins tu te déſeſperes déja.
Tu as jetté ton feu, & nous ne faiſons que nous mettre en
halene. Tu commences à perdre ton crédit, lorſque tu en as le
plus de beſoin. Tu as la moitié du pillage de Paris & des Villes circonvoiſines, & tes ſoldats, les dépouilles & butins de toute la campagne, & néanmoins tu te plains que tu n'as pas un
ſol. Que feras-tu quand cette miniere ſera tarie? Tu te dis le
Protecteur des Catholiques, & la vérité montre qu'ils n'ont point
de plus âpre ennemi que toi & les tiens. Tu avois acquis parmi
les ſoldats une réputation de Prince de foi & de parole, le
plus précieux joïaux & la plus belle marque d'honneur que tu
euſſes jamais pu retenir: tu y as fait une brêche irréparable par
ſa perfidie derniere à la priſe de ſaint Ouen. Tes Partiſans commencent à ſe laſſer, & ne ſe veulent plus faire caſſer la tête pour

l'ambition de ta Maison. Au contraire, les bons François s'é-
veillent à bon escient, marchent sous la banniere roïale, pour
faire obéir le Roi, châtier les Conjurateurs, & chasser tous ceux
qui troublent & partialisent son Roïaume.

Et pour ton regard, je ne veux point d'autres Juges que toi-
même. Tu as jugé Sacremore (1) digne de mort pour avoir as-
piré au mariage de la fille de ta femme. S'il eût voulu épouser
ta propre femme, que lui eusses-tu fait? Tu l'eusses fait écor-
cher tout vif, je m'en assure.

Or si toi-même as été le bourreau de celui qui, par tant de
services signalés qu'il avoit faits à ta cause, avoit mérité plus
doux traitement, quel supplice pourra-t-on inventer digne de
ta déloïauté, de ta présomption & de ta conjuration, qui veut
ravir la Couronne de France, vraie & légitime épouse de ton
Maître, profaner le Lit roïal, & encore du vivant de ton Seigneur souverain?

Autant qu'il y a de disproportion entre le Roi & toi, entre
l'entreprise de Sacremore & la tienne, autant y doit-il avoir
de différence entre ta punition & la sienne, si la trop grande
bonté & facilité de ton Maître ne remet quelque chose du supplice ordonné par les Loix.

Mais ne parlons plus de toutes ces peines, & laissons faire à
Dieu, qui saura bien trouver tous ces Usurpateurs, avec leurs
Ministres, complices & fauteurs, quand nous cheminerons en
sa crainte; & les visitera en la fureur de son bras, lequel il
appesantira si rudement sur eux, qu'il en sera mémoire à toute
la postérité.

Je reviens à vous, Messieurs, qui avez été les principaux outils & instrumens desquels a été bâtie cette Ligue, & qui avez
juré la vengeance de la mort de votre prétendu restaurateur,
& qui à cet effet avez fait soulever les autres Villes à force ouverte, les avez fait entrer en votre conjuration, pour toutes
ensemble courir sus à votre Roi, & en établir un à votre
fantaisie.

Qu'eussiez-vous fait au Duc de Guise, s'il fut retourné de

(1) *Sacremore* étoit un Bâtard de la Maison de Bretagne : il étoit Colonel d'un Régiment de douze Enseignes, depuis l'an 1585
que le Duc de Guise le lui avoit donné; &
il étoit devenu le Favori du Duc de Mayenne. Il fut tué à Dijon par ce Duc au mois de
Décembre 1587, pour s'être plaint à lui de
ce qu'il lui refusoit en mariage Mademoiselle de Villars, fille aînée de Madame de
Mayenne, qu'il soutenoit lui avoir été promise par le Duc & sa femme, jusques-là que
Mademoiselle de Villars s'étoit elle-même
obligée de l'épouser. Cette Demoiselle se
nommoit Magdeleine Desprez; elle fut mariée depuis à Rostan de la Baume, Comte
de la Suze.

Blois, comme plufieurs fois vous l'en avez preffé ? Je crois que
vous l'euffiez, à la vieille Françoife, fait porter fur un pavois
& par vos Echevins, jufqu'à Reims, & l'euffiez couronné Roi
de France & de Jerufalem tout enfemble ; car autant lui eût
valu l'un que l'autre. Vous avez tout à découvert manifefté la
querelle de l'Etat que vos Chefs avoient fi longuement déguifée.
Vous avez levé le mafque, & nous faites paroître que vous
êtes bons Lorrains, & qui pis eft, voulez forcer tout le monde à jurer avec vous & marcher fous votre Lieutenant, fur peine
d'être déclaré hérétique, comme fi votre belle Ligue étoit un
nouvel article de foi, & qu'être hérétique & n'être point de la
Ligue, fût tout un.

Dites-moi, s'il vous plaît, qui vous a baillé cette autorité fur
les autres Villes de ce Roïaume ? Qui vous a donné cette fupériorité fur les autres Provinces qui ne font pas de votre reffort ?
Où font les Lettres d'attribution de Jurifdiction fur ceux qui ne
font pas vos Jufticiables ?

Je fais bien que vous me répondrez, comme fit Marius, que
le bruit des armes vous empêche d'entendre la voix & le commandement des Loix, ou comme dit Céfar à Metellus, le voulant empêcher qu'il ne prît les tréfors publics, & lui remontrant qu'ils étoient facrés, & défendu d'y toucher ; car lors il
lui dit que le temps des armes n'eft pas pareil à celui auquel
les Loix font gardées.

Tant plus êtes-vous miférables de vivre fans Loix & fans juftice. Auffi qu'eft-ce aujourd'hui de votre Ville, finon qu'un
brigandage, qu'une volerie, qu'un coupe-gorge, qu'une fpé-
lonque à Larrons ?

Quelle pitié, Seigneur Dieu, de voir aujourd'hui cette grande Ville, qui a été autrefois le miroir de dévotion, en laquelle
non feulement les François, mais les Rois même & Princes
étrangers s'accordoient de leurs différends, comme au lieu du
monde où il y avoit plus d'intégrité, d'érudition & de juftice,
être maintenant l'afyle des larrons, le réceptacle de toute impiété, le refuge de toutes fortes de défefpérés, & l'abomination
de tous les Peuples de l'Europe !

Je ne veux point de plus certain & infaillible figne de votre
prochaine ruine que ceux-là ; & ne vous empêcheront vos nouveaux Officiers, gens de votre humeur & forgés à votre coin,
que ne donniez du nez en terre. Au contraire, ce feront ceux
qui avanceront votre malheur, vous vendront pour s'échap-

1589.

CONSEIL D'UN
FRANÇOIS
AUX PARI-
SIENS.

1589.

CONSEIL D'UN
FRANÇOIS
AUX PARI-
SIENS.

per ; ou s'ils ne voient point de moïen de venir à bord, ils vous
tiendront par le pied, comme celui qui se noie. Que si vous
ne vous tirez de leurs mains, ils vous feront périr avec eux.

Ce font gens défefpérés, qui fentent en leur ame avoir
commis tant d'actes de felonnies, tant offenfé de gens de bien,
pillé & faccagé tant de familles, enfin leur confcience les juge être caufes de tant de maux, qu'ils fe réfoudront à toutes chofes extrêmes, vous feront de nouveau jurer & protefter
de courir même fortune, & s'efforceront de vous faire perdre
avec eux.

Ils n'ont point de paffage, pour évader & veulent que vous
étouppiés ceux par lefquels vous pouvez vous fauver. Donnez-
vous en bien garde. Il y a trop de différence entre votre fait &
le leur ; & ne tiendra qu'à vous que ne fortiez du danger, pourvu
que les abandonniez promptement.

Ce font ceux auxquels la fleur de lis femble impure, eft de
mauvaife odeur & leur put. Je m'étonnerois fort fi elle leur fembloit belle, à eux qui ne font rien moins que François, qui
foulent cette belle fleur aux pieds il y a fi long-temps, & font
plus offenfés de fa rencontre, que n'eft un pourceau de l'o-
deur de la marjolaine ou du bafilic. Et néanmoins le fage Salomon, en fon Cantique, parlant de l'Eglife de Dieu, l'ac-
compare au lis & à la rofe, comme aux fleurs les plus belles
& plus odoriférantes. Je fuis, dit le texte, » la rofe des champs
& le lis des vallées. Comme le lis eft entre les épines, ainfi
eft ma compagne entre les filles », C'eft donc à eux feulement qui
ont les fentimens dépravés, qui font punais & des plus fermes &
affurés membres de Satan, à qui cette belle fleur femble impure, &
non au Dieu vivant, qui fe plaît, fe réjouit & repofe en icelle,
comme il eft écrit en un autre paffage du même auteur.

Or, fi nos fleurs de lys leur font fi défagréables, & qu'ils
ne les puiffent fentir qu'avec un grand mal de cœur ; je fuis
d'avis qu'ils choififfent un autre climat pour leur demeure,
Car l'odeur de cette belle fleur, quelque part qu'ils tournent
en France, leur montera toujours à la tête & pourra de fa force, laquelle véritablement eft vive & pénétrante, emplir les
ventricules & concavités de leur cerveau, qui eft déja à demi
altéré, & leur caufera une obftruction fi grande qu'elle fuffira pour
les envoïer au tombeau.

Il vaudra mieux qu'ils changent d'air & qu'ils apprennent,

s'ils ne le favent, le chemin à faint Nicolas (1), fi mieux ils n'aiment paffer les Pirenées. Car fans doute l'air du lis leur eft peftilent & mortel, à raifon d'une certaine indifpofition, cacochymie & mauvaife habitude, qu'ils ont acquife par mauvais régime & accoûtumance.

Je crois qu'ils le feront ainfi, mais le plutôt feroit le meilleur. Au furplus qu'ils ne penfent pas que tous les Galeniftes leur puiffent donner un confeil plus falutaire, & qu'ils ne s'étonnent point fi ce qui nous eft falubre, à nous, dis-je, qui fommes François, leur eft pernicieux, à raifon de leur naturel tout contraire au nôtre. Savent-ils pas que l'hellebore eft poifon aux hommes, & viande délicate aux cailles & corbeaux, lefquels en engraiffent infiniment ? Le lis leur eft hellébore, tout ainfi que la Ligue nous eft venin. La Ligue eft une femence de Lorraine & d'Efpagne, & partant leur eft familiere. Le lys eft du tout François, & par ainfi fymbolife fort à notre humeur. La Ligue ne viendra jamais à maturité, ains fera comme la mauvaife herbe, tirée & arrachée à mefure qu'elle s'apparoîtra & voudra montrer la tête parmi le froment ou autre bon grain. Le lys a pris racine au cœur de tous les François, & faut ouvrir tous leurs eftomacs avant que le pouvoir arracher.

DE ce que deffus réfulte l'impoffibilité, l'impiété & l'injuftice des Conjurés, qui demandent un changement d'Etat & Monarchie. Refte maintenant à répondre à ceux qui nous oppofent fauffement que c'eft pour la néceffaire défenfe de la Religion Catholique, Apoftolique & Romaine, qu'ils fe font ligués.

Et combien que par ce qui a été touché ci-devant, cette impofture fe découvre à vue d'œil, néanmoins parcequ'il n'y a rien qui faffe mieux reconnoître la bonté de la plante, ou de l'arbre, que le fruit qui en eft produit, je vous veux faire toucher au doigt par l'hiftoire de quelques particulieres actions des Ligueurs, quelle eft & a été leur intention, & fi le zele de la Religion dont ils fe vantent fi fort, les touche en façon quelconque. Et premierement, je vous fupplie, repréfentez-vous l'état de la Religion prétendue réformée, il y a quatre & cinq ans, & en faites comparaifon au temps d'aujourd'hui.

(1) C'eft-à-dire, le Chemin de Lorraine, à caufe du Bourg de faint Nicolas, qui eft à deux lieues ou environ de Nanci.

Je ne puis vous déclarer ce qui en est, tant j'ai de déplaisir en mon ame de voir aujourd'hui les hérétiques si fort accrus en ce Roïaume, par ceux-là même qui se disent faussement les piliers & principales colomnes de notre Religion
Catholique.

Ils ont véritablement beaucoup d'occasion d'aimer la Ligue:
car elle a mieux établi leurs affaires en trois mois, qu'ils ne
les avoient avancées en trente ans. Ils retournoient tous les
jours avec nous, ils reconnoissoient leur erreur, se rendoient
traitables, & par le moïen de la peine qu'un chacun prenoit à
les retirer doucement, notre Seigneur bénissoit tellement les
saintes intentions des uns & des autres, que le nombre en étoit
beaucoup diminué, & y avoit grande espérance que ces deux
partis se rejoindroient bientôt, & ne feroient qu'un corps en
l'Eglise Catholique.

Ce n'est pas ce que demandoit la Ligue: comme aussi si-tôt
qu'elle s'en apperçut, & que l'hérésie éteinte en ce Roïaume
il ne lui restoit plus de couverture pour prendre les armes &
parvenir à l'usurpation de cet Etat, elle se met aux champs,
elle feint de vouloir courre sus aux Huguenots, que nous ne
connoissons quasi plus. Sous ce faux semblant, vous la suivez,
(Messieurs de Paris) & pour montrer que ce n'étoit point à
eux à qui on en vouloit, vous (quoi que ce soit) & vos Chefs,
les avez, dès le commencement, favorisés, agrandis & soutenus. Vous avez recherché leur alliance & leur amitié, pour
fortifier votre Parti, & bien que je n'approuve pas leur Religion, si ne puis-je que je ne loue grandement leur constance
& leur résolution, de vous avoir refusé tout à plat, d'entrer
au Parti qu'ils ont vu être directement contre l'autorité du
Roi & le bien de ce Roïaume. Je vois bien que c'est; vous
serez de telle Religion que l'on voudra; vous n'en épouserez pas
une, que celle qui vous ouvrira le chemin à l'établissement
de votre grandeur, selon vos projets & malheureuses intentions.

Que le grand Turc mette la Couronne roïale sur la tête de
votre Duc, il prendra le turban dès le lendemain, le fera porter à tous ceux de la Ligue, & au lieu de l'Evangile les fera
croire en l'Alcoran. C'est à faire à des badeaux de penser que
des brigands, des voleurs, des assassinateurs, des boutefeux &
contempteurs de Dieu, aient aucune Religion. Ce sont des
vrais athéistes, eux & leurs sectateurs. Ceux qui sont instruits

en la crainte de Dieu & en notre Religion Catholique, choifiroient plutôt toute efpece de mort, que de perfécuter tout le
monde pour leur ambition & mêmement les Catholiques, qui
font ceux principalement auxquels la Ligue s'eft toujours at-
tachée. Qu'ainfi ne foit ; à qui avez-vous fait la guerre depuis
votre levée des armes ? Auxonne, Dijon, Beaune, Châlons-
fur-Saune, Touloufe, Narbonne, Marfeille, Langres, Troyes,
Chaalons en Champagne, Reims, Sens, Provins, Melun ,
Meaux, Pontoife, Meulant, Nantes, Rouen, Chartres, le Mans,
Amiens, Abbeville, Peronne, Orléans, Bourges, la Charité, & géneralement deux cens, tant Villes que Bourgades &
Places fortes, que vous avez pratiquées, afliégées, prifes ou
ruinées, étoient-elles Huguenotes ? Tant d'Eccléfiaftiques &
gens d'honneur qui tenoient les premieres dignités, les uns en
l'Eglife, les autres en la Juftice, tant de riches Gentilshommes, & Marchands que vous avez ou meurtris, ou du moins
emprifonnés, ceux que vous détenez encore aujourd'hui, ceux
que vous avez élargis en païant finance, font-ils Huguenots ?
Ce grand Préfident Duranti (1), l'un des premiers hommes de
fa robbe & le feigneur Daffi, que vous fites dernierement meurtrir à Touloufe, avec tant de cruauté & ignominie, étoient-
ils Huguenots ? Si vous répondez affirmativement, les Huguenots vous démentiront, qui n'ont jamais trouvé en toute la
Province de plus grands adverfaires que ceux-là.

Au contraire, montrez-moi que vous aïez en façon quelconque fait la guerre aux Huguenots, à leurs Villes ou à leurs
maifons, fi ce n'a été pour les piller, comme celles des Catho-
ques ? Le feu Duc de Guife a-t-il jamais voulu paffer la riviere
de Loire, qui étoit le vrai lieu, & non pas à l'entour de Paris, où étoient les adverfaires de la Religion qu'il avoit toujours à la bouche ? Et depuis fa mort, à qui avez-vous fait la
guerre, finon aux riches ou aux Serviteurs du Roi, tous Catholiques ? Qui font ceux qui ont échappé de vos avares & fan-
glantes mains, fi ce ne font vos complices & quelque nombre
d'Artifans & gens méchaniques, qui n'ont point eu de meil-

___

(1) On a fuffifamment parlé ci-deffus,
dans une note, du Préfident Duranti. Jacques Daffis (non Daffi) Avocat général au même Parlement de Touloufe, fut
enveloppé dans la même émotion qui fit
périr le Préfident Duranti. Voïez fur cela

M. de Thou, en fon Hiftoire, au commencement du Liv. 95 & les autres Ecrivains, qu'on a cités plut haut, en parlant de M. Duranti ; auxquels il faut ajouter Scevole de Sainte-Marthe, en fes
Eloges.

leure défenfe ni de plus fortes armures que leur indigence & pauvreté, contre les inventions de la Ligue?

Davantage, où s'eſt-il fait plus de facrileges, violemens, blaſphêmes contre Dieu, plus de dérifion des faints Sacremens & des Ordonnances de l'Eglife Catholique, qu'ès Villes conjurées & aux champs parmi vos troupes?

Savez-vous pas que vos Soldats, dont il y a grande partie de Prêtres & de Moines, tout du long du Carême ont mangé de la chair tout à l'entour de votre Ville, & mêmement ès lieux où ils avoient abondance de poiſſon; afin que ne m'alléguez que ce fût par néceſſité?

Savez-vous pas que pour faire voir à tout le monde qu'ils n'ont du tout point de Religion, ils ont contraints les Prêtres des Paroiſſes, en leur mettant le poignard à la gorge, de baptifer (s'il eſt loifible d'uſer de ce mot, en un acte fi déteſtable) des veaux, moutons, agneaux, cochons, levreaux, chevreaux, poules & chappons, & leur bailler les noms de brochets, carpes, barbeaux, truites, foles, turbots, harengs, &c? Cela ne s'eſt pas fait en un lieu feul, ni par une feule troupe, ni une feule fois, vous ne le pouvez ignorer, comme auſſi ne pouvez-vous l'endurer, que vous ne participiez à cet athéifme, pour lequel fans doute Dieu les confondra bien-tôt & vous auſſi.

Ce feul exemple vous doit être bien effroïable, & s'il ne vous touche vivement au cœur, c'eſt un figne évident de reprobation. Quant à moi, je tiens que c'eſt le plus grand fcandale qui arrivât jamais parmi ceux qui portent le titre de Chrétiens. Je vous laiſſe à penfer quelles méchancetés ces fortes de monſtres trouvent impoſſibles, puifqu'ils en font venus jufques-là. Auſſi les violemens des femmes & filles de tous âges, même ès Temples faints, les facrileges des autels, cela n'eſt que jeu parmi eux, c'eſt vaillantiſe & galanterie, c'eſt une forme eſſentielle d'un bon Ligueur. Je vous ai récité ci-deſſus le mandement de M. l'Archevêque de Tours: les Chanoines & Chapitre de l'Archevêché de Reims en envoïerent au même temps un tout au contraire par-tout leur Diocèſe, par lequel ils défendoient à tous Curés & Vicaires, fur peine d'excommunication & de fufpenfion de leur charge, de bailler l'abfolution, ni recevoir au faint Sacrement de l'Autel, qui que ce fût de leurs paroiſſiens, s'ils ne s'obligeoient par ferment de renoncer au fervice du Roi, de figner la Ligue, & de venger la mort du Cardinal & de M. de Guife. Toutes les Paroiſſes ont

obéi à ce mandement, hormis celles d'Arci & deux ou trois
autres dont il ne me souvient, qui sont entre Reims & Châlons, lesquelles ont mieux aimé se priver pour cette fois de la
sainte Communion, que de s'y présenter indignement & à
leur damnation, sous des conditions si détestables. Il y eut
aussi au même tems de Pâque un Gentilhomme d'honneur, & qui
a charge en l'Armée du Roi, auquel un Vicaire, en l'Eglise de Lu-
de, refusa de donner l'absolution, parcequ'il ne voulut pas promettre de porter les armes contre le Roi, & de signer la Ligue.

Je vous laisse à penser que deviendra le troupeau qui a tant
coûté au sang de Jesus-Christ, parmi ces Pasteurs-là, lesquels
au lieu de lui administrer sa nourriture accoutumée, le tiennent en langueur & le font mourir de faim?

Il seroit besoin, pour le repos des consciences zélées à l'honneur de Dieu, & non pas de celles qui sont formées au mou-
le de la Ligue, d'ensevelir tant d'athéismes (sous ce nom je
comprends toutes les impiétés & méchancetés qui se peuvent
imaginer au monde) desquels vos prétendus Catholiques nous
laissent de si certaines marques par toute la France ; mais puisqu'ils sont si enragés, que c'est aujourd'hui à qui pis fera, &
que la plupart desirent d'acquérir réputation par cette voie-là,
il faut noircir leur memoire, & l'avoir en exécration à tout
jamais. Ils ne se font pas contentés de violer scandaleusement
le premier Sacrement des Chrétiens, mais comme de dégré
en dégré on monte au sommet de toutes abominations, ils se
font adressés à la fin au précieux Corps de notre Seigneur &
l'ont (j'ai horreur de le dire, mais la vérité me force) foulé
aux pieds en plusieurs endroits de ce Roïaume. Je vous en re-
présenterai une histoire, entre toutes, du Régiment de Com-
meronde, composé de sept à huit cens hommes. Ce vaillant
après avoir couru, pillé & ravagé tout le Païs d'Anjou & le
Comté de Laval, se logea sur la fin du mois d'Avril dernier
au Bourg d'Arquenai, appartenant à M. de Rambouillet, &
distant de trois lieues de Laval, l'Eglise du lieu étoit autant-
bien ornée qu'aucune autre de tout le Païs, pour avoir été
dotée & enrichie de longue main par les Seigneurs du lieu.

Les Habitans n'avoient retiré ni serré chose quelconque des
ornemens, ne se pouvant persuader que sous ces beaux mots
de Catholiques zélés, l'on pût couver tant de crimes énormes,
joint que les Huguenots y avoient passé un peu auparavant,
qui n'avoient aucunement touché aux choses sacrées. Mais ce

G g g ij

Juif, pour son premier exploit de guerre, brûla les portes de l'Eglise, puis y entra avec ses troupes qui la pillerent entierement, tuerent un pauvre homme au pied du crucifix, parcequ'il se plaignoit de ce qu'au lieu même on avoit violé sa femme en sa présence ; firent leur ordure dans le bénitier & par toute l'Eglise ; & des accoutremens dont étoient parées quelques Notre-Dame, ils les ont toujours depuis fait porter à leurs Garces.

Enfin pour comble de toutes leurs méchancetés, ils prennent le Ciboire d'argent, où il y avoit vingt-quatre hosties. Un d'entr'eux, le plus endiablé, s'accoustre des ornemens sacerdotaux, fait mettre dix-huit ou vingt soldats à genoux, & aïant encore les mains pleines de sang & des sacrileges qu'il venoit de faire, distribue à ces meurtriers, ces voleurs, ces boutefeux ce saint Sacrement, duquel les Diables mêmes ont fraïeur incroïable, & les vrais Catholiques, quelques repentans qu'ils soient, n'osent s'approcher qu'avec une crainte & trémeur chrétienne. Il resta trois ou quatre hosties qu'il jetta par terre, & furent foulées aux pieds.

Depuis ce temps-là le service divin a été discontinué, à cause de tant de pollutions que Dieu, pour certaines causes qu'il nous veut être cachées pour le présent, a permis être faites en ce lieu. Au partir de là, ils vendirent les chappes, la banniere & les reliquaires aux Moines d'Evrons, & les calices, burettes & la croix d'argent à ceux de Vague. Peu de jours ensuivans ils logerent à Thorigny, où ils en firent autant, & bien marris qu'ils ne pouvoient faire pis.

Je ne puis passer sous silence le sieur de Saveuze, lequel aïant été blessé & pris en la rencontre qui se fit dernierement à Bonneval (qui sera décrite ci-après) (1), en laquelle vous perdîtes toute votre Noblesse (2) & secours de Picardie, qui étoient bien les meilleures forces de toute votre Armée, il fut mené à Beaugenci ; & comme ses amis & domestiques le voïant en danger de sa personne, l'admonestoient de son salut, de demander pardon à Dieu, de se confesser, & recevoir les saints Sacremens, & crier merci au Roi, il n'y put jamais être induit pour quelque remontrance qu'on lui sût faire, ains mourut en son obstination & comme désespéré. Il portoit en sa Cornette une croix de Lorraine, avec cette devise Espagnole, en lettres d'or : *Morir o mas contento*, comme généralement en

. (1) Cette Relation se trouve en effet dans ce 3 volume des Mémoires de la Ligue.
(2) Cela arriva le 18 Mai 1589. Voïez la Satyre Ménippée, *in-8°*. pag. 36.

toute votre Armée, on n'y voit que livrées & enseignes de Lorraine & d'Espagne. Aussi ne vous tiendra-t-on plus désormais pour François, ni ceux qui vous suivent. Il y eut en cette même rencontre quelques vingt-cinq ou trente Soldats, lesquels sur la fin de l'escarmouche, étant tombés entre les mains de M. de Chastillon, qui desiroit infiniment de les sauver, ils les sollicita de jurer qu'ils ne porteroient jamais les armes contre le Roi ; mais ils aimerent mieux mourir que de retourner à résipiscence. N'est-ce pas là une aliénation d'esprit merveilleuse qui fait perdre l'honneur & la vie, le corps & l'ame tout ensemble ?

Or, puisque nous sommes sur les désespérés, nous ferions tort à votre Chevalier d'Aumale, de mettre en oubli tant d'actes dignes de Chevalerie, qu'il nous a fait voir depuis un an, & prendroit au point d'honneur, si on ne lui bailloit la séance & le rang qu'il mérite. A celle fin donc qu'il n'ait occasion de se plaindre qu'on l'ait dédaigné, je vous remarquerai seulement quelques-unes de ses prouesses, en tant que l'étendue de mon discours le pourra permettre, & en attendant l'histoire entiere.

Veritablement entre tous ceux de votre Parti, il n'y en a point à qui la mort du Duc de Guise soit venue plus à propos qu'à ce désespéré & à son frère. A l'un, pour s'acquitter des grandes dettes, dont il étoit tellement accablé qu'il n'eût su sortir lui deuxieme de votre Ville, sans être arrêté par ses Créanciers (1) ; à l'autre, pour avec toute licence éclorre un million de vices exécrables, que ce monstre couvoit dans son ame.

Nous commencerons au siege d'Orléans, auquel on veut persuader aux petits enfans qu'il fit quelque cas mémorable. Et néanmoins l'état des affaires du Roi, en ce siege-là, servira de marque très honorable de la valeur & fidélité d'environ quatre cens hommes, qui eurent le courage tellement François, qu'ils se logerent sur les fossés d'une si grande Ville, l'espace de six semaines entieres ; & de honte perpétuelle aux Conjurés, qui endurerent si longuement cette poignée de gens à leur porte, sans les attaquer jamais qu'à l'extrémité ; combien qu'ils fussent plus de six mille Arquebusiers dans la Ville & deux ou trois cens chevaux. Aussi vous assurai-je que toute la guerre que fit ce vaillant homme, fut aux femmes de bien

(1) Voïez une note qui a été faite ci-devant.

& aux bourses, qui sont ses ordinaires & meilleures occupations.

Enfin après avoir passé son temps aux dépens de quelques bons Habitans, il fit une résolution digne de lui, qui fut de prostituer à ses Soldats toutes les femmes & filles des Citoïens absens, & par même moïen exposer leurs maisons au pillage. Ce desir héroïque fut incontinent divulgué & accompagné d'une ardeur merveilleuse, & eut été effectué sans doute, si on ne se fût vertueusement opposé à cette rage. Rossieux (1) en diroit bien des nouvelles, qui quelque temps après fut en danger d'être poignardé dans votre Ville même, par ce furieux, pour raison de l'empêchement qu'il avoit donné à cette entreprise.

Au retour d'Orléans, Dieu sait à quel jeu il passa sa mélancolie, & à quels exercices de dévotion il s'est adonné. Les jeunes veuves de Paris en pourroient bien parler, qui ne porterent jamais plus agréable deuil que celui de Lorraine. Je ne m'en offenserois point tant, attendu la pétulance de l'homme, si je ne voïois une impiété, mépris & mocquerie de sa Religion, sous prétexte de la défendre : en lui qui brigue cet honneur d'être la seconde personne de la Ligue (car de son frere aîné, il ne le tient pas pour galand homme, parcequ'il hait aucunement le vice, & n'est de ce Parti que par bienséance, & principalement pour raccommoder son ménage) en lui, dis-je, qui n'a point de moïens que ceux qu'il tient de l'Eglise ; & néanmoins la vérité est telle, qu'il n'y a point en toute l'Armée de la Ligue de plus grand ennemi des Ecclésiastiques, plus grand blasphémateur & sacrilege que lui & les siens.

Nous lisons de Titus, qu'il se déplaisoit extrêmement s'il s'étoit passé aucun jour, sans qu'il eût usé de bienfaits envers quelqu'un, & ne pouvoit reposer la nuit, parce, disoit-il, qu'il avoit perdu sa journée. Cestui-ci seroit très marri d'avoir passé la sienne sans avoir outragé ou offensé vilainement quelqu'un, & ne dormiroit pas autrement à son aise.

(1) Rossieux étoit Ecuïer du Duc de Guise, dont on a rapporté la mort Il étoit Maire d'Orléans en 1588. Il fut depuis Secretaire d'Etat au Conseil du Duc de Mayenne, avec de Bray, Pericart & Desportes Baudouin. Voïez les Remarques sur la Satyre Ménippée, pag. 265 & 266. Après la réduction de Paris, Rossieux (que d'autres écrivent aussi *Roissieu*) se retira aux Païs-Bas, où il découvrit les intrigues du Maréchal de Biron, dont il fit donner avis à Henri IV. Voïez l'Histoire des sept années de paix, par Matthieu, tom. I. pag. 83.

Avez-vous pas souvenance qu'en vos processions solemnel-les, qui se font faites tout le long de l'Hiver en votre Ville, ce bon religieux se trouvoit ordinairement ou aux grandes rues, ou même aux Eglises, pour se mocquer de vos dévotions, témoins les dragées musquées qu'il jettoit au travers d'une sarbacanne aux Demoiselles qui avoient des gands ou des heures à la main, des chapelets à la ceinture ou quelque ruban de couleur à leurs souliers, pour être par lui reconnues en passant, & quelquefois réchauffées & réfectionnées des collations magnifiques qu'il leur apprêtoit, tantôt sur le Pont-au-Change, autre-fois sur le Pont Notre-Dame, en la rue saint Jacques, & par-tout ailleurs.

Je m'en rapporte à la sainte Veuve sa Cousine (1), laquelle alloit ambitieusement à ces processions, couverte tant seulement d'une fine toile, avec un point coupé à la gorge, & une fois entr'autres fut si indiscrete qu'elle se laissa mener par-dessous les bras au travers de l'Eglise saint Jean, & n'y eut respect ni du lieu, ni de la compagnie, qui empêchât certains attouche-mens, qui se firent par ces dévotieuses personnes, au grand scandale de ceux principalement qui alloient de bonne foi en leurs assemblées (2).

Ce fut en ce même temps que cette belle veuve se mocquoit des Demoiselles & femmes de bien qui alloient visiter leurs maris prisonniers, & disoit qu'elle prenoit un singulier plaisir à voir ces Demoiselles crottées, qui s'en alloient à la Bastille rac-couftrer les haut-de-chausses à leurs maris.

Elle en prenoit bien un plus grand aux festins, mascarades & collations magnifiques qu'elle a faites tout du long de l'Hi-ver & du Carême aux Princes de Lorraine & autres de la Con-juration, qui parmi tant de pleurs & désolations publiques, se réjouissoient de nos ruines, & triomphoient des miseres de la France.

Ah, race la plus ingrate qui vive aujourd'hui! pour le moins devois-tu entrer la derniere en ce Parti, s'il te fût resté tant soit peu de vergogne & de souvenance de tant de bienfaits, honneurs & grands avancemens, dont tu étois merveilleuse-ment indigne, au jugement de tout le monde. Mais puisqu'il falloit que ce Roïaume fût mis en proie, par ceux qui lui

---

(1) Mademoiselle de sainte-Beuve.
(2) Voïez le Journal de Henri III, édit. de 1699 pag. 123, 316 & les Remarques sur la Satyre Ménippée pag. 363, 364.

avoient plus d'obligation, il étoit raisonnable que tu portasses la cornette d'ingratitude.

Retournons à ce bouclier de la Ligue, lequel après avoir fait piller plusieurs bonnes maisons dans votre Ville, où lui-même assistoit, & départoit le butin, après avoir séparé pour sa part ce que bon lui sembloit, comme vous savez, il se mit aux champs, avec une troupe choisie à sa marque, & ne fut pas à grande peine hors de vos portes qu'il entra en des maisons où il ne trouva que quelques Dames & Demoiselles femmes d'honneur & de vertu, lesquelles, en l'absence de leurs maris, gens de cœur & de qualité, il prit à force, & après les avoir violées les abandonna à ses Soldats.

Continuant ses exploits, il arriva à Poissi, où il visita les Religieuses, & ne leur tint que des langages d'ivrogne & homme insensé. Entr'autres, interrogé sur un propos que lui-même mit en avant, s'il n'avoit pas dévotion de célébrer la sainte Communion à la fête de Pâque, il dit haut & clair, blasphêmant & jurant, en Catholique zélé, qu'il y avoit trois ans entiers qu'il ne s'étoit confessé & n'avoit reçu son Créateur, & qu'il ne le recevroit jamais qu'il n'eût exécuté un dessein qu'il avoit en la tête (nous savons bien quel dessein) ; mais plutôt verra-t-il le poil dans la paulme de sa main, que l'exécution de la moindre chose approchante de ce qu'il prétend.

Le lendemain il entra à Frêne sans contredit, où après avoir fait tuer, en sa présence, sept ou huit Soldats de sang froid & pillé toute la maison, qui étoit des mieux meublées & fournies qu'aucune autre de ce Roïaume, on pensoit, à raison de son ordre & de la Religion qu'il fait semblant de tenir, qu'il épargneroit, pour le moins, & feroit conscience de toucher à une fort belle chapelle qui est dans la maison, enrichie de fort beaux ornemens, des armes du Roi, de tableaux exquis, bref de toutes sortes d'ouvrages excellens, excepté que les armoiries de Lorraine & d'Espagne y avoient été omises, parceque le Maître est mauvais Espagnol (1) ; mais cet enragé, si-tôt qu'il y fut entré, commença lui-même à arracher les armoiries de France, les tableaux & tout ce qu'il put, & les fit mettre en mille pieces, de maniere qu'il n'y demeura rien d'entier. Après cela

____

(1) C'étoit Pierre Forget, Secretaire d'Etat sous les Rois Henri III & Henri IV. Il étoit Seigneur de Fresne. Henri III l'envoïa en 1583 en Ambassade en Espagne avec Louis Potier de Gêvres. Voïez M. de Thou, liv. 95 sous l'année 1589.

1589.

Conseil d'un François aux Parisiens.

pour rendre la mémoire de sa venue plus infâme & remarquable à jamais, il n'en voulut point sortir qu'il n'y eût fait son ordure, & ses satellites continuerent à en faire un privé. Vous avez horreur de ce que je vous dis, & néanmoins c'est la vérité. Cela s'est fait à vos portes ; & ne tiendra qu'à vous que n'en soïez mieux informé.

Je n'ai que faire de vous ramentevoir comment il sauva de la corde Poncet, son Secretaire, condamné par Arrêt, pour quatre mille écus d'un côté, qu'il avoit volés aux Quinze-vingts, & plus de cent autres pilleries qu'il avoit faites sous le nom de son Maître, qui étoit pour lors à Frênes, lequel averti de ce jugement, prit la poste, & en plein conseil, déclara que tout ce que Poncet avoit fait, étoit par son commandement, que l'on se gardât bien de passer outre, & qu'il avoit mille moïens qu'il emploieroit tous pour en avoir la raison. Vous savez l'histoire entiere, & que ces menaces empêcherent l'exécution de ce voleur.

Or, d'autant que ce n'est pas mon intention d'éplucher ici toutes ses actions, lesquelles méritent un gros volume, j'ajouterai seulement ici sa venue aux fauxbourgs de la Ville de Tours, qui fut le Lundi huitieme jour de Mai dernier, auquel lieu étant arrivé long-temps après l'escarmouche, il se logea chez le Prévôt, près saint Symphorien, où en fouillant la maison, se trouverent trois ou quatre heures après quelques Soldats qui lui furent amenés, & ne leur fut possible de recevoir pardon ; ains ce tigre les fit, de sang froid, poignarder à ses pieds, auxquels, ces victimes s'étoient jettées, pour l'émouvoir à miséricorde.

Au même instant furent trouvées quelque quarante ou cinquante, tant femmes que filles, qui s'étoient cachées dans une cave, lesquelles furent toutes violées, comme partout le reste du fauxbourg, & même dans l'Eglise quelques femmes & filles qui s'étoient réfugiées pour se mettre en sûreté, furent forcées en la présence de leurs maris & de leurs peres & meres, que ces bourreaux contraignoient d'assister à ce spectacle, pour les outrager davantage. Je vis le lendemain les lits qui étoient encore sur le carreau, où le Vicaire me dit avoir vu jetter & trainer les filles & femmes par les cheveux.

De vous parler après cela des voleries qu'ils firent dans l'Eglise, je crois qu'il n'est besoin ; car, puisqu'il n'ont point eu d'horreur en lieu de tel respect d'assouvir leur brutalité, il est

à préfumer qu'ils ne fe font abftenus de toutes les vilainies &
facrileges lefquels ils ont pu faire.

Une chofe m'étonne ; c'eft qu'après avoir rompu cofres, vi-
tres, & pillé les meubles retirés là-dedans, & même après avoir
battus à coups d'épée le Vicaire & le Chapelain, qu'ils tinrent
liés & garottés toute la nuit, ils couperent la corde qui tient le
Ciboire, penfant qu'il fût d'argent ; mais trouvant que ce n'é-
toit que cuivre, le jetterent par dépit contre terre. A l'inftant
même trouverent deux calices, dont l'un étoit d'argent & l'autre d'étain ; celui d'étain ils le laifferent, parce (dirent-ils)
qu'il étoit de la Ligue & faifoient confcience d'y toucher, celui d'argent fe trouva hérétique & par conféquent de bonne
prife ; la boîte de la Fabrique, où il y avoit quelque argent,
les chappes & ornemens d'autel, les robbes & autres accouf-
tremens du Vicaire fe trouverent auffi hérétiques, & en cette qualité furent emportées (1).

Quant à votre défefpéré, il eut pour fon butin une jeune
fille, d'une honnête maifon, que je ne veux nommer, âgée
feulement de dix à onze ans, laquelle fut trouvée dans un grenier, & par lui forcée, lui tenant toujours le poignard à la gorge, à raifon de la réfiftance qu'elle lui faifoit, & puis l'envoïa
à fes Officiers pour en abufer de même.

Après tous ces actes, tels que les avez ouis, en fortant le
lendemain matin, chacun pour païer fon Hôte met le feu en
fa maifon, de maniere que huit jours après il n'étoit encore du
tout éteint, & eût été tout le fauxbourg brûlé, fans le grand
fecours qui y fut donné.

Ces cruautés ont été continuées en tous les logis qu'ils ont
faits depuis, même ès Religions de Nonnains : mais pour le
préfent, vous vous contenterez de cette épreuve, par le moïen
de laquelle vous reconnoîtrez la bonté de la marchandife que
vous achetez fi cherement.

Je ne parle pas aux féditieux, qui fans doute l'excuferont,
voire s'il faifoit ou pouvoit faire pis, ils s'en riront, puifque
toutes fortes de méchancetés leur font tournées en nature ;
car aujourd'hui brigander fon prochain, maffacrer fon frere,
fon oncle, fon coufin, voler les autels, profaner les Eglifes,
rançonner les Catholiques, c'eft l'exercice ordinaire d'un Ligueur. Avoir toujours la Meffe & la Religion en bouche & l'a-
théifme au cœur & aux effets, bref violer les Loix divines &

____

(1) Voïez le Journal de Henri III fur l'an 1589.

humaines, c'eſt la marque infaillible d'un Catholique zélé.

O maudits Citoïens, Dieu vous exterminera bientôt avec lui; car vous avez appellé les ténebres lumiere, avez foulé la juſtice aux pieds, & avez aigrement provoqué ſon courroux. Et toi, monſtre infâme de toute impiété, quel bon traitement peut-on attendre de toi, ſi tu étois parvenu où tu aſpires, vu qu'au lever de ton eſpérance, tu fais tous les actes du plus débordé Tyran qui fut jamais ?

Nous feras-tu maintenant croire que tu combattes pour la défenſe de la Religion Catholique, toi qui as juré & proteſté la ruine de l'Egliſe ? Nous perſuaderas-tu que tu veuilles reſtaurer les ſaints Temples, toi qui les détruis & diſſipes partout où tu paſſes ? Que tu veuilles être protecteur des gens d'Egliſe, en les pillant, rançonnant & maſſacrant la plupart? Que tu veuilles remettre le divin ſervice où il a été diſcontinué, toi qui te mocques des ſaints Sacremens, qui fais baptiſer des veaux en dériſion des Catholiques, & qui te vantes publiquement, comme ſi c'étoit quelqu'acte de proueſſe, de n'avoir reçu ton Créateur il y a trois ans ?

C'eſt folie de te parler de l'ire de Dieu, à toi, qui par tes déportemens montres apertement ce que tu en crois, & n'en croiras jamais rien juſqu'à ce que ſon bras, vengeur du ſang innocent, que tu as ſi gloutement répandu, & de tant d'impiétés par toi commiſes, s'appeſantiſſe ſur toi & te faſſe reconnoître ſes jugemens éternels. Mais pour le moins ſi tu n'es du tout hébêté, dois-tu croire que tant de gens d'honneur, qui ont trop plus de courage & magnanimité que toi, leſquels tu as ſi vilainement & injurieuſement traités, auront un reſſentiment perpétuel pour ſe vanger des outrages que tu leur as fait recevoir par ton avarice, ton naturel ſanguinaire & par tes brutales paillardiſes ; & cette ſeule conſidération te doit ſervir d'un cruel bourreau qui t'accompagnera juſqu'au cercueil ; car tu dois ſavoir qu'entre toutes les injures & vilainies qui plus offenſent les cœurs généreux, il n'y en a point qui les anime davantage que lorſque l'on attente à l'honneur & pudicité de leurs femmes, ou leurs filles, & même par forces & violemens. Et s'en eſt vu maintesfois des exemples ſi tragiques en ce Roïaume, & par-toute l'Europe, qu'ils valent mieux tus que répétés. Souviens-toi ſeulement que ce ſont François auxquels tu as fait cet outrage, & que les François, là où il eſt queſtion de l'hon-

1589.

CONSEIL D'UN FRANÇOIS AUX PARIſIENS.

H h h ij

neur, font auſſi peu d'état de la vie, comme tu en fais de la vertu.

Je mets à part l'injure publique que tu as faite à tous les Serviteurs du Roi, en t'attachant manifeſtement à Sa Majeſté, pour laquelle, attendu les grands biens, honneurs & avancemens que ton ingratiſſime maiſon en a reçus, tu devois mourir mille fois plutôt que d'uſer de trahiſon. Or, je loue Dieu, que parmi ceux que les Conjurés appellent Politiques & Roïaux, il ne ſe trouve point de ſi prodigieux exemples. Et c'eſt auſſi, avec la raiſon que nous avons de notre côté, ce qui bien-heure & fait proſpérer nos actions & nos entrepriſes, témoins les conflicts & toutes les rencontres que nous avons avec vous, ou avec une poignée de gens qui marchent ſous la banniere Roïale, & qui ſont réſolus de s'enſevelir plutôt dans les cendres de leur Patrie, que d'endurer qu'autre que leur Roi légitime leur commande. Dieu nous a donné les victoires que nous avons, il n'y a que trois jours, ſi heureuſement obtenues contre vos meilleures & plus grandes forces à Senlis, à Bonneval, & aujourd'hui aux fauxbourgs de Chartres.

Que ſera-ce, je vous prie, quand le Roi marchera en gros & en corps d'Armée, comme il y eſt réſolu? Ne voïez-vous pas que de toutes les parts de ce Roïaume, voire preſque de l'Europe, lui vient du ſecours, qui va ſe camper à vos portes; & que votre Ville eſt aujourd'hui comme un blanc & un but, où tous les François prennent leur viſée, pour vous faire reconnoître le devoir auquel Dieu & nature nous oblige tous envers notre Souverain & notre Patrie? pour vous demander ſatisfaction de tant de torts & opprobres que vous avez faits à con-citoïens, à l'appétit de quelques ſéditieux, & enfin pour expier par votre réſipiſcence, tant de crimes & felonnies, deſquelles vous êtes ſi ordement tachés.

Ne connoiſſez-vous pas maintenant que vous avez été abuſés & ſéduits malheureuſement, par les impoſtures de vos Chefs, leſquels, aux dépens de vos biens, de vos vies & de vos honneurs, veulent vuider leurs différends & vous rendre les miniſtres de la tyrannie qu'ils prétendent établir? Ne découvrez-vous pas apertement que vous avez été vendus par vos traîtres Prédicateurs, qui vous ont prêché le ſang, la vengeance, la rebellion contre votre Roi & Meſſieurs les Princes du Sang, & au lieu de la parole de Dieu vous ont annoncé la doctrine des Diables? Ne voïez-vous pas maintenant le jour au travers de leurs damnables artifices & piperies ? (j'excepte toujours les gens de bien & ceux que Pericart (1) n'a fu corrompre) par le moïen defquels ils vous ont fait prendre le noir pour le blanc, vous ont toujours déguifé la vérité par menfonges & hypocrifies, & au lieu d'avancer notre Religion catholique, eux-mêmes la renverfent & détruifent, fi vous ne vous y oppofez vertueufement.

Ne jugez-vous pas à l'œil l'intention des principaux féditieux de votre Ville par leurs déportemens, & que pour leur ambition, avarice ou autre intérêt particulier, ils abufent de votre credulité, ils vous font époufer leur querelle & par ce moïen, font tomber fur vous & vos familles, le faix de la guerre & la ruine de ce Roïaume ? N'eft-il pas temps d'ouvrir les yeux & de chercher vous-mêmes les remedes propres à votre mal & détourner le péril éminent qui vous talonne, fur ceux qui vous y ont pouffés fi avant ?

Vous êtes les membres de ce Corps politique, duquel le Roi eft le Chef. Et tout ainfi que les parties, chacunes felon leurs fonctions naturelles, doivent par une correfpondance & bonne intelligence travailler, & mêmement fe hazarder pour la confervation du chef, duquel dépend leur falut & entretenement; ainfi les Sujets du Roi & Prince fouverain, lui doivent, chacun en fon rang & qualité, d'une franche volonté, & par un confentement naturel, obéir avec toute fidélité, voire même expofer leurs vies, toutesfois & quantes que leur honneur le commandera, puifque de lui dépend le bien & le repos univerfel de tout le corps de ce Roïaume.

Je fais bien que vous trouverez de la réfiftance de la part de quelques furieux & défefpérés, qui font comme les membres pourris de votre Ville; mais il eft raifonnable que les faines parties, dont le nombre eft encore très grand (graces à Dieu) & qui ne font que peu ou point infectées du venin de rebellion, periffent par la contagion de quelques-unes qui font incurables, & ne demandent que le feu & le rafoir.

Anciennement, par les Loix de la difcipline militaire, quand

(1) Pericart étoit Secretaire du Duc de Guife. Aïant été pris avec tous fes papiers, on découvrit plufieurs des plus fecrets confeils du Duc, qui furent dévoilés au Roi, avec les noms des principaux de la Ligue, foit des Princes & des Nobles, foit du Clergé & des Villes. On s'affura de la perfonne du fieur Pericart. On prétend que durant la vie du Duc de Guife, Pericart avoit tous les ans pour *neuf vingt mille écus* de penfions à diftribuer aux Gouverneurs, Capitaines des Villes & Places de France, aux Agens & aux Prêcheurs de la Ligue. L'état & regiftre qui fut trouvé parmi fes papiers en fait foi, à ce que l'on dit dans les Remarques fur la Satyre Ménippée, pag. 257.

toute une armée, une légion ou troupe de gens de guerre s'é-
toit rebellée contre le Chef, ou autrement fait de quelqu'in-
signe & lourde faute, on venoit à la décimation, & chaque
dixieme, sur lequel le sort tomboit, étoit mis à mort. Vous
ne courrez pas ce hasard-là, Dieu merci. Vos personnes &
vos familles ne sont point sujettes au sort, & à la fortune. On
sait les noms & surnoms des pillards, des meurtriers & des auteurs de la conjuration. Ils n'ont été soutenus que de vos forces, vos moïens & vos faveurs jusqu'à cette heure. Vous ne
les connoissiez pas, vous avez appris à vos dépens quels gens
ce sont.

Il faut nécessairement que vous les abandonniez présentement, ou, pour mieux faire, que vous vous assuriez de leurs
personnes, pour les représenter aux Magistrats & mettre en repos tant de gens de bien, qui courent aujourd'hui fortune &
sont à deux doigts près de leur ruine, voire de leur mort, à
l'occasion de ces brigands-là.

Il se trouvera cent bons Citoïens contre un méchant, & à
même proportion, mille contre dix, cent mille contre cent,
deux cent mille contre deux cent. Y auroit-il apparence, je
vous prie, que cent mille personnes portassent la peine qu'un
cent de pillards & de factieux ont méritée ? Voudriez-vous voir
le feu dans vos maisons, prostituer vos femmes & vos filles, &
enfin voir couler le sang de tant de gens de bien, qui sont
encore parmi vous, pour conserver des voleurs, desquels vous-
même devriez demander & poursuivre la guerre ?

Considerez ce qu'ont fait autrefois vos Prédécesseurs, réduits
en même point que vous êtes maintenant, & pour cause non
gueres dissemblable, excepté qu'il n'étoit question de l'Etat.
Vous en avez de beaux exemples du temps de Philippe-le-Bel,
l'an 1306, auquel votre Ville fut sauvée par la punition exemplaire qui fût faite de vingt-huit mutins.

Et puis regnant Charles VI, où la rebellion, quelque générale qu'elle eût été, fut appaisée par l'intercession & entremise de deux Princes du Sang, qui obtinrent pardon pour tout
le Peuple de Paris, & le remirent aux bonnes graces de leur
Prince souverain, hormis les principaux auteurs de la sédition,
qui furent punis par la justice.

La bonté des Rois de France a été de tout temps un refuge
très assuré & un port salutaire pour leurs Sujets, leur vengeance
préméditée se convertit aisément en miséricorde, & leur co-

lere ne dure ordinairement contre ceux qui reconnoiffent leur faute, ains feulement contre les obftinés & endurcis. Ils font implacables à l'endroit de ceux-ci. Il ne leur eft pas poffible de refufer pardon aux autres.

Ne vous opiniâtrez donc pas davantage, & reconnoiffez que tout l'orage de cette guerre doit fondre fur vous. Rhabillez & amendez le paffé par une réfipifcence & fatisfaction générale. Faites état que rien ne vous peut perdre que votre obftination. Jettez-vous aux pieds de notre Roi très Chrétien & ne les abandonnez point qu'il ne vous ait pardonné. Vous l'avez irrité jufqu'au bout, par votre audace & licence effrénée. Il faut que par toutes fortes de foumiffions vous tâchiez de gagner & amolir fon cœur ; il ne fait que c'eft de refufer. Il ne s'entend point à répandre, mais bien à étancher le fang de fes Sujets qui demandent & implorent fa miféricorde. Sa bonté & facilité ont été trop grandes envers plufieurs qui en ont abufé & en abufent encore aujourd'hui. Aïez-y votre recours, non pour en faire de même, mais pour demeurer unis inféparablement au fervice de Sa Majefté, avec un amour & fidélité de vrais François, lefquels de tout temps ont emporté la louange & réputation d'être les plus fideles & affectionnés à leurs Rois entre toutes les Nations du monde.

Et véritablement c'eft ce qui les a principalement rendus redoutables & invincibles par toute la terre, comme ainfi foit qu'il n'y ait point de liens plus fermes, & qui caufent de plus grands effets que ceux-là.

L'amour engendre la fidélité ; de la fidélité naît la vraie magnanimité ; & toutes ces trois colomnes font maintenues par la religion & juftice, qui font comme les fondemens fur lefquels a été bâti & appuïé ce bel Etat, depuis douze cens ans, & ne peut cheoir tant que fes colomnes feront debout, & que les fondemens tiendront bon. L'amour envers fon Roi & fa patrie, eft un boulevart impénétrable, la magnanimité eft un Fort inacceffible & effroïable aux ennemis.

Retournez donc, Meffieurs, retournez, & vous réuniffez avec nous ; reprenez l'habit, la livrée & le titre de vrais François. Ne foïez pas déferteurs de votre Patrie, qui a les yeux fichés fur vous & attend fa délivrance de la fage réfolution que vous prendrez. Sauvez l'honneur de vos femmes & de vos filles. Chaffez courageufement ces Lorrains & Efpagnols, qui fe font gliffés parmi vous & font les boutefeux qui ont embrafé toute la France, & veulent mettre votre Ville en cendre. Ne foïez plus les miniſtres & les eſclaves de leurs paſſions. Laiſſez leur vuider leurs querelles à leurs dépens & bien loin de nous.

Reconnoiſſez par leurs effets qu'ils ne ſont Catholiques qu'en papiers & en paroles, & qu'au contraire Dieu nous a donné un Roi très Chrétien, très Catholique & le plus grand zélateur de ſa religion qui vive aujourd'hui ; auſſi m'aſſurai-je qu'il ſe ſaura bien maintenir contre les machinations, entrepriſes & factions de ces tyranneaux & uſurpateurs, leſquels ſans doute il foudroiera tout promptement, au grand dommage, ruine & confuſion de tous les méchans qui les auront aſſiſtés, & conſolation de tous les bons François, qui ſont demeurés fermes en l'amour & fidélité de leur Roi. Je prie notre Seigneur qu'il lui plaiſe vous envoïer ſon ſaint Eſprit, pour vous illuminer & vous rendre capables du conſeil ſalutaire que je vous donne, Ainſi-ſoit-il.

EXHORTATION

EXHORTATION NOTABLE

Aux Rois, Princes & Etats qui se disent Chrétiens, & prin-
cipalement aux François (*).

DAVID, ce Roi très chrétien, au Pseaume cent sixieme,
réveille toutes sortes de personnes, afin qu'elles observent le
cours admirable de la providence de Dieu, par laquelle il ordonne de toutes choses, & envoie justement au monde toutes
especes d'afflictions & de jugemens ; puis il conclut son propos par cette notable sentence :

> Ce voïant, ont aux cœurs
> Les Justes joie enclose,
> Et de Dieu les mocqueurs
> S'en vont la bouche close.
>
> Qui a sens & prudence
> Garde à ceci prendra,
> Puis la grande clémence
> Du Seigneur entendra,

Certes, si jamais Dieu a déploïé ses jugemens, si jamais la
terre fut désolée & surchargée de déplorables calamités, si
jamais les Habitans d'icelle, petits & grands, eurent occasion,
par la presse des maux, de lever leurs yeux au Ciel, c'est aujourd'hui : & quand il n'y auroit d'objet pour contempler l'ire
de Dieu sur le monde, que les horribles jugemens, tristes mutations & angoisseuses calamités que le recueil ci-dessus repré-
sente à tous, mais nommément à nous François, c'est assez
pour réveiller l'ame la plus assoupie & pour froisser les cœurs
les plus endurcis. Si l'Histoire doit être l'instruction de la vie,
par les divers exemples, ou de vertu, pour l'aimer, ou de vice
pour le haïr, ou des jugemens de Dieu pour les craindre, quiconque prendra garde à ce qui s'est passé depuis quelques années en çà, tant en France que lieux circonvoisins, fera tout

(*) On sent aisément en lisant cette exhortation, qu'elle vient d'un Religionnaire,
grand déclamateur. On ne laisse pas que d'y
trouver beaucoup de choses vraies ; mais la
plupart sont mal appliquées.

Tome III.

Iij

émerveillé, quand il verra tant de confuſions. Peu avant la
naiſſance de notre Seigneur Jeſus-Chriſt, il y en avoit d'horribles, mais étant conférées, celles de notre ſiecle les ſurmontent en nombre & en déformité.

Pluſieurs d'entre les Rois de la terre, beaucoup de Princes,
de Païs & Provinces, pluſieurs des Républiques, des Peuples,
s'émeuvent & conſultent, bouillonnent & s'arment, pouſſés
(comme jadis Herode, à la naiſſance du fils de Dieu) de
crainte ou de colere, en fureur & Edits, ſupplices & tourmens,
contre Dieu & l'Evangile de ſon Fils Jeſus-Chriſt, contre les
Roïaumes, Villes & Peuples, qui déſirent & recherchent plus
que l'or, que les Couronnes, voire que leurs propres vies, la vérité, le chemin de ſalut. Mais d'où viennent telles commotions?
Les Sages de ce monde, qui volontiers en telles choſes volti-
gent ſur la ſuperficie, ſans prendre garde au fond, en jugeront humainement & politiquement; ils en feront la cauſe, les
paſſions humaines, l'auſtérité des Rois, l'avarice, l'ambition
des Grands, la curioſité des changemens non néceſſaires, l'in-
conſtance des Peuples; & puis, joignant le tout aux exemples
des ſiecles anciens, conclurront ſur les révolutions néceſſaires
en la nature des choſes. Dire cela, eſt quelque choſe, mais
ce n'eſt pas pourtant frapper au but principal. Il faut aujour-
d'hui mettre à côté les diſcours politiques (ils ont leur place à
part), & paſſant outre élever nos yeux en haut. Car lors nous
en jugerons ſainement, & connoîtrons que le myſtere, ou ſecret
de Dieu, en ce temps s'accomplit & ſe conſume, s'oppoſant
au myſtere d'iniquité, ainſi qu'il l'a, il y a plus de quinze cens
ans, prédit. Dieu veut régner. Dieu veut tirer de priſon Vérité & la mettre en honneur. Dieu veut réveiller ſes élus & abreger les temps d'abomination & de déſolation. Dieu veut recourre (1) des mains de l'Antechriſt ſon épouſe ravie, la veut
développer d'erreur, illuminer en meilleure connoiſſance, l'orner de vraie ſainteté, & la rendre à ſon unique & ſeul fidele
époux Jeſus-Chriſt, ſon Seigneur & ſon Dieu, à ce qu'elle le
reconnoiſſe (en déteſtant tous les abus qui ont dévoïé de ſalut) ſeul chef, ſeul juſte, ſeul ſauveur, ſeul médiateur & avocat, ſeul docteur & Prophete véritable, ſeul bon Paſteur, la
ſeule voie de Paradis, & l'unique auteur de vie, ſeul la lumiere du monde, ſeul la mort de la mort, le deſtructeur du
Diable, victorieux des puiſſances de l'enfer, ſeul purgatoire

____
(1) *Recourre* pour *Retirer.*

du péché, la feule fatisfaction en juftice, feul auteur des mouvemens do bien faire en nos ames, feul guide à la perfection.
Dieu veut chaffer du milieu de fon Temple l'impiété, l'idolâtrie, le blafphême, l'orgueil, la fimonie, la tyrannie, l'i-
gnorance, l'abus, la fuperftition, les fervices étranges ; il en
veut chaffer les tyrans, les larrons, les facrileges ; il veut fub-
vertir & brûler Sodome & Gomorrhe. Il veut ruiner Egypte,
nétoïer fon champ de zizanie, arracher toute plante qu'il n'a
édifiée, c'eft-à-dire, toute doctrine qu'il n'a pas enfeignée. Il
veut reftaurer fa vigne abâtardie par la perverfité des vignerons de mauvaife foi ; il veut chercher fes brebis mal menées,
& les veut toutes loger en une bergerie ; il veut détruire le
méchant, l'homme de péché (qui a fi long-temps été affis au
Temple de Dieu) par la parole de fa bouche & par la lumiere
de fa venue ; rebâtir fa célefte Jérufalem ; contre les pourceaux
& les loups ; & lier Satan, afin qu'il ne féduife plus les Nations, comme il a fait depuis tant de centaines d'années. Il
veut froiffer les Rois impénitens & dompter les Potentats rebelles, qui ne baiferont le Fils qu'il leur envoie, & qui, pour
lui faire hommage, ne poferont à fes pieds leurs Couronnes &
leurs cœurs, pour n'avoir volonté que la fienne & ne chercher
que d'être à lui & lui complaire. Il veut affujettir les Peuples
fous les Loix de vérité, de juftice, paix & charité. Il veut
faire tomber les Villes des Nations, tant grandes & populeu-
fes, riches, munies & fortes qu'elles foient, c'eft-à-dire, les
Habitans d'icelles, qui fe rebelleront contre Sa Majefté. Il
veut divifer en trois la grande Cité & faire cheoir Babylone,
lui retribuant felon fes injuftices les dignes plaies de fon orgueil & de fa cruauté. Il veut atteindre les conjurés à l'encontre de lui, & qui au lieu de s'amender, pour tant de phioles
de fon ire déja verfées, avancent en pis, grincent des dents
contre le Ciel, s'obftinent en leur errreur, fuient la réformation, & le blafphêment davantage. Il fe veut hâter à leur déroute, foulant les felons en leur cuve & fur le grand preffoir
de fon ire, froiffant auffi (pour le dernier fupplice) le Chef
qui domine fur beaucoup de Païs. Il veut donner à fes élus
les intervalles de repos, afin qu'ils ne défaillent, & que toute
la terre le ferve en efprit & vérité, en attendant la feule parfaite & folide paix des Cieux.

Nous fommes fur les temps de telles révolutions, & qui font
fupernaturelles ; voilà à quoi nous devons rapporter les juge-

Iii ij

mens, afflictions & divers remuemens que nous voïons aujour-d'hui en la terre, afin que nos raifons humaines, qui font aveu-gles en tels myfteres, ne nous déçoivent pas. Qu'eft-il donc queftion de faire ? Que les Rois les premiers (& lefquels doivent être l'œil du monde) prennent leur cœur en leurs mains, & repenfent à part, eux dedans leurs cabinets, deffus leurs couches, à qui jufqu'aujourd'hui ils ont livré la guerre, qu'ils ont haï, grévé, brûlé, profcrit, banni & pourfuivi ? certes le Fils de Dieu, ès perfonnes de pauvres fimples hommes qui retracent religieufement, au milieu des ténebres & abus du monde, le chemin de leur falut.

Les Rois ont eftimé faire grand facrifice à Dieu en les per-fécutant, & cependant n'ont pas voulu ouir la voix de Jefus-Chrift, à tant de fois réitérée : *Saul, Saul, pourquoi me per-fécutes-tu ?* On leur a fait croire que telles perfécutions éta-bliroient leurs Couronnes, affermiroient leurs dominations, augmenteroient leur autorité, & confermeroient l'obéiffance de leurs Peuples, les mettroient à repos de corps & d'efprit, leur feroient mériter la grace de Dieu & Paradis. Où en font-ils ? Penfent-ils régner fans Chrift ? ou avoir Chrift fans fa pure parole ? Affureront-ils leurs Sceptres en voulant ébranler le thrône du Fils de Dieu & fermant la porte à la pure prédi-cation de fon faint Evangile ? Cuident-ils trouver obéiffance aux Peuples, fi eux récalcitrent contre l'ordonnance de Dieu ? de Dieu qui ne veut pas qu'on tienne pour fon Eglife celle qui fe vante de l'être, mais celle feulement laquelle, par fes vraies marques, prouve l'être, en doctrine pure, en Sacre-mens entiers, en réformation, en bonne difcipline. Mais je dis encore plus, penfent les Rois & dominateurs de la Terre avoir de plus felons & plus cruels ennemis à combattre, que leurs propres Sujets, mal enfeignés, féduits en erreur par les Citoïens de Sodome (vagues impétueufes, qui méprifent la Seigneurie & blâment les dignités) & mal réformés ? Pen-fent-ils avoir honneur, refpect & obéiffance fincere, fidélité ou fervice fans fi, des Peuples fuperftitieux ? Non, la fuperfti-tion loge toujours avec l'ignorance, bête farouche, mauvai-fe & indomptable ; mais ils feront reconnus, aimés, fuivis & fervis par leurs Sujets vraiement religieux, bien réformés, crai-gnant Dieu, & qui feront leur devoir pour la confcience, ap-pris en la parole de Dieu, vraie fapience, qui fait bien ré-gner les Rois & bien obéir les Peuples. Eftiment-ils que ce foit

un bon anglet du monde, où Dieu fait ces étranges & émer-
veillables remuemens? Ne verront-ils jamais que c'est Dieu qui
veut, en ces derniers temps, comme enfanter je ne sais quoi
de grand & de mystere, qu'il a de toute éternité conçu en son
conseil & qui ne se peut entendre ou appercevoir pleinement
que par le progrès des effets?

1589.
EXHORTAT.
AUX ROIS,
PRINCES, &c.

Est-ce en la France ou en la Flandre seule, que ce vent soufle?
Mais l'Angleterre, l'Ecosse, Dannemarck, la Pologne, Prusse,
Suede, la Hongrie, l'Allemage, les Suisses & autres semblables
lieux en ont oui le son, & j'ose dire, l'Italie & l'Espagne &
encore toute l'Asie (quoique grévés de la tyrannie ennemie
de l'Evangile) en font aussi en humeur & en branle. Car
il faut que le monde universel soit converti du Diable à Dieu,
de l'Antechrist à Christ, de Mahomet & autres imposteurs,
au fidele & véritable, duquel le Pere a dit : *Celui-ci est mon Fils
bien-aimé, écoutez-le* ; & ailleurs : *Quiconque ne l'orra, périra.*

Rois, ménagez mieux votre salut, secouez le joug de l'Antechrist qui a abusé lâchement de vos facilités, de l'autorité
que lui avez permise, aussi vigilant pour le moins à la conservation de vos ames qu'êtes ordinairement de vos Couronnes
temporelles. Il n'y a plus de Couronne pour vous après la mort,
que l'immortelle, commune aux Rois & aux Sujets, qui seront membres du Fils de Dieu ; sommeillerez-vous ou dissimu-
lerez-vous, quand ceux qui devroient veiller pour vous la conserver, vous la raviffent ? Dieu, Pere des lumieres, vous donne
une meilleure pensée : le regne temporel est une glace ; le Roïaume des Cieux est un thrône éternel, vous auriez perte à
quitter l'un pour l'autre. Reconnoissez où est l'erreur & soïez
curieux de la recherche de vérité. Ne croïez si facilement à
tout esprit. Le Diable se transfigure en Ange de lumiere. Eprou-
vez qui est de Dieu ou non. Si tous font leur cause bonne, il ne
suffit de le dire ; l'effet, la pierre de touche vous en doit faire foi.
Ce n'est pas obéir à Dieu que de croire sans science, c'est un
zele déreglé. Je sais bien, la prudence humaine recommande
à plusieurs sa dissimulation, sous ombre de je ne sais quelle
crainte. Je ne nie pas que nous ne soïons parvenus au temps,
qui rend (selon ce que dit Saint Paul) par sa perversité les
hommes ingrats, enflés, désobéissans & déloïaux envers leurs
Supérieurs ; mais craindrez-vous pourtant la multitude, la révolte? Non, non, celui qui vous a établis, & qui veut que

régniez en piété & en justice, fera (si regardez à lui) ranger les Peuples dessous vous. Il froissera sous vous le mutin populaire, & vous fera fouler en assurance les dragons & les lionceaux. Vous êtes l'image de Dieu, en bien regnant, que redouterez-vous ? Armés de sa vertu, il n'y a point à l'encontre de vous résistance. Si vous dissimulez le mal que connoissez en ceux qui vous déçoivent sous ombre de dévotion, au préjudice du bien que devez faire pour obéir à Dieu, cette prudence est charnelle, vous vous perdez, Dieu ne veut pas cela. La sapience qui fait régner les Rois se loge avec discrétion, avec conseil, & n'est jamais sans force ; régnez pour lui & non pour vous ; vous êtes ses commis, ses lieutenans, vous régnerez assez si le servez & le faites servir. Tels Rois sont les premiers après lui dedans son chariot & portent son anneau dedans leurs doigts. Si lui êtes fideles, il vous surhaussera en la part de sa gloire, aussi assurément qu'il est certain qu'il faut que tout homme périsse, qui ne lui est loïal, Cherchez soigneusement la vérité, c'est le sentier à la vie ; & rachetez, pour si bonnes œuvres, le temps, car il est court & notre vie n'est rien qu'une vapeur. Aïez pitié des Peuples affamés de la vérité, qu'avez haïs & poursuivis sans cause ; ralliez-les sous votre protection, les gardant mieux pour l'avenir que n'avez fait (par le passé) de violence : mémoratifs, qu'avez avec eux un Roi au Ciel, & un Maître commun, auquel vous rendrez compte, & qui dès cette vie vous punira, si abusez de vos autorités & de votre pouvoir. Permettrez-vous que les Rois de Babylone & de Perse, Rois Païens, vous ravissent la palme de jugement, de sagesse & de repentance, de s'être ainsi laissés tromper & induire par l'envie, l'ambition, l'ignorance & l'avarice, pour exposer à la mort cruelle l'innocence de Daniel & du Peuple des Juifs ? Permettrez-vous qu'ils vous devancent en leur administration ? Ils ont été soigneux de rechercher la vérité ; & quoique de longues années, ils fussent duits à leurs superstitions que leurs Princes, leurs Pontifes & leurs Peuples vouloient sans raison maintenir avec le glaive & l'ardeur des fournaises, comme n'étant loisible d'y contredire ou rien changer, ce néanmoins toute crainte posée, affermis de la seule force de Dieu, commanderent que le Dieu de Daniel fût béni, défendirent sur grandes peines de le blasphêmer, firent bâtir son Temple & favoriserent son Peuple. C'est, c'est, ô Rois, le vrai & prin-

cipal office des Rois mortels, de connoître & servir purement,
& faire, sur grandes peines, purement connoître & servir le
Dieu vivant & Roi des Rois, qui seul habite une lumiere inac-
cessible en gloire & immortalité.

Que les Pontifes, Prélats & Eccléfiastiques de quelque ordre qu'ils soient, apprennent que ce n'est plus le temps de
résister. Il faut plier ou rompre sous le joug du Fils de Dieu
& sa sainte parole. C'est assez dormi, assez luxurié, assez tra-
fiqué & cheminé désordonnément en la maison de Dieu, assez
servi au ventre & oisiveté, assez tondu & écorché les plus gras-
ses du troupeau, assez tiré à vin en la plante du Seigneur, sans
rien provigner, assez vendu & permuté dedans son Temple.
Battez, outragez, renvoïez vuides & tuez les serviteurs que
le Maître de la Vigne vous envoie, jettez le fils & l'heritier
tant que vous voudrez hors de la Vigne, & le crucifiez en ses
membres, l'héritage pourtant ne demeurera vôtre. Il faut joindre, voici le Seigneur, le Dominateur vient vous atirer à compte,
il veut ravoir sa plante, il veut réparer ses dommages & remplacer ses friches & lieux déserts. Où fuirez-vous? le Ciel est
son thrône fermé aux déloïaux; son glaive est en la Terre,
par lequel il détruira ses mauvais vignerons, les enfers sont
pour le tourment & non pour la cachette. Réveillez-vous de
votre vin, prévenez le jugement, il y a encore lieu pour la
clémence, pour la miséricorde. Ne vous abusez pas sur vos paroles de mensonge & les présages de vos Devins, qui vous promettent tant de succès. Votre Ligue sera détruite, vos Princes élus, châtiés, vos alliances troublées, les mutins punis,
vos Villes fortes seront réduites, vous serez sevrés de vos revenus, qui vous ont ravi le cœur, & enflés de présomption.
Le conseil pris contre Dieu jamais ne s'exécutera; le vôtre est
tel, devenez sages avant le coup. Tenez pour infaillible Pro-
phétie. » Que toute plante que le Pere céleste n'aura plantée
» sera arrachée ». Il faisoit aussi mal qu'à vous aux Scribes &
Pharisiens de céder à la vérité de l'Evangile, & à la réformation; & toutesfois Gamaliel, l'un d'entr'eux, s'en mocqua,
les reprenant par cette moins vive que véritable raison: » Si
» cet œuvre est des hommes, il sera défait, s'il est de Dieu,
» vous ne le pourrez défaire; prenez garde que ne soïez trou-
» vés faire la guerre à Dieu ». La Synagogue des Juifs s'en est
allée, la Loi a cédé à l'Evangile; à plus forte raison, l'abus
cédera-t-il à la pureté, le mensonge à la vérité, les inven-

tions des hommes aux Ordonnances de Dieu, contre lefquelles
le temps, fi long qu'il foit, ne prefcrit rien. Vous pourriez
avoir autant d'armes qu'avez de mauvaifes penfées contre ceux
de la Religion, vos propres armes feront les inftrumens de
votre ruine; vous tomberez, fi n'y prenez de bien près garde,
au foffé qu'avez cavé à l'innocent.

Nobles, pourquoi vous méconnoiffez-vous? Votre principale
armoirie doit être la vertu : le fondement de vertu c'eft la fageffe, & la vraie fageffe gît en la crainte du Seigneur. Pouvez-vous
être vraiement nobles, fi vous ne craignez Dieu? Pouvez-vous
craindre Dieu, fans honorer le Roi? Plufieurs de vous (principalement François) êtes nés entre les armes civiles, lefquelles ont
quafi effacé toute révérence divine, introduit l'ignorance &
l'orgueil, donné vogue à la licence de tout mal, & effacé tout
refpect de fupériorité en la plus part. Occafion que beaucoup,
peu foucieux de leur honneur, fe laiffent emporter à leurs bouillons pour haïr ce qu'ils ne connoiffent pas, blâmer ce qu'ils
n'entendent pas, approuver ce qui ne vaut rien, defirer ce qu'il
ne leur faut pas, afpirer où ils ne devroient pas, quitter ce qu'ils
doivent rechercher, fuivre ceux qu'ils devroient haïr (en tels
troubles & révoltes), & fuir comme la pefte de leur ame, les
ennemis de leur honneur, procureurs de leur ruine, & la caufe
de leurs fupplices. Nobleffe, franche de tant de centaines d'années, vous affervirez-vous aux mauvais ferviteurs, pour faire la
guerre au maître, duquel les fervices & de fes prédéceffeurs,
ont affranchi & honoré vos ancêtres & leur poftérité, dont
vous êtes les tiges? au Roi, au Roi, & non à l'Etranger. Suivez le maître & non le ferviteur. Si le gain vous chatouille,
croïez que la part d'une richeffe brigandée, ne fit jamais heureux fon poffeffeur. Dieu voulut qu'Abfalon, Fils de David,
fût pendu par les cheveux, & paffât par le glaive, pour avoir
entrepris un double parricide. Ne vous abufez pas, vous encour-
rez un même crime. François! Dieu vous a donné un Roi, il
eft doublement votre pere, vous lui devez (voire & fut-il difficile) fubjection, fervice, obéiffance, & n'y a refpect d'homme
vivant qui vous en licentie : la feule liberté de vos confciences
(que Dieu fe réferve) preffées iniquement, vous en peut excufer, mais on ne vous la ravit pas. Quel donc fera, & de combien grave fupplice digne votre forfait, fi vous levez le fourcil
& la main contre votre Roi fouverain, votre Chef, votre Pere?
Dieu vous donne un meilleur confeil, & vous détourne du péril qui en ce faifant vous menace,   Vous

Vous tous Peuples, en général, humiliez-vous fous la puiffante main de Dieu. Ne réfiftez plus à fa raifonnable volonté
par un zéle téméraire. Nul de vous n'eft tant ignorant, qu'il ne
connoiffe une meilleure part des abus de l'Eglife Romaine, (fi
évidens que les fauteurs d'iceux ne les peuvent nier), caufe de
tant de maux que chacun fouffre : vous devez être las d'avoir fi
longuement vagué en ces ténebres. Qui trouve Dieu, trouve la
vie & attire faveur de l'Eternel; mais qui le hait, aime la mort
& fait tort à fa propre ame. Celui hait Dieu, lequel fert à deux
maîtres : Chrift & l'Antechrift font deux. L'Evangile de Chrift,
& les traditions humaines, jamais ne peuvent convenir, non
plus que la lumiere avec les ténebres. Cherchez la vérité, feuilletez les Ecritures, qu'on vous a malicieufement par fi long-
tems interdites. Nul n'a plus grand intérêt à votre falut que
vous-mêmes. Ceux de Theffalonique conferoient la doctrine
de Saint Paul, avec celle des Prophetes, pour voir s'il difoit
vrai ou non. Combien plus devez-vous le faire, au milieu de tant
d'ignorance, de tant de piperies, par le moïen defquelles l'infatiable avarice des hommes s'eft jouée de vos fimplicités, quand
vous avez indifféremment tout cru (enveloppés, non en la
créance, mais en la folle rêverie de vos conducteurs, qui tâ-
tonnent en plein midi), fans obferver qu'il ne fuffit de croire,
mais que pour bien croire, il faut favoir ce que l'on croit, &
fi on croit conformement à la parole de Dieu, fans le fondement de laquelle, foi n'eft plus foi, mais vaine opinion, &
par conféquent péché.

Seriez-vous pour jamais le bois qu'on allume à fédition, fous
couleur de dévotion ? Eft-ce point affez fervir aux paffions, &
à l'ambition d'autrui? affez fervi par tant d'années de bouchers
inhumains, pour égorger (le fang en crie continuellement devant Dieu) vos parens, vos amis, voifins & concitoïens? Ignorez-vous que jufqu'ici vous avez été ferfs de l'avarice & de
l'ambition de ceux qui vous font, par tromperie, jouer de fi
étranges tragédies, defquelles la fin ne peut être que très malheureufe pour vous ? Les Peuples ont toujours porté la folle
enchere de la rage des Grands. Otez le voile, & voïez où la
paffion vous emporte, vous perdez la grace de Dieu en rejettant
fon Evangile, vous vous privez (en vous bandant contre votre légitime Roi) de vos repos & furetés : vos commerces fe
perdent, vos honneurs & vos privileges font abrégés, votre
nom eft flétri, fi que du titre de très fideles, vous êtes notés

du crime de Leze-Majefté, flétriſſure qui jamais reprendra fleur, ſi ne vous avancez à la réſipiſcence. Vous êtes toujours en peur de vos ennemis, en défiance de vos partiſans, qui, ſi n'y prenez garde, vous mettront au gibet. Car leur but eſt de vous rendre, par vos forfaits, irréconciliables avec le Roi & tous ſes Princes, pour plus à leur plaiſir vous manier, & par ce moïen tombés d'un péril imaginaire, que vous-mêmes vous vous forgez, en un danger qui vous eſt autant mortel que certain. Car que penſez-vous faire? Si les Chefs de la Ligue ſurmontent par votre ſupport, leur victoire vous ſera plus cruelle, que fut jamais aux Agrigentins le Taureau de Phalaris, ou aux Atheniens les trente enſanglantés Tyrans. Si périſſez en réſiſtant, vous êtes miſérables, & perdez ſciemment votre patrie & votre poſtérité, qui maudira votre mémoire & la dureté de vos cœurs. Si tombez vifs ès mains de ceux que voulez guerroïer de gaieté de cœur, encore qu'ils vous fuſſent humains, votre crime neanmoins, par la juſtice divine, vous adjuge au ſupplice, qui juſtement vous rompra, puiſqu'à tant de fois doucement conviés n'aurez voulu fléchir. Ne vous défendez point de l'exemple d'autrui, pour colorer vos élevations contre Dieu & contre le Roi; votre fait n'a point de ſemblable: perſonne n'en veut ni à vos corps, ni à vos biens, moins encore à vos dévotions. Vous ſeuls, par vos bouillons en voulez à vous-mêmes. Vous cherchez le péril, vous y trébucherez. Vous refuſez la guériſon, croïez que la mort n'eſt pas loin. Vouloir mourir en ſi pernicieux conſeil & ſe précipiter, ce n'eſt pas force, c'eſt déſeſpoir digne de damnation. Jamais les Peuples aveuglés & conduits par la fureur contre le Magiſtrat que Dieu a établi, ne firent fin que malheureuſe. Tout bâtiment ſera ruiné qui n'a ſolide fondement. Quoi qu'on vous faſſe accroire, vous n'avez ni raiſon, ni fondement de Loi, ſoit divine, ſoit humaine, qui approuve la réſiſtance que faites à l'Evangile du Fils de Dieu, qui vous appelle à répentance, & auſſi peu, que vous vous révoltiez contre le Roi, qui vous ſemond à juſte obéiſſance.

LE Dieu Eternel, Pere de miſericorde, Pere de Jeſus-Chriſt notre Sauveur, Créateur & Recteur ſouverain de l'univers, paracheve l'œuvre de notre ſalut; illumine les Rois, & les adreſſe à toutes bonnes œuvres; pardonne aux Peuples leur ignorance, & fléchiſſe leur cœur à ſon obéiſſance, en toute piété & ardente charité ; les duife au chemin de juftice , mette fa paix en la terre ; froiffe les armes meurtrieres & les convertiffe en inftru-mens d'utilité ; envoie en fes troupeaux de bons Pafteurs , doctes & bienfaifans ; redreffe les Couronnes & réforme les Etats dé-voïés par les guerres civiles , & furtout autres , comble de fainte grandeur notre Roi , & tous les Princes de fon Sang ; conferme leur union , & mette concorde en fon Peuple pour l'établiffe-ment des faintes Loix , à la correction des méchans & au main-tien des bons , afin que tous le fervions purement en piété & juftice , par Notre Seigneur Jefus-Chrift. Amen.

DISCOURS

SUR CE QUI S'EST PASSE' DEPUIS SIX MOIS (*).

Ou Inftruction du droit ufage des Jugemens que Dieu fait fur fes Ennemis en la faveur de fon Eglife.

COMBIEN que le coup que Dieu a frappé n'agueres à Blois (1), ait fonné fi haut, qu'il eft impoffible que toute la France & tous les Païs voifins ne l'aient oui ; toutefois il eft à craindre que tous ne l'aient pas bien pris comme il appartient. Car (felon qu'il avient aux autres grandes œuvres de Dieu) à la plûpart ce coup aura été feulement comme un éclat de tonnere, qui les aura étonnés & étourdis , fans qu'ils aient penfé plus avant. Les autres diront que c'eft la roue de fortune , & les ac-cidens auxquels les Grands font fujets. Les autres feront convain-cus que la main de Dieu y a paffé : mais ou ils étoufferont ce fentiment par une foudaine oubliance , ou de malice en rappor-teront les caufes ailleurs. Il y en a qui en feront davantage émus , pour y reconnoître le jufte jugement de Dieu , mais peu avec le fruit & confidération qui s'y préfentent. Or fi eft-ce une œuvre de Dieu , qui tiendra lieu entre les plus notables faites jadis & de notre âge en la faveur de fon Eglife , laquelle ne fe doit pas ainfi paffer légerement. Car ce feroit une trop grande

---

(*) Ce Difcours eft encore d'un Reli-gionnaire ; & on ne doit le lire qu'avec pré-caution. L'Eglife dont l'Auteur décrie les prétendus Ennemis eft la Secte desProteftans véritablement ennemie elle-même de l'Eglife catholique , qui eft la feule Eglife vérita-ble.

(1) L'affaffinat des deux de Guife , dont on a parlé ailleurs.

stupidité & ingratitude que nous aïons crié & gémi si long-tems après le secours de Dieu, & maintenant qu'il a déploïé son bras si puissamment pour commencer ses vengeances, & relevé son Eglise, si prochaine du tombeau ; que nous ne soïons point bien attentifs à son œuvre, pour y contempler sa grandeur, & recueillir & les argumens de ses louanges & les belles instructions pour notre foi que nous y trouverons. Les Infideles n'en parleront pas ainsi ; mais nous y devons voir plus clair & plus certainement qu'ils ne voient. Car aussi ce qui étoit en confirmation au Peuple de Dieu en Egypte, quand Dieu y déploïoit ses merveilles, étoit à Pharaon & aux Egyptiens la matiere de dépit & d'endurcissement.

Les œuvres de Dieu sont grandes & admirables, dit le Psalmiste ; mais l'homme brutal n'y connoît rien, & le fol ne sait que c'est. *Ps.* 92. 6. *&* 117. 42. Il est nécessaire que Dieu nous ouvre les yeux pour bien contempler ses merveilles & les appliquer à notre profit. Par foi (dit l'Apôtre, *Hebr.* 11. 3.) nous entendons que les siecles ont été ordonnés de Dieu, pour être démontrances des choses invisibles. Ce qui est des œuvres admirables de Dieu en la création du monde, pensons-le aussi dés autres. Elles seront admirables & très vives expressions de la gloire & grandeur de celui qui les aura faites. Néanmoins en une telle clarté autres ne verront rien ; & n'entendront à salut, que ceux qui ont les yeux défillés & repurgés par foi. Et pourtant il ne nous faut pas arrêter au jugement des Infideles ; mais si ceux-là n'en sont autrement touchés, ou même les tournent au rebours de bien à leur condamnation, la grace de Dieu que nous avons reçue, & l'adresse de sa parole à bien considerer ses œuvres, nous doit aussi éclairer en cet endroit, & nous servir de guide à bien rechercher les merveilles de ce jugement, & la gloire de l'ouvrier, afin d'y avoir sujet de chanter sa louange, & en être de plus en plus édifiés & confirmés en la foi. Non pas que ses jugemens ne soient incompréhensibles, & qu'il soit possible quand nous y aurons bien regardé, que nous aïons vu toute la gloire qui y est ; mais au moins ce que nous pourrons, & de quoi lui-même nous rendra capables par sa grace, quand nous y apporterons une bonne diligence & attention. A cela le présent discours pourra aider, & réveiller les esprits à se donner le loisir de plus amples méditations & considérations qui se trouveront en ce jugement si admirable.

Mais devant que commencer, il faut vuider quelques diffi-

cultés qui nous pourroient arrêter. Car quelqu'un dira que ceux
defquels nous voulons parler, font hors de ce monde, & s'ils ont
été meurtris, nous en devons plutôt avoir compaffion; qu'autrement, que ce n'eft grande humanité de faire le procès aux
morts, que nous devons avoir appris de ne parler point en mal
des affligés. Pour réponfe, nous difons & dirons encore plus
amplement ci-après, que nous ne voulons ici apporter haine
aucune qui nous puiffe induire à juger autrement qu'il n'appartient, mais fimplement ouir le procès que Dieu lui-même leur
a fait, & entendre les procédures par lefquelles il les a conduits à leur fin, ainfi que feroient ceux qui feroient affemblés
pour voir quelqu'un condamné & exécuté par Juftice : car c'eft
l'ordre que les exécutions des criminels fe faffent publiquement,
afin que chacun y penfe & s'en fouvienne. C'eft donc ici la Juftice de Dieu qui juge, & nous appelle pour être fimplement
fpeétateurs de l'exécution qu'il a faite. Il n'y a rien de notre fait.
Si nous regardons & confidérons fon œuvre, c'eft qu'il nous le
commande ainfi. Et fes jugemens aux âges paffés n'étoient pas
pris d'autre façon, étant le fujet aux Fideles de tant de beaux
difcours & cantiques d'aétion de graces qu'ils chantoient à
Dieu.

On répliquera encore que la mort de deux ou trois perfonnes n'eft point chofe fi nouvelle & fi étrange, qu'il en faille faire
tant de bruit, vû même qu'il n'eft rien avenu en cela qu'il ne
foit arrivé en plufieurs autres, d'être meurtris; voire même à
ceux de notre religion en fi grand nombre le jour de la S. Barthelemi & les fuivans; que tout ce que nous pourrions difcourir de la
mort de ces derniers, pourroit être dit des autres. Nous répondons
qu'il arrive voirement aux plus gens de bien des chofes en apparence, femblables aux accidens que l'on voit fur les méchans.
Qui eft caufe que le monde (qui s'amufe & arrête aux apparences) juge (comme il eft dit en l'Eccléfiafte, *Eccl.* 8. 14. *&c.*)
qu'il n'y a point de différence entre la mort du jufte & celle
du méchant. Mais quand toutes chofes font bien confidérées,
& les caufes & les façons des accidens, alors les différences fe
trouvent. Ce fut un grand Jugement de Dieu fur les Aînés d'E-
gypte, quand en une nuit ils fe trouverent tous morts; mais
en apparence c'étoit encore pis, quand les Enfans mâles des
Ifraélites étoient tirés du ventre de leur mere, pour être cruellement mis à mort. Ce fut un jugement de Dieu que la mort de
Saül & de fes Enfans, en la montage de Gelboé; mais il n'a-

voit pas été mieux en apparence à Achimelec & autres Sacrificateurs de Nobé, serviteurs de Dieu, que Saül avoit fait passer par le fil de l'épée. Ce fut un jugement de Dieu sur la famille d'Achab & de Jezabel, que tous leurs enfans furent tués
par Jehu ; mais combien de Prophetes & Serviteurs de Dieu
avoient-ils mis à mort auparavant avec toute cruauté ? Un autre jugement de Dieu, que Sennacherib fut tué ; mais combien
d'autres étoient péris par son épée par tout le Païs de Juda ? Les
Satellites & Bourreaux d'Herodes, ministres de ses entreprises
sur l'Eglise de Dieu, furent envoïés au supplice ; mais ils y
avoient mené Saint Jacques auparavant. Bref le tyran Agag est
mis à mort, & est sa mere faite sans enfans, comme il lui fut
dit par Samuel ; mais c'étoit le même qu'il avoit fait aux autres,
faisant leurs meres être sans enfans.

En toutes ces persécutions on ne voit pas grande différence
aux choses avenues aux uns & aux autres : néanmoins chacun accorde qu'elles y sont très grandes ; & qu'il n'est pas raisonnable
de s'arrêter aux apparences ; mais qu'il est nécessaire d'aller plus
avant en la considération des causes & des moïens de procéder,
par lesquels Dieu les a amenés-là. Suivant le dire (1) : Que ce
n'est pas le tourment qui fait le martyre, mais la cause. Car quand
le juste est ainsi traité par les méchans, c'est de la haine qu'on
lui porte pour la cause de l'Evangile, d'autant qu'il ne peut être
induit de se départir de la confession du Nom de Dieu, pour
consentir aux mensonges & aux impiétés des hommes. Et Dieu le
produit là pour leur être témoin, mettant dehors en évidence la
vertu de son Esprit en ces vaisseaux fragiles, lesquels il arme de
patience, de joie & constance invincible, pour ajouter autant
de sceaux à la vérité de sa parole ; afin de confermer les uns, émouvoir les autres à penser à leur salut, & rendre les plus pervers
convaincus en leurs consciences. Et lors tant s'en faut que les
plus cruels & ignominieux massacres & supplices soient argumens de l'indignation de Dieu sur ceux qui les souffrent, qu'au
contraire c'est le plus grand honneur qu'ils sauroient recevoir.
Car c'est porter la croix & les opprobres de Jesus-Christ, lui être
faits conformes, triompher du monde & de toutes ses menaces, fouler aux pieds le péché & toute la puissance des enfers,
bref être conduit par telles souffrances à la participation de la
gloire & vie éternelle. Voilà quant aux fideles : mais des autres,
quand ils sont jugés, c'est tout autrement. Car quand ils souf-

(1) Cette Pensée est de saint Cyprien : *Non pœna, sed causa Martyrem facit.*

frent l'ignominie & la mort, chacun connoît que ce font leurs
méchans confeils & actions contre les juftes, qui les attirent finalement là. On n'y voit que l'ire & le courroux de Dieu qui
les pourfuit ; rien que le jufte jugement de Dieu qui les mene en
leur lieu, avec procédures fi claires, & façons fi admirables,
qu'il faut que toutes créatures lui en donnent gloire.

Or toutes ces différences font ici. Car pour le regard des feux
& fupplices exercés fur les nôtres depuis tant de tems, on n'en
peut nommer autre caufe, que la confeffion de la vérité de l'E-
vangile, & le refus de communiquer aux idolâtries & impiétés de
la Papauté (1) ; non plus que des derniers maffacres de la Saint
Barthelemi. Et quand quelqu'un en voudroit alléguer d'autre
(comme au commencement on s'efforça de faire), celui-là feroit démenti par fa propre confcience & par la vérité des chofes
qui fe font paffées : le tems aïant mis à la connoiffance d'un
chacun la juftice & innocence de ceux qui furent maffacrés.
Car auffi ils avoient affez fait paroître leur intégrité ; & n'y avoit
celui, qui ne fut bien que s'ils étoient haïs, ce n'étoit pour autre caufe que pour le changement de religion, & que le confeil
étoit (puifque toute autre violence n'y avoit de rien fervi) de
tâcher d'éteindre la vérité de la religion avec leurs perfonnes.
Les premieres lettres qui furent expédiées par les Provinces &
aux Princes étrangers, les déchargeoient de tout foupçon de
crimes. Les regrets & remords de confcience aux cœurs des
plus grands ont été témoins ; & les fléaux de Dieu, qui n'ont
bougé depuis de deffus ce pauvre Etat, contraignent leurs plus
enragés adverfaires de reconnoître que Dieu étoit courroucé pour
tant de fang épandu. Et qui fera encore l'impudent, qui ofera dire
que cette multitude infinie de perfonnes de tous âges, de tous
fexes & autres qualités fans aucun refpect, ait été par les Villes
de ce Roïaume à divers jours, & de fang froid maffacrée pour
autre caufe, que pour avoir délaiffé la Papauté, pour s'adjoindre à l'Evangile ? C'eft donc le même honneur que Dieu avoit
fait aux autres aux premiers fiécles de l'Eglife : c'eft la condition
qu'il a ordonnée à fes enfans, d'être tous les jours livrés à la
mort pour l'amour de lui, & eftimés comme brebis de boucherie : c'eft le chemin de gloire, par lequel il tranfporte
les fiens arriere des miferes de ce monde à la béatitude célefte.

Mais quand nous viendrons au jugement, qui eft avenu ces

1589.
Discours ou
Instruct.

____
(1) Pure déclamation, qui a toujours manqué & qui manquera toujours de vérité.

jours derniers fur les ennemis de l'Eglife, & entendrons toute
leur hiftoire, on y verra les différences en toutes fortes. Et c'eft
ce que nous efpérons faire en ce traité. Car Dieu s'étant fi folemnellement affis en fon trône pour faire juftice, aïant dreffé
l'échaffaut de fes jugemens en la préfence de toutes créatures,
& (s'il faut dire ainfi) fonnant la trompette pour avertir chacun
de venir voir fon œuvre ; nous ne pouvons moins faire que d'entrer en cette confideration , & y mener les autres avec nous pour
être fpectateurs de ce qu'il a fait.

Or pour bien entendre ce qu'il a fait en la faveur de fon
Eglife, il nous y faut procéder par quelque ordre, & dire premierement qui étoient ceux, fur lefquels il a déploïé fes jugemens à Blois, & de quelle haine ils ont perfécuté l'Eglife ; fecondement à quel point ils avoient réduit l'Eglife à l'heure que
Dieu en a eu compaffion : finalement la façon de les juger & amener à leur jour, de laquelle Dieu a ufé.

Les ennemis que Dieu a jugés, étoient ceux de la Maifon de
Guife. De parler plus avant de cette Maifon, finon autant qu'il
concerne le fait de l'Eglife de Dieu, nous ne le ferons point. La
Maifon eft affez connue par la France, qui porte déja telles marques de leurs entreprifes, qu'il ne fera jamais qu'elle ne s'en fen-
te & s'en fouvienne. Et n'avons que faire de dire ici quelle a été
leur ambition de pere en fils, quelles leurs efpérances, à quoi
déja ils avoient avancé leurs entreprifes, quelle a été leur audace contre la Majefté du Roi, quelles les injures qu'ils lui ont
faites, quelles les dernieres réfolutions fur fa Perfonne & fur fon
Etat. Les déclarations expreffes du Roi, ce que l'on voit des
effets des menées & pratiques qu'ils avoient par les Villes, les
confpirations mifes à découvert avec les ennemis étrangers, le
font affez connoître. Ce que nous avons ici à confiderer, eft
la haine mortelle qu'ils ont portée à l'Eglife de Dieu, & l'obftination de s'avancer par fa ruine.

Dieu voulut en notre âge faire mifericorde à la France, &
lui reftituer la lumiere de l'Evangile (1), que les ténébres des
fiecles paffés lui avoient ôtée ; & par ce moïen y rebâtir & redreffer fon Eglife. Là auffi Satan, adverfaire des œuvres de Dieu,
fe délibera de mettre tous empêchemens par fes effets ordinaires ;
& tout ainfi qu'ailleurs, à ceux que Dieu fufcitoit pour faire
fon œuvre, il en fufcitoit d'autres pour leur oppofer. En France

______

(1) C'eft-à-dire, dans le langage de l'Auteur, qu'il ne faut point perdre de vue, la
prétendue Réforme. Il fuffit d'en avertir une fois.

pareillement

pareillement il voulut faire choix de quelque Maison qui fût pour
faire tête à quiconque entreprendroit l'œuvre de Dieu, & qui
lui fournît d'inſtrumens propres pour les horribles tragédies que
il ſe délibéroit d'émouvoir, plutôt qu'il avînt qu'en ce Roïaume Dieu eût ſon regne. D'ennemis il en trouvoit aſſez, les
uns pour leur ignorance, les autres pour d'autres raiſons,
diſpoſés à perſécuter l'Egliſe. Mais de Maiſon qui fût chef
du parti qu'il dreſſoit, & qui ne ſe laſſât jamais de troubler, il n'en trouva point de plus propre que ceſte-ci de Guiſe.
Car l'entrepriſe qu'il avoit faite ſur la France, pour empêcher
l'établiſſement du regne de Jeſus-Chriſt étoit difficile, & falloit
qu'il mît en ruine pluſieurs fois ce pauvre Etat. Ce que gens
de petit courage n'euſſent pu pourſuivre, ou ceux qui euſſent
du être induits de commiſération des ruines de leur patrie pour
s'en déſiſter. Il falloit gens de grand cœur, & de longues eſpérances, & pareillement de dehors le Roïaume, & qui ne tou-
chaſſent point de ſi près à la patrie, pour en avoir compaſſion.
Tout cela ſe trouvoit en ceux de cette maiſon. Car ils étoient
étrangers, de grands deſſeins, & hautes eſpérances ; pource qu'à
leurs eſpérances défailloient les moïens légitimes, ils en étoient
plus diſpoſés à recevoir le premier qui ſeroit offert à leur ambition, s'il y avoit quelque avantage. L'ennemi donc de Jeſus-
Chriſt s'adreſſa à cette maiſon, & pour conſeil propre à leurs eſpérances, il jetta en leurs cœurs cette réſolution de ſe porter
chefs de la guerre qu'il entreprenoit contre l'Egliſe : leur per-
ſuadant que par ce moïen ils ſeroient chefs & protecteurs du
parti Catholique & Romain, qui étoit le plus puiſſant, auroient
le ſupport & l'amitié des Papes qui avoient grand pouvoir à
remuer & changer les ſceptres & dominations, auroient auſſi
les intelligences avec les autres Rois & Princes de ce parti, qui
pourroient beaucoup aider à leurs deſſeins. Sur ce conſeil ils s'in-
ſinuent en la Cour près de nos Rois, & faiſant mine de gens
fort religieux, leur ſont auteurs & pourſuivans de perſécuter à
outrance tous ceux qui oſeroient faire profeſſion de l'Evangile.
Travaillent d'établir la cruelle & barbare Inquiſition d'Eſpagne (1), & l'euſſent obtenu, ſi les gens de bien, qui ſe trouvoient lors en la Cour de Parlement, ne s'y fuſſent oppoſés.
Que s'il ſe faiſoit ouverture de procédure plus moderée aux différends de la religion (comme quelquefois les gens de Parlement
venoient là, étans émus de la piété & conſtance de tant de

______

(1) Les Catholiques inſtruits n'ont jamais approuvé l'Inquiſition.

perſonnes de toutes qualités que l'on envoïoit à la mort) ils ac-
courent ſoudainement là pleins de fureur & d'artifices, pour détruire ces bonnes délibérations, oſans irriter les Rois contre
l'autorité de ces Compagnies (laquelle les prédéceſſeurs avoient
toujours reſpectée) & renverſer les bonnes & ſalutaires Coutumes de l'Etat. Et n'étoit cette rage retenue ni de reſpect aucun
de bons conſeils de telles aſſemblées, ni de remontrances &
interceſſions des Princes voiſins, amis de cette Couronne, ni
d'aucune pitié de tant de ſang qui s'épandoit tous les jours, ni
des iſſues de leurs cruautés contraires à ce qu'ils prétendoient, ni
des jugemens de Dieu ſur nos Rois, encore qu'il fût connu &
confeſſé de chacun, qu'ils étoient attirés par leur damnables
perſuaſions. Au contraire ſe firent maîtres de la jeuneſſe d'un
Roi mineur, contre les loix du Roïaume : & ſe voïant la puiſſance
en la main, penſerent à ſuivre des voies encore plus violentes,
puiſque la premiere rigueur ne leur ſervoit de rien. Si furent les
premiers, qui en la plus profonde paix qu'eut jamais la France, firent voir les étendarts déploïés dedans le cœur du Roïaume
contre les Sujets du Roi, & ouir les tabourins & l'horreur des
armes en la cauſe de la Religion ; menant un Roi enfant en
tel équipage à ſes Etats. Tous prêts dès-lors à ſe défaire des
Princes du Sang (pour les penſer être les ſeuls empêchemens
à leurs eſpérances) & faire jouer une tragédie étrange en ce
théâtre & conſeil ſacro-ſaint de la France, ſi à temps Dieu ne
ſe fût préſenté pour y pourvoir. Là (s'il y eût quelque eſpérance de
remede à cette rage) Dieu leur donnoit à penſer que telles
pourſuites lui déplaiſoient, leur arrachant ce Roi enfant, duquel ils abuſoient, par une mort qui étonna toute la France ;
convertiſſant leurs triomphes en honte ; élevant ceux qu'ils
avoient deſtinés à la mort ; faiſant dès-lors que les Etats, qu'ils
penſoient avoir raſſemblés pour maudire, bénirent & requirent
un traitement plus doux à ceux de la Religion. Mais pour tout
cela rien ; ils ſe retirerent du gouvernement uſurpé ; mais de
leurs maudits conſeils, nullement. La France cependant délivrée de la préſence & tyrannie de ces gens, voulut ſuivre à la
réquiſition des Etats, le moïen ordonné de Dieu pour pacifier les différends de la Religion ; & déja commencoit-on d'y
procéder par une amiable conférence à Poiſſi. Eux, de dépit
de ſe voir envoïés en leurs maiſons, & que Dieu traverſoit
ainſi leurs eſpérances, ſans aucun reſpect des Edits du Roi,
ni de l'autorité des Etats, ni de toutes les Cours de Parle-

ment, partent comme Ennemis étrangers, de Lorraine, se
jettent dedans le Roïaume, & pour lui ôter toute espérance
de repos tant qu'ils vivroient, dès la premiere Ville vont chercher
une compagnie grande de personnes, Sujets du Roi, assemblés
pour prier Dieu sous la protection de ses Edits, & de sang
froid les passent au fil de l'épée. Aïant commencé par ce massacre, couverts de sang & écumant la rage le long des chemins,
ils passent jusqu'à la Cour en armes découvertes & se saisissent
du Roi. Et dès-lors ouvrent la porte aux troubles & aux confusions, pour perdre & mettre en cendre plutôt tout l'Etat jusqu'aujourd'hui, que de souffrir qu'il soit permis à personne d'ouir
l'Evangile & servir purement Dieu. C'étoient tyrannies barbares
& façons d'ennemis, lesquelles déplaisoient aux bons François. Et
de fait, nos Rois & leur conseil n'étoient pas plutôt délivrés de
ces tyrans (comme il advint par la mort du pere, chef de cette
conspiration) que soudain on voïoit la paix revenir à la France
& la tranquillité. Mais les Oncles demeuroient complices & les
premiers auteurs de cette entreprise, & puis le défunt laissoit des
enfans déja grands, saisis avec le nom & les armes, des espérances,
conseils & fureur de leur pere, & qui n'avoient pas faute de soufflets à leur ambition & de bons enseignemens en leur Oncle le
Cardinal. Ainsi par la mort avenue au pere, la France ne fit
que goûter le bien & le repos qu'elle auroit, si du tout elle
étoit affranchie de la présence de ces gens ; aïant bientôt après
senti & connu par expérience qu'il ne lui falloit attendre que
misere & ruine, tant qu'elle en nourriroit dedans son sein un
seul avec autorité. Les Enfans donc avec les Oncles embrassent
la premiere résolution, & déja le désespoir donnant une nouvelle ardeur à leurs espérances, s'ils laissoient les affaires en la
paix (par laquelle ils voïoient le rétablissement des Eglises &
tout ensemble l'unique fondement de leurs espérances se ruiner peu à peu), ils reprennent le flambeau pour allumer la
guerre autant de fois que la commisération du Roi & les bons
conseils des naturels François, qui restoient près de sa personne, y apportoient l'eau, la prudence & la douceur pour l'é-
teindre. Sans que le sang ruisselant par tant de fois en tous les
quartiers du Roïaume, le sac de tant de Cités, les désolations
des Provinces entieres, les cris & larmes de tant de Peuples
& innocens, aient jamais pu alentir & relâcher d'un seul point
cette résolution furieuse de perdre & renverser plutôt tout l'E-
tat. Et puis encore voïant que toutes ces cruautés par la voie

de la guerre ouverte ne ſervoient de rien ſur un parti qui ſe
montroit notoirement ſoutenu contre tant d'efforts , par autres
mains que celles des hommes ; l'endurciſſement & la rage s'augmentant toujours (comme c'eſt la coutume aux adverſaires jurés de l'Egliſe) & parachevant de dépouiller leurs cœurs de
toute raiſon, de tout honneur & humanité ; ils prennent le
conſeil de perfidie, & de ſimuler la paix & la reconciliation ,
pour envelopper en la rets les innocens par les Villes, & inciter les Peuples avec tout abandon, ſous le nom de zele de
Religion Catholique, de leur courir ſus, maſſacrer ſans pitié
hommes, femmes & enfans, couvrir les rivieres de corps morts,
avec tant de cruautés que le ſoleil n'avoit encore jamais vu au
monde choſe ſemblable. Et lors c'étoit fait de nous, s'il ne ſe
fût trouvé en haut un Juge pour tenir ces loups enragés par
le cordeau, & ne les ſouffrir parvenir juſqu'à la ruine de tous,
comme ils avoient projetté. Ils voient donc encore cette fois
leurs conſeils perfides ne pouvoir rien contre le Peuple de Dieu ;
bien que ces Pharaons & Egyptiens plus que barbares penſent
beſogner ſagement ; car ils nommoient ainſi leur perfidie. Mais
tant plus ils affligent le Peuple de Dieu & plus il s'accroît & multi-
plie. On eſt encor contraint de nous donner la paix,& ſe voïoit en
apparence au cœur du Roi, plus pitoïable & amateur de ſes
Sujets, une déliberation d'établir un bon & ferme repos en ſon
Etat. Cela fut le dernier morceau à ces traîtres pour les faire
forcener, & jetter leur rage à ſon dernier point. Car, en ce déſeſpoir, ils arrêtent de n'être plus retenus de reſpect aucun, de
ne ſe ſouvenir plus qu'ils étoient Sujets dedans le Roïaume, &
ſous le commandement du Roi : ains eux-mêmes d'être ouvertement Chefs de parti, de s'aſſurer de plus de Villes qu'ils pourroient, tirer les criminels & mal-contens à leur parti par grandes eſpérances. Si c'étoit le chemin pour ſe faire Maître abſo-
lument, nous le laiſſons à voir par les Déclarations du Roi,
comme il a été dit. Mais c'eſt toujours ſous le nom de Religion
& de Ligue contre les Egliſes de Dieu : leſquelles faiſoient à
leurs têtes un continuel mal de rage, de voir leur repos & leur
accroiſſement. Pour dire que ce fut zele aucun de Religion qui
leur fit prendre une telle voie ſi étrange & ſi pernicieuſe à l'E-
tat, & ajouter encor cela à leurs cruautés, maſſacres, perfidies,
exercées par tant d'années ; il n'y a nulle apparence. Combien
que de ce beau prétexte ils s'efforçaſſent de gagner les courages
des Peuples, & envelopper en leurs conſpirations les Catholi-

ques Romains. Car il n'y a point de Religion (fi ce n'eft celle du diable, meurtrier & perfide dès le commencement) qui enfeigne telles voies; & les bons Catholiques Romains fe feroient trop de tort de dire que cela foit de leur religion. Davantage les actions & déportemens des Chefs & principaux de cette Ligue, quand ils feront bien épluchés, ce zele du fervice de Dieu s'en trouvera bien loin. N'eft-il pas ainfi que le Pere & l'Oncle, pour mettre toute matiere en œuvre en leurs deffeins & efpérances, eurent propos avec les Proteftans d'Allemagne, & donnerent affurance de tenir la confeffion d'Augsbourg, tant ils étoient affectionnés Confeffeurs de la Foi Catholique Romaine ? Et les enfans, fuivant cette inftruction, n'ont-ils pas follicité le même envers les Princes, qui font encore vivans? Combien fe trouvera-t'il encore de témoins des pourfuites faites envers les Particuliers des Eglifes en Normandie & ailleurs pour les tirer à eux, avec toutes promeffes d'affurances d'une pleine liberté pour la Religion? Tant y a que fous ce beau nom de zele de la fainte Foi Catholique, la Liguë fut faite à leur pourfuite contre les Eglifes de Dieu, de ne ceffer jamais qu'ils n'euffent exterminé jufques au dernier ; & avec des articles d'inhumanités & cruautés fi horribles & fi enragées contre ceux même qui feroient en moindre foupçon d'avoir quelque refte de compaffion & d'affection de parens ou amis envers nous , qu'à peine la poftérité pourra croire qu'un tel monftre de conjuration ait été jamais né, non point en la France, mais entre les Scythes, Canibales ou autres Barbares. La réfolution étant de forcer le Roi, de rompre fes Edits, & de leur quitter fon authorité & fa puiffance, afin d'exécuter à pleins defirs toute leur rage. Il eft fait comme il avoit été penfé. Ils prennent les armes contre le Roi, foulevent les Villes, mettent tout en confufion; tant que le Roi eft contraint de revoquer fes Edits, & en faire de contraires, & laiffer courir ces Barbares avec nouvelles armées, & en entier abandon deffus nous. Et depuis comme ils fuffent entrés en opinion que le Roi (à caufe de fon naturel plus doux & plus enclin à pitié envers fon pauvre Roïaume, que l'on perdroit pour nous perdre) ne faifoit point affez à leur appetit : ils le vont chercher pour la feconde fois avec les armes & les ménaces : le chaffent de fon fiege, le courent, & le reduifent à la néceffité de fe mettre en leur puiffance, afin d'avoir tout ce qu'ils pouvoient defirer pour nous engloutir du tout. Et c'eft maintenant pour la cinquiéme

année que ces bêtes enragées, avec toute licence, volent, for-
cent, maffacrent, faccagent, fous le nom de Religion, tout
ainfi qu'il leur plaît. Et pour clorre le dernier acte de cette tragedie : comme l'ouverture eut été faite des Etats (chofe de laquelle le feul nom a été toujours facré & de refpect en ce Roïaume) eux qui étoient déja en poffeffion de renverfer tout ordre,
pratiquent par les Provinces, & font députer leurs Partifans
par toutes fortes de brigues, pour amener là leur conjuration,
& faire ratifier ce qu'ils avoient fait ou pourroient faire, fous
le nom d'ordonnance des Etats : faire paffer en arrêt irrévocable la deftruction entiere du Peuple de Dieu : y faire emploïer
toutes les forces du Roïaume, & donner fi bon ordre, que le
Roi n'eût plus de pouvoir, fi jamais la pitié des miferes de fes
pauvres Sujets le vouloit induire à la pacification. Voilà la
haine & la fureur de cette maifon contre les Eglifes de Dieu,
de Pere en Fils, depuis quarante ou cinquante ans. Or, Dieu
en a enduré tant qu'il lui a plû : mais il n'a pas laiffé de mettre les
larmes de fes pauvres enfans en fes phioles, & faire régiftre de
tant d'outrages, & de tant de fang épandu, pour en faire juftice en leur temps.

Maintenant pour parler de notre Etat, au tems de ce jugement
de Dieu, on peut bien voir que nous étions pauvres brebis deftinées & liées pour l'occafion : & que ces laqs étant ainfi
tendus, & la rage fi embrafée, ils n'euffent pas beaucoup tardé
en apparence, à nous déchirer & devorer tous. C'étoit de fait
leurs efpérances ; & les voïoit-on déja chanter le triomphe, &
partager nos dépouilles. La guerre fi cruelle de tant d'années,
& avec fi petits moïens de notre part de la foutenir, ne pouvoit
que nous avoir reduits à toutes extrémités. Les torrens avoient
paffé & repaffé deffus nous, & à la longue il falloit que nous
en fuffions entierement engloutis. Ce qui avoit été efperé de
fecours des étrangers, s'en étoit allé en fumée ; & pour ce que
l'on y avoit mis par trop fa fiance, ç'avoit été le rofeau d'Egypte qui s'étoit rompu en notre main, & nous avoit bleffés : c'eft-
à-dire, apporté plus de dommage que de profit à notre caufe.
D'Eglifes deçà la riviere de Loire, à peine en voïoit-on plus
les traces : la plûpart s'étant affervis, & pris le joug des Idoles
pour la crainte : les autres en petit nombre, ou cachés, ou errans par les païs étrangers, en beaucoup de miferes. Nos biens
faifis, gâtés, & le fond prêt à vendre. Les feux déja rallumés à
Paris & autres lieux, où il s'en trouvoit aucun qui fit confeffion

de Jefus-Chrift. Des armées toutes fraîches déja dans les Provinces, pleines de menaces & de moïens, pour achever de perdre ce qui reftoit à perfonnes foibles de nombre & de moïens, & travaillées d'une fi longue guerre fans relâche. Les ennemis au-deffus de leurs efpérances, ayant tout à fouhait, poffedans le Roi, fon autorité & tous fes moïens. En fomme c'étoit fait de nous en apparence : tout le monde en jugeoit ainfi : nos parens & amis ne nous difoient autre chofe, & ne nous reftoit en ce défefpoir que les larmes, les fanglots & gémiffemens pour les élever à Dieu.

Or, en un tel befoin le Seigneur s'eft montré d'en haut, il nous a tendu la main pour nous tirer de ces gouffres, & a commencé fes jugemens. Et voici en quoi.

I. Son indignation fur cette maifon meurtriere a été premierement en ceci, que les peres & enfans brûlans d'ambition, & s'étant ofé promettre avancement par notre ruine; Dieu les a abondonnés aux cupidités de leurs cœurs, endurcis & aveuglés de cette rage, pour leur faire perdre toute raifon & tout refpect, afin d'attenter fur l'Etat & fur la perfonne du Roi, des chofes qui ne furent jamais ouïes en cette monarchie depuis douze cens ans, que les fondemens en furent premierement pofés.

II. Il a voulu que le voile de Religion (qui couvroit par un fi long tems, & ôtoit aux yeux d'une partie du monde leurs efpérances, & la convoitife enragée de fe faire Rois) ait été finalement mis à découvert par déclarations folemnelles ; afin qu'à jamais la maifon ennemie en porte les flétriffures & le deshonneur.

III. Les a conduits jufqu'au plus haut de leurs deffeins, à un pas de l'accompliffement de leurs efpérances, pour être pleins d'orgueil & de triomphes, bravans toute la terre, & le Roi même ; afin de leur faire prendre le faut plus lourdement, & trébucher au plus profond d'ignominie extrême.

IV. A ordonné que les Chefs fuffent ôtés du monde (qui déja ne fuffifoit pas à leurs prétentions) non point par mort en leurs lits, ou en l'honneur d'une bataille, ou par exécution de juftice ordinaire ; mais étant affommés comme bêtes enragées, caufes de tant de maux, & déja approchées de trop près du Roi, pour l'engloutir & fa Couronne.

V. Que ceux qui demeureroient vivans, fuffent en montre à chacun, avec l'écriteau fur le dos d'ennemis de l'Etat, confpirateurs & criminels de Leze-Majefté en tous fes Chefs; & comme tels pourfuivis. C'eft la maifon, laquelle avoit de Pere en Fils, jetté fur nous calomnieufement ce crime, que nous tendions à nous délivrer de la fujettion des Rois, & à cette clameur avoient ému les cœurs & des Rois & des Peuples à nous perfecuter. La calomnie, par le jufte jugement de Dieu, eft retournée fur leurs têtes; & tout ce, dequoi les bons François murmuroient fi longtems avec tant de juftes occafions, eft finalement averé contre eux aux yeux de tout le monde. Ils avoient procuré la malencontre aux autres, ils l'ont trouvée; ils avoient maffacré, ils ont été maffacrés; avoient aimé le fang, ils ont rendu ce qu'ils en avoient bu, & ont été vautrés en leur fang.

VI. Par tant de fois ils avoient tiré & forcé l'autorité du Roi à détruire les autres; & par l'autorité du Roi, forcé par la neceffité de fa confervation, ils ont été défaits & détruits.

VII. Les Etats étoient leur affemblée proprement pratiquée pour faire donner fentence de meurtre & de ruine, fans plus de miféricorde, fur le Peuple de Dieu; & ç'a été le lieu de la fentence donnée par le Roi à leur ruine.

VIII. C'étoit l'amas des Chefs des Ligues, & leurs plus confidens Miniftres de leur domination efperée, gens choifis à la main, & deputés pour s'établir, & toutes leurs efperances à la pluralité des voix; & c'étoit le confeil de Dieu de les amener-là tous, comme aux filets de juftice, pour en avoir la raifon, & délivrer les Provinces de crainte.

IX. C'étoit le Théatre qu'ils penfoient avoir dreffé pour y abattre l'autorité du Roi, & en être revêtus; & ç'a été le théatre auquel Dieu les a produits en prefence de toutes créatures, pour y recevoir fes jugemens, & la peine de l'inimitié jurée à l'encontre de Sa Majefté & de fes pauvres enfans. En fomme ils avoient foui la foffe pour les autres, ils y ont été précipités; ils avoient tendu les laqs, ils y font demeurés; ils aiguifoient les armes pour couper gorges, leurs fléches & leurs couteaux ont été tournés à l'encontre d'eux mêmes.

X. Ils avoient voulu exterminer, & les perfonnes, & le nom, s'il eut été poffible, des ferviteurs de Dieu; & eux ont été dépêchés, fans tombeau, fans honneur de fépulture, fans que l'on fache qu'ils font devenus, pour être leur mémoire abolie d'entre les hommes à jamais. O Dieu, que tes jugemens font admirables, & ta puiffance à redouter!

Auparavant

Auparavant Dieu avoit déploïé fon bras fur l'armée Efpagnole, & brifé l'orgueil, & la force d'autres ennemis fur la mer.
Et faut que cela foit encore mis en compte. Car, dès-lors Dieu
commença de fe mettre au Siége pour faire la juftice de ceux-
ci, ayant abattu le principal apui de leurs efpérances, & délivré de crainte ceux à qui il appartenoit de fe venger, & être
Miniftres de l'œuvre que Dieu vouloit faire. C'étoit l'armée
invincible, comme on la qualifioit (1), l'orgueil du monde, la
fraïeur des Ifles & de tout le Nord, qui faifoit voile, non point
en doute qu'autre l'ofât jamais approcher ; mais en pleine affurance d'aller tout à fon aife mouiller les ancres aux ports abandonnés d'Angleterre, & n'avoir autre affaire que de prendre la victoire, & de s'établir. Flotte qui portoit non-feulement la fierté
de la plus fuperbe Nation du monde, mais avec, l'or, & la
cruauté des Cannibales, ou plutôt la fienne propre originelle,
qui a mis en déferts les Ifles de l'Occident, pour exécuter fur la
Reine d'Angleterre, & fes Sujets, & les pauvres Eglifes réfugiées qu'elle a reçues entre fes bras, une deftruction épouvantable. Armée navale que le Saint Pere de Rome avoit benite (felon qu'il eft le Dieu prétendu, autant de la Mer que de la Terre)
ou plutôt en laquelle il beniffoit fon ame, pour être ce qui lui
reftoit plus d'efpoir de revoir jamais les tributs regrettés de
l'Albion. L'efpérance des Ligueurs de France, à laquelle ils
aprêtoient les Ports de leur Patrie, par fieges des Villes du Roi.
Le fignal de rebellion, qui leur fit lever les têtes fi indignement
contre la Majefté du Roi ; mais qui à vrai dire, felon que Dieu
en avoit ordonné, précipita leurs entreprifes, & par fa ruine
hâta leurs malheurs. Certes, ces grands & fuperbes deffeins des
humains font la matiere des exploits pleins de gloire du grand
Dieu. C'eft le Dieu de la Mer & de la Terre ; ce font les ref-
forts de fa domination. Il fit ouir fa voix d'en haut, & prit pour
miniftres de fa vengeance, la fraïeur, les vents & les ondes. A
la premiere vûe de la terre ces courages fuperbes tremblerent,
qui déja, d'efpérance, devoroient l'Angleterre, il y avoit fept
ans ; le vent de leurs vaines attentes fut diffipé par les vents ;
l'apparcil de tant d'années, & l'amas des forces de tant de païs,
brifées & écartées en trois jours. Les brigands des Peuples,
fuïans fans retraite, qui plantoient de fi longtems leurs enfeignes, & le fiege d'une nouvelle conquête dedans la Ville capitale du Païs, & ceux-là confumés de famine & de pauvretés

(1) On a parlé plus haut de cet armement & de ce qu'il devint.

dedans leurs vaiſſeaux, qui embraſſoient déja les richeſſes & les dépouilles du Nord. Se voïant les uns les autres enſevelir dedans les ondes, oïans les cris épouvantables de leurs amis, qui couloient en fond : eux qui avoient pour réſolution d'emplir le Ciel des cris lamentables des Peuples innocens qu'ils avoient déja deſtinés à l'occiſion. En un mot (ſi toute fois en un mot ſe peut dire choſe ſi grande,) les Egyptiens, pour la ſeconde fois avec tout leur appareil, étoient venus en la mer, en eſpérance de perdre & détruire l'Egliſe de Dieu innocente. Les Egyptiens, pour la ſeconde fois, ont été avec tout leur équipage engloutis & enſevelis en la mer par la tourmente. Même Dieu chaſſant par les Orcades, l'Irlande & Iſles plus lointaines, les reliques de ce naufrage, afin de faire tous Peuples, voire les plus barbares, ſpectateurs de ce bris, & enſemble de ſa juſte indignation ſur les braves & orgueilleux du monde, qui avoient oſé attenter contre Sa Majeſté, & contre le Peuple & les Roïaumes qui le ſervent; Et encore à ceux qui reſtoient, ayant mis le cercle en leurs narines (comme il fit à Sennacherib) & une bride en leurs levres, pour les ramener par la voie par laquelle ils étoient venus; & les faire voir à leur Roi, & à tout ſon Roïaume honteux, les viſages haves & effroïables de pauvretés, de maladies, périſſans entre les bras de leurs amis, les équipages tous fracaſſés, pour les rendre confus des iſſues épouvantables de leurs maudits conſeils. O Dieu, tu es reſplendiſſant & redoutable par-deſſus les montagnes de proie, par-deſſus la fierté & puiſſance de ces brigands des Peuples. Les robuſtes de cœur ont été dépouillés ; ils ont dormi leur ſomne, & tous les hommes de guerre n'ont point trouvé leurs mains. O Dieu de Jacob, le chariot & le cheval ont été endormis par ton incrépation. Tu es terrible, toi; & qui pourroit conſiſter devant toi, depuis que ton ire eſt enflammée ? Voilà la premiere défaite des ennemis de Dieu, avec leſquels ceux-ci étoient ligués par étroites intelligences; Dieu aïant par ce premier exploit fait voie à la vengeance qu'il vouloit faire en la France, de la maiſon meurtriere.

Or, ces choſes ainſi bien entendues, & le traitement qu'ils ont fait à l'Egliſe de Dieu, & les néceſſités & extrémités où ils l'avoient reduite, & puis la juſte retribution qu'ils en ont reçue ; aviſons comment nous devons prendre le tout. De n'en être ému, la ſtupidité en ſeroit trop grande, comme il a été dit. De nous en fâcher, (comme ordinairement les meurtres

nous faisiffent, apportent l'horreur & la trifteffe.) il n'y a point
de raifon, puifque c'eft une vengeance extraordinaire de Dieu,
qui nous promet bientôt l'iffue defirée de nos travaux, & qui
fera caufe de tant de biens à tout l'Etat de la France. D'en rire
auffi à la façon des prophanes, & infulter aux morts; cela ne
feroit pas beau ni bienféant à perfonnes Chrétiennes, comme
nous avons déja remontré. Aïons donc ici la parole de Dieu
pour conduite & pour inftruction. Et premierement dépouillons
tout notre particulier, pour le regard des injures que cette maifon nous a faites. Il y en a peu qui n'aient à fe plaindre : tous les
maux avenùs par tant d'années peuvent principalement & juftement été attribués à cette maifon. Les uns y ont perdu leurs
biens : les autres en font encore bannis de leur païs : les autres
pleurent tous les jours leurs parens & amis, qui y ont laiffé la
vie : les autres y ont perdu la paix & liberté de leurs confciences, ayant été miférablement affervis aux Idoles ; les plaies
qu'ils ont faites, font en la France par-tout. Mais pratiquans
ici ce qui nous eft commandé, d'oublier les injures, regardons
à Dieu. C'eft lui qui l'a ainfi fait & ordonné ; & de caufes très
juftes de nous affliger, il en a toujours affez. Suffife que fi nous
avons fouffert en cette caufe de l'Evangile, c'eft ce qui nous
avoit été promis, & autant d'honneur que Dieu nous a fait que
nous aïons été participans des fouffrances de Jefus-Chrift notre
Seigneur, pour affurance d'être auffi participans de fa gloire.
N'apportons donc rien ici de l'appetit de vengeance : prions
pour ceux qui reftent ; foïons prêts à les embraffer pour amis
& Concitoïens, s'ils fe départent de ces malheureufes Ligues.
Les vengeances particulieres dépouillées, éjouiffons-nous, &
nous élargiffons, puifque Dieu nous a élargis. Si la joie, en la
confidération des jugemens de Dieu fur fes ennemis, n'étoit
point bien convenable, (comme aucuns eftiment), il n'eut pas
été dit que les Juftes, voïant les vengeances de Dieu, s'en riront.
David n'eut pas protefté de s'en éjouir & égaïer de tout fon
cœur, & n'eut jamais follicité les autres d'en venir rire avec lui.
Le Peuple n'eut pas chanté les Cantiques avec tant de joie,
comme nous en avons les exemples. L'Eglife feme avec pleurs
& larmes, quand il plaît à Dieu ; mais la faifon vient après des
jugemens de Dieu, qu'elle moiffonne avec joie. Mais cette joie,
fi elle ne doit point avoir fa caufe de paffion aucune mauvaife;
il faut qu'elle l'ait d'ailleurs. Et comment? Des beaux témoignages que Dieu nous donne (jugeant nos ennemis) de l'a-

M m m ij

mour qu'il nous porte. Les hommes faisans ces exécutions ont eu leurs raisons : Dieu, qui s'en servoit comme d'instrumens de son œuvre, a eu les siennes pour le bien de son Eglise. Tandis donc que nous le voïons courroucé & détourné de nous, nous étions appellés aux larmes ; maintenant qu'il retourne son bras sur ses ennemis, & commence de nous montrer un visage doux & favorable, c'est une nouvelle clarté qui nous doit être cause de joie : & qui ne s'éjouiroit de voir ainsi punis, avec tant de justice, ceux qui s'étoient déclarés Chefs de parti, à l'encontre de Dieu & de son Eglise ? Ainsi nous nous devons éjouir, mais en Dieu, & sur les argumens qu'il nous donne de magnifier sa grace, sa justice, sa vérité, sa puissance ; afin que la joie, tout ensemble soit à sa gloire, & à notre consolation & confirmation.

D'Exemples des hauts exploits de la justice de Dieu (1), il y en a prou en tous âges ; mais si celui-ci est bien entendu, il les égale, & même les comprend tous ensemble. Pharaon & les Egyptiens endurcis, après tant de plaies, oserent entreprendre de poursuivre par armes le Peuple de Dieu, jusques dedans la mer rouge. Cette poursuite fut leur ruine ; les eaux retournerent sur eux, & en furent engloutis. Jezabel, étrangere, apporta, avec l'idolatrie, la barbare cruauté en Israel, & entreprit de détruire tous ceux qui ne serviroient à ses idoles : la cruauté la rencontra, & fut misérablement tuée, & mise en pieces. Sennacherib osa venir menacer la ville de Jerusalem de sac, & de massacre : inciter les Sujets d'un bon Roi serviteur de Dieu, de se soulever à l'encontre de lui : braver le Dieu vivant à la vue de son saint temple : Dieu le remena par la bride en son païs, fit soulever ses propres enfans contre lui qui le massacrerent comme un bœuf de sacrifice en son temple devant ses idoles. Baltasar, pour combler la mesure de l'inimitié que sa maison avoit toujours portée au peuple de Dieu, & leurs outrages, fait un banquet : & là ivre de vin & de plaisirs voulut encore une fois braver & triompher du Dieu d'Israel sur les vaisseaux de son temple : au milieu de ses triomphes, d'autres le viennent braver, & le priver ignominieusement & de la vie, & de ses Etats. Aman Agagien avoit fait ligue contre le peuple

(1) On a recueilli un grand nombre de ces Exemples de la justice de Dieu, dans un fort bon Ecrit qui a été donné en 1756, sous le titre de *Réflexions sur le désastre de Lisbonne & sur les autres phénomenes qui ont accompagné ou suivi ce désastre* (en 1755 & 1756) *in*-12.

de Dieu, pourſuivi la depêche de la main du Roi de les exterminer tous, juſqu'aux enfans, & déja avoit fait dreſſer le gibet
pour le bon ſerviteur du Roi Mardochée, ſur la calomnie ordinaire de rébellion. L'Arrêt du Roi fut renverſé à l'encontre de
lui & des ſiens : & fut honteuſement pendu en la potence qu'il
avoit fait élever pour les autres : & ſa maiſon flétrie de perpétuelle ignominie. Herodes heritier des moqueries & meurtres
de ſa maiſon contre notre Seigneur Jeſus-Chriſt, oſa émouvoir
une perſécution ſur l'Egliſe : & le faiſoit afin de gagner les
cœurs des Juifs, & aſſouvir ſon ambition. Il monta ſur un
échaffaut plein d'orgueil, pour de là recueillir les acclamations
du peuple & l'honneur de ſes cruautés. Dieu le prit ſur cet échaf-
faut-là en la préſence de tout le peuple, le frappa, & livra ſon
orgueil aux poux & à la vermine, pour en être rongé ignominieuſement. Nous avons ainſi beaucoup d'autres exemples de la
juſtice de Dieu deſſus les perſécuteurs de ſon Egliſe.

Or ceux-ci ont voulu être du nombre, & recommencer les
perſécutions à toute outrance : ils ſont voirement du nombre,
à leur dam, & y ſeront comptés tant que le monde vivra, & ne
ſera pas moins que de ceux-là leur mémoire en exécration à
tous âges. Que ſi encore ils ont ſurpaſſé les autres en cette rage, pour le moins participé à tous leurs faits : la peine eſt auſſi
de même, (ſi nous y voulons prendre garde), & la juſte rétri-
bution communique au ſalaire de tous les autres. Ils penſoient
avoir jetté le peuple de Dieu en la mer, & dedans les détroits
des montagnes : c'eſt-à-dire, émû les ligues & les émotions des
peuples, comme une grande inondation, pour couvrir & engloutir l'Egliſe de Dieu : il leur a coûté la vie d'avoir ainſi émû
les fureurs du peuple. L'Egliſe, par la grace de Dieu, eſt paſſée
& paſſera au travers de ces ondes ſans dommage : les tempêtes
ont été émues par les vents de leur ambition, & ſont venues ſur
eux & ſur leur ſuite. Ils étoient étrangers, & en la France (tant
éloignée les âges paſſés de toute cruauté & meurtres ſur les Citoïens) ils ont, avec les eſperances d'y donner la loi, amené la
cruauté, & ſouillé la blancheur de notre lis de leurs meurtres :
la cruauté (puiſqu'ils la nomment ainſi) les a trouvés, & ont
été meurtris. Ils avoient émû les cœurs des Princes, & ſoulevé
les peuples pour exterminer : les cœurs enfin ont été émus de
ſe délivrer de leurs entrepriſes par ce maſſacre. Ils étoient au
plus haut de leurs triomphes, l'ambition les avoient enivrés, ils
bravoient le Dieu vivant, & fouloient aux pieds les vaiſſeaux à

honneur de fa maifon : il s'eft trouvé qui les á bravés, & tranché le cours de leurs efpérances , & de leur vie. Ils pourfuivoient pour forcer l'autorité du Roi d'emploïer fes forces pour exterminer une partie de fes fujets , & avoient déja les gibets dreffés fur les bons ferviteurs du Roi : l'autorité du Roi & fa puiffance a été tournée contre eux-mêmes , les gibets ont été pour eux & pour les leurs. C'étoient déja autant de Rois par efperance , qui pour gagner les cœurs & affections des peuples mutins , & fe fortifier en leurs deffeins , s'étoient montrés chefs des perfécuteurs de l'Eglife , aïant par un dernier confeil amaffé leurs Partifans , & préparé le théâtre pour ouir là les voix & acclamations qui les prononceroient , finon Dieu, au moins Rois & Seigneurs avec toute puiffance , & recueillir aínfi les fruits tant recherchés des labeurs & d'eux & de leurs peres. Ç'a été le théâtre où Dieu les a voulu trouver pour les mettre en montre de fes juftes jugemens à toute la terre. Voilà comment aïant renouvellé par leurs outrages fur l'Eglife de Dieu les faits & cruautés des autres ennemis , ils ont fait renouveller tout enfemble fur eux, felon la juftice de Dieu , tout le falaire des autres. C'eft chofe horrible de tomber ès mains du Dieu vivant.

Or, c'eft de la matiere , (comme il a été dit) de remerciemens & louanges à Dieu tant que nous vivrons ; mais c'eft auffi dequoi nous confermer & noter beaucoup de beaux enfeignemens pour notre édification. Et ce n'eft pas peu d'avantages, aïant déja la parole de Dieu & fes promeffes, d'avoir encore l'expérience & les effets de tout fi clairement devant nos yeux , aux chofes qui nous touchent. Après que Pharaon & les fiens eurent été fubmergés en la mer rouge ; il eft dit que les Ifraélites les contemplans fur le rivage morts étendus, & confidérant la grande puiffance que le Seigneur avoit exercée, craignirent le Seigneur , & crurent au Seigneur & à fon ferviteur Moïfe. C'étoit bien prendre l'œuvre de Dieu ; car en ce faifant ils n'étoient pas feulement délivrés d'une très cruelle fervitude des Egyptiens : mais la délivrance fervoit auffi à les délivrer des grandes craintes & défiances qui avoient été en eux auparavant, & des murmures & reproches à l'encontre de Moïfe , pour être mieux appris & confermés à l'avenir des promeffes que Dieu leur avoit faites, afin de fe remettre paifiblement fous fa conduite. Au tems d'Efther , femblablement le Peuple fe voïant fi miraculeufement délivré de la malheureufe confpiration d'A-

man & de fa Ligue, reçut pour ordonnance d'avoir un jour de
fête tous les ans, auquel feroit célebrée la mémoire de cette délivrance : reconnoiffant qu'il y avoit pour eux & pour leur poftérité du fujet affez de recommencer tous les ans à louer Dieu,
& mediter en cette œuvre pour leur inftruction. Ifaïe prédit le
retour de la captivité par de grands jugemens & vengeances
que Dieu devoit exécuter fur les Chaldeens : mais tout enfemble il prévient ces tems-là de beaux enfeignemens que le Peuple d'alors auroit à recevoir par la confidération de jugemens
fi admirables. Et en l'Eglife Chrétienne il eft recité par S. Luc
Act. 12, 24. que la vengeance de Dieu fur Herodes fut fuivie
d'un très grand accroiffement. C'étoit bien par les grands devoirs que les Apôtre faifoient de prêcher l'Evangile : mais le
coup que Dieu frappa fur ce tyran y fervit auffi beaucoup, ré-
veillant l'attention d'un chacun à la Doctrine que Dieu con-
fervoit par telles merveilles. Bref, cela fe voit en David & aux
autres, que quand ils fe mettoient à chanter & glorifier Dieu
pour quelques jugemens fur leurs ennemis, c'étoit toujours y
ajoutant les belles méditations de la juftice de Dieu, de fa vérité & de fa puiffance : afin de fe confermer & en laiffer les inftructions à l'Eglife. Tous ces exemples nous difent ce que nous
avons ici à faire, quand Dieu befogne auffi devant nos yeux
extraordinairement fur fes ennemis : c'eft de prendre fon œuvre
comme un champ ouvert de difcours faints & amples méditations qui nous fervent pour toute notre vie.

Commençons par la procédure que Dieu a ici fuivie. Il a fait
juftice : mais non pas du premier coup, ni fitôt que les premieres réfolutions & confeils des ennemis l'avoient merité. La verge a premierement paffé fur l'Eglife, & y a été longtems. Re-
connoiffons-là fa providence, & ce qui nous eft dit, que le jugement de Dieu commence à fa Maifon ; & ainfi ne trouvons
point étrange une autre fois fi nous portons la croix les premiers, & fommes exercés de diverfes tribulations, cependant
que Dieu différe de fe venger.

Des caufes de cette condition nous les pouvons bien connoître par une fi longue expérience. C'eft la raifon que nous
foïons admoneftés & châtiés les premiers de nos fautes : que
Dieu nous humilie, & par ce moïen nous rende mieux difpofés à embraffer fa grace : qu'il nous éleve au defir & attente d'une
vie meilleure : qu'il nous donne occafion de l'invoquer & dépendre de lui ; qu'il aide à dompter notre chair par trop rebel-

le ; qu'il exerce notre foi ; qu'il nous honore des souffrances de l'Evangile, & nous rende conformes à Jesus-Christ, premierement en ses afflictions, afin que nous le soïons puis après en sa gloire ; qu'il se prépare en nous la matiere, à la vertu de sa parole, à l'œuvre de son esprit, aux indicibles consolations desquelles il nous fait participans ; qu'il scelle ainsi en nous son adoption & l'assurance de sa béatitude à laquelle il nous appelle ; en somme qu'il soit glorifié par notre patience & en toute cette œuvre de notre salut, lequel il procure & avance par tout ce traitement. Et que pareillement il fasse passer toute l'Eglise en corps par l'épreuve ; qu'il la repurge de beaucoup d'hypocrites & de scandales qui y surviennent. Qu'il se donne le sujet à montrer sa puissance, sa fidélité & sa gloire plus grande aux délivrances des siens. Et pour le regard de ses ennemis, qu'il achemine ses jugemens à être plus justes & plus redoutables.

Aïant tant de causes & si importantes à notre salut & à sa gloire, d'affliger son Eglise, ce n'est point de merveille s'il l'afflige, & si pour l'affliger il lui suscite des ennemis qui soient ses fléaux, son van, sa verge, ses instrumens pour faire son œuvre. Et même pource que tout cela n'est pas l'œuvre d'un jour, mais de plusieurs (selon qu'il est besoin que notre dureté soit domptée, & le tout procede comme par dégrés jusqu'à l'accomplissement) il les tolere quelquefois long-temps ; voire il leur donne de prospérer en leurs desseins, de travailler son Peuple selon leurs desirs & le réduire par fois à de grandes extrémités, quand sa gloire & leur salut le requierent ainsi. C'est ce que nous avons expérimenté de ceux-ci.

Et lors ces procédures de Dieu au gouvernement de son Eglise ne seront pas bien prises de tous. Les Ennemis se glorifieront en leur prospérité & s'éjouiront, pensant que Dieu favorise leurs cruautés & s'endurciront à plus grandes tyrannies. On aura opinion de l'Eglise ainsi tourmentée & foulée, qu'elle n'appartient point à Dieu ; le monde ne pouvant comprendre que Dieu tout ensemble aime & exerce par telles tribulations ceux qu'il aime. Beaucoup d'infirmes en seront troublés & scandalisés. Ce sera une tentation très difficile : nous l'avons vu ainsi.

Mais c'est que Dieu fait son œuvre en son Eglise (comme il parle par les Prophetes) pour les causes que nous avons déclarées, laquelle œuvre aïant achevée, & ses jugemens étant acheminés à leur point ; alors il tourne son bras sur ses ennemis, & fait vengeance. Voilà sa providence en la conduite de son
Eglise,

Eglife, comme il nous l'a fait voir. Et c'eft l'inftruction que nous avons à prendre aujourd'hui, conférant tout le paffé avec ce qui fe préfente : nous étant très utile de nous retourner fouvent en arriere & revoir tout le chemin par lequel Dieu nous a conduits, & maintenant de confidérer les iffues, avec fi claires marques de fa fageffe, de fa juftice & de l'amour qu'il nous porte. Cela connoiffions-nous déja bien par les témoignages continuels qu'il nous en faifoit fentir au temps de nos plus grandes oppreffions ; & n'avons jamais eu faute d'argumens de nous eftimer très heureux fous une fi bonne conduite, quoique le Monde en juge autrement. Mais ce qui demeuroit aucunement couvert à la chair fous ce vifage courroucé, eft maintenant en fa pleine clarté, luifant aux plus aveugles.

Car voici fa juftice, que lorfque l'iniquité étoit parvenue à fon comble, il a frappé, & fait voir que pour avoir toleré fi longtemps les cruautés de nos Ennemis, il ne les approuvoit pas pourtant. Il s'en fervoit pour l'œuvre qu'il avoit ordonnée. Mais eux ne l'eftimoient pas ainfi, étant emportés de cette feule rage de détruire l'Eglife & avancer leurs efpérances. Ils épandoient le fang, & Dieu l'avoit cher, pour le requérir de leurs mains le jour venu. Alors donc qu'ils penfoient avoir bien befogné, & d'être hors de crainte pour s'établir à jamais, Dieu eft apparu en fon trône pour faire juftice, relever les pauvres d'oppreffion, fe mocquer de ces glorieux, & en faire vengeance.

Il ne l'a pas fait fi-tôt, que l'on jugeoit qu'il devoit faire. Les raifons font celles que nous avons ouies. Et puis il eft de nature patient, tardif à ire & de longue attente ; pour voir fi l'inique fe convertira de fa mauvaife voie. Davantage aïant ce jugement fi extraordinaire à exécuter, il vouloit bien y acheminer les affaires, & mettre fa juftice hors de tout reproche. La juftice de Dieu donc a été différée.

Et durant que Dieu differe ainfi de fe courroucer pour fes enfans, il femble qu'il les ait oubliés. Et les contempteurs fe rient de nos gémiffemens, & penfent qu'il n'y a point de Dieu au monde ; ou s'il y en a, qu'il ne lui chaut de ce qui fe paffe ici-bas. Combien de fois fe font-ils mocqués, demandant, où eft leur Dieu ? Mais tout à temps fe montre-t-il au fiege pour faire juftice. C'en fera ici un exemple pour tous âges, afin qu'on l'attende patiemment.

Et c'eft auffi fa façon de procéder, laquelle fe trouve en fes autres jugemens. Pharaon ne fut pas dépêché du premier coup, mais supporté bien long-temps, jufqu'à ce que l'endurciffement fût venu à fon dernier point ; voire il vit fes affaires procéder tellement, quand les Ifraélites s'en allerent enfermer dedans le les montagnes, qu'il penfoit les avoir en fa puiffance pour les exterminer entierement. Alors fe déploïa la juftice de Dieu. Sennacherib avoit pris toutes les Villes du Juda, & mit le Païs en de grandes défolations. Dieu en fupporte encore. Il vient puis après plein d'orgueil menacer la Ville de Jérufalem, & fe mocquer ouvertement des promeffes de Dieu & de l'efpérance du bon Ezechias, & ofe blaphêmer contre le Dieu vivant. Là il fut faifi de la juftice de Dieu, qui le ramene jufques dedans fon temple pour en faire l'exécution. Herodes met en prifon les Apôtres ; il en fait décapiter l'un, il penfe avoir l'autre en fa puiffance pour en faire le femblable : Dieu fupporte tous ces outrages. Et fa profpérité va fi avant, qu'il eft rédoutable à tous fes voifins ; chacun le recherche de paix. En cet orgueil il fe montre à fon peuple en fa magnificence, & prend plaifir d'ouir les acclamations qui le prononçoient Dieu. Dieu l'arrête là tout court, & en fait juftice devant tout le peuple. En nos ennemis s'il ne l'a point fait plutôt, c'eft que fon ftile & façon de procéder en ces grands jugemens eft telle.

Ce n'eft pas que, tandis qu'il attend le jour de fes grandes exécutions, il laiffe paffer les affaires, fans donner à connoître par autres témoignages qu'il gouverne toutes chofes en juftice ; comme en tout le cours de nos perfécutions nous l'avons affez apperçu. Ce n'eft pas auffi que pour le regard de fes grands ennemis, (qu'il fupporte ainfi pour un tems, jufqu'à ce que leur heure foit venue) il ne foit juge. Car lorfqu'il femble fe taire & ne pas penfer à eux, il informe & dreffe leurs procès ; il cave la foffe, & prépare les mortelles armes pour s'en venger. Mais en telles vengeances plus extraordinaires, il veut bien ufer de toutes les formalités que l'on pourroit defirer. Car ce font exécutions qu'il veut propofer aux yeux de tout le monde, & à tous âges. Et pourtant il les veut juftifier, & ne laiffer occafion de penfer qu'il y ait eû de la précipitation, ou de la rigueur trop grande. Il veut, dis-je, que toutes créatures entendent jufqu'au fond toutes les procédures, & lui en foient témoins ; que les plus endurcis contempteurs de fa Majefté en foient faifis & tremblent ; que fon Peuple avec plus d'admiration les contemple & en foit fortifié. Voilà donc ce que Dieu a fait auffi en cette exécution.

1589.
DISCOURS OU
INSTRUCT.

ET voici par exemple en ce jugement de point en point, ce que l'Ecriture veut que nous sachions des effets de la justice de Dieu : si nous y prenons garde. 1°. C'est de la justice de Dieu de faire grace aux humbles, & de resister aux superbes & orgueilleux pour les confondre. Et de-là vient que l'orgueil va coutumierement devant la ruine. Vous trouverez cela en ce jugement ici. Les méchans, verdissent & prosperent en leurs voies ; ils sont hauts & droits comme les sapins sur les hautes montagnes : leur grandeur est effroïable à tout le monde. C'est la justice de Dieu que cela ne soit que pour un tems. Car il souffle dessus & les renverse en extrême ruine ; & si vous allez voir le lieu puis après, vous ne le trouverez plus. Nous en avons ici l'exemple. 2°. Les hommes outrageux & de sang n'achevent pas leurs ans. C'est un autre arrêt de la justice de Dieu. Voilà comment il en a pris à ceux-ci. Ils s'élevent & font rage ; mais toute cette colere de l'homme retourne à la louange de Dieu. Telle est aujourd'hui la gloire de Dieu & sera à jamais, de ces Chefs de la Conjuration contre sa Majesté. 2°. Les méchans pensent caver finement la fosse aux justes ; ils la cavent pour eux-mêmes : ils dressent les embuchemens aux innocens, ils y sont pris. Ils se pensent sages & besogner prudemment contre les autres : Dieu affolit leur sagesse & renverse leurs pourfuites à l'encontre d'eux-mêmes. 4°. Ils fouragent & partagent les dépouilles des autres ; il avient puis après qu'eux-mêmes sont fourragés & dépouillés. Ils se haussent en espérances, & se promettent les couronnes & les sceptres ; mais fussent-ils élevés comme l'aigle, & eussent mis leur nid entre les étoiles, si est-ce que Dieu les arrache de-là avec ignominie. Et quoi plus ? 5°. Leurs entreprises osent bien aller jusqu'au Ciel : ils font la guerre à Dieu & à son Eglise ; se persuadant que leur pouvoir est d'empêcher que Jesus-Christ ne regne. Là ils trouvent que Dieu leur est partie formelle ; celui devant lequel les montagnes tremblent ; qui a le feu dévorant devant lui : qui parle, & tous ses ennemis sont réduits à rien. C'est de sa justice de faire vengeance, & retribuer à ses ennemis. Nous voïons par expérience qu'il en a pris ainsi à ces pauvres misérables.

Et jamais ne sera que de cette justice de Dieu on ne prenne exemple, comme faisoit David & les autres, de celles de leur temps ; & que ce ne soit la preuve & vérification de ces belles sentences que nous lisons en ces Pseaumes. Que pour certain les méchans trébucheront en enfer, & toutes gens qui ne pen-

N n n ij

fent point à Dieu. Car le pauvre ne fera point toujours oublié, & l'efpérance des affligés ne périra point à jamais. La malice mettra à mort les méchans ; & ceux qui haïfſent le jufte feront dépêchés. Le Seigneur leur retribuera leur outrage, & les détruira par leur propre malice : voire le Seigneur les détruira. Ils ont tourmenté l'Eglife dès fa jeuneſſe, ils ont labouré fur fon dos & allongé leurs raies. Mais le Seigneur jufte Juge a coupé le cordeau des méchans. Tous ceux qui ont Sion en haine feront confus & reculés en arriere. Et toutes les autres belles fentences de la juftice de Dieu que nous voïons ici vérifiées.

Une des principales injures de ces ennemis & des plus griéves, étoit que calomnieufement ils nous impofoient que nous étions rebelles, & ne tendions qu'à nous mettre hors de fujétion, ou d'en élever d'autres au lieu du Roi. Ça été l'artifice & le flambeau pour embrafer de haine les cœurs des Rois. Or voici le jufte jugement de Dieu, felon fes promeſſes. Enfin Dieu a fait connoître au Roi, qui étoient les cœurs rebelles & ennemis de fon autorité ; & de qui étoient les trames & les deſſeins qui s'ourdiſſoient dedans fon Etat pour le dépoſſéder. Ces calomniateurs y ont été furpris ; & le mal, que nous ont procuré les fauſſes langues, eft venu fur elles. Ainſi le Seigneur a commencé de mettre hors nos juftices, & pourfuivra fans doute de les mettre à la pleine clarté du midi.

Durant la profpérité & les triomphes de ces meurtriers d'une part, & nos grandes & longues oppreſſions de l'autre, les affaires de la fociété des hommes étoient en confus. Il fe faifoit d'étranges jugemens par le monde, comme nous en avons parlé. Car on difoit qu'il falloit bien que Dieu nous eût déboutés de ce que nous prétendions être fon Eglife, puifque tant de malheurs nous fuivoient ; & que les autres, qui étoient à leur aife & profpérans en leurs confeils, fuſſent mieux fondés en la vraie religion. Si autres avoient quelque meilleur fentiment de notre bon droit, la plûpart ou ne favoient que penfer des perfonnes fi agitées & tourmentées, ou bien fe laiſſoient aller aux opinions du monde aveuglé. C'étoient des troubles & occafions de révoltes à beaucoup. Or c'étoit de la juftice de Dieu ne laiſſer pas plus long-tems les affaires en ces défordres & confufions. Il a donc voulu lui-même être le juge de ces différends, & lever les doutes. Il s'eft mis au fiege, & a prononcé en effet de fes ennemis, & de ceux qu'il aime & approuve. Il a donné au jufte matiere de s'éjouir, lui faifant voir cette vengeance ; & occa-

ſion à un chacun de dire, » certainement il y a fruit au juſte ;
» certainement il y a un Dieu qui juge en la terre. *Pſeaum.*
58. 11.

Que Dieu n’ait été auſſi courroucé contre nous, & que ce ne
ſoit auſſi de ſa juſtice que nous avons été affligés : il ne ſe peut
nier. Car nous l’avons par trop offenſé. Mais non que les ennemis
nous fiſſent la guerre pour cela, ou que nous ne fuſſions en une
bonne cauſe. Auſſi a été & eſt ſa juſtice ſur nous d’une façon,
& ſur eux d’une autre. Car elle nous eſt à ſalut, & d’une main
paternelle ; & ſur eux à ruine, & d’une main qu’ils ont aſſaillie
comme ennemis. Les iſſues (comme elles ont commencé) le
feront de plus en plus connoître. Il a donc pris le calice de ſon
ire en ſa main, il nous y a fait boire, & autant qu’il a été beſoin
pour nous donner l’amertume & la douleur de l’avoir offenſé.
Mais après que nous y avons eu bu les premiers, il l’a voulu
préſenter à ceux-ci ſans meſure, & le fera encore à leurs ſemblables, pour en boire juſqu’à la lie, & en être enivrés, afin
de trébucher ſans qu’ils ſe rélevent. Voilà comment nous devons
conſiderer la juſtice de Dieu. Or ainſi périſſent, Seigneur, tous
tes ennemis ; & ceux qui t’aiment ſoient comme le ſoleil quand
il ſort en ſa force. *Jug.* 5. 31.

Maintenant conſidérons la grande puiſſance de Dieu en ce jugement. Car l’une & l’autre ſont enſemble en l’exécution de ſes
vengeances. Or voici comment Dieu a accoutumé de procéder
en telles œuvres extraordinaires, pour y faire voir ſa puiſſance
plus claire & plus glorieuſe. C’eſt de laiſſer tomber ſon Egliſe en de
grandes néceſſités & extrêmités ; d’élever ſes ennemis, & les ſouffrir faire leurs grands appareils & approcher de leurs eſpérances. Et
encore lorſqu’il veut beſogner, de mettre à part les aides & moïens
extraordinaires, & ce qui ſeroit pour dérober quelque portion
de l’honneur de l’œuvre. Exemples. Quand en Egypte Dieu
eut réſolu de mettre ſon Peuple hors de la ſervitude & puiſſance de leurs ennemis, après quelques débats avec Pharaon,
qui ne ſervirent qu’à l’endurcir, il donna le jour au Peuple pour
partir d’Egypte. Or y avoit-il un chemin à gauche bien aiſé
pour s’en aller en Chanaan ; mais Dieu leur commanda d’en
prendre un autre qui les menoit perdre en apparence. Car là le
Peuple ſe trouva dedans les détrois des montagnes, & la mer
rouge qui lui fermoit le paſſage : comme ſi on conduiſoit une
compagnie de perdrix en la tonnelle : Quand ils ſe virent là ils
appréhenderent leur mort certaine, & euſſent voulu n’être ja-

1589.

Discours ou
Instruct.

mais partis d'Egypte. Les Egyptiens auſſi les ſachant là , jugerent
qu'ils ne pourroient jamais leur échapper. Là donc Dieu les avoit
enſerrés & conduits comme ſur le bord du ſépulchre, afin de
les vivifier plus puiſſamment, & rendre la délivrance plus admirable. Le même en la délivrance de la Servitude de Babylone.
Les ruines des Juifs furent incroïables par tout le Païs ; & encore ſi peu qu'il en reſta, échappé à l'épée, à la famine & à la
peſte , eſt tranſporté de ſon Païs & diſperſé entre les nations :
là où il eſt en opprobre , mâtiné & tourmenté avec toute licence.
On voit ce qui eſt dit de ce pitoïable état par les Prophetes ,
quand l'Egliſe eſt faite ſemblable à un ver de terre, que les paſſans foulent aux pieds , à des hommes morts, à une multitude d'os
déjettés çà & là hors les ſépulchres. *Iſai*. 41. *&c. Ezéch*. 37. Et
cette condition n'eſt pas de peu de jours ; elle dure ſeptante ans.
Qui n'eut penſé que c'étoit un Peuple perdu ſans reſſource ?
Or Dieu les avoit réduits à cet état pour beaucoup de raiſons ;
mais celle-ci ſe trouva entre les autres, qu'en la délivrance la
force & vertu de Dieu fut plus glorieuſe. Voilà la même façon
de laquelle nous avons été menés. Car Dieu, nous a voulu abbattre & nous réduire juſqu'au tombeau , devant que ſe montrer
libérateur en pleine puiſſance.

Il y eut davantage en ces premieres délivrances de l'Egliſe.
Car ſi le Peuple étoit réduit comme à un dernier déſeſpoir , &
aſſiégé de toutes parts de difficultés , ſans voir les moïens d'é-
chapper ; les ennemis d'autre côté avoient toute la puiſſance entre leurs mains , & rien ne manquoit à leurs eſpérances. Pharaon arme tout ſon Peuple , il a ſix cens chariots d'élite , avec
tous les autres chariots de guerre du païs, Il s'en va après un
pauvre Peuple déſarmé , qui n'avoit jamais manié que le mor-
tier & la truelle. En Babylone le Peuple ainſi ruiné , eſt tenu
captif par le Monarque de toute la terre , auquel tout obéiſſoit,
Quelle eſpérance d'échapper de ſes mains ? Or tel étoit l'état de
nos ennemis , comme il a été déja repréſenté. Nous n'étions à
ces ſuperbes de moïens & d'eſpérances, que vers de terre, qui
ne pouvions durer trois jours,

Et encore en telles délivrances Dieu a mis coutumierement
les aides & les moïens humains à part. S'il s'en eſt ſervi, ç'a été
toujours de peu contre une grande puiſſance contraire : & même de telle ſorte , qu'il paroiſſoit toujours que l'œuvre étoit
de Dieu ſeulement, qui ſe ſervoit de ces moïens contre toute
eſpérance, Non point par armée , ni par force ; mais par mon

efprit , dit le Seigneur des armées , *Zach.* 4. 6. Ce ne fera
point à vous de batailler en cet endroit , difoit le Prophete à
Jofaphat : 2. *Chron* 20. 17. Affiftez feulement , demeurez &
voïez le falut du Seigneur. C'eft un ordre que Dieu tient plus
volontiers. Or voilà encore ce qu'il a fait pour nous. S'il y eût
emploïé les armes étrangeres , ou autres moïens de notre part :
ç'eut été autant d'empêchemens pour éblouir les yeux du
monde , & leur ôter la vue de la grande puiffance , laquelle il
vouloit déploïer en notre faveur. Il a voulu donc que tous autres moïens ceffaffent : & ainfi s'eft difpofé le temps & l'occafion pour befogner puiffamment.

I. Or voici en quoi nous devons confiderer fa puiffance. Ç'a
été toujours un grand effet de la puiffance de Dieu , lorfque
les hommes avoient bien confulté enfemble , conduit & avancé
leurs deffeins jufqu'au point de l'exécution , & qu'il fembloit
n'y avoir plus de moïen de les pouvoir empêcher : quand Dieu
a foufflé deffus , & a diffipé toutes leurs efperances à leur honte.
Nous voïons aux confeils de nos ennemis , efquels ils s'é-
gaïoient fi infolemment , que Dieu en a fait ainfi.

II. Et encore eft-ce plus , quand après que les ennemis ont
conçu & travaillé long-temps : ils n'enfantent pas feulement
chofe vaine , mais Dieu fait qu'ils en crevent , & renverfe leurs
entreprifes à l'encontre d'eux-mêmes : & le couteau qu'ils
avoient aiguifé , eft celui duquel il leur coupe la gorge. Leur
efprit les confume comme le feu (dit le Prophete *Ifa.* 33. 10.)
ils tombent par leurs propres confeils , & allument un feu qui
les confume. C'eft cela même que Dieu a fait à nos ennemis.

III. Que fi non feulement Dieu les ruine par leurs propres
confeils , mais les fait fervir au bien , à l'honneur , au rétabliffement & avancement de ceux defquels ils avoient juré la ruine : voilà un effet de la puiffance de Dieu encore plus admirable. Or c'eft ce qui eft auffi avenu & aviendra des pourfuites
de nos ennemis.

IV. Une autre grande merveille de la puiffance de Dieu , c'eft
d'avoir les cœurs des hommes en fa main , pour les tourner &
remuer comme il lui plaît. Car de toutes les chofes que les hommes cuident avoir en leur difpofition , ils y comptent principalement leurs volontés. Que fi Dieu befogne ainfi aux cœurs des
Rois , c'eft encore plus pour ce qu'ils femblent encore avoir
leurs volontés plus libres que les autres. Or nous voïons cette

merveille ici , Dieu aïant remué les cœurs des uns & des autres
en cette tragedie , pour les faire venir où il a voulu , même le
cœur du Roi , pour exécuter ses vengeances , comme par le
Ministre de sa justice , tout ainsi qu'il avoit ordonné.

V. Et quoi davantage ? Aux exploits que Dieu a faits sur les
ennemis de son peuple , on a toujours reconnu pour un excellent effet de sa puissance , quand il les a troublés des desseins
contraires , & mis leurs affaires en division , & confusion , lorsqu'on les pensoit bien unis. Ç'a été par là que Dieu a commencé notre délivrance.

VI. Mais ç'a été encore bien plus quand la division est venue
jusques-là entre les ennemis , qu'étant sur le point d'achever
leurs entreprises , & tous ensemble pleins de fureur en une
même résolution , Dieu a tourné leurs cœurs au rebours , &
fait soulever les uns à l'encontre des autres. Comme , par exemple , ce que nous lisons de la fin malheureuse de Sennacherib.
Isa. 37. 38. Car Dieu ne lui donna point d'autres Bourreaux
que ses propres enfans : lesquels il fait élever contre leur pere,
& le tuer. Herodes s'étoit servi de quelques méchans serviteurs
qu'il avoit , pour persecuter les Apôtres : il lui prend un dépit
après la délivrance de Saint Pierre , lui-même les envoie au
supplice. *Act.* 12. 19. Dieu voulut par les mains de Gédéon
donner délivrance à son peuple. Il y eut quelques hommes emploïés , mais en petit nombre , & avec tel équipage que c'étoit
plutôt pour donner lustre à la merveille de Dieu qu'autrement.
Or la délivrance fut que le Seigneur troubla les ennemis , &
mit l'épée d'un chacun contre son prochain. *Juges* 7. 22. Au
temps de Josaphat , il se fit une ligue des peuples voisins à l'encontre de l'Eglise. 2. *Chro.* 20. Et sembloit cette ligue si bien
faite , & si puissante que l'Eglise ne devoit pas échapper : tellement que ce bon Roi s'écrie : Nous ne savons que faire : mais
nos yeux sont vers toi. Dieu prit tout cela pour une très belle
occasion de manifester sa puissance : ne voulant pas qu'autre y
mît la main : mais envoïa une furieuse division entre ces peuples ligués , & les fit bander les uns à l'encontre des autres , &
s'entre-tuerent en une nuit. Cela fut bien plus que si les forces
de Josaphat , aidées de celle de Dieu , en eussent fait l'exécution. Or c'est ce que nous voïons être advenu quand Dieu nous
a voulu venger & délivrer de nos ennemis.

VII. Pour conclure ce point de la puissance admirable de
Dieu , il est dit des ennemis de l'Eglise , que quand ils sont plus
redoutables

redoutables & plus furieux, que c'eſt-là où Dieu s'adreſſe, comme à ſes ſujets les plus propres d'exercer ſa puiſſance : afin que toute cette colere retourne à ſon honneur. Pſ. 76. 11. Nos ennemis étoient tels ; & pourtant ils ont été auſſi bien que les autres, les ſujets de ſes merveilles.

Et Dieu a voulu faire voir en eux que c'eſt de l'homme en toute ſa gloire, s'il lui plaît une fois oppoſer ſa puiſſance. Car ſi Dieu s'éleve, tous ſes ennemis s'évanouiſſent devant lui comme fumée : ce n'eſt que cire qui ſe fond auprès du feu. Pſ. 68. 2. Ils ſont froiſſés devant lui comme la paille ſur le fumier : ils ſont comme l'éteule ou les épines au feu. Iſa. 25. 10. Ils ſont coupés ſoudain comme foin. Pſ. 37. 2. S'il montre ſon indignation ſur eux, ils s'écoulent & s'en vont comme l'eau. Pſ. 58. 8. ce ſont limaces enflées qui s'écoulent, & comme avortons de la femme. Voilà comment ſont aujourd'hui devant la puiſſance de Dieu ces braves & furieux, qui effraïoient de leurs ligues toute la terre. Ainſi s'eſt réveillé le bras puiſſant qui a jadis chaplé l'orgueilleuſe, & navré le dragon : celui a fait deſſecher la mer & les eaux de la grande abîme : qui a fait voie au fond de la mer, afin que les affranchis paſſaſſent. Ce bras s'eſt réveillé, & vêtu de force aujourd'hui comme ès jours anciens. Il a foulé ſes ennemis en ſon ire, & les a enivrés en ſa fureur : & abbatu en terre leur force. Iſa. 51. 9. & 65. 6. &c. Telle a été ſa puiſſance glorieuſe à faire vengeance de ſes ennemis : comme nous le devons méditer & reconnoître ſans ceſſe.

Or, tout cela eſt ainſi avenu en faveur de l'Egliſe : ce qui nous doit être encore une autre matiere d'amples diſcours, pour apprendre combien elle lui eſt chere. Car nous voïons bien par cette vengeance, qu'il eſt tout autrement de Dieu affligeant ſon Egliſe, que le monde pervers n'en juge. Il y fait paſſer ſa verge pour les cauſes qui ont été dites : mais il aime & procure ſon ſalut : il la frappe, mais non pas pour la détruire. Sa verge eſt la verge d'homme, même de Pere. Il la juge par meſure, & non point de la plaie de celui qui frappe pour mettre à mort. Iſa. 27. 7.

C'eſt une expérience, avec tant d'autres, que Dieu nous fait voir en nos jours : afin que l'on ne ſoit point tant étonné, quand le monde menace l'Egliſe, que les Princes & les peuples font ligue enſemble pour la perdre, & que tout eſt en émotion & fureur à l'encontre, & que les ennemis en leur rage bruient &

écument, & semblent devoir mêler le ciel & la terre. Dieu est
au milieu d'icelle cependant : & pourtant elle ne se bougera :
Dieu lui donnera aide au point du jour, incontinent, & tout
à temps. Pf. 46. 1. &c. Voilà quelles conclusions souloit faire le
peuple de Dieu en telles délivrances, qu'est celle qui commence
de faire aujourd'hui. Disons hardiment sur cette expérience,
que Dieu n'abandonnera jamais son peuple, & ne délaissera
point son héritage. Il lui donnera repos au temps d'adversité,
& cavera la fosse au méchant. C'est celui qui la garde jour &
nuit : celui qui l'arrose continuellement : qui lui est à l'environ
pour rempart. Pf. 94. 13. If. 27. 3. & 31. 4. Pf. 121. 4. Pf. 125.
2. Recueillons toutes ces promesses, & toutes les autres pour
en voir ici la preuve, & la confirmation.

Il afflige & contriste son Eglise : mais ce n'est point pour toujours. Il ravit & frappe : mais à temps il guérit, & donne les
remedes. Ofé. 6. 1. S'il fait passer son peuple par les eaux, il est
avec lui, & les fleuves ne le noient point. S'il chemine par le
feu, il n'est point brûlé, & la flamme ne l'ard point. If. 43. 2.
C'est le buisson en la montagne devant Moïse. Exo. 3. La flamme y est par-tout : mais il n'en est point consumé : car Dieu y
est aussi, & le préserve. S'il délaisse son Eglise, ce n'est que
pour un petit : car il la rassemble par une miséricorde grande.
Pour un petit, & comme en un moment d'indignation, il cache
sa face d'elle : mais le Seigneur son Redempteur en a compassion par benignité éternelle. Isa. 54. 7. Il la met au sepulchre,
mais au troisieme jour il la vivifie pour plus ample témoignage
de l'amour qu'il lui porte. Os. 6. 2. Telle a été la douceur de la
main qui nous a visités, & qui au besoin si benignement nous
soulage. Certes la verge de méchanceté ne reposera point à
toujours sur le sort des justes. Pf. 25. 3. Ceux qui s'assemblent
contre l'Eglise périront, & seront réduits à rien. Isa. 54. 15.
& 41. 11. &c. Il sera là aux siens pour source de grace : mais
pour ses ennemis le feu est en Sion, & son fourneau en Jerusalem qui est son Eglise. Jerem. 30. 16. & 25. 12. De-là est partie la flamme de son indignation, pour consumer les Assyriens,
& les autres ennemis anciens. If. 31. 9. Là encore en nos jours
a été allumé sur les nôtres, par leur propre violence, le feu qui
les a consumés. Ainsi a traité le Seigneur notre cause, & a fait
vengeance pour nous.

Seigneur tu es notre Dieu, nous t'exalterons, & confesserons
ton nom : car tu as fait choses merveilleuses, à savoir un conseil

prévu de loin & vérité certaine. Vraiment ton Eglife eft une Ville de forterefle : le falut y fera mis pour muraille & pour rempart. Le Seigneur eft notre force & louange , & nous fera en falut. C'eft notre Dieu , nous le glorifierons. Seigneur ta dextre a été magnifiée en force : Seigneur ta dextre a brifé l'ennemi, & par la multitude de ta majefté tu as ruiné tes adverfaires. Tu as envoïé ton ire , qui les a confumés comme le chaume. Seigneur , qui eft comme toi entre les Dieux ? & qui eft comme toi magnifique en fainteté , & terrible en louange , faifant merveilles ? If. 25. 1. & 26. 1. Exod. 15. 2.

Or , confidérant ainfi ce que Dieu a fait en la faveur de fon Eglife , il nous le faut rapporter à fes promefles , & y reconnoître fa vérité. Car c'eft aufli une des belles inftructions que nous y devons prendre. Tandis que l'Eglife étoit oppreffée , & que fes ennemis étoient en profpérité ; il y en avoit peu qui connuffent que toutesfois Dieu n'avoit pas parlé en vain , quand il a promis d'être le défenfeur des fiens & juge de fes ennemis. Combien que l'occafion ne fut point d'en être aucunement en doute. Car n'a-ce pas été la vérité des promefles de Dieu , que l'Eglife foutenant par tant d'années l'impétuofité de ces furieux, a fubfifté , relevée autant de fois qu'ils penfoient l'avoir atterrée. Mais enfin il s'eft montré en fa force , & a manifefté fa juftice & fa vérité ouvertement , nous aïant tendu la main d'enhaut , & retribué à nos ennemis. Nous avons donc maintenant toute occafion de dire ce que David chantoit , fe reffouvenant de fes afflictions & des grandes délivrances qu'il avoit reçues. C'eft le Dieu duquel la voie eft entiere : la parole du Seigneur eft affinée : il eft bouclier à tous ceux qui s'affurent en lui. Pf. 18.

Et nous doit être cette expérience non feulement matiere de lui être témoins envers tous de fa vérité (comme difoit Ifa. chap. 43. 10. &c. quand la délivrance qu'il prédifoit , feroit advenue), mais un bon fondement d'affurance pour l'avenir , & arrhes qu'à toutes autres femblables occafions , il fera ce qu'il nous a promis Or cela n'eft pas peu : car le plus difficile combat que nous aïons en nos adverfités , ce font des doutes & défiances , quand les affaires paffent autrement qu'il ne nous femble fe devoir faire, felon que Dieu nous a promis. Or la feule parole de Dieu nous devroit bien fuffire pour être fortifiés , & donner gloire à Dieu en efperant contre efperance. Et puis nous avons l'experience de tous âges. Mais il a plû encore à Dieu ajouter cette-ci tant notable , & en notre propre fait : afin que rien ne nous puiffe

1589.

Discours ou Instruct.

défaillir à être fermes & bien assurés à toutes occurrences. Car c'est de cette expérience des promesses de Dieu que procedoient aux cœurs & aux bouches de David & des autres, les paroles de courage & de hardiesse nompareille que nous lisons, Ps. 3. 18. 23. 25. 27. &c. Qu'ils ne craignoient nullement tout ce que les hommes leur pourroient faire : qu'ils passeroient par la vallée d'ombre de mort, sans être épouvantés : que tout dût aller en confus au monde, ils n'en seroient point troublés : qu'il n'adviendra jamais à ceux qui craignent le Seigneur, d'être confus, &c.

Et comme nos bons peres passoient encore plus avant, & pour avoir expérimenté en telles délivrances la justice & vérité de Dieu, donnant secours à l'affligé, suivant ses promesses, & punissant l'oppresseur ; ils concluoient que ce qui n'étoit fait qu'en partie, seroit un jour en perfection, puisque Dieu l'avoit ainsi promis, & commencé de faire, & qu'il y auroit un jour une pleine redemption en laquelle les choses qui sont encore en confus, seroient restaurées, & les justes entierement delivrés de toutes miseres ; il faut que nous concluons en notre endroit le semblable. Car ce que nous voïons Dieu s'être assis pour faire justice, & avoir montré qu'il ne nous avoit point promis ce secours envain, n'est qu'un échantillon d'une pleine délivrance, & des grandes assises que Dieu tiendra pour faire justice à ses enfans, & les racheter du tout des ennemis de leur salut, & de toutes miseres.

Finalement reconnoissons en tout ceci la grande bonté & miséricorde de Dieu envers nous. Car si nous cherchons en nous les causes de la faveur qu'il nous a faite de se courroucer pour nous contre nos ennemis ; nous n'y trouverons rien que ses seules compassions & miséricordes, quand nous nous souviendrons de nos déportemens en ces persécutions dernieres, des grandes lâchetés & déloïautés au service de Dieu presque en tous : aux plus constans des défiances, chagrins, regrets, & de l'impatience en beaucoup de manieres. Toutes ces choses ne pouvoient mériter, sinon que nous fussions entierement délaissés, & abandonnés de lui. Néanmoins il s'est manifesté notre Redempteur, & a fait vengeance pour nous. C'est de la matiere de magnifier tant que nous vivrons sa grace & sa benignité, & lui en donner gloire. Comme il a été toujours fait après les délivrances. Et toutes les remontrances que Moïse fit au Peuple en la répétition de la Loi, comme il approchoit de la possession de la terre, tendoient là ; qu'il reconnût bien par la sou-

venance de ſes murmures, ingratitudes, défiances, rebellions,
que ce n'étoit point pour ſes juſtices, ou mérite aucun que Dieu
avoit fait tant de merveilles en ſa faveur, l'avoit nourri & conſervé au deſert avec un ſi grand ſoin, & étoit ſur le point d'accomplir ce qui avoit été promis à ſes Peres : que tout lui procédoit du bon plaiſir de Dieu & de ſes miſéricordes.

Quand nous rentrerons à bon eſcient en ces conſidérations,
& mediterons & la juſtice de Dieu & ſa puiſſance, & le cas qu'il
fait de ſes enfans, & le ſoin qu'il en a, & cette infinie bonté de
laquelle il eſt mu de leur tendre la main en leurs tribulations : ce
ſera pour l'avenir des matieres & des moïens pour nous faire plus
ſages & plus conſtans, & mieux réſolus que nous n'avons point
été. Car les fautes ont été grandes. Ceux qui n'étoient pas
bien appris & confermés par ces tempêtes, s'en ſont allés au
gré du vent & des ondes, en danger d'un entier naufrage de
la Foi, ſi Dieu ne leur fait miſéricorde. Les autres qui ont
été plus fermes ont néanmoins à reconnoître qu'ils ont reçu
de rudes ſecouſſes & ébranlemens. Aujourd'hui donc que
Dieu a commencé de nous rendre le temps plus calme, il
faut qu'un chacun regarde en ſon ame les défauts qui s'y ſont
trouvés, les bréches que le Diable y a pu faire : afin de ra-
coûtrer le tout, & le mettre en meilleur état : comme c'eſt la
prudence & la diligence des mariniers, après que la tempête
eſt paſſée, de rabiller les dommages qu'ils en ont reçus ; & des
gens de guerre en un ſiege, ſi l'ennemi leur donne quelque
relâche, de pourvoir aux défauts, & reparer les bréches. Or,
outre les moïens que la méditation plus ſoigneuſe de la parole de
Dieu nous en donne, avec les exemples & l'expérience des ſiecles paſſés, ſi nous conſidérons bien comment Dieu nous a gouvernés, & ce qu'il a fait pour nous, ce ſeront autant de matieres ſur le lieu pour reparer les bréches.

Pluſieurs ſe voïant traités ſi rudement & en ſi grandes & ſi
longues détreſſes, ont été travaillés de doutes & tentations, ſi
c'étoit le bon chemin qu'ils euſſent pris : faute d'avoir bien
penſé comment Dieu a de coutume de conduire ſon Egliſe, &
quelles en ſont les iſſues finalement. Mais maintenant rapportant le paſſé à ce que Dieu fait aujourd'hui pour nous ; nous
n'avons plus d'occaſion de douter de ſa vocation. Car, rien ne
s'eſt fait que ſelon qu'il avoit été prédit & promis : c'eſt toute
la façon de laquelle Dieu a ordonné de traiter & gouverner ſon
Egliſe, & l'a toujours gouvernée : les iſſues ſont celles qu'il

1589.

Discours ou Instruct.

avoit promifes. Et ce fecours, tant admirable en la derniere néceffité, n'eft-ce point le bras de Dieu qui fe montre d'en haut, pour conformer tout ce qui s'eft fait entre nous & fon œuvre? L'affurance que nous fommes en la vocation de Dieu proprement, doit être fondée en la connoiffance de fa parole : mais l'expérience n'y fert pas de peu, quand il nous fait voir en toute cette conduite, qu'il n'a point parlé envain. Ce fut le fruit de la délivrance d'Egypte au paffage de la mer rouge. Car le Peuple, qui avoit été tant travaillé de doutes & défiances auparavant, confidérant bien que ce que Dieu avoit fait, fut alors raffuré, & crut au Seigneur & à Moïfe fon ferviteur. Et Ifaïe prédifant la délivrance & le retour de Babilone, par des moïens du tout admirables, dit que ce feroit aux reliques de ce Peuple (lefquels fe trouveroient de ce temps-là) de belles matieres pour fe réfoudre & affurer contre les autres Religions : aufquelles leurs Peres s'étoient tant de fois dévoïés. David, femblablement, encore que d'ailleurs il eût en fon cœur la certitude de la vocation de Dieu, toutefois avoit ce foin de recueillir & retenir les chofes qui fe paffoient en fon endroit & les délivrances, afin de s'en fervir aux grandes tentations, & fe conformer contre les doutes qui lui donnoient de la peine quelquefois.

Quand l'expérience fera ainfi bien prife & ajoutée aux autres moïens par lefquels Dieu veut que l'affurance & perfuafion de fa vocation foit fcellée dedans nos cœurs : il nous fera plus aifé de furmonter les autres craintes. Car, que les tempêtes recommencent, que l'Eglife foit en oppreffion, que les moïens humains défaillent, que les ennemis faffent leurs triomphes, que tout s'en aille en confus : alors nous aurons fouvenance du paffé, (comme David par le Pf. 145. 5.) nous mediterons en tous les faits de Dieu, & deviferons de l'œuvre de fes mains : & l'expérience nous foutiendra, & nous dira que c'eft ainfi que Dieu exerce fon Eglife, & cependant ne laiffe pas d'en avoir foin : que ces confufious ne feront que pour un temps, & que toute la puiffance & l'orgueil des ennemis ne feront rien quand Dieu fe voudra manifefter en fa force pour notre délivrance. Nous oppoferons aux apparences la juftice de Dieu, fa puiffance, les iffues toutes certaines, comme nous les avons connues par effet. Voilà un bouclier d'affurance contre tous étonnemens.

Ce fera auffi pour nous faire porter patiemment le joug des afflictions, tant qu'il plaira à Dieu. Car, cependant que nous fommes en doute des caufes de nos fouffrances, & ne confidé-

sons point de quelle main elles partent , & où elles doivent arriver : il n'est pas possible qu'il n'y ait de l'impatience. Mais
nous aurons toujours dequoi nous consoler & nous présenter à
la verge de Dieu avec toute obéissance , quand la souvenance
du passé nous fera revoir de quelles voies & procédures le Pere
céleste use envers ses enfans pour leur procurer leur salut : que
la tristesse n'est que pour un temps ; qu'il a les remedes prêts
pour guérir nos plaies : que son secours se montre toujours
au besoin ; que le contraire sera de la prospérité de nos ennemis.

Et s'il se passe du temps sur nos afflictions , ces méditations
tiendront ferme notre espérance : quand nous trouverons en
cette expérience que Dieu est véritable en ses promesses , quoiqu'il tarde : que les issues pour le salut de l'Eglise sont très assurées, & que lorsqu'il semble que les torrens nous doivent engloutir , c'est le point auquel Dieu se manifeste en puissance pour
notre redemption.

Bref, ces méditations nous feront sentir combien sont heureux & assurés ceux qui sont sous la conduite d'un Pere si benin,
& en la protection & sauvegarde d'un Seigneur si puissant, parmi les tempêtes de ce monde , afin d'apprendre de nous soumettre à lui , & nous reposer en sa providence , qui est le seul
moïen de la paix & tranquillité de nos ames.

Et sur-tout ceux-là qui se sont départis de la profession du
nom de Dieu en la persécution, & qui ont suivi le mauvais conseil de la chair, pour se racheter des menaces des ennemis, en
faisant contre leur conscience : s'ils veulent revenir un peu à
eux , & considérer ce que Dieu leur fait voir en ces jugemens ,
ils y trouveront dequoi desirer de rapprocher d'une bonté &
clémence si grande de ce bon Pere , qui gouverne les affaires
de ses enfans avec un tel soin , & dequoi appréhender combien
ils ont été lâches de l'avoir ainsi abandonné , & d'avoir tant
craint les hommes qui ne sont rien que paille en toute leur gloire,
& la matiere de ses merveilles en toute leur grandeur ; de n'a-
voir point bien pensé à sa puissance quand il se veut venger de
ceux qui l'offensent, afin d'être retenus & empêchés de l'offenser. La méditation donc de cette œuvre de Dieu leur fournira des médecines salutaires à tous leurs maux , & ce sera vraiment la délivrance de Dieu à leur salut , quand tout ensemble
leurs ames seront délivrées par ces considérations, des craintes
& défiances qui leur ont apporté tant de dommages. Pourquoi

êtes-vous ainſi craintifs, & comment n'avez-vous point de foi? C'eſt ce que remontroit Jeſus-Chriſt à ſes Apôtres, après les avoir délivrés de la tempête, & c'eſt encore ce que Jeſus-Chriſt en choſe ſemblable leur remontre aujourd'hui. Marc, 4, 36.

La tempête étoit grande, & ſembloit que nous duſſions être ſubmergés : mais Jeſus-Chriſt étoit & ſera juſques à la fin du monde en une même barque avec ſon Egliſe, qui nous devoit aſſurer, quelque tourmente qu'il faſſe, qu'il n'eſt poſſible qu'elle périſſe. Au moins ceux qui ne l'ont pas penſé ainſi, mais ont été épouvantés comme ſi tout eut été perdu, maintenant, voïant qu'il a tancé les vents, & a commencé d'abattre la fureur des ennemis, pour nous donner délivrance ; qu'ils confeſſent leurs fautes & la petiteſſe de leur foi, & les vices de leurs craintes, pour ſe raſſurer, & reprendre avec une plus grande conſtance l'obéiſſance qu'ils doivent à Dieu. Ezechiel parlant de la délivrance miraculeuſe que Dieu promettoit à ſon Peuple de la captivité de Babilone, dit que lors le Peuple connoîtroit en effet qu'il eſt véritable en tout ce qu'il a promis, & qu'il n'a point faute de puiſſance pour donner ſecours aux ſiens en leur néceſſité, & qu'ils ſeroient en leurs cœurs honteux, voïant ces choſes, & confus de l'avoir ſi lâchement délaiſſé pour courir après les Idoles & les ſuperſtitions. Alors, dit-il, vous aurez recordation de vos mauvaiſes voies, & ſerez déplaiſans & honteux en vous-mêmes pour vos iniquités & pour vos abominations. Ezech. 36, 31. Or, c'eſt donc à cela même que cette délivrance les appelle aujourd'hui.

D'excuſer plus longtemps leurs lâchetés, il n'y a point de raiſon. La grace que Dieu leur avoit faite de les avoir choiſis entre les autres, pour ſe manifeſter à eux par ſa parole ; l'alliance qu'il avoit contractée avec eux ſi ſolemnellement ; la confeſſion du Nom de Jeſus-Chriſt, qui leur étoit tant recommandée ; l'édification de leur prochain, & la gloire de Dieu ; les exemples de tant de Martyrs, les loïers promis requereroient d'eux toute fidélité & conſtance, non pas offenſer Dieu contre le propre ſentiment de leur conſcience ; ſe polluer & proſtituer aux impietés leſquelles ils devoient déteſter ſur toute choſe ; être faits un corps avec les infideles, & participer à leurs iniquités ; abjurer l'Évangile de ſalut, pour ſigner & fortifier le menſonge ; craindre plus les hommes que Dieu ; aimer plus la gloire du monde que la gloire de Dieu ; priſer plus les biens périſſables que les biens de la vie éternelle. En danger, pour

avoir

avoir eu honte de Jesus-Chrift, & de fon Evangile, que Jesus-
Chrift n'ait honte d'eux, & les défavoue. Matth. 10, 32 ; qu'ils
ne foient dépouillés des graces qu'ils avoient reçues comme le
ferviteur lâche, pour être jettés aux ténebres de dehors. Matth.
25, 24 ; que Dieu ne fe venge d'eux comme de fes ennemis,
& de leur poftérité, jufques en la quatrieme génération, pour
s'être enclins aux images & fervices inventés par les hommes,
Exod. 20, 5 ; que tout mal ne s'entaffe fur eux, pour avoir été
après les Dieux étranges : Pf. 16, 4 ; qu'il ne leur fut mieux
d'avoir été jettés, la meule au col, au profond de la mer, pour
avoir donné fcandale : Matth. 18, 6 ; que leur portion ne foit
avec les incrédules en l'étang du fouffre. Apoc. 21, 8. Les Commandemens de Dieu font là trop exprès, les fautes trop énormes, les peines trop à craindre, pour fe promettre des excufes.
Il n'y a remede que par une humble reconnoiffance & confeffion de leurs fautes, & de revenir à Dieu qui nous tend les bras
à tous fi benignement par cette délivrance, & de reprendre courage fur les occafions qu'il nous en donne en cette merveille,
pour lui être plus fideles & plus conftans une autre fois. Le devoir
de tous étoit de ne toucher jamais à chofe fouillée, & d'être
départis pour un bon coup d'avec les gens qui fervent au bois
& à la pierre, & n'avoir jamais plus aucune communication à
leurs facrifices ; afin d'avoir Dieu pour Pere, & lui être fils &
filles, comme il y en a la promeffe. 2. Cor. 6. 14. Ceux qui ne l'ont
fait, & font rentrés en cette Babilone fi lâchement, maintenant que Dieu commence d'y exercer fes jugemens ; que le coup
qu'il a déja donné fur nos ennemis, leur foit la voix des Prophetes, qui crie ; fortez du milieu de Babilone, mon Peuple,
afin que ne receviez de fes pechés, & ne foïez participans de
fes plaies, Ifa. 48, 20. Apoc. 18. 4. Le tarder en ceci, ne fervira
que d'augmenter leurs ingratitudes & déloïautés au double, &
s'ils refufent de venir gouter la bonté de Dieu, laquelle il commence d'épandre fur fon Eglife, il y a danger que du bras qu'il
a déja tout déploïé fur fes ennemis, pour faire fes vengeances,
il ne fe venge en fon ire de leurs infidelités, & pour avoir refufé les fruits d'une délivrance fi glorieufe, il ne foit d'eux ce qui
fut dit aux Ifraëlites rebelles & ingrats ; J'ai juré qu'ils n'entreront point en mon repos. Nomb. 14, 28. Pfeau. 95, 7.

Mais on dira ici que la délivrance que nous magnifions tant
n'eft point. Car, au contraire depuis les chofes avenues à Blois,
les troubles & tormentes font plus grandes par les Provinces,

1589.

Discours ou
Instruct.

& la rage des Peuples ennemis plus cruelle qu'auparavant. Tantôt toutes les Villes d'un accord se sont revoltées de l'obéissance du Roi, & conséquemment les affaires des Chefs de la Ligue établies quand on a pensé les ruiner. Au moins ils le croient ainsi, & bravent plus que jamais, ne célants plus ce qu'ils avoient tant déguisé du zele de Religion, que l'entreprise est d'être les maîtres, & d'avoir la couronne en leur maison. Quelle apparence de parler de délivrance de l'Eglise, quand ses ennemis mortels sont élevés en telle prospérité ; qu'il n'y a plus de Loi, d'humanité, de crainte de la justice qui retiene leur fureur ? Que les pauvres fideles par les païs (& eussent-ils obéi aux Edits il y a vingt-cinq ans) sont abandonnés à leurs outrages ? On dira donc que nous chantons le triomphe devant la victoire.

Nous répondons que les délivrances de l'Eglise se doivent prendre & considerer autrement que la chair ne desire : non seulement quand l'Eglise est mise en un plein repos ; mais dès lors que Dieu se montre appaisé, & par quelque coup notable de sa main sur ses adversaires, leve l'enseigne à son Peuple de bien espérer, lui faisant voir son indignation tournée sur les ennemis. Pseau. 85 & 126. La cause de tous nos maux proprement c'est son courroux pour nos pechés. Si donc cela cesse, & qu'il commence d'avoir la paix avec son Peuple, commençant de mettre la main à la délivrance, c'est dequoi s'éjouir déja, comme d'une victoire toute certaine, encore que l'entier accomplissement ne soit point sitôt.

Et n'est pas d'aujourd'hui qu'il procede ainsi aux grandes délivrances de son Eglise. En la délivrance de l'Egypte, dès l'heure qu'il se montra au buisson à Moïse, & déclara que sa résolution étoit d'accomplir ses promesses ; il ne fallut plus douter de la délivrance. Et Moïse vint au Peuple avec Aaron, suivant la commission que Dieu leur avoit baillée, firent les miracles en leur présence, qui les devoient assurer comme d'une chose déja faite. Néanmoins il se passe depuis des temps plus fâcheux qu'auparavant, & semble que l'entreprise de Moïse & d'Aaron d'aller devers le Roi pour avoir congé, avoit entierement gâté & perdu les affaires. Car la servitude fut redoublée, & furent les plaintes & clameurs du Peuple plus grandes que jamais. Tellement que Moïse s'écrioit, Seigneur, pourquoi as-tu maltraité ce Peuple, pourquoi m'as-tu envoïé ? Et depuis encore après le congé octroïé par le Roi, le Peuple s'étant mis en chemin, il lui fut commandé de tourner dedans les détroits des montagnes & de la mer rouge, & leur vinrent les ennemis à dos avec toute la puiſſance d'Egypte ; tellement qu'ils penſoient être du tout perdus. Même ſe fâchoient dequoi on ne les avoit laiſſés plutôt mourir en Egypte : comme feroient en ces nouveaux troubles les plaintes de pluſieurs d'aujourd'hui. Cependant Dieu beſognoit, & avoit la main à la délivrance, comme ils le connurent peu de jours après.

Autant en fut-il de la délivrance de Babilone. Car le temps étant échu que Dieu avoit limité par Jeremie, pour mettre fin à la captivité, Dieu commença à frapper ſur les Chaldéens, & faire ſes jugemens, afin de préparer les ouvertures du retour à ſon Peuple: il toucha le cœur du Roi Cyrus, qui donna paix & congé à qui voudroit, de retourner au païs de Judée. Toutes fois ce ne fut pas ſitôt fait, car il y eut de grands empêchemens; & le Peuple ne fut pas plutôt de retour en Jeruſalem, que les perſécutions redoublerent. Il ſe fit de grandes émotions des Nations voiſines, & des Ligues & conſpirations pour empêcher le rétabliſſement de l'Egliſe. Tellement qu'il ſembloit qu'il eût encore été mieux à ce pauvre Peuple d'être demeuré, comme il étoit, en Babylone. Nous en avons les complaintes & les larmes de Nehemie & des autres. Et furent pluſieurs Pſeaumes faits de ce temps-là, *Pſ. 85 & 126, &c.* qui montrent bien que l'œuvre de la délivrance ne fut pas achevée du premier coup & qu'il y eût encore beaucoup à pleurer & à ſouffrir. Toutesfois enfin Dieu fit paroître qu'il n'avoit pas commencé la délivrance pour la laiſſer imparfaite.

En l'ancienne Egliſe chrétienne tout de même ; car comme Dieu fut ſur le temps de donner plus de repos aux Chrétiens par Conſtantin, il y eut plus de miſeres & plus de ſang épandu ſous les derniers Empereurs Païens en peu de jours, qu'il n'y avoit jamais eu auparavant. Si donc aujourd'hui, quand Dieu commence ſes vengeances, & de procéder à la délivrance, il y a encore à ſouffrir, ce n'eſt rien de nouveau qui nous doive étonner. Combien y a-t-il de Pſeaumes de David & des autres, commencés par Cantiques d'actions de graces de ſecours reçues, & bénéfices déja bien avancés, leſquels finiſſent par des prieres ardentes & complaintes, comme de perſonnes étant encore bien avant en l'ardeur du mal ?

Et quand Dieu procede ainſi aux délivrances, il ne le fait point ſans cauſe. Sa coutume eſt, mettant la main à ces grands exploits de ſa juſtice, de faire beaucoup de choſes enſemble.

1589.
Discours ou
Instruct.

S'il faifoit ces grandes merveilles tout à coup, elles ne feroient
point fi bien prifes & confidérées que quand il les fait plus à loifir, frappant de fes ennemis, puis l'un, puis l'autre, une chofe
aujourd'hui & demain l'autre ; car il retient par ce moïen les
efprits & l'attention de chacun à la fuite & progrès de l'ouvrage. Ainfi voulut-il créer le monde en plufieurs jours, qu'il eût
pu créer de tous points en un moment, s'il lui eût plû. Et fe
trouve auffi en nous des raifons d'y aller ainfi pas à pas. Car quand
il commence à nous montrer fon bras déploïé, il releve notre
efpérance peu à peu, & nous donne matiere au milieu des.dif-
ficultés qui nous reftent, de crier à lui plus ardemment &
avec plus d'affurance. La chofe tant defirée, fi vous commencez déja de la voir de loin, vous la defirez davantage. Il
nous difpofe donc à mieux recevoir plus grande délivrance que
nous ne ferions point. Ce qui eft fait en un jour nous ôtant
tout à coup la crainte, nous rend plus lâches & ne demeure
point fi bien imprimé en nos cœurs. Daniel., & à fon exemple
les autres, ne fe trouve point avoir prié de plus grande affection qu'à l'heure qu'ils virent le terme échu du retour & de
la délivrance commencée. Ce qui n'eut pas été, fi dès le lendemain des jugemens exécutés fur les Chaldéens, ils fe fuffent
trouvés en pleine paix en leurs maifons.

Et puis s'il refte encore des afflictions, après que Dieu a
commencé de befogner, c'eft que nos maladies, c'eft-à-dire
nos vices & imperfections (auxquels Dieu a voulu remédier
par les perfécutions précédentes) ne font point encore bien
guéries. Les grands & furieux accès d'une fievre feront paffés,
& l'on verra la déclinaifon du mal déja bien avancée ; néanmoins le fage Médecin ne laiffera pas d'ordonner encore des
breuvages bien amers, pour achever de purger tout. Et ces grandes lâchetés & renoncemens de Dieu en la plupart, pour conferver leurs biens, & demeurer paifibles en leurs maifons, ne
méritent-ils point que Dieu émouve encore ces tempêtes à leurs
portes ; qu'il les châtie par ces nouvelles craintes, & par ceux
même avec lefquels ils penfoient être hors de tous dangers ;
qu'il leur apprenne combien c'eft peu de chofe de tous leurs
biens, pour les avoir voulu conferver, en faifant perte des richeffes de fa grace ; les faire honteux d'avoir refufé d'être honorés des fouffrances de Jefus-Chrift, pour fe voir dépouillés
en la caufe des hommes mortels ; bref, puifque les premieres
corrections n'ont point fervi, par celles-ci il les faffe crier &
venir à repentance.

Mais (pour le dire en un mot) les délivrances de l'Eglise ne font que relâches & commencemens de repos ; la pleine délivrance fera au dernier jour, quand tous les ennemis de notre falut feront mis deffous nos pieds. D'avoir la paix exempte de toute crainte, Dieu ne l'a jamais donnée telle en ce monde à fon Eglife ; les ferviteurs de Dieu ne l'ont jamais ainfi defirée ; & comme notre naturel eft aifé à fe corrompre par le repos, cette paix-là fi pleine ne nous feroit pas à falut. Tant y a que Dieu a la main à l'œuvre, il a commencé à faire fes vengeances ; il fait, des Chefs de nos ennemis & auteurs de nos miferes, mourir puis l'un, puis l'autre ; l'autorité du Roi & fa puiffance font tournées à l'encontre de ceux qui reftent ; & ce que l'on voit & eux & les Peuples faire tant les enragés, eft notoirement l'ordre & la procédure par laquelle Dieu prépare & achemine fes jugemens fur eux. Tout cela eft occafion de bien efpérer, comme aïamt les arrhes déja en la main de chofes plus grandes que Dieu fera en la faveur de fon Eglife.

Quant aux foulevemens des Villes & émotions des Peuples, ce n'eft rien qui nous doive tant ébahir. Ceux qui favent les hiftoires, & en peuvent parler par l'expérience de chofes femblables, diront que ce font boufées de fureurs populaires qui prennent ainfi quelquefois ; mais à les appaifer la peine n'eft pas fi grande, après que les premieres impétuofités font paffées. Les grandes violences ne peuvent pas durer long-tems. Ce font émotions pratiquées par des perfuafions que les ennemis de l'Etat ont jettées aux oreilles des Peuples, par les Prêtres & Moines ; defquels, quand ils feront plus éclaircis (comme le temps fera cela) on les verra fe répentir de s'être laiffés tromper & féduire fi aifément. Et auffi que l'on nomme les Villes entieres en ces révoltes ; mais il fe trouvera partout que ce n'eft que la menue populace, defireufe de nouveautés, laquelle s'eft jettée aux armes la premiere, & a pris au dépourvu la meilleure partie des Citoïens ; lefquels enfin reprendront courage, & aux premieres occafions fe délivreront de cette fervitude. Ils confidéreront à quels malheurs ils fe précipitent d'allumer ainfi la guerre dans leur fein, & fe rendre ennemis de leur Prince, fous lequel ils vivoient en bon repos. Penferont aux étranges miferes & défolations qui arrivent néceffairement quand il fe fait changement en un Etat, & aimeront mieux revenir à la paix & retourner au port tous enfemble arriere de ces tempêtes, que de quereller davantage dans le vaiffeau pour fe perdre. Les empêchemens

du trafic, les friſches & déſolations du Païs, les feux & ruines
de leurs maiſons, l'ennemi tous les jours à leurs portes, & la famine, bref l'appréhenſion de toutes ſortes de maux qui iront
après, leur feront bien changer d'avis. Ils ſentiront bien-tôt
que pour un Prince légitime que Dieu leur a donné, ils auront
une douzaine de petits Tyranneaux étrangers, deſquels la France, depuis cinquante ans, (que les premiers y entrerent) n'a
encore pu aſſouvir l'avarice & l'ambition; leſquels voudront
uſer de l'occaſion & élever leur grandeur à leurs dépens. Et
quand ils ſeroient venus à bout de ce qu'ils prétendent enfin,
s'entrebattroient à qui ſeroit le premier, & feroient heurter les
Villes les unes contre les autres par guerres immortelles. Davantage ce ſont Peuples François, qui au bout de quelques jours,
que cette première fureur ſera paſſée, reviendront à leur bon naturel, comme il a toujours été en leurs ancêtres, & deſireront
leur Roi; & n'accorderont jamais que des Etrangers n'agueres
nés au monde les dominent; où que les tyrans ſuperbes Eſpagnols, ennemis mortels du nom François, que nuls Peuples ne
peuvent porter pour Princes, & que chacun ſait avoir mis les
parties du monde partout où ils ſont parvenus, en déſert par
leur avarice inſatiable & cruauté; les Eſpagnols, dis-je, barbares, prennent l'occaſion pour s'en faire les maîtres. Ils con-
noîtront que tout ce que les Prêtres & les Moines leur crient du
zele de la Religion, n'eſt qu'un prétexte de l'ambition de ceux
qui les emploient pour ſe faire Rois. Et ne ſe pourra faire que
leur conſcience finalement ne les reprenne, & leur diſe que ce
n'eſt pas Religion de rejetter ainſi ſon Roi que Dieu leur a donné, & lui faire la guerre pour en élever d'autres. Ils verront les
eſpérances qu'on leur donne, n'être que du vent. Et le Roi ne
ſera pas plutôt en la Campagne avec une forte armée, que la
peur ſaiſira les mutins, & les bons Sujets reprendront courage
pour rappeller le Prince que Dieu a fait regner ſur eux, & ſe délivrer de ce nouveau joug. Voilà comment en parleront les gens
qui ſavent mieux les affaires de l'Etat.

Mais nous avons avec cela d'autres conſidérations encore qui
nous doivent aſſurer que ces tempêtes viendront à bien. Il y a la
juſtice de Dieu, laquelle ſans aucun doute veut continuer ſon
œuvre, & amener les iniquités de ſes ennemis à leur comble,
afin d'achever de ſe venger. Les Villes, la plûpart, qui ſe ſont
ſoulevées & ont donné l'exemple aux autres de ſe ſoulever contre leur Prince, ſont Villes de ſang, leſquelles ſont encore

teintes, par les Places, de meurtres & maſſacres d'un nombre infini de perſonnes innocentes qui appartenoient à Dieu. Les jugemens de Dieu ont été par ci-devant ſur quelques Particuliers, afin
d'induire les autres par les Villes à lui demander pardon ; mais la
rage eſt augmentée. Or Dieu, devant que s'en venger plus avant,
a voulu leur arracher le nom de zéle & de dévotion, duquel ils
avoient donné couleur à leurs cruautés. Enfin par le vouloir de
Dieu, ce beau zele de Religion s'eſt éclos en ces horribles révoltes
contre le Roi que Dieu a établi ; en un mépris de tout ordre ; en
outrages contre les Seigneurs, contre les Parlemens & les Officiers
de Juſtice ; en paroles & écrits pleins d'outrage contre la Majeſté
du Prince, duquel Dieu a défendu de médire aucunement ; en
inſolences ſi enragées, qu'en toutes les Hiſtoires il ne ſe lira point
choſe ſemblable. Tout cela eſt pour les livrer entre les mains du
Roi, avec le Procès tout fait, & lui donner occaſion d'être le miniſtre de ſon jugement, comme déja il a été ſur les chefs & flambeaux
de la rébellion : c'eſt pour tranſporter les malheurs de la guerre ſur ceux qui l'ont demandée contre nous avec tant d'inſtance.
Les voilà déclarés criminels de leze-majeſté, & abandonnés : la
guerre eſt allumée en leur ſein ; le voiſin ſe défie de l'autre :
Ephraim contre Manaſſé & Manaſſé contre Ephraim : (ainſi que
dit le Prophete) chacun mange la chair de ſon bras : ils ſont aux
armes & aux couteaux l'un contre l'autre tous les jours. C'eſt
ainſi que la juſtice de Dieu les fait venir à compte, & les amene
au jour de ſa vengeance.

  Certainement toute la colere de ces zelés, furieux & mutins,
ne ſera que la matiere de la gloire de Dieu plus grandément,
comme nous avons dit. Ce ſont Peuples qui ſe bandent & font
bruit contre Dieu & ſon Chriſt ; mais Dieu de-là haut s'en mocque. Il parlera & les étonnera ; il prendra le ſceptre de fer en la
main, & ne lui ſera point plus malaiſé de froiſſer ces ſéditieux,
que des pots de terre. C'eſt Dieu qui appaiſe les tempeſtes, &
rend calmes les ondes en un inſtant ſi elles ſont émues, & lors
mêmes que les montagnes ſemblent devoir abîmer au profond
de l'Ocean. Il parle, & les vents & la mer obéiſſent. C'eſt à ſa
même puiſſance d'une ſeule parole d'appaiſer les émotions des
Peuples quand il lui plait.

  Et quand Dieu domptera ces furieux, comme il s'y prépare,
ce ſera ſans doute pour ſe faire auſſi le chemin à l'établiſſement
de ſon regne. Car la contradiction obſtinée des Villes a été en
cela le principal empêchement ; laquelle on a trop enflammée &

nourrie par licence. Et Dieu l'a ainsi voulu souffrir long-temps, pour les attendre à répentance, & cependant exercer d'une même main la patience de ses enfans. Mais quand on voit par le juste jugement de Dieu, qu'ils achevent ainsi de combler leur mesure, & qu'ils donnent même à la justice des hommes qui ont la puissance, tant d'occasions de se venger d'eux, c'est signe que le tems est venu que Dieu n'en endurera point davantage.

N'est-ce pas toute la façon de laquelle Dieu se vengea des Juifs, ennemis de Jesus-Christ & de l'Evangile; & que la Ville meurtriere de Jérusalem hâta le jugement de Dieu à l'encontre de soi; quand toute cette fureur, qui s'étoit déploïée sur l'Eglise premiere sous le nom de zele de Dieu & de sa Loi, enfin se convertit en une ouverte rebellion contre leur Prince; & que ces misérables attirerent la guerre sur eux, & ensemble tout ce qui fut jamais au monde de miseres les plus horribles, par lesquelles ils furent détruis entierement? Telles rebellions des Peuples sont les cordeaux que Dieu file à ses ennemis, pour les mettre entre les mains de leurs Princes irrités, afin que la haine de l'Evangile ne demeure point impunie.

Et pourtant ce que nous voïons en toutes ces émotions, n'est que le reste des jugemens que Dieu a commencés, lesquels il veut poursuivre. Et ne faut point que nous soïons en crainte que Dieu n'amene tout au bien de son Eglise. Au contraire si cette rage est grande, prenons occasion d'espérer mieux; pour ce que c'est hâter Dieu d'autant de faire son œuvre. C'est le Diable qui a été toujours le soufflet & l'auteur de ces émotions contre l'Evangile; & maintenant il remue ces tempêtes, de rage & de dépit qu'il a de sentir sa ruine prochaine. On sait de quelle façon il déchira & tourmenta plus de coutume ce pauvre homme, lequel il possédoit, quand il sentit la présence de Jesus-Christ, & commença d'ouir la voix qui lui commandoit de sortir & laisser sa proie. *Luc.* 4. 35. & 9. 42. De même aujourd'hui quand Dieu se montre plus appaisé envers son Eglise; qu'il veut guérir nos plaies, & chasser ce mauvais esprit qui a tant tourmenté de fureur le monde, il ne le peut endurer. Or c'est donc un signe de bonne espérance de le voir enrager & se remuer au corps de ses Peuples si furieusement.

Par ainsi l'occasion nous demeure, en ce jugement que Dieu a déja fait, de nous éjouir, & de reprendre bon courage. Si Dieu veut que nous soïons encore contristés, ce ne sera pas pour long-tems. Entrons pour un petit de temps encore dans nos chambrettes,

chambrettes, cependant que cet orage paffé, comme difoit le
Prophete : *Ifa.* 26. 20. fortifions-nous & des promeffes de Dieu,
& de l'expérience du paffé , & des bonnes arrhes que Dieu nous
donne déja de fa faveur. Continuons de prier. Il a fon bras
levé, & fans doute il parachevera fon œuvre. Voilà comment
nous devons prendre les vengeances & jugemens qu'il a commencés.

Avertiſſement.

LE s Ligueurs ne dormoient pas , ains d'un côté avec les armes au poing
faifoient du pis qu'ils pouvoient en divers endroits du Roïaume à tous les
François, nommément ès environs de Paris ; & fur-tout ils en vouloient
aux Catholiques Romains qui fuivoient le Parti du Roi, auxquels ils firent
tous les maux & outrages dont les plus cruels & barbares du monde pourroient s'avifer. D'autre part, leurs Imprimeurs de Paris & de Lyon faifoient
voler par le Roïaume, une infinité de Libelles fameux de divers argumens, le fommaire d'iceux tendant à la défenfe de leur felonnie. Or d'autant que ce feroit offenfer & fcandalifer , non pas inftruire le Lecteur, de
lui préfenter l'amas de tant d'ordures & malignités , il fuffira d'en propofer quelque chofe & y en ajouter certaines pièces pour témoignage à la
Poftérité de la fureur de ces miférables. Leurs premiers Libelles tendoient
à exalter les vertus & fervices de la Maifon de Guife & les perfections des
deux tués à Blois, pour l'innocence defquels ils plaidoient fort & ferme.
Les feconds étoient leurs inventions contre le Roi, qu'ils accufoient, au regard du droit de l'Eglife , de perfidie en toutes fortes , de parricide , d'affaffinat, d'homicide , d'être fauteur d'hérétiques , d'être fchifmatique ,
hérétique , fimoniaque, facrilege , nécromantien , athéifte , impie , excommunié ; quant au droit du Roïaume, ils l'accufoient d'avoir violé la
foi publique , la majefté des Etats du Roïaume, d'être un diffipateur , prodigue , tyran, ennemi de la Patrie, inutile au Roïaume; que c'étoit un
hypocrite , un infâme, un fuperbe , envieux , ingrat , inhumain, vilain ,
poltron , vanteur, vain, ftupide , malheureux, haï de tous , condamné de
fa propre bouche ; à qui il étoit loifible de courir fus , le tuer comme tyran
tout formé, qu'il ne falloit point prier Dieu pour lui ; que quand il fe
repentiroit, on ne le devoit plus reconnoître pour Roi. Pourtant & le Pape
& les Sorboniftes fulminerent contre ce Prince ; les Parlemens & les Villes
le dégraderent autant qu'il leur fut poffible. Ses plus particuliers ennemis machinerent contre lui tout ce que fut poffible , & s'effaierent
en toutes fortes de le pouvoir attraper avant qu'il eût affemblé fes forces, pour le traiter cruellement & ignominieufement, s'il fût tombé en
leurs mains. Leurs troifiemes Libelles s'adreffoient contre le Roi de Navarre & ceux de la Religion fauffement chargés par ces furieux du crime

d'héréfie. Les quatriemes tendoient à exhorter les Villes à perfévérer en rebellion qu'ils appelloient Union , à quoi étoient ajoutés plufieurs Libelles menfongers de leurs efpérances & futures profpérités. Avant que parler de la guerre , nous avons ici inféré quelques-uns de ces Libelles , qui feront foi du refte ; attendant qu'au volume fuivant nous propofions le fommaire des quatre Livres qu'un de leurs plus confidens a publiés en Latin (1) depuis la mort du Roi, pour montrer qu'il a été juftement débouté du Roïaume par fes Sujets. Ces Livres imprimés à Lyon par Jean Pillehotte , Imprimeur de l'Union , l'an 1591 , par commandement de fes Supérieurs, qui font les Juges & Echevins de Lyon. En ce Livre font remis en avant contre le Roi Henri III tous les crimes fufmentionnés avec fa vie & fa mort. Pour le préfent nous propofons ce qui s'enfuit.

RÉPONSE

AUX JUSTIFICATIONS PRETENDUES

Par Henri de Valois, fur les meurtres & affaffinats de feu Meffeigneurs le Cardinal & Duc de Guife, contenues en la Déclaration par lui faite, contre Meffeigneurs le Duc de Mayenne, Duc & Chevalier d'Aumale (*).

PLUSIEURS perfonnes de ce Roïaume , penfoient que vous euffiez trouvé parmi les mémoires & papiers de Pericard, Secretaire du Duc de Guife , quelques grands éclairciffemens pour votre juftification, fur la mort dudit feu Duc , & du feu Cardinal fon frere , comme le bruit en couroit à votre Cour. Mais aïant vu par votre Déclaration contre le Duc de Mayenne, Duc & Chevalier d'Aumale, l'obfcurité & les tenebres que vous y apportez, par les peu vrai-femblables, froides & impertinentes caufes que vous alleguez avoir eues de les faire mourir: tous les gens de bien ont reconnu être très véritable ce que l'on dit communément, que plus on cache la vérité , & plus elle fe découvre. Voilà pourquoi les vrais Catholiques zélés à la défenfe

---

(1) C'eft l'Ouvrage de Jean Boucher , Docteur de Paris & Curé de Saint Benoît de la même Ville, intitulé : *De juftâ Henrici III abdicatione èFrancorum regno, libri quatuor.* Il avoit paru dès 1589 à Paris chez Nivelle ; & il fut réimprimé , avec des augmentations, à Lyon chez Pillehotte , non en 1591 , mais l'année précédente 1590. Jean Boucher eft mort Théologal de Tournay , en 1646 , dans un âge très avancé.

Son Livre eft un Libelle des plus féditieux. La feconde édition eft augmentée de douze chapitres ; elle ne porte pas le nom de l'Auteur comme la premiere. Voïez fur cela une note du Pere le Long , de l'Oratoire , dans fa *Bibliotheque des Hiftoriens de France. infol.* pag. 419,

(*) Cet Ecrit eft la production d'un zélé Partifan de la Ligue.

de leur Religion ſe fuſſent paſſés de vous y répondre, ſe contentant de ce qu'ils vous ont ci-devant répondu, s'ils n'euſſent
deſiré faire voir clairement aux plus aveuglés, & réveiller ceux
que vos belles paroles & apparences trompeuſes peuvent avoir
endormis.

Vous alleguez donc que le Duc de Mayenne, peu avant la
mort du Duc de Guiſe, vous manda entr'autres choſes par un
Chevalier d'honneur, que ce n'étoit pas aſſez à ſon frere de porter des patenoſtres au cou, mais qu'il falloit avoir une ame &
conſcience : & par ainſi vous donna lors avertiſſement de prendre bien garde à vous, & de vous préſerver des entrepriſes de
ſon dit frere. Le Duc d'Aumale vous donna auſſi preſque pareil
avertiſſement. Ceux qui n'ont ni nez, ni ſens, ni raiſon, ni
entendement, découvriront facilement la fauſſeté de cette
bourde, & combien il y a peu d'apparence que les Ducs de
Mayenne & d'Aumale vous aient donné tels avertiſſemens des
entrepriſes du Duc de Guiſe. Le Duc de Mayenne, dis-je,
frere du feu Duc de Guiſe, lequel vous alleguez ne vous avoir
pas bien ſervi en la derniere guerre du Dauphiné : lequel vous
dites vous avoir fait la guerre avec le Duc de Guiſe, l'an 1585,
& lequel étant conjoint en cette cauſe ; il n'y a nulle apparence
qu'il vous eût donné tel avertiſſement : non plus que le Duc
d'Aumale, lequel vous dites vous avoir ſurpris vos Villes de Picardie, & lequel il y a environ un an vous menaciez tout haut
à Paris, de faire trancher la tête. Mais voici ce que vous avez
découvert de l'intention pour laquelle ils vous ont donné cet
avertiſſement : c'étoit, dites-vous, afin qu'ils puſſent butiner
& diviſer le Roïaume entr'eux, n'étant prévenus & devancés
du Duc de Guiſe. Il faut donc croire que vous avez fait mourir
Monſieur le Cardinal, & tenez priſonniers Meſſieurs le Cardinal de Bourbon, Prince de Joinville, & Duc d'Elbeuf pour
leur en faire meilleure part. Ces malheureux qui ont précipité
ce Roïaume en ces ruines, vos faux Conſeillers d'Etat, qui vous
donnent telles couvertures, vous trahiſſent méchamment, nous
mettant en chemin de vous objecter des choſes, leſquelles toutesfois pour l'honneur de la France, & de vous qui avez été
notre Roi, nous tairons & paſſerons ſous ſilence. Le Duc de
Mayenne vous envoïa un Chevalier d'honneur pour vous donner
cet avertiſſement : & vous depêchâtes vers lui un homme de
ſang, pour lui donner la mort en récompenſe de vous avoir
averti,

Pareille eſt l'autre bourde que vous alleguez des pratiques &
recherches d'amitié que le Duc de Guiſe a faites avec le Roi
de Navarre & les Hérétiques, tant dedans que dehors le Roïaume, & de la faveur qu'il leur a portée. Vraiment les exemples en
ſont évidens & familiers. Quant il vous fit faire l'Edit du mois
de Juillet, par lequel les Hérétiques furent chaſſés du Roïaume; l'Edit d'union par lequel ils furent exclus de la couronne,
& conſéquemment le Roi de Navarre; quand il inveſtit Sedan,
quand il défit les Réiſtres à Vimorri & Aulneau, quand il
pourſuivit l'exécution de vos Edits contre leſdits Hérétiques,
quand dernierement en vos Etats, il faiſoit par ceux que vous
appellez ſes Partiſans, de ſi belles ouvertures pour l'établiſſe-
ment de la grandeur du Roi de Navarre. Le deffi dudit Roi
audit Duc, montre aſſez leurs recherches d'amitié. Et s'il
vous plaît de demander aux Hérétiques, quelles faveurs leur a
prêtées le Duc de Guiſe, ils vous en porteront bon & ample témoignage. Mais vous avez oublié d'écrire que cela étoit comme
héréditaire à ſa Maiſon. Feu Monſieur le Cardinal de Lorraine
a fait de ſi bons offices aux Hérétiques. Son pere le Duc de
Guiſe mourut pour leur querelle devant Orléans. Son oncle le
Duc d'Aumale devant la Rochelle, & ſon aïeul Claude de Lorraine leur départit beaucoup de ſes faveurs en la défaite qu'il
fit d'iceux en Lorraine. Si nous vous recherchions de même,
nous vous trouverions depuis quelques années beaucoup plus leur
ami que n'étoit le Duc de Guiſe. Car à la vérité anciennement
aïant fait quelque montre de les avoir fort à contre-cœur, &
leur vouloir faire la guerre juſqu'au bout, vous étiez leur butte
& leur viſée, vous leur étiez déteſtable, déloïal, perfide, un
autre Neron, & un ſecond Caligula : vous étiez le coq (voïez
le *ſecond dialogue du Reveillematin des Hérétiques*) qui devoit être mis dans le ſac, avec le ſinge, & la vipere, & le parricide Charles pour être jetté dans la riviere. Depuis Meſſieurs
les Hérétiques ont corrigé leur plaidoïer, qui démontre que
vous avez quelque nouvelle confédération avec iceux : car d'où
viendroit un tel & ſi ſubit changement après vos Edits ſi rigoureux? il faut néceſſairement que vos aſſurances & faveurs ſe-
cretes l'aient fait naître. Or nous ne nous amuſerons pas de les
particulariſer ici, en aïant déclaré une partie en notre premiere
réponſe : il nous ſuffira de dire ce qui eſt notoire à un chacun,
que ſans vos connivences & faveurs, il y a long-temps que le
nom d'héréſie & d'Hérétique ſeroit banni de la France. Et

quand au Roi de Navarre, souvenez-vous qu'outre une infinité de deniers que vous lui avez envoïés, & le soudoiement de l'armée des Réistres, vous seul avez empêché que l'excommunication justement interjettée par notre Saint Pere le Pape contre lui, n'ait été publiée en ce Roïaume (1).

. Vous dites aussi qu'on sait que le Duc de Guise tiroit pension des étrangers, par quelles promesses, & à quelle fin. C'est veritablement un grand crime que d'être pensionnaire de l'Etranger : mais il ne suffit pas d'accuser simplement, la preuve en est encore nécessaire. Si l'on ne nous en en amene point, & que nous venions aux conjectures, il sera bien aisé d'en justifier le Duc de Guise. Le Duc de Guise est mort endetté, le Duc de Guise n'a point bâti de somptueuses maisons, de Châteaux & de Palais, il n'a point fait d'acquisitions, il n'étoit donc pensionnaire des Etrangers. Mais il tenoit grande cour & grand train : ceux qui auroient vû les trains des Ducs de Guise & d'Epernon, les jugeront avoir été fort dissemblables. Quant aux promesses & aux fins, il est très certain que le Duc de Guise & les siens n'ont jamais livré Païs, Contrée, Ville ou Château aux Etrangers, ains au contraire en ont acquises sur iceux à la France. Vous savez si de vous & de tous ceux qui tiennent votre parti, on pourroit assurer de même.

Touchant les alliances qu'il a recherchées de ceux qu'il condamnoit devant comme fauteurs d'héréfie. Quand bien ainsi seroit, il n'auroit suivi que votre exemple, qui avez fait prendre alliance au Duc d'Espernon avec le Roi de Navarre, & le Duc de Montmorenci : qui avez réuni à vous tous les plus notables fauteurs d'héréfie, comme le Prince de Conti, Comte de Soissons, & ledit Duc de Montmorenci, l'un d'iceux aïant encore les mains sanglantes du sang de votre beau-frere : & brief qui avez voulu prendre & avez pris à votre service les Capitaines & Chefs de l'armée des Hérétiques.

Vous ajoutez que quant au soulagement du Peuple, soit consideré l'état à présent de ce Roïaume, & les pertes & ruines qu'il a reçues depuis l'année 1585, pour en faire comparaison avec les années précédentes 83 & 84. Les pertes & ruines qui sont advenues, sont provenues, ou par la famine, ou par la guerre, ou par les impositions extraordinaires que vous avez faites sur votre Peu-

---

(1) Cette excommunication lancée par Sixte V n'a été regardée comme juste que par par les Ligueurs, ou ceux qui étoient ou dans la même ignorance, ou dans les mêmes préventions qu'eux ; & c'étoit sagesse que de s'opposer à sa publication.

1589.

RÉPONSE AUX JUSTIFICAT., &c.

ple. De la famine & des impofitions, le Duc de Guife n'en peut être
accufé. La famine eft un fléau de Dieu, & les impofitions font
les vôtres, defquels vous avez fouetté par ci-devant bien cruellement & tyranniquement votre Peuple. Et ne faut pas que
vous alleguiez que les charges impofées, étoient pour fournir
aux frais de la guerre : vu qu'il eft tout notoire que le Duc d'Efpernon & les autres Harpies de Cour, fe donnoient publiquement par les joues de vos deniers, tyranniquement tirés de vos
Sujets ; là où les foldats de vos armées n'étoient point païés, &
même ceux de vos gardes recevoient le plus fouvent diminution
& rognure de leur paie. Quant à la guerre, les maux qui en
font venus, font venus de la part des Hérétiques & de vos
Partifans, qui firent venir par votre confentement cette grande armée de Reiftres, contre les Ligueurs, ainfi qu'on parloit
pour lors. Le Duc de Guife la défit, & délivra tout le Païs
d'icelle. La ruine donc & perte du Peuple ne lui fera point im-
putée, mais au contraire le foulagement d'icelui attribué. Ajou-
tons-y, que vous faifant comparaifon des malheurs du temps,
auquel vous aviez guerre aux Hérétiques, avec la profpérité du
précédent qui étoit pacifique, démontrez affez que vos Edits
n'ont jamais été faits que par contrainte, & que ce n'a été d'i-
ceux que toute piperie & affrontement. Combien que fi nous
recherchons l'état defdites années 83 & 84 & des précédentes,
nous le trouverons non moins malheureux que l'état de celles-ci,
dequoi nous appellerons à témoin tout votre Peuple en général. Souvenez-vous, pour ne particularifer ceci plus avant,
qu'en l'une de ces années tout le long de l'hyver, la Juftice ne
fut pas adminiftrée en votre Cour de Parlement, à caufe de votre tyrannique Edit des Confignations, auquel fuccéda celui
du Parifis, accompagné de plufieurs autres de femblable étoffe, defquels la fource, fi on vous eut laiffé faire, n'étoit encore tarie (1).

Vous faites grand effort fur ce que les Ducs de Guife, de
Mayenne & d'Aumale, tantôt fous un prétexte & tantôt fous
un autre, ont demeuré armés. S'ils avoient tenu leurs armes
oifives, par avanture auriez vous occafion de vous plaindre.
Mais vous favez trop mieux, que l'an 1586, pendant que le Duc
de Mayenne faifoit la guerre en Guienne, le Duc de Guife fut
l'efpace de trois ou quatre mois en votre Cour, & ne s'arma qu'au

______

(1) Voïez Mezerai, dans fon Hiftoire de France, regne de Henri III. Cet Hiftorien
s'explique avec beaucoup de liberté fur ces Edits.

recouvrement d'Auſſonne , à celui de Rocroy , à la guerre contre
Sedan , pour vous venger du Duc de Bouillon & contre l'armée
des Reiſtres ; & le Duc d'Aumale par après ſe tint armé pour ſoutenir la liberté des Villes de Picardie , que vous vouliez opprimer par vos garniſons inutiles , & par les Hérétiques & fugitifs
qui rentroient dedans leurs maiſons , par votre connivence &
ſupport. Vous déliberiez , dites-vous , ſans cela de faire la guerre en Guienne contre les Hérétiques , mais vous faiſiez toujours
marcher vos forces vers Normandie & Picardie. Trouvez-vous
quelque néceſſité ou utilité remarquable , par laquelle il fut beſoin
en ce Roïaume , que le Duc d'Eſpernon eût tous les meilleurs
Gouvernemens ; & qu'on mît des garniſons en toutes les Villes de
France , contre leurs anciennes franchiſes & libertés ? Vous me
direz que vous le vouliez , & que n'êtes tenu de rendre compte
de vos actions qu'à Dieu ſeulement. Vos Prédéceſſeurs n'en faiſoient pas ainſi, leſquels aſſembloient toutes les années leurs Etats
Généraux , par le conſeil deſquels ils gouvernoient le Roïaume.
Le Roi, diſoit Socrates,(*Xenophon des faits & dits mémorables de
Socrates , liv.* 3.) n'eſt pas créé pour être bienheureux , mais pour
rendre bienheureux ſon Peuple , comme le Chef d'armée eſt créé
pour remporter victoire des ennemis. Quand il fait donc le contraire , & qu'il opprime la liberté ancienne de ſes Sujets , il eſt
tenu de leur en rendre compte.

Vous voulez auſſi que l'on ſe repréſente la contenance du Duc
de Guiſe , & de ceux qui lui aſſiſtoient , lorſque vous accordâ-
tes aux Députés des Etats , la décharge & réduction des tailles à
celles de l'année 1576. Si vous faites mourir les hommes pour
la ſeule contenance , il faut penſer que nous aurons cette année
abondance de gibets , pourvû qu'on vous laiſſe faire. Mais
vous ajoutiez , dites-vous , à ladite réduction , pourvû qu'ils donnaſſent les moïens de remplacer le fonds , & ſatisfaire à l'entre-
tennement de la dignité Roïale & de l'Etat , & de faire la
guerre que tous avoient demandée & jurée ſi ſolemnellement.
Quelle décharge de tailles penſiez-vous octroïer au Peuple ,
avec cette condition de remplacer le fonds ; qui le remplacera
que le Peuple ? Toujours la même charge ne demeurera-t-elle
pas ſur lui, ſoit qu'il la paie ſous nom de taille ou ſous quelqu'autre couverture ? Le remplacement étoit néceſſaire pour entretenir l'autorité Roïale , & la guerre ? Pourquoi plutôt qu'audit an 1576 , auquel la guerre étoit auſſi grande contre les Hérétiques qu'à préſent ; vû mêmement que depuis ce temps votre

revenu eſt accru , par le décès de feu Monſeigneur vôtre frere , & de la Reine d'Ecoſſe douairiere de France ? Mais nous vous entendons bien : le remplacement étoit néceſſaire pour entretenir vos mignons, auxquels vous donnez tout , pour ſuborner les Gouverneurs, & apparens Magiſtrats & Bourgeois des Villes , afin qu'ils prêtent la main à vos tyrannies, & ſe départent de l'union jurée contre les Hérétiques.

Tout ce que vous ajoutez, que d'un côté il vous diſſuadoit ledit ravallement, & de l'autre il preſſoit ſes Partiſans de faire telles inſtantes pourſuites, ſont choſes controuvées, d'autant que vos propos pleins de colere & dépit, vos commiſſions de rehauſſer les tailles au même temps , & la demande d'une ſubvention de chaque clocher, vos dilaiemens, vos remontrances particulieres aux Députés de chaque Province, pour n'accorder ladite requête, & celle de la Chambre des Recherches, ſont connues à un chacun : & ce qui a hâté la mort du Duc de Guiſe , eſt le deſir & la bonne affection qu'il a toujours eu au ſoulagement du Peuple. Et quand à ce que vous ajoutez encore que les opinions n'étoient plus libres en votre Conſeil, & que l'exécution des arrêts & jugemens donnés en vos Cours Souveraines , contre les plus criminels & ſcélérats de ce Roïaume, étoir retardée par ſon moïen, tout cela ſort de même boutique. Mais nous nous étonnons beaucoup de ce ſi ſubit changement, que vous aïez maintenant tant à cœur l'exécution des arrêts de vos Cours Souveraines contre les criminels , vu que vous avez permis ſouvent que vos mignons forçaſſent les priſons, pour en retirer ceux qui étoient condamnés, où proches de l'être par leſdites Cours ; & vu que vous-même avez donné lettres d'abolition & remiſſion aux plus méchans & ſcélérats de ce Roïaume. Nous nous en rapporterons à ce qui vous a été remontré depuis n'agueres, par un de vos Officiers.

Vous dites que ceux de votre parti étoient appellés Hérétiques ou du moins Politiques ; ceux du parti du Duc de Guiſe vrais Catholiques : & que c'étoit marque d'injure, il eſt Roïal ; & au contraire titre d'honneur, il eſt Guiſart. Vraiement on faiſoit beaucoup pour aucun d'iceux de les appeller Hérétiques , d'autant qu'ils ſont reconnus pour vrais Athéiſtes, & de les appeller Politiques, c'étoit les honorer davantage. Nous vous demandons ſi être Hérétique, Athéiſte, ou Catholique né ſe reconnoît pas à la vie & à la doctrine ? De la vie d'iceux nous n'en parlerons point, parcequ'elle eſt aſſez connue. Quant à la doctri

ne ,

ne, eft-ce être Catholique, que de tenir que les Catholiques & les Calviniftes, ne font point différens de doctrine, mais feulement de quelques mots & de quelques cérémonies de peu de conféquence (moïen par lequel Eudoxe, Arien, felon Theodoret, *ch.* 32. *du* 4. *liv. de l'hift. Ecclef.* fit tomber les Goths en l'Arrianifme) ? Que les Calviniftes faillent feulement en ce qu'ils ne croient pas affez ? Que le Roi de Navarre n'eft pas Hérétique ? Qu'il faut obéir à un Prince Hérétique ? Qu'il faut avoir la paix avec les Hérétiques ? Et autres telles opinions, qu'ils ont non-feulement proférées de bouche, en propos familiers, mais publiquement aux fermons, principalement en ceux auxquels vous affiftiez, en vos Cours de Parlement, & par livres écrits, les auteurs defquels étoient fupportés par vous, & les auteurs des livres Catholiques recherchés & punis féverement ? C'eft manifefte calomnie que nous nous foïons jamais appellés Guifars ; mais c'eft vous & les vôtres qui avez fait cette diftinction de Guifars & de Roïaux, de même que les Hérétiques aux premiers troubles appelloient les Catholiques Guifars. Nous nous fommes toujours dits Catholiques unis & zélés, pour nous diftinguer de ceux qui fe tiennent divifés & féparés de l'union des Catholiques, & qui préferent leurs grandeurs, biens & états au zele de la Religion. Nous n'avons jamais eu aucune affection particuliere au Duc de Guife, qu'autant qu'en permettoit l'obéiffance & fubjection que nous vous devions ; & fi nous l'avons aimé, ç'a été pour la même caufe que nous eftimions que vous le deviez aimer ; à favoir pour s'être toujours montré défenfeur de la Religion, de vous & de votre Etat.

Auffi ce que vous alleguez après, que le Duc de Guife vous vouloit commander, & fe faifir de votre perfonne, eft manifefte impofture, vu que vous étiez environné de toutes parts de vos Suiffes, de vos Gardes Françoifes, des Compagnies de vos Ordonnances, & que vous étiez en une Ville non unie, en laquelle le Duc de Guife & les fiens n'avoient que leur fimple train. Mais eft-il croïable que le Duc de Guife qui pouvoit dernierement à Paris vous faifir fans aucune difficulté, eût entrepris de vous faifir avec difficulté à Blois pour vous amener à Paris ? Davantage il ne fuffit pas en matiere d'accufation, de propofer que le Duc de Guife avoit fait telle entreprife, qu'il avoit faifi des clefs, qu'il avoit les armes propres à ceci, & inutiles à autre exploit de guerre, & des hommes autour de vous pour s'en faifir ; mais il faut dire quels hommes, defquels vous vous êtes pu faifir, aïant foudainement après le meurtre, fait fermer les portes de votre Château, comment cette entreprife devoit être exécutée & autres chofes femblables, par lefquelles on parvient à la connoiffance de la vérité.

Vous impofez un grand crime audit Duc, d'avoir comme Lieutenant général de vos armées, donné une fauve-garde aux Habitans de Romorentin ; & d'avoir tenu un confeil tous les jours & à heure reglée en fa chambre, comme s'il n'étoit pas permis à tout Prince d'avoir un confeil de fes affaires.

Et quant à fon outrecuidance que vous alleguez, pour avoir refufé de jurer les crimes de leze-majefté, que vous vouliez renouveller, & faire jurer en pleine affemblée de vofdits Etats ; nous vous répondons qu'ès articles propofés defdits crimes, vous en compreniez qui n'étoient accoutumés d'être jurés, & lefquels oppugnoient entierement la liberté de la France, comme entre autres celui-là ; que ce feroit crime de leze-majefté de refufer argent au Prince, pour quelque occafion que ce fut. Et depuis auffi vos Etats refuferent de les jurer.

Ce font des occafions pour lefquelles vous dites que vous l'avez fait mourir : mais quand elles feroient bien vraies & fuffifantes, nous vous demandons fi vous le pouviez faire par affaffinat, ainfi que vous avez fait ? Nous favons bien que vous avez toujours permis les duels en votre Cour, mais c'eft autre duel, autre affaffinat. Si vous confiderez la coutume inviolable de ce Roïaume, vous trouverez que le procès des Princes doit être parfait par la Cour de Parlement de Paris, y appellés les Pairs du Roïaume ; mais fi vous recherchez l'antiquité, vous trouverez que le procès leur étoit fait en l'Affemblée des Etats, ainfi qu'il fut pratiqué en la condamnation de la Reine Brunehaut (1), de Taffillo Duc de Baviere (2) & de Bernard Roi d'Italie (3). Vous avez bien fait mourir ce Prince en l'affemblée des Etats, mais ce n'a pas été par leur avis ;

(1) Femme de Sigebert, Roi d'Auftrafie, qui l'époufa en l'an 565. Elle étoit fille cadette d'Athanagilde Roi des Vifigots, & d'Arienne qu'elle étoit elle s'étoit faite Catholique. Elle fut mife à mort en 613 par l'ordre de Clotaire II, Roi de Soiffons.

(2) Le Duché de Baviere fut réuni à la Couronne de France en l'an 787 ou 788, à caufe des infidélités de Taffillon, Duc de cette Province, qui força enfin Charlemagne fon Coufin à le faire arrêter lui & fon fils Théodon, & à les mettre dans un Couvent.

(3) Bernard fils de Pepin, proclamé Roi d'Italie par Charlemagne vers l'an 810, irrité dans la fuite de ce que Louis le Débonnaire lui avoit été préféré pour l'Empire par le même Charlemagne, fon Grand-Pere, quoiqu'il fut fils de l'aîné de ce Prince, & voïant la nouvelle difpofition faite par Louis le Débonnaire en faveur de Lothaire, prit les armes : Louis aïant marché contre lui, le prit & lui fit crever les yeux, dont Bernard mourut.

au contraire vous les avez bravés, faifant entrer en la Chambre du Tiers-Etat votre Grand Prevôt, avec l'épée nue en la main, fuivi de fes fatellites, pour là y conftituer prifonniers les Députés de vos Etats.

Nous ne favons fi la bravade que vous affurez que le Duc de Guife avoit faite à quelques uns des Députés, étoit femblable. Ces ignorans de votre Confeil, qui ne font doctes qu'en l'invention des nouveaux fubfides, gabelles & impofitions, devroient rougir de honte, d'inventer telles impoftures pour accufer le feu Duc de Guife, qui peuvent être contre vous véritablement rétorquées. Le Duc de Guife a bravé quelques Députés des Etats, & vous les avez bravés tous généralement. Car vous avez forcé le Comte de Briffac, & le Seigneur de Boifdaulphin, Députés de la Nobleffe, & l'un d'iceux Préfident en la Chambre d'icelle, de vous demander pardon. Vous avez emprifonné la Chapelle, Prevôt des Marchands, Préfident en la Chambre du Tiers-Etat, le Préfident de Nulli, le Député d'Amiens & quelqu'autres; & avez fait affaffiner le Cardinal de Guife, Préfident en la Chambre du Clergé.

Mais ils font plaifans lorfqu'ils vous font accufer le Duc de Mayenne, Duc & Chevalier d'Aumale, d'avoir tourmenté quelques Evêques, Prélats, & gens d'Eglife jufques à les emprifonner : car il femble qu'ils ne fe fouviennent pas que vous tenez prifonnier Monfieur le Cardinal de Bourbon, l'Archevêque de Lyon, Primat de France, & que vous avez fait maffacrer mondit Sieur le Cardinal de Guife. Celui qui accufe de quelque crime un autre, doit être purgé au préalable d'icelui.

Mais c'eft grand cas que vous ne dites rien des caufes qui vous ont mu de faire mourir Monfieur le Cardinal. Etoit-ce par ce qu'il foutenoit l'Eglife contre votre ufurpation, & l'aliénation que vous prétendiez faire à votre volonté des biens d'icelle ? ou bien parcequ'il étoit de l'union ? ou parcequ'il étoit frere du Duc de Guife ? & que vous vouliez perdre entierement la race de ce grand Duc, qui mourut devant Orléans, fans les armes duquel vous n'euffiez jamais commandé en France ? C'étoit l'un ou l'autre, ou peut-être les trois enfemble. Vous ne l'appellez point Cardinal : Vous dites feulement du Duc de Guife & de fon frere. Nous croïons qu'il vous voudroit avoir coûté la Duché de Bourgogne, que vous vouliez donner au Duc de Mayenne (à la charge qu'il fe laifferoit poignarder comme fes freres) & qu'il n'eut point été Cardinal. Vous ne favez par quel bout commencer. Nous vous conseillons que quand vous voudrez vous en justifier, vous commenciez par le blanc signer que vous lui fîtes faire avant que le tuer.

Mais vous donnez une belle esperance au Duc de Mayenne, Duc & Chevalier d'Aumale, & aux habitans de Paris, d'Orléans, Amiens, Abbeville, & autres Villes Catholiques, de votre miséricorde & clémence, quand vous dites, que vous n'avez pas puni ces Princes, selon qu'ils meritoient pour leur déloïale félonnie, mais selon la saison : car puisque vous punissiez les hommes selon la saison, il seroit à craindre qu'ils ne tombassent en une saison, selon laquelle vous accroitriez vos cruautés & supplices. Combien qu'à la vérité vous ne le sauriez accroître. Car quel acte plus cruel pourriez-vous commettre que celui que vous avez exercé ? Nous disons que les cruautés de Perille, Maximin, Maxence, Agathocles, & des autres plus grands Tyrans qui furent onques, mêmes les supplices des Auges tant renommés parmi les Persans, ne sont à comparer à votre barbaresque inhumanité. Ces supplices s'appaisent & finissent par la mort, le vôtre n'est pas assouvi d'icelle, il s'aigrit davantage après, faisant découper & trancher les corps à petits morceaux, pour les faire par après brûler : ne se contente point d'en voir la cendre, s'il ne la voit encore au vent éparse & dissipée. La fierté des lions, & des animaux plus sauvages que vous dites se dompter par bienfaits, n'est point telle. Ce sont les actes signalés que vous n'avez pas tirés de la vie des Apôtres, & des commandemens de Dieu, pour conserver la Religion Catholique, Apostolique, & Romaine (ainsi que vous avez voulu dire des actes du Duc de Guise) : mais des preceptes de Machiavel, pour l'opprimer.

Encore après une si manifeste oppression, & les accords secretement faits avec le Roi de Navarre, vous faites comme devant, parade de la conservation d'icelle.

Ainsi Julien l'Apostat pour mieux abuser les Chrétiens, fit masque de dévotion, & adora un jour de Noel avec eux publiquement en l'Eglise. Le fils de Constantin Copronymus fit semblant d'être grand Religieux & Aumônier : & Anastase par lettres & promesses écrites, qu'il viola, parvint à l'Empire, & opprima les Catholiques.

Vous nous voulez aussi faire croire que vous n'avez pas fait mourir le Duc de Guise pour être protecteur & défenseur de la Religion Catholique, mais pour vous être rebelle & déso-

béiffant. Ainfi fous ce prétexte le même Julien fit mourir Ju-
ventius, Maximianus, Artemius & plufieurs autres grands perfonnages, & bannit Valentinien, qui depuis fut Empereur (1).
Ainfi l'Empereur Decius fit martyrifer Saint Cyprien & Cornelius, difant qu'ils confpiroient contre lui. Léovigilde Roi
d'Efpagne fit tuer inhumainement fon propre fils: & de notre
temps le Roi Henri d'Angleterre, & depuis la Reine qui eft à
préfent fa fille, ont fait perdre la vie aux plus grands Seigneurs
de leur Roïaume, & recentement à la Reine d'Ecoffe Princeffe
Souveraine. Nous vous demandons fi depuis que vous commandez à la France, vous avez fait mourir les Princes rebelles
hérétiques, les aïant en votre puiffance, comme vous avez fait
le Duc de Guife, & fi vous avez perfecuté les Miniftres de la
Prétendue Religion, ainfi que vous avez maffacré & emprifonné les Cardinaux, & perfecuté fouvent les Prédicateurs Catholiques.

Et afin de détourner les Catholiques de la jufte défenfe de
leur Religion, laquelle ils doivent préferer à toutes chofes terriennes, caduques & mortelles, & faire trouver mauvaife la
fainte entreprife du Duc de Mayenne, Duc & Chevalier d'Aumale, par laquelle ils ont réfolu de s'oppofer à vos deffeins.
Vous propofez généralement, qu'il n'y a commandement de
Dieu, religion, ni loi reçue entre les hommes, qui puiffent
excufer le Sujet de prendre les armes, fans l'ordonnance ou
permiffion du Souverain. Si cela étoit véritable que le commandement de Dieu n'excufât pas le Sujet en tel cas, il faudroit que
le commandement du Roi fût plus grand que celui de Dieu, &
qu'au ferment d'obéiffance que le Sujet prête au Roi, la plus
grande puiffance, à favoir celle de Dieu, ne demeurât pas ex-
ceptée : qui eft une impiété par trop manifefte. Il faudroit auffi
que quand Jehu reçut le commandement de Dieu d'exterminer Achab & fa race, il eut grandement failli en l'exécutant,
& que le commandement de Dieu ne l'excufât pas du crime de
Leze-Majefté : fi la Religion n'eft pas fuffifante caufe pour excufer le fujet de rebellion contre le Prince, il s'enfuit que le
Prince eft non feulement fouverain & fupérieur en la Religion,
tel que s'eft dit Henri d'Angleterre : mais encore qu'à lui feul
appartient de nous ordonner quels Dieux il lui plaît d'être ado-
rés, quels autels érigés, & quels facrifices inftitués, qui eft
proprement ouvrir le chemin à l'idolatrie & paganifme. Et s'en-

____

(1) Voïez la vie de l'Empereur Julien, fi bien écrite par M l'Abbé de la Bletterie.

fuit encore que Gregoire Pape qui a le premier diſtrait toute
l'Italie de l'obéiſſance des Empereurs de Grece , pour leur héréſie , & a donné occaſion à ſes ſucceſſeurs de transferer l'Empire d'Occident de Grece aux François , encourut en ce faiſant
le crime de rebellion & félonnie. Et s'il n'y a point de loi entre
les hommes qui les puiſſe excuſer en aucun cas : il s'enſuit qu'il
eſt loiſible au Prince de perdre , renverſer , & détruire tout
ſans aucun contredit , & faire le Commode , Caligula , & Neron en toute impunité. La conſéquence en eſt bonne , car ſi
le Prince le veut & le peuple ne lui peut réſiſter , il s'enſuit que
le Prince l'obtiendra par force & violence, Ce qui n'eſt autre
choſe que propoſer un Prince Tyran , & un peuple groſſier ,
ignorant , & ſtupide. Mais vous ne perſuaderez jamais telles
propoſitions aux vrais Catholiques , ni aux bons politiques bien
entendus en l'Etat : moins aux légitimes François , iſſus de ces
anciens François , leſquels vous dites avoir été ſi fideles & loïaux
à leurs Rois.

Les vrais Catholiques ſavent que la foi catholique n'a point
été plantée par les armes des Empereurs , par leurs Edits & Ordonnances , mais par le ſang des Apôtres & Martyrs , & par leur
fidele & ſalutaire doctrine accompagnée du Saint Eſprit ; ce
qu'ils ne tiennent donc point des Rois , mais de Dieu , ils le
peuvent défendre contre les Rois , quand les Rois le leur veulent
ravir. Principalement lorſque la Religion eſt non ſeulement
reçue au Roïaume , mais encore par un long cours des ſiecles ,
& par les ſermens qui ont accoutumé d'être réitérés au ſacre de
tous Princes Chrétiens , poſée pour fondement de la couronne ,
pour lequel fondement il leur eſt loiſible de combattre , ainſi
que pour toutes loix fondamentales du Roïaume. Les bons Politiques n'ignorent que lorſque les Rois ont été élûs des peuples , ils ne leur ont pas transferé la puiſſance , voïez la loi
creditor. 5. Lucius ff. Mandati. priſe en argument , que pour en
uſer légitimement & en bonne foi contre eux-mêmes , où la
juſtice divine & humaine & la néceſſité ou utilité publique le
commanderoient : & qu'à cette occaſion il y a mutuel ſerment ,
Platon liv. 3. des loix , & mutuelle obligation entre le Prince
& les Sujets , ſavoir eſt ; Que les Rois par continuation de race
& par laps de temps ne regneront point par violence & tyrannie , & tant les peuples que les Rois garderont leur ſerment ,
conſerveront & maintiendront la grandeur des Rois : & que
par ainſi également doivent être eſtimés ennemis de l'Etat , &

crimineux de Leze-Majefté au premier chef, ceux qui abaiffent
& aviliffent la perfonne du Prince & la font comme un jouet
d'une commune, ou qui au contraire réduifent la Principauté,
(*Plat. liv. 8. des loix*)à la libre volonté & defordonnée du Prince.
   Quant aux François, puifque vous les adjurez par les anciens
François, il eft bien équitable que vous receviez auffi ceux-là
mêmes pour juges. Par iceux vous devez craindre que non-feulement votre propofition fe trouve fauffe, mais encore votre procès du tout parfait, foit que nous confiderions les faits & dits des
anciens Rois, foit encore les déportemens de leurs Sujets envers
eux. A peine la Religion Catholique avoit été reçue en ce Roïaume par nos Princes, que Clovis premier Roi Chrétien, prit les armes, non pour la défenfe, mais pour la propagation d'icelle. Ses
enfans fuivirent fon exemple, & peut-on dire qu'autant prefque
fa poftérité a flori aux armes, autant a-t-elle eftimé fainte la guerre
pour l'augmentation de la vraie Religion. Si nous defcendons de la
race de Clovis, & venons aux faits de Charles Martel, de Pepin &
de Charles le grand, trois grands ornemens de notre France, nous
y verrons un zele ardent envers Dieu & fa fainte Eglife. Lequel
engendra tant de belles victoires qu'ils obtinrent fur les infideles
& rebelles à icelle, par le moïen defquels la France feigneuria
& domina tout l'Occident. Ce grand Prince Charles établit un
Parlement en Weftphalie, auquel il commanda expreffement de
faire prendre fur le lieu, & fans autre forme de procès, tous ceux
qu'on connoîtroit tenir parole de changer de religion. Nous trouvons au *liv. 5. chap. 248. du même Charles*, écrit, qu'il n'eft loifible
à l'Empereur d'attenter rien contre les commandemens de Dieu,
ce qui eft bien loin d'eftimer que le commandement de Dieu
n'excufe pas le Sujet contre le Prince. Les fucceffeurs de Charles ne furent pas fucceffeurs de fon zele, ainfi que de fon Empire; auffi par un jufte jugement de Dieu, après beaucoup d'autres
précédentes pertes, ils perdirent enfin leur Etat, mais toutefois
ils reconnurent toujours & honorerent l'Eglife & les Eccléfiaftiques. Quant aux Capets, les Hiftoires font toutes pleines de
nos Princes croifés contre les Infideles & Hérétiques, & armés
contre leurs propres Sujets, pour la confervation des perfonnes
& biens de l'Eglife. Philippe Augufte reçut humblement le commandement du Pape d'aller avec main armée contre les Hérétiques Albigeois. Saint Louis mourant, entr'autres préceptes
qu'il donna à fon Fils, donna celui-ci, de couper la tête aux
nouvelles fectes & héréfies. Ce faint Prince menaça Federic Em-

pereur, pour avoir retenu prisonniers les Cardinaux qui alloient au Concile, disant qu'il avoit violé le droit des gens, & tout droit divin & humain. Que diroit-il donc de vous s'il ressuscitoit du tombeau, lorsqu'il entendroit qu'en l'assemblée de vos Etats, vous en avez fait tuer un, brûlé son corps & dissipé ses cendres au vent ? Nous croïons qu'il ne faudroit point d'autre juge pour vous condamner. Quant au zele des autres Rois & leurs saintes actions, il seroit trop long de les déduire ici. Pour le faire court, sous les Princes de ces trois races, les François ont rendu chrétienne l'Angleterre, ont battu les Sarrazins en Espagne, ont domté Constantinople Schismatique, ont été le support des Nations Chrétiennes d'Asie & des Papes, la terreur & l'effroi de l'Afrique : & quant aux Etats, ils les ont tellement honorés que de leur déférer la controverse du Roïaume (ainsi que fit Clotaire, lorsque Brunehaut vouloit faire regner les enfans de Théodore) les assembler tous les ans, & y traiter les affaires d'importance ; & ordonner que les partages faits entre leurs enfans fussent pour lors bons & valables, quand ils seroient confirmés par les Etats ; bref les avouer pour leurs Juges, ainsi que fit Louis le Débonnaire, lequel aïant été déposé par les Etats, ne voulut point reprendre la Couronne, qu'il n'eut été auparavant remis par les Etats. Un seul Louis onzieme s'est trouvé qui s'est efforcé de ravaler leur autorité, n'observant point ce qui avoit été promis & solemnellement juré en iceux, il n'en perdit pourtant pas sa Couronne, comme fit un Roi de Dannemarc, *Krants, livre 5. de l'Histoire de Dannemarc*, pour avoir rappellé son unique fils, contre la foi promise aux Etats ; mais tel attentat produisit une infinité de malheurs & calamités en la France, combien que lui ni autre Prince quelconque ne les ait jamais violés avec tant de perfidie & méchanceté, comme vous les avez violés, y aïant fait assassiner ces deux grands Princes vos cousins, en la même sorte que si l'Empereur appelloit à soi les Princes Electeurs, les Ducs & grands Capitaines, sous prétexte de vouloir délibérer des affaires de la guerre, & les faisoit massacrer dedans son Palais lâchement & traîtreusement. Vos prédécesseurs ne se sont pas donc ainsi comportés au gouvernement de ce Roïaume, & pour la défense de la Religion ; ils y ont procédé par effets, & non par paroles contraires aux effets, comme vous avez fait toujours ; ils n'ont pas fait des Edits pour les rompre, n'ont pas assemblé leurs Etats, pour y massacrer & emprisonner les Princes & les Députés, n'ont pas fait mourrir

les

les Prêtres & les Cardinaux, mais ont pris leur protection &
défenfe ; n'ont pas eftimé leur puiffance fupérieure aux commandemens de Dieu & de l'Eglife, mais l'ont eftimée infé-
rieure.

Quant aux déportemens des François envers leurs Rois, vous
n'ignorez pas que le nom de France eft nom de liberté : d'où
s'enfuit que les François ne font pas ferfs ni efclaves de leurs
Princes. Lorfqu'ils élurent leurs Rois, ils ne fe dépouillerent
pas de leur liberté, ils les élurent, pour vivre en icelle craints
& redoutés de leurs ennemis, fous leur jufte obéiffance : car,
ce n'eft pas fervitude que de vivre fous un Prince jufte, droi-
turier & magnanime. Auffi comme leur fidelité fert d'exemple
aux autres Nations, pour tenir vénérable & très facrée la Majefté des Rois ; de même n'ont-ils pu fupporter un Childeric,
foulant leur liberté par le raviffement & adultere de leurs filles
& femmes : ni Théodoric & Childeric qui honniffoient la gloire & reputation des François par leur lâcheté & fetardife : ni
Loys le Fayneant, violant la Religion par fon mariage avec
une nonnain : ni Charle, Duc de Lorraine, pour s'être imbu
par trop de mœurs & façons Allemandes. Par l'exclufion de ce
Charles, votre race tient la Couronne des Etats ; lefquels quand
vous violiez, vous deviez fonger que vous violiez ceux defquels vous tenez votre autorité, & que ceux qui avoient exclus
les autres Rois pour des actes non violens, ou violens à quelques Particuliers, & oppugnant indirectement les droits & libertés de la France, auroient plus jufte occafion de vous dé-
chaffer pour une directe, ouverte & génerale violence.

Pour la Religion nous n'avons pas beaucoup d'exemples pour
vous démontrer, que les François en ont eftimé jufte la défenfe
contre leurs Rois, pour n'avoir jamais eu des Princes héretiques ; car quand à Chilperic I qui voulut femer une hérefie touchant la fainte Trinité, après qu'il lui fut virilement refifté par
les Evêques de France, il défifta de fon erreur. Mais lorfque
les François, (*Paul Emile. Livre* 2.) requirent le Pape Zacharie de les délier du ferment qu'ils avoient prêté à Childeric, ils alleguerent entre autre chofe ; Que leur patience étoit
accufée de tous d'avoir fouffert le regne des Rois fi lâches &
effeminés, que la caufe de les avoir tant foufferts étoit, qu'ils
avoient mieux aimé endurer toute forte de malheurs, que de
ne déférer la Couronne à ceux qui étoient appellés en l'efpérance du regne ; toutes fois qu'à prefent ils ne regrettoient plus

leur fort, mais celui de la Religion, qui fe perdoit par la fai-
néantife de Childeric. Si ces anciens François eftimoient la
bêtife, & peu de fens de Childeric, pour pourvoir aux affaires de la Religion, fuffifante pour le dépofer ; combien plus
fera fuffifante votre oppugnation ouverte, votre tyrannie, vos
facrileges, & l'excommunication, laquelle vous avez encourue
par tout droit divin & humain ? S. Bernard (*Paul Emile*,
Livre 5.) parlant à Louis le Jeune votre Prédeceffeur, lequel
avoit brûlé cruellement avec tous ceux qui s'y étoient retirés,
l'Eglife de Vitri, lui difoit, que celui ne devoit point être tenu pour légitime Roi des François, auquel Dieu très grand &
très bon, n'étoit point faint ; que celui avoit perdu le droit du
Roïaume, qui s'étoit armé contre les Eglifes, & ceux qui s'é-
toient retirés en la fauvegarde des Eglifes. Vous donc, qui ne
vous êtes pas feulement armé contre les Temples morts, mais
contre les vivans, & qui perfecutez la Religion Catholique,
qui avez rompu votre Édit d'union, Loi fondamentale de votre Roïaume, & en qui toutes les raifons & occafions pour lefquelles un Roi peut être demis, fe rencontrent, êtes, à plus forte raifon déchu du droit d'icelui. Voilà comme les anciens
François ont eftimé qu'il y avoit commandement de Dieu,
Religion, & Loi reçu entre les hommes, qui excufent les Sujets en quelques cas, de prendre les armes fans l'autorité du
Souverain, & contre le Souverain même. Par quoi vous ne
devez plus ramentevoir à leurs fucceffeurs leur ancienne loïauté & fidelité, puifque leur mémoire vous condamne ; & moins
les adjurer par leurs cendres, vous qui avez violé les cendres
de vos plus proches parens. Encore moins pouvez-vous alléguer qu'il y va de votre autorité, & qu'à cette occafion ils vous
doivent prêter aide & fecours, puifque comme nous vous avons
démontré, vous l'avez entierement perdue, aïant violé les Etats,
defquels Hugues Capet & fa race avoient reçu cette autorité,
tout de même que les deux premieres races de Charles & de Me-
rouée l'avoient encore recue.

Mais de quel front ofez-vous dire qu'il y va de la Religion
Chrétienne, parcequ'on s'arme contre vous ? Et c'eft vous qui
avez commis un facrilege, & le défendez, difant que vous avez
bien fait, & même êtes venu en telle arrogance, que d'écrire après
l'avoir commis, que perfonne ne fe peut approcher de votre
Religion, combien que les Héretiques ne craignent rien tant,
finon que vous foïez demis & dépoffedé ; eft-ce vous, dis-je,

qui pouvez dire défendre la Religion Chrétienne? où nous qui défendons que vous avez mal fait, que vous êtes, par tel acte, excommunié & retranché de l'Eglise, selon l'expresse parole de Dieu, les décrets des saints Peres, & les constitutions de Papes? Mais voici comme vous entendez qu'il y va de la (1) Religion Chrétienne ; l'expresse parole de Dieu commande d'obéir aux Rois, & aux Princes que sa divine bonté a constitués sur nous : donc ceux qui désobéissent à cette parole, comme contrevenans à icelle, ne se peuvent dire Chrétiens. Si telle conclusion est vraie, il faut que ceux qui vous désobéissent faillent plus grièvement que ceux qui desobéissent à Dieu : car les héretiques desobéissent expressement à Dieu, combattans contre sa sainte parole, & toutes fois par vos Edits, vous les avez toujours avoués Chrétiens, qui maintenant ne voulez pas tenir pour tels ceux qui vous desobéissent? N'est-ce pas s'attribuer plus grande autorité qu'à Dieu, & être en plus grande erreur que n'étoit Isaac l'Ange, (*Nicetas, Livre 3. de l'Empire dudit Isaac.*) Empereur de Constantinople, qui affermoit que tout étoit loisible au Prince, & que quant au gouvernement des choses terriennes, il n'y avoit telle repugnance entre Dieu & le Prince, qu'entre la negation & affirmation? Mais pour ne demeurer pas davantage en cette erreur, oïez ce que sur ce propos, dit Platon au dialogue du regne. De ce divin Pasteur, la figure est plus grande, qu'elle puisse être attribuée aux Princes ; Les Rois & les Princes, soit que nous considerions leur nature, soit l'éducation, soit la discipline, sont plutôt semblables à leurs Sujets qu'à Dieu. Il ne faut donc pas dire du Prince, que celui qui lui desobéit ne soit pas Chrétien, bien qu'en cela il fasse contre le commandement de Dieu, s'il n'a juste occasion, comme nous avons maintenant, de lui desobéir. Car Dieu commande d'obéir aux Rois qui regissent & gouvernent le Peuple, comme il appartient par raison, & non aux tyrans, qui violant tout droit divin & humain, se jouent des biens & de la vie de leurs Sujets, comme s'ils n'étoient nés que pour leur service. Aussi ne pouvez-vous pas dire qu'il y va de l'Etat & de vos Sujets. Quand le Prince ne s'étudie point à son bien propre, ni à celui de son Peuple, quand il maintient la vraie Religion, & les autres Loix fondamentales du Roïaume, & que les

(1) Ce raisonnement est faux ; & on a cent fois démontré, que sous quelque prétexte que ce soit, il n'étoit jamais permis à des Sujets de prendre les armes contre leur Souverain. Tout le reste de cette déclamation tend cependant à combattre cette vérité.

S ff ij

Etrangers ou quelques-uns de ses Sujets lui veulent ravir le sceptre, il y va de l'Etat; mais lorsqu'il fait le contraire, & qu'il ne se glorifie qu'en sa puissance, voulant ce qu'il peut, & non ce qu'il doit, ne tenant compte de l'Eglise & des Prêtres, s'attribuant çà bas une autorité plus que divine; c'est lors, que s'il y va de sa personne, il n'y va pas conséquemment de l'Etat. Pour le regard de ceux qui vous ont été Sujets, ils doivent espérer que maintenant fermement l'union qu'ils ont par votre commandement solemnellement jurée, Dieu leur fera la grace de se conserver, & de remettre cet Etat que vous avez détruit, en sa premiere dignité & splendeur; se persuadant, & tenant pour une maxime très certaine, que tant plus les Villes seront Catholiques, tant plus étroitement elles se joindront & s'affectionneront à cette sainte Union, détestant tel assassinat; & tant plus elles seront huguenottes, ou pleines d'athéisme & libertinage, plus elles feront les retives & difficiles à s'y ranger. Que si au contraire, croïant à vos belles paroles, ils délaissent la défense de l'Eglise, ils doivent craindre, outre la perte éternelle de leur ame, un deshonneur perpetuel qui les accompagnera, & le reproche des autres Nations Chrétiennes, & de tomber enfin, par un juste jugement de Dieu, sous la domination étrangere.

EXHORTATION *

A LA SAINTE UNION DES CATHOLIQUES DE FRANCE.

O Cieux, & vous Puiſſances céleſtes, oïez nos plaintes! Et que tous ceux de la terre entendent nos différends! O Dieu, donnez-moi votre grace, & la faveur de votre Saint Eſprit pour dire nos miſeres, & faire connoître à tous les hommes la juſtice de notre cauſe! O Rois très Chrétiens, qui jouiſſez maintenant de l'éternité, voïez votre patrimoine entre les mains des mauvais diſpenſateurs, voïez vos fleurs de lys pollues & fouillées des mains & des attouchemens des Héretiques & Athéiſtes! O bienheureux Roi Saint Louis, voïez les lieux de pieté par vous fondés & enrichis, entre les mains des flatteurs & courtiſans! Lâcherai je mes pleurs pour courir univerſellement par toute la France? Verrai-je la France ſe perdre ſans s'émouvoir? Verrai-je le feu la brûler de toutes parts, & n'apporterai-je pas un ſeau d'eau pour eſſaïer à l'éteindre? Si ferai, je ſuis François, je ſuis Catholique, & j'ajouterai encore vrai politique, non pas de ces politiques qui ne ſervent Dieu que par forme de police; je ne crains point les ſupplices pour la défenſe de la ſainte union, partant j'adreſſerai ma parole à tous les vrais Catholiques François, pour leur remontrer la grandeur & excellence du ferment qu'ils ont fait quand ils ont juré l'Union, ferment ſaint & ſacré, ferment du Baptême, ferment de nos Peres, ferment de tous les vrais François. N'eſt-ce pas une grande miſere que ce ferment ſi ſaint & ſi grave ait été violé de notre temps par un Roi qui faiſoit démonſtration extérieure d'être ſi Catholique & ſi Religieux? Que dira la poſterité de l'Athéiſme de Henri de Valois, qui n'a jamais rien juré qu'avec intention de ſe parjurer? & qui s'eſt ſervi de Dieu même pour commettre l'impieté & la cruauté par lui exécutée à Blois en la perſonne des Princes, Prélats, Seigneurs & Deputés Catholiques des Etats? Eſt-ce pas une belle récompenſe à ceux qui ont tant de fois expoſé leur vie pour la conſervation de la Foi Catholique, & de la Couronne? Quel traitement peuvent eſpérer les pauvres Catholiques d'un Tyran? Quelle aſſurance peut-on prendre à ſes ſermens? Les Nations plus barba-

(*) On ignore de qui eſt cette violente, & impétueuſe déclamation, qui ne reſpire que le Fanatiſme.

res gardent la Foi promise à leurs ennemis, & Henri a violé la
Foi qu'il avoit promise à ses amis, non point promise simplement, mais par des sermens graves, solemnels, & non vulgaires. Qui ne croiroit, à la parole (je ne dirai pas seulement d'un
Roi) mais d'un simple Gentilhomme, quand il promet quelque chose par un simple serment? Et que dirons-nous de Henri
qui avoit juré l'Union sur le grand Autel de l'Eglise Cathédrale
de Rouen, à la face des Etats Généraux, & sur le Saint Sacrement de l'Autel? Est-ce ainsi qu'il se faut servir des sacrés Mysteres de notre Religion? Où est la foi de ce grand Roi François qui tenoit ferme, arrêté, & inviolable ce qu'il promettoit
en foi de Gentilhomme (c'étoit un serment ordinaire), & qui
le gardoit même à son ennemi. Aussi sa foi & l'intégrité étoit
tellement respectée des Etrangers, que sur sa parole l'Empereur
Charles-le-Quint vint en France, & fit son entrée aux meilleures Villes de ce Roïaume; & comme le Roi fut persuadé de se
saisir de son ennemi, il repondit qu'il aimeroit mieux mourir;
& que quand la foi seroit du tout bannie de la terre, elle se
devroit trouver entre les Princes; propos bien dit & digne d'ê-
tre gravé sur toutes les portes des palais des Princes. Ceux qui
voudront voir d'autres exemples de la loïauté des anciens François, qu'ils lisent un traité qu'en a fait un Avocat d'Orléans.

Seulement je m'arrêterai aux desseins couvés de longtemps par
Henri contre la Religion Catholique & le pauvre Peuple de
la France; & tous ceux qui balanceront ses actions sans passion,
jugeront qu'il est indigne non-seulement de la Couronne, mais
indigne de la vie, & cependant les Politiques Espernonistes &
Héretiques diront qu'il est oingt, & qu'il est Roi, & qu'il lui
faut obéir; c'est un grand cas de l'admirable conversion des
Huguenots, qui sont devenus si bons serviteurs de Henri depuis
peu de temps en çà. N'est-ce pas à cause qu'il a massacré les
Princes Catholiques, & qu'il s'est joint à Henri de Bearn pour
faire la guerre aux Catholiques, & les tyranniser à la mode d'Angleterre? Ces moïens ne sont-ils pas suffisans pour absoudre les
sujets du serment de fidelité qu'ils lui devoient? Est-il raisonnable que le Roïaume de France, fils aîné de l'Eglise Catholique, soit gouverné par un Héretique & hypocrite? Les censures des sacrées Facultés de Théologie de Paris & de Tholose,
n'ont-elles pas été faites avec bonne & mûre délibération?
Que ces Machiavelistes portent ailleurs leurs raisons, & qu'ils
apprennent que si l'Ecriture nous défend de saluer les Hérétiques, qu'à plus forte raison nous leur devons denier l'obéissance.

Obéirons-nous à Henri qui est excommunié, qui est la seule cause des malheurs que nous avons soufferts depuis son avénement à la Couronne ? Le Sacre des Rois qui se fait à Rheims, montre bien la forme de l'obéissance que nous devons à nos Rois ; car le Roi fait serment entre les mains de l'Archevêque de Rheims, d'exterminer les Héretiques de tout son pouvoir, & à cette occasion il reçoit de la main de l'Archevêque une épée nue, promet d'entretenir l'Eglise en ses priviléges, & la Noblesse, & délivrer le Peuple d'oppression ; alors les Pairs de France au nom des Etats lui font le serment de fidelité, & le Peuple lui paie les tailles ; par-là on voit que le serment est reciproque, & que le Roi venant à manquer de la promesse qu'il a faite, les Sujets ne lui sont plus tenus. Chacun sait que pour le regard des priviléges des trois Ordres de France, ils ont été quasi tous anéantis par Henri, soit qu'on les veuille prendre en général ou en particulier ; pour le général, où trouverons-nous que jamais Roi de France ait violé les Etats, depuis le commencement de la Monarchie jusques à maintenant ? Les Etats-Généraux quand ils sont assemblés, ne sont-ce pas les tuteurs & curateurs du Roïaume ; & cependant Henri a, à leur barbe, fait mourir le Président du Clergé, & emprisonner le Président du tiers Etat, & autres Deputés, & les a fait braver par ses bourreaux, & par les Ministres de ses volontés.

Sortons de Blois & faisons le tour par la France, & commençons au Clergé, duquel les feus Rois se sont montrés si grands défenseurs, & voïons comme Henri s'est comporté à la conservation de leurs privileges.

Nul n'ignore qu'en toutes les Monarchies & Républiques bien ordonnées, tant Païennes que Chrétiennes ; ceux qui étoient destinés pour le service divin, étoient exempts de toutes charges, tant grandes ou petites fussent-elles. Les exemples en sont si fréquens, que ce seroit superfluité de les ramener ici ; en toute la Chrétienté se trouvera-t-il Roïaume où le Clergé fut plus respecté qu'il étoit en France : les lieux de piété fondés par nos Rois, montrent assez le soin qu'ils avoient des gens d'Eglise. Et maintenant où est allé tout ce beau patrimoine ? Quelle pitié ; quelle ruine ! Quelle désolation de voir les meilleurs Bénéfices entre les mains des Courtisans ; & s'il a été question de récompenser quelques Maquereaux, Putains & Hérétiques, pour leurs agréables services, Henri leur a baillé des Abbayes, des Prieurés ou des Evêchés. Et cependant quand quelque Bénéfi-

1589.

EXHORTAT.
A LA SAINTE
UNION.

ce vaquoit & qu'on lui préfentoit des hommes favans pour en
être pourvus, il faifoit réponfe que les morceaux étoient trop
gros pour des fcholares & des pédans. Il n'eſt pas juſqu'aux Poë-
tes diſſolus qui n'en aient eu leur part, & de ſes Achitophels
Conſeillers qui en tiennent juſqu'à regorger, & même qu'il s'eſt
trouvé des Demoiſelles dire publiquement dans le Louvre,
qu'elles avoient refuſé trois mille écus de leur Abbaïe. Quelle
honte à un Roi qui ſe dit très Chrétien ? Penſe-t-il couvrir ſon hypocriſie d'avoir ôté une Abbaïe aux Bernardins de Paris, pour en
donner la moitié aux Fueillants ? Venons maintenant au reſte;
quel argent a-t-il levé ſur le Clergé ? Combien de millions a-t-il
reçus ? Avec quelle rigueur ? avec quelle injuſtice les Partiſans
ont-ils traité le pauvre Clergé ? En quel Païs s'eſt-il jamais vu
que les immeubles de l'Egliſe aient été vendus pour quelque
cauſe que ce ſoit ? Les anciens Peres ont bien permis de vendre
les meubles & l'argenterie des Egliſes pour la rédemption des
captifs ; mais des immeubles, cela eſt ſans exemple. Voïons à
quoi Henri a emploïé ſi grand nombre d'argent : a-ce été pour
faire la guerre aux Hérétiques ? Non certainement, au contraire
il en a accommodé le Prince de Bearn, qui battoit les pauvres
Catholiques à leurs dépens ; d'Eſpernon en a eu une bonne
part, le reſte a été emploïé aux gages du grand nombre d'Officiers inutiles, qu'il a créés depuis ſon regne, à la foule du
pauvre peuple. Les cruautés qu'il a faites depuis peu de jours
aux Chanoines de Tours, montrent bien la protection qu'il
veut avoir des Eccléſiaſtiques ; & ſon propos coutumier qu'il
n'y a que trop de Prêtres en France, fait voir à l'œil ce qu'il a
appris du Bearnois, qui dit en ſes devis familiers, qu'un Roi
de France qui auroit en ſes mains tous les biens du Clergé,
ſeroit le plus heureux Roi de la terre.

Venons maintenant à l'ordre de la Nobleſſe, & voïons ſi elle
a été maintenue en ſes privileges comme elle devoit. Qui a jamais vû en France les Gentilshommes païer taille ſous le nom
de leurs Fermiers, comme ils ont fait depuis peu de temps ?
Qui a jamais vû vendre les Villes, Citadelles, Capitaineries &
Places fortes de France ? Anciennement les Gentilshommes
d'honneur étoient recompenſés au mérite de leur vertu ; & en quel
état Henri a-t-il tenu les Princes Catholiques & premiers Officiers
de la Couronne ? comme ſi ce fuſſent été gens de néant : & au
contraire il a plus fait de compte de ces ſorciers déteſtables d'Eſpernon & la Valette, ennemis jurés des Catholiques, & d'un

Maréchal

Maréchal d'Aumont, d'O & Grillon, fangfues du pauvre peuple; qu'il n'a fait de tant de braves & généreux Princes & Seigneurs Catholiques de fon Roïaume, lefquels s'il eut voulu
croire, il y a long-temps que le Roïaume fut en paix. Henri ne
fe contentoit pas de ne rien donner aux plus vertueux de la Nobleffe, mais n'a-t-il pas voulu dépofféder de leurs charges ceux
qui étoient pourvus de quelque Office? Chacun fait qu'il a voulu ôter à feu Monfeigneur de Guife, font état de Grand-Maître,
pour le donner à d'Efpernon. Ne voulut il pas ôter le Gouvernement de Lyon à feu Monfieur de Mandelot, pour le donner
au même d'Efpernon, fi ledit fieur de Mandelot ne s'en fût pris
garde?

N'a-t-il pas ôté le Gouvernement de Valance à Monfieur de
Geffans, pour le bailler à la Valette? Et ces jours paffés n'a-t-il
pas voulu ôter le Gouvernement de Grenoble à Monfieur d'Ar-
bigni très zélé Catholique, pour le donner à Alfonfe Corfe,
en récompenfe du meffage qu'il lui envoïa faire à Lyon pour
affaffiner Monfeigneur de Mayenne? Ne fe trouvoit-il Gentilhomme en Dauphiné affez fuffifant pour gouverner, fans y envoïer un étranger qui ne fera jamais fi profitable à la Patrie,
comme feroit un originaire François. Henri n'aime-t-il pas
bien le Dauphiné de contraindre les pauvres Catholiques à contribuer aux Hérétiques, faire treve avec eux, afin de leur
donner moïen de s'emparer de tout le Païs? Quelle treve eft-
ce là, penfer accorder Jefus avec Belial aux dépens des Chrétiens Catholiques? N'eft-ce pas une grande mifere que le pauvre
peuple déja ruiné, foit contraint de bailler tous les mois huit
écus par feu, revenant à trente-fix mille écus par mois, dont la
moitié fe paie à Alfonfe Corfe, & l'autre moitié à Lefdiguieres
Chefs des Hérétiques dudit Païs? Que diront les Etrangers, qu'il
faille que par le commandement de celui qui fe dit être Roi de
France, les François foient contraints de nourrir les ennemis
capitaux de la Foi Catholique, & de l'Etat, du Roïaume? Cependant tout cela eft fait à notre vue, & cela depuis deux jours;
& non content de ce, par le commandement d'Alphonfe, les
Roïaux & Huguenots de Dauphiné fe font joints pour faire
la guerre & courir fur les terres des Gentilshommes Catholiques leurs voifins. Qui ne s'émerveillera de l'audace de
Henri, qui penfe par armes obtenir ce dont il eft privé de
droit?

Voilà l'état qu'il a fait de la Nobleffe depuis fon avénement à la Couronne jufqu'à préfent ; & comme ceux qui l'ont plus fidelement fervi , ont été les plus mal païés , de-là eft venu la licence effrénée des foldats qui ont ruiné le Peuple faute d'être païés , & en ne les point païant comme il a fait , c'eft proprement les convier au brigandage ; & qu'il s'affure que Dieu jufte vengeur des iniquités des hommes, ne laiffera tels forfaits impunis , qui ont apporté par fa diffimulation tant de maux à la France.

La Nobleffe a jufte occafion de fe plaindre , tant des mauvais déportemens de Henri , que de ceux du déteftable d'Efpernon. Peuvent-ils endurer qu'un Cadet qui ne fit jamais aucun fervice à la Couronne , fût Amiral de France , Gouverneur de Provence , de Metz , & de Bologne fur la mer , & que rien ne fe paffât au Confeil fans fon avis ? Il n'y a homme de bon jugement qui croie que cela foit légitime. Encore cela étoit aucunement tolérable , fi Henri & fon Mignon ne fuffent venus plus avant à jouer les tragédies de Blois , les pernicieux effets defquelles ils commencent déja à fentir fur leurs têtes , & encore que tous leurs efforts s'affemblent contre Dieu & contre fon Églife , fi eft-ce que comme dit le Pfalmifte Roïal , *Qui habitat in cœlis irridebit eos , & Dominus fubfannabit eos.*

Par les effets ci-deffus , l'on peut voir le mépris qu'il a fait de la vraie Nobleffe , & qu'au lieu de la cherir comme il devoit , il a aimé & s'eft fervi de ceux qui penfant ruiner la France , fe ruineront & lui avec eux.

Pour le regard du Tiers-Etat , il a été auffi peu confervateur de leurs privileges que des autres , au contraire le pauvre Peuple a été plus foulé & tyrannifé depuis quinze ans en ça qu'il n'avoit été du regne de quatre Rois précédens ; par fon mauvais ménage le Peuple a prefque été réduit en défefpoir , & les tailles montées à fi haut dégré , que depuis l'an 1576 en ça , des livres on en a fait des écus. Encore n'eft-ce rien au prix des impôts , & malletôtes qu'il a fait vérifier aux Parlemens par menaces & intimidations. Nous ne parlons point des plus fcélérats & criminels de ce Roïaume , qu'il a fait tirer par force des prifons , violant par ce moïen & par autres illicites , la juftice qui fait regner les Rois. Qui fe pourroit taire des impofitions infupportables mifes fur les mêmes denrées par Henri ? Quelle tyrannie eft-ce de mettre impofition fur les toiles , qui eft l'habillement des pauvres , lefquels comme la plûpart ne vivent que de pain , auffi ils font prefque tous habillés de toile.

Les impôts mis sur les cuirs, sur les draps & sur les laines, montrent assez de quel métal est la forge d'où ils sont sortis; encore n'étoit-ce pas assez, il falloit pincer les pauvres plus avant. Qui a jamais vu contraindre les pauvres Païsans d'acheter des rentes? & d'acheter du sel trois fois plus qu'il ne leur en falloit? Et même que pour exécuter son tyrannique Edit du sel, l'on a pris en Normandie à une pauvre femme veuve jusqu'à la paille de son lit, & la poelle où elle faisoit sa bouillie pour son petit enfant.

N'est-ce pas un grand larcin d'avoir pris les deniers des Pauvres du Bureau de Paris, comme il a fait en ces dernieres années? & le revenu des Pauvres du College de Billon en Auvergne, qui avoit été pieusement fondé par l'Evêque de Clermont? Les Pauvres ont-ils occasion de prier pour lui? Ce n'est pas bien suivre la trace de ses prédécesseurs, même de Saint Louis qui a fondé tant d'hôpitaux en France, ni du Roi Robert fils de Capet, qui avoit à sa suite d'ordinaire six vingts Pauvres, qu'il nourrissoit des viandes de sa table; & leur faisoit bailler des montures pour suivre la Cour, afin qu'ils priassent Dieu pour lui.

Je sais bien que les Politiques diront que c'est la nécessité qui en est cause, & que la guerre que l'on fait contre lui l'a empêché de donner ordre aux affaires du Roïaume. Mais je me contenterai de leur répondre après quelqu'autre, que jamais il n'a eu envie de faire bien à son Peuple; & quant à l'assemblée derniere des Etats, il ne les a point fait convoquer pour le soulagement du Peuple, ains pour le fouler davantage; & quand M. de la Chapelle Président du Tiers-Etat, lui remontra la pauvreté du Peuple, & qu'il falloit réduire les tailles au pied de l'an 1576, il répondit qu'il n'en feroit rien, s'excusant toujours sur la nécessité: & cependant les dons par lui faits à gens de néant en l'an 1584, se montent à cinq millions d'écus, somme assez suffiante pour mettre le Roïaume en repos, pourvu qu'il fût bien ménagé. Et parceque feu Monseigneur de Guise (que Dieu absolve) se montroit défenseur du pauvre Peuple & des Catholique, ç'a été les moïens & les causes qui ont mu Henri de le faire mourir injustement. Aussi la fin des Etats montra bien l'intention méchante de celui qui les avoit fait assembler; car paravant le massacre, l'on fit peur aux Partisans, à ceux qui avoient manié les finances, à d'Espernon & aux autres Ennemis du Peuple; mais après le coup, Henri inventa nouveaux moïens pour tirer argent des Etats. Le Maréchal de Retz fils d'un Banquier de Lyon prit la parole pour la porter aux Chambres: qu'il falloit

T t t ij

redoubler les décimes , vendre le domaine , lever de toutes mar-chandifes un fol pour livre ; que ce feroit crime de leze-Majef-té de refufer argent au Roi , pour quelque caufe que ce fût , & autres loix diaboliques qu'il mit en avant, lefquelles les Etats refuferent de jurer. Henri montre bien le foin qu'il a de fon Peuple. Il nous objecte que nous voulons fouler la liberté du Peuple ; & que nous voulons mettre le Roïaume entre les mains des Efpagnols, comme fi l'on ne fe fouvenoit pas qu'il vouloit en-gager Lyon aux Suiffes , fi les Catholiques ne s'en fuffent pris garde ; l'on fait que le Marechal de Retz s'y acheminoit pour faire cette belle négociation : depuis l'on a vu par des lettres furprifes & apportées à Paris , comme il avoit engagé le Dau-phiné aux Suiffes Hérétiques : par-là on peut voir comme il fe foucie de ceux qu'il appelle fes Sujets , de les vouloir mettre en-tre les mains des Hérétiques , qui font pires cent fois que les Efpagnols , encore que graces à Dieu il y a des Princes Ca-tholiques en France pour gouverner le Roïaume fans y appeller les Efpagnols. Le Roi d'Efpagne eft un bon Prince , & encore que Henri lui ait donné toutes les occafions de fe remuer , il ne l'a jamais voulu faire.

Mais l'on fait bien pourquoi Henri hait les Efpagnols, non pour autre occafion que pourcequ'ils font Catholiques , & que lui qui eft protecteur de Geneve & des Hérétiques de France , & allié du Renard de Bearn , & de Jefabel d'Angleterre , pour détruire l'Eglife Catholique , ne craint rien tant que la ruine de l'héréfie. Et parceque les Catholiques l'ont depuis peu de temps découvert ennemi de l'Eglife , & s'aident des Hérétiques pour fapper le fondement de notre Religion : cela a mu Monfei-gneur le Duc de Mayenne , Meffeigneurs les Ducs de Nemours , Duc & Chevalier d'Aumale , avec la Ville de Paris & autres de ce Roïaume à prendre les armes pour la Foi Catholique, que le Tyran veut anéantir en France. Que fi les Catholiques Fran-çois ne fe foucient de cette querelle , & que pour quelques in-commodités ils fe féparent de l'union , comme ont fait ceux de Senlis , ils contraindront les Princes d'appeller au fecours de l'Eglife les Potentats étrangers Catholiques , & Dieu favorifera cette caufe , ne fe pouvant trouver un plus grand tourment en-tre les vrais François, que la perte & défolation entiere de no-tre fainte Religion Catholique , Apoftolique & Romaine , la confervation de laquelle nous doit être plus chere que toutes les chofes de ce monde.

Vous pouvez voir (Meſſieurs) le ſerment que vous avez fait, la grandeur & ſainteté d'icelui, comme vous êtes obligés à Dieu de le maintenir, à peine de perdition éternelle de vos corps & de vos ames : je parle à vous Meſſieurs du Clergé, à vous Nobleſſe très illuſtre, à vous Tiers-Etat, à toi pauvre Peuple, à vous Villes de Paris, de Rouen, de Lyon, de Tholoſe, vous avez vu comme l'on vous a traités lorſque Henri n'avoit aucun prétexte contre vous. Dieu vous a fait cette grace d'avoir ſecoué le joug de la tyrannie, & maintenant qu'il ne reſpire que votre ruine, ſongez comme vous parerez à ce coup ; le maſque eſt levé, nous n'avons à faire la guerre que contre les Hérétiques. Car le tyran s'eſt joint avec eux ; il faut combattre ſans fiction, pour Dieu, pour la Foi & pour le Roïaume. Voyez-vous pas que tous les Hérétiques de la terre s'apprêtent pour vous détruire ? Gardez d'écouter aucun conſeil de l'ennemi, les belles promeſſes ne manqueront point : ceux qui après avoir juré ſur le précieux corps de Notre Seigneur, ſe ſont parjurés, ne doivent jamais être crus, quand ils feroient dix mille ſermens. Le tyran vous tient tous pour ſes ennemis capitaux, il deſire de ſe baigner dans votre ſang, & de plonger ſon glaive au plus creux de vos entrailles, ſon cœur eſt enclin à vengeance. Que l'acte de Blois ſoit toujours devant vos yeux, ce vous ſera un aſſuré remede contre les embuches des méchans, & un moïen aſſuré pour mettre ce pauvre Roïaume en repos.

Que ſi les mondaines conſidérations, & le conſeil des impolitiques, vous font tourner le dos à la ſainte Union en quelque ſorte que ce ſoit, & que vous receviez Henri (indigne du nom de Valois) dans vos Villes, aſſurez-vous de voir vos Prêtres, vos Docteurs & vos Prédicateurs maſſacrés, vos Gouverneurs, Maires, Echevins & Habitans Catholiques pendus, vos biens pillés, vos femmes & filles violées, vos enfans égorgés, votre Religion perdue, bref les potences & gibets étoffés de vos membres, & ſerez réduits en telle déſolation que vous maudirez le jour & l'heure que vous aurez rendu vos Villes entre les mains de Henri de Valois, ennemi de la Religion Catholique & du pauvre Peuple (1).

____
(1) Tout ce qu'on peut dire de cette piece, c'eſt qu'elle a été dictée par la fureur, & qu'elle ne peut faire d'mpreſſion ſur un eſprit bien ſenſé.

REMONTRANCE

A TOUS BONS CHRETIENS ET FIDELES CATHOLIQUES,

*A maintenir la sainte Union pour la conservation de la Reli-
gion Catholique, Apostolique & Romaine en ce Royaume de
France, contre les efforts du Tyran, ses complices & Alliés
Politiques, Huguenots & autres Hérétiques.* (1)

A TOUS VRAIS CHRE'TIENS ET CATHOLIQUES.

MESSIEURS,

Nous sommes avertis que depuis les massacres, & autres malheurs arrivés en la Ville de Blois, plusieurs mal affectionnés à
la Religion, & ne s'en servant que comme de masque, pour
tromper les Catholiques, vont de Villes en autres semant de
faux bruits, & déguisant la vérité de cette histoire tragique,
pour prévenir le jugement de quelques-uns, & divertir par
crainte l'affection des autres qu'ils voient appréhender par tels
évènemens la tyrannie des Hérétiques. De fait, l'on en a trouvé
en cette Ville quelques discours, par lesquels ils veulent persuader, que feu Monseigneur de Guise, avoit quelque sinistre entreprise sur le Roi, & que pour le prévenir, lui, tous ses parens,
amis & serviteurs, avoient été mis à mort. De sorte que n'en
restant plus de la race de ceux qui, toujours plus vertueusement,
se sont opposés aux effets des Hérétiques, il ne falloit plus rien
attendre de ce côté-là, & par ce moïen ne plus espérer l'exécution d'un Edit si saint que celui d'union ; par le moïen duquel
(& non autre), indubitablement se trouvoit l'extirpation de
l'hérésie.

Or, encore qu'à tels discours il n'y ait aucune apparence, comme finalement tous Messieurs les Députés le rapporteront en leurs

---

(1) On sent encore dans cette Remontrance la plume d'un Ligueur furieux & que
la passion transporte. Le Tyran dont cet
Ecrivain insensé veut parler dans cet indigne
Libelle, est le Roi Henri III. Il est étonnant qu'un Ecrit de cette trempe ait pu être
approuvé par un Docteur en Théologie. Il
n'y a rien de chrétien & de catholique que
dans le titre. *La sainte Union*, c'est la Ligue, qui a tant causé de désordres & dont
le nom seul doit être en horreur.

Provinces, fi avons-nous trouvé expédient de vous supplier (comme nous faifons), Meffieurs, que telles illufions ne vous divertiffent de l'obfervation d'une foi fi folemnellement promife entre nous pour la confervation de notre Religion. Confidérez s'il vous plaît que pour battre notre fortereffe, on abbat les défenfes, & que puis après il fera aifé de venir à l'affaut fans réfiftance, fi nous ne nous évertuons unanimement, & par mutuel fecours à notre légitime confervation: Dieu a permis que Meffeigneurs les Ducs de Mercœur, de Mayenne, de Nemours & d'Aumale, aient évité les confpirations faites contr'eux. Monfeigneur de Mayenne s'avance avec l'armée qu'il avoit mife fus à telle fin; & eft befoin que chacun vrai Catholique aimant Dieu fur toutes chofes (comme il le nous commande), fe dépouille de toute autre confidération humaine, pour entendre à la défenfe de notre mere fainte Eglife, contre laquelle l'on voit aujourd'hui tourner les armes qui avoient été levées pour elle.

C'eft un maigre prétexte, pour colorer lefdits affaffinats, de dire que mondit Seigneur de Guife avoit une entreprife. Ses comportemens ont affez découvert fes intentions, & ne lui impute-t-on que les mêmes calomnies que ont inventées contre cette Maifon les Hérétiques depuis vingt-fept ans; & n'eft entre gens de piété recevable ce qu'aucuns mettent en avant pour excufer lefdits affaffins, que le Roi fe fentoit indigné d'avoir été forcé audit Edit d'Union. Car ce fut été être forcé de bien faire, étant cet Edit par les trois ordres des Etats reconnu d'une voix, très utile, voire néceffaire & l'exécution d'icelui requife: icelui en l'affemblée générale juré folemnement, même fur le faint Sacrement du précieux corps de Jefus Chrift, & non feulement une fois, mais plufieurs. C'eft chofe horrible feulement à penfer, que les Chrétiens vouluffent rendre une telle foi violable & blafphême exécrable, que la fainte Communion doive fervir de mafque à l'entreprife de telles cruautés; & que les corps ainfi inhumainement meurtris duffent être écartelés & brûlés pour les priver de fépulture.

Les fignalés fervices de ces Princes ne méritoient pas tels traitemens. On ne peut entr'autres déguifer ceux de mondit Seigneur de Guife en l'année 87, contre une armée fi grande & puiffante d'Etrangers. Il ne fe peut trouver (fi ce n'eft entre les Barbares) perfonne qui approuve l'affaffinat de mond. Seigneur le Cardinal de Guife, vingt-fept heures après fa détention, de fang froid, & fans lui permettre feulement le Sacrement de Pénitence, fans refpect d'Ordre de Prêtrife, & de la dignité d'Archevêque

1589.

REMONTR.
AUX VRAIS
CATHOLIQ.

& premier Pair de France. De quoi fera colorée la détention du
premier Prince du fang, Monfeigneur le Cardinal de Bourbon,
de Meffeigneurs le Duc Delbœuf & du Prince de Joinville ? &
auffi peu de celle de plufieurs Seigneurs & autres notables perfonnages, qui en l'Affemblée des Etats, où ils ont été convoqués fous la foi publique, travaillant pour le fervice de Dieu &
du public, contre tout droit divin & humain, & contre la franchife naturelle de telles Affemblées, ont été pris par le grand
Prevôt accompagné du Bourreau ? Chacun fait bien qu'il étoit
expédient d'affembler lefdits Etats, & que ce reméde étoit extrême en l'extrémité de notre mal. Chacun fait plus, c'eft que
comme les Huguenots ne fe font confervés par leur union, il ne
s'eft trouvé moïen de conferver les Catholiques, que par la leur,
qui n'a point été pour fe diftraire de l'obéiffance que Dieu leur
commande à tous leurs Supérieurs. Et de fait, cette union n'apporte altération au fervice de l'Eglife, aux droits du Roi, ni à
l'obfervation indifféremment de toutes les Loix divines & humaines en ce Royaume. De toutes parts d'icelui, l'on a par cette
union commencé à refpirer plus d'affurance pour la Religion
Catholique, & de la réfolution des Etats plus de réglement
aux affaires du public. Et toutesfois ces portenouvelles nous feroient volontiers croire que de-là viendroient nos malheurs ; &
qu'au contraire de notre défunion, dépend notre falut. Ils vous
veulent perfuader que tous les Chefs Catholiques font tués à même temps, & qu'il n'y a plus d'attente pour nous d'aucun fupport. Mais Dieu n'a pas permis que les entreprifes foient toutes
venues à chef. Ne vous découragez pas, Meffieurs, la juftice de
notre caufe nous doit augmenter la valeur & l'affection de nous
défendre ; puifqu'il nous eft permis de nous targuer contre la
foudre du Ciel, pourquoi ne nous fera-t-il pas licite de nous parer contre les violences qui nous font préparées ? Nous fommes
fur la défenfive, & eft la confervation de foi-même naturelle à
toutes Créatures. Si envers les Princes, envers les Prélats, & à
l'endroit des trois Ordres des Etats, la Foi publique & la Religion eft violée, croïez que le refpect de votre particulier ne vous
peut donner plus d'affurance. Uniffons-nous donc, Meffieurs,
plus que jamais, & nous gardons de furprifes, & nous aidans
l'un à l'autre, confervons notre foi & notre Religion. Et puifqu'il y va de l'honneur de Dieu, que toutes ces confidérations
illufoires ne nous détournent de bien faire : car auffi bien pouvez-vous croire que les termes qu'on vous propofe par l'induftrie

de

de ceux qui reviennent de la Cour, ne tendent qu'à vous furprendre & ranger fous la rigueur de leur felonnie. Dieu nous
y veuille tous bien réfoudre, encourager & affifter.

LES CAUSES

Qui ont contraint les Catholiques à prendre les armes (1).

A LA vérité, ceux qui font bien inftruits en la doctrine de
Jefus-Chrift, ne refpirent rien que pardon, & ne déteftent rien
plus que vengeance. Car il commande non-feulement de pardonner à nos ennemis, mais auffi de prier pour eux. Neanmoins
il y a certains cas, pour lefquels venger les Docteurs permettent,
même commandent d'expofer non-feulement fes moïens, mais
fa propre vie; premierement, pour l'injure faite à Dieu & à la
Religion; fecondement, pour défendre le bien & l'honneur
de fa patrie. Nous pouvons bien, difent-ils, mettre en oubli
nos propres injures, encore qu'il foit couché exprès en la dé-
finition de l'homme de bien, qu'il fait plaifir à un chacun, tort
à perfonne, s'il n'eft provoqué par quelque grande injure. Car
celles qui font faites à notre famille & qui importent (pour
endurer) à notre poftérité, fe doivent venger par toutes voies
licites, comme requérant juftice au Magiftrat, autrement nous
ferions réputés lâches & fans cœur. Nous devons, dis-je, pardonner les injures particulieres, quand elles n'importent qu'à
nous-mêmes; mais quand il y va de l'honneur de Dieu & du
Public, il faut s'armer pour fi jufte querelle, & en pourfuivre
la vengeance à toute refte : car quiconque endure fouler aux
pieds la Religion qu'il a apprife de main en main de fes aïeux,
ne peut être excufé devant Dieu. (2).

Quiconque permet violer la fociété civile, laiffant avancer en

---

(1) Cet Ecrit a paru féparément en 1589
in-8°. On l'a déja obfervé, qu'il n'y a jamais de caufes juftes & légitimes qui puiffent porter des Sujets à prendre les armes
contre leurs Souverains. Tous les raifonne-
mens contraires mis en œuvre par l'Auteur
de cet Ecrit tombent à faux, & ne détrui-
ront jamais une vérité fi folidement établie.

(2) Les premiers Chrétiens n'ont jamais

vangé la Religion qu'ils profeffoient en prenant les armes contre les Empereurs Païens.
Voïez l'Apologétique de Tertullien & les autres Apologiftes de la Religion chrétienne.
Ils fouffroient pour leur Religion, ils mouroient pour elle, ils prioient pour ceux qui
les perfécutoient ; telles étoient les feules
armes qu'ils emploïoient, & jamais un Chrétien inftruit n'en prendra d'autres.

l'administration de la chose publique, les méchans, & en reculer les bons:

Qui voit bannir la vertu, & régner le vice sans dire mot, il est méchant homme.

Quiconque permet abolir les anciennes Loix & Coutumes de son Pays, abroger les priviléges de sa Ville, quand il y peut résister, il est mauvais Citoïen.

Or, Messieurs, depuis quinze ans nous voïons l'ancienne & la vraie Religion peu à peu bannir de France; tant s'en faut que l'Hérétique en ait été chassé, qu'il s'est accru tous les jours. Sous prétexte de lui faire la guerre, on a tiré du Peuple & du Clergé plus de six millions d'or, sans l'ordinaire & extraordinaire des guerres. De cela, la Gendarmerie en a si peu reçu, que les Soldats ont été contraints de vivre à discrétion sur le bon homme. Le Peuple, qui ne craint rien tant que de tomber sous la puissance d'un Roi Hérétique, pour la conservation de sa Religion n'a rien épargné. Le Clergé a vendu & aliéné une bonne partie de son domaine, pour subvenir aux frais d'une si juste guerre, mais tant s'en faut qu'on ait emploïé leurs moïens à cet effet, que plutôt on les a convertis à la ruine & à l'avantage de leur ennemi capital. On en a donné la meilleure partie à d'Epernon, fauteur des Hérétiques, & Catholique associé, comme toute la Maison de Montmorenci, à laquelle exprès il s'est allié par le commandement du Roi.

Ces étroites alliances tant de fois renouvellées avec les Hérétiques étrangers, mêmement avec celle qui de fraîche mémoire a fait mourir ignominieusemet sa belle sœur; les menées & négociations du Duc d'Epernon avec le Chef des Hérétiques de ce Roïaume; le subtil moïen de se défaire de Monsieur de Joyeuse, pource qu'il commençoit à favoriser le bon parti & goûter le zele & bonne intention des Princes Catholiques; l'aliénation de la vraie Croix; le violement desNonnains; le Peccadil du Cabinet; le massacre n'agueres commis à Blois en la personne des deux colonnes de la Religion; l'association faite depuis peu de jours avec l'Hérétique, pour mieux battre les Catholiques, ont mis le Peuple au desespoir, & l'ont contraint d'avoir recours premierement à Dieu, puis aux moïens qu'il lui a mis en main pour soutenir sa querelle; aimant trop mieux un appert ennemi, duquel il se puisse garder, qu'un ami simulé, qui sous l'habit de Pénitent le trahit par sous main. Car, je vous prie, qu'appellez-vous tacitement faire la guerre au Catholique, si ce n'est peu à

peu lui ôter ſes amis & ſes moïens pour enrichir, ſinon directement, au moins obliquement, ſes ennemis ? A quelle intention
a-t-il donné Metz & Boulogne à d'Epernon, ſi ce n'eſt pour faire
entrer l'Anglois en France par Boulogne, l'Allemand par Metz
quand & en faveur de qui il lui plaira ? Pouvons-nous tenir celui-
là pour Catholique, qui négligeant les Loix divines & humaines,
de ſang froid a fait maſſacrer un Cardinal Prêtre, lequel il tenoit ſous ſa puiſſance, pour lui faire ſon procès ſelon la forme
accoutumée en l'Egliſe Catholique ? S'il eût cru la réalité du
corps de Jeſus-Chriſt en l'hoſtie, l'eût-il appellé pour témoin de
ſa déloïauté ? Le recevroit-il ordinairement avec ſi peu de révérence qu'il ne daigneroit ſe desfuler (1). S'il eût eu quelque ſcin-
tille deReligion, eût-il violé l'union ſi ſaintement & ſollennement
jurée ? Mais n'aïant gardé la foi qu'il devoit aux hommes, il
n'eſt merveille s'il a paſſé outre, fauſſant hardiment la foi promiſe à Dieu : ce ſont vices ſi conjoints l'un à l'autre, fauſſer ſa
foi aux hommes puis à Dieu, que quiconque s'eſt émancipé en
l'un, trébuche incontinent en l'autre. Quiconque fera de ſa foi
pour tromper ſon Peuple, comme ont fait les petits enfans avec
des oſſelets, ſelon le pernicieux conſeil de Machiavel, il uſera de
la Religion ſelon qu'il verra plus expédient pour ſon état, n'en
aïant point d'affectée, ſinon en tant qu'elle eſt utile ; car ce ſont
deux préceptes ſortis de même école, deux regles générales en
matiere d'Etat forgées en même boutique. Mais ce grand Roi
François, duquel il eſt avorton, avoit un apophthegme fort familier, bien contraire à deux maximes deMachiavel. Quand la foi
ſeroit bannie du monde, diſoit-il ordinairement, ſi ſe devroit-elle
trouver entre les Princes : foi de Prince, étoit ſon plus grand ſerment parce qu'il connoiſſoit que la foi ſeule entretient la ſociété
civile ; étant bannie, les Roïaumes ne ſont que brigandages. Les
Voleurs mêmes ſe gardent la foi les uns aux autres. Mais quoi !
il n'a rien retenu de ſes Prédéceſſeurs que les vices. *Heroum filii
noxæ.*

Or comme le ſalaire d'un menteur, c'eſt de n'être point cru
encore qu'il die vrai ; ainſi les promeſſes d'un perfide, tant ſoient-
elles ſolemnement & ſaintement jurées, toujours ſeront ſuſpectes:
Semel malus ſemper præſumitur malus in eodem genere mali. Les
François ne penſent pas qu'il y ait plus grande vertu que d'être
franc & loïal : au contraire, la plus grande injure qu'ils puiſſent
faire à un homme, c'eſt de l'appeller déloïal, comme s'ils eſti-

(1) Oter ſon chapeau.

moient la déloïauté le comble & perfection de tous vices. Quel
respect peut donc avoir un Peuple franc & loïal à un Roi déloïal?
quelle confiance pourra-t-il avoir dorénavant en ses promesses
après une perfidie si signalée? peut-il estimer celui-là homme
de bien & bon Catholique, peut-il l'honorer pour son Roi, lui
qui a publiquement en l'Assemblée des Etats de la France faussé
sa foi & à Dieu & aux hommes?

Voilà donc une cause, à mon avis, quand elle seroit seule,
assez forte pour émouvoir le cœur d'un bon Catholique, fût-il
d'acier. Mais d'abondant lui doivent augmenter le courage, la
justice vendue; le mépris des Cours souveraines, jusqu'à faire
passer ses Edits les plus pernicieux de puissance absolue sans les
homologuer à la Cour: se mocquer de leurs remonstrances, encore qu'ils en fissent beaucoup moins que leur devoir & office
requeroit: car les Parlemens doivent être comme une barre entre le Roi & le Peuple, pour empêcher qu'il ne soit foulé. Ils doivent faire entendre au Roi les doléances du pauvre Peuple, &
prendre sa cause en main. Outre tout cela, les bénéfices tant
uniquement dispensés, qu'on feroit bien marri d'y avancer un
homme de bien, de peur qu'il ne dise la vérité. Le droit qu'a-
voient les Bourgeois d'élire un Maire & des Echevins, pour conserver les anciens droits & privileges de leurs Villes, abolis, s'en
réservant l'élection; les daces & impôts excessivement accrus;
les tailles augmentées de trois parts; l'aliénation du bien de l'E-
glise, sous prétexte de ruiner l'Hérétique. La Noblesse si méprisée qu'on n'a pas vu un Seigeur de valeur récompensé: les
Gouvernemens & Etats Militaires donnés à d'Epernon seul,
ou aux siens; tellement que les Princes mêmes étoient contraints
de faire la cour à ce Cadet, second Gentilhomme de sa race,
s'ils vouloient impétrer quelque chose du Roi. Les cent Gentilshommes ordinaires de la Chambre cassés; en leur place substi-
tués par d'Epernon quarante-cinq Bourreaux & Ministres d'injustice. D'abondant la fainéantise & peu de soin qu'il a de son
Roïaume, s'enfermant 12 ou 15 jours en un cachot pour enfiler des perles avec ses Mignons au fort de ses affaires, lorsque le
feu est allumé aux quatre coins de la France, doivent-ils point le
rendre contemptible à ses Sujets, moins tolérable que Sardana-
pale entre les femmes.

Il sait fort bien qu'Homere appelle ordinairement les Rois
Pasteurs, tellement qu'ils n'oublie jamais à tondre, voire écor-
cher hors saison ses Sujets; mais il oublie aisément le soin &

la vigilance qu'il leur doit en récompenfe : non-feulement il laiffe entrer le loup en fa bergerie , ains lui-même fe transforme en loup fous l'habit d'un Hieronymite. Mais , difoit fort bien Xénophon en l'inftitution de Cyrus, Souvenez-vous , Sire , qu'Homere appelle les Rois Pafteurs , nonobftant qu'ils n'ont point à faire à des moutons , mais à des hommes , lefquels , comme ils font de nature raifonnable , auffi veulent-ils être gouvernés par raifon , non pas conduits à coups de bâton comme bêtes. Périclès tous les jours devant que fortir de fa maifon pour aller à l'Hôtel de Ville , avoit de coutume de s'admonefter foi-même en cette façon , fouvenez-vous que vous avez à gouverner un Peuple libre , non pas des Efclaves. Les Rois fe trompent , dit Ariftote , s'ils penfent que le commandement qu'ils ont fur leurs Sujets , foit tel comme celui d'un Maître envers fon Valet , il n'eft point , & ne doit être autre que du Pere envers fes Enfans : il doit autant aimer fon Peuple , autant procurer l'avancement de fes Sujets , que fait le bon Pere de fes propres Enfans. Tout au contraire , ce pernicieux forgeron de tyrannie Machiavel , perfuade au Prince qu'il inftruit , pour être bien obéi , qu'il faut ôter les moïens à fes Sujets de fe rebeller. Il conftitue la crainte , fondement d'obéiffance , & non pas l'amour , qui feul eft le vrai & folide fondement des Républiques. Les Rois qui font conjoints avec leurs Peuples par ce ferme lien , n'ont que faire de Gardes. Il veut faire fon Prince Roi des Bélîtres , Geolier d'une prifon , qui n'ait jour & nuit autre chofe que les pleurs & gémiffemens d'un Peuple en chemife.

Bref, Meffieurs , l'oppreffion du pauvre Peuple , qui gemit toujours fous ce joug infupportable , le mépris des Cours Souveraines , la Juftice vendue , les Bénéfices injuftement difpenfés , la Nobleffe mal reconnue , la Gendarmerie peu ou point recompenfée , encore qu'on leve tant de deniers fous ce prétexte , le défordre & confufion des Etats , tant Séculiers qu'Eccléfiaftiques , le nombre exceffif des Officiers pour mieux appuïer une tyrannie , la multitude incroïable des Edits , ne tendant tous à autre fin qu'à tirer de l'argent , doivent exciter voire contraindre tous les hommes de bien , de quelque qualité ou condition qu'ils foient , s'armer pour remettre l'Etat en meilleur ordre. Quand on a effaïé les plus douces voies , comme requêtes & remontrances , on s'en eft moqué ; enfin on l'a contraint d'affembler les Etats , qui eft , le dernier remede des ordinaires, tant pour les Rois que pour le Peuple. Les Deputés , encore qu'ils reconnuffent bien le mauvais ménage du Roi, tâchoient néanmoins non-feulement à l'acquitter, tant dedans que dehors le Roïaume, mais lui faire un fond pour le rendre puis après, s'il eut voulu, le plus grand & plus heureux Roi du monde. Les Princes qui embraffoient plus fa querelle que celle du Peuple, tellement que ja à Paris on murmuroit tout haut contre le fieur de Guife, & difoit-on qu'on efperoit toute autre chofe de lui, quelle récompenfe en ont-ils eue après tant de fervices faits à la Couronne? Ô le traître, il a fait maffacrer en fon cabinet le fieur de Guife par les quarante-cinq Exécuteurs de fon injufti- ce; non content de ce meurtre, qui n'a encore fon pareil aux Hiftoires, fans refpect de l'Eglife, il en a autant fait au Car- dinal de Guife fon frere; mêmement ne pouvant plus céler la ruine de la Religion Catholique, qu'il a couvée de fi longtemps dans fon fein, il fit emprifonner non-feulement tous les Prin- ces Catholiques, jufqu'à envoïer à Lyon un tueur à gages, pour daguer monfieur le Duc de Mayenne; mais il a vomi fa rage fur les principaux Députés des trois Etats, & m'affure fi M. de Mayenne eut été affaffiné comme il efpéroit, & qu'Orléans eût été en ving-quatre heures à fa devotion, comme lui avoit promis d'Entragues, que la plûpart fut ja fec.

Pourquoi cela mes amis? finon qu'ils étoient trop bons Ca- tholiques, trop hommes de bien, trop généreux pour lui? Celui qui avoit mal peint le Coq, dit Plutarque, chaffoit loin de fon tableau tous les vrais & naturels coqs, de peur que par compa- raifon du vrai, le faux ne fut reconnu. Les hommes vicieux ne craignent rien tant que la préfence des honnêtes hommes, il les fuient, comme chaque chofe naturellement fuit fon con- traire. Les Couards haiffent les vaillans hommes, & ne cher- chent que leurs femblables. Ils vouloient reformer fa vie non- domeftique, encore qu'il en ait bien befoin, mais civile, en tant qu'il importe à l'Etat, ils vouloient, dis-je, regler fes actions ci- viles, comme les dons immenfes & indifcrets à quoi chacun de nous a intérêt; car c'eft notre bien, nous le lui baillons pour en ufer, non pour en abufer. Le Peuple a fait les Rois, il s'eft vo- lontairement foumis à leur puiffance; quand ils en abuferont, il peut auffi aifement les défaire comme il les a créés (1). Les Rois n'ont non plus de moïen & de crédit que le Peuple leur en

______

(1) Tous ces principes font directement contraires à l'autorité des Rois, fi folidement établie dans les faintes Ecritures, dans les faints Peres & dans les Ecrivains les plus ju- dicieux & les plus éclairés.

donne; s'il en abufe, lui deniant avec l'obéiffance nos moïens, fans bouger de nos maifons nous lui fecouerons le fceptre des mains. Je confeffe que nous lui devons tous obéiffance en particulier, mais reciproquement il la doit aux Etats, comme le Pape au Concile. Je ne laiffe donc pas la puiffance de châtier les Rois quand ils abufent de leur dignité au populace indifcret; mais à l'affemblée des plus vertueux perfonnages de tout le Roïaume, aux Deputés des trois Etats de chaque Province, après avoir effaïé les plus doux remedes. Car il faut en ceci fuivre le confeil des Medecins; fi le mal, difent-ils, eft fi grand qu'il n'obéiffe aux communs remedes, venons au cautere. Si le cautere ne fuffit, venons au fer; car il faut couper le membre pourri pour fauver le refte. Les premiers & ordinaires remedes en matiere d'Etat, font les Requêtes & Remontrances, lefquelles on a par trop longtemps fruftratoirement effaïées; enfin on a été contraint venir au cautere, c'eft-à-dire d'affembler les Etats, lefquels n'aïant rien profité, mais au contraire le mal s'en étant de plus en plus rengregé, que refte-t'il plus que le fer?

CAUSES PLUS PARTICULIERES

Qui obligent chaque état, furtout la Nobleffe de prendre les armes (*).

I.

DE deux mauvaifes caufes on n'en fauroit faire une bonne. L'Archityran prend en fa protection l'Héretique, reciproquement, le Roi des Héretiques promet de remettre en France avec le Tyran la tyrannie; que peut-il réfulter de cette affociation, que la totale ruine du Roïaume, qui fera dorénavant appuïé feulement fur deux piliers pourris, l'héreſie & la tyrannie, fi promptement on n'y remedie? Qui y remediera finon les bons Catholiques, zelateurs de l'honneur de Dieu, & du bien public, en expofant leurs biens, voire leurs vies pour une fi jufte querelle? Combattant, dis-je, *pro aris & focis?*

II.

Le mépris des Etats, l'emprifonnement des Deputés touche à

(1) Cet Ecrit n'eft ni moins fougueux, ni moins faux dans les principes & dans leur application, que celui qu'on vient de lire. C'eft le même efprit qui l'a dicté.

toutes les Provinces; car ils étoient perfonnes publiques repréfentant tout le Corps; fur-tout la Nobleffe y eft intéreffée comme premier & principal Membre.

III.

Tous nos Princes ont grand intérêt en cette caufe; car il leur
en pend autant devant les yeux au moindre foupçon que con-
cevra ce mélancolique, à qui les feuilles des bois font peur.
Au moindre bruit ou faux rapport du mal-veuillant, fans autre
forme de procès, il les fera maffacrer par fes Bourreaux ordinaires. Ils ne doivent donc pas laiffer ce fait impuni, fachant
bien que l'impunité fait croître l'audace, principalement aux
effeminés.

IV.

Le Clergé n'a pas plus d'intérêt d'avoir perdu un honorable
Prélat, que la Nobleffe d'avoir perdu un brave Capitaine, &
ne doivent plutôt les uns que les autres endurer un tel affaffinat,
fi proditoirement commis, après l'union faintement jurée, &
l'oubliance du paffé fi étroitement & folemnellement promife;
confideré qu'ils font morts pour ce qu'ils fembloient trop rigoureux protecteurs de la querelle de Dieu & du Peuple, ennemis
de l'Athéifme & de la tyrannie.

V.

Outre le foin que doit avoir la Nobleffe de l'Etat, tant Se-
culier qu'Ecckéfiaftique, aïant feuls l'épée en main pour défendre l'honneur de Dieu, & le bien public; ils doivent fur-tout
faire cas des Princes généreux, qui ont plufieurs fois fait preuve
de leur valeur, afin que s'il avenoit guerre contre l'étranger
(comme nos diffenfions & miferes internes les y invitent affez)
ils aient un vaillant Capitaine, fous la conduite duquel ils lui
puffent réfifter; s'ils doivent fouhaiter fa préfence, ils doivent
regretter fon abfence, s'ils doivent aimer fa vie, ils doivent venger fa mort.

VI.

Le Clergé ne doit moins venger la mort du Sieur de Guife,
que celle de Monfieur le Cardinal fon frere; car, j'ofe dire que
malgré lui ils l'ont conftitué Chef de la fainte Ligue, pour prévenir un mal éminent; c'eft à favoir d'empêcher qu'un Roi Hérétique

retique ne parvint à la Couronne, le cas advenant que le Roi mourût sans enfans. Le Roi ne peut ignorer cette sainte providence du Clergé ; car ils lui ont dit à lui-même. C'est donc à eux que l'injure est faite.

VII.

Quant le Peuple se plaint des dons immenses faits aux mignons sans discrétion, il bat le chien devant le lion ; car la faute n'est pas au preneur, mais au donneur. Il se trouve peu de refusans. Il n'y a action au monde plus douce, plus agréable, que de prendre. C'est au donneur d'aviser à qui, quand, quoi, & combien il faut donner. Il n'est à un chacun de prodiguer le sien, bien moins celui d'autrui. L'argent qu'on leve pour subvenir aux affaires du Roïaume, n'est pas au Roi, il n'en est que dispensateur.

VIII.

S'il est vrai, comme chacun croit, que le Roi ait vendu le Marquisat de Saluces au Prince de Piémont ; de cela seul il est indigne du nom de Roi, qui n'est à dire autre chose que conservateur, voire amplificateur du Roïaume ; moins peut-il être excusé d'en avoir donné le gouvernement à un qui vendroit s'il pouvoit la Provence & le Dauphiné.

IX.

Le Peuple qui constitue le tiers Etat, est composé des plus doctes & plus vertueux hommes de la France, lesquels ont consommé la meilleure partie de leur âge aux bonnes Lettres, espérant les uns d'être promus aux états & dignités Ecclésiastiques, les autres en la Judicature ; mais tous les deux sont si iniquement dispensés, que les uns sont vendus aux plus offrans, les autres donnés à des putains & des macquereaux en récompense de leurs bons & agréables services.

X.

Les deux moïens de conserver les Roïaumes, sont, maintenir l'ancienne Religion, & rendre justice à un chacun. On ne voit plus que l'ombre de l'ancienne Religion, faute de pourvoir aux bénéfices de bons Prélats. La Justice semble avoir abandonné la France, & s'en être volée au Ciel, pour ne voir avancer les doctes & gens de bien selon leur mérite, lesquels faute d'ar-

gent font méprifés, & ne tiennent point de rang en la Republique. Les ignorans tant foient-ils vicieux, moïenant de l'argent
tiennent leur place : n'eft-ce pas voler aux doctes & vertueux
hommes ce qui leur appartient?

XI.

Ariftote a décrit une Monarchie mêlée des trois formes de
Republiques, où il donne au Peuple, au Senat, & au Roi, chacun
fes droits ; afin que comme ils font tous membres d'un Corps,
auffi tous participent, les uns plus les autres moins, au bien public qui eft l'honneur. Il ôte au Roi la puiffance abfolue. Il veut
gouverner fon Roïaume felon l'avis du Senat, & ne veut qu'il
puiffe ôter aux Villes le droit de bourgeoifie, ni autre préro-
gative que leurs prédeceffeurs aient acquife en récompenfe de
quelque infigne fervice fait au Roïaume. Cette Monarchie,
qu'il appelle Laconique, pourcequ'elle approche de celle des
Lacedemoniens, a été trouvée la meilleure ; & l'ont appellée
les plus favans hommes, l'idée & perfection des Republiques,
felon laquelle la nôtre eft compofée de point en point, en fon
inftitution premiere. Aujourd'hui tout y eft tellement confus,
& les Rois font fi peu de compte des Cours Souveraines, moins
cent fois des Maires & Echevins, qu'ils gouvernent tout de
puiffance abfolue ; leur fotte tête a plus de force que toutes les
Loix anciennes du Roïaume, bref la pauvre Monarchie Françoife aujourd'hui eft fi déchirée, fi mal en point, fi difforme,
que fi l'un des premiers Fondateurs renaiffoit, il la méconnoî-
troit : il ne lui refte que le nom.

XII.

Penfez-vous qu'il y ait autre moïen de pourvoir à un fi grand
défordre qu'on voit en tous Etats, finon par les Etats mêmes ?
Lefquels n'aïant plus d'affurance pour s'affembler, que refte-t'il
finon d'en ôter la caufe ? A l'inftant même on verra l'effet ceffer ;
au contraire, tant que la caufe durera, elle produira mêmes
effets. Car un vieil renard change de peau, non pas de mœurs,
Frangas potius quàm corrigas, quæ in pravum induruerunt.

XIII.

Bodille étoit un fimple Gentilhomme, lequel pour avoir été
fouetté publiquement, par le commandement de Childeric,
épia l'occafion, & le tua vaillamment. Les Hiftoires louent fon

magnanime courage, pour apprendre aux tyrans de ne point abuſer de leur puiſſance envers leurs Sujets, principalement envers les Gentilshommes. Se trouvera-t'il point un Bodille en France qui venge l'injure faite, non à un ſimple Gentilhomme, mais à un Prince des plus vaillans que jamais la terre ait portés, par un lâche & plus fainéant que ne fut jamais Childeric ? (1)

Nous Docteurs en la ſainte Théologie de l'Univerſité de Paris, rendons fidele témoignage à la vérité : certifions avoir vu & lu ce préſent Livre, & n'y avoir rien trouvé qui ſoit contraire à la Foi de l'Egliſe Catholique, Apoſtolique & Romaine : en aſſurance de ce, Nous avons ſigné cette préſente atteſtation. Fait ce 27 de Mars, 1589.

Julien de Moranne.

1589.

Causes de la
prise des
armes de la
Noblesse.

(1) Ce ſouhait eſt déteſtable, & ne ſent que l'eſprit de révolte le plus outré. Bodillon Seigneur parmi les Francs, aïant été traité indignement par Childeric II, Roi de France, pour lui avoir repréſenté un peu librement le danger d'une impoſition exceſſive qu'il cherchoit à établir, l'aſſaſſina dans la Forêt de Livri, & traita de même la Reine ſa femme & ſon fils Dagobert. Childeric avoit tort, mais Bodillon n'en eſt pas plus excuſable ; & un pareil exemple ne devoit pas être propoſé, ni moins encore devoit-on deſirer qu'il fût ſuivi. Les Docteurs qui n'ont rien trouvé dans cet Ecrit, que de conforme à la foi de l'Egliſe, &c., étoient bien ignorans ou bien aveugles.

ARTICLES

REMONTRE'S A MONSEIGNEUR LE DUC DE MAYENNE,

Lieutenant Général de l'Etat & Couronne de France, par M. le Recteur (1) & l'Université de Paris.

MONSEIGNEUR,

Combien que nous ne doutions aucunement que ne soïez suffisamment informé, tant par votre bon & très prudent avis que par fréquentes remontrances qui vous ont été faites, de tout ce qui peut concerner le rétablissement de la Religion Catholique, & le repos entier de la France, & particulierement de cette Ville de Paris : ce néanmoins la nécessité du temps, le dû de notre charge, & le cri & juste importunité des plus zelés & notables bourgeois de cette Ville, qui ne sachant plus à qui avoir recours, se sont adressés à nous, & nous pressent incessamment pour cet effet : comme aussi l'interêt particulier de ce corps d'Université que nous représentons, membre des plus nobles & plus nécessaires de cette République, pour être la pepiniere de toute piété & doctrine, tant pour ce Roïaume que pour les autres nations, nous fait prendre la hardiésse, ains nous contraint vous représenter, avec le respect & reverence que nous vous devons, non tant les doléances communes (que n'entendez que trop), que certains articles qu'estimons y pouvoir apporter remede, recueillis de la voix publique & fraîchement concertés, redigés par écrit, & lûs publiquement en notre assemblée générale, selon la forme & maniere, dont présentement, avec votre bon congé & patience nous vous ferons lecture.

I. En premier lieu, pour le regard de cette Ville de Paris, de laquelle tout le fait semble consister à dégager le dehors & assurer le dedans, Nous vous prions de faire, tant que possible sera, que les passages & avenues nous soient rendus libres.

II. Qu'ordonniez être promptement arrêtés & punis, sans

(1) C'étoit alors Jean Yon, Parisien, Principal des Grammairiens au College de Navarre. Du moins paroit-il que c'étoit lui par l'Histoire de l'Université de Paris, écrite en Latin par du Boulay, *in-fol.* t. 6. pag. 202 & suiv.

aucune connivence, tous ceux qui font état de réfroidir le zele & bonne volonté des Catholiques, & même de retarder en quelque forte que ce foit les fubventions accordées.

III. Que commandiez être remarquées, fans exception, toutes les maifons par chacune dixaine, de ceux qui font du parti contraire, pour d'iceux être fait le procès, leurs biens faifis pour emploïer au paiement de la Gendarmerie, & que regiftre en foit fait, qui fera gardé en l'Hôtel de Ville.

IV. Et d'autant qu'un homme feul, tel qu'eft Monfieur le Lieutenant Civil, ne peut fuffire à la police du bled & du bois; que la charge en foit donnée à quatre notables Bourgeois de cette Ville, qui s'en fauront duement acquitter, pour éviter l'émotion populaire.

V. Quant au fait des armes, qu'il vous plaife nous pourvoir en votre abfence d'un Gouverneur, qui préfere la Religion & le bien public à fon particulier, en qui le peuple ait créance, (confiderant que de la confervation de cette Ville, dépend le falut de tout le Roïaume), comme pourroit être l'un de Meffieurs vos enfans pour autorité, affifté de Monfieur l'Archevêque de Lyon pour confeil, & de quelque notable Seigneur, ancien & expérimenté Capitaine, pour la force & exécution.

VI. Pareillement que cette Ville ne demeure dépourvue de forces fuffifantes tant de pied que de cheval, & principalement étrangeres, en tel nombre que verrez bon être. Ordonner auffi que par les quartiers y ait de bons Gentilshommes experimentés au fait de la guerre, pour inftruire les habitans & Bourgeois, qui y feront propres aux armes & difcipline militaire, & difpofer au befoin le rendez-vous d'un chacun, pour éviter la confufion que nous avons vue aux affaires qui fe font paffées, & qui ont prefque caufé notre ruine.

VII. Avifer, fi pour le petit nombre des Echevins, & la multitude & immenfité des affaires pour le temps où nous fommes, il ne feroit pas bon d'affifter Meffieurs les Prevôt des Marchands & Echevins de feize Coadjuteurs, à favoir, un qui foit élû de chaque quartier, tant pour rapporter chacun à la Ville les plaintes & néceffités de fon quartier pour y faire donner remede, que pour affifter aux fortifications & autres affaires felon qu'il échéra.

VIII. Auffi de changer les Colonels & Capitaines fufpects, tant abfens que préfens, & être mis en leur lieu d'autres plus zelés & affectionnés.

1589.

Articles
remontrés
par M. le
Recteur,&c.

IX. Quant au général des affaires, qu'il vous plaise prendre garde à ceux, qui suivant les anciennes & dangereuses maximes auxquelles ils auroient été nourris & entretenus, par artifice de conseil ou autrement sont cause du mauvais état des affaires. Et que comme ainsi soit, que Dieu assiste particulierement les grands Capitaines & Gouverneurs tels que vous êtes, il vous plaise faire état ci-après de ce que particulierement Dieu vous inspirera, & des avis que prendrez de vous-même. Et au surplus, ne vous servir en conseil que de gens de conscience & bonne réputation, qui dressent selon Dieu vos affaires, au but de la Religion & repos public, pour lequel vous combattez : auquel conseil donniez quelque heure par jour de votre présence, vous délivrant durant ce temps de toute autre affaire & importunité.

X. Plus, faire appeller au Conseil général deux ou trois de chacune Province, qui seront pour cet effet élûs solemnellement, & honnêtement stipendiés par lesdites Provinces, & ce, tant pour autoriser vos commandemens, que pour entretenir l'union & mutuelle intelligence des Villes, en tirer le secours qu'elles doivent apporter, & empêcher par lettres véritables les faux bruits, que les ennemis font courir par leurs écrits à notre grand préjudice.

XI. Ordonner être fait registres de tous les bénéfices détenus par ceux du parti contraire, pour en faire nommer d'autres capables en leur lieu par Sa Sainteté, ou son Légat : & cependant, emploïer le revenu desdits bénéfices, aux frais de la guerre, & aussi saisir à ce même effet toute autre sorte de biens, qui peuvent appartenir aux ennemis, tant ès Villes qu'aux champs.

XII. Faire raser les Châteaux & Maisons fortes des Gentilshommes, & autres du parti contraire, lesquelles ne servent que de retraites aux voleurs, & receptacles de leurs larcins, & d'empêcher la liberté du commerce, & qui causent une grande dépense à y entretenir les garnisons nécessaires, & à les reprendre quand nous les perdons.

XIII. Procurer instamment l'amitié, alliance & secours de tous les Princes, Seigneurs, & Potentats Catholiques, & spécialement de ceux de qui on peut attendre un plus grand, plus assuré, & plus prompt secours, comme font les ennemis avec tous les Etrangers hérétiques : ce que nous pouvons & devons faire à meilleure occasion.

XIV. Renouveller une Déclaration à la Nobleſſe, & autres de l'Union, pour faire entendre qu'ils combattent pour la Religion Catholique Apoſtolique & Romaine, & conſervation d'icelle à la poſtérité, comme auſſi pour le bon état de ce Roïaume; & que regiſtres publics ſoient faits de tous ceux qui s'y emploiront, pour être leur merite ſur la foi publique reconnu, ou en leurs perſonnes s'ils échappent, ou en leurs veuves & orphelins, s'ils y meurent : leſquels regiſtres, ſeront gardés ès Greffes des Maiſons de Villes & Communautés.

XV. Qu'ordonniez promptement être arrêtés tous ceux qui parlent avantageuſement pour le Roi de Navarre, & punis ſelon la qualité des propos, ſans connivence ou acception de perſonnes.

XVI. Et afin qu'il y ait quelque difference entre ceux de notre parti & les adverſaires, que l'Edit des blaſphemateurs ſoit renouvellé, tant pour le regard des gens de guerre, que des Habitans des Villes & Villages, & icelui ſoigneuſement exécuté.

XVII. Soit faite punition exemplaire de ceux qui volent ordinairement (principalement autour de Paris) ceux qui amenent vivres, tant par eau que par terre : conſideré que telle ſorte de ſoldats nous ſont plus dommageables qu'aux ennemis.

XVIII. Et ſur-tout, ſoient châtiés ſans remiſſion, ceux de l'Armée catholique, qui commettent excès ès Egliſes & lieux ſacrés, conſideré que Dieu ne veut être ſervi de telles gens, en cette cauſe, & ne donne victoire à ceux qui laiſſent tels ſacrileges impunis, ains fait proſpérer ceux qui les puniſſent.

XIX. Qu'il vous plaiſe pourvoir de quelques Prédicateurs & Confeſſeurs, pour ſubvenir aux néceſſités ſpirituelles de votre armée, pour entretenir les Soldats en la crainte de Dieu, les exhorter au combat, garantir leurs conſciences, & conſoler à l'extrêmité.

XX. Auſſi m'ont requis Meſſieurs de la Faculté de Théologie, vous ramentevoir la promeſſe qu'il vous a plû leur faire par vos lettres écrites d'Amiens, ſur la proviſion des bénéfices; Dieu aïant récompenſé l'Empereur Othon, & pluſieurs autres Princes, en victoires notables, pour avoir été fermes & roides en cette réſolution.

XXI. Nous vous ſommons ſur-tout, Monſeigneur, tant pour le général du Roïaume que pour le particulier de cette Ville, de la juſte promeſſe qu'il vous a plû faire ſur l'érection d'une chambre compofée de perfonnes capables, zelées & irréprochables & non fufpectes : comme autrefois a été heureufement pratiqué en France pour la punition des Traitres, Hérétiques & autres faifant actes préjudiciables à la Sainte Union des Catholiques, fans permettre qu'on y épargne perfonne quelconque à l'inftance ou requête de qui que ce foit, fut-ce Prince, Princeffe, Prélat, Capitaine, Sénateur, parent ou autre, de peur que par le jufte courroux de la Divine Majefté (qui punit ordinairement avec grande rigueur & féverité ceux qui laiffent tels méfaits impunis) & vous & nous n'en portions la peine par la perte de la Religion Catholique & défolation extrême de ce Roïaume.

Nous nous doutons d'avoir forte partie tant pour le nombre des coupables de cette conjuration qui ne peut être petit, que pour leurs parens, amis & alliés que nous favons être en grand nombre, principalement au corps duquel en autre chofe nous pourrions efperer la juftice ; mais préferant la juftice à toute autre confidération temporelle, & fortifiés de votre dite promeffe, nous proteftons, Monfeigneur, vouloir continuer de vous faire avec le peuple cette requête à toute importunité, & ne nous en départir jufqu'à tant qu'elle nous foit octroïée, fi ce n'eft que par une bonne & brieve juftice, l'occafion nous en foit ôtée. Autrement ne pouvons-nous appaifer le peuple juftement irrité des abolitions qu'on procure, & du retardement de la juftice, par le crédit & artifices des coupables & ennemis fubtils de la Religion, de l'Etat & de la Patrie, ni même contenir nos Ecoliers & petits enfans qui crient continuellement vengeance du fang encore chaud & fraîchement épandu de leurs parens & amis, outre la très pernicieufe conféquence que chacun peut voir qui s'enfuivra de telles impunités.

Et partant, Monfeigneur, nous vous fupplions bien humblement d'avifer à ce que deffus, prendre le tout de bonne part, & faire qu'il en forte quelque bon effet : vous le pouvez, le fecours celefte, auquel devez avoir plus de confiance qu'en toutes les forces & prudences humaines, ne vous manquera en fi bonne affaire & fi jufte occafion. L'Univerfité en général & tous les Suppôts d'icelle en particulier fe jettent entre vos bras pour cet effet, vous préfentent par moi leur très humble & bonne volonté, & tout ce qu'ils y peuvent apporter, défirans fingulierement que votre autorité & grandeur foit affiftée du peu qui eft en eux, par l'obéiffance qu'ils offrent de rendre en ce &

en

en toute autre chofe, à vos faints & vertueux commandemens. En démonftration de quoi vous voïez, Monfeigneur, les quatre Facultés de votre dite Univerfité, qui m'ont voulu affifter en cette humble & brieve remontrance.

SUBSTANCE

DE LA REPONSE FAITE PAR MONDIT SEIGNEUR.

MONSIEUR le Recteur, je fuis très aife que vous & tous ceux de l'Univerfité envers laquelle je fuis autant affectionné qu'il eft poffible, pour y avoir autrefois été nourri & tous ceux de notre Maifon, veniez vers moi, pour avec la liberté & franchife, qui doit être maintenue en une République libre, me difcourir felon l'occurrence des affaires tout ce qu'avez fur le cœur, & penfez être expedient pour la confervation de l'honneur de Dieu, de la Religion Catholique en ce Roïaume & du bien général de tous, & particulier d'un chacun : n'aïant pas envie de furvivre à la ruine & mifere extrême de France, ains ne defirant rien plus que d'épandre jufqu'à la derniere goutte de mon fang pour la remettre moïennant la grace de Dieu, en fa premiere force & fplendeur. De votre prefente requête j'efpere que par bon effet & exécution plus que par promeffes un chacun connoîtra combien elle me femble jufte & raifonnable.

(En marge : RÉPONSE DE MONDIT SEIGNEUR.)

ET non content de ce, comme il eft Prince débonnaire, fit cet honneur d'envoïer Monfieur l'Evêque d'Agen (1), pour déclarer plus amplement audit fieur Recteur, qu'il étoit infiniment content de la remontrance qu'il lui avoit faite, l'exhortant de continuer au foin de la chofe publique comme il avoit commencé.

(1) Nicolas de Villars, qui avoit été Confeiller au Parlement de Paris.

ARREST ET RÈSOLUTIONS

DES DOCTEURS DE LA FACULTE DE PARIS,

Sur la queſtion, ſavoir, s'il falloit prier pour le Roi au Canon de la Meſſe ; à laquelle ſont ajoutées, avec licence des Supérieurs, deux Oraiſons colligées pour la conſervation des Princes Catholiques & pour obtenir la victoire encontre les Ennemis (*).

L'AN mil cinq cens quatre-ving-neuf , le mercredi cinquieme jour d'Avril, fut faite une aſſemblée générale au College de Sorbonne, après la célébration d'une Meſſe du Saint Eſprit, pour une choſe d'importance , en laquelle, cependant que pluſieurs choſes appartenant à l'honneur de Dieu, & à la conſervation de la Religion Catholique ſe propoſoient , fut traitée une queſtion, afin de ſatisfaire à quelques hommes ſignalés & remarquables de la Ville de Beauvais ; ſavoir s'il étoit permis de prier au Canon de la Meſſe pour Henri de Valois , & principalement au lieu qu'on a de coutume de prier pour notre Roi Henri , laquelle queſtion fut en ſorte du premier abord débatue , que tous s'accorderent qu'il ne falloit exprimer en aucune Oraiſon eccléſiaſtique le nom de Henri, à raiſon de l'excommunication, qu'en beaucoup de ſortes & manieres (comme il a été arrêté aux précédentes aſſemblées) il avoit encourue , & tant moins au ſacré Canon , pour ce regard & reſpect que ce ſingulier a été donné & octroïé aux Rois qui auroient expoſé pour la défenſe de la foi & de l'Egliſe leur roïale puiſſance , que mentions ſeroient faites d'eux au Canon , ce que cettui n'a fait. Partant il eſt incapable qu'on prie pour lui, & doit être débouté totalement du Canon. Ceux qui penſeront au contraire , s'ils

---

(*) La réſolution qui fut priſe , étoit d'ôter du Canon de la Meſſe , ces paroles : *Et pro Rege noſtro Henrico.* Les Ligueurs dominoient alors dans la Faculté de Théologie. Voïez l'Hiſtoire de l'Univerſité de Paris par du Boulay , t. 6. p. 802. & les Cenſures de la Faculté de Paris ſur l'autorité ſuprême des Rois, imprimées en 1720, *in-*4°. M. d'Argentré , dans ſa *Collectio judiciorum de novis erroribus* , *in-fol.* t, 2. p. 24 , des pieces ajoutées audit vol. , ne veut pas qu'on attribue ces *Réſolutions* au corps de la Faculté, comme aïant été déſavouées dès-lors par le Doïen & beaucoup d'autres.

font simples & médiocres feront enfeignés , mais ceux qui feront rejettés comme étant du nombre de ceux qui s'efforcent
de nuire & amener incommodité à la facrée Union des Catholiques , femans des diffenfions & empêchemens parmi elle , fi
aucun de notre nombré & fociété de la Faculté de Paris (ce
qu'il n'advienne) méprifent & ne font compte de defcendre au
commun accord de leur mere, comme coupables & participans de
crime , & davantage d'excommunication , ils feront privés des
prieres & droits de la fufdite Faculté, & effacés & rejettés du fein
d'icelle. Après qu'il fut difputé s'il falloit obmettre & laiffer ces
paroles (& pour notre Roi) adreffant l'intention à ceux qui gou
vernent & manient les brides du Roïaume, ou à celui auquel le
Roïaume eft confervé par le confeil d'icelui , & entre les mains
duquel font tous les droits & affaires publiques, à caufe que pour
la révérence du Canon , auquel rien ne peut être ôté ou ajouté
fans danger , & pour autant que plufieurs difent que la France
n'a jamais été fans Roi , & qu'auffi les paroles du Canon étant
baffement prononcées , afin de n'être entendues des affiftans ,
ne peuvent engendrer fcandale : néanmoins confideré l'état des
affaires de France , par lequel un troublement pourroit arriver
non feulement de la part de celui qui célebre la Meffe , duquel
l'efprit s'égare , pendant qu'il doute à qui il appliquera & donnera cet appellatif, & nomination (notre Roi), mais auffi plus
dangereux & périlleux de la part des auditeurs , qui facilement
peuvent être fcandalifés par la probation de cette petite partie ,
laquelle aucuns n'étant affez inftruits du fait , prononcent à
haute voix , eftimant qu'elle s'entend de Henri , & qu'on prie
pour lui , ignorant l'intention du Prêtre :

Il fut conclu pour éviter fcandale , & afin que la maniere de
prier fût entre tous femblable , & d'une forme qu'il étoit plus
convenable qu'au Canon , cette particule (pour notre Roi),
laquelle n'eft de l'effence propre du Canon , jufqu'à ce que
Dieu y eut pourvû, feroit obmife & paffée fous filence de tous ,
au lieu de laquelle hors le Canon, feroient mifes quelques orai
fons colligées pour les Princes Catholiques. Et qu'auffi feroit
approuvé l'avis & le confeil de ceux qui , par ci-devant , depuis
le malheureux affafin des Freres Catholiques , auroient paffé &
obmis cette particule fufdite (pour notre Roi) en laquelle opinion tous font tombés très volontiers.

1589.

ARREST ET
RÉSOLUT DES
DOCT DE LA
FACULTÉ DE
PARIS.

ORAISON COLLIGÉE
POUR LES PRINCES CATHOLIQUES,
Et pour obtenir la victoire encontre les Ennemis.

Oratio.

PONE te, Domine, signaculum super famulos tuos Principes nostros Christianos, ut qui pro tui nominis defensione & communi salute accincti sunt gladio, cælestis auxilii virtute muniti hostium tuorum comprimant feritatem, contumaciam prosternant, & à cunctis eorumdem protegantur insidiis. Per Dominuum nostrum.

Secreta.

OBLATIS quæsumus, Domine, placare muneribus, & ut omni devicta pravitate errantium corda ad Ecclesiæ tuæ redeant veritatem, opportunum Christianis nostris Principibus tribue benignus auxilium. Per Dominum nostrum.

Post communio.

HÆC, Domine, salutaris Sacramenti perceptio famulos tuos Principes nostros, populo in afflictione clamanti divina tua miseratione concessos, ab omnibus tueatur adversis; quatenus Ecclesiasticæ pacis obtineant tranquillitatem, & post hujus vitæ decursum ad æternam perveniant hæreditatem. Per Dominum nostrum Jesum Christum Filium tuum.

Autre Oraison colligée pour le même.

Oratio.

DOMINE Deus Sabaoth, ultor impietatis, & sponsæ Filii tui spes unica, fac Christianæ religionis hostibus superatis propugnatores nostros tui honoris vindices gloriosos, & speratæ victoriæ ad nos remitte compotes. Per eumdem Dominum nostrum.

Secreta.

DEUS qui fidelium mentes unius efficis voluntatis, per Sacramentum unitatis quod tibi offerimus, ita nos tua gratia unire digneris, ut tibi perpetuò adhærentes, numquam à tua fide alienis subjiciamur. Per Dominum nostrum.

Poſt communio.

OMNIPOTENS Deus zelotes, Populum ad te clamantem tuique honoris zelo accenſum reſpice propitius, quatenus ſalutarem pœnitentiæ fructum in corporisUnigeniti tui ſumptione efficaciter ſentiat, & gratiarum debita poſt victoriæ munus indultum devotus exolvat. Per eundem Dominum JeſumChriſtum Filium tuum, qui tecum vivit & regnat in unitate Spiritus ſancti Deus, per omnia ſecula ſeculorum. Amen.

Avertiſſement.

IL eſt temps maintenant de conſidérer quelques exploits de guerre entre les troupes du Roi & de la Ligue. Dedans & autour des Villes ſe firent infinies courſes, pillages, captures, ſaccagemens ; pluſieurs notamment de ceux qu'on appelloit Roïaux, furent aſſaſſinés çà & là ; partout la licence fut extrême & la rage contre le nom du Roi ſe montra du tout déſeſpérée. Il n'étoit pas queſtion d'une mutinerie de quelque petite étendue de Païs ; mais il y avoit une révolte univerſelle & ſi farouche que c'eſt horreur de s'en ſouvenir. Le Roi aïant amaſſé quelques forces près ſoi, en envoïa quelque partie un peu loin pour châtier ceux qui entreprendroient de ſe jetter un peu trop avant en campagne. Ceux de Normandie voulant faire un peu trop les mauvais, furent châtiés des premiers, comme il appert par ce qui s'enſuit.

EXTRAIT D'UNE MISSIVE

Envoyée par un Gentilhomme de la suite de M. le Duc de Mont-
penfier, à un fien ami étant en Cour ; contenant le Difcours
de la défaite des Ligueurs & des Gottiers (1), conduits par
Briffac, Pierre Court & autres Rebelles, par M. le Duc de
Montpenfier, le 22 d'Avril 1589,

LE quatrieme d'Avril, Monfieur de Montpenfier partit d'A-
lençon, après avoir audit lieu remis les affaires en bon état,
qui s'étoient un peu alterées par la malignité des ennemis, &
s'en alla paffer par la Ville de Sez, où les portes lui furent ouvertes : & parlant à l'Evêque & aux principaux de la Ville, il
trouva, felon l'apparence humaine, que tout y étoit affez bien
difpofé pour le fervice du Roi. Il paffa outre & alla coucher à
Ecochey, Bourgade qui le reçut avec beaucoup de dévotion,
Il ne fut point à Argentan, d'autant qu'il fut averti qu'ils tenoient pour la Ligue. Le lendemain qui étoit le cinq, il partit
dudit Ecochey, & s'en alla coucher à Caen. Bien eft vrai qu'en
y allant accompagné du fieur Halot (2) & Creve-cœur fon frere,
qui vinrent au-devant de lui jufqu'à Sez, (car il avoit déja auparavant avec lui le fieur de Baqueville & Larchan (3), lefquels
l'ont toujours affifté, & fervi le Roi fort fidelement), il rencontra la garnifon de Falaize qu'il défit, & prit le Capitaine nommé Touchet, & deux autres, nommés l'un Herclez & l'autre
Normendiere (4) ; le refte taillé en pieces & mis en déroute :
ledit Touchet avoit cinquante lances & quatre-vingt ou cent
Arquebufiers à cheval, Le peuple de Caen fe trouva très dévotieux & affectionné au fervice du Roi. Après avoir été quelques jours à Caen, ledit fieur de Montpenfier vit que le feu

(1) Il faut *Gautiers*. C'étoient des trouppes de Païfans, ainfi nommés de *la Cha-*
pelle - Gautier, qui deux ans auparavant
avoient commencé à prendre les armes, pour
défendre leur liberté contre les entreprifes
des troupes qui couroient la Province. Ils
étoient conduits par le Comte de Briffac,
qui venoit d'être chaffé d'Angers, & par les
fieurs de Mony de Pierrecour, de Lonchamp, le Baron d'Echauffour, le Baron
de Tubœuf, de Roquenval, de Beaulieu &
plufieurs autres Gentilshommes, Partifans
de la Ligue, qui affembloient des trouppes
pour le Parti autour de l'Aigle & d'Argentan.
Voïez l'Hiftoire de M. de Thou, Liv. 95,
ann. 1589.

(2) François de Montmorency du Halot,
& Jacques de Montmorency de Crevecœur.

(3) François Martel de Bacqueville, & de
Grimoville de Larchant.

(4) Il faut *Herclé & Normandiere,*

s'allumoit de plus en plus , & connut qu'il étoit néceſſaire de prendre quelques Villes ſéditieuſes, comme Falaize , Bayeux , Argentan , Liſieux & autres. Il prit deux canons & une coule-vrine , & avec la Nobleſſe du païs & quelques gens de pied , il alla aſſiéger Falaize , où il arriva le Lundi dix-huitieme de ce mois , & le Mardi trouvant le lieu où leſdites pieces avoient été pointées , incommode , on les changea. Le Mercredi lendemain la batterie fut faite , & ſur le ſoir y aïant deux Tours ouvertes , on y vouloit loger des Soldats pour favoriſer le lendemain l'aſſaut que l'on prétendoit donner entre les deux tours. Et comme les Soldats qui étoient commandés d'y aller , s'acheminoient , tout le reſte des deux Compagnies , qui étoient ſeulement ordonnées pour les ſoutenir , ne purent jamais être retenues d'y aller , ſans attendre qu'elles fuſſent reconnues : & la Nobleſſe , voïant la réſolution deſdites deux Compagnies , quelque défenſe que l'on leur pût faire , les ſuivit , en ſorte que tout alla donner du ventre contre la muraille. Mais il n'y avoit moïen de ſe loger auxdites deux Tours , pour être trop profondes : tellement que chacun fut contraint de ſe retirer , avec perte ſeulement de quatre ou cinq Soldats. Or comme l'on délibéroit de continuer le lendemain la batterie , & faire brêche ; Monſieur de Montpenſier aïant reçu la nuit un avertiſſement , comme le Comte de Briſſac, Pierre Court, Louchan (1) le Baron d'Echaufour , le Baron de Tubeuf , le ſieur de Roquenal (2), Beaulieu , & pluſieurs autres Chefs des Rebelles amaſſés du côté de l'Aigle , Argentan , & pluſieurs autres endroits de cette Province , s'aſſembloient en grand nombre , tant cavalerie que d'Infanterie , pour venir lever leur ſiege , aviſa que de les attendre audit Falaiſe , vû le grand nombre d'infanterie qu'ils avoient , il y auroit danger d'être forcés à lever le ſiege : ſur quoi il réſolut , par l'avis des Gentils-hommes & Capitaines qui étoient avec lui , d'aller combattre ledit ſecours : ce qui fut exécuté le lendemain , & fort heureuſement. Car aïant trouvé en trois Villages de cinq à ſix mille hommes logés , entre leſquels y avoit de deux à trois cens Gentilshommes , & quelques gens d'Egliſe , les aïant fait reconnoître par le ſieur d'Emeri (3) , on envoïa les ſieurs Comte de

---

(1) C'eſt Lonchamp.
(2) C'eſt Roquenval.
(3) Jean d'Hemery de Villers , homme de main , fameux par pluſieurs combats ſin-guliers , où il s'étoit comporté bravement , dans les Armées & quelques autres occaſions particulieres.

Torigny (1), Lonquaunai & de Vigues l'ainé (2), se loger entre lesdits Villages & Argentan, & les fit-on soutenir des sieurs de Baqueville & de Larchan, d'un côté, & de l'autre le sieur de Bevron (4). Monsieur de Montpensier alla avec tout le reste, droit à eux, lesquels soutinrent pour quelque temps : mais enfin oïans le bruit d'une coulevrine, qu'on y avoit fait conduire, ils commencerent à branler : puis furent chargés si vivement, que ceux qui étoient au premier Village nommé Pierrefite, furent tous rompus, & taillés en pieces, ou pris prisonniers. De-là on s'achemina au second Village nommé Villers, lequel fut forcé, & ceux qui étoient dedans traités comme les premiers. Et voïant que la nuit étoit proche, desesperés de pouvoir, pour ce jour, forcer le troisieme Village, nommé Comneaux, où s'étoient retirés mille ou douze cens desdits ennemis, lesquels Monsieur de Montpensier fit sommer de se rendre : & voïant qu'ils étoient lents à répondre, il fit attaquer leur fort : sur quoi l'un de leurs Chefs, nommé Beau-lieu, qui en étoit sorti, fut pris, & étant amené, ils se rendirent. Il alla coucher à Ecoché, auquel lieu on lui amena le lendemain tous ces prisonniers, où il en laissa quatre cens qui travaillerent aux fossés. Si-tôt que Brissac & quelque Cavalerie qu'il avoit avec lui nous eurent apperçus, ils se prirent à fuir, & firent leur retraite à Argentan. Le nombre des morts est de trois mille, entre lesquels y a beaucoup de Gentils-hommes : de mille à douze cens prisonniers, entre lesquels sont environ trente Gentils-hommes & des principaux, comme le Baron de Tubeuf, Beaulieu, & autres desquels je n'ai encore su les noms. Voilà, en somme, ce qui s'est passé de par deçà, depuis le quatrieme d'Avril, jusqu'au vingt-troisieme, que Monsieur de Montpensier est retourné devers Caen pour continuer le service de Sa Majesté.

(1) Odet de Matignon, Comte de Thorigny, & de Vic.

(2) De Longuaunay, Lieutenant du Comte de Thorigny.

(3) Pierre de Harcour, Marquis de Beuvron, beau-frere du Comte de Thorigny.

LETTRE

L E T T R E

D'UN GENTILHOMME DE BEAUSSE

A un sien Ami, Bourgeois de Paris, sur la défaite des Trouppes de M. d'Aumale, le Jeudi 28 Mai 1589 (1).

JE me suis étonné mille fois des nouvelles que l'on m'a rapportées pour vraies de l'établissement de vos affaires à Paris, & que si souvent m'avez mandé pour véritables plusieurs nouvelles inventées par quelques artificieux qui vous trompent, & abusent de vous & de vos moïens, pour bâtir d'autres desseins que ceux qu'ils vous communiquent, qui est cause, Monsieur & bon ami, que je vous ai écrit celle-ci, afin que ne soïez ignorant de ce qui s'est passé le jour d'hier, sachant bien que le rapport vous en sera fait bien loin de la vérité, pour n'ôter le courage à vos Citoïens, & afin de les repaître toujours d'espérance de hautes entreprises qu'attendez de cette sainte & invincible Armée que tient si long-temps en ce pays Monsieur le Duc de Mayenne sans rien faire, avec beaucoup de grandes promesses, dont la moindre est de mener pour le moins Sa Majesté à tel point que desirent les plus mutins de votre Ville; & pour essai il a véritablement, en l'absence des plus grandes forces du Roi, approché assez près, vrai est qu'il s'est retiré avec un très bon conseil; & après avoir fait quelque chose qu'il eût pû ou dû obstiner plus long-temps, puisqu'il en avoit tant entrepris, il a cédé à la présence du Roi & à l'avenue du Roi de Navarre, se retirant aussi-tôt qu'il l'a senti approcher : mais ce n'est pas le seul sujet des miennes, qui est pour vous dire, que depuis nous avons su le malcontentement des Etrangers & Wallons de son Armée, qui s'en veulent retourner à toutes forces; & que pour les retenir, ledit sieur est fort empêché, & je crois que ce qui est cause qu'ils ne se font encore retirés, étoit l'espérance qu'il leur donnoit de recevoir nouvelles forces & rafraîchissement des Troupes de Picardie, qu'il attendoit de la part du sieur d'Aumale. Je vous advise que cet espoir est étouffé pour eux ; car Jeudi dern. sur les 3 heures après midi, comme j'ai su par un mien ami, le sieur de Châtillon (2) aïant

(1) Voïez l'Histoire de M. de Thou, Livre 95.
(2) François de Coligny de Châtillon.

Tome III.   Zzz

paſſé à Boigenci (1), & étant envoïé à la guerre par le Roi de Navarre avec deux cens Chevaux & pareil nombre d'Arquebuſiers, ſachant que quelques Troupes du Duc d'Aumale cheminoient pour charger le ſieur de Lorges (2), qui avoit battu l'eſtrade le jour auparavant, s'avança vers Bonneval (3), & vingt Gentilshommes des ſiens pour coureurs, qui étoient menés par le ſieur de Fouquerolles, qui ſont rencontre de l'Arcleinville (4), Gouverneur pour le Duc de Mayenne à Chartres, qui avoit cinquante Chevaux. Ils s'avancent à lui pour l'engager au combat; lui les vient reconnoître, & ceux-ci y vont enſorte qu'ils tuerent cinq ou ſix des ſiens à ſa tête. Il ſe retire & donne l'allarme à leur Troupe qui étoit à un quart de lieue de-là. Elle venoit en ordre conduite par le ſieur de Saveuze, où étoient les ſieurs des Broſſes qui avoient une belle Troupe, & de ſix à ſept vingts Gentilshommes, toute l'élite de la Nobleſſe de Picardie, de leur parti, en nombre de trois cens Chevaux, avec vingt-cinq ou trente Arquebuſiers, le ſieur de Forceville & pluſieurs autre Gentilshommes ſignalés. Et déja le ſieur de Châtillon changeoit le pas au trot pour les recevoir. Charbonniere & Harambure (5) avec leurs Compagnies de Chevaux-Légers étoient ſur la gauche de l'autre côté. Saveuze jette devant ſes Arquebuſiers, ordonne ſa Troupe de Lanciers en haies, & vint ſans ſe débander un quart de lieue au pas. Les trompettes ſonnent la charge des deux côtés: le ſieur de Châtillon fait une petite halte pour attendre ſon Arquebuſerie; l'aïant miſe en ſon lieu & fait deux oſts de ce qu'il avoit de Cavalerie, prend la charge. Saveuze vint fort bravement, prend le galop de trente pas, ſes Arquebuſiers font leur ſalut tout à cheval d'aſſez près: l'Infanterie du ſieur Châtillon les reçoit, qui, après avoir tiré leurs premieres arquebuſades, ſe mêla cependant la charge dedans toute cette Cavalerie, tuent force chevaux de coups d'épées dedans les flancs, où ſe perdit un Exempt des Gardes du Roi de Navarre, & deux Soldats de la garniſon de Boigenci ſeulement. Saveuze qui d'abord avoit la tête tournée contre les Chevaux-Légers, prend ſur la droite, & chargea de telle furie le ſieur Châtillon, que les premiers rangs furent rompus, lui chocqué & porté par terre, & huit ou dix Gentilshommes des ſiens courent cette même

(1) Beaugenci.
(2) François de Montgommery de Lorges.
(3) Ville du Païs Chartrain, connue par une Abbaïe qui porte ce nom.

(4) M. de Thou le nomme de Reclainville.
(5) De Charbonnieres & d'Arambure. On en a déja parlé ailleurs.

fortune, entre lefquels étoient (1) Moui, Rofni (2), S. Sere, Frefillon (3), & Chamballan, deux ou trois defquels feulement furent bleffés de lance, & vingt ou trente de leurs chevaux tués. Des Broffes (4) chargea le fieur de Châtillon en flanc tout d'un temps, enforte que le refte de fa Troupe fut fort ébranlée. Le fieur de Châtillon & autres qui étoient renvefés, fe releverent, donnent coups d'épée à pied, & lui fe mêla tellement qu'il y fut bleffé au vifage d'un coup de tronçon de lance. Tandis Harambure qui menoit la compagnie de Chevaux-Légers du Roi de Navarre, auprès duquel s'étoit rangé Fouquerolles, chargea Saveuze & les fiens de telle furie, qu'il les perça & rompit, enforte qu'ils tournerent en route, n'aïant moïen de fe rallier. Ils font pourfuivis & demeurent fur la place, & au lieu du choc des Picards, plus de fix vingts Gentilshommes, le refte fut pourfuivi une grande lieue & demie, & par les chemins ont été tués plus de foixante des fuïards & tous leurs Arquebufiers, deux Cornettes gagnées, ceux qui les portoient tués, quarante Gentils-hommes pris, entr'autres Saveuze & Forfeville (5), qui affafina la Pierre il y a deux ans; plufieurs des pris font bleffés, fans que de l'autre côté le fieur de Châtillon ait perdu un feul Gentilhomme, ni Soldats, fors les trois des fiens que j'ai dit; n'y a de bleffés que Chamballan (6) & deux ou trois autres, de coups de lance & d'épée, mais ce ne font coups mortels. Le champ de bataille eft demeuré au fieur de Châtillon. C'eft un commencement qui doit faire penfer à leurs confciences ceux qui fe font élevés contre le Roi. Je vous en ai bien voulu avertir, afin que fachiez la vérité, laquelle vous eft cachée par les impofteurs qui vous repaiffent de faux bruits. J'ai appris ce que je vous mande par un Gentilhomme porteur d'une Lettre dont je vous envoie la copie. Il avoit fu les particularités par ceux qui fe font trouvés à la défaite. Prenez garde à vous, & avertiffez les gens de bien, afin qu'ils prennent courage. Je ne vous ferai plus longue Lettre jufques à ce qu'il foit furvenu quelqu'autre bonne nouvelle; cependant je me recommande à vos bonnes graces, & prie Dieu vous conferver.

De Châteaudun ce 10 *Mai* 1589.

Votre entierement bon ami, La Place.

(1) Il faut Moïi, ou Mouy, (Ifaac de Vaudray de Mouy).

(2) Maximilien de Béthune de Rofni.

(3) M. de Thou dit Tréfillon & de Chamballon.

(4) De Broffe ou des Broffes, frere de M. de Saveufe.

(5) Forceville.

(6) De Chambellon.

COPIE D'UNE LETTRE

Ecrite par un Seigneur à un sien parent, sur la défaite des Trouppes du sieur d'Aumale, près Bonneval, le Jeudi 18 Mai 1589.

MON Cousin, vous entendrez par N. l'heureuse exécution que Monsieur de Châtillon fit hier à quatre heures près Bonneval, sur les Troupes de Monsieur d'Aumale, conduites par le sieur de Saveuze. Il l'a pris & un autre des Chefs, les autres morts, & deux cens des leurs, & le reste prisonniers, les drapeaux gagnés : bref, c'est une aussi heureuse victoire qui se soit gagnée de toutes guerres. Les Ennemis du Roi qui étoient venus de Picardie y sont démeurés. Cette nouvelle sera agréable à Sa Majesté, & profitera à sa négociation avec ceux de Poitiers. Ledit N. vous dira tout fort particulierement, sur lequel m'en remettant, je ne vous dirai autre chose, sinon que je prierai Dieu, mon Cousin, vous tenir en sa garde.

A Saint Dié ce 19 Mai.

Votre meilleur & plus affectionné ami, M. N.

DISCOURS

Sur la défaite des Duc d'Aumale & sieur de Ballagni (1) avec leurs Trouppes, par le Duc de Longueville & autres Seigneurs, & la levée du Siege de la Ville de Senlis en Picardie (2).

CHACUN a pu savoir assez, comme dès la fin du mois d'Avril dernier, Monsieur de Thoré (3) pour le service du Roi, s'achemina dans la Ville de Senlis, par l'intelligence des bons & fideles Habitans d'icelle, pour les maintenir & assurer en l'obéissance due à sa Majesté. Il y fut trois jours avant que les Parisiens (étonnés de la réduction si soudaine de ladite Ville à l'obéissance de sadite Majesté) pussent s'y acheminer, ni convier le Duc d'Aumale de venir avec eux assiéger ledit Senlis, pendant lesquels trois jours ledit Thoré eut tout le loisir d'avitailler & munir la Place, tant de vivres que de toutes autres

---

(1) Jean de Montluc de Balagny, Gouverneur de Cambray.
(2) Voïez l'Hist. de M. de Thou, liv. 95,

ann. 1589.
(3) Guillaume de Montmorency de Thoré.

fortes de munitions néceſſaires pour la bien garder & défendre,
même y fit entrer tel nombre des meilleurs ſoldats qu'il voulut
choiſir des Villages de la Vallée & Duché de Montmorenci,
pour ſe rendre fort dans la Ville, avec deux mille combattans
pour le moins qu'il y avoit aſſemblés, réſolus de tenir bon contre toutes les forces qui viendroient les aſſaillir, non point tant
pour la fortereſſe de la Place, qui eſt aſſez foible, que pour le
courage & fidélité des bons Habitans & Soldats qui y étoient.
Le ſieur de Mainneville (1), qui ſe dit à préſent Gouverneur de
Paris, pour l'abſence du Duc de Mayenne, s'y achemina des
premiers, avec nombre de Pariſiens bien armés ; le Duc d'Aumale s'y rendit preſque auſſi tôt, avec belle Cavalerie & beaucoup de gens de pied, & aſſignerent la Ville au nombre de quatre mille hommes de premiere abordée ; incontinent les Pariſiens & autres de leur parti y accoururent de pluſieurs endroits
bien montés & équippés, & s'y trouverent en peu de temps environ de cinq à ſix mille hommes aſſiégeans en bonne conche (2) :
manderent quérir l'artillerie à Paris le vendredi cinquieme jour
du preſent mois de Mai, laquelle leur fut envoïée dès le même
jour au nombre de trois pieces ſeulement, deux canons & une
coulevrine. Et pource qu'il ne ſe trouvoit perſonne pour la conduire aſſez promptement, le moïen dont ils uſerent eſt, que
peu de jours auparavant reglement aïant été fait à Paris, que de
ſeize Colonelles qu'il y a en ſeize quartiers ou départemens de
ladite Ville, tous les jours en partiroit l'une, en bon ordre &
bien complette de onze à douze cens hommes pour le moins,
pour la garde des avenues du Château de Vincennes. Et étant
ledit jour de vendredi échu, que le Régiment du Colonel &
Capitaine d'Aubret (3) étoit aſſemblé pour aller relever un autre
Régiment & Compagnie de la Colonelle du Capitaine Com-
pans, l'un des Echevins de ladite Ville de Paris, ledit Régiment du Capitaine & Colonel d'Aubret fut contraint, paſſant
ſur le pont de Notre-Dame, au lieu de tourner par la Greve
vers la porte ſaint Antoine pour aller audit Château de Vincennes, où étoient paſſés peu auparavant leurs bagages, manteaux,
vivres & charettes, d'aller en avant tout droit par la porte Saint
Martin, pour conduire ladite artillerie qui avoit été menée peu
auparavant vers le Bourget, ſous la charge du Brigard (4) Procureur de l'Hôtel de Ville, & arriverent le lendemain ſamedi au ſoir

---

(1) Franç. de Roncherolles de Mainevilles. (3) Claude d'Aubray.
(2) Fortune. (4) Il faut de Brigard.

devant Senlis, où de prime arrivée, saluerent la Ville d'un coup
de canon : au son duquel soudain tous les soldats se trouverent sur
les murailles de la Ville, qui offrirent de faire telle brêche qu'on
leur demanderoit, sans user de canon, pourvu qu'ils promissent
de se présenter à l'assaut ; & sur ce qu'au même instant ils
furent sommés de se rendre à composition, promirent d'en faire
réponse au lendemain, dont le bruit vint incontinent à Paris
qu'ils offroient soixante mille écus au dire des uns, & cent mille
au dire d'autres ; & néanmoins aïant tout au contraire témoigné
& fait bien exprès entendre aux assiégeans qu'ils condamnoient
leur felonnie, ils résolurent se maintenir vaillament, encore
qu'ils n'eussent ni pieces d'artillerie pour combattre, ni poudres
ni boulets. Le Sieur d'Arnisentieres (1) y entra avec quelques
chevaux malgré le Duc d'Aumale, & y fit apporter quelques
poudres. Mais c'étoit peu. Cela émut les assiégeans de renvoïer
à Paris demander renfort de canon, pour mettre tout en poudre, ce disoient-ils. Ils en furent éconduits pour le peu de moïen
qu'on avoit de ce faire, à faute de boullets & de telles pieces
qu'on demandoit, & en partie aussi pour la défiance qu'ils
avoient du Duc d'Aumale, qui les avoit refusés & éconduits
beaucoup de fois d'aller se joindre avec le Duc de Mayenne, à
cause de l'ambition qui est entr'eux ; aussi qu'ils tenoient que le
Sieur de Ballagni s'y acheminoit avec beaucoup de belles forces
& sept pieces de canon. Auparavant l'arrivée duquel Sieur de
Ballagni, ceux de Senlis firent sortie de cent chevaux, dont les
assiégeans eurent telle épouvante, qu'ils se cuiderent mettre en
route, & spécialement les Parisiens, qui quitterent leurs armes
füians & se cachans dans les buissons de tous côtés, desquels cent
chevaux cinquante seulement rentrerent dans la Ville, & les
cinquante autres prirent la Campagne pour ramasser le secours
qui s'y achemina par après. Adonc ledit Sieur de Ballagni avec
ses troupes arriva, & se joignit avec ledit Duc d'Aumale, &
commencerent la batterie avec leurs dix pieces de canons le
mercredi ving-septiéme jour de ce présent mois de Mai, & peu
après les soldats en confusion donnerent un assaut à ladite Ville
par la brêche faite audit jour, qui étoit à la vérité assez grande ;
néanmoins ils furent repoussés, pourcequ'ils étoient avancés
sans l'ordonnance du Général d'armée. Sur le midi vint avis
que le Duc de Longueville (2), accompagné des Sieurs de

(1) Gille des Ursins d'Armentieres.
(2) Henri d'Orléans, Duc de Longueville, Gouverneur de Picardie.

Humieres (2), Bonivet (3), de la Noue (4), de Givri (5), de Mefvillier (6), de la Tour (7) & autre Nobleſſe de la Province de Picardie, s'approchoient en nombre de mille chevaux & trois mille hommes de pied pour fecourir la Ville de Senlis; furquoi ledit Sieur de Ballagni fe mit aux champs avec la plus gaillarde force qu'il put choifir, accompagné des Sieurs de Mainnevil-le (8), de Sayſſeval (9), de Meſieres, de Congi & autres, & à l'abordée approchant ledit Duc de Longueville, la Cavalerie de Cambrai marchoit en belle ordonnance, pour défaire l'infanterie dudit Duc de Longueville, laquelle infanterie s'ouvrit par le milieu pour donner lieu & paſſage à leur artillerie, qui donna dans lefdits Cambrefiens & Wallons de telle furie qu'ils furent contraints, pour le grand nombre qu'elle en renverſa, de s'écarter & reculer en arriere; puis la mêflée & le combat s'étant donné, fut foutenu de part & d'autre bien furieufement, chacun combattant de grande animofité; l'artillerie du Duc de Longueville faifant beaucoup de dommage aux gens dudit Duc d'Aumale, de telle forte que les foldats commencerent à prendre l'épouvante fi grande, que ledit Duc d'Aumale ni le Sieur de Ballagni ne purent jamais par leurs vives paroles & remontrances les rallier, de maniere que l'armée affiégeante fe mit incontinent en route. Ce qui donna hardieſſe audit Duc de Longueville de les pourfuivre à coups de coutelas avec les affiégés, lefquels au même temps firent une fortie. Par laquelle expédition ils fe font affurés de la Ville de Senlis, ont gagné toutes les munitions dudit Duc d'Aumale, poudres, boulets, l'artillerie, environ de quinze cens à deux mille morts fur la place, fans ceux qui ont été tués & pourfuivis en fuïant par les Villages. Ledit Duc d'Aumale bleſſé, & le Sieur de Ballagni auffi bleſſé au vifage, mais toutefois affez petitement; & fe retira ledit Duc d'Aumale à Saint Denis, craignant de n'être affuré ni le bien venu dans Paris; & le Sieur de Ballagni fe fauva fuïant jufques dans Paris, feignant de vouloir mettre ordre à rallier fes foldats, pour faire tête aux ennemis, & pour rencourager les braves foldats de Paris.

(2) Charles de Humieres.
(3) Henri Gouffier de Bonnivet.
(4) Ce n'eſt point de la Noue, mais Chriſtophe de Lanoy de la Boiſſiere; le fieur de la Noue y étoit cependant auſſi à la tête de ces Gentilshommes.

(5) Anne d'Anglure de Givry.
(6) De Mevilliers.
(7) De la Tour Brunetel.
(8) De Mayneville.
(9) De Senicour de Seſſeval.

COPIE D'UNE LETTRE

Ecrite par un Seigneur à un sien Parent, du 20 Mai 1589.

MON COUSIN,

J'ai retenu ce poftillon jufqu'à ce qu'il me fut venu quelques bonnes nouvelles. Je les ai reçues préfentement par un homme que j'envoie à Paris. Il a vu la route de Monfieur d'Aumale qui a été défait près Senlis, par Monfieur de Longueville, accompagné de Monfieur de la Noue. Il s'eft fauvé lui troifieme à Saint Denis, Ballagni s'eft fauvé à Paris, qui raffure le Peuple qui eft tout effraïé de cette défaite. Il lui promet nouvelles forces du Païs-Bas, mais qu'il ait de l'argent. Jugez fi c'eft pour les bien remettre. Ils ont perdu dix pieces de batterie, trois de l'Arcenal, fix de Peronne & une d'Amiens. Cela fut fait mercredi au foir. Mon homme ne m'a fu dire leurs morts, car il s'en eft venu en diligence m'apporter cette bonne nouvelle; faites-en part à Meffieurs le Garde des Sceaux, & de Sauvrai. Vous avez fu ce que Monfieur de Chaftillon fit auffi jeudi au foir. Cette femaine leur a été malheureufe, comme j'efpere que fera toute l'année. Continuez-moi votre amitié, & faites état mon Coufin, que je ferai toujours

Votre affectionné Coufin & meilleur ami, M. R,

LETTRE

DU ROI DE NAVARRE

A Meffieurs d'Orléans, du vingt-deux Mai 1589, à Beaugency.

MES AMIS,

Je fuis bien marri de vous venir vifiter en telle compagnie, & d'être contraint depuis fi long-temps que je me fuis approché de vous, de montrer à cette Province & à votre voifinage l'effroi & les incommodités que la guerre y apporte. J'ai toutefois déja rendu tant de témoignages & devant Dieu & devant les hommes, du déplaifir que j'ai aux armes; j'ai par tant de diverfes
actions

actions montré que les miennes n'avoient autre but que la paix;
que sur cette confiance je les porte hardiment : avec cette confcience j'espere que Dieu les bénira, & principalement à cette
heure, quant aux yeux de toute la chrétienté, mon Roi m'a tant
honoré de s'être lui-même rendu juge de mes droites, intentions &
meilleur témoin que j'eusse su desirer à mon innocence. J'ai en général convié par diverses fois la France à desirer son repos; j'ai pour
mon devoir au service du Roi mon Seigneur & au bien de ma Patrie, tant de fois prévu & protesté dès le commencement des dernieres guerres civiles, contre les maux dont elles ont rempli cet
Etat ; mes prévoïances ont été aussi véritables comme mes protestations inutiles jusqu'ici à mon très grand regret, Dieu aïant envoïé sa verge de division sur ce pauvre Roïaume. Je ne me lasserai
néanmoins jamais de bien faire chez moi, mon Païs manquera
plutôt de devoir envers ce Citoïen, que le Citoïen envers son
Païs. Et tant que je verrai ce malade respirer, je ne l'abandonne-
rai jamais qu'il ne soit entierement guéri, ou moi mort avec lui.
Ce que j'ai fait en général, je le ferai encore en particulier par-
tout où j'en aurai le moïen : & suis bien aise que m'approchant
de vous, devant que les armes fassent leurs effets, je puisse es-
faïer ce que la raison & la douceur gagneront parmi vos esprits,
qui, quelque fureur, quelque contagion que Dieu vous ait envoïée, sont encore François, je m'en assure, & de la race de
ceux qui assisterent le Roi Charles septieme refugié à Bourges,
contre l'Angleterre, contre la Bourgogne, contre la Guienne,
la Normandie, la Bretagne & quasi toute la France bandée
contre lui. Je ne me puis jamais assez étonner où vous avez mis
votre raison pour quitter ce beau titre de vos ancêtres ; je ne
sais quel peut être le sujet si grand & si important, qui vous ait
fait à si bon marché abandonner votre fidélité ; le serment qu'à
votre naissance chacun de vous a juré à son Païs, le vœu que
vous avez réiteré au Couronnement de tant de Rois, & duquel
déja tant d'années vous vous êtes obligés sous celui-ci que Dieu
nous a donné à cette heure. Je ne puis penser qui vous peut imprimer que la condition esclave des Espagnols soit plus douce
que la liberté de la France ; que les croix de Lorraine, de Bourgogne gouvernent mieux un Etat que les anciennes & heureuses
fleurs de lis, que toute la Chrétienté révere : somme que la qualité d'être estimé traître, rebelle à son Magistrat, à son Prince
méprifer ses commandemens, violer sa Majesté, soit meilleure
& plus honorable que celle d'un bon Citoïen, d'un fidele Sujet.

Il me fieroit mal à moi qui ai porté les armes pour la liberté
de la confcience, fi je blâmois les vôtres qui feroient fondées
fur ce prétexte-là. Ce qui a été excufable en ceux de la Religion, vous le diriez loifible en vous : mais puifque vous aimez
ce qu'on tient comme à redire en votre exemple, mettez-vous
donc au moins en mêmes termes qu'eux. S'ils euffent voulu planter
à coups d'épée leur créance en France ; s'ils euffent fait une guerre offenfive à leur Roi devant que d'être attaqués & forcés à fe
défendre, qu'eut-on dit ? Ils ne l'ont jamais fait ; toujours ils ont
été fur la défenfive, toujours prêts à recevoir la paix quand on
leur a voulu donner. Et néanmoins pour ce feul regard que
l'oinct du Seigneur, celui à qui le Sceptre appartient, étoit contre eux, Dieu n'a pas toujours beni leurs armes, pour montrer
aux Peuples qu'il n'a rien fi cher que de conferver la Majefté
des Rois, Image de la fienne, & fes Lieutenans en la terre.
Vous avez autrefois accufé ceux de la Rochelle, vous les avez
injuftement nommés traîtres & rebelles, pour ne vouloir pas
quitter la liberté de leur confcience, & mettre leur vie à l'abandon & à la merci de leurs ennemis. Si vous leur enviez ces beaux
noms-là, attendez donc au moins que comme eux vous voyiez
publier des Edits, par lefquels on profcrive tous les Catholiques de France ; attendez que vous les voyiez tuer par toutes les
bonnes Villes vos voifines, & une armée ennemie fondre fur
vos murailles pour vous faccager ; lors la crainte excufera vos
armes ; la néceffité, votre rebellion. Mais jufques-là mes amis,
quelle hâte avez-vous de donner à vos enfans, des perfides,
des rebelles, des criminels de leze-Majefté en leur race ?
Vour répliquerez qu'il ne fera pas temps lors, & que vous y
voulez pourvoir auparavant. Si vous eftimez votre caufe & votre fin meilleure que celle de ceux de la Religion, vous devez donc croire par conféquent que Dieu ne vous favorifera
pas moins qu'eux, puifque vous vous fervez de leur imitation.
Souvenez-vous donc qu'ils ont eu affaire à l'Etat de France
floriffant, à des Rois bien obéis, bien établis, que fouvent
on les a furpris, on a tué leurs Chefs. Ils n'ont jamais donné
coup, que premierement ils n'en aient reçu deux ; ils n'ont
jamais eu ces prévoïances que vous avez, & néanmoins après
tout cela, ils font encore en vie & en liberté, graces à Dieu.
Fera-t-il moins pour vous, quand on vous attaquera ? Et vous
favez tous que nonobftant vous êtes plus forts qu'ils n'étoient,
& que vous ne pouvez jamais avoir les ennemis qu'ils ont eus.

Qui vous fait précipiter ? Quelle fureur, pour la crainte d'être
mal à votre aife d'ici à un fiecle, de vous rendre malheureux
& miférable dès à cette heure ; pour empêcher un péché, faire des crimes ; pour prévenir un mal éloigné, en faire & en
fouffrir une infinité de préfens ; pour affurer la liberté de vos
enfans, les nourrir dans la fervitude ; pour établir leur repos
& leurs biens, les abandonner à la guerre & au pillage ? Croiez-
moi, mes amis, ceux qui vous mettent cela en la tête, fe
fervent de votre dos pour monter aux échaffauds de leur ambition ; mais ils ont oublié à vous dire que fi l'échaffaud renverfe
(comme il fera indubitablement) ils feront précipités du haut
en bas, & vous, accablés au deffous, fi eux ne defcendent
de bonne heure, & vous ne vous ôtez de-là avant que tout
fonde. Penfez-y ; c'eft vous donner des peurs trop vaines,
de vous perfuader que nôtre Roi, le plus Catholique qui fut
jamais, vous contraigne à quitter votre Religion Catholique,
trop éloigné de vous menacer : que moi je le ferai. Je ne fuis
point votre Roi ; je ne le ferai (s'il plaît à Dieu) jamais. Quand
j'y ferois appellé, je ne ferois pas fi peu fage, que je ne fuie
toutes occafions qui peuvent apporter la guerre civile & divifion en un Roïaume. Or je fuis bien aife de vous en pouvoir
parler de fi près, & fi votre Voifin. Vous avez vu, il n'y a que
deux jours, Mercredi & Jeudi dernier, les commencemens
de bénédiction que Dieu envoie fur vos armes à Senlis & ici,
à la vue des deux plus grandes Villes de France ; jettez les
yeux là-deffus. Ce n'eft point à vous à débattre contre votre
Roi, s'il a eu occafion ou non de punir M. de Guife. Il y
en a eu en France autrefois, d'auffi grande Maifon que lui,
plus honteufement traités, pour qui néanmoins les Peuples
n'ont point pris la mauvaife querelle. Les Souverains ne rendent qu'à Dieu feul compte de leur Sceptre ; c'eft à nous à y
obéir quand les chofes font faites. Jamais vous ne vous trouverez bien d'un fi mauvais fondement : que fi vous vous plaignez qu'on vous voulût donner des Gouverneurs, ou mettre
une Garnifon qui vous fouleroit ; qu'on vous vouloit faire des
Citadelles & autres telles chofes (combien que ce foient plaintes ordinaires de toutes Villes, qui ne font pas loifibles en un
Roïaume bien paifible & en un Etat bien obéïffant), néanmoins les defordres du nôtre les ont rendues plus recevables.
Quand vous ne defireriez que cela, j'ai peu de crédit auprès du
Roi mon Seigneur ; mais je me fais fort qu'oubliant vos fau-

A a a a ij

tes, il l'accordera, si vous vous mettez en votre devoir de le
reconnoître & de lui demander pardon. Et de cette façon vous
n'aurez point peur qu'autre que vous-mêmes vous contraigne
à quitter votre Religion, qu'autre vous bâtisse vos Citadelles que vous-mêmes, qui serez vous-mêmes votre Garnison ;
& cela vous est & plus séant & plus utile, que d'être toujours
en peine & en allarme, d'avoir besoin d'une Armée pour vous
faire escorte toutes les fois qu'il vous faudra sortir un peu hors
des portes ; de voir brûler vos champs, vos maisons, vos vignes ; mettre vos enfans & vos femmes au bissac, pour venger les querelles d'autrui. Mes amis, si j'étois Espagnol ou de
Lorraine, je ne vous parlerois pas ainsi ; je me plairois de voir
la guerre, de me voir à vos portes, prêt à vous bloquer ou
à vous assiéger ; je m'imaginerois déja votre pillage ; c'est de
quoi les Ennemis se glorifient, & si j'étois le vôtre je le desi-
rerois : mais je suis François, je suis de vos Princes, j'ai intérêt
à votre conservation, pour cela je vous en parle. Vous pouvez, si vous voulez, vous tenir en vos gardes, en sûreté, en
repos, les maîtres en vos maisons, rendre doucement l'obéissance & les devoirs que vous devez à votre Roi. Et comme
votre exemple a servi à beaucoup de faire les fous, faites aussi
que votre imitation en fasse beaucoup de sages. Et croïez,
mes amis, pour mon dernier mot, qu'à la vérité s'il n'y avoit
qu'une seule Ville qui eût fait rebellion, vous devriez être
fort en peine, mais puisque le mal est contagieux, il le faut
guérir par douceur. Il est bien certain néanmoins, que tout
ainsi que la premiere Ville qui aura attendu la force, recevra
des châtimens exemplaires, la premiere aussi qui recherchera la
douceur, aura bien plus d'avantage & de facilité à la trouver,
que celle qui attendra à l'extrémité. Je vous assure, mes amis,
que je serai bien aise & bien heureux de pouvoir être emploïé
au dernier plutôt qu'au premier : car je suis François & votre

HENRI.

Avertissement.

Depuis ce temps, jusqu'à la fin de Juillet, les affaires commencerent à s'échauffer de part & d'autre. Le Roi appelloit tous ceux qu'il pouvoit de dehors & dedans le Roïaume, pour lui aider à trouver tout ce qui étoit fort égaré pour lui, à savoir l'obéïssance de ses Sujets, qui à l'opposite pratiquoient tout ouvertement avec l'Espagnol & à Rome pour maintenir leur Ligue & continuer en leurs soulevemens. Là haine extrême conçue contre le Roi, faisoit qu'en maints lieux, surtout dans Paris, l'on ne parloit de ce Prince que comme du plus exécrable tyran qui eût jamais été au monde. Même les Prêcheurs encourageoient tous en général & chacun en particulier de lui courir sus. Il y avoit entre les plus passionnés de la Ligue des entreprises contre la personne du Roi, la mort duquel on tâchoit d'avancer à quelque prix que ce fût; & tient-on qu'une Dame de ce Parti (1) en mit les fers au feu à bon escient, dont s'ensuivit l'horrible parricide dont nous avons ici à proposer le discours qui s'ensuit.

ASSASSINAT ET PARRICIDE

Commis en la Personne du très Chrétien & très illustre Roi de France & de Pologne, Henri III du nom (2).

Il y a toujours quelque signe qui précede des orages prochains, & jamais les tempêtes n'arrivent, qu'elles ne soient denoncées.

Si nous considerons aussi le malheur de la perte de notre bon Roi; certes il ne nous a surpris, sans qu'auparavant nous n'en aïons eu de très grandes apparences. La Ligue l'avoit extrêmement offensé, la gravité du délit la faisoit entrer en défiance de sa clémence, l'incrédulité ouvroit en elle la même porte au désespoir, par où entroit la haine & en sortoit la foi. Et cette-ci, comme l'ame, ne retournant jamais du lieu d'où elle part, laissa ce parti abandonné à toutes sortes de crimes, & capable enfin du maudit assassinat qui prive la France d'un Roi le plus débonnaire qui regna jamais. Ainsi l'infidélité du Peuple rebelle & sa révolte nous devoient bien être présages de quelque acci-

---

(1) Madame de Montpensier, sœur du Duc de Guise. Voïez M. de Thou en son Histoire, liv. 96.

(2) Cet Ecrit avoit paru séparément *in-*8°. à Paris 1589. Voïez l'Histoire de M. de Thou, liv. 96, ann. 1589.

dent prodigieux ; mais la grandeur de nos pechés est cause que nous soïons prévenus, sans considération de cet assassinat, commis comme s'ensuit.

Messieurs de Longueville & de la Noue, aïant joint les troupes de Champagne, & recueilli ès environs de Châtillon-sur-Seine les Suisses & Lansquenets, conduits par M. de Sancy, & fait de tout, un corps d'armée de vingt mille hommes, passerent à Poissi la riviere de Seine, pour voir le Roi qui battoit Pontoise, & qui le lendemain, 25 Juillet, l'aïant reçu à composition, moïennant deux cents mille écus, & la délivrance qui lui fut faite des plus mutins & seditieux, pour leur faire recevoir punition exemplaire, alla avec le Roi de Navarre bien-veigner (1) ladite armée de Suisses, qui l'attendoit en ordonnance de bataille. Sa Majesté la trouva si belle, qu'elle voulut passer par tous les escadrons, avec tant de démonstration de contentement, de rejouissance, & des caresses aux Chefs, que tous, jusques aux moindres des soldats, se firent connoître pleins de zele & de volonté, de fidelement servir & supporter, avec beaucoup de courage, les fatigues de la guerre & ses incommodités. Le penultieme du mois il la joignit au reste de ses forces, & de tout fut l'armée fortifiée jusqu'au dessus de 45000 hommes. Elle passa vers Paris du côté du pont S. Cloud, que Sa Majesté força incontinent à coups de canons. Mais le malheur voulut qu'y étant logée, un jeune Jacobin, âgé de vingt-deux à vingt-trois ans (2), pratiqué de longue main par ceux qui prévoïoient, du bon succès des affaires de Sa Majesté, couler l'avoisinement de leur ruine inévitable, choisit l'opportunité de s'y présenter ; & le premier d'Août s'étant adressé au Procureur-Général de la Cour de Parlement (3) se découvrit avoir quelque fait d'importance, qui ne pouvoit ni devoit être communiqué à autre qu'à Sa Majesté même ; & qu'il savoit bien donner libre accès à tous ceux, qui sous l'habit de Religieux, se disent être voués au service de Dieu, en quoi il ne se meprenoit ; car s'il y eut jamais Prince qui portât reverence à gens d'Eglise, Sa Majesté en étoit l'un, & ne se peut dire qu'il se vit onc aucun Ecclésiastique se départir d'elle mal-content. Plût à Dieu que ce zele eut eu quelque peu moins d'ardeur ; il n'eut facilité à ses ennemis

(1) Visiter.
(2) Jacques Clément, natif du Village de Sorbonne, près de Sens, élevé dans le Couvent des Dominicains de cette Ville. C'étoit dit M. de Thou, un jeune homme sans Lettres, vivant dans le libertinage & l'oisiveté, & toujours mêlé avec la canaille.
(3) Jacques de la Guesle. Voïez une Lettre de ce Magistrat, à la suite du Journal de Henri III par l'Etoille.

l'exécution de leurs damnables desseins, & ce malheureux n'eût été si légerement introduit.

Le Roi donc aïant entendu qu'il avoit lettres du sieur de Harlai, son premier Président en la Cour de Parlement de Paris, & créance de sa part, selon qu'il aime ce personnage, duquel l'intégrité & la foi sont scellés du long emprisonnement en la Bastille, fit appeller le Religieux en sa chambre, où il n'y avoit autre que le sieur de Bellegarde, premier Gentilhomme d'icelle, & ledit Procureur, que Sa Majesté fit même retirer, estimant devoir apprendre quelque chose de bien secret, attendu la démonstration qu'en faisoit ce détestable hypocrite, qui se voïant seul, l'occasion en main, assurant la contenance le mieux qui lui fut possible, tira d'une de ses manches un papier qu'il présenta au Roi, & de l'autre un couteau, duquel, avec violence, il donna un coup à côté du petit ventre de Sa Majesté, attentive à la lecture, & laquelle néanmoins, se sentant grievement blessée, retira de la plaie le couteau que ce malheureux y avoit laissé, en donna un coup au-dessus de l'œil de ce maudit Apostat, suscité du diable, qui fut le premier châtiment qui lui fut donné, suivi au même temps de la mort, laquelle il reçut trop honorablement de la main de plusieurs Gentilshommes qui y accoururent. (1)

Le Roi fut porté en son lit, & les Medecins & Chirurgiens appellés, lui fut appliqué le premier appareil, & la plaie jugée non-mortelle, dont Sa Majesté fit écrire & donner avis de l'attentat, & de l'espoir de briéve guérison, à tous ses bons & fideles serviteurs, les Gouverneurs des Provinces; voulut que les Princes étrangers, ses amis & alliés en fussent avertis, afin qu'ils abhorrassent & l'iniquité du fait, & les auteurs d'icelui : mais Dieu aïant autrement disposé de sa vie, le retira à soi dès les trois heures du jour suivant, au grand regret de tous les bons François; & comme il sentoit sa fin prochaine, il les consola, & leur dit ces dernieres paroles.

" Je ne regrette point, dit-il, d'avoir peu vécu, j'ai assez vé-
" cu pour que je meure en Dieu; je sais que la derniere heure

---

(1) MM. de Montpesat de Lognac & Jean de Levis, Baron de Mirepoix, peu maîtres d'un premier mouvement, dit M. de Thou, saisirent ce Moine encore étonné de son crime, le renverserent & le firent expirer sous leurs coups. Ensuite on fit le procès à son cadavre, & on le condamna à être trainé sur la claie, tiré à quatre chevaux & brûlé. Cet Arrêt s'exécuta sur le champ, & les cendres furent jettées à la riviere.

(2) M. de Thou rapporte aussi les dernieres paroles du Roi. *ibid*. L. 96. Voïez aussi l'Histoire de M. d'Aubigné, t. 3. Liv. 2 ch. 22. On a dit que Henri III avoit été assassiné à

» de ma vie sera la premiere de mes félicités ; mais je plains
» ceux qui me survivent, mes bons & fideles serviteurs. Que si
» mes ennemis ont eu tellement leurs esprits abandonnés au
» mal, que ni la crainte de Dieu, ni la dignité du Prince n'a
» pu les retenir qu'ils n'aient attenté à ma personne, qui les
» fera respecter ceux qui m'ont suivi ? Une seule chose me con-
» sole, c'est que je lis en vos visages, avec la douleur de vos
» cœurs, & l'angoisse de vos ames, une belle & louable résolu-
» tion de demeurer unis, pour la conservation de ce qui reste
» d'entier en mes Etats, & la vengeance que vous devrez à la
» mémoire de celui qui vous a si uniquement aimés, Je ne re-
» cherche point curieusement cette derniere, remettant à Dieu
» la punition de mes ennemis ; & j'ai appris en son école de
» leur pardonner, comme je fais de bon cœur, Mais com-
» me j'ai à ce Roïaume une premiere obligation de lui procurer
» sa paix & son repos, je vous conjure tous par l'inviolable fi-
» delité que vous devez à votre patrie, & par les cendres de vos
» Peres, que vous demeuriez fermes & constants défenseurs de
» la liberté commune, & que ne posiez jamais les armes, que
» vous n'aïez entierement nettoïé le Roïaume des perturba-
» teurs du repos public ; & d'autant que la division seule sappe
» les fondemens de cette Monarchie, avisez d'être unis & con-
» joints en même volonté. Je sais & j'en puis repondre, que le
» Roi de Navarre, mon bon frere, légitime successeur de cette
» Couronne, est assez instruit ès Loix de bien regner, pour
» bien savoir commander choses raisonnables ; & je me pro-
» mets que vous n'ignorez pas la juste obéissance que vous lui
» devez ; remettez le différend de la Religion à la convocation
» des Etats du Roïaume, & apprenez de moi que la pieté est
» un devoir de l'homme envers Dieu, sur lequel le bras de la
» chair n'a point de puissance, Adieu, mes amis, convertissez
» vos pleurs en Oraisons, & priez pour moi ».

Voilà à peu-près les derniers propos du Roi, sur lesquels il
sanglota & rendit l'esprit. Que ceux qui produisent tels fruits,
soient en éternelle exécration aux gens de bien, pour l'énormité
& mauvais exemples d'iceux. Amen.

saint Cloud dans la Maison de Gondi, dans la même Chambre où avoit été résolu le massacre de la saint Barthelemi, mais on a reconnu que c'étoit une Fable, dit M. le Président Hénault dans son abregé chronolog. de l'Hist. de France. En effet Jérôme Gondi n'avoit pas encore acheté cette maison alors.

LETTRE

LETTRE DE SA MAJESTE'

Ecrite au Comte de Montbelliard, peu après sa blessure (*).

MON COUSIN,

Après que mes ennemis ont emploïé tous leurs artifices & de-
loïautés, pour parvenir au bout de leurs trahisons, voïant que
Dieu par sa grace, comme protecteur des Princes, & juste vengeur de l'infidélité de leurs Sujets, prenoit le soin du rétablissement de mon autorité à leur confusion, ils ont pensé n'y avoir
plus de salut pour eux que ma mort, & qu'il falloit mettre en
exécution le dessein de leur conspiration, déja pris de longue
main, & n'épargner, pour ce faire, aucun acte, pour barbare
qu'il pût être. Pour à quoi parvenir, s'aidant du zele que je
porte à ma Religion, & du libre accès & audience que je donne à tous Religieux, pauvres gens d'Eglise, qui veulent parler
à moi, & violant sous ce manteau les Loix divines & la foi
qui doit être sous l'habit d'un Ecclésiastique; ce matin, un jeune Jacobin, amené par mon Procureur Général, pour me
donner (disoit-il) des Lettres du sieur de Harlai, premier Président en ma Cour de Parlement, mon bon & fidele serviteur,
detenu pour cette occasion prisonnier à Paris, & me dire quelque
chose de sa part, a été introduit en ma chambre, par mon commandement, n'y aïant personne que le sieur de Bellegarde,
premier Gentilhomme, & mondit Procureur Général. Après
m'avoir salué, & feignant à me dire quelque chose de secret,
j'ai fait retirer les deux dessus nommés; & lors ce malheureux
m'a donné un coup de couteau, pensant bien me tuer : mais
Dieu, qui a soin des siens, n'a voulu que sous la reverence que
je porte à ceux qui se disent voués à son service, je perdisse la
vie, ains me l'a conservée par sa grace, & empêché son damnable dessein, faisant glisser le couteau, de façon que ce ne
sera rien s'il plaît à Dieu, espérant que dedans peu de jours il
me donnera ma premiere santé. Je ne doute que telle voie ne
soit en telle horreur qu'elle mérite, à toutes gens de bien & prin-

(1) Cette Lettre est aussi imprimé dans le tom. 1. des Mémoires de M. Duplessis-Mor-
nay.

Tome III.   B b b b

cipalement aux Princes, pour l'iniquité & mauvais exemple d'icelle. Et d'autant que je vous tiens pour l'un de mes bons parens & amis, je vous ai bien voulu avertir de cet accident; m'assurant que vous blâmerez l'acte, & ceux desquels il peut procéder. Vous serez bien aise aussi d'entendre l'espoir de ma briève guérison, avec l'aide de Dieu, lequel je prie vous avoir, mon cousin, en sa garde. *Du Pont de S. Cloud, le 1*. *Août,* 1589.

Telles étoient les Lettres & espérances de ce Prince : mais la mort rompit tout, comme dit a été. On ne sauroit dire combien tous les Catholiques Ligueurs furent joïeux de cet accident; & les libelles qu'ils en publierent, témoignoient un courage du tout envenimé contre ce Prince, duquel ils ont médit après sa mort en toutes les sortes qu'il est possible de penser. En lui prit fin la race de Valois qui a regné en France depuis l'an 1515 (1) jusques à l'an 1589, aïant produit François I, Henri II, François II, Charles IX & Henri III : sous le regne desquels ont été renouvellées presque toutes les merveilles des siecles passés. Ce dernier, qui fut Henri III, s'en alla peu regretté, pour beaucoup de fautes commises par lui durant son regne auquel il entra l'an 1574. Sa principale faute au gouvernement politique fut qu'il ne sut onc bien discerner ses amis d'avec ses ennemis; & le desir qu'il avoit de vivre parmi ses délices, lui fit perdre infinies belles occasions de pourvoir non-seulement au repos de la France, mais aussi au bien de ses voisins. Et cette nonchalance en lui, enhardit ses ennemis dedans & dehors le Roïaume de faire beaucoup de choses, ausquelles n'aïant voulu remedier d'heure, quand il voulut y mettre la main, ce fut trop tard. On discourut diversement sur son decès; les uns estimant qu'il étoit sorti un peu trop tôt du monde au regard de la France; les autres étant d'avis contraire. Mais n'étant besoin pour ce recueil d'entrer en l'examen de ce probleme : nous avons à clorre ce volume par la considération des choses qui passèrent en ces temps de la fin du regne de Henri III. Et d'autant que les affaires du côté de Lorraine & Savoie dépendent de celles de France, il les faut considerer premierement. Quant à celles qui concernent le Duc de Lorraine, lequel s'attacha au Roi, & à la Maison de Bouillon, nous en présentons un ample dif-

(1) La race des Valois a commencé à régner en 1328, en commençant à Philippe VI, dit de Valois, qui parvint à la Couronne en 1328, après Charles IV, dit le Bel. A la mort de Henri III, il ne resta de mâle de cette race, que Charles, Duc d'Angoulême, fils naturel de Charles IX.

cours, auquel combien qu'il y ait beaucoup de chofes avenues longtemps avant l'exécution de Blois, par laquelle nous avons commencé ce troifieme volume : toutesfois d'autant que c'eft un fil d'hiftoire, dont les particularités dépendent les unes des autres, pour la plûpart ; & qu'il y a beaucoup de circonftances très remarquables, nous n'avons voulu faire ce tort à l'Auteur qui a recueilli le tout fidelement & diligemment, de mutiler fon œuvre, qui pourra fervir grandement à celui qui prendra la peine de dreffer l'hiftoire de notre temps.

VERITABLE DISCOURS

De la Guerre & Siege de la Ville & Château de Jamets, le fieur de Schelande (1), y commandant (2).

AVERTISSEMENT AU LECTEUR.

CE Difcours eft divifé en deux Livres ; le premier contient la guerre faite par ceux de Verdun, membres de la Ligue, au Duc de Bouillon (3) contre fa Place de Jamets, l'occafion de fon partement & voïage en Allemagne, l'entrée & paffage de l'Armé étrangere en Lorraine, le voïage d'icelle par la France jufqu'à la route & retraite, tant dudit fieur Duc de Bouillon que des autres qui l'avoient fuivi.

Le fecond, comprend les confeils, deffeins & acheminement à l'invefiture & fiege de la Ville de Jamets, la batterie, affaut & défenfe d'icelle, avec les chofes les plus remarquables qui fe font paffées tant de part que d'autre, jufqu'à la reddition de ladite Ville ; le fiege, batterie défenfe & reddition du Château : le tout recueilli & cotté fidellement jour par jour ainfi que les chofes font avenues.

A Mademoifelle la Ducheffe de Bouillon (4), Dame fouveraine de Sedan, Jamets & Raucourt, &c.

MADEMOISELLE,

» Entre les marques illuftres defquelles il a plû à Dieu d'hon-

(1) Robert de Thin, Baron de Schélandre.

(2) Ce Difcours eft figné *Defcoffier*, à la fin de la Lettre à la Ducheffe de Bouillon. L'Auteur fe nommoit Jean de Scoffier ; c'étoit un Proteftant. Son Ecrit fut imprimé en 1590 *in-*8°. L'Auteur y raconte la guerre du Duc de Lorraine contre la Maifon de Bouillon, depuis le 28 Mars 1585 jufqu'au 28 Décembre 1588. M. de Thou en a profité pour le récit qu'il fait des mêmes evenemens dans fon Hiftoire, liv. 81, 87 & 90.

(3) Henri-Robert de la Marck, Duc de Bouillon, Prince de Sedan, Jamets & Raucourt.

(4) Charlotte de la Marck, fille unique & héritiere de Henri-Robert de la Marck, Duc

» norer votre Maison , celle-là doit être mise la premiere , que
» ça été dès long-tems la retraite des enfans de Dieu , toutes-
» fois & quantes qu'ils ont été persecutés pour l'Evangile. Car
» en leurs personnes le Fils de Dieu a été reçu , hebergé &
» défendu en vos terres : c'est de lui aussi qu'il faut attendre la
» justice des injures qui ont été faites à vous & à vos Sujets ,
» & pareillement la récompense des pertes & dommages qu'a-
» vez soufferts à cette occasion. Et tout ainsi qu'il dit des siens :
» qui vous reçoit, il me reçoit, qui vous rejette, il me rejette :
» aussi promet-il de le reconnoître jusqu'à un verre d'eau froi-
» de, qui aura été donné pour l'amour de lui à un de ses ser-
» viteurs. Ce qui doit être le fondement de votre consolation
» au milieu de vos tristesses ; & devez reconnoître que l'œil pa-
» ternel de Dieu vous regarde , & veille sur Vous & votre Etat.
» Comme de fait il vous a fait voir de grands témoignages de
» sa Providence & faveur paternelle , au plus fort des plus
» grands assauts que vos Places ont soutenus. Car c'est chose
» émerveillable , & qui ne doit être attribuée à autre qu'à Dieu,
» que deux petites Places , défendues avec si petit nombre
» d'hommes , n'étant secourues que bien foiblement , aient
» soutenu l'espace de plus de trois ans les plus rudes efforts de
» la Ligue. Je ne puis pas si expressément parler de ce qui s'est
» fait à Sedan , pour n'y avoir été pendant le fort de la guerre ,
» & m'en remets à ce qui en pourra être ci-après écrit par ceux
» qui y étoient. Mais quant à la Place & Ville de Jamets , en
» laquelle j'ai toujours été pendant qu'elle a soutenu toute la
» puissance & effort de Monsieur de Lorraine , l'espace de plus
» de dix-huit mois , j'ose bien dire que si en nos guerres civi-
» les , voire de la mémoire de nos peres , il y a eu siége mémo-
» rable , que celui de Jamets doit être mis entre les premiers :
» tant pour la fidélité , vigilance , prudence, & bonne con-
» duite du sieur de Schelandre, qui y avoit le commandement
» principal , assisté de la bonne correspondance de ses freres &
» autres anciens serviteurs de votre Maison ; que pour la valeur
» & union des Capitaines , vaillance & résolution des Habi-
» tants & Soldats : causes principales des beaux exploits de
» guerre qui s'y sont faits. Car je puis dire avec vérité , qu'en
» deux cens sorties qui s'y sont faites , tant de la Ville que du

de Bouillon , Prince de Sedan &, de Françoise   d'Auvergne , qui par ce mariage devint Duc
de Bourbon de Montpensier , qui épousa le   de Bouillon , Prince de Sedan , Jametz &
25 Octobre 1591 Henri de la Tour, Vicomte   Raucourt.

» Château, il est fort peu arrivé que les Assiegés n'aient eu du
» meilleur, quand l'ennemi s'est voulu montrer. Ce qui se
» verra par le discours de cette histoire, en laquelle je promets
» n'apporter que la nue vérité, sans aucun déguisement : com-
» me je m'assure que les plus honnêtes hommes du parti con-
» traire, qui étoient présens, seront contraints de reconnoître
» & confesser. M'étant donc proposé dès le commencement
» de cette guerre, de dresser de petits mémoires des choses
» plus mémorables qui s'y sont passées, les écrivant jour par
» jour, & à mesure qu'elles se faisoient ; les aïant depuis com-
» muniqués à gens d'honneur & de jugemens de mes amis,
» ils ont estimé qu'encore que ce mien discours soit simple en
» paroles, & destitué des ornemens qui peuvent enrichir une
» histoire, que toutesfois le sujet en soi est très digne d'être
» conservé à la mémoire des hommes & de la postérité, pour
» faire preuve combien la vertu de Dieu se montre grande en
» la foiblesse des siens, & combien sa Providence est admira-
» ble pour tirer son Eglise de périls & dangers ; & même cet-
» te histoire pourra porter instruction pour les Grands, afin
» de ne faire légerement entreprises pour mouvoir guerres non
» nécessaires, & ne tenir à si peu les petits Etats voisins qu'ils
» les pensent aussi aisément avaller, comme feroit un gros
» Brochet un petit Barbillon : car Monsieur de Lorraine se peut
» vanter qu'il n'a terre qui ait si cher coûté à ses Prédecesseurs,
» & à lui, que la Place de Jamets, ni pour laquelle il puisse,
» peut-être, attendre une plus funeste conséquence à lui & à
» son Païs. Davantage en ce discours pour y avoir des beaux
» exemples de vertu, fidélité, & résolution, les hommes d'hon-
» neur y pourront profiter, auxquels la garde & défense des
» Places de conséquence est commise, & sur lesquels les Prin-
» ces & les Etats se reposent.

» Or, c'est à vous, Mademoiselle, à qui cette histoire doit
» être dédiée, non pour vous ramentevoir vos douleurs, en
» vous représentant comme en un tableau la désolation de cette
» Place, qui étoit une branche de votre Etat, & les miseres
» de vos propres Sujets : mais elle vous servira comme d'un
» compte loïal & fidele qui vous doit être rendu de votre Pla-
» ce ; & pour faire connoître à tous bons & naturels François,
» voire même aux Princes & Nations voisines, avec quelle fidé-
» lité, & avec quels dommages & pertes vos Prédecesseurs &
» vous, avez maintenu la Couronne de France, contre ceux qui

» ont tâché & tâchent de l'ufurper & ravir, quelque belle cou-
» leur & prétextes qu'ils puiffent prendre ; n'aïant trouvé meil-
» leur moïen pour parvenir à leurs deffeins, que d'affaillir &
» empiéter tout ce qui peut fervir à fon appui & défenfe.

» Or, le Dieu tout-puiffant, qui établit & maintient les
» Roïaumes & Etats, maintiendra s'il lui plaît le vôtre, puif-
» qu'il l'a élu en ce miférable temps pour fiege & domicile de
» fon Eglife. Je le fupplie. Mademoifelle, qu'il vous béniffe &
» accroiffe en fa crainte, vous confervant en bonne fanté &
» profpérité.

Votre très humble & très obéiffant
ferviteur, DESCOFFIER (1).

COMME toute la France jouiffoit d'une grande paix & repos
au moïen de l'Edit de pacification fait à Blois en l'an 1580,
ceux qui ont toujours tâché d'entretenir les guerres & factions
civiles dedans le Roïaume, pour parvenir à leurs deffeins, bâ-
tirent une Ligue, qu'eux & leurs Partifans appellerent Sainte ;
afin qu'étant ainfi mafquée & déguifée fous le prétexte &
couleur de fainteté, elle gagnât & attirât tant plus facilement
les cœurs de ceux qui n'en connoiffoient point le fond.

Leur invention (comme ils difoient) étoit telle qu'il eft porté
par une Déclaration intitulée *Manifefte*, qu'ils firent publier
au commencement des guerres civiles, fous le nom du Cardinal de Bourbon, qu'ils poufferent & firent entrer en cette Ligue, le conftituant Chef d'icelle. Mais le temps a affez fait
paroître que leur but étoit de ruiner les Eglifes de France, &
la Maifon de Bourbon, & enfin s'emparer du Roïaume. Car
de fait la fufdite Déclaration publiée, ils laifferent toutes leurs
autres prétentions, & firent renverfer tout cet orage, tant fur
la Maifon de Bourbon, que fur ceux de la Religion, reconnoiffant bien qu'ils étoient la feule caufe qui les empêchoit de
parvenir là où déja de long temps ils avoient dreffé leurs
deffeins.

Pour exécuter leur réfolution, le Duc de Guife fe rendit dedans Chaalons le vingt du mois de Mars 1585, là où aïant
jetté leurs premiers fondemens, commencerent à pratiquer les
Villes de Rheims, de Troye, de Meffieres & autres, où ils
avoient intelligence. Le Roi voïant les menées & pratiques
qui fe braffoient dedans fon Roïaume, fait publier un Edit du

(1) C'eft Jean de Scoffier.

vingt-huit de Mars, par lequel il défend très expreſſement de
lever des gens dedans le Roïaume ſans ſon commandement, &
commande à ſes Officiers de réprimer ceux qui entreprendroient de faire le contraire. Avec cela il écrit lettres à quelques-uns de la Nobleſſe, par leſquelles il ſe plaint de l'entrepriſe de ceux de la Ligue, proteſtant par leſdites lettres qu'il
en auroit ſa raiſon.

Cependant ceux de la Ligue voïant que leurs affaires commençoient à prendre pied ſelon leur deſir, pour ne perdre temps
ſe hâterent de mettre leurs forces enſemble, & les faire paroître avec la plus grande diligence qu'il leur fût poſſible. Les
Lorrains y emploïoient auſſi leur crédit, aïant un Regiment
parmi ces Troupes, conduit par le jeune Lénoncourt (1). Même rien ne paſſoit appartenant à ceux qui tenoient parti contraire par le païs de Lorraine, qui ne fût menacé ou outragé
s'il étoit rencontré. Et ſi quelques fois on leur remontroit le
danger où tout le païs ſe mettoit, au lieu qu'aïant toujours été
neutre il avoit été conſervé, on répondoit que le vin étoit
tiré, & partant qu'il le falloit boire. Cependant le Capitaine Saint Paul ſurprit le Château d'Oimbé, qui eſt de l'E-
vêché de Verdun. Le ſieur du Ludieu aïant oui ces nouvelles y
envoïa le Capitaine Gargas qui le reprit : mais S. Ignon &
Guitaud qui s'étoient voués au ſervice de la Ligue, pratique-
rent Gargas, qui le remit ès mains de la Ligue, avec promeſſe
de tenir ce parti, comme il fit du depuis, ainſi que nous verrons ci-après en la guerre que la Ligue fit contre la Ville de
Jamets, en la perſonne des Verdunois & Lorrains.

Le ſieur du Ludieu voïant que déja il avoit perdu ce Château,
qui étoit une piece de ſon Gouvernement & près de ſa Ville,
commença bien d'appercevoir qu'il étoit mal logé, & qu'on lui
en vouloit, partant alors tâcha de s'aſſurer de ſes gens au mieux
qu'il lui fut poſſible ; donna ordre à la Ville, & ſur-tout commanda à ceux qui étoient commis à la garde des portes, de ne
point laiſſer rentrer Guitaud qui étoit dehors, duquel il ſe dé-
ſioit fort.

Cependant qu'il étoit en cette allarme, les Troupes des Ligueurs s'acheminerent droit à Verdun le dix-huit d'Avril, & le
lendemain qui étoit le Samedi devant Pâque, paſſerent auprès
de la Ville, ſur leſquelles on tira quelques canonades. Le lendemain qui étoit le jour de Pâque, comme le ſieur du Ludieu

(1) Jean de Lénoncourt.

dînoit, on lui apporta pour fon iffue de table que Guitaud étoit
entré dans la Ville : qui fut caufe qu'incontinent il monta à
cheval avec fes gens pour l'aller charger : mais Guitaud l'aïant
découvert de loin fe jetta dedans une maifon. Les Bourgeois
aïant oui ce bruit coururent aux armes ; ce tumulte s'étant
échauffé, le Lieutenant de Guitaud , le Capitaine Fleville ,
deux Soldats de fa Compagnie & un Chanoine y furent tués.
S. Ignon , Baillif du lieu, tout plein de gouttes s'y fit porter fur
fa chaire , & fit entendre au peuple que le fieur du Ludieu vouloit livrer la Ville entre les mains des Huguenots. Les Bourgeois
oïant ce propos, commencerent à charger ledit fieur de Ludieu
& les fiens, fi bien qu'il fut contraint de fe retirer en fa maifon avec grand danger de fa vie : là où ils le tinrent affiégé
jufques au lendemain que le Duc de Guife arrivé là le fit délivrer.

La Ville réduite en cet état , le fieur du Ludieu fe retira de là ,
& quelque temps après à la Cour, là où il fut reconnu pour
bon & fidele ferviteur du Roi. Guitaud fut mis en fa place, contre l'intention de S. Paul qui fe promettoit ce Gouvernement.
Là-deffus on fait publier un écrit , intitulé , Difcours de la
grande fortune qu'ont courue ceux de Verdun , &c. Par ce difcours S. Ignon & Guitaud emploïoient toute leur réthorique
pour montrer qu'ils avoient eu jufte occafion de célébrer le jour
de Pâque en la façon que nous avons dit.

La Ligue voïant fes affaires prendre un bon pied , commença
à jetter l'œil fur la Ville de Toul, où ils avoient des Partifans,
& pourtant firent là acheminer leurs forces. Ils y trouverent
quelque réfiftance : mais toutesfois de peu de durée ; car fe
fervant de l'intelligence qu'ils avoient là dedans, & y rencon-
trant peu de gens de défenfe , ils n'y firent long féjour fans
l'emporter.

Le Roi cependant qui étoit en allarme , voïant ce qui fe paffoit , envoïa Gafpard de Schomberg Comte de Nanteuil en
Allemagne vers le Duc Cafimir & autres Princes. Paffant par
Sedan , le Duc de Bouillon lui fit bon accueil , pour le defir
qu'il avoit de faire fervice au Roi. Et de fait il le fit conduire
jufqu'à Jamets, où il arriva le dernier d'Avril. Et de là le fieur
de Schelandre Gouverneur de la Ville & Château fuivant le
commandement de fon Maître, le fit conduire , pour échapper
le danger qu'il y avoit par le païs de Lorraine : mais aïant trouvé tous les paffages fermés , il fut contraint de rebrouffer chemin ,

min , & se rendre en une petite Ville de Lorraine nommée
Bryé , là où le jeune Lénoncourt, qui étoit fort zelé au service
de la Ligue , le vint prendre : & de là le mena prisonnier à
Verdun , où il fut par l'espace de trois semaines , & puis renvoïé
au Roi.

Le Duc de Bouillon prévoïant bien que cet orage seroit
grand , & voïant la guerre si près de soi, vint à Jamets le 13
Mai pour y donner ordre : ce qu'aïant fait, s'en retourna le
lendemain à Sedan. Cependant on fortifioit la Ville & Château de Jamets, faisant provision de tout ce qu'on estimoit pouvoir être nécessaire pour soutenir un siege ; même ledit Seigneur
Duc y envoïa deux Compagnies de Gens de pied.

Les affaires de la Ligue étant en l'état que nous venons d'ouir,
le Duc de Guise fait venir à Arenei Nouillonpont , terres communes, trois mille Lansquenets ; & le 24 du mois de Mai , lui
arriverent à Rouvroy & lieux circonvoisins trois mille Reîstres :
ainsi aïant ramassé toutes leurs forces, ils trouverent qu'elles
étoient de dix à douze mille hommes ; qui étoit cause que
tout le Pays étoit en crainte , & principalement la Ville de Jamets , qui n'étoit encore gueres bien close & fossoïée en plusieurs endroits.

Cependant la Ville de Metz n'étoit gueres mieux assurée ,
car la Ligue y avoit de grandes pratiques & intelligences ; là où
les promesses ne manquoient point, & les Lorrains avoient cette
affaire en grande recommandation, estimant bien qu'une si puissante Ville , & si avant dans leurs Païs, viendroit bien à propos
pour établir leur Roïaume d'Austrasie, qu'ils avoient imaginé en
leurs entendemens.

Pour remedier à ces pratiques , le Duc d'Epernon (1) y envoïa deux Gentilshommes , à savoir les sieurs de Tagent & Es-
carvaque (1), qui y arriverent le 22 Mai. Cela fut cause de ras-
surer un peu cet Etat qui étoit fort ébranlé , & de prendre quelques Capitaines soupçonnés d'avoir intelligence avec la Ligue,
qu'on se contenta de mettre hors la Ville , jugeant qu'il n'étoit
pas temps de remuer davantage cette affaire ; prévoïant que si
on y procédoit à la rigueur, il pourroit avenir que le remede
seroit plus dangereux que la maladie. Cependant la Ligue qui
avoit ses forces ès environs d'Estain, qui n'est qu'à six lieues de
Metz , pour cela ne perdoit pas courage. Et pourtant le Di-

(1) Jean-Louis de Nogaret , Duc d'Epernon.
(2) Ou d'Escaravagues.

manche au soir , qui étoit le 26 de Mai, ils firent acheminer
toutes leurs forces vers la Ville de Metz pour exécuter l'entreprise qu'ils y avoient : mais étant sur les chemins, ils eurent
certaines nouvelles qu'elle étoit du tout rompue, par le moïen
des deux Gentils-hommes dont a été parlé ci-dessus : qui fut
cause de les faire retourner au lieu d'où ils étoient partis, bien
marris d'avoir perdu une si bonne occasion.

Le Duc d'Epernon, qui ne savoit si les deux Gentilshommes
qu'il avoit envoïés seroient arrivés à bon port, & si leur venue
auroit pu rompre le dessein de la Ligue, fit passer jusques à Jamets 70 Soldats d'élite, conduits par les sieurs de Romefort (1)
& Montmas, lesquels partirent de Jamets le 29 de Mai pour
essaïer d'entrer dedans la Ville de Metz : mais rencontrés par
les Troupes de la Ligue, auprès de la grande Ville, furent mis
en route ; & ceux qui demeurerent prisonniers, finalement prirent les armes avec la Ligue, attendant opportunité pour s'en
retirer.

La Ligue aïant perdu pour ce coup l'espérance qu'elle avoit
sur la Ville & Citadelle de Metz, firent acheminer au mois de
Juin leurs forces vers Chaalons, pour approcher de Troye &
Paris, où ils avoient plusieurs Partisans, & néanmoins n'en purent rien exécuter, à raison du bon orde que le Roi avoit mis
en la Ville de Paris , & le sieur d'Inteville (2) en celle de Troye.

Le Roi cependant, qui n'approuvoit pas les déportemens de
la Ligue , avoit fait dresser une Armée qu'il tenoit auprès de
sa personne ; mais intimidé par les menaces qu'on lui faisoit,
l'assurant que s'il ne prenoit le parti de la Ligue, il auroit guerre
contre le Roi d'Espagne, le Pape, & autres Potentats, qu'on
affirmoit avoir signé la Ligue , lui mettant devant les yeux cette
grosse Armée navale d'Espagne, qui périt en l'an 1588 auprès
d'Angleterre : considérant d'autre côté que plusieurs de ses Officiers avoient été gagnés & corrompus par la Ligue , enfin fit
accord avec les Chefs de la Ligue, & révoqua son Edit de paix.
Et le 18 de Juillet en fit un nouveau, par lequel il interdit entierement l'exercice de la Religion Réformée, commandant que
tous eussent à aller à la Messe , ou à faute de ce, dedans six mois,
faire profit de leurs biens, pour sortir du Roïaume. Ce changement
étonna beaucoup de Gens ; toutesfois une bonne partie prit résolution d'obéir à l'Edit du Roi, en sortant du Roïaume, &

______

(1) Onufre d'Espagne , sieur de Ramefort
(2) De Dinteville. D'autres lisent , de Tinteville.

choisissant plutôt la croix & persécution que de retourner en l'E-
glise Romaine; espérant aussi qu'avant que les six mois fussent
expirés, Dieu enverroit quelque changement.

Mais ceux de la Ligue étant marris de ce terme, que le Roi
avoit donné à ceux de la Religion pour parvenir à leurs affaires,
firent tant par leurs artifices qu'il en retrancha trois mois. Cette
surprise & changement inopiné incommoda fort ceux de la Religion ; car ils avoient manié & disposé leurs affaires selon le
temps qui leur étoit concédé par l'Edit du Roi. Et puis outre
cela il survint des pluies si grandes, qu'à peine se pouvoit-on
conduire ni à pied ni à cheval, sans mettre ici en compte la
cherté qui étoit grande, & qui se renforçoit de jour à autre :
joint que l'hyver & les passages occupés de tous côtés rendoient leur sortie beaucoup plus difficile. Cela fut cause que
plusieurs se voïant assaillis de tant de tentations si rudes & si violentes, demeurerent en leurs maisons, la plûpart se jettant dans
l'Eglise Romaine, espérant par ce moïen éviter l'incommodité
d'une longue fuite & dure persécution, & ainsi de conserver
leurs biens & leurs vies comme portoit l'Edit du Roi. Mais tout
cela ne servoit de rien ; car on ne laissoit pas de les piller tous
les jours; & avec cette perte de biens, on les contraignoit de
faire une abjuration pleine de blasphèmes & impiétés, par laquelle ils détestoient toute la doctrine de l'Eglise Réformée, &
protestoient de suivre toute leur vie les statuts de l'Eglise Romaine, sur peine de leur vie. Ainsi ces pauvres gens étoient tous
les jours gênés & torturés, tant pour la perte de leurs biens que
de leur conscience, leur condition étant beaucoup plus dure
& rigoureuse que celle de ceux qui suivant le commandement
de Jesus-Christ, s'étoient retirés ès lieux où ils pouvoient servir
& adorer Dieu en pureté de conscience.

Cependant la Ligue voïant qu'elle n'avoit rien pu gagner sur
la Ville & Citadelle de Metz, essaïa de molester ceux de la Religion, en emploïant tout son artifice pour rompre & dissiper
l'Eglise, laquelle nonobstant l'Edit du Roi demeuroit encore
de bout. Et de fait, ils firent tant que l'exercice de la Religion
leur fut interdit par les Patentes du Roi, qui n'étoient pas si
rigoureuses que l'Edit du 18 de Juillet : car seulement on leur
défendoit l'exercice de la Religion, sans toucher à leurs biens,
& sans leur commander d'aller à la Messe. Ainsi les laissant sans
exercice de Religion, on espéroit qu'aïant gagné ce point, avec
le temps on pourroit obtenir de les presser suivant la rigueur de

l'Edit. Et de fait, pour y parvenir ils ordonnerent que tous ceux de la Religion qui avoient quelques Offices en la Ville, euſſent à les quitter, ou aller à la Meſſe dedans un certain jour qu'ils leur aſſignerent, à faute de quoi ils en feroient privés. Ce jour venu, ils furent preſſés de ſatisfaire au commandement qui leur avoit été fait : mais demeurant fermes & arrêtés en leurs propos, ils aimerent mieux quitter leurs Offices que d'abandonner la Religion. Leurs ennemis non contens de tout ce qui s'étoit paſſé, ne laiſſoient pas de pourſuivre en Cour que l'Edit fût pratiqué contr'eux en toute rigueur. Mais comme ils étoient en grande perplexité, craignant que leur condition n'empirât, Dieu voulut que le Duc d'Epernon arrivât à Merz le 6 de Décembre, lequel aïant conçu leurs déportemens & bons offices qu'ils avoient faits pour conſerver la Ville, & empêcher les deſſeins de la Ligue, leur permit, ſous le bon plaiſir du Roi, d'aller à Bourcelles, qui eſt à trois lieues de Metz, tant pour les baptêmes de leurs enfans, que pour la bénédiction des mariages, de laquelle liberté ils ont joui juſqu'à préſent, paſſant & repaſſant par les portes à la vue de chacun, ſans y recevoir aucune fâcherie. Voilà comme Dieu conſerve cette Egliſe au milieu de ces grandes tempêtes.

Les affaires de la Ligue étant du côté de Champagne en l'état que nous avons dit, elle pourſuivoit fort envers le Roi pour avoir congé de faire la guerre au Duc de Bouillon, qu'elle haïſſoit mortellement, tant à cauſe de ſes Places qui empêchoient fort ſes deſſeins, comme auſſi pource qu'il avoit donné avis au Roi de tout ce qui ſe braſſoit ès quartiers de Champagne & de Lorraine. Ne pouvant impétrer ce qu'elle deſiroit, elle fit tant envers ceux qui ſont voiſins de Jamets, que la cherté étant grande, la traite des grains & autres vivres fut défendue de toute part. Davantage ils tirerent des garniſons de Champagne tout ce qu'ils purent, & faiſant venir leurs forces vers Mouſon, ſe rendirent dedans Douzy (1) le 25 de Février 1586, où ils entrerent ſur les trois heures après minuit, & tuerent environ une douzaine d'hommes, en y aïant perdu pour le moins autant des leurs. Toutesfois ils firent incontinent courir par les rues de Paris un petit Livret, contenant l'hiſtoire & le diſcours de la grande défaite des Hérétiques, & la priſe de la Ville de Douzy, exécutée par le Capitaine S. Paul.

Les Ambaſſadeurs du Roi de Dannemarck qui étoient en

(1) Près de Sedan.

Cour au mois d'Avril, n'aïant rien pu obtenir du Roi, s'en retournerent : & le Duc de Guife au mois de Mai fut en Cour, où aïant vû le Roi, s'en retourna à Chaalons, & de-là à Nancy, pour délibérer de leurs affaires avec le Duc de Lorraine & l'Efpagnol, qui avoit là fes Gens.

Cependant il fe fit quelque remuement du côté d'Auxonne, là où ils firent tirer toutes leurs forces au mois de Juillet.: mais enfin le Roi aïant confervé cette Place au mieux qu'il put, ils tirent leurs Troupes en la Champagne & les mirent en garnifon. Et combien que les Ambaffadeurs des Princes d'Allemagne qui étoient en Cour, s'en retournaffent avec mécontentement, pour n'avoir rien pu obtenir du Roi, fi eft-ce que la Ligue ne laiffoit d'être en grand fouci & défiance, à raifon que le Roi n'aidoit & favorifoit point leur parti fi ouvertement & avec telles forces & moïens qu'ils euffent defiré. Cela fut caufe que ceux de la Maifon de Guife avec leurs Partifans s'affemblerent à Ochan(1) fur la fin du mois de Septembre, là où ils réfolurent entr'autres chofes, de tenir leurs forces en garnifon tout l'hyver, s'il ne leur furvenoit autre chofe ; & au printems mettre aux champs tout ce qu'ils pourroient, réfolus de faire la guerre à toute refte, fans épargner perfonne, eftimant que par un tel défordre ils remettroient leurs affaires en ordre. Or, comme ils étoient en cette volonté, il advint qu'un Gentilhomme qui avoit été refugié à Sedan, & y avoit reçu beaucoup de faveur du Duc de Bouillon, partit de-là avec certains Capitaines, accompagnés de bon nombre de Soldats, & le 18 de Novembre prirent nuitamment la Ville de Raucroy (1), là où ils tuerent Chambery qui en étoit Gouverneur, & quelques Soldats dedans un corps de garde. Le Capitaine Dorix qui étoit en garnifon à Jamets, aïant oui ces nouvelles, partit le 19 dudit mois pour venir à Sedan : mais aïant appris fur les chemins que cette exécution n'avoit point été faite par l'avis du Duc de Bouillon ni à fa faveur, s'en retourna en fa garnifon de Jamets, où il arriva le Samedi 22 de Novembre.

La prife de cette Ville bailla occafion au Duc de Guife d'affembler fes forces en grande diligence, pour tâcher de la reprendre, fachant bien qu'elle étoit fort mal fournie de vivres.

(1) A Orcamp, Abbaïe de l'Ordre de Citeaux, à une lieue de Noïon, dont le Cardinal de Bourbon avoit été Abbé, mais qu'il avoit donnée au Cardinal de Guife, avec celle de Corbie, pour faire plaifir au Duc de Guife.

(1) Rocroy, Place affez forte fur la Frontiere de Champagne. Voïez fur ce fiege de Rocroy, l'Hiftoire de M. de Thou, Livre 86.

Cependant ils avoient leurs Agens en Cour, qui étoient toûs les jours aux oreilles du Roi, pour l'induire à faire la guerre au Duc de Bouillon, l'accusant qu'il avoit fait prendre cette Ville de Raucroy; à quoi néanmoins il ne voulut entendre. Et de fait, aussi l'issue fit assez paroître que c'étoit une partie que ses ennemis lui avoient dressée pour animer le Roi contre lui : car encore qu'il tâchât par toutes les voies qu'il lui fut possible de leur persuader de lui vouloir remettre la Ville en main pour la rendre au Roi, tant y a qu'ils aimerent mieux la mettre en la puissance du Duc de Guise, moïennant certaine somme de deniers qu'ils en reçurent. Cette reddition fut faite le Mercredi 24 de Décembre.

Cependant que ces choses se passoient, les Gens de guerre qui étoient à Jamets, étoient difficilement retenus en leurs garnisons, quelques ordonnances rigoureuses qu'on leur proposât : car se voïant bannis de la France, chassés de leurs maisons, dépouillés de leurs biens & facultés, plusieurs d'eux portoient un cœur plein de vengeance & animosité, étant bien résolus qu'à la premiere occasion qui se présenteroit, ils feroient boire leurs ennemis en la même coupe en laquelle ils les avoient abbreuvés, & leur en verseroient le double. Et puis avec cela voïant les déportemens des Lorrains, & notamment du sieur de Lenoncourt Baillif de S. Michel, qui étoit fort affectionné au service de la Ligue, lui faisant tous les bons offices dont il se pouvoit aviser, étant tantôt en France, tantôt à Luxembourg, pour pratiquer tout ce qu'il pouvoit, notamment contre la Ville & Château de Jamets, difficilement les Soldats étoient arrêtés en leur garnison. Et de fait, le 4 de Janvier 1587, sept Soldats partis de là, s'emparerent de la maison d'un Gentilhomme Lorrain, qui est à deux lieues de Jamets, laquelle étant investie par ceux du lieu & autres, faute de se vouloir rendre, & étant désavoués, le sieur de Lenoncourt y fit amener quelques petites pieces, avec lesquelles aïant battu & rompu les défenses, enfin se rendirent l'onzieme dudit mois, & furent pendus quelques jours après.

Or, le Duc de Guise se voïant maître de Raucroy, se délibera de faire la guerre au Duc de Bouillon, qu'il n'aimoit point, pour les raisons susdites. Et combien qu'ils n'eussent pu faire condescendre le Roi à leur volonté, si est-ce qu'ils ne laisserent de s'emparer de Raucourt, qui appartient en souveraineté audit Sieur Duc de Bouillon, & aïant passé la riviere de Meuze, s'en vinrent loger à Douzy le 9 dudit mois. Ainsi étant entrés dedant les terres de Sedan, y séjournerent jusques au 19 d'Avril, durant lequel séjour ils y commirent tous les actes d'hostilités, dont ils se purent aviser, comme on pourra voir plus amplement par l'histoire qui en pourra être dressée.

Comme ses troupes étoient ès environs de Sedan, empêchant les vivres tant qu'il leur étoit possible, voïant que tout y étoit encheri pour la grande multitude du Peuple qui s'y étoit retiré, le Duc de Bouillon reconnoissant bien que ses ennemis ne lui pouvoient pis faire, & qu'il étoit besoin d'emploïer en cette guerre tous ses moïens, manda au sieur de Schelandre, Gouverneur de Jamets, de faire guerre à toute reste à ceux de Verdun, lui commandant fort étroitement de ne rien entreprendre sur le païs du Roi d'Espagne, & Duc de Lorraine. Cette résolution étoit fondée sur ce que cette Ville étoit la premiere du côté de la Champagne, qui avoit quitté le parti du Roi pour prendre celui de la Ligue, comme il a été dit ci-dessus. Avec cela le Cardinal de Vaudemont, qui étoit un des principaux de la Ligue, emploïoit tous ses moïens & tout son crédit pour aider ceux qui étoient ès environs de Sedan. Et outre tout cela Guitaud, qui tumultueusement, & contre le serment qu'il avoit au Roi, s'étoit emparé du gouvernement de la Ville, avoit été devant Sedan avec son regiment. Ainsi le Duc de Bouillon se fondant sur ces raisons, & sachant bien les desseins & résolution de la Ligue, commanda au sieur de Schelandre de leur faire la guerre.

Ce mandement reçu on commença le premier jour de Fevrier à faire des courses sur eux, à prendre prisonniers, à butiner & faire autres semblables actes d'hostilité. Ce qui avint contre l'opinion de l'ennemi, qui se persuadoit que de ce côté on ne remueroit rien, se faisant accroire que le Duc de Bouillon seroit plus empêché à se défendre en deux endroits, que les Ligueurs à l'assaillir en ces deux Places, qui sont distantes l'une de l'autre d'une journée. La Ligue voïant le contraire de ce qu'elle pensoit, tâcha d'empêcher ces courses qu'on faisoit, tant sur les terres de Verdun que sur le Gouvernement du Duc de Guise. Et pour cet effet le 13 du mois de Fevrier la Compagnie des sieurs d'Amblize & de Rosni parurent près de Jamets, du côté d'Armoiville, se tenant dedans un fond, où l'artillerie ne les pouvoit voir. S'étant là logés ils envoïerent un trompette au sieur de Schelandre, pour faire entendre qu'ils de-

siroient de parler à quelques Gentilshommes qui étoient dedans
Jamets; néanmoins cette même journée, sans faire autre chose,
ils se retirerent à la Neufville près d'Estenay, qui est à trois
lieues de Jamets. Le 15, le sieur d'Amblise qui avoit suivi le Duc
de Guise seulement depuis la prise de Raucroy, aïant rencontré auprès de Quinsi, qui est un village de Lorraine, distant
de Jamets d'une lieue, une compagnie de gens de pied que le
sieur d'Ivernaumont amenoit de Sedan, pour renforcer la garnison de Jamets, les poursuivit, & finalement s'étant enfermés
dedans une masure, les contraignit de se rendre à lui, auxquels
il fit bonne guerre.

Cependant le Cardinal de Vaudemont voulant empêcher les
courses qu'on faisoit sur la terre de Verdun, & les vivres de venir à Jamets, mit garnison au château de Magienne, à Ville en
la maison du sieur de Vandrehart, à Breheville & à Pilon, qui
sont lieux voisins de Jamets. Ces garnisons étant logées si près
se présentoient souvent à la vûe de Jamets; mais se retirant soudainement n'exécutoient rien, seulement prirent quelques char-
rues aux champs. Même le cinquieme de Mars la cavalerie qui
étoit en la garnison de Magienne & de Ville se présenta sur un
terme près de Jamets, appellé les hurtes; mais, passant outre,
tirerent vers Estenai. Aïant rencontré sur les chemins quatre soldats de la garnison de Jamets, après leur avoir fait poser les
armes, & menés quelque temps avec eux, en tuerent les trois,
& le quatrieme fut laissé pour mort sur la place. Le bruit commun étoit qu'ils alloient trouver le Duc de Guise, lequel le jour
précédent allant reconnoître d'Aigni & Givonne, qui sont deux
châteaux sur les terres de Sedan, le Duc de Bouillon lui fit faire
une retraite si subite, qu'il fut contraint de se sauver à la course,
avec perte & prise de plusieurs des siens.

Or, combien qu'ils cussent mis garnison tout à l'entour de
Jamets, si est -ce qu'on ne laissoit point de faire des courses sur
leurs terres, prenant plusieurs prisonniers, & faisant de grands
butins. Cela fut cause que craignant que leurs garnisons ne fussent trop foibles, ils retirerent celle de Breheville pour la joindre avec celle de Magienne. Ceux de Jamets voïant qu'elle leur
étoit fort nuisible, principalement à cause des vivres qu'elle empêchoit de venir; le 18 de Mars ils brûlerent le fort qui y étoit.
Cela fait, les vivres y venoient plus librement, & avec cela
ils couroient sur la terre de leurs ennemis, & avec moins de
danger.

Et

Et de fait au commencement du mois d'Avril il fortit environ trois cents hommes de la garnifon de Jamets, lefquels rompirent & prirent le Fort qui étoit au village nommé Braban, affez près de Verdun, là où le Cardinal avoit fait mettre garnifon ; en défendant leurs barriques, ils y perdirent 15 ou 16 hommes, & le lieu fut pillé, fans que ceux de Jamets y perdiffent qu'un feul homme. Voïant ce qui étoit avenu en ce lieu, qui fembloit être le plus affuré, tant à raifon de la garnifon qui y étoit, comme auffi pour être fi près de Verdun, ceux du plat païs commencerent bien d'appercevoir que pour leur confervation, il étoit néceffaire de chercher d'autres remedes ; & pourtant aviferent de compofer avec ceux de Jamets, moïenant une certaine fomme de deniers qu'ils païoient par chaque mois, ainfi qu'avoient déja commencé de faire plufieurs autres villages. Ces pauvres gens connoiffant bien que c'étoit leur meilleur, long-temps auparavant euffent bien defiré d'entrer en cette compofition, mais le fieur de Saint Ignon, Baillif de Verdun, qui étoit caufe de tous ces malheurs, pour avoir mis la Ville entre les mains de la Ligue, y mettoit tous les empêchemens qu'il lui étoit poffible. Toutesfois nonobftant toutes ces crieries il y eut vingt-cinq villages qui firent accord avec ceux de Jamets, moïennant une certaine fomme de deniers qu'ils fourniffoient tous les mois, laquelle étoit emploïée à l'entretenement des gens de guerre.

Les chofes reduites en cet état, il y eut quelques villages qui ne voulurent point entrer en cet accord, quoiqu'ils en euffent été fouvent avertis : cela fut caufe que le 17 d'Avril une bonne troupe, tant de pied que de cheval, fe mirent aux champs, & rompirent deux Villages, à favoir, Morgeville, & Morgemolins, bien près de Verdun, là où ils prirent grand nombre de bêtes cavallines & à corne, & autre butin, Or, comme ils fe retiroient, n'étant plus qu'à trois lieues de Jamets, ils furent pourfuivis par deux cents Arquebufiers, qui les attaquerent auprès d'Orne ; mais ceux de Jamets les reçurent fi rudement, qu'ils les mirent tous en déroute, & en tuerent vingt-cinq ou trente, outre quelques trente prifonniers qu'ils prirent ; & toutesfois en cette charge, ils ne perdirent que deux des leurs. Cette exécution fut caufe de faire entrer ces deux villages en la même compofition que les autres dont on a parlé ci-deffus.

Cependant, comme nous avons dit, que la cherté fut fort grande l'année précédente, auffi advint-il que la fuivante elle le fut encore davantage ; joint que la Ligue emploïoit tout son crédit pour empêcher les vivres. Cependant le nombre des pauvres s'étoit tellement accru, qu'il sembloit que ce fût chose du tout impossible de pouvoir fournir à leur nécessité, & déja le bruit commun étoit qu'il n'y restoit autre remede que de les mettre dehors ; mais comme Dieu sait bien pourvoir à la nécessité des siens, encore que la raison humaine n'y voie point de moïen, ainsi aussi Dieu mit en l'esprit de certains gens de bien de s'emploïer en cette affaire, de façon que toutes les familles qui avoient moïen, s'étant cotisés pour cette nécessité, & ceux qui portoient les armes aïant accordé que de tous butins on prit certains deniers par livre, on établit un bon ordre pour la subvention des pauvres, qui commença le 4 de Janvier, 1587, & dura jusques à la moisson, auquel temps on remit cette affaire au même état qu'il étoit auparavant.

Mais puisque nous avons parlé de l'ordre qui fut observé en la subvention des pauvres, il ne sera point hors de propos de remarquer ici comment Dieu pourvut à la nécessité de ce lieu-là, contre l'opinion & espérance de plusieurs. Ceux qui connoissent quelle est la nature d'icelui, savent qu'avant ces dernieres guerres, il n'y venoit point de bled qu'ès jours de marché, & le plus souvent fort peu depuis la Pentecôte jusques à la moisson. Et toutesfois nonobstant ce que nous venons de remarquer, & les défenses dont nous avons tantôt parlé, tous les jours la halle étoit fournie de bled, de pain, & autres vivres, y étant à aussi bon prix que chez leurs voisins qui étoient en paix. Cette abondance dura jusques au mois de Juillet, auquel temps les défenses de la traite des vivres furent observées en toute rigueur ; mais pour cela les vivres n'y furent pas plus chers ; car l'abondance & quantité de grains qui y étoit venue auparavant, avoit été cause que plusieurs s'en étoient fournis, le reservant pour la derniere saison. Et comme leurs voisins ne vouloient point permettre qu'il en sortît un grain de leurs terres, aussi à Jamets on faisoit de même ; de façon que le cartel de froment qui valoit chez leurs voisins six & sept francs Barrois, ne valoit là qu'un écu. J'ai voulu remarquer ceci expressément, non pour donner louange aux hommes, mais à Dieu, qui sait bien pourvoir à la nécessité de ceux qui sont affligés pour juste querelle.

Or, les vivres étant-là à prix plus raisonnable qu'à Sedan, que le Duc de Guise avoit tenu investi jusques au 19 d'Avril, & s'étoit retiré ès quartiers de Champagne, avec la plûpart de fes forces. Le Duc de Bouillon voïant cette retraite, penfa qu'il étoit temps de ravitailler fa Ville de Sedan, où les vivres étoient fort diminués, tant pour les empêchemens que l'ennemi y avoit donnés, qu'auffi à raifon de la grande multitude qui étoit là dedans. Et pourtant envoïa bon nombre de chars à Jamets pour charger & ramener des vivres audit Sedan. Et avint le 26 d'Avril, comme ce ravitaillement étoit déja fur le haut de Moufon, que la garnifon qui étoit là dedans fortit, pour l'empêcher : l'efcorte qui l'accompagnoit, les chargea fi vivement, qu'ils furent tous mis en fuite, & les pourfuivit jufques dedans leurs portes, & tua quelques-uns, prit des prifonniers, & une partie de leurs bêtes à corne tout auprès de leurs murailles.

1589.

GUERRE ET
SIEGE DE JA-
METS.

Cela avenu le Duc de Guife retourna à Moufon le 2 de Mai; &, à la pourfuite de la Reine mere, il fe fit une treve de quinze jours entre les deux Ducs, durant laquelle la Ville de Sedan fut ravitaillée. Et même depuis ce temps-là les vivres continuerent à y venir avec plus grande abondance & liberté qu'auparavant. En cette treve étoit auffi comprife la Ville de Jamets, durant laquelle on n'entreprit rien; mais étant expirée, le dimanche 17, on refolut d'aller attaquer le Fort de Billy, où étoit alors la plus forte garnifon des Verdunois ; mais comme on commençoit à marcher, il vint une pluie fi grande, qu'on fut contraint de rompre ce voïage, & remettre la partie à un temps plus commode, ce qui vint bien à propos ; car, comme cette réfolution ne fe pouvoit exécuter fans perte d'hommes, auffi bientôt après ils en eurent meilleur marché, & voici comment. Le jeudi fuivant, qui étoit le 24 de Mai, il arriva de bon matin à Jamets environ 150 chevaux, partis de Sedan, qui avoient marché toute la nuit; étant bien laffés, comme les uns parloient d'aller dormir, & les autres de déjeuner, avint que deux compagnies des garnifons voifines fe montrerent fur le haut de Jamets, & firent fonner leurs trompettes; incontinent plufieurs de ceux de Jamets monterent à cheval, mais toutesfois confidérant que ceux de Sedan aïant été toute la nuit à cheval, étoient fatigués & laffés, jugeoient qu'il ne falloit paffer outre. Néanmoins une bonne partie des Arquebufiers à cheval, qui étoient de la garnifon ordinaire de Jamets, s'étant déja mis aux champs, & fort avancés, enfin il fut réfolu de fortir, & voir les contenances de l'ennemi, lequel ne fe doutoit point du renfort qui étoit venu de Sedan. Les Arquebufiers à cheval de Ja-

D d d d ij

mets rencontrerent l'ennemi en bataille, & comme déja il s'a-
vançoit pour venir à la charge, il apperçut dedans un fond une
troupe de Lanciers qui l'attendoit de pied coy. Cela fut cause
qu'au lieu de charger il ne fit que planer ; mais ceux de Jamets
& de Sedan, voïant que déja il branloit, les chargerent & poursuivirent à toute reste, si bien qu'étant mis en route & en fuite,
plusieurs d'eux furent tués sur la place, les autres chassés deux
grandes lieues, les autres blessés ou pris prisonniers. Entre les
morts il y eut le sieur de Chardon, Lieutenant de la compagnie du Baron d'Haussonville, & des prisonniers il y eut les
Capitaines la Guionniere & Gargas, dont le premier étoit fort
blessé. De ceux de Jamets il n'y eut ni mort ni blessé, excepté
un gentilhomme qui reçut un coup de coutelas en un bras, dont
il fut guéri peu de temps après.

Cette journée apporta un tel étonnement à l'ennemi, que dès
lors il commença à transporter ailleurs ce qu'il avoit retiré dedans ses Forts. Les voïant ainsi étonnés & en fuite, le sieur de
Schelandre fit charger des vivres, & mit hors du château quelques petites piéces pour ruiner tous ces Forts, comme on avoit
fait à celui de Breheville ; mais la cavalerie de Sedan qui étoit
fort fatiguée, tant à raison de la nuit précedente, comme aussi
pour la charge qu'elle venoit de faire, qui avoit duré depuis le
matin jusques à midi, fut d'avis de se retirer. Tous donc étant
de retour, ils s'assemblerent dedans le Temple pour remercier
Dieu. Voilà comme le tout se passa.

Or, comme la nuit approchoit, Dieu donna à ceux de Jamets une délivrance encore plus grande que la précédente ; car
sur le soir, les portes étant fermées, on prit quatorze ou
quinze soldats, chargés d'avoir entreprise sur le château. Tous
ceux-ci étoient d'une compagnie nouvellement venue de Picardie, dont aucuns étoient de la garnison de Dorlans, que
les Ligueurs avoient surpris un peu auparavant. En cette troupe il s'en trouva quatre qui avoient entrepris de livrer le Château entre les mains du Duc de Guise, lequel leur avoit baillé
argent pour cet effet. Ces quatre étoient les Capitaines Perseval (1), le Basque, la Floride & la Jeunesse ; ils confesserent librement sans aucune question ce dont ils étoient chargés, les autres furent délivrés, ne sachant rien de cette entreprise, &

____

(1) Perceval ; c'étoit un homme de main, dit M. de Thou Liv. 87 ; habile à conduire une entreprise hardie ; le Duc de Guise avoit su le mettre dans ses intérêts ; & Perceval lui avoit fait espérer de lui livrer Jamets.

néanmoins se retirerent ailleurs incontinent qu'ils furent en liberté.

Le moïen dont Dieu se servit pour découvrir cette trahison,
ne fut pas moins admirable que tout le reste : car ceux-ci avoient
tâché de tirer à leur parti un personnage d'Amiens, nommé le
Sergent de l'Astre, qu'ils connoissoient être bon Soldat. Celui-
ci qui avoit quelque sentiment de religion, aïant eu communication de cette entreprise, considérant que c'étoit un fait
atroce & flagitieux, du commencement fit difficulté de prendre
parti avec eux : toutesfois du depuis aïant consideré d'un côté
tant le danger où il se mettoit par son refus, comme aussi d'autre côté le péril où il laissoit ceux de Jamets, prit résolution de
les accompagner, se mettant en chemin avec eux : Mais aussi-
tôt qu'il fut arrivé, il découvrit l'entreprise au Capitaine Caron, lequel incontinent fit entendre le tout au sieur de Schelandre. Les moïens dont ils avoient déliberé de se servir pour
exécuter leur résolution seroient trop longs à réciter. Suffise que
se voïant convaincus par le témoignage & confrontation de
l'Astre, ils confesserent, comme dit a été, qu'ils avoient promis au Duc de Guise de lui livrer le Chateau de Jamets, qu'il
les avoit envoïés expressément pour cela, & leur avoit donné
argent. Le procès parachevé avec toutes les solemnités requises,
ils eurent la tête tranchée le penultieme de Mai. Perseval qui
conduisoit cette affaire étoit homme autant éloquent, & d'aussi
bon esprit qu'il s'en puisse trouver, l'avarice & l'ambition le
pousserent à cette fin ignominieuse. Les trois autres étoient
aussi hommes de valeur & exécution : mais non de bonne conscience. Voilà comme Dieu, duquel les jugemens ne sont
que justice & vérité, fait bien surprendre les fins en leurs
finesses, & abaisser ceux qui par moïens illicites se veulent
élever.

Pour revenir à l'histoire de laquelle nous nous étions un peu
éloignés pour y inserer l'entreprise que nous venons de réciter :
ceux de Jamets voïant leur état un peu plus assuré qu'auparavant, tant à raison de l'avantage qu'ils avoient eu sur les Garnisons voisines, comme aussi pour la trahison qui avoit été découverte, firent sortir de leur Ville une bonne troupe de Soldats, lesquels aïant passé la riviere de Meuse, furent poursuivis
par leurs ennemis, & enfin serrés de si près qu'il en demeura
vingt-cinq prisonniers, qui furent menés à Briculle sur Meuse,
où l'ennemi avoit mis garnison. Cela fut cause que le lende-

main qui étoit le trois de Juin, il partit de Jamets environ deux cens hommes, tant de pied, que de cheval, pour attaquer Brieulle, & par ce moïen tâcher de ravoir les prisonniers qui avoient été pris le jour précédent. Ceux qui les détenoient voïant l'ennemi à leur porte, promirent les rendre & renvoïer le lendemain avec leurs armes : ce qui fut accordé de part & d'autre : mais les voïant retirés n'en firent rien, au contraire quelques jours après les menerent à Verdun, où ils furent détenus longuement, & avec grande rigueur & nécessité.

Comme toutes choses s'enaigrissoient, à l'occasion des excès dont usoient ceux de la Ligue contre ceux de Jamets, en tuant les uns de sang froid, en aïant fait pendre quelques-uns, & se vantant que tous ceux qu'ils prendroient, ils les mettroient entre les mains des Juges où ils étoient jurisdiciables avant la prise des armes, afin de les faire mourir comme rebelles au Roi : le sieur de Schelandre qui avoit plusieurs prisonniers des leurs, leur fit entendre qu'à la même façon qu'on traiteroit ceux du Duc de Bouillon son Maître, il traiteroit les leurs : cela fut occasion de les retenir, & arrêter leurs menaces. Cependant ceux de Jamets qui desiroient avoir leur revanche de ce qui s'étoit passé à Brieulle, & notamment de ce que leurs prisonniers n'avoient point été rendus, comme il avoit été accordé, se mirent aux champs le 7 de Juin, étant environ cinq cens hommes, tant de pied que de cheval. Ceux-ci furent jusqu'aux portes de Verdun, là où ils donnerent l'allarme, tirerent quelques coups d'arquebuses sur les sentinelles, forcerent trois Villages où ils prirent force butin. Et le 9 du même mois, comme une Compagnie de la Garnison de Jamets revenoit d'un Village nommé Loyson, lequel ayant un bon Fort, n'avoit point voulu composer ainsi qu'avoit fait la plupart des autres, à leur retour comme ils ramenoient quelque butin, ceux de la garnison de Pylon sortirent sur eux : ceux-ci les reçurent, & les chargerent si vivement, que d'arrivée ils tuerent le Capitaine qui les menoit, & quelques Soldats, les autres prirent la fuite, & le reste fut pris & mené prisonnier, sans que toutesfois de ceux de Jamets il y en eut un seul de blessé. Toutes ces courses & rencontres furent occasion que les garnisons que le Cardinal de Vaudemont avoit mises en ses terres pour empêcher les courses de ceux de Jamets, ne s'osoient plus montrer.

Les affaires étant en l'état que nous venons de réciter, les Capitaines qui étoient à Jamets, prévoïant bien que le temps

approchoit pour avoir du secours du côté d'Allemagne, pensoient s'il y avoit moïen de surprendre quelque Ville ligueuse
pour se mettre au large. Cela fût cause qu'aucuns d'eux aïant
fait reconnoître à diverses fois, & sondé les fossés de Ville-
franche, le 10 dudit mois il partit de Jamets sur la nuit environ deux cens hommes, tant de pied que de cheval, pour tâcher de prendre la Ville par escalade : mais cette entreprise
aïant tiré en longueur, la Garnison qui étoit là dedans en
sentit le vent, qui fut cause de lui faire faire bon guet : de façon qu'aïant approché ils n'eurent pas loisir de dresser leurs
échelles : car étant découverts l'allarme fut donnée, &
plusieurs coups tirés sur eux : ainsi s'en retournerent sans rien
exécuter.

1589.

GUERRE ET
SIEGE DE JA-
METS.

Sur ces entrefaites ceux de Jamets qui n'avoient pas oublié
la perfidie de ceux de Brieulle, qui n'avoient point rendu les
prisonniers, comme ils avoient promis, s'acheminerent droit
à Brieulle en intention de les en faire ressentir si l'occasion s'en
présentoit. Cette bande avisa de laisser les gens de pied sur le
bord de la riviere de Meuse, & les gens de cheval passerent la
riviere pour donner l'allarme, & les attirer au combat ; & de
fait il sortit de Brieulle environ trente Arquebusiers, lesquels
aïant gagné un lieu avantageux, tiroient sur ces gens de cheval : mais une partie de ceux-ci aïant mis pied à terre les chargerent si rudement que la moitié d'eux demeura sur la place,
& tout le reste fut mis en fuite ou pris prisonniers.

Les affaires de la guerre réduites en l'état que nous venons
d'ouir, il se fit une seconde treve, à la poursuite & instance de
la Reine mere du Roi, qui commençoit au 18 de Juin, & duroit jusqu'au 28 de Juillet.

Durant cette treve, le Duc de Bouillon qui s'étoit préparé de
long temps pour aller joindre l'armée étrangere qui se devoit
rendre en la plaine de Strasbourg, partit de Sedan le Mardi
23 de Juin, & arriva le même jour à Jamets avec une partie de
ses forces, & le reste logea ès Villages de Lorraine, non sur
ceux de Verdun, afin de ne donner occasion de penser qu'il
voulût rompre la treve. Le lendemain & les jours suivans il ne
cessa de pleuvoir, & néanmoins il ne laissa de poursuivre son
chemin avec ses forces, qui étoient de trois à quatre cens chevaux, & de sept à huit cens Arquebusiers qu'il avoit entretenus
long-temps avec grands frais, tant pour le desir qu'il avoit au
service de Dieu, comme aussi pour la bonne & sincere affection

qu'il avoit à la Couronne de France, & à la Maison de Bourbon, que la Ligue assaillissoit de tous côtés.

Etant arrivé en Alsatie avec ses Troupes sans aucune fâcheuse rencontre, les François qui étoient tant du côté de Geneve, comme aussi du côté de Montbeliard & autres lieux voisins, gens que la Ligue avoit expulsés de leurs maisons, & dépouillés de leurs biens, vinrent trouver ledit sieur Duc au mois de Juillet, pour marcher en l'armée sous son autorité. Et de fait au mois d'Août 1587, l'Armée des Protestans fit montre en la susdite plaine d'Alsatie, en laquelle il y pouvoit avoir environ trente mille hommes, tant de pied que de cheval, sans y comprendre les Troupes du sieur de Châtillon, qui ne purent joindre l'armée qu'en la haute Bourgogne, après avoir combatu plusieurs fois contre l'ennemi & contre les maladies, qui lui avoient fait une dure guerre en ce voïage si long & si difficile.

Le Roi étoit bien averti de tout ce qui se passoit ès quartiers d'Allemagne, & même de l'état de l'armée des Protestans, manda toute sa Gendarmerie au quatre de Juillet, qu'il disposa en trois corps d'armées, l'une à Chaumont en Bassignì, composée de Ligueurs : la seconde à S. Florentin près de Troye, où étoit le Comte de Soissons : & la troisieme à Gyan où devoit être le Duc de Montpensier, & autres de la Maison de Bourbon. En ce même mois, il y avoit deux personnages qui avoient fait une entreprise sur la Ville Saint Disier, laquelle ils communiquoient à quelques Capitaines de Jamets : mais l'un d'eux jouant à deux personnages faisoit entendre le tout au Duc de Guise. Le Capitaine Caron s'étant rendu auprès dudit lieu pour l'exécuter, fut découvert le Mercredi 29 de Juillet, & poursuivi : mais néanmoins il se retira à Jamets avec sa Compagnie, excepté cinq Soldats qui étant pris furent exécutés. Durant ce temps, la peste affligeoit cruellement plusieurs Villes & Villages voisins de la riviere de Meuse : mais principalement celle de Verdun, & celle de Jamets n'en étoit pas exempte.

Or, sur le mois d'Août, comme l'Armée des Protestans étoit sur le point d'entrer en la Lorraine, le Duc de Bouillon qui en étoit Général, & auquel le Roi de Navarre avoit baillé puissance d'en disposer, tant pour ravitailler ses Places, comme pour faire la guerre ès environs, tomba malade d'une maladie qui l'affligea par l'espace de six semaines : ou pour mieux dire jus-

qu'à

qu’à la mort : car encore que les dix femaines expirées, il eut quelque relâche, fi eft-ce que ce fut de telle façon, que ce n’étoit que demie fanté, languiffant quafi toujours, jufqu’à ce qu’au mois de Janvier 1588, il vint mourir à Geneve. Plufieurs étoient d’opinion qu’il avoit été empoifonné, comme auffi de fait il y en avoit de grands indices. Toutesfois nonobftant cette maladie ledit fieur Duc ne laiffa de s’acheminer avec fon Armée, & entra dedans le païs de Lorraine le 21 d’Août, prenant fon chemin par Pfaltzbourg, & de-là à Saltzbourg, qui eft une petite Ville appartenant au Duc de Lorraine, laquelle fut fommée de fe rendre, au refus de quoi fit ledit fieur Duc approcher l’artillerie pour la battre. Celui qui commandoit dedans, ne fe fentant pas fuffifant pour pouvoir réfifter, rendit la Ville, moïennant dix mille écus (qui toutesfois ne furent pas païés), & ainfi ne furent offenfés en leurs vies, ni leur Ville pillée.

Cependant le Duc de Lorraine avec la Ligue avoit levé une puiffante Armée, ou même le Prince de Parme & l’Evêque de Liege les avoient aidés de bon nombre de Cavalerie & Infanterie, pour empêcher le paffage des montagnes à l’Armée des Proteftans, laquelle néanmoins étoit entrée dedans le païs fans aucune réfiftance. Etant donc entrée dedans le païs, le Colonel Bouck fut averti que l’ennemi étoit réfolu de le charger la nuit, comme il en advint : mais l’attendant de pied coi, & aïant mis bon ordre à fes affaires, l’ennemi qui le vint attaquer fut contraint de fe retirer plus vîte que le pas, après avoir perdu plus de cent hommes ; lui y mit fon quatrimaifter, & deux Gentilshommes, enfemble une partie de fon drapeau ; toutefois le tronçon lui demeura.

Du côté de Sedan & Jamets on ne remuoit rien ; car auffi la treve dont nous avons parlé ci-deffus étant expirée, il s’en publia une troifieme qui dura jufqu’au mois de Janvier fuivant. Cependant l’Armée des Proteftans paffant par le païs de Lorraine, avec intention de n’y faire féjour, envoïa vers le Duc de Lorraine pour lui faire entendre qu’ils étoient réfolus de paffer outre, moïennant certaine fomme d’argent qu’on lui demandoit. Mais ledit fieur Duc qui déja avoit fait beaucoup de frais pour lever l’Armée qu’il avoit, & fe confiant en la force d’icelle, aima mieux tenter le péril de la guerre, que d’accorder les demandes des Proteftans. L’Armée nonobftant ce refus ne laiffa de gagner pays, tirant vers Gerbevillier, pour, paffant plus aifément par le Barrois & Verdunois, tirer vers Jamets & Sedan : mais le Con-

seil changea de deſſein ; car au lieu de prendre la route de Jamets, il délibera d'entrer en la haute Bourgogne, pour aller joindre le Roi de Navarre ſur le paſſage de la riviere de Loire. Le
Duc de Bouillon voïant cette réſolution qui lui étoit fort déſa-
vantageuſe, pour avoir laiſſé ſes Places fort mal fournies, & avoir
fait de grands frais depuis le commencement de la guerre, in-
ſiſta au contraire, remontrant la volonté du Roi de Navarre, par
laquelle il lui permettoit de diſpoſer de l'Armée, & l'emploïer au
ravitaillement de ſes Places, ce qu'il ne pouvoit faire, ſinon par
le moïen d'icelle. Toutes ces raiſons ne purent ébranler la réſolution qui avoit été priſe, tellement que ledit ſieur Duc fut contraint de rompre ſon premier deſſein ſi ſolemnellement réſolu,
& prendre le chemin de la haute Bourgogne, ce qu'il faiſoit à
grand regret : car outre les raiſons alléguées, il prévoïoit la longueur & difficulté du chemin, les maladies qui commençoient à
moleſter l'Armée, & que cependant on n'auroit aucune Place pour
la rafraîchir & retirer les malades.

Suivant cette réſolution, l'Armée paſſa la Moſelle à Bayon,
& vint loger ès environs de Vezelize : cependant l'Armée du
Duc de Lorraine étoit en bataille auprès du Pont S. Vincent,
les deux n'étant ſéparées que par la riviere de Modon. Cela fut
cauſe que celle des Proteſtans réſolut de donner la bataille le
lendemain ; & pour ce faire paſſa la riviere, après avoir défait
deux corps de garde qui étoient en deux moulins à la vue de
l'ennemi, qui retira ſon Infanterie dedans les vignes qui ſont au
pendant de la montagne, & ſa Cavalerie ſur le ſommet, hormis
quelques Arquebuſiers à cheval qui eſcarmoucherent quaſi toute
la journée. L'Armée des Proteſtans ſe mit en bataille attendant
les Suiſſes, leſquels arrivés ſe mirent auſſi en bataille, excepté
quatre mille & quelques Cornettes de Reiſtres qui demeurerent
auprès de la groſſe artillerie & des chariots.

Ces deux Armées ainſi diſpoſées, n'étoient ſéparées que par
un petit foſſé qui étoit au pied de la montagne, lequel aucuns
des François de l'Armée des Proteſtans franchirent, & eſcarmoucherent fort long-temps. Le ſieur de Guitri voïant l'Armée
ainſi diſpoſée, tâcha d'engager l'ennemi au combat : mais Lu-
dovic Rumpf Maréchal de Camp des Reiſtres, lui fit entendre
que s'il paſſoit le foſſé il ne le ſuivroit point, & ne ſouffriroit que
les ſiens allaſſent à la charge, pendant que l'ennemi ſeroit ſur la
montagne. Ce propos mis en avant, il ne ſe trouva perſonne
entre les Reiſtres qui contredit à l'avis dudit Rumpf, fors le Colo-

nel Clodt, qui defiroit venir aux mains, remontrant que fi cette
occafion fe perdoit, il n'y avoit apparence de la pouvoir jamais recouvrer. Auffi toute la Nobleffe Françoife remontroit
qu'il étoit aifé & facile de monter la montagne, & de défaire
l'ennemi qui étoit déja demi en fuite : que fi on vouloit faire
devoir, ce jour-là étoit la veille de la paix. Mais toutes ces remontrances ne fervirent de rien ; car les Reiftres & les Suiffes
fe retirerent en leurs quartiers avec grand mécontentement do
ceux qui defiroient combattre. Quelques jours avant que ces
deux Armées fuffent ainfi approchées, on vit par deux diverfes nuits des fignes en l'air, qui étoient comme grands flambeaux qu'on eut jugé combattre les uns contre les autres.

Cependant que ces deux groffes Armées étoient dedans la Lorraine, le fieur d'Efternai qui étoit parti de Jamets dès le 10 de
Juillet, pour aller trouver l'Armée, avoit laiffé fa Compagnie
de Gens à cheval audit Jamets, fous la conduite du fieur d'Au-
bri, efpérant que l'Armée pafferoit par-là ; mais voïant qu'elle
prenoit un autre chemin, cette Compagnie trouva moïen d'entrer dedans le Château de Hugne, où elle fut jufqu'au 10 de
Septembre, auquel jour elle partit pour aller trouver l'Armée,
laquelle paffa la rivière de Meufe au-deffous de Vaucouleur, qui
compofa avec l'Armée, moïennant quelque petite fomme de
deniers. Et celle paffant par une partie du Barrois & Genvillois,
eut certaines nouvelles de la venue du fieur de Châtillon, qui
étoit à deux journées de-là, près de la Motthe en Lorraine, avec
douze cens Arquebufiers & cent Chevaux, affiégés dedans un Village & Château par un Gentilhomme de Bourgogne, Partifan
de l'Efpagnol. Le Comte de la Marck partit avec deux cens Chevaux François & fix Cornettes de Reiftres pour l'aller fecourir ;
mais le malheur voulut que ces fix Cornettes fe perdirent la nuit,
& furent contraints de revenir trouver l'Armée. Cela fut caufe
qu'on y envoïa le fieur de Montmartin, qui fe joignit avec ledit
fieur Comte. Les Bourguignons aïant nouvelles de ce fecours fe
retirerent, qui déja y avoient perdu plus de foixante hommes.
Durant ce voïage le Duc de Guife étoit parmi les Forêts avec
quatre cens Chevaux, pour attrapper ceux qui iroient au fecours
dudit fieur de Châtillon. Cela fut caufe que l'Armée s'avança jufques vers la Fauche, où elle féjourna cinq ou fix jours, durant
lequel temps ledit fieur de Châtillon fe joignit à l'Armée avec
fes Troupes, telles qu'il a été dit ci-deffus : car la longueur du
chemin, les maladies & combats qu'il avoit eus en un fi long

E e e e ij

voïage avoit confumé le refte. Et de-là l'Armée qui n'attendoit plus autres forces paffa la riviere de Marne au-deffous de Chaumont en Baffigni, & tira vers Château Vilain.

Durant ce temps, les Reiftres & Lanfquenets affiégeoient l'Abbaïe de Clervan, là où ils préfenterent l'artillerie; ceux de dedans prévoïant le danger, compoferent, moïennant certaine quantité de muids de vin, & quelques milliers de pains avec huit cens écus. Les Reiftres fe repofant fur leurs promeffes, firent retirer l'artillerie, fans avoir pris aucune affurance ou otage : mais la nuit fuivante il y entra trois cens Soldats que les Ligueurs y envoïerent. Les Reiftres fe voïant ainfi fruftrés de leur efpérance, ne fe purent venger à autre chofe, finon à mettre le feu en quelques Cenfes & Métairies de ladite Abbaïe.

Cette Armée qui tâchoit de joindre celle du Roi de Navarre paffa la riviere d'Aube vers Montigni, & celle de Seine au-deffus de Châtillon, en un Village nommé Mouffi. S'étant logée à Leignes & ès environs, l'ennemi fit entreprife fur douze cens Reiftres qui s'étoient logés en un grand Village fermé, & fut prêt à planter le petart à la porte, où on ne faifoit aucune garde : toutesfois s'étonnant de foi-même, il fe retira.

En ce temps & audit lieu de Leignes mourut le Comte de la Marck, qui avoit toujours été malade depuis le retour de fon voïage qu'il avoit fait pour defengager le fieur de Châtillon, ainfi qu'il a été dit ci deffus. Alors ledit fieur de Châtillon fut fait Chef de l'avant-garde. Cela fait, l'Armée tira vers Noyers, & aïant paffé la riviere de Cures au-deffus de Vermenton, & celle d'Ionne au-deffus de Crevant, tira vers la riviere de Loire à l'endroit de Briare, où elle féjourna quelques jours. Etant là arrivée elle vit de l'autre côté de la riviere l'Armée du Roi marchant en bataille, & cotoïant ladite riviere à mefure que celle des Proteftans marchoit.

Des François étoient d'avis de paffer la riviere, mais les Allemands n'y voulurent entendre, difant que c'étoit contre la capitulation qu'ils avoient faite étant encore dans le païs : & pourtant qu'il ne reftoit que deux voies, l'une étoit d'aller à droite, l'autre étoit de reculer. Cela étant débattu, enfin les François furent contrains d'aller vers la Beauffe, felon la volonté des Reiftres & de quelques autres, encore que telle route fembla défavantageufe pour beaucoup de raifons, & notamment pource que l'Armée étoit haraffée & diminuée de force & de courage par un long travail & par les maladies, étoit continuellement obligée au combat.

L'Armée donc nonobſtant ces raiſons tira vers Montargis, où le quartier du Baron de Donaw fut à Vimory, Village diſtant dudit Montargis d'une lieue & demie, & où Meſſieurs de Guiſe, du Maine, & autres Seigneurs de la Ligue, avec douze cens ou trois mille Arquebuſiers vinrent environ les huit heures du ſoir pour charger les Reiſtres. Entrant dedans le Village diſoient qu'ils étoient au ſieur de Châtillon, ainſi paſſerent juſqu'au logis dudit Baron : l'allarme étant donnée, ils tuerent cent ou ſix vingts que Charetiers que Valets. Le Baron étoit à table qui fut chargé d'un coup de coutelas au front : mais incontinent il monta à cheval avec ſes gens, qui furent par trois fois à la charge, & tuerent plus de deux cens de l'ennemi, emporterent le drapeau de Monſieur du Maine & deux autres, avec quelques priſonniers. En cette charge, les Reiſtres y perdirent vingt-ſix Maîtres, & bien près de trois cens chevaux de chariots, avec deux chameaux qui étoient au Baron, & les tambours de cuivre. Le Colonel Bernes d'Off eut ſon cheval tué ſous lui & fut pris priſonnier. L'Armée s'avançant, on donna quartier au ſuſdit Baron à Château-Landon où étoit le Capitaine l'Amour avec ſa Compagnie de Chevaux-Légers, qui ne voulut ouvrir les portes. Cela fut cauſe que le premier jour de Novembre la Ville fut battue de deux cens coups de canon. Comme on vouloit aller à l'aſſaut, ils ſe rendirent la vie ſauve, à condition qu'ils feroient rendre homme pour homme des priſonniers qui pouvoient avoir été pris quelques jours auparavant à Montargis. Durant ce ſiege le Duc de Bouillon & autres Seigneurs François furent ſouvent viſiter le ſuſdit Baron qui étoit logé en un Village près dudit Landon, afin de retenir en paix toute cette Armée étrangere, qui pour tout cela ne laiſſoit pas de ſe mutiner, pource qu'elle ne recevoit argent, & auſſi pour n'avoir vu le Roi de Navarre ni autre Prince du ſang pour leur Chef, ſuivant la capitulation qui avoit été faite. Cette difficulté mettoit toutes affaires de guerre en ſuſpens : car ils menaçoient tous de s'en retourner en Allemagne, & prendre Monſieur de Bouillon & autres Seigneurs François pour gage de ce qui leur étoit dû. Toutefois on fit tant qu'on appaiſa les Suiſſes ; & le Duc de Bouillon aïant communiqué avec ſes Reiſtres qu'il avoit levés à ſes dépens, demeurerent aucunement contens de lui, qui fut occaſion que les autres ne furent pas ſi difficiles pour ce jour-là : joint qu'ils ouirent parler un perſonnage qui venoit au même inſtant de la part du Roi de Navarre.

Nous avons dit ci-deſſus que du côté de Sedan & de Jamets,

1589.

GUERRE ET SIEGE DE JA-
METS

il y avoit une treve qui duroit jufqu'au mois de Janvier : toutesfois ès environs de ces Villes tout y étoit plein de gendarmerie.
Ceux qui étoient auprès de Sedan, étoient là pour exécuter une
entreprife que le Cardinal de Guife avoit tant fur cette Ville que
fur le Château : mais Dieu voulut que ladite entreprife fût découverte, & un Capitaine & fes Compagnons qui la devoient
exécuter appréhendés, & leur procès fait, furent exécutés le dernier jour d'Octobre 1587. Ceux qui étoient ès environs de Jamets faifoient femblant de conduire hors la Lorraine la Gendarmerie que le Roi d'Efpagne avoit envoïée au fecours des Lorrains,
lorfque l'Armée des Proteftans y paffa : mais d'une pierre penfant faire deux coups, leur intention étoit de furprendre la Ville
de Jamets, fi l'entreprife qu'ils avoient fur Sedan fuccédoit felon leur volonté, & l'iffue montra dequoi : car la voïant faillie
ils s'éloignerent quelque peu jufqu'au temps qu'ils la vinrent in-
veftir, qui fut vers la fin de Décembre, comme nous entendrons
ci-après.

Mais pour revenir à l'Armée des Proteftans que nous avons
laiffée ès environs de Château-Landon, & qui avoit été un peu
appaifée par le moïen de l'entrevue dont nous avons parlé : de-là
elle paffa vers Pluviers, Toury & Joinville, & finalement approcha Chartres, là où il fut réfolu d'aller querir Monfieur le
Prince de Conti avec quelque Cavalerie Françoife & quelques
Cornettes de Reiftres ; ce qui fut fait. Ledit fieur Prince arrivé
en l'Armée, le Duc de Bouillon lui remit toute la charge, avec
le drapeau blanc, lui remontrant que jamais n'eût accepté fi
grande charge, n'eût été pour l'affurance qu'il avoit qu'un Prince
du fang, auquel appartenoit tel honneur, l'en déchargeroit : que
l'Armée étoit encore belle & bien difpofée, n'aïant pas été beaucoup incommodée par les courfes de l'ennemi, & que de fa
part il feroit fon devoir en icelle pour le fervice de Dieu, le Roi
de Navarre, & de la Maifon de Bourbon : le Prince de Conti
accepta cette charge.

Cependant le Roi étoit à Bonneval : les Suiffes qui déja avoient
envoïé vers lui pour fe retirer en leurs Païs, obtinrent paffeport
& fauf-conduit de Sa Majefté, & ainfi retournerent, aïant
néanmoins perdu une bonne partie de leurs Gens, que la pauvreté, la famine & les maladies avoient ufés. L'Armée des Proteftans fe voïant ainfi diminuée par la retraite des Suiffes, après
avoir tenu confeil le 22 & 23 de Novembre, refolut de remonter la riviere de Loire jufqu'à la fource, pour aller joindre le

Roi de Navarre, & qu'on mettroit les Lanſquenets à cheval, afin de faire plus de chemin; & pour ce faire, que les Reiſtres brûleroient leurs chariots, & les François quitteroient auſſi leur bagage, pour monter leurs Soldats qui ſeroient à pied: à quoi les Reiſtres & Lanſquenets s'accorderent, après qu'on leur eut remontré qu'on étoit contraint de ce faire, faute d'Infanterie.

Cette réſolution priſe & accordée, advint qu'en ce même jour le Baron de Donaw, qui étoit logé dedans Oneau (1), reçut divers avertiſſemens des principaux qui étoient en l'Armée, que l'ennemi avoit délibéré de le charger la nuit ſuivante; mais il n'en tint pas compte, encore que le Château dudit lieu fût à dévotion de la Ligue, qui cauſa la ruine & malheur qui ſurvint la même nuit: car les Reiſtres n'aïant poſé aucune garde, & délibérant de partir à la pointe du jour, faiſoient ſortir leur bagage & chariots par l'une des portes avant le jour: mais comme la moitié de ce bagage fut ſorti, il y entra environ quatre cens Arquebuſiers que le Duc de Guiſe y envoïa, qui tuerent ce qu'ils rencontrerent à ladite porte. Là-deſſus les Reiſtres monterent à cheval, penſant ſortir par icelle; mais ils trouverent qu'elle étoit occupée, tant de l'ennemi que des chariots: ils tournerent à l'autre porte, mais ils trouverent auſſi que les Soldats ſortis du Château s'en étoient ſaiſis; encore que le Capitaine dudit lieu leur eût promis la foi de ne leur faire aucun déplaiſir, & même leur eût fourni quelques vivres. Cela fut cauſe qu'ils mirent pied à terre, & ſe retirerent dedans les maiſons à la miſéricorde de leurs ennemis, qui dépêcherent quaſi toute cette Troupe ſans aucune réſiſtance, du moins ſi petite que leurs ennemis n'y perdirent que cinq ou ſix hommes. Ceux qui en échapperent furent ledit Baron, avec environ quinze ou vingt qui ſe jetterent parmi les coups dedans la porte. Les ennemis y buttinerent beaucoup d'or, d'argent, hardes, bagages, & plus de douze cens chevaux de combat, & bien huit cens chariots.

Les François aïant oui ces fâcheuſes nouvelles, tirerent en diligence vers Oneau, & ſur le chemin trouverent le Baron, les Colonels Dampmartin & Bouck, avec les autres Reiſtres, qui ſe fâchoient fort, & conferoient enſemble des moïens pour ſe retirer en Allemagne avec paſſeport du Roi. Cela fut cauſe que ce même jour le Prince de Conti, le Duc de Bouillon, les

______
(1) C'eſt Auneau.

Sieurs de Châtillon & de Clervan répondirent aux Etrangers de
tout ce qui leur étoit dû, pourvû qu'ils voulussent passer outre,
& joindre le Roi de Navarre, comme il avoit été resolu les jours
précédens. Ce qu'ils accorderent, non toutesfois sans difficulté.
Le lendemain l'armée partit de-là, & fut contrainte de passer,
joignant la forêt d'Orléans, par chemins & païs fort incommo-
des, d'autant que la campagne étoit toute ruinée. Les grandes
traites qu'on faisoit sans reposer furent cause qu'on perdit les
petites pieces d'artillerie, les chariots, munitions & bagage,
avec grand nombre de pauvres Lansquenets & autres, qui ne pouvant suivre, étoient attrapés & tués, tant par les avancoureurs de
leurs ennemis, que par les païsans.

L'armée des Protestans aïant passé auprès de Briare, où elle
eut quelque petite rencontre avec celle de l'ennemi, où il perdit quelques hommes, vint à l'endroit de Cone, où étant arrivée, celle de l'ennemi ne la serra plus de si près ; toutesfois plusieurs voïant les grandes traites qu'on avoit faites, & le mauvais
état des affaires commencerent à se debander la nuit, les uns
se retirant en leurs maisons, les autres auprès de leurs amis, &
selon les commodités des lieux & du temps, tellement que les
cornettes se défaisant petit à petit, cela fut cause, par l'entremise de quelques-uns, qu'on accepta plus promptement les offres que le Roi fit faire, qui étoient que les étrangers sortissent,
en lui remettant tous leurs drapeaux, & qu'à ces conditions il
leur donneroit sûreté pour se retirer.

Les choses étant reduites en cet état, tous les Chefs de l'armée s'assemblerent en un Village distant une lieue de Marsigny,
où le sieur de l'Isle & un autre Gentilhomme les vinrent trouver, & leur demanderent de la part du Roi toutes les cornettes,
& qu'on fît promesse de ne point porter les armes contre lui,
& sans son exprès commandement ; que s'ils accordoient ces
demandes, le Roi donnoit main-levée des biens de tous ceux
qui étoient en l'armée, pourvû qu'ils sortissent du Roïaume de
France, & ce faisant, leur donneroit sûreté & sauf conduit pour
se retirer.

Le Prince de Conti l'accorda pour sa part, & incontinent
se retira en un château nommé Arsy, qui est à une lieue de-là ;
& le Duc de Bouillon étant ainsi demeuré parmi la multitude
de l'armée, tâcha de gagner les Reistres, pour leur faire continuer leur chemin vers le Roi de Navarre. Mais ils remontroient
qu'ils n'avoient aucun moïen, même qu'ils avoient perdu leurs

armes,

armes, & quasi tous leurs chevaux par les longues traites qu'on
avoit faites. Le Duc de Bouillon les assure là-dessus de leur faire
délivrer dix mille écus étant arrivés à Privas, Ville qui lui appartient, & qui n'étoit distante du lieu où ils étoient que de vingt-
deux lieues; mais toutes ces promesses ne les purent inciter à passer
outre; car aussi ils répondoient qu'il étoit répondant de tout ce
qui leur étoit dû, à quoi il fit réponse qu'il étoit véritable qu'il
en avoit répondu en partie, mais que c'étoit à charge qu'ils join-
droient le Roi de Navarre, & qu'il en répondoit encore s'ils
vouloient passer outre. Enfin ils répondirent que non, usant de
plusieurs paroles aigres & fâcheuses. Là-dessus arriva le sieur de
Châtillon, auquel le sieur de l'Isle fit les mêmes demandes &
propositions; sur quoi il répondit qu'il étoit très humble serviteur du Roi, mais qu'il n'étoit point venu là pour donner ses
drapeaux, ni pour signer aucunes choses, & que quant à lui il
se delibereroit de passer outre, avec tout ce qui lui étoit resté de
ses troupes, ou mourir, criant tout haut que c'étoit le temps où
il falloit montrer qu'on étoit serviteur du Roi de Navarre. Là-
dessus remontrant qu'il étoit tard, & son quartier loin, prit
congé, étant en colere de ce que trop promptement on accordoit les articles proposés. Le Duc de Bouillon le pria d'attendre encore une heure, pour essaïer s'il y auroit moïen de gagner
les Reistres, ou rassembler quelque Noblesse Françoise pour
passer outre; mais il s'en excusa, & remit le tout au lendemain.
Ledit sieur Duc voïant qu'il ne pouvoit rien obtenir ni des Al-
lemans, ni des François, & se voïant peu accompagné, remit
la partie au lendemain, espérant de communiquer plus amplement avec ledit sieur de Châtillon, qui s'étoit retiré en la façon
que nous avons dit; & là-dessus le Sieur de l'Isle, & le Gentilhomme qui l'accompagnoit, partirent pour aller faire entendre
au Roi, & au sieur d'Espernon, la réponse & requête des Chefs
de l'armée; mais le sieur de Châtillon voïant bien qu'un tel retardement lui feroit préjudiciable, & que cependant le Gouverneur de Lyon s'armoit avec tout le païs, pour empêcher le passage, partit environ la minuit; & feignant entrer dedans le
païs, tourna court à droite, à trois ou quatre lieues au dessus de
Rouanne, où il fut assailli par le Sieur des Piedsguidon & du
Sieur de Mandelot, qui le chargerent avec quelque cavalerie
& infanterie. Ledit Despieds y fut tué avec plusieurs des siens;
ainsi passa ledit Sieur de Châtillon avec environ cent bons chevaux, & quelques Arquebusiers à cheval, & tira vers Privas,

emmenant encore quelques prisonniers pris en cette charge. Le sieur de Tournon aïant oui nouvelles de ce qui s'étoit passé entre le sieur de Châtillon & le Gouverneur du Lionnois, après avoir ramassé toutes les forces qu'il put, se délibera de couper le passage audit sieur de Châtillon qui étoit fort harassé, pour la longueur du voïage ; mais nonobstant tout cela il arriva à Privas sain & sauf avec les siens.

Cependant le reste de l'armée qui étoit ès environs de Marsigny vint à Saint-Laurent, & de-là passa vers le château de la Clayette, où se voïant reduit à si petit nombre, & à une extrêmité fâcheuse, aima mieux donner ses drapeaux, & signer ce que le Roi lui avoit fait proposer, que de se mettre en danger de tomber entre les mains de la Ligue. Et pour le regard des Reistres, ils signerent aussi que jamais ils ne porteroient les armes contre le Roi, appellés par ses Sujets, & moïenant ce ils ploierent leurs drapeaux, & le Roi leur donna sauf conduit pour retourner en Allemagne. Durant la rupture de cette armée il ne se parloit aucunement de la sûreté de la personne de M. de Bouillon, ni de ses Places, & pourtant il fit supplier le Roi de prendre ses Places en sa protection contre la Ligue ; mais le Roi en fit quelque difficulté, & se montra assez froid. Par quoi voïant le peu d'assurance qu'il y avoit, tant pour lui que pour les siens, fut contraint environ le 15 de Décembre de se retirer avec quatre ou cinq de ses serviteurs seulement, en la Ville de Geneve, là où aïant fait son testament, par lequel il instituoit son heritiere unique Mademoiselle Charlotte de la Marck sa sœur (1), mourut le 11 de Janvier, 1588, atteint d'une fiévre continue qui l'emporta le 14e jour, ou bien de poison comme aucuns estimoient. C'étoit la 25 de son âge, & mourut à tel jour qu'il fut né.

Quant aux autres François, chacun se retira au mieux qu'il fut possible, non toutes fois sans grande perte ; car encore qu'on eût publié & fait défendre de par le Roi de ne leur méfaire sur

---

(1) A condition que dans toutes les Places qu'il tenoit en droit de Souvervineté, elle ne feroit aucun changement au sujet de laReligion. Il ajoutoit que s'il arrivoit qu'elle mourût sans enfans, il lui substituoit François de Bourbon, Duc de Montpensier son Oncle & le Prince de Dombes son fils, sous la même condition de laisser à ceux de ses Sujets, qui suivoient la Confession des Eglises de France, le libre exercice de leur Religion ; & au cas que les uns & les autres manquassent à accomplir cet article, il substituoit de nouveau à sa sœur, le Roi de Navarre & ses descendans ; & à ceux-ci, Henri de Bourbon, Prince de Condé, les priant en même temps de donner à sa sœur un mari qui fût de son rang, & qui fit profession de la Religion établie à Sedan, à Jamets, à Raucour & dans tous les autres lieux dont la souveraineté lui appartenoit.

peine de la vie; fi eſt-ce qu'on ne laiſſa pas de les voler & tuer par-tout où les Ligueurs & Païſans les pouvoient rencontrer. Et pour le regard des Reiſtres, quelque aſſurance & ſauf conduit que le Roi leur eût donné, leur retraite ne fut point ſans difficulté; car les Ligueurs, & notamment les Lorrains, les pourſuivirent juſqu'au Comté de Montbeliard, là où ils entrerent, brûlerent les villages dudit Comté, & commirent pluſieurs meurtres, volcries, & inſolences, dequoi ils ſe ſont ſouventesfois vantés, tant ès terres de Sedan, comme auſſi devant la Ville de Jamets, diſant que même les chats n'étoient pas échappés de leurs mains. Voilà quelle fut la fin de cette puiſſante armée, & auſſi l'iſſue de la guerre que la Ligue fit contre la Ville & Château de Jamets, en la perſonne des Verdunois, juſqu'à ce qu'elle recommença en la perſonne des Lorrains, ainſi qu'il ſera dit ci-après.

DIEU aïant ſoufflé ſur cette grande & puiſſante armée qui étoit ſortie d'Allemagne l'année paſſée, ainſi qu'il a été remarqué précédemment, & le Duc de Bouillon & le Comte de la Marck ſon frere étant morts, comme il a été dit, ne reſtoit plus de cette branche que Mademoiſelle Charlotte de la Marck leur ſœur, que ledit ſieur Duc avoit inſtituée ſon heritiere unique, tant de ſes terres ſouveraines, que de celles qu'il avoit en divers endroits de la France. Chacun eſtimoit que la Ligue & les Lorrains ſeroient ſatisfaits, ne voulant faire la guerre ni aux morts, ni auſſi à celle qui demeuroit pupile, & ne les avoit jamais offenſés. Toutesfois il avint tout au contraire; car voïant la ruine de l'armée, & la mort de ces deux Seigneurs, ils jugerent qu'aſſaillant les Places dudit feu Duc, ils en auroient bon marché. Et ſi quelquefois on leur diſoit qu'ils n'avoient point de droit d'entreprendre une telle guerre, que c'étoit une choſe injuſte de faire la guerre aux morts, ou à une fille pupile & de bas âge, qui ne les avoit jamais offenſés, ils répondoient qu'oui bien s'il eut été queſtion d'une action perſonnelle; mais que cette-ci étant réelle, l'équité leur permettoit de pourſuivre par la force des armes le droit qu'ils avoient ſur le bien du mort, pour l'intérêt & dommage qu'il leur avoit fait, paſſant une armée par leur païs, laquelle avoit brûlé pluſieurs de leurs villages. Voilà le prétexte qu'ils prenoient.

Mais ceux qui tenoient le parti contraire diſoient que cela ne

fervoit que pour mafquer & déguifer les deffeins de la Ligue,
laquelle le Duc de Lorraine avoit plus aidée & favorifée lui feul
que tous les Princes étrangers ; qu'il y avoit déja longtemps
qu'ils épioient les occafions de quereller les Places de la Ducheffe de Bouillon, qu'ils ne voïoient pas volontiers fi près des
leurs ; que déja avant le paffage de cette armée, le Duc de Guife
aïant invefti Sedan, le Duc de Lorraine y avoit fes principaux
vaffaux & plus entendus au fait de la guerre, qui y commet-
toient tout acte d'hoftilité ; que dès ce temps-là tous ceux qui
paffoient par le païs de Lorraine, s'ils étoient reconnus appartenir au Duc de Bouillon, y étoient arrêtés & traités comme ennemis ; & ainfi jugeant que le Duc de Lorraine feroit mal fondé pour entreprendre la guerre contre la Ducheffe de Bouillon,
voïant néanmoins qu'il l'auroit fait, faifant brûler fes terres de
Sedan par le fieur de Rofne (1), & un Italien nommé Cavalquin, où ils commirent toutes les cruautés & infolences dont
ils fe purent avifer ; & faifant ruiner fa Place de Jamets par un
Efpagnol nommé Nervaife, où ils tirerent treize ou quatorze
cents coups en ruine, avant que la battre en batterie, jugeoient
que fi cette guerre étoit peu jufte, que la forme & la procédure l'é-
toit encore moins ; car ils eftimoient qu'avant qu'entrer dedans
les terres de Mademoifelle de Bouillon avec le feu & les armes, le droit de la guerre vouloit (& fut-ce entre les Barbares)
qu'il envoïât par devers elle, pour lui faire entendre fes demandes, & tâcher d'en avoir la raifon par voie de juftice ; & du depuis lui-même a tenu cette procédure pour contenter le Comte
de Montbeliard, après avoir brûlé fon païs. Que s'il n'y vouloit
point procéder par cette voie jufte & raifonnable, au moins que
l'honneur & le droit l'obligeoient de dénoncer la guerre avant que
la commencer. Voilà quelles étoient les raifons tant d'une part
que d'autre.

Mais laiffant là ce difcours, voïons quelle fut l'entrée & commencement de cette guerre. Nous avons vu au livre précédent
que l'entreprife que le Cardinal de Guife avoit fur la Ville de
Sedan, n'aïant pas fuccedé felon fon defir, fut contraint de fe
retirer, après y avoir laiffé pour les gages un Capitaine & fes
compagnons, qui y demeurerent en la façon qu'il a été dit. Cependant cette corde étant rompue, ils ne laifferent pas de continuer ; car le 27 d'Octobre il fut réfolu en la chambre du Duc
de Loraine d'affaillir les Places du Duc de Bouillon. Cette ré-

(1) Chrétien de Savigny, fieur de Rône.

folution prife, le Baron d'Hauffonville, qui avoit fort follicité fon maître, & facilité la prife de Jamets, fut député à la conduite de cette guerre. Aïant embraffé ce fardeau, lequel du depuis il trouva plus péfant qu'il n'avoit imaginé, il fit venir en fa maifon d'Orne les principaux Capitaines Lorrains qui devoient marcher fous fa charge, où ils delibererent de ce qu'ils auroient à faire. Ainfi aïant avifé à ce qu'ils jugeoient être propre, firent acheminer leurs forces, qui étoient de deux à trois mille hommes de pied, & de fept à huit cents chevaux, à Eftenai, où fe trouva le fieur de Lenoncourt, Baillif de Saint-Miel, homme fort zelé & devotieux, tant au fervice de la Ligue, comme auffi à cette nouvelle guerre. Et bientôt après le Baron d'Hauffonville fe rendit au même lieu : aïant ainfi mis leurs forces entre Sedan & Jamets, tant à raifon de la commodité qu'ils recevoient de la Ville d'Eftenai, comme auffi pour empêcher le fecours que ces deux Places de Sedan & de Jamets pouvoient efperer l'une de l'autre, ils les firent venir à Juvigni, qui eft un village Lorrain, diftant de Jamets feulement d'une lieue, fe vantant que le jour de l'an ils viendroient apporter les étrennes à ceux de Jamets, lefquelles néanmoins ils eurent loifir de garder un an tout entier, avec beaucoup de pertes qu'ils y ont faites, comme nous verrons ci-après.

Cependant ceux de Jamets voïant l'ennemi à leur porte, voïant auffi leurs Seigneurs morts; & confidérant qu'ils avoient une grande Ville à garder avec bien peu d'hommes, & que même quafi tous les vivres étoient dedans la Ville, le château en étant mal fourni; que les grains n'étoient pas encore battus, du commencement fe trouverent bien étonnés, prévoïant bien qu'ils n'auroient pas loifir de battre leurs grains, & que leurs forces ne feroient baftantes pour défendre leur Ville, qui non feulement n'étoit pas bien grande, mais auffi mal remparée & fortifiée en plufieurs endroits. Avec cela on craignoit que fi en la défenfe d'icelle on faifoit quelque perte d'hommes, on ne hafardât le château. Etant en cette perplexité, & ne pouvant pas fi foudainement refoudre (comme il advient en toute nouveauté) Dieu envoïa de grandes pluies qui durerent environ trois femaines. Ces pluies vinrent fi bien à propos pour les menacés, que la moitié de leur Ville étoient environnée de grandes eaux, tellement que cette partie étant ainfi fortifiée, le refte de la Ville en étoit mieux gardé. Avec cela ils eurent loifir de prendre une bonne réfolution, qui fut de défendre la Ville, & de battre

leurs grains pour les ferrer dedans le château avec leurs autres
meubles. Outre cela durant ce temps on travailla à fortifier la
Ville, & finalement il leur vint fecours de Sedan, outre plufieurs
foldats qui retournant de la déroute de l'armée des Proteftans,
fe vinrent rendre à Jamets. Voilà les commodités que ces grandes pluies leur apporterent.

Or, au commencement de Janvier, en l'an 1588, les Lorrains logerent leur armée ès villages voifins, comme à Louppi,
à Armoiville, & à une Cenfe voifine, où il y avoit une bonne
maifon quarrée, qui étoit de l'autre côté de la riviere; & le 19
dudit mois prirent le moulin à vent de Jamets, qui étoit une
bonne & forte Tour, bien percée, & dont la muraille avoit cinq
ou fix pieds d'épaiffeur. L'ennemi logea fon armée en tous ces
lieux, mettant tous les jours bonne garde dedans ce moulin, &
fouvent venoit paroître devant la Ville en petite troupe : mais
pource que l'artillerie les offenfoit, ils ne continuerent guères,
ou pour le moins fe montroient de fi loin, qu'elle ne leur pouvoit
nuire.

Les chofes réduites en cet état, ceux de Jamets confiderant
la néceffité de leurs affaires, & l'ordre qui de tout temps a été
pratiqué en temps de trouble & perfécution, publierent le jeûne, qu'ils célebrerent le 10 de Janvier, pour fe préparer & difpofer à requerir en toute humilité la face du Seigneur. Et en ce
même temps on continua encore la treve pour un an, qui étoit
une continuation de la précédente, avec les Villes voifines du
gouvernement de Champagne, & du païs Verdunois. Cette tréve s'accordoit aifément, pource que la Ligue ne laiffoit pas de
faire la guerre à ceux de Sedan & de Jamets en la perfonne des
Lorrains, qu'elle aidoit & favorifoit en tout ce qu'elle pouvoit.
Il ne fut rien ajouté à cette tréve, finon que ceux qui avoient des
biens fur la terre de Verdun, en pourroient jouir en toute liberté ; ce que néanmoins ils ne purent du depuis obtenir quelque
inftance qu'ils aient fu faire.

Ceux de Jamets fe voïant ainfi inveftis, fe préparoient pour
foutenir le fiege ; & pourtant voïant que la Ville de laquelle le
fieur de Schelandre de Vuydebource avoit en charge, étoit
grande, mal remparée, & y avoit peu d'hommes pour la défendre, il fut réfolu de faire deux retranchemens, l'un près du château, faifant un carré qui pouvoit contenir environ dix arpens,
l'autre auprès de la halle, qui coupoit la Ville en deux parties
égales. Ces deux retranchemens parachevés, on commença à

travailler aux boulevards de la garenne, du hafart & de la lampe, eftimant bien que fi l'ennemi battoit la Ville, il l'affailleroit
de ce côté-là, tant à caufe qu'il n'y avoit point de foffé au boulevard de la lampe, comme auffi pource que l'ennemi tenoit déja
le moulin à vent, qui n'étoit éloigné de-là que de la portée de
l'arquebufe. On fit dedans ces trois boulevards plufieurs retranchemens & levées de terre, avec un artifice qui rendoit l'accès
fort fâcheux & difficile. Et outre cela on y mit certaines barriques de camp, dont l'invention étoit de feu Meffire Robert de
la Marck, ainfi qu'il appert par le vingt-unieme livre de l'hif-
·oire de Paul Jove. Tout cela fe préparoit avec efperance d'y
accommoder plufieurs feux artificiels quand il en feroit de befoin.

Or, comme on travailloit diligemment ces ouvrages, le famedi 19 de Janvier, environ les huit heures du foir, les Lorrains aïant en leurs troupes une partie de celles du Duc de Guife, qui pour lors n'en avoit que faire, à raifon de la tréve dont
a été parlé ci-deffus, vinrent donner une allarme en trois divers
endroits de la Ville, approchant jufque fur le bord des foffés ;
mais aïant trouvé qu'on faifoit bonne garde, & que déja on
avoit tiré du château un coup de canon pour avertir la Ville,
s'en retournerent fans autre chofe, apres avoir tiré quelques arquebufades, tant d'une part que d'autre. Le lendemain qui étoit
le 17, la cavalerie des affaillans fe fit voir, tant du côté de
France, fur un terme qu'on appelle la vieille cenfe, comme
auffi de l'autre côté, entre la garenne & le moulin à vent; mais
y aïant perdu quelques-uns des leurs, fe retirerent en leurs garnifons.

Cependant que la Ville & Château de Jamets étoient reduits
en cette néceffité, il y avoit encore un autre point qui les preffoit fort ; c'eft que le Duc de Bouillon partant de fes Places
avec efpérance d'un brief retour, les avoit laiffées mal fournies,
& principalement d'argent. Cela fut caufe que le 18 de Janvier
on fit une levée de deniers fur tous ceux qui étoient en la Ville,
afin de pouvoir entretenir les foldats; mais cela n'étant pas baf-
tant pour fournir aux frais qu'il convenoit faire tous les jours,
on fut contraint de faire de la monnoie de cuivre & étain, avec
ordonnance que perfonne n'eût à la refufer ; promettant qu'à
la fin de la guerre ou à la premiere commodité qui fe préfente-
roit, rapportant les piéces, on les changeroit en autres de bon
alloi.

La Ville de Jamets étant investie en la façon que nous avons
dit, la prise du moulin à vent l'incommodoit fort, tant pource
que n'étant éloigné que de la portée du mousquet, ceux qui
étoient là en garde tiroient sur ceux qui travailloient dedans les
boulevards, comme aussi pource que personne ne pouvoit sortir de la Ville qu'il ne fût découvert. Ces raisons baillerent occasion de faire une sortie, tant pour tâcher de prendre quelques-uns de ceux qui commandoient en l'armée, comme aussi
pour recouvrer ledit moulin. Or, cette partie se dressoit principalement pour attraper le Baron d'Haussonville, lequel venoit
ordinairement à l'assiete de la garde du moulin, avec bien peu
de gens, pour s'être persuadé qu'il y eut moins de cavalerie en
la Ville de Jamets qu'il n'y en avoit. Ceux de Jamets aïant reconnu qu'il étoit en cette opinion, & que tous les jours il venoit à l'assiette de la garde, firent sortir leur cavalerie par les
fossés, afin de n'être point découverts, pour de-là entrer par le
bas de la garenne, s'avançant vers Armoiville, tellement que la
sentinelle posée sur le haut du moulin ne la pouvoit découvrir.
Ils mirent aussi hors de leur Ville une compagnie de gens de
pied qui étoit embusquée dedans leurs fossés. L'entreprise ainsi
dressée, l'infanterie s'avança vers le moulin pour planter le petart à la porte, ou à faute du petart jetter une saucisse dedans.
L'allarme étant donnée, la cavalerie qui s'étoit embusquée au
fond de la garenne, apperçut le Baron venir avec le Baillif de
Saint-Mihel, & quelques siens autres principaux Capitaines,
qui fut cause qu'elle commença de marcher droit pour lui couper le passage; mais quelques-uns s'étant mis hors du fond qui
les tenoit couverts, lui donnerent l'allarme, & ainsi empêcherent l'exécution de l'entreprise qui avoit été faite, laquelle sans
cela sembloit fort aisée, toutes choses s'étant rencontrées en la
même façon qu'on les avoit prévues. Le Baron voïant cette cavalerie venir à lui, & la trouvant en plus grand nombre qu'il
n'avoit imaginé, lui & les siens commencerent à fuir, & gagner
Armoiville. Ceux de Jamets les poursuivirent; mais les fuïards
aïant l'avantage, ils ne purent prendre que deux prisonniers
qu'ils blesserent, dont l'un mourut la nuit suivante. Durant
cette exécution les gens de pied vinrent planter le petart à la
porte du moulin en plein jour, & sans aucune couverture,
excepté de quelques rondaciers. Ceux qui étoient dedans après
avoir tiré force coups d'arquebuse, voïant le petart attaché à
leur porte, cesserent de tirer, & commencerent à crier miséricorde;

corde ; mais aïant failli, & celui qui portoit la fauciſſe aïant déja été bleſſé, ils furent contraints de ſe retirer ſans rien exécuter. En cette journée ceux de Jamets perdirent cinq hommes, & en eurent cinq autres de bleſſés.

La journée s'étant paſſée en la façon que nous venons d'ouir, & le moulin demeurant en ſon entier, le 23 & le 27 de ce mois on mena du Château en la Ville deux batardes pour tâcher de l'abattre ; mais aïant tiré cinquante-huit coups, voïant qu'on ne faiſoit rien ou bien peu, on ceſſa, attendant une autre meilleure commodité. Le Lorrain oïant le bruit de cette batterie, vint avec ſon infanterie & cavalerie, & donna juſques ſur le bord des foſſés, ſans toutesfois autre exécution. Le reſte de ce mois fut emploïé à pluſieurs & diverſes eſcarmouches, ou il y en demeuroit toujours quelques-uns, mais peu de ceux de Jamets.

Cependant néanmoins les Aſſiegés étoient en grande peine, non-ſeulement pour ſe voir ſerrés de ſi près ; mais principalement pource qu'aïant entendu au vrai la déroute de l'armée en laquelle étoit le Duc de Bouillon, ils ne ſavoient quel chemin avoit pris ledit ſieur Duc ; & étant en cette peine, le 28 de Janvier, ils reçurent lettres de Sedan, par leſquelles ils ſurent qu'il étoit arrivé à Geneve, & leur donnoit-on eſpérance d'être ſecourus.

Au reſte, encore que le Lorrain eut ſon armée ès environs de Jamets, ſi eſt-ce que les Aſſiegés ne laiſſoient de faire des ſorties & de nuit & de jour, tellement que le premier de Fevrier ils furent mettre le petard à la porte de la maiſon d'un Gentilhomme Lorrain, à deux ou trois lieux de Jamets, & le prirent priſonnier avec deux autres qu'ils y trouverent. En ce voïage ils ſurent au vrai que l'artillerie étoit arrivée à Eſtenai, à ſavoir onze ou douze piéces. Aïant entendu ces nouvelles, & ſu au vrai qu'en bref on les battroit, ils ôterent d'alentour de leur Ville tout ce qu'ils penſerent leur pouvoir nuire, comme arbres, haies & autres choſes ſemblables. Et au-dedans de la Ville on abattit pluſieurs maiſons du côté de la riviere, & auſſi le Temple qui étoit près de la porte du château, avec quelques autres bâtimens.

Or, comme ceux de Jamets, ſuivant ce qu'on leur avoit mandé de Sedan le 28 du mois paſſé, s'attendoient qu'en brief ils recevroient quelques bonnes nouvelles pour leur délivrance, au contraire le vendredi 5 de Fevrier ils entendirent la mort du

Duc de Bouillon leur Seigneur, de laquelle déja auparavant
leurs ennemis faifoient courir quelque bruit. Ces nouvelles, ouies,
ils furent grandement attriftés & perplex ; car outre cette mort
ils confideroient qu'aïant affaire à un puiffant ennemi, ils étoient
défournis de plufieurs chofes néceffaires pour foutenir un bon fiege. Toutesfois s'étant réfolus à toute telle condition qu'il plairoit
à Dieu, ils fe faifoient accroire que cette mort feroit une jufte
occafion pour mettre fin à la guerre, jugeant qu'il n'y auroit
nulle raifon de faire la guerre aux morts, & auffi peu à celle qui
ne les avoit jamais offenfés ; mais le progrès du temps leur ap-
prit qu'ils s'abufoient bien en leurs difcours. Car les Lorrains qui
pour toute raifon & fujet de la guerre, n'avoient que leur
volonté, tournoient tout ceci à leur avantage ; tellement qu'au
lieu de fe déporter de leur entreprife, au contraire ils la pourfuivirent plus fort ; & fi on leur remontroit que la mort leur ôtoit
toute jufte occafion de guerre, ils répondoient qu'il n'étoit queftion d'une injure & dommage perfonnel, mais réel, & pourtant
qu'ils avoient droit de pourfuivre ce qu'ils avoient commencé,
comme nous avons déja dit ci-deffus.

Le Baron d'Hauffonville cependant, qui étoit le principal
inftrument de cette guerre, fondoit tous les gués qu'il pouvoit,
pour ammener fon entreprife où il la defiroit ; car fe fervant de
l'occafion furvenue par la mort du Duc de Bouillon, il tâchoit
fort de perfuader que la Ville & Château lui fuffent mis en-
main ; & pour induire ceux qui pouvoient effectuer fa requête,
il ne manquoit ni de promeffes ni de difcours ; même offroit
qu'il ne fe feroit aucun changement, ni en la Religion ni en la
Police, que toutes chofes demeureroient au même état qu'elles
étoient du temps du feu Duc de Bouillon. Ces promeffes & offres néanmoins ne purent ébranler tant peu que ce fut ceux
auxquels il s'adreffoit. Cette négociation & pourfuite dura long-
temps, qui étoit caufe que plufieurs en defiroient la fin ; car
encore qu'ils ne doutaffent aucunement de la fidélité de ceux
que le Baron defiroit de gagner, fi eft-ce qu'ils ne voïoient pas
volontiers telles gens fi près de leurs murailles. Cependant le
bruit couroit en plufieurs endroits que c'étoit l'artillerie avec
laquelle les Lorrains deliberoient de prendre la Ville & le Château. Et de fait, quelques voifins du côté de Bourgogne & de
Verdun, emploïoient leur réthorique pour perfuader cela ; mais
aïant affaire à gens d'honneur, ils ne faifoient que travailler
envain.

Les affaires reduites en cet état, le 8 de Fevrier il fortit fur le foir de la Ville de Jamets fix hommes de cheval pour tâcher de connoître les deffeins de l'ennemi. Au matin ils ramenerent dix prifonniers, entre lefquels il y avoit un poftillon chargé de lettres, qui portoient que nonobftant la mort du Duc de Bouillon, le Lorrain étoit réfolu de continuer la guerre commencée contre la Ville de Jamets; & outre cela en brief affaillir les terres de Sedan, où le fieur de Rofne devoit entrer avec une partie de leur cavalerie & infanterie. Ces nouvelles étant venues à la connoiffance du fieur de Schelandre, il fit fortir de nuit un homme pour en avertir ceux de Sedan. Et de fait les brûlemens, faccagemens, & violences defquelles il a ufé fur les terres de Sedan, montrerent bien puis après la vérité de cet avertiffement.

Cependant le Lorrain voïant bien que les canons dont il s'étoit fervi jufqu'ici, n'étoient pas baftans pour faire bréche, réfolut de ferrer de plus près ceux de Jamets; & pour cet effet firent un pont fur la riviere au bout de la garenne, où ils mirent bon nombre de gabions & grande quantité de fafcines, & un corps de garde qui continua jufqu'au 19 d'Avril, qu'ils leve le camp.

Cette Place avoit à foutenir de grands affauts; car elle n'étoit pas affaillie feulement par le Duc de Lorraine, mais auffi le Roi eut bien voulu qu'on lui eût mis en main Sedan & Jamets, à charge d'y mettre tel Gouverneur qu'il lui eut plu. Et pour cet effet il envoïa à Nancy & à Sedan le fieur de Rieux (1), Chevalier de fes Ordres; il y en avoit d'autres qui parloient pour le Roi d'Efpagne: Le Comte de Maulevrier (2) prétendoit que toutes les Terres fouveraines du feu Duc de Bouillon lui appartenoient, & pour y entrer faifoit tout ce qu'il pouvoit, envoïant & écrivant à ceux qui en avoient le gouvernement, avec promeffe de ne rien changer en la Religion. Outre tout cela on parloit de divers mariages, même du côté de la Maifon de Lorraine, & de celle du Duc de Guife, ainfi qu'il apparut par les lettres & mémoires qui en furent dreffés & apportés au fieur de Nueil (3). Voilà comme cet Etat avoit à foutenir de grands orages avec peu de moïens; car du côté de France encore que le Duc de Montpenfier (4) en pourfuivît en Cour la délivrance tant qu'il

(1) François de la Turgie, fieur de Rieux, Gouverneur de Narbonne.

(2) Robert de la Marck, Comte de Maulevrier, Oncle du feu Duc de Bouillon.

(3) Gouverneur du Château de Sedan.

(4) Oncle & Tuteur de Charlotte de Bouillon.

lui étoit possible, si est-ce que la Reine mere, & ceux de la Ligue qui étoient auprès du Roi, y donnoient tel empêchement, qu'il n'avançoit rien.

Or, encore, que toutes choses fussent ainsi contraires à ceux de Jamets, si est-ce qu'ils ne laissoient pas de visiter souvent les Lorrains; comme de fait le 3 du mois de Fevrier ils firent une sortie du côté de la garenne, où les Lorrains se présenterent, & s'avancerent jusqu'auprès d'une masure qui étoit-là, où il fut escarmouché toute la matinée; mais enfin le Lorrain, encore qu'il fût favorisé d'une tranchée, fut contraint de se retirer, & abandonner la Place qu'il avoit gagnée. Le bruit commun étoit qu'en cette matinée il avoit eu vingt ou vingt-cinq hommes, tant morts que blessés; & néanmoins du côté des Assiegés il n'y eut qu'un seul de blessé. En ce même jour, après midi ceux de Jamets étant descendus par le bas de la garenne, vinrent tirer plusieurs coups d'arquebuse sur le corps de garde qu'ils avoient mis au pont nouvellement fait, mais ils ne bougerent. La nuit venue, quinze ou seize soldats de la garnison de Jamets se jetterent dedans le Bois, & s'étant embusqués en un fond qui est entre Morvau & la Cense de Louppy, où les Lorrains avoient toujours une compagnie de gens de pied, le lendemain ils ramenerent sept prisonniers, entre lesquels il y avoit deux Gentilshommes bien montés.

Quelque temps auparavant le Sieur de Schelandre avoit requis qu'on lui envoïât des hommes de Sedan; & combien que cela ne se pût exécuter sans difficulté, à raison que l'ennemi avoit le gros de son armée entre Sedan & Jamets, & occupoit tous les passages, si est-ce que le 17 de Fevrier il lui arriva une compagnie de gens de pied, conduite par le Sieur de Balay, laquelle vint sans aucune fâcheuse rencontre : ce qui réjouit fort ceux de Jamets, tant pour se voir renforcés d'autant d'hommes, comme aussi à raison des dangers desquels ils étoient échappés. En ce temps on avoit dressé une estrapade devant la porte du Château, de quarante ou cinquante pieds de hauteur, laquelle du depuis fut plantée sur le boulevard du hasard, & à la cime d'icelle on dressa une petite aubette de planches, en laquelle on pouvoit mettre deux hommes, elle servoit à mettre un guet. Et étant de la hauteur que dit est, elle découvroit de fort loin. Les Lorrains logés dedans le moulin à vent, y tirerent plusieurs coups de mousquets, sans jamais y blesser personne. Et au temps qu'ils battirent la Ville, ils y tirerent bon nombre de coups de canons

fans la favoir jetter par terre , quoiqu'ils en euffent rompu quelques piéces.

Cette guerre étant furvenue affez inopinement, la Ville de
Jamets n'étoit gueres bien fournie de beaucoup de chofes néceffaires pour foutenir un long fiege; car comme il a déja été
dit ci-deffus, l'argent y étoit fi court, qu'on n'ufoit là-dedans
que de piéces d'étain & de cuivre. Mais outre cela l'hiver étant
long & les froidures grandes, on avoit difette de bois, tellement qu'on étoit contraint d'en aller querir en la forêt à la vue
de l'ennemi. Ce qui ne fe pouvoit faire fans danger , comme il
appert par ce qui avint le 18 de Fevrier. Comme ils étoient en
la forêt avec plufieurs chars & bonne efcorte pour les accompagner , & aïant mis une compagnie de gens de pied au pont de
Branfconru , pour empêcher le paffage fi l'ennemi s'y préfentoit,
advint que les Lorrains aïant découvert cette fortie , mirent leurs
gens en armes, & firent paffer le ruiffeau par autre endroit qué
fur le pont , à trente ou quarante Arquebufiers , lefquels fe couvrant du Bois, attendirent ceux de Jamets fur le paffage, où
ils les attaquerent; mais s'étant étonnés , prirent la fuite, après
y avoir perdu quelques hommes. Cela fait , les Lorrains qui pouvoient être environ cinq cents hommes de pied, & quelque
nombre de cavalerie, fe préfenterent pour paffer le pont. Mais
y aïant trouvé une compagnie de gens de pied qui le gardoit,
furent contraints de fe retirer. Cependant les uns féparés des
autres par ce ruiffeau difficile à paffer à caufe des bourbes, on ne
laiffa de continuer long temps l'efcarmouche , de façon qu'on y
tira plus de trois mille arquebufades , enfemble de dix à douze
coups de canon. En cette journée il y eut du côté des Lorrains
plufieurs, tant morts que bleffés , & quatre prifonniers, avec le
cheval du Capitaine qui étoit en garnifon en la Cenfe d'Olia.
Ceux de Jamets en eurent trois de bleffés; mais fi peu, que le
lendemain ils étoient prêts d'y retourner.

Or, comme l'état de ladite Ville étoit réduit en cette extrêmité, le Duc de Parme affembloit une groffe armée à Givé, qui
venoit bien à propos pour eux; car cela fut caufe que non-feulement il arrêtoit dedans le païs tous les gens de guerre qu'il
pouvoit, défendant fur groffes peines que perfonne des Sujets
du Roi d'Efpagne n'allât au fervice d'aucun Prince étranger ,
mais commandoit que ceux qui y étoient euffent à fe retirer ,
de façon que les Bourguignons qui étoient parmi les troupes
des Lorrains, au moïen de cette ordonnance , furent con-

traints de s'en retirer. Il y eut aussi du côté de France une semblable ordonnance ; mais plusieurs que la Ligue avoit envoïés, ne firent pas grand état de ce commandement. Toutesfois quelques-uns quitterent les troupes des Lorrains, soit que ce fût à raison de cette ordonnance, soit que ce fût pour le mécontentement qu'ils y avoient, à cause qu'on ne leur donnoit point d'argent ; & ainsi leurs forces étoient autant diminuées.

En ce temps-là les Lorrains, qui se voïant au comble de leur fortune, avoient le cœur si haut, que parlant des Princes qui ne tenoient leur parti, les appelloient petits Saints, usoient de si grande rigueur contre ceux de Jamets, que s'ils prenoient de leurs soldats, il n'y avoit moïen de les retirer de leurs mains ; jusqu'à ce que voïant que pour un qu'ils avoient, ceux de Jamets en avoient deux ; cela fut cause de les adoucir, & rendre un peu plus courtois, en dressant un cartel chargé de conditions égales.

Ce cartel dressé, ceux de Jamets firent une sortie tant à pied qu'à cheval, & se présentant du côté de la garenne, tâchoient d'attirer l'ennemi au combat : mais aïant expérimenté que telles sorties leur étoient peu avantageuses, ne se montrerent que de loin : toutesfois ceux de Jamets s'étant avancés, ils ne laisserent de se battre : là les Lorrains en laisserent trois ou quatre des leurs, y eurent aussi quelques blessés, & ceux de Jamets y eurent un des leurs blessé, & un cheval tué. Or, comme ils se voïoient quasi tous les jours en semblables escarmouches, le 21 de ce mois il vint de Sedan pour secours une Compagnie de Gens à pied, qui fut si bien dressée qu'elle n'eut aucune fâcheuse rencontre, quoique les Lorrains occupassent le passage. Voïant donc que le nombre d'hommes s'accroissoit, & les vivres diminuoient, n'y en venant que bien peu & à la dérobée, il fut avisé d'y mettre taxe & ordre, tant afin de les bien ménager, comme aussi afin qu'ils ne fussent point vendus à prix excessif, qui eût ôté au Soldat le moïen de pouvoir vivre. Cela fait, le lendemain qui étoit le 23 Février, les Lorrains manderent au sieur de Schelandre que la Duchesse de Bouillon étoit morte le Vendredi 19 du présent mois sur le soir, & que ceux de Sedan l'avoient fait ensépulturer soudainement ; & pourtant que ne lui restant plus ni Maître ni Maîtresse, il devoit aviser de faire ses affaires & prendre parti, les occasions étant si grandes. Le sieur de Schelandre aïant oui ces nouvelles, connoissant bien l'artifice de ceux qui lui donnoient cet avis, n'en fit pas

grand état : toutesfois craignant que quelqu'un ne fût mis en
œuvre, il dépêcha incontinent un messager pour avertir ceux
de Sedan, afin de prendre garde à tout ce qui seroit de besoin.

Sur ces entrefaites il sortit de Jamets le premier jour de Mars
environ deux cens hommes de pied & quelque Cavalerie ; une
partie s'arrêta pour garder le Pont de Brasconru, l'autre passa
outre vers le Fort qu'ils avoient fait en la Cense d'Olia. Les Lorrains qui avoient là dedans une Compagnie de Gens de pied,
firent venir une partie de leurs forces qu'ils avoient à Louppy,
à Armoiville & autres lieux voisins : mais ne voulant point sortir
hors de leur Fort, il ne se fit rien digne de mémoire jusqu'au
lendemain 2 du présent, qu'ils furent prendre neuf ou dix prisonniers en un Village nommé Villoene, distant de Jamets de
deux lieues. En ce même temps il étoit parti de Jamets deux
Troupes, l'une à pied & l'autre à cheval, lesquels, à leur retour, furent occasion d'une rude escarmouche : car comme
déja ils approchoient de Jamets, une Compagnie de Cavalerie
Lorraine les poursuivit jusqu'à ce qu'ils vinrent à la portée du
canon. L'allarme étant donnée, la Cavalerie qui étoit dedans
Jamets sortit pour rencontrer l'ennemi qui s'étoit déja rendu
auprès du moulin-à-vent où il avoit garnison ; & néanmoins
ne laifferent à commencer l'escarmouche. Cependant que ce
feu s'allumoit, les Gens de pied sortirent & se rendirent sur le
le haut de la garenne, qui étoit un lieu avantageux pour eux, à
raison de certaines haies, fossés & murailles qui étoient là, &
s'avançant vinrent tirer sur le corps de garde qu'ils avoient auprès du Pont qu'ils avoient fait sur la riviere. Les Lorrains se
voïant ainsi recherchés, vinrent avec quelques Compagnies d'Infanterie & Cavalerie : l'escarmouche s'attaqua si vivement qu'elle
dura l'espace de trois heures ; cependant une partie de la Cavalerie des Lorrains s'étoit embusquée dedans un fond du côté du
moulin-à-vent, laquelle aïant découvert que l'Infanterie de Jamets s'étoit éloignée des lieux qui lui étoient favorables,
elle se découvrit & vint de grande roideur courir sur eux : mais
voïant qu'ils tenoient ferme, sans qu'un seul branlât, après avoir
été salués de plusieurs arquebusades, ils planerent. A grand peine
cela étoit passé, que du côté du Pont où il y avoit un autre fond,
que ceux de Jamets ne pouvoient découvrir, il vint une autre
Troupe de Cavalerie qui fit tout de même que la premiere, & fut
soutenue & arrêtée en la même façon. En cette journée les

Lorrains perdirent plusieurs de leurs hommes & chevaux, dont aucuns demeurerent sur la place : de ceux de Jamets il y en mourut trois. Or, comme l'escarmouche étoit échauffée, la Troupe des Gens de pied de Jamets qui étoit allée aux champs le jour précédent, ainsi qu'il a été dit, retourna avec quelque butin & prisonniers : cela fut cause que le Lorrain mit garnison à Delu & à Bemont, afin que tous les passages étant clos, il ne restât aucun moïen à ceux de Jamets d'aller courir sur leurs terres.

Tous les passages étant ainsi fermés, ceux de Jamets s'aviserent d'envoïer un présent aux Lorrains qui étoient en garnison dedans le moulin-à-vent, lequel fut de l'invention du sieur de Schelandre de Vuidebource, présenté en cette façon. Le 6 de Mars, qui étoit le premier Dimanche de Carême, ils firent sortir de grand matin un soldat habillé en homme de Village, auquel ils donnerent une hotte accommodée avec un gentil artifice : il y avoit dedans le fond d'icelle un sac, dedans lequel il y avoit vingt-deux livres de poudre, avec un rouet bandé, & si bien attaché & retenu avec une petite corde, qu'on ne pouvoit tirer le sac sans le débander : dessus ce sac il y avoit des fruits, des œufs, des harengs, & semblables vivres de Carême. Ce Soldat ainsi équippé, aïant pris son chemin de loin, vint passer assez près du moulin : étant découvert par la garnison qui étoit là dedans, on courut après ce Vivandier ; enfin la hotte lui fut ôtée, & portée au moulin nonobant toutes ses clameurs & lamentations qu'il faisoit pour les émouvoir à commiseration, & à lui rendre sa hotte, criant après eux, hélas rendez - moi ma hotte, autrement je suis ruiné, car c'est tout mon vaillant ; mais le ventre de ces Soldats qui n'avoit point d'oreilles pour ouir, la leur fit emporter en leur moulin, où ils étoient environ quarante hommes, qui s'assemblerent auprès de ce garde-manger. Aïant pris les vivres qui étoient là-dedans ; enfin ils tirerent le sac, s'attendant d'avoir encore quelque chose de meilleur ; ce faisant, ils mirent le feu aux poudres par le moïen du rouet : ce qui fit une telle exécution qu'ils mirent le feu au moulin, les planchers furent élevés en l'air, & quasi tous les hommes qui étoient là-dedans morts, ou pour le moins tellement brûlés qu'il y en eut fort peu qui en échapperent : le feu même se prit en leurs flasques & arquebuses, si bien que les Lorrains qui avoient le gros de leur Armée à Armoiville & à Louppy, aïant ouï ce grand bruit, & su que la force du feu avoit jetté du haut de la Tour Cola Barro qui étoit là en sentinelle, & étoit le plus sain de tous, incontinent vinrent pour voir que c'étoit ; mais ils trouverent que leurs gens étoient si bien endormis, qu'il fallut rompre la porte pour y entrer ; car il n'y avoit resté personne qui eut la force de l'ouvrir. Voilà comme se passa cette matinée.

1589.
Guerre et siege de Jamets.

Depuis cette journée jusqu'au dix-huitieme dudit, il ne se fit rien digne de mémoire, seulement il y eut quelques escarmourches, mais qui ne furent pas de grande exécution. Cependant les Lorrains étoient en grande peine pour savoir & reconnoître ce qu'on faisoit dans la Ville pource qu'il n'y entroit ni sortoit personne, excepté quelques prisonniers qu'on faisoit entrer par eau, sans passer par la Ville, & encore le plus souvent les yeux bouchés. Mais en ce temps-là il y eut un Soldat qui s'étoit rendu à ceux de Jamets, qui retourna en l'armée des Lorrains, par lequel ils apprirent quel étoit l'état de la Ville & les ouvrages qu'on y faisoit Or, le 18 du présent, ceux de Jamets dresserent une partie à leurs ennemis quasi semblable à celle de la hotte du moulin, & de l'invention du même personnage. Les Lorrains pour les serrer de plus près faisoient un corps de garde en un petit bâtiment qui étoit entre Jamets & le moulin d'Armoiville ; ce corps de garde où il y avoit toujours une Compagnie de Gens de pied, n'y étoit que de jour ; car la nuit il se retiroit au Village d'Armoiville, où étoit le gros de leur Armée. Cela étant découvert, on prit une grosse piece de bois brûlée par les deux extrémités, laquelle on fit creuser, & on y mit trois ou quatre grenades si bien accommodées, que la piece de bois ainsi brûlée par les bouts, ne sembloit sinon à un tison qui auroit été long-temps dedans le feu. Cela fait, ils le firent porter de nuit dedans leur feu, & bien arranger avec les autres tisons qui étoient restés. Le lendemain, la garde arrivée, ne se doutant rien, alluma le feu comme de coutume ; mais entre les sept & huit heures les grenades se creverent avec telle impétuosité, qu'il y en eut plusieurs qui ne s'étoient jamais chauffé si cherement.

Le 19 & 20 on ne remua rien ; mais le 21 il se dressa une forte escarmourche du côté de la garene, où ceux de Jamets perdirent deux hommes, & du côté des Lorrains il y en eut plusieurs de morts & blessés, & aussi quelques chevaux, tellement qu'il ne se faisoit saillie où ils ne fissent perte. Or, le 22 dudit mois il se fit une escarmouche si rude & si dangereuse,

Tome III. H h h h

que les deux partis y hasarderent quasi tout ce qu'ils avoient.
Nous avons dit ci-dessus que l'hyver s'étant trouvé long, & la
Ville mal fournie de bois, ils étoient contraints d'en aller querir
en la forêt, non sans grand danger : cela fut cause qu'aïant fait
sortir des chars pour en mener sur la riviere, on envoïa par
même moïen environ trois cens hommes, tant de pied que de
cheval pour lui faire escorte, dont les uns suivirent les chars,
les autres furent mis sur la liziere du Bois pour empêcher l'ennemi s'il y vouloit entrer : les autres se mirent près du Pont de
Brasconru, pour garder & fermer le passage : ceux-ci avoient
mené deux petites pieces si secretement, que l'ennemi ne les
pût découvrir jusqu'à ce qu'il les ouit tirer. Etant disposés en la façon que nous avons dit, ceux qui gardoient le Pont firent passer quelques Soldats, qui vinrent tirer sur les Lorrains qui gardoient le Fort de la Cense d'Olia, rompirent une partie du
Pont, & y firent quelques barricades, estimant bien que l'ennemi tâcheroit de passer là pour gagner leur artillerie. Cependant ceux qui étoient sur la liziere du Bois, voïant que leurs
compagnons avoient commencé de tirer, s'avancerent vers le
ruisseau pour approcher l'ennemi : les Lorrains l'appercevant
firent couler soixante ou quatre-vingts Arquebusiers dedans des
broussailles, qui sont près du ruisseau, qui se mirent aussi à tirer.
Cette entrée dura environ deux heures sans s'échauffer davantage :
cependant les forces des Lorrains s'assemblerent en la Cense où
étoit leur Fort ; aïant reconnu que ceux de Jamets avoient de
l'artillerie, & se voïant forts de sept à huit cens hommes de
pied, & environ de deux cens chevaux, prirent résolution de
passer le Pont à quelque prix que ce fut. Ainsi partant de leur
Fort, la Cavalerie suivie de l'Infantetie, se vint présenter au
Pont avec grande roideur ; mais aïant trouvé que le Pont étoit
rompu & barriqué, & une Troupe de Mousquetiers qui les saluerent à leur arrivée, ils furent contraints se retirer, afin de
faire avancer leurs gens de pied pour rompre les barricades qui
avoient été faites en peu d'heures. Les Gens de pied & Cavalerie de l'ennemi se présentant de rechef au Pont, encore que
ceux de Jamets tirerent bien trois cens coups de mousquets sur
eux, si est-ce qu'ils ne laisserent de passer, quoique ce ne fut
sans grande perte. Alors la Cavalerie se jetta sur la frontiere du
Bois pour couper passage aux Gens de pied de Jamets qui étoient
encore dedans séparés en diverses Troupes. Quant à l'Infanterie, elle donna pied à pied au lieu où étoit l'artillerie, con-

traignant leur ennemi, qui étoit en petit nombre, de leur quitter
la place, qui néanmoins se retirerent en bon ordre, soutenant
l'effort des Lorrains sans jamais tourner le dos. Etant là arrivés,
ils trouverent qu'on avoit déja retiré l'artillerie, & se voïant être
les plus forts, se ressouvenant aussi de la perte qu'ils avoient
faite au passage du Pont, ils attaquerent vivement de toutes
parts ceux de Jamets, qui soutinrent leur effort sans jamais
prendre la fuite. Cette escarmouche dura environ quatre heures, & fut aussi âpre que dangereuse; il y eut diverses rencontres, s'étant mêlés les uns parmi les autres par plusieurs fois. La
Cavalerie des Lorrains avec une partie de leur Infanterie qui étoit
sur la liziere du Bois, empêchoit fort ceux de Jamets, qui tâchoient de joindre leurs Compagnons : cela fut cause qu'ils
combattirent âprement, contraignant quelquesfois la Cavalerie
de se retirer avec perte. Le reste de leur Infanterie poursui-
voit aussi rudemnnt celle de Jamets, qui déja s'étoit retirée &
logée en certaines tranchées assez près de la Ville : cependant
l'artillerie du Château tiroit sur l'ennemi; mais néanmoins avec
peu d'exécution. En cette journée, qui apporta grand dommage
aux uns & grand danger aux autres, Dieu favorisa beaucoup le
parti des Assiégés; car étant en petit nombre, en comparaison
de leurs ennemis, ils ne perdirent pas un seul Soldat, bien y en
eut-il quatre ou cinq de blessés, mais c'étoit si peu, qu'ils ne
laisserent pas de faire leur faction : vrai est qu'entre ceux qui
étoient dedans le Bois il s'y trouva huit Bourgeois, qui s'étant
débandés, furent pris & tués de sang froid, & quelques garçons pris prisonniers : mais quant aux Lorrains ils y firent beaucoup de perte; car ils eurent plusieurs hommes & chevaux ou
morts ou blessés, & entr'autres il se fit un tel échec sur leurs
Capitaines, qu'il y en eut neuf ou dix que morts qu'estropiés.
Chacun s'étant retiré, il y eut treve jusqu'à la nuit, durant lequel
temps on vint rechercher les morts : voilà quant à ce jour-là.

Les affaires étant ainsi échauffées tant d'une part que d'autre,
le 27 dudit mois les Lorrains se délibérerent d'essaïer s'ils pourroient donner une escalade pour prendre la Ville; & pour cet
effet se présenterent entre les deux & trois heures après minuit,
leur cavalerie les suivant de près; mais aïant trouvé qu'on faisoit bonne garde & que déja ils étoient découverts, après avoir
tiré quarante ou cinquante coups d'arquebuse se retirerent sans
autre exécution. Or ceux de Jamets, qui les alloient souvent
visiter, reconnoissant que la Tour du moulin leur étoit fort nui-

H h h h ij

fible, à raifon qu'on ne pouvoit fortir de la Ville fans être découvert par le moïen de la garnifon ordinaire qui étois là-dedans, réfolurent le 29 dudit de leur envoïer de nuit deux fau-
ciffes pour les réveiller ; ceux qui les portoient en une nuit fort
obfcure eurent moïen de venir jufqu'au pied de la Tour ;
mais n'aïant fu trouver paffage affez ample pour les jetter dedans, furent contraints fe retirer fans rien exécuter.

Cette entreprife n'aïant pas rencontré felon le défir de ceux
qui la faifoient, le 5 d'Avril quelque nombre de gens tant de
pied que de cheval fortirent de la Ville & fe rendirent fur un
petit terme où les gens de cheval fe logerent & mirent leurs
gens gens de pied en un certain lieu appellé la Foffe faint
George ; de-là ils envoïerent quelques gens de cheval pour découvrir & attirer l'Ennemi au combat, qui enfin fe préfenta
avec environ cent chevaux, & vint de grande roideur pour les
charger ; mais aïant trouvé qu'ils tenoient fermes, fans fe dé-
placer, ne les ofa enfoncer. Cela fait, ils fe retirerent & néanmoins du depuis vinrent plufieurs fois, faifant contenance de
les vouloir charger, & voïant qu'ils ne fe branloient point, fe
retirerent en leur garnifon, non toutesfois fans perte ; car il
demeura fur la place deux de leurs chevaux & eurent cinq ou
fix hommes de bleffés & plufieurs de leurs chevaux ; & de Jamets
ni mort ni bleffé.

Cette efcarmouche fut occafion de celle qui fe fit deux jours
après, laquelle fut fort dommageable pour les Lorrains & fort
avantageufe pour ceux de Jamets ; car les affiégeans défirant
d'avoir raifon de ce qui s'étoit paffé en l'efcarmouche précédente & ès autres où ils avoient eu du pire, mirent en armes
une bonne partie de leurs forces, & les logerent derriere le
moulin, où ils avoient fait une gabionáde ; cela fait ils envoïerent fur le haut des huttes pour découvrir & attirer ceux
de Jamets au combat. Les affiégés aïant vu l'Ennemi qui fe
promenoit fur le haut, incontinent une partie de leur Cavalerie & Infanterie fe rendit au même endroit où elle s'étoit
plantée en l'efcarmouche précédente ; & outre cela partie de
leur Infanterie fe logea dedans certaines petites tranchées qui
avoient été faites expreffément. Les Lorrains qui avoient leurs
forces toutes prêtes & qui n'attendoient que d'attirer ceux de
Jamets au combat, voïant l'état de leur entreprife acheminée
où ils la demandoient, fe délibérerent de les attaquer & charger
à toute refte, quoi qu'il en pût advenir. Et pour ce faire diftri-

buerent leurs gens en quatre efcadrons, dont le premier donna
par un fond qui eft fur le grand chemin de Metz, le 2 par un
vallon couvert d'arbres, le 3 donna du côté du Moulin droit à
la porte, tâchant de couper le paffage à ceux qui étoient dehors, le 4 étoit de gens de pied qui marchoient entre leur Cavalerie. Ceux de Jamets les voïant approcher avec grande roideur fe retirerent fur le bord de leurs foffés, comme ils en
avoient le commandement ; là où on avoit donné bon ordre
pour les foutenir ; car on y avoit mis bon nombre d'arquebufiers, & les murailles étoient bien bordées ; outre cela on avoit
mené, du Château en la Ville, de l'artillerie, fans celle qui y
étoit déja. Ces pieces étoient chargées de cartouches faites de
fer blanc, & y avoit en chácune quarante ou cinquante balles
d'arquebufe à croc. La Cavalerie Lorraine qui étoit Italienne
ou Albanoife pour la plûpart, & qui avoit là été envoïée par
le Pape, donna de tous côtés, jufques fur le bord de leurs
foffés & fut quelquefois mêlée avec ceux de Jamets ; mais l'artillerie chargée en la façon que nous avons dit, & puis les arquebufiers qui étoient fur la muraille les chargerent fi vivement,
qu'ils furent enfin contraints de fe retirer dans un fond où l'artillerie ne les pouvoit offenfer. Ceux de Jamets voïant cette retraite, les furent agacer plufieurs fois pour les attirer au combat ; mais aïant demeuré en ce fond environ l'efpace d'une heure
ils fe retirerent fans autre exécution. Leur intention étoit d'entrer pêle-mêle en la Ville, & pourtant ils donnerent près de la
porte ; ou pour le moins, que coupant le paffage à ceux de Jamets, aifément ils les déféroient : mais il advint tout au contraire ; car étant repouffés en la façon que nous avons dit,
leur Cavalerie fut fi endommagée qu'ils faifoient état d'y avoir
perdu bon nombre de chevaux, dont il en demeura onze fur
la place. Pour le regard de ceux de Jamets, ce fut une chofe
remarquable qu'en une rencontre fi rude & fi âpre ils n'eurent
pas feulement un feul de leurs hommes bleffé ; il s'y trouva
trois ou quatre de leurs foldats qui eurent chacun un coup de
lance ; mais tels qu'ils n'avoient touché à la chair ; & fur ce
difcours je ne veux oublier à dire qu'il y eut un jeune foldat
lequel fe voïant pourfuivi à toute refte par un lancier, l'attendant de pied coi détourna la lance avec le bras & donna un coup
d'arquebufe à celui qui le pourfuivoit. Voilà l'iffue de cette
journée, fur quoi il faut remarquer que la nuit précédente,
environ les deux heures après minuit on vit en l'air de grands

flambeaux, qui apparurent principalement sur la Ville de Jamets & puis vinrent mourir & disparoir sur le Moulin.

Voïant ce qui s'étoit passé depuis la fin de Décembre jusqu'à ce mois d'Avril, que les Lorrains avoient investi la Ville de Jamets, & que leurs menées & artifices ne servoient de rien pour ébranler, ni la fidélité, ni le courage de ceux qui étoient là-dedans pour la défense & conservation du lieu, ils se délibererent de venir à l'extrémité, qui étoit de battre la Ville; tellement qu'aïant déja à Louppy onze ou douze pieces toutes prêtes, avec les munitions nécessaires, le Vendredi 8 d'Avril ils commencerent à faire leurs approches, où ils emploïerent tout le jour & toute la nuit. Ceux de Jamets ne cesserent de tirer toute cette nuit-là pour donner empêchement : cependant ils parquerent leur artillerie du côté du moulin environ à quatre cens pas loin de la Ville, y aïant fait aussi de grandes & longues tranchées pour loger leurs Arquebusiers. Le Samedi au matin le Baron d'Haussonville envoïa un Trompette pour sommer la Ville; cela fait, il commença à battre le boulevart du hasard & la courtine qui est entre le boulevart & la porte remurée. En cette journée il tira deux cent-vingt coups de canons, qui néanmoins ne firent pas grande exécution. Le lendemain qui étoit le Dimanche 10, les Assiégeans ne tirerent que bien peu, durant lequel temps on ne cessoit de travailler dedans les boulevarts du hasard & de la lampe.

Cependant les assiegeans ayant reconnu que leur batterie étoit trop loin, se délibererent de l'approcher, & y travaillerent jusques au Jeudi, continuant leurs tranchées, qu'ils mirent à 25 ou 30 pas des fossés de la ville. En cette journée ils recommencerent à battre, & combien que depuis le commencement jusques-à ce jour-là ils eussent tiré 301 coups de canon, durant lequel temps les assiegés n'avoient cessé de besogner dedans les boulevarts qu'ils battoient, si est-ce qu'il n'y en eut pas un d'eux tué, bien y en eut-il 4 ou 5 de blessés, mais sans qu'il y eût un seul os de rompu; de façon que depuis le Samedi jusques au Jeudi, en laquelle journée une balle de canon tua un de leurs hommes, les assiegeans n'avoient tué en la Ville qu'une poule, laquelle se trouvant au milieu de la rue, eut un coup de mousquet qui lui froissa la tête; & qui est remarquable, le Sergent-major, nommé Partas, faisant sa charge, & passant par le boulevart du hasard, une balle de canon donna contre l'anglet d'une muraille, laquelle s'étant mise en pieces, un quartier lui vint donner contre l'eftomac, fans néanmoins être bleſſé. L'état du fiege réduit à ce point, la Ville étoit chargée de beaucoup de pauvres gens, de façon qu'à diverſes fois on mit dehors fur la nuit environ 150, après les avoir aidés de ce qu'on avoit pû. Ces pauvres gens, chargés de petits enfans, étant rencontrés étoient dépouillés, & recevoient toutes les injures & indignités dont on fe pouvoit avifer, fi bien que la néceſſité les contraignit de rentrer en la Ville bientôt après.

Or comme les affaires des affiegés étoient réduites en telle extrêmité, l'efpérance du fecours en laquelle on les avoit toujours entretenus, leur fut entierement ôtée ; car on leur écrivoit que, pour chofe fure, le Roi s'étoit démis de la protection des Places de Mademoifelle de Bouillon, & avoit donné congé aux Lorrains de faire du pis qu'ils pourroient : que le Duc de Montpenfier, oncle, tuteur & fubſtitué de Mademoifelle de Bouillon, qui étoit en Cour, n'avoit rien pu obtenir, nonobſtant toutes fes pourfuites. Les affiegeans crioient que s'il entreprenoit quelque chofe, il y avoit en la Champagne un balaffré qui l'en empêcheroit bien ; que le Comte de Montbéliard, duquel les Lorrains avoient brulé la terre, & y avoient fait une infinité d'infolences, faifoit accord avec eux par le moïen du Duc de Baviere ; que le Duc Cafimir avoit vraiment fait montre de 4000 Reiſtres, & de 8000 arquebufiers ; mais que tout cela fe préparoit pour la Ville de Bonne, qui étoit fous fa protection, pource qu'elle étoit du cercle du Rhin, duquel il étoit Kreitzherr. Outre tout cela, les Bourguignons, qui avoient fait femblant au commencement de ne vouloir favorifer le Lorrain, & avoient retiré leurs hommes de leurs troupes, avoient changé d'avis, & que même leurs Canoniers étoient au camp des Lorrains, ce qui étoit véritable. Par ainfi les affaires des affiegés étoient réduites en telle extrêmité, qu'il ne leur reſtoit rien où ils puffent regarder qu'à la feule main de Dieu. Toutesfois, pour tout cela on ne vit ni grand ni petit perdre courage ; mais tous remettant leurs affaires entre les mains de Dieu, qui a les iſſues de la vie & de la mort en fa puiſſance, fe refolurent de bien defendre la Ville, chacun s'y emploïant fort courageufement. Même en ce temps-là, à favoir le 11 du mois, on paracheva les ouvrages qu'on faifoit ès boulevards du hafard & de la lampe, qui étoient acommodés de divers retranchemens, levées de terre, de murailles & barriques, faites par l'artifice & induſtrie de M. Jean Errard, homme notable en fon art.

Pour revenir à la batterie, les affiegeans aïant mis 4 pieces à cent pas près des murailles, & aïant laiffé les autres deux en la vieille batterie, le Jeudi 14, environ les fept heures, on recommença à battre le boulevart du hafard, celui de la lampe, & la courtine qui eft près de la porte murée, & même la porte. Le Vendredi 15 & Samedi 16 ils continuerent à battre à toute refte, tâchant d'abattre le rond du hafard, afin d'ôter les défenfes qui leur étoient fort nuifibles pour venir à la bréche. Aïant enfin coupé ce rond à fleur de la contrefcarpe, y reftoit encore 6 ou 7 pieds de muraille que leur canon ne pouvoit voir.

Ainfi les affiegeans aïant tiré 12 ou 1300 coups de canon, finalement firent bréche en trois endroits, l'une au boulevart de la lampe, l'autre en la courtine qui eft entre ce boulevart & la porte remurée, & la troifieme au boulevart du hafard, qui étoit telle que nous avons dit. Voïant l'ouverture être telle, encore qu'elle ne femblât raifonnable à tous, fi eft-ce qu'ils refolurent de donner l'affaut en quatre endroits, à favoir aux trois bréches dont nous venons de parler, & l'efcalade à la Tour du chat. Ce qui les faifoit ainfi hâter & precipiter leurs affaires (au moins en partie), étoit qu'ils avoient detrouffé un meffager venant de Sedan, par lequel ils connurent que le Sr. de Nueil écrivoit au Sr. de Schelandre que s'il avoit befoin d'hommes, il lui enverroit encore 200 Arquebuffiers, & cent ou fix vingt chevaux, qui leur faifoit penfer que fi ce renfort entroit en la Ville, cela leur viendroit mal-à-propos : joint que le 14 du mois leur cavalerie, qui étoit à Douzy, fur les terres de Sedan, avoit été défaite, qui donnoit autant de courage aux affiegés, qui en furent avertis dès le Vendredi 15, & fi outre cela on avoit donné à entendre au Duc de Lorraine que la Ville de Jamets n'étoit qu'un grand bourg, fort aifé & facile à prendre. Le bruit étoit auffi que le Général de l'armée avoit reçu lettres de fon maître, par lefquelles il lui mandoit qu'il hatât de donner l'affaut : de façon que les Lorrains fe vantoient qu'ils feroient leurs Pâques dedans la Ville, & déja diftribuoient les logis, comme Annibal ceux de la Ville de Rome au jour qu'il fe prefenta devant les portes. Même il y en avoit qui contrefaifant les Nazariens avec leurs longs cheveux & longues barbes, avoient fait vœu de ne les faire couper qu'ils ne fuffent dedans la Ville. Cependant plufieurs des affiegeans prevoïant bien que les foldats qui avoient fouvent experimenté la valeur de ceux de Jamets, ne viendroient pas aifément à l'affaut, & prendroient la Ville encore plus difficilement, ou la prenant, ils ne trouvercroient rien là dedans pour recompenfer le danger où ils auroient expofé leurs vies.

Pour leur lever cette opinion on les affuroit que la refolution des affiegés étoit, qu'auffi-tôt qu'on fe prefenteroit pour donner l'affaut & l'efcalade, on fe retireroit dedans les retranchemens de la Ville, & de-là au château ; qu'on favoit bien au fur qu'on ne vouloit hafarder une Place de telle importance qu'étoit le château, pour une grande Villace depeu de valeur ; qu'au refte aïant gagné la ville, dedans peu de temps on les mettroit au château, où étoient tous les biens de la Ville, & ainfi feroient tous riches pour récompenfe de leurs travaux. Le fieur de Rofne n'oublioit rien, prévoïant bien poffible que s'il advenoit autrement qu'il n'avoit imaginé, au pis aller, le Baron d'Hauffonville y acquerroit autant d'honneur que lui en avoit raporté des terres de Sedan. Ces confidérations leur firent réfoudre de donner l'affaut.

Le Samedi 16-de ce mois, qui étoit la veille de Pâques, on reconnut par leurs contenances & déportemens que telle étoit leur réfolution. Cela fut caufe que dès le matin chacun fe rendit en fon quartier, tous bien réfolus de repouffer l'ennemi, ou mourir fur la bréche.

Cette journée fut commencée par les prieres comme les précédentes ; & tout cela fe faifoit avec une fi bonne concorde & union, que, combien qu'entre ceux qui étoient là-dedans il y en eût aucuns qui étoient Catholiques Romains, & les autres de la Religion réformée, fi eft-ce que cette diverfité n'altéroit aucunement leurs volontés, chacun aïant confacré fa vie pour la défenfe de la Ville. Attendant donc leurs ennemis en bonne dévotion, il advint fur les deux heures après-midi, que la cavalerie des affiegeans commença à paroître du côté du moulin à vent ; auffi leurs gens de pied commencerent à fe préparer, & fur les quatre heures ils firent avancer leurs gens vers le moulin avec tambours & trompettes ; & puis on vit porter de grandes échelles ferrées par le bout, de l'autre côté de la Cenfe, qui eft par de-là la riviere : ils y firent auffi paroître quelque cavalerie ; mais voïant que rien ne s'avançoit, & que déja il étoit bien tard, on eftima qu'ils avoient remis la partie à une autre journée. Toutesfois un bien peu avant les fept heures ils firent ouir leurs trompettes & tambours, &

rangés en ordre se presenterent tant aux trois bréches comme
aussi à la Tour du chat, avec douze ou quinze grandes échelles
ferrées par le bout en la façon que nous avons dit.

D'arrivée ils vinrent si courageusement qu'ils se laissoient
glisser dedans les fossés, où ils ne trouvoient point d'avenues
plus commodes. Etant entrés dedans les fossés, ils vinrent aux
bréches, & plusieurs d'eux monterent jusques sur le boulevard
de la lampe ; & du côté de la Tour du chat on presentoit l'escalade, comme nous verrons ci-après, & qu'il se voit par la
figure qui en a été dressée : cependant l'artillerie des assiegeans
donnoit à toute reste. Les assiegés voïant un tel effort, & par
tant d'endroits, après avoir mis le feu en leurs fougades qui
étoient dedans les fossés, (car celles qui étoient dedans les
boulevards ne jouerent point) s'ébranlerent un peu du commencement, comme on verra ci après, se faisant accroire ce
qui n'étoit point ; mais aïant repris courage, le cœur leur crût
de telle façon, qu'étant marris en eux-mêmes de ce qui leur
étoit survenu, rien ne leur étoit impossible. Les assaillans voïant
que les balles des arquebuses & les coups de pierres pleuvoient
sur eux aussi dru que la pluie, commencerent à tourner le dos
avec un tel étonnement qu'ils ne savoient où se sauver ; & au
lieu qu'à leur arrivée ils avoient bien su trouver passage pour
entrer dedans les fossés, au contraire en leur fuite ils ne savoient trouver ni voie ni sentier, & ainsi étoient assommés
là-dedans sans résistance aucune ; car rien n'offensoit, ni même
résistoit aux deffendans que la seule artillerie qui tiroit incessamment parmi les pierres, qui néanmoins ne fit pas si grande
exécution, comme nous verrons ci-après.

Cependant du côté de la Tour du chat, où l'on devoit donner l'escalade à la même heure, les assiegés attendirent de pied
ferme un régiment où il pouvoit y avoir quatre à cinq cens
hommes qui se presenterent avec douze ou quinze grandes
échelles, préparées en la façon que nous avons dit ; mais avant
que les assaillans fussent à vingt-cinq pas près des fossés, ceux
qui portoient les échelles furent tués. Ceux-là étant abattus,
personne n'entreprit de les porter plus près ; car les balles des
arquebuses ne leur donnoient ni le loisir ni la hardiesse d'y
mettre la main. Du commencement, quoique leurs échelles
demeurassent sur la place faute de porteurs, si est-ce que plusieurs d'eux ne laisserent pas d'entrer dedans les fossés, & se
mettre tout au pied de la muraille, fut pour plus grande sure-

.té , ou pour attendre des nouvelles de ce que leurs compagnons auroient exécuté au lieu où l'affaut se donnoit. Mais voïant que les bales tomboient sur eux comme pluie , & que déja il y avoit plusieurs d'abattus, ils commencerent à tourner le dos; & finalement gagner au pied plus vîte que le pas. Cet affaut dura environ une bonne heure , & fut arrêté par le moïen de la nuit. Ainsi l'ennemi repoussé de toutes parts, les Défendans reconnoissant cette délivrance être de Dieu, & qu'en cet affaut ils n'avoient perdu pour tout que cinq de leurs hommes, chacun s'assembla en son quartier pour remercier Dieu , qui les avoit délivrés. Cela fait , on coucha sur les remparts attendant ce qui aviendroit la nuit ; mais les assaillans , qui avoient été rudement effarouchés, ne menerent pas grand bruit.

Le lendemain 17 , qui étoit le jour de Pâque , après-midi le Baron d'Haussonville envoïa un tambour pour demander ses morts qui étoient demeurés dedans les fossés, ce qui lui fut accordé, à charge néanmoins que leurs gens n'aprocheroient point les tranchées, où ils leur seroient portés par certain nombre de femmes députées à cela, durant lequel temps on auroit liberté de besogner aux bréches sans aucun détourbier. Cette treve accordée aux conditions que nous venons de dire , on mit trois jours à tirer leurs morts des fossés, durant lequel temps on rempara les bréches , & ôta-t-on les ruines qui étoient au pied de la muraille. Ces trois jours passés , les Lorrains voïant qu'on leur portoit plus de morts qu'ils ne pensoient, s'en lasserent, & requirent qu'on les enterrât ; ce qui fut accordé, les mettant en divers endroits, & principalement au bout de leurs tranchées, qui fut cause que ce lieu là fut appellé le Cimetiere des Lorrains.

Or cependant qu'on étoit à l'affaut & à l'escalade , le Baron d'Haussonville étoit au moulin regardant ses gens, avec bonne espérance qu'en ce jour-là il les logeroit en la Ville de Jamets ; mais les voïant en fuite de toutes parts, il commença à se tourmenter excessivement, & entre ses discours disoit que jamais il n'avoit eu si bonne volonté de bien servir son maître qu'en cette affaire-là où il avoit aporté tout le soin & diligence qu'il lui avoit été possible ; mais que cependant la fortune le combattoit de telle façon, & lui étoit si contraire , que toutes ses résolutions tournoient à l'avantage de ceux contre lesquels il les faisoit. Et de vrai , qui considerera tout le discours de cette histoire , trouvera que Dieu a préservé d'une façon remarquable le peuple qui étoit en la Ville de Jamets; car, sans mettre ici en compte les pluies grandes & difficiles qui survinrent au temps que la Ville fut investie, ainsi qu'il a été remarqué ci-dessus, sans parler aussi de l'entreprise que la Ligue avoit sur le château laquelle fut découverte au mois de Mai 1587, ni pareillement de celle du Cardinal de Guise qu'il avoit sur la ville & château de Sedan, durant lequel temps la ville de Jamets étoit environnée de gendarmerie pour se jetter dedans si l'entreprise succédoit selon le desir de ceux qui l'avoient bâtie, il faut noter ce qui advint au jour de l'assaut, là ou l'on pourra apercevoir que Dieu tourna à leur avantage ce qui autrement eût pu apporter leur ruine toute manifeste. En toutes les sorties qu'on avoit faites depuis le commencement de cette guerre, on avoit vu que ceux de Jamets étoient toujours demeurés fermes, & avoient beaucoup plus endommagé leurs ennemis, que leurs ennemis eux; ainsi l'expérience leur devoit accroître le courage, & les entretenir en bonne espérance. Toutesfois il avint un peu devant l'assaut, que ceux qui étoient ordonnés pour défendre les trois bréches, commencerent à s'étonner, se persuadant de leurs ennemis ce qui n'étoit point, & ceux qui étoient députés pour défendre l'escalade, n'étoient point bastans pour soutenir un tel effort, de façon que la plûpart voïant l'ennemi déja dedans les fossés, quitterent leurs places pour se retirer dedans le premier retranchement de la Ville: ainsi la Ville fut exposée en très grand danger. Car ceux mêmes qui défendoient l'escalade, oïant ces nouvelles, furent en très grande perplexité, sans toutesfois perdre courage. Cependant Dieu, par une providence admirable, convertit tout cela en bien, & le fit servir à leur avantage: car l'ennemi qui tenoit pour chose assurée, qu'on leur avoit préparé beaucoup de feux artificiels, & qui se ressouvenoit de la hotte du Moulin, & du tison de leur corps de garde, craignoit beaucoup plus ces artifices que les coups d'arquebuse, & pourtant aïant découvert la retraite soudaine de la plûpart des Défendans, se firent accroire que c'étoit une feinte pour les attirer en leurs fougades & artifices. Ainsi aïant conçu cette opinion, Dieu se servit de ce moïen pour remplir les cœurs de crainte & de fraïeur, si bien qu'ils se retirerent plusvîte que le pas. Alors les Défendans s'étant reconnus, & étant infiniment marris de ce qui leur étoit avenu, se présenterent sur les brêches, & combattirent les Assaillans avec tel courage, que toute leur appréhension premiere

fut changée & convertie en force & vigueur. Voilà comme
Dieu voulut conserver pour ce coup cette Ville, suscitant des
fraïeurs & étonnemens ès cœurs des Assaillans & des Défendans : mais aux uns pour les perdre, & aux autres pour les garder
& conserver. Outre cela le jour de l'assaut, le vent étoit si contraire aux Assiégés, qu'aussitôt que les Assaillans avoient tiré leurs
pieces de batterie qui étoient près des murailles, comme il a été
dit, le vent portoit toute la fumée sur eux, ce qui les incommodoit grandement, pource qu'elle ôtoit la vue, & leur faisoit
craindre qu'elle ne leur préjudiciât grandement à l'heure qu'il
faudroit venir aux mains ; mais il advint qu'environ une heure
& demi devant l'assaut, le vent fut changé & tourné contre les
Assaillans.

Or, pour revenir à l'histoire de la veille de Pâque, cette journée s'étant célébrée en la façon qu'il a été dit, on emploïa le
Dimanche, le Lundi & Mardi à tirer les Lorrains des fossés de
Jamets, durant lequel temps il y avoit tréve & licence de refaire
les breches où l'on travailloit fort diligemment, ainsi que nous
avons dit. Cependant le Lundi 18, la nuit étant venue, les
Lorrains voïant leurs forces fort diminuées, ils retirerent leur
artillerie à Louppy, & de-là à Estenay. Le lendemain qui étoit
le 19 d'Avril, ils brusquerent leurs loges & le moulin-à-vent,
retirant leurs forces à Armoiville & à Louppy. Ce fut le même
jour que le Duc de Guise s'étoit retiré l'année précédente des
terres de Sedan. Ceux de Jamets se voïant un peu plus au large
qu'auparavant, abbattirent le moulin-à-vent, commencerent à
tenir la campagne, & faire plusieurs butins sur les Lorrains, qui
fut cause qu'ils rechercherent une tréve, seulement pour les
Laboureurs : mais ceux de Jamets considérant qu'elle ne leur pouvoit apporter aucune commodité, pour n'avoir moïen de la-
bourer un jour de terre, ne la voulurent accorder.

Les choses réduites en cet état, les Lorrains menacerent la
Ville de Jamets d'un second retour, & pour cet effet firent une
levée de trois mille Lansquenets, & pour trouver argent & aviser aux affaires de la guerre tinrent une journée à Nancy, où
se trouva la Noblesse du Païs : mais la peste les aïant chassés
de-là, ils la paracheverent au Pont-à-Mousson. Plusieurs de cette
Assemblée eussent desiré que le Duc leur maître se fût déporté
de la guerre, & se contînt dedans les limites de la neutralité
de ses ancêtres : mais quelques Ligueurs qui avoient voué
leurs corps & leurs ames au service de la Ligue, renversoient

cet avis , remontrant au Duc qu'aïant attaqué une place de Jamets , ce lui feroit une honte remarquable à fa réputation s'il
ne l'emportoit. L'avis de ceux-ci préféré à celui des autres , on
commença à faire nouvelles levées , comme il a été dit. Le fieur
de Schelandre voïant les déportemens des Lorrains , avifa qu'il
étoit néceffaire d'avoir davantage d'hommes pour conferver la
Ville & le Château , & pourtant en avertit ceux de Sedan , qui
lui envoïerent une Compagnie d'Arquebufiers , en laquelle il y
avoit cent-vingt hommes , qui arriverent à Jamets le 9 Mai fans
aucune fâcheufe rencontre.

Or depuis le jour de l'affaut , les Lorrains s'étoient tellement
adoucis , qu'on n'ouit nouvelles d'eux jufqu'au 5 de Mai qu'il fe
fit une efcarmouche du côté de la garenne où ils perdirent quelques hommes. Mais l'onzieme dudit mois , il fortit de Louppy
une Compagnie d'Albanois Lanciers , lefquels fe préfenterent
entre la garenne & le moulin-à-vent. Ceux de Jamets les aïant
découverts , monterent à cheval & les vinrent attaquer : cette
efcarmouche s'échauffa de telle façon , qu'aïant quitté les lances & arquebufes , ils fe mêlerent & niirent la main au coutelas ;
mais une troupe de Cuiraciers de Jamets , qui s'étoit logée au
bas de la garenne , voïant leurs gens aux mains , s'avancerent
pour les fecourir. Les Albanois qui déja étoient bien empêchés ,
voïant ce nouveau renfort , commencerent à fuir , tellement
que ceux de Jamets les chafferent jufques aux portes de Louppy.
Ce conflit fut fi âpre , que la plûpart des Albanois y furent bleffés ou leurs chevaux , il y en demeura trois ou quatre fur la
place & quelques chevaux : on ramena auffi quelques prifonniers & quelques chevaux. De ceux de Jamets il n'y en eut qu'un
feul de bleffé d'un coup de coutelas , bien eft vrai qu'il y en eut
trois ou quatre qui eurent des coups de lances ; mais c'étoient
bleffures de fi peu d'importance , qu'il n'y en avoit pas une qui
méritât un emplâtre , la chair n'étant qu'égratignée. Sur quoi il
faut remarquer que ces Italiens & Albanois étoient tous lanciers ,
& néanmoins faifoient fi peu d'exécution avec leurs lances , que
dix-neuf ou vingt mois qu'ils ont été ès-environs de Jamets ,
durant lequel temps il s'eft fait plufieurs forties , & la plûpart auffi
âpres qu'on fauroit imaginer ; cependant néanmoins n'ont jamais bleffé qu'un feul homme avec leurs lances , les autres comme nous avons dit n'étant qu'égratignés. Ces Albanois & Italiens , comme on trouvoit par ceux qui étoient ou morts ou prifonniers , portoient pour la plûpart des caracteres qu'ils tenoient

fort précieux. Ceux des Albanois (au moins la plus grande part) contenoient le premier chapitre de Saint Jean en Grec, & ceux des Italiens le même chapitre en Latin, & sur la fin quelques prieres adressantes aux Saints & aux Saintes, selon la dévotion de celui qui les portoit, avec plusieurs croix, lignes & mots étranges. Ces gens estimoient fort tels caracteres, & leur donnoient de grandes vertus : mais toutefois les Arquebusades de ceux de la Religion qui étoient dans Jamets, ne laissoient pas de les percer, & ne s'en étonnoient gueres, au lieu que selon leur opinion les Diables au seul regard s'en fussent fui.

Or pour revenir à l'histoire, voïant que les Lorrains faisoient levée d'homme & d'argent, pour continuer la guerre ; ceux de Jamets considerant la grandeur de leur Ville, aviserent de fortifier les lieux les plus foibles, & outre cela faire un fort retranchement au même endroit du premier qu'ils avoient fait durant le siége, mais qui étoit beaucoup plus grand & de meilleure étoffe, car il prenoit à la neuve porte & continuoit jusqu'à la riviere, coupant la Ville en deux, & étoit fortifié de bonnes muraille, de fossés & d'un boulevart, avec espérance d'y en ajouter un deuxieme si le temps en donnoit le loisir. Durant ces préparatifs les Lorrains, qui depuis l'assaut avoient repris cœur, & qui faisoient de nouvelles levées d'hommes, étoient si rigoureux, que la sévérité des plus grands Monarques, étoit plus douce que leur misericorde, comme ils le firent paroître en la personne d'un jeune soldat, lequel aïant été parmi leurs troupes sans jamais y recevoir d'argent, enfin se rendit à Jamets. Ce jeune garçon retombé entre leurs mains, il n'y eut moïen de les empêcher de le pendre. Le Sieur de Schelandre leur mandoit que tout tel traitement qu'ils feroient à son soldat il feroit aux leurs ; aïant su qu'ils avoient fait pendre le sien, il en fit pendre deux des leurs tout auprès du lieu où avoit été le moulin, afin qu'ils fussent exposés à la vue de ceux qui avoient fait mourir le sien.

Cependant que les affaires se traitoient avec telle aigreur, ceux de Jamets qui avoient été investis dès le mois de Décembre 1587, n'avoient point faute de vivres, quelque empêchement que le Lorrain y mît, car même tous les jours il y avoit marché de bled & d'autres denrées nécessaires à prix raisonnable, & notamment depuis que l'assaut fut donné. Durant ce temps que les Lorrains avoient retiré leurs forces ès environs, le Sieur

de Rofne partit le 24 de Mai avec une partie de la cavalerie Lorraine, pour aller trouver le Duc de Guife après la journée des
Barricades de Paris ; & le lendemain il vint de Sedan à ceux de
Jamets encore quarante arquebufiers pour remplir la compagnie
du Capitaine Balay. Or le 29 de Mai & le 3 de Juin il fe fit deux
forties où les Lorrains perdirent quelques chevaux, & étant fol-
licités par un foldat de Jamets, qui s'étoit rendu avec eux, firent
une entreprife fur les terres de Sedan, où ils menerent une bonne partie de leurs forces, & néanmoins n'y firent rien finon
perdre quelques hommes, même celui qui s'étoit rendu avec
eux, qui y fut tué d'un coup d'arquebufe. Cependant qu'ils
étoient en ce voïage, ceux de Jamets furent prendre en la prai-
rie & à la vue d'Eftenay, la harde de certains Villages, tellement
qu'à leur retour ils trouverent qu'ils avoient ramené trois ou quatre cens bêtes à corne.

Ceux de Jamets voïant que le Lorrain fe préparoit pour les
preffer & ferrer encore de plus près qu'auparavant, & que cependant ils n'oïoient rien du coté de la France, ni auffi du côté
d'Allemagne ; le Sieur d'Eftivaux qui avoit été en ce fiége quafi
dès le commencement, partit de Jamets le 12 de Juin pour aller
à Sedan, où aïant vû & communiqué avec ceux qui avoient le
maniement des affaires, fut réfolu qu'il étoit néceffaire qu'il
allât en Allemagne trouver le Sieur de la Noue, pour lui faire
entendre bien au long l'état des affaires de Jamets, afin d'avifer
s'il y auroit moïen d'avoir quelque fecours, & pour cet effet
partit de Jamets le 17 de Juin (1). Arrivé à Heildeberg, il communiqua avec le Duc Cafimir & le Sieur de la Noue, leur
faifant entendre fa charge & commiffion ; il les trouva bien difpofés & en bonne volonté, qui fut caufe qu'il n'y fit long féjour.
A fon retour il rapportoit que pour certain, dedans la fin du
mois de Juillet le fecours feroit dedans le Païs de Lorraine : &
de fait le Duc Cafimir avoit une levée de Reiftres & de Lanfquenets qui étoient tous prêts ; mais le Sieur de la Noue faifant
un voïage à Geneve où il féjourna quelque peu plus qu'il n'avoit
promis, il licentia tous fes gens, & ainfi toute efpérance de
fecours fut perdue pour ce coup (2).

Durant cette négociation il ne fe paffoit guere journée en
laquelle on ne fit quelque fortie ; même le Jeudi 23 les Lorrains

---

(1) M. de Thou en fon Hiftoire, Liv. 90, dit au contraire que le fieur d'Eftivaux arriva à Heidelberg le 17 de Juin.

(2) Ce fecours fut envoïé ; mais il arriva trop tard.

se présenterent du côté du moulin à vent avec soixante ou quatre-vingt chevaux : du commencement ils n'en firent paroître que cinq ou six, tout le reste se tenant embusqué dedans un fond. Ceux de Jamets sortirent en petit nombre, ne se doutant point de l'embuscade qu'on leur avoit dressée. L'ennemi les aïant attirés en lieu avantageux se découvrit, & à grande course les vint charger ; mais reconnoissant le danger où ils s'étoient précipités, commencerent à se retirer au mieux qu'ils purent, l'ennemi les poursuivant toujours. Enfin il avint que l'avantage qu'ils pensoient avoir pour eux fut tourné & converti à leur désavantage ; car poursuivant ceux de Jamets, ils rencontrerent une compagnie de gens de pied, qui s'étoit logée dedans les tranchées de la batterie qu'ils n'avoient point découverte. Cette compagnie aïant tiré quatre-vingt ou cent coups d'arquebuse d'arrivée, les arrêta tout court avec leur perte ; car plusieurs y furent blessés. Se voïant ainsi repoussés, ils ne laisserent de venir plusieurs fois à la charge ; mais c'étoit toujours à leur désavantage, tellement qu'à la fin ils se retirerent après avoir laissé quelques hommes & chevaux sur la place & ramené plusieurs blessés ; ils laisserent aussi entre les mains de ceux de Jamets quelques prisonniers. Voilà comme cette journée se passa.

Or comme les Lorrains & ceux de Jamets s'entrevoïoient quasi tous les jours, en la façon que nous venons de dire, le Sieur de Schelandre fut averti que le dernier Juin, il étoit arrivé à Nouillonpont dix-sept cens Lansquenets, qui venoient joindre les forces du Duc de Lorraine : cela fut cause qu'incontinent ceux de Jamets résolurent de raser la Cense d'Olia, où l'ennemi avoit fait un Fort qui les incommodoit beaucoup. Cependant qu'on exécutoit cette résolution, leur cavalerie s'avança jusqu'auprès de Louppy. Du commencement l'ennemi ne découvroit que peu de gens, car le reste s'étoit logé dans un vallon où ils étoient à couvert : cela lui bailla l'occasion de sortir. Or comme il chargeoit ce petit nombre à grands coups d'arquebuse, le gros qui étoit en embuscade donna sur eux, & les contraignit de se sauver dedans Louppy, après avoir fait perte de leurs gens ; car sans parler des soldats qui furent tués en cette charge, il y demeura trois Capitaines sur la place. Et combien qu'on eut tiré grand nombre d'arquebusades tant d'une part que d'autre, si est-ce qu'il n'y en eut pas un seul de Jamets qui fut blessé. Cette charge parachevée, la cavalerie de Jamets descendit entre Louppy & Armoiville, là où ils rencontrerent une compagnie d'Albanois, qui venoit du côté de Marville, aïant possible oui le bruit de l'escarmouche qui s'étoit faite aux portes de Louppy. Cette compagnie fut cause qu'il en sortit une autre de Louppy qui se joignit avec elle. Ces deux compagnies vinrent pour charger leurs ennemis ; mais ceux de Jamets firent la moitié du chemin, & les chargerent de si bonne façon qu'ils les rompirent & mirent tous en suite, les chassant jusqu'aux portes de Louppy. Cette rencontre fut aussi heureuse pour ceux de Jamets que la précédente, car ils prirent six chevaux sur l'ennemi, en tuerent huit qui demeurerent sur la place ; & de Jamets il y en eut deux qui furent blessés & guéris bien-tôt après.

Le vendredi premier de Juillet, les Lansquenets dont a été parlé ci-dessus, arriverent à Armoiville, que ceux de Jamets avoient tâché de brûler le jour précédent, mais n'avoient pu, pource que ce sont maisons de pierres. Le lendemain ils emploierent toute la journée à faire de grandes tranchées autour du Village pour leur sûreté. Le Dimanche qui étoit le 3, ceux de Jamets les furent saluer avec une petite piece de campagne qu'ils menerent jusqu'à mi-chemin, en tuerent trois ou quatre & en ramenerent un prisonnier, qu'ils renvoïerent puis après. Le jour suivant les Lansquenets pour leur bienvenue se présenterent à une escarmouche qui se fit auprès de Brasconru ; il s'y trouva environ deux cens arquebusiers de la garnison de Jamets, & du côté du Lorrain ils étoient six ou sept cens hommes tant de pied que de cheval ; se voïans ainsi forts, ils tâcherent de passer le pont, toutefois se ressouvenans de ce qui leur étoit advenu au même lieu, & voïant aussi le devoir que l'ennemi faisoit à le défendre, ils n'oserent rien hasarder. Après avoir tiré grand nombre d'arquebusades tant d'une part que d'autre, chacun se retira, non toutefois sans perte ; car ceux de Jamets y perdirent un soldat, & y en eurent quatre de blessés, & les Lorrains n'en eurent pas meilleur marché.

Le Samedi 9 dudit, le Baron d'Haussonville se trouva assez près de Jamets en lieu assigné, & parlementa avec le Sieur de Schelandre, pour l'induire à la paix, telle qu'il la desiroit, lui remontrant les inconvéniens de la guerre ; que la paix en étoit la fin, laquelle seroit rigoureuse si la force la faisoit ; que les choses n'étoient pas si alterées qu'il n'y eut bien moïen de la trouver si chacun y vouloit apporter une bonne volonté, & en éloigner toutes passions. Les moïens, comme il disoit, étoient un mariage, ou bien quelque honnête récompenfe ou autre chofe qu'on pourroit avifer. On lui remontra que le dégât & brûlement qu'on avoit déja fait fur les terres de Sedan, & la diverfité de Religion ne pourroit accorder cette paix qu'avec grande diffi-culté, & le mariage encore moins. La conclufion de ce pour-parler, qui ne fervit de rien, fut faite par deux proverbes : car le Sieur de Schelandre lui dit qu'un bon Joueur ne fe retiroit jamais fur fa perte, ajoutant que puifqu'il étoit tiré il le falloit boire : & le Baron d'Hauffonville lui dit qu'il valoit mieux laiffer fon enfant morveux que lui arracher le nez.

Or combien que cette conférence eut été finie & terminée en la façon qu'il a été dit, fi eft-ce qu'il fut arrêté que ceux de Se-dan en avertiroient le Duc de Montpenfier, & le Baron le Duc de Lorraine, afin d'avifer s'il y auroit moïen de pacifier. Et combien que pour cette négociation il n'y eut ni treve ni fur-féance d'armes, fi eft-ce qu'il fut arrêté que dedans quinze jours les deux partis feroient favoir & entendre les avis & réfolutions des deux Ducs.

Cependant tout cela ne fervit de rien ; car de fait auffi ceux de Sedan & de Jamets confidérant le dégât que les Lorrains avoient fait en ces deux terres, & auffi que le Sieur d'Eftivaux qui étoit de retour d'Allemagne dès le 10 de ce mois, avoit affuré que dedans la fin de Juillet on feroit fecouru, ne fai-foient pas grand état de cette négociation, la jugeant quafi im-poffible. Et de fait, nonobftant cette entrevue & pourparler, il y avoit une telle aigreur qu'il ne fe paffoit quafi jour que les af-fiégeans & affiégés ne fe viffent en efcarmouches, là où il y en demeuroit toujours quelque piece fur la place : même le 20 de ce mois, comme déja on avoit recueilli bonne quantité de foin & commencé à couper les feigles, les Lorrains vinrent avec la plus grande partie de leurs forces, tant de pied que de che-val, & commencerent à faire le dégât des bleds, en les fauchant & coupant avec leurs épées, & les faifant fouler aux pieds de leurs chevaux. Ceux de Jamets fortirent pour les empêcher, & de fait il fut tiré tant d'une part que d'autre grand nombre d'ar-quebufades, & l'artillerie du Château ne fut point épargnée, mais avec peu d'effet, à caufe de la grande diftance, excepté quelquefois qu'il en demeuroit toujours quelques pieces fur la place. Mais le lendemain du côté du Moulin à vent, il s'y fit une rencontre où les affiégeans vinrent par trois fois à la charge, mais furent toujours repouffés & pourfuivis fort rudement, non fans perdre de leurs gens.

K k k k ij

Durant ce temps les moïens de ceux de Jamets étoient fort-di-
minués ; car l'ennémi ne laiſſoit plus rien entrer en la Ville ou
fort peu, & ſi les Villageois voiſins étoient rencontrés apportant quelque choſe, ou même reconnus avoir aidé ou favoriſé
tant peu que ce fut ceux de Jamets, ils étoient outragés & vio-
lentés à toute extrêmité : tellement que la Ville étoit ſort défour-
nie de vivres, de cuirs, de draps & quaſi de toutes autres choſes
néceſſaires pour l'entretenement de la vie. Et ſi outre cela, elle
étoit tellement affligée de la peſte, qu'il n'y avoit rue qui n'en
fut infectée & grand nombre de perſonnes morts, tellement
que tout y étoit plein de lamentation, de ruine & déſolation :
& néanmoins cette mortalité tomboit pour la plûpart ſur les
femmes & enfans, & peu ſur ceux qui pouvoient porter les armes. Or comme la Ville étoit en cette extrêmité, il vint de Sedan vingt hommes de cheval ; mais aïant trouvé une Ville mal
fournie de vivres, & où il falloit tous les jours avoir l'ennemi
ſur les bras, il n'y firent pas long ſéjour. Aucun d'eux néanmoins furent démontés ; car le 26 de ce mois il ſe fit une ſortie
en laquelle ceux de Jamets y laiſſerent quatre chevaux, qui
demeurerent ſur la place : les Lorrains n'y gagnerent guere davantage.

Cependant l'ennemi aïant commencé ce dégât dont nous
avons parlé, ne l'avoit encore guere avancé, & traitoit cette
affaire un peu lentement, qui faiſoit que pluſieurs qui avoient vû
leur rigueur, s'émerveilloient d'un tel changement ; mais la cauſe de leur douceur procédoit d'une entrepriſe qu'ils avoient ſur les
bras : & voici comment. Conſidérant la perte qu'ils avoient faite
la veille de Pâque, & qu'il n'y avoit moïen de gagner le Sieur
de Schelandre, quelques offres & promeſſes qu'on lui fît : ils s'a-
viſerent dès le mois de Mai de pratiquer un des Capitaines de
Jamets, eſpérant que s'ils le pouvoient gagner, aiſément ils
emporteroient la Ville. Dieu conduiſit tellement cette affaire,
qu'aïant pris cette réſolution, le Sieur de Schelandre en fut
averti quelques jours avant qu'ils euſſent parlé à celui qu'ils vouloient mettre en œuvre, lequel pour lors étoit à Sedan où ils le
furent trouver. Après qu'ils lui eurent découvert leur entrepriſe ; & lui fait ſemblant de l'approuver, & d'y apporter tout ce
qu'il pourroit pour l'exécuter, moïennant vingt mille écus qu'on
promettoit lui donner, il s'en retourna à Jamets, là où auſſi-tôt
qu'il fut arrivé il découvrit l'affaire au Sieur de Schelandre, eſtimant qu'il n'en ſut rien, & par-là reconnut la fidélité d'icelui.

Il lui dit que déja il en avoit été averti, qu'il louoit sa fidélité & le prioit de continuer, afin de faire tomber l'ennemi en la fosse qu'il préparoit. La chose ainsi résolue tant d'une part que d'autre, & laissant la peau du Lion pour prendre celle du Renard, depuis le mois de Mai jusqu'au 29 de Juillet, qu'ils tâcherent de mettre en exécution leur entreprise, ce n'étoient qu'allées & venues; même les Lorrains étoient tous les jours devant les portes de Jamets; & sous prétexte de telles entrevues, où l'on parloit des prisonniers seulement & autres choses semblables, ils communiquoient secretement avec celui qu'ils pensoient avoir gagné. Cependant le Capitaine qui conduisoit cette affaire fit un second voïage à Sedan, & sur le chemin vit ceux qui le mettoient en œuvre, auxquels il fit entendre qu'il avoit besoin d'argent: il en tira quatre mille écus & une scedule pour assurance du surplus. S'étant départi sur ce propos, les Lorrains envoïerent à Jamets le 17 de Juillet quatre soldats, hommes de commandement, pour aider à exécuter l'entreprise qu'ils avoient là dedans. Ceux-ci faisoient semblant d'avoir quitté le parti du Lorrain par un mécontentement: & le Sieur de Schelandre pour mieux assurer celui qui lui vouloit faire un tel présent, ne les voulut pas recevoir. Et néanmoins pour ce refus ne laisserent pas d'avoir leur droit en la partie; car étant rencontrés par quelques Soldats de Jamets, qui ne savoient rien de cette menée, ils furent chargés & dévalisés, l'un demeura sur la place & un autre fort blessé. Ce coup étant rompu, le Dimanche suivant, qui étoit le 24, on envoïa encore quatre autres de pareille étoffe & aïant la même commission, qui étoit de s'adresser à celui qu'ils pensoient avoir gagné, & faire ce qu'il leur commanderoit. Ces quatre furent reçus en la Ville, quoique ce fut avec le mécontentement de plusieurs qui ne savoient pas le jeu qui se jouoit.

Depuis ce Dimanche jusqu'au Vendredi, qui fut le jour de l'exécution, ces quatre ne cesserent de visiter les murailles: cela donnoit un merveilleux mécontentement à ceux de la Ville, avec cela ils voïoient tous les jours l'ennemi à leurs portes, qui ne cessoit de parlementer. Davantage ils tenoient fort suspect celui qui négocioit avec l'ennemi, pour le voir si souvent avec lui, dont même plusieurs de ses amis l'avoient averti; & si outre cela on voïoit une petite porte faite nouvellement au boulevart de la garenne, par laquelle on pouvoit aisément entrer & sortir de la Ville; toutes ces choses les mettoient en grand soupçon. Cette affaire étant en l'état que nous venons d'ouir, craignant qu'il ne fût découvert, il fut avifé de l'exécuter la nuit qui eft entre le Jeudi & le Vendredi. Le foir venu on prit prifonniers deux des quatre qui s'étoient venus rendre, & devoient entrer en garde cette nuit-là. Cependant on entretenoit lefdits foldats dedans une maifon, afin qu'ils ne puffent rien découvrir de l'emprifonnement de leurs Compagnons ni de ce qui fe manioit en la Ville. La chofe ainfi acheminée, on envoïa environ les dix heures de nuit les deux principaux vers ceux qui les mettoient en œuvre : & les aïant mis dehors par la petite porte du boulevart, avertirent leurs compagnons que tout étoit prêt, & même leur porterent le mot, qui étoit Saint Nicolas. Cependant qu'ils étoient en ce voïage, toute la Ville étoit fur les murailles en attendant ces nouveaux hôtes ; même on fit venir là les deux prifonniers pour inviter leurs compagnons à venir courageufement & les affurer qu'il y faifoit beau. Sur ces entrefaites Dieu envoïa une grande pluie qui dura quafi jufqu'à l'heure de l'exécution, Et environ demi heure avant qu'approcher des foffés la pluie ceffa, comme fi le temps les eut invités à venir recevoir le falaire de leurs labeurs. L'affaire étant acheminée jufques-là, & fe voïant affurés par leurs deux hommes qui leur avoient fait entendre l'état de la Ville : même leur avoient apporté le mot comme ils penfoient, ils vinrent avec toutes leurs forces, Plufieurs d'eux entrerent dedans les foffés & vinrent jufqu'à la petite porte qui avoit été faite expreffément dedans le boulevard pour jouer cette partie, & de-là entrer dedans une grande cafmate, bien clofe, fans fortie ; mais la nuit étant fort obfcure & eftimant qu'il y en avoit plus dedans les foffés qu'il n'y en avoit, on commença à mettre le feu aux fougades & autres artifices qu'on avoit préparés. L'Ennemi voïant qu'il étoit découvert & tombé en la foffe qu'on lui avoit apprêtée, & falué à coups de canon, d'arquebufe & de pierres, chacun commença à fe retirer au mieux qu'il leur fut poffible. La partie étoit fi bien dreffée & avoit été fi bien maniée qu'elle étoit fuffifante pour y faire demeurer la moitié de leur Armée ; mais l'obfcurité de la nuit fut caufe de précipiter l'affaire, de façon qu'il n'y en demeura que quarante fur la place, entre lefquels étoit le fieur de Rongnac (1), un Capitaine de Lanfquenets & Gargas (2), &c. Voilà quelle fut l'iffue de cette affaire, qui vint

(1) C'eft de Rougnac.

(2) Gargas après avoir abandonné le Parti du Roi, avoit fervi le Duc de Guife dans l'entreprife qu'il avoit faite fous Verdun trois ans auparavant.

fort bien à propos pour ceux de Jamets, tant pour être échappés d'un tel danger, l'Ennemi s'étant vanté de mettre tout au
fil d'épée, comme aussi pource qu'il n'y avoit plus moïen de
retenir les gens de guerre, faute d'argent ; mais ils furent arrêtés par les doublons des Lorrains qui furent emploïés à les
païer.

Les Lorrains voïant que leur espérance les avoit trompés, &
marris de la perte qu'ils avoient faite, pour se venger commencerent dès le lundi suivant, & tout le reste de la semaine, à mettre tous leurs gens, tant de pied que de cheval dedans les bleds
de Jamets, continuant le dégât jusqu'à ce qu'il n'y resta plus
rien ; tellement qu'ils ne purent rien recueillir, excepté quelque
bien peu qui étoit auprès de la Ville. Cependant durant ce dégât il ne se passoit jour qu'on ne se battît, de sorte qu'il y en
eut de ceux de Jamets une douzaine de blessés, desquels il en
mourut deux ou trois, outre quelques pauvres femmes & petits
enfants qu'ils tuerent, les aïant rencontrés aux champs, cueillans du bled ; le vendredi, 12 d'Août, environ les sept heures
du soir, il se fit une escarmouche rude & violente, & l'occasion
fut telle. D'autant que les Lorrains continuoient à faire le dégât depuis le matin jusqu'à la nuit, aussi ceux de Jamets dès le
matin se logeoient en certaines petites tranchées, pour garder
leurs moissonneurs, & ne bougeoient de-là jusqu'aux vêpres qu'il
falloit entrer en garde. Or, comme déja ces soldats étoient retirés, hormis vingt-cinq ou trente, l'ennemi qui avoit dressé
une entreprise pour attraper leur harde, qui bien souvent pâtu-
roit assez près de la Ville, après que les soldats s'étoient retirés,
vint avec trois compagnies de cavalerie, dont les deux se tenoient en un lieu couvert, d'où elles ne pouvoient être apper-
çues ; l'autre vint par le fond qui est entre les huttes & les fossés, se persuadant que tous les soldats s'étoient déja retirés.
Comme déja cette compagnie étoit fort avancée pour couper
entre la Ville & le lieu où étoit la harde, elle apperçut ces vingt-
cinq ou trente soldats, qui étant sortis de leurs tranchées, s'a-
vancerent, & lui vinrent à la rencontre. Cette compagnie vint
de grande roideur, esperant de les étonner ; mais ceux-ci sans
s'ébranler aucunement, commencerent à les saluer à grands
coups d'arquebuse, si bien qu'ils les contraignirent de planer,
& se retirer vers leur embuscade, laquelle alors se découvrit.
L'allarme étant donnée, il sortit incontinent de la ville bon
nombre de gens de pied & de cheval. L'escarmouche s'attaqua

vivement fur le haut des pafquiers; ceux de Jamets y prirent le
Capitaine André Albanois, homme de créance & réputation,
là où il eut fon cheval tué, & lui un coup de coutelas fur le vifage, & une jambe rompue d'un coup de fcopette. Ils avoient
auffi pris fon Lieutenant, qui échappa du depuis. La prife de
ce Capitaine fut caufe que l'ennemi vint plufieurs fois à la
charge, efpérant de le délivrer; mais il fut toujours repouffé, &
enfin fut mis en tel défordre, que ceux de Jamets le rechafferent
jufqu'auprès de Delu, non fans perte & dommage; car il demeura mort fur la place huit de leurs chevaux, & plufieurs, tant de
leurs hommes que chevaux y furent bleffés, & toutesfois de ceux
de Jamets il n'y eut ni mort ni bleffé.

Cette journée s'étant paffée en la façon que nous venons
d'entendre, le mardi 16 dudit mois, dix hommes de cheval de
ceux de Jamets étant allés aux champs, à leur retour ramenerent fept prifonniers, entre lefquels il y avoit deux Arquebufiers à cheval, le refte étoient gens de village. Revenans, ils pafferent auprès de Louppi, & leur difant adieu, leur demanderent s'ils vouloient mander quelque chofe à Jamets, qu'ils s'y
en alloient. Là-deffus l'ennemi monta à cheval pour les pourfuivre; mais cela ne put empêcher qu'à leur retraite, ils ne
tuaffent cinq ou fix Lanfquenets qu'ils rencontrerent fur les
chemins, & un Gentilhomme Lorrain qui ne faifoit qu'arriver
en leurs troupes. De façon qu'à grand-peine fe paffoit-il un feul
jour fans quelque rencontre, ou fans quelque courfe, que ceux
de Jamets faifoient fur les Lorrains; comme de fait le 18 de ce
mois ils furent prendre ès environs de Dun trois ou quatre cents
bêtes à corne; & ce même jour après midi furent charger quelque quantité des bleds de Louppi, qu'ils menerent à Jamets;
mais enfin les Lorrains s'y étant rendus les plus forts, contraignirent ceux de Jamets de fe retirer, qui y eurent fept ou huit de
leurs foldats bleffés. Il demeura auffi fur la place quelques-uns de
leurs ennemis.

Cependant que les affaires de la guerre étoient du côté de
Jamets en l'état que nous venons d'entendre, la cavalerie des
Lorrains conduite par un Italien, nommé Cavalquin, étoit fur
les terres de Sedan & de Raucourt, là où elle faifoit le dégât
comme on avoit déja fait du côté de Jamets. Cela fut caufe que
le 20 d'Août quelques cavaliers de Jamets defirant de favoir ce
que braffoit le Lorrain, s'embufquerent en un fond qui eft entre Eftenai & Louppi, fachant bien qu'ordinairement il y paffoit

foit gens qui alloient trouver les troupes qui étoient fous la
conduite de Cavalquin. Et de fait ils ne furent pas trompés ; car
bientôt après ils prirent deux foldats qui avoient un paquet
adreffant à Cavalquin, par lequel le Duc de Lorraine lui mandoit qu'il n'abandonnât point les terres de Sedan ; qu'il prît le
château de Raucourt & le fort de Douzy, afin d'empêcher les
courfes que ceux de Sedan faifoient fur fes terres. Ce paquet
étant mis entre les mains du fieur de Schelandre, il en avertit
incontinent ceux de Sedan, eftimant que Cavalquin, qui étoit
déja fur les chemins pour s'en retourner en Lorraine, pourroit
rebrouffer pour faire le commandement de fon maître. Ce que
néanmoins il ne fit point ; car de fait auffi le fort de Douzy
étoit ruiné, & dedans le château de Raucourt il y avoit une
compagnie de gens de pied de la part de Mademoifelle de
Bouillon.

Les Lorrains aïant raffemblé leurs forces ès environs de Jamets, les menaçoient d'une feconde batterie, faifoient courir
le bruit qu'on leur amenoit bon nombre de piéces d'artillerie ;
même un des plus apparens de leurs troupes ne rougiffoit point,
affirmant devant les portes de Jamets, que s'ils avoient à faire
de gens, le Duc de Guife leur enverroit cinquante mille hommes ; & là-deffus fort liberalement faifoient préfent à ceux de
Jamets de la déclaration que la Ligue avoit extorquée du Roi,
du temps qu'il étoit à Rouen. Mais au lieu d'effectuer leurs menaces, le 29 d'Août ils commencerent à refaire leur Fort de la
cenfe d'Olia, & à en bâtir un fecond fur le haut de la garenne,
en intention d'en faire tout à l'entour de la Ville de Jamets,
avec de longues tranchées, comme ils firent ; de façon qu'il
fembloit que ce fut un fecond Scipion devant une Ville de Numance, lequel avec fes longues tranchées faifoit mourir de faim
les pauvres Numantins, & les empêchoit de bouquaner les
foldats des Romains. Et de fait la févérité y étoit fi rigoureufe
qu'il n'y avoit moïen d'avoir paffeport pour faire fortir ni femme ni enfants, quelque bon parent ou ami qu'on eût chez les
Lorrains, au moins c'étoit avec tant de prieres & requêtes, qu'il
falloit aller vingt-cinq fois vers fon Alteffe avant qu'en rien
obtenir.

Comme les Lorrains étoient occupés à bâtir les deux Forts
fufmentionnés, le jeudi, premier jour de Septembre, ils firent
paroître fur le haut des huttes fix ou fept chevaux, aïant cependant dreffé une forte embufcade de cavalerie, difpofée en

deux divers endroits. Auſſitôt que ceux de Jamets les eurent découverts, une partie de leur cavalerie monta à cheval, ſuivie de
quelque nombre de gens de pied. La cavalerie fut reconnoître
l'ennemi, & une partie des gens de pied ſe logea en un lieu appellé la foſſe Saint-George, & l'autre partie en un fond ſans aucune couverture. L'ennemi, qui du commencement n'appercevoit que la cavalerie, fit paroître ſon embuſcade, qui vint
décocher avec grande roideur ſur celle de Jamets, laquelle ſoutenant leur effort, ſe retira vers leurs gens de pied qui étoient
en ladite foſſe. Alors les gens de pied commencerent à charger
l'ennemi à grands coups d'arquebuſe, ſi bien qu'ils le contraignirent de tourner bride. Comme ils avoient déja tourné le dos,
ils découvrirent l'autre troupe de gens de pied qui s'étoit logée
dedans un fond. Conſiderant qu'il n'y avoit ni haie ni buiſſon
pour les couvrir, un des Capitaines de cette cavalerie commanda à ſes gens de le ſuivre pour donner ſur cette infanterie, les
aſſurant qu'ils étoient à eux. Cette infanterie donc les voïant
venir à eux à courſe de cheval, au lieu de prendre la fuite s'a-
vança droit à l'ennemi, & étant à la portée de l'arquebuſe, le
chargea de telle façon, qu'elle le contraignit de prendre la fuite. Etant rompus & en déſordre, la cavalerie & infanterie les
pourſuivirent, & chaſſerent juſques par de-là le haut des huttes.
Cette rencontre fut ſi âpre, que l'ennemi y laiſſa ſur la place
pluſieurs de ſes hommes & chevaux, outre pluſieurs bleſſés; tellement que ces Albanois qui avoient été ès guerres de Flandres
confeſſoient qu'ils avoient perdu plus de chevaux au Siege de
Jamets, qu'en toutes les guerres des Païs-Bas. Et toutesfois
quelque diverſe rencontre qu'il y eut en cette eſcarmouche, il
n'y eut pas un de Jamets ni mort ni bleſſé, tant telles ſorties leurs
étoient favorables.

Les Lorrains qui avoient déja bien avancé leurs deux Forts
commencés, comme il a été dit ci-deſſus, le lundi 5 de Septembre firent un pont ſur le ruiſſeau de Braſconru, entre la cenſe
d'Olia où étoit un de leurs Forts, & le Bois. Ainſi aïant paſſé le
ruiſſeau vinrent commencer un troiſieme Fort en un fond, ſur
la rive du Bois qui regarde le château, & en étoit éloigné environ de douze ou quinze cens pas. Et plus près ſe ſervant de la
chauſſée d'un vieil étang, y firent de longues tranchées, où ils
logeoient leurs Mouſquetiers, pour tirer dedans le Château. Ils
en firent de même à la vieille cenſe, qui eſt à 600 pas près de
la porte du Robin, d'où ils ne ceſſoient de tirer, tant en la

Ville qu'au Château. Aïant mis ces trois Forts en défense, le samedi 10 du préſent ils ammenerent deux moïennes coulevrines ſur la vieille cenſe pour battre en ruine ; tellement qu'en ce jour-là & le lendemain ils tirerent cent trente-ſept coups ſans grande exécution ; car encore que de-là ils découvroient une partie des rues, mêmes juſqu'à la porte neuve qu'ils percerent d'un coup de balle, ſi eſt-ce qu'ils ne bleſſerent qu'un ſeul ſoldat, qui mourut quelques jours après. Aïant là mis ces deux piéces, encore que ceux de Jamets tiraſſent beaucoup & de la Ville & du Château, ſi eſt-ce qu'elles étoient ſi bien enterrées qu'il n'y eût moïen de les déloger ; & pourtant le dimanche au ſoir on fit ſortir quatre ſoldats pour eſſaïer de prendre quelque ſentinelle, afin de connoître l'état de leurs affaires ; mais ces ſoldats, au lieu d'exécuter la charge qui leur avoit été donnée, approcherent pluſieurs fois de leurs piéces, qui fut cauſe que toute la nuit ils furent en allarme. Le jour venu, ils reconnurent bien que leurs piéces étoient mal aſſurées, & pourtant les retirerent dedans le Fort du Bois. Ce qu'ils firent bien à propos ; car l'intention des aſſiegés étoit de faire une ſortie la nuit ſuivante, s'aſſurant bien que s'ils ne les prenoient, qu'au moins ils ne pourroient faillir à les enclouer.

Les trois Forts dont nous avons parlé, étant mis en défenſe, le lundi 12 de Septembre ils commencerent d'en faire un quatrieme ſur le haut des huttes, qu'ils pourſuivirent à bâtir en grande diligence. Ces quatre Forts parachevés, qui étoient ſeparés par la riviere, dont les deux étoient du côté de France, & les autres deux du côté de Bourgogne, communiquoient enſemble par le moïen de deux ponts qu'ils firent ſur la riviere, dont l'un étoit au même endroit où étoit le premier, à ſavoir au-deſſous de la Ville, & l'autre au-deſſus ; mais conſiderant qu'ils n'étoient pas baſtans pour empêcher les ſorties que ceux de Jamets faiſoient à ces quatre ; ils en ajouterent encore cinq autres avec de longues tranchées, qui alloient de l'un à l'autre, tellement que la Ville de Jamets fut environnée de tous côtés de blocs & tranchées, comme il ſe voit par la carte. Ces neuf Forts parachevés, ils y logerent leurs ſoldats, dont ils tiroient double commodité, l'une étoit afin que perſonne n'entrât ou ſortît de Jamets, l'autre étoit afin de changer d'air, pour éviter la peſte & la caqueſangue qui les tourmentoit fort. Leurs ſoldats ſe voïant logés à la vûe de Jamets, ne ceſſoient de dégorger une infinité de propos pleins de blaſphemes, qui valent mieux tus que recités ; & même reprochoient aux Afliegés qu'ils n'euffent ofé mettre le nez hors de leur Ville. Mais le jeudi 15 de Septembre ils trouverent le contraire ; car comme il faifoit un grand brouillard, on mit hors la Ville environ trente hommes de cheval, & quarante ou cinquante Arquebu-fiers, qu'on fit entrer dedans les foffés afin de n'être point dé-couverts. Le brouillard étant abbatu, ils apperçurent quelques gens de pied qui venoient au Fort des huttes ; qui fut caufe que huit ou dix Cavaliers s'avancerent pour les attraper, eftimant bien par ce même moïen, que fi l'ennemi avoit quelque embuf-cade, elle fe découvriroit. L'allarme étant faite, les Lorrains qui avoient trois compagnies de cavalerie auprès de ce Fort, en firent avancer une pour fecourir les leurs. Ceux de Jamets voïant l'ennemi en campagne, fortirent de leur embufcade, & venant à la rencontre, le chargerent fi vivement, que l'aïant mis en fuite, ils le pourfuivirent jufqu'auprès de leur Fort. Le refte de leur cavalerie voïant leurs gens en défordre vint pour les fecou-rir ; mais comme ceux de Jamets faifoient ferme, & que déja leurs gens de pied avoient gagné les vieilles tranchées qui les offenfoient grandement, avec la cavalerie qui leur faifoit tête, ils furent contraints de prendre le chemin des premiers, fe fauvant à la fuite, non fans perte de leurs hommes & chevaux.

Cependant, qu'on demêloit cette querelle avec grande opi-niâtreté, les Lorrains eurent loifir de faire venir leur infanterie, qui du commencement étoit en petit nombre. La cavalerie s'étant retirée, les gens de pied, tant d'une part que d'autre, fe battirent toute cette matinée. Les Lorrains qui étoient en grand nombre gagnerent une vieille mafure, où le moulin à vent avoit été affis, & une foffe près de là qui leur étoit fort favorable ; mais ceux de Jamets les en délogerent fi bien, qu'aïant tiré grand nombre d'arquebufades, enfin chacun fe retira en fon lieu, mais ce ne fut pas fans perte ; car ce conflit fut fi âpre, que les Lorrains y perdirent plufieurs hommes & chevaux, même quelques Capitaines, entre lefquels étoit le Lieutenant de Cavalquin. Ceux de Jamets y eurent cinq ou fix de leurs foldats bleffés, mais peu, excepté un qui mourut quel-ques jours après. Au retour de cette fortie, on fut pour chofe certaine que le fieur de la Noue étoit arrivé à Sedan ; ce qui apporta un grand contentement à tous ceux de Jamets, efti-mant bien que la venue d'un Capitaine de fi grande valeur & reputation ne leur pouvoit être que fort utile & profitable.

Les affaires des Affiegés reduites en cet état, le mardi 21 dudit le Sieur de Schelandre partit de Jamets pour aller à Sedan,
là où le Baron d'Hauffonville le fit conduire en affurance. Durant ce temps auquel on emploïa huit jours, il y eut une fufpenfion d'armes. On accordoit tant plus aifement ce voïage
pour l'efpérance qu'il y avoit encore du mariage de Monfieur de
Vaudemont avec la Ducheffe de Bouillon, en laquelle négociation s'emploïoit Madame d'Aremberg (1), extraite de la
Maifon de la Marck. Le fieur de Schelandre étoit bien aife de
faire ce voïage, principalement afin de communiquer avec le
fieur de la Noue, nouvellement arrivé, pour lui faire entendre
bien amplement l'état de fa Place, qui avoit difette de beaucoup de chofes néceffaires, comme de cuirs, de draps, de bois,
& les vivres qui diminuoient fort ; au refte que la pefte & la
caquefangue les preffoit fort. La conclufion de cette négociation fut de fe raffembler après que le Duc de Lorraine auroit été
averti de ce qui s'étoit paffé. Cependant l'intention de ceux de
Sedan & de Jamets n'étoit point de venir à ce mariage s'il étoit
poffible ; ce qu'ils faifoient principalement à raifon de la diverfité de Religion ; car encore qu'on promît de laiffer l'état de
la Religion & de la Police en la même forme qu'il avoit été du
temps de feu Duc de Bouillon, fi eft-ce que fe reffouvenant du
ferment fait par la Ligue, ils demeuroient en grande défiance ;
joint qu'ils defiroient de ne fe déjoindre point de la caufe de la
Maifon de Bourbon, & des Eglifes Françoifes, qu'ils reconnoif-
foient être très juftes.

Or, les affaires tirant ainfi en fa longueur, les Affiegés efpé-
roient que les Etats que la Ligue avoit fait affembler en la
Ville de Blois, pour y faire autorifer & ratifier la Déclaration,
& autres femblables Ordonnances qu'elle avoit extorquées du
Roi en la Ville de Rouen, pourroient apporter quelque changement pour leur délivrance. Et fi, outre cela, ils attendoient de
jour à autre que la Ville de Metz prit les armes contre le Lorrain, fuivant l'avis & efpérance qu'on leur en donnoit, eftimant bien que cela avenant, il feroit contraint de lever le
Siege. Cependant le fieur de Schelandre étant de retour de fon
voïage, le lendemain, qui étoit le 29 de Septembre, on commença à rentrer en guerre comme auparavant. De façon que
ceux de Jamets faifant la Cene le 2 d'Octobre, l'ennemi ne ceffa

____

(1) Marguerite Veuve du Comte d'Aremberg, & qui étoit auffi de la Maifon de la
Marck.

toute la matinée de tirer & troubler l'action. L'après dîné il en
fit autant, même étant sorti de ses Forts, s'avança vers la Ville, qui fut cause que chacun courut aux murailles, & enfin fut
résolu de faire une sortie, tant à pied qu'à cheval. L'ennemi
voïant ceux de Jamets hors de la Ville, les Lansquenets, qui
gardoient le Fort des huttes, qui étoit beaucoup plus grand que
pas un des autres, se mirent en campagne pour venir à la charge; mais ceux de Jamets les mirent en fuite, en tuerent douze
ou quinze, & les cognerent jusques dedans leur Fort. Ceux de
Jamets y perdirent un homme de cheval. Cela fait, chacun se
retira en son lieu.

Mais le mardi 4 d'Octobre, comme il faisoit un temps fort
pluvieux, on fit une sortie où il y avoit une compagnie de cavalerie, & une de gens de pied, qu'on mit hors de la Ville par
un endroit que l'ennemi ne pouvoit découvrir, quoique ses
Forts fussent bien près de la Ville. Ces deux Compagnies se
rendirent sur un terme où il a y un fond appellé la fosse Saint-
George; & de-là envoïerent huit ou dix chevaux pour reconnoître le Fort qui étoit sur le chemin de Metz, & attirer l'ennemi
au combat. Les Lorrains qui avoient là en garde une compagnie
de gens de cheval vinrent pour charger ceux-ci; mais leur embuscade étant découverte, les mit en route, & les chassa jusque dedans leur Fort; après y avoir tué le Capitaine qui les conduisoit, & quelques autres qui demeurerent sur la Place. Ceux
de Jamets y gagnerent trois ou quatre chevaux, sans y perdre
un seul homme; & les Lansquenets qui étoient spectateurs de
tout ceci, néanmoins se ressouvenant de ce qui s'étoit passé le
dimanche précédent, n'oserent bouger de leur Fort.

Cependant que la Ville de Jamets étoit pressée par un si long
Siege, Madame d'Aremberg se trouva à Sedan pour aviser avec
le conseil de la Duchesse de Bouillon, s'il y auroit moïen de
pacifier avec le Duc de Lorraine. On avoit souvent parlé d'un
mariage & le Baron d'Haussonville remontroit le bien qui en
pourroit advenir. Cela fut cause que le sieur de Schelandre
partit de Jamets le 13 de ce mois, pour conférer avec ceux
de Sedan, espérant bien aussi que la susdite Dame d'Aremberg
pourroit apporter quelque bon expédient pour remettre toutes
choses en bon ordre. Il trouva que tous ceux qui s'emploïoient
en cette affaire étoient fort desireux de la paix: car comme
les uns appercevoient que ce long siege avoit fait un tel dégât, que
la guerre & la peste avoient quasi consommé la Ville de Jamets,

ainſi auſſi les autres voïoient bien que les Lorrains voiſins mau-
diſſoient tous les jours ceux qui étoient cauſe de la guerre ,
tant pource que le Païs étoit ruiné, comme auſſi pource qu'il
n'y avoit lieu ès environs qui ne fût cruellement tourmenté
par la peſte. Ces conſidérations faiſoient que tous, tant d'une
part que d'autre, ſembloient être fort deſireux de la paix. Cette
conférence parachevée, le ſieur de Séchélandre arriva en ſa Place
le 17 dudit, lequel apporta des Mémoires & Inſtructions qui
contenoient certains articles qu'il avoit charge de propoſer au
Baron d'Hauſſonville. Aïant eu communication de ſes articles,
dès le lendemain qui étoit le 18 , il les envoïa au Duc de Lorraine ſon Maître, à charge d'y faire réponſe dedans trois ſemaines, laquelle néanmoins n'arriva que le 17 de Novembre
comme nous verrons ci-après.

Durant ce temps le Baron d'Hauſſonville , qui avoit pris autant de peine en ce ſiege qu'il avoit accoûtumé auparavant de
prendre de bon temps , commença à ſe porter mal , ſe trouvant ſaiſi d'un tremblement de membres qui le menaçoit d'une
paralyſie. Cette maladie lui fut occaſion de demander congé
de ſe retirer pour ſe faire panſer ; ce qui lui fut accordé, tant
à raiſon de ſa maladie, comme auſſi à l'occaſion de certain
mécontentement qu'on avoit de ce qu'il avoit été longuement
devant une Ville de Jamets ; & à l'oreille, on diſoit qu'il fa-
voriſoit ceux de dedans ; & toutesfois ceux qui ont connu de
plus près ſes actions & déportemens pourront atteſter qu'on lui
faiſoit grand tort. Aïant obtenu ſon congé, le ſieur de Lenoncourt (1), Sénéchal de Lorraine, fut ſubſtitué en ſa place.
Etant arrivé en l'Armée des Lorrains, le Dimanche 13 le Baron lui montra tous les Forts qu'il avoit fait faire & les lui mit
en main. Cela fait, il partit le Mardi 25 d'Octobre, non ſans
mécontentement, ſachant bien en ſa conſcience qu'on lui faiſoit tort.

Ce nouveau Général arrivé, on menaçoit que la Ville de
Jamets ſe reſſentiroit bientôt de ſa venue, par le moïen d'une
eſcalade qu'il faiſoit état de donner. Et de fait il ne tarda
gueres à envoïer reconnoître leurs foſſés & murailles , mais
aïant rencontré dedans leſdits foſſés gens qui les attendoient en
bonne dévotion , ils s'en retournerent plus vîte que le pas. Ce
changement n'apporta rien à l'Armée des Lorrains ; car eux-
mêmes jugeant qu'il n'avoit ni la grace ni l'expérience du pré-

(1) Jean de Lenoncourt , grand Sénéchal de Lorraine.

cédent, cela faisoit que les plus apparens de cette Armée ne se pouvoient garder de regretter le premier. Cependant toutesfois on n'avoit garde de le soupçonner d'être favorable à ceux de Jamets ; car il étoit si refrogné, si grave & si critique, qu'ils n'oïoient pas un petit mot de lui ni par Lettres ni autrement.

Cela fut cause que les Assiégés desirant de savoir de ses nouvelles après ce long silence, le 26 de ce mois firent une sortie tant à pied qu'à cheval, & après une longue halte, voïant qu'ils ne bougeoient de leurs Forts, enfin furent contraints de se retirer sans autre exécution, excepté qu'ils prirent trois ou quatre soldats, Mais le lendemain qui étoit le Jeudi 27 les Assiégés voïant que l'Ennemi avoit coupé des arbres qui étoient parmi les terres, se délibérerent de les aller quérir ; car aussi ils avoient grande disette de bois. Ils envoïerent donc des chars avec une bonne & forte escorte tant de pied que de cheval. Les Assiégeans qui avoient découvert cette sortie avoient logé leurs arquebusiers dedans leurs tranchées ; mais la Cavalerie de Jamets donna droit à eux, les contraignit de les quitter & les chassa jusques dans le Fort des pasquis & y mit des arquebusiers qui serroient l'Ennemi de si près qu'il n'osoit se montrer. Cela fait, cette Cavalerie franchit les tranchées & passa outre le Fort des pasquis, & celui des vaux, où elle se tint quasi jusqu'à la nuit, sans que les Lorrains bougeassent de leurs Forts. Ainsi toute cette journée fut emploïée à charrier du bois, en laquelle on perdit quelques hommes néanmoins tant d'une part que d'autre,

Comme les affaires étoient en cet état, il advint que le Samedi 29 du présent, on ouit tirer la nuit plusieurs gros coups du côté d'Estenay (1), & le lendemain on ne voïoit que bien peu de la Cavalerie de l'Ennemi ; cela faisoit penser à ceux de Jamets que le secours qu'on espéroit du côté de Sedan étoit en campagne, ou bien qu'on avoit tâché d'exécuter l'entreprise qu'on avoit sur la Ville d'Estenay. Le Dimanche s'étant passé sans avoir appris la cause pourquoi on avoit tiré, l'on résolut de sortir le Lundi, qui étoit le dernier du mois, pour tâcher d'apprendre que signifioit ce qu'ils avoient oui du côté d'Estenay. En cette sortie ils logerent partie de leurs gens sur la fosse S. George & l'autre en un fond en pleine campagne, mais envi

---

(1) C'est de Stenai, non seulement en cet endroit, mais dans toute cette Relation où on lit d'Estenay.

ronnés

ronnés de pieces de camp. Ils s'étoient fortifiés en cette façon
pour soutenir la Cavalerie de l'Ennemi si elle se présentoit.
Cependant leur Cavalerie se planta entre le Fort des vaux &
celui des Pasquis. L'Ennemi les voïant approcher quitta ses
tranchées & se sauva dedans le Fort. Ceux de Jamets logerent
là-dedans quelque nombre d'arquebusiers, qui empêchoient tellement ceux de ce Fort qu'ils n'osoient paroître. Cela fait, ils
envoïerent quelques Cavaliers pour découvrir, lesquels passerent
un quart de lieue par-delà les Forts des Lorrains, là où aïant rencontré quelques soldats de l'Ennemi qui s'en alloient sans congé & ne se voulant rendre, les tuerent. Ils trouverent aussi là
certains voituriers, desquels ils apprirent que ceux de Sedan
avoient été à Estenai, qu'ils avoient rompu les portes avec des pétards ; mais ne savoient ce qui étoit avenu. On trouva enfin que
leur entreprise étoit faillie & que ceux de Sedan s'étoient retirés.

Le Mardi premier de Novembre, comme ceux de Jamets
étoient encore en doute de ce qui s'étoit passé à Estenai, ils
délibérerent de faire une sortie, pour essaïer s'ils pourroient
apprendre au vrai ce qui étoit advenu. Les gens de pied & de
cheval se logerent aux mêmes endroits où ils avoient été le
jour précédent. Et durant ce temps on fit charier du bois dont
on avoit grande disette ; cependant l'Ennemi eut loisir de préparer ses forces, lesquelles s'étant rendues auprès du Fort des
Vaux environ les trois heures après midi se présenterent pour
venir charger ceux de Jamets, qui les attendoient en bonne dévotion ; leur Cavalerie étoit divisée en deux trouppes & au
milieu étoient leurs gens de pied. Ceux de Jamets les voïant
venir de grande roideur, comme ils avoient accoutumé de faire
s'avancerent pour venir à la rencontre, & les chargerent si vivement, que quoiqu'ils fussent en petit nombre, en comparaison d'eux, ils les mirent tous en fuite & les poursuivirent jusques dedans leur Fort des Vaux, les serrant de si près que les
premiers fuïards furent contraints de fermer la porte du Fort,
laissant leurs compagnons dehors, de peur que ceux qui les
chassoient, n'entrassent pêle-mèle dedans. En cette charge ceux
de Jamets qui s'étoient trop avancés vers le Fort, eurent quatre ou cinq de leurs hommes blessés. Les Lorrains en laisserent quelques-uns des leurs sur la place avec quelques chevaux
& plusieurs blessés & prisonniers. Voilà quelle fut l'issue de
cette journée. Les Assiégés se voïant en possession de battre

<table>
<tr><td>Tome III.</td><td>M m m m</td></tr>
</table>

leurs Ennemis, le quatrieme & cinquieme de ce mois sortirent
& se présenterent à leur vue ; mais ne voulant abandonner leurs
Forts il ne se fit rien digne de mémoire.

Or, les affaires de la guerre étant reduites en telle aigreur,
comme on n'esperoit plus aucune réponse sur les articles qui
avoient été mis ès mains du Baron d'Haussonville dès le 18
d'Octobre, avint que le dimanche 6 du mois de Novembre le
Sieur de Schelandre reçut lettres du Sieur de l'Afferté (1), par
lesquelles il le prioit de lui envoïer un passeport pour le terme
de quinze jours, afin de lui apporter réponse sur les articles
qu'il avoit donnés ; ce qui lui fut accordé. Ces Lettres faisoient
penser à plusieurs qu'il étoit survenu quelque changement aux
affaires des Lorrains ; car déja ils s'étoient vantés que ces articles ne méritoient aucune réponse, & pourtant qu'il n'en falloit point attendre ; & puis le terme limité pour y répondre
étant expiré il y avoit déja long-temps, on ne savoit que juger
d'un si soudain & inopiné changement, sinon qu'on présu-
moit que les Lorrains qui avoient encore bâti quelqu'entreprise
sur la Ville de Metz, la voïant faillie, s'étoient avisés de faire
réponse.

En attendant cette réponse, le samedi 12 dudit on fit sortir
de nuit trois soldats de la Ville de Jamets, dont les deux étoient
habillés en femme, & le troisieme en homme de village, chacun aïant une hotte sur les épaules : le jour venu ils passerent
assez près du Fort des pasquis, prenant leur chemin vers la Ville
où ils faisoient semblant d'apporter des vivres. Tout cela se
faisoit afin d'attirer l'ennemi ; cependant la cavalerie de Jamets étoit dedans les fossés qui les attendoit ; mais fut que l'ennemi se doutât de quelque feinte, ou bien qu'il fut retenu par
l'indisposition du temps qui étoit chargé de pluie & froidure, il
ne sortit point de ses Forts, qui fut cause qu'on se retira sans autre exécution.

Sur ces entrefaites le Sieur de l'Afferté (1), suivant le passeport qui lui avoit été donné, vint devant Jamets le 17 de Novembre, lequel aïant communiqué avec le sieur de Schelandre
se retira, avec promesse que le lendemain il le reverroit, ce que
néanmoins il ne fit jusqu'au samedi 19. La cause du retardement ne procedoit que du désastre tombé sur la cavalerie de
Sedan, qui venoit fort mal à propos pour favoriser la délivrance de ceux de Jamets. Ceux de Sedan avoient envoïé à la guerre

____
(1) La Ferté.

1589.
GUERRE ET
SIEGE DE JA-
METS.

environ quatre-vingt ou cent chevaux qui s'étoient rendus affez près d'Eftenai à intention de voir l'ennemi, & charger quelque butin s'ils le rencontroient. Le Lorrain les aïant reconnus & découverts, que déja ils branloient, les vint charger. Ceux de Sedan furent mis en route, les uns tués, & les autres prifonniers, aucuns fe fauverent ; ainfi toutes les entreprifes de ceux de Sedan periffoient, au grand détriment de ceux de Jamets. Cela, avec ce qui étoit déja auparavant paffé, tant à Eftenai, comme auffi à Varenne, accroiffoit beaucoup le cœur des Lorrains. Toutesfois le fufdit l'Afferté vint le famedi, & le lendemain partit avec le Sieur de Marrolles pour conferer avec ceux de Sedan, fuivant la charge qu'il avoit du Duc de Lorraine fon maître.

Cependant nonobftant ces conférences, il ne fe paffoit gueres jour qu'on ne fît quelque fortie ; & de fait, le Mercredi 23 de Novembre, il fortit de Jamets treize Cavaliers pour tâcher de prendre quelque Soldat de l'ennemi, afin de connoître l'état de leurs affaires. Comme ils étoient du côté du Fort des pafquis, l'ennemi les envoïa reconnoître : aïant trouvé qu'ils n'étoient que treize & quelques Soldats à pied, les vint charger avec une Compagnie de Cavalerie, qui étoit environ de trente chevaux & quelques gens de pied. Ceux de Jamets étant en petit nombre, comme il a été dit, néanmoins les mirent en fuite, & tuerent cinq ou fix de leurs hommes, fans en avoir un feul des leurs ni mort ni bleffé. Les Lorrains marris de ce qu'à tout coup ils prenoient la fuite, & que même ceux de Jamets parlant de leurs Lanciers, par mépris les appelloient Gauliers, fe délibérerent d'avoir leur revenche le jour fuivant, qui étoit le Jeudi 24 dudit : & pour ce faire, dès le matin mirent en armes leurs Gens, tant de pied que de cheval, qu'ils firent acheminer près du Fort des Vaux : outre cela ils mirent deux pieces fur le grand Fort des Huttes, qui étoit gardé par les Lanfquenets, ce qu'ils faifoient expreffément pour empêcher l'entrée & fortie de la Ville, ledit Fort n'étant gueres loin de la porte, & la regardant tout à découvert. Ceux de Jamets qui dès le matin avoient affez conçu l'intention de l'ennemi, nonobftant tout cela ne laifferent pas de fortir tant à pied qu'à cheval, Cela fait, l'efcarmouche commença à s'attaquer petit à petit ; & comme elle s'échauffoit, les Lorrains aïant fait avancer leur Infanterie par les tranchées qui alloient d'un Fort à l'autre, & defquelles la Ville étoit environnée, leur Cavalerie qui pouvoit être de fix à fept vingts chevaux commença à fe découvrir & avancer en deux, dont l'un étoit Lanciers, & l'autre Arquebufiers à cheval. Les Lanciers qui faifoient le gros s'arrêterent affez près de leur Fort, & les Arquebufiers avec bien peu de Lanciers, fuivis de leurs gens de pied, vinrent à la charge à grande courfe de cheval : mais comme ceux de Jamets faifoient ferme, & que même déja une Compagnie de Gens de pied s'étant avancée tiroit fur eux, ils furent arrêtés : lors la Cavalerie des Affiégés s'avançant, les chargea fi vivement qu'ils les contraignirent de planer, & reprendre le chemin par où ils étoient venus. Cependant ceux de Jamets craignant de s'éloigner trop, à caufe des Gens de pied qui étoit dedans les tranchées & la troupe de Lanciers qui faifoit halte, ils fe retirerent. Les Lorrains perdirent en cette rencontre quelques hommes & chevaux, & y eurent plufieurs bleffés : ceux de Jamets y eurent un cheval tué, & à l'entrée de la Ville un de leurs hommes y fut bleffé d'un coup de l'une de leurs deux pieces, qui depuis a été bien guéri.

Or, pour venir à la négociation & voïage de Sedan, le fieur de l'Afferté étant de retour, fut chargé de certains articles, réfolus au confeil de Mademoifelle de Bouillon, pour les porter au Duc fon Maître, & partit le Vendredi 25 de Novembre, avec promeffe qu'il feroit de retour dedans le 5 Décembre. Comme le fieur de Schelandre l'attendoit, avec efpérance que le Baron d'Hauffonville feroit envoïé de la part du Duc de Lorraine pour moïenner quelque compofition & accord fur la reddition de la Ville, là où toutes chofes étoient épuifées, il reçut Lettres du nouveau Général; par lefquelles il l'avertiffoit que le Baillif de S. Mihel fon frere, venoit pour traiter avec lui, & devoit arriver le lendemain, qui néanmoins ne vint que deux jours après. Or il fembloit qu'il fît cela pour fonder fi le fieur de Schelandre voudroit traiter avec lui ; car comme il favoit qu'on s'attendoit à la venue du Baron d'Hauffonville, à qui il fembloit bien que cet honneur appartenoit, tant pource qu'il avoit été un des principaux inftrumens de cette guerre, comme auffi pour avoir tenu la premiere place ; auffi favoit-il bien que ledit fieur Baillif n'étoit gueres vu de bon œil par ceux qui tenoient le parti contraire à la Ligue, pour s'y être montré fi affectionné. Toutesfois le fieur de Schelandre qui favoit que la néceffité de la Ville ne pouvoit porter une longue prorogation, fans grandement incommoder le Château, à raifon des vivres qui fe confumoient, accorda de traiter avec lui. Cependant cette négociation fe faifoit au mécontentement du Baron d'Hauffonville, qui jugeoit qu'il recueilloit le fruit de fes labeurs, mettant fa faucille là où il n'avoit pas femé. Et combien qu'on fut fi avant en affaires, fi eft-ce que le Général ne laiffoit pas continuer fes tranchées pour environner toute la Ville, là où il y avoit plus de parade & oftention que d'autre chofe; car n'étant point profondes, elles ne fervoient de rien ou bien peu. L'état de la Ville de Jamets reduit à cette extrê-mité, le Marquis de Bade arriva en l'armée des Lorrains avec quatre compagnies de Lanfquenets, qui faifoient environ douze cens hommes; mais aïant là fejourné quelques jours, il fe retira avec une partie de fes gens, qu'il fit tirer vers le Pont-à-Mouffon pour les mettre en garnifon, ou quelque autre deffein.

Or, pour revenir à la négociation qui fe faifoit pour la red-dition de la Ville, Le fieur de Lenoncourt, Baillif, faifoit fem-blant de n'avoir aucune charge de traiter pour le Château, mais feulement pour la Ville, qui néanmoins du depuis tâcha de capituler pour tous les deux, ce qu'on ne lui voulut accorder, prévoïant bien avec plufieurs autres confidérations, qu'étant homme difficile, ce feroit une négociation où il fe trouveroit tant de difficultés, qu'on ne s'en pourroit développer, comme de fait il advint; car encore qu'il eût un pouvoir bien ample, fi eft-ce qu'à tout coup il falloit renvoïer à Nancy. Cela fut caufe que cette treve & reddition de la Ville ne fut accordée que jufqu'au mardi 26 de Decembre. Le 28 elle fut publiée, & le Peuple fortit le jeudi 29 dudit. Ce prolongement apportoit des grandes incommodités, notamment à caufe des vivres qui s'ufoient, comme il a été dit, qui étoit autant de diminution pour le Château. Sur quoi il faut remarquer que cette négocia-tion étant déja fi bien avancée, qu'on la tenoit comme pour faite & arrêtée, pourfuivant par ordre le chant de Pfeaumes on chanta le Pfeaume 150, qui eft le dernier, & expofa-t'on le dernier Dimanche du Catechifme, comme fi c'eut été préfage de la diffipation de cette Eglife, laquelle aïant duré environ l'efpace de vingt-fix ans, avoit été la retraite & refuge de plu-fieurs affligés.

Articles de la Capitulation.

L E defir & affection que Monfeigneur le Duc de Lorraine &
Mademoifelle la Duchefle de Bouillon ont de voir un bon &
affuré repos en leurs Terres & Jurifdictions pour le foulagement de leurs Sujets y demeurant ; & d'établir une bonne paix
par le moïen d'un mariage ou autrement, ont accordé ou accordent une treve & ceffation d'armes, & de tout acte d'hoftilité
entr'eux pour le terme & efpace de fix femaines, à commencer de
ce jourd'hui date des préfentes , que la Ville a été mife ès mains
de fon Alteffe , felon les conditions pour ce accordées en la capitulation d'icelle.

Et pource qu'entre tous les moïens de remettre au-deffus un
bon repos , il n'y en a aucun fi fûr que le mariage dont Madame
d'Aremberg a déja entamé & mis en avant quelque propos , fe
trouveront les Deputés , tant de l'une que de l'autre des deux
Parties en l'une des Villes de Doucheri, Mouzon, Ivoy, Mont-
medi, Marville ou Dumvilliers, pour de la part des Deputés de
Mademoifelle propofer les articles qu'ils defirent être accordés
au traité dudit mariage, pour le bien, repos & contentement
de madite Demoifelle, & fureté de fes Sujets , & conférer fans
rien conclure ni réfoudre que premierement chacune defdites
Parties n'ait envoïé un Gentilhomme vers le Roi, Protecteur
des Places fouveraines, & Monfeigneur de Montpenfier, oncle & tuteur de madite Demoifelle, pour avoir leur confentement, & obtenir d'eux procuration, & pouvoir de traiter &
conclure de tous les points dudit mariage, pour la fûreté & va-
lidité d'icelui, & pour la décharge du Confeil & des Deputés de
madite Demoifelle.

Si au bout du temps de fix femaines accordées pour la treve ,
les moïens de pacifier toutes chofes fe trouvent bien acheminés , & non conclus & arrêtés, pourra ladite treve être continuée d'un mutuel accord & confentement des Parties par les
Deputés , jufqu'à tel autre temps qu'ils aviferont , & dont ils
conviendront huit ou quinze jours avant l'expiration des fix femaines.

Durant le temps de la treve, les Parties pourront licencier ou
retenir leurs forces, felon que bon leur femblera. Les prifonniers de part & d'autre qui font de qualité de foldats feront élargis par contréchange, fi faire fe peut , & ceux qui font de plus

grande qualité, lefdits Deputés pourront convenir de leur élar-
giffement, foit par rançon ou autrement. Et fi lefdits Deputés
n'en peuvent convenir, feront lefdits prifonniers traités felon
leur grade & merite.

Le paffage fera libre pour ceux de Sedan à Jamets, & pour
ceux de Jamets à Sedan, pour aller de l'un à l'autre, avec paffeports des Gouverneurs defdits lieux d'où ils partiront; & où ils
voudroient paffer plus outre fur le païs de fon Alteffe, prendront paffeports non-feulement des Gouverneurs de la Place
d'où ils partiront, mais auffi du Général de l'armée de fon
Alteffe, ou de celui qui commandera en fon abfence; afin
qu'il ne fe faffe aucune entreprife fur aucunes Villes, Bourgades & Châteaux, Maifons de Gentilhommes ni autres Lieux
quelconques.

Semblablement ceux de fon Alteffe qui voudront aller ès terres de Sedan & Jamets feront tenus de faire de même.

Ne pourront toutesfois ceux du Château de Jamets remunir
ledit Château de bled, vin, bois, foin, ni munitions d'artillerie,
durant ledit temps de treve.

Pourront néanmoins durant ledit temps de treve aller & venir
où bon leur femblera, fans toutesfois rien entreprendre ni attenter au préjudice de ladite treve, & à leur entrée fera vu s'ils portent aucuns vivres & munitions audit Château; & à cette fin fortiront & entreront par les portes de la Ville.

Et afin d'ôter le foupçon que lefdites forties fe faffent pour
mettre nombre de foldats au Château, ne pourront mettre en
icelui autre nombre de foldats durant ladite treve, finon que
ceux qui font retenus pour la garde, jufqu'à la quantité portée
par le rôle, dont copie fera donnée, & feront appellés fur ledit
rôle le jour de devant la treve finie, en la préfence de celui
qui commandera en la Ville, ou de celui qu'il lui plaira commettre; & le même jour fe purgeront les Capitaines dudit Château par ferment, qu'il n'y en a plus grande quantité dans ledit
Château.

Et quant aux Gentilshommes & Demoifelles qui voudront
fortir dudit Château pour leurs affaires, n'y pourront rentrer en
plus grand nombre, ni autre monture ou équipage de guerre
qu'ils en feront fortis, fi ce n'eft du confentement de celui qui
commandera à la Ville.

Ne fera Mademoifelle empêchée de recevoir fes droits & revenus durant le temps de ladite treve.

Tout ce que deſſus ſera publié ès armées, & ès païs de l'obéiſſance de ſon Alteſſe & de Mademoiſelle de Bouillon.

Fait & arrêté entre Mademoiſelle, par l'avis de ſon Conſeil,
& Monſieur de Lenoncourt, Baillif de Saint-Mihel, envoïé
de la part de ſon Alteſſe, avec libre & ample pouvoir par écrit,
dont il a fait exhibition, & laiſſé copie; & promis faire approuver & ratifier le contenu ci-deſſus par ſon Alteſſe dedans douze
jours.

Signé, CHARLOTTE DE LA MARCK. DE LENONCOURT.

*Articles de la Capitulation de la Ville, accordés entre le ſieur
de Lenoncourt & le ſieur de Schelandre.*

QUE durant le temps de ſix ſemaines de treve accordées
pour conferer du moïen de pacifier toutes choſes, l'on ne fera
aucuns ouvrages en la Ville ni ès environs qui puiſſent nuire au
Château, ni pareillement au Château qui puiſſent nuire à la
Ville, ſinon qu'il ſera permis à Monſieur le Général de faire
parachever le Fort & les tranchées par lui commencées, redreſ-
ſera celles qui pourront tomber, préparer gabions, mantelets,
& autres munitions de guerre, poſer leſdits gabions hors le retranchement nouveau fait en ladite Ville, hors la vûe du Château, ſans les pouvoir emplir, faire un retranchement dedans
la Ville vis-à-vis du Château, qui commencera dès la porte du
Robin, demeurant icelle porte dedans la Ville, & tirant droit
à la fin de la Place du Château, vers la maiſon du ſieur de
Schelandre, & de-là vers la porte murée, demeurant encore
icelle porte dedans la Ville, ainſi qu'il a été arrêté entre le
ſieur de Schelandre, & le ſieur de Nervaiſe, Meſtre de Camp,
envoïé audit Jamets pour cet effet; ſans entreprendre autres
nouveaux ouvrages, comme auſſi il ſera loiſible audit ſieur
de Schelandre de faire parachever la démolition de la baſſe-
cour, & faire tranſporter au Château le bois d'icelle dedans
les trois jours après la ſortie des ſoldats de la garniſon de
Jamets.

Que les Capitaines, Soldats, Gens de guerre, Bourgeois &
tous autres de préſent demeurant & habitant audit Jamets,
de quelque qualité & nation qu'ils ſoient, qui ne voudront demeurer audit lieu, & faire ſerment à ſon Alteſſe, ſortiront avec
leurs armes, chevaux, hardes, meubles, femmes, enfants &
familles, ſans pouvoir être pillés, foulés ni moleſtés en aucune

ſorte

forte; au contraire feront conduits fûrement par les Gens de
fon Alteffe s'ils le requierent. Et à cette fin Monfieur de Lenoncourt, Senéchal de Lorraine, & Général en l'armée de fon
Alteffe, donnera de chacune Nation qui font trois, un ôtage
fuffifant pour fûreté de la conduite, afin de faire paroître à
un chacun combien fon Alteffe veut que fa parole foit fidelement gardée; & feront lefdits ôtages élargis incontinent que
les fufdits de Jamets feront arrivés ès terres de Sedan pour fûreté.

1589.

GUERRE ET
SIEGE DE JA-
METS.

Que les Gens de guerre dudit Jamets, tant de pied que de
cheval fortiront tous enfemble, fans déploïer cornettes ni enfeignes, fonner trompettes ni battre tambours, jufqu'à ce qu'ils
aïent paffé la riviere de Louppi, & arrivé au de-là du petit Bois
de Hugné, hors la vûe de l'armée de fon Alteffe; mais bien fortiront l'arquebufe chargée & la méche allumée.

Leur fera permis de loger en quelque Village, entre ledit Jamets & Sedan pour une nuitée, en fe retirant audit Sedan, &
leur feront fournis vivres pour le gîte, en païant raifonnablement,
& de gré à gré, fans ufer d'aucunes exactions ni outrages contre
leurs hôtes, fur peine de la vie, dont ils feront punis fur le champ.

Les Bourgeois & autres demeurans & habitans audit Jamets
qui n'y voudront demeurer; auront temps de trois femaines
pour fortir, & emmener leurs meubles & hardes. Pour faire
lequel tranfport, leur eft permis de louer chars, charrettes &
chevaux ès païs de fon Alteffe & ailleurs où ils en pourront recouvrer. Et où ils auroient difficulté d'en pouvoir trouver, ledit
fieur de Lenoncourt, Général, leur en fera fournir, en païant
raifonnablement pour fortir promptement des païs de fon Alteffe du côté de France, Luxembourg ou Sedan. Et fi aucuns
veulent prendre autre route vers l'Allemagne, feront conduits
par ledit charroi jufqu'au païs Meffin, en païant comme deffus.

Leur fera toutefois loifible de paffer ès païs de fon Alteffe,
fans gîter en un lieu plus d'une nuit, fi ce n'eft que cas avenant il y eut quelque perfonne fort malade, ou femme enceinte fur fes jours ou en travail, ou temps fi fâcheux, & les
eaux fi débordées qu'on ne put paffer; auquel cas leur fera permis d'y féjourner jufqu'à ce qu'elles foient relevées, qu'il y ait
apparence de convalefcence, & les eaux retirées pour pouvoir
paffer.

Les Soldats, Bourgeois & autres qui demeureront Sujets de
fon Alteffe dedans Jamets, jouiront des biens qu'ils y ont, &
ailleurs ès païs de fon Alteffe, fans être recherchés du paffé, &

Tome III.   N n n n

maintenus en leurs coûtumes, priviléges & droits anciens. Et quant à ceux qui voudront sortir des païs de subjection de son Altesse, & s'en retirer ès lieux où son Altesse n'a aucune guerre, qui toutesfois ne porteront les armes contre son service, & dequoi ils feront serment au sortir dudit Jamets, jouiront des biens qu'ils ont audit Jamets, leur étant permis de vendre ce qu'ils en ont ès autres païs de son Altesse dedans un an, à compter du jour de la reddition dudit Jamets.

Ne seront ceux dudit Jamets recherchés en leurs consciences durant la treve ; mais aussi ne leur sera permis de faire assemblées ni exercice public.

Après que tous les Articles ci-dessus auront été accordés & publiés, auront ceux de la Ville trois jours francs, après la sortie des Soldats, avant que ceux de son Altesse y entrent. Pendant lesquels trois jours ne se fera aucune démolition de maisons, sinon de la basse-cour ja commencée à démolir ; Et si pourra son Altesse, ou Monsieur Lenoncourt, Baillif de Saint-Mihel, envoïer de sa part, tenir & mettre durant lesdits trois jours en ladite Ville jusqu'au nombre de douze personnes telles qu'il lui plaira, pour aviser qu'aucune démolition ne se fasse, sinon en ladite basse-cour, & qu'il ne s'y fasse aucune fraude en la reddition de ladite Ville, ainsi qu'il est porté ci-après ; durant lequel temps de trois jours, & pour assurance qu'aucun tort ne se fera ausdites douze personnes susdites, Monsieur de Schelandre donnera ôtage dont les Parties conviendront.

Ne sera usé d'aucune rigueur, moleste, outrage ou autre excès contre ceux qui sont audit Jamets, soit contre ceux qui sortiront ou contre ceux qui y demeureront.

Les Bourgeois & autres qui sortiront avec les soldats, sortiront en une ou deux troupes, à deux jours divers, & en avertiront le Sieur de Lenoncourt Général de l'armée, ou celui qui commandera en la Ville en son absence, pour leur donner escorte jusqu'à ce qu'ils soient à quatre lieues arriere de l'armée.

Monsieur de Schelandre donnera ôtage pour sûreté qu'en la reddition de la Ville il ne s'y fera aucune fraude, par mines, fougades ni autres manieres tendantes à surprises ou perte d'hommes. Et à cette fin la Ville sera revisitée durant lesdits trois jours après la capitulation accordée, par les douze personnes susdites, au bout desquels trois jours seront lesdits ôtages élargis & délivrés.

Son Altesse fera entendre aux Chefs de ces Provinces le contenu ci-deſſus, afin que chacun au regard de ſa Province faſſe de point en point entendre ce qui eſt porté par les préſens articles.

Moïennant tous leſquels articles ladite Ville de Jamets a été miſe entre les mains de ſon Alteſſe, & reçue par Monſieur de Lenoncourt Bailli de Saint Mihel, envoïé comme deſſus, en vertu du pouvoir à lui donné par ſon Alteſſe.

Fait & accordé entre leſdits Seigneurs de Lenoncourt, en vertu dudit pouvoir, & dudit Sieur de Schelandre, le 29 de Décembre 1588, qui pour approbation de ladite capitulation, ont ſigné la préſente de leurs mains.

De Lenoncourt. R. Thin de Schelinder.

Approbation de Monſieur de Lorraine.

MOnseigneur le Duc de Calabre, Lorraine, Bar, Gueldre, &c. qui a vu les articles de la capitulation de la treve accordée entre Mademoiſelle la Ducheſſe de Bouilllon, & du Sieur Jean de Lenoncourt, Conſeiller d'Etat de ſon Alteſſe, & Bailli de Saint Mihel, du 29 du préſent mois de Décembre 1588, a iceux approuvés, confirmés & ratifiés, comme choſe faite & accordée par ledit Sieur de Lenoncourt, du conſentement & commandement exprès de ſon Alteſſe. Veut & entend qu'ils ſoient conſervés & effectués. En témoin de quoi elle a ſigné ces préſentes de ſa main; & commandé à moi ſouſſigné Sécrétaire de ſes commandemens de les contreſigner. Fait à Nancy le 26 dudit mois de Décembre 1588. Les Sieurs Comtes de SALM, Maréchal de Lorraine, Grand Maître en l'hôtel de ſadite Alteſſe & Gouverneur de Nancy, BARON D'HAUSSONVILLE, Maréchal de Barrois. DE VILLIERS, Bailli de Nancy. DE RECYCOURT, & de MEILHANNE Chambelans. Vouë de Condé, Maître des Requêtes ordinaire : & VINCENT, Tréſorier Général de ſes Finances, préſens. CHARLES.

TOUS les ſuſdits articles étant publiés, les Bourgeois de Jamets avec les femmes & petits enfans, & les gens de guerre tant de pied que de cheval, ſortirent de la Ville le Jeudi 29, qui étoit un temps fort incommode à cauſe des grandes froidures. Aucuns prirent le chemin de Romagne, les autres ſe retirerent ès lieux voiſins, comme ès terres de Damvillers, là où d'arrivée ils furent reçus avec grande courtoiſie; mais quelques jours après on leur fit commandement d'aller à la Meſſe ou de déloger. La

plus grande part des Bourgeois & tous les gens de guerre se
retirerent à Sedan , là où leurs ennemis suivant la capitulation ,
les conduisirent en toute sûreté., sans perte, sans injure ni violence quelconque. Ils furent reçus là avec grande humanité.
Mademoiselle de Bouillon , accompagnée du Sieur de la Noue &
le grand nombre d'autres notables personnages , tant de son
train , comme de Bourgeois de Sedan , les vinrent recevoir le
Vendredi à demie lieue de Sedan. Tous les gens de guerre furent
logés chez les Bourgeois , qui les festoïerent par plusieurs jours.
Et pour le regard du Peuple , encore que comme il a été dit ci-
dessus, la peste & la caquesangue (1) l'eut cruellement affligé, qui
donnoit occasion de penser qu'il y en auroit plusieurs qu'on ne
voudroit point recevoir en la Ville , craignant la contagion, si
est-ce que tous tant riches que pauvres y furent reçus humainement. Cette charité & hospitalité chrétienne réjouit & contenta
grandement tout ce Peuple , après tant de fatigues qu'il avoit,
souffertes en un si long siége.

Or si durant icelui Dieu les avoit favorisés en beaucoup de façons, comme il a été remarqué ci-dessus , certes en cette capitulation & sortie , sa faveur & assistance s'y montra encore plus ouvertement : car ceux de Jamets qui avoient toujours espéré quelque secours , avoient différé de capituler avec leurs ennemis ,
jusqu'à ce qu'ils virent qu'il ne leur restoit que bien peu de
vivres. De maniere que si ceux qui manioient cette affaire eussent
prolongé encore quelques jours cette négociation , il falloit
par nécessité ou que tout le Peuple fut abandonné à la merci
de leurs ennemis, ou bien perdre la Ville & le Château tout à
un coup : mais comme Dieu sait bien pourvoir aux nécessités
des affligés en temps & heure, ainsi aussi il conduisoit tellement
cette œuvre , que ce pauvre Peuple quittant & abandonnant ses
maisons, évitoit un péril & danger très grand, auquel il fut
tombé s'il n'eut lié les cœurs & les mains de ceux qui manioient
cette affaire. Et ce qui étoit encore notable en l'affliction & calamité de ces pauvres gens, c'est qu'aïant affaire à personnes
qui étoient ennemies irréconciliables de la Religion , & qui
avoient enduré tant de maux en ce siége , & y avoient fait tant,
de pertes , néanmoins Dieu leur changea tellement le cœur
qu'à grande peine se pourroit-il trouver une semblable sortie de
Ville : car tous les gens de cheval qui les accompagnoient , &
qui étoient pour la plûpart Albanois & Italiens , mus de com-

(1) Dyssenterie, flux de sang.

paſſion, les careſſoient, les avoient en eſtime, & les aidoient
& ſoulageoient en toutes les façons qu'il leur étoit poſſible, ſi
bien qu'ils les rendirent en lieu de ſûreté, avec infinité d'honnêtes
offices & ſans aucune perte. Voilà quelle fut l'iſſue de cette affaire.

Tout ce Peuple étant retiré en lieu de ſûreté, & la Ville
étant demeurée déſerte, ceux qui s'étoient retirés dedans le
Château, qui étoient deux Compagnies, à ſavoir celle du Sieur
de Schelandre Gouverneur, & celle du Sieur de Schelandre de
Videbource ſon frere, ne laiſſerent rien en la Ville que les murailles, tant pour accommoder le Château que pour incommoder ceux qui y devoient entrer. Or le Vendredi penultieme de
Décembre l'ennemi y logea une Compagnie de gens de pied,
pour commencer à prendre poſſeſſion de leur nouvelle conquête,
& le jour ſuivant toute leur armée y fit ſon entrée. Cependant
le Château demeuroit aſſez muni d'hommes, de vivres & autres
munitions de guerre.

Les affaires réduites en cet état, comme quelques uns avoient
blâmé les actions du Baron d'Hauſſonville, ainſi qu'il a été remarqué ci-deſſus, auſſi on commença à blâmer celles de ceux-ci;
jugeant qu'ils avoient laiſſé perdre une belle occaſion, en ce
qu'ils avoient capitulé avec ceux de Jamets, leſquels n'aïant
quaſi plus de vivres, en peu de jours euſſent été contraints de
ſe rendre à leur miſericorde. Et outre cela avoient été cauſe
de ravitailler le Château pour long-tems, parceque le Peuple
ſorti, tout ce qu'il y avoit de vivres en la Ville, avoit été
tranſporté dedans le Château; ainſi ils concluoient que cette capitulation étoit peu avantageuſe pour le Duc de Lorraine, &
que ſi on vouloit continuer le ſiége du Château pour l'affamer,
on en avoit pour long-tems.

Or comme on étoit en ces termes, avint que les gens de guerre & le Peuple de Jamets étant ſur les chemins, entendirent
que le 23 de Décembre 1588, le Roi avoit fait dépêcher le
Duc de Guiſe & le Cardinal ſon frere. Ces nouvelles étant
trouvées véritables, troubloient grandement la Cour de Lorraine, tous ceux de la Ligue, & même ceux qui étoient devant
Jamets, qui attendoient bien une autre iſſue & concluſion des
Etats de Blois. On ne voïoit entr'eux que deuil & triſteſſe, parlant du Roi avec fort peu de reſpect. Au contraire ceux que la
fureur & violence de la Ligue avoit bannis & déchaſſés de leurs
maiſons, reconnoiſſant bien que la main de Dieu avoit be-
ſogné en cette affaire, & eſtimant que c'étoit un témoigna-

ge de leur délivrance qui approchoit, admiroient les œuvres
de Dieu, & adoroient les jugemens de celui qui hausse & abbaisse
le dégré, & tient en sa main les issues de la vie & de la mort.

Cependant quelque deuil & tristesse que la mort de ces Princes eût apportée à tous ceux qui avoient suivi leur parti, & qui
fut bien-tôt après redoublée par la mort de la Reine mère du
Roi, si est-ce que les Lorrains se voïant maîtres de la Ville de
Jamets, ne laissoient de continuer leurs desseins, & principalement quand ils sentirent la révolte des Villes de France. Ainsi
étant logés en la Ville ils mirent le feu en leurs forts, en réservant seulement trois, où ils avoient toujours quelques Compagnies pour garder les passages. Au reste ils commencerent incontinent à faire leurs barricades, ou remparts & tranchées qui
leur avoient été accordées par la capitulation. Ce rempart qui
avoit huit pieds de hauteur, & environ vingt de largeur commençoit à la porte de Robin, & tirant vers la maison du Sieur
de Schelandre, s'alloit rendre en forme d'un demi quarré à la
porte de Breuil. Ce rempart avec les tranchées fut parachevé environ la fin du mois de Janvier, & non sans difficulté, pource
que le Sieur Général étoit si difficile, qu'il falloit quasi toujours les
mesures en la main : & y avoit bien apparence que sans la conclusion des Etats de Blois cette treve n'eut pas été de longue durée.

Or par la capitulation ils avoient convenu de tenir une journée, laquelle fut assignée au 10 de Janvier. Cela se faisoit pour
aviser aux moïens de faire une paix, fut par le moïen du mariage ou autrement. Et pour cet effet le Sieur de Schelandre,
suivant la requête instante que le Baillif de Saint Mihel, lui
en avoit faite, s'achemina à Sedan le 6 de Janvier, pour attendant le jour assigné, préparer & disposer le Conseil de Madamoi-
selle de Bouillon à la paix. Les Lorrains emploïoient ce Gentilhomme, pource qu'aïant expérimenté sa fidelité, comme la
vérité les contraignoit de la priser, aussi ne se pouvoient-ils garder qu'ils ne fissent état de lui comme d'un homme digne d'ê-
tre cheri & aimé. Cependant les Députés du Duc de Lorraine,
qui étoient le Baron d'Haussonville, le Baillif de Saint Mihel &
quelques autres de ses Officiers ne s'y trouverent point jusqu'au
13 de Janvier qu'ils vinrent à Inaut, qui est à mi-chemin de
Sedan & Jamets. La cause de ce retardement sembloit procéder
de ce que le Roi avoit envoïé à Nancy le Sieur de Rieux, pour
faire entendre au Duc de Lorraine sa volonté touchant le siége
de Jamets & autres affaires.

Les Députés donc tant d'une part que d'autre se trouvèrent à Inaut, ainsi qu'il a été remarqué ci-dessus. On proposa en cette assemblée quelques moïens de paix, toutesfois le tout sous le bon plaisir du Roi. Et pour lui pouvoir faire entendre, on prolongea la treve jusqu'au premier jour de Mars 1589. Cependant les Lorrains qui déja avoient flairé la révolte des Villes de France, firent amener leur artillerie en la Ville avec les autres munitions de guerre. Et en ce mois là, à savoir le 12 de Janvier environ les sept heures du soir, on vit du côté du septentrion de grands signes en l'air, qui puis après s'étendirent vers l'orient & l'occident. Ces signes étoient grands flambeaux, entremêlés les uns parmi les autres de couleur noire, blanche & rougeâtre, & environ les dix heures ils disparurent. Alors se présenta de tous ces côtés-là une clarté fort grande, comme si le jour eut commencé à paroître : mais sur le minuit ces signes recommencerent, & durerent jusqu'au jour.

Comme les affaires des Lorrains & de ceux de Jamets étoient en cet état, le Roi étoit bien empêché à donner ordre aux Villes qui s'étoient rebellées ; il pressoit Orléans : Paris se fortifioit contre lui ; Tróye & plusieurs autres Villes prenoient le parti de la Ligue. Sur ces entrefaites le Capitaine Saint Paul s'étoit saisi de Montfaucon, où les Lorrains avoient fait couler quelques soldats de ceux de leurs troupes qui étoient dedans Jamets. Cela fut cause que le Sieur d'Inteville, suivant la charge qu'il avoit du Roi, leva des hommes & s'aida de ceux qui étant sortis de Jamets s'étoient retirés à Sedan. Ceux-ci qui étoient gens bien façonnés à la guerre, comme ils en avoient fait de bonnes preuves au siége de Jamets, vinrent sous la conduite du Sieur d'Amblize & du Baron de Terme, attaquer Montfaucon la nuit du Samedi 28 de Janvier, où ils entrerent & s'en rendirent maîtres. Cette prise étoit fâcheuse pour ceux qui favorisoient la Ligue : toutesfois cette Place ne demeura guere sous l'obéissance du Roi ; car le Sieur d'Amblize y mit Soehet, qui du depuis la remit entre les mains de la Ligue.

Cependant le Duc de Lorraine qui avoit toujours favorisé la Ligue en tout ce qu'il avoit pû, licentia une partie de ses gens tant de pied que de cheval ; c'est-à-dire, les envoïa trouver le Capitaine Saint Paul qui étoit en Champagne, & avoit ramassé tout ce qu'il lui avoit été possible pour s'opposer aux troupes du Sieur d'Amblize, avec lesquelles étoient celles de Sedan & de Jamets. Ces troupes se rencontrerent entre Saint Gevin & Saint

George, où il se fit une charge fort âpre. Du commencement la compagnie du *Sieur* d'Amblise prit l'épouvante, lui toutesfois demeurant toujours en combat; mais cet assaut soutenu par les compagnies des *Sieurs* de Vandy, de Chaumont, de Louppes & autres, rompirent & mirent en fuite tout ce que *Saint Paul* avoit, après y avoir tué, blessé & pris prisonniers plusieurs de l'ennemi, entre lesquels étoit le *Sieur* d'Artigotty *Lorrain* & 12 ou 15 Capitaines, aïant perdu leurs Cornettes & plusieurs chevaux. Cette défaite vint si bien à propos pour les affaires du Roi, que si ceux qui tenoient son parti eussent été défaits, il y avoit apparence que toute la Champagne alloit prendre celui de la Ligue; mais par le moïen de cette journée elle fut retenue en son devoir.

Voïant donc ce qui s'étoit passé auprès de *Saint Gevin*, le Baron d'Haussonville fit savoir au *Sieur* de Schelandre que bientôt il partiroit avec ses compagnons pour continuer la négociation commencée; mais le *Baillif* de *Saint Mihel* étant allé trouver le Roi on changea d'avis, tellement qu'on n'eut point de leurs nouvelles jusqu'au 24 de Fevrier, que le *Sieur* de l'Afferté apporta certains articles touchant le mariage dont a été parlé ci-dessus, par lesquels le Duc de Lorraine submettoit l'affaire à l'avis & volonté du Roi & du Duc de Montpensier: qui faisoit penser qu'ils avoient obtenu quelque chose en Cour, vu que du commencement on ne les avoit pu amener à ce point. Cependant on prolongea la treve jusqu'au 17 de Mars, & de-là jusqu'à *Quasimodo*, aux mêmes charges & conditions que la précédente, excepté qu'il fut accordé au *Lorrain* de poser une gabionnade sur le rempart qu'il avoit fait, & à ceux du Château de besogner & se fortifier contre les assiégeans. Suivant donc cet accord, le 18 de Fevrier ils commencerent à asseoir leurs gabions, ce qui apporta un tel murmure & mécontentement entre les soldats qui étoient dedans ledit Château, que dès cette heure on fut rentré en guerre, n'eut été que le *Sieur* de Schelandre, qui avoit toujours fait paroître qu'il étoit Gentilhomme véritable, y mit empêchement.

Le Château de *Jamets* étant ainsi environné du côte de la *Ville* de grandes tranchées, & d'un rempart de huit à neuf pieds de haut, sur lequel y avoit une gabionnade de pareille hauteur, le Baron d'Haussonville arriva à *Orne* le premier d'Avril, veille de *Pâque*, par le moïen duquel on prolongea la treve jusqu'au *Mercredi* d'après *Quasimodo*, avec espérance qu'on pourroit

faire

faire quelque accord. S'étant rendu à Jamets ledit jour de Quafimodo, le Sieur de Schelandre & lui fe virent. On fut par fon moïen que le Roi avoit écrit au Duc de Lorraine, & à Mademoifelle de Bouillon, qu'il vouloit que la treve fût continuée jufques à fon arrivée en Champagne, & que lui-même vouloit être arbitre de ce différend, pour le terminer à l'amiable. Néanmoins on ne put tomber d'accord, pource que les Lorrains n'accordoient la continuation de la treve, finon avec des conditions fi dures & fi fâcheufes qu'on aima mieux la guerre que la treve.

S'étant ainfi départis, chacun fe prépara à la guerre tant d'une part que d'autre. Les affiégeans qui avoient parachevé leur gabionnade firent une plateforme fur le canal qui eft entre la porte du Robin & le moulin, là où ils logerent quatre pieces, & deux autres qu'ils mirent auprès de la halle. Cependant les affiégés aïant rompu leurs ponts, & réparé leurs portes, firent des retranchemens de tous côtés, & des flancs en tous les endroits qu'ils jugeoient propres, n'aïant pas encore bonnement découvert par quel endroit l'ennemi les vouloit battre. On abbattit auffi les toîts qui pouvoient nuire, & prépara-t-on plufieurs endroits pour loger des pieces. Avec cela on fit un grand retranchement dedans le boulevart qui regarde la Ville, en le réparant & fortifiant au mieux qu'il fut poffible ; car on reconnoiffoit très bien qu'en toute la Place il n'y avoit que cet endroit qui fut foible, à raifon que le boulevart étant fort petit, il n'y avoit moïen de remuer terre, outre le retranchement qu'on y avoit fait, lequel étoit incommode au derriere par groffes murailles, qui en deux volées de canon le pouvoient toujours remplir. Néanmoins accommodant l'ouvrage felon le lieu, on continua ce retranchement jufqu'au Mercredi, qui étoit le jour auquel finiffoit la treve aux huit heures du matin : toutesfois l'horloge étant abbatu, on prit de là occafion de continuer la treve jufqu'au lendemain 13 d'Avril, & l'heure affignée étoit la Diane (1). Les affiégeans commencerent à faluer environ les deux heures après minuit ; mais les affiégés ne leur répondirent finon à l'heure que le jour commençoit à paroître.

Cependant les affiégés qui avoient toujours efpérance de quelque fecours, craignant que la guerre recommencée ils ne puffent avoir aucunes nouvelles, avoient avifé avec ceux de Sedan que pour fignal & avertiffement on feroit des feux fur deux montagnes près de Jamets, & outre cela qu'on tireroit certain nom-

____
(1) Batterie de tambour à la pointe du jour.

bre de coups de canon, & à heures affignées, felon l'occurence
des affaires, ainfi qu'il avoit été arrêté entr'eux. La guerre commencée les affiégeans battirent, des quatre pieces qu'ils avoient
logées fur la plateforme qui étoit entre la porte du Robin & le
Moulin, le boulevart qui regarde cette partie-là ; mais aïant
trouvé qu'ils n'exécutoient quafi rien, ou bien peu, ils cefferent de
battre, tant de ce côté-là que des deux pieces qu'ils avoient logées auprès de la halle pour tirer en ruine. Cependant ils drefferent une autre batterie près de la Tour du chat, où aïant logé la
plûpart de leurs pieces ils tirerent en ruine 13 ou 1400 coups
contre les toîts du Château qui reftoient, lefquels ils endomma-
gerent de telle façon qu'une partie tomboit, & ès autres endroits il n'y avoit moïen de fe pouvoir garantir de la pluie qu'à
grande difficulté, toute la maifon étant ruinée. Cependant les
éclats avoient bleffé plufieurs foldats, fans en avoir tué un
feul : mais néanmoins demeuroient inutiles ; joint que les maladies fe mettoient parmi eux, de façon que peu réchapperent fans
être malades, entre lefquelles maladies il y avoit quelque apparence & commencement de pefte. Et de fait auffi encore qu'il n'y
eut point faute de pain, fi eft-ce que le refte des vivres n'étoit
communément que chair falée des vaches qu'on avoit butinées fur
les Lorrains, & le breuvage étoit bierre, y reftant feulement
quelque bien peu de vin, qui fervoit de medecine à ceux qui
étoient malades.

Les affiégeans aïant tiré plufieurs coups contre une groffe Tour
ronde qu'on appelloit Cornica, l'avoient coupée quafi tout autour; aïant ceffé de la battre, les affiégés reconnurent bien que
l'ennemi la vouloit réferver pour la faire cheoir à un jour d'affaut, afin de remplir leurs retranchemens, ce qui lui étoit fort
aifé. Cela fut caufe que les affiégés la firent cheoir le Samedi 22
d'Avril. Cette chute avoit rempli non-feulement leur retranchement, mais auffi couvert tout le boulevart, qu'il falloit néanmoins nettoïer avec grand danger, emploïant la nuit ès lieux
qui étoient les plus dangereux, & le jour ès lieux où il y avoit
un peu plus d'affurance. Cependant quoique l'ennemi étant fur
le rempart qu'il avoit fait, pût voir jufques fur ce boulevart, fi
eft-ce qu'il n'eut moïen d'offencer perfonne : car de fait auffi on
y avoit mis un tel ordre que les fentinelles qu'on pofoit pouvoient
voir toutes les baies des pieces des ennemis : & auffi-tôt qu'on le-
voit les mantelets pour tirer, on avoit deux cloches en deux
divers endroits qu'on fonnoit, & oïoit de tout le Château, &

par ce moïen chacun étoit averti, afin de s'abaisser & se mettre
en lieu de sûreté : ceci fut pratiqué jusques au jour de la reddition.

Or avant qu'entrer en la guerre, on avoit planté en la campagne un certain pieu, afin que s'il avenoit qu'on voulût communiquer, les tambours ou autres qui seroient envoïés se rendis-
sent-là, ce que les assiégés pouvoient faire aisément, par le
moïen d'une coulisse qu'on mettoit hors du Château du côté appellé le Breuil. Or depuis le 13 d'Avril que la guerre commença, jusques au 25 on n'avoit oui aucunes nouvelles de l'ennemi,
ni de paroles ni par écrit ; mais en ce jour le Sieur de Nervaise
qui commandoit en ce siége en l'absence du Sieur de Lenoncourt, écrivit une lettre au Sieur de Schelandre, par un tambour qui vint se rendre au lieu assigné, par laquelle il lui mandoit qu'il avisât à ce qu'il auroit à faire ; qu'il avoit fait de
grands préparatifs pour ruiner entierement cette maison. Le
Sieur de Schelandre lui fit réponse qu'il étoit tout avisé, que sa
résolution étoit de bien défendre sa Place. Ledit Sieur de Nervaise demanda de communiquer avec le Sieur de Marolles Baillif de Jamets, ce qui lui fut accordé : mais cette entrevue n'apporta rien de nouveau, encore que les Assiégeans eussent tiré
depuis le 13 d'Avril jusques au 11 de Mai, plus de mille ou
douze cens coups de canons en ruine, si est-ce qu'ils n'avoient
tué un seul soldat des Assiégés ; mais en ce jour-là comme ils
étoient sur les murailles, revenans de quérir de l'herbe pour
nourrir quelque peu de vaches qui leur restoient pour le soulagement des malades, un coup de canon en emporta trois, qui
furent tous mis en pieces.

Et combien que l'Ennemi serra ainsi de près le Château, &
que les Assiégés n'eussent rien qu'une seule sortie, par le moïen
de la coulisse dont a été parlé ci-dessus, si est-ce que durant ce
temps ils ne laisserent d'avoir nouvelles de Sedan à diverses fois,
par lesquelles ils étoient avertis de ce qui se passoit, tant du
côté d'Allemagne que de France ; & jaçoit que l'Ennemi l'eut
découvert pour avoir vu un Soldat à Sedan qu'il savoit bien être
de la retenue du Château, si ne laissa-t-il pour cela le 21 de Mai
de faire de nuit une grosse scopetterie, criant cette nuit & les
jours suivans que tout étoit gagné pour eux, que le Sieur de la
Noue étoit défait, que le Roi de Navarre étoit mort, & le Roi
prisonnier, lequel ils méprisoient étrangement : mais les Assiégés qui savoient bien le contraire, aïant entendu la journée de
Senlis, leur rendirent leur change bien-tôt après ; de façon que

quelque heure avant jour ils tirerent toutes leurs pieces & arquebuses à croc, qui étonna les Assiégeans de telle façon que du commencement ils estimerent que quelque nouveau secours leur fut arrivé : comme de fait il y en avoit la promesse du côté de ceux que le Sieur de la Noue avoit secourus au besoin.

Cette espérance étant faillie il en restoit une autre, par le moïen d'une armée que le Sieur de Sancy avoit levée en Suisse pour le Roi : cette armée que le Duc de Longueville & Sieur de la Noue alloit recueillir sur la frontiere de la Bourgogne, tenoit en doute le Lorrain, craignant fort qu'elle ne prît le chemin de Jamets : & de fait du commencement les projets en avoient été tels. Ce que le Lorrain appréhendant, fit ruiner tous les Forts d'alentour de Jamets, excepté trois qu'il réserva pour garder les passages. Néanmoins le Roi qui du commencement avoit manié ses affaires pésament, enfin les trouva si embarrassées qu'il fut contraint de faire acheminer son armée avec la plus grande diligence qu'il lui fut possible, & ainsi le Château de Jamets demeura sans espérance de secours. Ce que le Duc de Lorraine aïant reconnu, & que déja il avoit refusé d'acquiescer aux requêtes instantes que le Roi lui en avoit faites, disant qu'il aimoit mieux perdre la vie & tout son païs que l'honneur, se résolut de faire un dernier effort pour tâcher d'emporter le Château. Et pour cet effet ils commencerent à faire leurs approches, de façon que le 9 de Juillet en une nuit ils mirent trente ou quarante gabions entre leur rempart & les fossés du Château, avec de longues tranchées qui venoient jusques sur le bord des fossés. Cela fait, ils mirent deux pieces sur le bord de leurdit rempart, & la nuit suivante deux autres sur la porte du Breuil, duquel lieu ils battoient la Tour de Breuil, comme il se voit par la carte. Cependant ils n'avoient encore que les pieces avec lesquelles ils avoient battu la Ville ; mais le Mardi 12 ils en firent encore venir quelques autres du côté d'Estenai, & le Jeudi 13 il leur en arriva douze, dont une partie avoit été prise à Nancy, l'autre avoit été fournie par le Roi d'Espagne, de façon qu'ils eurent vingt-deux pieces en tout, dont il y en avoit treize ou quatorze de batterie, desquelles les balles des plus grosses pesoient quarante-quatre & quarante-cinq livres.

Ces pieces arrivées, ils continuerent leurs approches jusqu'au Mardi 18 de Juillet qu'ils acheverent de loger leursdites pieces sur le bord des fossés. Cela fait, ils battirent la Tour du Breuil toute cette matinée : aïant percé la muraille, & les ruines étant déja bien hautes, le Baron d'Hauſſonville envoïa un Trompette pour ſignifier au Sieur de Schelandre qu'il deſiroit de parler à lui, ce qui lui fut accordé. Cette entrevue ne tendoit ſinon à perſuader de lui rendre la Place, ce que ne pouvant obtenir, dit pour le dernier mot que dedans quinze jours il feroit dedans, ou bien qu'il la quitteroit du tout. Le lendemain qui étoit le Mercredi 19, ils ne tirerent point en batterie, mais feulement quelques coups en ruine. Cependant aïant emploïé toute cette journée à préparer leurs affaires, & aïant ceſſé la batterie de la Tour du Breuil, contre laquelle ils avoient tiré ſept ou huit cens coups de canon, ils commencerent le Jeudi 20 à battre le boulevard d'Urinca, contre lequel ils tirerent en cette journée-là neuf cens quinze coups de canon. Le Vendredi 21 ils continuerent toute la matinée, de façon qu'enfin il y avoit une telle brêche qu'aiſément on y pouvoit monter; & leurs pieces regardant juſques dedans le retranchement qui étoit en ce boulevard, le rendoient quaſi inutile, ſans y pouvoir remedier, à cauſe des groſſes murailles qui étoient derriere.

Voïant leurs affaires ainſi avancées, ils jetterent deux ponts de tonneaux de ſapin, l'un haut pour ſe couvrir du coup de mouſquet, & l'autre bas pour paſſer. Les Aſſiégés voïant la brêche ſi avancée, & les ponts déja jettés coururent aux armes, & la plûpart ſe rendit dedans le retranchement, où on avoit dreſſé les barriques de camp dont on s'étoit aidé au jour de l'aſſaut de la Ville, avec beaucoup d'autres artifices qu'on avoit préparés. Comme on s'étoit mis en ordre pour ſoutenir l'aſſaut, l'Ennemi qui avoit ſes pieces tout près, ne ceſſoit de tirer, de façon qu'en une volée il tua trois des Aſſiégés. Conſidérant qu'il ne leur reſtoit plus d'eſpérance de ſecours, ainſi qu'ils l'avoient bien reconnu par le rapport de leurs meſſagers, conſidérant auſſi que leur retranchement étoit vu des pieces de l'Ennemi, & qu'il étoit joignant à de groſſes murailles qui l'incommodoient étrangement, réſolurent qu'aïant ſoutenu un ſi long ſiége ſans aucun ſecours, il leur étoit meilleur de rendre la Place que de ſe perdre tous, eſtimant bien que ceux qui voudroient juger droitement de cette affaire, reconnoîtroient qu'ils auroient fait tout ce qu'on ſauroit deſirer & requerir de gens de bien & d'honneur.

Cette réſolution priſe, on envoïa vers le Marquis de Pont, qui étoit arrivé à Jamets quelques jours auparavant pour terminer ce fiége en l'une ou en l'autre façon ; le Sieur de Marolles qui avoit toujours négocié & pris beaucoup de peine en ce fiége , & qui a beaucoup de bonnes parties en foi, fut député pour faire ce voïage , avec des articles qui étoient bien amples : ces demandes amples qu'on faifoit , furent réduites en ces articles qui s'enfuivent.

Articles de la Capitulation du Château.

MOnseigneur le Marquis aïant vu la propofition que lui a faite le Sieur de Marolles , répond ce qui s'enfuit.

Premierement il accorde que le Gouverneur, Capitaine, Soldats & autres de quelque qualité qu'ils foient , fortiront vies & bagues fauves.

Que les Capitaines & Soldats fortiront l'épée & le poignard à la ceinture : le refte des armes demeurera , avec leurs enfeignes & tambours, lefquels feront conduits furement fous la parole de mondit Seigneur le Marquis, avec les bagues & meubles qui font à eux , à leurs frais jufqu'à Sedan.

Que tous ceux qui ont des biens en cette Ville de Jamets & dépendances, ou au Païs de l'obéïffance de fon Alteffe , en jouiront tant & fi longuement qu'ils voudront vivre catholiquement, & en cas qu'ils ne vouluffent abjurer leur Religion , leur fera donné terme d'un an pour vendre leurs biens & en faire profit.

Que toutes munitions de guerre demeureront en leur entier, fans aucune falfification ni tromperie , comme auffi les vivres qui refteront.

Et que pour affurance de ce , demeureront deux ou trois perfonnages pincipaux d'entr'eux, deux fois vingt-quatre heures auprès de Monfeigneur le Marquis, pour pendant ce temps vifiter le Château, pour reconnoître s'il y a aucune fourbe, lefquels puis après feront renvoïés fûrement là par où ils voudront.

Et que tous les biens , meubles, lettres & autres chofes (réfervés armes & munitions de guerre), feront rendus à ceux qui auparavant fe font rendus Sujets de fon Alteffe, foit de cette Ville ou ailleurs.

Sur lefquels articles le Sieur de Schelandre aura à prendre réfolution pour tout ce iourd'hui. Fait à Jamets ce 24 de Juillet 1589.

Signé, **HENRI.**

CE s articles reçus & examinés, on avisa d'y renvoïer le Sieur de Marolles, afin de les moderer, & principalement le second où on trouvoit plus de difficulté qu'en tous les autres : mais la rigueur & févérité des Afliégeans étoit fi grande, qu'il n'y eut moïen de leur perfuader d'y changer un feul mot. Les Afliégés les voïant ainfi arrêtés en leur premier avis, furent contraints d'accepter les conditions qu'ils leur préfentoient, quelque dures & fâcheufes qu'elles fuffent.

Cette capitulation accordée, les Afliégeans firent entrer dès ce jour quelque nombre de leurs gens, pour commencer à prendre poffeffion de leur conquête : & le lendemain matin ils y logerent quelques Compagnies, qui entrerent toutes par la brêche qu'ils y avoient faite, les portes demeurant toujours remparées comme elles étoient. Cependant toute cette nuit ceux qui avoient capitulé fe préparerent pour fortir le lendemain 22. Et environ les dix heures le Baron d'Hauffonville fe trouva fur la brêche avec le Sieur de la Routte, pour donner ordre à ce qui reftoit. Lors les Afliégés fortirent, paffant tous par la brêche, fans qu'on leur fît violence quelconque : car de fait comme ils avoient difpofé leurs gens en bon ordre ; auffi le Sieur de la Routte qui avoit charge d'acheminer cette fortie, & la conduire jufqu'à demie lieue hors de la Ville, s'y emploïa avec telle rondeur & autorité, qu'auffi-tôt qu'il appercevoit quelqu'un qui feulement entreprit d'approcher ceux qu'il conduifoit, les coups ne leur étoient point épargnés.

Or aïant exécuté fa charge, & prenant congé de cette compagnie, & la troupe le remerçiant avec beaucoup de contentement qu'ils avoient de lui, de-là ils furent conduits jufqu'auprès de Douzy par deux Compagnies d'Albanois, qui les menerent en fûreté. Mais néanmoins les chaleurs étant extrêmes, & ces gens aïant été long-temps enfermés dans la Place de Jamets, où même ils avoient beaucoup travaillé jour & nuit, il y en eut trois ou quatre, qui étant demeurés derriere furent tués par certains méchans garnemens qui fuivoient ces Troupes, le refte arriva à Sedan en bonne profpérité. Voilà quelle fut l'iffue de ce fiége, qui dura près de vingt mois, à favoir celui de la Ville environ treize, & celui du Château prefque fept, la guerre néanmoins continuant toujours jufqu'à ce qu'il plaife à Dieu y mettre une fin, au foulagement de ces pauvres Peuples tant & fi longuement affligés, au contentement de tous ceux qui y ont intérêt, & à fa gloire.

Avertissement.

Nous venons de voir dans la Relation précédente commençant au feuillet 568, la guerre du Duc de Lorraine contre la Maison de Bouillon. Or pource qu'au feuillet 597 parlant du tort fait par ce Duc à Mademoiselle de Bouillon, depuis mariée au Vicomte de Turenne, à présent Maréchal de France, il est fait mention d'une autre Tragédie des Lorrains qui avoient brûlé le Païs du Comte de Montbelliard ; voïant qu'ès deux volumes précédens cette tragédie mémorable entre celles de notre temps, n'a point été insérée, il m'a semblé nécessaire de la publier, afin qu'elle serve à l'Histoire de notre temps, & que notre postérité connoisse combien les Ligueurs ont été forcenés d'avoir desiré pour Roi ceux qui en tant de sortes ont déclaré qu'ils étoient conjurés Ennemis d'honnêteté, d'humanité, de nature & de toute Religion. Il y a des particularités en cette Histoire, qu'aucuns estimeront avoir dû être ensevelies & réservées au jugement dernier du grand Dieu. Je confesse qu'on lira ici des cruautés du tout étranges & peut-être nouvelles, où il semble que l'auteur du meurtre se soit comme surmonté soi-même. Mais il faut que le Lecteur voie un échantillon des fureurs enragées de ceux que le Juge du monde a bien su attrapper depuis & qu'il attrape de jour à autre, attendant qu'à tous ensemble il fasse sentir le supplice que méritent leurs méchancetés. Nous savons que quelques-uns de ces meurtriers trainent encore leurs liens ; que quelques-uns sont morts assez soudainement & aucuns mêmes plus doucement qu'ils ne pensoient. Mais nous savons aussi que les coups qu'ils ont reçus, ne sont que petits commencemens de la gêne & peine indicible qui leur est apprêtée. Et que s'ils sont morts stupides ou parmi les combats, leur fin n'a été que très malheureuse. Quant à ceux qui vivent encore dans les prisons de la patience de Dieu, le jour de leur supplice approche, & faut que tôt ou tard ils soient accravantés (1) de leurs propres forfaits, & que le Seigneur soit glorifié en les détruisant,

(1) Ecrafés, accablés sous le poids de leurs forfaits,

HISTOIRE TRAGIQUE

Des cruautés & méchancetés horribles commises en la Comté de Montbelliard fur la fin de l'an 1587 & commencement de l'an 1588, par les Trouppes des fieurs de Guife & Marquis de Pont, fils aîné du Duc de Lorraine.

NOUVELLEMENT MISE EN LUMIERE.

APRE's que la maladie, la difette & l'incommodité du temps eurent contraint l'armée étrangere du Roi de Navarre de fe debander, & fe retirer en fûreté au mieux qu'il étoit poffible, & que les Sieurs de Guife & Marquis de Pont eurent pourfuivi avec leur armée les Reiftres jufqu'aux montagnes de St Claude en Bourgogne, iceux Reiftres étant échappés du danger d'être défaits, pour s'être retirés à Geneve par la Savoye, & par conféquent l'occafion de les plus attrapper en quelqu'autre endroit étant ôtée aufdits Sieurs de Guife & Marquis de Pont; ils délibererent de fe retirer en Lorraine & en France. Mais afin de contenter en quelque façon leurs troupes qui n'avoient été païées, réfolurent en un Château diftant trois journées de Montbeliard, près de Salins en Bourgogne, & appellé Montfalin, de leur bailler en pillage la Comté de Montbeliard. Laquelle déliberation étant prife fut auffitôt mife en exécution. Ils envoïerent donc quelques gens à cheval pour fe faifir du pont de Roide, qui traverfe la riviere du Dou, afin que perfonne ne paffât pour fignifier leur venue. Le Marquis de Pont s'avança au même temps devers la Lorraine avec fes troupes. Puis tout-à-coup fur la fin de l'année 1587, tous ces défefperés, alterés du fang humain, & ne cherchant que la proie expofée à leur violence, entrerent ès Villages de la Comté de Montbeliard.

Auffitôt qu'ils furent arrivés, ils fe fourrerent ès maifons fans trouver réfiftance. S'il y avoit des perfonnes âgées de plus de neuf ans, elles étoient prifes, les femmes & filles pour les violer, les hommes pour les mettre à rançon. Après cela ils fe mirent à piller de telle fureur, que tout le bétail qu'ils trouverent fut faifi, & ne laifferent piéce de bétail qu'il n'emmenafsent en Lorraine, ou à qui ils ne coupassent quelque membre pour les rendre inutiles; comme les jambes & les groins aux pourceaux, le dos de quelques vieux & maigres chevaux, ou à d'autres bêtes. Mais tout ce qui put marcher en Lorraine, ou qu'ils pouvoient vendre à quelque prix que ce fût aux Bourguignons circonvoisins, fut ravi & emmené; tellement qu'ils ne laisserent chevaux quelconques, ni bœufs, vaches, veaux, chevres, moutons ou pourceaux. En somme tout leur étoit bon.

Non contens de cela, tous meubles, de quelque nature qu'ils fussent, furent par eux saccagés, distraits; ce qu'ils ne purent emporter ou vendre fut par eux gâté & rompu. Ils n'oublierent pas les lits ni les linges; tout fut charrié en Lorraine, ou donné & vendu aux Bourguignons, comme pour néant, ou jetté & enseveli en la fange par les chevaux, & par les pillards qui dansoient & sautoient dessus.

Les Païsans qui s'étoient retirés par les Forêts & Rochers, enduroient grande famine & rude froidure pour l'hyver qui étoit pour lors en sa vigueur. Car la plûpart n'eurent pas loisir de prendre autres habillemens, que ceux qu'ils avoient vêtus; & n'osoient faire feu de peur d'être trouvés, dont aussi aucuns moururent, plusieurs furent gêlés, spécialement des filles & jeunes enfans, lesquels après la retraite des ennemis furent apportés à Montbeliard, où (nonobstant tout remede) les pieds & les mains leur cheurent par piéces; les autres devinrent hétiques & estropiés des bras & des jambes; & tôt après moururent en très grande langueur. D'autres furent trois jours, quelques-uns cinq jours, les autres huit jours, sans manger pain ni autre substance, sinon des feines & du gland, dont ils se nourrissoient par les Rochers; car ils n'avoient eu loisir que de sauver en grand hâte leur vie, à cause de la surprise qui fut très soudaine.

Le mari ne savoit où étoit sa femme, ni la femme son mari. Les meres délaissoient leurs enfans même les plus petits, & les pauvres jeunes enfans gemissans çà & là, tout nus ou mal vêtus, crioient après leurs peres & leurs meres, par les Villages, par les Finages, par les Forêts; mais ils étoient tellement égarés & épouvantés, que chacun plaignoit son mal, oubliant l'autrui. Même il avint que le frere appellant son frere, le mari sa femme, l'enfant sa mere, & au contraire, ils fuïoient l'un arriere de l'autre, estimant que ce fussent ennemis qui les poursuivissent tant étoient-ils épouvantés des horribles excès de ces Barbares. Ainsi les pauvres enfans demeuroient exposés au froid, sans nourriture par le Bois.

Il y en a eu en plusieurs lieux, qui furent perdus parmi les Forêts & Rochers, desquels de deux ou trois jours l'on ne pouvoit avoir nouvelle aucune.

Les ennemis ne se contenterent point du pillage qu'ils trouverent dans les maisons ès Villages ; mais s'épandirent au long & au large par les campagnes & forêts, cherchant tous ceux qui s'étoient sauvés & cachés. Pour les mieux trouver, ils menoient des chiens, afin de sentir & découvrir. Ils portoient des sonnettes & clochettes qu'ils faisoient retentir, afin que ceux qui étoient cachés estimassent que ce fussent quelques bêtes égarées. Ils huchoient, contrefaisant leur voix & le langage du païs, & appelloient les noms des peres & des meres, desquels ils rencontroient les enfans, & les faisoient crier & appeller ceux de leur connoissance, afin que si les peres & meres venoient pour secourir les enfans, ils fussent pris & rançonnés.

Ils se servoient aussi des pauvres Captifs pour ce faire, qui à coups de pistolets, de pommeaux d'épées, bastonades & cruelles gehenes étoient contraints de déceler, voire dire aucune fois plus qu'ils ne savoient.

Par tels & semblables moïens il n'y eut anglet au païs qui ne fut recherché & pillé, dont tout ce qu'on avoit pu retirer, fut pris & dérobé ; & les pillards contraignoient les pauvres Captifs de ramener leur bétail en tels lieux qu'il leur plaisoit.

Es montagnes de la souveraineté de Clermont, qui s'étendent contre la Savoye, il y a des retraites, cavernes, précipices & lieux si étranges & épouvantables, dont plusieurs personnes d'alentour (quelque grand âge qu'elles aient atteint) ne s'étoient jamais osé approcher ; d'autant que ce font lieux inhabitables & horribles à voir. On avoit retiré là-dedans quelque bétail presque de toutes sortes ; cela ne put être si bien caché qu'il ne fût ravi, & les personnes emmenées prisonnieres, puis rançonnées.

Quelques-uns de ces Pillards connoissoient fort bien les meilleures maisons du païs qu'ils fourrageoient ; & ne faut douter que ce ne fussent aucuns des voisins, à qui on n'avoit jamais fait déplaisir, par le moïen desquels rien ne put échapper (s'il n'étoit ès Villes) qui ne fut pillé. Car ils conduisoient les Pillards par-tout ès Montagnes & Villages des Seigneurs circon-

voisins , voire jusque bien près de Basle , où aucuns de ce pauvre Peuple furent saisis avec leur bétail , & ramenés en tel lieu
que bon sembloit aux Pillards. Etant-là s'il y avoit quatre ou
cinq prétendans au pillage , celui ou ceux à qui appartenoit le
bétail étoit contraint de faire autant de portions le plus justement
qu'il étoit possible , & les Pillards les prenoient au lot. Par ainsi
tous meubles & bétails furent ravis (comme sus est dit) & les
graines ne furent pas oubliées.

Il y avoit si grande abondance de froment, orge , avoine,
poids , féves , lentilles , & autres légumes, que les Pillards même s'en émerveilloient. Mais tout ce qu'ils purent envoïer &
emmener en Lorraine , ou vendre aux Bourguignons , fut par
eux ravi.

Près de trois semaines durant, les chemins & campagnes entre Hericourt & Belfort étoient couverts de charriots & bétails
pillés , qu'ils conduisoient en Lorraine à grands troupeaux ; &
les conduisant ils chantoient par moquerie : *Voici les Bergers
du Prince de Montbeliard : Nous lui ramenerons ses vaches au
midi , & ses moutons la matinée. Où est-il, où est-il le chasseur ?
O que voici belle proie* ! Ce qu'ils ne pouvoient emmener fut
rendu inutile ; car leurs forces ne correspondant pas à leur rapacité, ils furent contraints d'en laisser au païs malgré eux. Toutesfois afin qu'on connût qu'ils étoient ennemis de tout bien ,
ils mêlerent tout, l'un parmi l'autre, le froment avec l'avoine ;
l'orge avec les lentilles , les poids avec les vesces ; plusieurs y mettoient du sable & de la chaux , d'autres faisoient leurs excrémens
(sauf révérence) dedans les tas desdites graines ; aucuns piloient
du verre & le jettoient dedans : bref ils s'étudierent de faire qu'a-
près leur sortie le pauvre Peuple mourût de faim.

Or , pour ces choses le desir de fourrager ne fut assouvi. Car
ils ouvrirent plusieurs sépulcres, tant dedans les Eglises qu'ès
Cimetieres. Ils pensoient trouver quelques grands trésors ; mais
se voïant frustrés , ils laissoient les corps demi pourris à découvert.

Et comme il avient souventesfois , que non - seulement les
amis délaissent au besoin , mais aussi ceux qui sembloient être
amis en prospérité , en temps d'adversité augmentent les miseres des affligés en leur courant sus traitreusement ; ainsi en
prit il à ce pauvre Peuple , à l'égard d'aucuns siens voisins , qui
étoient bien aises de telle adversité , & l'accroissoient aussi. Car
ils suivoient cette armée de voleurs , & achetoient d'eux pour

un florin ce qui en valoit quinze. Aucuns achetoient des chevaux de seize & de vingt écus pour deux écus ; une bonne vache de six écus pour un écu. Ils avoient les brebis, les pourceaux gras, le froment, l'avoine, & autres graines, ce qui valoit deux écus pour vingt ou vingt-cinq sols. Il y avoit plusieurs de ces voisins qui fourrageoient aussi audacieusement que les ennemis, & déroboient ès granges, ou par les Bois, le bétail de leurs voisins, desquels ils avoient reçu continuel plaisir & service ; de sorte qu'ils ne les purent sitôt vendre & aliéner, que plusieurs piéces puis après ne fussent reconnues. Quant à la graine, les greniers leur étoient ouverts, tout ainsi qu'aux voleurs, & en chargeoient sur leurs charriots à leur appetit, puis la menoient en leurs logis.

Le pauvre Peuple voïoit cela devant ses yeux, & aucuns étoient contraints de mener leurs propres biens & bétail où il plaisoit aux ennemis ; qui, de ce non-contents, ne laissoient échapper (comme sus est dit) homme à leur escient, qui ne donnât rançon telle qu'ils la demandoient ; autrement il étoit torturé, tourmenté par ces Barbares (plus rigoureusement que les Bourreaux ne gênent les criminels) afin de leur arracher quelqu'argent.

Car il ne leur suffisoit point de les retenir liés, & de les traîner aux queues de leurs chevaux, comme chiens en laisse, la hart au col, ni de les frapper du fust des arquebuses, des manches des pistolets, puis avec épées & poignards, jusqu'à plaies ouvertes, desquelles le sang ruisseloit de toutes parts. Ce ne leur étoit rien de les faire passer & repasser souventesfois les eaux en hyver, attachés à la queue de leurs chevaux, ni de voir puis après leurs habits aussi roides de gêlée, que des troncs de bois. Ils ne faisoient conscience de les tenir attachés trois & quatre jours sans leur donner à manger, & les faire comme enrager de faim, en voïant les viandes devant eux qui se gâtoient & perdoient, de sorte que les chiens n'en vouloient plus. Mais pour les tourmenter davantage, ils inventerent plusieurs sortes de tortures & questions non-ouies, ausquelles ces pauvres personnes innocentes furent si cruellement appliquées, que la mort leur eut été cent fois plus agréable.

Et qui les pourra raconter ou écrire ? vu que les pauvres personnes même ne les pouvoient déclarer, à cause de leurs trop grands excès & indicibles tourmens. Toutesfois afin que Dieu soit redouté, (devant lequel nulle ame vivante n'est innocente)

1589.

CRUAUTÉ DES
LIGUÉS.

& qu'on connoisse que c'est de l'esprit de la Ligue, nous produirons quelques histoires de ces cruautés que nous avons entendues, de la plûpart de ceux qui les ont senties, puis nous les
ont recitées, sentant encore des extrêmes douleurs, lorsqu'ils tiroient à la mort, pauvrement gisans, couverts de plaies, & jettant maints soupirs, témoins de leurs récits indubitables.

Etant saisis (comme sus est dit) on leur disoit, avec toutes
sortes de paroles rigoureuses & injurieuses : Çà la bourse, poltron, fils de putain ; mais comme les Villageois n'ont pas grand
trésor, aucuns leur demandoient dix sols, vingt sols, cinq
francs, douze francs, &c. selon ce qu'ils pouvoient avoir. Ainsi
faisoient-ils aux femmes. Or, cela ne servoit de rien qu'à en-
flammer leur rage ; car autant de paroles qu'ils disoient sans
argent, autant de coups de pommeaux d'épée ou de pistolet falloit-il recevoir.

Plusieurs leurs donnerent en main leurs chevaux, bœufs, vaches, bourses, voire tous leurs biens. S'ils étoient lâchés des
premiers, ils étoient repris des seconds & des tiers; par ainsi
autant étoit tourmenté celui qui avoit beaucoup, que celui qui
avoit peu. Ils n'ajoutoient aucune foi aux paroles du pauvre
Peuple. Aïant ravi tous les biens à quelques-uns, & les aïant dépouillés jusqu'à leurs chemises, & les autres tout nus sans leur
laisser aucune chose ; encore les tourmenterent-ils pour avoir
rançon de vingt, de cinquante, de cent, de deux cents, & de
huit cents écus.

Ils tinrent prisonniers plusieurs pauvres mendians, malades,
femmes, filles, enfants ; & après en avoir abusé, ils les tortu-
rerent, sur-tout les vieilles personnes de soixante-dix & de quatre-vingts ans furent par eux tellement tourmentés, que plusieurs
défaillirent & moururent entre leurs cruelles mains. Ils en ge-
nerent aucuns pour avoir rançon à leur appetit de cent à six vingts
écus, lesquels n'avoient jamais eu, en tout leur vaillant, la valeur de vingt florins. Et quiconque ne leur promettoit ce qu'ils
demandoient, sentoit le renfort de leurs tourmens. Aucuns furent menés jusqu'autant près des Villes que ces cruels en osoient
approcher pour en avoir leurs rançons, & ceux-là étoient les pl us
heureux ; car on les rachetoit.

Ils en lâcherent quelques-uns, mais non pas sans serment &
caution personnelle, pour aller querir leurs rançons. Si deux
étoient pris d'une même maison, il falloit que l'un cautionnât
l'autre qui étoit relâché, afin d'aller à l'argent pour les deux ; &

le plus souvent il étoit repris par d'autres, & tourmenté comme
auparavant. Par ce moïen il ne pouvoit retourner à son pleige,
lequel pour cela étoit tourmenté beaucoup plus fort que devant,
avec injures pleines de toutes sortes de moqueries. Bref, il n'y
avoit point de fin.

Ce fut un enfer pour tous ceux qui tomberent entre leurs
mains cruelles & pleines de sang du pauvre Peuple, lequel
pleuroit & lamentoit si piteusement & avec tant de soupirs, que
si ces malheureux eussent été hommes, le cœur leur devroit rompre de pitié; mais il ne restoit en eux aucune humanité ni revé-
rence de vieillards, femmes enceintes & gisantes; encore moins
des autres, lesquelles ils tenoient attachées à des poteaux dans les
maisons, ou aux arbres par les jardins, pour les tourmenter
quand il leur plairoit.

Ils lierent à d'autres les pieds & les mains, & les jetterent dans
quelque chambre obscure; ils en enfermerent aucuns dans des
coffres, où ils n'avoient qu'à demi air, & les y laisserent long
espace de temps, jusqu'à peu-près d'étouffer.

Ils lierent à d'autres, qu'ils avoient dépouillés tout nus, les
pieds & les mains tout ensemble, comme on lieroit une brebis,
& à force de coups de pied, d'épées, ou de bâtons, les firent
rouler par-dedans la fange, qui n'étoit qu'à demi gêlée. Aucuns furent liés à des piéces de bois les pieds & les mains, étendus deçà & de-là, prêts à être démembrés. Ils usoient aussi de
vans dont on vanne les graines, & contraignoient les pauvres
captifs de mettre les mains par les manilles d'iceux, puis leurs
joignoient les pieds & les mains ensemble, & pour les tourmenter davantage, ils leur mettoient sous les jarrets, certains
bois, qui à peu-près leur rompoient les cuisses & les jambes. Le
froid augmentoit fort les douleurs des pauvres prisonniers, qui
étoient en telle & semblable façon detenus en prisons cruelles
par long espace de temps, sans manger ni avoir crédit de
s'approcher du feu. Plusieurs en tel point se lamentoient fort piteusement, & offroient tous leurs biens; mais pource ils n'avoient
gueres meilleur traitement.

Après telles & semblables captivités, les questions s'ensuivi-
rent de diverses sortes & manieres, afin d'avoir ce que les pauvres tourmentés n'avoient point. Mais nonobstant leurs lamentations & excuses, il falloit qu'ils endurassent la cruauté de ces
Barbares, & qu'ils supportassent des tourmens horribles à raconter, outres les soufflets de gantelets, coups d'épée, de bâ-

tons, d'arquebuſes, de piſtolets & d'autres inſtrumens, qui étoient auſſi fréquens, que ces Barbares jettoient leurs vûes ſur les pauvres captifs.

Aucuns d'iceux puis après étoient contraints de mettre les pouces des deux mains entre les chiens des rouets de leurs piſto-lets, que les Ennemis reſerroient ſi fort avec leurs bandages, que le ſang ſailloit de tous côtés par deſſous les ongles. Plu-ſieurs ont porté les piſtolets trois ou quatre jours en telle ma-niere, les mains liées derriere le dos, & attachés avec la corde au col, étoient traînés çà & là, comme chiens, à la queue des chevaux. Or ces inhumains reſſerroient à tous coups les vis de leurs rouets de piſtolets, juſqu'à faire cheoir (peu s'en falloit) les pouces des mains des pauvres tourmentés.

Outre ce, ils avoient certains engins de fer, qui s'ouvroient & reſſerroient à volonté, en façon de preſſe (aucuns les appel-loient greſillons) avec leſquels ils gênerent pluſieurs perſonnes en leurs mains, doigts, bras & autres membres. Ils attachoient des cordes à tels engins, & promenoient çà & là après eux les pauvres priſonniers ainſi greſillonnés. Etant au logis ils leur ra-menoient la corde par entre les jambes, & l'attachoient par der-riere à quelque clou ou ſoliveau, fort tendue : & les pauvres captifs ſe gênoient eux-mêmes, & par leur péſanteur ſe rompoient les mains ou membres : tant plus la corde étoit tendue, tant plus ſe ſerroit & étraignoit tel engin. Bref toutes ſortes de tortures exercées par les bourreaux, voire d'autres encore plus cruelles, étoient pratiquées par ceux-ci.

Ils nouerent certaines cordes fort groſſes, puis en firent des chapeaux autour de la tête des pauvres priſonniers, & à grande force & violence avec un petit bois eſtraignoient ſi fort que les cordes entroient en la tête juſqu'aux os, & le ſang leur ruiſſe-loit hors de la bouche, du nez, des oreilles & de tous côtés. Cela s'appelloit entre tels inhumains, bailler le frontail.

Ils s'étudioient avec plaiſir de rencontrer des plus vieux, de l'âge de ſoixante-dix ou quatre-vingts ans ; car ils les attachoient à quelques arbres ou poteaux, dépouillés juſqu'à la chemiſe, puis après une infinité de ſoufflets & brocards leur brûloient avec tiſons allumés, les cheveux, la barbe, le viſage ; & à quelques uns (choſe horrible de ouir) les poils des parties hon-teuſes.

Ils trouverent un pauvre vieil homme de la Souveraineté de Clermont, malade en ſa maiſon, tous ſes biens lui aïant été

ravis,

ravis. Après plusieurs cruautés exercées en sa personne, il fut 1589.
pendu par les pieds à la cheminée de sa maison à la fumée. Etant
près d'étouffer, tirant la langue d'une demi pied de long, leur
promit rançon à leur volonté, laquelle puis après n'aïant pu
païer, fut gêné inhumainement en toutes les autres parties de son
corps, & puis lui attacherent la tête à un poteau si étroitement
qu'il ne la pouvoit remuer, & aussi lui écorcherent le menton
& le firent mourir en langueur.

Ceux qu'ils tenoient près des eaux, ils les gênoient par eau,
les plongeant dedans jusqu'à les y noïer. S'ils étoient près des
ponts, ils les mettoient sur les bords, & les vouloient jetter
dedans pieds & poings liés, s'ils ne leur païoient rançon à leur
guise.

Il s'en trouva quelques uns, sur un certain pont en la Cómté
de Montbeliard, dit le pont de Voulancourt, traversant la riviere du Dou, où il y avoit un abîme d'eau plein de rochers
épouvantables à voir, & haut de plus de trois grands étages.
Pour faire désespérer les pauvres prisonniers, ils les pendoient
en bas pas un pied tout prêts à cheoir, les laissant ainsi languir
long espace de temps, puis après étoient relevés & tantôt
rabaissés, & cependant ils les heurtoient contre les coins des ar-
cades du pont (qui sont faites de grands quartiers de pierre) do
sorte que long-temps après lesdits coins étoient encore tout rouges du sang des pauvres souffreteux.

Ils lierent les pieds & les mains à deux hommes de la Comté
de Montbeliard, & au col de l'un ils attacherent un moïeu de
fenêtre de pierres, & les précipiterent tous deux dans l'eau dessous ce pont de Voulancourt.

Un Meunier de la Souveraineté du Châtelet fut trouvé en une
caverne sous une roche avec une sienne fillette. Les meurtriers
l'aïant tiré hors, ils le ramenerent en son moulin, où l'aïant
dépouillé tout nud, fut mené attaché avec une grosse corde
sur les conduits de l'eau, puis le jetterent sous les roues du
moulin, le tenant toutesfois avec la corde par laquelle ils le
retirerent dehors, mais tout écorché & brisé par les aîles de la
roue.

L'hyver étoit fort âpre autant qu'il ait été long-temps devant ou depuis. Ils le conduisirent derechef dans le moulin, &
lui mirent en ses plaies de la cendre & de la poudre à canon,
& le tourmenterent tellement qu'il mourut en moins de trois
jours.

Tome III. Qqqq

Or les autres exerçoient ailleurs d'autres cruautés. Aïant leurs prisonniers, ils leur faisoient apporter là où il leur plaisoit des herses, desquelles une bonne partie avoient les dents de fer, puis attachoient les pauvres prisonniers sur icelles bien étroitement, les laissant là-dessus une nuit toute entiere ou quelqu'autre espace de temps, si longuement que ces dents de herses leur entroient en la chair. Combien en ont-ils pendu ès cheminées à la fumée, prenant plaisir de leur voir tirer la langue demie paume de long? Leur rage n'étoit point pour ce assouvie. Ils se sont entremis d'arracher les membres à d'aucuns : car ils les attachoient par le pouce de la main dextre d'un côté, & par le pouce du pied gauche d'autre côté ; puis les élevoient en haut avec une corde, & par grande violence les tenoient guidés & tendus en l'air, les tirant cruellement par leurs parties honteuses.

Un Païsan de la Souveraineté du Chastelet, ne pouvant satisfaire à la rançon qui lui étoit imposée, fut par eux lié les mains derriere le dos ; & l'aïant conduit en une maison lui mirent des cordes aux deux pouces des mains, & l'éleverent quatre pieds haut de terre, & le laisserent ainsi pendu une nuit toute entiere.

Un Vieillard de la Souveraineté de Blamont, âgé de quatrevingt & dix ans, étant après destitué de toute force naturelle, à cause de sa grande vieillesse, estimoit que ces pervers auroient égard à son âge & indisposition ; pourtant il ne s'étoit fait retirer aïant desir de traiter tels voleurs de son mieux. Mais il fut bien trompé, car ils le lierent sur un cheval, & le menerent en un autre Village, où n'aïant pu fournir rançon de cent écus qui lui étoient demandés, on lui mit la corde au col les mains liées derriere le dos, à la façon d'un qu'on veut exécuter pour ses voleries, & contraint de se mettre sur une piece de bois, fut attaché en haut par le col, puis la piece lui étant ôtée de dessous les pieds, demeura pendu en l'air quelque temps : étant ravalé il chut évanoui, & à cause de plusieurs autres tourmens, en peu de temps il finit ses jours.

D'aucuns ont été pendus par les Bois ès arbres, & par les villages aux fenêtres & planchers à la fumée, & en façon étranges, tantôt par un pied, tantôt par une main : les uns trois & quatre fois, les autres six, d'autres neuf, d'autres ont été pendus par ces pendars jusqu'à quatorze fois & plus ; l'un par long espace de tems, l'autre quelques heures durant.

Un pauvre Aveugle fut trouvé par eux en la Seigneurie de Blamont, qui ne vivoit d'autre chose que d'aumônes qu'on lui donnoit pour l'honneur de Dieu. Ils le lierent sur un banc, où il reçut mille tourmens, & entr'autres lui remplirent le visage & la bouche d'excrémens d'hommes (soit dit avec révérence), avec ces mots, maudit poltron, poltron aveugle, donne de l'argent & nous enseigne le bien de tes Voisins. Deux hommes furent saisis en un même Village de la Comté de Montbelliard, & les Ennemis appercevant qu'ils ne pourroient pas tirer grand argent d'eux, dirent à l'un qu'il falloit qu'il pendît son voisin & compagnon, ce qu'il ne voulut faire ; de quoi eux indignés contraignirent l'autre de prendre & étrangler cettui-ci ; ce qui fut exécuté incontinent.

Ils pendirent en plusieurs endroits aucuns de leurs prisonniers, puis se faisoient apporter des vans, dans lesquels ils faisoient asseoir ces pauvres prisonniers, puis les attachoient, de-sorte que les mains & les bras renversés passant par dedans les manilles du van, se venoient rendre par derriere au pied, qu'ils attachoient ensemble avec certains bois, puis leur attachoient les génitoires avec petites cordes, un peu moindres qu'une mêche d'arquebuse, & les jettant par quelques soliveaux, crochets ou chevilles, tiroient de l'autre côté si fort, qu'ils soutenoient le reste du corps & faisoient descendre les génitoires plus bas que les genoux : cela est fort épouvantable. Mais ils se plaisoient en cette barbarie, & pour augmenter les douleurs, ils frapperent la corde avec quelques baguettes, comme les plus cruels bourreaux de quelqu'Inquisition. On oïoit de demi-lieue loin les pauvres patiens reclamant Dieu ; mais il n'y avoit personne pour les secourir.

Ce tourment étoit fort agréable à ces cruels, & ils l'exerçoient diversement. Car aucunes fois ils perçoient les vans au milieu & faisoient sortir par le trou les génitoires, puis les prenoient par derriere avec un bâton fendu & les serroient (le van renversé sur les captifs) comme on serre la museliere d'un cheval vicieux quand on le veut ferrer ; & par grande violence s'appuïant du genouil contre le van, les tiroient avec douleurs incroïables hors du corps, & aïant redressé les pauvres tourmentés les contraignoient de marcher les génitoires apparoissant par derriere. Ils les prenoient à d'autres avec un bâton fendu, comme dessus, puis les aïant liés fort étroitement, ils y pendoient deux pistolets deçà & delà, & faisoient marcher en tel

Qqqq ij

équipage les pauvres tourmentés. Qui ouit jamais parler de telles cruautés ? toutesfois nous récitons ce qui a été fait, sans aucune amplification.

Quand ils avoient longtemps manié les pauvres prisonniers en telles façons diaboliques, ils en châtroient aucuns, & les ont coupés du tout à d'autres, de sorte qu'ils mouroient entre leurs mains cruelles ; encore danſoient ces pervers à l'entour des pauvres mourans.

Outre ce qu'avons déja touché ci-deſſus, ils en tourmenterent d'autres par feu. Car ils faiſoient rougir au feu des pelles, des lames de fer, des pots de fer & de cuivre ; puis aïant fait déchauſſer les pauvres perſonnes, leur faiſoient tenir les pieds nuds là-deſſus, les brûlant juſqu'aux os.

Ils prirent entr'autres une pauvre femme d'un Village en la ſouveraineté de Blamont, & après pluſieurs tourmens, tant de brutale paillardiſe que d'autres cruautés étranges, par leſquelles elle chût évanouie, quelquefois, aïant fait rougir au feu une pelle de fer, lui appliquerent à la plante des pieds, & un autre garnement trouva une faucille, laquelle il fit rougir au même feu & la mit en la gorge de la pauvre créature, juſqu'à lui brûler le col, cuïdant tirer d'elle quelque grande ſomme de deniers.

En la ſouveraineté du Châtelet furent aucuns déteſtables qui aïant vu une vieille femme en ſa maiſon, laquelle avoit été toute ſa vie honnête, modeſte, & de bon nom, leur donna tout ce qu'elle avoit de bien au monde, tant en meubles qu'en argent. Ils la violerent, & non contens de cette méchanceté, lui demanderent rançon exhorbitante & à elle impoſſible. Puis lui mirent les mains dans le feu, juſqu'à les lui brûler du tout. L'aïant tenue en ce tourment & ne pouvant ſatisfaire à leurs deſirs, ils la dépouillerent, puis l'aſſirent dans un grand braſier, où elle mourut en extrêmes douleurs. Y eût-il jamais cruauté plus grande ? toutesfois ce n'eſt pas tout.

Car ils en tourmenterent d'aucuns & ſpécialement un (je laiſſe pour brieveté une multitude d'autres exemples), qui étoit de la ſouveraineté de Blamont, comme s'enſuit. Etant pris, le licol lui fut mis au col (comme à tous les pauvres priſonniers) & traîné à queue de cheval çà & là, ne pouvant ſatisfaire à leur inſatiable avarice, fut à la parfin jetté en un four, où ils allumerent le feu. Lui évanoui & preſque étouffé du feu & de la fumée, fut retiré dehors & tourmenté juſqu'à la mort.

Un autre de la même Seigneurie fut tiré hors de sa maison
& mené chez son voisin, où il fut pendu par les pieds à la fumée, où aïant langui près de demie heure, fut mis bas par
ces meurtriers, qui prirent des marteaux de fer & lui battirent &
froisserent les os des jointures, pour lui faire sentir tant plus
grieves douleurs.

Un autre de la Souveraineté de Clermont, âgé de soixante-
dix ans, étant pris & battu inhumainement par ces bourreaux,
eut les yeux bandés, les mains liées, & le col découvert, menacé d'avoir la tête tranchée avec une hache sur un bloc. Pour
échapper, il promit rançon, laquelle il ne put fournir; dont
ces bourreaux indignés le pendirent par les pieds longtemps à
la fumée (comme plusieurs autres), puis mis bas fut attaché à un
pôteau & tenaillé avec des pincettes de fer en toutes les parties de son corps, mêmes ès parties honteuses, avec tourmens
horribles, dont après il mourut.

Encore produirons-nous deux Histoires touchant les gênes,
lesquelles sont si étranges qu'elles semblent justifier les précédentes.

C'étoit en hiver qu'on mettoit le feu aux fourneaux pour chauf-
fer les poîles. Un pauvre enfant de la Comté de Montbelliard,
duquel les pere & mere vivent encore de présent, se trouvant parmi ces brigands, fut pris & lié pieds & mains, puis
ils lui mirent la tête au trou, qui est selon la coutume sur la
gueule du fourneau, dans lequel il y avoit grand feu & la flamme sortoit par ce trou. Ils mirent la tête de l'enfant là-dedans
jusqu'à ce qu'elle lui fut demi brûlée & que la cervelle sortoit
deçà & delà. O cruauté non ouie & du tout épouvantable !

L'autre histoire est d'un Laboureur de la Souveraineté de Hericourt, lequel ils promenerent çà & là par l'espace de huit
jours à la queue d'un cheval, la hart au col, & eurent soixante
écus pour sa rançon. Ce nonobstant il fut par eux lié & attaché
à une échelle, puis ils le dresserent à une cheminée, & dessous
lui & ladite échelle allumerent un grand brasier, & lui rôtirent
les jambes & les pieds, de sorte que le jus qui en distilloit,
comme d'un membre de mouton, allumoit le brasier, au grand
contentement de ces inhumains, qui le laisserent là tant que la
chair & les nerfs furent brûlés & qu'on lui vit l'os, qui de brû-
lure noircissoit déja : & bientôt après il mourut.

En la même Souveraineté de Hericourt furent pris deux hommes voisins d'un même Village, l'un d'eux eut les deux mains

liées fort étroitement l'une avec l'autre, & fut pendu à une cheville fichée à un poteau par les bras, ainsi qu'on pend un pelis-
son ou autre habit de femme : puis deux garnemens aïant rencontré un fléau à battre le bled, l'un prit la hantelure, l'autre
la verge d'icelui, & battirent le pauvre pendu (à qui la cheville
cassoit les os des bras à cause de la pésanteur du corps), tant & si
rudement de tous côtés, qu'il évanouit, & le laissèrent comme
mort. Ils étoient prêts d'en faire autant à l'autre ; mais il trouva
moïen d'échapper de leurs mains.

Le fidele Lecteur peut mieux considérer de ce que dessus le
traitement que ce pauvre Peuple a reçu au pourchas de ces vaillans guerriers, qu'il n'est facile de le décrire. Et comment le
pourrois-je déclarer aux autres, vu qu'à cause de son énormité,
les pauvres misérables qui l'ont enduré ne l'ont pu exprimer que
par larmes & soupirs ?

Or ce qui agravoit tout ce mal, étoit qu'encore qu'on pensât
racheter le fils son pere, ou le pere son fils, c'étoit merveille si
l'un n'étoit volé & outragé par un autre : & ce n'étoit gueres qu'a-
bus de se donner peine à chercher de l'argent. Car avant qu'il
parvint à celui à qui il étoit promis il étoit ravi : le prisonnier lâché retomboit en la main d'un autre, de façon que plusieurs ont
été prisonniers jusqu'à six fois, & tourmentés des uns & des autres à toute reste.

Un Habitant de la Souveraineté de Clermont étant pris &
gêné cruellement, fit accord qu'il donnoit & donneroit rançon
de deux cens écus pour délivrance de sa personne. Il fit entendre
cela à ses parens & amis, qui se mirent en devoir de recouvrer
argent pour satisfaction de l'accord. Eux n'aïant pu amasser que
six vingts écus, & pourchassant la délivrance du prisonnier : ils
reçoivent promesses de sûreté de leurs personnes à eux faites par
deux brigands de la troupe, qui faisoient des Capitaines, & se
disoient de la Motthe en Lorraine. Ils viennent pour délivrer
cette somme de six vingts écus, & faire lâcher leur parent ; mais
les brigands firent refus de les prendre, & les renvoïerent par
finesse : car ils ne les eurent éloignés de quatre-vingts pas, que ladite somme leur fut ôtée, eux bien battus & en danger de perdre leur vie. Ainsi en avint-il à plusieurs autres. Chacun donnoit
ce qu'il pouvoit pour racheter sa vie : encore ne pouvoit-on satisfaire à l'insatiable avarice de ces méchans.

Les pauvres personnes atteloient elles-mêmes leurs chariots,
elles les chargeoient de leurs propres biens ; tout ce qu'elles

avoient étoit apporté aux pieds de ces barbares, & les conduisoient elles-mêmes là par où ils vouloient, avec très humbles
prieres faites à mains jointes & lamentations, qu'ils eussent à
prendre le tout de bonne part, & qu'ils eussent pitié de leurs
personnes & de leurs chers enfans. Mais c'étoient prieres en
l'air. Jamais ce n'étoit assez. Ces barbares exerçoient leurs cruautés contre jeunes & vieux, dispos & malades, même contre les
enfans de gesine, & leurs meres detenues au plus profond de
leurs maladies honteuses & naturelles.

La peste étoit en un Village de la Seigneurie de Chastelet, & y
avoit deux femmes (entre autres personnes) qui étoient griévement affligées. Ce nonobstant elles furent appréhendées par ces
méchans, & liées à des poteaux, puis violées si cruellement
qu'elles moururent incontinent.

Ils trouverent en la souveraineté de Clermont une femme,
laquelle étoit accouchée seulement depuis trois jours, & qui
étoit en son immondicité fort malade. Ce nonobstant à la premiere arrivée elle fut brutalement foulée par plusieurs de ces
pervers, à la vûe de tous, puis pource qu'elle se plaignoit, étant
accablée de langueur, elle fut chassée dehors de son lit & de
sa maison quasi toute nue avec son petit enfant, & fut contrainte se tenir écartée par les montagnes d'icelle Seigneurie à la rigueur de la bise & de l'hyver; desorte que ce petit enfant mourut de froid, avec plus grand tourment que si les Barbares l'eussent
mis au bout de leurs lances.

Or, cette pauvre femme ne fut pas seule misérable entre les
mains de ces méchans, lesquels aïant tourmenté les hommes
beaucoup plus rigoureusement que ci-dessus n'est déclaré, &
qu'il ne se peut dire ni écrire, ont commis actes de tout horribles à penser à l'endroit de plusieurs pauvres filles & femmes,
& tels qu'à peine en trouvera-t'on de plus étranges histoires,
ne se contentant du naturel usage, mais comme aucuns le nous
ont affermé en bonne foi, se sont précipités sur des jeunes hommes, & sur des bêtes brutes, commettant choses que pour révérence des oreilles chastes nous n'osons ici reciter.

Comme il n'y avoit nulle mesure en leurs larcins & cruautés,
encore y en avoit-il moins envers les femmes & filles qu'ils pouvoient attraper. Ils usoient des moïens ci-dessus déclarés pour
les trouver. Ils les chassoient par les Bois avec toute sorte de
cautelle, comme la sauvagine est par les veneurs. Les Villes
étoient investies tout à l'entour; elles ne se pouvoient retirer

en icelles. Aucuns voisins qui avoient moïen de les mettre en sûreté, ne les vouloient recevoir. Ceux qui en avoient reçu du commencement les contraignirent de sortir hors de leurs Villes pour se retirer ailleurs. Nous craignons, disoient-ils, d'être recherchés à cause de vous. Certains vauneants d'entre les voisins incitoient les ennemis, & les conduisoient par les détroits du païs.

Quand ces pervers les pouvoient attraper, spécialement hors des seigneuries, ils leur mettoient la hart au col, comme aux hommes, & les traînoient çà & là à la queue de leurs chevaux, avec toute sorte d'ignominie & vitupere, dont il est facile à chacun de considérer en soi-même quel traitement les pauvres femmes & filles ont reçu de ces pervers.

Ils les ravissoient d'entre les mains de leurs propres peres, & de leurs propres maris, & en leur propre présence ne se donnoient point aucune honte de les découvrir & violer tout en public, avec cent mille rudesses, ordures, & paroles infames, auxquelles toute personne qui aime l'honnêteté a honte en soi-même de penser. Mais elles étoient proferées & chantées communement par ces débordés abrutis, qui se vantoient de leurs paillardises les uns envers les autres, avec aussi peu de respect que s'ils eussent été des chiens.

Car ils ne se contentoient point d'une à une, ains comme plusieurs mâtins, plusieurs alloient l'un après l'autre à une même; & pour assouvir leur brutalité tant plus facilement, ils faisoient tenir les pauvres femmes par leurs goujats qui étoient spectateurs de ces monstres; de sorte que les pauvres créatures étoient tourmentées de mal & de honte tout à la fois.

En la souveraineté du Châtelet, entr'autres fut prise par eux une femme de moïen âge, laquelle ils coucherent par force sur une table, & la lierent par le col, & par les mains si étroitement, qu'impossible lui fut de se délier ni ôter; puis la découvrirent (sauf la révérence due aux oreilles chastes) & aïant les pieds & les jambes élargies, & liés de part & d'autre fort étroitement, la laisserent là quelques jours & quelques nuits à la vue de tous, & au plaisir de ces Barbares, & encore pis que Barbares cent fois. D'autres furent ainsi traitées ailleurs, & plusieurs attachées à des arbres, pilliers, poteaux ès maisons, ès vergers, & ès Temples mêmes, & rendues par tel moïen sujettes à endurer & soutenir ces mâtins, sans avoir plus de force de les repousser que des statues. Les pauvres peres ou meres

n'osoient

n'ofoient pas encore fonner un mot; car de leur côté ils étoient autant ou plus indignement traités que les pauvres femmes.

Comme entr'autres un certain Villageois de la Comté de Montbeliard : ces mâtins s'étant retirés en fa maifon, le furprirent dedans avec fa femme, & fans plus attendre, le pauvre homme fut falué de mille injures, foufflets de gantelets, coups de courtes dagues par tous les endroits de fon corps. Mais pource il ne fut quitté, d'autant qu'avec fon bien ils vouloient avoir rançon de lui. Ils l'attacherent à un poteau en la cuifine de fa maifon. Sa pauvre femme fut auffitôt faifie, par trois ou quatre de ces garnemens ; & nonobftant toute réfiftance fut couchée par terre en la même cuifine auprès du feu, & découverte devant les yeux de fon mari. Et le plus apparent fe courba fur elle, & commit acte duquel le clair foleil & nature ont honte, puis les autres mâtins après ; de forte que la pauvre femme fut laiffée pour morte, n'aïant pouvoir de fe recouvrir ; à la parfin il y en eut un qui lui jetta un linceul par-deffus.

Ils trouverent quelque nombre, tant de filles que de femmes en une caverne fous une roche, où elles eftimoient être en fûreté pour la fauvage & peu fréquentée fituation du lieu. Ces malheureux fe ruerent deffus comme infenfés, faifant dépouiller aucunes d'icelles toutes nues, & aïant fendu aux autres tous leurs habillemens par-devant dès le haut jufqu'au bas ; puis aïant fatisfait à leur lubricité, les firent fortir devant eux, & les chafferent en leur Village avec ce paffe-temps de les voir nues ou demi nues courir devant eux.

Non-contens de telles paillardifes, quoiqu'elles foient abominables, aucuns d'eux y ajoutoient la cruauté. Ils ont fait mourir plufieurs, tant filles que femmes, fous eux, en les violant & crevant avec les bufques de leurs cuiraffes.

Celles qui leur étoient par trop farouches, ou moins à gré, ils les tourmentoient pour avoir rançon d'elles, comme des hommes.

Une fille fut ravie par un de ces garnemens, laquelle il menoit par force en un autre Village. Avint qu'elle apperçut un buiffon fort épais près du chemin. Elle fit tant qu'elle fe fourra dedans, & fe tint fi bien aux épines, que ce garnement ne l'en fut tirer ; dont étant forcené de dépit, il tira fon épée, & lui en donna trente-cinq ou trente-fix coups d'eftoc, & l'abandonna, eftimant qu'elle fut morte.

Tome III. R rrr

D'autres avoient ravi une belle jeune fille, & comme il falloit passer la riviere pour aller en leur quartier, la fille surmontée
par l'eau de son plein gré, aimant mieux mourir en innocence,
qu'être violée par ces mâtins, tomba dedans & fut noïée, car depuis ne fut retrouvée. Eux étant sur la rive, se moquoient, disant,
que c'étoit dommage, vû qu'ils en eussent fait à leur plaisir huit
jours durant.

Ils en ont noïé d'aucunes des plus proches Villages de
Montbelliard, pource qu'ils n'en pouvoient faire à leur appetit.

Les fillettes de huit à neuf ans n'étoient pas épargnées par ces
inhumains, qui par leur détestable luxure les gâtoient du tout. A
tels crimes n'eussent osé penser ceux de Sodome; que ces pervers
ont justifiés par leurs horribles & non ouies méchancetés, par
lesquelles il se sont plongés en si grande abomination, qu'à peine
pourroit-elle être crue, si on ne l'avoit vu & connu plus que suffisamment. Nous ne produirons qu'un acte de ceci; car nous
avons peur d'offenser les oreilles pudiques.

Il y avoit une pauvre fillette de neuf ans en un Village bien
près de Montbeliard, laquelle étoit inhabile à avoir compagnie
d'homme; mais afin que ces Diables eussent moïen d'accomplir
leur abomination en elle, qui leur sembloit assez belle, ils l'ouvrirent en sa nature avec un couteau, (qui ouit jamais parler de telle
chose) & la tourmenterent tant au même instant, qu'elle expira
sous eux.

On a vu deux Italiens abusant d'une même fille par ensemble
d'une façon si abominable, que j'ai horreur & honte d'en avoir
oui le rapport de ceux qui trembloient encore, se souvenant de
les avoir vus.

Gens dignes de foi nous ont affirmé qu'il y en avoit entr'eux qui vilenoient des chèvres, & cela s'est vu en plus d'un
lieu.

D'autres avoient assemblé plusieurs lits en aucunes granges
des plus proches Villages de Montbeliard, & là-dedans ils com-
mettoient l'un avec l'autre crime de Sodomie. Nous ne ferons
plus grand récit de telles abominations; & les cœurs pudiques
nous pardonneront, si nous les avons mises en avant, vû qu'ailleurs, sur-tout en ces quartiers d'Allemagne & de Suisse, telles
choses ne furent jamais faites ni ouies. Le Seigneur juste Juge
du monde, veuille reprimer les méchans, afin que cette diable-
rie demeure ensevelie, & qu'elle ne soit jamais renouvellée ail-

leurs. C'eſt auſſi contre ſon ſaint Nom, que ces pervers ſe ſont bandés, & deſquels la méchanceté n'a eu ni fin ni meſure, tandis qu'ils ont apperçu qu'il reſtoit encore à ce peuple quelque commodité.

Pendant ces fureurs, ceux de Montbeliard étoient continuellement ſur leurs gardes, & n'y avoit celui qui n'eut vouloir de ſe bien emploïer; mais ils étoient peu de gens, non agguerris, & ſans conduite. Leur Prince aïant été ſurpris par cette armée de ceux de Guiſe & de Lorraine, étoit allé demander ſecours au Duc de Wirtemberg ſon couſin. Néanmoins il ſortoit tous les jours quelque nombre d'hommes à cheval pour découvrir l'ennemi, & pour l'attirer près de la Ville, afin de les ſaluer à coups de canon. Mais le Marquis de Pont, le Duc de Guiſe & leurs Gens ne s'approchoient qu'à la portée du canon, regardant de loin la Ville & les Fortereſſes, deſquelles volontiers ils ſe fuſſent fait maîtres, ſi Dieu ne les eut empêchés; car ils l'avoient du tout réſolu. Même le bruit fut ſemé par leurs adherans, que Montbeliard avoit été pris par un ſtratageme du Duc de Guiſe, & en courut la renommée par la France & par l'Allemagne; & des Villes circonvoiſines n'en doutoient point. Car les lettres courroient déja de-çà de-là; dequoi le Comte de Montbeliard & le Duc de Wirtemberg advertis, pourſuivirent en toute diligence mieux qu'auparavant à dreſſer leur armée pour venir au ſecours. Cependant les ennemis aïant moïen de ſe retirer en peu d'heures ſe moquoient, continuant en leurs inſolences & cruautés. Si ceux de Montbeliard en attrapoient par fois quelques-uns, ſans autre forme ni figure de procès auſſitôt qu'on les avoit pris, auſſitôt étoient-ils pendus & étranglés au prochain arbre, comme conjurés & tous jugés ennemis de nature, d'honnêteté, & de la ſociété humaine. Ceux de Blamont faiſoient de même, & encore que pour la ſurpriſe des ennemis on n'eut aucun moïen d'y mettre groſſe garniſon, ſi eſt-ce que ceux qui étoient dedans ſe firent tellement craindre par l'ennemi, que jamais il ne s'approcha ni de la Ville ni de la Fortereſſe à plus près d'un quart de lieue. Auſſi n'étoit-ce pas aux Fortereſſes qu'ils en vouloient; mais aux pauvres païſans, afin de ſouler leur brutalité & leur avarice, ſuivant ce qui leur avoit été promis & permis par ceux de Guiſe & de Lorraine. Telles gens étoient par trop indignes du nom des armes, leſquelles ils ſouilloient & dégradoient en tant de ſortes. Auſſi quelque temps après la plûpart de ces déteſtables

Rrrr ij

voleurs furent exterminés, & quant à leurs Chefs, on fait le
paiement que reçut le principal d'iceux, le feu Duc de Guise.
Quant au Marquis de Pont, il a reçu tout son saoul de honte
depuis. Et l'on ne sait encore quelle fin lui est reservée. Mais on
sait qu'à lui & à ses adhérans ne peut avenir que malheur ; quand
en leurs vies ils n'auroient commis autres méchancetés que celles
qui sont contenues en la présente histoire, laquelle il nous faut
achever.

En ces entrefaites, ceux de Hericourt ne furent pas laissés à
repos. Tous les Champs & les Villages à l'entour d'eux étoient
pleins d'ennemis, qui venoient courir jusqu'à leurs portes ; &
comme nous avons dit ci-dessus, il n'y avoit garnison que des
païsans sujets de ce Bailliage, lesquels oïant & voïant devant
leurs yeux que tous leurs biens étoient pillés, & que leurs femmes
& enfans étoient si cruellement tourmentés, trouvoient moïen &
occasion d'échapper au sçu & au désçu de leur Capitaine. Cependant les pauvres gens ne pouvoient échapper que la plûpart
ne tombât entre les mains de l'ennemi. Enquis des forces & de
l'état de la Ville, nonobstant tout refus, ils étoient contraints
de le déceler. Ce qui causa un très grand malheur aux Bourgeois
de Hericourt, lesquels faisoient devoir au mieux qu'il leur étoit
possible. Mais les ennemis avertis de toutes leurs forces par
le moïen susdit, s'avancerent, & se saisirent des moulins qui
sont dehors, mais bien près de la Ville ; laquelle investie de
tous côtés, par une très grande multitude d'ennemis, il n'y
avoit moïen ni de sortir ni d'avoir promptement secours d'ailleurs. Cependant aucuns Deputés de la part du Marquis de
Pont s'avancerent, & sommerent la Ville de se rendre au Duc
de Lorraine. Ces choses se faisoient ès derniers jours de Decembre, l'an 1587.

Or, quant à ces premieres sommations, le Capitaine & les
Bourgeois n'en tenoient pas grand compte, estimant que ce
n'étoient que bravades. Mais elles se continuerent & renforcerent tellement, que les ennemis crioient tout haut, que si les
Bourgeois ne se rendoient qu'à force d'artillerie & autrement,
ils entreroient dans la Ville, & qu'avec toute sorte d'hostilité
ils mettroient tout à feu & à sang. Ils se vantoient d'abondant
de l'autorité du Roi d'Espagne, protestant avec grands sermens
que ce qu'ils entreprenoient étoit par son exprès commandement & vouloir. Pour telles menaces ceux de dedans ne furent
ébranlés, ce que voïant les ennemis, demanderent de parle-

menter avec le Capitaine de la Ville. Entr'autres étoit-là le Sr. de Baslemont, qui avec grandes protestations disoit, que ce qu'il en faisoit étoit pour le profit & grand bien du Comte de Montbeliard.

A ces belles paroles sortit le Capitaine une fois entr'autres, accompagné de peu de gens, & lui seul, quelque peu éloigné des autres du côté de Belbort, parlamenta un espace de temps avec l'ennemi. Etant entré en la Ville il encouragea les Bourgeois, & les exhorta d'être constants; & après telles paroles, il leur déclara qu'il n'étoit pas là pour s'opiniâtrer à l'encontre de quelque puissante armée, & le repetoit souvent, de façon que telles paroles furent remarquées presque de tous.

Le jour suivant il sort de même, & à son retour il amene deux des ennemis en la Ville par la porte d'Allemagne. Aïant banqueté ensemble en la maison de Ville dans un petit poîle, sans qu'il y assistât autre qu'eux trois, il les conduisit dehors par la porte de Bourgogne.

Le lendemain le sieur de Baslemont s'approche, accompagné de quelques hommes à cheval. Il se mécontenta fort de tant de délais, & requit d'être résolu, & d'être admis au nom du Roi d'Espagne, sinon qu'il feroit approcher ses forces pour battre la Ville.

Les Capitaines & Bourgeois appercevant que c'étoit à bon escient qu'il parloit, & qu'il n'y avoit moïen de résister contre si grandes forces & violences; d'abondant qu'il n'y avoit provision de farines en la Ville, & que les moulins étoient (comme dit est) en la puissance de leurs ennemis, & n'aïant espérance d'avoir promptement secours, & que leur Baillif les avoit abandonnés, aïant consulté & délibéré par ensemble, ils se rendirent & mirent le sieur Baslemont dedans avec peu de gens, un jeudi, quatrieme jour de Janvier, 1588, sous certaines conditions à eux favorables; mais fort préjudiciables au Comte de Montbeliard. Car incontinent Baslemont fit prêter serment aux Bourgeois & à aucuns Officiers du lieu, (lesquels il continua en leurs états) en ses mains au nom du Roi d'Espagne; mais sans aucun aveu.

Le Capitaine sortit avec sauf conduit, & le cinquieme de Janvier an susdit, au matin, arriva à Montbeliard.

Aucuns des Vassaux du Comte se trouverent en cette expédition, & se recréerent à Hericourt avec leur parent Baslemont. Cependant que le Duc de Guise & le Marquis de Pont se pro-

menoient à leur plaifir par les Seigneuries du Comté de Montbeliard , ils entrerent dans le parc du Comte, qui eft affez près
de Montbeliard, où ils prirent quelques cerfs & autre fauvagi-
ne ; & l'aïant laiffé ouvert, la plûpart des bêtes qui étoient dedans en fortirent & gagnerent les Bois.

Le plus de leur demeure fut en un Village de la fouveraineté
de Blamont, nommé Vandoncourt, où ils firent fejour quelque
temps, pendant que leurs Trouppes ravageoient le Païs.

Or , comme ce Village eft des plus proches des terres de
Porentru , l'Evêque de Bafle , Seigneur temporel de ce lieu &
Sujet de l'Empire , leur envoïa fes Ambaffadeurs pour les faluer & requérir que fes Sujets fuffent épargnés. Les Ambaffadeurs arrivés audit Vandoncourt, fort bien montés , & parés
de carcans, chaines & joïaux d'or, comme pour aller à quelque grand feftin s'éjouir avec leurs amis , furent apperçus par
les gardes du Duc & du Marquis, lefquels s'avancent vers ces
Meffieurs, qui les faluent humainement & demandent à parler à Monfieur de Guife , déclarant de qui ils étoient envoïés.
L'un des foldats feignant être le Secretaire du Duc , requiert
qu'ils aient à montrer leurs Lettres de creance ; ce qui fut fait
incontinent. Les Lettres lues , ce faux Secretaire & fes compagnons empoignent Meffieurs les Ambaffadeurs , leur font
mettre pied à terre , fe faififfent de leurs chevaux , leur ôtent
leurs chaînes & les mettent prefqu'en chemife , puis les ren-
voient en cueilleurs de poires. Un nommé Herr Milander étoit
le Chef de cette Ambaffade. Ce fut l'honneur que les Lorrains
qui fe vantent tant du nom de Catholiques, firent à leur Mere
fainte Eglife.

Depuis ce lieu ils s'en allerent à Morvilliers, de là à Rom-
champ, où aïant entendu par les Couriers du Duc de Lorraine
que quelques Princes d'Allemagne & fpécialement ceux de
Virtemberg commençoient à fe remuer, ils confulterent de ce
qui reftoit à expédier en cette brave guerre contre les pauvres
Païfans. Ils donnerent donc le rendez-vous à leurs Troupes ,
avec commandement de brûler le Païs ce qu'ils n'avoient encore fait auparavant, pource qu'ils étoient occupés à leurs mé-
chançetés fufmentionnées.

Lors chacun renforça fes cruautés contre les pauvres captifs.
Les uns furent tant battus qu'ils en ont perdu l'ouie, le fens
& l'entendement ; les autres furent couverts d'une infinité de
plaies. Plufieurs furent noïés, tués, arquebufés & la plupart fi

cruellement tourmentés, qu'après avoir langui quelque peu de
jours en grands tourmens, ils font morts ça & là. Pour caufe
de brieveté nous n'avons voulu réciter leurs tourmens par le
menu. Plufieurs furent pendus, defquels depuis on n'a eu aucunes nouvelles. Leurs noms font ès regiftres dreffés pour ce
fait, par l'ordonnance du Comte de Montbelliard, pour perpétuelle mémoire.

Cependant pour dire adieu au Païs & montrer quelle affection
ils avoient eue de le ruiner entierement, il ne leur fuffit d'avoir
gâté hommes, femmes, filles, enfans, bêtes, graines & meubles, en la faifon ci-deffus déclarée, d'une façon encore plus
cruelle qu'elle ne fe peut exprimer; mais pour le comble mirent & brûlerent un grande partie des Villages du Comté de
Montbelliard & des Seigneuries y adjointes, & les réduifirent
en défert.

Quand ceux qui commandoient la Ville de Montbelliard
commencerent à voir ces embrafemens, par le confentement
des Bourgeois ils firent folliciter les Ennemis d'épargner le
refte des Villages, & qu'on leur donneroit une bonne fomme
d'argent; pourvu auffi que de leur côté ils donnaffent pleiges
& cautions fuffifantes, à quoi ils ne volurent entendre du commencement. Mais aucuns d'eux puis après approchant avec
trompettes & tambours affez près de la Ville, préfenterent deux
hommes pour caution qui étoient du tout inconnus, & partant on ne s'y put fier. Car ce n'étoit que pour attrapper de l'argent, vu qu'alors mêmes on ne ceffoit pas de brûler; & fur-tout
les loges, maifons, moulins & autres bâtimens appartenant au
Comte de Montbelliard, hors des Villes, étoient foigneufement recherchés & brûlés.

Il n'y avoit pas long-temps que le Comte avoit fait planter
des vignes d'un côté, de la longueur d'un quart de lieue près
la Ville de Montbelliard, en un lieu dit la Chaux, & en l'une
de ces Vignes avoit fait bâtir quelque loge de plaifance, qui
fut brûlée.

En une autre il avoit fait ériger un perron en forme de py-
ramide, fur lequel au plus haut étoit une effigie de Pallas armée, auffi groffe qu'un puiffant homme, faite d'une pierre
tirant fur le verd, fort bien polie, tenant en l'une de fes mains
un glaive & en l'autre les armoiries du Comte. Au deffous de
cette Statue, dans le perron étoient entaillés certains difti-
ques en Latin, François & Allemand, avec l'an de l'érection »

du Bâtiment & du plan des Vignes. Or tout cela fut rompu &
& renversé par les Ennemis.

Il y avoit une Papeterie hors la Ville, en laquelle aussi le
Comte avoit dressé une Imprimerie. Le Bâtiment ne cédoit en
beauté, commodité & élégance, à aucun autre quel qu'il fût
pour tel fait. Ces ennemis de toute vertu aïant gâté tout ce
qui appartenoit à l'Imprimerie, tâcherent par plusieurs fois de
la brûler, & n'en pouvoient venir à bout, de sorte qu'ils avoient
intention de la démolir, & aucuns d'eux s'efforçoient de ce
faire. Mais pource qu'il leur sembla que c'étoit une entreprise
de grande peine, ils amasserent dedans tant de paille & tant
bois, que les poîles & chambres étoient à peu près remplis. Ils
y mirent le feu, & par moïen ils la réduisirent tellement en
cendres, qu'il n'y demeura que les simples murailles. Autant
en firent-ils à aucuns Temples par les Villages.

Or, avec la cruauté qu'ils exerçoient hors des Villes, ils
tâchoient de tromper ceux qui s'y étoient pu retirer des Villages, ou les Gentilshommes, Bourgeois qui avoient maisons
& métairies ès champs. Ils venoient avec un Trompette devant la Ville de Montbelliatd, avec Lettres s'adressantes à certains Particuliers (ou aucunes fois sans Lettres) lesquelles contenoient en substance : si un tel & un tel veut païer rançon de
deux cens, de cinq cens écus, ou autre telle somme, ses maisons, métairies, &c. ne seront point brûlées. Mais ce n'étoit qu'a-
bus ; car plusieurs métairies étoient déja brûlées, & aucuns avoient
ja mis le feu dans les maisons pour lesquelles ils venoient demander rançon avant que sortir : ce qui fut confessé par aucuns
des Ennemis qui furent pris & pendus. Nous ne savons point
qu'il en ait bien pris à pas un de ceux qui ont voulu racheter
le feu, qu'à un Village entier de la Souveraineté du Châtelet, qui païa pour rançon au Maréchal de Camp douze cens
francs, & toutesfois les Habitans d'icelui ne laissent pas d'être
pillés entierement. Or, en ces saccagemens par feu, leur rage &
forcenerie se montra très horrible : car le reste du bien de quoi
le pauvre Peuple se fut aucunement aidé puis après fut consumé par feu ; les linges, graines, meubles, quantité de bétail
de toutes sorte, même plusieurs personnes vieilles & jeunes, furent brûlées en leurs maisons propres.

Il y avoit un Païsan en la Souveraineté du Châtelet, lequel
à leur arrivée étoit en sa maison mal dispos de sa personne,
néanmoins après plusieurs tourmens qu'ils lui firent, aïant tout

butiné

butiné par fa maifon, le prirent avec eux les mains liées, &
le menerent hors de fa maifon, requérant de lui qu'il les me-
nât en un autre Village. Il fe mit en devoir ; éloigné d'un demi trait d'arquebufe de fa maifon & ne pouvant marcher plus
avant, il les pria au nom de Jefus-Chrift, qu'ils le lâchaffent.
Eux voïant qu'ils ne pouvoient tirer autre fervice de lui, l'un
tira fon coutelas & lui fit en croix deux grandes plaies en la
tête, puis le laifferent là. Le pauvre homme fe traina en fa
maifon, où arrivé, & ces garnemens y étant retournés, le brûlerent en icelle.

En la Souveraineté de Clemont, un pauvre vieil homme
fut attaché à un poteau au milieu de fa maifon, laquelle fut
incontinent embrafée, fon corps demi brûlé fut puis après retrouvé parmi les charbons. En cette même Seigneurie furent
brûlés aucuns enfans (comme ès autres auffi) & fpécialement
trois en une même maifon, deux fillettes & un garçon, fœurs
& frere, lequel étoit déja avancé aux Lettres.

Voilà le fommaire de la tragédie épouvantable, jouée par
ceux de Guife & de Lorraine, pour triomphe de leur victoire & le couronnement de leurs hauts faits, dont ils fe vantoient par-tout le monde ; eftimant avoir tellement acheminé
leurs affaires qu'il y avoit moins de Dieu au Ciel pour les châtier,
que d'hommes en terre pour empêcher le cours de leurs deffeins. Les pillards aïant ravagé & brûlé tout ce qu'ils purent,
rançonné à plaifir le Comté de Montbelliard, fe retirerent fans
deftourbier en Lorraine & ès environs, ne faifant autre chofe
par les chemins que chanter & danfer. Une chofe leur fâchoit,
qu'ils n'avoient pu attraper quelques-uns des Principaux, comme ils prétendoient.

Baffemont qui s'étoit emparé de Héricourt, en la façon fus
déclarée, voïant fes Maîtres en chemin & ne fe fentant ni
fort ni accompagné en cette Place foible pour la pouvoir long-
temps garder, joint qu'il avoit reçu mandement pour faire retraite, après avoir fait prêter ferment à ceux du lieu qu'ils gar-
deroient la Ville au Roi d'Efpagne, il emporta ce qu'il put & fe
joignit aux autres.

Incontinent après ce départ, ceux qui commandoient en l'abfence du Comte dedans Montbelliard, envoïerent quelques
Compagnies vers Héricourt, lefquelles s'étant préfentées aux
portes furent tôt après reçues dedans, & les Habitans prêterent ferment de fidelité au Comte leur Seigneur, lequel y vint

1589.

CRUAUTÉ DES
LIGUÉS.

quelques jours après , & les aïant repris de leur légereté & de
quelques fautes commifes par aucuns d'entr'eux, pour amende fit
démanteler la Place, & les priva de quelques franchifes pour lors.

Depuis , les Villages commencerent à fe redreffer peu à peu,
& du Duché de Virtemberg fut envoïée quelque contribution
de deniers, dont quelques Particuliers fe fentirent. Mais du
côté des hommes ne fut faite juftice de tels excès. Ce fera
donc au jufte Juge du Monde à la faire ; comme tôt après il
commença & pourfuivit ; il a continué en diverfes fortes jufqu'à l'an 1593. Il pourfuivra encore ci-après & fon dernier jugement fera venir à compte tous fes Ennemis.

Prife du Marquifat de Saluffes par le Duc de Savoie.

NOUS avons à dire maintenant quelque chofe des efforts d'un
des autres Chefs de la Ligue (1), au préjudice de la Couronne de
France. Icelui eft le Duc de Savoie, qui aïant pris il y a quelques années parti avec le Roi d'Efpagne , lequel lui a donné à
femme Catherine, fa fille puînée, iffue de fon mariage avec
Elifabeth , fille du feu Roi Henri II , & de Catherine de Medicis, n'a ceffé depuis d'endommager par tous moïens à lui poffibles les François. Il commença par le Marquifat de Saluffes ,
appartenant à la Couronne de France, lequel eft enclavé dedans le
Piedmont (2). Et non content des honneurs que la France avoit
faits au feu Duc Philibert, en lui donnant à femme Madame
Marguerite fœur du Roi Henri II , & des grandes commodités
que fon dit prédéceffeur avoit tirées du Roi, à caufe de ce mariage, comme chacun fait ; depuis l'alliance d'Efpagne s'eft montré
très âpre ennemi de ceux avec qui il devoit s'entretenir en bon
voifin. Dès le commencement de l'an mil cinq cent quatre-vingt
fept, il avoit fait folliciter le Capitaine la Cofte Gouverneur de
la Citadelle de Carmagnole, principale fortereffe du Marquifat,
de lui rendre cette Place , avec grandes promeffes de biensfaits.
La Cofte , homme prudent & bon François, entretenoit de paroles le meffager du Duc , & fe comporta fi dextrement qu'en
l'efpace de dix-huit mois qu'il mania cette négociation, il fut
tirer des coffres du Duc plus de vingt-cinq mille écus, fans quelques joïaux de prix , dont le Duc lui fit préfent. Prenant d'une

(1) Voïez l'Hiftoire de M. de Thou , Livre 92.

(2) M. de Thou, dans le Livre cité de fon
Hiftoire, rapporte les prétentions refpecti-
ves du Duc de Savoie & du Roi de France fur
le Marquifat de Saluffes, & fur quoi elles
éroient fondées : on peut les voir dans cet
Hiftorien.

main, il écrivoit de l'autre au Roi tout ce qui fe négocioit. Le
Roi l'avouant & commandant de perféverer en cette procédure,
jufqu'à ce qu'il lui envoïât un fucceffeur;finalement en l'an 1588 ;
y envoïa le Sieur de Saint Sivier. Si-tôt qu'icelui fut arrivé, la
Cofte qui avoit auparavant pourvu à la fûreté de fes deniers, ne
fut moins habile à penfer à fa perfonne. Ainfi donc un foir il
monte fur un cheval d'Efpagne dont le Duc lui avoit fait préfent, & pique de telle forte & fi heureufement pour lui, qu'il
gagne le Dauphiné, puis fe rend en Cour, où le Roi le careffe
& affigne en lieu plus fûr qu'en Piedmont. En ce temps étoit
Lieutenant pour le Roi au Marquifat de Saluffes, le Sieur de la
Fitte, avancé par le Duc d'Efpernon. Saint Sivier commandoit
en la Citadelle de Carmagnole avec petit nombre d'hommes.
Car au temps du fiége il ne s'y trouva que trente Soldats. Dedans la Ville il y avoit quatre Compagnies fous la charge des
Capitaines Comier, Compan l'aîné & le jeune, & d'un autre :
le Sieur de Maffeis étant Gouverneur de la Ville. Le Duc ne
perdit point courage fe voïant découvert ; mais d'un côté par les
diverfes intelligences qu'il avoit dedans le Roïaume, voire en
Cour, amufoit le Roi, lequel étoit bien empêché à pourvoir à
foi-même en cette année-là, comme nous l'avons vu ès mémoires précédens, tant s'en falloit qu'il pût étendre fes mains en
Piedmont. Le Duc d'Efpernon étoit bien embarraffé en infinies
penfées. Pourtant une nouvelle pratique fe dreffa environ la journée des Barricades de Paris, pour s'emparer du Marquifat. Un
Provençal, nommé le Capitaine Simon, qui autrefois avoit été
au fervice du Roi dans Carmagnole, & par quelque dépit s'é-
toit rangé au parti du Duc, effaïa de furprendre la Citadelle
par le moïen d'un nommé la Chambre, Caporal en ladite Citadelle, & un Soldat, qui avoient dreffé un projet affez commode pour effectuer cela. Mais s'étant découverts à quelqu'autre
Soldat, dont ils avoient befoin, la Chambre fut pris, pendu
par les pieds en la Place de Carmagnole, puis étranglé. Son
compagnon étranglé à la façon accoutumée. Un Gentilhomme
d'Avignon qui apportoit argent à la Chambre, fut attrapé &
pendu le premier. Quant au Capitaine Simon, il faillit au rendez-vous, & fe tint arriere. Ce nonobftant le Duc fait folliciter tous ceux qui avoient commandement là, & les affaires
s'y manient de telle forte, que durant les grandes occupations
du Roi, à caufe des Etats de Blois, & des avertiffemens qu'il
recevoit des attentats qui le touchoient de plus près que le Pié-

mont, le Duc faisoit son amas sous un faux bruit qu'il vouloit s'attaquer au Montferrat & au Duc de Mantoue. Comier qui commandoit lors en l'absence du sieur de Masseis, lequel étoit allé vers le Roi, fit quelques voïages à Turin, & quelques-uns de ses familiers crurent quelque fois que le Roi étoit content que le Duc remuât au Marquisat de Salusses, afin de trouver par ce moïen quelque expédient de faire tomber là une partie de l'orage, dont il se voïoit menacé. Tant y a que le Duc aïant par le moïen de Comier & autres acheminé ses affaires au point qu'il prétendoit, la nuit du jour de Toussaint, premier de Novembre, 1588, s'avance avec grandes forces de pied & de cheval vers Carmagnole, & en peu d'heures se rend maître de la Ville, laquelle n'étoit lors aucunement en défense contre une armée, & étant ainsi surprise, outre ce que les quatre Compagnies qui y étoient en garde, se trouverent si mal fournies, que venant à gagner le Château ou Citadelle pour retraite, ils ne se trouverent que cent soldats ou environ, & trente en la Citadelle. Les Capitaines de la Ville avoient reçu esdites Compagnies, force soldats Piémontois, qui voïant entrer leur maître, laisserent aller leurs compagnons au Château, & quant à eux, se serrerent dans les maisons par la Ville, ou mal quelconque ne leur fut fait.

Peu de temps auparavant, Saint Sivier avoit fait ôter de la Citadelle les vivres, disant que les provisions étoient trop vieilles, & qu'il convenoit les rafraîchir. Mais au lieu d'y pourvoir promptement, cela fut tiré en longueur, tellement que lors que la Citadelle fut assiégée, il ne s'y trouva pas de vivres pour entretenir ce peu d'hommes l'espace de quinze jours; encore n'étoit-ce qu'un peu de farine, du ris, & un peu de lard plein de vers. Quant au vin il n'y en avoit que trois ou quatre tonneaux pour les Capitaines. Au lieu que trois mois auparavant, il y avoit des provisions honnêtes pour trois cents hommes pour plus de deux ans. Incontinent que la Ville fut prise, les troupes du Duc, canonées rudement par ceux de la Citadelle, où il y avoit plus de quatre cens piéces grosses & menues de canon, & force munition de poudres & boulets, commencerent de se mettre à couvert, & à accommoder leur batterie, qui leur eut pu servir, s'il y eut eu des vivres & des Chefs résolus de tenir le parti du Roi. Mais après quelques coups tirés, les Capitaines commencerent à sortir les uns après les autres pour parlementer; & y marcherent de tel pied, qu'au bout de huit jours

après la prife de la Ville, cette Citadelle imprenable fut honteufement rendue par compofition, qui fut que le Gouverneur,
les Capitaines & Soldats fortiroient vies & bagues fauves, tambours battans, enfeignes déploïées, les armes en mains, feulement les méches éteintes; & que les foldats recevroient trois
paies des deniers du Duc. La compofition fut tenue, refervé le
fait des paies, dont les Capitaines firent telle part qu'ils voulurent à leurs foldats; combien que prefque tous, notamment
Comier, le gros Compan, l'Artigue, fon Lieutenant, euffent
reçu de beaux préfens du Duc, qui étoit en perfonne à cette
conquête. Ce gros Compan pour faire pénitence de fon marché, s'en alla en pelerinage à Lorette, accompagné d'un fien
Sergent. L'Artigue demeura en Piémont. Comier fe logea à
Cardé, près la Maréchale de Bellegarde. Quant à Saint-Sivier
il fe retira en Gafcogne, fuivi du jeune Compan & de Pellaport
fon Enfeigne, lequel n'avoit point de part au mal, à ce qu'en
difent les foldats, qui étant fortis s'écarterent ça & là, déteftant
les deshonnêtes procédures de leurs Chefs, & la mauvaife pratique
du Duc, par le moïen des doublons d'Efpagne, qui voloient
alors de toutes parts.

Le même jour de la prife du Château ou Citadelle de Carmagnole, le Duc s'empara de Cental, qui lui fut rendu avec mêmes pratiques. Ravel, forte Place, tint plus ferme environ
trois femaines; & le Duc y voulant faire du mauvais perdit
force gens, & quelques-uns de marque. Tellement qu'il fut
contraint recourir à fa guerre accoutumée, à favoir aux doublons & aux promeffes. Enfin il y entra, non point par affaut ni
combat, ains par compofition; & ainfi en peu de temps occu-
pa tout le Marquifat de Saluffes, qu'il a retenu depuis, & s'eft
ingeré de paffer outre, entreprenant fur la Provence & fur le
Dauphiné, avec quelques fuccès du commencement, mais ès
années fuivantes avec grand perte & honte, comme l'Hiftoire
de notre temps le montrera.

Cette ufurpation dépita fort le Roi, auquel l'Ambaffadeur
du Duc tâchoit de déguifer & excufer le fait; mais le temps
aïant éclairci les chofes, & finalement les affaires de Blois aïant
pris autre forme que ne prétendoient ceux de la Maifon de
Guife, le Roi delibera de ramener le Duc de Savoie à quelque
reconnoiffance de ce tort. Et d'autant qu'il ne fe foucioit d'y
pourvoir par amitié & excufe légitime (comme auffi n'en avoit-
il intention, ains mâchinoit d'autres conquêtes) le Roi tint une

autre procédure, que nous avons à décrire sommairement au discours qui s'enfuit.

DISCOURS

De ce qui s'eft paffé ès environs de la Ville de Geneve, depuis le commencement d'Avril 1589 jufqu'à la fin de Juillet enfuivant (1).

CHARLES-Emanuel, Duc de Savoie, s'étant emparé du Marquifat de Saluffes fur la fin du mois de Septembre 1588, au préjudice de la Couronne de France, effaïa dès le commencement de la préfenté année de remuer ès quartiers de deçà les Monts, notamment au païs de Vaux, appartenant aux Seigneurs de Berne, par le moïen des intelligences qu'il y avoit pratiquées de longue main avec plufieurs Particuliers par l'entremife du Baron d'Armenfe (2), & de quelqu'autres fiens Agents. Son deffein étoit de fe rendre maître de Laufanne & autres Places du païs; puis avec les troupes qu'il avoit prêtes, & les forces logées ès trois Bailliages preffer Geneve & affurer fon Etat, voire l'aggrandir & fortifier contre la France de ce côté-là. Il tenoit dedans le Château de Berne une bonne garnifon; item au Pas de la Clufe & au Château de Tonon femblablement. Plus, dedans le Fort de Ripaille proche dudit Tonon étoient enclos environ cinq cens Piémontois, hommes d'élite, & y avoient deux puiffantes Galeres capables chacune, outre leur entier équipage, de deux cens hommes de guerre, prêtes à être pouffées deffus le Lac, au bord duquel ce Fort de Ripaille étoit bâti. Les Seigneurs de Berne aïant découvert les entreprifes que l'on faifoit fur leur païs, & arrêté prifonniers quelques traîtres, les autres s'étoient retirés vers le Duc, manierent ce fait paifiblement & par bon ordre, tendant plutôt à oublier beaucoup du paffé, qu'à vouloir preffer les affaires. Quant aux Seigneurs de Geneve, encore que depuis cinq ou fix ans leur Etat eût été infiniment & à grand tort molefté par les Serviteurs & Officiers du Duc, & par le commandement exprès d'icelui, &

---

(1) M. Spon a fait un grand ufage de ce Difcours dans fon Hiftoire de Geneve; & ce que l'on ne dit pas dans ce Difcours, fe trouve fuppléé par d'amples notes dans la même Hiftoire de M. Spon donnée par M. Gautier, à Geneve 1630 deux vol. in-4°.

(2) D'Hermance.

qu'ils fuſſent dès longtemps ſuffiſamment avertis par diverſes lettres dudit Baron, qui leur étoient tombées entre les mains, que toutes les menées de ce Baron d'Armenſe & autres étoient dreſſées contre leur Ville ſpécialement, néanmoins demeuroient cois, ſouffrant beaucoup, & attendant de Dieu leur ſoulagement & délivrance.

La Ville de Geneve (1) aſſiſe au bout du Lac Leman, a du côté de Septentrion ce Lac qui lui ſert de foſſé & muraille; à l'Orient, le Bailliage de Thonon & Chablais, le païs de Foſſigni à deux, trois & quatre lieues de ſes portes; au Midi les Montagnes de Saleve & le Bailliage de Ternier en une riche plaine d'environ trois lieues de païs, & la riviere d'Arve à deux portées de mouſquet de ſes murailles; à l'Occident le Rhône qui paſſe au bout de la Ville, la ſeparant par un pont du Bourg de Saint Gervais. Au long du Rhône vers l'Occident eſt le Bailliage de Geais (2) contenant quatre lieues de longueur & deux de largeur, borné du Mont Jura. A l'un des bouts eſt la Ville & Château de Geais, à deux grandes lieues de Geneve; à l'autre tendant à Lyon eſt le détroit & pas de la Cluſe, lieu fort d'art & de nature, entre deux Montagnes & le Rhône. Thonon eſt à cinq lieues de Geneve ſur le Lac, tendant vers le païs de Valay. Par ainſi, Geneve eſt comme ceinte des trois Bailliages rendus au feu Duc de Savoie par les Seigneurs de Berne, l'an 1567, ſous certaines conditions qu'icelui Duc, & ſon fils ont enfreintes en beaucoup de ſortes.

Durant ces menées du Duc ès mois de Novembre, Decembre, Janvier dernier paſſés, le Roi de France, aſſailli dedans ſon Roïaume par la Ligue, fut contraint de recourir vers ſes Alliés pour être ſecouru. Pour cet effet le ſieur de Sancy (3) ci-devant ſon Ambaſſadeur vers Meſſieurs des Ligues, s'achemina en Suiſſe, où aïant demandé une levée à tous les Cantons, l'obtint d'une partie d'eux ſeulement; les autres aïant accordé gens à la Ligue. Or, pour le bien des affaires du Roi & du

---

(1) Voïez l'Hiſt. de Geneve par M. Spon, augmentée de notes par M. Gauthier, Secretaire d'Etat à Geneve, in-4°. 1730, tome 1.

(2) C'eſt de Gex.

(3) Nicolas de Harlay ſieur de Sancy. Voïez l'Hiſtoire de Geneve citée ci-deſſus, Livre III. Dans le tome 2 de la même Hiſtoire, pag. 233 & ſuiv. on rapporte en entier 1° le Traité entre Henri III, Roi de France & de Pologne & la Seigneurie de Geneve, du 19 jour d'Avril 1589. 2° Les Lettres Patentes du même Henri III, *portant pouvoir aux ſieurs de Sillery & de Sancy, de faire & traiter le contenu ci-deſſus.* Elles ſont du 2 de Février de la même année 1589. Ledit Contrat ou Traité fut ratifié par Henri IV, à ſaint Denis, le 20 d'Octobre 1592. Cet Acte de ratification eſt à la ſuite des deux autres pièces dans l'Hiſtoire de Geneve citée.

Roïaume, de qui le Duc s'étoit déclaré ennemi en la prise du Marquisat de Saluffes, le fieur de Sancy, négociant fpéciale-ment avec les Seigneurs de Berne, conclut de commencer la guerre ès Places que le Duc poffede autour de Geneve, afin de pouffer outre, & s'étant facilité les paffages approcher de Lyon, qui s'étoit rangé à la Ligue; & y attendre le commandement du Roi, duquel ledit fieur de Sancy étoit Lieutenant en cette armée de Savoie.

Ce qui fit encliner les Seigneurs de Berne, & après eux ceux Geneve, à fecourir le Roi de leurs Gens & moïens, étoit l'affurance qu'on leur donnoit qu'au même temps qu'on leveroit les armes contre le Duc ès environs de Geneve, il feroit attaqué du côté de Dauphiné, fuivant les lettres des Srs Alfonfe Corfe, Defdiguieres (1), & du Baron de la Roche. Ainfi donc, après que le Sieur de Sancy eut réfolu de ce qui étoit à faire avec les Seigneurs de Berne, il vint à Geneve, où il les trouva bien difpofés à s'emploïer pour le bien de la Couronne de France, efpérant aussi que ce moïen ferviroit à délivrer ou foulager leur état des injuftes oppreffions qu'on leur avoit faites dès fi longtemps, & qui continuoient plus que jamais.

Le fecours que les Seigneurs de Berne, de Bafle, de Soleurre, de Valay, des Grifons donnoient au Roi, étant tout prêt à marcher; & aïant le fieur de Sancy, avant fon arrivée à Geneve, trouvé bon que les troupes de Geneve, comme les plus proches commençaffent, & dont il avoit écrit à Geneve, prenant à foi tout le hafard de cette affaire; & d'ailleurs l'avis qu'on avoit des diligences que faifoit le Duc pour prévenir lefdits Seigneurs de Berne & de Geneve, defquels il avoit fu la réfolution pour faire la guerre fur le païs defdits Seigneurs de Berne, aïant déja fait paffer deça les Monts, outre fa cavalerie & milice de Savoie, le Regiment du Comte de la Martinengue duquel il s'étoit fervi à la prife du Marquifat. Suivant icelle réfolution, le mercredi fecond jour d'avril, trois Cornettes de Cavalerie & fix Compagnies de gens de pied, faifant en tout nombre d'environ douze cents combattans, fortent fur les dix à onze heures de foir, après avoir fait la priere à Dieu publiquement; tirant vers le Foffigni (2) fe faifirent d'un Château affez fort, à caufe de fa fituation, nommé Monthou à une lieue de Geneve, aïant enfoncé la porte de ce Château avec le petard, & fur le matin

____

(1) De Lefdiguieres.
(2) Farcigny.

gagnent

gagnent une Villette nommée Bonne, qui est comme la clef du païs, à deux bonnes lieues de Geneve; s'emparerent aussi du Château, & ne trouverent point de résistance. Tirant outre, & suivant la riviere d'Arve, on rompit le pont de Trembieres (1) & celui de Buringe, qui sont comme vis-à-vis de Monthou & de Bonne, pour couper les passages. Au lieu de suivre & tirer à la Bonneville & à Cluse, les troupes marcherent vers le Château de saint Joire, fort d'assiette entre les montagnes, & qui sert pour fortifier l'avenue de ce côté au Bailliage de Chablais & à Bonne. Ce fut partie pour cela, mais principalement pour y surprendre les mémoires, lettres & commissions concernant les entreprises sur l'Etat de Berne & de Geneve, dont le Baron d'Armence, Sieur de ce Château, étoit principal entremeteur. Le Château pris par composition, beaucoup de tels papiers y furent trouvés, qui furent envoïés à Geneve, par lesquels sont vérifiées les entreprises secretes contre les deux Villes de Berne & Geneve. On y trouva aussi quantité d'armes, casaques, & autre équipage de guerre, & y mit-on garnison, comme aussi à Bonne & Monthou.

Le Sieur de Quitri (2), Gentilhomme François, & Chevalier de l'Ordre du Roi, avoit été reçu par les Seigneurs de Geneve pour commander aux troupes, étant assisté du sieur de Beaujeu. Ils rebrousserent chemin vers Geneve, ou ils arriverent le Dimanche 6 du même mois, sans avoir fait perte d'hommes, pource que les Lieutenants du Duc de Savoie ne voïant encore l'armée des Suisses, Lansquenets & Grisons en campagne, tenoient pour certain que ceux de Geneve pour être en trop petit nombre, n'oseroient faire une telle pointe. Mais l'allarme étant donnée par toute la Savoie, les forces de deça les Monts furent promptement mandées, tellement qu'en peu de jours plusieurs Cornettes de Cavalerie & grand nombre de Pietons se trouverent à Rumilly, qui n'est qu'à six lieues de Geneve, où elles s'apprêterent pour marcher où la nécessité le requerroit, & tôt après le Duc s'y trouva en personne.

Le lundi septieme, sur le soir, les Compagnies de pied & de cheval s'acheminerent vers Geais (3), faisant mener deux coulevrines & trois demi canons. Ils logerent à demi lieu de Geais, leur étant survenu le sieur de Villeneuve propre à commander aux gens de pied. Le lendemain, après avoir rangé toutes les

(1) Des Tremblieres.
(2) De Guitri.

(3) Gex.

Tome III.

Tttt

troupes, & marché en bataille, les prieres faites à la tête des escadrons, on approcha de la Ville & du Château de Geais, & tôt après commença-t'on à traiter avec ceux de dedans. Sur le soir après plusieurs allées & venues, la capitulation fut interrompue, tellement que les soldats du Château commencerent à tirer force mousquetades. Mais les Habitans de la Ville prévoïant une ruine toute évidente, s'ils attendoient que le canon jouât, se rendirent, tellement que cette nuit une compagnie y logea. Le lendemain la capitulation fut remise sus, & Claude de Pobel, Baron de Pierre, Gouverneur de Geais, se rendit à la discretion du sieur de Quitri, qui le fit prisonnier de guerre avec les Capitaines Cardonat, Jacques & André, *item* Alfée, Enseigne de Cardonat, & quatre-vingts soldats Piémontois, qui le même jour furent emmenés à Geneve, distant de deux lieues dudit Geais, & logés à la prison ordinaire où ils furent humainement traités, ledit sieur Baron logé en la maison d'un des Seigneurs du Conseil, où il a été honnorablement gardé jusqu'au jour de son départ, par moïen de rançon. Quant aux soldats, presque tous furent tôt après relâchés par le commandement du sieur de Sancy, & renvoïés chez eux, sans avoir été forcés, ni offensés en sorte que ce soit. Quelques-uns, mais en petit nombre, demeurerent pour porter les armes, & depuis se sont rangés furtivement aux troupes du Duc.

Le sieur de Sonas, Gouverneur de Rumilly, fut chargé par le Duc de diligenter, afin de détourner ce Siége, suivant quoi il partit promptement, étant sollicité bien fort par la Noblesse de Fossigni, & suivi de huit Cornettes de Cavalerie, & neuf Compagnies de Piétons, approcha du pont de Buringe, qui fut incontinent redressé, à cause qu'il est étroit, & qu'il n'a qu'une arche de pierre, & le jeudi 10 du mois se présenta devant Bonne, où commandoit le Capitaine Bois à six vingts & dix soldats, & quelques païsans envoïés de Geneve, pour travailler aux fortifications. Le sieur de Sonas voïant qu'on se donnoit peu de peine de lui & des siens, encore que la Place fût foible, se retira sans faire autres approches, reprenant son chemin, pour autre exploit mentionné ci-après.

Dès le premier jour du mois on avoit fait entreprise sur le pas de la Cluse (1), qui est un Fort à trois lieues de Geneve, en un détroit, partie creusée dans la roche du Mont Jura, haut

(1) C'est un Fort creusé dans le Roc du Mont Jura, escarpé en cet endroit & borné par le Rhône qui coule à son pied.

& roide à merveille en cet endroit, qui en fait le bout, puis
fortifié part art, en telle sorte qu'il est comme imprenable; &
aïant le Rhône au bas, en telle sorte que quatre hommes de
front n'en peuvent approcher du côté de Geneve qu'à grand
peine, & n'y a moïen de le battre aisément de ce côté, ni d'en
approcher l'artillerie que de loin. Les Autheurs de l'entreprise,
suivis d'environ quarante soldats, estimoient la pouvoir effectuer de nuit avec deux petards pour enfoncer les deux portes
du côté de Lyon; mais un de leurs petards aïant été rendu inutile pour avoir été mouillé, & aïant mal pourvû à en avoir d'autres prêts, & à mieux dresser cette entreprise, ils furent contraints se retirer. La garnison de ce Fort échappée du danger,
& avertie par les exploits des jours suivants, se fortifia de
nouveau, & rendit cette Place encore plus forte qu'auparavant.

Néanmoins le sieur de Quitri ne laissa de tirer cette part; car
dès le jour de la reddition de Geais il s'achemina jusqu'à Thoi-
ri, éloigné de deux grandes lieues dudit pas de la Cluse, & le
lendemain, à savoir le jeudi dixieme, partit, mais un peu tard,
& l'artillerie ensemble, les compagnies encore plus tard. Dont
avint que ledit Sieur s'avançant une heure plutôt que le reste
de l'armée, se trouva le premier dedans le Village de Collonges, où aïant découvert quelques soldats du pas de la Cluse,
proche de là, il fit hâter une partie de la premiere compagnie
qui le suivoit, où ne se trouverent qu'environ trente hommes
de premier abord, lesquels poursuivirent ceux de la Cluse jusqu'à leurs barricades, où fut attaquée une très rude escarmouche, & deux Capitaines de Geneve y survenant avec leurs troupes, elle se renforça, & y en eut de blessés & tués de part &
d'autre. Mais n'étant possible d'y entrer de telle façon, le sieur
de Quitri & ses gens se retirerent. L'artillerie n'arriva que fort
tard, & ne put être placée que loin, à cause de l'incommodité du chemin, joint que les ennemis envoïerent promptement sur la Montagne nombre de Mousquetaires qui empêchoient ceux de Geneve de faire les approches de plus près,
Un Capitaine y fut envoïé avec partie de sa compagnie pour
faire déloger ces Mousquetaires, mais ils revinrent sans rien
faire,

Le vendredi 11, la batterie (quoiqu'incommode, mal placée, & en main de Canoniers peu experts) recommença. D'autre côté le sieur de Villeneuve étant monté en la Montagne

avec une troupe, donna une terrible venue aux Mousquetaires ennemis, dont plusieurs furent tués, partie à coups d'arquebuses, partie à coups de main, & précipités du haut de la roche
en bas. De-là il descendit aves ses troupes au nombre de trois
à quatre cents hommes au Village de Longerai; demi lieue au
de-là du pas, sur le chemin de Lyon, où il se barriqua. C'étoit
le moïen d'amener les assiegés à raison en peu de temps; car
la garnison qui étoit-là, avoit tout quitté; & ce passage bien
gardé serroit le pas, & donnoit moïen d'approcher le canon,
puisque la Montagne étoit nettoïée. Mais outre ce qu'on n'envoïa point de renfort au sieur de Villeneuve, accompagné du
sieur de Beaujeu, & d'un Capitaine de Berne avec sa compagnie, les soldats, partie chargés de butin, partie harassés du
voïage, se retirant à la file, le lendemain se trouva qu'il n'y
avoit pas guères plus de cent hommes avec les susdits Capitaines.

Or, comme ils descendoient de la Montagne, donnant la
chasse aux ennemis, ceux de Geneve & les Suisses voïant l'é-
chec fait en la Montagne, & que quelques-uns des assiegés
fuïoient hors de leur Fort, donnerent de grand courage,
& à tête baissée vers ce Fort pour rentrer; ce qui étoit comme
impossible, n'y aïant bréche propre, ains étant besoin premierement de monter assez haut pour être puis après comme à la
merci des mousquetades du Fort. Il y eut des tués & blessés, &
ce fut merveilles comment de ce grand nombre d'hommes qui
coururent ainsi heurter contre un tel Fort, il en échappa. Neanmoins Dieu détourna tellement les coups, que la perte fut petite à comparaison du danger. Ceux de Geneve y perdirent le
Baron de Saint-Lagier, Gentilhomme regretté à cause de sa
piété & valeur, & cinq ou six autres, emmenant dix ou douze
blessés. Les Suisses aussi y en perdirent quelques-uns. On avoit
traîné assez près du Fort une des piéces courtes, qui fit quelques bons coups, mais le Canonier s'étant un peu trop découvert, fut finalement atteint d'un coup de mousquet à la tête,
dont il fut offensé à mort, tellement que cette batterie cessa;
joint que le secours pour les assiegés commença à se montrer.

D'autre côté ceux de Longerai furent contraints se retirer
bien vîte, partie par la Montagne, partie par le long du Rhône, étant chargés par environ trois cens chevaux, & quelques compagnies de gens de pied conduites par le sieur de
Sonnas, & autres venus en grand diligence de Rumilly & d'ailleurs.

Le famedi 12 fe paffa en allarmes & en quelques canona-des qui ne firent rien, à caufe de l'infuffifance des Cano-niers.

Le fieur de Sancy, Lieutenant-Général pour le Roi en cette armée, étant furvenu au camp à Collonges, ès environs duquel lieu étoient arrivés plufieurs Enfeignes de Berne, fous la con-duite du fieur Loys d'Erlac, Colonel, après diverfes confulta-tions fut arrêté qu'on laifferoit pour lors le pas de la Glufe, tant pour foulager le païs, que pour aller au-devant des autres forces qui venoient de Soleurre, de Valais, des Grifons, & de quelques gens de cheval, qu'on attendoit, afin de réfoudre d'un commun avis de ce qui feroit à faire.

Ainfi donc le Dimanche & le Lundi s'étant paffés en ces dé-libérations, le Mardi on fit retraite paifible & pofée vers Gene-ve, où une partie entra le Mercredi 16, le refte aux environs, où l'on fit féjour jufqu'au mercredi fuvant, pource que les trou-pes n'étoient arrivées.

Donc ce mercredi, qui étoit le vingt-troifieme, l'armée com-plette s'achemina vers la Ville de Thonon à cinq lieues de Ge-neve, fur le lac, en bonne affiette, mais fans foffés & murail-les. Au moïen dequoi après quelque parlement, ladite Ville fe rendit fans faire réfiftance. Le Château eft au bout de la Ville vers le Septentrion, imprenable que par rude batterie, moïen-nant qu'il foit défendu par gens réfolus. Le chemin de Gene-ve à Thonon par terre eft très fâcheux pour l'artillerie, laquelle chargée pour être conduite fur le Lac, retarda trois jours, à caufe du vent contraire. Les troupes du Duc, pour divertir ce Siege, incontinent après le départ de l'armée, fe préfenterent au nombre de fept Cornettes de cavalerie, fur le haut de Pin-chat, Montagnete, à demi quart de lieue de Geneve, proche du pont d'Arve, où l'on avoit de nouveau tracé & dreffé bien legerement un petit Fort de terre, ou plutôt une tranchée, pour brider pour quelques heures les courfes des gens de che-val. Ces Chevaliers donc vinrent jufqu'auprès de ce Fort; mais un d'eux aïant été tué, un autre griévement bleffé, ils fe reti-rerent, emmenant du bétail, & deux hommes prifonniers ren-contrés par les champs. Les jours fuivants ils continuerent à fourager le Bailliage de Tenier, & n'ont ceffé qu'ils ne l'aient ruiné du tout, à favoir une étendue de deux grandes lieues de païs.

Le jeudi 24 l'armée ne fit rien, finon mettre le feu en la Tour de la fléchiere au Village de Concise, entre Thonon & Ripaille. Il y avoit dix-sept ou dix-huit soldats en cette Tour, qui tinrent bon quelques heures contre tout le regiment de Berne; mais le Colonel d'Erlac aïant fait mettre le feu en la maison proche de ladite Tour, les assiegés se rendirent à sa merci. Par avis du Conseil, cinq des principaux & des plus mutins furent pendus le samedi suivant, & celui qui les pendit incontinent après l'exécution, & étant encore sur l'échelle, fut abattu & tué de quelques mousquetades qu'on lui tira. Les autres furent envoïés chez eux comme moins coupables.

Quelques petites Places sur le chemin de Geneve à Thonon où il y avoit garnisons, comme le Château d'Ivoire, celui de Balaison & quelques autres, furent promptement réduits à l'obéissance du Sieur de Sancy.

Le Vendredi vingt-cinquieme, ceux du Château de Thonon commencerent à tirer quelques mousquetades, dont ils tuerent deux ou trois hommes; mais étant assaillis du clocher & de quelques autres endroits percés à propos, ils cesserent, se disposant à parlementer.

Le Samedi vingt-sixieme, le Sieur de Dingy Capitaine du Château rendit la Place & sortit avec quatre vingts Soldats ou environ, avec l'épée & le poignard, les arquebuses sur l'épaule, mêches éteintes, tambour cessant, & l'enseigne pliée. On les conduisit à sûreté, sans offenser de fait ni de parole aucun d'eux.

Le Dimanche vingt-septieme après diné, l'on commença à battre de quelques coups l'hôpital du Fort de Ripaille: le Bois aïant été gagné par les Lansquenets. Les Assiégés se soucioient peu d'un tel effort; aussi n'avançoit-il pas beaucoup, & eut-on perdu beaucoup d'hommes de ce côté-là. De fait quelques-uns furent tués aux approches, & un Capitaine commandant aux Lansquenets si grievement blessé qu'il en a perdu la jambe. Ce lieu étant forcé, l'on n'avoit gagné que la basse cour du Fort, lequel restoit tout entier, aïant un très bon fossé de brique à niveau, avec des casemattes dans le fossé, muraille terrassée derriere d'une façon merveilleusement propre, puis un bon retranchement, & un spacieux logis de sept fortes Tours avec leurs tourrillons. Sur chacune de ces parties de forteresse, lesdits Assiégés pouvoient débattre & ôter la vie aux meilleurs Soldats de l'armée, car ils ne tiroient que de près à balles ramées, ou de balles d'acier mêlées avec plomb, & de fort gros calibre.

Ce qui les affuroit encore davantage, étoit le rapport affuré que fecours leur venoit par les montagnes. De fait le Duc fit acheminer douze ou quinze cens lances, fous la conduite du Comte de Martinengue & du Sieur de Sonnas, avec environ mille Piétons, & environ cinq cens Argolets (1), lefquels pafferent l'Arve à la Bonneville & au pont de Buringe par eux redreffé. Partie logea en Boeige & Villages circonvoifins à trois lieues de Thonon, & à une lieue de Bonne, & féjourna deux ou trois jours attendant le refte qui paffa entre Marcouffei (Château tenu par ceux de Geneve) & Saint Joire.

Le Lundi vingt-huitieme, ces Troupes du Duc fe rendirent à Lulin, païs de montagnes, à deux lieues de Thonon, non fans grandes incommodités, tant à caufe de la difficulté des chemins que de la difette des vivres. Dès lors les Sieurs de Sancy, Quitri & autres Chefs en l'armé Roïale, furent avertis de cet acheminement ; à quoi ils pouvurent à la légere, fe contentant d'envoïer quelque Troupe en un côté feulement de la montagne, nommé les Alinges, au lieu que il en falloit munir quatre ou cinq autres, & dreffer embufcades au bas. Ce qui eut ruiné entierement les Troupes du Duc, fi elles fe fuffent avancées comme elles firent. Il y eut de grandes difputes entr'eux fur ce fait, fans autre réfolution pour lors. L'armée Roïale étoit lors compofée d'environ dix mille hommes de pied, Suiffes, Lanfquenets, Grifons, & François, & de Geneve, item des trois cornettes dudit Geneve & de quelque Compagnie de gens de cheval,qu'au befoin on eut pu amaffer d'environ cent cinquante hommes de la fuite des Sieurs Gentilhommes & Capitaines en ladite armée, laquelle étoit logée à Thonon & ès environs à trois quarts de lieue à la ronde.

Le Mardi vingt-neuvieme, combien que l'on eut découvert dès le matin que les Ennemis approchoient & defcendoient à la file, tellement que fur les deux heures après midi l'on commença à les remarquer à la defcente de Juvernay, proche de trois quarts de lieues de Thonon : toutesfois la plûpart du temps fe confuma en allées & venues, & à débattre quel endroit il falloit choifir pour champ de bataille. Comme ils étoient prêts à defcendre, en attendant que les Suiffes du Régiment de Berne,

---

(1) Les Argolets, ou plutôt Argoulets, étoient une efpece de Chevaux-légers de ce temps-là, fans cuiraffe, armés de piftolets, & d'une carabine, ce qui fit que depuis on les appella Carabins. Les Gendarmes ou Lanciers étoient une autre efpece de Cavaliers, armés de pied-en-cap avec la lance & les piftolets.

logés à Concife, près de Ripaille, & ceux du Régiment de Sol-
leurre à Tully, Village au pied de la montagne, tendant aufſi à
Ripaille, ſe fuſſent rangés pour ſoutenir le choc, s'ils étoient
chargés; le Sieur de Quitri fit marcher & placer les trois cornettes de Geneve ſur un haut, nommé Creſte, qui eſt une plaine
raſe fort proche de Thonon, où ils ſe rangerent en haie, attendant qu'on vînt les couvrir de quelques Mouſquetaires,
Arquebuſiers & Piquiers, ce qui ne fut fait; ains demeurerent
leſdites cornettes à découvert. Les Ennemis étant deſcendus eurent loiſir de venir reconnoître & compter les chevaux des trois
cornettes. Alors au lieu de faire marcher leur Infanterie, auſſi
deſcendue, pour gagner la batterie de Thonon, ils la firent tenir derriere, & après avoir fait alte une groſſe demie heure,
vinrent à la charge en un gros de trois à quatre cens lances. Ceux
de Geneve, nullement ſoutenus, & en nombre inégal, ſe retirerent premierement au trot, & incontinent au galop dedans
Thonon, n'aïant pour arrêter ces Lanciers qu'une barriere aiſée
à enfoncer, mais ſuffiſante pour brider une courſe de chevaux,
commme il avint. Car étant entrés en la barriere cloſe, les
Lanciers y vinrent toucher de leur bois, & ſe preſſant les uns
contre les autres furent contraints de rebrouſſer chemin, aïant
laiſſé le Baron de Viry pour gage, lequel fut tué tout auprès de
ladite barriere. Ce fut une bravade qui eut couté la vie à la plûpart de ces Lanciers, ſi ceux qui commandoient en l'armée
Roïale euſſent une heure auparavant bordé les baſſes murailles
qui côtoïoient de part & d'autre icelle barriere, d'une cinquan-
taine de Mouſquetaires, de qui tous les coups euſſent porté infailliblement. Quant aux autres fautes, en très grand nombre,
commiſes de part & d'autres, à Thonon & aux autres lieux, ce
ſera à une hiſtoire exacte de les remarquer.

Les Lanciers ainſi contraints de tourner en arriere, rebrouſ-
ſerent au petit pas, ſans être ſuivis : & quant aux cornettes de
Geneve quelques uns des plus réſolus s'étant un peu repris, retournerent vîte par une avenue vers Creſte, où ſe trouvant avec
bon nombre d'Infanterie ramaſſée à la hâte, & rangée aſſez con-
fuſément, allerent à la charge. Du commencement les Ennemis reculerent vers les montagnes ; mais renforcés d'un gros de
Lanciers ce fut à retourner vers Thonon. En ces entrefaites y
eut une pluie étrange & des tonneres merveilleux, ce qui fut
cauſe que le nombre des bleſſés & tués fut petit, ſurtout du côté
de l'armée Roïale. Un Capitaine d'une des Compagnies de

Baſle

Basle fut tué, étant allé à la charge assez tard, mais avec de la hardiesse, aïant bien combattu & arrêté un grand effort des Ennemis, l'Infanterie desquels fit peu en toute cette escarmouche.

Sur ce, les Lanciers pensant avoir beaucoup gagné, remontent, & ralliés vont charger le Régiment de Soleurre, qui étoit plus bas, environ à deux portées de mousquet ; mais ils s'aviserent de cela un peu trop tard : car durant les deux premieres charges, les Suisses se reconnurent & eurent le loisir de se ranger. Davantage on leur envoïa en tête quarante ou cinquante Soldats des Troupes de Geneve, & sur les flancs quelques Mousquetaires Lansquenets : tellement que les Lanciers & Argoulets du Duc se trouverent loin de leur compte ; car les Suisses prenant courage soutinrent le choc avec leurs picques, tellement que les Lanciers aïant tenté & tâté divers moïens, & voïant plusieurs de leurs chevaux blessés, & quelques-uns des plus échauffés des leurs étendus par terre, furent contraints se retirer emmenant leur Général Martinange blessé à la jambe, sans avoir rien fait pour ceux de Ripaille, qui durant l'escarmouche dresserent une enseigne, mais n'oserent sortir, combien qu'ils eussent le moïen de donner quelque allarme de côté ou d'autre.

Les Troupes du Duc ainsi repoussées firent une retraite fort pénible & dangereuse, par montagnes & lieux, où il étoit aisé de les défaire. Mais aïant enduré beaucoup ils repasserent au-dessus de Saint Joire, & s'en retournerent à Crusille & aux environs du mont de Sion.

Or pource qu'on se doutoit que le Duc n'entreprit sur Bonne, pour divertir en quelque sorte le siége de Ripaille, on envoïa en Bonne, pour renforcer la garnison ordinaire une Compagnie de Suisses de Neuf-Chastel, entretenue par les Seigneurs de Geneve, lesquels y demeurerent jusqu'au départ de l'armée Roïale pour aller en France : & durant ce séjour le Duc laissa en repos Bonne, Saint Joire & Marcoussey.

Au reste cette course & escarmouche vers Thonon servit au Duc. Car les Suisses aïant vû une si puissante Cavalerie, & entendu que ce n'étoit que le tiers ou environ de ce que le Duc avoit ou espéroit bien-tôt avoir, & que l'on étoit venu par chemins si âpres les attaquer si brusquement, item qu'il n'y avoit aucun remuement vers le Dauphiné, comme on leur avoit fait entendre, penserent dès lors qu'il n'étoit possible à eux de péné-

trer en Savoie avec les trois Cornettes de Geneve. Car quant
aux Reiſtres qu'on attendoit, le Sieur de Hauraucourt leur
Colonel n'en avoit amené que cinquante ou ſoixante, qui ne
vinrent à Geneve qu'après la priſe de Ripaille. De cette appréhenſion & de pluſieurs diſcours ſur icelle, s'enſuivit bientôt après
cette eſcarmouche la délibération & réſolution entre les Chefs
de quitter Savoie, & mener l'armée en France par le chemin
de la Bourgogne, laiſſant à ceux de Berne & de Geneve la
charge de la guerre contre le Duc, attendant que le Roi l'aſ-
ſaillît par autre endroit & moïen.

Le Mercredi trentieme & dernier jour d'Avril, l'on continua la batterie contre Ripaille, mais lentement & contre le derriere de l'Hôpital vers le Bois, qui n'étoit que perte de poudre & de boulets, ſi les Aſſiégés euſſent été mieux réſolus. Mais
ſur le ſoir voïant leur ſecours écarté, commencerent à prendre nouveau conſeil, mirent le feu à leurs poudres, brûlerent
leurs fournimens & demeurerent cois juſqu'au lendemain.

Le Jeudi premier jour de Mai les Aſſiégés ſommés de ſe rendre, demanderent compoſition. Le ſieur de Sancy logé à Thonon, s'achemina promptement vers eux, & fut conclue cette
compoſition, portant que les Capitaines Compois, Bourg &
Sinalde avec leurs Soldats au nombre d'environ cinq cens,
Piémontois & Milanois, pour la plupart, ſortiroient bagues
ſauves, l'épée & la dague, les Capitaines ſeuls à cheval. Ce qui
fut exécuté en dedans une heure après midi (1).

Le Vendredi deuxieme, l'on commença à vuider Ripaille des
armes & meubles qui y étoient, puis les pionniers commencerent à démanteler le lieu. Le Samedi troiſieme, on continua la démolition, & ſur le ſoir le feu y fut mis, lequel s'alluma par toutes les ſept Tours & conſuma les deux Galeres &
trois Eſquifs. Le feu continua le Dimanche & le Lundi : on établit pour Gouverneur du Château de Thonon & des autres Châteaux & Places fortes qui dépendent du Bailliage, un Gentilhomme du Païs de Vaux, avec garniſon des Sujets de Berne, pour
la défenſe du Païs, & commandement de faire entierement
ruiner Ripaille. Les Principaux de Thonon prêterent ſerment
de fidélité au Roi, comme auparavant avoient fait ceux de Gex.
Ce jour le ſieur de Sancy partit de Thonon pour aller en Suiſſe

---

(1) Quand on eut appris à Geneve la nouvelle de la priſe de Ripaille, le Conſeil ordonna un jour de jeûne pour en remercier
Dieu. Ce jour-là fut célébré le Dimanche
12 de Mai.

réfoudre de l'acheminement de l'Armée & des conventions qui en dépendoient, & fe retrouva près des Troupes le neuvieme jour du même mois.

Le Dimanche quatrieme, les fieurs de Valais capitulerent par l'entremife du Capitaine Pierre Ambiel, & d'un autre notable perfonnage, leurs Ambaffadeurs, avec le fieur de Quitry & autres Seigneurs, pour le Païs d'Évian & tout ce qui eft de de-là la Drance, qu'ils tiennent; promettans ne le rendre fans le congé du Roi de France, & de maintenir pour lui la conquête des Bailliages de Gex, Thonon & Ternier avec ce qui en dépend, laiffés par le fieur de Sancy aux Républiques de Berne & de Geneve, fous certaines conditions & fans infraction de la promeffe defdits fieurs de Valais, lefquels ont depuis fait difficulté de ratifier ladite capitulation.

Ce même jour l'Armée délogea de Thonon, & demeura par les chemins, à caufe des pluies jufqu'au Samedi dixieme, qu'elle fe rendit ès environs de Geneve & le Mercredi quatorze délogea, repaffant par Geneve, tirant vers le Neufchaftel & Montbelliard pour entrer par la Franche-Comté ès quartiers de Langres. Les trois Cornettes de Geneve demeurerent, enfemble les Compagnies de gens de pied, fans comprendre les garnifons de Bonne & de Monthou & celles de de-là l'Arve qui avoient leurs Capitaines & Membres de Compagnie. D'autre part, le fieur de Sancy laiffa les cinq Enfeignes de Berne du Régiment du Colonel d'Erlac, outre lefquelles les Seigneurs de Berne envoïerent bientôt après trois mille hommes pour la garde des Bailliages conquis. Au refte, combien que ledit fieur de Quitri fut quel chemin l'Armée devoit prendre, néanmoins approchant de Bonne, au retour de Thonon, il alla voir le Pont des Trembieres & commanda au Capitaine Bois d'aller reconnoître le Pont de Buringe, comme s'il eût voulu faire entrer l'Armée au Païs du Genevois, tirant vers Chamberry. Le Capitaine Bois alla reconnoître avec quarante ou cinquante Soldats, vifita le lieu hardiment & à loifir, & y eut efcarmouche, où il fut bleffé à la jambe & trois de fes Soldats bleffés & quatre ou cinq de l'Ennemi tués. Le départ inopiné de cette Armée mettoit la Ville de Geneve en merveilleufe peine, fe voïant chargée de tout le faix de la guerre, après avoir été prefque épuifée d'argent, de vivres & munitions, & davantage de douze pieces d'artillerie, que la Seigneurie avoit remifes au fieur de Sancy, eftimant qu'il pourfuivroit guerre par deça, comme il avoit promis, & comme auffi il proteſtoit vouloir faire, n'eût été le commandement exprès qu'il avoit de Sa Majeſté de mener ladite Armée en France. Mais le Duc de Savoie, outre les forces qu'il avoit déja près de foi à Remily & en Foſſigny, en appella encore de renfort & pluſieurs accoururent de Piémont, du Lyonnois & de la Franche-Comté, fe glorifiant du pillage de Geneve, comme ſi elle eût été déja en leur puiſſance.

Ils commencerent par le Foſſigny, où le Baron d'Armenſe (1) intéreſſé à cauſe de ſon Château de ſaint Joir, les ſieurs de Boege, Chaſſey, Dumont & quelques autres Gentilshommes de la haute & baſſe Bonne, avec forces de pied & de cheval tirées du Païs & de l'Armée du Duc, fe rendirent promptement à la bonne Ville, & avec quelques Troupes aſſiégerent le Château de Boege, occupé par la garniſon de Bonne, feulement pour rendre les Villages de cette Montagne contribuables à icelle garniſon. Il y avoit dans ce Château dix-huit Soldats feulement, qui y avoient été cinq ou ſix jours quand les fuſnommés vinrent les inveſtir. Ce Château n'eſt aucunement flanqué, n'a pont-levis ni défenſes, néanmoins fut vaillamment défendu, juſqu'à ce que les Aſſiégés preſſés par le feu, mis à une porte qui répondoit à la cuiſine, *item*, par la ſape, & priés de compoſition par le frere du ſieur de Boege, qui vouloit garantir cette Maiſon, fe voïant auſſi ſans munitions, deux des leurs tués & quatre bleſſés, ſortirent avec les armes, méches allumées & fe retirerent en bon ordre dedans Bonne, aïant tué aux Aſſiégeans dix ou douze hommes & laiſſé grand nombre de bleſſés.

De-là les Troupes du Baron d'Armanſe vinrent à Vieu, Village entre Marcouſſey & ſaint Joire, une partie commença à voltiger autour de Marcouſſey (2), où commandoit un Capitaine de Geneve à ſoixante Soldats qui tinrent ferme. L'autre partie, conduite par le Baron même, inveſtit ſaint Joire, où commandoit un Sergent de Geneve, homme bien affectionné à la Ville, mais de petite condüite. Pource que quelques jours auparavant un Capitaine étranger, nouvellement arrivé étant envoïé en cette Place, peu de jours après étant convaincu d'avoir eu intelligence avec les Ennemis, fut arquebuſé, l'on penſoit faire aſſez de la commettre à un homme fidele, ſans

----

(1) C'eſt d'Hermance.
(2) Marcoſſey.

regarder de trop près s'il avoit du cœur & de l'expérience. Ce personnage accompagné de vingt-cinq ou trente Soldats, peu réfolus pour la plupart, afliégé le Vendredi 18 de Mai, fe rendit le Dimanche fuivant, à compofition d'avoir la vie fauve & fortir avec l'épée feulement. La Place étoit forte, munie & le nombre fuffifoit pour la garder ; mais ils eurent lors befoin de courage. Aufli en furent ils blâmés grandement & ledit Sergent détenu prifonnier affez long-temps ; mais étant forti depuis, il fut tué à l'efcarmouche du 12 de Juillet, & par ce moïen enfevelit honnêtement avec foi la fouvenance de cette faute.

Le Samedi 17 quelques gens de pied fortirent de Geneve fur le foir, allerent jufqu'au Mont de Sion à deux grandes lieues monterent au haut de la Montagne de Saleve, s'avancerent jufqu'aux Croifettes, près d'un lieu nommé Chantepoulet, fauflerent les barricades, brûlerent les Loges & Corps-de-Garde des Ennemis, aïant tué leur Capitaine, fon Enfeigne & environ trente Soldats & Païfans. Ils ramenerent aufli dix Païfans du Village de Boffay, que l'Ennemi détenoit prifonniers & cent pieces de gros & menu bétail.

Le Lundi 19, le Capitaine du Château de Ternier fit une autre courfe & amena aufli force bétail, continuant au refte à tenir en haleine les coureurs du Duc, comme il avoit fait auparavant.

Le Baron d'Armenfe élevé pour la reprife de faint Joire, vint incontinent avec les autres ferrer Marcouffey & fommer le Capitaine qui y commandoit, lequel répondit à coups de moufquets, & tôt après fit une fortie, où quelques Ennemis furent tués. Mais d'autant qu'on l'eût affamé bien-tôt ou incommodé en autres fortes, le Mardi 20, environ trois cens hommes tant de cheval que de pied fortirent de Geneve, & joints avec la garnifon de Bonne, marcherent vers ces Afliegeurs, qui aïant fenti cette venue fe retirerent fi vîte qu'aucuns d'eux ne prirent loifir de monter à cheval & prendre leurs armes. Il fut impoffible de les fuivre, à caufe que ce jour au foir & tout le lendemain il plut fans ceffe. Par ainfi aïant pourvu à Marcouffey fe retirerent le Mercredi vingt-unieme fur le foir à Geneve.

Tandis qu'on efcarmouchoit en Fofligny, le Duc s'avançoit avec fon armée pour entrer par le Mont de Sion au Bailliage de Ternier, en intention de forcer le petit Fort, commencé

par ceux de Geneve à deux portées de mousquet loin de leur
Ville, & tout joignant le pont d'Arve; à celle fin qu'aïant ce
passage il put approcher de leurs murailles si bon lui sembloit,
recouvrer le Fossigny, le Chablais & Thonon. Pour cet effet,
environ deux mille hommes, à savoir cinq cents chevaux, &
quinze cents fantassins, faisant une partie de son avantgarde,
se rendirent au long de la Montagne de Saleve, le vendredi 23,
& le lendemain approcherent & logerent à Colonges sous Saleve,
Village à une lieue dudit pont d'Arve.

Le Dimanche 25 entre les deux & trois heures du matin, ils
se trouverent bien près du Fort d'Arve. Et comme ils se disposoient à planter des échelles & faire jouer un petard, ils sont
découverts, tellement que l'allarme se donne, & se fait une sortie de soldats de la Ville, qui marchent droit au Fort, & es-
carmouchent vivement jusqu'environ les huit heures. Les ennemis furent contraints reculer à la débandée, avec leurs petards & échelles, aïant perdu quelques hommes, & le Trompette du sieur de Sonnas pris, & vont faire alte à demi-lieue de-
là, d'où ils se retirerent en leur logis, sans qu'aucun de ceux
de Geneve fut blessé ni pris. En la retraite d'alors, ils s'ingere-
rent d'assaillir le Château de Ternier, mais ceux de dedans aïant
fait une sortie à propos, leur donnerent une rude étrillade, tellement qu'avec perte & honte, ils se retirerent vers le Mont de
Syon.

Le lundi 26, voulant avoir la tranchée, ils firent une nouvelle entreprise sur le même Château de Ternier, à demi lieue
duquel ils étoient, & s'en approcherent de nuit avec quelques
petards, de l'un desquels aïant enfoncé la premiere porte, comme ils vouloient donner à la seconde, furent si rudement ac-
cueillis à coups de quartiers de pierre, qu'après y avoir perdu leur
Chef, nommé Charles, de Grenoble, & vingt-trois tant Soldats
que Cavaliers, ils se retirerent bien vîtement avec leurs blessés au
Château de la Perriere, proche de là.

Le mardi 27, le Château de Marcoussey fut quitté après y
avoir mis le feu avant que partir, mais un peu hastivement, de
sorte que les ennemis y trouverent encore quelques provisions,
munitions de guerre, & firent éteindre le feu par les païsans,
puis disposerent leurs troupes ès Places de saint Joire, Marcoussey, Vieu, Pillonney & Boege, d'où par signal de feu sur
les Montagnes, ils s'assembloient à leur commun rendez-vous.
Ce fut par commandement des Seigneurs de Geneve, qu'on

quitta & brûla Marcousfey, à cause du voisinage & commodité des ennemis, & de l'incommodité qu'il y avoit à munitionner & secourir cette Place, qui est à quatre lieues de Geneve, laquelle avoit à repondre à l'armée du Duc, approchant de jour à autre avec piéces de batterie, & avec résolution de faire un très grand effort.

Pource aussi que le Baron d'Armenfe & ses troupes voltigeoient d'ordinaire autour de Bonne, cela fut cause qu'on y envoïa de renfort une compagnie, & sur la crainte qu'on eut que les ennemis s'emparassent des Châteaux & Places fortes proches de Bonne, qui par ce moïen eut été investie & privée des commodités de renfort, d'hommes & de vivres, & du chemin libre à Geneve, fut résolu de garder seulement Bonne, & Monthou qui sert à la sûreté du chemin, & brûler le reste qu'on pourroit aborder; ce qui fut promptement exécuté. Sans cela, l'on ne pouvoit garder Bonne. En dépit de telle exécution, faite par nécessité, & pour empêcher les courses que le Baron eut faites jusques aux portes de Geneve, les ennemis ont, ès deux mois suivants, brûlé une infinité de maisons & grand nombre de Villages en une étendue de deux lieues de païs au Bailliage de Ternier, qui étant l'un des beaux endroits de toute la Savoie, est maintenant converti en un désert pitoïable.

Le reste de ce mois se passa sans notable exploit de part ni d'autre; le Duc s'approchant le vendredi 30 à une lieue près de Ternier, & le samedi, dernier jour du mois, on fit les approches, & amena-t-on l'artillerie assez près dudit Ternier, le Capitaine duquel étoit alors à Geneve, & n'eut moïen de rentrer dedans la Place, investie de toutes parts, & en laquelle commandoit pour lors le Lieutenant dudit Capitaine à cinquante ou soixante soldats.

Le Dimanche premier jour de Juin, le Duc s'étant approché avec deux gros canons, & quatre piéces de campagne, se présenta en personne devant le Château de Ternier (ou plutôt Tour antique, non-flanquée, ains seulement d'épaisse muraille,) & apres avoir disposé la batterie en deux endroits, fit sommer les Assiegés de se rendre, lesquels aïant refusé ce faire, & longuement tiré dessus les Assiegeants, la batterie commença sur les onze à douze heures, & dura jusqu'à quatre heures, aïant tiré cent vingt-un coups de canon, par le moïen desquels, & des mousquetades aucuns des Assiegés furent tués, entr'autres le Lieutenant du Capitaine, & quelques soldats blessés. Les au-

tres voïant la coeffe & les fenêtres de la Tour (qui étoient leurs
défenses , & d'où ils avoient tué plusieurs des Assiegeants) ab-
batues & ruinées , aïant été derechef sommés de se rendre , y
condescendirent , sur la promesse qui leur fut expressement faite , qu'ils auroient la vie sauve , & qu'on leur feroit bonne
guerre. Ce nonobstant étant sortis sur les six heures du soir ,
ils furent garrotés , & (par le commandement exprès du Duc)
pendus & étranglés au nombre de quarante & davantage , le
Sergent & peu d'autres aïant été sauvés par quelques Capitaines
& Soldats ennemis. Cette cruauté ne fut pas approuvée de tous
ceux qui suivoient le Duc ; & quelques Gentilhommes François
& Bourguignons le supplierent de se comporter autrement , remontrant le danger & mal qui en pourroit avenir. Mais ils perdirent leurs peines , & quant au Duc, il sentit bientôt après , la vengeance d'un tel forfait.

Car pensant déja tenir la victoire en ses mains , il fit incontinent avancer le regiment du Comte de Maurevel , & un regiment de cavalerie Italienne vers le pont d'Arve, une partie se
plaça du côté de Lanci, une autre vers la croisée du chemin
tendant à Crusilles , & une autre près d'un lieu nommé la grange
Colomb , & un côteau où est la justice de Sacconney. De tous
ces endroits le plus éloigné est à un bon quart de lieue du pont
d'Arve, Ceux de Geneve les découvrant , firent sortir quelques
troupes , qui allerent attaquer une rude escarmouche , où plusieurs soldats du Duc demeurerent sur la Place , & quelques Cavaliers, les autres se retirant bien vîte , entraînant & portant
leurs blessés. Le Baron de Pressia (1), de Bresse , commandant
à une partie de ce regiment du Comte de Maurevel , fut fait
prisonnier avec certains Piemontois. De ceux de Geneve , un
Lansquenet fut blessé à la tête , & un François à travers l'épaule
droite , le boulet se rendant au tetin , d'où il fut tiré le même
jour , & le soldat guéri quelque temps après. Un autre eut un
doigt emporté , deux y furent tués. On rendit graces à Dieu auprès du Fort, où l'on travailloit à force , comme aussi en toutes
les escarmouches suivantes , deçà , dedans , & de-là se sont trouvés des Ministres, pour encourager les Soldats , faire les prieres
& actions de graces, & même par fois chanter quelques Pseaumes de priere & reconnoissances , selon que les circonstances
présentes le requeroient. Les garnisons qui étoient ès Châteaux
de Confignon & de Saconney, se retirerent à Geneve , sentant

______
(1) De Pressiac.

qu'il étoit impoſſible garder telles Places contre le canon. L'armée du Duc étoit lors compoſée d'environ ſept à huit mille homme de pied, & près de deux mille chevaux, tant de ſes Sujets,
que d'Eſpagnols, Italiens, François & Bourguignons de la
Comté. Les maiſons étant ès environs du pont d'Arve, furent
brûlées & démolies, afin d'ôter toute commodité & avantage à
l'ennemi.

Le mardi troiſieme, ceux de Geneve aïant découvert l'ennemi, qui paroiſſoit en un lieu nommé le plan des Ouates, à trois
quarts de lieue du pont d'Arve, & voïant qu'ils approchoient
de leur petit Fort, ſortirent au nombre d'environ cinq cents Arquebuſiers, & furent incontinent attaqués par l'ennemi, lequel
s'avançoit lors avec trois mille hommes de pied, & mille chevaux. Cette eſcarmouche qui fut fort rude, en laquelle les
ennemis venoient à la charge par ordre, & ſe ſoutenant
les uns les autres, dura près de quatre heures, & fut courageuſement ſoutenue par ceux de Geneve, qui ne laiſſerent
rien gagner aux ennemis, leſquels y perdirent deux cens hommes, & pluſieurs Seigneurs & Capitaines, entre leſquels fut le
Comte de Salenove, Meſtre de Camp, & premier homme de
guerre de toute l'armée, lequel avoit juré qu'il entreroit ce jour-
là dedans le Fort. Il y entra auſſi, y étant apporté mort; & de
même, certain Comte Eſpagnol fut pris & tué. Ces deux furent
fort regrettés en l'armée du Duc, où pluſieurs furent ramenés
bleſſés, la plûpart deſquels ſont morts depuis, par la confeſſion
de quelques Soldats qui ont quitté leur parti. Quand à ceux de
Geneve, ils ne perdirent que deux ſimples Soldats, l'un François, l'autre du païs & des Sujets naturels de Geneve, & trois
ou quatre y furent legerement bleſſés. Graces furent rendues à
Dieu par tous les Temples de la Ville, pour une ſi ſolemnelle &
miraculeuſe délivrance; outre celles qui furent faites particulierement au Fort d'Arve, incontinent après la retraite, tous
reconnoiſſant alors, comme depuis auſſi toutes les autres eſcarmouches & rencontres ci-après mentionnées, que Dieu favori-
ſoit manifeſtement les petites Troupes de Geneve.

Le Duc fruſtré de ſon eſpérance, commença tôt après ce jour
à dreſſer un Fort aſſez ſpacieux, nommé ſainte Catherine, en
un Village appellé Sonzy, à deux lieues près de Geneve, & cependant logea ſes troupes en deçà près & loin ès Villages de
Lanci, Saconney, Saint-Julin, Ternier & autres, leſquelles ſelon leur voiſinage du petit Fort d'Arve (que l'on commença à

mieux ageancer) se barriquoient soigneusement, redoutant à merveille cette poignée de gens de Geneve, qui leur avoit fait si rude accueil & bienvenue.

Depuis cette seconde escarmouche, les ennemis n'approcherent point à découvert, ains entendant à leur Fort, se contenterent de bâtir divers desseins, sur ce qu'ils connoissoient expédient pour avoir leur revenche. Aïant eu nouvelles de l'arrivée d'une partie de l'armée, dressée par les Seigneurs de Berne, & que quelques Troupes étoient avancées jusqu'à une lieue ou environ du pas de la Cluse, le Duc fit avancer une bonne partie de ses forces par le pont de Grezin, pour venir charger les Suisses. Ainsi donc le mardi 10, sur les six à sept heures du soir quelques Compagnies de gens de pied qui étoient montés en la Montagne, commencerent à descendre, & se joignant aux Lanciers venus à couvert par le pas de la Cluse, assaillirent les Suisses logés à Escouran, à demie lieue de Collonges, lesquels s'étant resserrés, soutinrent le choc, & à l'aide de quelques-unes de leurs piéces, firent si bien (cette escarmouche aïant duré près de deux heures), que l'ennemi se retira, aïant perdu quinze des siens, & les Suisses un ou deux des leurs. Tôt après, présumant que les ennemis reviendroient à une seconde charge, ils envoïerent gens à Geais, à Nion & à Geneve, prier qu'on leur envoïât renfort d'Arquebusiers, à quoi ceux de Geneve pourvurent franchement & promptement, y envoïant un de leurs Conseillers avec trois Compagnies d'Arquebusiers, & une de gens de cheval, qui arriverent près des Suisses le mercredi onzieme sur le matin. Les Suisses se retiroient vers Thoiry, aïant quitté le Château de Pierre, & deux de leurs piéces en derriere. L'occasion étoit qu'ils appréhendoient d'être investis de toutes parts, & avoir à soutenir plus de cinq mille hommes, tant de pied que de cheval. Mais les ennemis s'étant donnés fraïeur, quelques heures après leur escarmouche susmentionnée, s'étoient retirés tout de nuit en très grand désordre par où ils étoient venus, & aïant trouvé en chemin le renfort qui approchoit pour les seconder, les firent compagnons de leur honteuse retraite. Ainsi les Suisses délivrés de cette appréhension, retournerent à Escouran & Pierre, d'où ils étoient partis, & demeurerent cois de leur part; & le Sieur d'Erlac leur Colonel, aïant remercié les Troupes de Geneve, les renvoïa bientôt, tellement que le lendemain elles se rendirent toutes dedans la Ville.

Les affaires du Duc n'eurent gueres meilleur succès du côté de Fossigny. Ses forces y étant accrues de quelques bandes de Bressans, vinrent se loger à Felinge, Village fort proche de Bonne. Et s'approchant le mardi dixieme, le Capitaine qui commandoit audit Bonne envoïa environ quarante Soldats pour escarmoucher. Puis craignant que ses gens ne s'engageassent, il y alla lui-même avec dix ou douze de renfort; de sorte que l'escarmouche s'échauffa au préjudice des ennemis, qui y perdirent cinq ou six Soldats & le Capitaine la Roche, Piémontois, outre un grand nombre de blessés. De ceux de Bonne, n'y eut aucun tué ni blessé. En cette escarmouche, sur la retraite, le Capitaine mettant pied à terre, défia tout haut, & à la vûe & ouïe de chacun, le Baron d'Armense, Dumont, ou tel autre de la Troupe, qui voudroit combattre homme à homme; mais nul d'eux en voulut approcher.

Peu de jours auparavant, à savoir le vendredi & samedi, six & septieme, il y eux deux escarmouches entre ceux de Bonne & leurs ennemis, où il y eut des blessés, & tués, spécialement du côté des ennemis, ceux de Bonne n'y aïant perdu qu'un Soldat.

Le mercredi, onzieme, vingt Cavaliers de Geneve arrivés en Bonne, allerent de ce pas & sans débrider attaquer l'ennemi à Felinge, où ils se fortifioient dedans le Temple. Ils furent suivis par soixante-dix ou quatre-vingt Pietons conduits par le Capitaine de Bonne. Il y eut rude escarmouche, sur-tout entre les gens de pied, & perte de quelques hommes de part & d'autre, mais plus du côté de l'ennemi.

Or, d'autant qu'on voïoit l'intention de l'ennemi être de faire-là un Fort pour bloquer Bonne, le jour même partit secours de Geneve, qui arrivé le jeudi 12, donna droit à Felinge, d'où l'ennemi délogea vîtement sans vouloir venir aux mains. Alors on brûla le Temple de Felinge, & les maisons voisines qui pouvoient servir à dresser ce Fort. Et par ainsi chassa-t'on l'ennemi plus loin. Alors le secours se retira, restant en Bonne deux Compagnies, le lendemain fut sans aucun exploit de guerre de ce côté & des autres aussi.

Mais le samedi 14, la garnison de Bonne voulant avoir raison de ces bravades & approches passées, sortit la nuit, tant pour aller chercher l'ennemi, que pour prendre quelque bétail en ses Villages. L'ennemi averti, & aïant ramassé ses forces, chargea ceux de Bonne, près du pont Moran, tirant à Bonne, & se battirent à bon efcient en un chemin étroit. L'Enfeigne d'une Compagnie y fut tué fur le champ avec deux autres Soldats, & deux ou trois goujats. L'ennemi plus fort, recourut le butin ; mais il y perdit vingt-deux Argoulets, tués fur la place, & quelques Gentilshommes y furent bleffés. Ceux de Bonne emmenerent dix chevaux de dix Argoulets, & firent leur retraite fans autre charge ni perte.

Depuis ce jour jufqu'à huit fuivants, l'approche de l'armée de Berne, aïant pour Chef & Général le fieur de Wareville Avoyer, accompagné de plufieurs des Seigneurs du Confeil, icelle armée étant de quarante Enfeignes, & bien fournie de piéces d'artillerie, mit le Duc & fon Confeil en nouveaux avis, dont le fommaire fut de tenter tous moïens pour accabler ceux de Geneve, avant que rien entreprendre contre ceux de Berne, lefquels on effaïa dèslors, & depuis en diverfes fortes de diftraire & féparer d'avec lefdits de Geneve leurs alliés. Le premier moïen fut de ruiner le Bailliage de Ternier, & notamment tous les Villages & Sujets que ceux de Geneve y peuvent avoir. Ce qui fut effectué (comme on avoit déja commencé) avec telle fureur, que la poftérité croira mal aifément ce que l'Hiftoire entiere en particularifera. L'autre moïen fut, de les attirer par embufcades & rufes à quelque combat, pour les matter un bon coup, & fur quelqu'infigne défaite bâtir un nouveau deffein. Les forces du Duc étoient encore en vigueur, quoique certains Bourguignons débandés, ou plutôt apoftés & renvoïés chez eux par Geneve, euffent femé des bruits contraires. Auffi le Duc fe confioit lors tellement en fes forces & intelligences, n'aïant affaire en aucun endroit, finon du côté de deçà, que fur un pourparler pourchaffé par quelques fiens agents, entre des principaux de fon Confeil, avec certains Seigneurs de Berne, fefdits Confeillers oferent bien demander à la Republique de Berne, non-feulement les trois Bailliages nouvellement & juftement repris fur lui ; mais auffi tout le païs de Vaux, & le vieux païs jufqu'aux portes de Berne, voire la Ville même avec dix millions d'or pour fes intérêts. Cela ne lui fervit gueres ; au contraire, la Seigneurie de Berne lui fit fentir tôt après de parole & d'effet, qu'elle avoit le moïen, (fous la faveur de Dieu) de le faire parler plus bas, comme il a fait auffi.

Le lundi 23, fur les trois heures du matin, l'allarme fut donnée à la Ville, comme fi l'ennemi eut été fort près du pont d'Arve. Mais ne s'étant rien trouvé pour lors qui méritât re-

muement, néanmoins fur les huit heures les Compagnies commencerent à fortir jufqu'au nombre de deux cents Arquebufiers,
qui avancés de-là d'Arve, on envoïa quelques coureurs, lefquels aïant pouffé affez avant, & découvert certains Lanciers,
tirerent deffus. Les Lanciers s'étant fauvés de vîteffe, allerent
donner l'allarme, & les Compagnies de Geneve, au fon des
arquebufades de leurs Coureurs, doublerent le pas vers le bruit,
qui aïant d'autre part reveillé les Troupes des ennemis, plufieurs de leurs Cornettes & Enfeignes vinrent fe ranger à Saconney & ès environs. Sur ce quelques mal affurés coururent donner l'allarme au Fort, & du Fort le bruit courut dans la Ville,
comme fi une Compagnie eut été engagée, & perdue tout-à-
fait. Cela fit que d'autres Troupes fortirent, & quelques gens
de cheval, qui par divers fentiers donnerent jufqu'à Saconney.
Les Lorrains qui faifoient une des pointes, aïant mis le feu en
certaines maifons, les ennemis logés au Château, commencerent à faire pleuvoir des arquebufades, & peu après leurs forces
parurent. Lors fut attaquée une rude efcarmouche, en laquelle
ceux de Geneve ne perdirent qu'un homme; mais non encore
faouls de combattre, & voulant attirer les ennemis, ils fe placerent un peu arriere de Saconney en certains endroits proche
du Plan des Ouates, où il y eut un rude conflit. L'infanterie de
Geneve y fit très bien, fans perte; mais elle fut très grande du
côté des ennemis, lefquels extrêmement dépités de fe voir ainfi
haraffés par une poignée de gens, & à demie lieue loin du
Fort, s'aviferent d'un expédient pour faire quelque grand coup.
Ils feignirent donc fe retirer au pas pour faire une nouvelle
charge, afin de tenir ceux de Geneve en alte en ce Plan des
Ouates, tandis que la Cornette du Sieur de Sonnas, celle du
Sieur de Rouffillon & deux autres prirent plus haut un chemin
fort couvert & détourné, lequel fe rend au-deffous de Pinchat
affez près du Fort, afin de venir ceindre ceux de Geneve, &
au fon des Trompettes les charger devant & derriere. Pendant
qu'ils faifoient ce circuit long & fâcheux, les Compagnies de
Geneve fe retiroient au petit pas pour fe rafraîchir, appercevant force hommes, femmes & fervantes, apportant paniers &
flacons (comme cela s'eft toujours pratiqué ès efcarmouches,
outre le vin que la Seigneurie y envoïoit) pour cet effet. Mais
comme ils étoient après à boire & à devifer affez loin du Fort,
les Canoniers d'un petit tertre, nommé Champet, en deçà
l'Arve, aïant découvert l'une des Cornettes ennemies, qui mar-

choit ferrée avec cinquante chevaux par un fentier étroit, au bas de Pinchat, leur tira deux coups. Ce fut un fignal bien à propos aux Soldats & Capitaines de Geneve, qui levant l'oreille à ce bruit, & aux huées de la Garnifon du Fort, qui leur crioit avance, avance, quitterent flacons, gobelets & paniers, & aïant promptement découvert leurs ennemis, dont une bonne partie s'étoit gliffée en un chemin étroit, leur firent un falut d'environ trois cents arquebufades & moufquetades, dont quelques chevaux & Lanciers furent renverfés par terre ; les autres voulant, qui à pied, qui à cheval, gagner le haut des vignes, pour fe joindre à leurs compagnons, qui étoient encore au-deffus, furent pour la plûpart tués fur le champ, & quelques-uns emmenés prifonniers, entr'autres le Sieur de Saint-Sergue, dit Bellegarde, & deux autres, avec perte d'une de leurs Cornettes. Leurs Compagnons voïant que les piéces de Champet les endommageoient grandement, & la déroute de ceux qui étoient defcendus, n'attendirent pas le refte, ains eurent bons éperons. Ils perdirent ce jour-là une partie de leurs meilleurs Lanciers, & plufieurs hommes de commandement. Ainfi que les grands coups fe donnoient, l'on chantoit fort le Pfeaume neuvieme, & nommément ce couplet, ʺIncontinent les ʺ Malheureux font chus au piége fait par eux. Leur pied même ʺ s'eft venu prendre au filet qu'ils ont ofé tendre.ʺ

Pendant que ceux de Geneve joutoient ainfi contre le Duc, les Seigneurs de Berne firent une treve de quelques jours, continuée d'autres, tellement qu'elle dura prefque trois femaines, pendant lefquels leur armée compofée de dix à douze mille hommes de pied pour la plûpart, excepté trois ou quatre cents de cheval, féjourna avec leurs chevaux d'artillerie & de bagages ès terres de la Souveraineté de Geneve, & en quelques Villages du Bailliage de Geais, proche de Geneve, tellement que tous les jours y avoit affluance defdits Suiffes pour s'y accommoder de vivres, & autres chofes néceffaires.

En même temps un Gentilhomme, voifin de Geneve, étant en l'armée du Duc, fous couleur de venir remercier la Seigneurie de Geneve, qui avoit épargné fon Château, où il y avoit eu garnifon, après avoir demandé qu'on lui permît de parler à quelques-uns des Seigneurs qui l'allerent trouver à la porte, il protefta après fes remerciemens de la bonne affection qu'il portoit à l'Etat de Geneve, ajoutant que pour le bien qu'il defiroit à tous, il ne pouvoit céler que le meilleur & plus expédient

étoit avant que laisser enaigrir davantage les affaires, d'aviser
à quelqu'accord : que le Duc avoit une armée de dix-sept mille
combattans, avec laquelle un Prince si magnanime & de tel
crédit, pouvoit avoir bientôt raison des entreprises faites sur
ses Etats. De lui, que pour n'être spectateur de tant de ruines
& miseres qu'il prévoïoit, il déliberoit quitter la Savoie, & dès
le lendemain s'acheminer en France. La réponse des deux qui
l'étoient allés trouver par avis du Conseil, que Geneve ne re-
doutoit point le Duc de Savoie, encore qu'il eût une armée de
trois fois autant de combattans ; pource qu'elle avoit sa confiance en Dieu, lequel maintiendroit la justice de sa cause,
contre l'injuste invasion. Et quant à l'entreprise sur les Etats
du Duc, outre ce que lui-même avoit commencé, en enva-
hissant le Marquisat de Saluces, & entreprenant en trop de
sortes sur Berne & Geneve, c'étoit au Sieur de Sanci, Lieutenant-Général pour le Roi en l'armée de Savoie, qu'il s'en falloit adresser. Qu'étant requis du Roi, comme Alliés & Confédérés de la République de Berne, ils avoient donné secours au
Roi, assailli premierement par le Duc au Marquisat. De ce
pourparler ne s'ensuivit autre chose ; tellement que ce Gentilhomme, après beaucoup de courtoisies, s'en retourna comme il étoit
venu.

Le jeudi 23, sur le soir le Comte de Maurevel partit avec son
Regiment de Bourguignons, logés à Saconney de-là d'Arve &
ès environs, puis monta en la Montagne de Saleine, pour se rendre au Fossigni par le Pont de Buringe, afin de molester ceux de
Bonne, & en venir à bout, s'il étoit possible, pour faciliter d'autres plus grandes entreprises.

Le vendredi 27, quelques Coureurs ennemis venus vers Lanci pour faire quelque butin, & voir la contenance de ceux en-
deçà, donnerent l'allarme au Fort, & de-là dans la Ville. Les
Soldats y coururent fort allegrement, estimant que l'ennemi
se seroit approché, d'autant que le matin quelques Cornettes
de leur Cavalerie s'étoient montrées. Mais elles se retirerent
assez tôt, & quant aux Coureurs, leurs chevaux eurent de bonnes jambes. Ils laisserent derriere quelques Soldats, un desquels
fut attrapé dedans Lancy, & tué sur la place.

Le samedi 28, toutes les forces du Fossigni jointes avec le
Regiment du Comte de Maurevel, & force Lanciers, avec
quelques Picquiers armés à blanc, qu'on jugea être Suisses, approcherent de Bonne sur le point du jour, ainsi que les Soldats

se levoient de garde pour s'aller rafraîchir , & vinrent à tête baisséc , les uns du côté du Château avec quelques charettes chargées d'échelles & d'ais pour l'escalade qu'ils prétendoient donner à la fausse braie du Château, dont ils approcherent de quelques cent cinquante pas. Mais se voïant découverts, tournerent en arriere par les champs à pleine course , au long du plus foible côté de la Ville, qui est devers Thonon: Les autres gagnerent les ruines de la basse Bonne , & pied à pied tous les endroits où ils pouvoient être à couvert, & de-là endommager ceux de la Ville. Le gros de la Cavalerie fit alte ès champs du côté de Buringe , au-dessus du Pont de la riviere de Menoge. Ceux de dedans , encouragés par le Capitaine & par N. Dorival, Ministre de la parole de Dieu , firent un merveilleux devoir en la défense ; car on ne cessa de tirer de part & d'autre sept heures durant , sans que ceux de dedans y perdissent aucun des leurs , & n'y en eut point de blessés. Mais les Assiegeans virent abattre quatorze morts des leurs , & un très grand nombre de blessés. Au reste, ils n'oserent jamais planter leurs échelles , & furent fort endommagés, notamment leurs Lanciers de quelques coups de fauconneaux, qui les firent bien écarter , & leur tuerent quelques chevaux. À leur arrivée ils crioient qu'on leur apprêtât à dîner ; mais ils ne furent servis que de prunes bien dures & de mortelle digestion , qui les contraignirent de sonner la retraite , au grand regret des Gentilshommes de la haute & basse Bonne, qui commencerent à perdre l'espérance de plus entrer en leurs maisons. Ce qui haussa le cœur aux Assiegés , qui étoient au nombre de cent soixante ou cent quatrevingt, fut qu'on les menaçoit de les traiter à la façon de Ternier. Mais outre le mécompte , les Assiegeans laisserent deux échelles & un chariot , & prirent le chemin des Montagnes , sans retourner par où ils étoient venus. Le Comte de Maurevel se retira avec son Regiment par Buringe à la Bonneville. Graces furent rendues à Dieu de cette délivrance, publiquement, & de grande affection ; aussi le péril étoit grand si les ennemis eussent eu du cœur & de l'adresse, vû que la Ville est fort commandée des Montagnes voisines. Tout le mal qu'ils firent fut de couper l'eau de la fontaine de la Ville, qu'on accoûtra tôt après leur départ, & reconnut-on en divers endroits beaucoup de sang des leurs tués & blessés.

Depuis ce jour jusqu'au huitieme de Juillet ensuivant il ne se fit rien de mémorable de part ni d'autre. Seulement il y
eut

eut quelques allarmes & courfes fans effet. Les Ennemis conti-
nuerent le dégât par eux commencé au Baillage de Ternier, où
ils ont depuis fait tant de maux & exercé tant de cruautés, de
vilainies & de faccagemens, fans épargner âge ni fexe, & avec
telle impiété contre Dieu & une beftialité fi étrange, qu'il eft
plus expédient de s'en taire, que d'en faire dreffer les cheveux
en tête à ceux qui ont encore quelque peu d'humanité, réfer-
vant cela à une hiftoire entiere.

Les tréves avec les Suiffes durant encore, & quelques nouvelles
forces étant furvenues au Duc, & les fiennes aïant eu affez de
temps pour fe rafraichir, leurs Capitaines aïant entendu que
ceux de Geneve étoient fortis, prétendant faire quelque effort
vers Confignon, Sacconey & ailleurs, & pour favorifer quelques particuliers qui defiroient recueillir çà & là ce qu'il feroit
poffible, prévinrent ; & avec la plûpart de leurs forces, tant de
pied que de cheval, le Mercredi neuvieme de Juillet, dès le
grand matin, vinrent s'embufquer dans le Bois de la Baftie au
deffus de Lancy, au bas des vignes dudit Lancy, à Pefay & autres endroits à un quart de lieue du Fort d'Arve ; puis le matin
firent avancer quelques Troupes fur Pinchat, ce qui donna l'allarme, tellement que fur les huit heures du matin les Compagnies de Geneve fortirent, & au lieu de reculer à caufe des
embufcades donnerent hardiment contre, tellement que depuis
neuf heures jufqu'à quatre heures du foir lefdites gens de pied
efcarmoucherent vivement, & attaquerent l'Ennemi en trois
endroits, encore qu'il fût à couvert à fon avantage, & tirât à
l'aife fur ceux de Geneve, qui y perdirent fix Soldats feulement :
& ce qui fut chofe comme miraculeufe : les autres s'en retournerent faufs, qui y devoient demeurer par centaines, attendu la
continuelle fcopeterie de l'Ennemi, qui y perdit grand nombre
de Soldats & deux de fes Chefs. Ceux de Geneve firent de très
beaux coups ; entr'autres de trois moufquetades furent renverfés
morts fix des Ennemis. Un Moufquetaire tira dix & neuf coups,
qui porterent prefque tous, tellement qu'il abbattit dix des Ennemis fans ceux qu'il bleffa. Comme il rechargeoit le vingtieme coup,
il fut atteint & bleffé, & mourut quelques jours après. Un jeune
Soldat de Geneve tirant un fien compagnon mort pour le faire
enterrer (car des fix morts l'Ennemi n'en eut qu'un, lequel encore on retrouva le lendemain) fut chargé par un Soldat de
l'Ennemi, mais dégainant l'épée, il tua cet affaillant, & en
dépêcha encore un autre à l'inftant, lequel vouloit venger fon

Tome III. Y y y y

compagnon. Sur ce, cinq autres Piétons & Cavaliers ennemis accoururent pour l'accabler; mais son Sergent survenu promptement à l'aide, tue un de ces cinq, en blesse deux autres, & est contraint le reste de se retirer : bref le corps fut apporté au Fort. Les Lanciers ennemis, au nombre d'environ quinze cens, ne firent du tout rien ; & la bonne contenance du Capitaine Bois (qui avoit été tiré de Bonne pour être Lieutenant du Sieur Varro (1), Général des Troupes de Geneve) lequel n'avoit que soixante chevaux, les arrêta, joint la crainte qu'ils avoient des pieces qui les saluoient de quatre endroits. Une desquelles menée sur Saint Jean, côteau commandant au Bois de la Bastie, abbattit quelques Cavaliers, & les eut endommagés davantage, n'eut été qu'au cinquieme coup elle s'éventa; une autre placée au bord de l'Arve fit deux bons coups. Attendu les puissantes forces des Ennemis, on s'est émerveillé de leur fait : car ils pouvoient nonobstant les pieces, & avec perte de peu d'hommes, investir aisément l'Infanterie de Geneve, qui avoit la leur sur les bras, & étoient dix contre un. Néanmoins sur les six heures, après avoir mis le feu en quelques foins & bleds pour couvrir certaines Troupes de leur Cavalerie, ils firent leur retraite un peu plus honnêtement que les précédentes. Quelques Soldats de Geneve, restés derriere, retournerent encore escarmoucher, & sur les sept heures l'on tira encore six ou sept coups du Fort, ce qui fit retirer du tout les Ennemis. Entr'autres actes de leur vilaine cruauté, celui-ci ne doit être obmis : c'est qu'aïant rencontré une jeune femme par les bleds qui n'avoit pu se sauver, comme plusieurs de ses compagnes, ils la voulurent emmener pour la honnir, comme grand nombre d'autres. A quoi elle résista de tout son pouvoir, ils la blesserent grièvement en sept endroits à coups de coutelats & arquebusades, dont Dieu l'a comme miraculeusement guérie en l'espace de six semaines après. Les Suisses en grand nombre furent spectateurs de ce combat, où ils ne se trouverent, partie occupés à faire provision de pain & de vin par la Ville, partie retenus par leurs tréves. Ils avoient à demie lieue de-là quinze pieces toutes prêtes qui eussent fait un bon exploit; mais elles ne bougerent non plus que leurs maîtres. Quelques uns d'entr'eux avoient envie de s'emploïer, & en murmurerent assez haut dans

______

(1) Varro se nommoit *Ami Varro*. Il résigna peu après la charge de Général des Trouppes qui étoient au service de la République, à M. de Lurbigni, Gentilhomme très expérimenté au métier de la guerre ; que Henri IV avoit envoïé à Geneve pour y résider de sa part, aussi-tôt après la mort de Henri III.

leur camp; mais aïant entendu les tréves, ils demeurerent en
cet état. Quoi qu'il en foit, Dieu conferva d'une façon fpéciale les pauvres Soldats de Geneve, qui s'en revinrent allegres
& difpos. Et quant aux Ennemis, outre les morts qu'ils emporterent, comme ils ont toujours fait affez foigneufement,
& qu'un Païfan échappé de leurs mains difoit monter à
près de quarante, le lendemain on enleva quatre charettes d'autres corps morts qui furent apportés au Fort.

Le Jeudi dixieme ceux de Bonne aïant découvert l'Ennemi,
qui vouloit couper chemin à quelque renfort qu'on leur envoïoit
de Geneve, fortirent deffus jufqu'à un Village prochain appellé Loet, où ils le trouverent prêt & en bataille au nombre d'environ dix-huit cens hommes, à favoir quatre Cornettes de Cavalerie, & le refte d'Infanterie. Or comme par mégarde un Soldat aïant laiffé cheoir le feu de fa méche eut lâché un coup d'arquebufe, cela mit l'Ennemi en allarme. Tandis ceux de Bonne
eurent loifir de fe retirer en embufcade, & aïant fait avancer
fix des leurs en campagne rafe, l'Ennemi approchant, l'efcarmouche s'émut, & vinrent aux mains auprès du Pont de la baffe
Bonne; mais ceux de Bonne fecourus de vingt-cinq Soldats,
foutinrent cette petite armée depuis huit heures jufqu'après midi:
ceux qui étoient reftés dedans faifant cependant jouer leurs pieces,
& quelques moufquets à travers l'Ennemi, lequel fut contraint fe
retirer avec deshonneur, perte de plufieurs, même de leurs Lanciers. Quant à ceux de Bonne, pas un d'eux n'y fut tué ni bleffé.

Le Samedi douze avant jour, l'Infanterie de l'Ennemi vint
s'embufquer en divers endroits au-deffous & deffus de Pinchat, &
dedans les haies des prairies prochaines: ce qui aïant été découvert
par un des Capitaines qui lors étoit de garde au Fort, il difpofa fes
Soldats, lors au nombre d'environ foixante, avec quelques Lanfquenets, & jufques fur le midi efcarmoucha, & foutint dextrement
les Ennemis, lefquels mirent le feu à un champ de bled, d'où ils
furent chaffés à coups de pieces du Fort. Ils perdirent plufieurs
des leurs cette matinée, (outre les bleffés) qu'ils entraînoient à
vue d'œil. De ceux de la Ville, aucun n'y fut offenfé pour lors.
Sur les dix heures un autre Capitaine & fa Troupe vinrent fe
ranger à la tranchée la plus éloignée du Fort, & ne bougerent,
pource que le Sergent de bataille vouloit attendre meilleure commodité. Environ les onze heures & demie un autre Capitaine
avec fa Compagnie, & incontinent un autre Capitaine avec fa
Compagnie, fe trouverent de de-là le Fort: alors les Ennemis

Y y y y ij

renforcerent l'escarmouche, & quelques uns de leurs Lanciers donnerent à toute bride jusqu'auprès de la susdite tranchée pour enfoncer un Troupe de Fantassins de Geneve, qui les recueillirent, tellement que le Sieur de Chassey Chef de ces Lanciers fondant par terre à cause de son cheval abbattu entre ses jambes, fut incontinent tué sur la place, porté mort & laissé en chemise au Fort, presqu'au même endroit où quelques années auparavant il avoit blessé à mort un sien beau-frere; ceux qui le suivoient se retirerent bien vîte. Sur ce les Capitaines & les Soldats de Geneve, renforcés d'une Compagnie de Bonne, accoururent en la mêlée, & lors il y eut un très cruel conflict. La Cavalerie de Geneve enfonça un escadron de Fantassins Ennemis, & fit un grand échec, & passant outre fut furieusement chargée de plus de mille mousquetades, par une scopeterie ennemie dressée au haut & au bas des vignes de Pinchat. Trois ou quatre Gendarmes de Geneve y demeurerent, & y eut quelques vingt chevaux blessés. Ce nonobstant les autres poussant courageusement outre, vinrent aux mains contre une gosse Troupe de Lanciers de l'Ennemi, en tuerent nombre, chasserent le reste, & faisant alte arrêterent un gros ost, lequel n'osa les charger voïant leur brave résolution. Ce fut depuis midi jusqu'à deux heures que cette escarmouche, plus furieuse qu'aucune autre des précédentes, dura. L'artillerie de Geneve fit peu ce jour; l'Ennemi avoit pointé sur Pinchat deux fauconneaux, dont il tira plusieurs coups, notamment sur la fin de l'escarmouche, sans effet toutesfois. Ceux de Geneve s'aviserent finalement de traîner deux petites pieces jusqu'à la grande tranchée, & par quelques coups d'icelles contraignirent l'Ennemi de reculer vers Saconey, aïant entraîné & fait porter ses morts & blessés en très grand nombre, & la nuit suivante étant revenu chercher le reste. On a assuré que le Duc se trouva en personne à cette escarmouche, mais un peu loin, avec sa garde de huit cens Espagnols, qui ne firent autre chose sinon l'accompagner. Ceux de la Ville y perdirent quatre ou cinq hommes de cheval, sept ou huit Piétons & peu de blessés, & quatre prisonniers par l'Ennemi, de qui ils ne prirent Capitaine ni Soldat à merci, ni à rançon, de tous ceux qui tomberent en leurs mains à l'ardeur du combat. D'autant que l'Ennemi avoit lors mené près de cinq à six mille hommes, tant de pied que de cheval, contre six ou sept cens hommes, ceux de Geneve reconnurent en cette cinquieme escarmouche comme ès précédentes, une spéciale & toute évidente faveur de Dieu envers eux, dont auſſi ſolemnelles actions de graces furent rendues avec prieres publiques par tous les Temples, pour la conſervation & bénédiction de la Ville & de tous ſes Habitans. A l'heure du conflict grand nombre de Suiſſes Bernois étoient dans la Ville ſur les remparts, regardant la mêlée, réputés au nombre d'environ deux mille; l'un d'iceux parlant à ſes compagnons dit : mes amis, voilà nos alliés de Geneve, leſquels ſont en très grand danger d'être perdus; ſi nous ne leur pouvons aider d'autre ſorte, au moins prions Dieu pour eux, & là-deſſus ſe mit à genoux les mains devers le Ciel & fut ſuivi d'un chacun qui regardoit, leſquelles prieres & celles qui ſe faiſoient à la Ville & ailleurs, le Seigneur montra manifeſtement avoir exaucées. Depuis cette eſcarmouche les Troupes du Duc ne ſe ſont point approchées du Fort d'Arve; ains entendant que les Suiſſes ſe remuoient après la tréve, qui expiroit, une partie ſe prépara pour leur aller au devant.

Le Lundi quatorzieme, toute l'armée de Berne, réſervé quelque Régiment laiſſé à Collonges pour bride au pas de la Cluſe, commença à marcher paſſant par Geneve, & trainant force pieces moïennes & petites, avec un grand bagage de quatre à cinq cens charettes. Il y avoit plus de dix mille Piétons, environ deux cens Argoulets & autant de chevaux de combat. Cette armée ſortie par la porte qui tend au Pont d'Arve, prit le chemin de Foſſigni, aïant en tête & avant-garde trois Compagnies de gens de pied & la Cavalerie de Geneve; les Ennemis qui dreſſoient certain Fort pour battre Bonne, ſe retirerent plus loin quittant leur fortification.

Le Mardi quinzieme après diné, les Ennemis accourus vers Pinchat, prirent priſonniers quelques femmes & filles qui glanoient, en tuerent deux & en bleſſerent deux autres. Certain Cavalier voulant charger en croupe une jeune fille, elle ſe jetta par terre, déteſtant la mauvaiſe intention de ce vilain, qui tranſporté de fureur extrême à cauſe de tel refus, hacha en pieces à coups de coutelas cette innocente fille, puis fit couvrir le corps de javelles, où l'on mit le feu, tâchant de réduire le corps en cendres, toutesfois ſans l'effet par lui prétendu.

Le Seigneur de Berne aïant fait entendre au Duc ſon intention, le Mercredi 16 l'armée d'icelle approcha du Pont de Buringe, & huit jours durant ſéjourna en ce quartier, s'arrêtant à démolir à coups de canon le Château qui eſt au-delà dudit Pont, appartenant au Sieur de Lulin. Les Ennemis se souciant peu de ce renversement, se sont logés depuis au bas de la Place, qui est à demie dedans la roche, & ont bâti au bout du Pont une forte barricade & en divers autres endroits près & loin du Village, tellement qu'il est malaisé de les forcer: à quoi faire toutesfois les Capitaines des Compagnies de Geneve se présenterent pour passer la Riviere & faire la pointe ; mais on ne fut d'avis de se hazarder. Ains après quelques mousquetades & allarmes, les Suisses tirerent vers Saint-Joire, le Jeudi 24, aïant durant leur séjour ès environs du Pont de Buringe fait moisson & bon marché du bled qui ne leur coutoit qu'à cueillir, & dont fut fait grand dégât, à la grande désolation & ruine des pauvres Païsans, privés au reste, comme furent bien-tôt après leurs voisins, de leur bestial & de leurs meubles, au grand regret de beaucoup de gens de bien.

D'un autre côté les Ennemis font des ravages étranges au Bailliage de Ternier, brûlent les bleds, les maisons, villages, Châteaux & Temples, saccagent & tuent les Païsans qu'ils peuvent attraper, en contraignent grand nombre d'autres de travailler à leur Fort de Sainte Catherine, les enchaînent, battent & traitent en bêtes sauvages ; n'épargnent pas mêmes les pauvres femmes & petits enfans que ils vendent, échangent, rançonnent & polluent, ce que l'histoire générale pourra déclarer par le menu, afin que l'on voie les jugemens de Dieu sur ce pauvre Païs tant ingrat, & les horribles forfaits des instrumens dont il a plu au juste Juge se servir pour châtier les uns & les autres. Quant aux prisonniers, ils les laissoient manger à la vermine, tandis que les leurs étoient bien traités à Geneve.

Le Jeudi vingt-quatrieme l'armée de Berne aïant pris le chemin de Saint Joire, à deux lieues de Bonne, sans avoir laissé Gardes au Pont de Buringe, l'Ennemi tôt après ragencea le Pont, & jetta vers Bonne quelques gens de cheval & de pied ; dont avertis ceux de Bonne, y accoururent promptement, tuerent cinq ou six Cavaliers, blesserent plusieurs, & contraignirent le reste de se retirer un peu plus vîte qu'ils n'étoient passés. Avec plus de forces ils eussent passé le Pont, gagné la barricade de l'Ennemi, & fait autres exploits notables. Mais à cause de leur petit nombre ils se retirerent en leur garnison, aïant laissé néanmoins quelques Soldats ès avenues du Pont pour arrêter les Ennemis.

Le Vendredi vingt-cinquieme l'armée des Suisses campa ès environs du Prieuré de Pilonnay, entre Bonne & Saint Joire. Les Ennemis qui étoient à la Bonneville firent avancer quelques Cornettes de Lanciers, qui étoient ceux que les Villes de Piedmont avoient fournies au Duc, au nombre de cent cinquante Maîtres, sous la charge du Marquis d'Est, aïant pour Lieutenant le Comte de Valpergue, nommé Alexandre, accompagné du Comte de Massin (1) & quelqu'autres Seigneurs. Outre plus le Baron d'Armense conduisoit les Argoulets du Fossigny. Il y avoit d'Infanterie environ sept ou huit cens hommes de pied Piémontois & Fossignerans, lesquels se rendirent à Saint Joire. A un quart de lieue, en tirant vers Bonne, ils y avoient dressé un Fort de forme ronde, sur un haut où il falloit monter de toutes parts & à peine, & deux autres à côté, tellement que les passages étoient assurés, s'ils eussent été munis de gens résolus. En ce grand Fort étoient placées quatre pieces de campagne.

Aïant donné ordre à leurs Forts, le Samedi 26 ils s'avançent encore en-deçà, dressant l'embuscade de leur Infanterie bien à propos & pour faire beaucoup de mal; & quant à leur Cavalerie elle s'élargit en campagne avantageuse en trois escadrons, à un trait d'arc l'un de l'autre. Sur ce, les Compagnies qui marchoient les premieres s'avancent aussi, & commencent à escarmoucher. Celle qui étoit à couvert dans les masures d'un Château ruiné, donna la premiere sur un des bouts de l'Infanterie ennemie embusquée, la fit changer de place. L'autre étoit courue plus bas, & aïant renversé plusieurs Piétons Fossignerans, avoit mis le reste en déroute. La troisieme donne à l'autre bout de l'embuscade, & l'entame bien fort. L'Avoïer de Wateville voïant cet avantage, & que la Cavalerie de l'Ennemi reculoit pour se joindre en un gros, fait avancer la Cavalerie de Geneve, laquelle vint au grand pas, & voïant que les Ennemis faisoient alte, & plutôt contenance de branler que de combattre, donne à toute bride dedans en front, & quelques Mousquetaires en flanc, les Argoulets de Geneve suivent, & les Argoulets de l'armée de Berne. Les Compagnies du Païs de Vaux y accoururent aussi de l'autre flanc; & sur ce y eut une furieuse mêlée d'environ demie heure. Lors les Ennemis qui avoient vû renverser & tuer plusieurs de leurs Chefs, entre lesquels se trouverent le Comte de Valpergue, & le Comte de Massin, grands

_____

(1) M. Gauthier dans ses notes sur l'Histoire de Geneve par M. Spon le nomme le Comte de *Saint Martin.*

Seigneurs Piedmontois; item vingt-cinq ou trente autres Gentilshommes, & quelques Capitaines avec des membres de Compagnie, prirent la fuite fe preffans & foulans les uns les autres , &
gagnerent les montagnes & les environs de St. Joire pour paffer
outre. Le Baron & fes Argoulets de Foffigny furent les premiers à
fuir, n'aïant point combattu, car dès le commencement aïant vû la
défaite de leur Infanterie , ils fe fauverent de vîteffe. Le Baron
avoit fait tenir prêts cinq chevaux frais en fon Château de Saint
Joire , lefquels lui vinrent bien à point : vrai eft qu'il perdit fon
chariot de bagage. Quant au refte l'Infanterie embufquée (comme dit a été) aïant eu deux charges de bout & d'autre, elle
perdit cœur , & quittant l'embufcade, les Forts & les pieces, dont
ils ne firent grand effort, grimperent avec grand effroi par les
montagnes. Les victorieux firent grand butin : & un défordre
furvint, c'eft que les uns ôtant les prifonniers aux autres, plufieurs defdits prifonniers furent tués fur la place, & foudain dépouillés , chacun voulant avoir fa piece, ce qui fut caufe que
quelques uns échapperent, qui y fuffent demeurés avec leurs
compagnons. Ils perdirent fur la place plus de foixante hommes
prefque tous de marque, fans les Piétons en bon nombre tués
çà & là en fuïant. Leurs Forts furent promptement faifis , &
l'armée s'avança vers Saint Joire. Ceux de Geneve y firent une
très grande perte en la bleffure mortelle du Capitaine Bois , lequel fut atteint en la bouche d'un coup de lance, dont la con-
cuffion fut fi violente qu'il en mourut le Lundi 28 , au grand regret des gens de bien. Nonobftant cette bleffure il avoit vaillament combattu un quart d'heure, & fans cet accident, indubitablement les Ennemis euffent fait une perte beaucoup plus
remarquable. Alors le gros de l'armée de Berne, qui étoit à Pilonnay, s'avança pour foutenir les Troupes fi les Ennemis euffent eu renfort en arriere, ou s'ils fe fuffent ralliés pour faire une
nouvelle charge. Mais la peur les avoit tellement écartés, que
quelques uns s'étant fauvés bien haut en la montage de Mole , y
ont été en grande extrêmité fans boire ni manger l'efpace de
trente heures, & avec dix mille peines fe font traînés & portés
à Bonneville & ès environs. En cette défaite les gens du Païs,
hommes & femmes fe tenoient aux coupeaux des montagnes ,
jettant des pierres pour nuire aux affaillans , dont s'enfuivit le
pillage d'une partie de Foffigny , leur betail emmené , & leurs
moiffons fauchées.

Le Château étoit gardé par un nommé le Capitaine Châtillon,

commandant

commandant à dix-huit Soldats, qui redoutant la compofition
de Ternier, réfolurent de fe défendre ; & de fait, fitôt que les
Soldats logés au Village de Saint Joire approchoient trop à découvert du Château, ils étoient atteints, tellement que fept ou
huit furent abbattus à coups de moufquets par les Affiégés.
Léans étoient détenus quatorze Soldats prifoniers, pour la plûpart de Geneve, & quatre femmes, l'un defquels échappé en
aidant au Palfrenier du Baron d'Armenfe à feller quelques
chevaux, & une femme auffi envoïée pour porter de la poudre
au Fort, firent entendre l'état du Château ; qui fut caufe que
pour épargner ces Prifonniers, on procéda un peu plus lentement ; & la nuit du Dimanche 26, on fit quelques approches,
tellement que bien-tôt la Place fut inveftie de nombre de Soldats difpofés au pied de la muraille, où ils ne pouvoient être
offenfés par les Affiégés, à caufe que ce lieu-là n'eft point flanqué.
Davantage on leur ôta l'eau qui fe puife au-dehors par le pertuis
d'une Sentinelle. Cela fut caufe que les Affiégeans fentant que
l'artillerie étoit prête à donner, & fommés de fe rendre, ac-
cepterent, le Mardi 29, compofition qui leur fut préfentée, à favoir qu'ils auroient la vie fauve. Car incontinent, & fans attendre que cela fût figné du Général, ils firent ouverture & fe
mirent ès-mains des Suiffes. Tôt après le feu fut mis au Château, que l'on prétendoit faire démolir pour endommager tant
plus le Baron d'Armenfe, principal auteur & promoteur des
troubles par de-çà, & notamment au Foffigny.

Le Mercredi 30, les Ennemis continuerent de mettre le feu
ès-Villages du Bailliage de Ternier, notamment en ceux de la
Châtellenie de S. Victor appartenant à la Seigneurie de Geneve.
Mais d'autre part les maladies commencerent à fe fourrer en
leur Armée, affligée nommément d'un nouveau fléau, favoir de
tremblement de membres & de fraïeur, fuivis de langueur & de
mort ; à l'occafion de quoi ils firent venir en diligence renfort de divers lieux. C'eft ce qui s'eft paffé de plus remarquable depuis le commencement d'Avril jufqu'à la fin de Juillet, ès-
environs de Geneve, confervée par une finguliere bonté de Dieu,
auquel auffi en foit toute la gloire dès à préfent & à jamais,
Amen.

BRIEF RÉCIT

Des choses notables advenues en divers endroits éloignés de la France depuis la mort du Duc de Guise, sur la fin de l'an 1588, jusqu'à la mort du Roi Henri III, au commencement du mois d'Août 1589.

NOUS avons vu ès derniers recueils de ce troisieme volume quelques efforts des Ducs de Lorraine & de Savoie, pour l'avancement des affaires de la Ligue & pour leur profit particulier. Maintenant reste, pour conclusion du présent recueil, de dire quelque chose selon l'ordre du temps de ce qui a été fait de mémorable ailleurs, pour contenter le Lecteur desireux de la connoissance des remarquables accidens durant ce peu de mois, dont nous présentons ici quelques mémoires ; & pour suivre aussi l'ordre des deux tomes précédens, où ce qui concerne l'Angleterre & l'Espagne a été soigneusement inséré, comme aussi ce sont dépendances & pratiques de la Ligue & de son Chef.

Après la dissipation de l'Armée invincible du Roi d'Espagne, Alexandre Farnese, Duc de Parme & de Plaisance, Chevalier de la Toison d'or, Lieutenant, Gouverneur, & Capitaine général pour ce Roi ès Païs-Bas, pour ne demeurer oisif, tandis qu'il y avoit tant de besogne à tailler & à coudre, assembla son conseil, & contre l'avis de plusieurs, notamment de Montdragon, résolut d'assiéger la Ville de Berghe-op-Zoom, pour molester plus aisément, après s'être emparé de cette Place, les Etats de Hollande & de Zélande. Pour cet effet, il envoie devant les Troupes du Marquis de Burgaw, recueillies peu auparavant en la Comté de Tirol. Avec ce Marquis marchoient le Comte de Mansfeld-le-Vieil (1), le Duc de Pestrane, & le Prince d'Ascoli. Le dix-septieme jour de Septembre 1588, il vint de Flandres en Brabant à Anvers, & recommanda au Marquis de Renti (2) de s'emparer de Tolen (3), Villette au-dessous de Berghe. Deux jours après l'artillerie marcha, & le

_____

(1) Octave de Mansfeld.

(2) Emmanuel de Lalain, Marquis de Renty.

(3) Son nom est Ter-Tolen.

vingt-troifieme du même mois Berghe fut affiégée.

Sur la fin de l'année précédente, le Colonel Schinck, Capitaine renommé, s'étoit fort dextrement rendu maître de la Ville de Bonne fur le Rhin, des appartenances de l'Archevêché de Cologne, & avoit fortifié & muni cette Place, & de l'autre côté de la Ville dreffé un Fort vis-à-vis d'icelle au territoire de Mons. Il faifoit des courfes ordinaires bien avant, & tenoit en cervelle les garnifons Efpagnoles, qui le redoutoient & non fans caufe. Le Duc de Cleves confeilloit à l'Archevêque (1) de faire treves de quelques mois avec Schinck, qui y enclinoit en quelque forte. Mais l'Archevêque changeant d'avis, demanda fecours au Duc de Parme, qui, au mois de Mars de l'an 1587, envoïa vers ce quartier Charles Prince de Chimay, fils du Duc d'Arfcot, avec une groffe troupe d'Infanterie & de Cavalerie. Il fut tôt après fuivi de Maximilian Comte d'Aremberg, de Charles de Mansfelt, de Verdugo Gouverneur de Frife, & de Jean-Baptifte Taxis Lieutenant de Verdugo. Avec toutes ces forces, Bonne fut affiégée, & foutint quelques affauts. Schinck aïant demandé, mais non obtenu, fecours en Allemagne, s'achemina en Angleterre, aïant laiffé gens réfolus dans cette Place, qui tout l'Eté firent rude guerre aux Efpagnols, & en diverfes forties en tuerent bon nombre, & quelques Capitaines de nom, entr'autres Jean Taxis. Mais enfin ne pouvant plus fubfifter, ils fe rendirent par compofition le 19 de Septembre, armes & bagues fauves, & fe retirerent en Hollande.

Le Marquis de Renti étant venu ès quartiers de Tolen, donna ordre à tout ce qui étoit requis pour le fiege de cette Place. Mais les Infulaires le firent retirer plus vîte qu'il n'étoit venu : car aïant rompu les digues & couvert d'eau le Païs, le Duc de Parme fe trouva un peu loin de fon compte. Ceux de Berghe par avant étonnés reprirent courage, & délibérerent de fe défendre, ayant moïen par l'Ifle de Tolen de recouvrer leurs néceffités par bateaux de Hollande & Zélande. Le Duc penfant faire plus avec la peau du renard, s'en affubla ; & par diverfes entremifes & rufes ordinaires, trouva moïen de faire parler à un Ecoffois nommé Balfort, lequel étoit dedans Berghe, lui promettant monts & merveilles s'il vouloit être traître. Balfort qui n'avoit envie de livrer Berghe à tels gens, qu'il défiroit au contraire y attraper, promit livrer au Duc un Fort bien muni,

(1) C'étoit Gebbard Truefches.

qui eſt entre la Ville & la Mer : par le moïen de quoi s'enſuivoit la reddition de la Place. Jour eſt aſſigné pour l'exécution au 20 d'Octobre. La nuit étant bien avancée, Balfort ſe préſente & ſuivi de bon nombre d'Eſpagnols : on laiſſe entrer les plus échauffés dans le Fort ; quand il y en eut aſſez pour cette fois, Balfort qui avoit fait une ſure contremine & aſſuré ſon cas, donne ordre que l'entrée eſt barrée aux autres. Ceux qui étoient tombés au piege furent tués pour la plûpart, quelques-uns demeurerent priſonniers, & en échapperent moïennant bonne rançon, avec avertiſſement d'être un peu plus froids à l'avenir. Le Duc infiniment dépité d'avoir perdu là des plus braves de ſa ſuite, & de ce qu'un Ecoſſois l'avoit paſſé maître, lui qui s'eſtimoit le ſuperlatif en telles pratiques, & ſentant bien que ſes Troupes ne gagneroient là que du froid & des coups, les envoie ès garniſons. Le vieil Comte de Mansfeld, requis par ceux de Ruremonde, aſſiégea & battit en ce temps une Villette nommée Wachtendonck aſſiſe ſur le fleuve Niers, & à deux lieues de Gueldres. Pource qu'il y avoit peu de gens à la défenſe, & force femmes & enfans qui crioient & ſe lamentoient comme perdus, la Place fut rendue par compoſition, après avoir ſoutenu une longue & furieuſe batterie, outre le feu grec & les artifices à feu, dont Mansfeld eſſaïa de brûler la Ville. La garniſon ſoutint quelques aſſauts : mais craignant autant ou plus le mal de dedans que dehors, ſe rendit, comme nous venons de dire.

Jean de Montroyal (1) fameux Aſtrologue, & autres ſurvenus depuis, avoient pluſieurs vingtaines d'années auparavant prédit que l'an 1588, ou le monde prendroit fin, ou qu'il ſe feroit de grands changemens en terre. Les Etats de Blois ſervirent à l'avancement de cette prédiction, & ont donné commencement à des révolutions ſi étranges que rien plus, & dont juſqu'à la fin de l'an 1592, on a vu des commencemens. Dieu ſait quelle doit être la ſuite & la fin. A peine la poſtérité pourra-t-elle croire ce que la France a fait & ſouffert depuis ces etats-là. Mais en d'autres endroits de l'Europe furent auſſi remarquées des choſes dignes d'être ramentues. La Pologne eut cette année pluſieurs Rois : l'un titulaire, à ſavoir Henri de Valois : le deuxieme mort, qui étoit Etienne Bathori : deux autres vivans & compétiteurs, à ſavoir Maximilian d'Autriche & Sigiſmond de Suede, qui ſe battirent, & Maximilian fut pris (2) priſonnier.

(1) C'eſt le fameux *Regiomontanus.*   (2) V. l'Hiſt. de M. de Thou, Liv. 88.

Il y eut du tumulte en Suede, & quelques Châteaux pris & ruinés. Le Moscovite remua aussi les armes, & reconquit quelques Places. Par le moien de la mort du Roi Fréderic second, dont le fils n'avoit qu'onze ans, le Roïaume de Dannemarck fut gouverné par quatre Seigneurs du Roïaume. La Reine d'Ecosse fut décapitée en Angleterre. La Reine Elisabeth fut miraculeusement garantie avec tout son Roïaume de l'horrible conjuration qui les alloit engloutir. Le Roi d'Espagne perdit avec son Armée invincible l'espérance qu'il avoit conçue de s'emparer de l'Angleterre, de Hollande, Zélande, & d'une partie de la France, & fut molesté des Anglois. Le Roi de Perse mourut. En Hongrie le Turc est défait par les Chrétiens. Les bannis se remuent en Italie. L'Allemagne est agitée par les crieries des Ubiquitaires (1). Infinis prodiges apparurent en l'air, en terre & en mer : brief les terribles & visibles marques de l'ire de Dieu se montrerent, & notamment celle-ci, à savoir une fureur horrible de grands & de petits, pour s'opposer les uns obliquement, les autres directement au cours de la vérité de l'Evangile.

S'ensuit l'an 1589. Quant aux affaires de France, en cette année-là jusqu'à la mort du Roi, ce Volume les contient pour la plûpart. Au regard des Pays-Bas, les Soldats de la garnison de Sainte Geertrudemberghe (1) s'étant mutinés & bandés contre les Etats, à cause qu'on ne les païoit assez tôt de quelques soldes, on essaïa par honnêtes offres & conditions de les ramener à leur devoir. Mais ils s'obstinoient & dépitoient tant plus, aïant entr'eux des traîtres stipendiés par les Espagnols pour entretenir ce feu. Le Comte Maurice fils du feu Prince d'Orange, Gouverneur des Provinces-Unies, fut d'avis de remédier d'heure à ce mal, & par le conseil des Etats, commença à y donner ordre. Le Duc de Parme qui savoit toutes les circonstances de cette mutinerie, envoie en diligence le Marquis de Warenbon en Gueldres avec grosses Troupes, & le 20 de Mars partit de Bruxelles & y vint en personne, menant avec soi les garnisons de Malines, de Diestem, de Lire & de plusieurs autres Places, faisant courir divers bruits. D'autre côté, tandis que le Duc contremandoit quatorze Enseignes de piétons

(2) C'est ainsi qu'on nomme une partie des Luthériens, qui pour défendre la présence réelle du Corps de Jesus-Christ dans l'Eucharistie, sans soutenir la Transubstantiation, s'aviserent de dire, après Jacques le Fevre, dit Schmidelin, que le Corps de Jesus-Christ est par-tout (*ubique*) aussi-bien que la Divinité.

(2) Gertruydenberg.

envoïés de renfort à Verdugo, les Etats prirent quelques Forts
ès environs de Groeningue.

Au commencement d'Avril, le Comte Maurice (1) affiégea
les mutins de Sainte Geertrudenberghe, & après avoir fait tirer
quelques coups, les amena à quelque parlement : mais il ne fut
poffible de leur faire accorder aucunes conditions équitables ;
car ils tendoient d'un autre côté, & vouloient exécuter la trahifon bâtie de longue main. Car le Duc de Parme, après la
retraite du Comte Maurice, s'étant venu camper devant la Ville,
commence à leur offrir beaucoup plus grande fomme que n'a-
voient fait les Etats, tellement que ces traîtres commencent à
découvrir leur méchant courage : au moïen de quoi ils furent
profcripts par les Etats, & tous ceux de ces mutins que l'on a
pu attraper depuis ce temps, ont été pendus & étranglés comme ils le méritoient. Ils fe rendirent donc très lâchement &
fans avoir fait réfiftance quelconque, comme auffi le Duc ne
les affaillit pas, finon avec machines d'argent : car il leur promit dix mois de folde, qu'ils alléguoient leur être dus ; & davantage cinq autres mois. Par ce moïen le Duc aïant épargné
fa poudre, fes boulets & fes hommes, moïennant quelques
facs de doublons d'Efpagne, fe rendit maîtres de la Place,
prétendant bien avoir lors retrouvé la clef de Hollande & de
Zélande.

Le Roi d'Efpagne avoit effaïé l'an paffé d'engloutir l'Angleterre, & fon Armée invincible avoit été en peu d'heures
fracaffée & engloutie pour la plûpart par les vagues de l'Ocean.
Entre les Anglois qui vouloient mal à une fi étrange audace,
fe trouverent les Chevaliers Norreys (1) & Drac, qui fupplie-
rent la Reine de faire quelque entreprife contre l'Efpagnol.
Aïant été difputé de cette requête au Confeil d'Angleterre, on
enclinoit au plus sûr avis, qui étoit de demeurer cois : néanmoins les fufnommés, pour l'affection qu'ils avoient de faire une
bonne courfe, aïant importuné la Reine de leur aider de quelque fomme de deniers, promettant fournir le refte du leur. Tandis qu'on confulte le temps fe paffe, plufieurs qui avoient promis
s'embarquer fe retirerent, autres qui avoient offert argent, fer-
rent leurs boulges, les Soldats enrôlés demandent plus ample
folde ; le courage commence à fe refroidir en la plûpart, & les
principaux en cette entreprife fe jettent en grands frais. Les

(1) Maurice de Naffau.
(2) Noritz.

Etats de Hollande & des Provinces avoient ordonné quelque
nombre de gens au Chevalier Norreys, qui les avoit fait venir
à ſes dépens. Mais on les détint pour autre ſervice. Bref il y eut
beaucoup de traverſes à ce commencement, au grand avantage du Roi d’Eſpagne, qui a des amis partout, en bien
païant.

Enfin après que l’on fut d’accord de ſe mettre en mer, ſurvint
une autre queſtion : ſi l’armée devoit faire voile en Portugal, ou
contre l’Eſpagne, ou vers les Indes. Dom Antoine, Roi de
Portugal, chaſſé par celui d’Eſpagne, étoit lors en Angleterre.
Il propoſe au Conſeil, que la Nobleſſe & le Peuple de Portugal
ne deſiroient rien tant que ſon retour, qu’infailliblement ils lui
fourniroient argent, armes & vivres ; qu’il ne demandoit autre
choſe aux Anglois, ſinon qu’ils le miſſent à bord en ſon Roïaume. On conſulta long-temps là-deſſus. Finalement tous aïant
compaſſion de ce Prince, déchaſſé par injuſte violence, enclinerent à ſa requête, eſtimant que les Portugais portoient ſi im-
patiemment le joug Eſpagnol, que leur Roi & leur liberté auroient une grande efficace pour les faire ſoulever. On eſpéroit
davantage, qu’après avoir taillé de la beſogne au Roi d’Eſpagne
en Portugal, il feroit plus aiſé de l’aſſaillir ès Indes, ou dedans
l’Eſpagne même. Sur ce l’équipage ſe dreſſe, argent eſt délivré,
les Compagnies ſe fourniſſent, on pourvoit aux vaiſſeaux, le
rendez-vous eſt donné aux Troupes. Norreys & le Drac ſont
élus Chefs & Conducteurs de la flotte, où il y avoit quatorze
Régimens, le plus complet étant de mille hommes, les autres
de cinq cens. Les principaux Chefs de ces Troupes étoient
Gauthier d’Evoreux (1), Guillaume (2), Colonel d’Infanterie,
Edouard & Henri, freres de Norreys (3), Jacques Hauls (4), Thomas Sidnée, Edouard Vingfeld (5), de Lane, Umpton, Brett,
Huntley, & Medkerk (6), Capitaine Hollandois.

Les membres des Régimens & des Compagnies d’iceux étant
dreſſés, Norreys & le Drac allerent promptement à Douvre, où il
y avoit pour lors ſoixante hurques (7) de Hollande bien équi-
pées, qui attendoient commodité pour faire voile vers la Rochelle, afin d’y acheter du ſel. Ils obtinrent que ces hurques por-

---

(1) Gautier d’Evreux, ou d’Yorck.
(2) C’eſt le Chevalier Roger Williams.
(3) Ou plutôt les deux Freres Noritz,
Edouard & Henri.
(4) Jacques Hayls, Thomas Sidney, frere
de Philippe qui avoit été tué trois ans auparavant auprès de Zutphen.
(5) Edouard Wingfield Lane, Commiſſaire général des nouvelles levées.
(6) Nicolas de Meetkerke, fils d’Antoine
Gouverneur de Flandre.
(7) Sorte de Vaiſſeaux.

teroient leurs Soldats jufqu'au Port de Plimmouth, d'où il falloit démarer pour tendre vers Portugal. Les Chefs s'embarquent
& avec eux le Roi Dom Antoine Emanuel Prince de Portugal (2), fuivis de bon nombre de Gentilshommes Anglois, &
avec vent favorable arriverent le troifieme jour fuivant, qui étoit
le 18 de Mars 1589 à Plimmouth. Aïant pourvû à ce qui étoit
requis, & rangé toutes chofes ainfi qu'il appartenoit, ils font
revue en terre; & d'autant que le vent étoit contraire, donnent
ordre de faire exercer leurs gens au métier de la guerre, & ce
environ le vingt-unieme de Mars. Or pourcé que le vent contraire continuoit, s'enfuivit une grande diffipation de vivres, maladie & retraite de Soldats, loifir à l'Efpagnol, qui favoit telles nouvelles, de fe munir & fortifier.

Au commencement d'Avril les Chefs aviferent aux provifions
de l'armée, & reçurent un renfort de vaiffeaux que Fenner Vice-Amiral amena (3). Tôt après le Comte d'Effexe partit fans
congé de la Cour, & vint joindre la flotte, laquelle fe mit à la
voile environ le dix-huitieme du mois, étant compofée de fix
grands navires de charge, de vingt navires de guerre, & de
cent quarante autres vaiffeaux bien équipés. Les Capitaines &
Soldats monterent tous allegrement, criant Efpagne, Efpagne.
Le vingt-deuxieme ils prirent la route d'Efpagne; mais un vent
de traverfe & fort impétueux les pouffa vers le Port de Crogne (4). Le vingt-troifieme fur les trois heures après midi,
la flotte découvrit Ortingal (5) en Gallice, & approcha près
de terre: & fut-on d'avis de mouiller l'ancre illec toute la
nuit.

Le lendemain de grand matin la flotte fit voile vers Crogne avec un vent foible, & après midi fe tint à l'ancre en la
partie Orientale du Port, où elle fut faluée de force canon-
nades Efpagnoles, tant de la Ville que du Château, mais fans
aucun dommage. Norreys & le Drac firent defcendre huit mille
hommes en terre, fans aucun empêchement & les difpofer en
leurs quartiers. Incontinent la garnifon de Grogne (6) vint à l'ef-

---

(1) Fils de Dom Antoine.

(3) Ces deux Vaiffeaux furent amenés par
Thomas Fenner & par Guillaume fon frere
& fon Lieutenant.

(4) Corogne; que quelques-uns difent être
Clunia Sulpicia des Anciens, & les autres
le *Caronium* de Ptolomée. La Corogne eft
compofée de deux Villes, la haute qui eft
fur le penchant de la colline, fortifiée de
murailles & défendue par un Château; &
la baffe, que les Habitans appellent la *Pef-
caderia* (c'eft-à-dire Habitations de Pê-
cheurs) c'eft ainfi qu'en parle M. de Thou,
dans fon Hiftoire, vers la fin du Liv. 96.

(5) C'eft Ortégal.

(6) Corogne,

carmouche

carmouche. Les Efpagnols avoient à l'ancre tout auprès d'un Fort quelques vaiffeaux, entr'autres le grand Galion de Martin de Ricalde (1), Amiral, dont a été parlé au difcours de là défaite de l'armée invincible; item, deux navires de guerre, deux grands navires marchands chargés de munitions & de vivres; item, deux galeres, qui à force de rames voltigeoient çà & là, tâchant de molefter les Anglois.

Le vingt-cinquieme d'Avril, à la pointe du jour, les Anglois placerent avec beaucoup de peine deux canons fur un côteau vis-à-vis de Crogne, nonobftant les canonades de ceux de dedans qui tiroient de la Ville, du Château, du Fort, du Galion, & des Galeres. Mais d'un coup qu'on tira aux Galeres, on les fit incontinent retirer à couvert: le Galion fut percé en divers endroits, & ne défifta pourtant de tirer. L'Efpagnol faifoit force forties, & aïant quelque peu efcarmouché, fe retiroit incontinent. Norreys, Capitaine expérimenté, connoiffant que la diligence étoit requife en ce fait, réfolut de forcer Crogne, qui eft diftinguée en deux Villes, qui font clofes de leurs murailles & remparts; l'une eft affife en la plaine, & ceinte tout autour de la mer, excepté du côté d'en haut, où elle eft clofe de murailles. Il libéra donc d'affaillir cette Ville baffe par trois endroits, à favoir par mer, & aux deux Baftions par terre, dont l'un étoit à l'Orient, l'autre à l'Occident. Fenner & Huntley eurent la charge de l'affaut par mer, avec quinze cens hommes choifis. Bret & Umpton fuivis de trois cens Soldats, Vingfeld & Sampfon, accompagnés de cinq cens, eurent charge de donner l'efcalade aux deux Baftoins.

Le vingt-fixieme jour d'Avril, ainfi que le jour poignoit, le fignal donné, tous accoururent aux endroits affignés pour s'en emparer. Vingfeld & Sampfon font repouffés par deux fois du Baftion d'Occident. Fenner & Huntley furent plus heureux & gagnerent l'endroit qu'ils affailloient; comme auffi Bret & Umpton forcerent le Baftion d'Orient, tellement qu'en l'efpace d'une heure & demie les Efpagnols & les Habitans de la baffe Ville furent forcés, & ceux qui refterent de la défaite contraints de gagner de vîteffe la Ville haute. Les Anglois y perdirent vingt hommes, & n'y eut qu'un Capitaine bleffé. La Place fut pillée, & les Vaiffeaux qui étoient au Port gagnés, excepté le Galion de Ricalde, que les Efpagnols brûlerent entierement, aïant mis le feu à une très grande quantité de pou-

(1) Martinez de Récalde; il commandoit l'Amiral.

dres qui y étoit, afin que les Anglois n'eussent le grand nombre de canons & boulets qui étoient en ce Galion.

Sur les neuf heures toute l'armée fut logée en la basse Ville, où l'on trouva une très ample provision de bled, de chair salée, force canons de tous calibres jusqu'à cent cinquante pieces, un apprêt incroïable de cordages, de cables, de poudre & autres munitions de guerre. Ceux de la haute Ville mirent eux-mêmes le feu en plusieurs spacieux édifices qui étoient joignant leurs murailles, craignant d'être endommagés de-là. Cependant quinze cens Espagnols descendent à grand hâte d'un côteau qui n'étoit guere loin de la Ville haute, pour venir au secours de la Ville basse, laquelle ils n'estimoient prise. Norreys leur alla au-devant avec six Compagnies, les rompit & mit en route, & poursuivit les fuïards demie lieue de loin.

Le vingt-septieme jour d'Avril le feu se prit par mégarde en la Ville basse, dont s'ensuivit l'embrasement d'un rang de maisons jusqu'au au nombre de cent, quelque diligence que l'on fît d'éteindre ce feu. Les Chefs avisoient cependant aux lieux commodes pour dresser la batterie, & pour se défendre contre celle des Espagnols, qui envoïerent un Tambour demander nouvelles de Jean de Lune, Capitaine Espagnol, lequel étoit prisonnier. Ils furent sommés de rendre la haute Ville, ce qu'ils refuserent tout à plat. Lors les Chefs s'apprêterent à les assaillir, assignant les quartiers à leurs Troupes. Le Lieutenant de Norreys (1), Devoreux (2), Sidnée & Brett avec leurs Régimens se camperent entre Saint Dominique & la Mer; le Lieutenant de Drac, Roger Guillaume, Huntley, Vingfeld & leurs Troupes auprès de la petite Eglise; Edouard Norreys, Lane & Medkerke au bord de la Mer. Après les tranchées faites, l'artillerie placée, l'on commença à miner. Huntley étant allé avec quelques Cornettes à la découverte, rencontra & mit en route l'Ennemi, aïant tué quelques Espagnols, pris des prisonniers & deux cens bêtes de voiture. Ces choses se passerent sur la fin d'Avril.

Le premier & second jour de Mai commença la batterie contre la haute Ville de Crogne avec quatre canons du côté de Septentrion. Les ruines aïant renversé & comblé quelques tranchées, du côté des Assiégés furent tirés plusieurs coups, de l'un desquels fut tué Spencer Lieutenant d'Edouard Norreys, Maître

___

(1) C'étoit Spencer.
(2) Gautier d'Evreux ou d'Yorck. Voïez
pour les autres leurs noms tels qu'ils doivent
être écrits, rapportés ci-dessus.

de l'artillerie , & le Capitaine Goodvin transpercé à la gorge
d'une arquebusade, comme il montoit à la brêche. J'avois oublié à dire qu'un peu auparavant,comme Norreys faisoit sommer
par un Trompette ceux de la Ville haute de se rendre , on lui
tira une mousquetade , contre tout droit de guerre. Mais peu
de temps après le siége, Jean de Pacheco, Marquis de Cerral-
be (1) , Lieutenant pour le Roi d'Espagne en Gallice, qui lors
étoit dedans Crogne la haute , fit pendre & étrangler aux murailles certain Soldat, que Norreys pensoit être Anglois , & fit
demander au Marquis si c'étoit par mocquerie & mépris qu'il
faisoit cela. Le Marquis répondit gracieusement qu'il avoit fait
exécuter le Soldat, lequel s'étoit ingéré de tirer la mousquetade
contre le Trompette : ce qui a paru être vrai par le billet attaché
au col de ce pendu. Les Chefs traiterent de faire bonne guerre ,
& demanderent au Marquis échange de quatre-vingts Espagnols avec autant d'Anglois qui étoient ès galeres ; à quoi le
Marquis fit réponse qu'il n'avoit point de charge touchant cela.

Le troisieme de Mai , Sampson suivi de cinq cens Soldats
choisis , fit une course en campagne, vint aux mains avec mille
Fantassins & quelques Cavaliers Espagnols , qu'il mit en route,
& ramena pour butin cent cinquante bêtes chevalines. Ce même jour la batterie fut rendue inutile, pource que les Ennemis
mirent le feu aux palissades & gabions ; à quoi aïant été remé-
dié promptement, l'on commença. Mais la brêche n'étoit pas
suffisante , & l'effort de la mine servit plus aux Assiégés qu'aux
Assiégeans. Sur ce les Chefs Anglois furent d'avis de lever le
siége, mener l'artillerie, ses munitions & tout l'équipage dans les
vaisseaux. Cependant quelques Soldats envoïés pour reconnoître la brêche , rapporterent que par un bon effort il y avoit espérance d'emporter la Place. Tel rapport fut cause que de nuit
on recommença une autre mine, & au point du jour quatrieme
de Mai, le canon joua , tellement que sur les cinq heures du
soir il y eut brêche assez ample , & le feu fut mis à la mine ,
qui renversa une Tour. Antoine Vingfeld & Sampson eurent
charge de donner là , & Richard Vingfeld avec le Capitaine
Philpot à la brêche. Ce qu'ils exécuterent courageusement.
Comme le Capitaine Dosin montoit bravement à la brêche,
voici une soudaine ruine de muraille qui couvrit & blessa une ving-
taine de Soldats, le Capitaine Sidenham y fut tué ; à l'occasion de quoi les autres se retirerent. Cet accident inopiné sau-

____
(1) Marquis de Carjalvo.

va la Ville. Les Anglois perdirent lors soixante Soldats, & re-
menerent autant de blessés.

Tandis que Norreys étoit ainsi occupé, le Drac ne dormoit
pas; ains donnoit ordre de fournir les Vaisseaux, aïant si belle
commodité par le moïen des grandes provisions trouvées en
la basse Crogne. Ainsi que les Chefs se résolvoient de remonter
avec l'armée pour passer outre vers Portugal, quelques Coureurs
ramenent prisonnier un Espagnol, lequel rapporte que les Comtes d'Andrade & d'Altamire étoient avec une armée au Village
de Borghos (1), près de là, où ils attendoient du canon, afin
d'assiéger les Anglois dans la basse Crogne, ou leur empêcher
l'embarquement. Norreys bien aise de venir aux mains avec l'Ennemi si proche, estimant qu'il y avoit beaucoup de gloire à vaincre, moins de deshonneur à être battu qu'à fuir ou à reculer,
mit en ordre ses troupes & marcha droit là. Son frere Edouard
menoit l'avant-garde avec trois Régimens, à savoir le sien, celui
de Roger Guillaume, & de Sidnée. Lui conduisoit la bataillle
avec pareil nombre de Régimens, le sien, celui de Lane & de Medkerke. Son frere Henri avoit l'arriere-garde avec
son Régiment, & ceux de Huntley & de Brett. Le Drac re-
tint les cinq autres pour garder Crogne la basse & les vaisseaux.

Le sixieme de Mai, Norreys marche droit à Borghos, & environ midi, les Espagnols sortent d'une embuscade près du
Pont; mais Antoine Vingfeld qui conduisoit les Mousquetaires
de l'Avant-garde les fit regagner bien vîte leur gros. Il y avoit
entre les deux armées une Riviere assez large & profonde, &
sur icelle un pont de pierre, long de quatre-vingts pas & de
trois en largeur. Celle des Espagnols étoit de dix mille hommes
& davantage; en celle des Anglois n'y avoit que cinq mille
cinq cens combattans. Les Espagnols se contenoient dedans
leurs tranchées, fortifiant l'avenue du Pont & la barricadant
fort soigneusement, pour ôter le passage aux Anglois. Norreys
à qui les mains démangeoient, commande à son Frere Edouard
conducteur de l'avant-garde, qu'il eût à forcer le passage.
Edouard qui ne demandoit autre chose, démarche incontinent
avec Fulford & Hinder, braves Capitaines, & sont suivis des
autres, trois à trois. Car ils ne pouvoient pas marcher en plus
grand nombre de front.

Etant au milieu du Pont, ils sont salués d'une scopeterie de
trois mille Arquebusiers, & d'une grêle de balles; nonobstant

(1) C'est Burgos.

quoi marchant à tête baiſſée , ils attaquent réſolument les Eſpagnols qui commencent à branler ; & les plus éloignés aban-
donnent leurs compagnons qui étoient au bout du Pont, leſquels furent contraints de combattre. Mais leurs inventions de
barricades & de tranchées furent leur ruine ; car ils ne pouvoient ſe ſauver que par un chemin étroit, tellement que les
uns ſe précipitoient dans les tranchées ; les autres contraints de
tenir bon, ou de ſe laiſſer tuer, firent quelque réſiſtance. Comme Edouard Norreys couroit de grande roideur après un Eſpagnol, le pied lui faillit, & tombant par terre ſon caſquet ſortit
de ſa tête. L’Eſpagnol retourne, & le bleſſe en la tête, voire
l’eut tué, ſi le Général Norreys ſon frere, qui le ſuivoit de
près ne l’eût dégagé. Les Capitaines Fulford, Hinder & Barthon, combattant de grand courage contre grand nombre d’Ennemis, furent fort bleſſés. Ce nonobſtant, les Eſpagnols ne
faiſoient que conniller, & les Anglois donnoient vivement
dedans, tellement que la campagne étoit jonchée d’armes, les
côteaux couverts de troupes de fuïards, la riviere pleine de na-
geurs & de corps. D’autres ſe fourroient dans les marêts en l’eau
juſqu’au col, les autres en des fengeas, & quelques-uns ga-
gnoient les bleds & les buiſſons. Il y eut ſept cens Eſpagnols
tués ſur la place, & deux Anglois ſeulement, à ſavoir le Capitaine Cooper & un Gentilhomme Irlandois. Outre plus, le Capitaine Medkerke retournant en l’armée, coupa la gorge à deux
cens Eſpagnols qui s’étoient cachés en une Abbaye. Les Comtes
d’Andrade & d’Altamire perdirent la Banniere Roïale, leur logis, leur bagage, toute leur vaiſſelle d’argent, les armes, habillemens, vivres & munitions de guerre, dont les Anglois firent
butin, & au retour mirent le feu en tous les édifices & Villages
qu’ils rencontrerent, puis ſe rendirent la nuit auprès de Drac.
Faut noter au reſte qu’il n’y eut que l’avant-garde au combat
contre les Eſpagnols ; car à cauſe du Pont ſi étroit, ni l’avant-
garde ni l’arriere-garde ne purent venir aſſez tôt aux mains, ni
pourſuivre les fuïards, tellement qu’une petite troupe d’Anglois
défit & mit en route cette puiſſante armée d’Eſpagnols.

Le ſeptieme jour de Mai on chargea les vaiſſeaux de tout ce
qui étoit en terre, pourvoïant avant toutes choſes aux bleſſés
& aux malades ; puis toute l’armée monta en mer, après avoir
entierement brûlé & renverſé Crogne. Tandis que l’armée étoit
à l’ancre, les Chefs conſulterent avec les Capitaines de ce qui
étoit à faire. Les avis furent divers, aucuns eſtimant qu’il falloit

aller en Portugal , les autres en Biscaie , chacun rendant des raisons de son opinion. L'affaire rapportée aux Pilotes , ils résisterent à l'avis de ceux qui vouloient qu'on allât en Biscaie. Enfin tous enclinerent à tirer contre Portugal, & suivant cela mirent les voiles au vent. Quelques-uns, entr'autres Guillaume Knols, Chevalier, & Darcé, retournerent en Angleterre. La flotte prit la route de Portugal environ le dixieme de Mai. Avant que de parvenir à Cyzargue (1) , six navires que le vent avoit écartés, se réjoignirent à la flotte, qui de Cyzargue vint à Mongie (2) , & de-là au Cap , nommé Fin-de-Terre (3).

Le lendemain la flotte rencontra le Comte d'Essexe avec le Chevalier Butler , qui amenoient trois navires chargés de bled, conquis sur l'Espagnol. On les recueillit joïeusement & en grand honneur, sur-tout le Comte, beaucoup estimé à cause que c'est un Seigneur généreux, & doué de très belles parties. Depuis son départ de Falmouth il n'avoit pu joindre la flotte ; car prenant sa route au midi , entre le roc qu'on appelle & le Cap de saint Vincent, il arriva près de Bayonne, où aïant mis ses Soldats en terre, il fit quelques courses, puis aïant donné la chasse aux Espagnols, remonta en mer, où tôt après il conquit les trois navires susmentionnés.

Le quinzieme jour de Mai la flotte étant près de Bertinghe, par l'avis du Conseil les Chefs ordonnerent qu'on tirât vers Peniche. Le lendemain de grand matin , aïant découvert Bertinghe (4) , par le moïen d'un vent septentrional les vaisseaux vinrent jetter les ancres sur les trois heures après midi au Port proche de Peniche. Il y a un très fort Château près du Village. Soudain le Capitaine Sampson reçut commandement de descendre avec cinq cens hommes de l'autre côté du Château près d'une haute roche qui est au midi. Les Chefs delibererent de prendre terre avec une bonne Troupe des plus assurés de la flotte, en des radeaux & petits bateaux joints ensemble, vers certains sables à mille pas du château. La mer agitée & fort enflée, empêchoit aux barquettes l'approche du rivage, sur lequel l'ennemi parut pour empêcher la descente. Le Comte d'Essexe, Seigneur généreux, voïant les ennemis branler leurs picques, escrimer en l'air avec quelques épées, & menacer les Anglois, empoigne ses armes, & ne pouvant plus attendre, se

---

(1) Sisargue , Isle qui est à la sortie de la Baie de la Corogne.

(2) Mongia , Ville de la Côte de Galice

en deça du Cap Finistere.

(3) Ou Finistere,

(4) Berlingue.

jette en l'eau le premier jufqu'aux aiffelles, non fans danger de
fa vie; car il falloit fauter des vaiffeaux en mer, fe tenir ferme
dedans les vagues, & faire tête aux ennemis. Plufieurs Gentilshommes & Capitaines, entr'autres les Chevaliers Butler &
Baskerville, les Capitaines Jacfon & Puie fuivent le Comte,
& viennent aux mains contre l'ennemi. Du commencement
le conflit fut âpre; mais en peu de temps l'ennemi commença
à reculer. Le Comte fuivi de peu de gens, fans attendre l'armée
les pourfuivit bien loin. Le Capitaine Puie fut tué en ce combat, durant lequel Sampfon defcendit fans empêchement.

EVENEMENS NOTABLES.

Le Château très fort & inexpugnable, muni de bleds, de
poudres, boulets, artillerie, avec la garnifon, fe rendit au Roi
Don Antoine. Les Chefs firent publier à fon de trompe, qu'à
peine de la vie, nul Soldat ne fît injure, outrage, ni dommage
quelconque à Portugais quel qu'il fût; qu'on fe gardât de mettre le feu en aucun édifice, qu'on ne fourrageât point le plat
païs, & qu'on fe déportât de tout acte d'hoftilité; nommément
fut défendu de toucher aux Temples, Moineries & tels autres
lieux. Quelques Moines & force gens défarmés accoururent
vers le Roi Don Antoine. Mais il ne s'y trouva perfonne de la
Nobleffe de Portugal; car le Roi Philippe les avoit auparavant
défarmés tous, & contraints de bailler ôtages menés en Efpagne
pour affurance qu'ils lui demeureroient Sujets; tellement qu'ils
n'oferent fe ranger au parti de Don Antoine.

Norreys & le Drac aïant appellé le Comte d'Effexe & les
Capitaines, confulterent touchant ce qui fembloit être le plus
expédient. D'un commun avis & confentement fut réfolu que
Norreys iroit avec l'armée droit à Lifbonne, qui eft à dix-huit
ou vingt petites lieues au-deffous de Peniche; que le Drac avec
la flotte, les munitions, les vivres, & le bagage fuivroit, & an-
creroit près de Cadix, pour fonder les volontés des habitants,
voir fi quelques-uns s'ébranleroient point en faveur du Roi Don
Antoine, en tout évenement pour être près de l'armée, (car
Lifbonne & Cadix font proches) pour couper les vivres & fermer
les paffages au fecours qui pourroit venir à Lifbonne.

Norreys aïant fait revûe, & laiffé la flotte munie de gens à
fuffifance, trouva qu'il n'avoit que fix mille hommes de combat; néanmoins après avoir commis le Capitaine Barthon à la
garde du Château de Peniche, il fe met aux champs, condui-
fant lui-même l'avant-garde, compofée de cinq Regimens, à
fàvoir le fien, celui de Roger Guillaume, de Henri Norreys,

de Lane, & de Medkerke. En la bataille étoient les Régimens du Drac, de Devoreux, d'Edouard Norreys, & de Sidnée. En l'arriere-garde ceux de Hayls, de Vingfeld, d'Umpton, de Brett & de Huntley. On fit diftribuer des munitions de guerre à chaque Soldat, autant qu'il en pouvoit commodement porter, & des vivres pour trois jours, n'aïant ni chevaux, ni coches, ni chariots, pour traîner bagage quelconque après eux.

Le Roi Don Antoine, le Prince Emanuel, étoient avec Norreys, enfemble le Comte d'Effexe, lequel marchoit toujours au premier rang. On vint camper le dix-huitieme jour de Mai en un petit Bourg nommé Loiygne. Et tôt après paffant outre, on s'avança jufqu'en un Village appellé Torres-Vedras, où il y avoit un fort Château au haut d'une colline. Quelques Cavaliers Efpagnols parurent; mais foudain, ou étonnés, ou fe contentant d'avoir découvert les Anglois, ils fe retirerent. Le dix-neuvieme jour de Mai, dès le matin, les Efpions rapporterent qu'il y avoit près de l'armée cinquante chevaux embufqués pour attraper ceux qui s'écarteroient tant foit peu. Le Capitaine Yorck les alla trouver avec quelques Cavaliers & Pietons, & les mit en fuite.

Après que les Efpagnols eurent été ainfi chaffés, le vingtieme de Mai on vit les Païfans apporter des vivres, & autres commodités au camp des Anglois, qui fe logerent ès Villages d'Anchare & de faint Sebaftien. Là ils reçurent nouvelles de l'arrivée de leur flotte auprès de Cadix. Ils vinrent loger le lendemain à Lores, & découvrirent l'ennemi en un gros de trois cents chevaux dans une plaine à demi-lieue de-là. Henri Norreys avec fon Régiment, & Yorck avec la Cavalerie, marcherent droit à iceux, qui ne prêterent aucun combat, ains fe fauverent à bride abattue, encore que les chemins étroits & autres commodités des lieux les invitaffent à venir aux mains. Ce même jour Norreys reçut lettres du Drac, qui l'avertit de fon arrivée près de Cadix, & qu'il avoit fait defcendre en terre quinze cens de fes Soldats. Norreys l'exhorte d'être fur fes gardes, & de tenir fes gens prêts, d'autant que l'armée ennemie étoit ès Fauxbourgs de Lifbonne.

Le vingt-deuxieme jour de Mai, l'ennemi vint affaillir de nuit les Régimens du Drac & d'Umpton; mais il fut vivement repouffé avec grand meurtre de fes gens. Du côté des Anglois il y demeura fept ou huit hommes. Le lendemain, les Troupes allerent de Lores à Alvelade. Norreys jetta bien loin devant

foi

foi Roger Guillaume, avec quelques Soldats choifis, pour dreffer quelqu'embufcade. On découvroit fur les côteaux çà & là les Cornettes de Cavalerie Efpagnole, qui ne voulurent jamais approcher.

Le vingt-troifiéme, Roger Guillaume fe rejoignit aux Troupes, rapportant que l'ennemi ne paroiffoit point; car tous fe tenoient referrés en l'enclos de Lifbonne. Toutesfois on entendit des prifonniers & des efpions, que le Cardinal d'Autriche (1), Viceroi de Portugal, étoit forti plufieurs fois de Lifbonne (2) pour choifir lieu commode à camper, & en avoit fait prendre les mefures. Mais c'étoit une rufe pour faire croire aux habitans, fur-tout à ceux des Fauxbourgs, dont les biens & moïens étoient en grand danger, (attendu que n'aïant ni murailles, ni foffés, ni portes, ils étoient expofés en proie aux Anglois) qu'il donneroit bataille, & chafferoit bien loin ceux qui venoient les affaillir. Au contraire les Anglois, fans trouver homme vivant qui les empêchât, s'étant mis de matin en campagne, marcherent vers Lifbonne. Quant à l'avant-garde, elle fe logea dans Alcantre; le refte demeura la nuit en armes. L'ennemi ne fit fortie ni efcarmouche quelconque; feulement Gabriel de Nuños (3), Capitaine du Château de Lifbonne, falua de quatre piéces les Anglois à leur arrivée.

Le vingt-quatrieme de Mai, toute l'armée fut logée ès Fauxbourgs de Bonne Vifte (4); car quant aux Efpagnols, ils demeuroient clos & couverts dedans la Ville & au Château. Mais environ midi quelques Cavaliers bien montés fortent de la Ville, criant tant qu'ils pouvoient, Vive le Roi Antoine, & approchent du corps de garde de Brett, où ils tuent quelques Soldats. Incontinent l'allarme fe donne, & les Anglois viennent accueillir ces criards, en tuent la plûpart, en prennent quelques-uns prifonniers; le Comte d'Effexe pourfuit les autres jufqu'aux portes de Lifbonne, où il entroit pêle mêle, fi Roger Guillaume ne l'eût retenu par force. Brett combattant bravement à coups de picque contre l'ennemi, fut bleffé d'une arquebufe; le Capitaine Carré (5) fut tué au combat, avec cinq ou fix Soldats.

Il y avoit ès Fauxbourgs de Bonne Vifte un très riche butin,

(1) Albert d'Autriche.
(2) Avec Henri de Gufman, Comte de Fuentes, Géneraliffime des Troupes du Roïaume.

(1) Gabriel Nuñez.
(2) *Buona Vifla.*
(3) Ou Carr.

s'il eût été bien ménagé. Car il s'y trouva du poivre, de la canelle, des muſcates, du gingembre, & de toutes ſortes d'épiceries ſi grande abondance, qu'il y en avoit pour remplir pluſieurs grands magaſins, juſqu'à la valeur de plus de trois cents mille écus; item, force meubles précieux, bleds, farines, biſcuits, vins & autres victuailles de toutes ſortes, pour nourrir une armée l'eſpace de deux mois entiers. Quant l'Eſpagnol ſentit que les Anglois approchoient, il mit le feu ès magaſins du Roi & de la Ville, tellement que le bled, le riz, le biſcuit, & toutes autres proviſions de guerre & de Navires en merveilleuſe quantité, furent conſumés & réduits en poudre. Ces Fauxbourgs de Bonne Viſte étoient ſi amples & magnifiques, que toute l'armée Angloiſe y étoit logée au large; à l'occaſion dequoi Norreys, outre la garde ordinaire, établit cinq cents hommes de renfort, pour faire tête aux ſorties ſoudaines que l'ennemi pourroit faire.

Il y avoit dans Liſbonne cinq mille Eſpagnols, & quatorze Regimens des naturels du lieu, outre un nombre infini de populace, tant de la Ville que des Fauxbourgs, auſquels on avoit fait prêter ſerment de fidelité au Roi d'Eſpagne, & pris ôtages d'eux pour les tenir en bride. Il y avoit au Port douze galeres, un galion, ſix navires de guerre, qui ſe tenoient du côté de Midi, ſans entreprendre choſe quelconque digne de mémoire. Norreys ſe voïant dénué de canons & de poudre pour battre Liſbonne; que les ennemis ſe renforçoient de jour en jour; que les maladies & la chaleur faiſoient la guerre à ſes gens; que peu de Portugais, & deſarmés, ſe rendoient au Roi Don Antoine, & conſidérant qu'il n'y avoit eſpérance du renfort de ſa part, délibera le vingt-cinquieme de Mai de mener ſes Troupes à Calix. Don Antoine ſe voïant fruſtré de l'eſpérance qu'il avoit conçue que ceux de Liſbonne le rendroient maître de la Place, & ſe faiſant accroire qu'il pourroit en dedans quelques heures obtenir ce qu'il prétendroit (comme c'eſt notre coutume de croire ce que nous deſirons), demanda qu'on ſéjournât ès Fauxbourgs le reſte du jour, & toute la nuit ſuivante. Norreys aïant conſulté avec le Comte d'Eſſexe & les Capitaines, par l'avis de tous accorda ce que le Roi deſiroit.

Mais la nuit n'aïant rien apporté de meilleur, l'armée ſortit du Fauxbourg le vingt-ſixieme jour du matin, & ſe remua plus loin. Cinq galeres Eſpagnoles qui étoient près du Pont, canonnerent les Anglois à cette retraite. Il n'y eut qu'un Soldat blessé, & le mulet du Capitaine Wilson tué entre ses jambes. Les Espagnols, qui peut-être craignoient que les Lisbonnois ne leur jouassent quelque tour de leur métier, s'ils se jettoient aux champs, ou qui avoient oublié le métier de la guerre, ne firent sortie quelconque sur l'arriere garde. Etant les Anglois à lieue & demie de la Ville, ils découvrirent trois cents chevaux sur un côteau ; pour ceux-là ne laissa l'armée de marcher, d'autant qu'ils étoient venus à la montre seulement, & non au combat. Ainsi la même nuit, sans rencontre aucune, l'armée se vint camper auprès de Calix.

Le vingt-septieme de Mai, en présence du Roi, des Chefs, du Comte d'Essexe, & des Capitaines, on consulta de ce qui étoit à faire. Il y eut diversité d'avis. Les uns estimoient, moïenant que rafraîchissement de vivres & de munitions arrivât d'Angleterre, que le Drac devoit aller assaillir un autre Port avec la flotte, & l'armée retourner à Lisbonne. Les autres disoient qu'il falloit aller aux Isles, ou faire quelqu'entreprise. Ne pouvant se résoudre, l'Assemblée se départ.

Environ le midi du lendemain, ceux qui étoient allés à la découverte rapportent que Pierre Henriquez de Gusman, Comte de Fontaines (1), Colonel de l'Infanterie en Portugal, étoit à une petite lieue de-là avec six mille hommes de pied, & cinq cents chevaux ; qu'il avoit de sa bouche, par lettres, & par petits libelles, publié que l'armée Angloise avoit été chassée de devant Lisbonne, & mise en route par ceux de dedans. Norreys indigné de cette insolence mensongere, au point du jour envoie Lettres signées de sa main, & scellées de son cachet, par son Trompette, à ce Comte, l'avertissant qu'il le trouveroit de près, afin de le convaincre de mensonge, à la pointe de l'épée ; pourvû que le Comte voulût l'attendre ; qu'il le sommoit d'essaïer lequel des deux fuiroit le premier, ou l'Espagnol, ou l'Anglois.

Au même temps, & par le même Trompette, le Comte d'Essexe défia ce Comte de Fontaines au combat d'homme à homme, ou tel autre Espagnol qui se voudroit présenter de sa qualité, offrant le même combat à dix Anglois contre dix Espagnols, ou de plus ou de moins. Et afin que les défiés ne fissent quelque outrage ou dommage au Trompette, ils ajouterent à leurs Lettres que si on touchoit tant soit peu au Trom-

(1) Comte de Fuentes.

Bbbbb ij

pette, Jean de Lune, Efpagnol, recevroit même traitement. En ce même inftant de temps on fit revue, & ne fe trouva de gens difpos au combat que quatre mille Fantaffins & quarante Cavaliers. Le jour venu Norreys s'avança avec cette petite armée, qui ne demandoit qu'à efcrimer contre les Efpagnols, lefquels étoient en toute autre penfée ; car entendant qu'on venoit les trouver, ils fe debandent & fe fauvent qui çà qui là. Le Comte de Fontaines fut des premiers à fe retirer valeureufement dedans Lisbonne, laiffant derriere quelques chevaux, qui le fuivirent au galop. Le Trompette qui n'avoit point vu le Comte, ni baillé fes Lettres, fut envoïé à Lisbonne le lendemain, les porter à ce Seigneur qui gardoit la chambre ; mais on le renvoïa fans réponfe. Et quant à Norreys, il fe retira en fon logis fur les quatre heures du foir.

Il y avoit près de Calix (1) une Forterefle fpacieufe & bien munie. On fut d'avis de l'affaillir & forcer. Le trente-unieme de Mai on dreffa la batterie ; mais ceux de dedans fe rendirent incontinent, à condition de fortir armes & bagues fauves. Ils fortirent incontinent, & furent fûrement conduits en lieu de fûreté. En cette Forterefle il y avoit quatre gros canons, quarante caques de poudre, & autres munitions de guerre, avec vivres à fuffifance. Comme l'on étoit à attendre là quelques munitions & du renfort de Soldats d'Angleterre, le Drac conquit foixante navires des Villes maritimes de la côte de la Mer Baltique, chargés de vivres & marchandifes pour l'Efpagne, & vingt navires Bretons qui alloient à Lisbonne. On donna congé aux navires Hollandois qui fe trouverent parmi les autres, leur laiffant pour gage certaine quantité de bleds. Les autres furent chargés de Soldats Anglois.

Le deuxieme jour de Juin, Gauthier Devoreux & Sidnée firent voile en Angleterre. Le lendemain, d'un commun avis, on publia que chacun eût à fe retirer ès navires affignés aux Compagnies felon l'ordre accoutumé, & diftribua-t'on les vivres & autres provifions. Sampfon fut envoïé devant avec fept navires, pour recueillir Barthon qui étoit dans le Château de Peniche, & pour enlever l'artillerie auffi. Le Comte d'Effexe voïant la pefte entre les Soldats qui n'étoient accoutumés auparavant au vin, aux oranges, limons & fruits délicats dont ils fe remplirent trop en Portugal, tellement que plufieurs étoient malades, fe départit, au grand regret de tous, & monta vers

---

(1) Calix déja nommé plufieurs fois &   qui raconte tous ces évenemens dans le liv.
toujours appellé Cafcaes par M. de Thou,   96 de fon Hiftoire.

Angleterre. Le Capitaine Barcker, qu'on n'avoit point vu depuis le départ de Crogne, arriva lors; & les Capitaines Crofs
& Platz, fuivis de quelques vaiffeaux chargés de vivres & autres
munitions, rencontrerent la flotte fur fon départ.

1589.
Evenemens
notables.

Le huitieme de Juin la Fortereffe de Calix fut renverfée de
fond en comble; puis la Flotte aïant levé les ancres, fe mit à la
voile fous un vent à gauche. Le lendemain parurent quinze navires chargés de vivres, qui étoient ceux de Crofs & autres.
Le vent s'étant changé, les Chefs délibererent de tenir la route
de Bayone, ou d'aller aux Ifles fi la bife fe remettoit fus. Au
point du jour fuivant, voici neuf galeres qui attaquent un navire Anglois, qui leur fit tête, tellement qu'elles le laifferent
pour fe prendre à deux navires marchands, en l'un defquels
étoit le Capitaine Maxei, & en l'autre le Capitaine Minchon.
Le conflit fut rude, douteux & long. Etant en l'ardeur du combat, un grand feu parut ès navires (foit qu'il fût par inadver-
tance mis ès poudres, ou autrement) dont ils furent entierement confumés. A caufe de la bonaffe on ne put les fecourir
à temps; ce néanmoins le Drac faifant un effort extraordinaire
en approcha le plus près qu'il lui fut poffible, & d'un feul coup
de canon tiré de la proue de fon vaiffeau, chaffa fept des galeres, qui furent fuivies des deux autres, lefquelles n'oferent jamais approcher à la portée du canon, ains fe retirerent en leur Port

Depuis ce jour la flote Angloife, agitée de divers vents, découvrit finalement les Ifles de Bayonne premierement, & puis
après Vigue, où arrivant fur le foir, elle y demeura aux ancres
toute la nuit. Trente-trois vaiffeaux qui venoient devant, découverts auprès des Ifles, on fonne l'allarme, ce qui donnoit
le moïen aux ennemis de nettoïer le Bourg; néanmoins leurs
Tambours aïant fait beaucoup de bruit, ils difpofent leurs Corps
de garde, & font contenance de vouloir combattre & empêcher
la defcente. Au point du jour les Capitaines Anglois font
prendre terre à quinze cens hommes, qui partis en deux gros
tirent droit au Bourg. Le Drac & Vingfeld le font affaillir par
un autre côté. Fenner eut charge de s'approcher du rivage, afin
de battre en ruine dedans les Places de ce lieu.

Les Efpagnols ne firent aucun devoir, ains s'enfuirent tous,
tellement que les Anglois entrerent fans réfiftance en la Place,
puis envoïerent tout au tour quelques Troupes pour découvrir
& piller le plat païs, qui fut entierement ruiné. Aïant féjourné
toute la nuit en la Bourgade, & déliberé de ce qui étoit à faire
on réfolut de demeurer tout le lendemain auprès des Ifles, afin

de voir tant mieux quelle route il conviendroit prendre. Ce
jour, qui étoit le vingt-unieme de Juin, aïant mis le feu en la
Bourgade, on remonta ès vaisseaux. Le Drac aïant un vent
propre tourna droit vers Angleterre avec la plûpart de la flotte.
La maladie se renforçoit lors ; & les Mariniers & Soldars mouroient en nombre & soudainement. Norreys fut contraint de
demeurer deux jours après le Drac, partie afin de pourvoir à
l'eau douce pour les navires, partie afin de les tirer tous au
large, tellement que l'ennemi ne leur portât dommage. Finalement, après avoir couru fortune assez fâcheuse, le troisieme jour
de Juillet il arriva au Port de Plimmouth.

Tel fut le hardi, mais peu heureux, voïage des Anglois en
Portugal, non par leur faute, mais par la confiance du Roi
Don Antoine, que quelques Portugais desiroient voir rétabli ;
mais au besoin ils ne purent secouer le joug, d'autant que l'Espagnol eut tout loisir de penser & pourvoir à ses affaires. Nous
avons suivi en ce discours le récit d'un personnage qui se trouva
en ce voïage depuis le commencement jusqu'à la fin. Les Espagnols se servirent de la peau du renard, se souciant peu d'être
appellés lâches, & de tous les défits qu'on leur faisoit, pourvû
qu'ils se maintinssent en leur usurpation, & renvoïassent les Anglois chez eux, où ils se retrouverent, vaincus des délices de
Portugal, & des maladies qui en provinrent ; mais au reste rapportant beaucoup de gloire pour avoir en tant de sortes (n'étant
qu'une poignée de gens) foulé aux pieds l'orgueil & les insolentes
vanteries de la plus superbe Nation qui soit au monde.

Voilà, Lecteur, les principales choses qui me sont venues
au-devant, faites depuis le commencement de l'an 1589 jusqu'au premier jour d'Août du même an, ensemble les divers
livrets qui en ont été publiés, ou que j'ai eus à la main, & en
ma puissance. Il y aura, peut-être, quelques particularités &
discours obmis. Mais ou ce sont choses de petite importance,
ou libelles fameux & invectives séditieuses, qu'il faut ensevelir,
& non pas publier. Car si j'eusse voulu voir présenter ce que les
Ligueurs de France ont publié contre le Roi Henri III, depuis
l'exécution du Duc de Guise, appellant Diable celui dont ils
avoient maintefois fait leur Dieu, j'eusse fait deux volumes pour
un. Et quant aux affaires passées en d'autres endroits de la Chrétienté, pource qu'ils ne concernent proprement la Ligue, je
me suis contenté de suivre l'intention ou le but de tout ce Recueil.

FIN.

TABLE

DES PIECES CONTENUES EN CE VOLUME.

Lettres

Tome III. Ccccc

Fin de la Table.

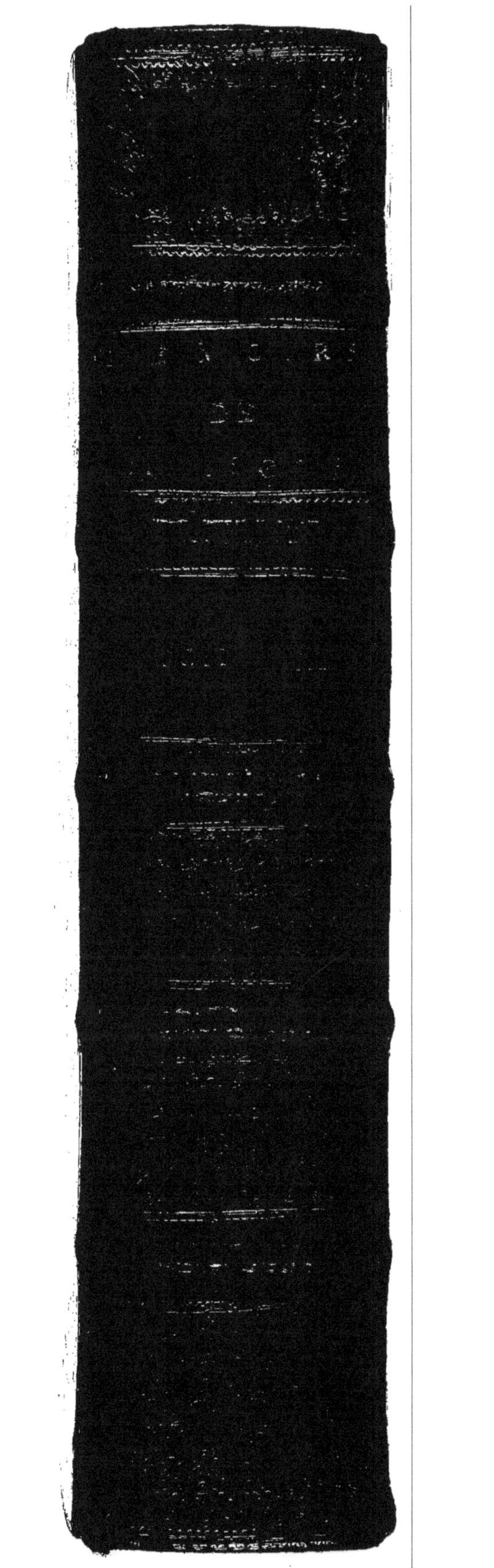